SCOTT TUROW

Das Gesetz der Väter

Buch

Drogenhandel, Prostitution und Gewaltverbrechen bestimmen den Alltag des schwarzen Gettos rund um die Hochhäuser der Grace Street in Chicago; hier ist ein Menschenleben nicht viel wert. Doch dann geschieht ein Mord, der ganz Kindle County in Atem hält: Eine Weiße, June Eddgar, Ex-Ehefrau des Politikers Loyell Eddgar, wird auf offener Straße erschossen – und als Drahtzieher des Mordes wird ihr Sohn Nile angeklagt. Richterin Sonia Klonsky steht vor der schwierigsten Aufgabe ihrer juristischen Laufbahn: Wem soll sie glauben?

Doch fast noch schwerer wiegt, daß Sonia von ihrer eigenen Vergangenheit eingeholt wird. Im Gerichtssaal treffen Menschen aufeinander, die sich aus ihrer Jugendzeit in den wilden 68er Jahren von einem College in Kalifornien kennen. Die zentrale Frage hinter dem spannenden und immer wieder überraschenden Geschehen im Gerichtssaal ist: Wie hat diese Vergangenheit die Lebensgeschichte der Hauptfiguren geprägt? Und wie stehen sie heute zum Gesetz der Väter, gegen das sie einst revoltierten?

Autor

Scott Turow, geboren 1949, ist Partner einer großen Anwaltssozietät in Chicago. Seine Bücher schreibt er frühmorgens und im Zug in die City. Mit »Aus Mangel an Beweisen«, seinem ersten Gerichtsroman, der von Sidney Pollack mit Harrison Ford verfilmt wurde, erlangte Turow Weltruhm. Auch seine folgenden Bücher wurden internationale Bestseller.

Scott Turow

Das Gesetz der Väter

Roman

Aus dem Amerikanischen übersetzt von
Monika Blaich und
Klaus Kamberger

GOLDMANN

Ungekürzte Ausgabe

Titel der Originalausgabe: The Laws of our Fathers
Originalverlag: Farrar, Straus & Ciroux, New York

Umwelthinweis:
Alle bedruckten Materialien dieses Taschenbuches
sind chlorfrei und umweltschonend.

Der Goldmann Verlag
ist ein Unternehmen der Verlagsgruppe Bertelsmann GmbH

Genehmigte Taschenbuchausgabe 7/98

Umschlagentwurf: Design Team München
Satz: Uhl + Massopust, Aalen
Druck: Elsnerdruck, Berlin
Verlagsnummer: 44087
JE · Herstellung: Heidrun Nawrot
Made in Germany
ISBN 3-442-44087-4

3 5 7 9 10 8 6 4

Für Rachel, Gabriel und Eve

1. TEIL

Anklage

Wer, wie wir, in die Zeiten des Wohlstands nach dem Zweiten Weltkrieg hineingeboren wurde, weiß, daß wir andere Anschauungen haben als die Generationen vor uns in Amerika. Diesen hatte nämlich die Not Scheuklappen verpaßt. Sie wurden unter enger gefaßten Vorgaben groß – auf den Namen Gottes eingeschworen, fixiert auf die Freuden des Besitzerwerbs oder den schäbigen Kampf ums tägliche Überleben. Wir indessen nahmen das Versprechen der Unabhängigkeitserklärung ernst, das wir nicht nur Tag für Tag beim Fahnenappell in der Schule wiederholten, sondern auch im täglichen Abspann zum Mickey-Mouse-Club zu hören bekamen – daß nämlich jeder Amerikaner nicht nur ein angestammtes Recht auf Leben und Freiheit habe, sondern auch auf das Glück. Als Kind habe ich immer geglaubt, das sei der Sinn des Erwachsenwerdens, und später werde es mir demnach besser gehen.
Doch älter geworden, stehen wir damit vor der schicksalhaften Frage und hören die Stimme jener Harpyie, die uns in unseren Träumen zuflüstert – bei Sonnenaufgang wie in unverhofften Momenten des Alleinseins: Bin ich denn nun so glücklich, wie ich sein könnte? Habe ich nicht das Recht auf noch ein wenig mehr? Oder sollte ich auf mehr nicht mehr hoffen?

Michael Frain
»The Survivor's Guide«, 7. September 1995

7. September 1995

HARDCORE

Morgengrauen. Die Luft riecht brackig, obwohl es noch Meilen bis zum Wasser sind. Es ist eine abweisende Landschaft. Aus Backstein und Asphalt ragen die vier Hochhäuser in den Himmel. Unkraut hat das Pflaster aufgebrochen, das von zerdrückten Pappbechern, Bonbonpapier und losen Zeitungsblättern übersät ist. Eine Schicht Flaschen- und Glasscherben glitzert silbrig wie ein falsches Versprechen. Es ist ungewöhnlich still. Nachts lärmt hier oft das unmäßige Leben: Betrunkene grölen, Motoren dröhnen auf vollen Touren. Manchmal fallen Schüsse. Der Tag bringt dann andere Stimmen – sie stammen von Kindern und den Herumtreibern, die es hier massenhaft gibt. Wind kommt auf und pfeift durch Zaunmaschen und Mauerritzen. Der Mann, der dort geht, bemerkt aus dem Augenwinkel eine Bewegung, sieht sich mit einem Ruck um. Doch es ist nur ein Hund. Er liegt zusammengerollt in einer Häuserlücke, und sein tierischer Instinkt sagt ihm auf hundert Meter Entfernung, daß es besser ist, sich nicht mit dem Mann einzulassen. Auf dem rissigen Asphalt des Spielplatzes liegt sinnlos ein einsamer abgefahrener Autoreifen.

Der Mann, Ordell, ist knapp sechsunddreißig. Er hat immer noch einiges von seiner Bodybuilding-Figur aus dem Gefängnis. Lederharte Muskeln, würde er sagen, obwohl er schon vier Jahre wieder draußen ist. Er hat schlichte Sachen an, schwarzes Hemd, schwarze Hose. Kein Goldschmuck. ›Tragt keine Goldsachen, wenn ihr draußen seid‹, sagt er oft zu den Unborns, diesen acht-, neun-, zehnjährigen Möchtegerns in seinem Schlepptau, die ihn bewundern und sich bei ihm anbiedern, wenn er nachmittags hier auftaucht. ›Hardcore‹, heißt es dann, ›soll ich dir beim Koreaner 'ne Cola holen?‹ Als wüßte er nicht, daß sie dann nur das Wechselgeld einstecken wollen.

Diesen Morgen ist Ordell Trent, in seiner Gang heißt er nur Hardcore, allein unterwegs. Er geht auf das größte der vier Hochhäuser zu, die zum Grace Street Project gehören. Es wird schon lange nur noch I.V.-Tower genannt, vermutlich nach der römischen IV an der Front. Doch alle Bewohner meinen, den Namen I.V.-Tower habe die Polizei erfunden, denn die spottet immer nur über das Haus als den Ivory Tower, den Elfenbeinturm. Schwarzes Elfenbein hießen früher mal die Sklaven. Und hier wohnen eben nur Schwarze. Alles, was von außen zugänglich ist – Fenster, Veranden, Durchgänge –, ist mit dickem Maschendraht gesichert. Früher wurde hin und wieder von den Gängen und Balkons Müll nach unten geworfen, Steine flogen auf Feinde – wie im Mittelalter. Säufer und Junkies taumelten von dort in den Tod, andere wurden runtergestoßen, meistens widerspenstige Gang-Mitglieder, in zwei Fällen aber auch, und das war das Traurigste, Kinder. An drei oder vier Fenstern erkennt man alte Spuren von Flammen, die mal aus den Wohnungen geschlagen sind. Auf Straßenebene sind die Backsteine in runder Schrift mit Ziffern und Buchstaben markiert – von Ordells Gang in Leuchtfarben aufgesprühte oder schwarz eingekratzte Zeichen: BSD, Black Saints Disciples. Auch die T-4 Rollers, Ordells eigene Untergruppe in der Gang, die er persönlich anführt, haben sich an vielen Stellen verewigt. Und ein paar besonders Waghalsige von den Gangster Outlaws, einer rivalisierenden Gang, haben hier und da eine Markierung hinterlassen, schnell als Mutprobe schwarz oder weiß hingesprayte Parolen. »D'Ron Is Cool.« »Lucifer!«

Drinnen nickt Ordell dem Wachmann zu. Chuck heißt er, ein Knallkopf von Privatcop von der Kindle County Wohnungsverwaltung. Er hockt eingemauert hinter seinem kugelsicheren Guckloch. Fünfzig Scheine kriegt Chuck im Monat von Ordell, und, Mann, er mag Hardcore, grüßt ihn also verdammt freundlich. Das einzige Licht im Hauseingang kommt von einem Pepsi-Automaten mit schwarzem Vorhängeschloß. Die Lampen sind alle weg, gestohlen, zu Geld gemacht oder von einem Saint abmontiert, der seinen Geschäften lieber im Dunkeln nachgeht. Blanke Kabelbündel ragen aus der Wand. Es riecht scharf und faulig nach Abfall und undichten Wasserleitungen.

Die Wandfarbe blättert. An der Decke liegen die Rohre frei, sie haben Rost und Schimmel angesetzt. Es ist wie in einem Bunker – gebaut, die Bombe zu überleben. Der Fußboden ist nackter Beton, die Wände sind aus Schlackensteinen. Sprichwörtlich alles haben die Gangs mit ihren Symbolen markiert – mit dem Heiligenschein der Saints, mit der »4« plus Krone darüber für die T-4 Rollers, und mit Namen: »D-Town«, »Mike-o-Mite«, »Baby Face«, »Priest«. Markerstifte haben sie dazu benutzt, noch öfter aber alles mit dem Feuerzeug in die Rigipsplatten oder die Wandfarbe gebrannt.

Heute funktioniert der Lift mal wieder. Hardcore fährt in die siebzehnte Etage. Die fünf unteren Geschosse stehen teilweise leer, von Leuten verlassen, denen sogar die 38,50 Dollar pro Monat zuviel sind für ein Leben auf Matratzen, die sie direkt auf den Boden legen müssen, damit sie bei Schießereien nichts abkriegen, und wo man am sichersten in der Badewanne schläft. Schon an der Wohnungstür hört Hardcore das heisere Atmen der alten Frau. Es kommt aus einem der beiden hinteren Zimmer, die er ihr gelassen hat.

Ordell bewohnt die beiden Zimmer nach vorne raus. Von hier aus beobachtet er, was läuft, kann er alles übersehen. Manchmal hocken da unten die Tic-Tacs und schauen sich um. Tic-Tacs ist der Name der Saints für die Bullen von der taktischen Einsatztruppe der Polizei von Kindle County. Ein paar von ihnen nehmen kein Geld von Hardcore an, andre wiederum tun's. Er weiß, was sie sich fragen: Wieso ist dieser Nigger so cool, wieso ist immer total tote Hose, wenn wir hier auftauchen? Weil Ordell alles sieht.

Von hier oben. Und unten sind sie für ihn unterwegs, seine Minis, wie er die jüngsten Gang-Mitglieder nennt. Sie sind seine ›Peeper‹, schnüffeln für ihn die Szene ab. Hardcore weiß Bescheid über jeden Bullen, jeden Drogenfahnder, jeden Privatcop, der sich in den Towers herumtreibt. An der Kreuzung gibt es zwei zweistöckige Häuser. Auf deren Stufen hocken täglich die Minis und liefern an jeden, der vorbeifährt und Stoff braucht. Schaffen ran, was gebraucht wird. Speed, Crack, Schnee, Pillen. Einige BSD-Veteranen, von weiter oben aus der Hierarchie, versorgen die Kids einmal die Woche mit dem Stoff, jeder in seinem Bezirk, haben alles im Griff, mehr ist nicht nötig. Anders bei Ordell. Hat seine Häuser, seine Mädchen, einen Blazer und einen schicken BMW 755 und, scheiß drauf!, Goldschmuck und so. Aber was nutzt das schon? Was er vor allem hat, das sind seine ›D. J.'s‹, die den Stoff für ihn mischen, und seine ›Scrambler‹, die die Connections machen und dafür mit Stoff gelöhnt werden, die ›Mulis‹, die das Zeug dann vertreiben und zweimal pro Tag Nachschub aus den Lagern – Wohnungen oder Garagen – holen, und seine ›Artillerie‹, Honcho, Gorgo und all diese Motherfucker mit der Knarre im Hosenbund, damit keiner glaubt, er kann Ordell einfach hochnehmen. Fünfundsiebzig Mann sind es, manchmal hundert, und Hardcore paßt auf: Zieh los, Mann, sieh dich um, Motherfucker, laß dich nicht aufmischen, keine langen Palaver mit einem Junkie, Finger weg von Gold und Juwelen, immer nur cash, Mann! Klar? So muß das laufen, jeden Tag, Mann.

Kurz nach sechs. Sein Piepser meldet sich, vibriert an der Hüfte. Hardcore flucht laut, kontrolliert die Nummer. Nile. Er seufzt. »Für den Scheiß zu spät«, brummt er. Die alte Frau hört seine Stimme und hört für einen Moment auf zu keuchen. Vielleicht ist sie wach geworden, lauscht jetzt, den grauen Kopf zwischen den Händen. Sie schnieft, räuspert sich und hofft, daß er wieder geht. Sein Vorderzimmer hier ist praktisch leer. Zwei Stühle. Alte Zeitungen. Auf dem Betonboden der fahle Schimmer des Morgenlichts. Der Vorleger ist schon lange weg, gestohlen.

Es war mal ihre Wohnung. Hier hat sie die Kinder aufgezogen. Der Junge ist jetzt in Rudyard, zwei Jungs sind es, fällt Ordell ein, und noch so eine Schlampe, eine dämliche Tussi, die alles, was geht, auf der Straße verkauft. Im Knast fanden die Jungs dann Gott und machten sich dünn, nichts mehr am Hut mit den BSDs. Also zog Ordells Trupp hier ein. Aber die alte Frau war zäh. »Kommt nur, legt mich um, knallt mich ab, tut, was ihr wollt, ich zieh' nicht aus. Das hier ist meine Bude, und meine Bude überlass' ich keiner beschissenen Ganovenbande.«

T-Roc, man nennt ihn auch Vice-Lord, er ist einer von zwei BSD-Anführern, meinte knallhart zu Hardcore: »Tu, was sie sagt, blas sie weg.« Hardcore tut alles für die BSD, ist ein Saint durch und durch, aber alte Ladies legt er nicht um. Keine Frage, die blieb, wo sie war.

»Und ich will hier keine Dealerei, kein Dope, kein Rumgehure, kein Ganovenpack hier drinnen«, sagte sie.

»So was machen wir doch nicht«, behauptete er.

»Hm, hm«, sagte sie.

Jetzt schläft sie. Genau um 6.15 Uhr, wie abgemacht, sieht er den Klapperkasten kommen. Ein hundert Jahre alter Chevy. Unten auf der Straße biegt er um die Ecke. Jetzt, denkt Ordell, geht die Post ab. Er hat ein Fernglas, sieht aber so auch genug. Gerade steckt Bug ihr Handy in die Tasche, geht auf den Wagen zu, tritt vorsichtshalber einen Schritt zurück. Ordells Handy krächzt in der Hosentasche.

»Ja?« meldet er sich. »Was'n los?«

»Zehn-zwei«, sagt Lovinia. Sie verwenden einen Code, machen die Tic-Tacs ganz meschugge damit. 10–2. Bedeutet Ärger. Sie braucht Hilfe. »Hast du gehört?« hakt sie nach. So ist sie, die Lovinia. Keinen Respekt.

»Mach mal halblang, Tussi, ich höre. Und ich sehe keine verdammte 10–2.« Auf der Grace Street, einer breiten Avenue, nichts Besonderes. Autos, mit Weißen am Steuer, fahren schnell vorbei. Keine Dealer auf der Straße. »Ich seh' absolut nichts. Nur dich rumstehn. Halt dich am besten an der Mauer, Mann.«

»Ist von dir aus nicht zu sehn, und ich sag' auch nichts weiter in dieses Scheißtelefon. Zehn-zwei.« Dann schaltet sie ab.

Will mich aufs Kreuz legen, denkt er. So was muß er oft denken. Bug, wie sie Lovinia nennen, will ihn aufs Kreuz legen. Kan-El oder Jeff-T-Roc oder vielleicht einer von den Goobers, wie die Gangster Outlaws bei den Saints auch heißen, hat sie wohl umgedreht. Irgendwie. Kan-El und T-Roc, Vice-Lord der BSD, Mann, die sind ganz oben. Aber dauernd machen sie Zores. Oder sorgen sich, daß Hardcore irgendwann abhebt. Daß er mit seinem Verein aus der Gang aussteigt oder so. Die Belieferung des Knasts allein übernimmt. Den BSDs bliebe dann der Rest. Aber wenn sie ihn am Arsch kriegen, ist er weg vom Fenster, und zwar für immer. Wollen ihn aufs Kreuz legen. »Mmm«, grunzt er laut bei dem Gedanken.

Doch er ist schon auf den Beinen. Im Luftschacht hinterm Eisengitter steckt immer seine Neun-Millimeter. Er klemmt sie in den Hosenbund und läßt das schwarze Hemd über die Hose hängen. Im Fahrstuhl grübelt er weiter, ärgert sich, spricht mit sich selber. Hätte er nach Honcho rufen sollen oder sonstwem? Ich habe Schiß, denkt er, Schiß, und er ist alt genug zu wissen, was das ist. Diese Grünschnäbel gackern nur dummes Zeug, wenn sie sagen: ›Kein Nigger kann mir Angst einjagen.‹ Über den Scheiß kann er nur lachen. Angst hat man immer. Damit umgehen können muß man, das ist alles. Was sein muß, muß sein.

Er hat drei Söhne. Dormane, der Älteste – er nennt ihn Hardball –, hat selber schon zwei Kids. Er sitzt, reißt fünfzehn Jahre ab wegen eines aufgeflogenen Deals, kein Hafturlaub. Dann kommt Rakleed, treibt sich auch auf der Straße rum, und dann der Kleine, Del, noch zu jung, um etwas zu kapieren. Jeder hat 'ne andere Momma, und hinter seinem Rücken haben sie ihnen alle dasselbe gesagt: ›Fang bloß nicht das Dealen an, treib dich nicht rum, ich hau' dir den Arsch voll. Du wirst nie so groß, daß ich das nicht tu'.‹ Genau das haben sie gesagt. Und er hatte jeweils die passende Antwort parat: ›Du mußt wer sein. Ist alles Scheiße hier, mit den Scheiß-Bullen, den Scheiß-Typen überall. Aber, Mann, hat er ihnen gesagt, ›Mann, das hier ist das, was du hast, und zusammen mit den Typen hier besorgst du den armen Niggern, was sie eben brauchen, Glück für 'n paar Cents, das ihnen die Weißen und sonstwer nicht gönnen.‹

Er kommt aus dem I.V.-Tower, auf der Straße wird es lebendig. Aus einigen Fenstern kommen Musik und Stimmen. Ob er sich wirklich Rechenschaft über seine Söhne ablegt, denkt Hardcore. Das denkt er oft. An einem der neueren Gebäude ist an einer Ecke der Beton aufgeplatzt. Die billige Schaumstoffdämmung quillt rosa heraus. Nebenan auf dem Spielplatz steht nur noch eine einsame Wippe. Die beiden Sitzbretter haben Teenies schon vor langem in einem Anfall von Zerstörungswut zertrümmert. Ein Besoffener schwankt mit verdrehten Augen den Block entlang, hat einen Teil von seinem Rausch ausgeschlafen und sucht nun seine Bude. Sein Mantel ist schmuddelig, der Hut sitzt ihm schief auf dem Kopf. Er hat einen Schnurrbart. Als er Hardcore sieht, will er ihm ausweichen, aber, Mann, seine Beine machen nicht mit. Spaßig. »Mann«, ruft Hardcore im Vorbeigehen. Die brauchen hier alle ihren Stoff und ihren Fusel. Er wünschte, das hätte er auch seinen Jungs gesagt: ›Alle da draußen auf der Straße, Mann, alle diese Motherfucker sind total geil auf etwas. Sie brauchen was. Die Kleine hier braucht ihren Scheck, die Momma da ihr Baby im Arm, und der Typ da drüben braucht seinen Schuß.‹ Alle brauchen sie was. Manchmal hat er den Eindruck, er geht nicht auf dem Pflaster, sondern hat all das unter den Füßen, was sie hier brauchen.

Er überquert die Grace Street und geht dann die Lawrence hinunter. Ein Block heruntergekommener Wohnhäuser, zweistöckig, mit Flachdächern, stark wie Festungen. Kalksteinziegel unterbrechen dekorativ die dunklen Backsteinfronten und lockern Eingänge und Fenstersimse auf. Hier und da fehlen die Scheiben. Die Löcher sind mit Brettern vernagelt. Unter den Fenstern von Nummer 338 liegen im aufgeschütteten Vorgarten Eisenbahnschwellen. Der Boden ist staubtrocken. Sogar das Unkraut kämpft ums Überleben.

»He!« ruft Lovinia und taucht wie eine Katze aus einem ihrer Verstecke auf. Diese Lovinia. Schau sich einer diese dürre Tussi an. Kaum zu glauben. Die dünne Strumpfmaske komplett über den verdammten Kopf gezogen, grauer Mantel, Jeans. Keiner soll kommen und die Tussi erkennen, sie am Arsch kriegen oder sonstwie hochnehmen. Sollte besser gar keiner erst versuchen. Bewaffnet ist sie nicht, dazu ist sie zu schlau – wegen der Tic-Tacs, wenn sie aufkreuzen. Aber wetten, daß sie eine hat, hier ganz in der Nähe? Unterm Postkasten oder in 'nem hohlen Baum. Und wenn du ihr zu nahe kommst, brennt sie dir einen auf den Pelz. Kann man drauf wetten. T-Roc hält Hardcore für verrückt, daß er Bug für sich arbeiten läßt. Aber sie ist Spitze. Stolziert auf die Autos zu, wird 'ne ganz andere, wackelt mit dem Hintern. ›Na, Kleiner?‹ Dann wird verhandelt. Hält sie den Typen am Steuer für 'nen Tic-Tac, der auf Junkie macht und ›Dope‹ sagt, sagt sie einfach: ›He, Mann, ich verkauf' kein Dope, Mann, ich hab' was Knackigeres zu bieten, Mann‹, damit er denkt, sie geht auf den Strich.

Jetzt streckt sie den Arm aus und zeigt auf den weißen Nova am Bordstein, dreißig Meter entfernt. »›Lady‹, hab' ich zu ihr gesagt, ›Sie sind hier falsch‹.«

»Lady? Was für 'ne Scheißlady?«

»Hab' doch gemeldet, 10–2. Er ist nicht gekommen. Dafür sie, sucht nach O'Dell.« Bug lächelt. Blickt zu Boden. Ist noch Kind, die kleine Lovinia, spielt noch gern.

»Lady, Lady, Lady«, sagt Hardcore. Verdammt. Er geht zum Wagen. »Lady, Sie sind hier falsch.« Beugt sich ins Fenster, ins Dunkle, schnuppert ihren Seifengeruch und den eigenen Atem: warm, feucht und säuerlich. »Am besten hau'n Sie ganz schnell ab von hier.«

»Mr. Trent? Ich bin June Eddgar.« Sie öffnet die Tür, steigt mühsam aus, steht da im bläulichen Morgenlicht. Alt ist sie. Und fett, dick und fett. Eine Art Alt-Hippie oder Schnepfe vom Lande oder so, die dicken Schenkel in enge Jeans gezwängt. Sie hat ein breites Gesicht, lange Haare, hellbraun mit grauen Strähnen. Sie hat sie nach einer Seite zusammengebunden, scheinbar nicht ordentlich gekämmt. »Kann ich Sie eine Minute sprechen?«

»Lady, es gibt nichts, worüber wir beide reden könnten.«

»Also, ich dachte – ich bin Niles Mutter.«

»Soll selber antanzen, hab' ich gesagt. Hab' ihm nicht gesagt, er soll irgend 'ne Mama herschicken.«

»Ich dachte, es ist besser, wenn ich komme.«

»Sie hau'n besser ab. Das wär's. Hier geht wahrscheinlich gleich mächtig was ab. Bestimmt. Verschwinden Sie.« Er tritt einen Schritt zurück und wedelt mit der Hand.

»Hören Sie, ich weiß von Ihnen beiden. Da liegt ein Mißverständnis vor, glaube ich.«

»Es gibt nur ein Mißverständnis – daß Sie da nämlich noch rumstehen, statt zu verduften, wenn ich Ihnen das sage. Das ist das einzige Mißverständnis.«

»Ich glaube wirklich –«

»Lady, Ihnen wird hier gleich ganz gewaltig der Arsch aufgerissen. Klar? Also wuchten Sie ihn schon in Ihre Klapperkiste.« Er droht ihr wütend und wendet sich ab.

Lovinia ist bis an den Straßenrand vorgegangen und winkt.

»Da ist Gorgo«, ruft sie und deutet nach vorn.

»Ach, du Scheiße«, sagt Hardcore. Aus der Seitenstraße kommt Gorgo angesprintet, auf einem schwarzen Mountainbike mit dickem Rahmen. Er ist maskiert, blaues Taschentuch vor dem Gesicht, sieht aus wie so ein Motherfucker von einem Cowboy, aber auch wieder wie ein Kind, das heim will zu seiner Momma, mit blauem Rucksack auf dem Buckel, roter Satinjacke, Baseballmütze mit dem Schirm hinterm Ohr. Bloß ein Kid, wäre da nicht die Knarre rechts unten an der Hüfte. Eine .9er. Seine Tec-9. Die halbautomatische Waffe ist so schwer, daß sie ihm beim Fahren hinterherbaumelt. Bug winkt noch immer und ruft, während Gorgo weiterhetzt. Er bemerkt sie gar nicht. Wird er auch nicht, das weiß Hardcore. Auf zwanzig Schritte kann man Gorgos Augen erkennen. Sie stehen ihm raus wie Scheinwerfer. Die reine Panik. Ich muß es schaffen, denkt Gorgo, ich muß es, Mann. Hardcore kennt das. Gorgos Bewußtsein ist geschrumpft, auf Erbsengröße. Für nichts ist mehr Platz, nur noch der Drang nach Gewalt. Kein Platz mehr für sonstwas. Nichts kann ihn mehr bremsen. Er reißt die Kanone hoch, zielt genau in seine Richtung. Eine Sekunde lang sieht Ordell nichts als das kleine silberne ›O‹ und das hohle Rohr, das schwarz hinter der Mündung gähnt.

»Gorgo!« ruft Bug noch einmal, und Hardcore, der schon platt am Boden liegt, erwischt ihren Jackenzipfel und reißt sie herunter.

»Total verrückt? Runter«, schreit er, und sie landet neben ihm, schwebt herab wie ein Blatt vom Baum. Die erste Salve. Diese verdammten Kanonen sind immer lauter, als du denkst. Plötzlich ballert sie los. Fünf, sechs Salven folgen, ohrenbetäubend. Genauso plötzlich ist es vorbei. Ein Moment furchtbarer Stille, lauernd – kein Vogel mehr in den Bäumen, die Radios runtergedreht. Ringsum liegen die Menschen in ihren Wohnungen platt auf dem kalten Fußboden, verzweifelt bemüht, sich nicht zu bewegen. In der Luft der herbe Pulvergeruch. Einen Block weiter stößt Gorgo einen schrillen Schrei aus, ein Anfall von Jubel und Erleichterung zugleich. Er verweht im Wind.

Luft holen, denkt Ordell, hol Luft, Nigger. Er ist starr vor Angst. Bist okay, sagt er zu sich selbst. Nicht verletzt, bleib cool, beweg dich. Dann sieht er das Blut auf dem Gehsteig, eine dunkle Lache.

Zweimal hat man schon auf ihn geschossen. Einmal, da war er sechzehn, eine üble Geschichte: Hatte bei einem Typ 'ne Lippe riskiert, da holt der Motherfucker gleich eine .38er raus und führt den Streit so, bum, einfach weiter. Jetzt ist er cool. Hat seinen Körper zweimal abgecheckt, überall nachgefühlt. Weiß verdammt gut, daß er weg vom Fenster sein könnte, ist er aber nicht. Dafür umklammert Lovinia sein Knie und stöhnt.

»Was passiert, Bug?«

Sie weint. Tränen laufen ihr übers glatte Gesicht, ziehen silbrige Spuren um ihren Mund.

»Tut weh, Hardcore. Tut *echt* weh, Mann.«

»Wir holen Hilfe, Kleine.« Er kriecht zu ihr. Sie liegt auf der Seite, mit halb angezogenen Knien. Ihre Hände sind blutverschmiert, fast das ganze rechte Hosenbein ist braungefärbt. Aus dieser Nähe kann er den seltsam animalischen Geruch des Blutes riechen. Er darf sie nicht bewegen, das sieht er. Wie konnte sie sich bloß einen Treffer in das gottverdammte Bein einfangen? Wahrscheinlich ein Querschläger. Auch an Beinschüssen sind schon Typen gestorben. Hat er selbst mit angesehen. Zerfetzte Oberschenkelarterie. Gebrochen könnte es auch sein. Zwecklos, nach seinen Leuten zu rufen, seinen Minis oder so. Die Schüsse waren kaum gefallen, da waren sie auch schon auf und davon.

»Dieser Gorgo. Den Motherfucker knöpfe ich mir vor.« Natürlich war er längst weg – die Straße rauf zwischen den Häusern verschwunden, am nächsten Durchgang wieder raus. Die Tec-9 packt er unterwegs in den Rucksack, und schon ist er bloß noch ein kleiner Junge, der mit dem Rad rumkurvt.

Oben quietscht irgendwo ein Fenster. »Hoffentlich seid ihr allesamt krepiert, ihr verdammten Gangster, das hoff' ich.« Die Stimme der Frau trägt weit so früh am Morgen. »Ich hoffe, ihr seid tot. Seht euch an, was ihr getan habt.«

»Ruf 'nen Krankenwagen, Schlampe«, schreit er hinauf.

»Hab' ich schon. Die Polizei kommt auch. Sie werden deinen Jammerarsch in den Knast schaffen, wo er hingehört, Hardcore.«

Bei seinem Namen dreht er sich um. Das Fenster schlägt zu, zu schnell für ihn, um was zu sehen. Lovinia stöhnt weiter.

»Sie helfen dir, Kleines«, sagt er wieder. Die weiße Lady, Niles Momma, liegt auch am Boden, das sieht er jetzt. Überall Blut, Blut, ihr ganzer Kopf. Der braune Haarschopf ist halb weg, sie rührt sich nicht. Abgekratzt, denkt er. Tote hat er schon gesehen. Er ist sich sicher.

Bug ist ein Häufchen Elend. Kommt vor. Bei den Tic-Tacs machte sie es anders. Die nahmen sie fest, fesselten sie mit Handschellen, zwölf Stunden die Arme über dem Kopf. Kommen und knüppeln ihr auf die Handflächen. Aber sie ist zäh. Als würde es ihr nichts ausmachen. Jetzt heult sie wie ein Kind, total eingeknickt. Zuviel zugemutet. Gilt auch für Nile. Vor allem Nile. Wo doch sein Daddy jetzt weg sein müßte, in seiner Scheiße. Wenn die Tic-Tacs erst mal anfangen zu fragen, wird es eng. Reißen uns allen den Arsch auf.

»Die Cops sind unterwegs«, flüstert er Bug ins Ohr. Er muß sich was zurechtlegen. Diese verdammte Frau kennt seinen Namen. Er sieht die Tic-Tacs schon vor seiner Tür. Den Anwalt anrufen, denkt er. Rechtsanwalt Aires. Muß sich wieder mal um sich selbst kümmern. Wie immer.

Er steht auf. Der weiße Nova ist übel zugerichtet. Die Scheiben sind zerschossen, bis auf die, die runtergekurbelt war. Die Scherben liegen am Boden verstreut. Der Wagen steht nach der Seite geneigt, von wo aus Gorgo angegriffen hatte. Vorder- und Hinterreifen sind platt. In der Fensterstrebe steckt eine Kugel. Sie hat ein Loch in den weißen Lack gebrannt. Scheiße, denkt Hardcore. Verdammter Nile, alles vermasselt.

»Am besten gibst du das Zeug mir, Schwester. Du hast schon genug am Hals.« Sie macht den Mund auf, muß schreien, als sie den Kopf dreht, um reinzugreifen.

»Hier?« fragt er und schiebt schnell die Finger zwischen Zähne und Gaumen, um einen kleinen Plastikbeutel rauszuholen. Verdammt, was soll er ihr sonst aus dem Mund holen? »Da ist nur einer so vorbeigefahren«, sagt er. »Hörst du? Killer, die im Vorbeifahren geschossen haben. Die Polizei wird Fragen stellen. Das genau sagst du ihnen. Dasselbe, wie immer. Goobers, die einfach auf dich losgefahren sind.« Er berührt sanft ihre Wange. Sie kommt niemals an gegen die Tic-Tacs. »Mach's gut«, sagt er. Bye-bye.

»Verdufte«, sagt sie.

Nichts haßt er so sehr, wie verduften zu müssen.

12. September 1995

SONNY

Ihre Ehren, Richterin Sonia Klonsky, betritt mit Tüten beladen ihre Amtsräume. Die Einsamkeit der Mittagspause drückt ihr aufs Gemüt. Im Vorzimmer, das gewöhnlich von ihrer Protokollführerin Marietta Raines besetzt ist, hocken zwei Polizeibeamte. Beide sind kräftig und hochgewachsen. Jetzt sitzen sie über einen gelben Schreibblock gebeugt und verfassen ihrerseits ein Protokoll, um einen Haftbefehl zu erwirken. Der Weiße, Lubitsch, ist der Prototyp des selbstbewußten Bodybuilders, der sich als eine Art menschliche Landschaft betrachtet, mit Bergen von Schultern und einem Hals wie ein Baumstamm. Er hat sein Sportsakko ausgezogen und sich an Mariettas Schreibtisch gesetzt. Er schreibt, und Wells, sein Partner, brummt dazu Zustimmung oder Ablehnung.

Im Vorbeigehen wirft die Richterin einen Blick auf den Vordruck für den Haftbefehl, den sie schon mal ausgefüllt haben. Aus den beiden braunen Papiertüten in ihren Armen steigen ihr die Düfte von Brot und Gemüse in die Nase, vermischt mit dem Geruch des Packpapiers. Sie war von einem kleinen italienischen Laden zum anderen gehastet. Sie halten sich noch immer in den sonst leer gewordenen Straßen rund um das Justizgebäude von Kindle County. Für Sonny ist die Lunch-Zeit die wichtigste des Tages. Es ist die einzige, in der sie für nichts und niemanden zuständig ist.

Um fünf Uhr muß sie Nikki bei der Tagesmutter abholen, und dann geht es los mit dem Füttern, Baden, Erzählen, Bemuttern – in Sonnys Augen die echte Form von Arbeit. Die Tüten noch im Arm, erinnert sie sich vage, wie sie einmal selbst sechs Sommernektarinen vom Baum gepflückt hatte. Beim Spüren ihrer kühlen, makellosen Haut und des sinnlichen Spalts hatte sie dann ein seltsam unbestimmtes Gefühl überkommen, eine Art Verlangen.

Der Haftbefehl gilt einem gewissen DeLeel Love, wohnhaft in 5327 Grace Street, DuSable, Apartment 9 G. Danach hat er am Samstag, dem 10. September, »eine gewisse Zunita Collins, zwölf und minderjährig, sexuell belästigt, indem er besagte Zunita Collins gegen deren Willen an den Brüsten, am Hinterteil und an der Vagina anstößig berührte«.

Wells tippt mit seinem Stift auf den Namen des Beschuldigten. »Schätze, der lebt die ganze Zeit seinen Namen. Love«, meint er. Dazu setzt der stämmige Mann ein etwas zu breites Grinsen auf. Es legt dunkles Zahnfleisch und kurze Zahnstümpfe frei. Lubitsch schreibt weiter an seinem Text. Den Spruch kannte er also schon.

Als Wells das letzte Mal vor einem oder zwei Monaten hier bei ihr gewesen war, hatte er Sonny lang und breit von seinem Sohn erzählt, der an den Paralympics teilnahm. Doch wenn man mit dem Verbrechen zu tun hat, kommen einige Dinge rauher an die Oberfläche. Es gibt Cops, die Sonny an ihren Onkel Moosh erinnern, bei dem sie in ihrer Kindheit längere Zeit gelebt hatte. Er hatte zu den Männern gehört, die in sich zu ruhen schienen, ihr eigener Mittelpunkt der Welt. Gelassen und voller Selbstsicherheit wußten sie Gut und Böse zu unterscheiden, und sie waren auch ganz sicher, daß das alles irgendwie der Mühe lohnt. Bei Wells und Lubitsch ist das anders. Für sie ist sichtlich jeder Fall, jedes Verbrechen eine persönliche Angelegenheit, die sie reizbar macht.

Darin sind sie Sonny natürlich ähnlicher, als ihr eigentlich lieb ist. Früher, als sie als Staatsanwältin noch die Seite der Anklage vertrat, schien es ihr natürlich, zu jedem Fall eine intensive Beziehung zu entwickeln, zu dem Bedürfnis der Gesellschaft nach Strafe und zu den Opfern und ihrem Recht auf noch so armselige Wiedergutmachung. Mit dem Wechsel auf die Richterbank begrüßte sie die Möglichkeit, mehr auf Distanz gehen zu können. Doch statt dessen erlebt sie jetzt oft genug, daß die Fälle sie nicht nur berühren, sondern noch immer tief betroffen machen. Hin und wieder spürt sie die Qual der Opfer wie am eigenen Leib. Doch meistens – zu oft, um nicht trostlos zu werden – sind es die armen und stets so erbarmenswerten Angeklagten, die sie hin und wieder ganz insgeheim an sie selbst erinnern.

Die Richterin bedeutet den beiden Cops mit einer Handbewegung, daß sie an ihrem Haftbefehl weiterschreiben sollen. Sie sind gern gesehene Stammgäste in ihrem Büro, vor allem deswegen, weil ihr scheinbar nur wenige andere in diesem Gericht volles Vertrauen entgegenbringen. Die meisten Angestellten hier, die Justizbeamten und Vertreter der Strafverfolgungsbehörden und auch die Richter sehen in Sonny eine Fremde, eine ehemalige Staatsanwältin, die zu dem halben Dutzend anerkannt integerer Anwälte gehörte, die von einer Reformkommission nach dem jüngsten Bestechungsskandal, von dem vier verschiedene Kammern betroffen waren, ins Richteramt berufen wurden. Sonny hat den Verdacht, daß ihre Kollegen sie nach zwei Jahren in diesem Amt am Strafgericht, einer nicht schlecht bezahlten und anspruchsvollen Aufgabe, für unfähig halten. Ganz bestimmt ist sie nicht wohlgelitten unter Leuten, die seit Jahren mit den Geheimnissen aller anderen vertraut sind.

Einen Raum weiter ist Annie Chung, Gerichtsassistentin an ihrer Kammer, damit beschäftigt, die verschiedenfarbigen Merkblätter zusammenzustellen, die jeden Dienstagmorgen das Ergebnis der erregten Anhörungen über schuldig, nicht schuldig oder Kautionen etc. sind. Als Annie die Richterin sieht, läßt sie ihre Stapel liegen und befreit sie von ihren Tüten, nicht ohne einen heimlichen Blick in die eine zu werfen. Annie hat Abendkurse am College belegt. Sie träumt davon, Jura zu studieren und sieht sich sicher schon eines Tages in der wallend schwarzen Robe einer Richterin oben auf der Richterbank, allseits respektiert und mit Macht versehen. Getrübt sind diese Aussichten allerdings, seit Annie vor einigen Monaten einen flotten und wohlhabenden Burschen aus Hongkong geheiratet hat, der viel traditioneller denkt als sie. Manchmal beobachtet Sonny Annie dabei, wie sie auf ihren Ehe- und ihren Verlobungsring an der linken Hand starrt, sie bewundernd im Licht funkeln läßt und doch überrascht feststellt, daß sie sich eingeengt und unzufrieden fühlt, ohne genau sagen zu können, warum.

»Die Presse hat angerufen«, sagt Annie.

»Was wollten sie?«

»Sie haben einen neuen Fall. Um zwei ist die Vorverhandlung. Ordell Trent heißt er, alias Hardcore.« Sie hat einen ausgeprägten chinesischen Akzent, der jedes ›R‹ so weich macht, bis es unscharf wird. Oldell. Haldcol. »Ein Mold.«

»Haben Sie den Fall, Richterin?« Lubitsch steht in der Tür im Licht. »Wir hatten den Kerl heute morgen bei uns im Revier. Großes Tier bei den Saints. Das ist doch der, von dem ich dir erzählt habe.« Er spricht jetzt Wells an. »Weswegen wir zum Allgemeinen Krankenhaus rüber mußten. Richterin, der Fall ist ein Riesending.«

Sonny schüttelt den Kopf. Sie hat dunkles und sehr üppiges Haar, das sie seit ihrer College-Zeit offen auf die Schultern fallen läßt. Jetzt sieht man schon mehr als eine kleine graue Strähne darin, was in ihrem Beruf allerdings als eine Art Rangabzeichen gelten kann.

»Kommen Sie, Fred. Keine Informationen durch die Hintertür. Ich erfahre es schon von der Anklage direkt.«

»Schon gut«, sagt er, »aber es ist ein Riesending.«

»Ein Riesending«, sagt Sonny und hält sich um des lieben Friedens willen zurück. Annie bedeutet sie mit einem Wink, die Tür zu schließen. Ihr Sessel steht hinter einem riesigen Mahagoni-Schreibtisch, der sie mit seinen niedrigen hochgezogenen Kanten an ein Dampfschiff mit seiner Reling erinnert. Nach hinten hat man durch die hohen, von Streben unterteilten Fenster einen großartigen Blick auf die Ausläufer von DuSable, das zusammen mit Easton und Center City den Großraum Tri-Cities bildet. Auf der Tischplatte liegt ein Hammer mit einem fast einen Meter langen Griff, den ihr die Kollegen bei ihrem Abschied vom United States Attorney's Office geschenkt haben. In den Griff hatten sie

›Ms. Justice Klonsky‹ eingravieren lassen. Außerdem standen dort noch die Fotos von zwei Kindern, von ihrer Tochter Nikki, die jetzt fast sechs war, und von Sam, einem X-beinigen Jungen von gut zwölf Jahren, den sie in der Zeit mit aufgezogen hatte, in der sie mit seinem Vater verheiratet gewesen war. Vor fast drei Jahren hatte sie ihn – er hieß Charlie – verlassen.

»Ich habe es letzte Woche im Radio gehört«, sagt Annie. »Ein paar schießwütige Verbrecher. Aus dem Auto im Vorbeifahren draufgehalten. Und diese Lady lief ihnen über den Weg. Eine Weiße.«

»Eine Weiße?« sagt Sonny. »Wo, um Himmels willen, ist das passiert?«

Annie schaut in die von der Staatsanwaltschaft eingereichte Anklageschrift. 7. September. 6.30 Uhr morgens. Wieder in der Grace Street.

»Was hatte sie in der Grace Street zu suchen?« fragt Sonny.

»Vielleicht ist sie Bewährungshelferin. Oder bei der Jugendfürsorge. Irgendwas in der Art.«

»Um die Zeit?« Sonny zeigt auf die Klageschrift. Dabei fällt ihr Zunita Collins ein, und sie fragt die beiden Polizisten, ob sie auch der Jugendfürsorge Bescheid gesagt haben.

»Schon passiert«, ruft Lubitsch zurück.

»Worum geht's?« Marietta kommt zur Tür herein. Sie war beim Lunch und hat noch die Sonnenbrille auf der Nase und selber eine Tüte im Arm. Wortlos stehen die beiden Cops gleichzeitig auf und machen ihr Platz. Marietta Raines ist sehr eigen, was dieses Büro angeht, in dem sie seit fast zwei Jahrzehnten tätig und für Protokoll und Termine zuständig ist. Sie schiebt Handtasche und Tüte in die Schreibtischschublade und beginnt sofort mit der Lektüre der Blätter, die die beiden Beamten zur Vorlage aufgesetzt haben.

»Mein Gott!« sagt Marietta und schüttelt den Kopf über Zunita Collins' Fall. »Das war mal wieder ein Wochenende. Und ich will nichts davon hören, daß jemand ein schöneres erlebt hat.« Mit schweren Schritten marschiert sie in die inneren Amtsräume und tut so, als sei ihr Sonnys finsterer Blick gar nicht aufgefallen. Sie schaut kaum über die Schulter zurück, als sie die Tür zu den beiden Cops zuschlägt, die noch immer über ihre Bemerkung lachen. Sie hat einen langen bauschigen Baumwollrock an, Sommerkleidung, die die Saison in diesem überheizten Gebäude überdauern wird. Obwohl sie jetzt seit neun Monaten zusammenarbeiten, ist Sonny noch nicht sicher, ob der wollige Afro-Schopf auf Mariettas Kopf eine Perücke ist oder nicht. Statt sich mit ihrer Angestellten weiter anzulegen – was nie ohne Angriff und Gegenangriff ausgeht –, widmet sich die Richterin wieder der Klageschrift, die Annie ihr hingelegt hat und die von Hardcore, dem Bandenanführer, handelt.

»O mein Gott«, sagt Sonny. »Mein Gott. ›June Eddgar‹? Ich kenne June Eddgar. Die haben sie umgebracht? Mein Gott. Ihr Sohn ist Bewährungshelfer, nicht? Nile Eddgar. Erinnern Sie sich, daß ich Ihnen sagte, ich kenne seine Familie, als er mal hier war?«

Marietta, die über den Fall schon Bescheid weiß, nickt und weiß auch sofort genau, in welcher Angelegenheit Nile Eddgar im letzten Mai bei ihnen war. Nile ist Sonny als ein hochgewachsener und eher ungepflegter Bursche in Erinnerung. Er trug einen auffallenden Spitzbart und war viel zu nervös gewesen, um ihr direkt in die Augen zu schauen. Er hatte sich auch nicht anmerken lassen, daß er sich an sie aus früheren Zeiten erinnerte.

»O Gott«, sagt Sonny noch einmal. »June Eddgar. Muß ich mich für befangen erklären?«

»Wieso?« fragt Marietta zurück. »Weil sie Ihre Freundin war? Wie haben Sie sie denn kennengelernt? Stammen Sie aus derselben Gegend?«

»Nein, nein. Das war in Kalifornien. Wir wohnten im selben Haus wie die Eddgars. Mein Freund und ich. Er hat für Nile immer den Babysitter gemacht. Das ist Jahre her. Wenigstens zwanzig. Noch mehr. Gott, was für ein unheimlicher Zufall.« Sie zittert ein wenig. Sie braucht immer einen Moment, um zu begreifen, was sie da so heftig mitnimmt. Der Tod. Das Sterben. Vor ungefähr zehn Jahren hatte sie Brustkrebs, und jedesmal, wenn etwas sie an ihre eigene Sterblichkeit gemahnt, packt sie die Panik. »Lebt Niles Vater nicht hier? Ist er nicht Parlamentarier?«

»Er ist Senator für diesen Bundesstaat.« Marietta, die ihrem

Stadtverordneten ihren Job verdankt, läßt keines der einschlägigen Dinner aus und kennt jeden Parteivertreter. »Für den District 39. Far Kindle, Greenwood Counties. Von Beruf so etwas wie College-Professor. Und er hat einen so lustigen Vornamen.«

»Loyell Eddgar«, sagt Sonny, und die drei Frauen lachen. Namen sind bei ihnen hier ein unerschöpflicher Unterhaltungsstoff. Afrikanische, spanische, Ganovennamen. Decknamen en masse. »Die Leute nennen ihn nur Eddgar. Zumindest war das früher so. Ich glaube, er hat eine gewisse Zeit mal in Easton gelehrt. Danach ist er dann hier gelandet. Vorher haben sie ihn da rausgeworfen. Ich glaube, als ich ihn in Kalifornien kennenlernte, war er Maoist. Mein Gott, waren das verrückte Zeiten«, fügt sie hinzu und denkt einen Augenblick an das Chaos und die Auseinandersetzungen damals. Sie scheinen fern und lange vorbei, und doch wurzelt, wie so vieles im Leben, ja eigentlich alles, was sie tut, in dieser Zeit, wie in einem Humus, aus dem Blumen sprießen. Und jetzt ist er Senator. ›Wow‹ würde sie am liebsten sagen. Ein Ausdruck aus vergangenen Zeiten. Wow. So manches hat sich geändert in ihrem Leben.

»Ich glaube, June und er sind schon seit langem geschieden«, ergänzt Sonny. »Soviel ich weiß, hat sie nicht einmal mehr hier gelebt.« Genau weiß sie das nicht mehr. Wenn es um Tratsch geht, wird ihr Gehirn durchlässig. Oft unterlaufen ihr dann schreckliche Dummheiten.

»Und wer war der Freund, mit dem Sie damals zusammenlebten?« wollte Marietta wissen. »Der, der jetzt diese Kolumne schreibt?«

Erneut ein finsterer Blick der Richterin auf ihre Angestellte, eine plumpe Erscheinung, eine Farbige mittleren Alters, die sich wie immer alle Mühe gibt, sich nichts anmerken zu lassen. Wenn sonst kein Außenstehender bei ihnen im Büro ist, herrscht unter den drei Frauen eine eigentümliche Intimität, vor allem, wenn das Gespräch sich nicht mehr um Recht und Justiz dreht, sondern auf das Zuhause, die Männer und Kinder kommt – das Reich der Frauen mit seiner rätselhaften Gleichberechtigung in allen Fragen. Aber Marietta kennt keine angemessenen Grenzen. Das zeigt schon die Art, mit der sie das Thema angeht. Als hätte Sonny ihr bei Antritt ihres Jobs ihr ganzes Liebesleben unterbreitet. 1969–70: Seth Weisman alias Michael Frain. 1970–72: Diverse Herren von den Philippinen. 1972–75: eine lange Trockenperiode. 1977–92: Charles Brace. In Wahrheit hatte Marietta diese Fakten dank ihrer hartnäckigen Neugier zusammengetragen. Sonny hat immer das Gefühl, einfach nicht dagegen anzukommen. Marietta hat so etwas ähnliches wie einen Ehemann, Raymen, aber die beiden haben ihre Probleme. Und deswegen lautet Mariettas Lebensfrage: Wie steht es um die Liebe?

»Was für ein Kerl, der welche Kolumne schreibt?« fragt Annie.

»Nie davon gehört? Unsere Richterin hier hat mit dem Burschen zusammengelebt – wie hieß er noch, Richterin?«

»Marietta, das war in grauer Vorzeit. Ich war noch ein Kind.«

Doch der gewohnte Ausdruck der Anerkennung für Sonnys kluge Antworten ist schon über Annies winziges Gesicht geglitten.

»Er ist bei der *Tribune*«, erklärt Marietta. »Wie würden Sie das nennen, worüber er schreibt, Richterin?«

»Lifestyle, nehme ich an. Aus dem Blickwinkel eines Alt-Achtundsechzigers, quasi eines Überlebenden aus dieser Zeit.«

»Genau. Man weiß ja, was für komisches Zeug manche Leute bei ihrer Arbeit verzapfen.«

»Ich glaube, die Kolumne heißt ›The Survivors Guide‹ von Michael Frain«, sagt Sonny. »Ein Führer für die anderen Überlebenden. Er schreibt sie unter dem Pseudonym Michael Frain. Sie wird über einen Pressedienst verbreitet und landesweit gedruckt«, fügt sie hinzu und hat das Gefühl, sie sei Marietta in die Falle gegangen und posaune stolz Dinge aus über einen Burschen, der einmal in ihr Leben trat und es wieder verließ, noch bevor Noah mit seiner Arche in See gestochen war.

»Ach, die lese ich immer«, sagt Annie. »Ich finde sie *amüsant*. Und *der* war mal Ihr Freund.«

»Für kurze Zeit. Aber er heißt in Wirklichkeit nicht Michael Frain, sondern Seth Weissman. Michael Frain ist sein Pseudonym. Das Ganze ist etwas verwirrend. Wir kannten damals nämlich jemanden, der Michael Frain hieß. Er wohnte mit uns im selben Haus.«

»Zusammen mit Nile Eddgar und all denen?«

»Genau. Nile, Eddgar und June in der einen Wohnung. Seth und ich in der anderen. Und dann Michael Frain. Andere Leute natürlich auch noch.«

»Hört sich wie so eine Kommune an«, sagt Marietta, und Sonny kann nicht an sich halten und lacht laut auf. Manchmal könnte Marietta genausogut sagen: Ihr Weißen seid total verrückt. Aber das Kommunardendasein hatte in jenen Tagen auch einen Aspekt von Glückserwartung. Man war jung, es gab noch keine Hürden und Grenzen. Seths bester Freund, ein Jurastudent, ging in ihrer Wohnung ein und aus. Hieß Hobie und so weiter, ein großer, munterer schwarzer Bursche, und dazu ein wilder Typ.

Annie hat die Nase aus den Akten gehoben und denkt über die Richterin nach, versucht, all das zu verstehen – die Namen, die Beziehungen. Sie wirkt grazil, ihre Augen stehen schmal über breiten Wangen.

Sonny wiederholt sich. »Mein Freund war nicht Michael, sondern Seth. Er ist der Kolumnenschreiber. Aber das tut er unter dem Pseudonym Michael Frain.«

Marietta setzt ihren großstädtischen Blick auf, und der signalisiert ihr Mißtrauen, als sie endlich die noch unbeantwortete Frage stellt: »Und wie ging es mit Michael Frain weiter?«

»Ich habe nicht die leiseste Ahnung«, sagt Sonny. »Das schwöre ich bei Gott. Seth und ich waren damals schon auseinander.« Nicht, daß sie sich das nicht auch gefragt hätte. Bisweilen zuckt in ihr die Neugier hoch, wenn sie den Namen liest und das Foto im Kopf der Kolumne sieht. Wie ist aus Seth Michael geworden? Wo ist Michael geblieben? Fragen, die sie sogar jetzt noch unsicher machen.

Dieses Gespräch über Seth und über die Zeitung erinnert Sonny auch wieder an June Eddgar und den Mord an ihr. Im Gerichtssaal werden Reporter sitzen. Eine Weiße im Vorbeifahren erschossen. Die Mutter eines Bewährungshelfers. Ex-Frau eines prominenten Politikers. Lubitsch hat recht. Es ist ein Riesending.

»Ich würde diesen Fall gern behalten«, sagt sie zu Marietta. Eigentlich ist es nicht die zu erwartende Aufmerksamkeit, die sie unruhig macht. Nachdem alle neu ernannten Richter nach sechs Jahren im Amt bestätigt oder wieder abberufen werden müssen, weiß man einfach, daß man sich vor Publicity hüten muß. Die Wähler sollen keine Gründe für eine Ablehnung finden. Es ist mehr der Blick in die Vergangenheit, der sie reizt. Die ungeklärten Überreste ihrer eigenen Existenz. Dinge, die früher einmal waren, vielleicht auch nur ihre Jugend, wecken ihre Neugier. Der noch so vage Reiz, all die Wege noch einmal abzuschreiten, die sie bisher gegangen ist.

»Behalten Sie ihn«, antwortet Marietta. »Der Gerichtspräsident mag es ohnehin nicht, wenn man Fälle abgibt.« Richter, Anwälte, Politiker, gelernte Bürokraten sind oft genug Ränkeschmiede und schieben zu gern schwierige oder umstrittene Fälle Kollegen mit geringerem Einfluß zu. Als Reaktion darauf hat Brendan Tuohey, der Präsident, strenge Regeln aufgestellt. Der bloße Gedanke an Tuohey und seine Erlasse machten Sonny beklommen. Sie ist ohne Vater aufgewachsen, und so findet sie Männer eines bestimmten Alters furchterregend. Und Tuohey, ein gerissener Politfuchs, dessen Redlichkeit schon lange in Zweifel steht, hatte nie etwas für Sonny übrig oder für die Reformkommission, auf deren Druck sie in seine Domäne eindrang. Nach außen ist er absolut höflich zu ihr, sogar schmeichlerisch, aber Sandy Stern, Sonnys alter Freund und hin und wieder auch ihr Mentor, ging sogar so weit zu unterstellen, daß Tuohey sie trotz ihrer geringen Erfahrung in der Rechtsprechung – ein Jahr Familiengericht, ein paar Monate Strafsachen in kleinen Bezirksgerichten – der Strafkammer zugeteilt hat, in der Hoffnung, daß sie auf die Nase fällt.

»Na gut, aber ich muß einiges zu Protokoll geben. Zum Beispiel, daß ich June kenne. Wann wird der Fall aufgerufen? Jetzt gleich?«

Es ist kurz vor zwei. Kaution wird natürlich nicht in Frage kommen. Wenn Bandenmitglieder vor Gericht erscheinen, haben sie fast ausnahmslos bereits Bewährungsauflagen oder gerade Hafturlaub, und laut Gesetz ist dann eine Freilassung gegen Kaution nicht zulässig. Sonny möchte etwas über Hardcores Bewährungsstatus wissen, und Annie geht ins Vorzimmer und besorgt sich die Antwort aus Mariettas Computer. Marietta selbst stapelt die Unterlagen der Fälle vom Vormittag auf einen Aktenwagen aus rostfreiem Stahl.

»Hardcore hat einen Bewährungshelfer.« Lubitsch hat die Tür ein bißchen zu heftig aufgerissen und steht neben Annie auf der Schwelle. Er strahlt und bebt geradezu vor Stolz ob seiner geheimen Kenntnisse und wartet jetzt in theatralischer Pose, bis Sonny ihn herbeiwinkt.

»Nile Eddgar«, sagt Lubitsch. »Eddgar ist Hardcores Bewährungshelfer.«

Draußen im Flur zwischen den Büros und den Verhandlungssälen geht jemand pfeifend vorüber, der sich so eine Ruhestörung wohl leisten kann.

»Dieser Gangster hat die Mutter seines Bewährungshelfers aus dem Auto erschossen?« fragt Sonny. »Zufällig?«

»Kein Zufall. Auch nicht aus dem Auto. Vielleicht wollen die Saints, daß es so aussieht. Das war Mord auf Bestellung.«

Das ist ein böses Omen: Eine Straßenbande geht bewußt auf die Familie eines Bewährungshelfers los. Die Eröffnung einer neuen Front im Straßenkrieg.

»Wollen Sie auch noch den Rest wissen?« fragt Lubitsch noch immer vor Eifer glühend.

»Das höre ich alles in der Verhandlung, Fred. Ich gehe jetzt hinaus, höre mir die Anträge an, und dann komme ich auf Ihr Haftersuchen zurück.«

»Wie Sie meinen«, antwortet er, kann es aber nicht lassen, noch einmal ungläubig den Kopf zu schütteln. »Ein Riesending«, sagt er noch einmal.

Sonny holt die schwarze Robe vom Kleiderständer hinter ihrem Schreibtisch, schlüpft hinein und zieht den Reißverschluß halb zu. Geschäftig hasten Marietta und Annie vor ihr durch den Flur in Richtung Gerichtssaal. Ein absolutes Riesending. Jeder wird sich sein Scheibchen von diesem Fall abschneiden wollen. Der Bürgermeister wird sich im Fernsehen für bessere Polizeiarbeit stark machen. Im Gerichtssaal wird sich unterdrückte Wut ausbreiten. Sonny hat die Stürme einer Verhandlung in einem heftig umstrittenen Fall noch nicht durchstehen müssen, und sie spürt, wie Angst und Zweifel in ihr hochsteigen.

Aus dem Saal schallt Mariettas schöner Alt in den Gang hinaus, so voll und stolz, als verkünde sie ihren eigenen Namen. »Ihre Ehren Sonia Klonsky«, hört man sie rufen, »Vorsitzende Richterin.«

Zwei Uhr nachmittags. Vorverhandlung. Kautionsfestsetzungen. Schwarze in Handschellen. Gerichtspräsident Brendan Tuohey läßt immer Kaution zu, wenn in einem Fall noch keine Anklage erhoben ist. Wenn aber der Beschuldigte nur auf Anzeige der Staatsanwaltschaft festgenommen wurde, wird er einem Richter vorgeführt, der ihn über seine Rechte belehrt und ihm gestattet, Kaution zu beantragen. Viele Strafrichter übertragen ihre Kautionsangelegenheiten dem nachts zuständigen Schnellgericht, aber Sonny betrachtet es als ihre Pflicht, die niederschmetternden Beschlüsse persönlich zu verkünden, die die meisten dieser jungen Männer treffen – daß sie nämlich ihre Freiheit verloren haben wie einen Gegenstand, den man ihnen bei der Türkontrolle abnimmt, und daß sie sie so bald wohl nicht wiedererlangen werden.

Der April, sagte T.S. Eliot, ist der grausamste Monat. Doch hätte er nach dem grausamsten Ort gesucht, hätte er hierher in den Superior Court von Kindle County kommen müssen. Zusammen mit den Beschuldigten aus den gefährlichen Gegenden und üblen Straßen strömt eine Welle von Roheit und schlimmer Verwüstung mit herein, ein Geruch wie aus dem Schlachthaus. Hier sind die Geheimnisse wohlfeil, die keiner hören will. Letzten Monat liefen gleichzeitig vier Verfahren, in denen Väter oder Mütter angeklagt waren, ihre Kinder ermordet zu haben. Diesen Morgen noch hatte Sonny sechs Gang-Mitglieder vernommen, die einen widerspenstigen Zwölfjährigen im Treppenhaus einer Wohnanlage umzingelt und so lange mit einem Rohr auf ihn eingedroschen hatten, bis ihm das Gehirn buchstäblich aus dem Schädel gespritzt war. Solche Berichte von unglaublichen Grausamkeiten, Messerstechereien, Vergewaltigungen, Schießereien und Überfällen, vom unvermeidlichen ›Verbrechen des Tages‹, so scheußlich, daß man sie sich, wie gewisse Formen der Pornographie, als normaler Mensch gar nicht mehr vorstellen kann – all das ist hier Routine. Und der Gemeinheit und Routinemäßigkeit dieser Verbrechen kann nur das System, für das sie steht, entgegnen, dessen Fahne sie quasi hochhält, und dessen heimliches Prinzip es in Sonnys Augen oft genug zu sein scheint, gerade die Ärmsten der Armen zu schnappen, abzuurteilen und hinter Gitter zu bringen. Wenn sie sich auf ihre Anhörungen und Vorverhandlungen vorbereitet, macht sie sich ungefähr einmal im Monat auf den Weg zur Arrestzelle im Gerichtsgebäude, fragt nach Annie oder dem zuständigen Beamten für den Gefangenentransport und stellt sich dem Anblick des Tageskontingents hinter den Gitterstäben. Das sind jedesmal zwölf oder auch vierzehn junge Männer. Man würde erwarten, daß sie aufstehen und randalieren, aber die meisten sind still, gehen hin und her, rauchen ihre Zigaretten. Wenn sie sich trauen, ihr einen Blick zuzuwerfen, tun sie das ohne Trotz und oft genug auch ohne Hoffnung. Man hat sie gedemütigt. Gezähmt.

Doch oben auf der Richterbank ist Sorge selten das dominierende Gefühl. In einer Atmospähre von Ekel und Angst gilt ihre ganze Mühe dem Versuch, Vernunft in etwas zu bringen, das im Banne der Triebe und Emotionen steht. Mord ist das große Thema, das in diesem Gerichtssaal verhandelt wird: Gangster killen Gangster. Menschen töten Menschen. Meistens tun sie es mit Schußwaffen, aber auch mit Messern, Baseballschlägern, Rasierklingen, Brechstangen, und in einem berühmt gewordenen Fall mit einem Amboß. Die jungen Leute töten einander aus oft nicht nachvollziehbaren Gründen: Jemand fängt an der falschen Ecke ein Wortgeplänkel an; einem wird die Jacke zerrissen. In neun Monaten hat sie die ganze Terminologie beherrschen gelernt: »überholen« (aus dem fahrenden Wagen schießen), »auffahren« (aus dem gestoppten Wagen feuern), »durchfahren« (der Wagen ist die Waffe), »Abmarsch« (der Feind ist verjagt). Auch Ältere leben in einer Welt der überschäumenden Wut und wildesten Verzweiflung. Ja, es gibt noch immer Menschen, die einander töten, weil sie beim Würfelspiel nicht verlieren können, sie kämpfen um Drogen, um Gebietsansprüche – und natürlich darum, wer hinter wessen Mädchen her ist. Was kann man tun gegen eine geladene Waffe in der Hand eines Betrunkenen, der von einer Frau abgewiesen wurde? Auf der Straße gehen unerwiderte Liebe und Tod fast genau so oft Hand in Hand wie in Shakespeares Werken.

Die schläfrige Atmosphäre des Nachmittags hat sich jetzt im Gerichtssaal breitgemacht. Heute morgen bei der wöchentlichen Anhörung wimmelten Saal und Flure von all den Prozeßbeteiligten und -gegnern, Verteidigern, Cops und Staatsanwälten, ärgerlichen Zeugen, mürrischen Beamten, die die Angeklagten herbeischafften, und um sie herum jammernden Frauen. Doch jetzt herrscht melancholische Stille. Im warmen Licht wischt vor den offenen Türen des Gerichtssaals ein Hausdiener mit dem Mop die Fußböden.

Marietta schlägt laut den Hammer auf den Block, und die Anwälte, Reporter und Polizeibeamten erheben sich langsam, während Sonny die vier Stufen zur Richterbank hinaufsteigt, einem Gebilde aus massiver Eiche, den klaren Linien des Bauhauses nachempfunden. Richter an übergeordneten Gerichten tagen in den imposanten Sälen des Justizpalastes im zweiten und dritten Stock, weitläufigen Räumen, deren Architektur dasselbe bewirken soll wie die der großen Kathedralen – den einzelnen zum Zwerg schrumpfen zu lassen angesichts der Majestät marmorner Säulen und goldgerahmter Porträts an den Wänden, prunkvoller Schnitzereien aus Nußbaum im Rokokostil und der Decken, die sich in der Höhe von zweieinhalb Stockwerken wölben. Die Säle ihres Gerichts dagegen sind im Anbau des Justizpalastes untergebracht. Er wurde in den Achtzigern hochgezogen, als aus Washington noch reichlich Gelder in die Rechtspflege flossen. Der Raum hier strahlt den effizienten Geist des ausgehenden 20. Jahrhunderts aus – ein Hoch auf den Dollar. Für Sonny ist der Saal ein intimer Raum, fast wie das eigene Wohnzimmer. Aber wie manchen Kindern dort geht auch Außenstehenden hier das Besondere nicht so leicht auf. Sein Grundriß ist keilförmig und gleicht einem Kuchenstück. Er weitet sich von der Richterbank nach hinten. Das Publikum sitzt auf wackeligen Stühlen, von den Rigipsplatten an den Wänden bröckelt der Putz, und der ausgeblichene Teppichboden ist ausgefranst. Die Geschworenenbänke und der Zeugenstand nehmen die schlichten Linien der Richterbank wieder auf. Besonders seltsam wirken die Lichtschienen über den Plätzen der Hauptdarsteller – Richter, Zeugen, Anwälte –, sie erinnern an eine Motel-Lounge und lassen die übrigen Bereiche des fensterlosen Saals in gedämpftem Licht. Anwälte, der Gerichtsdiener und sonstige Angestellte ziehen sich gern mal dorthin zurück, um es sich ein wenig bequem zu machen, wie Schauspieler hinter den Kulissen.

Nachdem vor einigen Jahren ein Richter am Familiengericht während der Verhandlung erschossen wurde, trennen nun kugelsichere Glaswände den Zuschauer- vom Gerichtsbereich. Der Verhandlungsablauf wird über Mikrophon und Lautsprecher übertragen, auch das Schnaufen und Atemholen aller Beteiligten – der Angeklagten, Verteidiger, selbst Sonnys – zwischen ihren Worten. Täglich sieht sie, wie unter den Zuschauern die Freunde und Verwandten auf ihre Stuhlkanten vorrutschen, um einen Blick zu erhaschen, etwas zu erfahren über ihre Angehörigen da vorn in ihrer Gefangenenkluft. Als Warnung für sie hat Marietta auf ihrer Seite der Glaswand ein handgeschriebenes Schild aufgehängt:

ESSEN VERBOTEN
TRINKEN VERBOTEN
KEINE BESUCHE
IN DER ARRESTZELLE
IM GERICHTSSAAL

Mittlerweile haben sich die anwesenden Reporter auf den Lederstühlen der Geschworenenbank niedergelassen, die sie sich ausgesucht haben, um alles gut mitzubekommen. Die Übertragung in den Zuschauerbereich hinter der Glaswand klappt nämlich nicht immer, auch ist die Akustik durch die Winkel im Raum oft unberechenbar. Die meisten Journalisten sind Vertreter der sensationsgierigen Boulevardpresse, aber es sind auch zwei bekannte Gesichter vom Lokalfernsehen dabei. Stanley Rosenberg, das kleine Frettchen vom Channel 5, huscht in seinem Fünfhundert-Dollar-Blazer mit den verwaschenen Jeans darunter, die die Kamera nicht mehr zeigt, auf einen Sitz neben einem Zeichner, den er mitgebracht hat. In diesem Gericht, in dem die Richter gewählt werden, muß man der Presse entgegenkommen, vor allem nachmittags, wenn es auf den Redaktionsschluß zugeht. Ohne auf die Anweisung der Richterin zu warten, ruft Marietta den ersten Fall auf, den Mord an June Eddgar.

Der Beschuldigte alias Hardcore wird in seinem blauen Overall mit Handschellen und Fußketten aus der Arrestzelle vorgeführt. Mit einiger Besorgnis stellt Sonny fest, wer neben ihm als sein Verteidiger auftritt. Jackson Aires. Aires führt seine Scharmützel am Gericht schon so lange, daß er seine Schüsse quasi aus dem Instinkt heraus abfeuert. Er gehört zu jenen Typen, die ihren Mandanten stets nach dem Munde reden und das so unbeteiligt, daß nicht einmal seine Körpersprache sein Lamentieren unterstreicht. Er ist ein ausgebrannt wirkender Schwarzer mit mittelbraunem Teint und einem üppigen ergrauten Haarschopf. Aires trägt eine alte burgunderrote Sportjacke und abgewetzte Cordhosen. Angesichts der versammelten Reporter wird er eine Mordsschau abziehen und Kaution für seinen Mandanten verlangen.

Die Anwälte nennen ihre Namen, und Sonny gibt ihre Erklärung ab: Sie habe die Familie Eddgar vor fünfundzwanzig Jahren kennengelernt, seitdem aber mit keinem der Familienmitglieder Kontakt gehabt, außer mit Nile Eddgar, der einmal als Bewährungshelfer vor Gericht erschienen war. Als Vertreter des Staates tritt Tommy Molto vor die Schranken, Stellvertretender Chef der Staatsanwaltschaft und zuständig für Kapitalverbrechen. Er ist ein etwas kurz geratener, untersetzter Stutzer, der vor einigen Wahlperioden fast bis an die Spitze seiner Abteilung aufgestiegen wäre, um dann aber im Dunstkreis eines inzwischen längst vergessenen Skandals abzustürzen. Er trägt seinen Namen in die Anwesenheitsliste ein.

»Mr. Aires, Mr. Molto, falls einer von Ihnen den geringsten Vorbehalt hat, gebe ich diesen Fall gern zur erneuten Zuweisung an den Obersten Richter zurück.«

Aires schüttelt nur den Kopf. »Kein Problem, Euer Ehren.« Molto stimmt ihm zu. Sie weiß, daß auch das Büro der Staatsanwaltschaft keine Einwände erheben wird. Hundertsechs Fälle sind allein für diesen Gerichtssaal angesetzt. Auf ihrem Terminkalender stehen für dieses Jahr zwischen achtundneunzig und hundertzwölf Fälle. Man wird ihre Unparteilichkeit kaum in Frage stellen. Jedenfalls nicht offiziell und schriftlich. Sollte es dennoch Krittelеien geben, so werden sie in den Gängen und hinter vorgehaltener Hand zu hören sein.

Sonny verliest die Anklageschrift. Aufmerksam sieht Hardcore zu ihr auf. Normalerweise wirkt ein Angeklagter verwirrt oder verängstigt, irgendwie verloren in der fremden Atmosphäre des Gerichtssaals. Hardcore dagegen, stämmig, dunkel und mit schweren Lidern hält sich mit Würde. Er weiß, was auf ihn zukommt. Sonny ist sich zwar bewußt, daß ihre Stimme in seinen Ohren wie eine Schlachttrompete klingen muß, fragt aber in unschuldigem Ton: »Möchten Sie einen Antrag stellen, Mr. Aires?« Der trotz seiner langen Glieder geschmeidig wirkende Jackson Aires löst die verschränkten Arme und beugt sich zu seinem Mikrophon, das aus dem eichenen Podium vor der Richterbank ragt. Für Jackson Aires besteht das Strafrecht eigentlich nicht aus Grundsätzen und Vorschriften, sondern nur aus den Farben Schwarz und Weiß. Er beherrscht die Spielregeln, spricht die Juristensprache und zitiert Präzedenzfälle. Dennoch ist offensichtlich, daß er kaum daran glaubt, daß dies das Ergebnis einer Verhandlung maßgeblich beeinflußt. Für ihn dienen Regeln und Prozeduren einzig und allein der Hinauszögerung der Emanzipation der Sklaven.

Mit niedergeschlagenem Blick auf den Teppich antwortet er: »Keine Anträge, Euer Ehren.«

Mit einem Schlag ändert sich die Stimmung im Raum, entsteht eine Spannung. Die beiden Anwälte schauen zu ihr auf wie zwei erwischte Hunde, die auf Verständnis hoffen. Vor den Reportern wollen beide nichts mehr sagen. Dennoch ist vielen von ihnen offensichtlich die Bedeutung von Aires' Antwort bewußt. Sonny sieht Stanley Rosenberg über zwei Sitze neben Stew Dubinsky von der *Tribune* rutschen. Stanleys glatt zurückgekämmtes Haar glänzt im Licht des Saals, als er den Kopf zu Dubinsky neigt, um sich dessen Kommentar anzuhören.

»Vielleicht treten die Herren Anwälte kurz vor«, sagt Sonny. Sie schickt Suzanne, die Gerichtsstenographin, mit einer Handbewegung zur Seite und geht den beiden Anwälten entgegen. Auf der untersten Stufe bleibt sie stehen. »Worum geht's?« flüstert sie. »Offenbar hat der Angeklagte mit der Anklagevertretung ein Arrangement getroffen?«

Aires sieht Molto an. Molto sagt: »Das stimmt, Euer Ehren. Wir haben eine Absprache getroffen. Falls das Hohe Gericht zustimmt.« Sein Adamsapfel hüpft unter dem Doppelkinn auf und ab. Das Gesicht ist von Pockennarben übersät. »Wir prüfen noch die Details, Euer Ehren«, flüstert Molto. »Es bleibt noch eine Menge zu ermitteln. Aber wenn die Schilderung des Beschuldigten wasserdicht ist, haben wir uns auf zwanzig Jahre geeinigt, Euer Ehren.«

»Für den Schützen?« Ihre Stimme ist lauter geworden, als ihr lieb ist. Bei konstant guter Führung wäre Hardcore nach zehn Jahren wieder auf freiem Fuß. »In einem Fall wie diesem? Bei dem Handel säße er nur zehn Jahre.«

»Er war ja nicht der Schütze, Euer Ehren. Er liefert uns jemand anderen. Mr. Aires' Mandant war nur der Vermittler. Er ist von einem Dritten angestiftet worden.«

»Vom Bürgermeister?«

Beide Anwälte lachen auf, ein unerwartetes Geräusch im Raum, wo alles schweigt, um etwas von dem zu erhaschen, was an der Richterbank besprochen wird. Seit Sonny Richterin ist, hat sie mehr Sinn für Komik entwickelt. In der Pause, die entstanden ist, überlegt sie, was Molto meinen könnte. Hardcore hat die Seiten gewechselt und ist nun Zeuge der Anklage. Leute aus seinem Milieu tun das selten. Eine interessante Entwicklung.

»Hören Sie«, sagt sie, »wenn Sie bereit sind, über den Fall zu sprechen, geben Sie mir Bescheid. Das wird noch etwas Diskussion erfordern.« Sonny kommt wieder einmal der Verdacht, man wolle sie reinlegen. Irgendwer – die Cops, die Staatsanwaltschaft, Brendan Tuohey. Man hofft auf einen schwerwiegenden Fehler von ihr, um sie aus dem Gericht vertreiben zu können. Sie rafft ihre Robe zusammen, um wieder hinaufzusteigen. Da fällt ihr ein,

Molto zu fragen, ob er beabsichtigt, gegen Hardcore und seinen Mittäter gemeinsam Anklage zu erheben. Molto nickt. Also bleibt es ihr Fall. Sie wird den Vorsitz haben, es sei denn, derjenige, der den Mord veranlaßt hat, bekennt sich schuldig unter dem Druck von Hardcores drohender Aussage.

Molto dreht sich zu ihr um, um sie aufzuhalten. »Euer Ehren«, sagt er mit fast unhörbarer Stimme. Selbst die Lippen bewegt er kaum, damit selbst der kühnste Reporter nichts von ihnen abzulesen vermag. »Euer Ehren. Nur, damit Sie es wissen. Es ist Nile Eddgar. Die Anklage wird das problemlos beweisen. Das sollen Sie wissen. Angesichts dessen, was Sie sagten.«

Einen Moment lang spricht keiner von den dreien.

»Augenblick.« Sie ist die letzte Stufe heruntergekommen. »Augenblick. Spielen wir mit offenen Karten. Keine Andeutungen, Tommy. Sie sagen, daß Hardcore, Mr. Aires' Mandant, bezeugen will, Nile Eddgar, sein Bewährungshelfer, habe ihn zu dem Plan angestiftet, Mr. Eddgars Mutter zu ermorden?«

Molto schaut über seine Schulter zu den Reportern, bevor er antwortet. »Gewissermaßen«, sagt er. Beide Anwälte sehen sie mit ausdruckslosem Gesicht an und warten, was als nächstes kommt. Sonny ringt einen Moment mit sich selbst. »Wir haben ihn noch nicht festgenommen«, sagt Molto. »Den Haftbefehl bekommen wir wahrscheinlich morgen.« Es sei noch vertraulich, sagt er. Benommen nickt sie zwei- oder dreimal.

Als sie von der Vorverhandlung zurückkommt, lungern Wells und Lubitsch in ihrem Büro herum. Sie haben den Entwurf auf ihren Schreibtisch gelegt. Als sie hereinkommt, wendet Lubitsch sogleich den Kopf in Richtung Gerichtssaal.

»Amerikanische Durchschnittsfamilie, oder?« fragt er. »Apfelkuchen, Hot dogs und Chevrolet, stimmt's?« Dieser hämische Ton, diese ständige Selbstgefälligkeit der Cops – dieses Wir-und-die-da – nerven Sonny. Noch gestern hätte Fred Lubitsch von Nile als jemandem gesprochen, der auf seiner Seite kämpft. Sie sieht sich den Haftbefehl kaum an, unterschreibt und schickt die Beamten hinaus.

Ungefähr eine Stunde später kommt Marietta leise zu ihr herein. Sie hat die Akten vom Vormittag ins Hauptgebäude gekarrt und ist natürlich neugierig, was vorne an der Richterbank in Sachen Hardcore verhandelt wurde. Auf Moltos Anschuldigung gegen Nile reagiert sie mit einem überraschten und ungläubigen Grunzen. Doch es scheint sie nicht weiter zu berühren. Marietta ist ein alter Hase.

»Sollte ich den Fall jetzt abgeben?« fragt Sonny.

»Weil Sie diese Leute vor fünfundzwanzig Jahren mal gekannt haben? Wem, zum Teufel, wird der Fall dann übertragen, Richterin? Alle hier am Strafgericht kennen Nile Eddgar besser als Sie. Sie sind hier die Jüngste. Die anderen Richter? Die haben alle oft genug mit Nile Eddgar zu tun gehabt, mit ihm zusammengearbeitet, seine Aussagen unter Eid entgegengenommen und ihm geglaubt. Bei uns ist er erst einmal gewesen. Und viele von diesen Richtern kennen außerdem auch den Vater. Vor ein paar Jahren hat er sich mal um die Leitung des Rechnungshofes beworben, erinnern Sie sich? Er war bei allen einschlägigen Dinners mit dabei. Außerdem, Richterin, einen Fall wie diesen? Den hat keiner gern in seinem Terminkalender.«

Die Rassenfrage. Darauf will sie hinaus. Das große Tabu. Darum wird es in dem Fall gehen. Schwarz gegen Weiß. Draußen auf der Straße. Drinnen im Zeugenstand. Genauso im Geschworenenzimmer. Bei der Presse, die ihn genauestens unter die Lupe nehmen wird. Ihre Kollegen würden glauben, sie habe ihn aus politischen Gründen und nicht aus moralischen Bedenken niedergelegt. Man wird sie argwöhnischer ansehen in den Gängen und ihr noch deutlicher die kalte Schulter zeigen. Und Tuohey wird sie rufen lassen.

»Genau das wollte ich hören, genau das. Wäre nicht jeder neugierig, zu erfahren, was Leuten, die man vor Jahrzehnten kannte, so passiert ist? Aber für mich ist es so – nah.« Sie holt tief Luft, kämpft mit ihrem ausgeprägten Gefühl für Anstand. Hat sie vor etwas Angst? fragt sie sich plötzlich.

»Zum Teufel, Richterin«, sagt Marietta. »Das hier wird auf jeden Fall ein Schwurgerichtsprozeß. Der Verteidiger wird sich mit erhobenem Zeigefinger hinstellen, die Glaubwürdigkeit dieser

Gangster in Frage stellen und alle Schuld auf jemand anderen abwälzen. Das erleben wir doch immer wieder. Für Sie bleibt da außer dem Strafmaß nichts zu entscheiden. Warum wollen Sie nicht abwarten und zusehen, Richterin? Sich anhören, was die Parteien zu sagen haben? Machen Sie es ihnen deutlich, so wie heute. Treten Sie keinem auf die Füße, dann wird auch Ihnen niemand zu nahe treten.«

Sie schwankt noch immer, aber mit Sicherheit wird Nile sie in seinem Fall ablehnen. Sie weiß zuviel von seiner Familie, vor allem von seinem Vater. Eddgar war damals ein gefährlicher und gerissener Fanatiker, von dem manche behaupteten, er habe sogar hinter Mordanschlägen gestanden. Wie der Vater, so der Sohn. Diese Schlußfolgerung wird Nile befürchten. Sonny beendet die Diskussion mit einer Handbewegung. »Wir machen es so, wie Sie sagen, Marietta. Hören uns an, was der Angeklagte vorbringt. Schließlich ist es fünfundzwanzig Jahre her.«

»Genau«, sagt Marietta. Scheinbar braucht sie einen Augenblick, um sich die verschlungenen, sich immer weiter gelockerten Beziehungen vor Augen zu führen, von denen Sonny gesprochen hatte. Sie dreht sich um und sieht sie dann noch einmal mit einem schwachen Lächeln an. Sonny kann sich schon denken, was jetzt kommt. »Also, Ihr Freund ist gegangen und wurde reich und berühmt. Und Sie waren jung und dumm genug, ihn ziehen zu lassen?«

»Scheint so.« Sonny muß lachen. Marietta hat schon vor langem einmal angedeutet, daß Sonny in ihren Augen zu wenig Sinn für Liebe und Romantik hat, und oft genug hat sie Bemerkungen darüber fallen lassen, sie habe ihr gesellschaftliches Leben nicht wieder ordentlich organisiert.

»Und Sie haben nie wieder etwas von ihm gehört?«

»Seit fünfundzwanzig Jahren nicht. Unsere Trennung war seltsam.« Sie schenkt Marietta ein tröstendes Lächeln, oder gilt es eher ihr selbst? Dann fällt ihr Blick auf die Uhr. »Mist!« Sie ist spät dran, um Nikki abzuholen.

»Mist«, sagt sie noch einmal, rennt durch ihr Büro und stopft die Anträge und Unterlagen, die sie über Nacht durchgehen muß, in ihre Aktentasche. Sie eilt durch den Flur, schimpft mit sich und hat die schlimme Befürchtung, daß hinter dieser kleinen Verspätung ein tiefer liegendes Problem steckt. Auf dem Weg durch den Gang zwischen Anbau und Hauptgebäude fragt sie sich wieder, ob sie nicht einen Fehler macht, gar vor irgend etwas kapituliert, was immer es auch sein mag – vielleicht vor diesem prickelnden Gefühl, das sich mit der Erinnerung an frühere Zeiten einstellt und der Hoffnung, heute mit dem fertig zu werden, was ihr damals angst machte. Es hat mit den Eddgars zu tun und ihrem damaligen Leben. In diesem Job fallen so oft nicht eindeutige Entscheidungen. Viel häufiger, als sie es sich als Studentin oder sogar noch als Assessorin vorgestellt hatte, entscheidet sie sich jetzt als Richterin für die Alternative, die ihr nicht unbedingt richtig, sondern einfach nur weniger falsch vorkommt. In gewisser Weise ist dieses Gefühl, schlecht angepaßt und am falschen Platz zu sein, kennzeichnend für ihr bisheriges Leben. Wie den Menschen, die an Astrologie glauben, kommt es ihr vor, als würde ihr Leben von geheimnisvollen höheren Kräften gelenkt. Früher ging sie allzu unbekümmert mit den Dingen um, verließ einen Mann ohne große Vorwarnung, fing drei verschiedene Studienrichtungen an und hatte ein halbes Dutzend Jobs, bevor sie bei den Juristen landete.

Sogar jetzt ist sie nicht sicher, daß die Richterbank wirklich der richtige Platz für sie ist. Es war eine ehrenvolle Berufung und der willkommene Abschied aus der Bundesanwaltschaft, wo sie langsam auf der Stelle zu treten begann. Ganz pragmatisch betrachtet, war die Entscheidung für den Richterberuf die passende Antwort auf die Problematik einer alleinerziehenden Mutter. Die Arbeitszeit ließ sich entsprechend einrichten, und sie blieb, was fast genauso wichtig war, in einem juristischen Beruf. Sie war den Lobgesang auf die Praxis leid, auf den Wettstreit, der immer zugunsten der Aggressiven und Gerissenen ausging. Der hatte aus ihr die Sonny gemacht, die sie am wenigsten mochte: das im Inneren stets verletzte Kind. Insgeheim mußte sie sich immer eingestehen, daß sie dadurch gezwungen war, eine reine Männerwelt zu akzeptieren. Nach Nikkis Geburt – und nach Charlie – wünschte sie sich einen Beruf, in dem nicht schleimige Tricks und hinterhältige

Manöver das Maß der Dinge waren. Es sollte vielmehr von Freundlichkeit geprägt sein, von Gefühlen, die denen gleichen, die sie empfand, wenn sie ihr Kind im Arm hielt. Sie wußte, daß diese Gefühle, die sie schließlich kannte, das Beste, das einzig Richtige im Leben waren. Doch ist diese ernst dreinschauende, dunkelhaarige Frau, die schon einmal attraktiver war, ist diese Sonny, die sie da auf der Richterbank sieht, dieser Mensch, der über Schuldige und Verzweifelte urteilt oder sie verurteit, ist das wirklich sie?

Sie eilt jetzt allein durch die fremde düstere Welt des Justizpalastes mit seinen leeren Fluren und seinem einsam auf den Wartebänken ausharrenden Stammpublikum, den Kautionsbürgen und Polizeibeamten. Ihre hohen Absätze klappern auf dem Marmor. Zu dieser Zeit werden von überall her die Festgenommenen vorgeführt. Eine junge dicke Latina mit schlecht sitzendem buntgemustertem Rockmuster hockt mit abwesendem Blick auf einer der Steinbänke direkt vor der Schranke mit den Metalldetektoren. Sie hat ein drei- oder vierjähriges Kind auf dem Schoß. Das kleine, von feuchten schwarzen Löckchen umrahmte Gesicht ist im Schlaf der Mutter zugewandt. Sie sind immer dabei, die Mütter, Babys, Familienangehörigen, von Sorgen gezeichnet, und sie warten in der vergeblichen Hoffnung, daß ihre Männer und Väter auf Kaution herauskommen, freigesprochen oder sonst irgenwie frei sein werden.

Im Vorbeieilen lächelt Sonny ihnen flüchtig zu. Der Anblick einer anderen Mutter macht sie fast betroffen. Sie sieht Nikki plötzlich vor sich, sieht, wie sie ihr zuwinkt, und dann die beschämende Szene, die auf sie zukommt: Nikki als letzte bei Jackie und eine Sonny, die sich entschuldigt und schwört, es werde nie wieder vorkommen, und immer noch schwört, wenn Jackie zum x-ten Mal sagt, es sei doch kein Problem. Aber Nikkis Anblick selbst tut ihr am meisten weh: Den Mantel schon angezogen, den Rucksack auf dem Rücken, wischt sie sich die Nase mit dem Ärmel. Sie greift nach ihrer Hand und will, daß sie aufhört sich zu entschuldigen. Dieses kleine Wesen, erschöpft von den kleinen Kümmernissen des Tages und der verlängerten Trennung. In Sonny selbst taucht zugleich der ewige vorwurfsvolle Gedanke in die andere

Richtung auf: Wie oft hat Zora ihr das angetan? Wie viele tausende Male? Sie wundert sich, daß ihr dieser Schmerz noch immer so dicht unter der Haut sitzt und sie sich seiner noch immer so klar erinnert und wie sehr ihr bewußt ist, was in ihr vorging, wenn ihre Mutter wieder einmal davonfuhr.

Das also ist Ihre Ehren, Richterin Sonia Klonsky. Mit diesen heftigen Gefühlen eilt sie die wenigen Schritte zu ihrem Wagen. Es beginnt zu dämmern, und magisch zieht der Abend herauf. Der Himmel scheint sich fast zu wehren. Die Konturen verwischen sich. Häuser, Gestalten, kleine umherflatternde Vögel, das Stadtzentrum im Hintergrund, alles scheint kulissenartig voreinandergeschoben wie in einem Diorama. Billige Neonreklamen an den Wänden schmuddeliger Kautionsbüros auf der anderen Straßenseite versprechen: »Kautionen. Schnell und zu günstigen Bedingungen.« Sie fährt eilig los, und die schmerzlichen Szenen, aus denen ihr Leben besteht, wie jedes andere Leben auch, die ungeahnten Komplikationen dieses Falles und das ständige Leid, das das Gerichtsgebäude wie eine Giftwolke durchzieht, halten sie umklammert. Sie fährt los und spürt plötzlich, wie ein warmes Gefühl in ihr aufsteigt, ein Quentchen Glück, das ihr Herz berührt. Sie denkt an ihr Kind.

14. September 1995

SETH

Der elektronische Sperriegel am Eingang zum Gefängnis von Kindle County fährt zur Seite. Seth Weissman und Hobie Tuttle werden eingelassen. Sie sehen, daß sie nicht die einzigen Zivilisten hier sind. Ein Lieferfahrer von Dominos, ein schmächtiger Bursche, den alle Kirk nennen, hat den Lunch gebracht.

»Alles klar«, sagt er zu den drei Vollzugsbeamten und zieht wieder ab, während er sein Trinkgeld zählt. Der Riegel fährt mit einem metallischen Klicken zurück. Kirk fährt wieder los. Das Gefängnistor hat einen Durchguck aus kugelsicherem Glas, aber es sind die Stäbe dahinter, die Seths Aufmerksamkeit fesseln. Das Gitter ist dick mit Rostschutzfarbe in dem blassen Beige gestrichen, das hier alles beherrscht – Wände, Fußboden und sogar den stahlverstärkten Schreibtisch in der Anmeldung.

»Der Direktor läßt keine Presseinterviews zu, Mann.« Ein Wärter zeigt mit pizzaverschmierten Fingern auf das von Hobie ausgefüllte Formular.

»Kein Mensch macht hier irgendwelche Interviews, Mann«, sagt Hobie.

»Steht hier aber. ›Michael Frain. Beruf: Journalist.‹« Der Wärter sieht zweimal vom Formular zu Seth hoch, als wolle er taxieren, ob die Beschreibung paßt.

»Nein, nein, hören Sie zu«, sagt Hobie. »Der junge Bursche, den Sie hier drin haben, Nile Eddgar, hat Mr. Frain gebeten, ihm bei der Suche nach einem Anwalt zu helfen. Mich hat er ausgesucht. Okay? Er begleitet mich, gehört also zum Anwaltsbesuch.«

Nach einer weiteren Debatte wird dann der Captain gerufen, ein hoch aufgeschossener Schwarzer, der einen sehnsüchtigen Blick auf die Pizza wirft. Aber er zeigt Disziplin. Zuerst das Dienstliche. Hobie bläst sich gewaltig auf, und der Captain, der sich hütet, sich mit der Presse anzulegen, oder einfach nur Hunger hat, läßt sie durch. Ihr Weg führt sie zu einem weiteren Backstein-Wachhaus. Ihre Brieftaschen werden in einer kleinen Blechkassette deponiert, und ein anderer Wärter tastet sie mit ernstem Gesicht nach Waffen ab.

Dann sind sie im Gefängnisinnern, im engen Aufnahmebereich. Hinter ihnen schlägt die vergitterte Tür mit einem Schloß, so dick wie ein Buch, unwiderruflich zu. Hobie bemerkt Seths unbehaglichen Gesichtsausdruck.

»Wie meinte doch Nummer 47 zu Nummer 3?« witzelt er. Er spielt auf Elvis' »Jailhouse Rock« an. Number 47 / said to number 3 / You're the cutest jailbird / I ever did see. Auf dem Weg vom Flughafen hierher war Hobie alles mit ihm durchgegangen. »Wenn wir oben auf einem der Laufgänge sind, Mann, halt dich immer ans Geländer. Geh nicht zu nah an die Zellen. Diese hinterhältigen Kerle packen dich am Schlips, ziehen dich ran, knoten ihn am Gitter fest und gucken zu, wie du dich selber strangulierst und ›Hilfe!‹ schreist. ›'ne ganze Woche werden sie über dich lachen.« Bei dem Gedanken platzte Hobie los. Obwohl Hobie jetzt tausend Meilen entfernt in D. C. lebte, war und blieb das hier doch seine Welt.

Ein Wärter schickt sie auf den ziegelgepflasterten Weg durch den Hof. Rechts und links ragt klotzig das Gefängnis, sieben Gebäude aus rotem Backstein, Relikte aus der Ära reiner Zweckbauten in Amerika. Diese Gebäude hätten auch Fabriken sein können oder heutzutage sogar Schulen, besonders mit ihren schwer vergitterten Fensterreihen. Dazwischen ist alles asphaltversiegelt, und das einzige Grün, das hier sprießt, sind Unkraut und Flechten, die sich noch in den Ritzen zwischen den Ziegeln halten können. Dicke Backsteinmauern umgeben den gesamten Komplex. Der Mörtel zwischen den Steinen ist ausgebessert, und auf ihrer Krone windet sich Stacheldraht in gefährlichen Spiralen.

»Du meinst, er ist okay hier drinnen?« fragt Seth.

»Vielleicht. Vielleicht auch nicht. Gleich werden wir's wissen.«

»O Mann«, sagt Seth, »zieh hier nicht die harte Nummer ab. Es fällt dir nicht gleich ein Zacken aus der Krone, Hobie, wenn du dir ein bißchen Sorgen um deinen Mandanten machst.«

»Sieh da, sieh da«, zitiert Hobie einen beliebten Ausdruck seines Vaters. Hobie, ein geborener Imitator, hatte in den letzten fünfundzwanzig Jahren schon alle möglichen Größen drauf, von Timothy Leary bis Louis Farkhan, und jetzt sollte es eben sein Vater, Gurney Tuttle, sein. Er ist stehengeblieben und schwenkt seine große Aktentasche. »Nun mal ganz langsam. Du rufst mich einfach in D. C. an und greifst mal eben an einem total entscheidenden Punkt in mein Leben ein.«

»Hast du gerade eine Dallas-Wiederholung geglotzt?«

»He, verarsch mich nicht und hör mir zu. Ich will dir mal was sagen. Ich war gerade mit einer Klasse-Lady beschäftigt, als du ankamst und mich rausbrachtest. Ich denk', mich tritt ein Pferd. Schleimt da einer los: ›Mein schwarzer Bruder, du mußt das für mich tun, mußt diesem kleinen alten Musketier helfen. Du kennst doch Nile, oder? Du bist der Beste, den ich kenne, du mußt es für mich tun.‹ Soweit korrekt?«

»Es reicht.«

»Okay. Also bin ich hier.« Hobie – Bart, eleganter Anzug – hält Seth mit erhobenem Zeigefinger seine Strafpredigt. »Aber ich halte mich an den Rat dieser Lady. Erinnerst du dich an Colette? ›Wer hat gesagt, du sollst glücklich sein? Mach deine Arbeit.‹ Genau das tue ich, Mann. Ich arbeite. Ich werde dafür bezahlt. Aber ich verliebe mich nicht in sie. Die einen verlassen das Gericht durch die Vordertür, die anderen nicht. Aus dem Knast nehme ich auch R-Gespräche an. Aber weiter geht die Liebe nicht. Wenn du das Mitgefühl mit diesem jungen Mann zum Hobby deines Lebens machst, ist das deine Sache. Aber mir komm damit bitte nicht.«

»He, er ist nicht mein Hobby. Ich bin mit ihm in Verbindung geblieben, das ist alles. Er hat immer ein bißchen Hilfe gebraucht. Und außerdem, wie würdest du dich denn fühlen? Der Bursche ruft mich von einem Münzfernsprecher an. Seine Mutter ist tot, die Cops sind ihm wegen etwas auf den Fersen, das er nicht getan hat, und den eigenen Vater kann er nicht um Hilfe bitten, weil der zufällig zu den ganz großen Arschlöchern unseres Jahrhunderts gehört. Ganz schöne Klemme, nicht?«

»He, Bruder.« Hobie wischt das mit der Hand weg. »Solche Geschichten gibt's in dieser Scheiß-Stadt achtmillionenmal. Du hast selbst schon in der Klemme gesessen. Lucy auch. Ihr alle tut mir leid. Weißt du, die Leute hier drinnen – meistens stellt sich heraus, daß sie an ihrem Ärger selber schuld sind.«

Ein Wärter, den man ihnen entgegengeschickt hat, damit er sie zu Nile in Haus 7 führt, hat sie über das fleckige Pflaster kommen sehen.

»Wer von Ihnen ist der Reporter?« fragt er. »Wollen Sie mich interviewen? Verdammt, das sollte mal einer tun. Im Ernst. Ich mach' das hier dreiundzwanzig Jahre, werden bald vierundzwanzig. Habe hier einiges an unglaublichem Scheiß gesehen.«

Der Wärter, ein schlaksiger Mann, lacht dazu, fällt in ihr Lachen ein. Er wirkt viel zu umgänglich für diesen Job. Er kaut auf einem Zahnstocher, der auf der Unterlippe hängenbleibt, wenn sein nächster Redestrom beginnt.

Vom eingezäunten Gefängnissportplatz dringen Anfeuerungsrufe herüber, wo Häftlinge zu Hunderten in ihren blauen Overalls und Pullovern Basketball spielen oder in Trauben zusammenstehen und klönen. Es gibt drei Spielfelder, und auf allen wird gespielt. Seitlich gibt es außerdem zwei Bereiche, in denen ein paar Männer anderen beim Gewichtheben zusehen. Seth betrachtet die Männer. Es sind große und kleine dabei, einige sind fett, andere strotzen vor antrainierten Muskeln. Manche Insassen beobachten sie mürrisch und verächtlich, andere hängen am Maschendraht und rufen ihnen nach: »He, Anwalt, Anwalt, Mann, Sie haben doch meinen Fall, Mann, ich bin unschuldig, Mann, ich hab' nichts gemacht.« Eines sind sie alle: schwarz.

Weiter entfernt spielen Latinos unter einem Korb, und nachdem Seth sich genauer umgeschaut hat, fällt ihm auch ein Häufchen weißer Burschen auf. Die meisten sind kahl rasiert und auffällig tätowiert. Doch hier im Kindle County Municipal Jail sprechen – Jahrzehnte nach der großen Einwanderungswelle aus dem Süden – die Tatsachen für sich.

Es ist daher nicht schwer, Nile am anderen Ende des Platzes zu entdecken. Er ist dicker als vor drei Jahren, als Seth ihn zuletzt gesehen hat. In seinem Alter hält man Niles Schmerbauch fast für ein Eingeständnis von Schwäche. Sein graubraunes Haar ist lang und verfilzt. Er raucht eine Zigarette. Er wippt auf und ab, während er sich mit drei oder vier jungen Schwarzen unterhält. Wie immer wirkt Nile anders, als man erwartet. Wo sind die grimmige Wut und die gedrückte Stimmung, die normal wären, ob er nun zu Unrecht verdächtigt wird oder den inneren Aufruhr durchstehen muß, der ihn zwangsläufig überkäme, wenn er selbst die Ermordung seiner Mutter geplant hat? Der hochgewachsene junge Mann macht, wenn überhaupt, den Eindruck, als sei er mit sich im reinen. Aber so ist Nile nun einmal. Mr. Es-geht-mich-nichts-an. Und außerdem weiß Seth aus eigener Erfahrung, daß von allen großen Gefühlen die Trauer in ihrer Wirkung am unberechenbarsten ist.

Der Wärter, er heißt Eddie, muß Nile zweimal rufen. Eine der Wachen in Khaki-Uniform schließt das Tor auf und läßt ihn heraus.

»Hi«, sagt Nile. Er ist unbeholfen und will schon einen Arm um Seth legen. Dann aber überlegt er es sich anders. Seth stellt ihn Hobie noch einmal vor. Schließlich ist es Jahrzehnte her. »Toll«, sagt Nile. »Toll.« Er schüttelt Hobies Hand mit plumper Begeisterung. Selbst Seth weiß nicht recht, wie er anfangen soll. Soll er ihm sein Beileid aussprechen? Oder aufgebracht sein über die Umstände?

»Wie geht's denn so?« fragt er. »Kommst du klar mit alldem hier? Wie läuft das ab?«

»He, dem geht's hier richtig gut«, antwortet Eddie lachend für ihn, »wir sind hier in Fun City«, und freut sich wieder über seinen eigenen Humor.

Eine Charakterisierung von Nile fällt einem schwer. Verschlossen wirkt er, erschreckend unsicher. Hinter seinem Blick verbirgt sich ein Wesen, das durch ständig unterdrückte Angst und Furcht zu Eis erstarrt ist. Jetzt zuckt er mit den Schultern. »Hier drinnen habe ich gearbeitet«, sagt er. »Die meisten meiner Klienten habe ich in diesem Gefängnis kennengelernt. Ich weiß, wie das hier läuft.«

Eddie hat sie ins Haus 7 geführt. Die Schlackewände und die Treppen haben eine dicke rote Lackschicht. Hier werden die Stahltore mit Schlüsseln aufgesperrt. Sie führen in einen vergitterten Vorraum, in dem eine Anzahl Wärter zusammensitzt, darunter auch zwei Frauen. Hinter einer Gitterwand liegen die Laufgänge vor den Zellen, in denen die Häftlinge untergebracht sind. Eine Landschaft aus Stahl und Eisen. In der Luft hängt der strenge Geruch von Essen und Desinfektionsmitteln. Aus einer Zelle tönt ein Radio. Weiter oben schlägt eine Tür ins Schloß. Der Nachhall dröhnt durch die Gänge. Einen halben Block weiter läßt ein einsames Fenster am Ende des Ganges das einzige Tageslicht herein. Von seinem Standort aus kann Seth in die nächstgelegenen Zellen schauen. Wäscheleinen sind gespannt. Postkarten und Familienfotos kleben über den schmalen hochgeklappten Brettern, die sie ihre Kojen nennen. In einer davon liegt mit ausgestreckten dunkel glänzenden Gliedmaßen ein Mann in Unterhosen. Er scheint wie gelähmt vom Häftlingsdasein.

Als Wärter den Zellentrakt betreten, kommt ein Gefangener an sein Gitter. Er hat sich den Overall um den Bauch gebunden und führt seinen imposanten Körper vor. Laut beschwert er sich in breitestem Ghetto-Slang bei den Wärtern. Viel versteht Seth nicht. Der Mann hat eine wilde Mähne. Ungekämmt und ungepflegt stehen struppige Strähnen wirr vom Kopf ab.

»Beweg deinen Arsch vom Gitter weg, Tuflac«, sagt einer der Wärter zu ihm. »Das haben wir dir schon dreimal gesagt.«

Eddie hebt seine Hand wie ein freundlicher Gastgeber und dirigiert Nile, Hobie und Seth zu einer Cafeteria, die auch als Besuchsraum dient. Vier oder fünf Häftlinge sitzen mit ihren Besuchern an Tischen, die über den Raum verteilt sind. Ein Mann mit

Krawatte ist offensichtlich ein Anwalt. Der Rest sind Familienangehörige und Freundinnen, die außer der Reihe an einem gewöhnlichen Werktagnachmittag hier sind.

»Okay, jetzt müssen wir miteinander reden«, sagt Hobie. Er winkt Seth zur Seite. »Nur Nile und ich, zum Schutz des Besuchsprivilegs.«

Seth will protestieren, aber es fällt ihm kein Grund ein außer der Tatsache, daß er durch das halbe Land von Seattle hergereist ist, um dieses Treffen zu arrangieren. Er muß an einem der kleinen Tische Platz nehmen, die am Boden festgeschraubt sind, während Hobie Nile fast triumphierend in die entfernteste Ecke führt. Die Cafeteria ist eng. Die Wände sind aus Klinkern. Alles ist makellos sauber, bis auf die Flecken und eingekratzten Gang-Symbole auf den weißen Kunststoff-Tischplatten. Für ein Gefängnis kann man den Raum fast freundlich nennen. Milchig warmes Tageslicht fällt durch eine Reihe vergitterter Fenster, und drei oder vier Verkaufsautomaten bringen sogar etwas Farbe herein. An Seths Nebentisch hat ein flotter Latino Besuch von seiner Frau oder Freundin. Sie trägt das tiefschwarze Haar hochtoupiert und hat sich so aufgemacht, daß er etwas fürs Auge hat – enges, rotes, ärmelloses Top mit gewagtem Ausschnitt und schwarze Jeans, die ihre strammen weiblichen Rundungen betonen. Die Augen sind so stark geschminkt, daß sie damit im Kabuki auftreten könnte. Dauernd ist sie auf den Beinen und holt Kaffee, Zigaretten, eine Coke. Jedesmal, wenn sie kommt und geht, grabschen beide einander ab, so gut es geht. Ihre Hände fahren schnell und immer wieder über den Körper des anderen. Damit mißachten sie die Regeln. Zwar bemerken es die drei oder vier Wärter in ihren Khaki-Uniformen von ihren Beobachtungsposten aus, aber sie greifen nicht ein. Ein so flüchtiges Vergnügen kann schon verziehen werden.

Eddie hat ein wenig Zeit und wendet sich an Seth. »Und was schreiben Sie so?«

Seth rattert die Standarderklärung über seine Kolumne herunter: landesweit über einen Dienst verbreitet, hier in der *Tribune* zu lesen.

»So, so«, sagt Eddie. Er hat offenbar noch nie etwas von Michael

Frain gehört und ist ein bißchen enttäuscht. Beiden ist für den Augenblick der Gesprächsstoff ausgegangen, und sie schweigen. Seth sucht nach einem neuen Ansatzpunkt und fragt, ob Nile hier irgendwelche Schwierigkeiten gehabt habe.

»Sieht nicht so aus. Haben ihn erst mal in einer Einzelzelle untergebracht, als er gestern ankam, aber er wollte normal bei den anderen sein. Wir fragten uns, ob wir ihn in die Abteilung 2 schicken, den ›Gladiatorenflügel‹, wie ich ihn nenne, zu all den jungen Neunzehnjährigen, die andauernd herumbrüllen und raufen. Aber ist hier schon richtig untergebracht. Scheint mit den BSDs klarzukommen. Sie passen auf, daß ihn niemand fertigmacht oder ihm das Essen wegnimmt.«

»BSDs?«

»Black Saints Disciples, Mann. Man kommt sich irgendwie nahe hier drinnen, wissen Sie.« Eddie liebt Späße und lacht wieder mal über seine eigene Bemerkung. Dann rollt er den Zahnstocher zwischen den Fingerspitzen und fährt fort: »Wissen Sie, alle kommen hier mit diesen schrägen Vögeln klar, die Staatsanwälte, die Cops, die verdammten Wärter, wenn sie wissen, woher sie kommen. Angefangen habe ich den Dienst unten in Rudyard. Viele Beamte legen sich dort mit den Häftlingen an. Deren Frauen kommen zu Besuch, da geht ein Wärter hin, kneift ihnen in den Hintern, grinst sie an, als hätte er ein neues Gebiß, und die Männer sitzen hinter der Scheibe und können 'nen Scheißdreck tun. Natürlich kriegste dann 'nen Tritt von hinten. Sie verstehen, was ich meine? Ja? Mach keinen Scheiß, dann passiert dir auch nichts, das ist meine Devise. Wenn ich hier selber eingelocht wäre, wär' ich okay, wie Nile. Die Jungs von den BSDs oder die G.O.s – die Gangster Outlaws, klar? – würden mich abdecken. Diese Gangs schmeißen den Laden hier ganz gut. Sie verstehen, was ich meine?«

Seth schüttelt kurz den Kopf. Er sagt kein Wort, um Eddies Redestrom nicht zu unterbrechen. Das wäre der richtige Ansatz: Eine Kolumne über ihn und das Gefängnis. Es wäre der Hammer.

»Also«, sagt Eddie und stellt den Fuß auf einen Stuhl. Die Hosennaht ist braun paspeliert. Er beugt sich vertraulich vor, hat sein Thema gefunden. »Das erste, was sie dir gleich zu Anfang in der Ausbildung beibringen: Der Laden kann nur laufen, wenn die Häftlinge mitmachen. Zur Zeit haben wir hier 'n Problem. Wir müssen rauskriegen, wer zu den Saints gehört und wer zu den Outlaws. Dann geht alles in Ordnung. Klar? Wir wollen, daß es hier ruhig zugeht. Kapiert? Keiner kriegt unter der Dusche 'n Messer zwischen die Rippen, kein Bandenkrieg im Hof, keine drei Insassen, die 'n Wärter abpassen und ihm die Eier abschneiden, wie schon mal in Rudyard. So wollen wir es haben.«

»Und was wollen die?« Als einer, der sein Leben lang Fragen stellt, merkt Seth an der Art, wie Eddies Redefluß jetzt versiegt, daß sie am wichtigen Teil angekommen sind.

»Die?« Eddie lacht wieder, aber gedämpfter. »Das wollen Sie doch nicht alles schreiben, oder?«

Seth hebt beide Hände und zeigt, daß er weder Papier noch Stift hat – als wäre es das Letzte, worauf er käme. Eddie dreht den Stuhl um, setzt sich rittlings darauf und stützt die langen Arme auf die Lehne. Er hat ein rundes Gesicht mit einem netten Lächeln, wenn ihm auch ein Schneidezahn fehlt. Der Ansatz seines kurzgeschnittenen Haars bildet am Hinterkopf eine muschelförmige Linie.

»Diese Gangsterbande will unbehelligt bleiben, wenn ihr Stoff kommt.«

»Stoff?«

»Sagen wir Konterbande. Nun sehn Sie mich nicht so an. Ich sag' nur die Wahrheit. Das kann Ihnen jeder hier bestätigen. Wissen Sie, die Brüder brauchen dieses Zeug. Mann, für viele dieser Kids ist der Knast so was wie 'n Aufstieg. Hier landen schließlich die großen Tiere. He, Sie glauben doch nicht, ich mach' Ihnen was vor? Tu' ich nicht.« Eddie sieht sich nach Hobie um, als hoffe er, er sei nahe genug, um ihm zustimmen zu können. Aber Hobie ist noch mit Nile beschäftigt. Hobies Aktentasche, italienisches Modell aus glattem, braunem Leder, liegt vor ihm auf dem Tisch, wie üblich führt Hobie das Gespräch. Neben den beiden stehen kleine Pappbecher, aus denen heißer Kaffee dampft.

Eddie redet weiter. »Wenn sie noch draußen sind, überlegt die Hälfte von ihnen schon, was wird dieser verdammte Verein für mich tun, wenn ich sitze? Drinnen machen sie dich fertig, fürchten sie, lassen dich hängen, Mann, genauso deine Brüder, treten dir in den Arsch, hast keine Chance. So läuft das. Aber die Hälfte von diesen jungen Kerlen, mehr als die Hälfte, sind wegen Rauschgift hier, und eine ganze Menge kommt schon high hier rein. Die Gang muß sie weiter versorgen, klar? Ein paar brauchen ein bißchen Sprit gegen die Langeweile, wissen Sie? Wie dem auch sei, die Gang ist so gut wie Dope. Wie's immer so schön heißt: Clubmitglieder bevorzugt. Die Gang sorgt für Geld. Für Disziplin. Die Gang sorgt für den Stoff hier drinnen.«

»Wir sind ganz schön gefilzt worden, als wir hereinkamen.«

»Teufel auch, Mann, darauf können Sie wetten, daß wir Sie filzen. Das hier ist eine Strafanstalt, Mann, wir werden nicht hingehn und irgendwem helfen, gegen das Gesetz zu verstoßen. Der Sheriff will wiedergewählt werden, damit Sie's wissen. Der Bürgermeister auch. Aber diese Brüder wissen, wie sie es machen müssen. Der Stoff kommt hier rein, genau wie das Geld, mit dem er bezahlt wird. Ich meine, so läuft das. Jeder weiß es. Läuft irgendwie, sagen wir mal, auf Gegenseitigkeit, und jeder hat etwas davon.« Eddie lächelt wieder, aber selbst ihm scheint jetzt der Gedanke zu kommen, daß er reichlich offen redet, zumal mit einem Reporter. Er rammt den Zahnstocher, den er lange zwischen den Fingern gehalten hatte, zwischen die Zähne zurück und macht sich wieder an seine Arbeit.

Kindle County, denkt Seth. Irgendwas Schmutziges passiert hier immer. Jedesmal staunt er wieder. Ob er je von dieser Gegend loskommt? Nein. Seit dreißig Jahren fragt er sich das, und jetzt kennt er die Antwort: nein. Hier hat er seine ersten Träume geträumt. Im düsteren Winterlicht, so zäh wie Schellack. Hier hat er seine Kindheit verbracht, in öligem Qualm und der Asche verbrannter Kohle. Kein Entkommen. Er und Lucy haben überall gelebt: in Seattle, Pawtucket, Boston, Miami und die letzen elf Jahre wieder in Seattle. Doch jetzt, wo sein Leben an einem Wendepunkt steht, in diesem traurigen mittleren Lebensabschnitt, der schon zu lange dauert, als daß man ihn noch Midlife-crisis nennen könnte, denkt er an einen neuen Anfang. Auf die Frage der Stewardeß: ›Auf dem Weg nach Hause?‹ hat er ›ja‹ geantwortet.

Etwa zehn Minuten später sind Hobie und Nile fertig. Nile wirkt jetzt nachdenklicher. Hobie sagt ihm, er komme morgen wieder, und Seth umarmt Nile schnell, bevor er wieder von Eddie in Obhut genommen wird. Der Wärter winkt ihnen zum Abschied nach und lacht wieder einmal.

»Okay, du Ärmster«, sagt Hobie. »Laß uns abschwirren. Gehn wir.«

»Und?« fragt Seth, kaum daß sie auf dem Weg durch den Hof sind.

»Was ›und‹?«

»Was meinst du? Kriegst du ihn raus?«

»Weiß ich nicht genau. Habe meine Kristallkugel zu Hause vergessen.«

»Gut. Aber wie steht der Fall?«

»Kann ich noch nicht sagen. Habe mit ihm nicht drüber geredet.«

»Himmel, worüber habt ihr dann eine Dreiviertelstunde lang geredet? Über Astrologie?«

»Worüber ich mit diesem jungen Burschen, meinem Mandanten, geredet habe, geht dich nichts an. Aber was ich mit einem neuen Mandanten immer gleich am Anfang bespreche, ist die Höhe meines Honorars.«

»Dein Honorar!«

»Zum Teufel, ja, mein Honorar. Habe ich dich nicht gleich gefragt: ›Kann er sich einen Anwalt leisten?‹ Und du sagtest: ›Kein Problem.‹ Teufel, ja, ich habe mit ihm über mein Honorar geredet. Ich muß drei schäbigen Weibsbildern Unterhalt zahlen.«

»Wieviel?«

»Auch das geht dich einen Dreck an. Ich habe ihm gesagt, was ich von ihm kriege, und das ist ein verdammter Haufen Geld. Er sagt, er schafft das schon. Das gefällt mir. Ich frage nie jemanden, woher er's hat. Solange er nicht meine Mutter ausraubt. Hauptsache, der Scheck kommt im voraus und ist gedeckt.«

»Mein Gott«, sagt Seth. »Was treibst du dich eigentlich am hellichten Tag außerhalb deines Sarges herum?«

»Willst du mal hören, wie es mir geht, wenn mich einer aufs

Kreuz legt? Ich kann dir Sachen erzählen. Ich hab' mal einen Schweinehund seine Frau mit Handschellen an den Heizkörper fesseln lassen, nur um sicherzugehen, daß er mit dem Geld zurückkommt, als wir vor Gericht fertig waren. Und weißt du, wie es ausging? Der weiße Scheißkerl bekam am Ende noch Geld von mir. Wegen Nötigung.«

Seth muß laut lachen. Hobies Schauergeschichten sind noch immer die besten. Haben selten etwas mit der Realität zu tun.

»Im voraus«, wiederholt Hobie. »Auf die Hand. Regelmäßig. Treib einen Anwalt für ihn auf, der das nicht so macht, dann sage ich dir, er taugt nichts. Er hat nicht die geringste Ahnung.«

»Keiner hat etwas von einem anderen Anwalt gesagt. Ich habe dir gesagt, er will einen, der nicht von hier ist, damit er sicher sein kann, daß er nicht etwa seinem Vater zu Dank verpflichtet ist. Ich habe ihm versprochen, daß er da bei dir verdammt sicher sein kann.«

Hobie macht eine Pause und denkt nach, ein Riese von einem Kerl, wie eine schwarze Eiche. Mit dem Älterwerden haben sich dunkle Melaninflecken um die tiefen Augenhöhlen gebildet, und sein Haaransatz hat sich, wenn auch nicht so traurig wie bei Seth, auf den Rückzug begeben. Die weiche Frisur, der Bart, beides grau meliert, dazu der elegante Anzug, verleihen diesem launischen Mann eine gewisse Würde.

»Also, eines kapier' ich nicht«, sagt Hobie. »Die Sache mit Nile hat Eddgar keineswegs umgeworfen. Er meint, man habe Nile nach der Schießerei zu Recht eingesperrt, und er will auch nicht mit ihm reden.«

»Von wem hast du das? Von Dubinsky?«

»Von Eddgar. Hat mich gestern abend angerufen in D. C. Er wisse vom Direktor, daß ich sein Anwalt bin.«

»Gott im Himmel. Warum hast du mir nicht gesagt, daß du mit Eddgar gesprochen hast?«

»Hör mal zu«, sagt Hobie. Er bleibt mitten in seinem polternden Gang stehen. »Du hast ganz falsche Vorstellungen. Du machst dir ein völlig verkehrtes Bild. Weißt du, was für eine Rolle du hier spielst? Du bist nichts als der Vermittler. Wie sagt man auch? Brautwerber.«

»Auf jiddisch? Der Schadchen.«

»Genau. Du bist der Schadchen. Aber der Schadchen steigt nicht zu Braut und Bräutigam ins Bett. Du willst, daß ich diesen jungen Mann vertrete? Okay, das werde ich tun. Aber ich kann nicht jede Einzelheit mit dir durchkauen. Ich muß mein Anwaltsprivileg wahren. Das nimmst am besten gleich zur Kenntnis. Wir sind hier nicht im Kindergarten. Hör also auf zu fragen, was mein Mandant mir erzählt hat. Und sprich kein weiteres Wort mit Nile über diesen Fall. Das hier ist ein Gerichtsverfahren«, sagt er. »Es ist ein Krieg. Denk mal vier Schritte weiter, oder besser vierzehn. Diese Staatsanwälte werden dich vorladen, und ich will nicht, daß du auf etwas hockst, worüber du eine Aussage machen kannst. Es geht hier um Mord, Mann. Eine verdammt ernste Sache.« Seth weiß, Hobie genießt diese Überlegenheit, dieses Bescheidwissen, diese Großtuerei und die Bedeutung seiner Mission. Zumindest ist es nach amerikanischem Recht kein Mord ersten Grades. Die Anklage lautet auf Komplizentum, auf Anstiftung zu einem Kapitalverbrechen. Und das ist Mord zweiten Grades. Keine Todesstrafe. Seth hat das nachgeprüft.

»Na gut, was hat Eddgar denn gewollt?«

»Hör sich das einer an«, sagt Hobie. »Was habe ich gerade versucht, dir klarzumachen?« Der Hofgang für die Häftlinge ist zu Ende, und es liegt nun dumpfe Stimmung über dem Gelände. Die Insassen sind für den Nachmittagsappell in ihren Zellen eingeschlossen. Aber einer oder zwei rufen ihnen von hoch oben aus ihren Fenstern nach: »He, Süßer. Siehst du toll aus!«

»Eddgar will die Kaution für Nile stellen«, sagt Hobie schließlich. »Darüber haben wir gesprochen. Sagt, er will dafür eine Hypothek auf sein Haus aufnehmen. Wert 300 000 Dollar. Ich treffe mich mit ihm heute nachmittag. Wie gefällt dir das?«

Klingt nicht nach Eddgar, denkt Seth.

»Hat mich auch irritiert«, gibt Hobie zu. »Selbst Nile schien überrascht.«

»Vielleicht hat Eddgar sein Gewissen entdeckt. Vielleicht ist ihm die Ironie der ganzen Situation aufs Gemüt geschlagen. Ich meine, hast du darüber mal nachgedacht? Nile sitzt wegen Mordverdachts, und sein Vater läuft hier seit fünfundzwanzig Jahren frei herum. Das ist unglaublich.«

»Vielleicht liegt es im Blut«, sagt Hobie.

»Das ist scharf«, sagt Seth. »Müßtest du Nile nicht für unschuldig halten?«

»Nein, Mann, das ist ganz bestimmt nicht mein Job. Mein Job ist, ihn herauszupauken. Ist es immer. Ich weiß nicht, was wirklich passiert ist. Und wenn ich es vermeiden kann, frage ich auch nicht danach. Soll er sein Herz ausschütten oder eine Geschichte zusammenspinnen, eine möglichst gute. Ich höre zu. Aber hier geht es um die Frage, kann die Anklage die Schuld beweisen? Das ist alles. Ob er es nun wirklich war oder ein gewisser Maurice oder wer auch immer, das kümmert mich nicht im geringsten.«

»Er ist unschuldig.«

»Nein, er hat dir gesagt, er sei unschuldig. Da liegt eine ganze Welt dazwischen.«

Von einem Münztelefon aus hatte Nile ihn über den halben Kontinent hinweg angerufen und in näselndem Tonfall die Tat abgestritten. Absoluter Quatsch. Sie sagen, ich habe dem Kerl 10 000 Dollar dafür gezahlt, daß er's tut, und das ist Quatsch, rundherum, die Zehntausend, all das, das ist nie passiert.‹

Die entsetzliche Verzweiflung, mit der er das erklärt hat, hatte Seth so berührt, daß er nicht mehr nachhakte. Er war sich nicht sicher, ob Nile – oder, noch schlimmer, sein Abstreiten der Tat – standhalten würde. Jetzt ermutigte er Hobie, so wie er sich selbst in den letzten Tagen Mut zugesprochen hatte. »Er ist zu schwach, Hobie. Es ist nie und nimmer von ihm ausgegangen.«

»Hör mir zu, Jack, du kehrst jetzt mal lieber in die Realität zurück. Kein anständiger Staatsanwalt gibt auch nur einen Pfifferling auf die Aussage so eines Straßengangsters, der einen weißen Jungen als Killer anschwärzt, wenn nicht jede Menge Fakten dafür sprechen. Und schon gar nicht, wenn du bedenkst, daß Niles Daddy als Politiker derselben Partei angehört wie der Oberstaatsanwalt und daß man dem alles aus dem Weg räumen würde, was möglich ist. Stell dich darauf ein, Mann, der Staatsanwalt wird dem Gericht einiges an Beweisen vorlegen.«

Seth hört ihm zu. Zum ersten Mal wird ihm klar, wie Hobie die Sache wirklich sieht. Auf dem Weg vom Flughafen hierher war es um die alten Zeiten gegangen und die neuen, um ihn und Lucy und die letzten Neuigkeiten von Hobies Kindern. Und hier, am furchterregendsten Ort der Welt, serviert Hobie ihm den logischen Schluß: Nile ist schuldig. Genau das sagt er. Die Staatsanwaltschaft hätte den Fall nicht vor Gericht gebracht, wenn sie eine Wahl gehabt hätte.

»Aber er hat doch eine Chance, oder?«

»Mensch, Seth.« Hobie bleibt stehen und sieht ihn mit seinen dunklen, blutunterlaufenen Augen direkt an. Ein seltener Augenblick der Aufrichtigkeit zwischen ihnen. »Ich hänge mich voll rein. Okay?«

»Was ist mit Sonny? Hilft es nicht, eine Richterin zu haben, die ihn kennt? Und dich?«

»Ich kenne sie doch gar nicht mehr. Und selbst du kennst sie nicht mehr. Außerdem weiß ich nicht, was sie von Nile denkt und ob das am Ende überhaupt gut für ihn ist. Außerdem«, murmelt Hobie, »könnte sie den Fall auch verdammt gut niederlegen.«

»Du meinst, daß sie vielleicht den Vorsitz abgibt?«

»Möglich. Und selbst wenn sie das nicht tut, könnte ich einen Antrag wegen möglicher Befangenheit einbringen.«

»Nein«, sagt Seth. »Wirklich?«

»Holla«, sagt Hobie. »Sieh sich das einer an. Ich wußte es ja, du kriegst noch 'ne Psychose, bis du die Lady da oben auf der Bank sitzen siehst. Erzähl mir nicht, daß das nicht so ist. Du bist durchschaut, Mann. In deinem früheren Leben mußt du ein Schaufenster gewesen sein.«

Seth lacht. »Ein seltsamer Zufall«, sagt er. »Das Leben ist voll davon.«

»Immer diese verdammten Zufälle«, sagt Hobie. »Ehrlich«, sagt er, und nach einigem Nachdenken fügt er hinzu: »Verdammter Scheiß.« Er verzieht den Mund, als wolle er ausspucken. »Merkst du, daß du dich nie änderst, Mann? Du bist noch immer ganz verrückt auf die ganze Kalifornien-Szene, in der wir damals mitgemacht haben. Nile. Sonny. Eddgar. Nichts davon willst du verlieren. Du solltest drüber schreiben. Dann solltest du nachdenken und wieder drüber schreiben. Ich sollte dich Proust nennen. Wirklich und wahrhaftig.«

»Jeder Mensch hat eine Jugend, Hobie.«

»Ja, aber hör mir gut zu, Proust. Du hältst dich von ihr fern, bis ich in manchen Dingen klarer sehe. Es kümmert mich überhaupt nicht, wie neugierig du auf sie bist. Ich will nicht entscheiden, daß es für Nile das beste ist, wenn sie den Vorsitz hat, und dann zusehen müssen, wie du sie verscheuchst, weil sie merkt, sie veranstaltet eine Art Klassentreffen im Gerichtssaal. Erst einmal hältst du es wie ich, Mann, und bleibst im Hintergrund, bis ich die Dinge geklärt habe, die ein guter Anwalt zu klären hat.«

»Und das wäre?«

»Wie man Vorteile aus der Situation zieht, zum Teufel.«

Sie haben inzwischen fast den Eingangsbereich erreicht. Die Riegel öffnen sich, und die beiden sind wieder an der frischen Luft. Der Captain legt Wert darauf, Hobie auf dem Weg hinaus zu verabschieden. Schwarze untereinander. Händeschütteln, eine kurze Bemerkung über die Pizza? Draußen gehen Hobie und Seth auf das letzte Wärterhäuschen und die eisernen Tore zu, die offensichtlich so massiv sind, daß sie auch einem motorisierten Angriff standhalten könnten.

»Proust«, sagt Hobie noch einmal zu ihm und schüttelt dazu schelmisch den Kopf, um es ihm noch ein wenig kräftiger unter die Nase zu reiben. »Ich werde schon etwas herausholen für dich, das schwöre ich bei Gott. Und dir helfen, bei dieser ganzen Scheiße am Ball zu bleiben, wenn du sie schon nicht vergessen kannst.«

»Und ich habe immer zu dir gestanden. Also halt die Ohren steif.« Es würde ein hartes Stück Arbeit werden, das wissen sie beide.

»O ja, das hast du«, bestätigt Hobie mit Nachdruck, packt Seth plötzlich auf seine umwerfend komische Art und küßt ihn mitten auf die Stirn. Dann legt er seinen kräftigen Arm um Seths Schultern und führt ihn erleichtert hinaus ins Freie. Er lacht dröhnend und sagt noch einmal: »O ja, das hast du.«

2. TEIL

Beweiserhebung

Menschen meines Alters sind von den Sechzigern geprägt. Das weiß jeder, und jeder sieht darin ein Problem. Man erlebt uns als eine Generation, die sich nicht von ihren Schlaghosen trennen kann. Wann immer im Autoradio ein Beatles-Song gesendet wird, fürchtet mein Sohn mißgelaunt, ich würde im nächsten Moment mit einstimmen. ›Sieh mal‹, möchte ich dann am liebsten sagen, ›all diese Menschen wollten damals die Welt verändern. Und vieles hat sich verändert: der Vietnamkrieg, die grausame Benachteiligung von Minderheiten und Frauen. Die Menschen brachen aus den vorgegebenen Formen aus.‹ Heute nehme ich mir vor, endlich meine Wäsche nicht mehr im Badezimmer zu verstreuen. Aber nicht einmal das schaffe ich. Daher glaube ich wirklich, daß in den Sechzigern etwas ganz Besonderes passiert ist. Etwa nicht? Oder glaubte ich das nur, weil ich damals in dem Alter war – zwischen gestern und morgen –, als alles noch möglich schien, in einer Zeit, die aus heutiger Sicht wohl nicht allzu lange gedauert hat?

Michael Frain
»The Survivor's Guide«, 4. September 1992

Vor vielen Jahren habe ich mit einer Frau zusammengelebt, die ihr Philosophiestudium plötzlich abbrach, als sie Nietzsches Bemerkung gelesen hatte, jede große Philosophie sei das persönliche Bekenntnis ihres Schöpfers und damit eine Form von unwillkürlicher und unbewußter Erinnerung. Dadurch ist meine Freundin wohl zu der Erkenntnis gelangt, daß sie im wahrsten Sinne des Wortes in der falschen Fakultät gelandet war. Nietzsche – und, wie stets, diese Frau – fielen mir neulich wieder ein, als ich in Washington an einem Treffen teilnahm, an dem Polit-Experten und Oberauguren die Ergebnisse der Vorwahlen analysierten und dabei immer wieder ihr Evangelium verkündeten, nämlich Tip O'Neills berühmten Satz: »Alle Politik ist Lokalpolitik.« In meinen Augen geht diese Erkenntnis des ehemaligen Congress-Speakers indes von einer falschen Größenordnung aus. Hier ist wieder einmal Nietzsche gefragt. Und der würde vermutlich einfach sagen: »Alle Politik ist subjektiv.«

Michael Frain
»The Survivor's Guide«, 20. März 1992

4. Dezember 1995

SONNY

Meine Mutter war eine Revolutionärin. Zumindest nannte sie sich selbst so, wenngleich ›Visionärin‹ wohl der bessere Begriff gewesen wäre. Bomben, Gewehre und politische Manöver, diese unbarmherzigen Mechanismen des Kampfes um die Macht, beflügelten ihre Phantasie kaum. Es war das Utopische dahinter, das Gelobte Land, in dem die Menschheit frei war vom harten Zwang des Materialismus, der die Menschen verkrüppelt. Mir flößte der Wirbelsturm ihrer Energien große Ehrfurcht ein, und ich habe ihre hochfliegenden Hoffnungen im Vertrauen auf meine eigenen Kräfte stets mitgetragen. Doch wir beide haben nie ganz in Frieden miteinander gelebt. Sie war eine impulsive Frau, oft ein wenig exzentrisch, und bewegte sich in jeder Hinsicht außerhalb meines Horizonts.

Mit Zora und unseren Differenzen im Kopf bin ich heute spät am Gericht erschienen. Es war einer dieser Morgen gewesen. Nikki wollte sich nicht anziehen. Sie blieb liegen, wenn ich Aufstehen sagte, zog die Bluse, kaum hatte ich sie ihr zugeknöpft, wieder aus und wollte ohne ersichtlichen Grund heute ausgerechnet Blau tragen. Und als ich schließlich mit ihr schimpfte, fing sie natürlich an zu weinen, klammerte sich an meinem Kleid fest und bettelte wie üblich: nein, kein Kindergarten heute. Nicht heute.

Sie möchte zu Hause bleiben. Zusammen mit mir. Ach, diese unerträglichen Montage, Abschied nehmen und Nikki bitten, mir gegen allen Anschein zu glauben, daß sie für mich der Mittelpunkt der Welt bleibt. Eines Tages, das verspreche ich ihr immer wieder, wird alles so sein, wie sie es sich wünscht. Ich werde Marietta anrufen und ihr sagen, sie soll alle Fälle auf dem Terminkalender verschieben. Aber natürlich nicht heute. Heute habe ich meine Pflichten und Zwänge. Nile Eddgars Verhandlung wird eröffnet. Ich muß in meine andere Welt hinüber. Muß das Anziehspiel mit Nikki spielen und das Glaub-mir-Spiel. Und so fängt die Woche mit den vertrauten Selbstquälereien an. Nein, ich bin nicht wie meine Mutter, sage ich mir, und das, was von ihr noch in mir steckt, werde ich schon noch besiegen.

Uns beiden zuliebe erlaube ich Nikki, nicht mit der Fahrgemeinschaft zum Kindergarten zu fahren. Ich bringe sie selbst hin. Prompt komme ich zwanzig Minuten zu spät zu unserer gewohnt hektischen morgendlichen Terminsitzung. Als man mich seinerzeit vereidigte, hatte einer der alten Hasen zu mir gesagt: ›Das Gute an diesem Job ist, daß man ohne dich nicht anfangen kann.‹ Aber für mich ist ein voller Gerichtssaal, der nur noch auf den Richter wartet, immer ein Zeichen für dessen Arroganz. Ich stürme, unvorbereitet auf die Szene, die mich erwartet, durch die rückwärtige Saaltür zur Richterbank. Ich habe das Gefühl, Licht und Heizung sind voll aufgedreht. Die Galerie hinter der Trennscheibe wimmelt von Stammgästen des Hauses und sonstigen Zuschauern: Sensationslüsternen, Rentnern, neugierigen Beobachtern und nachdenklichen, die sich vor allem fragen, wie ein solcher Mordfall wohl behandelt werden wird. Auf der Gerichtsseite drängt sich an den Rändern zusätzliches Wachpersonal, und die vielen Reporter füllen die begrenzten Sitzreihen. Die Geschworenenbank muß frei bleiben, denn in Kürze wird die Jury zusammengestellt werden. Als Notbehelf hat Annie mit Klappstühlen eine zusätzliche Pressegalerie gleich neben der Geschworenenbank eingerichtet. Die besten Plätze in der ersten Reihe haben drei Zeichner eingenommen, deren Kästen mit Stiften neben ihnen am Boden stehen.

Kaum hat Marietta mich entdeckt, ruft sie laut: »Ich bitte um Ruhe!« Hunderte erheben sich geräuschvoll von den Plätzen, Papier raschelt, Gespräche verstummen langsam.

»Das Volk im Verfahren gegen Nile Eddgar«, ruft Marietta in den Saal, als alle wieder sitzen. Zu meiner Überraschung spüre ich bei den Worten meinen Magen. Zwei von den Zeichnern beginnen sofort mit ihrer Arbeit, ihre Augen wandern zwischen mir und ihren Blöcken hin und her. Einmal bisher habe ich eine Zeichnung der Richterin Sonny im Fernsehen gesehen – es war während eines hitzigen Scheidungsprozesses –, und der ernste Gesichtsausdruck, mit dem mich der Künstler versehen hatte, hatte mich verstört: mein ebenmäßiges Gesicht voll schwerer Schatten. Sehe ich nicht besser aus, als auf jenem Bild, und wirke ich nicht heiterer?

Inzwischen steuern die Prozeßbeteiligten langsam auf das Eichenpodium im Brennpunkt des Saals zu: die Pflichtverteidigerin Gina Devore, ein graziles Wesen im Ann-Taylor-Kostüm, begleitet von einem stämmigen Schwarzen, der der angekündigte Anwalt aus D. C. sein muß. Vom anderen Tisch nähert sich Tommy Molto, der für diesen Fall bestimmte Chefankläger, eine Ehre, die ihm heute nur noch selten widerfährt. Auch er ist in Begleitung, und zwar von Rudy Singh, einem schlanken, unbeschreiblich gutaussehenden jungen Mann von untadeligem Auftreten mit singendem indischen Akzent. Er ist diesem Gericht erst letzte Woche zugewiesen worden und kümmert sich eher um Routinefälle. Hinter allen schließlich, etwas scheu, Nile Eddgar. Er mißt mehr als einen Meter achtzig und ist viel größer, als ich seinen Vater in Erinnerung habe. Er überragt Molto und Gina um einiges. Als er das letzte Mal zur Vernehmung hier stand, hatte er sein nicht besonders sauberes Haar zu einem Pferdeschwanz gebunden. Inzwischen ist er ordentlich rasiert und hat sich das Haar kurz schneiden lassen, was ihm allerdings nicht besonders steht. Er sieht aus, als habe er den Friseur auf den halben Preis heruntergehandelt. Durch die statische Aufladung der winterlichen Luft stehen ihm die bräunlichen Haarbüschel wie Christbäume über den Ohren vom Kopf ab. Er macht einen recht unglücklichen Eindruck. Dennoch bin ich als Vertreterin der Autorität froh, daß Nile Respekt vor der Richterbank zeigt und diese Konzessionen gemacht hat. Säße ich allerdings nicht hier oben, würde ich seine Aufmachung albern und konventionell finden.

Hinten in der Arrestzelle hört man Schlüsselrasseln und laute Stimmen. Die Beamten vom Gefangenentransport hatten verzweifelt nach dem Häftling gesucht, und durch den Saal schallt nun erleichtertes Gelächter, als sie merken, daß er nicht in Haft, sondern gegen Kaution auf freiem Fuß ist. Die Anwälte geben ihre Namen zu Protokoll.

»Euer Ehren«, sagt Gina, »darf ich Ihnen Mr. Tuttle aus Washington, D. C., vorstellen?« Sie übergibt Marietta ihren Antrag, die Vertretung des Angeklagten Tuttle zu übertragen, und dazu Tuttles Prozeßvollmacht. Marietta reicht sie mir: H. Tariq Tuttle. In der Vorvernehmung hatte ich die Pflichtverteidigerin mit dem Fall betraut, bis Nile einen eigenen Anwalt gefunden hat. Ein auswärtiger Verteidiger war durchaus willkommen. Daraus ergab sich die Möglichkeit, unangenehme Konflikte zu vermeiden, die dadurch entstehen konnten, daß Nile Bewährungshelfer für andere Mandanten eines hiesigen Anwalts gewesen war. Ich verkünde Tuttles Zulassung an diesem Gericht und damit die Genehmigung, in diesem Staat als Anwalt zu praktizieren.

»Habe hier sogar meine erste Zulassung bekommen, Euer Ehren, bevor ich nach D. C. zog.«

»Dann willkommen daheim.« Ich gebe dem Antrag der beiden statt, und Gina, so zierlich wie energisch, verschwindet auf der Stelle. Ein halbes Dutzend weiterer Fälle warten auf sie in anderen Gerichtssälen. »Mr. Tuttle«, sage ich, »bei Ihrem Vornamen müssen Sie mir helfen, damit ich ihn korrekt ausspreche, wenn ich Sie der Jury vorstelle. Tariq?«

Die Frage überrascht ihn. Er sieht sie kurz an und spricht ihn dann mit der richtigen Betonung aus. »Er steht nur auf der Zulassung, Euer Ehren, sonst benutze ich ihn kaum noch. Der Akzent liegt auf der zweiten Silbe, langes i.«

Er lächelt in sich hinein. Was er damit sagen will, ist unmißverständlich: Keine Sorge, so einer bin ich nicht. Äußerst gepflegt steht er da vor ihr, ein kräftig gebauter Mann und nicht gerade schlank. Seine massige Gestalt steckt in einem erstklassigen italienischen Anzug aus grünlicher Schurwolle. Alles ist gerundet an ihm, die Stirn, die Afrofrisur am Hinterkopf und der sorgfältig getrimmte Bart um die breiten Wangen. Seht her, so tritt ein gewiefter Strafverteidiger aus der Großstadt vor Gericht auf. Dieser Mann hat schon auf vielen Bühnen gestanden und kann es sich leisten, auch über sich selbst mal eine ironische Bemerkung zu machen. Im Augenblick strahlt er über das ganze Gesicht. Er möchte für sich einnehmen. Doch es ist gewiß, daß sich der Wurm krümmt, wenn er getreten wird. Zwischen einem Richter, der seine Verhandlung ordnungsgemäß führen will, und einem Anwalt, der kritische Ansatzpunkte sucht, um Einspruch erheben und Rechtsmittel einlegen zu können, herrscht eine natürliche Rivalität. Die Verhandlung beginnt.

»Mit Erlaubnis des Gerichts möchte ich einen Antrag stellen.« Unter dem Arm zieht Tuttle betont langsam eine Zeitung hervor, als zöge er eine verborgene Waffe.

»Bevor Sie anfangen, Mr. Tuttle, lassen Sie mich noch einmal einen wichtigen Sachverhalt zur Kenntnis geben.« Ich beginne erneut mit meinem Vortrag über meine frühere Verbindung zur Familie Eddgar, aber Tuttle schüttelt nur nachsichtig den Kopf.

»Wir wissen Ihre Bedenken sehr zu schätzen, Euer Ehren, sehen darin aber kein Problem. Mr. Eddgar seinerseits räumt seine bisherigen Kontakte zu diesem Gericht uneingeschränkt ein. Dem schließe ich mich selbstverständlich an.«

»Tatsächlich?« frage ich. Meine Gefühle habe ich noch nie gut verbergen können. Statt dessen habe ich sie, seit ich diesen Job habe, gewöhnlich mit einem gewissen Selbstbewußtsein an den Tag gelegt. Kann es denn verkehrt sein, zu wissen, was man tut, wenn man auf die siebenundvierzig zugeht. Trotzdem fühle ich mich oft, wie auch jetzt, unbehaglich bei meinen impulsiven Reaktionen. Leider fehlt es mir noch immer an der nötigen Selbstkontrolle, wenn mir unverhofft auffällt, daß ich etwas übersehen habe. Trotz meines Vorsatzes, Geistesgegenwart zu zeigen, merke ich, wie ich gewissermaßen mit offenem Mund dasitze.

Das ist Hobie. Ho-bie!

»Verzeihen Sie, Mr. Tuttle. Es ist einige Zeit her.«

»Es sind die Kontaktlinsen, Euer Ehren«, sagt er. »Der Name. Der Bart.«

»Und der Bauch«, höre ich aus der Nähe der Geschworenenbank eine gedämpfte Stimme, die dennoch weit trägt in dem Raum mit seinen ungewöhnlichen Winkeln. Ein paar Reporter fallen in kollegiales Gelächter ein, das allerdings schlagartig abbricht, als Annie nur einmal den Hammer mit unerwartetem Klack! auf den Block fallen läßt, den sie auf einem tiefergelegenen Absatz der Richterbank placiert hat. Die Entwicklung eines Menschen, der zeit seines Lebens ethnischer Unterdrückung ausgesetzt war und sich nun plötzlich in einer Uniform und mit solch einem Hammer in der Hand wiederfindet, wäre wahrscheinlich Stoff für eine ganze Reihe von Fallstudien. Annie besteht unbarmherzig auf angemessenem Verhalten. Sie verbietet jedes Lesen, jede Unterhaltung und sogar das Kaugummikauen. Sogar die jungen Bandenmitglieder, die hereinkommen, um mal einen Blick auf einen Kumpel auf der Anklagebank zu werfen, müssen die Mütze abnehmen. Jetzt trifft ihr zorniger Blick den Missetäter auf dem Reporterstuhl mit solcher Macht, daß er sein Gesicht beschämt in den Händen verbirgt. Auch Hobie hat sich zu ihm umgedreht. Beschwörend hebt er die Hände und schüttelt den Kopf, bis der Mann es wagt, den Kopf wieder zu heben. Es ist Seth Weissman. Er stemmt sich auf den Armlehnen seines Sessels halb hoch, sieht mich an und deutet stumm ein ›Tut-mir-leid‹ an. Wieder fällt mir das Kinn herunter.

Es ist nicht Seths Anwesenheit, die mich trifft. Ich habe oft genug im Zusammenhang mit diesem Fall an ihn gedacht und war auf ihn gefaßt. Sein Aussehen verblüfft mich. Mein erster Gedanke ist, er muß krank sein. Aber das hängt, wie ich weiß, mit meiner unglücklichen Neigung zusammen, jedermann auf meine selbstkritische Ebene herunterziehen zu müssen. Das, was ich als Krankheit sehe, ist durchaus gutartig: Er hat eine Glatze bekommen, eine glatte rosa Halbkugel, die den Mann, der früher das spülwasserfarbene, schulterlange Haar zurückgekämmt trug, gewissermaßen in den Bereich des Trivialen einordnet. Andererseits haben ihn die Jahre nur in unwesentlichen Details gezeichnet. Um die Mitte herum ist er etwas dicker geworden, aber noch immer wirkt er etwas zu groß für seine schlanken Gliedmaßen. Das lange, männliche Gesicht wird von der Nase beherrscht und ist jetzt fleischiger um Kinn und Wangen. Auch die Schwerkraft hat ihr Werk verrichtet. Er wirkt gesetzter. Er hat an Farbe verloren, was ich auch von mir sagen würde.

»Mr. Molto«, frage ich, als ich mich wieder gefaßt habe, »hat die frühere Bekanntschaft des Gerichts mit dem Anwalt der Verteidigung irgendeine Auswirkung auf Ihre Einstellung bezüglich meines Vorsitzes?«

Molto steht auf, die Hände mit den abgekauten Fingernägeln vor sich gekreuzt. Wie immer, läßt er keinen Zweifel an seiner Ungeduld. Wir hatten das Thema jetzt schon ein halbes dutzendmal.

»Keine«, sagt er dezidiert.

Zwischendurch wandert mein Blick noch einmal zurück zu Seth neben der Geschworenenbank. Was hat er hier zu suchen? frage ich mich schließlich. Doch die Antwort scheint auf der Hand zu liegen. Eine Kolumne. Über das Wirken des Zufalls. Über eine unerwartete Wiederbegegnung. Er wird über die seltsamen Launen des Schicksals schreiben, wie es die Menschen aus seiner Vergangenheit wieder zusammenführt und jedem eine ungewohnte neue Rolle zuteilt, so deplaciert wie die Gestalten aus einem Traum.

»Euer Ehren«, fragt Tuttle, »was ist mit meinem Antrag? Ich nehme an, Euer Ehren haben heute morgen die *Tribune* gelesen?« Aktuelle Nachrichten erfahre ich normalerweise an den drei Vormittagen aus dem Radio, an denen ich den Fahrdienst zum Kindergarten übernehme. Und manchmal liege ich abends, wenn Nikki im Bett ist und ich mich einmal richtig verwöhnen möchte, mit einem Glas Wein in der Badewanne und blättere in der *Tribune* oder der bundesweiten Ausgabe der *New York Times.* Doch meistens bin ich abends zu erschöpft für mehr als ein paar oberflächliche Gedanken an den vergangenen Tag und die hundert unerledigten Dinge zu Hause und im Gericht. Fälle zählen statt Schäfchen, bis zum Einschlafen.

Als ich jetzt die mir gereichte Zeitung aufschlage, springt mir sofort die Schlagzeile ins Auge, die die Breite der gesamten Seite einnimmt: Anklage: Politikersohn wollte Vater töten, nicht Mutter. Die Kopfzeile darüber: Prozeßbeginn heute. Als Verfasser zeichnet Stew Dubinsky. Exklusiv für die *Trib.* Ich überfliege den Text: »Aus Kreisen der Ermittlungsbehörden... Prozeß wegen Anstiftung zum Mord gegen Nile Eddgar beginnt heute... Staatsanwalt will beweisen, daß nicht June Eddgar, die Mutter des im Dienst des Kindle County Superior Court stehenden Bewährungshelfers, Ziel des Anschlags sein sollte. Sie wurde am 7. September von Mitgliedern einer Gang niedergeschossen. Das eigentliche Opfer sollte sein Vater sein, Senator Loyell Eddgar... Es wird vermutet, daß es sich um eine Verwechslung handelt, da Mrs. Eddgar sich an jenem Morgen den Wagen von ihrem früheren Ehemann ausgeliehen hatte.«

Ich greife mir mit der Hand an den Kopf. Mein Gott, welche Ansammlung von Spekulationen. Eddgar! Was für eine beunruhigende Wendung, vor allem deswegen, weil mit einem Schlag die Wahrscheinlichkeit deutlich zugenommen hat, daß der merkwürdige junge Mann hier vor mir tatsächlich schuldig ist. Schließlich bedeute ich Hobie mit einem Kopfnicken, fortzufahren.

»Euer Ehren«, tönt sein sonorer Baß durch den Saal. Mit beiden Händen hat sich Hobie auf das Podium gestützt, wie ein Opernsänger, der im nächsten Moment losschmettert. »Euer Ehren, seit mehr als zwanzig Jahren stehe ich als Prozeßanwalt vor Gericht. Im Laufe dieser Zeit habe ich von seiten der Anklage so ziemlich alles an teuflischen Tricks erlebt, was man sich nur vorstellen kann. Man hat versucht, mich an der Nase herumzuführen, auszutricksen, aufs Kreuz zu legen. Aber ein so brisantes Detail an die Presse durchsickern zu lassen genau an dem Tag, an dem wir eine Jury zusammenstellen wollen, das ist... Schließlich muß man sich bewußt machen, daß solch eine Nachricht, die wegen der Prominenz eines betroffenen Bürgers eine Schlagzeile auf Seite eins verspricht, die Geschworenen auf irreparable Art gegen meinen Mandanten einnehmen muß.« Er hält ein zweites Exemplar der Zeitung zur allgemeinen Ansicht hoch, schlägt mit der Hand dagegen und schüttelt fassungslos und verbittert den großen Kopf. Dann zeichnet er in lebhaften Farben das Bild von den mehreren Dutzend Bürgern, die als mögliche Kandidaten bereits im Juryraum des Hauptgebäudes warteten. Die meisten von ihnen hätten schließlich reichlich Zeit und zudem ein besonderes Interesse an der heutigen Tagesordnung. Sie würden den ganzseitigen Bericht über die Erkenntnisse der Staatsanwaltschaft ausgerechnet in den Exemplaren lesen können, die ihnen, welche Ironie, für die Wartezeit kostenlos zur Verfügung gestellt werden. Während man hier noch diskutiere, würden sie sich schon ein festes Bild von dem Fall machen. Seine Rhetorik ist zwar übertrieben, doch ich bezweifle kaum, daß die meisten der potentiellen Geschworenen die Geschichte tatsächlich gelesen haben werden.

»Sehen wir es realistisch, Euer Ehren«, endet er, »wie kann dieser Mann noch auf ein faires Verfahren rechnen? Ich muß, ich bin gezwungen, ich habe keine andere Wahl, aber ich stelle den Antrag, die Anklage fallenzulassen.« Er unterstreicht diese Forderung mit einem Laut, der seinen anhaltenden Zorn dokumentieren soll.

Dicklich in seinem billigen anthrazitgrauen Anzug und mit schütterem, ungekämmtem Haar, wirkt Molto ziemlich sprachlos, als ich ihn um Stellungnahme bitte.

»Euer Ehren«, sagt er, »dieser Antrag ist mir zuvor nicht zur Kenntnis gebracht worden. Ich bin hier, um eine Jury mit auszuwählen. Ich habe Zeugen vorgeladen. Das hier ist diese Methode von Antragstellung in letzter Sekunde, die...«

Ich beschließe, Tommy vor sich selbst zu schützen.

»Mr. Molto, fangen wir ganz von vorne an. Ist dieser Bericht grundsätzlich korrekt? Beabsichtigt die Staatsanwaltschaft vorzubringen, daß Nile Eddgars Vater eigentlich das Opfer dieses Verbrechens sein sollte?«

Tommy holt tief Luft. Er wirft Rudy Singh einen hilfesuchenden Blick zu. Singh sitzt ein paar Schritte hinter Tommy am Tisch der Anklagevertretung, auf dessen eichenholzfarbene Kunststoffplatte ein schwacher Lichtschein fällt. Molto hat jetzt die angespannten Schultern fallen lassen.

»Grundsätzlich ja«, sagt er. Ein Murmeln geht durch den Gerichtssaal, besonders durch die Reihen der Reporter, die zugeben müssen, daß Dubinsky richtig liegt.

»Dann gehe ich also davon aus, daß Mr. Eddgar sen., der Vater des Angeklagten, als Zeuge geladen wird?«

Molto verzieht das Gesicht. Wie üblich stelle ich zu viele Fragen.

»Wir erwarten ihn als Zeugen der Anklage«, antwortet Molto. Die Presse kommt jetzt richtig in Bewegung. Was für eine Schlagzeile: ›Prominenter Vater beschuldigt eigenen Sohn des Mordes.‹ Ganz in der Nähe klingelt ein Armband. Es muß Annie oder Marietta gehören, die es wieder befestigt.

»Und hat Senator Eddgar als eigentlich geplantes Opfer gleichfalls keine Einwände gegen meinen Vorsitz bei diesem Verfahren? Trotz unserer früheren Bekanntschaft? Haben Sie das mit ihm abgeklärt?«

»Das ist kein Problem, Euer Ehren.« ›Vorerst‹, würde er wohl zu gerne hinzufügen. Natürlich hat Tommy seine Vorgaben. Die Mullahs im Büro der Staatsanwaltschaft haben sich zusammengesetzt und untereinander ausgekungelt, daß Tommy die Anklage vertreten und ich den Vorsitz haben sollte. Langsam begreife ich, daß Molto mit beidem nicht sehr glücklich ist.

Ich schiebe mein *Tribune*-Exemplar in Moltos Richtung. »Wenn ich mir diese Schlagzeile anschaue, Mr. Molto, kann ich wirklich nicht sagen, daß sie mir gefällt. Sie wissen genau, die Staatsanwaltschaft weiß genau, daß man einen Prozeß nicht in der Presse führt, vor allem angesichts der Situation, daß die vorgesehenen Geschworenen noch nicht ermahnt werden konnten, Medienberichte über diesen Fall außer acht zu lassen. Also …«

»Euer Ehren, als offizieller Vertreter der Anklage habe ich mit niemandem von der Presse gesprochen, und mir ist auch nicht bekannt, daß sonst jemand von unserer Seite das getan hat, das versichere ich Ihnen.«

»Mr. Molto. Es freut mich, das zu hören. Und natürlich akzeptiere ich es. Aber Sie und ich sind erwachsene Menschen, und wir wissen beide, daß jemand, der vorhat, etwas an die Medien durchsickern zu lassen, dies kaum an die große Glocke hängen oder Sie zuvor um Erlaubnis bitten wird.« Die Reporter sind sichtlich amüsiert. Es gab Dutzende von Möglichkeiten, wie das abgelaufen sein könnte. Ein mit dem Fall befaßter Cop will mal schnell einen Brunnen vergiften, vielleicht auch einer von Tommys Vorgesetzten. Jedenfalls waren die Polizeiprotokolle in einem Umschlag ohne Absender in Stews Briefkasten gelandet. Den Namen des Absenders werden wir nie erfahren. Gedeckt vom Informantenschutz bei der Presse, wird man Dubinskys Quelle nie ausfindig machen.

»Euer Ehren, der Verteidigung lagen durchaus die entsprechenden Unterlagen vor«, sagt Tommy. »Sie hat die schriftlichen Aussagen der Zeugen. Unsere Theorie liegt auf der Hand.«

Wie so oft, kann Tommy sich nicht zurückhalten, wenn er die Möglichkeit hat loszulegen, aber ich verliere jetzt die Geduld.

»Augenblick mal, Mr. Molto. Wollen Sie behaupten, der Angeklagte fände es günstig, wenn genau am Tag der Zusammenstellung der Jury die Theorie der Staatsanwaltschaft über seinen Fall in allen Einzelheiten auf der ersten Seite der *Tribune* steht?« Molto muß einen erneuten Ausbruch fröhlichen Gelächters über sich ergehen lassen, das am lautesten von den Pressesitzen herüberschallt. »Res ipsa loquitur, Mr. Molto. Erinnern Sie sich noch aus Ihrer Studienzeit an den Ausspruch? Die Sache spricht für sich selbst. Stimmt's? Noch einmal: Ich bin sicher, daß nicht Sie es waren. Aber Sie sollten alle Ihre Mitarbeiter an ihre Pflichten erinnern und sie wissen lassen, daß es im Falle einer Wiederholung zu einer Untersuchung kommen wird.« Blaß und schweigend runzelt Molto die Stirn über meine Ermahnung. »Ich schlage vor, wir beschäftigen uns heute mit der aktuellen Situation. Stimmen Sie Mr. Tuttles Antrag zu, daß ich die Anklage fallenlassen soll?«

Rudy Singh ist aufgestanden, um Tommy zur Seite zu stehen. Er flüstert heftig auf ihn ein und rät ihm ohne Zweifel, aufzugeben. Anderswo einen anderen Streit auszufechten.

»Nein«, sagt Tommy zögernd.

»Was schlagen Sie als Alternative vor, Mr. Molto?«

»Ich weiß nicht, Euer Ehren. Als wir heute morgen hier eintrafen, waren wir auf die Verhandlung dieses Falls vorbereitet. Ich meine, Sie sollten das tun, was in dieser Phase immer getan wird. Die zur Auswahl stehenden Geschworenen hereinrufen. Sie einvernehmen und fragen, ob sie die Zeitung gelesen haben. Die, die es bejahen, sollten gefragt werden, ob sie es unberücksichtigt lassen können.«

Hobie ist natürlich mit keinem dieser Punkte einverstanden. Das Problem sei, führt er aus, daß der Angeklagte alle Risiken akzeptieren müsse, die eine von der Staatsanwaltschaft verursachte Voreingenommenheit bei den Geschworenen mit sich bringe. Hobie besteht noch einmal darauf, daß die Anklage fallengelassen werden müsse. Schon als junger Mann liebte er großartige Auftritte, und daran hat sich offensichtlich nichts geändert. Kein Angeklagter, dessen Fall schon vor seinem Prozeß durch die Medien ging – kein O. J. Simpson und kein John Hinckley, der vor laufender Fernsehkamera den Präsidenten der Vereinigten Staaten erschossen hatte – ist jemals damit durchgekommen.

»Und wenn wir die Verhandlung nun fortsetzen?« frage ich schließlich. Eigentlich hatte ich diesen Vorschlag von Molto erwartet. »In ein paar Wochen ist die Geschichte vergessen, und die Vorteile, die sich möglicherweise für die Anklage daraus ergeben könnten, werden sich in Luft aufgelöst haben.«

»Euer Ehren«, sagt Tuttle, »lassen wir einmal die Unbequemlichkeiten außer acht, die mir persönlich entstehen – ich bin aus D. C. angereist und habe mir hier eine Unterkunft suchen müssen –, abgesehen davon, Euer Ehren, möchte ich betonen, daß mein Mandant ein Anrecht auf einen zügigen Prozeßablauf hat. Er wünscht sich diesen zügigen Ablauf, und er sollte nicht aufgrund des Fehlverhaltens der Anklagevertretung verzögert werden.«

Glatt und clever. Hobie weiß, daß er im Vorteil ist, und nutzt das. Molto verhält sich so, wie man es ihm am ganzen Gericht auch nachsagt: entschlossen, weder in meinem Interesse noch in seinem eigenen auch nur einen Schritt nachzugeben. Noch einmal dringt er darauf, sogleich mit der Einvernahme der Kandidaten für die Jury zu beginnen. Singh steht mit seinem glatten schwarzen Haar hinter ihm, eine Hand auf Moltos Arme, und ist sich nicht ganz sicher, ob er ihm den Rücken stärken oder sich zurückziehen soll.

»Meine Herren«, sage ich schließlich, »irgendwie müssen wir weiterkommen. Ich beabsichtige nicht, den Fall über die Einsprüche der beiden Parteien hinweg fortzusetzen. Ebensowenig beabsichtige ich, die Anklage fallenzulassen. Und ich beabsichtige auch nicht, der Staatsanwaltschaft die Verbreitung einer unwidersprochenen Eröffnungserklärung in der Presse zu erlauben und damit den Angeklagten zu zwingen, eine Jury zu akzeptieren, die aus einer Kandidatengruppe ausgewählt wurde, die solch einer Strategie ausgesetzt war.« Ich sehe sie mit allem Nachdruck an, diese drei Männer, Tommy, Hobie und Singh mit seinen großen Rehaugen, und sie schauen wie betäubt zu mir auf. Schweigen, das spektakuläre Schweigen von zweihundert Menschen, erfüllt den Gerichtssaal.

Schließlich bittet Hobie um eine Unterbrechung und nimmt Nile zur Seite. Nile hört ihm zu. Als er nervös den Kopf schüttelt, fällt mir das kleine dunkle Loch in seinem Ohrläppchen auf. Den Ohrring hat er also auch um des guten Eindrucks willen abgenommen.

»Es gibt eine Alternative, die wir anbieten können, damit einer Eröffnung des Prozesses nichts mehr im Wege steht«, verkündet Hobie dann. Er tritt wieder ans Podium. »Mein Mandant und ich sind bereit, die Verhandlung ohne Geschworene zu führen, allein vor diesem Gericht.«

Es durchzuckt mich – ein Schreck, Entsetzen? Doch diesmal fange ich mich gleich wieder und wahre die Haltung.

»Mr. Molto?« bringe ich heraus. »Wie stehen Sie zur Idee eines Verfahrens ohne Jury?«

»Euer Ehren«, mischt Hobie sich ein, »die Anklagevertretung hat nicht das Recht, dazu Stellung zu nehmen. Wenn das Gericht den Vorschlag nicht annehmen will, kann der Angeklagte es nicht dazu zwingen, dessen sind wir uns bewußt, aber die Staatsanwaltschaft hat damit nichts zu tun.«

»Da haben Sie durchaus recht, Mr. Tuttle. Doch angesichts der vom Gericht abgegebenen Erklärung möchte ich meine Befugnis, ein Verfahren ohne Geschworene zu akzeptieren, wirklich nicht ausüben, wenn die Staatsanwaltschaft dies nicht für einen vernünftigen Weg hält. Mr. Molto?«

»Euer Ehren, ich weiß nur, daß ich heute morgen aufgestanden bin, um mich an diesen Fall zu machen. Ich bin ganz Ihrer Meinung, Mr. Tuttle. Wir haben nicht das Recht zu einer Stellungnahme. Und selbst wenn wir es hätten, wäre ich dennoch glücklich, wenn Euer Ehren die Verhandlung eröffnen und die Zeugen aufrufen würde.« Wenn ich mir jetzt noch einmal anhören muß, wie eilig Tommy es hat, wird mir schließlich klar, worauf es hinausläuft. Die Anklage hat ein Problem mit ihrem Fall. Sie hat sich für den Augenblick etwas zusammengezimmert, aber mit zunehmender Verzögerung verliert ihre Strategie immer mehr an Halt. Womöglich gibt es einen plötzlichen Sinneswandel bei einem ihrer Zeugen. Bei Hardcore vielleicht? Jedenfalls muß eine wichtige Figur im Spiel sein.

Aber heißt das, daß ich einem Prozeß ohne Geschworene nun zustimmen muß? Eine weitere Weisheit habe ich von erfahrenen Richtern gelernt. Nie etwas überstürzen. Und dafür haben sie Sprüche zu Dutzenden auf Lager: ›Gerichtsprotokolle werden nicht mit der Stoppuhr in der Hand geschrieben.‹ ›Spielverzögerung ist kein Berufungsgrund.‹ Ich ertappe mich dabei, wie ich in mein aufgeschlagenes Notizbuch starre. Es ist ein großformatiges, in rotes Leinen gebundenes Exemplar mit dickem Papier. Der schwarze Einband ist aus rauhem Saffianleder. Auf dem Rücken prangt in Goldprägung mein Name. Als ich zur Richterin ernannt wurde, war man auch bei mir dieser seltsamsten Sitte am Gericht gefolgt und hatte mir dieses Richtertagebuch überreicht, in dem alle persönlichen Notizen zu einem Verfahren festgehalten werden können. Die Seiten vor mir sind ebenso leer, wie ich selbst unentschlossen bin.

Entscheide dich, sage ich mir wie schon oft. In diesem Job ist Entschlossenheit ein Plus. Unentschlossenheit dagegen ganz und gar nicht. Letzten Endes besteht meine Arbeit schlicht darin, ja oder nein zu sagen. Doch für einen von Natur aus ambivalenten Menschen ist das eine mühsame Sache. Ich kenne keinen anderen Beruf, der die Unzulänglichkeiten einer Person präziser enthüllt.

Der Reizbare wird noch reizbarer. Wer sich insgeheim zurückgesetzt fühlt, wird vom Machtrausch befallen oder mißbraucht gar seine Macht. Einen Menschen, der morgens längere Zeit mit gequältem Blick vor dem Kleiderschrank verbringt und überlegt, was er anziehen soll, kann solch ein Job in den Wahnsinn treiben. Bei mir setzt man voraus, daß ich meine Entscheidungen so verkünde, als seien sie naturgegeben und vorausbestimmt, als wäre das alles so leicht wie die Antwort auf die Frage nach meiner Lieblingsfarbe (Blau, übrigens). Aber jetzt sitze ich da und warte, wie so oft, in der stillen Hoffnung, daß sich von selbst eine Alternative ergibt, daß mir eine überzeugende Idee kommt oder sich ein entsprechendes Gefühl einstellt. Die Jahre gehen dahin, und es kommt mir immer mehr so vor, als gäbe es keine wirkliche Wahl im Leben. Als Kind hatte ich mir das mit Blick auf die Welt der Erwachsenen und ihre klaren Ein- und Ansichten anders vorgestellt. Jetzt scheinen freie Entscheidung und zwingende Notwendigkeit nicht voneinander zu unterscheiden zu sein. Am Ende sehe ich mich nur noch als Opfer von Zeit und Umständen, ein typisch weibliches Phänomen, wie ich glaube.

»Mr. Eddgar«, wende ich mich an den Angeklagten und rufe ihn nach vorn. Ich erkläre Nile die Besonderheit eines Prozesses ohne Geschworene, und daß dann ich allein über seine Schuld oder Unschuld entscheide, und ich frage ihn, ob er auf sein Recht auf ein Geschworenen-Gericht verzichtet.

»Genau das ist es, was wir wollen«, antwortet er. Seine Bemerkung verblüfft mich, aber vielleicht liegt es daran, daß ich zum ersten Mal seit Verhandlungsbeginn Niles Stimme höre. Was hat das zu bedeuten? ›Was wir wollen.‹ Dennoch, er wird seinen Willen bekommen.

»Es ergeht Beschluß: Das Gericht übernimmt die alleinige Entscheidung. Haben Sie Vorschläge betreffs der Zeitplanung, meine Herren?« Hobie und Molto verständigen sich darauf, daß es besser für sie ist, den Vormittag für Absprachen und Klauseln zu verwenden, auf die sie sich zu einigen hoffen. Eine Jury muß ja jetzt nicht mehr belehrt – oder an der Nase herumgeführt – werden. »Wenn Sie auf Eröffnungserklärungen Wert legen, höre ich sie mir um 14 Uhr gleich nach der Mittagspause an.« Ich wende mich an Marietta, die weiter unten auf dem ersten Absatz der Richterbank sitzt, und lasse sie die Unterbrechung verkünden.

Der Gerichtssaal erwacht zu hektischer Betriebsamkeit. Ein Prozeß ohne Geschworene! Polizisten, Reporter und die alten Gerichtshasen laufen durcheinander und tauschen auf dem Weg nach draußen ihre Spekulationen aus. Ich verständige mich mit Marietta darüber, daß man die fünfundsiebzig Kandidaten, aus denen die zwölf Geschworenen ausgewählt werden sollten, entlassen kann. Dann packe ich Notizbuch und Gerichtsunterlagen zusammen. Eines nach dem anderen, sage ich mir. Bereits erschöpft, gehe ich die Stufen hinunter.

»Euer Ehren? Kann ich Sie sprechen?«

Ich drehe mich um und sehe Seth Weissman, der sich etwas schüchtern vor der Richterbank herumdrückt. In mir zieht sich etwas zusammen, aber in erster Linie überrascht mich die Art, wie er mich anspricht. In längst vergangenen Zeiten, in denen gute Umgangsformen noch selbstverständlich waren, mochte die Tatsache, Richter zu sein, weniger sonderbar gewesen sein, vielleicht sogar noch vor dreißig Jahren, als Autorität noch absoluter gesehen wurde. Heutzutage kann die damit verbundene Ehrerbietung fast albern wirken. Da stehen Menschen, die in meinen Kindertagen schon erwachsen waren, ein gutes Stück unter mir vor der Richterbank und nennen mich ›Euer Ehren‹ oder, wenn sie sehr salopp sind, ›Richterin‹. Dasselbe von dem ersten Mann zu hören, der »Ich liebe dich« zu mir gesagt hat, ohne daß er zu meiner Familie gehörte, verdoppelt diese Absurdität.

»Seth«, sage ich, »wie geht es dir?«

Ein flüchtiger Gedanke an Zeit und ihre Bedeutung huscht durch seine Züge.

»Glatzköpfig«, antwortet er, und in dem einen Wort steckt der Junge, den ich einmal kannte: witzig, verletzlich, immer auf der Suche nach einer helfenden Hand.

Ich versuche, ernst zu bleiben, aber das gelingt mir nicht lange. »Muß ich jetzt sagen: ›Hätte ich nie gemerkt.‹?«

»Ich ziehe vor: ›Nett, dich zu sehen.‹«

»Das ist es, Seth.«

»Gut«, sagt er, und dann weiß er nicht mehr weiter. »Ich wollte mich nur entschuldigen«, sagt er. »Weißt du, daß das so laut zu hören war, hat mich selbst überrascht.«

Ich vergebe ihm mit einer wegwerfenden Handbewegung. Er fragt, wie es mir geht.

»Viel zu tun. Völlig mit mir selbst und meinem Leben beschäftigt, wie alle anderen auch. Aber ich bin okay. Und du, Seth? Ich kann mir nur vorstellen, wie stolz du auf deinen Erfolg bist.«

Er windet sich und zuckt verächtlich mit den Schultern, als wolle er sagen, daß ihm das nichts bedeutet. Vor mehr als zehn Jahren habe ich zum ersten Mal eine Kolumne von Michael Frain gelesen. Ich war sicher, daß der Name ein Zufall war. Aus dem Michael, den ich kannte, konnte niemals ein Meister des flotten Geistesblitzes oder des bissigen Bonmots geworden sein. Ein Jahr später sah ich dann ein Foto, das den Artikel begleitete. Es zeigte ohne Zweifel Seth. Was, in aller Welt, soll denn das? dachte ich. Was ist da vor sich gegangen? Fragen, auf deren Beantwortung ich heute noch warte.

Seitdem habe ich mir hin und wieder das etwas drollige Foto (passenderweise gleich oberhalb der Brauen beschnitten) und die Kolumnen dazu angesehen, und ich habe mich über diesen Mann gewundert, von dem ich mich einmal mit den üblichen verwirrten Gefühlen, aber ohne allzu tiefes Bedauern getrennt habe. Ich mochte Seth. Ich verlor ihn. Von über einem halben Dutzend Männern in meinem Leben könnte man das gleiche sagen, sogar über Charlie, wenn ich in milder Stimmung bin. Bisweilen – vor allem dann, wenn mich das, was er geschrieben hatte, komisch berührte – klang dann wieder deutlich der etwas monotone Zungenschlag des Mittelwestlers durch; Seth mit seinem harten gerollten L, das sich wie ein kleiner Sprachfehler anhörte. An anderen Stellen enttäuscht er mich. Auf billige Lacherfolge aus, macht er sich oft über Dinge her, die der öffentliche Spott bereits zerpflückt hat, und gelegentlich vertritt er gewisse kleinliche und rückschrittliche politische Ansichten – ein einstiger Linker, der etwas zu eifrig zeigen will, daß er klüger geworden ist. Doch wenn er in Form ist, ist er schnell und zielsicher. Dann scheint er den ganzen traurigen Zustand der Welt in zwei Zeilen zu gießen. Dann wieder verärgern mich seine Gemeinplätze. Wie war er dazu gekommen? frage ich mich. Noch schlimmer ist der Gedanke, all das könnte bereits in diesem netten, lustigen Jungen gesteckt haben, der damals durch mein Leben wirbelte. Hatte ich es etwa übersehen, weil ich so sehr damit beschäftigt war, mein eigenes Ich zu entdecken. War es in ihm gewesen? Wie hatte ich darüber hinweggeschaut? Wo war es versteckt gewesen? Auch diese Fragen sind geblieben.

»Für mich warst du immer ein lustiger Kerl«, sage ich zu ihm. »Ich habe gar nicht gemerkt, daß du auch weise geworden bist.«

»In sechzig Zeilen kann man eine ganze Menge Illusionen erzeugen.«

»Ach, Seth, du bist wirklich sehr gut. Alle mögen, was du schreibst. Für meine Protokollführerin ist es das gleiche, als hätte ich mich mit Mick Jagger herumgetrieben.«

»Warte ab, bis sie mich singen hört.«

Ich muß lachen. »Noch immer der smarte Bursche.«

Anscheinend schmeichelt es ihm, daß ich mich noch so gut an seine Art erinnere. »Ich habe immer schon zu Lucy gesagt, daß ich gern auf meinem Grabstein lesen möchte: ›Und nun, Klugscheißer?‹«

In dem Moment fliegt die rückwärtige Tür auf, und Marietta rauscht in den Saal. Sie geht, ein Bündel Schriftstücke unter dem Arm, ein paar Schritte auf die Richterbank zu. Als sie uns entdeckt, bleibt sie ruckartig stehen, macht auf dem Absatz kehrt und läßt den Saal zurück, wie er zuvor war, leer und schweigend.

»Und nun kann ich mich also auf eine Kolumne über all dies hier freuen?« frage ich. Mein Zeigefinger zieht einen Kreis durch den Gerichtssaal.

»Perry Mason und die Zarte mit der harten Hand?« Er lacht über seine Bemerkung. »Vielleicht. Es ist schon seltsam, oder? Ein Zufall. Wie immer du es nennen magst. Das große Treffen? Das mußte ich mir ansehen.«

»Daraus, daß du Hobie ins Geschäft gebracht hast, schließe ich, daß du noch engen Kontakt zu ihm hast.«

Auch darüber lacht er. Wahrscheinlich hat Seth über Hobie von dem Fall gehört. Aber als ich ihm jetzt Fragen über den Vertreter der Verteidigung stelle, wird mir bewußt, daß unser Gespräch möglicherweise schon weiter gegangen ist, als es sollte. Ich reiche Seth die Hand und sage, daß ich weiter muß.

»Wäre es sehr verrückt, wenn ich fragte, wie wäre es mit einer Tasse Kaffee?«

»Nicht verrückt, aber nicht angebracht.«

»Wir müssen ja nicht über den Fall reden.«

»Das können wir auch gar nicht. Darum sage ich dir jetzt: ›Auf Wiedersehen!‹ Der Fall wird irgendwann abgeschlossen sein, dann können wir miteinander reden.«

»Gibt es eine entsprechende Vorschrift oder so? Ich frage ja nur.«

»So könnte man es nennen. Für mich gilt sicherzustellen, daß niemand auf seltsame Gedanken kommt. Ich bin ständig von Anwälten umgeben, die ich gut kenne, aber die Regel heißt, daß ich mit ihnen – oder ihren engen Freunden – keinen Abend und keine Pausen verbringe, solange ein Prozeß läuft.«

»Wirklich, Sonny, ich habe keinerlei Zugang zu diesem Fall. Ehrlich. Hobie hat mich total davon ausgeschlossen.«

Wieder drehen wir uns beide abrupt um. Marietta ist in den leeren Saal zurückgekehrt, diesmal durch den Vordereingang. Zielstrebig nähert sie sich der Richterbank von der anderen Seite. Sie spielt die Rolle der geschäftigen Mitarbeiterin, räumt Akten von hier nach da und summt dazu vor sich hin. Doch ihre großen dunklen Augen lassen einen prüfenden Blick zu uns herüberwandern. Ich begegne ihm meinerseits mit einem Blick, der sie blitzartig die Flucht ergreifen läßt.

»Im Ernst, Seth, es ist schön, dich zu sehen. Es scheint dir gutzugehen. Und ich freue mich darauf, mit dir zusammenzusitzen, sobald dieser Fall ausgestanden ist, und von dir zu erfahren, was du in all den Jahren getrieben hast.«

»Was ist mit dir?«

Das Thema hatten wir zwar schon, aber ich antworte ihm noch einmal, daß es mir gutgeht.

»Verheiratet?«

Ich bin unschlüssig, wann ich das Gespräch endlich beenden soll. »Die Phase habe ich wohl hinter mir.«

»Und Kinder? Hast du Kinder?«

»Eine Tochter. Sie ist gerade sechs geworden.«

Sechs! Er ist beeindruckt.

»Spät gestartet«, antworte ich. »Und du, Seth? Deiner Kolumne habe ich entnommen, daß du zwei hast.«

Er verzieht das lange Gesicht, als ich weiter von ihm abrücke. Er erzählt, daß die Ältere am College ist, kurz vor dem Examen. In Easton, sagt er, an seiner Alma mater, ein Geständnis, das er mit fragendem und zugleich selbstbewußtem Lächeln hervorbringt.

»Großartige Schule«, setzt er hinzu. »Ungewöhnlicher Unterricht, aber großartige Ausbildung. Das ist der andere Grund, warum ich hier bin. So sehe ich ein wenig mehr von ihr.«

Ich nicke wieder und sage etwas Höfliches. Wie wunderbar. Ich öffne die Tür.

»Es ist nur…«, sagt er und bleibt stehen. Dann kommt er einen Schritt näher.

»Was?«

»Zu wie vielen Menschen entwickelt man in einem Leben eine enge Beziehung?« fragt er. »Ich finde es wirklich schlimm, daß wir uns aus den Augen verloren haben.«

»Das machen wir wieder gut, Seth. Nur nicht jetzt.«

»Sicher.«

Ich strecke ihm noch einmal die Hand hin. Er ergreift sie verwirrt, sieht mich dabei niedergeschlagen an und hält sie ein bißchen länger, als er sollte.

Eine Gerichtsverhandlung ohne Jury ist immer noch eine Gerichtsverhandlung. Wenn sie vorbei ist, ist der Angeklagte genauso schuldig oder unschuldig, und seine Gefängnisstrafe kann ebenso lang ausfallen. Im Augenblick einer solchen Entscheidung befällt mich immer die gleiche Beklemmmung wie bei der Verkündung eines Urteils durch die Jury. Aber ein Prozeß ohne Jury findet gewöhnlich nicht in einer Atmosphäre von Großsprecherei und Trickserei statt. Der Prozeß ohne Jury ist häufig das Territorium eines Anwalts, der die Techniken der Verteidigung beherrscht. Keine Diskussion ist dann zu ausgeklügelt oder offensiv. Vor Laienrichtern wäre das nicht angebracht, weil sie damit nicht umgehen könnten. Mit einem Richter als Entscheidungsorgan anstelle der einfachen Menschen von der Straße läuft ein Verfahren normalerweise maßvoller, manchmal sogar legalistisch ab.

Trotzdem herrscht an diesem Nachmittag gespannte Stimmung im Gerichtssaal. Die Zuschauer sitzen dicht gedrängt. Aber im Bereich des Gerichts ist mehr Platz, weil die Journalisten sich wieder auf der Geschworenenbank niedergelassen haben. Alle sechzehn Sitze sind mit Reportern und Zeichnern besetzt, während ein paar Zuspätgekommene sich mit Stühlen von den Anwaltstischen behelfen müssen, die Annie in den Ecken des Gerichtssaals aufgestellt hat, mit dem Rücken zur Trennwand zum Zuschauerraum. In der ersten Reihe sitzt Stew Dubinsky und bekommt einiges von zwei Kollegen zu hören, die ihn offenbar aufziehen. Ich kann mir vorstellen, worum es dabei geht: Stewie und undichte Stellen sind ein Thema für sich. Mit denen hat er häufiger zu tun als jeder Klempner. Neben Stew sitzt Seth Weissman in seinem zerknitterten Blazer. Als landesweit gedruckter Kolumnist steht er im Zentrum der Aufmerksamkeit. Einer der Burschen vom Fernsehen hat sich trotz des Aufrufs zur Ruhe an das Geländer der Geschworenenbank gelehnt, schüttelt jemandem die Hand und sagt etwas, das offenbar beide amüsiert.

Marietta ruft den Fall auf, und die drei Anwälte treten vor. Nile bleibt in der Nähe des Verteidigertischs, auf dem zwei lederne Aktenkoffer und ein Portefeuille liegen.

»In allen Punkten Einigkeit erzielt?« frage ich.

Alle drei erklären sich bereit zur Verhandlung. Dem gemeinsamen Antrag, die anwesenden Zeugen aus dem Gerichtssaal zu schicken, gebe ich statt und hole tief Luft.

»Eröffnungserklärungen?«

»Euer Ehren«, meldet sich Hobie. »Ich würde meine Erklärung

gerne zurückstellen, bis die Anklage ihre Beweise vorgelegt hat.« Seinem Antrag wird – der Rechtslage entsprechend – stattgegeben. Mit einer der Gesten, die die Autorität meines Amtes signalisieren und die ich mir zu meiner Verblüffung wie von selbst zu eigen gemacht habe, gebe ich Molto das Wort.

»Ganz wie das Gericht wünscht«, sagt Tommy und wartet, bis völlige Ruhe im Saal eingekehrt ist. Die übrigen Beteiligten nehmen ihre Plätze ein, und Tommy gehört das Podium jetzt allein. Das grelle Licht von oben läßt seine Kopfhaut durch das schüttere, mit Spray fixierte Haar scheinen. »Euer Ehren, nachdem Mr. Tuttle vorerst auf sein Eröffnungsplädoyer verzichtet, kann ich mich kurz fassen. Ich weiß, daß Sie die Beweiserhebung selber durchführen wollen. Also lassen Sie mich jetzt nur skizzieren, um welche Beweise es sich handeln wird. Die Anklage wird beweisen, daß der Angeklagte Nile Eddgar –« Tommy wendet sich ihm vom Podium aus zu. Nile hat beim Nennen seines Namens aufgeschaut und erwidert nun unruhig den Blick des Staatsanwalts. Mir fällt auf, daß der Sohn die gleichen durchdringenden blauen Augen hat wie sein Vater, doch die seinen sind angsterfüllt und haben einen fahrigen Blick. »Wir werden beweisen, daß Nile Eddgar nicht nur an einer Anstiftung zum Mord beteiligt, sondern Anführer eines Mordkomplotts war. Es handelt sich um ein Komplott, das auf tragische Weise mißglückte, dennoch – es war ohne Frage ein Mordkomplott. Die Beweise werden zeigen, daß Nile Eddgar seinen Mittatverdächtigen, den mitangeklagten Ordell Trent, beauftragt hat, seinen Vater, Dr. Loyell Eddgar, zu ermorden. Mr. Trent ist Mitglied der Black Saint Disciples, Euer Ehren. Er ist Mitglied einer Gang. Er ist ein Drogenhändler. Er ist ein einschlägig vorbestrafter Verbrecher. Und er war Nile Eddgars Freund.«

»Einspruch«, sagt Hobie. Ich bin erfreut, daß er sich die Mühe macht aufzustehen, eine Respektbezeugung, auf die die Vertreter der Anklage gern verzichten, wenn keine Geschworenen anwesend sind. Sein gelber Notizblock liegt offen vor ihm auf dem Tisch. Nile, der hinter ihm sitzt und seine eigenen Notizen macht, hat ein wenig überrascht aufgeschaut. »Schuldig aufgrund irgendwelcher Beziehungen?«

»Stattgegeben«, sage ich milde. Ein kleiner Pluspunkt. Hobie will Tommy aus dem Takt bringen. Sogar Molto merkt das und akzeptiert gleichgültig die Entscheidung.

»Nile Eddgar und Mr. Trent, dessen Gangname Hardcore ist, kannten einander«, sagt Molto. »Mr. Eddgar – Nile, wie ich den Angeklagten nennen will, um ihn und seinen Vater zu unterscheiden –, Nile war Mr. Trents Bewährungshelfer. Er war – und ich bin sicher, das wird nicht in Abrede gestellt –, Nile Eddgar war Bewährungshelfer im Dienste eben dieses Hohen Gerichts. Und irgendwie, das werden Sie von Mr. Trent erfahren, haben er, Hardcore, und Nile eine persönliche Beziehung entwickelt, eine Art Freundschaft. Und aufgrund dieser engen Bekanntschaft ergab es sich schließlich, daß Hardcore auch Niles Vater kennenlernte, den State Senator für den 39. District, Dr. Loyell Eddgar. Dr. Eddgar, ein ordinierter Geistlicher und College-Professor und zudem gewählter Volksvertreter, wird hier für die Anklage aussagen.«

Ob er vielleicht auch noch Gruppenleiter bei den Pfadfindern ist und alten Damen über die Straße hilft? belächle ich Tommys Loblied auf seinen Zeugen.

»Dr. Eddgars Bekanntschaft, Senator Eddgars Bekanntschaft mit Hardcore ist komplizierter Natur. Er wird sie in seiner Aussage schildern. Vorerst möge der Hinweis genügen, Euer Ehren, daß politische Aspekte hineinspielen, was Ihnen Senator Eddgar offen darlegen wird. Auf jeden Fall war der Senator, weil Mr. Trent ihn auch kennengelernt hatte, häufig Gesprächsgegenstand von ihm und Nile. Dabei stellte sich mit der Zeit heraus, daß Nile Eddgar, der Angeklagte, mit seinem Vater nicht zurechtkam. Er haßte seinen Vater, Euer Ehren.«

Tommy holte hörbar Luft. »Die Beweislage wird nun ergeben, Euer Ehren, daß Nile Eddgar den Senator Eddgar dringend ersuchte, sich mit Hardcore zu treffen. Nile teilte seinem Vater mit, Hardcore habe etwas Wichtiges mit ihm zu besprechen. Senator Eddgar war einverstanden. Was er nicht wußte: Sein Sohn Nile hatte Hardcore 25 000 Dollar für den Fall versprochen, daß dieser für ihn die Ermordung seines Vaters arrangierte. Er wußte ebensowenig, daß Nile Eddgar ihm bereits einen Vorschuß von 10 000

Dollar gezahlt hatte.« Tommy schaut zum ersten Mal von seinem gelben Notizblock zu mir auf. »Die Anklage, Euer Ehren, wird als Beweismittel Bargeld vorlegen, Scheine, die Ordell Trent von Nile Eddgar erhalten hat und auf denen Nile Eddgars Fingerabdrücke identifiziert wurden.«

Das ist neu. Bewegung auf der Geschworenenbank. Ich mache meine erste Notiz in meinem Buch. »Fingerabdrücke?« Im Saal wird gezischelt und geflüstert. Ein erneuter wuchtiger Hammerschlag Annies setzt dem ein Ende. Sie blickt drohend in den Saal. Seit sie verheiratet ist, erscheint sie selbstbewußter über die Wirkung ihrer schlanken Figur in der Uniform geworden zu sein und darüber, wie das gestärkte weiße Hemd, eigentlich ein Herrenhemd, und die blaue Gabardinehose mit silberfarbenem Paspel ihr stehen. Wenn Männer in der Nähe sind, zupft sie ständig an den Knöpfen herum. Auch jetzt tut sie es wieder, kaum daß sie den Hammer auf den Block zurückgelegt hat. Tommy hat inzwischen eine Pause eingelegt, zuckt mit den Schultern und genießt den Effekt seines Auftritts.

»In der Tat wird Mr. Trents Zeugenaussage, Euer Ehren, nicht nur durch die Fingerabdrücke untermauert, sondern durch die Abrechnung der Telefongesellschaft. Sie belegt die ausgedehnte Kommunikation zwischen Nile Eddgar und ihm einschließlich eines Kontakts per Piepser zwanzig Minuten vor dem Mord. Außerdem werden Sie Details über die Planung des Mordes hören, nicht nur von Ordell Trent, von Hardcore also, sondern auch von einem jungen weiblichen Mitglied seiner Gang, einem Mädchen namens Lovinia Campbell. Ms. Campbell ist fünfzehn Jahre alt, und sie wird hier aussagen, Euer Ehren, daß Hardcore ihr gesagt hat, er habe auf Nile Eddgars Bitte –«

Hobie hat sich erneut erhoben. »Einspruch.«

»Begründung?«

»Mit allem Nachdruck, das wird die Beweiswürdigung nicht erbringen. Mr. Molto ergeht sich in Behauptungen.«

»Abgelehnt. Ich kann im Moment nicht beurteilen, ob es sich um eine Behauptung handelt oder nicht. Mr. Molto, darf ich Sie erinnern, daß Ihre Pflicht darin besteht, die Beweislage lediglich darzustellen?« Ich sage es mit einem Lächeln, und das verwirrt Tommy für einen Moment. Hobie läßt sich wieder auf seinem Stuhl nieder und ist zufrieden, daß er seine Bemerkung losgeworden ist.

»Ms. Campbell wird aussagen, daß Hardcore ihr von seinem Plan erzählt hat. Einem Plan, in dessen Zusammenhang, wie bewiesen werden wird« – Molto dreht die Schulter kurz in Hobies Richtung –

»Nile Eddgars Name tatsächlich gefallen ist. Der Plan, Euer Ehren, sah vor, daß Ms. Campbell, die zu Hardcores Drogenverteilerring gehört, Senator Eddgar treffen sollte. Sie sollte bei Senator Eddgars Auftauchen an der verabredeten Stelle sein. Wenn sich der Wagen nähert, sollte sie per Mobiltelefon ein Codewort durchgeben. Dann sollte sie Senator Eddgar begrüßen und ihm sagen, sie werde Hardcore holen. Dann sollte sie verschwinden. Und wenn Senator Eddgar dann in seinem weißen Chevy Nova wartete, würde ein Radfahrer um die Ecke kommen und Senator Eddgars Wagen mit einer halbautomatischen Waffe unter Beschuß nehmen. Ms. Campbell sollte dann zum Wagen laufen, dem Senator scheinbar zu Hilfe eilen, sich vergewissern, ob er vielleicht noch am Leben ist, und sich laut Plan über die Leiche beugen und Senator Eddgar ein Päckchen Drogen in die Hand drücken. Es sollte nachher so aussehen, als sei Senator Eddgar, ein Weißer, zum Drogenerwerb in diese Gegend gekommen und nicht aus politischen Gründen. Dann sei er versehentlich in eine Schießerei zwischen rivalisierenden Gangs geraten und dabei getötet worden.« Tommy macht wieder eine Pause, damit sich die Einzelheiten des schrecklichen Geschehens und die Cleverness der gesamten Planung bei den Zuhörern fest einprägen. Er weiß, was er vorbringt, klingt plausibel. Das Fahrrad als Mordfahrzeug von heute – dort einsetzbar, wo Polizeiautos nicht mehr hinkommen, leicht hinter einem Gebüsch abzulegen und nicht per Nummernschild zu identifizieren.

»Das war der Plan, Euer Ehren. Aber er funktionierte nicht. Senator Eddgar war an diesem Morgen unabkömmlich. Andere Verpflichtungen hielten ihn im Abgeordnetenhaus zurück. Und unglücklicherweise, Euer Ehren, war Mrs. Eddgar in der Stadt. Sie lebt in Marston, Wisconsin, Euer Ehren. Lebte. Doch obwohl sie schon seit vielen Jahren von Dr. Eddgar geschieden war, hielt sie weiter engen Kontakt, und sie war hier, um ihn und ihren Sohn zu besuchen. Sie kam aus dem Grund oft nach Tri-Cities, Euer Ehren, sie war oft in unserem County, und an diesem Morgen, als Senator Eddgar anderweitig beschäftigt war, beschlossen er und die Verstorbene, er und Mrs. Eddgar, daß sie statt seiner in die Grace Street fahren sollte. Wie ich schon sagte, Euer Ehren, Senator Eddgars Bekanntschaft mit Mr. Trent hatte einen politischen Hintergrund, und er wollte Mr. Trent nicht kränken, indem er nicht zu diesem Treffen erschien. Per Telefon konnte er ihn nicht erreichen, und so erklärte June Eddgar sich bereit, hinauszufahren und die Entschuldigung des Senators persönlich zu überbringen.«

»Und so fuhr sie hinaus, Euer Ehren«, fährt Tommy fort, »und starb. Wir werden beweisen, daß die beiden – Lovinia Campbell und Ordell Trent – in dem Moment, als sie bemerkten, daß June Eddgar in dem Wagen saß und nicht ihr Mann, versuchten, sie so schnell wie möglich weiterzuschicken. Aber es war zu spät, Euer Ehren, diesen Plan noch zu stoppen, den Nile Eddgar ausgeheckt hatte. Das Mountainbike kam um die Ecke, und der Fahrer war zu schnell unterwegs, um Ms. Campbells Versuche zu bemerken, ihn noch zu stoppen. Ms. Campbell ist selber angeschossen worden, Euer Ehren. Und June Eddgar wurde getötet. Und ich bin sicher, Euer Ehren – das steht außer Frage –, daß Mr. Tuttle nun vortragen wird, Nile Eddgar habe nicht vorgehabt, seine Mutter zu töten. Tatsächlich werden wir, Euer Ehren, eine Aussage präsentieren, die er gegenüber dem Beamten machte, der ihn vom Tod seiner Mutter unterrichtet hat. Danach hat Nile Eddgar so gut wie zugegeben, daß er statt ihrer seinen Vater habe töten wollen.«

»Einspruch!« donnert Hobie mit hoch erhobenen Armen. »›So gut wie‹? Euer Ehren, das ist eine unbewiesene Behauptung, eindeutig eine Behauptung. Der Angeklagte hat nichts dergleichen geäußert.«

»Stattgegeben.« Ich lasse Moltos Bemerkung aus dem Protokoll streichen.

»Tut mir leid, Euer Ehren«, sagt Molto, bevor ich ihm erneut eine Rüge erteilen kann. Sein Blick aus winzigen Augen weicht aus. Er weiß, er hat einen Fehler gemacht. »Euer Ehren, wir räumen ein, daß der Angeklagte seine Mutter verloren hat, was ihm zweifellos Schmerz und Trauer verursacht hat. Doch das ist, wie Sie wissen, in den Augen des Gesetzes keine Entschuldigung.«

Damit lenkt er meine Aufmerksamkeit wieder auf Nile. Als ich heute früh zur Richterbank kam, fühlte ich mich für einen Augenblick mit ihm verwandt. Ich dachte an meine Mutter und an meine Kindheit, die ich im Schatten politischer Verpflichtungen verbracht habe. Doch jetzt wird mir etwas ganz anderes bewußt: Nile ist einfach ein merkwürdiger Mensch. Im Augenblick ist er mit seinem Notizblock beschäftigt. Verteidiger versuchen häufig, ihren Mandanten etwas hinzulegen, auf das sie sich konzentrieren können, weil sie wissen, daß es für sie am besten ist, keinerlei Reaktionen auf den Prozeßverlauf zu zeigen. Doch ich habe das Gefühl, daß Nile weit entfernt von einem vorgegebenen Plan oder einer einzuhaltenden Disziplin ist. Er wirkt nur unbeholfen und plump, wie er da sitzt mit seinem Schmerbauch oder schlapp wie Alley Oop aus dem Comic über den ›großen Onkel‹ geht. Für jemanden, der in diesem Gerichtsgebäude ein und aus gegangen ist, macht er einen bemerkenswert vertrottelten Eindruck. Wie er heute früh vor mir stand mit gesenktem Kopf, erinnerte er mich an ein Huhn, und man sah ihm deutlich an, wie unwohl er sich in seinem für den Gerichtsauftritt vorbereiteten Aufzug fühlt. Der Krawattenknoten sitzt schief und ist überdies zu groß geraten, der Hemdkragen verrutscht ihm immer wieder. Noch ist Nile mir ein Rätsel, das ich lösen muß. Was hat er getan? Was hatte er vor? Die Hauptaufgabe, vor der jeder Richter steht, erscheint mir in diesem Fall überwältigend groß und macht mir angst.

Molto kommt zum Ende. »Die Beweise werden ergeben, daß Nile Eddgar den Mord geplant hat, daß er wesentliche Schritte unternommen hat, diesen Plan voranzutreiben, und daß am Ende tatsächlich auch ein Mord stand. Soviel zur Beweislage, Euer Ehren. Nach den Zeugenaussagen und der detaillierten Vorlage der

Beweise werden Sie zu dem Schluß kommen, daß die Staatsanwaltschaft ohne jeden Zweifel die Schuld des Angeklagten Nile Eddgar an diesem Mordkomplott bewiesen haben wird.« Tommy nickt mir höflich zu. Er ist überzeugt, seine Sache gut gemacht zu haben, und das hat er.

Währenddessen ist auf der Geschworenenbank ein anderes Komplott im Gange. Mehrere Journalisten stecken die Köpfe zusammen und flüstern aufgeregt miteinander, um sich wie üblich auf das zu einigen, was an Moltos Erklärung nachrichtentauglich ist. So eine Abstimmung schützt sie davor, von ihren Chefs als Reporter getadelt zu werden, die sich von der Konkurrenz hätten ausstechen lassen oder den Kern einer Story nicht erfaßt hätten. Ich kann mir vorstellen, was der eine den anderen fragt: ›Was denkst du über diese Geschichte mit dem Vater und dem Gang-Mitglied und ihrem politischen Deal? Wie ist das mit den Fingerabdrücken auf dem Geld?‹ Und dasselbe frage ich mich auch. Ich mache mir die entsprechenden Notizen.

»Noch einmal die Frage an Sie, Mr. Tuttle. Bleibt es dabei, daß der Angeklagte vorläufig noch keine Erklärung abgibt?«

Hobie nickt von seinem Sitz aus, steht dann auf und nickt noch einmal. Wir einigen uns auf morgen für den Beginn der Beweiserhebung. Molto kündigt einen Zeugen an, dessen Vernehmung wohl mehrere Vormittagsstunden in Anspruch nehmen wird, bevor dann meine dienstäglichen Berufungsanträge zur Verhandlung anstehen. Auch darauf einigen wir uns, und Annie kann wieder den Hammer niedersausen lassen. Der erste Tag im Prozeß gegen Nile Eddgar ist vorüber.

»Wie ich sehe, frischen Sie alte Bekanntschaften auf«, sagt Marietta, als ich durch mein Vorzimmer gehe. Es ist ein kleines Büro, in dem ihr glänzender Mahagoni-Schreibtisch den größten Platz einnimmt. Er ist fast so groß wie meiner und steht über Eck, so daß noch ein kleiner, dazu passender Aktenschrank im Zimmer Platz hat. Neben der Schreibunterlage stehen unter einer Messinglampe plastikgerahmte Fotos von ihren Kindern und Enkeln. Auf einer Ecke thront ein künstlicher Philodendron in seinem

Moosbett. Auf der anderen Seite ist letzte Woche ein winziger Kunststoff-Christbaum dazugekommen, dreißig Zentimeter hoch, mit Eiszapfen und Süßigkeiten. Auf der Schreibunterlage hat Marietta einen winzigen Farbfernseher aufgestellt. Der Bildschirm ist nicht größer als eine Kompaktkassette. Wenn sie hier tagsüber sitzt, hört sie buchstäblich mit einem Ohr die Seifenopern mit: Zu ihrer Linken läuft vom Fernseher eine Schnur hoch und verschwindet in ihren dichten schwarzen Locken. Seit sie heute morgen in den Gerichtssaal geplatzt ist, haben wir nicht mehr miteinander gesprochen, doch der kurze, abschätzende Blick in meine Richtung sagt genug.

»Wirklich, Marietta«, sage ich, »dieses dauernde Rein und Raus – was sollte das?«

»Ich habe nur ein paar Akten benötigt, Richterin«, gibt sie zurück. »Ich wollte Ihnen eigentlich sagen, daß ich ihn draußen im Saal gesehen hatte, aber nachdem Sie so spät ankamen, gab es keine Gelegenheit dazu.« Bei der Erwähnung meiner Unpünktlichkeit blicken ihre braunen Augen lächelnd zu mir auf. Sie ist wieder im Vorteil. »Sieht aus, als ginge es jedenfalls um die alten Zeiten.«

»Von alten Zeiten war kaum die Rede. Es war eine sehr kurze Unterhaltung. Er hat sich entschuldigt für die Spitze gegen Tuttle, und ich habe ihm erklärt, daß ich jetzt wirklich nicht mit ihm reden kann.«

Sie ist verblüfft. »Sie alle müssen miteinander reden.«

»Marietta, er ist eng mit Hobie befreundet. Seit ihrer Kindheit sind sie Freunde.«

»Mein Gott, Richterin. ›Sie ist mit dem Vertreter der Verteidigung bekannt.‹ Es gibt da keine Vorschrift. So etwas passiert alle Tage. Jeder in diesem Haus kennt jeden. Lauter Cousins und Cousinen, Ehemänner, Freunde und Freundinnen.« Im Grunde hat sie natürlich recht. Aber in diesem Fall befinde ich mich bereits auf Glatteis. Und moralische Skrupel sind kaum das, woran Marietta jetzt denkt. Ich weiß Bescheid. Marietta hat das ganze Drama schon im Kopf. Angerührt nach dem Rezept ihrer täglichen Fernsehkost. Da kommt dann so ein Rhett Butler auf die Szene galoppiert und erklärt, er habe die letzten fünfundzwanzig Jahre im Gefängnis verbracht.

»Marietta, Sie sind im falschen Stück. Er ist verheiratet. Er war immer verheiratet. Zudem kenne ich auch seine Frau. Sie war auch in Kalifornien.«

Marietta schüttelt heftig den Kopf und besteht darauf, daß ich das Ganze falsch sehe.

»Marietta, ich lese immer wieder seine Kolumne. Er schreibt ständig von seiner Frau. Auch heute morgen hat er von Lucy gesprochen.«

»Hm, hm«, sagt Marietta. »Es stand in *People* oder einem dieser Blätter – ich glaube, ich habe gelesen, daß er in Scheidung lebt.«

»Ganz sicher meinen Sie den *Star,* Marietta. Vielleicht den *Enquirer.* Gleich nach dem Artikel über das Baby mit den zwei Köpfen oder dem über George Bush, der sich mit *Aids* angesteckt hat.«

Marietta schürzt eingeschnappt die Lippen und widmet sich wieder ihrem Fernsehgerät. Sie hat mich herausgefordert, aber zugleich bedaure ich es auch, und mit diesen Gefühlen schleppe ich mich über die Schwelle zu meinem Amtszimmer.

»Sie enden noch in den Armen eines Cops«, ruft sie mir leise nach.

»Wie bitte?«

»Sie haben schon verstanden. Ich sehe es kommen. Seit über zwanzig Jahren sitze ich nun schon in diesem Haus, Richterin. Ich habe ein halbes Dutzend Mädchen erlebt wie Sie, da kann mich nichts mehr erschüttern, und jedesmal war da irgend so ein Cop. Darauf können Sie sich verlassen.« Dann fängt sie an aufzuzählen. Jan Fagin, Verteidigerin beim Berufungsgericht, und Marcie Lowe von der Staatsanwaltschaft. Ich bin kurz davor loszuschreien. Manche Menschen, nein, viele Menschen pflegen ein herzliches Verhältnis zu ihrem Mitarbeiterstab. Doch dazu zählen keine Ratschläge in Liebesdingen. Gibt es denn keine Grenzen mehr? Aber ich bin bei Marietta längst über den Punkt hinaus, diese Grenzen einzuklagen. Zu viele Stunden habe ich mit ihr verbracht und eifrig ihren Berichten über Raymens letzte Seitensprünge gelauscht, als daß ich unsere Intimitäten nun plötzlich abblocken könnte.

Gerade will ich Marietta doch zurechtweisen, da taucht vor meinem inneren Auge die Silhouette von einem Mann wie Lubitsch auf, einem dieser dunkelhaarigen Riesenkerle, wie auch Charlie, von dem ich früher immer geglaubt habe, er sei mein Schicksal. Und Angst lähmt mich, ein regelrechter Aberglaube, daß sich das als eine dieser dummen, zufälligen Bemerkungen erweisen könnte, aus denen dann auch tatsächlich Wirklichkeit wird, wenngleich das wissenschaftlich noch nicht belegt ist. Als ich die Jungen entdeckte und sie mich, als ich meine Akne los war und am Ende der High-School-Zeit plötzlich erfuhr, daß Männer mich attraktiv fanden, schockierte es mich fast, wie sehr es mir gefiel, fest in die Arme genommen zu werden. Die Männer, wie ich sie mir vorstellte, waren alle groß und dunkel. Selbst wenn sie in der Wirklichkeit dann blond und knochendürr waren wie Seth. Ich sah sie einfach so – ein Grund mehr für die Annahme, daß Charlie mein Verhängnis war.

»Marietta, Sie nerven mich.«

»Ich sage nur, was ich weiß, Richterin.«

»Für den Moment reicht mir das. In Ordnung?«

Ihre Kiefer mahlen unwillig, aber sie nickt. Hunderte Male hatten wir diese Auseinandersetzung schon. Ich streite von Natur aus gerne und komme dann gleich zu ihrem wunden Punkt: Ob sie glaube, daß eine Frau einen Mann brauche, um ein bedeutungsvolles Leben führen zu können? Wenn es um diesen Punkt geht, klafft zwischen uns eine soziale Kluft. Die feministischen Grundwahrheiten, die für mich so feststehen wie physikalische Axiome, scheinen auf Mariettas Seite nicht zu gelten. Wenn sie mir eine Standpauke zu diesem Thema hält, plustert sich alles an ihren runden Formen verächtlich auf – die weiche Figur und der runde Schopf. ›Ach ja, von alldem habe ich schon gehört, Richterin. Aber wollen Sie wirklich sagen, daß es Ihnen nicht gefällt, wenn irgendein Kerl einfach jedes Stückchen Haut an Ihnen liebt?‹

Die Sache ist viel komplizierter, antworte ich ihr dann immer. Ich bin aus meiner Ehe geflohen, ohne die Männer danach zu verachten. Tatsächlich gab es vor Nikkis Geburt, als ich so oft Trost und Hilfe von anderen Müttern erhielt – wirklich praktische Hilfe und beruhigenden Rat –, heimliche Momente, in denen ich den Verdacht nicht los wurde, zu den Frauen zu gehören, die sich unter Männern wohler fühlen, ihre Scherze und ihre Rivalitäten genießen. Selbst jetzt frage ich mich, ob mich nicht auch das hierher gezogen hat in die Rechtsprechung und in das rauhe Klima der Gerichtssäle.

Aber in mancherlei Hinsicht betrachte ich mich noch immer nicht als eine unverheiratete Frau. Nicht, daß ich im entferntesten eine Bindung an Charlie spürte. Indes kann ich mich nicht so leicht auf den Eifer und die Wünsche einstellen, die bisweilen mit dem Ungebundensein einhergehen. Wenn ich mit dem Bus in die Center City fahre, beobachte ich mit fast wissenschaftlicher Distanz die jüngeren Frauen, die als Singles noch immer so sehr auf die Details ihrer Aufmachung achten: Eyeliner und Make-up stimmen, das Haar ist gekämmt und kunstvoll gestylt, Kleidersäume und Nähte sind tadellos. Diese Frauen, das weiß man, verbringen pro Tag mindestens eine Stunde in Läden und sehen sich Kleider an. Sie wollen einfach gesehen werden. Es erleichtert mich so, daß mich das nicht betrifft, nicht etwa, weil ich einen Eid geschworen hätte, an den ich mich blind klammere wie an ein religiöses Dogma, nach dem eine Frau sich nicht auf dieser Basis beurteilen lassen sollte. Das wäre ein Credo, von dem diese jungen Frauen jedenfalls nicht zu überzeugen wären. Vielmehr weiß ich, daß ich in einem anderen Stadium bin, an einem anderen Platz stehe, mich auf einem anderen Niveau befinde, wo ich meine Verbindungen kenne, wo sie festliegen, und wo ich nicht wie diese Mädchen ein kleines Atom darstelle, daß darauf wartet, Teil eines Moleküls zu werden. Mit Charlie ist es vorbei, und dennoch habe ich keine Lust, wieder ins Stadium der Singles zurückzukehren, als wäre die Zeit mit ihm nichts weiter als eine unangenehme Phase gewesen, an die ich mich nicht mehr erinnere.

Außerdem schließen sich für mich die beiden Fakten, nämlich, alleinerziehende Mutter zu sein und mich mit Männern zu verabreden, aus. Angenommen, ich wollte mich mit einem Mann treffen, wann sollte das stattfinden? Die Abende und die Wochenenden sind die einzige Zeit, die ich für Nikki habe. Die wenigen halbherzigen Versuche, die ich trotzdem unternommen habe, sind immer schlecht und mit schlechtem Gewissen ausgegangen. Ohne Sex zu leben, was mir nie besonders verlockend oder notwendig erschienen war, ist, offen gesagt, leichter, als ich es mir vorgestellt hatte. Ich neige zu der altmodischen Ansicht, daß Abstinenz für Frauen leichter sein muß als für Männer. Doch es gibt noch Momente, vor allem häufig im Gedränge mit Fremden im Bus, wo ich plötzlich ein Verlangen spüre. Aber das ist so rein wie Musik.

»Reden wir über morgen, Marietta. Wie sieht die Liste mit den Aufrufen aus?«

Sie sieht auf ihren Computer-Bildschirm. Wenn wir morgens um neun beginnen, haben wir ein paar Stunden für die Zeugenaussage, bevor ich die sonst anstehenden Fälle aufrufen kann, was immer in der Mitte der Woche geschieht. Obwohl ich täglich mit Kautionsanträgen und anderen dringenden Dingen zu tun habe, stehen Routinesachen – Urteilsverkündungen, Terminierungen, Anhörungen, Schuldig-/Nicht-schuldig-Bekenntnisse – immer dienstags auf der Tagesordnung, am Vor- oder Nachmittag, damit an den anderen Tagen die Prozesse ohne Unterbrechungen ablaufen können.

»Ich glaube, Molto läßt jemanden aus der Untersuchungshaft vorführen«, ergänzt sie. »Diese Kleine – die die Droge unterschieben sollte oder so.«

»Tommys Eröffnungsplädoyer war gut«, sage ich.

Marietta verzieht das Gesicht. »Molto«, sagt sie verächtlich.

»Tommy ist nicht Ihr Typ?«

»Der stolpert doch immer über seine eigenen Füße. Heute morgen auch. Was hat ihm das alles denn gebracht?« Daß da etwas an die *Trib* durchgesickert war, meint sie, war ja nicht nur eine Sauerei, sondern dazu auch noch eine Dummheit, denn ich würde ihm das doch wohl nicht durchgehen lassen. Marietta glaubt zweifellos nicht eine Sekunde, daß Tommy nicht Dubinskys Zuträger war. »Außerdem«, sagt sie und überlegt es sich dann. Marietta, die sich so gerne ungebeten in mein Privatleben einmischt, ist beruflich zu erfahren, als daß sie das bei gerade anhängigen Fällen auch täte. Ich fordere sie auf, weiterzusprechen, aber selbst da scheint sie noch etwas Bedenkzeit zu brauchen.

»Er sagt, der Junge wollte seinen Vater umbringen. War es nicht der Vater, Richterin, der für Nile die Kaution hinterlegt hat? Steht das nicht so in den Akten? Es gibt einen langen Bericht über die Kautionsverhandlung und keinerlei Anträge, weil der Vater sein Haus als Sicherheit eingebracht hat. Erinnern Sie sich?« Bis jetzt war das nicht der Fall. »Was macht das für einen Sinn, Richterin?« fragt Marietta. »Sein Sohn will ihn umbringen, und er zahlt, damit er herauskommt. Die meisten überlegen sich so etwas dreimal, bevor sie es tun. Der Sohn hat die eigene Mama gekillt, und der Vater holt ihn binnen vierundzwanzig Stunden per Kaution wieder raus. Warum sollte er so was tun?«

Weil er Nile für unschuldig hält. Das ist wohl die logische Antwort, aber ich behalte sie für mich und antworte eher vorsichtig, daß wir dazu vielleicht etwas von der Verteidigung hören werden.

»Was für einen Eindruck haben Sie übrigens von Hobie?« frage ich sie. »Ausgefuchst, nicht?«

»O ja, er ist ein ganz heißer Typ. Läßt aber nichts anbrennen. Wie ist das mit ihm, Richterin? Ihn kennen Sie doch auch, nicht wahr?«

»Ihn auch.« Wieder schüttle ich düster den Kopf und wundere mich.

»Reicher Junge, nicht?«

»Hobie? Jedenfalls reicher als ich.« Das bedeutet nämlich ›reich‹ in Amerika: Jemand hat mehr Geld als man selber. Seinem Vater gehörte ein Drugstore in U.Park.

»Sag' ich ja«, sagt Marietta. »Erlebe ich immer wieder. Schwebt quasi über den Niederungen des Lebens. Marschiert hier im Gerichtssaal rum. ›Wie geht's denn so, Kleine?‹ Als wenn ihn das auch nur einen Dreck interessierte. Hofft nur, daß bloß keiner merkt, wie gut er sich fühlt, wenn er hier auftritt und redet wie ein Weißer.« Sie bekräftigt ihre Erkenntnis mit einem Nicken. Ich denke mir, was ich stets denke: Mein Gott, können die hart zueinander sein. »Und Sie haben auch ihn jahrelang nicht gesehen, Richterin?«

»Nein. Sie wissen ja, wie das ist, Marietta. Sie lassen einen Kerl sausen, dann verlieren Sie auch seine Freunde aus den Augen.«

Ein paar Sekunden vergehen. »Und warum genau haben Sie ihn sausen lassen, Richterin? Hat er Ihnen was Schlimmes angetan? Muß so etwas gewesen sein, nachdem Sie fünfundzwanzig Jahre nicht mehr miteinander geredet haben.« Ihr Blick wandert scheinheilig zum leuchtenden Bildschirm in der Hoffnung, daß ich nicht merke, wie wir wieder einmal bei Mariettas Lieblingsthema gelandet sind. Ich möchte sie nicht schon wieder verletzen und werfe nur den Kopf leicht in den Nacken. Aber so leicht läßt sie sich kaum einmal abschütteln. »Oder war es umgekehrt?«

»Nein, Marietta. Nicht wirklich.« Oder doch? Für einen Moment denke ich angsterfüllt nach, bis die Vergangenheit genauer wiederkehrt. »Nein, im Grunde war es so, Marietta, daß ich Seth mehr oder weniger aus den Augen verlor. Und ich trat ins Friedenskorps ein. Das letzte, was ich damals von ihm hörte, war so eine Geschichte, er sei gekidnappt worden.«

»Gekidnappt!« Diese Neuigkeit verblüfft Annie, die gerade zur Bürotür hereinkommt. Während sie vorsichtig ein paar Schritte näher kommt und sich umschaut, klappern die Schlüssel an ihrem breiten schwarzen Gürtel. »Das hat er gesagt.«

»Mann, ›gekidnappt‹«, sagt Marietta und brummelt vor sich hin. »Klingt ja wie im Freitagabend-Krimi.«

»So war das nicht, Marietta. Es war eine verrückte Geschichte. Und viel habe ich nie darüber erfahren.« Ich sehe die beiden ein wenig unglücklich an und habe plötzlich das Gefühl, eine wunde Stelle in meinem seltsamen Lebenslauf berührt zu haben. Die beiden Frauen, beide abhängig von meinen Stimmungen, sehen mich behutsam an. Die Zeit, denke ich. Mein Gott, die Zeit.

»Wir waren jung«, sage ich.

1969–70

SETH

Ich war dreiundzwanzig und auf dem Höhepunkt meiner verrückten Zeiten, als ich mein eigenes Kidnapping arrangierte. Ich bin nicht wirklich entführt worden. Es war nur vorgetäuscht, dennoch hatte sich danach mein Leben auf tragische Art verändert. Ein Mensch war gestorben, und ich hatte einen anderen Namen angenommen. In den folgenden Jahren hatte ich stets das Gefühl, meine Persönlichkeit verloren zu haben.

Im Jahr 1970 befand sich Amerika noch immer mitten in den ›Sechzigern‹, mitten in Krieg und Unruhen. Nicht nur in Vietnam wurde gekämpft, sondern auch hier zu Hause. Junge Leute wie ich widersetzten sich dem Engagement der USA in Asien und wurden offen als Feinde der Regierung und der amerikanischen Lebensform betrachtet. Obwohl ich mir in dieser Rolle gefiel, gab sie meiner Existenz doch ein ständiges Flair von Abtrünnigkeit.

Als ich im April 1970 meinen Einberufungsbefehl erhielt, war ich gezwungen, mich zu entscheiden. Entweder folgte ich ihm, was mit großer Wahrscheinlichkeit Militärdienst im Dschungel von Vietnam bedeutet hätte, oder ich ging nach Kanada ins Exil. Beide Möglichkeiten schienen mir unerträglich. Einerseits war meine Ablehnung des Krieges unumstößlich, andrerseits war ich das einzige Kind meiner Eltern, in das sie große Hoffnungen gesetzt hatten. Selbst wenn ich dreitausend Kilometer von meiner Heimat Kindle County entfernt war, spürte ich ihre Nähe wie einen heißen Atem im Nacken, ein Phänomen, das teils Wut, teils Resignation in mir auslöste. Als Überlebende von Auschwitz, wo der Mann meiner Mutter und die Frau und das Kind meines Vaters umgekommen waren, hatten sie sich kennengelernt. Mein Vater war fast siebzig. Auch wenn er noch bei guter Gesundheit war und nichts von seiner herrischen Art eingebüßt hatte, war er damit doch weit über die Lebensmitte hinaus. Aber richtige Sorgen machte mir meine Mutter. Ihr Lebenszweck schien allein darin zu bestehen, mich an sich zu fesseln. Als Kind war mir ihr erlittener Schmerz stets sehr zu Herzen gegangen, und ich fühlte mich zutiefst verpflichtet, ihn nicht größer werden zu lassen. Als ich im Herbst zuvor mit meiner Freundin nach Kalifornien gegangen war, war sie vor Kummer am Boden zerstört gewesen. Mein Vater sagte mir wieder und wieder, daß meine geplante Auswanderung für sie, ja für beide, unerträgliche Schreckensvisionen heraufbeschwören würde.

All das versetzte mich unter erheblichen Druck, der anscheinend die übrigen Bindungen in meinem Leben zerrieben hat. Das Verhältnis zu Hobie Tuttle, meinem besten Freund seit meiner Kindheit, bekam so einen heftigen Knacks. Er war damals Jurastudent im ersten Semester in der Bay Area von San Francisco. Doch wie das meistens der Fall ist, war Liebe der Auslöser meines größten Schmerzes. Im Frühjahr 1969 hatte ich mich unsterblich in eine junge Frau verliebt. Ich hatte die starke, dunkelhaarige und schöne Sonia Klonsky bei einer nächtlichen Busfahrt von Kindle County nach Washington D. C. kennengelernt, auf dem Weg zu einem der ersten Märsche des Student Mobilization Committee. Wir standen damals beide kurz vor unserem College-Abschluß, sie an der Universität von Kindle County, ich am renommierten Easton College. Ihr eindrucksvolles dunkles Gesicht, umrahmt von einer Fülle tiefschwarzen Haars, ihr wohlproportionierter Körper mit dem vollen Busen und vor allem der offene Ernst, den sie ausstrahlte, hatten mich in ihren Bann gezogen.

Ich war noch nie verliebt gewesen. Um es genauer zu sagen, ich schien keinen erkennbaren Erfolg bei Frauen zu haben. Mein eher düsterer Gesichtsausdruck und mein sardonisches Gehabe gaben mir zwar einen gewissen Stil, doch unter dem Druck verstärkter weiblicher Aufmerksamkeit wirkte ich plötzlich nur noch ulkig. All meine Beziehungen waren nach wenigen Wochen im Sande verlaufen. Daher waren meine Leidenschaft für Sonny, die Wärme, die sie in mir hervorrief, und der ständige, fast kindliche Wunsch, in ihrer Nähe zu sein, ein unglaubliches Erlebnis. Überraschend erkannte ich, daß menschliche Einsamkeit, die ich bisher als elementare Gegebenheit angesehen hatte, sich in nichts auflösen konnte. In Gedanken sponn ich ein Netz schicksalhafter Übereinstimmungen. Wir waren beide Linkshänder, und beide kannten wir jedes Wort von ›Happy Jack‹ auswendig. Wenn wir allein waren, nannte sie mich ›Baby‹. Das neue Gefühl, einen Platz im Leben eines Menschen mit so scharfem Intellekt und solcher Schönheit gefunden zu haben, der obendrein mit Sicherheit dazu bestimmt war, in dieser Welt Zeichen zu setzen, überwältigte mich dreimal täglich wie eine göttliche Offenbarung.

Diese Hingabe, wie man sie aus Legenden kennt, wäre vollkommen gewesen, wäre sie besser aufgenommen worden. Sonny mochte meine Gesellschaft, meinen eigenwilligen Humor, mein stürmisches Engagement für das, was sie für richtig hielt, meine ungestüme Experimentierlust. Doch sie verbat sich jede Erwähnung von Liebe. Im September 1969 hatte Sonny vor, in der Bay Area zu studieren. Dort war sie an der philosophischen Fakultät der Miller Damon University zu dem interdisziplinären Programm ›Modernes Kritisches Denken und Philosophie‹ zugelassen worden. Ich ließ den Kopf hängen, bis sie mir schließlich vorschlug, mit ihr nach Kalifornien zu gehen. Diese Möglichkeit war mir insgeheim schon durch den Kopf gegangen, da auch Hobie dieses Ziel hatte.

»Brauchst du jemanden, der dich hinfährt?« Immer versuchte ich, sie auf den Leim zu führen.

»Seth.«

»Nein, ernsthaft. Wie soll das aussehen? Wollen wir Zimmergenossen sein?«

»Wir werden ›zusammenleben‹.« Gefährliche Worte damals für einen Mann und eine Frau. Sie hatten etwas Suggestives, dem ich mich nie entziehen konnte. Also fuhren wir in meinem gelben VW-Käfer Richtung Westen und bildeten mit Hobie und seiner jungen Freundin Lucy McMartin einen Zweierkonvoi. Groß und gutaussehend, redegewandt und komisch, hatte Hobie Erfolg bei Frauen. Lucy hatte ihr erstes Studienjahr in Easton abgebrochen, um ihm zu folgen. Sie war ein niedliches, kleines, sommersprossiges, weißes Mädchen, schmal gebaut und stets stilsicher gekleidet mit irgendwelchen Sachen, die sie in Secondhandläden kaufte. Einmal trug sie zum Beispiel eine Lederjacke und dazu eine kleine Schirmmütze, wie sie die Beatles in *Help!* getragen hatten. Hobie fand Lucy anschmiegsam, freundlich und aufgeweckt, wenn auch hoffnungslos naiv. Im allgemeinen war sie überwältigt von Hobie und seinem manchmal verrückten Verhalten. Hinter ihrem Rücken wurde sie ›Groovy‹ genannt, weil das ihre stereotype Antwort auf jede Frage war, von ›Wie geht's?‹ bis zur Diskussion über die Tet-Offensive.

Die Ankunft in Damon, Kalifornien, glich einem Grenzübertritt. Außerhalb des Campusgeländes wohnten Männer, die aussahen, als hätten sie sich die Haare mit einem Bleistiftanspitzer schneiden lassen, und Frauen, die in Hüfthaltern herumliefen. Doch hier auf der Hauptachse von Damon, dem Campus Boulevard, florierte die Kultur der jungen Leute, und man fühlte sich wie in einem turbulenten Basar. In der Stadt überwog die Zahl der vorübergehend Zugezogenen – Studenten und Streuner, Hippies, Ausreißer und Kommunarden – bei weitem die der Einheimischen, der Dozentenfamilien und der diversen Gruppen verdrießlicher Latinos. Diese hatten erlebt, wie sich der Campus Boul mit seinen Buchläden, Studentenkneipen und den Mercados ausbreitete, in denen die Headshops ihren Hippiekram anboten, Kerzenshops und neue ›Boutiquen‹ eröffnet wurden, in denen es handgefärbte Kleider und Makramee-Gegenstände zu kaufen gab. In den Straßen drängten sich zu jeder Tageszeit unzählige Touristen und begafften die Straßenkünstler – Pantomimen, Bongotrommler, Panflötenspieler. Einheimische schlenderten in Freizeitkleidung und geblümten Omakleidern über die Avenue und zwischen ihnen schmuddelige Hippies mit nackten Füßen und mit ihren unvermeidlichen Hundemischlingen am Strick als Ersatz für die Leine. An den Hauswänden prangte hingesprayt das Friedens-Y, während härtere Slogans den Vietcong priesen und den damaligen Häftling Huey Newton, der einen Polizeibeamten getötet haben sollte. Zwischen den Graffiti war immer wieder die schlichte Parole ›Seid frei‹ zu finden, in greller Farbe gemalt und kindlich runden Buchstaben. Als ich mit Sonny dort ankam, fand ich alles, das wilde Durcheinander, die Aufmachung der Menschen, die Slogans ungeheuer aufregend. Ich spürte, wie mir das Leben meiner Generation plötzlich durch die Glieder strömte mit all seinen historischen, seinen dynamischen und epochalen Aspekten. Das war die neue Welt, noch nicht klar umrissen, doch mit Sicherheit besser als die, die unsere Eltern uns hinterlassen hatten.

Am ersten Wochenende in der Stadt führte uns Hobie in ›Dionysus '69‹, ein aggressives Happening-Theaterstück, in dem sich die Akteure nackt unter die Zuschauer mischten. Am nächsten Abend ging es dann nach Fillmore West, einer lebhaften Szene aus dröhnender Musik, Schweißgeruch und Drogendeals. Amöbenähnliche farbige Flecken flimmerten über riesige Projektionsflächen, und Rockfans taumelten herum, als wollten sie einander in ihrem Hip-Sein ständig übertrumpfen. Besonders Hobie liebte das Treiben in der Bay Area: Es gab so viele verrückte neue Dinge zu entdecken und so viele neue Drogen auszuprobieren. Als erster Bürger der Gegenkultur trug er Hemden, bedruckt mit bunten Kreisen so groß wie Grapefruits, Hosen mit einem Schlag, der weiter war, als seine Schuhe lang waren, und dazu eine dunkle Fliegerbrille. Außerdem hatte er sich die Haare zu einer riesigen runden Afrofrisur wachsen lassen, allerdings etwas zögernd, denn in Easton hatte er sich ständig mit Black-Power-Typen angelegt, die ihn einen Tom nannten, weil er mit einem Weißen das Zimmer teilte.

Hobie und ich waren zusammen in University Park aufgewachsen, für lange Zeit vielleicht die einzige Gegend in Tri-Cities und eine der wenigen in ganz Amerika, die kosmopolitisch genannt werden konnte. Farbige waren während des Bürgerkriegs mit Hilfe der Geheimorganisation Underground Railroad nach U.Park geschleust worden. Allerdings wurden sie bald durch die Anlage von vier öffentlichen Parks, die ihren Wohnbereich einkreisten, isoliert. Anfang der dreißiger Jahre wurde es für Afroamerikaner von einigem Wohlstand und beruflichem Rang – Ärzte, Zahnärzte, Anwälte und manche Unternehmer – möglich, auf die weiße Seite der Parks zu übersiedeln. Das drückte in gewissem Maße auf die Bodenpreise. Dieser Tatsache konnte mein Vater, der ständig auf der Suche nach gewinnbringenden Geschäften war, nicht widerstehen. So kam es, daß ich in Hobie Tuttles Straße zog. Als Kinder hatten wir wenig Kontakt. Hobie besuchte die katholische Grundschule und war mit seiner großen Statur schon immer als einer bekannt, der andere gern schikanierte. Erst in der Junior High-School begegneten wir uns wirklich. Er war ganz anders, als ich dachte, und bekannte sich offen zu seinen etwas eigenwilligen Gedanken über die Wissenschaft, über die Mädchen und über seine Eltern.

In der High-School durchliefen wir gemeinsam dieselben Phasen. Da war die Beatnik-Periode, in der wir nur in schwarzen Rollkragenpullovern mit Baskenmütze und Sonnenbrille herumliefen und einander ›Daddy-o‹ nannten. Die Wochenendnächte verbrachten wir im holzverschalten Keller von Hobies Haus, aßen Pizza, hörten Platten von Mort Sahl und Tom Lehrer. Wir diskutierten über die Probleme männlicher Heranwachsender wie über die Frage, ob jede Vagina die Einzigartigkeit einer Schneeflocke habe. In der Collegezeit genossen wir auf dem Campus von Easton in gewissem Rahmen schauspielerischen Ruf. Während der Veranstaltungswoche der Studentenverbindungen traten wir in einer eigenen Variete-Show auf. Als Neger und Jude schmachteten wir, die Gesichter geschminkt wie Al Johnson, gemeinsam vor dem Bild der honigblonden Angebeteten, die als Muffy, Buffy oder Betty zu uns heimkehrte, und parodierten säuselnd Bing Crosbys alten Song »I'm dreaming of a…«

Hobie: »White.«

Seth: »Christian.«

Wir hielten uns für irrsinnig komisch. Sowohl Lucy als auch Sonny wahrten den nötigen Abstand und tolerierten unsere seltsamen Vorführungen. Die Wohnung, die Sonny und ich in Damon gefunden hatten, lag nur einen Block von Hobie und Lucy entfernt.

So waren wir angekommen, doch in weniger als einem Jahr sollte es mit mir steil bergab gehen. Ich schäme mich, wenn ich auf diesen jungen Mann mit dem handgeflochtenen Lederstirnband, dem Sergeant-Pepper-Schnurrbart und dem wallenden, schulterlangen blonden Haar zurückblicke, das mein Vater in seinem korrekten Wiener Akzent schamvoll immer wieder mit dem von Jesus verglich. Trotz meines Examens, immerhin an einer renommierten Universität des Mittleren Westens abgelegt, hatte ich kein wirkliches Ziel. Ein oder zwei Jahre dachte ich während der Collegezeit daran, Hobie und ich könnten vielleicht Comedy-Schauspieler werden. Doch dazu war ich einfach nicht komisch genug. Damals hatte ich auch die Idee, Filmdrehbücher à la Nouvelle Vague zu schreiben. Ich brach den Weltrekord im Anschauen von Truffauts *Jules et Jim* und Jean Luc Godards Filmen. Oft genug machte ich die Einberufung dafür verantwortlich, mir den Weg nach Wer-weiß-wohin verbaut zu haben, doch manchmal, besonders wenn ich zugedröhnt war, erkannte ich, wie groß und undifferenziert meine Welt war und wie verloren mein Selbst innerhalb der Grenzen meines Ichs. Ich neigte allzu leicht dazu, dem Einfluß einer scheinbar überzeugenden Idee zu erliegen, oft auf gedankenlosere Art als jemand, der bloß einen Hut aufprobiert. Nur wenige Dinge wußte ich mit Sicherheit: Ich war verliebt. Ich wollte, daß die Welt besser würde, als sie war. Noch schien mein leidenschaftlicher Wunsch stark genug zu sein, um diesen Planeten zu erhellen. Jetzt, da es etwas dämmriger auf der Erde geworden ist, schaue ich mit einsamem Herzen zurück, zwar müde von Traurigkeit, aber immer noch mit Sehnsucht.

Sonny hatte ihr Stipendium, und ich hielt mich mit den damals üblichen Von-der-Hand-in-den-Mund-Maßnahmen über Wasser. In erster Linie waren das Essensmarken und eine ganze Reihe von Jobs. Auf dem Campus Boul verkaufte ich *The Good Times* und wurde eines Tages angeheuert, zusätzlich das Konkurrenzblatt *After Dark* zu verteilen. Es war ein zweifelhaftes Magazin, auf dessen Titelseite jede Woche eine barbusige Schönheit prangte. Ihre verschleierten Blicke glommen aus den stummen Verkäufern, in denen ich die Hefte deponierte. Meine Hauptbeschäftigung jedoch war das Babysitten bei dem sechsjährigen Nile Eddgar. Seine Eltern lebten in demselben Haus wie Sonny und ich, einem mit braunen Holzschindeln verkleideten viktorianischen Gebäude. An der einen Seite hatte es einen runden Vorbau, der im zweiten Stock in einem spitz zulaufenden Dach endete. Das Innere des Hauses war schäbig, mit den üblichen verschmierten Wänden und zerschlissenem Teppichboden, eben ein Studentenslum. Doch unsere Wohnung besaß eine geräumige Küche und viele hübsche viktorianische Details wie etwa die Reliefmuster im Verputz.

An den Job bei Nile war ich aus reinem Zufall gekommen. Am Tag unseres Einzugs klopfte ich an der Tür zur einzigen Wohnung in der Etage über uns, um mir einen Hammer auszuleihen. Loyell Eddgar öffnete mir. Sein Filmstargesicht machte sicherlich einen guten Teil seines Charismas aus. Damals gab es einen Olympiakämpfer namens Bruce Jenner, und Eddgar wirkte wie seine schlankere und kleinere Ausführung mit langem glattem Haar und der Schönheit eines Ken aus der Barbie-Welt. Besonders beeindruckte mich das klare Blau seiner Augen, das ihm den ruhelosen Blick eines Mystikers verlieh. Doch über so etwas wie sportliche Lockerheit verfügte Eddgar nicht, vielmehr wirkte er so steif, als habe ihn gerade ein elektrischer Schlag getroffen. Als ich meine Bitte vorbrachte, erstarrte er auf der Türschwelle. Sicher hätte er mir die Tür vor der Nase zugeschlagen, wäre da nicht im Hintergrund diese weibliche Stimme mit leichtem Südstaatenakzent gewesen. Eine hübsche Frau in Jeans und Sporthemd kam an die Tür. Das drahtige, bronzefarbene Haar war zu einem Pferdeschwanz gebunden, und ihr verhaltenes Lächeln zeugte von Selbstdisziplin und bester Erziehung.

»Wollen Sie babysitten?« fragte June Eddgar, nachdem wir uns vorgestellt hatten. Dieses Jobangebot sollte allerdings nicht den

Eindruck mildern, den ihr Mann hinterlassen hatte. Sie und Eddgar, ein Theologieprofessor in Damon, seien ganztags berufstätig, erklärte sie. Ihr bisheriger Babysitter, Michael Frain, unser Nachbar, habe unerwartet am Tag zuvor aufgehört, um in einem Labor im Applied Research Center, einem Institut für angewandte Forschung, die Aufsicht zu führen. Sie hoffe, daß ich bei Nile nach der Schule und ab und zu am Abend einspringen könne.

Ich ein Babysitter, dieser Gedanke schien mir schon etwas absurd. Ich hatte keine jüngeren Geschwister, und außerdem war das für mich ein Mädchenjob. Andrerseits besaß ich damals keinerlei eigene Mittel, so daß ich mich, selbst über einen halben Kontinent hinweg, meinem Vater gegenüber mit seiner notorischen Geldfixiertheit verwundbar fühlte.

Er war Volkswirt und einer der ersten Experten für Kapitalvermittlung. Sein einziger Lebenszweck war Geld. Demzufolge führte dieses Thema immer wieder zu Konflikten. Worauf ich mich da eingelassen hatte, stellte sich allerdings erst nach meiner Annahme von Junes Angebot heraus.

»Ach, Junge. Da sind Sie ja wohl ein verdammter Handlanger des Vorsitzenden der One Hundred Flowers«, erklärte mir noch am selben Abend Graeme Florry, Sonnys Tutor. Das war auf einer Institutsparty, und diese Veranstaltungen bekamen, wie sich herausstellen sollte, für mich bald etwas Grauenvolles. Hier plauderten die Studenten scheinbar harmlos und munter miteinander und taxierten sich dabei genau ab. Graeme war ein großer, rotbackiger Engländer mit blondem Pagenkopf und ausgefranstem Jakobsbart am Kinn. Die schmale, gelblich getönte Nickelbrille sollte wohl auf eine gewisse psychedelische Orientierung hindeuten. Ich hatte keine Ahnung, was er mit One Hundred Flowers meinte, oder warum er so erregt war.

»Frag doch das FBI, Kumpel, den Sicherheitsdienst von Damon oder die städtische Polizei. Ich schätze, die kennen die One Hundred Flowers nur allzu gut. Bezeichnen sich selbst als ›Revolutionsrat‹, glaube ich. Alle gehören dazu, mein Lieber: Black Panthers, White Panthers, Weathermen, Volksbefreiungspartei und Brown Berets, der Red Mountains-Stamm und Weiße für Huey.

Jede noch so winzige Basisgruppe und all die Hohlköpfe, die sofort heftig mit dem Kopf nicken, sobald nur jemand etwas vom Griff nach den Waffen sagt. Eddgar? Ein ganz durchtriebener Kerl, kannst du mir glauben. Bestand letztes Jahr auf einer Hinrichtung. Wußtest du das? Ich weiß es von einem armen Teufel, der mit in der Sache drinsteckte. Gott, ich hoffe, du bist nicht vom FBI.«

Da konnte ich ihn beruhigen. Graeme trank noch einen kräftigen Schluck von seinem Whiskey, um seine Befürchtungen zu dämpfen.

»Irgendeiner von den Panthers, den sie für einen Verräter hielten. Die Cops fanden ihn in einem Graben unten an der Bucht, mit Gewalt vollgepumpt mit Heroin. Außerdem hatte man ihm noch etwas Stoff in die Tasche gesteckt, damit die Polizei ihn für einen Junkie mit Überdosis hielt. Da kennen die gar nichts. Nicht das Geringste.«

Graeme skizzierte Eddgars Werdegang. Sprößling einer Plantagenbesitzersfamilie aus dem Süden. Sein Großvater war noch mit Sklaven aufgewachsen. Vornehme Herkunft, gepaart mit Habgier, wie Eddgar offen zugab und im selben Atemzug verurteilte. Er war ordinierter Geistlicher und bis zu seiner festen Anstellung vielversprechender Professor an der Theologischen Fakultät. Sein wissenschaftliches Interesse galt dem Vergleich der Lehre des Evangeliums mit der marxistischen Doktrin. Aber nach den Freiheitsdemonstrationen und den Sit-ins Mitte der sechziger Jahre hatte er sich zunehmend mehr mit dem *Kleinen Roten Buch* des Vorsitzenden Mao beschäftigt als mit der Heiligen Schrift. Durch seine radikale Organisation war Eddgar im vergangenen Frühjahr in den Verdacht geraten, Krawalle angezettelt zu haben, als verschiedene Gruppen weißer und schwarzer Studenten bei einer Besetzung von Universitätsgebäuden durch eine Phalanx von örtlichen Polizisten vertrieben worden waren. Die Ereignisse gipfelten in einem Schuß, der quer über den Hauptplatz auf einen Wachmann abgegeben wurde und diesen verletzte.

In jenen ersten Tagen hörte Sonny ähnliche Dinge über die Eddgars. Sie sollten an der Planung des Gefängnisausbruchs von Soledad beteiligt gewesen sein, so daß ein Teil des Universitätssenats darauf drang, Eddgar von der Universität auszuschließen. Daher drängte mich Sonny wiederholt, meinen Job aufzugeben. Sie selbst war in roter Atmosphäre aufgewachsen. Sie war die Tochter Zora Klonskys, die führend in der Arbeiterbewegung tätig war. Deren kurze Rolle als Vorsitzende der Sektion der Rohrleger von Kindle County während des Zweiten Weltkrieges gilt heute in feministischen Kreisen als Studienobjekt von besonderem Interesse. Ich selbst sah Zora allerdings sehr viel prosaischer. Für mich war sie die einzige leibhaftige Kommunistin, der ich jemals begegnet bin. Allerdings hielt ich sie insgeheim für verrückt. Aber Zora war Gewerkschaftlerin. Zwar hatte sie Fabrikfenster eingeschlagen, doch niemals einen Gefängnisausbruch inszeniert oder eine Waffe in die Hand genommen. Die Eddgars waren zuviel für Sonny.

»Die haben mit ganz finsteren Sachen zu tun«, warnte sie. Mich beunruhigte das jedoch nicht weiter. Einerseits hatte ich erfahren, daß beide Eddgars aus den Südstaaten stammten und dennoch vier Winter im Mittelwesten ausgehalten hatten. Vermutlich aus Sentimentalität glaubte ich mich daher sicher. Andrerseits war ich auch fasziniert. Angesichts der deprimierenden Vorgänge in der Politik im Vorjahr – Polizeiaktionen außerhalb demokratischer Gepflogenheiten, die Wahl von Richard Nixon und seine darauf folgende Weigerung, den Krieg zu beenden – waren viele auf der Linken zu der Überzeugung gekommen, daß es an der Zeit sei, über Bürgerproteste hinaus zu militanten Aktionen überzugehen. In Manhattan wurden Bombenanschläge auf die Einberufungsdienststelle der Streitkräfte in der Whitehall Street sowie das Justizgebäude verübt. Der SDS, die führende linksgerichtete Organisation an vielen Universitäten, war über der Frage der Anwendung von Gewalt in Splittergruppen zerfallen. Im Herbst 1969 hatte die Restgruppe der Weathermen den Tag des Zorns in Chicago veranstaltet, an dem Radikale randalierend durch die Straßen zogen, Autos demolierten und mit Metallketten Mann gegen Mann auf die Polizei losgingen. In Südkalifornien wurde Juanita Rice, die Tochter eines prominenten Industriellen und republikanischen Spendensammlers, als Geisel genommen. Ein Kader namens Liberation Army hatte sie mit Waffengewalt vor ihrer High-School entführt. Für mich waren derartige Aktionen extremistisch und kontraproduktiv, dennoch behielt für mich der Gedanke an einen Neubeginn für diese Welt einen Funken von Erregung. Angesichts dieser widersprüchlichen Gefühlslage und der Unsicherheit, wie alles enden würde, schienen die Eddgars eine Wirklichkeit, ein Leben und all die Dinge zu verkörpern, auf deren Realisierung ich wartete.

Im Laufe der Jahre habe ich mich natürlich immer wieder gefragt, warum es mit Sonny und mir nicht funktionierte. Waren es die Zeiten? Erschreckte ich sie mit all meinen verrückten Vorstellungen? Hatte ich zu sehr geklammert? Eine Erkenntnis blieb mir auf geheimnisvolle Weise ebenso verschlossen wie eine Lösungsmöglichkeit. Die tagtägliche Gestaltung unseres Zusammenlebens war schwierig. Keiner von uns hatte auch nur die geringste Vorstellung davon, was es hieß, mit einem anderen Menschen zusammenzusein. Seit Sonnys Geburt hatte ihre Mutter Zora mit keinem Mann zusammengelebt, und ich selbst hatte sehr früh erkannt, daß sich die Reizbarkeit und die erstickende Enge der Beziehung meiner Eltern in meinem Leben nicht wiederholen durfte. Demzufolge mußte bei uns jede Einzelheit festgelegt werden. Wer machte den Abwasch, wer organisierte das Gesellschaftliche, wie gründlich sollte die Wohnung geputzt werden? All das mußte ausgefochten werden.

Die Ergebnisse dieser Diskussionen ließen sich nicht einfach veränderten Gegebenheiten anpassen. Sonny war für mich damals der ausgeglichenste Mensch, den ich kannte, gründlich und beneidenswert erwachsen. Sie war gelassen und von zwingender Logik in allen Situationen, dabei aber auch warmherzig und offen. Sie lachte gern über Scherze, die andere machten. Ihr selbst lag das Scherzen nicht so. Fremden gegenüber gab sie sich ungezwungen und war freundlich zu den Menschen auf der Straße und ihren Hunden. Ich glaube, mein wesentlichster Beitrag zu ihrem, durch Reflexion etwas zu eingeengten Leben war ein wenig Feuer.

Im Zusammenleben zeigte sich Sonny voll von geheimnisvollen, wechselnden Emotionen, die sich oft meinem wie auch ihrem eigenen Verständnis entzogen. Sie neigte einerseits zu manisch-depressiven Zuständen, Zeiten, in denen sie wie ein Zombie vor sich hin starrte. Andererseits hatte sie jedoch die gleichen Interessen wie alle jungen Menschen: Schriftsteller, Kommilitonen, Klamotten, mit heller Begeisterung diskutiert und oft schon nach einer Woche in völligem Vergessen versunken. Und sie war sehr empfindlich. Hatte einer ihrer Professoren Kritik an einem Referat geäußert oder gar eines ihrer im Unterricht vorgebrachten Argumente zurückgewiesen, konnte sie mir gegenüber übellaunig und streitsüchtig werden. Wenn ich ihr bei diesen widerlichen Fakultätsparties zuhörte, erstaunte mich immer wieder, wie sie sich weitgehend als Geschöpf ihrer selbst präsentierte, *sui generis* sozusagen. Nie erwähnte sie ihre Heimatstadt, ihre Kindheit oder ihren Vater Jack Klonsky, den Sekretär der örtlichen Binnenschiffergewerkschaft, der bei einem Dockunfall ums Leben gekommen war, als sie noch keine zwei war. Danach wurde sie immer wieder zu ihrer Tante Henrietta abgeschoben, während Zora herumreiste und überall Ortsverbände gründete. Sonny war wie eine Statue, die niemandem ihr Inneres erschloß. Bei den verzweifelten Versuchen, irgendwie an sie heranzukommen, las ich mir gelegentlich in ihrer Abwesenheit ihre Aufzeichnungen durch oder die Randnotizen und unterstrichenen Stellen in ihren Büchern. Wie sollte ich ein bestimmtes Ausrufezeichen deuten, welche Erkenntnis veranlaßte sie zu der Anmerkung ›Klar‹?

Was das Studium betraf, war Sonny noch schwerer zu verstehen. Manchmal nahm ihre Fakultät und deren Treibhausatmosphäre sie total in Anspruch, genauso die weltumspannenden Erklärungen ihres jungen Tutors Graeme Florry und die verwickelten Gedankengebäude, die sie in ihre Seminare einzubringen hatte. Dann wieder gab es Phasen, in denen sie alles für reine Zeitverschwendung erklärte. Philosophie sei nichts als eine Anhäufung von Worten. Manchmal zitierte sie auch eine Betrachtung über Nietzsches Verachtung allen philosophischen Denkens. Das Schlagwort eines solchen Tages: Philosophie ist nicht mehr ›relevant‹. Für Aristoteles seien Philosophie und Naturwissenschaft ohnehin ein und dasselbe gewesen. Heute dagegen, sagte sie, gäbe es Tausende von Studiengebieten, von der Psychologie bis zur Physik, mit denen wir uns auf der Suche nach der Wahrheit zu befassen hätten.

»Ich bewundere reale Dinge, die Dinge, die man tun kann«, sagte sie, »nicht die Vorstellung davon. Ich meine damit, ich kann nicht nur über imaginäre Kategorien reden und mehr aus ihnen machen, als sie eigentlich beinhalten.«

Um sie zu ermutigen, habe ich sie immer wieder aufgefordert, mir eine Zusammenfassung dessen zu geben, was sie gelesen hatte. Wie eine Vogelmutter sollte sie mir die schwierige Materie vorkauen und in kleinen, leicht verdaulichen Portionen verabreichen. Zur Beschleunigung der Examensabläufe wurde im Fach ›Modernes Denken‹ von den Studenten schon zum Ende des ersten Semesters ein Dissertationsvorschlag gefordert. Das bedeutete, daß sie plötzlich ein ungeheures Arbeitstempo vorlegen mußte. Sonnys Ausgangsthema bezog sich auf einen Philosophen namens Brentano, nach dessen Lehre das Bewußtsein ursprünglich aus rein bildhaften Vorstellungen ohne jegliche abstrakte Assoziation besteht. Sonny beabsichtigte Brentanos Theorie als bisher nicht erkannten Brückenschlag zwischen der Tiefenpsychologie etwa eines Freud und dem Existentialismus etwa eines Sartre abzuhandeln. In diesem Zusammenhang las sie erneut die deutschen Philosophen des 19. Jahrhunderts. Vorübergehend war sie auf einen Begriff fixiert, der, wie ich glaube, von Schopenhauer stammte, nämlich *traumhaft*. Nach dieser Auffassung ist aller Glaube, sei es Religion, Liebe oder die Goldene Regel, nur Traum, ohne jegliche moralische oder wissenschaftliche Beweisbarkeit. Unser Leben und unsere Gewohnheiten, behauptet er, seien in Wirklichkeit nur angelernt. Demzufolge schwebten wir eigentlich nur auf Sinneswahrnehmungen ohne jegliche Verankerung. Wir seien frei, aber voller Angst, etwa wie ein Astronaut, der auf dem Flug zum Mond zum erstenmal seine Raumkapsel verläßt.

»Verstehst du?« fragte sie. Es war an einem Sonntagnachmittag, und wir lagen, wie oft am Sonntag, im Bett. Es war für uns eine Zeit der Erholung vor dem erneuten Gewaltmarsch durch die Woche. Sonny zog sich den ganzen Tag lang nicht an. Den Brunch und manchmal sogar das Dinner nahmen wir auf unserer Matratze auf dem Boden zu uns. Mal lasen wir Zeitung, mal trieben wir es, immer abwechselnd. Wenn sie einnickte, nahm ich mir die Seiten, die sie gelesen hatte. Gegen Nachmittag nahm sie sich dann wieder die Texte für ihr Seminar vor.

»Stark«, antwortete ich. »Wirklich stark, aber Mist.«

»Wieso Mist, Baby?«

»Weil es eben nicht so ist. Nicht für mich. All die wilden Dinge, die ich erlebe, meine ich. Alles hängt mit jedem zusammen. Die Einberufung, meine Eltern, der Krieg, du. Ich schwebe nicht irgendwo herum. Ganz und gar nicht. Du etwa?«

Unser Schlafzimmer hatte ein rundes Fenster wie ein Bullauge. Bis vor einer Woche hatte ich es für eine sinnlose, typisch viktorianische Spielerei gehalten, doch plötzlich tauchte eines Abends der Vollmond darin auf. Er erfüllte das Zimmer mit einem unwirklichen und zugleich intensiven Licht, so daß ich kaum einschlafen konnte. Gedankenverloren schaute Sonny jetzt dorthin.

»Ich empfinde es eben so«, sagte sie. »Oft.«

»Traumhaft?«

»Traumhaft. Manchmal zweifle ich. Kennst du Descartes? Manchmal zweifle ich wie Descartes an der Existenz der anderen. Woher soll ich wissen, daß *die anderen* nicht nur in meiner Einbildung existieren? Woher soll ich mit Sicherheit wissen, daß außer mir etwas anderes existiert? Und selbst wenn, bezweifle ich, daß ich an das, was außerhalb von mir ist, jemals herankomme. Es scheint ein furchtbarer Abgrund dazwischen zu liegen. Sogar zwischen dem, was ich fühle, und dem, was ich davon ausdrücken kann. Ich kann nicht…«

»Was?«

»Heraus. Ergibt das einen Sinn?« Die Frage brannte in ihrem Blick. »Bin ich zu verdreht?«

»Nicht im Vergleich zu mir.«

»Nein. Ernsthaft?«

»Ganz bestimmt«, antwortete ich. »Hör zu. Ich bin hier. Das kann ich dir versprechen.« Ich nahm ihre Hand. »Das ist hier«, sagte ich und ließ mich auf sie fallen.

Sex war häufig eine Antwort. Er ist noch immer die intensivste körperliche Verbindung, die ich kenne. Für Sonny waren Worte ein Mittel kritischen Hinterfragens und ein Gespräch mit ihr etwa so gefährlich wie Messerwerfen. Im Bett war sie freier, das zu geben, was sonst unzugänglich an ihr blieb. Sie war eine bereitwillige Partnerin in den meisten Experimenten, die ich uns aus bislang unerfüllten Phantasien zusammenbraute. Nach Federn und Pinseln trat für kurze Zeit ein großer roter Dildo in unser Leben. Favorit aber war eine tantrische Übung, die wir das ›Berührungsspiel‹ nannten. Nackt und zugedröhnt saßen wir einander im Dunkeln mit geschlossenen Augen im Yogasitz gegenüber. Die Spielregeln erlaubten nur, den Partner mit den Fingerspitzen zu berühren, nicht mit dem Rest des Körpers. Kniereiben und Küssen waren ebenso tabu wie das Fassen nach den Geschlechtsorganen. Sie durften erst von dem Zeitpunkt an berührt werden, an dem das brennende Verlangen unerträglich wurde. So ließen wir unsere Hände endlos lange über den Körper des anderen wandern. Mir liefen Schauer den Rücken hinunter, wenn Sonny meine Kniekehlen oder die Zehenspitzen streichelte. Lange Zeit verweilten wir so mit bebenden Lippen. Durch Drogen und die Erregung völlig von Sinnen, die Lippen nur um Haaresbreite voneinander entfernt, erzitterten wir im Hauch des anderen und des Beinanderseins.

In der Wohnung der Eddgars gingen hochrangige Repräsentanten der Revolution ein und aus: Mitglieder der Arbeiterbewegung, die Progressive Laborites in ihrer Arbeitskleidung, der Führer des Kollektivs der Campus-Angestellten, Martin Kellett, mit seinen ungepflegten roten Ringellocken, und natürlich die berühmten Black Panthers aus Oakland mit Sonnenbrille, Baskenmütze und ihren Dreiknopf-Lederjacken mit künstlich speckigem Look. Der Prominenteste der Panthers war Eldridge Cleaver. Meist ließ er sich von Cleveland Marsh vertreten, der als ehemaliger College-Footballstar in Damon ebenfalls sehr populär war. Cleveland, ein riesiger Kerl mit furchterregendem Blick, war damals der Rechtsexperte der Black Panther Party. Im ersten Jurasemester war er Hobies Kommilitone gewesen. Dieser zeigte sich gern mit berühmten Persönlichkeiten und kam stets sofort angerannt, wo immer Cleveland auftauchte, um seine Beziehung zu ihm zu demonstrieren. Allerdings beschränkte sie sich auf ein beiläufiges ›Hallo‹.

Die Mitglieder der One Hundred Flowers trafen sich zu Versammlungen bei den Eddgars oder kamen einzeln zu den ungewöhnlichsten Zeiten, um mit Eddgar auf der rückwärtigen Veranda flüsternd konspirative Dinge zu besprechen, die zu heikel für ein Telefonat waren. Eddgar war ein Sicherheitsfanatiker. Vermutlich zu Recht befürchtete er mit seiner Organisation Ziel ständiger Observation und Infiltration zu sein. Aus diesem Grund hatte er Nile schon Jahre zuvor aus einer Kindergarten-Kooperative genommen und mir auch am Tag unserer ersten Begegnung den Zugang zu seiner Wohnung verwehrt. Einmal täglich suchte Eddgar seine Wohnung nach Wanzen ab. June benutzte dazu ein Gerät, das einem Voltmeter mit gekoppelter Glühbirne glich, einen sogenannten Privaten Wachmann. Eddgar seinerseits schloß ein Mikrofon an ein Radio mit UKW- und Mittelwellenband und den Fernseher an. Während er unablässig redete, meist zitierte er Sätze aus dem *Roten Buch,* ließ er den Sendersuchknopf durch das gesamte UHF-Band beziehungsweise sämtliche Radio-Wellenlängen laufen, in Erwartung irgendwelcher verräterischer Rückkopplungen. Den ständig auf dem Campus kursierenden Gerüchten zufolge achtete er darauf, nie in eigenem Namen revolutionäre Direktiven zu geben. Selbst so drastische Anordnungen wie die der Ermordung jenes Verräters in Oakland oder der Unterstützung des Soledad-Ausbruchs waren wahrscheinlich durch June an die One Hundred Flowers übermittelt worden.

Wenn ich mit Nile beschäftigt war oder mit June etwas wegen des Jungen zu besprechen hatte, konnte ich manchmal einen Blick in eine Versammlung der One Hundred Flowers werfen. Die Revolutionäre führten heiße Grundsatzdiskussionen, sprachen einander mit ›Genosse‹ an und erwähnten Namen wie Gramsci, Fanon, Sorel, Rosa Luxemburg und Bakunin. Sie stritten über Lin Piao und Chinas Rolle in Biafra. Im Verlauf solcher Zusammenkünfte verschwand June immer wieder mit einzelnen Mitgliedern, um in irgendeinem Wagen bei einer Fahrt durch die Straßen ungefährdet besonders kritische Themen besprechen zu können. Vor Beginn einer solchen Fahrt tasteten June und ihr Begleiter einander so beiläufig nach Aufnahmegeräten ab, daß sie ihr Gespräch nicht unterbrechen mußten.

Die einzigen Zugeständnisse, die Eddgar bei seinen Sicherheitsvorkehrungen machte, bezogen sich auf Niles Babysitting. June nannte Nile einen ›schwierigen Schläfer‹ und bestand darauf, daß er abends stets in seinem eigenen Bett schlief. Ich spürte, daß dies ein Streitpunkt zwischen den Eddgars war, doch June hielt mich offenbar für vertrauenswürdig. So blieb ich in den Nächten, in denen sie sich außerhalb mit ihren ›Zellen‹ oder nahestehenden Gruppen trafen, allein mit Nile in ihrer Wohnung. Eddgar hielt bewußt Abstand von mir, vermutlich um sicherzugehen, daß ich so wenige Einblicke erhielt wie möglich.

Zufällige Kontakte gab es für Eddgar kaum in Damon. Er hielt seine Vorlesungen und sprach auf öffentlichen Veranstaltungen. Im Senat der Universität war er leidenschaftlich engagiert und hielt Vorträge, die nicht nur dem Ton, sondern leider auch der Länge nach von Fidel Castro hätten stammen können. Ansonsten achtete er streng auf Distanz. Es war fast schon ein Privileg, wenn er im Vorübergehen auf seinem Weg zur theologischen Fakultät eine Geste des Erkennens zu mir hin machte. Hier besuchte ich jeden Morgen die Sitzungen des Student Mobilization Committee von Damon zur Beendigung des Krieges und koordinierte die lokale Planung für landesweite Demonstrationen, die im Herbst stattfinden sollten.

Anfang November vervielfältigte ich dort gerade einen Aufruf zur Wehrdienstverweigerung, als der Kopierer auf einmal streikte. Beim Kampf mit einer defekten Dichtung bespritzte ich mich mit Farbe. Plötzlich trat jemand von hinten an mich heran und bot mir seine Hilfe an. Beim Umdrehen erkannte ich Eddgar. Er war korrekt für die Fakultät mit kariertem Hemd und kontrastierender Strickkrawatte gekleidet. Dennoch wirkte er salopp. Unter dem Arm trug er die Unterlagen für seine nächste Vorlesung. Wortlos nahm er meinen Dank entgegen, warf aber einen kurzen Blick auf die Kopiervorlage, die noch auf ein paar Spritzern übelriechender Farbe aus dem Behälter lag. Da sie auf dem Kopf lag, konnte er nicht viel erkannt haben, dennoch schien es genug gewesen zu sein. Er wandte sich mit einem winzigen vielsagenden Lächeln ab, das mich zugegebenermaßen etwas irritierte.

»Das ist nicht komisch, Mann«, sagte ich. »Okay, du bist anderer Meinung, aber komisch ist es trotzdem nicht.«

Ich hatte wohl einen Ton angeschlagen, den er nicht erwartet hatte. Er hob seine blasse Hand zum Zeichen eines gewissen Einlenkens.

»Eine gute Absicht verachte ich keineswegs, Seth.« Mit verkrampftem Lächeln zitierte er Mao: »›Wer sich auf die Seite von Revolutionären stellt, ist selbst ein Revolutionär.‹«

»Für dich reicht das aber nicht aus, nicht wahr? Gute Absichten?«

Er ging einen Schritt zurück und sah mich prüfend an. »Seth«, sagte er schließlich, »Willst du mich in einen Kampf hineinziehen, den du mit dir selbst auszufechten hast?«

Ich spürte sofort, daß er recht hatte. Solche Empfindlichkeiten blieben Eddgar nie verborgen, wie ich noch erfahren sollte. Er trat wieder einen Schritt näher.

»Ich verstehe dich, Seth«, sagte er ruhig. »Das glaube ich jedenfalls. Ich sehe dich hier bei den Leuten vom Mobilisierungskomitee ein und aus gehen. Ich sehe, was du machst. Und, ich gebe es zu, ich sehe ein wenig mich selbst. Ich denke an all die kleinen, mit großen Erwartungen kopierten Blätter und Gebete, die wir in Kirchenkellern in Mississippi hergestellt haben. Wenn du Christ wärst, würdest du mich mit deinem ganzen Eifer an einen jungen Streiter für das Christentum erinnern.«

Es schien, als wollte Eddgar einen seiner seltenen Versuche unternehmen, humorvoll zu sein. Vielleicht wußte er, daß ich mich selbst für ziemlich witzig hielt, und wollte mir auf meiner Ebene entgegenkommen. Dennoch hatte seine Bemerkung für mich einen störenden Unterton. Erstens habe ich mich immer etwas unwohl gefühlt, wenn jemand mein Judentum ansprach. Es erinnerte mich an die stete Warnung meiner Eltern, Nichtjuden würden mich diesen Unterschied nie vergessen lassen. Insgeheim sehnte ich mich nach einer Welt, in der diese Art von Bewußtheit ihre Notwendigkeit verloren haben würde. Zweitens wußte Eddgar kaum etwas von mir, daher erinnerte es mich an die typisch spießige Südstaaten-Denkweise, daß er gerade dieses Merkmal im Sinn behalten hatte. Er runzelte die Stirn über sich selbst, als er feststellen mußte, daß seine Bemerkung völlig falsch angekommen war. Unschlüssig standen wir da und fürchteten weitere Mißverständnisse. Das entstandene Vakuum machte mir Mut.

»Was ist aus ihm geworden?« wollte ich wissen. »Dem jungen Streiter für das Christentum. Was hat ihn verändert?« Selber gerade zweiundzwanzig, interessierte es mich natürlich brennend, warum ein bestimmtes Leben gerade so und nicht anders verlaufen war.

»Ja, was ist aus ihm geworden?« fragte Eddgar nun sich selbst. Er ging hinaus, während er darüber nachdachte, und ich folgte ihm in einen Hof. In meiner Heimat war es bereits Herbst, doch in Miller Damon grünte wilder Wein, blühten die Kakteen, und der Efeu mit seinen glänzenden Blättern kletterte die Sandsteinmauern der flachen, ziegelgedeckten Gebäude hinauf. Die ungeheure Üppigkeit dieser Gegend war mir immer noch fremd. Hohe Eukalyptusbäume mit faserig abgeblätterten Stämmen bildeten an der Campusgrenze einen kleinen Urwald, dessen Blätter jeden Windhauch in einen Mentholduft hüllten. Hinter dem Campus zur Bucht hin trocknete in Bündeln Stroh, das sich gelb von den messingfarbenen Hügeln abhob. Hin und wieder wuchs eine Eiche aus dem Boden und sah ein bißchen so aus, als hätte man sie dort als Galgenbäume stehen gelassen.

»Ein Lehrer ist aus ihm geworden«, antwortete Eddgar schließlich. »Ein Wissenschaftler. In der Hauptsache jedoch, würde ich sagen, hat ihn Mississippi beeinflußt.« Fast schien er erstaunt bei der Erinnerung an die Person, von der er sich inzwischen so völlig losgesagt hatte.

»Hattest du deinen Glauben verloren«, fragte ich mit der Beiläufigkeit eines Menschen, der nie wirklich geglaubt hatte, doch er war so verblüfft, als hätte ich ihn nach seinen Bettgeschichten mit June gefragt. Eine Weile gingen wir schweigend über die Rauten aus Carraramarmor, mit denen der Säulengang belegt war.

»In jedem Semester gibt es eine Studentin oder einen Studenten«, sagte er schließlich, »die oder der in der zweiten oder dritten Stunde davon überzeugt ist, mich ertappt zu haben. ›Wie können Sie das behaupten‹, fragen sie, ›wie können Sie behaupten, daß das Christentum, das die Existenz des Geistes heiligt, etwas mit dem Marxismus verbindet, der allein die Materie anerkennt?‹ Aber das ist nicht die Lehre des Marxismus. Glaubst du, daß Che kein geistiges Potential hat? Daß Mao und Marx nicht an die Lebendigkeit des Geistes glaubten, ja ihn verehrten? Der Marxist glaubt, der Geist könne seinen Ausdruck allein in der Materie finden, und diesen Gesichtspunkt habe ich nach und nach in Mississippi begriffen.«

Er sah mich von der Seite an. »Nach und nach, sage ich. 1964 – in dieser Nacht, als das Bürgerrechtsgesetz erlassen wurde – war ich ausgesprochen *euphorisch*. Ich spürte, daß die Jahre und Jahrzehnte idealistischer Bemühungen nicht umsonst gewesen waren und daß die Welt schließlich doch verändert werden konnte. Aber, weißt du, für die Menschen hatte sich nicht das geringste verändert, als ich nach ein oder zwei Jahren nach Mississippi zurückkehrte. Weiß Gott, ich hätte nicht nach Mississippi gehen müssen, um diese Erfahrung zu machen. Ich hätte nur die Straße vom Haus meines Vaters entlanggehen müssen, um die Menschen zu erleben, die seit Generationen auf seinen Feldern den schwarzen Tabak geschnitten hatten. Aber ich mußte einfach nach Mississippi, um es zu *sehen,* verstehst du? Und ich habe es gesehen. Die gleichen kleinen Hütten, die gleiche Wäsche auf der Leine. Die barfüßigen Kinder, die in großen Zinkbadewannen badeten. Kein fließendes Wasser, nur Brunnen. Dieselben zehn Stunden Feldarbeit für ein paat Cents die Stunde.

Keine Schule im Umkreis von fünfzehn Kilometern. Ja, wenn ich nachfragte, wurde schon von Veränderungen geredet. Aber ich fragte mich, wo.

Und ich rang mit mir selbst. Ich quälte mich. Und wenn ich mir das Elend ansah und diese wunderbaren Babys, fragte ich mich: ›Wie soll ich dir sagen, daß trotz aller Anstrengungen, trotz dieses großen Triumphs dein Leben lang nichts besser werden wird? Woher nehme ich das Recht, dir zu sagen, du sollst abwarten?‹ Du siehst, ich konnte mich einfach nicht mit bloßen Hoffnungen für die künftigen Generationen zufriedengeben. Denn das hätte bedeutet, sein Elend, das Elend dieses Kindes vor mir, hinzunehmen. Auch die Verheißung des *Himmelreichs* durch die Religion konnte ich nicht mehr akzeptieren«, sagte er mit leiser Verachtung. »Jesus hat in seiner Bergpredigt den Menschen, die ihm folgen, das Himmelreich versprochen, aber den Sanftmütigen hat er auch gesagt, sie würden das Erdenreich besitzen. Soll das nur ein Hohn gewesen sein? Du siehst, die Frage war: Wie soll ich das dieser Generation erklären? Jedem einzelnen dieser Kinder? Welches Gesetz, welches Gotteswort, welche Lehre Christi oder Marx' oder Adam Smiths erklärt, woher eine Regierung das moralische Recht nimmt, den Armen zu erzählen, sie hätten im Elend auszuharren und bis in alle Ewigkeit auf eine Welt zu warten, die ihnen zwar schon gehört, die aber nur den Reichen von Nutzen ist? Das ist aus mir geworden, Seth. Mein Glaube, mein Gewissen oder mein Moralgefühl haben mich gelehrt, daß es in diesem Leben keine andere Logik gibt als die Revolution.« Seine Augen waren weit aufgerissen und leuchteten hell.

Meine Meinung über Eddgar war stets zwiespältig gewesen. Ich kannte seinen Hang zu theatralischer Selbstdarstellung. Doch als er seine Geschichte von Leidenschaft und Schmerz beendet hatte und unter den Arkaden allein fortging, wagte ich kaum zu atmen.

Jeden Tag gegen halb vier Uhr nachmittags kam der pummelige kleine Nile Eddgar mit hängenden Schultern aus der Grundschule nach Hause, wo ich dann die Verantwortung für ihn übernahm. June hatte Niles glattes braunes Haar topfförmig wie bei den ›Kleinen Strolchen‹ geschnitten. Trotzdem konnte man ihn noch lange nicht ›niedlich‹ nennen. Er war ernst und schwer von Begriff, ein Kloß aus heraushängenden Hemdzipfeln, verschmierten Wangen und schmutzigen Fingernägeln. Nachdem er den von seiner Mutter bereitgestellten Imbiß gegessen hatte, hing Nile, das Kind der Revolution, vor meinem Fernseher. Die Eltern hatten ihm das Fernsehen verboten und sogar den eigenen Apparat weggeschlossen. Dennoch fühlte ich mich irgendwie machtlos, ihn von dem Gerät fernzuhalten. Gebannt saß er dann da und streichelte seinen Babu, einen lustigen Bären mit glänzendem Synthetikfell, eine der wenigen Spielsachen, die ihm erlaubt waren. Nur selten konnte ich ihn für kindgerechte Dinge interessieren, wie sie June vorgesehen hatte – Park- oder Bibliotheksbesuche oder irgendwelche Schulaktivitäten außerhalb des Unterrichts. Freunde hatte Nile offenbar keine, nicht zuletzt wegen Eddgars Angst vor Regierungsschnüfflern. Er duldete keine Besuche bei Familien, die er nicht selbst zuvor überprüft hatte. So nörgelte Nile oft herum und sagte, wieviel lieber er Michael Frain mochte, der in den zwei vergangenen Jahren sein Babysitter gewesen war. Er war Physikstudent und wohnte neben Sonny und mir. Oftmals schlich Nile sich davon, um sich in Michaels Wohnung zu verstecken und zu warten, bis er nach Hause kam. Dann folgte er ihm auf Schritt und Tritt und widersetzte sich all meinen Bemühungen, ihn wieder einzufangen.

Niles Beziehung zu Michael war demütigend für mich. Ich wußte, ich war ein ziemlich mieser Babysitter. Zwar betrachtete ich mich selbst gern als einen, der in seiner Kindheit geschädigt wurde, aber ich hatte keine Erinnerung mehr an die Wünsche eines Kindes. Der Erwachsenen gegenüber eher schweigsame, fast frostige Michael dagegen konnte sich ganz auf Niles Kinderwelt einlassen. Manchmal entdeckte ich sie in einem Baumhaus im Garten oder im Park, wo sie komische Geräusche machten und Grimassen schnitten. Oder sie tobten herum und spielten Spiele, deren Regeln sich von einer Minute zur anderen änderten. »Ich bin hinter dem Schatz her und du... nein, du bist der Böse – okay, wir sind beide die Guten und die anderen... Nein, warte mal...«

Weil Nile verrückt nach ihm war, nahm Michael nach und nach einen Platz in unserem Leben ein. Er stammte aus einer Kleinstadt in Idaho, und irgendwie hatte ihn die Kargheit und das stumme Geheimnis dieser einsamen und trockenen Hochprärie geprägt. Michael sprach langsam und nur nach langem Nachdenken. Die

Melodie seiner Sätze war monoton, und an ihrem Ende hob er stets die Stimme wie in einer Frage. Auch stotterte er ein wenig, so daß man sich fragen mußte, ob seine Schweigsamkeit nicht durch Hänseleien in seiner Familie oder der Schule entstanden war. Man sagte, er sähe mir etwas ähnlich – groß und dünn mit markanter Nase –, doch er hatte etwas Zerbrechliches, das ich an mir nicht entdecken konnte. Sein Kopf war zierlich und erinnerte an Porzellan. Die Haut spannte sich straff über den Schädel, und an den Schläfen schimmerte eine Ader in purpurner Schlangenlinie. Das lange blonde Haar mit den Dreadlocks zog sich am Ansatz bereits zurück.

Anfangs war Michael für mich nur eine unglückliche Figur mit seinem Rechenschieber, der ihm in einem Plastiketui am Gürtel baumelte. Doch mit der Zeit fand ich ihn ungewöhnlich hilfsbereit. Er sprang bei Nile ein, sooft er konnte, und mir half er dabei, die absurde Geschichte von den getrennten Wohnungen aufrechtzuerhalten, in denen Sonny und ich für meine Mutter angeblich wohnten. Die Vorstellung, daß ich mit einer Frau zusammenlebte, wäre für sie unerträglich gewesen. Nach ihrem altmodischen Moralkodex hätte ich Sonny heiraten müssen, doch das war aus zwei Gründen unmöglich: Sie war keine Jüdin, und es hätte meine starke Bindung an meine Mutter einer weiteren Zerreißprobe ausgesetzt. Statt dessen ließ ich in unserer Wohnung ein zweites Telefon für die Anrufe meiner Eltern installieren, an dem nur ich mich meldete. Mit Michaels Einverständnis gab ich meiner Mutter seine Adresse und sah täglich seine Post nach ihren Briefen durch.

Am stärksten jedoch zog uns Michaels Kochkunst an, eine Fähigkeit, die Sonny und mir völlig fehlte, obwohl wir gutes Essen sehr schätzten. Er war ein Meister des Woks und konnte die Temperatur heißen Öls fast aufs Grad genau bestimmen, wenn er die Bräunung einer Schalotte darin beobachtete. Da Niles Abendessen oft meine Aufgabe war und er Michaels Gesellschaft über alles liebte, aßen wir vier häufig gemeinsam. Ich kaufte ein, Michael kochte, und Sonny übernahm den Abwasch. Zum Bezahlen legten wir unsere Lebensmittelmarken aus der Universität zusammen und holten uns auch das eine oder andere aus dem Kühlschrank der Eddgars. Am Wochenende stießen oft noch Hobie und Lucy dazu. Lucy war selbst eine ausgezeichnete Köchin und brachte immer wieder exotische Zutaten mit, wie Korianderblätter und Pfefferschoten, die sie in den Mercados der Mission Street gekauft, oder wilde Brunnenkresse, die sie in der Nähe des Golfplatzes im Golden Gate Park gepflückt hatte.

Auch an der sogenannten ›Doobie Hour‹ nahm Michael immer öfter teil. Auf dem College hatten Hobie und ich den Tag stets mit einem Joint beendet, den wir unter den Flur- und Zimmergenossen herumgehen ließen, und diesen Brauch hatten wir in Damon mehr oder weniger aufrechterhalten. Um halb zwölf Uhr nachts sahen wir uns in unserem Wohnzimmer mit seinen abgewetzten Secondhand-Möbeln gemeinsam nach den lokalen Nachrichten die Wiederholung der Walter-Cronkite-Sendungen an. Wir rauchten oder tranken Wein und machten unsere klugen Bemerkungen zu Nixon, Agnew oder Melvin Laird, wenn sie auf dem Bildschirm erschienen. Michael kiffte nicht mit, schien sich aber stets über die spontanen spätabendlichen Diskussionen zwischen Hobie und mir zu freuen.

In diesen ersten Monaten in Kalifornien wurde ich gewöhnlich nach den Nachrichten zum Alleinunterhalter. Ich trug kuriose kleine Phantasiegeschichten vor, die meine skurrilen Ideen zum Gegenstand hatten und die ich gern als Filmstoff gesehen hätte. Eine handelte von einem Fakir, der plötzlich die Fähigkeit verloren hatte, über glühende Kohlen zu gehen; eine andere von einem grausamen Vietnamsöldner, der Herrscher eines Südseestaates geworden war und ein düsteres Ende fand, nachdem die Eingeborenen seine Strategien durchschaut hatten. Eines Abends erzählte uns Michael von der konstanten Ausdehnung des Universums. Irgendwann einmal würde es jedoch seine Grenze erreicht haben und sich wie ein Gummiband wieder zusammenziehen. Dieser Theorie nach würde die Zeit dann rückwärts laufen. Das brachte mich dazu, an einer Reihe von Abenden die Geschichte vom umgekehrten Zeitablauf im Universum auszuspinnen: Wirkung geht der Ursache voraus, der Mensch sprießt bei der Geburt aus dem

Grab wie eine Tulpe aus dem Boden, wird immer jünger, kennt die Lehren des Lebens, bevor er Erfahrungen hat sammeln können und stirbt auf dem Höhepunkt der Lust seiner Eltern. Meine freien Improvisationen über die Grundgesetze der Physik amüsierten Michael besonders.

Die meiste Zeit verbrachte Michael im ARC, dem Zentrum für angewandte Forschung an der Damon-Miller-Universität, das an den elefantenfußähnlichen Hügeln südlich des Campus lag. Hier arbeiteten Elitewissenschaftler an Experimenten der Hochenergiephysik, von denen viele vom Verteidigungsministerium in der Hoffnung unterstützt wurden, daß ihre Resultate im Krieg von Nutzen sein könnten. Verschiedenen Berichten zufolge wurden unter anderem Versuche zur Miniaturisierung nuklearer Vorrichtungen durchgeführt und Laserleitsysteme für Raketen und Bomben verbessert. Am meisten wurde auf dem Campus über ein Projekt geflüstert, das dem Kampfeinsatz von Mikrowellen dienen sollte. Dies würde es der Army ermöglichen, den Vietcong in seinem Tunnelnetz auszurotten, ein sonst gefährliches und von den Soldaten gefürchtetes Unterfangen. Nun würden die Techniker einfach nur noch ein tragbares Gerät auf eine bestimmte Stelle richten müssen und so die Schlitzaugen bei lebendigem Leib rösten. Diese makabren Gerüchte wurden nie dementiert, und so kam es wiederholt zu Protesten gegen das Forschungszentrum. Jedesmal wenn Demonstranten über die Straße darauf zustürmten, wurden sie von einer Phalanx von Sicherheitskräften der Universität zurückgetrieben, die mit Schutzhelmen und Schilden ausgerüstet waren.

»Mensch, Kumpel«, fragte Hobie eines Abends während der Doobie Hour, »stimmt das wirklich mit diesen Dingern zum Rösten der Schlitzaugen in ihren Tunneln?«

»Das ist streng geheim«, antwortete Michael wie aus der Pistole geschossen, was Totenstille im Raum zur Folge hatte. Dann tippte er auf Hobies Schulter. »Ich mache da nur Kleinarbeit. Nur ganz kleine Dinge in einem der Labors. Schließlich muß alles irgendwie erforscht werden. Aber es laufen tatsächlich ungewöhnlich viele Mikrowellen-Versuche. Man hört da so einiges.«

»Übel«, murmelte Hobie. »Was ist mit dir, Mann? Ist der Mist, an dem du sitzt, auch geheim?«

»Auch streng geheim«, antwortete Michael, was sich bei ihm schon ungeheuer witzig anhörte.

Als Wächter der Gegenkultur war Hobie Drogengegnern gegenüber schon immer mißtrauisch gewesen, und er war sicher, Michael ertappt zu haben. »Glaubst du, Eddgar weiß, daß sein Junge es mit einem faschistischen Forscher zu tun hat?« fragte Hobie, als Michael gegangen war.

»Faschistisch? Wie kommst du auf faschistisch?«

»Hast du nicht gehört? ›Das ist geheim.‹ Was kann der schon mit Geheimsachen zu tun haben? Glaubst du, der studiert den Friedensprozeß? Ich wette, Eddgar hat keinen blassen Schimmer davon«, schnaubte Hobie höhnisch. Da er politisches Engagement gern ins Lächerliche zog, war Eddgar eine willkommene Zielscheibe für ihn. Hobies Vater, Gurney Tuttle, gehörte in Kindle County zum Vorstand der NAACP, der nationalen Vereinigung für die Förderung Farbiger. In meiner High-School-Zeit und während der ersten Jahre im College nahm ich Schulter an Schulter mit ihm und Hobies Mutter Loretta an Märschen teil und an Demonstrationen für freie Wohnungswahl und für die Annahme des Bürgerrechtsgesetzes. In jenen Tagen voller Idealismus glaubten wir naiv, die richtigen Gesetze würden alle Schranken niederreißen. Hobie verspottete uns nur. Er befaßte sich mit Geistigem, las das Tibetische Buch der Toten, Nachtgewächs und die Romane von Hermann Hesse. Er hörte die Platten von Charles Mingus und nahm unglaubliche Mengen und die verschiedensten Arten von Drogen. Nach Hobies Credo war Denken Bildung und Bildung das Übel, das uns alle unterdrückte. Jegliche Konvention, jeder Versuch, den ein Mensch je unternommen hat, vom Sitzstreik bis zur Revolution, sei aussichtslos und nur ein erneutes armseliges Anrennen gegen Grenzen, die schon in der Vergangenheit unüberwindlich gewesen waren.

»Michael ist ein anständiger Kerl«, antwortete ich.

Lucy, die jeden mochte, stimmte mir zu. Er sei Wassermann, sagte sie, was als Kompliment gemeint war, obwohl ich nicht wußte, warum. Sie hatte einen Job in einem kleinen Laden am Fisherman's Wharf in San Francisco, wo sie mit delphischer Ernsthaftigkeit Horoskope erstellte. Hobie allerdings fand das lächerlich, was er ihr auch ins Gesicht sagte.

»Er ist einfach ein ruhiger Typ«, sagte Sonny.

»Ruhig?« fragte Hobie zuück. »Manchmal fühle ich mich in seiner Nähe wie in einem Ingmar-Bergmann-Film.«

Sosehr ich Michael auch verteidigen wollte, eine rätselhafte Seite an ihm ließ sich nicht leugnen. Er war Amateurfunker, und in seinem Apartment standen drei oder vier riesige alte Radiokästen. Diese Tätigkeit hatte ihn ursprünglich zu der Beschäftigung mit Wellenbewegung und Energie gebracht sowie dem unsichtbarsten Bereich des Lichtspektrums. Im Alter von zehn Jahren hatte er seine Mutter verloren. Er hatte nie darüber gesprochen, doch ich stellte mir oft vor, wie er als Halbwaise in jener Kleinstadt in Idaho einsam nachts an Geräteknöpfen dreht, auf die langen und kurzen Morsezeichen und die verzerrten Stimmen in fremder Sprache lauscht. Typisch für ihn war, daß er immer nur auf Empfang ging, nie aber auf Sendung. Er sagte, er habe das in früheren Jahren ein- oder zweimal versucht, sei aber mit dem knappen, hektischen Funkerjargon nicht zurechtgekommen. Einmal klopfte ich auf der Suche nach Nile an Michaels Tür. Da ich keine Antwort bekam, ging ich hinein und sah ihn gebannt mit seinem Kopfhörer dasitzen und verklärt den Signalen unsichtbarer Lebewesen lauschen, die aus fernen Welten zu kommen schienen.

Auf unserer Seite der Bucht war es am Freitag, den 14. November 1969, warm und klar. Das National Student Mobilization Committee hatte im ganzen Land zu Demos aufgerufen, um auf die riesigen Demonstrationsmärsche aufmerksam zu machen, die am nächsten Tag in San Francisco und Washington D. C. stattfinden sollten. Mein eigenes Interesse am Kampf für den Frieden und die Beendigung des Krieges wurde immer stärker und dringlicher. Den ganzen Herbst hindurch hatte meine Mutter mir am Telefon immer wieder mit ihrem starken Akzent die neuesten schlimmen Nachrichten von meiner Musterungsbehörde vorgelesen. Mein

Antrag auf Anerkennung als Kriegsdienstverweigerer aus Gewissensgründen war bereits abgelehnt worden. Nun wurde ich zur Musterung einbestellt. Als ich den Gedanken äußerte, das Land zu verlassen, löste das zweitausend Meilen entfernt bei meiner Mutter einen Tränenstrom aus. Als mein Vater ihr den Hörer aus der Hand genommen hatte, befahl er mir, solche irrsinnigen Pläne sofort aufzugeben. Das Gespräch endete damit, daß wir uns gegenseitig lautstark Grobheiten an den Kopf warfen.

Wahrscheinlich ist es sinnlos, die leidenschaftlich verfolgten Ziele einer bestimmten Generation einer anderen verständlich zu machen. Heute, mit mehr Reife, Abstand und Aufgeschlossenheit für Vernunftgründe, könnte ich sagen, mein Standpunkt der Vietnam-Problematik gegenüber sei falsch gewesen. Aber das meine ich nicht wirklich. Damals hatte er sich mit einer Kompromißlosigkeit entwickelt, die in ihrer Härte der des Diamanten glich, dessen Oberfläche durch nichts wirklich angekratzt werden konnte. Ich hatte keine konkrete Vorstellung von Vietnam. Ich hatte seine üppige feuchte Schönheit nicht vor Augen oder das Grün seiner Wälder. Es waren auch nicht die gelegentlichen Verbrechen, die mit Drogen vollgepumpte US-Truppen begingen, indem sie ihre Lieutenants abknallten oder sich auf entwürdigende Art über ehemalige Bauernmädchen hermachten, die nun als Sex-Zombies die einschlägigen Rotlichtviertel der Städte bevölkerten. Ich hatte die unvollkommene Sichtweise der Nahaufnahmen in den Nachrichten: schwitzende Buschkämpfer mit zur Tarnung verschmierten Gesichtern, die gespannt und wachsam durch die riesigen Blätter des asiatischen Tropenwaldes schleichen; brennende Hütten und schwarzgekleidete Mütter, die mit ihren kahlköpfigen Babys im Arm durch den Staub rennen, den Tiefflieger um sie aufwirbeln. Das Unrecht in Vietnam fand nicht auf dem Boden statt, sondern in der Luft – und viel mehr im Prinzipiellen als im Detail. In meiner Vorstellung war es eine schwarze Hölle, ein Dschungel in endloser Dunkelheit, in den kein Funken Gewissen und Verstand Helligkeit brachte. Ich machte mir nichts vor: Der Zorn jener Zeit kochte nicht bloß auf um die Frage, wer recht behielt im Streit um die Zukunft Südostasiens oder das Grundrecht auf Selbstbestimmung eines Volkes, ja, nicht einmal darum, ob Ho Chi Minh ehrenwerter war als die von den Vereinigten Staaten unterstützten Verbrecher. In meinem Bewußtsein und meinem Empfinden war der Protest gegen diesen Krieg die Auflehnung einer ganzen Generation gegen die erstarrten Ansichten ihrer Eltern, vor allem die über die Rolle der Männer. Warum mußten zum Beispiel Männer Soldaten sein, Patrioten, Konformisten, blinde Gefolgsleute von senilen Generälen oder anderen Vorgesetzten. Das wichtigste Thema war die Frage, was mit Eltern und Kindern passieren würde, wenn das Gesetz der Väter plötzlich außer Kraft gesetzt wäre.

Am 14. November machten sich etwa fünftausend Menschen im aufgewirbelten Staub der trockenen Straße vom Campus zum Forschungszentrum auf. Wir alberten herum, schwenkten unsere Fahnen und riefen Slogans wie »Eins, zwei, drei, Schluß mit der verdammten Kriegstreiberei«, »Nixon, zieh den Schwanz ein. Hätte dein Vater es bei dir doch getan!« oder »Werft Drops, nicht Bomben«. Obwohl Sonny sehr mit ihrem Studium beschäftigt war, war sie doch auf meiner Seite. Der Krieg hatte trotz Frauenbewegung auf eine besondere Ungleichheit der Geschlechter aufmerksam gemacht, da Frauen ja nicht eingezogen wurden. Die Losung des Tages hieß: ›Mädchen, sagt ja zu Jungen, die nein sagen.‹ Ich hatte sogar das Gefühl, Sonny in dem Augenblick gewonnen zu haben, als ich mich im Frühjahr allen Ernstes entschlossen hatte, nach Kanada zu gehen, ein Schritt, der ihre volle Zustimmung fand.

Ein Gerichtsurteil hatte die Universität gezwungen, uns Zutritt zum Gelände des ARC zu gewähren. Die Eisentore mit ihren vergoldeten Spitzen standen weit offen. Zu mehreren Tausend marschierten wir auf der gewundenen Asphaltstraße an akkurat geschnittenen Rasenflächen und Hecken vorbei zu einem großen betonierten Platz vor dem Forschungszentrum. Das Gebäude, das sonst nur aus größerer Entfernung zu sehen war, lag nun vor uns wie eine Kulisse aus dem Märchen ›Der Zauberer von Oos‹. Es wirkte futuristisch mit seinen hohen kannelierten, sandfarben verputzten Säulen und riesigen Fenstern mit Sonnenschutzdächern.

Zwischen dem Gebäude und der Menge hatte sich die Sicherheitstruppe von Damon in drei exakt ausgerichteten Reihen aufgestellt. In der Mitte des Hofs plätscherte ein einsamer quadratischer Brunnen vor sich hin, dessen Tropfen gelegentlich vom leichten Wind davongetragen wurden. Die Cops trugen weiß reflektierende Patrouillengurte quer über der Brust, um einander im Gedränge leichter erkennen zu können. Die langen Plexiglasvisiere ihrer Schutzhelme, die an Schweißermasken erinnerten, waren hochgeklappt. An ihren Koppeln hingen seitlich lange Schlagstöcke, und vor jedem Officer wachte ein großer Plexiglasschild wie ein gehorsamer Hund.

Der Aufmarsch war sehr viel größer geworden, als wir uns beim Mobilization Committee vorgestellt hatten. Nach der vorangegangenen Kühle war das Wetter an diesem Tag eine angenehme Abwechslung und verleitete zum Schwänzen der Vorlesungen. Ich gab nicht gerne zu, wie sehr das Demonstrieren zu einer Art Sport für Leute meines Alters geworden war. Für eine Generation, die bis dahin aus zweiter Hand aus dem Fernsehen gelebt hatte, schien das Live-Spektakel besonders aufregend zu sein. Doch das politische Klima war aufgeheizt. Als Folge des Moratorium-Tags im Oktober, als viele Universitäten geschlossen waren und das Geschäftsleben im ganzen Land weitgehend ruhte, hatte Richard Nixon in einer provokanten Rede behauptet, die »schweigende Mehrheit« der Amerikaner unterstütze seine Weigerung, sich aus Vietnam zurückzuziehen. Das Grauen des Krieges, den Nixon fortführen wollte, war in derselben Woche besonders deutlich geworden. Der junge Lieutenant William Laws Calley sollte fünfhundert Bewohner eines vietnamesischen Dorfs niedergemetzelt haben und saß nun in Fort Benning in Haft.

Von Musik begleitet hatte die Menge sich auf der riesigen Rasenfläche des Forschungszentrums gesammelt. Sonny und ich lagen im hinteren Teil auf einem großen Badetuch. In unserem Rücken warfen ein paar Leute ihren Hunden Frisbeescheiben zu, während die allgegenwärtige Vertretung der Nationalen Organisation für die Freigabe von Marihuana Rauchschwaden in die Luft blies, die sich mit verräterischem Duft über die Sicherheitstruppe senkten. Diese waren allerdings zur Untätigkeit verurteilt, um keine Auseinandersetzung zu provozieren.

Gegen 15.30 Uhr begannen die Reden. Die Moratoriums-Demonstrationen sollten die ganze Breite der Opposition gegen den Krieg zeigen. Vertreter aller beteiligten Organisationen kamen kurz zu Wort: Kirchengruppen, Fakultätsausschüsse, Gewerkschaftsvertreter, Geschäftsleute gegen den Krieg, Frauenrechtlerinnen, Braune, Schwarze, Studenten aller Schattierungen von Radikalen bis zu McCloskey-Republikanern. Dieses Pantheon hatte auch die One Hundred Flowers eingeschlossen, wenngleich es Einwände gegeben hatte, da Frieden nicht zu ihren erklärten Zielen gehörte.

Als improvisiertes Podium diente den Rednern das ARC-Emblem, ein etwa zwei Meter hoher Betonblock. Gegen Ende des Nachmittags erschien Loyell Eddgar.

Die verschiedenen Gruppierungen, die sich in den One Hundred Flowers zusammengefunden hatten, trugen als Erkennungsmerkmal rote Armbinden mit chinesischen Schriftzeichen. Als Eddgar angekündigt wurde, drängte sich eine Reihe von ihnen durch die Menge nach vorn. Etwa sechzig Mitglieder der Progressiven Arbeiterpartei näherten sich der Stelle, wo Sonny und ich lagen. Sie trugen Khakiuniformen und stürmten mit gesenktem Kopf vorwärts, die Hände jeweils auf den Schultern des Vordermanns. Die losen Enden der Armbinden bewegten sich präzise im Gleichschritt. Im Chor skandierten sie:

Mao ist rot!
Mao wird siegen,
die Kriegsmaschine
in Stücke fliegen.

Ich hatte Eddgar noch nie eine Rede halten hören. Plötzlich hatte ich den Eindruck eines Zerrbildes, indem ich aus der Entfernung einen anderen Menschen sah, als den, den ich aus der Nähe kannte. Da stand nun dieser hagere Mann in einem einfachen Hemd mit Button-down-Kragen und einer Freizeithose, die aus seiner Collegezeit übriggeblieben schien. Das dichte dunkle Haar glänzte schweißnaß, und die Sehnen und Muskeln an Hals und Wangen traten beim Sprechen deutlich hervor. Nach und nach wurde mir klar, daß das tatsächlich ein anderer Mensch war.

Er stand auf dem Betonblock. Ein Megaphon verstärkte seine Stimme und auch das Atemgeräusch und das Klicken beim Ein- und Ausschalten des Geräts. Eddgar war wie verwandelt von revolutionärer Leidenschaft, als er die Botschaft der Kulturrevolution verkündete und die Vernichtung jeder Elite: Diese Universität, verkündete er, muß zu einem Ort werden, an dem zur Verbesserung der Welt beigetragen wird, nicht zu ihrer Zerstörung. Wir müssen nicht erforschen, wie wir unsere Feinde am besten rösten können. Wir müssen erforschen, wie wir den Armen Nahrung geben und ihnen helfen können, sich selbst zu ernähren. Wir müssen aufhören, die Kinder der herrschenden Klasse getrennt von schwarzen, braunen, roten und gelben zu unterrichten, die meist nur in unsere Klassenräume kommen, um die Pulte zu putzen, nicht aber, um als Schüler an ihnen zu lernen. Angeführt von Mitgliedern der One Hundred Flowers, die immer noch nach vorne drängten, stimmte die Menge Eddgar in jeder klug angesetzten Redepause laut mit einem ›Richtig‹ zu.

»Wir müssen denen, denen nur ihr *eigenes* Leben wichtig ist, die Macht entreißen, über *unser* Leben zu bestimmen«, schrie Eddgar. »Wir müssen, wie Mao lehrt, ›Unruhe stiften und scheitern; wieder Unruhe stiften und wieder scheitern … bis zu ihrem Untergang‹.«

Plötzlich war weiter vorn der Aufschrei einer Frau zu hören – ein erschreckter, angstvoller Laut. Irgend etwas passierte da. Wir alle wußten es. »Das ist nichts Gutes«, sagte Sonny und zog mich hoch. Alle um uns herum standen auf.

Eddgar, der einen Moment geschwiegen hatte, schrie ein weiteres Zitat ins Megaphon: »Es ist gut, wenn der Feind uns angreift, denn das zeigt, daß wir eine klare Trennungslinie zwischen ihm und uns gezogen haben.«

Dann sah ich den ersten Stein in einem weiten Bogen auf die riesigen Scheiben zufliegen. Der geschlossene Platz, die für Unruhen gerüsteten Cops, die unterschwellig deutlich vorhandene Schlachtfeldatmosphäre an der Universität erregten mich so sehr, daß sich ein vermutlich unterdrückter Teil meines Ichs gewissermaßen mit diesem Stein identifizierte. Rationales Denken war bereits in den Hintergrund gedrängt. Die Scheibe zersprang sofort, und die Splitter stürzten wie ein Wasserfall auf die Cops. Sie reagierten augenblicklich. Später erklärten sie, es habe einen weiteren Zwischenfall gegeben, doch ich habe bereits genau zu diesem Zeitpunkt ihre Schlagstöcke gesehen. Ein Chaos brach aus. Menschen kreischten, auf Fliehende wurde brutal eingeschlagen.

Von unserer weiter entfernten Position aus hatte die Eskalation da vorn in der Nähe des Podiums im ersten Moment etwas Unwirkliches. Wir sahen, wie die vordereren zwanzig oder dreißig Reihen zurückwichen, als die Cops in geschlossener Reihe über sie herfielen. Die in Panik geratene Menge floh in unsere Richtung und hatte uns sehr schnell erreicht. Um uns gellten durchdringende Schreie, liefen Menschen mit angstverzerrten Gesichtern und aufgelösten Haaren. Der Boden dröhnte unter dem Stampfen der davonstürzenden Menge. Manche hielten kurz an und warfen Steine und Dosen, doch Sonny und ich rannten auch. Als ich den Weg zum Tor erreichte, stürzte eine junge Frau genau neben mir zu Boden. Ich half ihr auf. Auf ihrer Stirn klaffte eine Platzwunde. Blut lief ihr über das Gesicht und war im Haar schon angetrocknet. Sie wollte es vorsichtig abwischen und schrie laut auf, als sie ihre Hand sah. Aus sichtbarer Angst vor weiteren Schlägen rannte sie wieder los. Man merkte es an der noch immer panischen Flucht der Menge, daß die Cops mit ihren Schlagstöcken immer näher rückten.

Dann schien die Panik, als wir auf die Tore zu eilten, für einen Augenblick abzuebben. Sonny hatte ich unterwegs irgendwo verloren. Also blieb ich auf der geteerten Zufahrt stehen und rief ihren Namen. Als einzige Antwort hörte ich das Rufen von Dutzenden anderer, denen es genauso ging wie mir. Dann brachen völlig unerwartet wieder die Angstschreie los. Zugleich hörte ich nun auch Tränengaspatronen durch die Luft pfeifen. Die kleinen Rauchfahnen, die sie im Flug hinter sich herzogen, wirkten aus der Entfernung ganz harmlos, doch auf dem Boden breiteten sie sich in Windeseile aus. Die Studenten kannten das und hetzten noch schneller davon. Am Fuß des Hügels kletterten die Menschen über den Eisenzaun, dessen scharfe Spitzen an einigen Stellen unter dem Ansturm der Menge ins Schwanken gerieten. Über unseren Köpfen kreischten Vögel, die in die Gaswolken geraten waren und wahnsinnig vor Schmerz im Kreis flatterten.

Am Tor spielte sich eine grauenhafte Szene ab. Einer Frau wurde der Kopf gegen einen Betonpfeiler gequetscht, sie konnte sich nicht befreien. Einen Augenblick später war sie nicht mehr zu sehen. Außerhalb der Tore hetzten die Menschen schreiend davon und fluchten auf die Cops. Als ich die Schotterstraße erreicht hatte, sah ich mich noch einmal um und suchte unter den verschmierten und angsterfüllten Gesichtern nach Sonny. Einige eilten mit vorsorglich naßgemachten Lappen vorüber und hielten sie sich zum Schutz gegen das Tränengas vor Nase und Mund. Drei oder vier Mitglieder der Volksbefreiungspartei PLP trugen sogar Gummi-Gasmasken. Plötzlich blieb eine Frau mit so einem grünen Monstergesicht vor mir stehen, riß sich die Maske herunter und küßte mich. Es war Lucy.

»Wir sind mit Cleveland zusammen. Das waren wir jedenfalls. Ich weiß nicht, wo er und Hobie geblieben sind.« Sie sah sich um.

»Cleveland Marsh?« Das war Hobies Kommilitone. Einen Führer der Panthers hätte ich nicht bei einem Friedensmarsch erwartet und schon gar nicht Hobie. Lucy küßte mich wieder und rannte weiter, mitgerissen von der fliehenden Menge.

Ich wartete noch etwa zehn Minuten in der Hoffnung, Sonny zu finden. Der Wind hatte gedreht und blies mir eine Tränengaswolke ins Gesicht. Ich stürzte in Richtung Campus davon. Auch auf der Army Street, wo ich den Käfer geparkt hatte, war Sonny nicht zu sehen. Ich wartete eine Weile, ging dann zu Fuß weiter. Den Wagen wollte ich ihr für die Heimfahrt überlassen. Später stellte sich heraus, daß sie schon lange vor mir hier gewesen war und ihn für mich stehen gelassen hatte.

Jetzt wußte ich das noch nicht, und so beruhigte ich mich selber. Sonny würde schon okay sein, und sicher würde ich sie unterwegs treffen. Hinter den hellen Lichtern des Campus Boul hatte sich die Nacht sanft über die Straßen mit ihren pastellfarbenen, stuckverzierten Apartmentbauten und den ziegelgedeckten kleinen Einfamilienhäusern gelegt. Nach all dem Tumult und all der Panik fühlte ich jetzt mein Herz schlagen. Meine Schulter tat weh, aber ich wußte nicht, warum. Es kühlte schnell ab, und den heraufziehenden Nebel sah man zwar noch nicht, aber er war schon zu spüren. Es war, als würde die Luft immer dicker. Mir war übel vom Tränengas, und meine Augen brannten jetzt heftig. Ich wußte, daß ich nicht reiben durfte, und so ging ich durch die kühle Nacht, während mir die Tränen über das Gesicht strömten. Vorsichtig wischte ich sie mir mit dem Ärmel von den Wangen.

Als ich zu Hause ankam, hörte ich flüchtige Schritte, eine Stimme, etwas Verstohlenes. Ich hatte den Eindruck, daß es mehr als eine Person war. Ich wich zurück, hob meinen Arm und rief: »Wer ist da?«

Eddgar kam unter der hölzernen Außentreppe hervor, die als Feuerleiter diente, trat aber nicht in den Lichtschein der Lampe über der Eingangstür. Er atmete schwer. An seiner Schläfe glitzerte der Schweiß. Er hatte unterwegs sein Hemd verloren. In seinem farbigen T-Shirt wirkte er schlanker, als ich gedacht hätte. Er mußte bis hierher gerannt sein, und wahrscheinlich kam er von einem Ort, an dem er nicht hätte sein sollen. Vermutlich wollte er der Polizei zuvorkommen, um sagen zu können, er sei zu Hause gewesen. Er mußte durch die engen Gassen gelaufen sein, in der Befürchtung, die Cops würden die Wagen der Mitglieder der One Hundred Flowers überprüfen. Wahrscheinlich wäre er im dichten Verkehr auch nicht schnell genug vorangekommen.

»Seth«, sagte er und wirkte ungewöhnlich selbstsicher. Das Gesicht hielt er nun fast wagemutig dem Licht entgegen. »Alles in Ordung«, sagte er über die Schulter. Dann drehte er sich zu mir um und gab mir mit einer Kopfbewegung schweigend zu verstehen, ich solle zur Treppe gehen. Langsam ging ich his zum Treppenabsatz vor unserer Wohnung, hatte aber nicht vor, hineinzugehen, sondern drehte mich um, um das weitere Geschehen zu beobachten.

Unten klopfte Eddgar gegen die Schindeln. Auf dieses Zeichen kamen zwei Personen um die Hausecke, Martin Kellett, der Führer der Campus Union, in seinen schweren Motorradstiefeln und eine blasse, schmale Gestalt, die ich für eine Frau hielt. Sie hatte wirres Haar, dessen Farbe an Spülwasser erinnerte, und trug ein offenes Flanellhemd. Sie und Kellett trugen eine zusammengerollte Trage aus einem Stück Segeltuch und zwei Stangen, wie man sie von Pfadfinderlagern kennt. Eddgar trat nun zur Seite, und sie krochen unter die Holztreppe. »In Ordnung, Rory. Bleib ganz ruhig, Genosse. Auf geht's.« Ein Mann schrie auf, und Kellet und die Frau kamen geduckt aus der Dunkelheit unter der Treppe hervor. Auf der Trage lag jetzt ein Mann. Selbst in dem schwachen Licht erkannte ich, daß sein Fuß in einem unnatürlichen Winkel verdreht war. »Wir beeilen uns«, sagte Kellett zu Eddgar. »Der Lastwagen kommt hinten herum.«

Eddgar ging mit ihnen fort. Das Tor fiel krachend ins Schloß. Ich hörte das heisere Rumpeln des herannahenden Lastwagens und den Kies beim Anfahren aufspritzen.

Aus dem diffusen Licht tauchte Eddgar wieder auf. Er entdeckte mich im Treppenhaus und schleppte sich mühsam nach oben.

»Er hat sich das Bein gebrochen«, sagte er.

Ich wollte nicht fragen, wie. Irgend etwas mußte passiert sein. Etwas Schlimmes. Etwas, über das die Polizei von Damon sicher Fragen stellen würde. Am meisten aber erstaunte mich die Art, wie Eddgar mir flüchtig auf die Schulter klopfte und weiterging, ohne sich noch einmal umzudrehen. Er wußte, von mir hatte er nichts zu befürchten.

5. Dezember 1995

SONNY

BERICHT UND AUSWERTUNG DER VORGERICHTLICHEN ERMITTLUNGEN ÜBER NILE EDDGAR

Beschuldigter: Nile T. Eddgar
Richter: Klonsky
Anklagepunkte: Verletzung der 3 und 76610 des überarbeiteten Staatsgesetzes (Anstiftung zum Mord)

> *Auf Antrag seines Rechtsbeistands wurde der Beschuldigte an die vorgerichtliche Ermittlungsbehörde (im folgenden PTS genannt) verwiesen. Diese soll prüfen, ob der Angeklagte bis zur Urteilsverkündung gegen Kaution auf freien Fuß gesetzt werden kann. Angesichts der Tätigkeit des Beschuldigten als Bewährungshelfer in der entsprechenden Dienststelle des Kindle County (KCPO) wurde die Angelegenheit der Unterzeichneten bei der Bewährungshilfe des Greenwood County unterstellt. Diese ist nicht verwandt und nicht verschwägert mit dem Angeklagten.*

Dienstags, wenn Cindy Holman mit dem gemeinsamen Fahrdienst zum Kindergarten an der Reihe ist, sind Nikki und ich immer pünktlich. Da ich etwas zu früh dran war, konnte ich mir einen neugierigen Blick in den PTS-Bericht leisten, den Marietta am Abend zuvor erwähnt hatte. Ich nahm ihn aus der Gerichtsakte, wo er bisher ungelesen abgeheftet war, nachdem Eddgar die Kaution für Nile gestellt hatte. Wieder einmal war ein umfangreicher, mit einigem Energieaufwand zusammengestellter Komplex von Informationen durch die raschen Veränderungen im Verfahrensablauf irrelevant geworden.

ALLGEMEINES: Der Beschuldigte wurde am 13.September 1995 im Beisein seiner Pflichtverteidigerin Gina Devore im Gefängnis von Kindle County (KCJ) vernommen. Der Beschuldigte bemüht sich derzeit um einen privaten Verteidiger, hat jedoch das PTS-Formular 4446 – Zurückstellung des Rechts darauf – unterschrieben, um seinem neuen Verteidiger die Möglichkeit zu geben, eine Herabsetzung der Kaution zu beantragen.

Der Beschuldigte ist weiß, männlich, 29 Jahre alt. Er ist 1,82 m groß und wiegt 120 kg. Er wirkt aufgeweckt und hat sich während der gesamten Vernehmung kooperativ gezeigt. Seinen Gesundheitszustand bezeichnet er als gut. Es wurde festgestellt, daß der Beschuldigte Zigaretten raucht, was nach seinen Angaben zu einer chronischen Bronchitis geführt hat. Eine im KCJ routinemäßig entnommene Urinprobe war negativ im Hinblick auf Opiate oder andere Betäubungsmittel. Allerdings wurden Spuren von Tetrahydrocannibinol (THC) gefunden, die nach Befragung des Beschuldigten möglicherweise auf den Genuß von Marihuana zurückzuführen sind.

AUSBILDUNG: Der Beschuldigte besuchte mit Unterbrechungen bis vor drei Jahren das College. Nach seinen Angaben hat er den Grad des Associate of Arts am Kindle County Community College erworben (was von dort bestätigt wurde). Außerdem gibt er an, eine ausreichende Anzahl von anrechenbaren Vorlesungsstunden im sozialen Bereich absolviert zu haben, um den Grad des Bachelor of Arts erwerben zu können. Dieses Examen hat er allerdings nicht bestanden, da er nicht die erforderliche Anzahl von Kursen im wissenschaftlichen Bereich vorweisen konnte. Der Beschuldigte besitzt das

Abschlußdiplom über zwölf Jahre Schulbesuch von der Easton Lab School (bestätigt).

BERUFSTÄTIGKEIT: Der Beschuldigte war über drei Jahre als Bewährungshelfer beim KCPD beschäftigt. Seine Tätigkeit umfaßte im allgemeinen die Beaufsichtigung von Haftentlassenen, deren Urteil eine Bewährungszeit vorsieht. Der Beschuldigte kümmerte sich um Familienzusammenführungen, die Vermittlung von Arbeitsplätzen, Unterstützung bei Entziehungsmaßnahmen, soweit erforderlich, etc. Sein Jahresgehalt belief sich auf $ 38 000. Vorangegangene Beschäftigungen waren sporadischer Art, da der Beschuldigte noch keine feste Vorstellung von einer eventuellen weitergehenden Ausbildung hatte (s. o.).

Die Personalakte des Beschuldigten, die die Unterzeichnete eingesehen hat, weist im allgemeinen eine positive Bewertung auf. Seine schriftlichen Berichte legte er häufig verspätet vor, was bei einigen Richtern zu Beanstandungen führte, die Beziehung zu seinen Klienten war jedoch stets positiv. Einer seiner Vorgesetzten gab an, der Beschuldigte sei manchmal zu mitfühlend und »kaufe seinen Klienten jeden Sch… ab«. Im ersten Jahr seiner Anstellung ist der Status des Beschuldigten auf Anstellung zur Probe zurückgesetzt worden, da er dreimal in einem Monat nicht zur Arbeit erschienen war. Seitdem erfüllte er seine Pflichten regelmäßig.

Joseph Tamara, der Leiter des KCPD, gibt an, daß der Beschuldigte für die Dauer des anhängigen Verfahrens vom Dienst suspendiert ist, jedoch weiter sein Gehalt bezieht. Sollte der Beschuldigte in allen Anklagepunkten freigesprochen werden, hat er das Recht, seine Tätigkeit wieder aufzunehmen.

FAMILIENSTAND / FAMILIÄRER HINTERGRUND: Der Beschuldigte ist ledig. Seit Beginn seiner Tätigkeit beim KCPD wohnte er in 2343 Duhaney in DuSable (bestätigt). Der Beschuldigte gibt an, noch immer viele Wochenenden und oft auch Nächte während der Woche bei seinem Vater in Greenwood County zu ver-

bringen. Der Beschuldigte bestätigt, am 19. November 1964 in Damon, Kalifornien, geboren zu sein. Sein Vater sei Universitätsprofessor gewesen; seine Mutter sei außer Haus in verschiedenen Gremien tätig gewesen.

1971 haben sich seine Eltern getrennt. Der Beschuldigte zog danach mit seiner Mutter nach Marston, Wisconsin. Sie hat 1975 wieder geheiratet, den Tierarzt Dr. William Chaikos. Der Beschuldigte gibt an, daß seine soziale Anpassung in der Schule schwierig gewesen und er mit dem Stiefvater sowie den beiden Stiefgeschwistern nicht gut zurechtgekommen sei. Seine Mutter habe damals ihm nicht näher bekannte persönliche Probleme gehabt, die in einem späteren Gespräch mit dem Vater des Beschuldigten als massiver Drogenmißbrauch bezeichnet wurden. Im Alter von elf Jahren zog der Beschuldigte daher nach Greenwood County zu seinem Vater, der inzwischen eine Professur an der Easton University hatte. Der Beschuldigte gibt an, auch weiterhin mäßige Schulleistungen erbracht sowie andere Probleme gehabt zu haben (s. u.).

Am 13. September wurde Senator Loyell Eddgar telefonisch befragt. Dr. Eddgar bezeichnet seinen Sohn als hochintelligent, jedoch ohne besonders ausgeprägte Motivation. Er sagt, er habe Nile zum Abschluß seiner Ausbildung drängen müssen. Er sagt, sein Sohn habe trotz der Schulschwierigkeiten ein stabiles Verhältnis zu beiden Elternteilen gehabt. Nach einer Reihe von Anpassungsproblemen sei Nile seit Beginn seiner Tätigkeit im KCPD leistungsfähiger und offensichtlich zufriedener geworden. Senator Eddgar habe seinem Sohn geholfen, seine gegenwärtige Position zu sichern. Senator Eddgar hat es abgelehnt, zu Einzelheiten der von der Staatsanwaltschaft von Kindle County (KCPAO) erhobenen Anschuldigungen Stellung zu nehmen.

Die Mutter des Beschuldigten, June Eddgar, konnte nicht befragt werden, da sie infolge des Verbrechens, dessen Nile Eddgar beschuldigt wird, verstorben ist.

VORSTRAFEN: Es wurden Unterlagen von der Polizeibehörde von Kindle County, aus dem FBI und dem NADDIS angefordert. Alle Berichte sind negativ. In einer Befragung gab der Beschuldigte zu, als Jugendlicher einmal wegen Ladendiebstahls vorübergehend festgenommen worden zu sein und einmal wegen eines Vergehens gegen den Naturschutz. Er fügte hinzu, daß diese Erfahrung sein Interesse an der Bewährungshilfe geweckt habe.

FINANZIELLES: Der Rechtsbeistand des Beschuldigten gibt an, daß der Beschuldigte sich bemühen wird, mit Hilfe seines neuen Anwalts eine Möglichkeit zu finden, eine angemessene Kaution zu hinterlegen. Er will dem Gericht gegenüber bei der Kautionsverhandlung einen direkten Bericht über seine finanziellen Mittel abgeben.

SCHLUSSFOLGERUNG: Das PTS zieht den Schluß, daß der Beschuldigte geeignet ist, gegen Kaution auf freien Fuß gesetzt zu werden. Wenn auch dem Beschuldigten ein schweres Verbrechen zur Last gelegt wird, ein Verdacht, den die Jury für ausreichend begründet hält, sollten seine konstanten Bindungen innerhalb der Gesellschaft sowie die Tatsache, daß er ohne Vorstrafe wegen eines Gewaltverbrechens angeklagt ist und auch als Erwachsener niemals straffällig geworden ist, nicht unberücksichtigt bleiben.

Maria Guzman Tomar
Leiterin der Vorgerichtlichen
Ermittlungbehörde der
Bewährungshilfe
Greenwood County
18. September 1994

Ein ›Beschuldigter‹, meine ich, ist immer ein geeigneter Kandidat für eine Kaution. Eine Unterorganisation des PTS ist die CETA, ein Berufsausbildungsprogramm, dessen Mitarbeiter sich selbst an der Armutsgrenze bewegen. Ihre Sympathien gehören den Häftlingen voll und ganz, und die ungeschriebene Botschaft des PTS erinnert im allgemeinen an Mosis berühmte Forderung ›Laß mein Volk ziehen‹. Die Länge dieses Berichts von drei Seiten und die Kürze der Zeit, in der er verfaßt wurde, nämlich eine Woche, sind ein Zugeständnis an die politische Sensibilität des Falls und ein Zeichen für den Grad der Arbeitsauslastung in einem Vorstadtcounty wie Greenwood. Hier in Kindle warten wir oft einen Monat auf einen einzigen Absatz. Es ist nicht erkennbar, ob Ms. Tomar die Tatsache entgangen ist, daß Nile bereits Kaution beantragt hat, oder ob sie es unter politischen Gesichtspunkten für angebracht hielt, ihren Bericht in jedem Fall fertigzustellen. Fest steht jedoch, daß sie keine Ahnung davon hatte, daß Eddgar für Nile bürgen wollte. Warum hat er es dann getan?

»Wir sind alle bereit, Richterin«, sagt Marietta, die zur Hintertür meines Amtszimmers hereinschaut. Stimmung. Hobie wirft Molto vor, bei der Beweisaufnahme die Reihenfolge geändert zu haben. Tommy hatte Hobie gesagt, als erste Zeugin würde Lovinia Campbell aufgerufen, das junge Bandenmitglied und zweite Opfer der Schießerei. Doch Molto erklärt, die Beamten, die die Gefangene aus der Haft vorführen sollten, hätten dies wieder einmal versäumt. Hobie hält das schlicht für eine Ausrede.

»Mr. Tuttle«, sage ich, »das passiert leider immer wieder.« Anny hängt ständig am Telefon, um sich bei der Gefängnisverwaltung darüber zu beschweren, daß uns die vorgeladenen Häftlinge nicht überstellt werden. Irgendwie ist da kein System hineinzubringen. Täglich ist ein Kommen und Gehen von tausend Häftlingen im Gang unten im Keller, der das Gerichtsgebäude mit dem Gefängnis verbindet. Der eine macht sich aus dem Staub. Der andere kommt nie von dem Polizeirevier, in dem er zunächst festgenommen wurde, hier an. Und in einem System, das mit Wiederholungstätern in allen Punkten – Kaution, Gefängnis, Unterbringung, Verurteilung – dann strengere Maßstäbe anlegt, kommt es jeden Tag vor, daß ein Beschuldigter, um dem zu entgehen, einen falschen Namen angibt. Oft stellt sich beim Vergleich der Fingerabdrücke in McGraw Hall, dem Polizeihauptquartier, heraus, daß ein Delinquent mit vier oder fünf falschen Namen herumläuft. Zum Beispiel haben wir einen Kamal Smith, der sich auch Keeval

Sharp, Kevin Sharp oder Sharpstuff nennt. Erschwert wird diese Tatsache noch dadurch, daß Annies Englisch dem oft nicht gewachsen ist. ›Heute molgen haben Sie mil falschen Oltiz geschickt. Blauche Angel Oltiz. Nummel sechs null sechs, viel, viel, fümf. Dleimal wil haben falschen Oltiz bekommen. Ist nicht gut. Schickt lichtigen Oltiz. Bitte!‹

»Euer Ehren«, sagt Hobie, »ich glaube, die Anklage ist nicht darauf vorbereitet, die Zeugin vorführen zu lassen. Wahrscheinlich macht sie Schwierigkeiten.«

»Euer Ehren«, antwortet Molto, »es hat keine Schwierigkeiten gegeben, bis Mr. Tuttle mit ihr gesprochen hat. Wir würden sie gern aufrufen, aber sie ist nicht anwesend. Vielleicht haben die Beamten sie auf der Fahrt vom Jugendgefängnis hierher verloren, vielleicht ist auch unserem Büro ein Fehler unterlaufen. Jedenfalls ist sie nicht hier, und daran können wir im Moment nichts ändern. Wir haben einige Übereinkünfte vorzutragen, außerdem ist ein weiterer Zeuge auf dem Weg hierher. Mehr können wir nicht tun.«

»Mr. Tuttle, sind Sie hinsichtlich der Vernehmung des Zeugen, den die Anklage aufzurufen gedenkt, unvorbereitet?«

»Ich bin bereit«, antwortet er beiläufig.

»Wo liegt dann Ihr Problem?«

Er zuckt mit den Schultern und zieht sich ohne ein weiteres Wort an den Tisch der Verteidigung zurück. Er blättert in seinem Notizblock, als habe er meinen irritierten Blick nicht bemerkt. Ein paar Schritte entfernt unterhalten sich Molto und Singh. Ist Lovinia für Tommy ein Problem? Liegt ihm ihretwegen so sehr daran, mit der Verhandlung zu beginnen? Hoffte er, sie so noch bei der Stange halten zu können? Es hat den Anschein.

Nach einigem Wühlen in den Papieren tritt Rudy Singh vom Anklagetisch an die Richterbank. »Wir haben einige Übereinkünfte getroffen, wenn das Hohe Gericht einverstanden ist«, verkündet er. Rudy hat eine wohlklingende Stimme und ein etwas prätentiöses Gehabe. Er ist dunkler als Hobie, schlank und hat vollkommene Gesichtszüge mit buschigen schwarzen Brauen. Er erinnert mich an einen dieser verwöhnten, hübschen jungen Prinzen, die jede ethnische Gruppe dieser Welt hervorbringt.

Rudy verliest das Protokoll der getroffenen Absprachen. Im wesentlichen herrscht Einverständnis über den Bericht des Pathologen. June Eddgar starb an mehreren Schußwunden am Kopf. Blutgase und Lungengewebe zeigen, daß der Tod sofort eingetreten ist. Verschiedene Details im Hinblick auf den Zustand des Mageninhalts sowie Angaben der Beamten vom Tatort führten den Pathologen zu der Überzeugung, daß der Tod zwischen 6.15 Uhr und 7.00 Uhr morgens eingetreten sein muß. Nach Auffassung des Pathologen muß Mrs. Eddgar direkt in die Schußrichtung gesehen haben, als sie getroffen wurde.

»Einverstanden«, läßt Hobie vernehmen.

»Es herrscht des weiteren Übereinstimmung zwischen Staatsanwaltschaft und dem Beschuldigten Nile Eddgar, daß die von Dr. Russell untersuchten sterblichen Überreste tatsächlich die der June LaValle Eddgar, geboren am 21. März 1933, sind.«

»Einverstanden.« Wir haben einen Mordfall. Das Opfer starb durch Gewaltanwendung.

Als nächstes verliest Rudy die Zusammenstellung einer Liste von geführten Telefongesprächen. Im Zeitalter der Computer und einer Vielzahl von Vorwahlnummern erstellt die Telefongesellschaft eine Magnetaufzeichnung von jeder Nummer, die von einem bestimmten Apparat aus gewählt wird. Diese Zusammenstellung beweist, daß im August und in den ersten Septembertagen kaum ein Tag vergangen ist, an dem Nile Eddgar nicht eine bestimmte Funktelefon-Nummer angerufen hat. Es ist zweifelsfrei erwiesen, daß es die Nummer von Hardcore war, die wiederholt von Niles Apartment, seinem Büro und auch an mehreren Abenden und Wochenenden von der Wohnung seines Vaters aus angewählt wurde.

Des weiteren führt Rudy aus, daß über den Bericht des Sachverständigen für Fingerabdrücke zwischen den Parteien Übereinstimmung besteht. Eine der Patronenhülsen, die am Tatort sichergestellt wurden, weist einen unvollständigen Abdruck von Gordon Huffington auf, auch bekannt unter dem Namen Gorgo. Huffington war für einen aktuellen Vergleich nicht auffindbar.

»Ist er flüchtig?« frage ich. »Dieser Huffington?«

Bevor er antwortet, sieht Singh erst Tommy, dann Hobie an. Mit einer Handbewegung deutet Hobie an, daß es ihm völlig gleichgültig ist, ob Rudy antwortet.

»Ja, Euer Ehren«, antwortet Rudy.

»Und die Anklage geht davon aus, daß er der Schütze ist?«

Wieder entsteht eine Pause. Molto steht auf, sein schmaler Mund ist zusammengekniffen. Er ärgert sich über meine zahlreichen Rückfragen.

»In den Unterlagen wird das nicht erwähnt«, erkläre ich. »Ich versuche nur, die Zusammenhänge zu erkennen.«

»Er soll die Schüsse abgegeben haben«, antwortet Tommy, »und er ist flüchtig.«

Ich nicke. Aber da ist eine Schwachstelle in der Strategie der Anklage. Es ist nicht erwiesen, daß er der Mörder ist. Diese Tatsache läßt der Verteidigung Spielraum.

Singh setzt seinen Vortrag fort und läßt seine Stimme anschwellen, um anzudeuten, daß wir einem Höhepunkt zusteuern. Beweisstück 1 der Anklage besteht aus zwei Teilen: 1A und 1B. Beweisstück 1A ist eine Plastiktüte. Singh hält einen langen blauen Plastiksack hoch, der der Verpackung gleicht, in der meine Sonntagszeitung wettergeschützt vor der Tür zu liegen pflegt. Beweisstück 1B enthält 174 Scheine in amerikanischer Währung: zwanzig Hundert-Dollar-Noten und 154 Fünfzig-Dollar-Noten. Wie der blaue Sack befinden sich auch die Geldscheine in einer starken, mit kräftigem Klebeband verschlossenen Kunststoffolie mit der Aufschrift ›Beweismaterial‹ in roter Farbe. Als die Beweisstücke 1A und 1B dem Labor übergeben wurden, steckten die Geldscheine, zusammengehalten durch ein einfaches Gummiband, in dem blauen Sack. Neunundachtzig Scheine des Beweisstücks 1B sind auf Fingerabdrücke untersucht worden: der oberste und der unterste Schein des Bündels – je eine 50- und eine 100-Dollar-Note – sowie siebenundachtzig zufällig herausgezogene Scheine. Es wurde vereinbart, sie nach ihren Seriennummern zu registrieren.

Rudys monotoner Vortrag handelt nun von Vergleichskriterien und Oberflächendetails. Der wichtigste Punkt jedoch ist die Tatsache, daß Niles Fingerabdrücke auf dem obersten und untersten Schein des Bündels nachgewiesen wurden. Außerdem befanden sich seine Fingerabdrücke neben denen Hardcores auf dem blauen Plastiksack, in den das Geld eingewickelt war.

Als Staatsanwältin habe ich Jahre gebraucht, um zu lernen, daß ich fast immer die besseren Karten hatte, wenn ich mich zu gewissen Absprachen bereitfand. Man vermeidet die Hunderte von Möglichkeiten, bei denen Zeugen versagen können – vom Gedächtnisschwund über tückische Versprecher bis zu fatalen Spontanäußerungen im Kreuzverhör. Besonders in einer Verhandlung ohne Geschworene tut Tommy wahrscheinlich genau das Richtige. Doch zugleich läßt er auch Hobie das Beste aus der Situation machen, indem er nicht alle Trümpfe ausspielt. Was kann ein Bewährungshelfer schon zu seiner Entlastung anführen, wenn zwischen ihm und einem Klienten große Scheine den Besitzer gewechselt haben? Selbst die Reporter, die zu Beginn von Rudys Vortrag noch miteinander geflüstert haben, sind nach und nach still geworden, als Details über die Fingerabdrücke genannt wurden. Jetzt war jedem in diesem Gerichtssaal bewußt, daß der Fall das Stadium der Beschuldigung überschritten hatte. Wie trocken sie auch vorgetragen worden waren, die Anklage hatte deutliche Beweise gegen Nile Eddgar vorgelegt.

Als erster Zeuge der Anklage wird Detective Lieutenant Lawrence Montague von der Mordkommission des 7. Bezirks aufgerufen, der die Ermittlungen des Falls geleitet hat. Nach Abschluß seiner Zeugenaussage wird Montague sowohl draußen als auch im Gerichtssaal den Anklägern assistieren, indem er sich mit Zeugen in Verbindung setzt und Beweismittel beibringt. Er ist der mit diesem Fall befaßte Polizist. Auf die direkte und energische Frage Singhs beschreibt Montague die Situation, die er am Morgen des 7. September vorgefunden hat: Polizei in Uniform, gelbe Absperrbänder, Krankenwagen und neugierige Passanten. Mir werden Fotos heraufgereicht. Bilder von der Toten. Ich sehe sie flüchtig durch und notiere die Beweisstücknummern. Das Gesicht der Frau ist eine unkenntliche Masse. Grausam, denke ich. Aber für mich ist das nicht June. Erst nach dem vierten oder fünften Foto im Format 20 x 30 cm fällt mir auf, daß sie ungeheuer zugenommen hatte. In dem Papierwust, der sich bereits auf meinem ledernen Notizbuch angehäuft hat, finde ich das Obduktionsprotokoll: siebenundsiebzig Kilo. Es tut mir leid für June. Die Frau, die ich gekannt hatte, strahlte eine beneidenswerte reife Sinnlichkeit aus, derer sie sich deutlich bewußt war, selbst inmitten revolutionärer Entwicklungen.

»Haben Sie das Opfer untersucht?« fragt Rudy.

»Wir haben auf den Polizeipathologen gewartet.« Nach einem Blick in meine Richtung fügt er hinzu: »Sie war hinüber, Euer Ehren. Eindeutig.« Tot in anderen Worten. Cops zeigen sich immer besonders rauh, wenn ein Opfer tot ist. Sie haben Dutzende von Euphemismen. Bei dem Begriff ›Er/sie machte ein Q‹ muß ich stets ein Grinsen unterdrücken. Er bedeutet, der Leiche hing die Zunge aus dem Mundwinkel.

»Detective, ist Ihnen eine junge Frau aufgefallen, die später als Lovinia Campbell identifiziert wurde?«

»Als ich am Tatort eintraf, lag Ms. Campbell auf dem Gehsteig, etwa 15 Meter von Mrs. Eddgar entfernt. Die Sanitäter wollten sie gerade fortbringen.«

Montague macht weitere Angaben zu ihrer Position. Er legt ein Foto vor, das eine Blutlache, dann eines, das einen Kreideumriß auf der Straße zeigt. Mit einem X und einem Y kennzeichnet Montague die Lage von Lovinia und June Eddgar. Die Zeugenaussage ist knapp, nüchtern und professionell. Montague beschreibt die Arbeit der anderen ihm unterstehenden Beamten. Die Spurensicherung nahm sich das Innere des Wagens vor. Sie fanden Junes Handtasche, pinselten sie zur Feststellung von Fingerabdrücken ein und untersuchten den Inhalt. Ein uniformierter Beamter ließ das Kennzeichen des Nova überprüfen und erfuhr, daß der Wagen in Easton auf Loyell Eddgar zugelassen war. Schließlich erklärt Montague, er habe eine Befragung der Nachbarschaft geleitet. Nachdem er die Ergebnisse ausgewertet hatte, habe er Ermittler der Mordkommission angewiesen, zu versuchen, eine bestimmte Person ausfindig zu machen.

»Und wie ist der Name dieser Person?« fragt Rudy vorsichtig.

»Ordell Trent.«

»Ist Ordell Trent noch unter einem anderen Namen bekannt?«

»Hardcore«, antwortet Montague. »Das ist sein Name in Gangsterkreisen.«

»Erinnern Sie sich jetzt bitte an den 11. September 1995, also drei Tage später. Sind Sie da mit Hardcore zusammengetroffen?«

»Ja, ich habe ihn auf dem 7. Revier gesehen.«

»Wer war außerdem anwesend?«

»Sein Anwalt Jackson Aires.«

»Haben Sie an jenem Tag irgend etwas von Hardcore erhalten?« Rudy geht an den Tisch der Anklage zurück und sucht etwas in dem Karton, in dem die Staatsanwaltschaft ihre Beweisstücke aufbewahrt. Auf der weißen Pappe haben die Ankläger die Bezeichnung des Falls vermerkt: *Das Volk ./. Eddgar* und in Buchstaben so groß wie die eines Straßenschildes, damit sie von einer Jury nicht übersehen werden konnten, ›ANSTIFT. MORD‹. Rudy hält erneut Beweisstück 1 hoch, die 10 000 Dollar, auf denen Niles Fingerabdrücke festgestellt worden waren. Montague gibt an, das Geld von Hardcore erhalten, es gekennzeichnet und dem Labor für Fingerabdrücke übergeben zu haben.

»Und bitte, Lieutenant, was war das Ergebnis der Untersuchung?«

Verärgert steht Hobie auf. »Euer Ehren, ich habe diesem Punkt bereits zugestimmt. Was soll das also?«

»Mr. Singh?«

»Euer Ehren«, antwortet Rudy hoheitsvoll. »Ich versuche lediglich, Lieutenant Montagues Vorgehensweise bei seinen Ermittlungen deutlich zu machen.« In Wirklichkeit versucht er, sein bestes Beweismaterial hervorzuheben, dessentwegen Hobie vor allem der Absprache zugestimmt hatte. Ich gebe dem Einspruch statt.

Singh hat keine weiteren Fragen. Montague wendet gemessen den Kopf Hobie zu. Völlig entspannt sitzt Lew Montague im Zeugenstand unter mir, etwa einen Meter entfernt. Er trägt einen blauen Blazer und ein Hemd mit Kragenstäbchen. Das lange schwarze Haar ist locker frisiert. Erfahrung und die Jahre, in denen er Blut und Unrat von den Straßen gekratzt hat, scheinen ihm eine gewisse Gesetztheit verliehen zu haben. Fast schlaff sitzt er im Zeugenstand. Über mindestens ein Jahrzehnt hat er jede Woche geschmiert und sich schmieren lassen und dabei gelernt, den Eindruck absoluter Glaubwürdigkeit zu erwecken. Er wird sich nicht aus der Ruhe bringen lassen. Er wird nie die Stimme heben. Seine Antworten werden knapp sein. Ein Cop wie Montague ist ein wahrer Experte im Zeugenstand und kann buchstäblich jeden überführen, den er will, die gute alte Theorie vom Phlogiston untermauern oder die Rechtmäßigkeit von Hexenverbrennungen.

»Nur ein paar Fragen, Lieutenant«, sagt Hobie. Er trägt wieder einmal einen phantastischen Anzug. Sein Bart ist sorgfältig gestutzt, und die Fingernägel glänzen farblos lackiert. Er geht auf Montague zu und macht dann so plötzlich kehrt, als habe ihn ein Gegenstand getroffen. Er nimmt Rudy die Plastikbeutel mit dem Geld, das Beweisstück 1 der Anklage, aus der Hand. Das enorme Goldarmband von Hobies Uhr schaut für einen kurzen Augenblick unter der Manschette hervor.

»Nun, als Sie dieses Geld ins staatliche Polizeilabor geschickt haben, haben Sie da zufällig auch noch etwas anderes untersuchen lassen als die Fingerabdrücke?«

Montague runzelt fast unmerklich die Stirn. Er erkennt sofort, worauf Hobie hinaus will. Mein Freund Sandy Stern hat oft gesagt, ein Strafverteidiger gleicht jemandem, der sich im Dunkeln an einer Wand entlangtastet auf der Suche nach einem Lichtschalter. Hobie ist offenbar auf der Suche nach Verfahrensfehlern und hofft, daß die Anklage wissenschaftliche Untersuchungen veranlaßt und ihm verschwiegen hat. Es besteht immer die vage Hoffnung, daß ein Angeklagter auf freien Fuß gesetzt werden muß, nicht weil er unschuldig ist, sondern der Ankläger unfaire Methoden einsetzt.

»Nein«, antwortet Montague auf die Frage nach weiteren Untersuchungen.

»So haben Sie also nicht prüfen lassen, ob vielleicht Blutspuren an dem Geld waren?«

»Nein.«

»Sie haben auch nicht versucht, festzustellen, ob sich möglicherweise Pulverspuren darauf befanden?«

»Pulverspuren?« Montague muß sich zusammenreißen.

»Hätten Sie solche Untersuchungen veranlassen können?«

»Ich sah dazu keine Notwendigkeit.«

»Sie hätten sie jedoch veranlassen können?«

»Sicher.«

»Können Sie das jetzt noch tun?«

»Nein«, sagt Montague. »Nein, warten Sie. Aber Sie könnten es. Ich sagte nein, weil das Geld mit Ninhydrant behandelt wurde« – eine stinkende rote Chemikalie, die Fingerabdrücke sichtbar macht –, »aber wir haben ja nur die Hälfte ins Labor gegeben. Das Labor…« Montague hebt die Hand, aber sein säuerlicher Gesichtsausdruck besagt, daß das alles war.

»Verliert das Labor manchmal Dinge aus den Augen?«

»Hm, hm«, antwortet Montague, erleichtert, keine weiteren Fragen beantworten zu müssen.

Hobie nickt ernst, als habe der Zeuge ein größeres Zugeständnis gemacht. Es erstaunt mich nicht, Hobie im Gerichtssaal gewissermaßen als Künstler der Gegenargumente zu erleben. Als junger Mann war Hobie immer sehr kompromißlos, selbst wenn er mal nicht ganz bei Verstand war oder falsch informiert. Seine erste Befragung hier läßt voraussehen, daß er einen ausgeklügelten Stil entwickelt, indem er eine zweite Frage stellt, eben weil er die erste gestellt hat. Dabei agiert er in der dünnen Luft des Gerichtssaals mit dem Gewicht seiner ganzen Persönlichkeit. Als Verteidigerin hatte ich immer das Gefühl, mir ginge die Luft aus. Ich bin nie eine große Selbstdarstellerin gewesen. Ich hatte eher Tommys Art, wie jemand, der einfach seine Arbeit macht. Allerdings lief ich dadurch auch weniger Gefahr, grobe Fehler zu machen, wie sie mir bei Hobies Methode der freien Assoziation unvermeidlich scheinen.

»Nun zu diesem Ordell oder Hardcore«, wechselt Hobie damit das Thema. »Sie haben angedeutet, daß er als Mitglied einer Gang bekannt ist. Welche Gang ist das?«

»Sie meinen zu welcher Gang er gehört? Am Tower IV in der

Grace Street zählen sie sich zu den Black Saints Disciples. Die meisten sind in einer Untergruppe, die sich T-4 Rollers nennt.«

»Ist Hardcore der Anführer dieser Gang?«

»Herr Rechtsanwalt, eine Gang ist nicht organisiert wie eine Polizeidienststelle oder eine Firma. Wissen Sie, jeden Tag kann ein anderer der Anführer sein. Es hängt davon ab, wen sie für cool halten, wer in eine Schießerei verwickelt war, wer einen Bruch gemacht oder einen Goober hat auffliegen lassen.«

»Goober?« frage ich dazwischen.

»Das ist ihr Name für die Gangster Outlaws, eine rivalisierende Bande. Aber ehrlich gesagt, das ist nicht mein Gebiet. Sie bringen sich gegenseitig um, dann erst habe ich mit ihnen zu tun. Sonst, wissen Sie…« Er hebt die Hand, an deren kleinem Finger er einen funkelnden Rubinring trägt, und beläßt es dabei. Montague gehört zu den Leuten, die kein Wort zuviel sagen. Einfach nur die Fakten. Hobie sollte seine Fragen Soziologen und Sozialarbeitern stellen oder Journalisten und Leuten, die der Meinung sind, es könnte außer purer Gemeinheit noch ein paar andere Motive geben, um deren Verständnis man sich bemühen müßte. Am schlimmsten ist, daß diese Fragen implizieren, Montague könnte ein abstraktes Interesse an Leuten haben, die er in Wirklichkeit zutiefst verachtet. Verärgert sieht er zur Anklage hinüber. Molto in seinem altmodischen Anzug stößt Rudy den Ellbogen in die Seite. Rudy springt auf, bevor ihm Tommy noch zuflüstern konnte, was er sagen soll.

»Euer Ehren, diese Fragen kann der Zeuge nur dem Hörensagen nach oder aufgrund von Spekulationen beantworten. Detective Montague ist schließlich kein Gang-Mitglied.«

Bevor ich einschreiten kann, wirft Hobie ein: »Euer Ehren, wenn die Anklagevertretung auf ihrem Vorgehen besteht, werde ich beantragen, den Detective als Sachverständigen zu hören.«

»Geht es um Hardcores Hintergrund?« frage ich Hobie, und er nickt eifrig, erfreut darüber, daß ich seinen Standpunkt begriffen habe. Ich weise den Einspruch zurück. Die Verteidigung hat das Recht aufzuzeigen, daß der Hauptbelastungszeuge der Anklage noch nicht ausgesagt hat und selber weiß Gott kein unbeschriebenes Blatt ist. Am Tisch der Anklage quittiert Tommy meine Entscheidung mit einem Achselzucken. Er hatte nur vorgehabt, Montague zu besänftigen, der sich in eine Falle gelockt fühlt.

Hobie läßt sich Zeit, bevor er seine letzte Frage neu formuliert und Montague bittet, die Führungsstruktur der BSD, der Black Saints Disciples, zu beschreiben, soweit sie ihm bekannt ist. Montague reagiert wie zuvor mit einem Zucken der Lippen, das einen leichten Widerwillen demonstriert.

»Herr Verteidiger, ich möchte wiederholen, daß uns diese Leute kein Organisationsprogramm zukommen lassen. Diese spezielle Gruppe hat gewisse Verbindungen zu einer anderen Gang, die sich Night Saints nennt. Vor mehr als zehn Jahren hat es da ein paar Festnahmen und Verurteilungen gegeben. Man kann sagen, daß diese Organisation zu denen gehört, die überdauert haben. Sie ist inzwischen sehr viel größer geworden.«

»Wie groß, Lieutenant?«

»O Gott.« Montague streicht sich ein paar lose Strähnen ins schwarze Haar zurück, das im hellen Licht der Saalbeleuchtung glänzt. »Soweit ich weiß, schätzt die Polizei die Zahl der BSD-Mitglieder auf fünf- bis sechstausend.« Die Angabe ruft ein Gemurmel auf der Pressebank hervor. Als ich hinüberschaue, entdecke ich überrascht Seth Weissman, den ich heute noch nicht gesehen habe. Seine Arme ruhen auf den Armlehnen seines Stuhls, und es verwirrt mich etwas, wie er mich fixiert. Als sich unsere Blicke treffen, grüßt er mit einem Lächeln, das ich vage erwidere. Ich glaube, ich bin mir nicht sicher, ob meine kritische Einstellung ihm gilt oder mir selber.

»Und Hardcore unterstehen alle sechstausend?«

»Nein, soweit ich weiß. Wissen Sie, da gibt es drei Leute: Der Kopf der Night Saints war einmal ein gewisser Melvin White, der auf der Straße Harukan genannt wurde. Jetzt ist vermutlich einer seiner Söhne der Kopf der Organisation. Er nennt sich Harukanel, Sohn des Harukan, oder einfach Kan-el. Aber er sitzt seit mehreren Jahren in Rudyard im Staatsgefängnis. Daher wird allgemein Jeffrey Wilson, genannt Jeff T-Roc, als Boß der BSD betrachtet. So sehe ich das zumindest.«

»Verstehe ich das richtig, daß dieser Kan-el für eine bedingte Haftentlassung in Frage kommt?«

»Freilassung unter Aufsicht. Bedingte Strafaussetzung, wie ich gehört habe. Ich erinnere mich, daß er es zweimal versucht hat. Wissen Sie, er stellt einen Antrag, und der wird abgewiesen. Er ist wohl kein favorisierter Kandidat.«

»Es gibt also Gegenstimmen bei den Vollstreckungsbehörden?«

»Einige«, antwortet Montague trocken.

»Euer Ehren«, wirft Tommy ein. »Das ist irrelevant.« Ich ermahne Molto, daß ich Einsprüche nur von dem Vertreter der Staatsanwaltschaft hören möchte, der den Zeugen befragt, nämlich Singh. Dann weise ich Hobie an, die Relevanz darzulegen. Er sagt, er wolle nur Hardcores Position in der Organisation herausarbeiten und sein Verhältnis zu Kan-el und T-Roc.

»Stellen Sie Ihre Frage«, sage ich Hobie.

Hobie stellt sie, und Montague antwortet: »Irgendwo unter den beiden. Core ist das, was sie einen Sprecher nennen. Er führt die T-4-Gruppe an.«

»Unterstand ihm diese Ms. Campbell, die selbst angeschossen wurde?«

»Ich glaube, ja.« Montague ist sichtlich unbeeindruckt und meint hinzufügen zu müssen: »Sie haben sie vor kürzerer Zeit gesehen als ich.« An dieser Stelle legt Hobie eine lange Pause ein.

Jeder Strafverteidiger hat seine eigene Taktik. Hobie geht auf und ab. Er wirkt stark und scheint den gesamten Gerichtssaal ausfüllen zu wollen, um volle Aufmerksamkeit zu erzielen. Er wandert zwischen den Tischen hin und her, geht auf den Zeugen zu, hört sich seine Antworten an und nickt mit seinem dunklen, bärtigen Gesicht über die Schulter, wenn er sich wieder zurückzieht. Er ist auf Wirkung bedacht. Manchmal wirkt er fast locker, zum Beispiel als er sich mit der Untersuchung der Geldscheine vortastete. Dann wieder sehr zurückhaltend und stilbewußt. Jetzt nutzt er Montagues Lapsus voll aus. Er starrt den Zeugen von oben herab an, bevor er die Streichung der letzten Bemerkung beantragt. Ich ordne sie an, und er geht zu einem anderen Punkt über.

»Detective, Mr. Singh hat Ihnen eine Reihe von Fragen zu den

Ermittlungen gestellt, die Sie nach dem Mord an Mrs. Eddgar am 7. September geleitet haben. Erinnern Sie sich?«

»Daß ich eine Befragung angeordnet hatte?«

»Genau. Keiner der Beamten hat nach der Befragung der Nachbarn den Namen Nile Eddgar erwähnt, ist das richtig?«

»Ja, soweit ich mich erinnere, niemand.«

»Aber sie haben Hardcore erwähnt, ist das richtig?«

»Das ist richtig.«

»Aber nicht Nile?«

»Nein.«

»Dann war da diese Lovinia Campbell. Die junge Frau auf dem Gehsteig? Wie wird sie in der Gang genannt?«

»Bug«, sagt Montague.

»Bug. Haben Sie mit ihr gesprochen?«

»Nur ganz kurz.«

»Und haben Sie Bug gefragt, was passiert war?«

»Ja, das habe ich.«

»Und hat Bug Ihnen gesagt, daß Nile Eddgar jemanden zum Mord an seinem Vater oder seiner Mutter oder sonst jemandem angestiftet hat?«

Tommy läßt Singh Einspruch erheben. Hier handele es sich um Hörensagen. Ich lehne ab. Die Anklage selbst hatte die Frage nach den Verdächtigen, die im Zusammenhang mit dem Tatort genannt wurden, aufgeworfen.

»Nein, das hat sie nicht«, antwortet Montague etwas matt.

»Lieutenant, sie hat also gesagt, jemand habe im Vorbeifahren die Schüsse abgegeben und Mrs. Eddgar sei da nur zufällig hineingeraten. Hat Bug das so gesagt?«

»Ich glaube, so hat sie es ausgedrückt. Wissen Sie, sie stand unter Schock.«

»›Unter Schock‹? Ist das Ihre *medizinische* Meinung, Detective?«

Tommy sprang auf. »Euer Ehren, er will den Zeugen abqualifizieren.«

»Wenn überhaupt, bin ich der Meinung, daß eher der Zeuge ihn abqualifizieren will, Mr. Molto. Außerdem dachte ich, dies sei Mr. Singhs Zeuge, und wie ich Ihnen bereits gesagt habe, erwarte ich selbst in einem Verfahren ohne Geschworene, daß meine Anordnungen befolgt werden.« Ich nicke Hobie zu fortzufahren.

»Es steht also fest, Lieutenant, daß diese Lovinia oder Bug an jenem Tag Nile mit keinem Wort erwähnt hat. Ist das richtig?«

»Sie erwähnte Nile ein paar Tage später, als Officer Fred Lubitsch im General Hospital mit ihr sprach.« Hobie zuckt ärgerlich zusammen. Er hatte gefragt, was sie am 7. September gesagt hat. Montague in seinem abgetragenen Blazer starrt Hobie wütend an. Es besteht kein Zweifel mehr an der Tatsache, daß Lovinia Campbell zu einem Problem für die Anklage wird und daß sie Hobie dafür verantwortlich macht. Theoretisch hat ein Verteidiger das Recht, jeden Zeugen der Anklage zu vernehmen. Hat die Zeugin jedoch ein Abkommen mit dem Ankläger getroffen, wird ihr eigener Anwalt im allgemeinen von einer Zusammenarbeit mit dem Angeklagten abraten. Für die Anklage ist das positiv. Dennoch ist es Hobie irgendwie gelungen, Bugs Anwalt hinter sich zu bringen oder sogar ihre Mithilfe zu erlangen, und das gefällt weder den Cops noch der Anklage. Ich bin sicher, daß Hobie aus diesem Grund ihren Namen heute morgen ins Spiel gebracht hat. Ich soll mir ein Bild machen können, wenn Montague in Aktion tritt.

»Aber hören Sie, Detective«, sage ich und lasse auch diese Antwort streichen. Montague verzieht das Gesicht und faßt sich wieder. Inzwischen habe ich mir den Namen ›Lubitsch‹ notiert. Fred wußte, das dies kein gewöhnlicher Fall war.

»An jenem Tag hat Bug Nile nicht erwähnt«, sagt Montague schließlich, nachdem die Gerichtsschreiberin Hobies letzte Frage wiederholt hat.

»Richtig ist also, daß Sie am Tatort im wesentlichen nur etwas von Hardcore und einer Schießerei im Vorbeifahren gehört haben, stimmt das?«

Hobie grinst ein wenig höhnisch, um Montague angesichts meiner Verwarnung herauszufordern. Der Detective kneift zunächst die Augen zusammen und antwortet dann: »Richtig.«

»Dann gab es da einen Beamten namens Kratzus von der Gemeindeverwaltung, Lieutenant?« Hobie wirft einen Blick in den Polizeibericht auf dem Verteidigertisch.

»Kratzus«, bestätigt Montague.

»Kratzus hat Nile vom Tod seiner Mutter unterrichtet, und Sie selbst haben schließlich Senator Eddgar in seiner Wohnung in Greenwood County aufgesucht?«

»Das ist richtig.«

»Und er hat Ihnen eine dicke, fette Lüge aufgetischt?«

»Einspruch!« Beide Ankläger waren aufgesprungen.

»Euer Ehren«, sagt Hobie mit unschuldigem Gesicht, »genau das steht in Montagues Bericht. Er sagt…«

»Euer Ehren« kreischt Tommy. »Euer Ehren, Senator Eddgar steht hier nicht im Zeugenstand. Bei seiner Vernehmung wird er von seiner Unterredung mit der Polizei berichten. Das hat nichts mit Lieutenant Montagues Ausführungen zu tun.«

Natürlich hat Tommy recht, aber ich kann nicht leugnen, daß ich die Möglichkeit, Eddgar könnte gelogen haben, nicht völlig von der Hand weisen möchte. Was war das für eine Lüge, frage ich mich. Und genau das hat Hobie bezweckt. Ich soll mir über einen weiteren Zeugen der Anklage Gedanken machen. Sehr clever. Aber das war er ja immer. Ich sage ihm, für den derzeitigen Stand der Dinge sei er zu weit abgeschweift. Er legt den Bericht neben Nile auf den hellen Eichentisch der Verteidigung. Nile, mit seinem ungepflegten Haarschnitt und seinem unsteten Ausdruck, hat die meisten Vorgänge an diesem Morgen mit leicht geöffnetem Mund verfolgt, als sei er in höchstem Maße erstaunt über das, was da passierte.

»In Ordnung«, sagt Hobie. »Um auf den Punkt zurückzukommen: Bei Ihren Ermittlungen am 7. September war der entscheidende Punkt, Hardcore ausfindig zu machen, ist das richtig?«

»Von einem ›entscheidenden Punkt‹ weiß ich nichts. Ich weiß nicht, was das heißt. Ich wollte ihn finden, das kann ich bejahen.« Montague wirft mir einen flüchtigen Blick aus seinen dunklen Augen zu, um sicherzugehen, daß ich seine Kooperationsbereitschaft nach meiner Zurechtweisung auch bemerke.

»Und haben Sie ihn gefunden?«

»Am Ende, ja. Auf der Straße hatte sich herumgesprochen, daß ich ihn suche, und so kam er am 11. September zur Befragung ins 7. Revier.«

»Mit seinem Anwalt Mr. Aires, nicht wahr? So steht es in Ihrem Bericht?«

»Das steht in meinem Bericht.«

»Haben Sie mit Mr. Aires vor der Vernehmung von Hardcore gesprochen?«

»An dem Morgen hatte ich mehrere Gespräche mit Mr. Aires.«

»Sie und Aires sprachen über das, was Hardcore bei seiner Vernehmung aussagen sollte und welchen Deal man mit ihm machen könnte, ist das richtig?«

»Klar. So ist es gewesen«, antwortet Montague in einem Ton, der Hobie daran erinnern sollte, daß das schließlich immer so lief.

»Und ohne die Dinge in allen Einzelheiten durchzugehen, ist Aires gleich zur Sache gekommen und hat durchblicken lassen, Hardcore sei bereit auszusagen, daß der Mord und alles, was mit ihm zu tun hat, die Idee seines Bewährungshelfers Nile Eddgar gewesen ist. Ist das richtig?«

»Ziemlich genau.«

»Und das war für Sie sehr interessant, oder?«

»Interessant?«

»Sie wußten, daß alle Zeitungen voll waren von dem Mord an June Eddgar?«

»Ich weiß nicht. Ich lese nicht viel Zeitung.« Einem hartgesottenen Zyniker wie Montague nehme ich diese Feststellung eher ab als manch anderen Leuten. Sein großporiges, ausdrucksloses Gesicht zeugt von einem ausgeprägten Mangel an Enthusiasmus. Man fängt Kriminelle, weil das besser ist, als sie laufen zu lassen. Ich kann mir vorstellen, daß er nicht einmal im Traum jemals über eine vollkommenere Welt nachgedacht hat.

»Es war ein wichtiger Fall«, erinnert Hobie.

»Alle Fälle sind wichtig, Herr Rechtsanwalt.«

»Ach wirklich, Detective? Sie wußten doch, daß die Staatsanwaltschaft bereit wäre, einen netten Handel mit Hardcore abzuschließen, wenn dieser die Sache Nile Eddgar anhängt, oder? Dem Sohn eines prominenten Politikers. Ihre Namen wären in allen Zeitungen zu lesen. Der Staatsanwaltschaft ist das doch ziemlich gleichgültig, nicht wahr?«

Tommy stößt Rudy an, damit er aufsteht und Einspruch erhebt, aber Montague, der während der gesamten Frage den Kopf geschüttelt hat, antwortet bereits.

»Sie machen sich da ein falsches Bild, Herr Rechtsanwalt. Molto hat dem Handel zugestimmt«, sagt Montague. »Das hat er selbst gesagt. Aber ich glaube nicht, daß seine Vorgesetzten sehr glücklich darüber sind. Ein paar von ihnen hätten den ganzen Fall am liebsten abgeschoben.« Molto sackt ein wenig auf seinem Stuhl zusammen. In dem Bestreben, ein paar Punkte gutzumachen, hat Montague aus der Schule geplaudert. Jeder weiß jetzt, warum Tommy die Untersuchung in diesem Fall unbedingt führen muß. Er hat sich in den Vordergrund gedrängt, und jetzt muß er die Suppe auslöffeln, die er sich eingebrockt hat.

»Es war also Molto, der seinen Namen in der Zeitung sehen wollte?« fragt Hobie.

Rudy steht wieder auf. Sein lockerer grauer Anzug ist viel zu leicht für die Jahreszeit. Er hebt die Hand, deren Farbe an Teakholz erinnert, zum Einspruch, doch Montague fährt unbeirrt fort.

»Er wollte das Richtige tun«, antwortet Montague. »Mein Captain und ich haben ihm den Fall vorgelegt. Wir waren alle der Meinung, Ihr Mandant dürfe nicht so davonkommen.«

»Sie wollten den Deal«, sagt Hobie.

»Ich wollte den Deal«, sagt Montague, womit er mehr oder weniger zugab, was Hobie anfangs gesagt hatte. Hobie vermeidet es, nach Montagues Beweggründen zu fragen, denn ihm ist klar, daß das dramatische Auswirkungen auf Hardcores Glaubwürdigkeit hätte. Außerdem waren den erfahrenen Leuten in diesem Gerichtssaal Montagues Beweggründe ohnehin klar. Der Sturz eines Mächtigen hat für die Polizei immer einen gewissen Reiz, denn sie sieht sich als stets unterschätzter Vasall, der in der Welt die Sicherheit für die aufgeblasenen Figuren da oben aufrechterhält.

»Okay«, sagt Hobie, »okay, und jetzt hören Sie meinen Standpunkt.« Er hat das Eingeständnis, auf das er aus war, und geht jetzt erregt auf und ab. »Sie wollten diesen Deal mit Hardcore, obwohl Ihre Ermittlungen keinerlei Hinweis auf eine Beteiligung von Nile Eddgar an dem Verbrechen ergeben hatten.«

»Das würde ich nicht sagen«, gibt Montague trocken zurück.

Hobie erstarrt mit dem Rücken zum Zeugen. Da er direkt auf sein geplantes Ziel zugesteuert ist, braucht er einen Moment, um Montagues Äußerung zu verdauen.

»Sie haben Nile Eddgar im Verdacht gehabt? Bis zum 11. September hatten Sie ihn im Visier?«

»Was *ich* dachte? Ja, ich würde sagen, das war so.«

Jetzt ist Hobies Strategie ins Wanken geraten. Der geplante Höhepunkt, daß nämlich vor Hardcores Auftreten nichts auf Nile hingedeutet hatte, fiel in sich zusammen. Ich war seiner Annahme gefolgt, daß die gesamte Ermittlung nur darauf ausgerichtet war, sich in Hardcores Angaben einzufügen. Er wollte andeuten, daß Ankläger und Polizei scharf auf einen brisanten Fall waren und daher weniger skeptisch gegenüber Hardcores Angaben als notwendig.

»Sie hatten Nile Eddgar also in Verdacht?« wiederholt Hobie. »Warum? Weil er mit dem Gemeindebeamten gesprochen hat, als dieser ihm den Tod seiner Mutter mitteilte? Sie selbst waren ja nicht dabei, oder?«

»Ich hatte es gehört.«

»Und deswegen haben Sie ihn verdächtigt?«

»Zum Teil.« Montague wirkt jetzt ruhig und selbstsicher. Er sitzt etwas gerader auf seinem Stuhl, während Hobie verunsichert wirkt. Er hat sein Format verloren, stellt zwei oder drei Fragen auf einmal, streitet mit Montague, als stritte er mit ihm in einer Kneipe, anstatt den Zeugen zu führen. Er erinnert an einen Terrier, der sich in ein Hosenbein verbeißt und immer wieder mit einem Tritt abgeschüttelt wird.

»Und was ist der andere Teil?« fragt Hobie. »Von Lovinia Campbell hatten Sie ja nichts gehört, stimmt's? Und auch nicht von den befragten Nachbarn.«

»Wir haben mit seinem Vater gesprochen.«

»Mit seinem Vater? Dem Senator?«

»Das ist richtig.«

»Also hat sein *Vater* etwas gesagt, das Ihren Verdacht auf Nile lenkte?«

»Im Prinzip, ja«, antwortet Montague.

Und ganz plötzlich passiert etwas im Gerichtssaal. Es gleicht dem besonderen Augenblick im Theater, wenn der Schauspieler vor den Vorhang tritt, um sich zu verbeugen. Die Person, die er für Stunden gewesen ist, fällt plötzlich ab, wie eine zweite Haut. Auch Hobie ist jetzt ein anderer. Er hebt eigenwillig den Kopf, und ein kurzes rätselhaftes Lächeln huscht über seine Lippen, wie eine Eidechse über einen Sonnenstreifen. Offenbar hat er gerade die Antwort gefunden, die er gesucht hatte, und das erschreckt mich, denn ich war genauso auf sein Vorgehen hereingefallen wie Montague und alle anderen. Hobie mustert den Zeugen noch einmal nachdenklich, dann sieht er mir direkt ins Gesicht und sagt heiter und gelassen: »Keine weiteren Fragen.«

Einmal im Monat treffe ich mich mit meiner Freundin Gwendolyn Ries ohne Kinder zum Lunch oder Dinner. Das ist für uns wie ein feierliches Zeremoniell. Sie ist eine große fröhliche Frau und sehr emphatisch. Sie gehört zu den Menschen, die sich selbst stolz als elementaren Teil des Lebens schlechthin betrachteten. Sie benutzt zuviel Parfum, zuviel Make-up und trägt zuviel Schmuck. Ihr Haar hat einen Rotton, heller als Henna. Heute trägt sie Gauchohosen und eine südamerikanische handgewebte Weste mit mattgoldenen Zierknöpfen in Form von Eidechsen.

Seit der Geburt ihres Sohnes Avi vor acht Jahren ist die Röntgenologin vier Tage in der Woche berufstätig. Heute vormittag hat sie sich ihrer langjährigen Lieblingsbeschäftigung, dem Shopping, hingegeben. In den Händen Tüten voller gold- und silberfarbener Schachteln, stürmt sie aus einem Taxi ins Restaurant. Wir haben uns bei Gil verabredet, einem renommierten Restaurant mit sicherlich der besten Küche im näheren Umkreis des Gerichts. Vor Jahren war es als ›Gil's Men's Bar‹ bekannt geworden, und es hat sich bis heute mit seiner prachtvollen alten Einrichtung einen gewissen europäischen Charakter bewahrt. Die Wandtäfelung, das Parkett, die Tische, die Decke, alles ist aus wunderschön gleichmäßig gemaserter und polierter Eiche. Akzente setzen glänzende Messingbeschläge und riesige schmiedeeiserne Leuchter, die an schweren Ketten von der hohen Decke hängen. Einer der wenigen wirklichen Vorteile einer Tätigkeit am Gericht ist die Nähe dieses Restaurants. Vor einem dicken, roten Samtseil stehen zahlreiche Anwälte und Gerichtsangestellte und warten, daß ihnen ein Platz zugewiesen wird. Als Gwen hereinkommt, werden wir beide zu einem der vielen quadratischen Tische geführt, die in Zweierreihen entlang dem Mittelgang des Restaurants aufgestellt sind. Einer gewissen Privatsphäre wegen sind die Tische durch hübsche Trennwände aus hellem Holz voneinander abgeteilt, in die geschickte Kunsthandwerker hübsche deutsche Gebirgslandschaften eingebrannt haben. Die flinken Ober in schwarzem Cut und die lebhaft diskutierenden Gäste sorgen für einen ziemlich hohen Geräuschpegel.

Gwen öffnet eine Schachtel nach der anderen, und ich bewundere jedes einzelne Stück, obwohl wir beide wissen, daß ich die meisten dieser exotischen Kleidungsstücke nicht einmal geschenkt tragen würde. Wir haben uns schon lange an unsere Gegensätze gewöhnt, die ich manchmal hege und pflege, manchmal einfach toleriere, mit der selbstbewußten Disziplin eines Menschen, der weiß, daß man auch mit siebenundvierzig Jahren noch etwas zum Erhalt einer Freundschaft tun muß. Ich habe nie viele enge Beziehungen gehabt. Da meine Mutter ständig mit Vermietern und Schuldirektoren in Streit geriet, mußten wir häufig umziehen, so daß ich jeden Herbst die Schule gewechselt habe. Als Erwachsene habe ich dann meine eigenen holprigen und verschlungenen Wege eingeschlagen, und jedesmal wenn ich selbst eine Veränderung durchlebte, habe ich auch Menschen zurückgelassen. Natürlich gibt es die Kollegen und Bekannten. Ich glaube, man hält mich für liebenswert, aufrichtig und vielleicht sogar charmant. Ich bin fast überall gern gesehen. Wie ein Leuchtfeuer Schiffe anzieht, bringt eine Vorrangstellung im Justizwesen Einladungen zu zahllosen Veranstaltungen mit sich, wie Anwaltstreffen, politische Dinners und Fakultätspartys. Obwohl ich Einzelkind war, habe ich ein Gefühl für Familienleben. Mein Cousin Eddie, der älteste Sohn von Tante Hen und Onkel Moosh, hat mich immer wie eine Schwester ehrenhalber betrachtet. Es vergeht keine Woche, daß ich nicht mit ihm oder seiner Frau Gretchen telefoniere, und Nikki und ich verbringen jede Ferien mit ihnen und ihren fünf Kindern.

Dennoch muß ich zugeben, daß es mir schwerfällt, Bindungen einzugehen. So waren die Kontakte, die ich als Mutter zu anderen Müttern knüpfen konnte, ein glücklicher Ausweg. Bilde ich mir das nur ein, oder sind Frauen in diesem Lebensabschnitt freundlicher zueinander? Es scheint fast, als hätten wir im Kreißsaal ein entscheidendes Geheimnis von Zuwendung und Freundlichkeit erfahren. Meine Nachbarin Marta Stern, Sandys Tochter und selbst Juristin, ist jetzt mit zwei kleinen Töchtern zu Hause. Sie ist zusammen mit ein paar anderen Frauen eine besondere Freundin für mich geworden.

Doch Gwen ist die einzige Freundin, die ich schon seit der High-School habe. Sie war eines von diesen fröhlichen, lebhaften, herzhaft lachenden Mädchen, die ich so bewunderte. Sie schien zu jedem Menschen an der East Kewahnee High-School eine positive Beziehung zu haben. Ich fühlte mich durch ihre Freundschaft sehr geschmeichelt, und viele Jahre lang habe ich versucht, nicht zur Notiz zu nehmen, daß ich nie zu ihr nach Hause eingeladen wurde. Rein zufällig erfuhr ich dann von Nachbarkindern, daß ihre Mutter multiple Sklerose im Endstadium hatte. Als wir unseren Führerschein gemacht hatten, lieh ich mir manchmal den Valiant von meinem Onkel aus. Wenn ich Gwen zu Hause absetzte, konnte ich das eine oder andere Mal Mrs. Reis kurz hinter dem Fenster sehen. Die Krankheit hatte sie entkräftet, ihre Hände gezeichnet. Mit strähnig glanzlosem Haar und gequältem Gesicht saß sie in ihrem Sessel, eine exakt zusammengefaltete Decke über den Knien. Sie war das genaue Gegenteil von Gwendolyn. Ich erinnere mich an Gwens langsame Schritte, wenn sie über den Rasen auf das Haus zuging, ein Mädchen, das sonst am liebsten rannte. Ich sah an ihrer Haltung, wie das Gewicht auf ihren Schultern zunahm, wußte sie doch, daß im Mittelpunkt ihrer Welt ein Schmerz stand, den sie mit niemandem teilen und dem sie nicht entfliehen konnte. Und ich erinnere mich genau an die Erkenntnis, daß wir etwas gemeinsam hatten. All die Jahre hindurch hoffte ich immer insgeheim, niemand würde erfahren, daß ich die Tochter der seltsamen Zora Klonsky war. Sie war eine großspurige, lästige Person, eine Frau, die in den frühen Sechzigern in Tri-Cities unrühmlich bekannt geworden war, weil sie bei einer Ratssitzung einem Stadtrat vom rechten Flügel einen Faustschlag versetzt hatte. Er war gegen die Fluoridierung des Trinkwassers gewesen.

»Verdammt«, sagt Gwen, als wir fast fertig mit unserem Essen sind. Unter ihrer buntgestreiften Weste nimmt sie den Piepser vom Gürtel und verzieht das Gesicht, als sie die Nummer abliest. Das Krankenhaus. Sie verschwindet, um ein Telefon zu suchen. Wie immer haben wir während der ganzen Mahlzeit fast nur über unsere Kinder geredet. Wir sind die beiden ältesten Mütter der U. Lab Lower School und beide alleinstehend. Nikki geht in den Kindergarten, Avi in die zweite Klasse. Mrs. Loghery, die Kindergärtnerin, ist eine gute Seele, die mit Erwachsenen in demselben hirnlosen Singsang spricht wie mit den Kindern. Ich fürchte, sie fordert Nikki nicht genug, schließlich kann sie bereits einfache Sätze lesen und im Kopf addieren. Sie ist kurz nach dem Einschulungsstichtag geboren und daher den anderen ein wenig voraus. Gwen meint, ich solle das locker sehen, Nikki und Virginia Loughery kämen gut miteinander zurecht. Während ich noch skeptisch darüber nachdenke, wecken zwei Stimmen jenseits der Trennwand rechts von mir meine Aufmerksamkeit. Ich stelle sehr schnell fest, daß zwei Männer über meinen Fall sprechen. Der eine sagt gerade deutlich »Molto«.

»Warum ist das falsch?« fragt der erste.

»Es ist falsch. Ich sage dir, es ist falsch. Diesen Vogel nennt man im ganzen Gericht ›Mold-o‹, Schimmelpilz. Er hat im Laufe der Zeit Schimmel angesetzt. Nein, ich mache keinen Witz. Ich rede von jemandem, der zu oft durch den Metalldetektor gegangen ist und von den Strahlen irgendeinen Dachschaden davongetragen hat.«

»Er macht seinen Job ordentlich«, sagt der erste. »Jedenfalls gestern.« Die Stimmen kommen mir bekannt vor. Anwälte, vermute ich. Es muß so sein. Ich glaube, der erste hatte mal einen Fall bei mir. Ich habe seine Stimme oft gehört. Ein guter Mann. Sehr gut.

Die einzige Erinnerung an die Verhandlung ist ein positives Gefühl.

»Hör zu«, sagt der zweite. »Sein IQ hat die Höhe von Raumtemperatur. Meine Güte, dieser Molto ist in den Achtzigern beinahe vom Gericht ausgeschlossen worden. Warst du schon hier, als Nico Della Guardia noch Staatsanwalt war? Damals saß Molto zur Rechten von Gottvater. Ich glaube, in der High-School hat er immer Nicos Arbeiten geschrieben. Wenn Nico also einen Fall gewinnt, ist Molto Queen For A Day und steht für einen Tag im Rampenlicht nach dem Motto der Quizsendung im Fernsehen. Die beiden haben auch einmal einen Fall total vermasselt. Verdammt, mir fällt nicht ein, was das war.« Fingerknöchel trommeln auf den Tisch. »Der Fall Sabich«, sagt der Mann.

»Wer?«

»Zu schwierig, das jetzt genau auseinander zu klauben. Jedenfalls bestand der Verdacht, daß sie Beweismittel manipuliert haben. Daraufhin haben die scharfen Hunde von der Presse dafür gesorgt, daß Nico seinen Sessel räumen mußte. Natürlich hatten sie Unterstützung dabei, jede Menge. Inzwischen hatte er sich auch mit dem Bürgermeister angelegt. Und Molto mußte vor den BAD, einen Ausschuß, der über Zulassungen am Gericht und Disziplinarverfahren bestimmt. Bei einer typischen BAD-Untersuchung passiert allerdings vier, sechs, acht, zehn Monate oder auch zwei Jahre lang überhaupt nichts. Also ist Molto noch immer hier. Stellvertretender Staatsanwalt. Armes Schwein. Womit soll dieser Scheißkerl denn sonst seinen Lebensunterhalt verdienen? Sein Name ist nirgends mehr etwas wert. Es bleibt ihm nichts anderes übrig, als weiter seinen grünen Scheck zu kassieren. Das also ist Molto. Jetzt bist du dran. Schickt man so einen ans Gericht, um einen in die Pfanne zu hauen? Und da oben gilt er auch nur noch als taube Nuß, ist ein getretener Hund. Ich habe in meinen Unterlagen nachgesehen. Seit drei Jahren hat er keinen Fall mehr verhandelt. Ein stiller, verbitterter kleiner Mann, der auf seine Pensionierung wartet.«

»Was sagst du da?«

»Ich sage, da wird etwas gedreht. Hast du den Cop heute nicht gehört? Der Staatsanwalt und seine Kumpane wollen, daß diese Sache den Bach runter geht. Molto, dieses arme Schwein, haben sie nur reingeschickt, weil er sich sonst auf der Suche nach der Herrentoilette verlaufen würde.«

»Mein Gott, Dubinsky«, sagt der erste Mann. Stew Dubinsky! Der Gerichtsreporter der *Tribune,* der Mann, dem gegenüber die Anklage hatte durchsickern lassen, daß der Anschlag Eddgar gegolten haben soll. Am liebsten würde ich jetzt gehen. Ich sollte mir keine Gespräche über diesen Fall anhören und schon gar nicht, wenn einer der Gesprächspartner mein zufälliges Mitanhören zu einer *cause célèbre* machen könnte. Doch ich sehe keinen freien Tisch in der Nähe, und auf Gwens Teller liegt noch die halbe Seezunge. Außerdem würde sie mich umbringen, wenn ich ihre neuerworbenen Schätze unbeaufsichtigt ließe. Also sehe ich mit teilnahmslosem Gesicht stur geradeaus. Trotzdem sind die Stimmen, die sich der allgemeinen Lautstärke der Mittagsgespräche angepaßt haben, auf meiner Seite der Trennwand nur allzu deutlich zu hören.

»Mein Gott«, wiederholt der erste Mann. »Da wird etwas gedreht. Wenn das nur wahr wäre. Hat dir noch niemand gesagt, du seist paranoid?«

»Doch, schon viele«, antwortet Stew. »Deswegen weiß ich ja, daß sie in die Sache verwickelt sind.«

»Himmel noch einmal. Du solltest dir den Film ›JFK‹ noch einmal ansehen.« Wer immer das ist, er kennt Stews Methode. Ständig schnüffelt er am Gericht herum, und in seinen Storys läßt er durchblicken, daß echte Fakten hinter einer obskuren Wand von Schweigen und Verschwörung verborgen bleiben. »Wie ist dein Salat?« fragt Stews Freund.

»Beschissen«, antwortet Dubinsky. »Das ist doch kein Essen. Warum habe ich nur zugelassen, daß du für mich bestellst? Spinat und Mineralwasser. Verdammt, ich komme mir vor wie eine Kräuterfee.«

»Wie eine Kräuterfee siehst du aber nicht aus. Also kau einfach weiter!« Diese Schlacht scheint Stew verloren zu haben. Sein Bauch gleicht dem einer Schwangeren im neunten Monat, und

Gesicht und Hals bilden eine durchgehende schwabbelige Masse. Sein Begleiter muß ein sehr alter Kumpel sein, wenn er Stew so unverblümt auf seine Erscheinung ansprechen kann. »Was hältst du also von dem heutigen Verhandlungstag?« fragt ihn der Mann. »Wie gefällt dir die Geschichte über Eddgar, die am Ende aufs Tapet kam?«

»Sechs Komma null Punkte für den künstlerischen Ausdruck. Null Komma null Punkte für die Substanz.«

»Wieso?«

»Du beobachtest diese räudigen Hunde nicht tagein, tagaus wie ich. Das ist ganz normales Verteidigertheater. Eddgar ist ein großer Name, und Hobie meint, auf diese Weise den meisten Staub aufwirbeln zu können. Aber da ist eine Nebelwand, glaub mir. In dieser Sache weiß ich genau, wovon ich rede.«

Wenn ich darüber nachdenke, ist das auch mein Eindruck. Die Vorstellung sei eindrucksvoll, ja überwältigend gewesen, doch habe es kaum jemanden besonders überrascht, daß die Zielperson des Mordanschlags Dinge zu sagen hatte, die den Verdacht auf Nile lenkten. Der andere Mann hat noch immer Zweifel. Er meint, Hobie scheine noch einen Trumpf zu haben.

»Frag mich nicht, was er vorhat«, sagt Stew. »Sprich mit Hobie.«

»Ich sage dir doch, er wird mir gegenüber kein Wort über diesen Fall sagen. Ich bin zweitausend Meilen weit gereist und sitze nun abends im Gresham Hotel und unterhalte mich mit Computerspielen.«

Es ist Seth! Mit Dubinsky? Wie interessant. Mitten in meiner Lauschaktion vernehme ich innerlich plötzlich einen Mißklang, einen flüchtigen Gedanken, über den ich später nachdenken muß.

»Weißt du, du hast mich mißtrauisch genannt...«, sagt Dubinsky.

»Ich habe dich ›paranoid‹ genannt.«

»›Paranoid‹, auch gut. Aber sieh dich selbst an. Du betrachtest Eddgar als den an einen falschen Ort geratenen Zwillingsbruder des riesigen Finsterlings Darth Vadar aus dem ›Krieg der Sterne‹. Seine Wähler aber bewundern den Kerl.«

»Verdammt«, antwortet Seth, »arme amerikanische Wähler.

Wenn ich mir Eddgar hier im Senat vorstelle, fühle ich mich beinahe in die ›Unheimlichen Geschichten‹ versetzt.«

Dubinsky erinnert an Eddgars Eintritt in die Politik vor über zwölf Jahren. Eddgar war zu den Grünen gestoßen und schmiedete eine Koalition aus Anti-Kapitalisten, Ökologen und Tierschützern. Als eine große Kosmetikfirma ein Universitätslabor mit einer erheblichen Zuwendung unterstützte, war Eddgar der Anführer von Protestdemonstrationen gegen die damit verbundenen Tierversuche.

»College-Studenten wollen nicht, daß Kaninchen für die Herstellung von Eyeliner sterben müssen. Von den Demonstrantinnen hat denn auch keine Make-up getragen«, sagt Dubinsky. »Danach wurde er zunächst in den Stadtrat von Easton gewählt, dann zum Bürgermeister. Dann wurde in diesem Bundesstaat ein Senatssitz frei. Vor zwei Jahren hat er für den Posten des Prüfers des Rechnungswesens kandidiert und beinahe gewonnen.«

»Wissen die Leute denn nicht über ihn Bescheid?«, fragt Seth.

»Erinnerst du dich, du hattest mir ein paar Hinweise gegeben, und ich habe die entsprechenden Artikel geschrieben. Zwei waren es. Aber ein ehemaliger Radikaler zu sein ist sehr..., ja was?«

»Trendy?«

»Es erhöht in gewisser Weise die Glaubwürdigkeit. Das ist es wahrscheinlich. Es wird als Beweis dafür angesehen, daß sich jemand zu Reformen verpflichtet fühlt. Außerdem hat Eddgar hier in der Gegend niemals etwas niedergebrannt. Mein Gott, in den Sechzigern waren doch alle verrückt. Und schließlich vertritt er ja auch nicht das Orange County. Sein Bezirk ist eine College-Stadt und ein paar Wohnprojekte im Osten des Kindle County. Selbst Lincoln als Republikaner würde diesen Bezirk verlieren.«

»Dennoch kann ich mir diesen Typen nicht als leutseligen, händeschüttelnden Volksvertreter vorstellen.«

»Nein, nein. Er ist ein Scheißkerl. Diese großen Gauner sind doch alle nur Speichellecker und Arschkriecher. Die meiste Zeit drückt er sich an irgendeine Wand und kaut auf der Unterlippe herum. Aber, du weißt ja, er ist Professor. Die Leute halten ihn ohnehin schon für abgehalftert.«

»Was ist mit Frauen? Sieht man ihn manchmal in Begleitung?« Es vergeht ein Augenblick. Vielleicht fühlt sich Dubinsky jetzt etwas unbehaglich. Soweit ich weiß, ist er schon lange geschieden. Wahrscheinlich ist sein geselliges Leben weit entfernt von prikkelnd, aber Seth insistiert. »Gibt es da irgendwelches Gerede?« fragt er.

»Ach, verdammt«, sagt Stew. »Mal gibt es Gerede, mal gibt es keins. Nichts Greifbares. Ich weiß nicht, ob Mädchen oder Jungen oder Pygmäen. Mein Gott, er ist alt. Über sechzig. Fünfundsechzig, siebenundsechzig. Ich nehme an, er hat sich da in seiner Fakultät zur Ruhe gesetzt.«

»Ja«, sagt Seth, »ich war einfach neugierig. Hast du jemals Kontakt mit June gehabt?«

»Sicher. Erinnerst du dich? Es war bei seiner Kandidatur zum Prüfer des Rechnungswesens. Den Hinweis hatte ich von dir. Ich habe sie aufgespürt, in diesem kleinen Nest in Wisconsin.«

»Stimmt.«

»Ich sagte, ich wolle mit ihr über Eddgar reden. Sie schwieg eine verdammt lange Weile und sagte dann: ›Ich bin zu alt, um mich daran zu erinnern.‹ Andererseits war das ja recht nett. Sie wollte mir eine Menge Dinge erzählen, an denen ich gar nicht interessiert war. Klang wie eine alte Säuferin, weißt du? Eine Dame mittleren Alters, die Schmetterlinge jagt, die ihr durchs Gehirn flattern. Später habe ich dann einen Anruf von Eddgar bekommen, ich würde ›in seinem Privatleben herumkramen‹. ›Verdammt noch mal, Sie betreiben da Rufmord.‹ Der Typ hat Geheimnisse, mit denen er nicht rausrücken will. Das ist ein Fall für die CIA.«

»Ja, er hat Geheimnisse«, sagt Seth, ein wenig nachdenklich.

»Das hast du schon gesagt. Aber rück endlich mit der Sprache raus, vielleicht war er ja noch schlimmer als Captain Hook und hat das jetzt hinter sich. Er weiß, was er tut. Er kriegt jede Menge Auszeichnungen. Von den... wie heißen sie noch... irgendwas mit Frauen«, sagt er.

»›Die Liga Frauen und Wahlrecht‹?«

»Genau. Zweimal. Bestes Mitglied der Legislative. Der mitfühlendste Politiker des Jahres. Des Jahrhunderts. Hast du ihn im

Capitol erlebt? Da ist er in seinem Element, da ist er der Größte. Du solltest ihn in seinem Büro sehen: Vier Telefone klingeln auf einmal, ein ständiges Kommen und Gehen von Mitarbeitern, und Vertreter irgendwelcher Interessengruppen kriechen ihm in den Arsch. Das ist der Typ. Er manipuliert und zieht die Drähte. Auf der anderen Seite gelingt es ihm, gewählt zu werden. Wie schafft er es, daß man ihn liebt? Er haßt Wahlkämpfe. Aber welche Mittel hat er in der Hinterhand? Welche Deals laufen da? Wir reden da von der *höchsten* Ebene. Und er kommt immer wieder durch. Wir haben ein neues System in der Jugendrechtsprechung. Er hat ein Programm aufgestellt, nach dem der Staat armen Kindern zweihundertfünfzig Dollar zahlt, wenn sie ihren High-School-Abschluß machen. Er nennt das Prämie für die Vorbereitung aufs College. Tagesstätten. Psychologische Betreuungsprogramme. Außerdem ist er der König der Strafvollzugsreform, der Haftanstalten. Die Gefängnisdirektoren stöhnen schon, wenn sie ihn nur sehen. ›Berufsausbildung! Berufsausbildung!‹ liegt er ihnen ständig in den Ohren.«

Gerade als Dubinsky auf der anderen Seite der Trennwand in schallendes Gelächter über einen Witz ausbricht – den schlechtesten übrigens, den ich seit langem gehört habe –, kommt Gwendolyn zurück. Ich stehe sofort auf und gehe ihr ein paar Schritte entgegen.

»Ißt du nicht mehr auf?« frage ich.

Sie möchte noch einen Kaffee, und ich schlage vor, ihn an der Bar zu trinken.

»Warum nicht am Tisch?«

Ich lege den Zeigefinger an die Lippen. Wir schleppen ihre Pakete in Gil's berühmten Barraum, wo sich jeden Freitagabend ein bunt gemischter Haufen aus Anwälten und Justizbeamten trifft. Auch die Bar ist ein prachtvoller Raum, allerdings mit etwas gedämpfterem Licht. An der Eichenholz-Bar in der Mitte rahmen geschnitzte Säulen und Kletterpflanzen eine Facettenspiegelwand ein, die auf zwölf Metern über den Whiskeyflaschen entlangläuft. Wir lehnen die Tragetaschen an die Messing-Fußstütze und erklimmen die Barhocker. Als ich Gwen erkläre, wer die Leute am

Nebentisch im Restaurant waren, kommt unser griechischer Ober mit den buschigen Augenbrauen hereingestürzt und unterbricht uns. Er glaubte wohl, wir wollten gehen, ohne zu zahlen.

»Meinst du den Kolumnisten?« fragt Gwen. »Deinen alten Liebhaber? Ist der jetzt auch hier?« Gwendolyn hatte mir ein- oder zweimal Fragen über den Fall gestellt, weil die Zeitungen darüber schrieben, aber über die Hintergründe wußte sie nichts. »Oh«, sagt sie, »wie spannend. Wie sieht er aus?« Sie stemmt sich auf ihrem Hocker hoch, in der Hoffnung, durch den Bleiglas-Raumteiler ins Restaurant sehen zu können. Gwendolyns Einstellung zu Liebesgeschichten und besonders auch zum Sex ist ziemlich freizügig. Sie hat schon mit Kollegen im Aufenthaltsraum der Ärzte geschlafen. Ich persönlich halte so etwas für eine wenig überzeugende feministische Auftrumpferei, vor allem seit ich letztes Jahr ein paarmal ihrem Rat gefolgt bin. Für mich war das jedesmal eine befremdende und deprimierende Erfahrung. Sie war dreimal verheiratet, das letzte Mal mit einem mehrere Jahre jüngeren israelischen Arzt, der bei ihr in der Ausbildung war. Sie lernte ihn kennen, bekam ein Kind von ihm und setzte ihn nach stürmischen eineinhalb Jahren vor die Tür.

»Er sieht aus wie jemand, der auf die Fünfzig zugeht. Genau wie ich.«

»Keine mürrischen Kommentare, Liebes.«

»Tut mir leid. Ich bin da etwas empfindlich. Marietta geht mir damit schon auf die Nerven. Sie ist ganz erpicht darauf, daß ich wieder etwas mit ihm anfange.«

Gwen verdreht die Augen. »Du bist die einzige geschiedene Frau, die ich kenne, die noch immer mit einer Schwiegermutter konkurrieren muß.«

Ich lache herzlich. Es ist nur zu wahr. Ich habe Charlies Mutter wirklich gemocht.

»Es ist verrückt«, sage ich. »Es ist schon kompliziert genug. Allein durch die Tatsache, an diesem Fall zu sitzen, fühle ich mich wie Humpty Dumpty. Gleich falle ich von der Wand und bin kaputt.«

Über der kleinen Tasse, aus der Gwendolyn ihren Espresso

trinkt, kommt mir ihr gerötetes Gesicht entgegen. »Wie ist das denn bisher gelaufen? Wird nicht von der einen oder anderen Seite jemand deine Unbefangenheit dem Jungen und seiner Familie gegenüber in Frage stellen?«

Ich erklärte ihr die Zusammenhänge und daß ich den Fall niederlegen kann, wenn ich will. Eine Woche vor Prozeßbeginn habe ich Brendan Tuohey, dem Gerichtspräsidenten, vorsorglich meine mißliche Lage geschildert. Auch er hielt es für eine schwierige Situation. Dennoch schien in den gemeißelten Zügen seines schmalen rosigen Gesichts bei dem Gedanken an meine heikle Lage ein Funken von Schadenfreude aufzuleuchten. Aber er beruhigte mich. »Sie sind der richtige Richter, Sonny«, sagte er. »Sie kennen doch das Sprichwort ›Wenn man Freunde und Beruf nicht auseinanderhalten kann, verdient man beides nicht‹. So ist das nun mal bei Gericht. Außerdem, wenn einer einen Fall ablehnt, lehnt ihn jeder andere in der Strafkammer ebenfalls ab. Dann läßt der Oberste Gerichtshof einen die Sache ausbaden, indem er einem jemand wirklich *Schrecklichen* schickt.« Er gab eine lange Geschichte zum besten über die unerhörten Kosten, die dem Gericht dadurch entstanden seien, daß der Oberste Gerichtshof einen Richter aus einem anderen Bundesstaat bestellen mußte. Es handelte sich um Farrell Smedley, der in dem Betrugsverfahren gegen Marcelino Bolcarro, den Bruder des früheren Bürgermeisters, den Vorsitz führen mußte. »Wissen Sie, Sonny, das war ein Mann, dem immer alles recht kam. Schließlich fragte ich ihn: ›Ist Ihnen jemals etwas mißlungen?‹ Der arme Trottel sah mich völlig entsetzt an, und ich dachte, er würde gleich anfangen zu heulen. Hinter seinem Rücken haben wir ihn ›Little Abner‹ genannt.« Dann war Tuohey kopfschüttelnd hinausgegangen.

»Aber warum?« fragt Gwen.

»Warum was?«

»Warum wolltest du ihn? Den Fall? Es scheint alles so durcheinanderzugehen.« Ihre dunklen Augen, clownesk umrandet von dicken Eyeliner-Schichten, rötlichem Lidschatten und Wimperntusche, sehen mich eindringlich an. Dann stützt sie den Kopf auf ihre Hand, an der ein gelbes Bakelitarmband klappert, ein Relikt aus den Fünfzigern, das sie in einem Kunstgewerbeladen aufgetrieben hatte.

»Nostalgie vielleicht?«

»Du neigst nicht zur Nostalgie. Ich kenne niemanden, der glücklicher darüber war, erwachsen zu werden. Du zuckst schon zusammen, wenn ich die High-School nur erwähne. Du hast dich auch kaum noch an mich erinnert.« Natürlich ist das eine Übertreibung, aber ich hatte Gwen, wie so viele andere, aus den Augen verloren. 1983 habe ich dann routinemäßig eine Mammographie machen lassen. Und wie der Zufall manchmal so spielt, war Gwendolyn die Röntgenologin, die im Bethesda-Krankenhaus die Aufnahme auswertete. Sie kam selbst zu mir nach Hause, nahm meine Hand, weinte mit mir über die Biopsie und versprach, die Sache mit mir gemeinsam durchzustehen. Was auch der Fall war. Dieses Ereignis gehört zu jenen in meinem Leben, an die ich mich nicht gern erinnere.

»Ich weiß nicht«, sage ich. »Kennst du einen einzigen Menschen unseres Alters, der nicht auf diese Zeit zurückblickt mit dem Gefühl, etwas ganz Unglaubliches getan zu haben, an einem Kreuzzug teilgenommen zu haben?« Ich habe oft Gwendolyns Erinnerungen an ihre Zeit in Madison zugehört. Sie ist in Nacktrollen in Rockmusicals aufgetreten und hat noch immer ihre Freude daran.

»Weißt du, was es ist?« Gwen zeigte mit ihrem langen, pflaumenrot lackierten Fingernagel auf mich. »Es ist Zora. Du trägst irgend etwas mit Zora aus.«

»Ich trage ständig irgend etwas mit Zora aus. Selbst wenn ich Nikki morgens zur Schule schicke, trage ich etwas mit Zora aus.«

Sie zuckt mit den Schultern. Ich genauso, aber Gwendolyn war es wieder einmal gelungen, mich aus dem Gleichgewicht zu bringen. Ich verfrachte sie in ein Taxi und habe erneut das Gefühl, in eine Schieflage geraten zu sein, mysteriösen Kräften ausgeliefert. Ich fürchte, einen Fehler gemacht zu haben, als ich diesen Fall übernahm. Jeder Außenstehende weiß irgend etwas – über mich, den Fall und was damit geschieht –, aber ich spiele dabei nicht die geringste Rolle. Dubinsky hat seine eigene sarkastische Prognose, die ich beim besten Willen vom Nebentisch aus nicht überhören konnte. Er erwähnte Eddgars Rolle als Befürworter der Reform des Strafvollzugs.

»Eddgar besucht diese Gefängnisse zweimal im Monat, sieht sich alles genau an und macht den Direktoren die Hölle heiß«, sagte Stew. Dann war da dieses Lachen, kehlig und scharf zugleich, und immer auch mit einem höhnischen Unterton, der selbst jenseits der Trennwand noch deutlich zu hören war. Dieser Gedanke amüsierte ihn königlich.

»Jetzt kann er sogar sonntags hingehen«, sagte Dubinsky.

Herbst 1969

SETH

Nachdem sich am 15. November Millionen von Demonstranten gegen den Krieg auf dem Mall versammelt hatten, führte der Kongreß eine Woche später ein Lossystem für die Einberufung ein. Bisher schwebte die Gefahr über den in Frage kommenden jungen Männern über Jahre hinweg, jetzt dagegen entschied sich ihr Schicksal an einem einzigen Abend. Die einen würden eingezogen werden, die anderen würden frei sein. Für mich war dieses Losverfahren nichts anderes als der schäbige Versuch, die Jugend zu demobilisieren. Persönlich allerdings war ich fast erleichtert. Wenn es Tage zuvor noch so gut wie sicher war, daß ich eingezogen würde, hatte ich jetzt eine Chance, davonzukommen.

Das Losverfahren fand am 2. Dezember um 17.00 Uhr unserer Zeit statt. Wir verfolgten es in unserer Wohnung. Auch Hobie und Lucy waren dabei, und nicht zu vergessen Michael. Sonny saß neben mir und hielt meine Hand. In den lokalen Nachrichten kommentierte Walter Cronkite, dann wurde live nach Washington geschaltet. Die Szene entsprach meiner Vorstellung von einem Kriegsgericht – eine Gruppe alter Männer auf einem Podium. Ein Kongreßabgeordneter zog die erste kleine Kapsel aus einer sich drehenden Trommel. Ein ältlicher Colonel verkündete ein Datum, den 14. September, und schlug es auf einer Tafel hinter ihm an.

Das Losverfahren funktionierte so, daß jeder Tag eines Jahres in zufälliger Folge gezogen wurde und so die Reihenfolge der Einberufung der jungen Männer festlegte. Die, die am 14. September geboren waren, waren die ersten. Wenn andererseits Hobies oder mein Geburtstag erst nach einer bestimmten Nummer, nämlich 200, gezogen würde, könnte es angesichts der vielen Freistellungen in University Park sein, daß wir frei wären.

Nach dem Kongreßabgeordneten zogen Mitglieder von Präsident Nixons Selective Service Youth Advisory Board die verbliebenen Kapseln aus der Trommel. Lauter alte Militärs waren das mit akkuratem kurzem Haarschnitt, der die Ohren freiließ – genau die systemtreuen Typen, die ich so verachtete. Einer von ihnen zog meinen Geburtstag, den 12. März. Es war die Nummer 15. Wahrscheinlich würde ich zwischen Februar und spätestens April meine Einberufung bekommen. »Das nenne ich Glück«, sagte ich, aber der Scherz war übel, und noch übler klang der Ton in meiner Stimme. Unbewußt war ich aufgestanden. Sonny hatte von hinten die Arme um meine Brust gelegt und hielt mich fest. »Ich sitze in der Scheiße«, sagte ich zu ihr, und sie widersprach nicht.

Die Lokalnachrichten brachten eine Zusammenfassung, während der die gezogenen Daten am unteren Bildrand durchliefen. Ich starrte betäubt in den Apparat und versuchte, mir meine Zukunft vorzustellen. Ich haßte das gesamte Amerika. In Hartford standen zwei Studenten wegen Beleidigung vor Gericht. Sie hatten in einer Collegezeitung eine obszöne Karikatur von Nixon veröffentlicht. Mark Rudd und die Weathermen waren in Chicago für die Days of Rage verurteilt worden. Und die Geschichte von Juanita Rice, die in Kalifornien für Aufsehen sorgte, war auch noch nicht zu Ende. Das Mädchen sorgte im ganzen Land immer wieder für Aufregung, da ihre Entführer in verschiedenen Mitteilungen fünf Abende im bundesweiten Fernsehen gefordert hatten. Das Rice-Kidnapping hat bei meiner Mutter irrationale Sorgen ausgelöst. Da sie von meinen radikalen Bekannten gehört hatte, war sie überzeugt, daß auch ich entführt werden könnte. Ich vermute, das war eine Art Verdrängungsmechanismus, denn diese Gefahr könnte ich abwenden, nicht aber Vietnam.

Inzwischen saß Hobie weiter vor dem Fernseher und beobachtete, wie die Zahlen vorbeiliefen. Hobie wollte genausowenig wie ich nach Vietnam, aber er hatte andere Beweggründe. Er hatte geschworen, in einem Kleid vor dem Musterungsarzt zu erscheinen. Er wollte erklären, zu jedem prominenten Schwarzen homosexuelle Beziehungen gehabt zu haben, von Lumumba bis Gus Hall. Manchmal hatte er auch einen Betonklotz mit einem Flaschenzug an seinem Bein befestigt und hoffte so, eine Footballverletzung aus der High-School-Zeit verschlimmern zu können. Da nun schon die Nummer 250 vorüber war, wußte er, daß er auf keines dieser Mittel zurückgreifen mußte. Obwohl ich unendlich neidisch war, küßte ich ihn auf die Stirn.

»Das nenne ich Glück«, sagte Hobie. Man war schon an Nummer 300 vorbei, als es ihn traf. Als letzter war Michael mit der Nummer 342 an der Reihe und das noch mit seinem niedrigsten Tauglichkeitsgrad. Obwohl er von klein auf mit Heu und Stroh zu tun gehabt hatte, brauchte Michael wegen Heuschnupfens und Asthma die Einziehung nicht zu fürchten. Das schien nicht fair, aber was war in diesem Moment schon fair?

Meine Eltern hatten die Auslosung mit fast mitleiderregend großen Hoffnungen verfolgt. Erst am folgenden Nachmittag hatten sie den Mut, mich anzurufen. Sie taten es genau um 18.01 Uhr Central Time, denn da sanken die Gebühren für Ferngespräche auf den Spartarif. Gleichgültig unter welchen Umständen, mein Vater würde niemals von seinen Prinzipien, was Geld anging, abweichen.

Wenn meine Eltern sonntags anriefen, beschränkte sich mein Vater auf ein paar sachliche Fragen bezüglich meiner Gesundheit und des Wetters in Kalifornien, bevor er den Hörer meiner Mutter übergab. Sie hatte, wie ich wußte, während der ganzen Woche mühsam einen Fragenkatalog zusammengestellt. Einigermaßen beklommen stellte ich mir die beiden bildlich vor: Meine Mutter hält sich ein zusammengeknülltes Papiertaschentuch an die Lippen, und mein Vater steckt den Kopf in die Zeitung, um nur mäßiges Interesse zu simulieren. Dennoch sitzt er so nah, daß er alles mithören kann. Aber nun war der Augenblick der Konfrontation mit seinem abtrünnigen Sohn gekommen, und dieser Herausforderung hätte er sich niemals entzogen.

»Ich glaube, diese Entscheidung ist nicht gerechtfertigt«, sagte er schließlich, nachdem ich ihm mitgeteilt hatte, daß es nun keine andere Möglichkeit mehr als Kanada gäbe. »Es gibt immer Alternativen.«

»Zum Beispiel?«

»Ich kenne da einen Arzt. Er soll mit allen Bestimmungen vertraut sein.«

»Hervorragend. Ich soll also irgendso einen Doktor schmieren, damit er etwas findet, das bei mir nicht in Ordnung ist. Ist das deine Idee?«

»Die Idee ist, daß dieser Arzt dieselbe Einstellung hat wie du und daß er dir helfen will.«

»Natürlich. Und was hast du sonst noch für Ideen?« Ich nahm an, daß meine Mutter ihn gleich ans Telefon geschickt hatte, als er von der Arbeit heimkam. Er trug vermutlich noch seinen dicken Anzug und neben ihm stand die Aktentasche, die mich als Kind immer an die Satteltaschen eines Cowboys erinnert hatte.

»Ich habe mit Harold Blossman gesprochen. Er sagt, sein Sohn sei bei der Navy-Reserve gewesen. Nach einer kurzen Ausbildungszeit könntest du dann machen, was du willst. Drehbücher schreiben oder was auch immer.«

»Und was ist, wenn man aufgerufen wird?«

»Aufgerufen?«

»Du weißt doch, eine Einheit kann aktiviert werden. Wenn du dann davonläufst, nennt man das Hochverrat.«

»Das scheint selten vorzukommen.«

»Und wenn es doch vorkommt?«

»Dann wirst du dich zu gegebener Zeit mit der Frage auseinandersetzen, Seth. Großer Gott, du kannst doch sonst gar keine Pläne für den Rest deines Lebens machen.«

Diesem Kompromiß konnte ich schwer etwas entgegensetzen, und das machte mir angst. In meiner leidenschaftlichen Ablehnung des Krieges gab es einen, wahrscheinlich den einzigen Gesichtspunkt, der mir recht gab und zugleich sehr persönlich war.

Wenn ich entgegen meiner festen Überzeugung den Bedürfnissen meiner Eltern nachgab, bedeutete das, daß ich mich in ein Dilemma begab, in dem ich nie wieder mein eigenes Ich finden würde.

»Ich bin dagegen. Das verstehst du nicht. Ich bin gegen diese gesamte Kriegsmaschinerie. Ich will Widerstand leisten. Ich will nicht herumlavieren, damit ein kleiner Puertoricaner vom Nordend an meiner Stelle stirbt. Ich will auch nicht vorgeben, zu dienen, mich in der Grundausbildung schleifen lassen und dann davonrennen, wenn ich nach Vietnam verfrachtet werden soll. Das ist nur eine andere Form unfreiwilliger Sklaverei, wenn man in den Krieg zieht, den die Rüstungsindustrie will. Es gibt nur eine Alternative.«

»Das ist keine Alternative.«

»Dad, diese Sache muß ausgefochten werden. Ich dachte, du würdest das verstehen.« Ich wußte, diese Diskussion war zwecklos. Mein Vater und ich waren uns einig, daß Geschichte Lektionen erteilte, nicht aber darüber, wer welche Rolle dabei spielte. Wenn ich Parallelen zwischen unserer Regierung und dem Deutschland der dreißiger Jahre zog, tat er das spöttisch ab. Mein Vater verglich die Studenten der Columbia University mit den Putschisten vom Bürgerbräukeller; für ihn waren die Panthers die Braunhemden mit ihren Uniformmützen.

»Deine Mutter wird das Gefühl haben, ihr Leben sei sinnlos geworden«, sagte er schließlich. »Du solltest etwas Mitgefühl für sie haben. Daran sollte ich dich nicht erinnern müssen.« Mit zunehmendem Alter wurden die Auseinandersetzungen mit meinem Vater vermutlich in erster Linie in ihrem Interesse geführt. Was er durchsetzen wollte oder nicht, war nie seine eigene Auffassung. Er war ihr Sprecher, ihr Anwalt. Ich bat ihn, nicht wieder damit anzufangen.

»Und Hobie?« fragte mein Vater. »Was wird er tun? Flüchtet er mit dir?« Mein Vater und Hobie hatten stets eine eigene Art von Beziehung, eine sonderbar ähnliche Wellenlänge. Mein Vater besaß die typisch wienerische Hochachtung vor einem ausgeprägten Intellekt, und er hörte Hobie stets mit einem kleinen beifälligen

Lächeln zu, das er für mich nie gefunden hatte. Als ich ihm sagte, Hobie hätte eine hohe Nummer gezogen, klang er erleichtert. »Du wirst diesen Schritt also allein tun«, stellte er fest. »Wann wird das sein?«

»Ich weiß nicht. Im Moment noch nicht.«

»Ich verstehe. Dann können wir also noch Hoffnung auf deinen gesunden Menschenverstand haben, oder nicht?«

Darauf antwortete ich nicht. Sonny war inzwischen hereingekommen und wartete auf das Ende meines Gesprächs. Ich sah sie an, als ich den Hörer auflegte.

»Es gibt immer Alternativen«, sagte ich und ahmte dabei den Akzent meines Vaters nach. Ich hatte mich schon immer in dieser Weise über meine Eltern lustig gemacht, selbst in ihrer Gegenwart, habe mir aber nie die Frage gestellt, warum sie es einfach hinnahmen. Für sie war es nur immer von vitaler Bedeutung gewesen, daß ich gebürtiger Amerikaner war, hier zu Hause und in Sicherheit. Wenn ich in der Nähe war, sprachen sie nur englisch. Sie hatten mir einen Namen gegeben, den sie zu meiner anhaltenden Verwunderung nie richtig aussprechen konnten. Meine Mutter sprach ihn mit ihrem tschechischen Akzent ›Set‹ aus, mein Vater ›Sess‹. Ihr dringender Wunsch, daß ich mich in diese Gesellschaft einfüge, bot mir zugleich den einzigen Fluchtweg aus einer häuslichen Umgebung, in der die humorlose Korrektheit meines Vaters und die Ängstlichkeit meiner Mutter mir wenig Spielraum ließen. Wenn ich behauptete, etwas sei ›amerikanisch‹ – im Alter von sechs Jahren war es eine Spielzeugpistole, viel Fernsehen oder auch mein etwas seltsamer Humor –, so hatte das unweigerlich zur Folge, daß meine Eltern nachgaben. Aus all diesen Gründen schien für sie mit meinem Entschluß, die Vereinigten Staaten zu verlassen, so viel auf dem Spiel zu stehen.

»Hatte er irgendwelche neuen Vorschläge?« fragte Sonny.

»Null«, antwortete ich. In Wirklichkeit gab es andere Möglichkeiten, meinem Moralgesetz zu folgen. Ich konnte untertauchen, eine falsche Identität annehmen – vor allem würde ich dann eine neue Sozialversicherungsnummer brauchen –, aber ein Leben in ständiger Angst vor Entdeckung schien mir unmöglich. Die edlere

Alternative wäre, die Strafverfolgung zu akzeptieren. Brad Kolaric, den ich von Easton her kannte, hat das gemacht. Er sitzt heute im Bundesgefängnis in Terre Haute. Aber die Geschichten von Arschfickereien im Gefängnis raubten mir nachts den Schlaf. Außerdem war ich der Meinung, daß mich die Regierung nicht für ihre eigenen Fehler einsperren sollte. Für mich schien das Exil die einzige Möglichkeit.

»Vielleicht kann ich mich gegen Juanita Rice austauschen lassen. Möglicherweise könnten mich ja auch Zigeuner kidnappen und mitnehmen. Meine Mutter hat mir immer erzählt, daß sie Kinder rauben.«

Dasselbe hatte Sonny von ihrer Tante Hen gehört.

»Glaubst du, bei denen gibt es eine Altersgrenze?« fragte ich.

»Kann schon sein.«

»Mist. Ich dachte schon, ich hätte die Lösung gefunden. Sie könnten mich dann doch mit nach Kanada nehmen.« Ich sah Sonny an. »Es ist so gemein,« sagte ich.

»Es gibt keine Lösung, Baby.«

»Entführung«, sagte ich.

Sonny lächelte mich melancholisch an. »Das glaube ich nicht.«

»He, jetzt weiß ich, was mich an der Sache stört. Es ist nicht Kanada. Es ist die Tatsache, daß ich sie allein lasse. So sehen sie das. Wenn sie wüßten, daß ich sicher bin in einem wirklich hübschen Land, aber gegen meinen Willen festgehalten werde...« Ich hob die Hand: glückliche Reise. Mehr als der Regierung wollte ich der Verurteilung durch meine Eltern entfliehen – daß ich es wagen würde, etwas zu vergessen, das nie vergessen werden durfte.

Wie nicht anders zu erwarten, träumte ich in der Nacht von Zahlen. Dünne Ziffern geisterten schon in meiner Kindheit durch meine Träume, um zu meinem Entsetzen irgendwo auf meinem Körper zu erscheinen: unten am Hosenbein oder mitten auf der Stirn, wenn ich mich flüchtig im Spiegel sah. Soweit ich mich erinnere, ist mein Vater nie in der Öffentlichkeit schwimmen gegangen. Er trug stets lange Ärmel, selbst im heißesten Sommer. Anders dagegen meine Mutter: Sie gab sich keine besondere Mühe, die blaugrünen Ziffern zu verbergen, die ein paar Zentimeter über dem Handgelenk auf ihren Unterarm tätowiert waren. Diese deutlichen Zeichen waren mir immer gegenwärtig. Sie waren unauslöschbar, ein wenig entstellend, und doch waren sie mir auf eine besondere Weise vertraut, weil sie einfach zu ihrer Identität gehörten. Ich kann mich erinnern, daß ich als ganz kleiner Junge öfters meinen Finger angeleckt und versucht habe, die Ziffern abzuwischen. Sie fand nichts dabei. Wenn ich sie fragte, was das sei, antwortete sie nur: ›Das? Das sind Zahlen.‹ Wenn ich aber Ziffern mit Tinte auf meinen Arm schrieb oder eher kritzelte, führte sie mich sofort zum Waschbecken.

Als ich lesen lernte, wurde mir klar, daß die Ziffern seltsam aussahen, in einem Stil handgeschrieben, der mir fremd war. Die Fünf hatte so etwas wie ein Schwänzchen und die Sieben einen Strich durch die Mitte. Etwa von diesem Alter an begann ich, diese Zahlen unbewußt, aber doch beängstigend mit einem großen, unbeschreiblichen Grauen zu assoziieren, das wie ein dunkler Nebel irgendwo in der Vergangenheit lag und immer wieder Gegenstand stillschweigender Anspielungen in meinem Elternhaus war.

Mein Vater hat nie eine Erwähnung der Lager zugelassen. Kam etwas darüber im Fernsehen, so sah er es sich aufmerksam, aber wort- und regungslos an. Er selbst sprach das Thema nie an und hielt auch meine Mutter mit tadelndem Blick nachdrücklich davon ab. Dennoch blieben mir die wenigen Bilder, die ich gesehen hatte – nackte, bis auf die Knochen abgemagerte Körper oder übereinandergestapelte, bläulich verfärbte Leichen –, wie grauenhafte Schimären im Gedächtnis. Sie waren unabänderlich ein Teil meines Lebens im Haus meiner Eltern geworden, in dem zu jeder Zeit eine äußerst gespannte Atmosphäre herrschte. Sie glich der gespannten Saite eines Instruments, die darauf wartet, angeschlagen zu werden.

Vieles, was ich wußte, hatte ich, beinahe unbewußt, gelesen oder zufällig von meiner Mutter gehört. Von ihr erfuhr ich nach unablässigen Fragen die wenigen Details über meinen Vater, die ich als Teenager wissen durfte, und was mit ihm los war. Die Dinge, die mir in ganz groben Zügen erzählt wurden, standen in krassem Gegensatz zu der schützenden Umgebung von University Park: von alten Ulmen überdachte Straßen, vertraute, unverbrüchliche

Werte und ein dauerhaftes soziales Ethos ruhig geführter, intellektueller Auseinandersetzung. Ich brauchte wirklich Jahre, um das in winzigen Mengen, Träne für Träne, zu verarbeiten und mit meiner eigenen Erfahrung in Einklang zu bringen. Dennoch sind sie für mich der Inbegriff des Grauens geblieben: die Berichte davon, wie der Mann meiner Mutter für immer aus ihrem Leben verschwand, nachdem sie sich, nach Geschlechtern getrennt, in Birkenau in Reihen hatten aufstellen müssen; wie der sechs Jahre alte Sohn meines Vaters vor seinen Augen in Buchenwald erschossen wurde; die unmenschliche Arbeit; gekochtes Gras als tägliche Mahlzeit; das nicht nachvollziehbare Gefühl, diesen tiefsten Abgrund überlebt zu haben.

Ich vermied es ganz bewußt, mir meine Eltern als Opfer irgendeiner dieser Unmenschlichkeiten vorzustellen. Auch machte ich mir nie die Auswirkungen bewußt, die ihre Erfahrungen auf mich gehabt haben. Sonny hat buchstäblich Hunderte von Büchern von zu Hause mitgebracht, ich nur vier oder fünf, darunter *Das Tagebuch der Anne Frank* und *Aufstieg und Fall des Dritten Reichs,* Talcott Parsons, Alan Bulloks Hitlerbiographie. Die paar Bände standen zusammen am hinteren Ende eines der Bücherregale aus Brettern und Backsteinen, die wir an jeder freien Wand unserer Wohnung in Damon aufgestellt hatten. Selbst wenn ich sie so nebeneinander stehen sah, war mir nicht im geringsten bewußt, was sie verband. Für mich waren es einfach dicke Bücher, die ich im College in Stunden gelesen hatte, in denen ich mir eine Atempause von der Alltagshetze gegönnt hatte. Für mich bestand keine Verbindung zwischen der Vergangenheit meiner Eltern und meinen politischen Überzeugungen. Ich erkannte nicht den sinnlosen Handel, den ich mit mir selbst abgeschlossen hatte: Wenn die Welt zum Guten verändert werden kann, das *wußte* ich, würde es nie wieder einen Holocaust geben, und ich wäre befreit von der Last, die sie mir auferlegt hatten. Das alles lief aber unbewußt ab. Doch in jenen Jahren litt ich unter einer unerklärlichen Phobie, die mich mit solch panischer Angst erfüllte, daß ich jedesmal das Zimmer verlassen mußte, wenn ich in einem Western einen Cowboy sah, der das Vieh mit Brandzeichen versah.

Im Anschluß an die Unruhen am Forschungszentrum haben Demonstranten, von denen die meisten die roten Armbinden der One Hundred Flowers getragen haben sollen, auf dem Campusgelände randaliert. Die Scheiben der meisten Gebäude um den Hauptplatz gingen zu Bruch, und Glasbehälter mit Schafsblut wurden gegen die Wände geschleudert. Eine Rauchbombe flog durch ein Fenster im Kellergeschoß in die Ryerson-Räume, die Hauptbibliothek der Studenten. Sie wurde für vier Tage geschlossen, und Hunderttausende von Bänden mußten vor dem Gestank in Sicherheit gebracht werden. Eine andere fiel durch den Kamin ins Hauptquartier des Sicherheitspersonals der Universität. Berichten zufolge war der Bombenwerfer in der Eile ausgerutscht und vom Ziegeldach den Cops direkt vor die Füße gestürzt. Sie meldeten weiter, er sei von Radikalen mit Armbinden aufgelesen und fortgetragen worden. Er solle sich ernsthaft an Fuß, Knöchel oder Unterschenkel verletzt haben. Sämtliche Notaufnahmen der Bay Area wurden durchgekämmt, doch der Bombenwerfer konnte nicht ermittelt werden.

Auf dem Campus und dem Boul fragte man sich noch Tage später, wie das alles hat schiefgehen können. Die Campuspolizei teilte mit, gegen Eddgar würde wegen Anstiftung zum Aufruhr ermittelt. Seine monoton vorgebrachten Zitate aus dem *Kleinen Roten Buch* seien das Stichwort für die Steinwürfe gewesen. Ich aber habe mit Dutzenden von Leuten gesprochen, die in den vordersten Reihen der Menge gestanden hatten und mit Sicherheit behaupteten, die Cops hätten zuerst zugeschlagen und eine Frau niedergeknüppelt, deren Hund sich völlig harmlos der Polizeilinie genähert habe. Unter Druck dagegen gaben die meisten dieser Zeugen an, das blutige Gesicht der Frau kaum gesehen zu haben. Auch schien sich niemand mehr daran erinnern zu können, daß sie geprügelt worden ist. Die einen sagten, sie habe die Armbinde der One Hundred Flowers getragen, die anderen waren sicher, daß das nicht der Fall war. Die Frau wurde nicht gefunden. Und Eddgar leugnete jede Beteiligung an der Provokation, auch mir gegenüber, als ich ein paar Tage später kam, um auf Nile aufzupassen.

»Für wie verrückt hältst du mich denn, Seth?« fragte er, als ich in der folgenden Woche versuchte, ihn darauf anzusprechen. »Glaubst du wirklich diesen Fakultätsapparatschiks? Den Theorien der Verwaltung? Warum lachen die sich im Moment ins Fäustchen? Nein, ich mache keine Scherze. Sie stellen mich als Erzmanipulator hin, als den mächtigen Drahtzieher, dem Massen von hirnlosen Rebellen folgen. Und dennoch behaupten sie, ich würde mich in aller Öffentlichkeit hinstellen und dem Mob ein Zeichen zur Randale geben? Sieht das nach einem wohlüberlegten Konzept der Subversion aus? Das könnte sich doch höchstens gegen mich selbst richten.«

Ich wußte, diese Ansprache war gründlich geprobt. Er hatte sie bereits ein dutzendmal gehalten. Erst eine Woche zuvor hatte ich gehört, wie er June gegenüber Sun Tzu zitierte. »Krieg ist Irreführung«, hatte er gesagt. Eddgar hat nie erklärt, wie der Mann, der die Rauchbombe geworfen hatte, unter unsere Außentreppe gekommen war. Ich habe auch nicht gewagt, ihn danach zu fragen. Aber ich wollte ihm glauben, als er leugnete, die gewalttätigen Ausschreitungen angezettelt zu haben.

Sonny sah das sehr viel skeptischer. Eddgar war ein ständiger Streitpunkt zwischen uns.

»Jedenfalls ist er nicht so wie die Oberbosse draußen auf dem Campus Boul, die nur fragen: ›Wie kann ich die Welt für mich verbessern?‹«, erklärte ich ihr eines Abends. »Er sagt nicht: ›Laßt uns alles verändern, aber laßt uns sichergehen, daß es immer genug LSD gibt und jede Menge cooler James-Bond-Filme und jemanden, der meine Wohnung putzt.‹ Ich glaube, er fragt sich: ›Was würde ich tun, wenn ich arm und entrechtet wäre, einer der armen Teufel auf dieser Erde, wie Fanon sagt, und wie würde ich mich verhalten? Was würde ich tun, wenn ich die Wunden, die einem da geschlagen werden, ertragen müßte? Würde ich mich auch nur einen Augenblick mit dieser Scheiße abfinden?‹ Und wenn seine Antwort darauf nein ist, ist er nur ehrlich. Er würde alles zerstören wollen, das sich zwischen ihn und die Gleichheit und Freiheit stellt.«

»Und du stimmst ihm da zu?«

»Zustimmen? Nein. Nicht in jedem Punkt. Aber ich bin mehr

für als gegen ihn. ›Wer sich auf die Seite von Revolutionären stellt, ist selbst ein Revolutionär‹. Stimmt's?« Ich lächelte verschmitzt, und Sonny verzog das Gesicht. »Großer Gott«, sagte ich, »warum muß ich dir das überhaupt erklären? Schließlich bist du zur Kommunistin erzogen worden.«

»Ich bin nicht zur Kommunistin erzogen worden. Das ist nicht so, als wäre ich Baptistin, Baby. Meine Mutter gehörte der Partei an, nicht ich. Und das macht sie noch lange nicht zu der Art von fanatischem Stalinisten, wie Eddgar einer ist. Er würde sie als Trotzkistin bezeichnen.«

Sonny hat ihre Mutter stets heftig verteidigt. In ihrer Zeit als Vorsitzende der Ortsgruppe der Rohrleger während des Zweiten Weltkriegs war Zoras Bild einmal auf dem Cover von *Life* gewesen. Sie trug eine Acetylenfackel wie die Freiheitsstatue, deren Flamme sich im heruntergeklappten Visier ihres Helms spiegelte. Damals war sie berühmt. Doch als die Männer zurückkamen, wurde ihr der Vorsitz aus zwei Gründen entzogen: Sie war Kommunistin, und sie war eine Frau. Wahrscheinlich aus denselben Gründen wurde sie auch aus der Gewerkschaft ausgeschlossen. Auf dem Höhepunkt der McCarthy-Ära hatte Zora zwei Koffer mit Konserven und Decken bereitstehen, weil sie fürchtete, die Army könnte jederzeit auftauchen und sie mit Sonny in ein Lager stecken.

Sonny brachte den exzentrischen Eigenheiten ihrer Mutter eine fröhliche Toleranz entgegen. Zora konnte völlig unerwartet anrufen und Sonny für Stunden am Telefon festhalten. Sie schloß sich dann im Schlafzimmer ein, egal ob wir Gäste hatten oder sonst jemand auf sie wartete. Sonny hatte es sich zur Gewohnheit gemacht, ihr nie zu widersprechen. Sie schwieg, und Zora redete.

»Also, was hat sie gesagt?«

»Nicht viel.«

»In anderthalb Stunden?«

Sonny schüttelte den Kopf. Erklärungen gingen über ihre Kraft. »Du kennst sie doch.«

Ich kannte sie nicht wirklich. Ich war Zora nur wenige Male begegnet. Sie war eine winzige Frau, gerade 1,50 Meter groß, wenn überhaupt, mit einem Glasauge und dicker Brille. Sie rauchte ununterbrochen Chesterfield. Ihr Hemdblusenkleid schien ihr immer zu weit. Ich erinnere mich, wie beeindruckt ich von ihren muskulösen Unterarmen war. Ein zäher Brocken, würde ich sagen. Die wenigen Male, die Sonny mich mit nach Hause genommen hatte, richtete Zora kein einziges Wort an mich, nicht einmal ein Hallo. Statt dessen verwickelte sie Sonny sofort in eine Schilderung des neuesten Unrechts, das ihr widerfahren war: Arbeitslosigkeit, Ärger mit Vermietern, ein Gewerkschaftskassenwart, der ins verdammte Management aufgerückt war. So klein und flink, wie sie war und unablässig hin- und herrannte, erinnerte mich Zora immer an einen Hamster im Käfig. Sie sprach laut und manchmal abgehackt und fuchtelte mit den Händen, während sie mit Riesenschritten umherging.

Unermüdlich besänftigte Sonny Zora. Sie schickte ihr Geld, wann immer es ihr möglich war. Auch hielt sie die Verbindung zu Zoras riesiger Familie, den Milkowskis, mit der Zora im allgemeinen nicht sprach. Für mich war Zora mit ihrem wilden Blick, dem rastlosen Gehabe und den egozentrischen Gewohnheiten schlicht verrückt. Aber ich hatte sehr bald erfahren, daß diesen Standpunkt kaum jemand teilte.

Eines späten Abends lagen Sonny und ich verliebt und high auf unserer Matratze. Oben war gerade die Zusammenkunft eines von Eddgars Kollektiven zu Ende gegangen. Um die Polizei von Damon in die Irre zu führen, verteilten sich die Mitglieder von Eddgars Wohnung aus in alle Richtungen. Drei oder vier von ihnen polterten mit ihren Arbeitsstiefeln die Hintertreppe hinunter, direkt an unserem offenen Fenster vorbei. Wir unterbrachen, was wir im Bett so taten, und warteten, bis die lauten Stimmen in der Nacht verebbt waren. Was ich zuletzt noch hörte, war der Versuch von einem, sich besonders hervorzutun. Er brüstete sich, am Tag der Revolution persönlich Bullen umzulegen. Unter dem Einfluß der Drogen fragte ich mich, ob das Leben in Eddgars Nähe mich nicht langsam zu sehr in etwas hineinzog.

»Glaubst du, daß es eine Revolution gibt?« fragte ich. »Ich meine, wirklich?«

»Natürlich nicht«, stöhnte Sonny unter mir.

»Hm.«

»Seth, ich glaube... Baby, ich bin mit diesen Sachen aufgewachsen. Es ist eine sinnlose Diskussion. Wenn es in den Dreißigern keine Revolution in den Vereinigten Staaten gegeben hat, als fünfzehn Prozent der arbeitsfähigen Bevölkerung arbeitslos waren, warum dann heute?«

Quasi als Versuchsballon wiederholte ich das, was Eddgar über die Stärkung des Bewußtseins der arbeitenden Klasse gesagt hatte. »Denk an die Jungs an den Fließbändern, die glauben, sie lieben George Wallace. Es sieht so aus, als liefen sie vor ihrem verzweifelten Leben weg.«

»Seth, diese Leute hat meine Mutter ihr ganzes Leben lang zu organisieren versucht. Ich habe erlebt, wie Zora ihnen vorhielt, sie seien sich der Hoffnungslosigkeit ihrer Lage gar nicht bewußt. Als Antwort hat man sie aus der Stadt gejagt.«

»Typisch Zora.«

Sonny war unter mir zur Seite gerollt, so daß ich plötzlich allein dalag. »Was soll das heißen?«

Ich wußte, ich befand mich auf schwankendem Boden. Aber ich fühlte mich provoziert, wahrscheinlich durch ihre Kompromißlosigkeit, mit der sie meinen wirren Hoffnungen begegnete.

»Ich will dich ja nicht kränken, aber man kann deine Mutter auch für ein bißchen verrückt halten.«

»Und das bedeutet?«

»Was das bedeutet? Mein Gott, sei doch nicht so verdammt begriffsstutzig. Ich glaube diese Arbeiter hatten etwas gegen Zora und nicht gegen das, was sie sagt.«

Das Licht ging plötzlich an und blendete so hell, daß es schmerzte. Eigentlich strahlte Sonny fast immer Wärme aus, doch jetzt war sie kalt wie Eis. Ihre Augen waren nur noch kleine, regungslose Punkte.

»Das nicht über meine Mutter«, sagte sie.

Ich hielt mir die Hand über die Augen. »Okay.«

»Niemals.«

»Ich habe verstanden.«

Sie knipste das Licht aus und drehte mir den Rücken zu.

»Sonny.«

Sie schob meine Hand beiseite.

Nach einer Weile schlief ich ein, doch schon eine Stunde später war ich wieder wach. Vielleicht mußte ich mich erst noch zurechtfinden, jedenfalls hatte ich das Gefühl, mich nicht abrupt bewegen zu dürfen. Nach und nach wurde ich Sonny an meiner Seite gewahr. Sie atmete schwer, und ihr Körper wurde von kleinen Zuckungen geschüttelt. Etwas später merkte ich, daß sie die Hände in ihrem Schoß hatte, um das zu vollenden, was ich begonnen hatte. Ich lag regungslos in der Dunkelheit und wußte nicht, was ich tun sollte. Wäre es zu demütigend, wenn ich eingriffe, oder vermutlich nicht einmal erwünscht? Ich hörte, wie ihr Atem langsam schneller wurde, am Höhepunkt kurz aussetzte und langsam wieder zur Ruhe kam, während sie einschlief.

Hobies neue Freundschaft mit Cleveland Marsh, die beide überraschenderweise zu der Demonstration am Forschungszentrum geführt hatte, hatte eines Abends im Herbst begonnen, als Hobie zum Abendessen in unserer Wohnung war. Cleveland war auf dem Weg zu einem Treffen bei den Eddgars. Er kam die Treppe herauf und sah Hobie in unserer Tür stehen. Wie gewöhnlich lag Hobie auf der Lauer, um vielleicht ein Wort mit seinem berühmten Kommilitonen wechseln zu können. Der eilte im schwarzem Rollkragenpullover mit Sonnenbrille vorbei, besann sich eines Besseren, blieb ein paar Stufen höher stehen und zeigte mit dem Finger auf Hobie. Eine Patrone Kaliber .45, in Kupfer gefaßt, hing wie ein Amulett an seinem Hals.

»He, Kumpel«, sagte er. »Wir haben da eine Studie, die wir wahrscheinlich ins Seminar über Vertragsrecht einbringen können. Verstehst du? Könntest du das vielleicht für uns machen?«

Mir persönlich war bei diesen flüchtigen Kontakten mit Cleveland immer etwas unwohl. Nicht weil er grundsätzlich zorngeladen herumlief. Abgesehen von Hobie saß jeder Schwarze, den ich kannte, irgendwie ständig in der Scheiße, eine Situation, die 1969, ein Jahr nachdem Martin Luther King erschossen worden war, keiner weiteren Erklärung bedurfte. Schließlich hatte jeder achte Amerikaner für die Präsidentschaftskandidatur von George Wallace gestimmt. Aber ich war unter Schwarzen aufgewachsen, ich war mit ihnen Hand in Hand herumgezogen und mit schwarzen Mädchen ausgegangen. Ich kannte ihre Kirchen und Predigten, ihre Eigenheiten und auch die Hierarchien der schwarzen Mittelklasse. Ich wußte, worin sie anders waren und worin nicht. Cleveland war für mich der erste Schwarze, der sich brüsk weigerte, über mein Hautfarbe hinwegzusehen. Er sah mich mit einem düsteren und gefühllosen Blick an, wie die Schlange ihr Gegenüber.

Hobie aber war begeistert, daß Cleveland ihn als Genossen ansah. Cleveland war in Marin City aufgewachsen, einer Wohnsiedlung am Fuß der Golden-Gate-Brücke. Er wurde zu jeder Konferenz an der Westküste als Vertreter von Damon eingeladen. Im Frühjahr 1968 war er wiederholt in landesweit ausgestrahlten Nachrichtensendungen aufgetreten, zunächst um zu verkünden, daß er den Panthers beigetreten sei, und dann anläßlich seiner Zulassung zur juristischen Fakultät der Universität von Damon. Allerdings hatten Dozenten wie auch Studenten Einwände dagegen erhoben. Die einen lehnten seinen politischen Standpunkt ab, die anderen hielten seine Leistungen für nicht ausreichend. Für Hobie war jeder, der einmal im Fernsehen aufgetreten war, gewissermaßen ein höheres Wesen. Vermutlich war er darin der Sohn seines Vaters. Gurney hatte über seiner Hausbar eine sorgfältig gehegte Sammlung von Fotos von Baseballstars, Jazzmusikern und Boxern hängen. Es war vorauszusehen, daß Hobies Beziehung zu Cleveland bald ein beachtliches Ausmaß annehmen würde. Kurz nach der Demonstration am Forschungszentrum kam Hobie einmal mit einem kleinen Tütchen zur Doobie Hour, das er öffnete, sobald Michael gute Nacht gesagt hatte und gegangen war.

»Nennt sich Ko-kain«, ließ er Sonny und mich wissen und schüttete einen kleinen weißen Klumpen aus einem Glasröhrchen auf einen Taschenspiegel. Sonny war ein zu ernster Mensch, um jemals wirklich Spaß an Drogen jeder Art zu finden. Sie zitierte lieber die Geschichte von Sigmund Freud, der sich beinahe die

Karriere ruiniert hätte, weil er unbeabsichtigt Patienten von dieser Wundersubstanz abhängig machte. Angewidert verließ sie das Zimmer. Ich dagegen verfolgte Hobie gegenüber das Prinzip, alles, was er anbrachte, wenigstens einmal auszuprobieren. Aber insgesamt war ich nicht sonderlich beeindruckt.

»Es ist groovy«, sagte Lucy. »Bis auf den Strohhalm. In jede Nase? Nicht die feine Art.«

»Wie bist du an den Stoff gekommen?« fragte ich Hobie.

»Die Panthers sitzen mächtig in der Scheiße«, sagte er, während er das Pulver hochzog und den Kopf in alle Richtungen drehte, um es gut zu verteilen. »Das hier, Mann, ist eine entfernte Abart des Spendensammelns. Die haben da einen Typen, der preßt das Zeug zu Tabletten mit dem passenden Schriftzug und der Nummer. Sieht genau aus wie Aspirin. Ganz schön clever, nicht?«

»Hobie ist sogar bei Cleveland zu Hause gewesen«, sagte Lucy. »Der ist wirklich *nicht ohne.* Irgendwie war es unheimlich. Hast du es Seth schon erzählt? Diese *vielen* Kanonen. Und…«

Hobie hatte seine riesige Hand auf Lucys Knie gelegt. Er warf mir einen kurzen prüfenden Blick zu.

»Die ganze Szene… weißt du, die sind alle ungeheuer paranoid. ›Abgesicherte Häuser‹ und all der Scheiß. Mich hielten sie für einen verdammten Spitzel oder so was. Du kennst doch das Gerede: Ich bin absolut sauber, ich bin ein Bruder, alle anderen sind nichts. Ich mußte bei den Zulu-Göttern schwören.« Er lächelte vor sich hin. Es dauerte eine Weile, bis ich begriffen hatte, daß er nicht darüber sprechen wollte. Normalerweise hatten Hobie und ich nie Geheimnisse voreinander, schon gar nicht, wenn es um seine Heldentaten ging. Aber Cleveland war wohl ein heikles Thema.

Kurz nach Neujahr stand Hobie eines Nachmittags in seinem grünen Poncho aus Armee-Überschüssen unten vor der Tür. Es hatte zu regnen angefangen. Gelegentlich gab es eisige Wolkenbrüche, doch meistens herrschte dichter Nebel mit Nieselregen. Man hatte das Gefühl, die nasse Kälte ginge einem durch bis auf die Knochen. Die blaue Flamme des Gasofens in unserem Wohnzimmer brannte ständig.

»Okay, fährst du?« rief Hobie herauf. Wir wollten zum Basketballspielen auf den Campus. Als wir durch die Pfützen zu meinem Wagen gingen, warf ich einen Blick auf Hobies alten Dodge Dart, der verrostet und mit ramponierten Stoßdämpfern in einer Ecke des kiesbestreuten Parkplatzes stand. Der Wagen hatte noch ein altes Halbautomatikgetriebe und prangte in psychedelischen Farben. Auf den vorderen Kotflügeln leuchteten bunte Spiralen. Ich fragte, ob mit dem Wagen etwas nicht in Ordnung sei.

»Alles okay. Ich habe da nur ein paar Sachen drin.«

Hobie gab sich reichlich maulfaul, also schob ich seine Hand beiseite, um hineinzusehen. Der Wagen quoll über von dicken Jutesäcken. Hobie war mir gefolgt, deutete zum Himmel und beklagte sich, daß er naß wurde.

»Sei nicht so wasserscheu, Hobie. Was ist das hier? Willst du als Zauberer auf Tournee gehen? Was, zum Teufel, hast du da hinten drin, Mann?«

»Sandsäcke.«

»Sandsäcke?«

»Außerdem sind die Ventile nicht in Ordnung. Bin nicht sicher, daß Nellybell den Berg nach Shuttok rauf überhaupt schafft.« Nellybell hieß sein Wagen, nach Roy Rogers Jeep.

»Hat Noah dir vielleicht gesagt, daß eine neue Sintflut kommt?«

»Es ist nur ein Gefallen, Mann. Nichts weiter. Ich habe gestern nach dem Seminar noch mit Cleveland geredet. Er hat mich gefragt, wann ich mal zu dir hier rauskäme. Ob es mir etwas ausmachen würde, bei einem Auto-Ersatzteil-Laden vorbeizufahren und einen Kanister mit Batteriesäure und zwanzig Sandsäcke abzuholen. Nennt mir ein paar Adressen und gibt mir das Geld. Komisch, nicht? Sagte, ich soll den Wagen einfach offenlassen. Jemand käme das Zeug holen.«

»Eddgar?« Sonst kannte Cleveland niemanden im Haus.

»Mann, ich habe nicht gefragt. Es ist doch nur ein Gefallen. Der Typ tut mir einen Gefallen und ich ihm.«

»Hobie, du riskierst deinen Arsch.«

Er schnaubte nur höhnisch. Gerade von mir, Eddgars diensteifrigem Bewunderer, kam so etwas. »Nun komm schon. Batteriesäure und Sandsäcke. Laß gut sein, Kumpel. Was habe ich da zu befürchten?«

»Und was machen die damit?«

Hobie zuckte mit den Schultern. »Das einzige, was ich mir vorstellen kann, sind Wintertouren. Weißt du, Gurney füllt in dieser Jahreszeit immer seine Batterie auf und legt ein paar Sandsäcke in den Kofferraum. Allerdings würde das heißen, daß Cleveland mit einem gewaltigen Klima-Umschwung in Kalifornien rechnet.«

»Vielleicht hat er eine Wettervorhersage von den Weathermen.«

Wir alberten einen Moment mit dem Wortspiel herum. Das wäre doch eine Sache, wenn die Weathermen wirklich etwas über das Wetter wüßten. Oder noch besser, es beeinflussen könnten. Das hieße Unruhe stiften.

Als wir später zurückkamen, wollte Hobie nicht, daß ich meinen Wagen in der Nähe von seinem abstellte. Er ging quer über den Parkplatz. Es regnete noch immer. Er stieg ein, fuhr auf mich zu und kurbelte das Fenster herunter. Sein Mund formte nur ein Wort: weg.

An einem Mittwochnachmittag ging ich in Michael Frains Wohnung, um Nile zu rufen. Ich fand Michael im Bett mit June Eddgar. Es war gegen vier Uhr nachmittags. Ich war auf dem Campus wieder einmal bei einer Sitzung des Student Mobilization Committee gewesen und hatte plötzlich befürchtet, June könnte vergessen haben, daß heute mein freier Tag war. Dann wäre niemand da gewesen, der sich um Nile gekümmert hätte. Ich rief den Namen des kleinen Jungen und sah überall im Haus nach, wo er hätte sein können. Aus Michaels Schlafzimmer glaubte ich Michaels Stimme gehört zu haben: »Hier.«

Als ich die Tür öffnete, saß June mit dem Laken vor der Brust aufrecht im Bett. Sie rieb sich die Nasenwurzel. Neben ihr, mit dem Rücken zu mir, lag Michael. Ich sah nur seine knochigen Schultern und die blasse kahle Stelle zwischen seinen langen Dreadlocks. Aber das genügte mir, um ihn zu erkennen. Schließlich war es ja seine Wohnung.

Ich sagte nur ein einziges Wort, »Hoppla«, drehte mich um die eigene Achse und überlegte krampfhaft, was ich tun sollte. Schließlich rief ich ein wenig hilflos wieder Niles Namen.

»Wir haben doch gesagt: ›Er ist nicht hier‹«, sagte June. Sie stand jetzt nackt hinter mir im Türrahmen. Barfüßig und absolut selbstsicher stand sie da, und ich registrierte, was sie mir freizügig darbot: straffe, kräftige Glieder, das dunkle Venusdreieck, ein Bauch, der kaum durch die Schwangerschaft schlaff oder gar faltig geworden war, ihr mutig entschiedenes Aufreten. Sie hatte den Pferdeschwanz gelöst, so daß ihr das bronzefarbene Haar auf die Schultern fiel. »Nile ist bei Eddgar«, fügte sie hinzu und war sich durchaus bewußt, wie verwegen die Erwähnung ihres Mannes unter diesen Umständen auf mich wirken mußte. Danach schloß sie die Tür.

Für mich hatte June schon immer etwas Undefinierbares gehabt. Auf dem Campus galt sie als revolutionäre Arbeitsbiene, bestimmt durch Eddgar und die Erfordernisse der politischen Doktrin. Es liefen erstaunliche Gerüchte um: Sie habe auf Eddgars Verlangen mit der gesamten Führung der Panthers in Oakland geschlafen und unter größter Gefahr Waffen für den Gefängnisausbruch im Marin County geschmuggelt. Ich hatte schon lange den Eindruck, daß dieses Bild nicht stimmte. Sie ging nur selten an einem Spiegel vorbei, ohne einen prüfenden Blick auf die schlanke Person zu werfen, die ihr entgegensah. Dabei zog sie einen Kragen zurecht oder schob ein Löckchen an die richtige Stelle. Sie hatte noch immer etwas von einer jungen Debütantin. June hatte in Easton Schauspiel studiert, doch im Geiste der Kulturrevolution arbeitete sie nun in einer Lachskonserven-Fabrik an der East Bay am Fließband. Doch manchmal ging von ihr noch das Rätselhafte, kapriziös Anmaßende eines Stars aus. Sie brauchte mir nur die Hand auf den Arm zu legen und erreichte damit irgendwie, daß ich ihr jeden Gefallen tat. Obwohl wir beide wußten, daß das nicht zu meinen Aufgaben gehörte, ging ich für sie einkaufen oder räumte die Wäsche in den Trockner. Selbst Eddgar schien manchmal auf der Hut vor ihr zu sein. Hin und wieder sah ich die beiden nah beieinander in der Küche sitzen und mit leiser Stimme diskutieren. Ihr Platz war unter einem alten Radio, das auf einer Konsole stand. Es lief, damit sie nicht abgehört werden konnten. Eddgar fixierte sie mit angespanntem Gesicht und starrem Blick, damit ihm nichts entging.

Die Beziehung der Eddgars zueinander war mir schon immer ein Rätsel gewesen, doch jetzt war ihre Art mir vollends unergründlich. Aber außer mir schien niemand besonders entrüstet über meine Entdeckung zu sein. Als ich Sonny später am Nachmittag davon erzählte, lachte sie nur.

»Findest du nicht, daß das der Schock des Jahrhunderts ist?« fragte ich sie. »Findest du das nicht pervers? Sieh mich nicht so an. Es ist unmoralisch. Verdammt noch mal, sie ist eine Mutter. Sie ist fünfzehn Jahre älter als er. Ich meine...« Mir fehlten die Worte.

»Mein Gott, bist du verklemmt.« Sonnys so viel freizügigere Einstellung zum Sex hat mich immer irritiert. Die meisten Mädchen, mit denen ich aufgewachsen bin, hüteten eifersüchtig ihre Unschuld, aber Zora war eine Freidenkerin, und Sonny hatte gegen Ende ihres Heranwachsens Trost in der Aufmerksamkeit gefunden, die ihr Männer entgegenbrachten.

»Verklemmt? Ich meine, was ist mit Eddgar?«

»Was soll mit ihm sein? Vielleicht ist es ihm egal. Vielleicht findet er es sogar gut.«

»*Eddgar?*« In Damon gab es viele Anhänger der freien Liebe, aber es fiel mir schwer, mir Eddgar als einen von ihnen vorzustellen. »Überleg einmal. Ich könnte wetten, sie hat Eddgar überzeugt, daß Michael vertrauenswürdig ist, auch wenn er mit dem Forschungszentrum und dem ganzen Kram zu tun hat. Ich wette, das hat sie.«

»Und?«

»Und jetzt ist es so, als wohne ihr revolutionärer Schwung zwischen ihren Schenkeln.«

Ein paar Tage lang grübelte ich hin und her, ob ich Hobie und Lucy erzählen sollte, was ich gesehen hatte. Hobie konnte kein Geheimnis für sich behalten. Besonders dann nicht, wenn er es gegen jemanden benutzen konnte, den er gern zurechtgestutzt hätte, wie zum Beispiel Eddgar. Doch die Sache war zu sensationell, als daß ich sie für mich behalten konnte. Also ließ ich sie schließlich in der Doobie Hour heraus und mußte feststellen, daß beide es bereits wußten.

Lucy nickte stoisch. »Es ist wirklich traurig für ihn«, antwortete sie. »Für Michael.« Für Michael hatte sie im Laufe der Zeit ein intensiveres Gefühl als wir anderen entwickelt. Man mußte Lucy einfach mögen. Sie war von einer besonders liebenswerten und mitfühlenden Aufrichtigkeit. Besonders Männer schienen ihr immer wieder ihr Herz auszuschütten. Man hatte das Gefühl, wenn sie einen mit ihren feucht glänzenden braunen Augen ansah, daß sie mit ganzem Herzen bei dem war, was man zu sagen hatte. Michael, der immer etwas unsicher war, muß dieses uneigennützige Interesse besonders geschätzt haben. An den Wochenenden haben er und Lucy gewöhnlich zusammen gekocht. Wir anderen erledigten die leichteren Dinge, während die beiden in der Küche herumwerkelten und sich dabei in verschwörerischem Tonfall unterhielten wie die Kinder. Wenn Lucy sprach, hörte es sich an wie das muntere Plätschern einer Quelle. Bisher war mir nicht klar gewesen, daß diese Unterhaltungen so vertraulich waren.

»Er möchte, daß sie Eddgar verläßt«, erklärte Lucy.

»Ver-*läßt*?« Ich hatte diese Beziehung nur für ein flüchtiges Verhältnis gehalten.

»Ich meine, ihre Bindung an Eddgar ist keine. Gar keine«, wiederholte sie mit einer Betonung, die auf den sexuellen Bereich hindeutete. »Nicht mehr seit Nile«, fügte sie hinzu. Dieses intime Detail machte mich hellhörig. Ich vermutete sofort, daß June – oder Michael – nur nach Entschuldigungen suchten.

»Was soll das bedeuten?« fragte ich. »Warum ist sie dann noch bei ihm?«

Lucy zog die schmalen Schultern hoch. »Sie hat Michael gesagt, er sei der größte Schauspieler, den sie je erlebt habe.«

»Schauspieler?« Ähnliche Bemerkungen über Eddgar hatte ich schon öfter gehört. Man hielt ihn für ein Chamäleon, einen falschen Hund. Aber von June hätte ich das nicht erwartet.

»Das sollte ein Kompliment sein, glaube ich. Ein großartiger Schauspieler macht Shakespeare noch großartiger. Vielleicht spielt er ja gerade seine beste Rolle?«

»Der Typ weiß ja nicht einmal, wer er ist, wenn er nicht auf einer Bühne steht«, sagte Hobie, der mit einem Joint von seinem gewohnten Platz auf dem Teppich aus zugehört hatte.

Irgendwie fühlte ich mich unwohl bei der ganzen Sache. Weder Michael noch June hatten mir gegenüber auch nur ein Wort über ihre Beziehung fallenlassen, doch das Schweigen machte uns alle, und mich besonders, zu Verschwörern gegen Eddgar, vielleicht sogar gegen Nile. Die ganze Angelegenheit ließ Dinge über die Liebe, über die Welt von Mann und Frau anklingen, die ich nicht verstand und vielleicht auch gar nicht wissen wollte. Von da an war ich immer unsicher, wenn Michael und June zusammen waren und Gleichgültigkeit vortäuschten.

»Ich habe gehört, die Partys bei Graeme sollen wirklich wild sein«, sagte Sonny, als wir uns in der Stadt dem kleinen viktorianischen Kutscherhaus näherten, in dem Graeme wohnte. Es war in den letzten Januartagen gegen Semesterende. Ich merkte, daß es Sonny schwerfiel, überhaupt etwas zu sagen. Ich schleppte einen Zweiliterkrug mit Wein in einer Papiertüte. Sonny trug ein schwarzes Umhängetuch über einem bodenlangen Kleid, das aus einer alten amerikanischen Fahne geschneidert war. Der Wind fuhr ihr durch das frischgewaschene Haar. Ich dachte, was ich immer dachte, nämlich daß sie wunderbar war. »Wir schauen nur mal vorbei, ja? Es kann sein, daß ich nicht lange bleiben möchte.«

»Er ist dein Kumpel.« Zuerst fand ich mich schon fair genug, daß ich überhaupt mitging, aber dann hatte Graeme versprochen, daß es nicht die übliche Fakultätsparty werden würde, auf der die Leute über Foucault redeten, als wäre er ihr persönlicher Freund. Sonny fand Graeme immer wieder faszinierend. Er hatte Ironie und war sehr vielseitig. Sonny bewunderte seine egalitäre Haltung, seine innovativen, ja großartigen strukturalistischen Theorien. Graeme vertrat die Auffassung, daß sich die westliche Gesellschaft mitten in einem Prozeß der Wandlung der *Episteme* befindet, der höchsten generativen Struktur, von der sich alles Denken in einer Kultur herleitet. Er verglich sie mit einem Korsett des Gehirns, das sich nur in besonderen historischen Momenten lockerte und die Form änderte. Ein solcher Moment sei jetzt gekommen.

»Sonny«, rief Graeme aus, als wir zur Tür hereinkamen. Er war bereits high. In der einen Hand glimmte eine kurze Haschischzigarette. Eine duftende Rauchfahne kräuselte von ihr hoch. Er erdrückte Sonny fast in seiner Umarmung und führte sie, ohne mich eines Blickes zu würdigen, in den Wohnraum und das dichte schnatternde Partygewühl.

Nach und nach wurde mir klar, daß Graeme nicht gelogen hatte. Dies war tatsächlich nicht die Art Party wie sonst. Es herrschte eine unerwartete Hochspannung, und die Gäste waren viel ausgeflippter als die in Damon. Langbeinige, schlanke Frauen im Minirock mit gekrepptem Haar und Männer mit Halsketten. Getragene Sitarklänge drangen aus den Lautsprecherboxen, die sich irgendwo hinter der Menschenmenge verbargen.

An diesem Abend wurde kaum über Politik, den Krieg oder Loyell Eddgar gesprochen – sonst Hauptgesprächsthemen an der Universität. Hier gab es nur ein Thema. Immer wieder kam die Rede auf vergangene Erlebnisse bacchantischen Ausmaßes. Unermüdlich diskutierten die Gäste über offene Beziehungen und kamen immer wieder zu dem Schluß, daß jeder, der sie ablehnte, nicht nur hoffnungslos altmodisch war, sondern sogar irgendwie verdächtig. Ein Mädchen, dem ich begegnete, als ich unsere Mäntel weglegen wollte, vertrat das Dogma der Weathermen, daß eines der Ziele der Revolution die Abschaffung der Monogamie sei.

Diese junge Frau, sie hieß Dagmar, wich mir fast den ganzen Abend nicht von der Seite. Sie war eine von Graemes Studentinnen im ersten Semester. Dagmar war blond mit runden Wangen und imposanten Brüsten, die ein Stretch-Top ohne BH nur unzulänglich verhüllte. Erst später wurde mir bewußt, daß Graeme sie mir vielleicht als Begleiterin oder zu meinem Vergnügen zugedacht hatte.

Jedesmal wenn ich den Blickkontakt zu Sonny suchte, schien sie unerreichbar. Um Graeme scharten sich ständig Dutzende von Leuten. Seine hohe Gestalt und der blonde Kopf neigten sich zu Sonny hinab. Den Arm hatte er wie beiläufig um ihre Schulter gelegt. Einmal befreite ich mich, um Sonny zu fragen, ob sie einen Drink wolle. Es gab Mescal, Tequila und eine Unmenge Stoff. Als sie mich sah, schien Sonny im ersten Moment fast erschrocken. Dann griff sie in einer so armselig um Verzeihung bittenden Weise nach meiner Hand, daß ich sofort zu Dagmar zurückflüchtete.

Schlag Mitternacht erschien eine Gruppe völlig nackter Männer und Frauen im Wohnzimmer. Die dunklen Schamhaare und schwingenden Brüste und Glieder wirkten schockierend, doch das Gläserklirren und die laute, angeregte Unterhaltung hielten an. Kurz darauf löschte jemand fast alle Lichter.

»Bist du bereit?« fragte Dagmar.

»Wofür?«

»Für das, was jetzt kommt. Na, komm schon, Seth. Sei locker. Zier dich nicht.« Sie berührte die schwere Gürtelschnalle an meinen Jeans, und ich zuckte schutzsuchend ein Stück zurück. Dagmar interpretierte meine Reaktion als Ablehnung. Sie warf mir einen wütenden Blick zu. Der winzige Minirock glitt zu Boden, dann schälte sie sich aus ihrem Body. Ab und zu war ihr Körper im flimmernden Licht einer Lavasteinlampe zu erkennen. Betrunken, bekifft und benebelt von dem ganzen Abend, wie ich war, fiel es mir trotzdem schwer, mit der kruden Form dieser Aufforderung umzugehen. Dagmars Brüste waren zwar sehr groß, hatten aber winzige Brustwarzen. Ein bläuliches Adernetz durchzog sie. Wortlos sahen wir uns an, dann warf sie herausfordernd das blonde ungewaschene Haar zurück und ging davon. Ich hörte ihre entschlossenen Schritte auf der Treppe.

Ich eilte durch das Erdgeschoß. Sonny und Graeme waren verschwunden. Verloren betrachtete ich die Treppe nach oben zu den Schlafzimmern. Ich wußte nicht im geringsten, was ich als nächstes tun sollte. Dennoch ging ich die Stufen hinauf. Ich war erleichtert, Sonny nicht in Graemes Schlafzimmer zu finden. Aber die meisten der Leute, die zuvor nackt durchs Wohnzimmer gelaufen waren, waren da. Sechs oder sieben Männer und Frauen beschmierten einander mit Körperfarben. Einer der Typen hatte eine eindrucksvolle Erektion, die eine junge Frau liebevoll mit fluoreszierender grüner Farbe bemalte. Zwei andere Paare befanden sich in unterschiedlichen Stadien des Geschlechtsverkehrs. Auf dem Wasserbett lagen verschlungen zwei Männer und eine Frau, ein Gewirr von Hinterteilen und Beinen, vermutlich in postkoitaler Trance.

Etwas weniger öffentlich trieb es ein Paar auf dem zotteligen Teppich. Der Mann lag oben und hatte einen so riesigen Bauch, daß er wie ein Fremdkörper zwischen ihm und der unter ihm liegenden Frau wirkte. Als ich mich umdrehen wollte, erkannte ich Dagmar. Sie hob ihre Hand, die noch voller Babycreme war und lächelte mir zu, während sie noch von den wilden Stößen des fetten Mannes geschüttelt wurde. Ich dachte, sie winke mir zu, und winkte schüchtern zurück. Dann wurde mir klar, daß sie mich hereinwinken wollte.

»Rein oder raus, Junge.« Graeme hatte mich am Ellbogen gefaßt. Er war in einer unmöglichen Aufmachung: Unterhose und dunkle Socken, die an Strumpfbändern hingen. Auf seiner Brust hatten sich ein paar spärliche Haare zwischen den Leberflecken verirrt. Er versuchte, mich von der Tür fortzuziehen, doch ich war zu bedröhnt, um mich von der Stelle zu rühren. Das Zimmer stank nach Katzenurin. Erst jetzt erkannte ich in der Matratze des Wasserbetts die Umrisse von Goldfischen. Graeme war für einen Moment hinausgegangen. Als er zurückkam, hörte ich Sonnys Stimme hinter mir.

»Komm her, Baby.« Sie stand am anderen Ende des schmalen Gangs, der von einer einzigen Birne mit chinesischem Lampenschirm gelblich erhellt wurde. Ihr Flaggenkleid saß ordentlich und korrekt.

»Eins dieser Mädchen wollte mit mir schlafen.« Ich war so daneben, daß ich das für eine Art Erklärung für mein Verhalten hielt.

»Mädchen? Welches?«

Ich drehte mich zum Schlafzimmer um, doch die Tür war jetzt geschlossen, und Graeme war fort.

»Hast du?«

»Nein, verdammt.« Ich sprach langsam. »Und was ist mit dir und Graeme?« fragte ich.

Sie schien den Kopf zu schütteln.

Wir fanden Sonnys Schal zusammengeknüllt in einem Zimmer im Erdgeschoß und verließen schweigend das Haus. Auf dem Gehsteig draußen blieb ich plötzlich stehen und hob mein Gesicht in der feuchten Luft zu den Sternen. Es war wie die Berührung mit einem kalten, nassen Handtuch, ernüchternd und befreiend nach der schlechten, rauchigen Luft im Haus.

»Mein Gott, was bin ich doch für ein Idiot«, sagte ich. »Dieser Typ hat uns zigmal zu seinen Partys eingeladen, und ich habe nicht begriffen, worauf er hinaus wollte.«

»Wie meinst du das?«

»Ich meine, daß er in deinem Fall ganz bestimmte Vorstellungen über die Dichotomie von Körper und Geist hat.«

Sie antwortete nicht.

»Hast du bestimmt nicht mit ihm geschlafen?«

»Nein. Ich sagte nein.«

»Aber du hast daran gedacht.«

»Du nervst mich, Seth.« Sie ging eilig weiter, und ich folgte ihr langsam. Hinter uns wurden Musik und Partylärm immer leiser. »Muß ich dagegen sein?« fragte sie. »Muß ich das schlecht oder unmoralisch finden? Ich hatte einfach keine *Lust*. Er ist alt. Er ist ein seltsamer Typ. Er ist nicht mein Fall. Okay?«

»Ja, aber ich versuche herauszufinden, wo wir stehen.«

»Wir stehen hier, Baby. Ich lebe mit dir zusammen. Wir schlafen in demselben Bett. Soll ich einen Keuschheitsgürtel tragen? Willst du den Schlüssel?« Wie die meisten unserer Gespräche über unsere Gefühle, nahm auch dieses schnell eine Wendung zurück auf den sichereren Boden der Politik, in der Doktrinen vorgegeben sind und Sonny geschickt jede wirkliche Diskussion ausschließen konnte.

»Ich meine... Schau, ich liebe dich doch«, sagte ich lahm.

»*Warum* sagst du das immer wieder?«

»Vielleicht, weil es so ist.«

»Was heißt das?«

»Was das heißt? Das heißt, daß ich dich ganz toll finde. Mit dir zusammen zu sein ist wie eine riesige Reise ins All. Es heißt, was es immer heißt.«

»Es macht mir angst. Du bist zweiundzwanzig Jahre alt. Du weißt nicht, was du redest.«

»Okay. Du hältst mich also für schwachsinnig. Du sagst mir, was *ich* fühle?«

Schweigen. Natürlich war es keine Genugtuung für mich, diese Runde gewonnen zu haben.

»Die Lage ist also die: Ich liebe dich, und du liebst mich nicht.«

»O Seth. Nicht schon wieder. Es wird lästig.« Sie ließ die Arme fallen, und ihr Schal hing halb auf den Boden, als wir neben einer Straßenlaterne stehenblieben. Unsere Stimmen trugen ungewohnt weit in der plötzlichen Einsamkeit der Straße, die von winzigen einstöckigen, stufenförmig versetzten Häuschen gesäumt war.

»Es ist die Wahrheit. Ich meine es wirklich so. Was ist das denn zwischen uns? Reine Unterhaltung?«

»Es ist Leben, Seth. Es ist *das* Leben. Ich freue mich, bei dir zu sein. Du bist mir wichtig. Es ist besser, mit dir zusammenzusein. Meistens.« Dann ging sie weiter. Nach ein paar Augenblicken waren ihr neue Worte eingefallen, und sie blieb wieder stehen. »Seth, es macht mich wahnsinnig, wenn du sagst, ich liebe dich, weil du das zu dir selbst nicht sagen kannst.«

»Na, herrlich«, sagte ich. »Herrlich. Ich bin unheimlich froh, daß du mir das gesagt hast. Jetzt kann ich mir ja alles Weitere sparen.«

»Seth, du verstehst nicht. Manchmal habe ich das Gefühl, du willst so viel von mir, daß du gern ich selber wärst.« Sie nickte heftig, sicher, daß dieser Punkt an sie ging. Ich hielt sie am Arm fest, als sie sich umdrehen und weitergehen wollte.

»Na und?« sagte ich. »Na und? Nehmen wir an, es stimmt. Wenigstens weiß ich, was ich bewundere. Du bist die vollkommenste, gescheiteste ...«

»Das ist es«, schrie sie. »Da liegt das Problem. Du weißt nicht das Allergeringste von mir. Für dich bin ich eine imaginäre Person.«

»Großer Gott«, sagte ich. »Wovon redest du eigentlich? Ich habe wie *verrückt* über dich nachgedacht. Ich habe deiner bekloppten alten Mutter zugehört, ihre Freunde kennengelernt und deine Tante. Ich habe die Jahrbücher aus deiner Collegezeit gelesen. Ich bin scharf auf jede Geschichte aus deiner Kindheit. Und du meinst, ich ginge am Wesentlichen vorbei? Das Problem liegt ganz woanders, Lady. Du hast *Angst,* daß ich dich zu gut kenne. Du willst nicht, daß irgend jemand den Scheiß entdeckt, den du selbst nicht sehen willst.«

»Was für ein Unsinn«, sagte sie. Gequält und ungläubig drehte sie sich um. Das Gespräch war beendet. Sie war als erste am Wagen, und fast hatte ich erwartet, daß sie mich einfach stehen ließ. Aber wir tuckerten dann schweigend über die Bay-Brücke. Bei hoher Umdrehungszahl hörte sich der kleine, sonst sehr ruhige Motor meines Käfers an, als klingele Kleingeld in seinem Vergaser. Schließlich schaltete ich das Radio ein, suchte den KSAN – und, wie könnte es anders sein, sie spielten ›What Is This Thing Called Love?‹.

6. Dezember 1995

SONNY

Lovinia Campbell trägt den gleichen kurzärmligen Overall wie die männlichen Gefangenen. Zwei Beamte führen sie aus der Arrestzelle in den Gerichtssaal. Dann geht sie allein locker und unbeteiligt zum Zeugenstand. Sie ist ein dünnes Mädchen mit makelloser dunkler Haut und leicht vorstehenden Augen. Kein Wunder, daß man sie Bug nennt – Käfer –, obgleich so ein Name ihrer Schönheit eher Abbruch tut. Mit ihren ausgeprägten Gesichtszügen wirkt sie exotisch. Sie tritt selbstbewußt auf wie eines dieser Models, die stolz darauf sind, mehr als nur niedlich auszusehen. Dennoch scheint diese junge Frau sich ihrer auffallenden Erscheinung kaum bewußt zu sein.

Auf die Frage von Tommy, dessen dicker grauer Anzug aussieht, als sei er über Nacht in eine Schublade gestopft worden, antwortet das Mädchen, es sei fünfzehn Jahre alt, fast sechzehn. Sie sieht dabei an die Decke des Gerichtssaals, um sich ihr genaues Geburtsdatum ins Gedächtnis zu rufen. Die Hände im Schoß sitzt sie mit schützend hochgezogenen Schultern im Zeugenstand. Sie spricht mit leiser Stimme.

»Und wo wohnen Sie gegenwärtig?« fragt Tommy Molto. »Wo leben Sie?«

»Manchmal bei meiner Mama.«

»Nein, ich meine genau jetzt. Sind Sie in Juvenile Hall, der Jugendstrafanstalt?«

»Hm, hm. Im Juvie.«

»Und wie lange sind Sie schon dort? Seit September?«

»Hm, hm«, antwortet Lovinia. »Seit ich aus dem Krankenhaus bin.« Sie kratzt sich an der Nase und sieht Tommy mit leicht geöffneten Lippen aufmerksam an. Sie sitzt etwas vorgebeugt, auf die nächste Frage gefaßt. Aber es nicht Tommy, der jetzt spricht.

»Euer Ehren«, sagt Hobie mit profundem Baß, die Hände wieder einmal in theatralischer Gerichtssaalpose beschwörend erhoben. »Wenn Mr. Molto die Frage des Wohnsitzes der Zeugin nicht ohne Einflußnahme klären kann, können wir genausogut ihn vereidigen.«

»In Ordnung, Mr. Tuttle.« Hobie weiß, Tommy hat einen steinigen Weg vor sich, und er läßt ihn spüren, daß er es ihm nicht leicht machen wird. Ich ermahne Tommy, der Zeugin keine Suggestivfragen zu stellen, und er nickt resignierend. Stockend geht er mit Lovinia die Einzelheiten durch, die die Anklagevertretung mit ihr abgesprochen hat. Sie hat bereits zugegeben, an der Anstiftung zum Mord beteiligt gewesen zu sein, und sich im Sinne des Jugendstrafrechts für schuldig bekannt. Demzufolge wird sie beschuldigt, eine Straftat begangen zu haben. Bis zu ihrem achtzehnten Lebensjahr untersteht sie dem Jugend- und nicht dem Erwachsenenstrafrecht und wird dann nach ihrer Entlassung nicht einmal als vorbestraft gelten. Für sie ist es ein hervorragender Handel, eine Tatsache, die Hobie sicher im Kreuzverhör hervorheben wird. Tommy kommt dann auf die BSD zu sprechen, Bugs Gangnamen und ihre Stellung in der Gang und ihre Beziehung zu Ordell Trent.

»In welcher Beziehung standen Sie zu Hardcore bezüglich der BSD?«

»Bin nich' mit Core verwandt. Nur mein Bruder Clyde is' noch BSD, aber der is' beim Staat.« ›Beim Staat‹ ist einer von vielen Euphemismen für das Hochsicherheitsgefängnis von Rudyard.

»Nein«, sagt Tommy, »das meine ich nicht. Was haben Sie in der Gang für Hardcore gemacht?«

Als sie ihren Fehler bemerkt, senkt Lovinia den Blick. »Schmierestehn und so«, antwortet sie leise.

»Was heißt ›und so‹?«

»Verkaufen.«

»Was verkaufen?«

»Meistens was zum Rauchen und zum Schlucken. Manchmal auch zum Schniefen.« Also Crack und Speed und gelegentlich Kokain.

»Sie meinen damit, daß Sie für Hardcore Dope verkauft haben?«

»Suggestivfrage«, wirft Hobie ein, als Lovinia bejaht.

»Ich lasse die Frage zu, soweit sie vorherige Antworten erläutert.«

Tommy nickt. Ein Punkt für ihn.

»Und verkaufen Sie das Zeug für Hardcore an bestimmten Stellen?«

»Ums T-4 herum. Meistens an der Ecke Grace Street und Lawrence.«

»Gegenüber vom Tower IV?«

»Da so. Hm, hm.«

»In Ordnung«, sagt Tommy. Er fühlt sich jetzt etwas sicherer. Er steht auf und geht ein paar Schritte auf und ab.

»Ms. Campbell, kennen Sie einen Mann namens Nile Eddgar?«

»Hm, hm«, antwortet sie. Ein flüchtiges Lächeln huscht über das Gesicht des Mädchens. Und plötzlich wirkt sie, immerhin eine Mordkomplizin, wie jedes Mädchen ihres Alters, zufrieden und fast ein wenig dümmlich. Sie blickt zur Seite. »Kenne Nile schon lange.«

»Befindet er sich hier im Gerichtssaal? Bitte zeigen Sie auf ihn und sagen Sie, was er anhat.« Obwohl sich alle Blicke im Gerichtssaal auf ihn richten, wirkt Nile unverständlicherweise fast heiter. Er hat sich in seinem schalenförmigen Drehstuhl umgedreht, wobei seine abgetragenen Cowboystiefel – Cowboystiefel! – fest auf dem Boden stehen. Auf seinem Gesicht erscheint ein völlig irres Grinsen, als wäre diese junge Frau zu seiner Unterhaltung hier. Lovinia kann ihm nicht in die Augen sehen, nicht einmal, als sie den Arm hebt.

»Der da drüben, neben dem dicken Typen«, sagt Bug. Ihre Beschreibung von Hobie erheitert den gesamten Gerichtssaal. Auch ich muß lachen. Überrascht von dieser Reaktion läßt Bug den Kopf wieder entmutigt sinken, während sie den schlanken Arm noch ausgestreckt hält. Wie die meisten Mädchen von der Straße trägt sie das Haar glatt in stumpfen Strähnen an den Kopf gekleistert. So festgesprüht erinnern sie an die steif angelegten Stacheln eines Igels. Der Afro-Look, ein Zeichen der Befreiung, ist längst aus der Mode gekommen, wie so vieles aus einer unliebsamen Vergangenheit.

»Ms. Campbell«, sage ich, »er ist ein dicker Typ. Sie haben nichts Falsches gesagt.«

Hobie erhebt sich zu voller Größe. »Dem stimme ich zu, Euer Ehren. Dicker, als ich sein sollte.«

Lovinia nickt, ein wenig beruhigt durch so viel Zustimmung. Wie sich bei vielen dieser jungen Menschen herausstellt, ist auch sie ein nettes, im Innersten einfach schutzloses Kind.

Tommy fährt fort. »Wie haben Sie Nile kennengelernt?«

»Hing so rum«, sagt sie.

»Wo rum?«

»Tower IV«, sagt sie.

»Wann haben Sie ihn da zum erstenmal gesehen?«

Sie sieht wieder zur Decke und meint, irgendwann im März.

»Und wie oft haben Sie Nile seit März in der Gegend gesehen? Einmal pro Woche? Zweimal?« fragt Tommy.

»Ja, so was.«

»Euer Ehren«, wirft Hobie ein, »das ist eine Suggestivfrage.«

Tommy macht einen neuen Versuch und fragt jetzt einfach: »Wie oft?« Bug sagt, sie wisse es wirklich nicht. Tommy schließt kurz die Augen. Er spricht mit Rudy, der direkt unterhalb sitzt. Rudy zuckt mit den Schultern. Ich vermute, sie beraten, ob sie darauf hinweisen sollen, daß sie zuvor etwas anderes gesagt hat. Solch ein Schritt aber ist für die Anklage stets der letzte Ausweg. Greift sie erst einmal die eigenen Zeugen an, gibt sie zu, keine konkrete Strategie für die Wahrheitsfindung zu haben. Tommy entschließt sich fortzufahren.

»Und war Nile gewöhnlich mit jemandem zusammen, wenn Sie ihn gesehen haben?«

»Scheint, er hatte was mit Hardcore zu regeln.«

»Hardcore war also bei ihm?«

Ihr Gesichtsausdruck verändert sich plötzlich, und sie wendet den Blick ab, wahrscheinlich zum Tisch der Verteidigung.

»Sah aus, als hätten sie 'ne Menge Sachen zu bereden, wissen Sie«, fügt sie hinzu.

Tommy runzelt die Stirn. Er beugt sich zu Rudy hinunter und bespricht sich erneut mit ihm. Dann schlägt er auf seinem Tisch eine Akte auf und starrt einen Augenblick hinein.

»Ms. Campbell, erinnern Sie sich daran, Nile einmal sozusagen als ›Hardcores Straßenköter‹ bezeichnet zu haben?«

Lovinia läßt die Frage mit einer vagen Geste unbeantwortet.

»Kann ein Straßenköter nicht auch ein sehr guter Freund sein?« insistiert Tommy.

»Weiß nichts von 'nem Straßenköter«, sagt Lovinia.

Von seinem Tisch aus winkt Rudy mit seiner schmalen langen Hand ab, was soviel wie ›Mach weiter!‹ bedeuten soll. Dieser Punkt ist unbedeutend, denn Tommys Frage, ob sie Nile mit Hardcore gesehen hatte, war bereits beantwortet. Dennoch starrt Molto Lovinia noch einen Augenblick finster an, bevor er den Rat des jüngeren Kollegen annimmt.

»Ich möchte, daß Sie sich an den 6. September 1995 erinnern, Ms. Campbell. Haben Sie an dem Tag mit Hardcore gesprochen?«

Hobie erhebt den gewohnten Einspruch wegen Hörensagens. Er und Molto debattieren des langen und breiten darüber, ob in der Vorverhandlung schon auf eine Komplizenschaft hingewiesen worden war. Doch angesichts von Niles Fingerabdrücken auf dem Geld entscheide ich schließlich zugunsten der Anklage.

»Erinnern Sie sich an das Gespräch mit Hardcore?« nimmt Tommy die Befragung wieder auf.

»In etwa«, antwortet Lovinia.

»In etwa«, wiederholt Tommy und schlägt die Hände über dem Kopf zusammen. Er geht jetzt auf und ab. »Wo haben Sie mit Hardcore gesprochen?«

»Wohl in seiner Bude im siebzehnten.«

»In einer Wohnung in der siebzehnten Etage des Tower IV?«

»Hm, hm.«

»Und was hat Hardcore zu Ihnen gesagt?«

»Sagte, jemand, den wir nich' kennen, soll am nächsten Morgen, verdammt früh, Mann, an meiner Ecke in eine Falle gelockt werden.«

»Was für ein Jemand? Hat er den Unbekannten beschrieben, den Sie in die Falle locken sollten?«

»'n Weißer.«

»Er hat also gesagt, Sie sollen einen unbekannten Weißen in die Falle locken?«

»Hm, hm.«

»Hat er gesagt, wer dieser Weiße ist?«

»Glaube, irgendeiner von Niles Leuten, hat er gesagt.«

»Wer von Niles Leuten. Hat er gesagt, in welcher Beziehung dieser unbekannte Weiße zu Nile stand?«

Sie wirft verunsichert den Kopf hin und her. Am anderen Ende des Gerichtssaals ist Molto mit zusammengekniffenen Lippen stehen geblieben. Jetzt weiß er es. Sie will ihn auflaufen lassen. Auch Rudy weiß es. Er hält schon den Aktenordner bereit, in dem Molto zuvor geblättert hatte. Als Tommy zum Tisch zurückkommt, nimmt er ihn Rudy aus der Hand und schlägt ihn auf.

»Ms. Campbell«, sagte er. »Erinnern Sie sich an die polizeiliche Vernehmung vom 12. September? Und vom 14. September? Und vom 29. September? Erinnern Sie sich daran?«

»Bin doch andauernd von der Polizei vernommen worden.«

»Erinnern Sie sich daran, daß Sie am 12. September von den Officers Fred Lubitsch und Salem Wells im General Hospital von Kindle County vernommen wurden? Und daß Sie am 14. September nach Ihrer Entlassung von dort in der Aufnahme der Jugendvollzugsanstalt wieder mit ihnen gesprochen haben? Und daß beide noch einmal am 29. September bei Ihnen waren? Erinnern Sie sich an all das?«

Resignierend zieht sie die Schultern hoch und läßt sie wieder sinken.

»Und erinnern Sie sich daran, daß Sie bei jeder dieser Vernehmungen angegeben haben, Core hätte gesagt, daß Sie Niles Vater in die Falle locken sollten?«

»Vielleicht habe ich gesagt, es war so einer wie sein Vater.« Mit diesen kurzen Zwischenfragen ist das Jugendliche an Lovinia verschwunden. Das Mädchenhafte ist im Gelächter des Gerichtssaals untergegangen. Die Fragen haben sie eingeschüchtert. Sie trägt jetzt ihre Maske, wie draußen auf der Straße. Aufrecht sitzt sie in ihrem Stuhl.

»Ms. Campbell, hat Mr. Tuttle Sie nicht vor zwei Wochen aufgesucht?«

Hobie steht sofort auf. »Euer Ehren, was soll hier unterstellt werden?«

»Um das zu wissen, muß ich erst die Frage hören.«

»Und haben Sie nicht erst nach Mr. Tuttles Besuch vorgegeben, sich nicht erinnern zu können, wer von Niles Leuten nach Cores Worten in die Falle gelockt werden sollte?«

»Kann nur sagen, an was ich mich erinner'. Das haben Sie mir immer wieder gesagt«, sagte sie zu Tommy.

»Ich frage Sie noch einmal: Haben Sie Officer Lubitsch gegenüber nicht wiederholt gesagt, Niles Vater sollte in die Falle gelockt werden?« Tommy hält die Polizeiberichte in der Hand und schwenkt sie einen Moment lang drohend in der Luft. Er hatte ihr diese Berichte schon mehrfach gezeigt. In der Jugendvollzugsanstalt hatte in den kleinen Anwaltssprechzimmern mit ihren vergitterten Fenstern und abblätternden Heizkörpern ein ganzes Dutzend immer gleich verlaufener Sitzungen stattgefunden. In drohendem Tonfall hatte er sie daran erinnert, was sie nach Angaben der Cops ausgesagt hatte. In ihrem Protokoll hatte dann gestanden: Sie winkt das Opfer heran, sie reden durchs Autofenster, sie wird nach dem Erwachsenenstrafrecht wegen Mordes und vielleicht auch noch wegen Meineids verurteilt. Molto wartet, während diese unausgesprochene Drohung im Raum steht.

»Erinner' mich wirklich nich'«, sagt Lovinia. »Vielleicht hab' ich's gesagt.«

»Okay«, sagt Tommy. Endlich kommt er weiter. Er streicht sich das Jackett glatt und greift dann zu seinen Notizen. »Hat Hardcore Ihnen gesagt, *wer* Niles Vater umlegen sollte?«

»Einspruch gegen ›Niles Vater‹«, sagt Hobie. »Dafür haben wir noch keine Beweise.«

»Abgelehnt.« Hobie kann eine Nervensäge sein. Dem Eröffnungsplädoyer nach zu urteilen, hat die Anklage eine Reihe Beweise dafür, daß der Anschlag Eddgar gelten sollte. Aber Hobie, der nun wohl ohnehin wegen Lovinias Aussage verärgert ist, wird der Anklage jede Menge Steine in den Weg legen. Ich bin mir einfach nicht klar über Hobie. Einiges war wirklich erstaunlich: die Art und Weise, wie er Montague vorgeführt oder um Lovinias Gunst geworben hat. Dennoch ist keine generelle Absicht oder Strategie zu erkennen. Wie Stew gestern gesagt hat: Seine Taktik scheint in die verschiedensten Richtungen zugleich zu gehen. Trotz all seiner Fähigkeiten sehe ich in Hobie bisher nur den charmanten, etwas prahlerischen Selbstdarsteller im Gerichtssaal. Immer auf der Bühne, scheint er eher dauernd Unruhe stiften als eine gewisse Kontinuität herstellen zu wollen.

»Gorgo, hat er gesagt. So ein Weißer, den wir nicht kennen, wird aufkreuzen und nach Hardcore fragen. Und dann sollte ich sagen, daß ich Core hole, und statt ihm Gorgo rufen.«

»Wie sollten Sie ihn rufen?«

»Mit meinem Handy.«

»Sie hatten ein Handy für Ihre Dope-Geschäfte?«

»Hm, hm.«

»Wie war die Nummer?«

Sie nennt sie.

»Und was sollten Sie tun, nachdem Sie Gorgo gerufen haben?«

»Die Fliege machen«, sagt sie.

»Weglaufen?«

»Hm, hm. Abhauen.«

»Und wie sollte der Plan weitergehen? Sollten Sie noch etwas anderes machen?«

»Hm, hm«, sagt sie. »Nachdem sie ihn umgenietet haben und so, sollte ich zum Wagen zurückgehen und ihm 'ne Prise zustecken, hat Core gesagt.«

»Mit ›Prise‹ meinen Sie ein Plastiktütchen mit Rauschgift?«

»Hm, hm«, sagt sie. »Schnee.« Kokain.

»Hat Hardcore auch gesagt, daß es so aussehen sollte, als sei dieser Weiße beim Kauf von Schnee von einem im Vorbeifahren erschossen worden?«

»Einspruch. Suggestivfrage.«

Treffer, Tommy sackt ein wenig zusammen. Lovinia fährt von sich aus fort.

»Ja. Hardcore sagte, ich soll sagen: ›Von den G. O. ist einer vorbeigekommen, als dieser Typ gerade sein Dope kaufte.‹«

»War es das, was Sie der Polizei erzählen sollten? Daß es die Gangster Outlaws waren?«

»Hm, hm.«

Selbstzufrieden stapft Tommy zu Rudy zurück, der ihn an eine weitere Frage erinnert.

»Und bei den Worten ›umnieten‹ und ›vorbeifahren‹ war Ihnen klar, daß dieser Weiße erschossen werden sollte.«

»Hm, hm.«

»In Ordnung, Ms. Campbell. Nachdem Ihnen nun Hardcore dies alles erklärt hatte, haben Sie da in der Bude im siebzehnten noch über etwas anderes gesprochen?«

»Nein, Sir. Erinner' mich nich'.«

Tommy schnaubt kurz und scharf. »Haben Sie ihn gefragt, warum es nötig war, einen von Niles Leuten umzubringen?«

Als sie jetzt den Kopf schüttelt, ist sie schon wieder sehr viel lebhafter als noch kurz zuvor.

»Hat er Ihnen nicht gesagt, daß er diesen Mord für Nile begeht?«

»Einspruch!« Hobie springt auf. »Einspruch, Euer Ehren! Es gibt keinen ersichtlichen Grund, diese Frage auch nur zu *stellen*.«

Denselben Einspruch hat er schon während Moltos Eröffnungsplädoyer erhoben, mit ähnlicher Lautstärke. Tommy dreht sich haßerfüllt nach Hobie um. Er ist offensichtlich der Meinung, Hobie habe die Zeugin zur Falschaussage verleitet. An einem so kritischen Punkt beschließe ich einzuschreiten. Ich beuge mich zu Bug hinunter.

»Ms. Campbell, haben Sie Mr. Molto verstanden? Er sagt, Hardcore habe Ihnen gesagt, er tue das für Nile. Hat er das gesagt?«

»Nee«, antwortet Lovinia. »Würde nie was gegen Nile sagen.«

Im Gerichtssaal herrscht Schweigen. Tommys Zeugin hat die Seiten gewechselt. Molto war darauf gefaßt und fährt entschieden fort.

»Haben Sie vor Officer Lubitsch nicht am 14. September ausgesagt, ich zitiere: ›Ich fragte Hardcore, warum wir das mit Niles Vater machen müssen.‹? Und er hat geantwortet, Zitat: ›Wir tun es in Niles Auftrag.‹ Haben Sie das gesagt?«

»Nee«, sagt Lovinia.

»Erkennen Sie dieses Protokoll?« Tommy geht zu ihr hin und trägt das Stück Papier wie eine Flagge vor sich her.

»Hab' das nich' geschrieben. Is' nich' meine Schrift.«

»Das ist Officer Lubitschs Schrift, stimmt's? Und hat er Ihre Worte niedergeschrieben, genauso, wie Sie sie gesagt haben? Und haben Sie dann dieses Schriftstück unterschrieben? Ist das hier nicht Ihre Unterschrift?«

»Hab' nur das hier geschrieben, nur meinen Namen. Das andere nich'.«

»Ist das hier unter all diesen Worten nicht Ihre Unterschrift?«

»Is' nur mein Name.«

»Und direkt vor Ihrem Namen steht: ›Ich unterschreibe diese Erklärung aus freiem Willen und ohne jeglichen Zwang und schwöre, daß sie der reinen Wahrheit entspricht.‹«

»Verstehe das gar nich' richtig«, sagt Lovinia. Ihre schönen dunklen Augen sind weit aufgerissen. Ihre Erscheinung ist vollkommen.

»Und, Ms. Campbell, haben Sie nicht erst nach Mr. Tuttles Besuch den Teil Ihrer Aussage widerrufen, in dem es heißt, Hardcore habe gesagt, es sei für Nile?«

»Versteh' immer noch nich', was Sie sagen.«

»Ich sage, daß Sie lügen.«

»Nee«, sagt Lovinia. »Was ich jetzt sag', is' die Wahrheit. Ich schwöre. Hab' nie was gegen Nile gesagt.«

»Erinnern Sie sich, daß gestern Mr. Singh, Detective Lubitsch und ich selbst bei Ihnen in der Jugendstrafvollzugsanstalt waren? Und erinnern Sie sich, daß Sie uns bei dieser Gelegenheit *noch einmal* gesagt haben, daß Hardcore Ihnen gesagt habe, es sei in Niles Auftrag geschehen?«

»War das, als Sie alle auf mich eingeredet haben, wie ich Sie ausgetrickst hätte, und daß ich für M-1 dran wäre?« Mord ersten Grades.

Tommy ist mitten im Gerichtssaal mit geschlossenen Augen stehengeblieben. Der Alptraum jedes Anwalts: Der Kronzeuge kippt um, er hat ihn nicht mehr im Griff. Am Verteidigertisch macht Hobie sich mißmutig Notizen. Hinter ihm fixiert noch immer sein Mandant mit dümmlichem Grinsen das Mädchen. Bug wird sich in dem Moment der Aufmerksamkeit von Nile bewußt und blickt wieder zu Boden.

»Mittagspause?« frage ich Molto.

Er nickt sichtlich dankbar.

Annie schlägt einmal mit dem Hammer auf den Block, um die Rückkehr des Gerichts anzukündigen. Die Zuschauer erheben sich, erregtes Murmeln geht durch den Raum. Ich stehe noch vor meinem Tisch und mache mir ein paar Notizen über Bug. Noch immer bin ich mir nicht im klaren über sie und die Art des Duells, das die Anwälte bezüglich ihrer Aussage ausgefochten haben. Marietta kommt mit den Akten zweier Häftlinge herein, beides Pflichtverteidigungsfälle. Sie sind für 14.00 Uhr zur Kautionsverhandlung angesetzt, doch Gina Devore hat sich Rudy Singh geschnappt, in der Hoffnung, sie jetzt dazwischenschieben zu können. Am Nachmittag hat sie nämlich eine Verhandlung vor Richter Noland in einem Unterschlagungsfall. Ich tue Gina den Gefallen. Unter Schlüsselklirren und Türenschlagen werden die Häftlinge von den Beamten vom Gefangenentransport vorgeführt.

Schon sind wir beim Verbrechen des Tages. Rogita Robbins hat die Arrestzelle mit hängenden Schultern verlassen. Sie ist klein und übergewichtig. Karottenfarbenes Haar umrahmt das mit dunklen Narben übersäte Gesicht. Als der Fall vorgetragen wird, wird mir fast übel. Rogita und Fedell, ihr Mann, gehören zu den Gangster Outlaws von Fielder's Green. Sie waren mit einem Mädchen aus der Gang, Tawnya, verabredet, das eine nicht geringe Menge Stoff hüten sollte, der für die Nacht gebraucht wurde. Als sie in Tawnyas Wohnung ankamen, war sie mitsamt dem Engelsstaub verschwunden. Aus Rache ließ Fedell seine wahnsinnige Wut an Tawnyas Kindern, einem achtjährigen Jungen und einem neunjährigen Mädchen, aus. Er vergewaltigte sie und zwang die Kinder zum Analverkehr. Fedell war schon vor Monaten festgenommen worden. Fingerabdrücke und die DNA brachten ihm sechzig Jahre von Richter Simone ein. Den Fall habe ich jetzt zur Berufung vorliegen. Rogita war zunächst flüchtig, wurde dann aber bei einem Ladendiebstahl festgenommen. Wie Gina und Rudy erklären, wird sie wohl zu keinen Absprachen bereit sein, da die Anklage gegen Rosita sich lediglich auf die Aussagen des Jungen und des Mädchens stützen kann, was ihre Position recht schwach erscheinen läßt. Selbst Mutter von zwei Kindern, soll Rosita Fedell Beihilfe geleistet haben, indem sie Tawnyas Kinder festhielt.

»Eine Million in bar«, sage ich.

Gina sieht mich an. 1 000 000 Dollar würde bedeuten, daß Rosita hinter Gittern bleibt.

»Die ganze Summe«, wiederhole ich.

Sie wirft das offene wellige Haar mit unwirscher Kopfbewegung zurück, doch glaube ich, sie hätte sich an meiner Stelle auch nicht anders verhalten. Ich mag Gina. Sie ist eine winzige athletische Frau. Wenn ich mich recht erinnere, war sie früher Turnerin. Es beeindruckt mich immer wieder, wenn ich sie mit ihren knapp 1,50 m trotz der endlos hohen Absätze in der Arrestzelle vor Mandanten stehen sehe, die sie beträchtlich überragen. Letzten Monat allerdings hat sie einmal in Tränen aufgelöst in meinem Büro gesessen. Sie hatte viele Stunden, eine Zeit, die ihr an anderer Stelle fehlte, damit zugebracht, die Kaution für Timfony Washington aufzutreiben, einen anständigen jungen Mann, der beschuldigt wurde, im Hinterhof des Hauses seiner Freundin Feuer gelegt zu haben. Gina hatte mit seinem Arbeitgeber gesprochen, bei dem er als Hilfsarbeiter beschäftigt war, und diesen dazu überredet, ihm einen Vorschuß auf eine überfällige Prämie aus der Arbeitsunfall-Versicherung in Höhe von 1 500 Dollar auszuzahlen. Am Freitagabend hatte Gina das Geld dann bei seiner Mutter und seinen Schwestern vorbeigebracht und ihnen die Anweisung gegeben, die Summe am Montag früh um 8.00 Uhr zum Gefängnis zu bringen. Doch das Geld war nach dem Wochenende nicht mehr vorhanden – ausgegeben, gestohlen, einfach verschwunden. Man konnte es sich aus den vier oder fünf verschiedenen Geschichten aussuchen, die die Familienmitglieder zum besten gaben. Im Gefängnis beschuldigte Timfony Gina, ihn gelinkt zu haben, und wurde so rabiat, daß man ihn festhalten mußte.

Als wir mit der Geschichte fertig sind, hat sich der Gerichtssaal weitgehend geleert. Ein paar ältere Leute, die zum Stammpublikum im Gerichtssaal gehören und nicht wissen, wohin sie sonst gehen sollen, gestikulieren hinter der Glasscheibe. Seth war am vorderen Ende der Geschworenenbank sitzen geblieben. Er sieht konzentriert nach unten, und seine Hände bewegen sich hin und her. Ich denke über die Frage nach, die mir gestern kam, als ich das Gespräch zwischen ihm und Dubinsky mithörte, und die mir jetzt wieder eingefallen ist. Ich gehe ein paar Schritte auf ihn zu.

»Was, um alles in der Welt…?« frage ich, als ich die Nadel in seiner linken Hand entdecke. Dann erkenne ich, daß er einen Knopf an seiner Sportjacke annäht und dabei ein fürchterliches Durcheinander angerichtet hat. Der Faden hat sich völlig verknotet, und den Knopf umgibt ein Gewirr von Schlaufen.

»Jetzt siehst du, warum ich den Gedanken an eine Chirurgenlaufbahn aufgegeben habe.« Mit den Zähnen beißt er den Faden ab. »Ich dachte, wir reden nicht miteinander«, sagt er.

»Tun wir auch nicht.«

»Aha.«

»Ich wollte dir nur eine Frage stellen.«

»Das habe ich mir gedacht. Die Antwort ist, ich weiß es ehrlich nicht. Aber so ist es nun einmal.«

Seine ausdrucksvollen graugrünen Augen verengen sich geheimnisvoll. Ich weiß nicht im geringsten, was er meint. »Vergiß es«, sagt er. »Ich bin mit dem Nähen noch nicht fertig.«

»Sieht so aus.«

Mit einer Handbewegung deutet er an, daß er auf meine Frage wartet.

»Es ist nicht zu übersehen, daß du jeden Tag mit Stew Dubinsky hier sitzt. Ich habe mich gefragt, wie gut du ihn kennst?«

»Stew? Schon seit dem Kindergarten. Wir sind alle zusammen in U. Park aufgewachsen.«

»Ihr alle? Du meinst, Stew und Hobie und du?« Ich hatte nicht die geringste Idee gehabt, wie ich auf mein Thema kommen könnte, als ich auf ihn zuging. Aber ich habe es ziemlich gut gemacht. Meine neugierige Frage klang eher wie zufällig. Das Leben ist voller kleiner Verbindungen zwischen den Menschen.

»Hobie ging aber dort nicht in die Grundschule. War er nicht in St. Bernhard's?«

»St. Bernhard's«, sage ich, nur um irgend etwas zu sagen. Als ich in der vierten Grundschulklasse war, machte meine Mutter die erste ihrer später regelmäßigen Rundreisen und lebte für drei Monate in North Carolina, um dort Organisationsarbeit in einem Stanzwerk zu leisten. In der Zwischenzeit schickte mich Tante Hen in St. Rita's, die nur einen Block entfernt lag. Ich kam bereits in die Pubertät und war den anderen in der Entwicklung ein ganzes Stück voraus. Meine Haut war damals scheußlich. Ich war begeistert von der Schuluniform, die es mir ermöglichte, wie alle anderen Mädchen auszusehen. Im Vergleich damit schienen mir die geforderte Disziplin, der Religionsunterricht und die Nonnen, die ständig mit einem Lineal auf die Schulbank schlugen, unwichtig.

Aber als Zora zurück war, bekam sie einen Anfall. Eine *katholische* Schule? War Henrietta denn völlig von Sinnen? »Ist Hobie katholisch?« frage ich, noch immer etwas zerstreut.

»Nur Loretta, seine Mutter, aber die ist ziemlich religiös. Und er hat 'ne Menge davon abbekommen. Ich erinnere mich an eine heftige Diskussion mit ihm in der sechsten Klasse. Er weigerte sich strikt, zu glauben, daß seine Eltern Verkehr miteinander hatten, um ihn zu zeugen.« Seth lacht bei dieser Erinnerung. »Ich habe ihn damit doch tatsächlich zum Weinen gebracht.«

»Aber ihr Jungen seit doch alle zusammen zur High-School gegangen, du und Hobie und Stew?«

»Zur U. High«, sagt er, »in den verrückten Zeiten damals war U high eher eine Frage – bist du high? – als eine Ortsbezeichnung.«

Flüchtig empfinde ich die schadenfrohe Genugtuung des erfahrenen Strafverfolgers, der seine Vermutung bestätigt sieht. Stew und Hobie sind alte Kumpel. In der Hoffnung, keinen Verdacht erweckt zu haben, lächle ich über Seths Scherz.

»Wenn du einmal an einer Verhandlung über Rauschgiftdelikte teilnimmst, wirst du feststellen, daß diese Zeiten nicht vorüber sind«, sage ich. »Ich erlebe das hautnah. Es gibt jetzt Undercover Cops an der High-School.«

»Ja, sicher«, sagt er. »Das ist ein gutes Thema für meine Kolumne, weißt du? Ich schreibe dreimal im Jahr darüber. Schließlich gehöre ich zur ersten Generation, die diese Art von persönlicher Medizin genommen hat. ›Hört zu, Kinder, Papa hat das wirklich nicht so gemeint, was er über Sex, Drogen und Rock 'n' Roll gesagt hat.‹«

»Und dreh den Plattenspieler leiser, wenn ich mit dir rede.«

»Den CD-Player.«

»Na ja, den CD-Player«, sage ich.

»War das alles? Verdammt, renn doch nicht gleich weg. Was ist das für eine Sache mit Stew?«

»Nicht der Rede wert. Mir ist da an meinem Richtertisch nur etwas eingefallen.« Er könnte meine Frage Stew oder vielleicht auch Hobie gegenüber erwähnen. Das wäre gar nicht schlecht. Wenn das, was ich befürchte, zutrifft, sollen sie wissen, daß ich ihnen, besonders Hobie, auf die Finger sehe.

»Das stimmt doch nicht«, sagt Seth. »Sprich dich aus. Sag mir, was ich in den vergangenen fünfundzwanzig Jahren verpaßt habe. Irgend etwas Spannendes oder Dramatisches?«

Der Gerichtssaal ist jetzt leer und ruhig. Einer der stämmigen Polen vom Reinigungsteam kommt zwischen den Sitzreihen des Gerichtssaals hindurch und leert den Papierkorb hinter der Richterbank. Er ist freundlich, stumm und versteht so gut wie kein Wort Englisch.

»Ich halte mein Leben nicht für besonders spannend, Seth. Alles andere eher. Und was ist mit dir? Du bist doch der Reiche und Berühmte. Was gibt es bei dir Spannendes?«

»Ich bin nicht berühmt. Nicht wirklich. Und vielleicht bin ich auch bald nicht mehr so reich.« Seine Augen verengen sich, und er verzieht bei dieser rätselhaften Äußerung ein wenig unbehaglich das Gesicht. Dann nimmt er sich zusammen und sieht mir in die Augen. »Lucy und ich haben uns getrennt«, sagt er.

»Tut mir leid«, sage ich, das einzige, was man da sagen kann.

»Ja. Nun gut«, antwortet er. »Das Leben. Die Liebe. Die große Stadt. Wir haben darüber gesprochen, ob wir vielleicht wieder zusammenfinden. Ich glaube, wir werden es tun. Aber es war eine ziemlich harte Zeit.« Bei diesem Gedanken seufzt er. Ich hätte doch nicht mit Marietta streiten sollen. Sie hat stets ein untrügliches Gespür für solche Dinge.

»Geht es Lucy gut?«

Er nickt. »Ich glaube schon. Sie sieht noch immer wie fünfzehn aus, und manchmal verhält sie sich auch so. Aber da sind die fünfundzwanzig Jahre mit mir, und das ist wohl sicher eine Entschuldigung für sie.« Dieser Scherz scheint seine Stimmung auch nicht zu heben. »Du wohnst also in U. Park?« fragt er. »Weißt du, daß mein Vater noch dort lebt?«

»Dein Vater? Mein Gott, mein Gedächtnis läßt offenbar nach. In meiner Erinnerung war er schon vor fünfundzwanzig Jahren ein älterer Mann.«

»Das war er. Jetzt ist er ein alter Mann. Mach dir nicht die Mühe, nach einem freundlicheren Wort zu suchen. Dreiundneunzig. Er wird immer weniger. Aber noch immer geht er ein paarmal pro Woche ins Büro. Und redet immer noch denselben Blödsinn.«

Seth und sein Vater, das war schon immer eine schwierige Beziehung gewesen. Der alte Mann war kalt und rücksichtslos. Ein Überlebender des Holocaust. Er hatte ihn überstanden, aber er war verhärtet.

»Und deine Mama?« frage ich.

»Tot. Sie starb in einem Heim. Fortgeschrittener Alzheimer. Eine schreckliche Krankheit. Sie war nur noch ein lebloser Körper in einem Bett.«

»O ja, stimmt.« Ich fasse mir an die Stirn. »Du hast eine Reihe von Kolumnen darüber geschrieben, nicht wahr?«

»Kolumnen? Verdammt, das waren zwei Jahre Therapie.«

Er macht Scherze. Das war immer so. Ein lieber verletzlicher Junge. Und immer wirkte er ein wenig hilflos, was für einen Mann in unserer Zeit eher ungewöhnlich ist. Ich stehe noch immer oberhalb und lege ihm unwillkürlich die Hand auf die Schulter. Natürlich fragt er auch nach Zora. Meine traurige Antwort: auch tot. Ich hoffe, daß es gelassen und abgeklärt klingt, aber noch immer spüre ich eine Beklemmung, einen stummen Aufschrei in mir, wenn ich gezwungen bin, dieser Tatsache ins Auge zu sehen.

»Sie ist vor vier Jahren an Lungenkrebs gestorben.«

Er zuckt zusammen. »Mein Gott, ich erinnere mich an die Zigaretten. Chesterfields, stimmt's? Krebs«, sagt er.

»Ich hatte selbst auch Krebs«, sage ich. »Du hast nach etwas Dramatischem gefragt. Das gehört wahrscheinlich dazu.«

»Kein Witz?« sagt er. »Krebs?«

»Es war beschissen, aber ich mache keine Witze.«

»Lungenkrebs?«

»Nein, nein. Brustkrebs. Vor knapp zwölf Jahren ist mir eine Brust abgenommen worden.« Über diese Tatsache kann ich nie völlig sachlich sprechen, schon gar nicht mit einem Mann. Ich habe immer unterschwellig das Gefühl, als spräche ich eine Warnung aus, obwohl ich mir mit dem Geld, das ich beim Ausscheiden aus dem Regierungsdienst bekommen hatte, eine Brustplastik habe machen lassen. Gwendolyns unermüdliches Drängen hatte mir bei diesem Entschluß geholfen. In diesem Punkt hatte ich entsetzliche Konflikte mit mir selbst auszufechten. Ich *hasse* den Gedanken, mich wegen einer Krankheit entschuldigen zu müssen. Aber ich hatte es akzeptiert. Am Wochenende hatte ich mir nicht einmal mehr die Mühe gemacht, die andere Seite meines BHs auszustopfen. Dann war ich wieder Single. Für Nikki machte es diese Entscheidung auch leichter. Es wurde ihr langsam bewußt, und ich hatte Angst, es ihr erklären zu müssen. Die Kleinen fangen früh an, Fragen zu stellen. Und wie könnte ich sie wirklich beruhigen?

Seth sagt genau das Richtige. Er erzählt von all seinen Bekannten, denen es nach Krankheiten wieder gutgeht. Er zitiert Genesungsstatistiken, mit denen er sich auskennt. Er ist sichtlich schmerzlich berührt von dem, was ich durchgemacht habe.

»War die Chemotherapie wirklich so schlimm, wie man immer hört?« fragt er.

»Ich brauchte keine Chemotherapie. Ich hatte Glück. Die Lymphknoten waren nicht betroffen. Aber ich wollte vielleicht noch ein Baby haben. Ich wurde bestrahlt. Immer wieder. Das war ziemlich schlimm. Aber den chirurgischen Eingriff habe ich noch mehr gehaßt. Es kommt einem so barbarisch vor. Daß einfach ein Teil von dir abgeschnitten wird. Die ganze Sache hat mich wahnsinnig gemacht. Aber ich war auch enttäuscht. Ich hatte gedacht, ich sei reif genug, um mit allem fertig zu werden.«

»Mach dir da keine Illusionen«. Er hebt den Zeigefinger. »Wir sind alle noch genauso verrückt wie früher, Sonny. Es gibt nur nicht mehr so viele Gelegenheiten, es zu zeigen.«

Diese Wendung des Gesprächs gefällt mir. Mein Lachen wird von den Wänden des leeren Gerichtssaals zurückgeworfen. Als ich so in meiner Robe dastehe und auf Seth hinabsehe, klingt das Echo von dem in mir nach, was hier normalerweise stattfindet. Viele Männer haben schon zu mir heraufgeschaut und auf irgendeine Form von Milde gehofft. Auch er erhofft sich etwas von mir. Ich spüre das. Ich habe ein- oder zweimal beobachtet, wie er, die Ellbogen auf das Eichenholzgeländer der Geschworenenbank gestützt und das Kinn in der Hand, mich mit einem töricht strahlenden, ja sogar jungenhaften Gesichtsausdruck betrachtet. Es läßt mich ungläubig staunen, und ich wende mich dann ab. Aus ihm ist ein merkwürdiger Erwachsener geworden. Er scheint seine Gefühle nicht voll unter Kontrolle zu haben, wie ein Kind seine laufende Nase. Dennoch mag ich ihn. Ich freue mich, daß er sich einen Teil seines ursprünglichen Wesens erhalten hat. Es wäre ein schrecklicher Gedanke, daß meine Zeit mit ihm vergeudet war. In bezug auf Charlie mußte ich vor langer Zeit nämlich zu diesem Schluß kommen.

»Ich dachte vorhin, du wolltest wissen, was aus Michael Frain geworden ist«, sagt er. »Als du sagtest, du hättest eine Frage. Ich denke, irgendwann mußt du sie doch stellen.«

»*Darf* ich?«

»Meine Antwort hast du schon.« Er sagte, er wisse es nicht.

»Steckt da nicht mehr dahinter, Seth? Ich habe deine Wahl dieses Pseudonyms immer für etwas bizarr gehalten.«

»Das ist eine lange Geschichte, die ich dir irgendwann einmal erzählen werde«, antwortet er.

»Und du hast nie wieder von ihm gehört?«

»Ich bin nicht einmal sicher, daß er noch lebt.«

»Okay«, sage ich und hebe die Hand zu einem Auf Wiedersehen.

»Hast du wirklich vor, mir für die Dauer dieser Verhandlung aus dem Weg zu gehen?«

»Ich habe die Absicht, es zu versuchen.«

Als ich ihm noch einmal zuwinke, hält er mich an den Fingern fest und klopft mir mit der anderen Hand kurz auf die Knöchel, eine winzige Geste, die besagt, daß es noch immer irgendeine Form von Beziehung zwischen uns gibt. Ich nehme das mit lakonischem Lächeln hin und drehe mich im selben Augenblick um. Unglücklicherweise steht plötzlich Marietta vor mir, die den Gerichtssaal gerade durch den Hintereingang betreten hat. Das Vorzimmer des Gerichtspräsidenten Tuohey sei am Telefon, sagt sie. Man wolle wissen, wer am Nachmittag zur Richterkonferenz kommt. Ich nehme das Gespräch an meinem Schreibtisch im Büro entgegen und versichere Wanda, der allzu diensteifrigen Sekretärin des Richters, daß ich da sein werde.

Marietta sitzt in ihrer gewohnten Lunchposition an ihrem Tisch im Vorzimmer. Ihre Aufmerksamkeit gilt dem winzigen Fernsehgerät, das sie jetzt im Schoß hat. Dabei ißt sie ein Sandwich, das sie mit der braunen Tüte festhält, in der sie es hergebracht hat. Der Metallbügel des Kopfhörers glänzt zwischen ihren buschigen Locken. Krümel sind ihr auf den vollen Busen und den braunen Wollpullover gefallen. Als ich mich in meinem Büro hinsetze, merke ich, wie sie mich durch die offene Tür fragend ansieht.

»Kein Wort«, sage ich zu ihr.

Einige Sekunden lang schweigt sie. »Eine Liebe vergißt man nie«, sagt sie plötzlich wie zu sich selbst.

»Ach, hören Sie endlich auf, Marietta.« Ich werfe ihr über die fünf Meter Entfernung einen finsteren Blick zu. Sie dreht sich zu mir um, und ihre angespannten Kierfermuskeln sollen wohl ihren Standpunkt bekräftigen. »Es war keine Liebe. Nicht für mich jedenfalls.« Sie verzieht leicht den Mund. Ich weiß, ich setze meine Gefühle herab, aber im Laufe der Jahre ist meine Sichtweise erstaunlich klar geworden. »Er betete mich an«, erkläre ich, »und leider muß ich zugeben, daß ich genau *das* geliebt habe.« Ich habe mich nie so großartig, so bewundert gefühlt wie in jenen Monaten mit Seth. Aber seine Zuwendung hat mich ausgelaugt, weil sie so fordernd war. Seth klammerte. Er wollte Nähe, zuviel Nähe. Das Zusammenleben mit ihm konnte jederzeit erstickend werden.

»Ich nehme an, Sie beide haben zuwenig miteinander geredet«, bietet Marietta zu meiner Verteidigung an.

Annie kommt gerade herein und setzt sich auf den Stuhl mit der steilen Lehne in der Ecke von Mariettas Büro. Sie hat ein Schulbuch bei sich und ißt gesittet ihren Apfel zu Ende.

»Ich mußte ihn etwas fragen.« Ich erkläre den beiden, ich hätte herausgefunden, daß Hobie und Dubinsky seit der High-School Freunde waren.

»So?« fragt Marietta.

Das heißt, die Andeutung, die Molto gemacht und ich zurückgewiesen hatte, könnte sich tatsächlich als wahr erweisen. Hobie selbst könnte die undichte Stelle sein, die er am ersten Verhandlungstag der Anklage angelastet hatte und durch die nach draußen gesickert war, Eddgar sei das eigentliche Ziel des Anschlags gewesen. Diese Möglichkeit sichert mir die Aufmerksamkeit der beiden Frauen. Marietta nimmt den Kopfhörer ab. Annie denkt sogleich an eine mögliche Verschwörung.

»Dieser Dubinsky«, sagt sie. »Der ist übel. Er ist eine Schlange.« Sie erinnert an einen Vorfall, der zwei oder drei Jahre zurückliegt. Im *Termolli*-Prozeß war der Geschäftsführer einer Ölfirma zusammen mit seiner Geliebten des Mordes an seiner Ehefrau angeklagt. Während der Beratung der Geschworenen hatte der Richter, Simon Norfolk, Dubinsky erwischt, wie er an der Tür des Beratungszimmers gelauscht hat. Norfolk hatte Stew für mehrere Stunden wegen Mißachtung des Gerichts in die Arrestzelle stecken lassen, bis schließlich eine Armada von Anwälten der *Trib* ankam und lauthals nach dem Ersten Zusatz zur Verfassung rief.

»Ja, Richterin«, sagt Marietta, »neulich haben Sie sich aber selbst zu Recht gefragt, was es der Verteidigung einbringt, wenn sie so etwas durchsickern läßt.«

Annie fragt, bevor ich antworten kann: »Ein Verfahren ohne Geschworene?« Derselbe Gedanke war auch mir gekommen.

»Bedenken Sie einmal die Gesamtsituation, Marietta. Tommy sitzt auf dem Pulverfaß. Er muß schnell loslegen, weil er hofft, Lovinia bei der Stange halten zu können. Hobie weiß das, weil er selbst das Problem mit ihr heraufbeschworen hat. Also lanciert er seine Geschichte in der Zeitung. Dann schreit er laut zetermordio, weil die Geschworenen nicht mehr unvoreingenommen sein können. Anschließend stimmt er großmütig einem Verfahren ohne Jury zu, damit der Prozeß beginnen kann. Daß ich unter diesen Bedingungen den Fall, in dem ich so viele der Beteiligten kenne, nur mit Widerstreben übernehme, ist ihm dabei bewußt. Denken Sie an Niles Äußerung ›Genau das ist es, was wir wollen‹, als ich ihm den Verzicht auf eine Jury erklärt habe.«

»Oho«, sagt Annie und verzieht das Gesicht. »Das ist gerissen.«

»Aber ich kann mir immer noch nicht denken, welchen Vorteil er aus einem Verfahren ohne Geschworene ziehen kann.«

Marietta lacht. »Richterin, ich will Ihnen ja nicht auf die Nerven gehen oder Ihnen etwas vormachen, aber in diesem Haus gibt es jede Menge Verteidiger, die ihm möglicherweise gesagt haben: ›Wenn Sie ein Verfahren mit ihr als Vorsitzende und ohne Jury bekommen, haben Sie leichtes Spiel.‹ Das ist eine Tatsache, Richterin.«

In diesem Hause erwartet man von Richtern, die zuvor bei der Staatsanwaltschaft waren, dieselbe Loyalität wie von Marineangehörigen ihrer ehemaligen Einheit gegenüber. Viele vergleichen die Tätigkeit eines Strafverfolgers mit der Kriegserfahrung eines Offiziers und den Gerichtssaal mit dem Kriegsschauplatz, in dem ein Gefecht zwischen Zivilisation und Barbarei ausgetragen wird. Ich habe oft genug gehört, wie Vorgesetzte am Ende einer Sitzungswoche die Staatsanwälte nach der ›Kopfzahl‹ gefragt haben, nach der Anzahl ihrer Verurteilungen. Allerdings war die Denkweise verfassungsbezogen und nicht militärisch geprägt. Für mich haben das Recht und seine unverbrüchlichen Grundprinzipien noch immer vorrangige Bedeutung in Verhandlungen zwischen Individuen und dem Staat. Anwälte der Verteidigung betrachten mich als natürliche Verbündete. Und Marietta sieht mich als Abtrünnige.

Sie ist aufgestanden, und ihr weiter Faltenrock mit ebenfalls bräunlichem Muster reicht bis zum Boden. Sie befördert ihre leere Mineralwasserdose in den Papierkorb und wirft mir einen strafenden Blick zu, der deutlich zeigt, daß für sie das Gespräch beendet ist. Hobie hat das also alles inszeniert, weil er es für möglich hält, daß ich Nile eher freispreche als eine Jury. Was konnte er Besseres tun, als den Fall seines Mandanten in die Hände eines anderen Kindes aus linksgerichtetem Elternhaus zu legen? Wer würde Nile mehr Sympathien entgegenbringen, ich oder die kaltherzigen Leute von der Straße? Darauf verläßt er sich. Ich sitze hier, weil ich Zoras Tochter bin. Immer. Unentrinnbar. Genau, wie Gwen gestern sagte. Marietta geht hinaus, nicht ohne vorher mit einem leichten Kopfschütteln ihr Unverständnis über das zum Ausdruck zu bringen, was ich versäume.

Die Verhandlung wird mit einem weiteren Hickhack fortgesetzt. Hobie besteht auf der Laboruntersuchung des Geldes, das die Anklage gestern vorgelegt hat. Er zitiert Montagues Eingeständnis, daß die Scheine zum Beispiel nicht auf Blut- und Pulverspuren untersucht worden sind. Auf der Anklageseite erhebt Rudy Einspruch.

»Euer Ehren, solche Untersuchungen müssen vor Verfahrensbeginn durchgeführt werden.«

»Ich habe ein paar Telefongespräche geführt«, sagt Hobie. »Ich kann die Untersuchungsergebnisse in vierundzwanzig Stunden bekommen. Montague hat angegeben, der Staat würde die Scheine, die nicht im Labor waren, nicht benötigen. Was kann es also schaden?«

»Wo liegt die Relevanz?« fragt Tommy. »Selbst wenn sich Blut oder Pulver auf den Scheinen findet, was soll's?«

»Nun ja«, antwortet Hobie, »dann wird die Anklage erklären müssen, wie es dorthin gekommen ist.«

»Wir sind hier auf keinem Angelausflug.«

Tommy hat recht, aber ich gebe dem Antrag statt. Es ist harmlos, und es ist eine anerkannte Weisheit in diesem Job, daß man der Verteidigung ihre kleinen Triumphe lassen muß. Es zeigt einem Berufungsgericht meine Unvoreingenommenheit.

Die weitere Vernehmung von Lovinia durch die Anklagevertretung verläuft ohne besondere Zwischenfälle. Mit erschreckender Unbeteiligtheit beschreibt Bug die Schießerei am 7. September: wie Junes Wagen sich nähert, wie sie Gorgo ruft, und wie sie dann, als sie erkennt, daß statt eines Mannes eine Frau das Fenster des Nova herunterläßt, Hardcore anruft. Etwa fünf Minuten lang waren sie und die Frau allein.

»Haben Sie sich mit der Frau unterhalten?«

»Sie wollte mit O'Dell reden.« Bei der Verballhornung von Hardcores richtigem Namen lächelt Bug. Sie sagt, Hardcore sei schnell dagewesen und habe einen Moment mit der Frau gesprochen. Dann sei Gorgo aus der schmalen Gasse herausgekommen. »Ich wurde verletzt«, sagt sie mit der Haltung eines Soldaten.

Nachdem er den letzten Teil der Vernehmung überlebt hat, kehrt Tommy bedrückt an den Tisch der Anklage zurück und ist auf alles gefaßt. Hobie erhebt sich zum Kreuzverhör.

»Bug«, sagt er. In seinem eleganten grauen Anzug, der vermutlich einen beachtlichen Kaschmir-Anteil hat, wandert Hobie, die Hände in den Taschen, durch den Gerichtssaal. Er hat sie ›Bug‹ genannt. Er will gar nicht den Anschein erwecken, daß sie einander nicht kennen. »Ich möchte Ihnen ein paar Fragen zu dieser Schießerei stellen. Sie sagten, sie hätten nicht gehört, was Hardcore zu dieser Lady gesagt hat?«

»Nee. Schien um Dope zu gehen.«

»Irgendein Disput?«

»Sah so aus.«

»Ist sie fortgegangen?«

»Nein, wie denn? Stand ja da neben dem Wagen im Gespräch mit Core.«

»Und dann kam Gorgo und hat gefeuert. Als das passierte, wo war Hardcore da?«

»Bei mir.«

»Er ist zu Ihnen gekommen und hat Ms. Eddgar bei ihrem Wagen gelassen. Stimmt das?«

»Ja, Sir.«

Hobie hat eine Schemazeichnung der Straße an einer Art Staffelei gehängt. Es ist das Beweisstück 3 der Anklage, auf dem Montague die Position der beiden Körper mit einem X und einem Y bezeichnet hat. Nun weist er darauf hin, daß Lovinia etwa fünfzehn Meter von June Eddgars Wagen entfernt auf die Straße getreten war und daß Core sich neben Bug befand.

»Und was hat er getan?«

»Wollte mich wohl zu Boden werfen.«

»Bevor Gorgo geschossen hat?«

»War wohl so. Mann, ging alles rasend schnell.«

»Aber es sah so aus, als versuchte Hardcore, Sie zu Boden zu werfen, als hätte er gewußt, daß Gorgo schießen würde?«

»Der Typ zog seine T-9 und ballerte los.« Alles lacht.

»Haben Sie denn gesehen, daß Hardcore irgendwie versucht hat, Gorgo aufzuhalten?«

»Mann, der stand hinter mir.«

»Also gut, Bug, können Sie sich erinnern, ob Sie irgendwie gesehen oder gehört zu haben, daß Hardcore versucht hat, Gorgo aufzuhalten?«

Sie sieht Hobie genau an. So groß ihre Abneigung gegen die Staatsanwälte auch ist, ihre Loyalität Hardcore gegenüber ist noch immer größer.

»Kann ich nich' sagen.«

»Aber Sie waren da und haben versucht, Gorgo zu stoppen, stimmt's?«

»Ja, Sir.«

»Aber er hat trotzdem geschossen?«

»Hat mich angeschossen.«

»Das haben Sie gesagt. Wurde Hardcore auch getroffen?«

»Nee.«

»Hat er sich rechtzeitig geduckt?«

»Is' hinter 'nem Auto in Deckung gegangen.«

»Okay.« Hobie sieht auf und betrachtet sie. Er macht eine Zäsur. Es wird nicht eindeutig klar, ob er wirklich auf etwas Bestimmtes hinaus will oder einfach den Weg weitergeht, den er einmal eingeschlagen hat. Eine unausgesprochene Frage, die für einen Augenblick wie ein Rauchschwaden in der Luft hängt. Dann wirft Hobie einen Blick in seine Notizen und wechselt das Thema.

»Bug, Mr. Molto, Tommy dort drüben, hat Sie nach ein paar Dingen gefragt, über die Hardcore mit Ihnen gesprochen hat. Lassen Sie mich zunächst eine Frage stellen: War Hardcore immer ehrlich, wenn er Ihnen etwas gesagt hat?«

»Nein, Sir.«

»Er hat Ihnen also nicht immer die Wahrheit gesagt?«

»Nicht immer. Kam auf seine Laune an. Wenn er high war, hat er manchmal richtig blödes Zeug geredet.« Ihre drastische Darstellung ruft im Saal lautes Gelächter hervor.

»Und Mr. Molto hat erklärt, Sie hätten den Polizeibeamten, ihm selbst und Mr. Singh gegenüber geäußert, Core hätte Ihnen am 6. September gesagt, der Mord würde in Niles Auftrag ausgeführt. Erinnern Sie sich, daß Mr. Molto das gesagt hat?«

»Die haben mir alle zugesetzt.«

»Haben sie Sie geärgert?«

»Und wie«, antwortet Bug, was wieder mit einem Kichern quittiert wird. Es fängt an, ihr Spaß zu machen, ein wenig mit dem Publikum zu spielen. »Waren ziemlich mies«, sagt sie.

»Aber lassen Sie mich eines klarstellen, Bug. Wenn Sie sagen, er hat etwas ›im Auftrag‹ eines anderen gemacht, heißt das dann, er hat es *für* diese Person gemacht?« Pech für Hobie, denn diese Frage verwirrt sie. Sie sieht sich im Gerichtssaal fragend nach einer Erklärung um. Dann sinkt sie ein wenig in sich zusammen und wird wieder zu dem Kind, das sie ja eigentlich noch ist.

»Vielleicht so ähnlich. Leute reden 'ne Menge Zeug, wissen Sie?«

Zum ersten Mal sitzt Hobie gewissermaßen fest. Er versucht es noch einmal. »Könnte es auch etwas anderes bedeuten?«

»Einspruch«, ruft Tommy. »Suggestivfrage.«

»Lassen Sie uns das ganz klar formulieren«, sagt Hobie. Er hat sich mit dem Rücken zum Tisch der Verteidigung aufgebaut und lehnt daran wie ein Lehrer an der Schultafel. Er hebt beide Hände. »Jetzt einmal ganz deutlich, Bug. Hardcore hat Ihnen *niemals* gesagt, er täte es ›in Niles Auftrag‹, nicht wahr?«

»Nein, Sir. Ich habe nie etwas gegen Nile gesagt.«

»Aber Sie haben mit der Polizei gesprochen?«

»Zuviel«, sagt sie traurig.

»Zuviel«, wiederholt er. »Sie erinnern sich wirklich nicht daran, was Sie das eine oder das andere Mal der Polizei erzählt haben. So ist es doch, oder?«

Sie zuckt mit ihren schmalen Schultern.

»Sie müssen mit Ja oder Nein antworten.«

»Hab' wohl irgendwie gesagt, was die gesagt haben.«

»War das auch gestern so? Diese vier Männer waren wütend und haben zitiert, was Sie vorher gesagt haben sollen, und daß Sie ins Staatsgefängnis müßten, wenn Sie es nicht wiederholen?«

»Hm, hm«, sagt sie. »Molto und die anderen haben gesagt: ›Sag die Wahrheit.‹ Dann hat er aus ihren Berichten vorgelesen und gesagt, wenn ich das hier nicht sage, lüge ich und muß M-1 abbrummen.«

Jeder hier im Gerichtssaal hat schon ähnliche Szenen erlebt. Diesmal ist allerdings interessant, daß Hobie den ganzen Weg zurückverfolgt. Trotz Tommys Anschuldigungen weiß Hobie, daß Bug weitergegangen war, als er eigentlich beabsichtigt hatte. Ich bin nicht bereit, Bug zu glauben, sie habe nie gesagt, was in der Aussage steht, die sie vor Lubitsch im Krankenhaus gemacht und unterschrieben hat. Aber Hobies Szenario ist ausgeklügelt – und überzeugend. Sie ist unter dem Druck der Polizei umgekippt und hat erzählt, was sie hören wollte.

»Wir wollen jetzt zum Anfang zurückkehren«, sagt Hobie. »Mr. Molto hat Sie nach diesem Deal gefragt, den Ihr Anwalt mit der Anklagevertretung für Sie im Sprechzimmer ausgehandelt hatte?

Erinnern Sie sich daran? Für Sie war das doch eine gute Absprache, oder?«

»'ne Menge besser als M-1.« Wieder leises Gelächter im Raum.

»Ich möchte nur sichergehen, daß Richterin Klonsky versteht, wie Sie sich bei dem Deal gefühlt haben.« Er sieht zu mir herauf, um sich zu vergewissern, daß er meine Aufmerksamkeit hat, was Hobie sicher niemals schwerfällt.

»Also, Sie haben Mr. Molto gesagt, wo Sie gewohnt haben, als sie festgenommen wurden. Manchmal bei Ihrer Mama. Haben Sie das gesagt?«

»Bin manchmal bei meiner Mama. Manchmal auch bei meiner Tante, manchmal bei anderen Mädchen aus der Gang.«

»Und hat Ihre Mama Sie besucht, seit Sie drinnen sind?«

»Nee«, antwortet Lovinia. »Haben nicht zusammen geredet. Sie weiß vielleicht gar nicht, wo ich bin. Kann sein. Vielleicht sitzt sie.« Lovinia zuckt mit den Schultern, womit sie eine stumpfe Gleichgültigkeit zeigen will, doch zugleich verrät sie diese Haltung auch. Eines habe ich gelernt: Diese Kinder wissen Bescheid. Aus dem Fernsehen, aus der Werbung, und sie lesen im Ausdruck unserer Gesichter. Sie wissen, sie sind der Maßstab, nach dessen Skala sogar der Verzweifelte dankbar dafür ist, daß es ihm nicht noch schlechter geht.

»Kommt ihr beide nicht miteinander aus?«

»Sie ist einfach eine verdammte Schlampe, wissen Sie? Nichts weiter.« Bug sieht zur Seite. Ihre Sanftheit ist verschwunden. Obwohl ihre Stimme ruhig klang, war diese Erklärung voller Haß. Geschickt läßt Hobie sie einen Augenblick im Raum stehen. Ich soll mich wieder einmal mit dem deutlichen Bild vom Leben der Armen konfrontiert sehen. Das ist das ursprünglichste und edelste Erbe, das ich als Zora Klonskys Tochter antreten konnte, nämlich mich voll und ganz in sie hineinversetzen und mir klarmachen zu können, was es heißt, nichts zu besitzen. Es geht hier nicht um den Mangel an Luxus und an den Dingen, ohne die wir es noch bequem aushalten können – wenn wir nur eine alte Rostlaube fahren und Erdnußbutter und Marmelade zum Brot haben statt Putenbrust und Boursin. Es geht auch nicht um den Mangel an

Wertschätzung, der mir manchmal entgegenschlägt, wenn ich finanziell gutgestellten alten Freunden von der juristischen Fakultät begegne, die es vorgezogen haben, die dünne Luft einer renommierten Anwaltskanzlei zu atmen. Prahlend berichten sie von Reisen in die Toskana und auf die Antillen, von ›Zweitwohnsitzen‹ in Skageon und anderen Herrlichkeiten, die Nikki und mir immer verschlossen bleiben werden. ›Arm‹ bedeutet wahrscheinlich für Lovinias Mutter der Kampf mit ihren Kindern um das Wenige, was übrigbleibt. Diese rotznasigen Kleinen, die für unnötige Kleinigkeiten, eine Tüte Chips, ein Coke, um ein paar Dollars betteln, wenn man selbst die sechs Scheine im Portemonnaie doch so dringend für ein bißchen Vergnügen am Freitagabend braucht. Und sie immer wieder hinhalten muß mit einem »Wie-kann-ich-denn?«, bis man sie schließlich nur wegen ihrer ständigen Bitten zum Teufel jagen möchte. Und immer steht die schreckliche Frage im Raum: »Wen liebst du wirklich, dich selbst oder mich?«

»Sie waren schon früher einmal im Jugendstrafvollzug, stimmt's? Im letzten Jahr für ein paar Wochen wegen Drogenhandels.«

»Hm,hm.«

»Und Sie wußten, daß Sie mit Sicherheit wieder reinmüßten, wenn Sie weiter dealen, nicht wahr?«

Sie zuckt erneut mit den schmalen Schultern. »Niemand kommt wohl für immer davon.«

»Ihr Deal mit Mr. Molto klang also gut für Sie?«

»Ja«, sagt sie, »sehr gut.« Hobie nickt. Er geht wieder auf und ab, jetzt aber etwas langsamer. Das war ein sehr geschickter Schachzug von ihm. Ein Dach über dem Kopf, drei Mahlzeiten, ein Ort, wo sie hingehörte. Für Lovinia gab es viele Gründe, den Jugendstrafvollzug zu mögen.

»Und wann hat zum ersten Mal jemand von der Anklagevertretung mit Ihnen über einen Deal gesprochen? War das, als Detective Lubitsch Sie am 12. September aufgesucht hat?« Hobie macht eine gereizte Kopfbewegung zu Nile hin. Er soll ihm die Kopien der Polizeiberichte geben. Nile erwacht langsam aus seiner Lethargie und gräbt mißmutig in dem großen Karton mit Unterlagen.

»O ja! Hat auf mich eingeredet. Würde einen guten Deal für mich machen.«

»Kannten Sie Lubitsch schon vorher?«

»War ja bei den Tic-Tacs. Hat mich zweimal geschnappt.«

»Sie festgenommen?«

»Hm, hm.«

»Und hat er Sie anständig behandelt?«

Sie zieht ein vieldeutiges Gesicht, das Dinge andeutet, die unter den gegebenen Umständen nicht offen erörtert werden können. »Geschlagen oder so hat er mich nich'«, sagt sie.

Wieder Gelächter.

»War er besser zu Ihnen als andere, ja?«

»Klar«, antwortet sie.

»Und Sie waren im Krankenhaus, als Lubitsch am 12. September zu Ihnen kam, stimmt das?«

»Hm, hm«, sagt Bug, »weil ich angeschossen war.«

»Weil Sie angeschossen waren«, wiederholt Hobie langsam und wirft mir wieder einen Blick aus seinen wäßrigen dunklen Augen zu. »Und hatten Sie Fieber?«

»Fieber? Hm, hm.«

»Haben Sie Medikamente gegen die Schmerzen bekommen?«

»Irgendein Zeug, glaub' ich.«

»Aber die Polizei hat Sie trotzdem verhört?«

»Hm, hm.«

»Hatten Sie einen Anwalt?«

»Nein, Sir.«

»War Ihre Mama da?« fragt Hobie.

»Nein, wie denn?«

»Haben sie jemanden vom Jugendamt mitgebracht?«

»Weiß gar nicht, wer die da alle waren. Niemand hat so was gesagt.«

»Lubitsch war also bei Ihnen. Und er hat gesagt, er könnte etwas für Sie aushandeln? Hat er das gesagt?«

»Ja, wenn ich auspacke. Wissen Sie, alles darüber, wie diese Lady umgebracht wurde und der ganze Scheiß.« Lovinia wirft mir einen kurzen Blick zu und murmelt: »Tut mir leid.«

»Und haben Sie ihm gleich zu Anfang auf seine Frage erzählt, was passiert war?«

»Nee. Hab' gesagt, ich weiß nichts. Wären gerade ein paar Goobers vorbeigekommen.«

»Aber später haben Sie etwas anderes gesagt, stimmt's? Mr. Molto hat einige Ihrer Erklärungen vorgelesen.«

»Muß ich wohl.«

»Mußten Sie wohl«, sagt Hobie. Er weiß genau, wohin das führt und daß ihm dieses Kind ausgeliefert ist. In meiner Zeit als Anklagevertreterin ist mir so etwas ein- oder zweimal passiert. Ich mußte hilflos zusehen, wie der Verteidiger meinen Zeugen in jede Richtung manipulierte, die ihm oder seinem Mandanten recht war. Die Situation erinnert mich an die traurigen Westernsongs, in denen der Sänger klagt, daß das Mädchen, mit dem er zum Tanzen gegangen war, mit einem anderen nach Hause geht. »Darauf werde ich noch zurückkommen. Vorher möchte ich Ihnen noch eine andere Frage stellen, Bug. Hat Detective Lubitsch Ihnen gesagt, daß Core selbst bei der Polizei ausgesagt hat, bevor Sie Ihre Aussage geändert haben?«

»Hm, hm. Sagte, er ist bei der Anklage und wie es weitergeht.«

»Er sagte, Core sei jetzt Zeuge der Anklage. Hat man Ihnen auch mitgeteilt, was er über dieses Verbrechen ausgesagt hat?«

»Hm, hm. In etwa.«

Wieder sieht Hobie zu mir herüber. Er macht jetzt einen Punkt nach dem anderen und will sichergehen, daß alles zur Kenntnis genommen wird.

»Lovinia, lassen Sie uns nun über die Gang reden, die BSD. Wann sind Sie zu denen gestoßen?«

Er fragt sie, seit wann sie Mitglied ist, und verwendet dabei geschickt die Gangsprache, nicht nur, um es ihr leichter zu machen, sondern auch um eine gewisse Vertrautheit zu demonstrieren.

»Bin schon lang dabei.«

»Jahre?«

»Fünf Jahre mindestens.«

»Okay. Was für eine Stellung haben Sie? Sind Sie noch Tiny G, Neuling, oder schon richtiges Mitglied, ein Homegirl?«

»Homegirl«, antwortet sie.

»Aber Hardcore ist Anführer, oder?«

Sie nickt einmal, aber sie ist wieder vorsichtig bei dem, was sie über die Gang und ihre Organisation sagt.

»Wenn er sagt, geh Dope verkaufen an der Grace und Lawrence, dann tun Sie es, oder?«

»Meistens«, sagt sie.

»Wenn er sagt, jemand soll zusammengeschlagen werden, sagen Sie dann nein?«

»Nein, Sir.«

»Haben Sie schon einmal ein Homegirl zusammengeschlagen, weil Hardcore es wollte?«

Bei dieser Frage erstarrt sie und sieht zur Seite, bevor sie antwortet. »Einmal. Ein kleines Mädchen, Tray Weevil. Waren zu mehreren. Sie hat 'ne Menge Mist gebaut.«

»Okay. Haben Sie mal mit jemandem geschlafen, weil Hardcore es wollte?«

Das Thema Sex gefällt ihr überhaupt nicht. Sie fixiert die Tür zum Gang, aus dem sie von der Arrestzelle gekommen war. Diesmal ist Hobie zu weit gegangen.

»Weiß ich nich'«, antwortet sie schließlich. Ihr Blick ist leer.

»Okay, aber Sie haben Hardcores Anweisungen befolgt, oder?«

»Er ist der Anführer«, sagt sie.

»Als Ihnen Lubitsch dann gesagt hat, daß Hardcore kooperativ ist und was er ausgesagt hat, haben Sie ihm genau dasselbe auch erzählt, stimmt das?«

»Glaube schon.« Drüben am Tisch der Anklage schnippt Tommy jetzt seinen Stift in die Luft und fängt ihn wieder auf, ein Trick, wie er gern in Geschworenenverhandlungen als Ablenkungsmanöver angewandt wird. Ich könnte ihn ermahnen, aber nach zwanzig Jahren im Beruf würde das Tommy kaum beeindrucken. Außerdem ist er zu wütend über das, was zwischen Bug und Hobie vorgeht, als daß er überhaupt noch klar denken kann. Seiner Meinung nach ist das alles leeres Gerede, lauter Mist, den Hobie vorbetet und den sie nachplappert. Doch die Bedeutung der Taktik erkennt selbst Tommy. Lovinias Erklärungen vor der

Polizei haben ihr Gewicht verloren, wenn sie tatsächlich nur das nachgebetet hat, was Core laut Auskunft der Polizei ausgesagt hatte.

»Hat man Ihnen gesagt, wenn Sie dasselbe aussagen wie Hardcore, würde man einen Deal für Sie aushandeln und Sie könnten im Jugendstrafvollzug bleiben?«

»So ungefähr.«

»Sie hatten keine andere Wahl, oder?«

»Nein, Sir. Besonders weil ich mit der Lügenmaschine Mist gebaut habe.«

Hobie ist stehen geblieben und sieht sie halb von der Seite an. »Soll das heißen, man hat einen Test mit dem Lügendetektor mit Ihnen gemacht?«

»Hm, hm.«

»Im Krankenhaus, am 12. September?«

»Direkt an meinem Bett dort.«

Hobie sieht mich an. »Euer Ehren, darf ich vortreten?«

Tommy und Rudy schleppen sich auch nach vorn zur Richterbank. »Davon weiß ich nicht das Geringste«, sagt Molto. Er schließt einen Moment die Augen. Dann seufzt er unbehaglich.

»Euer Ehren, wenn der Polygraph angewendet wurde, habe ich ein Anrecht auf den Bericht. Ich habe das Recht, ihn auszuwerten. Euer Ehren, hier handelt es sich offensichtlich um eine Unterdrückung von Beweismitteln.«

Hobies Überraschung scheint mir unglaubwürdig. Er hat zu ausführlich mit Bug gesprochen, als daß ihm dies entgangen sein könnte. Sein Timing ist sensationsheischend, dennoch geht der Punkt an ihn.

»Euer Ehren, es könnte Gründe geben, dieses Beweisstück unberücksichtigt zu lassen.«

»Ja, einverstanden«, sagt Tommy. »Ich stimme dem Antrag zu.« Alle vier lachen wir. Für Molto kommt der Augenblick der Wahrheit.

»Was wollen Sie also?« frage ich Hobie.

»Zuerst einen Blick in den Bericht werfen.«

»Es gibt keinen Bericht«, sagt Molto.

»Dann will ich den hören, der den Test durchgeführt hat«, sagt Hobie. »Wir können die Vernehmung nicht abschließen, ohne den Inhalt zu kennen.«

Ich gehe zwei Schritte auf den Zeugenstand zu, so daß ich Bug sehen und sie fragen kann, wer den Test mit dem Polygraphen durchgeführt hat.

»Lubitsch«, sagt sie zu meinem Erstaunen. Auch Moltos schüttere Augenbrauen waren fragend in die Höhe geschnellt.

»Fred Lubitsch kann das Gerät doch gar nicht bedienen«, sagt Molto. Rudy fällt ihm ins Wort und zieht ihn zur Seite. Sie haben Hobie und mich stehen lassen und flüstern nun aufgeregt miteinander. Wir bemühen uns um Diskretion den beiden gegenüber und sehen uns an. Als der schweigende Blick mir unangenehm wird, frage ich Hobie schließlich, ob er verheiratet ist.

»Im Moment nicht, Richterin. Dreimal habe ich Pech gehabt«, antwortet er. »Zur Zeit bin ich Junggeselle.« Tapfer lacht er kurz auf, dann aber gewinnt er seinen nüchternen Gesichtsausdruck zurück. In diesem kurzen Wortwechsel erkenne ich eine deutliche Parallele zu Seth. Nicht wegen der gescheiterten Ehen, sondern wegen der inneren Haltung: der schwermütige Blick mit dem dunklen Schleier vor all den Dingen, die nicht so gelaufen sind, wie sie sollten. Gehören wir, die wir doch so große Hoffnungen für unsere Welt gehabt haben, trotz allem zu der unglücklichsten Erwachsenengeneration? Hobie erzählt, daß er zwei Töchter hat, die ältere sei Studienanfängerin in Yale. Singh und Molto kommen zurück.

»Morgen früh wird Lubitsch hier sein«, verkündet Molto.

»Wollen wir bis dahin vertagen?«

Die Anwälte stimmen zu. Die Beamten vom Gefangenentransport führen Lovinia hinaus, die Nile, auch wenn er sie fixiert und ihr ein dümmliches Grinsen schenkt, noch immer nicht ansieht.

Winter 1970

SETH

Die ersten Monate des Jahres 1970 waren schrecklich. Es war Kaliforniens sogenannte erste Jahreszeit. Die Akazien hatten bereits geblüht. Das purpurrote Eiskraut leuchtete an den Rändern der Freeways. Doch jeder, den ich kannte, fühlte sich miserabel.

Im Haus der Eddgars herrschte das reine Chaos. Der Fakultätssenat hatte beschlossen, ab 1. April ein Hearing abzuhalten und dann zu entscheiden, ob Eddgar wegen der Aufwiegelung am ARC relegiert werden sollte. Eddgar genoß die Rolle des Märtyrers. Seine Auftritte in der Öffentlichkeit sorgten für eine aufgestachelte Atmosphäre. Wut, Aufopferung, Disziplin – der Fall sorgte dafür, daß Eddgar sich mit seinen Lieblingstugenden brüsten konnte. Mit schneidender Stimme verspottete er die Untersuchungen der Universität gegen ihn als Hokuspokus mit dem Zweck, abweichende Meinungen zu unterdrücken. Zu Hause war seine Stimmung eher schwankend. Laut machte er sich Sorgen um potentielle Verräter. June wirkte sogar noch gedrückter und fragte sich sichtlich deprimiert, was die Behörden am Ende alles auftischen mochten. Sie nahm Zuflucht zu Zitaten aus griechischen Dramen, in denen sie am College mitgespielt hatte.

Ich war noch immer mit Nile beschäftigt, außerdem machte meine Zusammenarbeit mit *After Dark* weitere Fortschritte. Ich machte das Büro sauber und stand viermal die Woche jeden Morgen um fünf auf, um in der Bay Area die stummen Zeitungsverkäufer zu füttern. Der Verleger von *After Dark* war ein schmerbäuchiger, glatzköpfiger Bursche in Polyesterhosen namens Harley Minx. Ich mochte Harley und fand ihn irgendwie rührend in seiner verzweifelten Art, das lustvolle Leben, das er in seinem Blatt propagierte, auch selbst zu leben. Wenn die Zeit im Büro es zuließ, erzählte ich ihm ab und zu ein paar meiner SF-Geschichten aus der Doobie Hour, und Harley überredete mich, ein paar davon aufzuschreiben. Er beschloß, sie als eine Art Fortsetzungscomic zu veröffentlichen, jede Geschichte über drei oder vier Ausgaben gestreckt und mit Cartoons a la Crumb illustriert. Die Kolumne bekam den Titel »Movie Trips« und erregte neben Harleys freundlicher Anteilnehme keinerlei Aufmerksamkeit. Trotzdem machte mich der Anblick gedruckter Texte aus meiner Feder fast schwindlig.

Die erste Geschichte drehte sich um eine Anführerfigur namens A. B. 1 und seinen Sohn I. B. 2. Ich hatte die Story in das Jahr 2170 verlegt. Ich stellte mir vor, die Medizin hätte bis dahin ihren ultimativen Triumph gefeiert, und die Menschen würden ewig leben. Als Folge davon drohte die Erde und die übrigen bewohnbaren Planeten in einem stinkenden Chaos der Überbevölkerung zu versinken. Fortpflanzung war nur noch mit Erlaubnis der Regierung erlaubt und auch nur dann, wenn ein Elternteil sich verpflichtete, einundzwanzig Jahre nach der Geburt des Kindes selber zu sterben. In meiner Geschichte kam A. B. 1, ein Mann von einigem Einfluß, zu der Ansicht, daß er sich daran nicht halten könne, und griff nach der einzigen Alternative, die das Gesetz gestattete, nämlich sein Kind zu opfern. Am Ende der ersten Folge überredete A. B. 1 seinen Sohn I. B. 2, sich den Fortieth Sky Fighters anzuschließen, weil er wußte, daß die Mitglieder der galaktischen Miliz großen und oft tödlichen Gefahren ausgesetzt waren.

»Das ist so etwas wie eine Parabel«, sagte Lucy, als ich die erste Ausgabe nach Hause zur Doobie Hour mitbrachte.

»In der Art«, erwiderte ich. Sonny legte die Zeitung traurig zur Seite. Als sie mich ansah, schwammen ihre Augen vor Mitleid.

»Was passiert mit dem Sohn?« fragte sie.

»Das wirst du bald erfahren.«

Inzwischen stand meine Einberufung kurz bevor, und mir blieb nur noch eine einzige Hoffnung, nämlich auf einen plötzlichen Durchbruch bei den Pariser Friedensverhandlungen, die es Nixon erlauben würden, den Krieg zu beenden. Ich hatte eine nochmalige Überprüfung meines Bescheids beantragt und den medizinischen Musterungsbefund angefochten, der mir im Februar zugestellt worden war. Dann konnte ich noch den Ort meines Einrückens nach Oakland verlegen. Damit würde ich noch einmal ein paar Wochen gewinnen. Doch im Grunde lief alles darauf hinaus, daß ich fort mußte. Dieser Gedanke ging mir nie aus dem Kopf, auch wenn ich meine Zeitungen ausfuhr oder mit Sonny zusammensaß und plauderte und lachte. Ich mußte weg. Bei Erhalt meines Einberufungsbefehls mußte ich mich sofort mit meinem Käfer nach Norden aufmachen. Das würde spätestens Ende April sein. Ich hatte mir Straßenkarten von allen Automobilclubs besorgt. Ich hatte mit den Organisationen der Wehrdienstverweigerer gesprochen. An der Grenze würde ich mich als Tourist ausgeben. Dann würde ich drüben bleiben. Ich kannte einen Typen, der einen anderen Typen kannte. Der würde mich für Gelegenheitsjobs in einer Kindertagesstätte in der Nähe von Vancouver anheuern. Ich würde jede Arbeit annehmen, auch in der Landwirtschaft, bis der Krieg zu Ende war. Und danach? Wer weiß. Oft konnte ich mich kaum halten vor Wut. Der Gedanke, die USA hinter mir zu lassen – ihre wirren Turbulenzen, als deren Teil ich mich fühlte wie eine Faser in einem Gewebe –, der Gedanke, meine Freunde zu verlassen und alles aufzugeben, wovon ich lebte, auch meine Musik, war entsetzlich. Auch meine Eltern im Alter nicht besuchen zu können, war mir eine furchtbare Vorstellung. Irgendwie erstaunte es mich noch immer, daß die mir bis dahin eher ferne Welt politischer Abstraktionen schließlich mein Leben verändern sollte. Doch es gab keinen Weg mehr zurück. Ich vermied es, die Ferien noch zu Hause zu verbringen, da ich wußte, meine Eltern würden mir unerträgliche Szenen machen und mal schmeichelnd, mal fordernd verlangen, daß ich meine Pläne aufgab. Daß ich ihren Bitten zum Trotz nicht heimfuhr, schienen sie zum ersten Mal davon zu überzeugen, daß ich diesen Schritt tatsächlich vorhatte.

Sonny hatte ihre eigenen Probleme. Der Dissertationsvorschlag sollte am 1. März abgegeben werden. Stundenlang vergrub sie sich in der Bibliothek, vernachlässigte ihr Äußeres, fand die Lage hoffnungslos und beklagte ihren Mangel an Ideen und Interesse. Sie hatte Ringe unter den Augen, ihre Hände und die Bündchen ihres unförmigen Seemannspullovers waren tintenverschmiert. Zwei- bis dreimal in der Woche baute ich sie in langen ermutigenden Gesprächen wieder auf und erinnerte sie daran, was für ein brillanter und vielversprechender Kopf sie schließlich sei. Doch das schien sie selten zu überzeugen. Im Februar bat sie um eine Verlängerung der Abgabefrist. Und dann, zwei Tage später gab sie zu meinem großen Erstaunen auf. Als ich den Brief las, in dem sie Graeme die Mitarbeit aufkündigte, verlor ich ein wenig die Fassung, lief ihr kreuz und quer durch die Wohnung nach und stritt mit ihr.

»Das packst du doch. Husserl. Heidegger. Ich habe dir zugesehen, wie dir dabei ein kleines Licht nach dem anderen aufgegangen ist.« Dazu schnippte ich mit den Fingern und brachte sie tatsächlich dazu, daß sie lächelte.

»Mir ist etwas klargeworden«, sagte sie. »Ich habe damit angefangen, weil ich es begreife, weil ich gut darin bin. Aber das allein ist doch kein Grund, warum man etwas tut. Das bin nicht ich selbst.«

Da stand sie nun im Wohnzimmer, schob die Bücher ins Regal und räumte ein Stück ihres Lebens weg, das sie nun zur Vergangenheit erklärt hatte.

»Und wer bist du?« fragte ich schließlich.

Sie schüttelte den Kopf und sah mit leerem Blick auf unsere Second-hand-Möbel. Auf dem Boden lag ein magentaroter Pseudoperser aus Baumwolle, der ausfärbte, wenn er mit Wasser in Berührung kam. An der Wand stand eine alte braune Bettcouch mit Tweedbezug, die sich nur von zwei Personen gemeinsam ausziehen ließ. Die geblümten Polster des Schaukelstuhls und das

Sitzkissen waren zerschlissen, und an einigen Stellen quoll schon die Füllung heraus. An den übrigen Wänden standen die Bücherregale aus Ziegelsteinen und Brettern.

»Ich will weg. Anderswohin. Anderes kennenlernen.«

»Wie wär's mit Kanada?« fragte ich.

Sie wollte schon lächeln, hielt es aber um meinetwillen zurück, weil sie merkte, daß ich es ernst meinte. »Ich könnte…«, meinte sie. Wir schwiegen beide. »Ich könnte…«, versuchte sie noch einmal. »Ich könnte so viele Dinge tun, Seth.«

Ich fragte sie, was denn, und sie zog ein Informationsheft des Friedenskorps aus ihrer Segeltuchtasche, eine Hochglanzbroschüre, die sie vom Campus mitgebracht hatte. Auf der Titelseite zeigte sie eine strahlende, pausbackige junge Frau vor einem Hintergrund in Rot, Weiß und Blau. Ich entdeckte sogar eine gewisse Ähnlichkeit mit Sonny.

»Wahrscheinlich würde ich gar nicht angenommen«, sagte Sonny. »Du weißt ja, wie das läuft: Da das Peace Corps zu Kennedys Programm gehörte, hat Nixon die Mittel gekürzt. Aber ich glaube, es wäre ganz toll, irgendwo hinzugehen und etwas total Neues anzufangen, etwas Unbekanntes, das noch aufgebaut werden muß. Beim Gedanken daran – ich weiß nicht – werde ich ganz optimistisch.« Sie preßte sich die Hände aufs Herz.

»Wozu das Ganze? Was, zum Teufel, willst du damit erreichen?«

»Das andere, Baby. Ich möchte sehen, was es anderes gibt. Entdecken. Hinausgehen. Losziehen. Den Horizont erweitern. Ich muß das nicht rechtfertigen. Du verstehst mich.«

»Ja, natürlich«, spottete ich. »Pack es an, geh deinen Weg, Mann. Weißt du, du bist schlimmer als ich. Ich komme mit dem ganzen Scheiß nicht zurecht. Aber ich gebe es wenigstens zu. Mich reißt es mal hierhin, mal dorthin. Ich kriege nicht einmal auf die Reihe, wo du gerade schwebst. Du bist *traumhaft*. Du surfst herum. Ich höre dich sagen: ›Diese Möglichkeit. Oder die da.‹ Es sieht fast so aus, als hättest du Angst davor, einfach dein Leben fortzusetzen.«

»Und wenn? Mein Gott, Seth, aus dir spricht doch geradewegs dieser ganze Mittelklassen-Quark.«

»Ach, scheiß drauf. Findest du es schlecht, wenn man an etwas hängt? Ich nicht.«

»Darum geht es nicht, Seth. Aber ich kann nicht an etwas hängen, bloß weil ich glaube, es ist eine gute Idee.«

Inzwischen waren wir im Schlafzimmer mit seinem Bullaugenfenster und den gelblackierten Stucklilien an den Wänden. Draußen im Flur sprang der Heizofen an. Ich hockte mich traurig aufs Bett.

»Ich meine«, sagte ich, nachdem wir beide eine Weile geschwiegen und keiner den Mut gehabt hatte, den anderen anzuschauen, »was ist mit uns? Hast du gar nicht an uns gedacht?«

»Mein Gott, Baby, das habe ich. Das habe ich. Das habe ich natürlich. Aber das ist keine Sache des Denkens. Ich muß *fühlen,* daß ich das Richtige tue. Da hinaufzugehen – das könnte ich tun, aber es ist ein so riesiger Schritt. Für mich jedenfalls. Es bedeutet, daß ich dir folge. Es bedeutet, es ist deine Angelegenheit, nicht meine. Es bedeutet, ich muß ins Fegefeuer, weil du da bist. Es gibt so viele Probleme dabei. Ich muß mich einfach allein durchbeißen. Du verstehst das. Ich weiß, daß du es verstehst.«

Ich konnte es nicht glauben. Die Zukunft. Der gefürchtete Punkt, an dem mein Leben auseinanderfiel. Ich hatte ihn erreicht.

Einige Wochen waren seit Neujahr vergangen, da läutete mitten in der Nacht das Telefon. Ich wachte auf und dachte als erstes an meine Eltern. Ob ihnen etwas passiert war? Aber es läutete an Sonnys und meinem gemeinsamen Anschluß. Am anderen Ende meldete sich Lucy und bat mich, zu ihr zu kommen. Sie hatte schreckliche Angst.

»Ein schlimmer Trip«, rief sie schrill. »Er hat einen schlimmen Trip eingeworfen.«

Ich hatte noch nie erlebt, daß Hobie weg gewesen war. Gegen Ende seines Studiums hatte er viele Halluzinogene genommen – LSD, Psilocybin, Zauberpilze. Er lieh sich gern ein Motorrad und kurvte durch die Hügel und Wälder von Greenwood County. Einmal war ich mit ihm gefahren und hatte wohl so etwas wie eine Grenzerfahrung: Mein Hirn schien ins Freie zu entschweben und sich an den Kronen der Eichen zu kristallisieren. Dort hing es an den Blättern und schaukelte magisch glitzernd im Wind. Aber meistens ließ ich die Hände von LSD aus Angst, meinen eigenen Gespenstern zu begegnen.

Als ich ihr Apartment an der Grand Street erreichte, kauerte Lucy hinter der Tür. Um mich hereinzulassen, schob sie ihren Hund, Mighty White, einen riesigen cremeweißen Huskie, mit dem Fuß zur Seite. Hobie hatte noch auf den letzten Examenstermin hin gebüffelt, und darum sah die Wohnung aus wie nach einem Tornado. Während der gesamten Collegezeit hatte Hobie seinen Vater Gurney in dem für einen Apotheker verständlichen Glauben gelassen, er würde einmal Mediziner werden. Doch wir kannten Hobie und wußten sehr wohl, das einzige, was ihn daran hätte interessieren können, wäre der eigene Rezeptblock gewesen. So entschied er sich schließlich für das Jurastudium, erstens um seine Eltern zu beruhigen und zweitens weil er gehört hatte, daß man nach jedem abgeschlossenen Kurs nur eine einzige Prüfung ablegen mußte. Er hatte nicht vor, seine Zeit über Skripten und Büchern zu verschwenden, nur um am Ende zum Wehrdienst eingezogen zu werden. Doch nachdem ihm nun die Lotterie ein Freilos beschert hatte, mußte er schnell sein Fach lernen. Die ersten Prüfungungstermine hatte er schon vorbeigehen lassen. Und so lagen seine Bücher und Notizen jetzt über das ganze Wohnzimmer verstreut, die Luft stand vor Zigarettenqualm. Zu jedem Semesterende war es das gleiche: Er bat all seine Freunde, ihm von ihren Ferienflügen nach Hause diese kleinen Vierer-Päckchen Zigaretten mitzubringen, die man unterwegs im Flugzeug zu den Mahlzeiten servierte. Schon in Easton hatte ich oft genug erlebt, wie er alle Kommilitonen um ihre Notizen von den Vorlesungen anbettelte, die er geschwänzt und deren Skripten er sich nie gekauft hatte. Am Ende schloß er immer mit den besten Noten ab und bekam eine Belobigung vom Dekan. Er war immer besser als ich.

Jetzt aber saß Hobie drüben auf dem Sofa, auch ein Möbelstück aus dem Secondhand-Laden mit wulstigen Armlehnen und Wiesenblumenmuster. Ich merkte, daß er schluchzte. Seine Wangen glänzten feucht, und die Arme hingen ihm schlaff zwischen den

Knien. Gleichzeitig fixierte er den Fernseher, der, so verlangte es sein Lebensstil, nur wenige Schritte entfernt stand. Es lief gerade ein alter Kinofilm. Katherine Hepburn und Spencer Tracy. Nach Lucys Angaben kämpfte Hobie gerade mit den Folgen des Versuchs, aus seinem Kopf ein Chemielabor zu machen: Er hatte LSD eingeworfen und als Draufgabe noch eine Nase voll Schnee genommen.

»Er ist verrückt geworden«, sagte sie. »Pumpt sich voll und fängt an zu heulen.«

»Gibt es einen Grund dafür?«

»Hör ihn dir an.« Sie rollte die Augen. Solche Wutanfälle erlebte man selten bei ihr.

Neben dem Sofa lag mit zerbrochenem Glas ein Foto von Hobies Familie. Vor ihm stand ein geleerter Aschenbecher. Vorsichtig setzte ich mich neben ihn. Er hatte ein T-Shirt an, das er selber einmal in Easton entworfen und verkauft hatte – mit einem Siebdruck, der ein anatomisch perfektes Herz und einen Lungenflügel zeigte, darunter in schwarzer Schrift: »Sei mein Transplantat.«

»Nun, Mr. Gordon, irgend etwas vom bösen Kaiser Ming in Sicht?« Seinem Blick sah ich an, daß meine Frage wie Quecksilberkügelchen irgendwo in einer seiner Gehirnwindungen verschwand. Irgendwie war es für mich immer die große Schau, wenn Hobie hinüber war und ich total nüchtern und kurze Zeit der Meister in unserer verzwickten Beziehung. »Was flimmert denn da über den Bildschirm, Kumpel, das dich so unglücklich macht?«

»He, Mann, das weißt du.« Vollgepumpt mit Drogen war er sanfter als sonst, wenn er den Knallharten spielte und ordentlich hip war. Das runde Gesicht war von Tränen aufgequollen.

»Bist du bei dir?« fragte ich. Hobie hatte zwei- oder dreimal auf einem Trip das Gefühl gehabt, jemand anders zu sein: eine Frau aus dem vierzehnten Jahrhundert in Avignon, die an einem Gobelin für den Papst arbeitete, oder ein nepalesischer Bauer namens Prithvi Pradyumna, der täglich seine Ochsen vor sich her trieb und sein Leben lang darunter litt, daß nicht er, sondern sein Bruder Mönch werden durfte. Seine Augen fingen an zu flackern.

»Es ist alles ganz schlimm«, sagte er.

»Du meinst das Dope? Kannst du uns verstehen?«

»Dope? Ja? Es ist das Dope. Und alles andere. Das Brett vor dem Kopf. Das Ausflippen. Kommt alles vom Dope.«

Ich stimmte ihm zu. Er hatte zuviel genommen. Ich sagte es ihm, und sofort fuhr er mich an.

»Nein! Weißt du, warum ich seit fünf Jahren stoned bin? Weißt du es?« Er war polternd aufgesprungen und stand nun drohend über mir. »Ich kille den Schmerz, mein Lieber! Ich bin vor den Tatsachen davongelaufen! Hast du das gewußt?«

»Nein.«

»Ob du das *gewußt* hast?« schrie er mich an, die Arme weit von sich gestreckt. Lucy schaute von der Küche herein. Jetzt, nachdem ich da war, ließ sie ihren Tränen freien Lauf. Sie heulte, und in ihrem Gesicht verlief das Make-up. »Mann, es gibt da etwas, das ich mir nie eingestehen wollte. Und weißt du, was das ist? *Weißt* du es?«

»Nein.«

»Er *weiß* es nicht«, bellte Hobie gegen die Decke. Da oben hatte er eine seiner Kommentarsammlungen auf den Putz geklebt. In einer Zimmerecke baumelte ein Blatt mit der Zeile: ›Recht und Gesetz gehören von Natur aus zu den höchsten Gütern.‹ Er sah mich so plötzlich an, daß ich zurückschreckte. »Ich bin ein *Schwarzer*«, verkündete er, und für einen Moment schüttelte ihn ein heftiger Weinkrampf. »Weißt du, was es bedeutet, ein Schwarzer zu sein? Weißt du das?«

In meinem Elternhaus hatte ich von Jugend an eine besondere Empfindlichkeit für den Schmerz entwickelt, der durch Unterdrückung hervorgerufen wird. Also erinnerte ich Hobie an meine Versuche, dagegen anzukämpfen, an die Kundgebungen und Demonstrationsmärsche, an denen ich mit ihm und seinen Eltern teilgenommen hatte. Aber das brachte ihn nur noch mehr auf.

»Erzähl mir nichts *davon*! Glaubst du, ich muß dir auch noch ein beschissenes Dankschreiben schicken, weil du die Straßen rauf und runter marschiert bist und den Leuten gesagt hast, bitte seid doch nicht so gemein? Was hat denn das bewirkt, Mann? Das war doch nichts weiter als ein angenehmer Spaziergang.« Hobie stieß gegen den Kaffeetisch, ein schauderhaft billiges Stück Holz mit zerkratztem Furnier. Es schlug gegen mein Knie.

»Ich weiß, wir leben in einer beschissenen Welt, Mann. Aber sie ändert sich. Sie *hat* sich schon geändert, verdammt noch mal. Noch zwanzig Jahre, und in diesem Land wird es keinen einzigen Slum mehr geben. Arme Neger...«

»Schwarze! *Schwarze,* Mann!«

Gurney, Hobies Vater, hatte mir als Siebenjährigem eines Tages auf seine onkelhafte Weise in seinem Drugstore beigebracht, daß ich lieber Neger statt ›Farbiger‹ sagen sollte.

»In Ordnung, Schwarze. Schwarze, arme Schwarze, sie sind wie die Immigranten, die 1964 von ihren Booten aus an Land gegangen sind. Sie sind Neuankömmlinge. Und du glaubst, sie werden nicht auch in diesen Schmelztiegel springen? Sie werden keinen Dialekt mehr sprechen, sie werden...«

»›*Dialekt*‹? Mann, das ist unsere Sprache. Unsere Kultur. Scheiß drauf! Weißt du, darüber kann ich mit dir einfach nicht reden.« Lucy und der Hund kauerten an der Wand, als Hobie aus dem Raum stolzierte. Ich fand ihn rechtzeitig auf der hinteren Veranda, einer wackeligen Holzkonstruktion vor der Küche mit verstärktem Fußboden, damit sie die Waschmaschine aushielt. Er riß die nasse Wäsche heraus und schleuderte ein paar Stücke ziellos in die hell erleuchtete Küche. Ein Hemd war am Kühlschrank hängengeblieben, eine Socke an der Küchenuhr. Ein Paar Jeans klatschte feucht schmatzend an die gelbe Wand, wo sie kurz darauf zu Boden glitten und eine naß glänzende Spur hinterließen. Wütend drehte er sich um, als er mich hinter sich bemerkte.

»Die amerikanische Nation ist unter dem Fluch einer Erbsünde empfangen worden, und diese Sünde ist die Sklaverei!«

»Ach, hör schon auf«, sagte ich. »Hör auf, mir ein schlechtes Gewissen damit machen zu wollen, wie schwer es die Negerbevölkerung hatte. Das weiß ich, okay? Aber die Neger waren nicht die einzigen, die gelitten haben.«

»Sag mir, wem es noch schlimmer ergangen ist.«

»Wem? Ach, leck mich, Jack. Mann, ich selbst würde beinahe nicht hier stehen...«

»Ach, das meinst du. Natürlich! Außer daß die ganze verdammte weiße Welt sich zusammengetan und Adolf Hitler ordentlich am Arsch gekriegt hat. Aber laß uns hierher schauen, in die Vereinigten Staaten von A., Mann: Gelyncht worden sind wir, vergewaltigt, unsere Hütten niedergebrannt. Den Ku-Klux-Klan haben wir hier, weiße Bürgerkomitees und diesen Orval Faubus. Wir haben diesen Bull Conner, der seine Hunde auf schwarze Teenager hetzt, die einfach nur an einer Lunch-Theke ein Sandwich essen wollen, Mann. Und haben wir mal von diesen europäischen Politgrößen jemals ein Wort gehört, wie: ›Das da drüben ist eine neue Bedrohung unserer Zivilisation‹? Komm mir bloß nicht so, Mann. Tausendmal schon habe ich gehört: Aber das ist doch etwas anderes, Mann.«

»Es ist etwas anderes. Selbst Sklaverei ist keine Ausrottung.«

Aus ihrer Ecke sagte Lucy, alles sei schrecklich genug, und fragte, warum es denn so wichtig sei, was davon schlimmer sei? Wir nahmen sie beide nicht zur Kenntnis.

»Unser Sklavendasein ist nie zu Ende gegangen«, sagte Hobie. »Wir werden hier nie etwas anderes sein als Sklaven oder die Kinder von Sklaven. Niemals! Es gibt kein Vergessen.« Hobie stand über die Waschmaschine gebeugt und kriegte fast keine Luft mehr.

»Für uns beide war das nie ein Thema.«

»Scheiß drauf!« schrie er.

»Hobie, du bist hier auf einem Trip und siehst die Dinge falsch.«

Das war wohl das Schlimmste, was ich jemals zu ihm gesagt hatte. Er packte mich wutschnaubend am Kragen. Ich versuchte, mich ihm zu entwinden, doch da traf mich seine Stirn im Gesicht. Meine Lippe platzte auf und blutete heftig. Lucy brachte mir ein Tuch und Eiswürfel, und ich setzte mich an den Küchentisch, um die Wunde zu behandeln. Hobie schien es nicht zur Notiz zu nehmen. Er kam erneut auf mich zu und brüllte immer noch.

»Das hier ist kein Scheiß-Trip! Das hier ist mein Scheiß-Leben!«

Später, als ich Sonny unseren Streit wiedergab, war ich weniger erschüttert von Hobies rasender Wut als von dem Tempo, mit dem ich instinktiv die Erfahrungen meiner Eltern zu meinen eigenen gemacht hatte. Mich empörte, daß ausgerechnet Hobie die unverbrüchlichen Moralforderungen vergessen hatte, die sich aus meiner Herkunft herleiteten.

Danach war unsere Beziehung nie wieder dieselbe. Ich kannte Hobie gut genug, um keine Entschuldigung zu erwarten, aber er machte nicht einmal den geringsten Versuch einer Wiedergutmachung. Zur Doobie Hour kam er nur noch unregelmäßig, und oft erschien Lucy ohne ihn. Wir ließen einfach Zeit vergehen. Am Abend meines Geburtstags am 12. März unternahmen wir einen Versuch der Annäherung. Zu viert gingen wir in ein kleines vietnamesisches Restaurant, das Hobie in San Francisco entdeckt hatte. Es war ein winziges Loch in der Van Ness Street. Seine Spezialität waren Frühlingsrollen und pikante Suppen. Als Katholiken hatten die Besitzer ihren kleinen Laden für den Mardi Gras mit goldenen Blattgirlanden geschmückt.

»Drei große Kochkulturen gibt es, Mann«, verkündete Hobie. »Die chinesische, die indische und die französische. An einem einzigen Ort sind sie sich begegnet. Wir erleben hier die verdammt feinste Küche der Welt.«

Lucy hatte sich zu dem Anlaß Glitzerschmuck ins Haar getan und für uns alle mit Ziermünzen besetzte kleine Windrädchen mitgebracht. Sonny gab mir ein Exemplar von *Abbey Road*. Wir tranken chinesisches Bier. Hobie sagte, nichts mache ihn so high, seit er das Kokain aufgegeben habe. Ich – und vor allem Sonny – freuten uns über die gute Nachricht.

»Ungelogen, Mann«, sagte Hobie. »Mich macht diese ganze Wo-Weiße-sind-ist-oben-Kiste unheimlich fertig.«

Gegen meine innere Stimme wollte ich wissen, wie er das meinte.

»Diese amerikanische Tour, Mann. Die Weißen haben Farbige seit dem sechzehnten Jahrhundert überall auf der Welt kaputtgemacht, ihnen ihr Land weggenommen, sie getötet oder zu Sklaven gemacht. Der Krieg in Vietnam und der Krieg bei uns in der Prärie, Mann – ist, verdammt noch mal, genau dasselbe. Hältst du es denn für einen Zufall, daß die GIs in Vietnam das Vietcong-Gebiet ›Indian Country‹ nennen? Hältst du es für einen Zufall, daß wir die Atombombe auf das gelbe Japan geworfen haben und nicht auf das weiße Deutschland? Und jetzt? Jetzt heißt es, wenn ein Planet nicht ausreicht, wird eben der verdammte Mond kolonisiert.« Diese imperialistischen Verhaltensmuster spiegelten sich Hobies Meinung nach überall wider, nicht nur in großangelegten Manifestationen wie in Vietnam, sondern auch in scheinbar harmlosen Begebenheiten des täglichen Lebens. Hobie war zu der Überzeugung gelangt, raffinierter Zucker sei das Produkt eines skrupellosen Oligopols, das beabsichtige, Kuba und Hawaii zu unterjochen. Sie hätten das Produkt gereinigt, um Kinder von ihm abhängig zu machen, und zugleich den unterschwelligen Rassismus in Amerika angesprochen, indem sie ein braunes Grundprodukt weiß bleichten. Das gleiche gelte für Kokain. »Weiß«, sagte Hobie, »steht für Reinheit, Anstand, Sauberkeit und Format. Dieses Land hat mit der Wo-Weiße-sind,-ist-oben-Kiste die Hirne verseucht. All diese Typen in ihren weißen Hemden, mit denen sie täglich zur Arbeit gehen. Waschen sich die Hände in Ivory Soap, weiß wie Elfenbein. Denk mal drüber nach, Mann. Denken!«

Ich sah ihn eine Weile an, und sagte dann, er käue den Mist der Black Panthers wieder. Das provozierte ihn ungeheuer.

»Das sind Schwarze mit Power!« brüllte er. »Kapierst du das nicht? Sie sind genau das, was Amerika seit vierhundert Jahren nicht wahrhaben wollte, Mann. Das sind Männer aus Afrika mit schweren Knarren, sie rennen nicht weg und verstecken sich nicht, sie sagen ›Hände hoch, Motherfucker. Ich will, was mir gehört.‹«

»Du bist übergeschnappt«, sagte ich. »Völlig durchgeknallt.«

»Mann«, sagte Hobie, »du kannst meine Gegenwart ja kaum noch ertragen. Wenn ich nicht gerade den netten Neger spiele und lauter nette Sachen sage, kommst du damit nicht zu Rande. Gehen wir«, sagte er zu Lucy und ging hinaus.

Ich blieb einen Moment sitzen, unzufrieden mit mir selbst. Mein Blick suchte flüchtig bei Sonny und Lucy Trost. Dann stand ich auf und folgte ihm. Draußen auf dem Gehsteig der belebten Straße mit ihren grau verputzten Häusern stand Hobie und beobachtete den Verkehr, der sich die hügelige Van Ness hinauf- und hinabwälzte.

»Wenn ich abfällig über das, woran du glaubst, geredet haben sollte, tut es mir ehrlich leid«, sagte ich zu ihm. »Mir liegt gerade selbst etwas quer im Magen. Aber ich packe es. Du weißt, ich stehe auf deiner Seite. Das habe ich immer getan.«

»Aber du wirst nicht immer auf meiner Seite stehen, Mann. Kein Weißer tut das für immer.«

»Wie meinst du das?«

»Dieses hier ist dein Land, Mann. *Dein* Land.«

»Ist es das, wirklich? Und deswegen muß ich hier wegrennen?«

»Ach, du weißt ja. Die Zeit vergeht.«

Ich konnte nicht glauben, was er da sagte. Ich stieß einen Fluch aus.

»Okay«, sagte er. »Ich sage nur, wie es ist. Ich weiß, du bist im Moment gegen vieles. Weil sie gerade dabei sind, deinen Arsch zum Militär einzuziehen.«

»Stimmt, und du bist ein selbstloser Philosoph. Du machst dir Gedanken über die Unterdrückung farbiger Menschen, weil du ein Neger bist – oder schwarz. Welches Wort du auch immer in dieser Woche bevorzugst.«

»Hör doch zu, Mann, so ist es nun einmal.« Er schlug mit der Faust in die andere Handfläche. »In fünfundzwanzig Jahren wirst du reich sein, fett und weiß – und ich immer noch ein Neger oder was es gerade sein mag.«

»Und ich werde, verdammt noch mal, Kanadier sein.«

Ich hatte verstanden. Jetzt war es mir klar. Wir hatten zusammen das College besucht und alles gemeinsam gemacht. Als Kinder hatten wir gespielt, was Jungen gern spielen, Football an kalten Nachmittagen, hatten Ringkämpfe ausgefochten, bei denen er mich jedes Mal besiegte, mich im Schwitzkasten festhielt oder mir eins auf die Nase gegeben hat, daß sie blutete. In den ersten Klassen der High-School hatten wir das Spiel ›Wer-liebt wen?‹ gespielt und uns gegenseitig die ersten Schamhaare gezeigt. Später freundeten wir uns mit Weird John Savio an, der mit uns im Dreigang-Fairlane seiner Mutter mit 180 über den Highway raste, bis der Motor qualmte. Am College blieben wir wenigstens zweimal die Woche die ganze Nacht auf und ließen alle, die wir mochten, an unseren Diskussionen über die wesentlichen Dinge des Lebens und über diverse Beweise für die Existenz Gottes teilnehmen. Wir dachten gelegentlich über die Möglichkeit nach, ob nicht vielleicht das Leben auf Erden die eigentliche Hölle war. Wir waren die geheimen Erfinder und Initiatoren der legendären Wasserschlacht von Easton zwischen den Erst- und Zweitsemestern. Wir konsumierten jede Menge Haschisch und Benzedrin und glaubten, so herausfinden zu können, was Einstein wirklich mit der Dualität von Welle und Teilchen gemeint hat und mit der Relativität des Zeitbegriffs. Alles haben wir miteinander durchgestanden. Hier aber war eine Grenze erreicht.

Ich fing an, Sonny zu bedrängen und mit meinem Bitten »Komm mit mir!« zu quälen. In meinen Ängsten war sie für mich eine leuchtende Kostbarkeit, die es zu bewahren galt. Ich brauchte den Trost ihrer Liebe, einen Körper, den ich halten, einen Menschen, an den ich glauben konnte. Wenn sie mitkam, könnte ich leichteren Herzens gehen.

Sonny spielte weiter mit dem Gedanken. Keine Frage, sie wollte sich selbst mutig und rechtschaffen sehen. Dennoch nahm sie einen Job als Bedienung bei Robson's an, einem Ham-and-Egg-Laden am Campus Boul, und betrieb auch weiter ihre Bewerbung beim Peace Corps. Als die Zeit knapp wurde, wollte ich die Dinge konkretisieren. Der einzig wesentliche Punkt, so sagte ich ihr immer wieder, sei ihre Bindung an mich. Sie saß dabei im Wohnzimmer, hörte mir mit geschlossenen Augen zu und bemühte sich, mein dummes Gerede zu ertragen.

»Seth, es geht nicht darum, wie ich zu *dir* stehe. Ich bin zweiundzwanzig. Wäre ich zweiunddreißig oder zweiundvierzig und wir wären zusammen, wäre es etwas anderes. Aber ich will mein Leben leben. Mein eigenes Leben. Ich habe dich nie belogen. Oder dir etwas vorgemacht. Stimmt's?«

»Sonny, ich habe im Augenblick keine andere Wahl.«

»Das weiß ich, Baby, und das macht es auch so schwer. Denn was du tust, ist wichtig. Und ich unterstütze es. Aber ich habe stunden-, tagelang hin und her überlegt – und sieh mal, worin unterscheidet sich das hier von etwas anderem Wichtigen? Zum Beispiel vom Master-Grad, den du machen wolltest, oder einem tollen Job irgendwo? Angenommen, dir bietet jemand einen Job in Hollywood, wo du Drehbücher schreiben kannst. Du würdest doch annehmen, oder? Und würdest du dann auch erwarten, daß ich aufspringe und mit dir gehe?«

Meistens endeten diese Diskussionen im Streit und voller bitterer Vorwürfe. Ohne Hobie fehlte mir schon ein Stück von mir, und meine Eltern gerieten auch immer mehr in Verzweiflung. Im März kamen wir eines Abends von einer Kinovorstellung auf dem Campus nach Hause und hörten das zweite Telefon in unserer Wohnung klingeln. Es würde sicher wieder meine Mutter sein, in der Hoffnung, mich doch noch zur Umkehr bewegen zu können. Fast täglich nervte sie mich am Telefon, entweder um mich zu beschwören, sie zu besuchen, oder um zu erfahren, ob ich nicht doch auf wundersame Weise eine mögliche Alternative zu meinen kanadischen Plänen gefunden hätte.

»Oh, Mann.« Ich war nicht in der Stimmung.

»Dann ruf später zurück«, schlug Sonny vor. Aber ich nahm doch ab. Es war mein Vater. Nach dem Austausch von ein paar Höflichkeitsfloskeln kam er dann zum Thema.

»Deine Mutter hat mir mitgeteilt, daß sie für den Fall, daß du deine Auswanderungspläne wahr machst, keine andere Wahl hat, als dir dahin zu folgen, wo du dich niederläßt.«

Wir schwiegen beide eine ganze Zeit. Es kam mir so unsinnig vor. Meine Eltern hatten nie Urlaub gemacht, Kindle County nie verlassen. Reisen hatte für sie schon vor langer Zeit die Assoziation mit etwas Angenehmem verloren.

»Du machst Witze.«

»Ich meine es todernst«, sagte er.

»Sie ist verrückt«, brachte ich schließlich hervor.

»Da sind wir einer Meinung«, gab mein Vater zurück. Mit Sicherheit stand meine Mutter dicht neben ihm und hörte mit, die Hand unschlüssig an den Lippen.

»Hast du versucht, ihr das auszureden?«

»Mehr als einmal.«

»Und du kommst nicht mit, oder?«

»Ich? Du weißt doch, meine Geschäfte finden hier statt. In meinem Alter ist der Gedanke, in einer anderen Stadt noch einmal von vorn anzufangen – und obendrein in einem anderen Land – einfach unvorstellbar.« An Ruhestand hatte er ohnehin nie gedacht. Ohne stetig neue Einkünfte würde mein Vater sich von lebenswichtigen Quellen abgeschnitten fühlen.

»Und weiter?«

»Deine Mutter ist fest entschlossen.«

»Ohne dich würde sie niemals gehen. Wer würde sich um sie kümmern?«

Mein Vater antwortete nicht gleich.

»Ich weiß nicht genau, wie sie sich das vorstellt. Ihr scheint das Wichtigste, in der Nähe ihres Sohnes zu sein.«

Ein unendlich schmerzlicher Seufzer entfuhr mir. »Würde sie mit mir reden?«

Er sprach einen Augenblick mit ihr und ließ mich dann unnachgiebig wissen: »Nein. Darüber gibt es nichts mehr zu diskutieren. Es ist, wie du siehst, beschlossene Sache. Punkt.«

Mir wurde schwindelig, doch zugleich stieg ein unerwartetes Gefühl von Mitleid für meinen Vater in mir auf. Im Moment klang er gefaßt, fast fröhlich, aber wenn sie wirklich ginge, würde er sicher in seinen Eigenheiten vesinken, sich nicht mehr aus dem Haus wagen, schwankend zwischen Wut und Verfolgungswahn.

»Seth, ich hoffe, das macht dir klar –« Mein Vater konnte nicht weiterreden. Seine Stimme zitterte. Ob vor Zorn oder vor Demütigung, so in mich dringen zu müssen, wußte ich nicht. Schließlich zwang er sich, den Satz zu beenden. »Ich hoffe, du überlegst es dir noch einmal.«

Ich ließ einige Zeit verstreichen, doch dann sagte ich, was ich immer sagen mußte: Ich hätte keine Wahl.

»Das ist kein Plan«, stieß er hervor. »Das ist Wahnsinn. Du weißt nicht, was du tust. Wovon willst du leben?« fragte er. Für ihn war das immer die allererste Frage. »Du kannst dir deinen Lebensunterhalt nicht verdienen, und schon gar nicht für zwei Menschen.«

»Sie wird nicht mitkommen«, sagte ich, »das weißt du doch.«

»Im Gegenteil«, sagte er. »Siehst du nicht, was hier vorgeht?« Sicher, nach und nach wurde es mir bewußt. Mehr als dreißig Jahre lang hatte meine Mutter die herrische Art meines Vaters, mit seinen tausend Regeln und Vorschriften ertragen, um den Preis der Sicherheit für sich und mich. Wenn er jetzt seinen Teil der Abmachung nicht erfüllen konnte, mußte sie sich betrogen fühlen. Es ging hier nicht um die Zerstörung ihres eigenen Lebens, das war ihr unwichtig, denn sie hatte sich schon längst in eine Existenz gefügt, in der eigene Bedürfnisse keine Rolle mehr spielten. Vielleicht fürchtete sie, das würde nur neuen Schrecken hervorrufen. Ihr Credo war sehr einfach: Mein Kind ist mein Land. Meine Aufgabe und Verpflichtung. Mein Leben. Sie hatte nur überlebt, weil sie an die Zukunft glaubte. Wie entsetzlich es für sie auch sein würde, sie würde mir folgen. Das wußte ich. Während diese Erkenntnis von mir Besitz ergriff, fuhr mein Vater mit seinen Anschuldigungen und Drohungen fort.

»Weißt du, was es heißt, ein mittelloser Einwanderer in einem fremden Land zu sein? Ich weiß es. Der Krieg ist nicht das einzige Unangenehme im Leben, Seth. Ich sage dir, was ich auch deiner Mutter schon gesagt habe: Wenn du dich auf diesen Weg begibst, wenn du diesen Weg einschlägst, diese Grenze überschreitest, erwarte keine Hilfe von mir.«

»Das weiß ich selbst am besten, Dad. Glaub mir.«

»Du weißt alles besser, Seth.«

»Ich werde dich *niemals* um Geld bitten.« Jetzt waren wir beim eigentlichen Kern des Problems angekommen, das immer zwischen uns gestanden hatte. »Ich betone: niemals. Hörst du?« Er hörte nicht. Er hatte bereits eingehängt.

Jemand hat einmal gesagt, das Geld sei die Wurzel allen Übels. Für meinen Vater war es weit mehr als das. Ursprünglich hatte er an der Universität eine Professur für Ökonomie innegehabt und war später Anlageberater für Banken und Börsenmakler geworden, landesweit einer der ersten Experten auf diesem Gebiet. Mein Leben lang hatte ich daher seine theoretischen Rechtfertigungen über mich ergehen lassen müssen: Geld ist das Medium, durch das jeder die Dinge erhalten kann, die er besitzen will – und je dringender dieser Wunsch ist, desto mehr zahlt man dafür. Diese begeisterte Vorstellung erweckte den Vergleich mit einem Fluß des Lebens, dem Ganges etwa, in dem alle Wünsche zusammenflossen. Vermutlich eine perfekte Theorie. Allerdings läßt sie Faktoren außer acht wie das Anfangskapital oder die schönsten Dinge im Leben, die nach Irvin Berlin umsonst sind. Eines jedoch läßt diese Theorie erkennen, wer nach Geld strebt, strebt in Wirklichkeit nach etwas anderem.

Mein Vater heißt mit Vornamen Bernhard, und so wurde er oft mit Bernard Weissman verwechselt, einem ungeheuer reichen Baulöwen in Kindle County, dem die Morgan Towers gehörten und einige der größten Shopping Malls im Land. ›Nein, ich bin der arme Weissman‹, sagte er dann jedesmal in einem Ton, der mir bei seiner sonst so angepaßten Art hoffnungslos lächerlich vorkam. Ich wußte, daß es ihm gut ging – schon zu schließen aus den Bemerkungen von Geschäftspartnern, denen wir auf der Straße begegneten. Doch das gab er nie zu, und jedesmal schien er innerlich mehrere Tode zu sterben, wenn er einen Dollar ausgeben mußte.

Im College hatten wir uns auf dem Campus zu einer Gruppe zusammengefunden, die hin und wieder einen regelrecht berühmt gewordenen Wettbewerb durchführte, Motto: Wie kommt man am billigsten durch? Dabei ergaben sich seltsame Übereinstimmungen, wenn wir die bejammernswerte Lage unserer Eltern verglichen. Meine Hauptrivalen waren Söhne aus anderen ethnischen Gruppen, Slawen und Griechen, aber auch ein Yankee hielt immer kräftig mit. Gewonnen habe indessen immer ich. Mein Vater schoß den Vogel ab. Meine Mitbewohner brüllten vor Lachen über die Geschichten, die ich zum besten gab: Wie mein Vater, statt die Grünpflanzen vor unserem einfachen Walmdachbungalow zu ersetzen, wenn der harte Winter ihnen zugesetzt hatte, sie mit grüner Farbe ansprühte. Wie mein Vater Sachen, die er zwei oder drei Jahre zuvor gekauft hatte und bei denen ein Knopf zerbrochen oder ein Kragen durchgescheuert war, in die Läden zurücktrug und um anteilige Rückzahlung des Kaufpreises feilschte. Wie mein Vater wichtige Kunden, Banker zum Beispiel, warten ließ, nur weil er eine Rolle Toilettenpapier im Sonderangebot erstehen mußte. Wie ich meinen Vater spät abends dabei erwischen konnte, daß er meine gebrauchten, in der Manteltasche zusammengeknüllten, braunen Lunchtüten wieder zusammenfaltete, die ich auf seine Anordnung aus der Schule heimbringen mußte. Wie mein Vater eine Zeitschaltuhr an die Badezimmerlampe anbrachte, nur weil ich als kleiner Junge vergaß, das Licht auszumachen. Folglich saß ich oft genug noch angstbebend auf dem Klo, wenn es schon dunkel geworden war.

Doch es war nicht diese ›Armut‹ oder Besitzlosigkeit, sondern die Atmosphäre, die mich am meisten bedrückte. Es war nicht geistige Geringschätzung des Materiellen, die mein Vater der Welt entgegenbrachte. Er hatte einfach keinen Sinn für die Freude ärmerer Leute an den kleinen Dingen, die sie sich leisten konnten. Geld ausgeben konnte mein Vater nur mit krampfhaft geballten Fäusten, und sein Widerwille dagegen hielt unseren Haushalt in einer Art tödlichem Griff, aus dem ich mich schon als junger Mensch mit allen Mitteln zu befreien versuchte. Dieser Wunsch hatte an Weihnachten 1963 zu unserer heftigsten Auseinandersetzung seit Jahren geführt.

In meinem Elternhaus gab es niemals wirkliche Feiertage, zu keiner Zeit des Jahres. In Wien war mein Vater zum Freidenker erzogen worden. Er identifizierte sich als Jude und war immer wachsam antisemitischen Stimmungen gegenüber, die für ihn überall anzutreffen waren. Doch selbst nach seinen Erfahrungen im Weltkrieg – oder vielleicht gerade deswegen – lehnte er jede Form von Religionsausübung ab. Für meine Mutter galt das jedoch nicht. Sie hatte alle Menschen, die ihr etwas bedeuteten, in den Lagern verloren, hatte miterlebt, wie alles, was ihr kostbar war, zerstört wurde, und so hing sie inbrünstig am Überkommenen. Jedoch war sie dabei sehr zurückhaltend, um auch hier Disputen mit meinem Vater aus dem Wege zu gehen. Sie kaufte koscheres Fleisch, trennte es stets von Milchprodukten, zündete freitags abends Kerzen an. Die Feiertage beging sie schweigend in der vorgeschriebenen Form – den Seder-Abend am Passah-Fest und das Fasten am Jom Kippur.

Mein Vater ging zur Arbeit. Ihr zuliebe erhielt ich eine religiöse Erziehung am Temple Beth Shalom, wohin auch die Professoren von der Universität ihre Kinder schickten.

Am Chanukka zündeten wir den achtarmigen Chanukka-Leuchter an, und meine Eltern schenkten einander »Gelt« – nicht die in Goldfolie eingepackten Schokoladentaler, sondern echtes Geld. In den Augen meines Vaters hatte diese Gabe bestimmte Bedeutung. Von allen anderen Feiertagen des Jahres fand für uns am ehesten noch der Heiligabend statt, an dem wir durch die verschneiten Straßen fuhren, an den Häusern unserer christlichen Nachbarn vorbei, und die leuchtenden Weihnachtsdekorationen bewunderten. Natürlich hatte mein Vater nichts gegen alle Freuden, die ihn kein Geld kosteten, und die Lichter hatten auf mich immer eine besondere Wirkung – der strahlende Glanz und die Festlichkeit, dazu die überall herrschende Freigebigkeit und Großzügigkeit.

In dem Jahr, bevor ich sechzehn wurde, bekam ich zu Chanukka von meinem Vater einen Zehn-Dollar-Schein. Ohne weitere Überlegung marschierte ich los und kaufte einen 1,20 Meter hohen Weihnachtsbaum aus Aluminium. Ich hatte ihn in einem Billigladen um die Ecke erstanden, und bevor meine Eltern ihn entdecken konnten, stand er schon in seinem grünen Ständer auf einem Beistelltisch in meinem Zimmer. Meine Mutter bekam einen Schock, als sie vor dem Baum stand. Das Arrangement erinnerte ein wenig an einen Altar. In allen vier Sprachen, die sie beherrschte, machte sie mir Vorhaltungen.

Ich hatte mir eingeredet, daß mein Vater mit seiner eher geringen Beobachtungsgabe den Baum nicht weiter zur Kenntnis nehmen würde. Kaum war er jedoch nach Hause gekommen, stand er auch schon in meinem Zimmer. Er ist nur mittelgroß. Meine Körperlänge ist ein Erbe mütterlicherseits, und ich glaube, keiner von uns konnte sich daran gewöhnen, daß ich bereits damals fünf bis acht Zentimter größer war als er. Er gehört zu den glatzköpfigen Männern, die ihre Haare an einer Seite lang wachsen lassen und sie sich dann quer über den kahlen Schädel kleben. Er trug eine Nickelbrille und hatte einen dicken Wollanzug mit Weste an. Er wippte auf den Zehenspitzen.

»Also«, sagte mein Vater in seinem schweren Akzent. Mit seinem Talent, die Dinge immer ganz prosaisch auszudrücken, fügte er hinzu: »So gibst du nun das Geld aus, das wir dir gegeben haben?«

»Ich dachte, es ist ein Geschenk.« Ich lag auf meinem Bett und las. »Das heißt, der Beschenkte kann sich kaufen, was er mag.«

»Nein«, sagte er und starrte den Weihnachtsbaum an. Bedeutungsvoll den Kopf wiegend, fügte er hinzu: »Für so etwas gibt es keine Geschenke.«

Als ich am nächsten Tag aus der Schule heimkam, war der Baum weg. Keiner von ihnen gab mir eine Erklärung. Und mein Vater hat mir seither nie wieder freiwillig einen Dollar gegeben. Ich vermute, es wurde von mir der Versuch einer Wiedergutmachung erwartet. Doch das lehnte ich ab. Im Rückblick erkenne ich heute, was meine Handlungsweise für sie bedeutete. Sie sahen darin nicht nur eine Ablehnung ihrer Prinzipien, sondern auch einen Akt emotionalen Vandalismus. Keine Frage, ich ignorierte ihre Verletztheit, aber es machte mir bestimmt keine Freude. Mir ging es um mich selbst. Ich wollte heraus aus dieser lichtlosen Atmosphäre, der stickigen Luft und dem allgegenwärtigen Leiden und Schweigen in meinem Elternhaus. Ich wollte meinen eigenen Claim abstecken für ein Leben, in dem nicht jeder Augenblick unter einer Decke von Erinnerungen an die abscheulichsten Verbrechen erstickt wird. Ich glaube, ich wollte sie bitten, diesen meinen innersten Wunsch zu respektieren und mir ihren Segen zu geben, auch wenn ich in dieser grundsätzlichen Frage nicht mit ihnen übereinstimmte. Doch das entsprach nicht der Vorstellung, die beide sich von meinem künftigen Leben und Schicksal gemacht hatten. Wie sich herausstellen sollte, hat sich dieser Wunsch für mich nie erfüllt.

Ich erhielt zwar weiter Kost und Logis im Haus meiner Eltern, ansonsten jedoch sorgte ich für mich selbst. Nach dem Unterricht und in den Sommerferien übernahm ich die seltsamsten Jobs. Verkäufer in einem Haushaltswarenladen, Hilfskellner, Aushilfskoch. Meine Mutter steckte mir immer wieder Zwanzig-Dollar-Scheine in die Tasche, wenn mein Vater nicht in der Nähe war, denn sich gegen ihn zu stellen, wagte sie nicht. Am College finanzierte ich meinen Unterricht mit einem staatlich geförderten Darlehen. Um meinen Vater zu ärgern, eröffnete ich ein Sparkonto in seiner Bank, wo man wußte, wie wohlhabend er war. Als ich genügend Geld für ein Auto zusammengespart hatte, kaufte ich mir einen Volkswagen, das ›Hitler-Mobil‹, wissend, daß das meinen Vater auf die Palme bringen würde. Aber im Laufe der Zeit wurde mir klar, daß ich nie eine Wahl gehabt und in jedem Fall verloren hatte. Ich hatte meinen Vater in seiner elementaren Selbstsucht gewähren lassen. Und ich konnte mich nie den Zwängen entziehen, die ihre Erwartungen auf mich ausübten. Unablässig spürte ich den inständigen Blick meiner Mutter, unablässig auch ihre Bemutterung und die zahllosen verschiedenen Arten stummen Flehens, ich möge sie mit ihrem Leben aussöhnen. Ich war niemals frei. Und diese Erkenntnis wurde jetzt, beim Anruf meines Vaters, wieder wach.

Sonny sah mir zu, wie ich den Hörer auflegte. Ich setzte mich auf den Teppich, dann streckte ich mich aus und schlug die Hände vor das Gesicht.

»Ach, entführt mich doch«, schrie ich, »entführt mich, entführt mich. Irgendwer muß mich entführen.«

Als ich die Augen wieder öffnete, stand Eddgar draußen auf der Türschwelle. Ironischerweise hatte er Geld in der Hand, ein paar zusammengerollte Scheine. Er war gekommen, um mich für die Woche zu bezahlen. Wortlos und ohne mit der Wimper zu zucken beobachtete er mich, wie ich in meiner Qual am Boden lag. Es war ein aufmerksamer und zugleich wilder Blick.

»Was hast du damit gemeint?« fragte Eddgar mich am nächsten Abend. »Dich kidnappen?« Er kam mit June von seinen Rechtsanwälten, mit denen sie sich stundenlang beraten hatten. Seine Anwälte von der Damon-Law-School, die auch für andere linke Studentenorganisationen aktiv waren, suchten den großen Auftritt in der Öffentlichkeit. Sie wollten Eddgars Verteidigung inszenieren und taten sich deswegen mit alten Vorkämpfern und bekannten Linken zusammen, die schon seit Jahren die Panthers verteidigten. Ich hatte den Eindruck, daß es innerhalb des juristischen Teams große Meinungsverschiedenheiten über die richtige Taktik gab, vor allem darüber, ob das bevorstehende Hearing zu einer politischen Kundgebung umfunktioniert oder versucht werden solle, in erster Linie Eddgar den Job zu retten. Wenn sie nach solchen Diskussionen nach Hause kamen, wirkten die Eddgars oft ausgelaugt und zerstritten. Auch jetzt, als Eddgar mich prüfend ansah, wirkte er erschöpft. Er hatte dunkle Ringe um die Augen, die fast Veilchen hätten sein können.

Ich hatte June schon oft von den Differenzen zwischen mir und meinen Eltern erzählt und war jetzt nicht in der Stimmung, das noch einmal zu tun. Aber Eddgars Blick ließ nicht locker. Wie so oft hatte ich auch diesmal bei ihm das Gefühl, es sei eine besondere Gnade, wenn er in das Leben anderer eingriff.

»Wenn dich also jemand kidnappen würde, würdest du mitmachen?« fragte er.

»Man würde es mir wohl nicht glauben.«

»Der Meinung bin ich nicht«, sagte June. Sie saß auf der Sofakante, trank einen Bourbon und rauchte. Sie klopfte die Asche öfter ab als nötig, wobei sie den Daumennagel gegen den Filter schnellen ließ. Vielleicht hatte sie während des Hearings diesen Eindruck erwecken wollen, jedenfalls wirkte sie an diesem Abend wie ein unbedarftes kleines Mädchen, ein hausbackenes Kind vom Lande. Sie hatte das Haar zurückgekämmt und mit leuchtend bunten Gummis zusammengehalten. Sie trug ein kurzes Strandkleid, und die Haut ihrer strumpflosen, langen, glatten Beine schimmerte. Als sie sich über den Aschenbecher beugte, zupfte sie ein wenig an dem Saum ihres Kleides. Sie hatte meinen prüfenden Blick bemerkt. »Sicher werden sie einen Verdacht haben.«

Eddgar stützte das Kinn in die Hand. Genauso gut hätte er ein Schild auf der Brust tragen können: Ich schmiede einen Plan.

»Und was ist mit einer Lösegeldforderung? Könnte es dein Vater aufbringen?«

»Aufbringen *könnte* er es ganz gewiß. Wahrscheinlich sogar eine ganze Menge. Doch wie ich meinen Vater kenne, würde er es nicht *wollen*.«

June lachte. »Seth, du erinnerst mich an Eddgar, wenn du über deinen Vater redest.« Eddgars Vater war studierter Arzt, verdiente aber sein Geld als Besitzer einer Tabakplantage. Wenn man ihrer Beschreibung glauben konnte, war er ein besonders unbeherrschter Mensch, starrköpfig, unversöhnlich, ein fanatischer Christ, dem die ewige Verdammnis der Bösen mehr bedeutete als die ewige Seligkeit der Geretteten. June und Eddgar bezeichneten ihn gern von oben herab als die ›Inkarnation des Südstaatlers‹.

Eddgar ging nicht weiter auf Junes Bemerkung ein. Meine Vermutung, mein Vater werde jede Lösegeldzahlung verweigern, verblüffte ihn. Er streckte die Arme aus.

»Dann bist du so gut wie frei.« Für den beklemmenden und verwirrenden Bruchteil einer Sekunde schien er meine Freiheit zwischen seinen Händen zu halten. Doch gleich holte mich die trübe Wirklichkeit meiner Lage wieder ein.

»Vielleicht würde er in diesem Fall sogar zahlen, um mir eins auszuwischen. Mich freikaufen, um mich dann dem Militär auszuliefern.«

Wieder lachten beide. June klatschte sich auf die Schenkel und sagte, sie sei müde. Ich stand auf und ging die Treppe hinunter. Eine Entführung. Ich mußte lachen bei dem Gedanken. Ich war noch nicht auf dem nächsten Treppenabsatz angekommen, da hörte ich Eddgar meinen Namen rufen. Er stand auf dem Podest über mir im hellen Schein des Treppenhauslichts.

»Würden sie das FBI rufen?« fragte er ruhig.

»Meine Eltern?« Ich war überrascht, daß er noch immer an die Sache dachte, und schüttelte den Kopf. Angesichts ihrer Vorgeschichte war ihnen jeder Kontakt mit der Polizei ein Alptraum. Mehr als einmal hatte ich erlebt, wie eine routinemäßige Verkehrskontrolle meinen Vater in Angst und Schrecken versetzte. Seine Hände zitterten immer so entsetzlich, daß er dem Cop den Führerschein kaum reichen konnte. Es dauerte dann stets eine halbe Stunde, die wir am Bordstein anhalten mußten, bis er wieder in die Gegenwart zurückgekehrt war. Es war in keinem Fall zu erwarten, daß er – oder meine Mutter – jemals die Polizei hinzuziehen würden. »Auf keinen Fall«, sagte ich zu Eddgar.

Er lächelte von oben zu mir herab. Meine Geschichte hatte ihn ein wenig von seinen eigenen zunehmenden Ängsten abgelenkt. Er tippte sich mit dem Zeigefinger an die Schläfe, um anzudeuten, daß er weiter darüber nachdenken werde.

Vier Tage nach Erhalt meines Einberufungsbefehls sagte Sonny, sie ziehe aus. Es war Mitte April.

»Es geht nicht anders, Seth«, sagte sie. »Ich muß es tun. Am Ende würden wir uns noch hassen.« Wir stritten uns nur noch. Es waren schmerzliche Kämpfe, in denen ich von Liebe redete und sie von Unabhängigkeit.

»Also verläßt du mich lieber früher als später?«

Beim Versuch, die Beherrschung zu behalten, schüttelte es Sonny. Sie müsse jetzt den Punkt setzen, sagte sie. Diesen ›Punkt‹ hatten wir nie genauer definiert, aber ich begriff, daß ich sie nicht halten konnte. Ich war allein. Wenn sie in der gemeinsamen Wohnung bliebe, könnte ich noch hoffen und meine Flucht hinausschieben. Jetzt aber mußte ich dem Unvermeidlichen ins Gesicht sehen.

»Ich muß mir auf jeden Fall etwas anderes suchen«, sagte Sonny. »Allein könnte ich die Miete hier nicht aufbringen.«

»Wohin gehst du?«

Sie zuckte mit den Schultern, als habe sie sich noch keine besonderen Gedanken darüber gemacht. »Für eine Weile wohne ich bei Graeme. Er sucht einen Mieter für ein Zimmer.«

Das war für mich ein Schlag mit dem Hammer, schlimmer als die Tatsache allein, daß sie mich verließ. Binnen einer Woche würde er in ihrem Bett liegen, das war mir klar. Wenn es nicht bereits passiert war.

»Nicht das, was ich denke?«

»Das ist es nicht«, sagte sie. »Und im übrigen geht es dich nichts an.«

Wir kauten dieses Thema natürlich noch einmal durch.

Am Ende half ich ihr beim Umzug. Jeden Morgen verstaute ich ein paar Kisten in meinem Käfer. Ihre Bücher schickte ich per Post an ihre Tante. Die anderen Sachen legte ich bei Graeme vor die

Tür, wenn ich auf meinem Weg zum *After Dark* bei ihm vorbeikam. So verschwand sie nach und nach aus meinem Apartment, wie etwas, das langsam dahinschmilzt.

Am letzten Morgen, einem Montag, packten wir noch einmal den Käfer voll und montierten noch den Dachgepäckträger auf meinen Wagen. Trotzdem blieben ein paar Kisten übrig, die ich später vorbeibringen sollte. Dann fuhr ich Sonny über die Bay Bridge aus der Sonne in den Nebel. Sie umarmte mich auf der Straße, obwohl ich mich bemühte, keine Gefühle zu zeigen. So geht es im Leben, dachte ich, darauf läuft es hinaus. Ein dramatischer Augenblick in meinem Leben, den ich mir immer wieder ins Gedächtnis rufen würde – wie konnte das nur geschehen, wie all die anderen Dinge auch? Vom Pazifik blies der Wind den Nebel herein, und man hörte das heisere Schreien der Möwen noch, wenn sie schon längst im Dunst verschwunden waren. Ich sah, wie ein Mann – sein bärtiges Gesicht und die schlanke Gestalt sollten sich für immer in meinem Gedächtnis einprägen – in Schlaghosen und Pullover mit V-Ausschnitt mit schweren Schritten den steilen Hügel herab auf uns zukam, das Körpergewicht auf die Fersen verlagert. Ich hatte plötzlich die Vorstellung, ihm eines Tages auf einer anderen Straße zu begegnen: Hallo, wir haben uns schon mal gesehen, damals als ich Abschied nahm.

»Ruf mich an«, sagte sie. »Jederzeit. Ich verspreche dir, daß ich bei dir vorbeikomme, bevor du fährst.« Ich nahm ihre Hände, die mein Gesicht hielten, und betrachtete sie – robuste, kräftige Hände, von der Arbeit geformt. Ich rechnete mir aus, daß ich Ende der Woche nach Kanada aufbrechen könnte. Der Einberufungsbefehl hatte mich zu meinem letzten taktischen Zug gezwungen, nämlich den Ort meines Einrückens nach Oakland zu verlegen. Das sollte erst am 4. Mai sein, aber warum sollte ich jetzt noch länger warten?

»Der Mensch geht nicht einfach so aus dem Leben eines anderen«, sagte ich. Ich wußte nicht genau, ob das ein Protest oder eine Antwort sein sollte.

»Es ist nur eine andere Phase, Baby«, sagte sie. »Wir werden es beide überleben. Und niemand sagt, daß es für immer sein muß.«

Sonny sprach oft vage davon, später einmal wieder zusammenzusein – nach dem Peace Corps und nachdem ich wieder zurückkommen könnte. Bei dieser Bemerkung – mit den Hoffnungen, die sie weckte, und der grausamen Gewißheit, daß sie falsch waren – hatte ich immer wieder einen Kloß im Hals.

»Danke.«

»Wofür?«

Nachdem ich schon genug unerträglichen Mist von mir gegeben hatte, wollte ich ihr eigentlich sagen, daß ich gehen wollte. Aber ich hatte mich nicht mehr unter Kontrolle. Es wurde nur ein undeutliches Stammeln. Glücklicherweise bekam ich noch einen letzten Ton heraus.

»Nur danke. Ich liebe dich. Es war schön.«

Ich fuhr davon. Ich habe es immer gewußt, sagte ich mir. Ein innerer Seismograph, stoßfest und erschütterungsfrei gelagert, ein schwarzer Apparat nahe meinem Herzen, hatte unbeirrt die Wahrheit registriert und niemals die grundlegenden Tatsachen aus dem Auge verloren: Sie liebte mich nicht, nicht auf die gleiche hemmungslose und himmelstürmende Weise, wie ich sie liebte. Ich hatte es gewußt und war einfach weitergetrottet, in stummer Hoffnung, und jetzt zahlte ich den Preis dafür. Gab es im Leben jemals etwas Schmerzhafteres als dieses Ungleichgewicht? Einige Blocks weiter hielt ich todtraurig gegenüber dem riesigen Park der Mission Dolores an. Ich wußte, daß ich wieder da war, wo ich angefangen hatte, bei diesem unerträglichen Schmerz, wie ihn nur die jungen Menschen empfinden können. Damals habe ich ihn nicht in Worte fassen können, aber heute kann ich diesen inneren Schrei artikulieren: Wer wird mich um meiner selbst willen lieben? Wessen Liebe wird mich erkennen lassen, wer ich bin? Ich sah zu den Kronen der Palmen hinauf, die hoch in den Himmel ragten, und weinte.

7. Dezember 1995

SONNY

»Die Aussage ist irrelevant«, sagt Molto, als er vor dem Richtertisch steht.

Dieser verdammte Kerl. Er hat das unfehlbare Talent, mich zu reizen.

»Mr. Molto, Sie selbst haben angeboten, Officer Lubitsch vorzuladen. Ich möchte Sie daran erinnern, daß Sie sich bei der Unterredung am Richtertisch dazu bereit erklärt haben.«

»Euer Ehren, wir haben inzwischen darüber nachgedacht. Es hat kein Polygraphentest stattgefunden. Also sind auch keine Beweismittel zurückgehalten worden. Damit ist die Zeugenaussage irrelevant.«

»Mr. Molto, wir haben eine eidliche Aussage, daß es einen Polygraphentest gegeben *hat.* Sollte sich die Zeugin geirrt haben, wird die Anklage diese Tatsache sicher mit Freuden aufgreifen.« Ich wende mich Hobie zu, der neben Rudy steht. »Mr. Tuttle, bestehen Sie weiter auf der Klärung dieser Zusammenhänge?«

Auf meine Frage nickt Hobie nur stumm und feierlich.

»Rufen Sie die Zeugin auf.«

»Euer Ehren ...«

»Es reicht, Mr. Molto.«

Tommy redet trotzdem weiter, und er holt dazu aus. »Apropos

Zurückhaltung von wissenschaftlichen Beweismitteln: Gestern sagte er…«, und zeigt mit dem Finger auf Hobie; er ist zu aufgebracht, um seinen Namen auszusprechen. »Er sagte, er wolle das Geld auf Blut- und Pulverspuren untersuchen lassen und den Bericht heute morgen vorlegen.«

Hobie schneidet ihm das Wort ab, um das Ablenkungsmanöver zu vereiteln. »Es sind weder Pulver- noch Blutspuren festgestellt worden. Ich gebe das Geld sofort zurück.«

»Das beantwortet Ihre Frage, Mr. Molto. Kein Blut, kein Pulver. Wer ruft Lubitsch auf? Es ist Ihr Antrag, Mr. Tuttle.«

Niedergeschlagen und mit düsterem Blick starrt Tommy beleidigt zu mir herauf. Er macht diesen Job nun schon seit zwanzig Jahren, aber Niederlagen kann er immer noch nicht einstecken.

»Wir werden ihn aufrufen, Euer Ehren«, sagt Tommy. »Es dauert nur einen Augenblick.« Er gibt Rudy ein Zeichen.

Fred schlendert, ganz unerträglicher Macho, herein. Er trägt seine Cowboystiefel, dazu eine riesige Silberschnalle am Gürtel der Jeans und hat ein bedrucktes Hemd mit offenem Kragen und ein sportliches Tweedjackett an. In jüngeren Jahren muß er wirklich ein toller Bursche gewesen sein, auf der Straße stets nach einem Abenteuer aus, eine imposante Erscheinung mit herausfordendem Blick. Den Eindruck hat dann die Uniform sicher noch unterstrichen. Bei den Strafverteidigern steht er in dem Ruf, ein Schläger zu sein, ein Cop, der einen festgenommenen Delinquenten auch einmal unsanft herumstößt. Marietta, die unerschöpfliche Quelle für solche Dinge, sagt, seit seiner Heirat habe er sich geändert. Seine Frau Angela betreibt Bodybuilding wie er, und sie haben sich bei einem dieser Wettbewerbe kennengelernt, bei denen die Teilnehmer, kräftig eingeölt, posieren. Sie hatte einige Meisterschaften gewonnen und war in diesen Kreisen recht bekannt. Manchmal spricht Lubitsch voller Stolz und unverhohlener Bewunderung von ihr, was ihn für mich liebenswert macht. Sie haben ein Kind. In meinen Augen, wie auch in Mariettas, gehört er zu den Menschen, die sich mit den Jahren positiv verändert haben.

»Hallo, Richterin«, sagt er, als er am Richtertisch ankommt. Mir ist das etwas zu vertraulich.

»Schwören Sie, die Wahrheit zu sagen?« gebe ich zurück.

Fred ist schon früher hier vor Gericht aufgetreten und hat seine Aussagen gemacht. Heutzutage unterliegen solche Aussagen der Polizei zwar gewissen Einschränkungen – jeder Angeklagte hat bei der Festnahme seine Rechte verlesen bekommen, wenn das neuerdings auch nicht immer der Fall ist, und umgekehrt hat, so hat jeder Cop stets dasselbe gesehen wie sein Partner –, doch Fred macht mir den Eindruck, als bliebe er immer mehr oder weniger bei der Wahrheit und gehe nicht so großzügig mit ihr um wie manch anderer. Als er in den Zeugenstand tritt, hält er seine Berichte zusammengerollt in der Hand.

Tommy wartet, bis er sich gesetzt hat, und baut sich dann direkt vor ihm auf. Er setzt sich in Szene. Eine einzige Frage. Nicht einmal das ›Nennen-Sie-Ihren-Namen‹. Er hebt die gerötete Hand mit den abgekauten Fingernägeln.

»Officer Lubitsch, haben Sie am 12. September 1995 oder an einem anderen Tag bei Lovinia Campbell den Polygraphen eingesetzt, sei es im General Hospital von Kindle County, sei es an einem anderen Ort?«

»Nein, Sir«, antwortet er.

Tommy geht zum Tisch der Anklage zurück. »Sie können den Zeugen entlassen«, sagt er über die Schulter.

Ich muß darüber lächeln. Das hier ist immer ein Spiel, das zu zweit gespielt werden muß.

»Mr. Tuttle, wünschen Sie ein Kreuzverhör?«

Hobie ist mit zusammengekniffenen Lippen – sie sind buchstäblich in seinem dichten, graumelierten Bart verschwunden – eine ganze Weile sitzen geblieben. Er scheint ratlos. Zum ersten Mal seit Prozeßbeginn steht er nicht auf, als er mit dem Zeugen spricht.

»Ms. Campbell hat ausgesagt, es sei eine Polygraphenaufzeichnung mit ihr gemacht worden. Haben Sie das gewußt, Officer?«

»Ich habe davon gehört.«

»Sie lügt also, wenn sie hier behauptet, es sei eine solche Aufzeichnung gemacht worden?«

»Sie hat unrecht, soviel weiß ich.«

»Lügt sie?«

»Einspruch«, ruft Tommy von seinem Platz aus. Er blättert ziellos in seinem Block herum und spult eine Reihe von zulässigen Einwänden gegen Hobies Befragung ab. Rückfrage und Antwort. Er hebt auf Suggestivfrage ab. Hobie starrt Lubitsch an.

»Officer, wollen Sie damit sagen, die Zeugin hat etwas Falsches gesagt?«

»Könnte sein.«

»Hat sie etwas falsch verstanden?«

»Kann sein.«

Im Gerichtssaal herrscht Schweigen. Schließlich steht Hobie auf, knöpft gemächlich das zweireihige Sakko seines grauen Nadelstreifenanzugs zu.

»Hat sie *geglaubt,* es würde eine Polygraphenaufzeichnung mit ihr gemacht?« Molto erhebt Einspruch. Lubitsch könne nichts über Lovinias Gedanken aussagen. Hobie formuliert neu. »Hat ihr jemand gesagt, daß man beabsichtigt, einen Test mit dem Polygraphen mit ihr zu machen?«

»Ja, Sir, so könnte es gewesen sein.«

»Und wer ist ›man‹? Wer hat ihr gesagt, daß sie an den Lügendetektor kommt?«

Lubitsch fährt sich kurz durch das gelockte Haar. »Ich glaube, ich war das.«

»Verstehe. Doch Sie haben es nicht in die Tat umgesetzt?«

»Nein.«

»Aber sie hat ihre Geschichte dennoch in dem betreffenden Punkt abgeändert? So ist es doch gewesen, oder? Dieses Mädchen hat ihnen die eine Geschichte erzählt, als sie kamen, und eine andere, als Sie wieder gingen?«

»Bei diesen Leuten weiß man manchmal…« Fred unterbricht sich. »Bei Verdächtigen…« Er fährt sich mit zwei Fingern über die Lippen. »Als erfahrener Polizeibeamter glaube ich, ziemlich leicht zu erkennen, wenn mir jemand etwas vormacht.«

»Ach ja?«

»Wir wollen sie nicht jedesmal für die Kiste mit ins Präsidium nehmen.«

»Für den Lügendetektor?«

»Genau. In diesem Fall konnten wir es nicht. Sie lag ja im Krankenhaus, und überall hing sie an Schläuchen.«

»Und was haben Sie dann gemacht, Officer?«

»Wir sagen ihnen, sie kommen an die Kiste, aber wir tun es nicht wirklich.«

»Aber Sie täuschen es vor?«

»So ist es.«

»Und wie haben Sie das gemacht?«

»Wir haben ihr etwas um den Kopf gelegt.«

»Was?«

»Etwas, das wir uns von einer Krankenschwester ausgeliehen hatten.«

»Was?«

»Dieses Ding da mit der Manschette für den Kreislauf?«

»Ein Blutdruckmeßgerät.«

»Richtig.«

»Und das haben Sie ihr um den Kopf gelegt? Um festzustellen, was sie denkt?«

Lubitsch antwortet nicht. Er richtet den Blick auf Hobie und fixiert ihn mit einem Blick, wie er ihn wohl auch auf der Straße anwendet.

»Und war die Druckmanschette alles? War das die ganze Apparatur?«

»Nein, wir hatten ein Stück Telefonkabel daran befestigt.«

»Woran befestigt?«

»An dem Ding um ihren Kopf.«

»Und was noch?«

»Eine Maschine.« Lubitsch sieht Hobie störrisch an. Offensichtlich hat er keine Chance. »Ein Kopiergerät.«

»Ein Fotokopiergerät?«

»Genau. Auch das hatten wir uns von den Krankenschwestern geliehen.«

»Was haben Sie dann gemacht?«

»Eine Frage gestellt.«

»Und?«

Lubitsch zuckt mit den Schultern. »Wir haben auf einen Knopf an dem Gerät gedrückt.«

»Wofür?«

»Für die Antwort.«

»Sie haben die Antwort von dem Kopiergerät bekommen?«

»Das haben wir ihr gesagt.«

»Das haben Sie Bug gesagt?«

»Genau.«

Hobie schweigt. Mit einer Handbewegung fordert er den Zeugen auf fortzufahren.

»Sehen Sie, wir hatten ein Blatt Papier in den Fotokopierer gelegt, bevor wir angefangen haben. Okay? Als wir dann auf den Knopf gedrückt haben, kam es heraus, und wir haben es ihr gezeigt. Okay?«

»Und was stand auf dem Blatt Papier?«

»›Sie lügt.‹« Eine Welle von Gelächter, das am lautesten von der Geschworenenbank kommt.

»Sie hatten dieser jungen Frau also die Gummimanschette um den Kopf gelegt und diese über ein Telefonkabel mit einem Xerox-Gerät verbunden; dann haben Sie auf einen Knopf gedrückt, und es kam ein Blatt Papier heraus, auf dem stand, daß sie lügt. Ist das richtig?«

»Richtig.«

»Und sie hat das geglaubt?«

»Weil sie ja wirklich log.«

Hobie sieht mich an und macht sich nicht einmal die Mühe, seinen Einspruch auszusprechen. Ich lasse Lubitschs letzte Antwort streichen. Hobie stößt einen theatralischen Seufzer des Abscheus aus, als er kopfschüttelnd zum Tisch der Verteidigung zurückgeht. Cops.

»Ist das alles?« frage ich.

Lautstark fordert Hobie, daß Lovinias Aussage aus dem Protokoll gestrichen wird. Er wirft der Polizei ›Irreführung‹ und ›Amtsmißbrauch‹ vor. Dabei vergißt er, daß der Oberste Gerichtshof schon vor langer Zeit beschlossen hatte, derartige Verfahrensweisen im Interesse eines effektiven Gesetzesvollzugs zuzulassen. Als

Molto zum Podium kommt, um Stellung zu nehmen, empfange ich ihn mit strengem Blick. Er hat mich innerlich auf die Palme gebracht, heute morgen. Im Gerichtssaal gilt bei mir ein ehernes Gesetz, besonders für die Seite der Strafverfolgung: Sich mit dem Richter anzulegen kostet einen hohen Preis. Die Staatsanwälte überrollen einen, wenn man ihnen Gelegenheit dazu gibt, und als Frau glaube ich, hier besonders strikt sein zu müssen. Ich bin Tommy gegenüber so eisig, daß er Angst bekommt. Dennoch lehne ich den Antrag schließlich ab. Keines von Niles Rechten ist durch das Vorgehen der Polizei mit Lovinia verletzt worden. Bug hat nun, besonders vor dem Jugendgericht, allerdings eine gute Chance, daß ihre Aussagen vor Lubitsch und Wells nicht gegen sie benutzt werden können. Wenn ich jetzt darüber nachdenke, hat Hobie Bug – und ihren Anwalt – offensichtlich mit diesem Mittel davon überzeugt, daß sie Moltos Drohung, den Deal platzen zu lassen, wenn sie ihre frühere Aussage widerruft, nicht zu fürchten braucht. Angesichts dieses Kuhhandels kann Tommy auf keinen Fall riskieren, die Sache erneut aufzunehmen, zumal Bug möglicherweise ganz straffrei davonkommt.

Hobie, der Profi, beobachtet mich aufmerksam. »Als Alternative, Euer Ehren«, sagt er, »würde ich die Zeugenaussage des Officers gern in unsere Verteidigungsstrategie übernehmen. So muß ich ihn später nicht noch einmal aufrufen.«

Erleichtert stimmt Molto zu. Allerdings möchte er in diesem Fall dem Zeugen selbst noch ein paar Fragen stellen. Er steht am Tisch der Anklage.

»Officer Lubitsch, nachdem Ms. Campbell zugegeben hat, gelogen zu haben …«

»Einspruch. *Er* hat ihr gesagt, sie würde lügen.«

»Formulieren Sie die Frage neu.«

»Nach diesem fingierten Lügendetektor-Test hat Ms. Campbell eine Aussage gemacht, stimmt das? Und die ist vollständig in ihrem Bericht festgehalten?«

Lubitsch bestätigt, daß jeder seiner Berichte eine genaue Wiedergabe von Lovinias Aussage ist.

»Lassen Sie uns zum 12. September zurückkommen. Haben Sie

Ms. Campbell damals im Krankenhaus erzählt, was Hardcore zuvor bei der Polizei ausgesagt hatte?«

»Ich wußte nicht, was Hardcore gesagt hatte. Das war nicht mein Fall. Montague hat mich gebeten, mit Bug zu sprechen, weil ich sie kannte. Das war alles. Sie hat mir eine Story erzählt, wir machten diese Sache mit dem Lügendetektor, und sie gab dann ihre Aussage zu Protokoll.«

»Sie haben ihr nichts von Hardcores Aussage gesagt?«

»Nein. Das war nicht mein Bier.«

Tommy nickt. Er hat gerade wieder einiges an Terrain gewonnen. Bei genauer Betrachtung stellt sich als kritischer Punkt in Bugs Aussage die Frage heraus, ob die Angaben, die sie den Cops gegenüber zuerst gemacht hatte, der Wahrheit entsprachen. Ich neige zu der Annahme, daß sie ihnen gesagt hat, was sie hören wollten, jedoch nicht weil sie leicht einzuschüchtern wäre – was auch bei ihren gerade fünfzehn Jahren nicht der Fall ist –, sondern weil sie clever genug ist, sich so zu verhalten. Wenn nun Bug aber nichts über den Inhalt von Cores Aussage gewußt hat, bleibt realistischerweise nur eine Möglichkeit, warum ihre eidliche Aussage vor Lubitsch mit Hardcores Darstellung der Ereignisse übereinstimmt: Es ist damals auf der Straße tatsächlich so gelaufen. Zumindest stellt es sich für mich so dar. Und für Tommy auch. Er geht mit einer eher unangebrachten Hochnäsigkeit zu seinem Platz zurück, erfreut über die Tatsache, Hobie endlich in seine Grenzen zurückverwiesen zu haben.

Hobie sitzt auf seinem Stuhl und läßt sich Zeit. Er hat die Unterlippe über die obere gestülpt und starrt Lubitsch nachdenklich an.

»Officer, hätten Sie gedacht, in diesem Prozeß aussagen zu müssen?«

»Wie?« fragt Lubitsch zurück.

»Hatten Sie es zu Prozeßbeginn für möglich gehalten, irgendwann als Zeuge aussagen zu müssen?«

»Ich weiß nicht. Für möglich gehalten hatte ich es schon.«

»Ach ja?« Hobie wühlt in dem Papierberg vor ihm. »Sie standen aber nicht auf der Zeugenliste der Anklage.«

Lubitsch fühlt sich plötzlich etwas unbehaglich. Er schließt kurz die Augen.

»Ich habe Montague vergangene Woche auf dem 7. Revier getroffen. Er sagte, die Zeugin würde möglicherweise umkippen, und falls ja, müßte ich in den Zeugenstand und meine Berichte bestätigen.«

»Also nur eine Warnung.«

»Nichts weiter.«

»Und sind Sie daraufhin Ihre Berichte nicht noch einmal durchgegangen?«

»Nein. Ich lebe gewissermaßen nur in der Gegenwart, Herr Verteidiger. Ich hatte sie auch für zu schlau gehalten, um zu widerrufen. Aber man lernt nie aus.« Das war wohl ironisch gemeint. Es muß ihm deutlich bewußt gewesen sein, wie Hobie das Mädchen auf seine Seite gezogen hatte.

»Und wie haben Sie erfahren, daß Sie heute in den Zeugenstand müssen?«

»Als ich heute um 8.00 Uhr meinen Dienst antrat, bekam ich beim Appell die Nachricht, daß ich Montague anrufen soll.«

»Und Sie haben sich nicht gestern auf die Vernehmung vorbereitet?«

»Mittwoch ist mein dienstfreier Tag. Ich habe mich mit meiner Frau amüsiert, wenn Sie es genau wissen wollen.«

»Hat Montague Ihnen gesagt, warum Sie heute morgen bei Gericht gebraucht werden, als Sie ihn erreichten?«

»Ich weiß nicht«, antwortet Lubitsch ausweichend. »Irgendwie schon.«

»Irgendwie schon«, wiederholt Hobie. »Hat heute irgend jemand, Molto, Montague, Mr. Singh – hat einer von diesen Herren Ihnen gesagt, sie wüßten von Lovinia, daß Sie bei ihr bei dem Versuch, sie zum Widerruf ihrer Geschichte zu bewegen, von Hardcores Aussage berichtet hätten?«

»Ich habe davon gehört.«

»Und Ihnen ist klargeworden, daß es der Anklage nutzen würde, wenn Sie bezeugen könnten, daß dies nicht stattgefunden hat, nicht wahr?«

»Niemand hat mir vorgeschrieben, was ich zu sagen hätte.«

»Ich verstehe, Officer. Aber Sie sind doch schon viel in Gerichtssälen herumgekommen, nicht wahr? Und die Bedeutung Ihrer Aussage, daß Sie es Bug nicht gesagt hätten, war Ihnen bekannt, oder?«

Lubitsch sieht verstohlen in meine Richtung. Ich habe plötzlich das Gefühl, bei einem anderen Richter würde Fred jetzt irgendwelche Tricks oder Ausweichmanöver probieren.

»Im großen und ganzen, ja.«

»Nun möchte ich Ihnen die Kopie Ihres Berichts vom 12. September geben, gekennzeichnet als Beweisstück 1 der Verteidigung. Ich bitte Sie den Abschnitt laut vorzulesen, in dem es heißt, daß Sie Lovinia Campbell nichts von Hardcores Aussage gesagt haben.«

Lubitsch sitzt eine Minute da, den Blick ins Leere gerichtet. Wieder hat er diesen Gesichtsausdruck: Hör endlich auf, mich zu nerven. Er wirft nur einen flüchtigen Blick auf den Bericht, den Hobie auf den Rand des Zeugenstands gelegt hat. Er berührt ihn nicht einmal.

»Das steht da nicht.«

»Das steht da nicht«, wiederholt Hobie. »Also erinnern Sie sich nur daran?«

»Ich sagte ja schon, es war nicht mein Bier.«

»Es gehört also nicht zu Ihrer normalen Verfahrensweise, einem Zeugen mitzuteilen, was ein anderer Zeuge gesagt hat? Ist das richtig?«

»Genau.«

»Und deshalb sagen Sie, Sie hätten es Bug nicht mitgeteilt?«

»Ich sage, ich hätte es ihr nicht gesagt, weil ich mich nicht daran erinnere, ob etwas Derartiges passiert ist. Deshalb sage ich das.«

»Okay«, sagt Hobie. »Sie können sich nicht daran erinnern.« Er geht wieder im Gerichtssaal auf und ab. Mir ist inzwischen bewußt geworden, daß es ein schlechtes Zeichen für die Anklageseite ist, wenn Hobie herummarschiert. Wenn ich als Ankläger einen meiner Zeugen für das Kreuzverhör vorbereiten wollte, würde ich ihm raten: ›Paß auf. Wenn Tuttle anfängt herumzulaufen, heißt das, er hat dich im Visier.‹ Lubitsch aber weiß das nicht. Er sitzt noch immer mit seiner massigen Gestalt in Positur und glaubt, alles wäre okay. »Und ist es korrekt zu sagen, Sie hätten nicht viel Zeit gehabt, Ihre Berichte noch einmal durchzugehen oder sich genau ins Gedächtnis zu rufen, wie das bei Ihren Vernehmungen der jungen Miss Lovinia gelaufen war?«

»Ich erinnere mich genau an die Vorgänge, Herr Verteidiger.«

Hobie kratzt sich an der Wange. Er gibt sich große Mühe, ruhig zu bleiben, ja sogar freundlich, angesichts der Feindseligkeit, die ihm von Fred entgegenschlägt. Irgend jemand – wahrscheinlich Dubinsky – hat ihm erzählt, daß Lubitsch ein häufiger Gast hier ist, sogar ein gern gesehener.

»Nun gut. Lassen Sie uns noch einmal über Ihren Besuch bei Bug im Krankenhaus am 12. September reden. Sie sagen, Montague habe Sie gebeten hinzugehen, weil Sie sie kennen. Ist das richtig?«

»Kumpel sind wir gerade nicht. Ich habe sie zweimal festgenommen.«

»Und daher hatten Sie gewissermaßen eine gute Beziehung zu ihr?«

»›Gute Beziehung‹? Ich weiß nicht, was Sie damit sagen wollen.« Er wird renitent, hält sich dann aber zurück, vielleicht weil er merkt, daß er Gefahr läuft, sich in Widerspüche zu verwickeln. »Ich will hier keine Haare spalten, Herr Rechtsanwalt, aber man könnte sagen, wir hatten eine Beziehung auf beruflicher Ebene. Sie wußte, daß ich angemessen mit ihr umgehen würde. Das erste Mal, als sie uns ins Netz ging, haben wir sie und ihre Leute so gut wie in flagranti erwischt. Wissen Sie, diese BSD sind sehr gut, wenn es darum geht, bei irgendwelchen Operationen schnell von der Bildfläche zu verschwinden. Das ist immer so, wenn wir vom Sonderdezernat in die Gegend kommen. Aber damals sah ich einen Wagen davonfahren. Bug und ich haben ein kleines Wettrennen veranstaltet, dann kriegte ich sie zu fassen. Ich sagte ihr, wie die Dinge laufen, und dann war sie kooperativ.«

»Sie sagten ihr, ›wie die Dinge laufen‹?«

»Wenn diese Kids kleine Mengen Stoff verkaufen, haben sie den normalerweise im Mund. Diese kleinen Briefchen. So können sie ihn runterschlucken, wenn sie von den Bullen geschnappt werden. Es ist zuwenig, um sie umzubringen, also schlucken sie ihn runter. Als ich Bug erwischt hatte, sagte ich ihr, ich würde verhindern, daß sie das Zeug schluckt, oder ihr den Magen auspumpen lassen. Also spuckte sie es aus.«

»Und Sie sind Freunde geworden«, sagt Hobie. Diese Darstellung ist fast komisch, aber nicht verächtlich. Sie reichte gerade aus, um die Lächerlichkeit der ganzen Situation darzulegen. Sie bewirkt schallendes Gelächter bei allen Anwesenden, auch bei mir. Aber sie beinhaltet auch ein Stückchen geheimer Wahrheit. Wahrscheinlich gibt es zweihundert Kids um den T-4 herum, zu denen Lubitsch und Wells eine derartige Beziehung haben. Sie kennen die Mütter und Vettern, und manchmal wissen sie vielleicht sogar, wie es um sie in der Schule steht. Sie behandeln sie mit einem gewissen Maß an Mitgefühl. Fred ist zu Recht gereizt und starrt Hobie wütend an.

»Ich habe sie nicht reingelegt. Wir waren außerhalb der Bannmeile ihres Wohnprojekts. Ich hätte sie also als Erwachsene beschuldigen können. Aber ich habe es nicht getan. Es wurde als Jugendstraftat behandelt, sie hat ein bißchen im Jugendvollzug zugebracht und war dann wieder draußen.«

»Da waren Sie fair.«

»Ich versuche, es zu sein«, sagt Lubitsch und strafft den massigen Nacken.

»Und da Montague wußte, daß Sie in der Vergangenheit in einem gewissen Maße fair zu ihr waren, hat er Sie gebeten, zu ihr ins Krankenhaus zu gehen?«

»Genau so war es.«

»Und Sie sind mit ihrem Partner…« Hobie blättert in den Berichten.

»Wells.«

»Wells und Sie haben sie dann aufgesucht und ihr gesagt, sie solle einen Deal machen, ist das richtig?«

»Daran kann ich mich erinnern.«

»Und sie hat Ihnen etwas erzählt, das Ihnen gelogen schien, besonders die Tatsache, daß die Erschießung von Mrs. Eddgar nur ein Mordanschlag war, der aus einem vorüberfahrenden Fahrzeug verübt wurde, die Tat einer rivalisierenden Straßengang.«

»Das hat sie gesagt.«

»Gibt es in der Gegend öfters solche aus Fahrzeugen heraus verübte Überfälle?«

»Jede Menge.«

»Aber Sie waren sicher, daß sie geschwindelt hat?«

»Ich hatte den Eindruck, daß sie log.«

»Obwohl dieses Mädchen mehr oder weniger in Ihrer Schuld stand? Obwohl sie sich früher schon kooperativ mit Ihnen gezeigt hatte, haben Sie ihr nicht geglaubt?«

Lubitsch gestattet sich ein leichtes kluges Lächeln. ›Nun wach mal langsam auf‹, hätte er am liebsten gesagt.

»Nein.«

»Können Sie sich an einen bestimmten Grund dafür erinnern?«

Lubitsch sieht zur Decke. »Da fällt mir im Moment nichts ein.«

»Könnte es sein«, fährt Hobie langsam fort, »daß Montague Ihnen bereits vom Inhalt von Hardcores Aussage berichtet hatte?« Hobie bleibt stehen, um Fred zu beobachten. An diesem Punkt entscheidet sich, ob er gewinnt oder verliert. Lubitsch holt tief Luft und sieht wieder wie verträumt nach oben. Einen Augenblick lang schwankt er und will fast schon verneinen. Inzwischen fällt mir einiges langsam wieder ein. Es war der Tag, an dem Fred und Wells in meinem Amtszimmer waren und sagten, der Fall wäre ein Riesending. Fred hatte gesagt, er müsse zum Krankenhaus. Und er freute sich diebisch, weil er da bereits alles wußte. Er *wußte,* daß Hardcore den Verdacht auf Nile gelenkt hatte. ›Fred‹, würde ich gern sagen, ›um Himmels willen, Fred.‹ Statt dessen räuspere ich mich fast unbewußt. Unsere Blicke treffen sich. Seine Pupillen scheinen sich für einen kurzen Moment zu weiten, dann sinkt er in seinem Sitz zusammen. Er wird sich der Situation ebenso bewußt wie ich zuvor. Fast nickt er schon, als ob seine Verpflichtung zur Wahrheit plötzlich zu einer Frage persönlicher Integrität für ihn würde.

»Das ergibt einen Sinn«, sagt er.

»Erinnern Sie sich daran?«

»Da klingelt etwas bei mir.«

»Sie wußten also, daß Hardcore umgefallen war. Und um das zu bekräftigen, gingen Sie zu diesem Mädchen. Richtig?«

Lubitsch braucht eine ganze Weile, bevor er das bejaht, um sicher zu sein, daß er nicht in eine Falle geht.

»Nun ja, Hardcore ist in der Gang, bei den BSD, und er ist das, was sie einen ›Top Rank‹, einen Anführer, nennen, nicht wahr?«

»So sehe ich das.«

»Die Jüngeren führen seine Befehle aus?«

»Sie verkaufen Dope für ihn. Ja er ist eine wichtige Figur. Worauf wollen Sie hinaus?« fragt Lubitsch, deutlich verunsichert. Das geht allen Cops so, wenn sie die Kontrolle über eine Situation verlieren. Hobie nutzt das und geht ein paar Schritte auf ihn zu.

»Ich will auf folgendes hinaus, Officer. Sind Ihnen Fälle bekannt, in denen Zeugen bei Gang-Prozessen bedroht und sogar verletzt oder getötet wurden?«

»Ich habe davon gehört.«

»Oft?«

»Wahrscheinlich.«

»Und ist das Ihrer Erfahrung nach nicht noch wahrscheinlicher, wenn jemand gegen ein führendes Mitglied einer Gang aussagen will?«

Jetzt erkennt Lubitsch den Punkt. Er überlegt, was als nächstes kommen könnte, bevor er mit einem einfachen Ja antwortet.

»Nun, Officer, angesichts der Tatsache, daß Sie sehr kurzfristig hier vorgeladen wurden, angesichts der Tatsache, daß Sie kaum Gelegenheit hatten, sich Ihre Berichte anzusehen oder über die Ereignisse des 12. September nachzudenken und angesichts der Tatsache, daß Sie *normalerweise* einem Zeugen nicht mitteilen, was ein anderer Zeuge ausgesagt hat, angesichts all dieser Tatsachen, wäre es da nicht viel leichter gewesen, ein junges Gang-Mitglied zum Widerruf zu überreden, wenn Sie ihm sagten, der Organisator der Schießerei habe bereits selbst widerrufen, so daß ihm eine entsprechende Aussage nicht schaden könne?«

Lubitsch läßt die Schultern hängen. Die letzten Fragen haben ihn ganz schön in die Enge getrieben. Er ist dabei, diesem Verteidiger auf den Leim zu gehen, und wird ihm die Wahrheit sagen zu müssen. Fast unwillkürlich sieht er noch einmal zu mir herüber, bevor er antwortet.

»Das ergibt einen Sinn.«

»Um sie zu überzeugen, *mußten* Sie ihr Details seiner Aussage mitteilen. Sie wollten sie glauben machen, daß Sie die Geschichte, die sie Ihnen erzählt, bereits kennen. Ist das richtig?«

»Ich nehme an, ich habe ihr wohl dieses oder jenes gesagt. Anderes habe ich für mich behalten, um sie zu testen, wissen Sie? Aber ich mußte ihr genug sagen, um sie davon zu überzeugen, daß er die Seiten gewechselt hat.«

»Und wenn sie behauptet, Sie hätten ihr unter anderem gesagt, Hardcore habe Nile beschuldigt, die Schüsse auf seinen Vater veranlaßt zu haben, dann können Sie, so wie Sie hier jetzt sitzen, dann können Sie nicht behaupten, das sei unwahr, oder?«

Lubitsch verzieht heftig das Gesicht. Er zuckt, während er nachdenkt. Sein ganzes Gewicht liegt nun auf den muskulösen Unterarmen, die er auf den Zeugenstand aufgestützt hat.

»Daran kann ich mich wirklich nicht so recht erinnern. In Ordnung? Das ist die Wahrheit. Sie könnte recht haben oder auch nicht.«

»Sie könnte recht haben?« fragt Hobie.

Lubitsch macht sich nicht die Mühe, noch einmal zu antworten. Am Tisch der Anklage greift Molto sich unbewußt an die Schläfe und starrt mit leerem Blick auf die Eichenholzleisten, die der besseren Akustik wegen aus der Wand vor ihm ragen. Das Zentrum des Gerichtssaals gehört Hobie allein. Er schenkt dem Zeugen ein wohldosiertes Lächeln, wobei er darauf bedacht ist, Lubitsch nicht bloßzustellen, nachdem er die Wahrheit gesagt hat. Aber wir alle wissen, daß er als Anwalt wieder einmal einen Sieg errungen hat. Bugs Zeugenaussage vor der Polizei muß nun als aus Loyalitätsgründen gemachte Wiedergabe von Hardcores Angaben gewertet werden. Core selbst könnte sich als glaubwürdigerer Zeuge erweisen. Seine Aussage könnte sich weiter erhärten, oder sich auch als ein weiterer Beweis für Niles Schuld herausstellen.

Für den Moment hat Hobie seine Aufgabe erfüllt. Lovinia Campbell steht nicht mehr auf der Seite der Anklage.

Im Dienstbereich der Sheriffs befinden sich auch Umkleideräume und Duschen. Sehr schlicht ausgestattet. Angerostete Spinde, nackter Betonboden, der scharfe Geruch von Desinfektionsmitteln. Richter haben hier freien Zugang und bezeichnen diese Räume ironisch als Club. Als ehemalige Krebspatientin habe ich sämtliche Studien über Wege zu einer gesunden Lebensführung gelesen. Also lasse ich mindestens zweimal pro Woche das Mittagessen ausfallen und ziehe mir ein ausgefranstes Sweatshirt und Leggings aus Lycra an, der unverwüstlichen Wunderfaser der neunziger Jahre. Dann quäle ich mich vom Gerichtsgebäude – Power-Walking und Jogging im Wechsel – vierzig Minuten lang den Cushing Boulevard hinunter und wieder herauf. Rosario, der Wächter am Richtereingang, ein zierlicher Bursche in der blauen Uniform eines Deputys, verabschiedet mich stets mit einem anspornenden ›Zeigen-Sie's-Ihnen-Richterin‹. Bei meiner Rückkehr hält er mir die Tür auf und sagt ›Willkommen auf Fantasy Island‹, in Anlehnung an die Fernsehserie. Ich habe nie herausgefunden, ob er sich damit selbst auf den Arm nimmt oder die schaurige Gerichtsatmosphäre meint. Hier hat man ständig hautnah mit Leuten zu tun, denen man auf der Straße aus dem Wege gehen würde – jungen, viel zu lauten Männern mit großspurigem Auftreten und mit gemeinem und finsterem Gesichtsausdruck. Gewalttätigkeit umgibt sie wie eine düstere Aura. Am Gerichtshof in der Hauptstadt wimmelte es von diensteifrigen Gerichtsdienern und Marshalls, denen die Erhabenheit der Vereinigten Staaten aus jeder Pore quoll, im Gerichtsgebäude des Kindle County dagegen herrschte eine bescheidene Freundlichkeit zwischen Anwälten, Polizeibeamten und Gerichtsangestellten, das verhaltene Bedürfnis, sich gegenseitig der Tatsache zu versichern, daß wir alle einer Gemeinschaft ehrenwerter Leute angehören.

Mit Tönen von Mahler aus dem Kopfhörer dränge ich mich im Zickzack zwischen Geschworenen, Staatsanwälten und ganzen Familien hindurch, die auf dem Weg zum Lunch sind. Ein paar

Anwälte, deren Namen ich nicht mehr weiß oder die ich nie gewußt habe, winken mir eifrig zu, wenn ich an ihnen vorbeirenne. »Hallo, Euer Ehren!« Es ist einer der letzten einigermaßen angenehmen Tage im Jahr. Das Tageslicht wird schwächer, und düstere Winterwolken, schwer wie eine Steppdecke, ziehen hier und da am entfernten Horizont herauf, um von Zeit zu Zeit plötzlich und drohend den Tag zu verdunkeln. Doch die Sonne läßt sich hin und wieder blicken, und dann erreicht die Luft immerhin erträgliche vier Grad. Bald wird Mutter Natur wieder einmal zeigen, daß sie im Herzen eine verärgerte Hexe ist. Winter im Mittelwesten. Man ist nie richtig darauf vorbereitet.

Nicht weit vom Ausgangspunkt meines Laufs höre ich jemanden meinen Namen rufen. Der scharfe Wind trägt mir ein beinahe gejodeltes ›Sonny‹ zu. Ich schiebe den Kopfhörer zurück und erwarte wieder den Gruß irgendeines Anwalts, doch es ist Seth, der mich einzuholen versucht. »Um Himmels willen«, murmele ich außer Atem. Ich selbst hatte gestern die Trennlinie überschritten, und nun fühle ich mich in die ersten Jahre der High-School zurückversetzt. Mit selbstbewußtem Lächeln kommt Seth auf mich zu. Er trägt das gleiche blaue Sportsakko und die gleichen abgestoßenen Schuhe wie damals. Über dem Ohr steht ihm eine farblose Haarsträhne vom Kopf ab.

»Ich habe gefürchtet, dich zu verpassen. Deine Sekretärin, Marian? Sie sagte, du würdest hier wieder ankommen.«

»Marietta?« Ein langsamer Tod wird es sein, denke ich, chinesische Folter vielleicht – ich werde sie *tatsächlich* umbringen. Ich laufe tänzelnd in meinen Joggingschuhen und dem Sweatshirt auf der Stelle weiter. Ganz Richterin frage ich von oben herab: »Was kann ich für dich tun, Seth?«

Er tritt einen Schritt zurück und hat dabei den feuchten, verwundeten Blick, der zur Zeit typisch für ihn zu sein scheint. »Ich will dich nicht aufhalten«, sagt er schließlich. »Komm, ich laufe mit dir weiter.« Er läuft ein paar Schritte vor und winkt mir, ihm zu folgen. In seinem Blazer und den Straßenschuhen läuft er die Avenue entlang. Man sieht ihm an, daß er durchtrainiert ist. »Ich will dich gar nicht lange stören. Ich möchte nur eines wissen. Gestern hast du mich nach Hobie und Dubinsky gefragt. Die ganze Nacht mußte ich darüber nachdenken. Und ich glaube, ich weiß es jetzt. Ich glaube, ich weiß, warum du mir diese Frage gestellt hast.«

»Vergiß es, Seth.« Ich merke, was auf mich zukommt. Er hat mit Hobie zu Abend gegessen, und gemeinsam haben sie sich eine Antwort ausgedacht. Seth ist sozusagen als sein Lenkflugkörper hier.

Genau deshalb hatte ich mir geschworen, den Kontakt mit ihm zu vermeiden. »Dieses Gespräch wird nicht stattfinden.«

»Nein, ich möchte nur, daß du folgendes weißt: Ich habe keine Ahnung, was Hobie tut. Ich mag ihn, aber glaube mir, Hobie T. Tuttle kann ein verdammt hinterhältiger Bursche sein. Wenn er etwas zusammenbraut, dann mit Stew, nicht mit mir. Ich bin nicht mit von der Partie. Weder er noch Nile reden auch nur ein Wort mit mir. Okay? Das ist alles.«

»Und das reicht auch.« Noch ein Satz, noch ein einziges Wort, und ich muß etwas unternehmen. Ich muß stehenbleiben und nach der Polizei rufen. Aber er läßt mich schweigend weiterlaufen, besser: schweren Fußes den Gehsteig entlangtrotten. Inzwischen haben wir den Homer Park erreicht, durch den in einem Kreis ein geteerter Fußweg verläuft. Früher war der Park District bekannt für alle möglichen Schmiergeldgeschichten, die dort eingefädelt oder abgewickelt wurden, für Kungeleien bei Auftragsvergaben, und er war ein Treffpunkt für glücklose Politiker wie Toots Nuccio, der manchmal zu Stadtratssitzungen seine Maschinenpistole in einem Klarinettenkasten mitbrachte. Heutzutage ist die Stadt ärmer geworden, und das zeigt sich auch in den Parks. Veranstaltungen wie Bastelkurse und Sommerlager, die ich als Kind so geliebt habe, gibt es nicht mehr. Nicht einmal eine fachkundige regelmäßige Pflege findet noch statt. Aus Gründen, die ich nie begriffen habe, hat man hier den Bäumen die Krone gekappt. Amputiert, knorrig und mit abgeblätterter Rinde rahmen sie den Asphaltweg. Der Rasen, der zu Beginn des Winters abstirbt und bereits jetzt viele kahle Stellen aufweist, ist übersät mit Abfall und Laub. Aber tagsüber ist er ein sicherer Ort. Latino-Mamas mit schweren Wintermänteln schieben ihre dickverpackten Babys vor sich her. Fußgänger auf dem Weg zur Center City durchqueren den Park zum Umsteigen in andere Buslinien. Wie ein Fluß durch einen Canyon verläuft einen Block entfernt und sechzig Meter stadteinwärts tosend die U. S. 843 mit ihren Abgasen.

Seth läuft locker neben mir her. Ich denke über die neue Situation nach. ›Hobie T. Tuttle kann ein verdammt hinterhältiger Bursche sein.‹ ›Er und Dubinsky brauen etwas zusammen.‹ Es ist schwer vorstellbar, daß Seth als Hobies Abgesandter derartige Mitteilungen überbringt. Fast bin ich versucht, zu fragen, was Hobie seiner Meinung nach vorhat. Doch mein gesunder Menschenverstand behält die Oberhand. Bei Seth muß ich mich fest im Griff behalten.

»Himmel, ist das kalt hier draußen.« Er versucht, mit einem Scherz das Schweigen zu lockern und reibt sich die kahle Stelle auf seinem Schädel. »Der natürliche Schutz ist dahin«, fügt er hinzu.

»Seth, erwartest du mein Mitleid, weil du kahl bist?«

»Weil ich kahl werde«, sagt er. »Ich werde kahl. Meine Stirn wird höher.«

»Ich will dir etwas sagen, Seth. Eine Frau über Vierzig muß sich über alles Gedanken machen. Von oben bis unten. Die Brust fängt an zu hängen. Die Wechseljahre kündigen sich an. Die Knochen verformen sich. Sie hat Kinder zur Welt gebracht, und die Rückseite sieht nicht mehr so aus, als paßte sie noch in die Jeans von vor zwanzig Jahren. Vielleicht hat sie auch schon eine Blasenschwäche. Also bricht es mir nicht wirklich das Herz, wenn Männern das Haar ausgeht. Nein, eigentlich bin ich sogar *froh,* daß sie auch etwas haben, über das sie sich Gedanken machen, obwohl Schadenfreude sonst nicht meine Art ist. Darüber hinaus finde ich, daß es im Endeffekt gar nicht so schlecht aussieht. Es verleiht einem Mann eine gewisse Reife, eine Eigenschaft, die viele, offen gesagt, vermissen lassen. Nein, ich habe kein Mitleid mit dir, Seth.«

»Du meine Güte«, sagt er. »Was macht dich so schlecht gelaunt?«

»Hör mir zu, Seth. Du kommst mir auf der Straße hinterhergelaufen in einer der wenigen freien Stunden, die ich in der Woche habe. Und jedes Gespräch mit dir endet in einem Klagelied. Als ob ich dazu da wäre, dich zu bemitleiden, wo ich doch eigentlich meinen Job zu machen habe. Aber das hatte ich dir ja schon erklärt.«

Seltsamerweise verteidigt er sich nicht, wie ich erwartet habe. »Du hast recht«, antwortet er statt dessen und sieht auf seine Schuhe hinunter. Plötzlich geht mir schuldbewußt auf, daß ich versucht habe, ihn zu vertreiben, indem ich einen Streit vom Zaun breche. In seinem Gesicht spiegeln sich heftige Emotionen wider.

»Mein Sohn ist gestorben«, sagt er dann. »Du hast gestern nach etwas Dramatischem in meinem Leben gefragt. Das war dramatisch.«

Es scheint, als versuche er, den Ton historischer Distanz wiederzufinden, den wir am Tag zuvor angeschlagen haben, als jeder von uns über sein Leben sprach. Aber seine Stimme kann diesen Ton nicht halten. Ich bleibe plötzlich stehen und lasse ihn noch zwanzig Schritte weiterlaufen. Es war ihm schwergefallen, mich anzusehen, und deswegen braucht er so lange, bis er merkt, daß ich nicht mehr neben ihm bin. Wir haben das geteerte Oval erreicht, und er kommt langsam zu mir zurück. Vor dem Hintergrund der gemarterten, amputierten Ulmen wirkt er zusammengesunken unter der Last der Fragen, die er auf sich zukommen sieht.

»Wie lange ist es her«, frage ich.

»Fast zwei Jahre«, antwortet er.

»Mein Gott. War er krank? Lange?«

»Er war noch ein kleiner Junge. Sieben Jahre alt. Wenn ich ganz ehrlich bin, war er ein schwieriger kleiner Bub. Er ist bei einem Verkehrsunfall ums Leben gekommen.« Er schweigt einen Moment und sucht am bleigrauen Himmel nach der Sonne, doch im Augenblick haben sich dunkle Wolken aufgetürmt, und das Tageslicht ist milchig trübe geworden. »Ich saß am Steuer.«

»Großer Gott.«

»Es war nicht mein Fehler. Zumindest sagen das alle. Der Typ war betrunken – komplett daneben. Er fuhr das Vierfache der zulässigen Geschwindigkeit und bei Rot über die Ampel. Er ist an den Bordstein geprallt und kam direkt auf uns zu geschleudert. Ich habe ihn gesehen, wahrscheinlich aus dem Augenwinkel, weißt du, und ich habe versucht, zu beschleunigen, was mir auch gelang. Aber er kam schräg von vorn auf uns zu. Es hat den Wagen in zwei Teile zerrissen. Einen Augenblick zuvor hatte ich ihn noch ermahnt, nicht in der Nase zu bohren, und dann… Später war ich nur für eines dankbar, nämlich daß ich ihn nicht schreien hören mußte. Aber, um alles in der Welt, wie kann dein Kind *sterben,* ohne auch nur den geringsten Laut von sich zu geben?«

Ich habe jetzt die Arme um meinen Körper geschlungen, um des schneidenden Schmerzes Herr zu werden. Ich suche nach tröstenden Worten, aber er hebt sogleich die Hand. Ich begreife, daß es zum Schlimmsten gehören muß, wenn er hört, wie Menschen Worte stammeln in der Hoffnung, einem Schmerz Ausdruck zu verleihen, der schließlich nur der seine ist, nicht der ihre. Aber auch ich kann immer nur eines sagen. Es tut mir leid. Es tut mir so leid.

»Ich hatte keine Ahnung davon, Seth. Dein ganzes Leben schien sich so offen in deiner Kolumne widerzuspiegeln. Davon stand kein Wort darin, nicht wahr?«

»Ich hasse es, darüber zu sprechen. Ich vergehe tatsächlich vor Selbstmitleid. Du hast das richtig erkannt. Jeder erkennt es. Alles in mir ist irgendwie wund.« Ich merke, daß ich seine Hand genommen habe. Schweiß ist zwischen seinem Uhrarmband und dem Ärmel seines Hemdes heruntergelaufen. Die andere Hand liegt an seiner Nasenwurzel, ein Versuch, die Selbstkontrolle zurückzugewinnen.

»Und der Typ, der euch hineingefahren ist? Ist er im Gefängnis?« Blöde Frage, denke ich im selben Moment. Wie unsensibel, diese Sache in die Grenzen meines eigenen Horizonts pressen zu wollen, aber der Gedanke an das, was er durchgemacht hat, macht mir angst.

»Ja, sicher. Fünfzehn Jahre hat er bekommen. Er hatte ein Vorstrafenregister, ein langes sogar. Irgend so ein verdammter kleiner Schwarzer. Gestohlener Wagen. Alles, was dazugehört. Er hat sich schuldig bekannt. Ich habe ihm nie wieder begegnen müssen. Lucy ist zur Urteilsverkündung zum Gericht gegangen. Ich nehme an, sie hat geweint, und das Leben ging weiter. Nur – ich meine, was soll's? Ich denke nie über den Kerl nach. Aber darüber denke ich nach: Wenn ich schneller gewesen wäre, wenn ich das Gaspedal weiter durchgetreten hätte. Wenn, wenn, wenn.« Er läßt den Blick durch den Park wandern. Ein Dreizehnjähriger, den Schirm seiner Mütze im Nacken, kommt rauchend auf Rollerblades an uns vorbeigeschossen. »Wir erfrieren noch hier draußen«, sagt er. Er joggt los, und ich folge ihm im Power-Walking. Er verlangsamt das Tempo, damit ich mithalten kann.

»Und Lucy? Ist Lucy nicht verrückt geworden? Ist sie…«

»Sie ist verrückt geworden. Ich kann es gar nicht sagen. Wir sind beide wie von Sinnen. Aber jeder auf seine Weise.« Das ist es, was zwischen Lucy und ihm steht, wird mir klar. Das muß es sein. Die halbe Strecke des Ovals sprechen wir kein Wort, aber ich kann mir vorstellen, was er denkt. »Nicht, daß sie mir etwas vorwirft«, sagt er. »Jedenfalls nicht das, was ich mir selbst vorwerfe. Aber so? Laufen? Vor einem halben Jahr haben wir angefangen, vor dem Dinner zusammen zu joggen. Wir haben den Hund mitgenommen. Wir haben uns diese Reflektoren für die Ellbogen gekauft. Wir hatten die gleichen Anzüge. Aber wie kannst du Freude daran haben? Es geht nicht. Du denkst, das ist nicht das Leben, das wir führen müßten. Wir müßten zu Hause angebunden sein. Wir müßten Isaac zurufen, er solle den Fernseher ausmachen und mit den Hausaufgaben anfangen. Wir sind nicht gegeneinander verbittert. Wir finden nur keinen Weg, gemeinsam weiterzumachen.«

»Ich kann mir nicht vorstellen, daß Lucy überhaupt weiß, was ›verbittert‹ bedeutet.«

»Nein, nicht im entferntesten.«

»Ist sie immer noch so unbeschreiblich gutmütig?«

»Unbeschreiblich.«

»Ich nehme an, sie hat außer der Astrologie noch einen anderen Beruf ergriffen.«

»Ja. Aber sie glaubt noch immer daran. Und an Wiedergeburt. Und sie kauft noch immer gern ethnische Sachen. Und sie liebt sphärische Musik. Man kann sagen, sie gehört dem New Age an.« Staunend denkt er über sie nach und nickt. Im vergangenen Jahr war sie Leiterin einer Suppenküche in Seattle. Er zeichnet ein ironisches Bild von ihr, wie sie mit allen auf du und du ist, den Verlierern, Junkies, Alkoholikern und seltsamen Käuzen die helfende Hand ausstreckt. Lucy ist ein Mensch voll grenzenloser Großzügigkeit. Sie sammelt Obdachlose auf, ist die Mutter aller, die Hilfe brauchen, ob es nun ein Vogel mit gebrochenem Flügel ist, ihre Kosmetikerin, die Englischunterricht braucht, oder ihre Putzfrau, für deren Tochter sie in einem achtmonatigen Feldzug die Zulassung zur Bellingham Country Day-Schule erkämpft hat, in der Seths eigene Kinder nicht angenommen worden waren.

»Klingt es, als nähme ich ihr das übel?« fragt Seth.

»Vielleicht«, antworte ich.

»Dann habe ich den falschen Ton angeschlagen. Ich bin begeistert – daß sie ein so großes Herz hat für Menschen, die sie kaum kennt. Für mich dagegen ist es schon schwierig, den Menschen genügend Gefühl entgegenzubringen, an denen mir etwas liegen sollte.«

»Ich hoffe, du kommst damit zurecht, Seth.«

»Das hoffe ich auch. Im Moment ist alles durcheinandergeraten. Das habe ich erfahren. Die Freunde. Das Haus. Ich meine, plötzlich gehört dir das alles nicht mehr. Dinge, die für alle Zeit deine waren. Wenn dich die Nachbarn kommen sehen, haben sie einen Gesichtsausdruck, als hätte ich ihnen den gewissen Finger gezeigt. Ich bin froh, für eine Weile von dort fort zu sein.«

Charlie hatte seine Kumpel an der Uni. Ray Napue konnte jeden auf den Arm nehmen außer sich selbst. Carter Melk, noch ein Dichter, war sanftmütig und wortlos. Beide fehlen mir, nicht aber die Universität mit ihren heftigen, aber hinter vorgehaltener Hand geführten Rivalitätskämpfen, die mich an mittelalterliche Femegerichte erinnerten.

»Was ist mit deinem Trottel?« fragt er.

»Charlie? Warum ›Trottel‹?«

»Er hat dich doch gehen lassen, oder?«

»Ich habe ihn verlassen. Zu guter Letzt. Es ging hin und her im Laufe der Jahre. Aber den letzten Vorhang habe ich bekommen.«

Charlie! Etwas in mir schreit auf. Der Gedanke an ihn bleibt unerträglich. Es ist wie ein Trauma, an das ich mich nie in vollem Umfang erinnern kann – wie ein schwerer Sturz, ein Schlag. Ich kann mich nicht daran erinnern, was ich jemals an ihm gefunden habe. So, wie ich mich an die Hauptstädte der fünfzig Bundesstaaten erinnere, erinnere ich mich jetzt daran, daß ich viele Jahre lang in seinem Bann stand. Aber er war ein Schuft, ein selbstverliebter Autokrat. Das mache ich mir immer wieder klar. Erst heute morgen dachte ich wieder daran, wie oft mich im Bett seine Fußnägel zerkratzt haben. Wie berechtigt meine Bitte auch war, er hat sie sich nicht geschnitten.

»Und was hat er gemacht?«

»Du meinst, um mich wütend zu machen?«

»Nein. Das wäre sicher nur eine kurze Liste, nicht wahr. Männer sind so leicht zu durchschauen. Er hat dich nicht genug geliebt, hat dir nicht genug Aufmerksamkeit geschenkt, hat sich an jemand anderen gehängt.«

»Richtig, richtig und nochmals richtig«, sage ich.

»Nein, aber womit hat er sein Geld verdient. War er Arzt, Rechtsanwalt oder Indianerhäuptling?«

»Dichter.«

»Mach keine Scherze.«

»Es ist wahr. Er hat nicht viel verdient. Jetzt hat er einen Lehrstuhl an einer Universität in der Nähe von Cincinnati. Aber während wir zusammen waren, hat er es lange Zeit abgelehnt zu lehren. Er lag in Fehde mit dem Institut für Englische Literatur. Lieber nahm er einen Job als Briefträger an.« Wir haben inzwischen die gesamte Runde hinter uns. Drei Blocks vom Gericht und dem menschenleeren Südrand der Center City entfernt, erheben sich die niedrigen Umrisse eines Wohngebiets: Mercados, Tavernen, schindelverkleidete Holzhäuser und die wunderschöne vergoldete Turmspitze der Serbischen Kirche, die emporragt wie ein Schlüssel zum Tor des Himmels.

»Also hat er sich an eine reiche Anwältin gehängt, wie?«

Bei dem Gedanken muß ich lachen. »Nein, Charlie hat meine juristische Karriere nie gutgeheißen. Richtlinien, Formulare. Diese Details waren für ihn immer nur Trivialitäten. ›Der Abfall des Lebens.‹ Das ist aus einem seiner Gedichte. Selbst in meiner Tätigkeit als Staatsanwältin hat er keinen Sinn gesehen.«

»Er wollte also, daß die Schuldigen so davonkommen?«

»Ich glaube, er hätte sie am liebsten in die Verbannung geschickt. Sie einfach irgendwohin verfrachtet. Weg damit. Das war seine Methode, mit Problemen fertig zu werden.«

Ich dachte damals, ich sähe das Leben mehr oder weniger so wie Charlie, dann aber wurde mir schlagartig klar, daß die Juristerei das einzige war, für das ich ein gewisses Talent besaß. In meinem letzten Semester an der Juristischen Fakultät war ich ein paarmal bei Gericht. Ich arbeitete bei den Pflichtverteidigern und durfte in kleinen lokalen Fällen auftreten. Als ich dann eines Tages nach einer solchen Verhandlung im Lebensmittelladen des Gerichts stand und mir die glänzenden Brombeeren in einem Kistchen ansah, wurde mir bewußt, was ich ein paar Minuten zuvor getan hatte. Ganz locker hatte ich den Richter um Gnade für die Armen und Schwachen gebeten, etwas, das über Charlies Horizont hinausgehen mußte. Er kämpfte ängstlich um Worte, nicht nur in seinen Gedichten, sondern auch in dem, was er den Achtzehnjährigen in seinem Unterricht sagen sollte, die doch im wesentlichen nur von ihm wissen wollten, wie sie sicher den Kurs 1 in Englisch hinter sich brachten. Aus irgendeinem Grund war mir noch nie so deutlich der Unterschied zwischen unseren jeweiligen Fähigkeiten bewußt geworden. Eigentlich hatte ich Charlie immer als jemanden angesehen, der von etwas Jenseitigem, Magischem besessen war, etwas, das mit Kunst, wenn schon nicht mit Genie zu tun hatte. Doch in dem Moment im Laden wurde mir klar, daß mir die Minuten auf dem Podium Mut gemacht hatten – der scharfe Schlagabtausch mit dem niederträchtigen Ankläger und das pflichtbewußte Nicken des Richters, als er meinem verzweifelten Mandanten großzügig eine Strafe von neunzig Tagen auf Bewährung auferlegte. In unausweichlicher Konsequenz war dann der Gedanke gefolgt, daß ich, wenn auch sicher auf profanerer Ebene, stärker war als Charlie, robuster und überlebensfähiger. Es war erstaunlich, wie wenig überraschend das alles war. Ich erkannte, daß ich es immer gewußt hatte und daß nichts ungewollt geschehen war.

»War *deine* Trennung bitter für dich?« fragt Seth.

Bei der Erinnerung gebe ich nur einen undeutlichen Ton von mir. Auf der anderen Seite des Ovals entdecke ich eine andere Läuferin. Es ist Linda Larsen, Richter Baileys Sekretärin, und ich winke ihr zu.

»Über Charlie bin ich verbittert. Nicht über meine Ehe. Ich fange an, sie als nützlichen Lebensabschnitt für uns beide zu betrachten. Sie hat Charlie von Rebecca, seiner ersten Frau, weggebracht. Niemand sollte an Rebecca gebunden sein. Und mich hat sie durch meine Krankheit gebracht. Er machte mir den Heiratsantrag, als mir durch die Bestrahlungen sämtliche Haare ausgegangen waren.«

»Du hattest keine Haare, und er hatte eine Frau?«

»Genau.«

»Wirklich modern«, sagt er.

»Postmodern«, gebe ich zurück. »Manchmal, wenn ich ganz unten bin, kommen natürlich Fragen auf.«

»Wonach?«

»Ob ich Charlie wirklich verlassen wollte. Habe ich denn immer gewußt, daß meine Ehe zum Scheitern verurteilt war?«

Das verwirrt ihn.

»Ich denke an meine Mutter«, sage ich. »Verstehst du? Diese Frau hat mich allein großgezogen. Und nun mache ich dasselbe. Ich frage mich, ob ich darin nicht gewissermaßen etwas Schicksalhaftes gesehen habe. Je älter ich werde, desto ähnlicher werde ich ihr, fürchte ich.«

»Du bist ganz und gar nicht wie sie, Sonny. Ganz und gar nicht.« Als wir weitergehen, greift er nach meinem Handgelenk und hält es so fest umschlossen, wie ich zuvor das seine. Seine grauen Augen sind weit offen. »Sie war *verrückt.«*

Wie ein Pfeil durchbohrt mich wieder der Schmerz bei dem Gedanken daran, für wie wirr Zora von allen gehalten wurde. Ich konnte mir nie eingestehen, daß Zora nicht normal war, nicht ganz richtig. Sie war klein und seit einem Unfall mit einem Knallfrosch in ihrer Kindheit hatte sie ein Glasauge. Sie sprach stets mit voller Stimme und großem Nachdruck und überhäufte mich mit Zitaten aus den Werken linksgerichteter Schriftsteller, von Walt

Whitman bis Maud Gonne, sowie dem Klatsch über Figuren aus der Arbeiterbewegung. Sie war unablässig auf der Suche nach mir unverständlichen Dingen. Sie durchstöberte Trödelläden und Antiquariate auf der Jagd nach irgendwelchen Schätzen – Apothekergefäße, Knopfschachteln, extra verschnörkelten Büroklammern, vergriffene Bücher: eine kaum zu findende Übersetzung von Ruben Daros *Songs of Life* and Spirit, George Eliots *Felix Holt the Radical*. Sie nannte mich überschwenglich ›mein süßer Liebling‹, ›mein Schatz‹, und in guten Augenblicken – nein, sogar oft – meinte sie es auch so. Das Objekt von Zoras elektrisierender Leidenschaftlichkeit zu sein bedeutete zugleich, im Mittelpunkt des Universums zu stehen. Doch es gab auch Zeiten, in denen sie, im wahrsten Sinne des Wortes, ›abgefahren‹ war.

Einmal hat sie mich in einem Strudel verloren, den sie anläßlich eines Treffens einer lokalen Eltern-Lehrer-Vereinigung selbst hervorgerufen hatte. Sie hatte dort gegen die Formel »mit Gottes Hilfe« im Gelöbnis beim morgendlichen Fahnenappell protestiert. In jener Zeit war es nicht üblich, daß Männer auf die Kinder aufpaßten, und niemand erwartete, daß Frauen ihren Verdienst für die Versorgung der Kinder ausgaben. Daher befand ich mich häufig im Schlepptau meiner Mutter, wenn sie irgendwelche Zusammenkünfte organisierte oder Diskussionen in Lenkungsausschüssen führte. Dann saß ich unter einem Eßtisch, spielte mit Puppen und wurde mit einem Schluck Cola beruhigt, während meine Mutter und die anderen erbittert über Doktrinen debattierten und filterlose Zigaretten rauchten. An jenem Abend aber war sie nicht mit Freunden zusammen. Sie befand sich allein – abgesehen von mir – in dem kleinbürgerlichen Handwerkerviertel von Kewahnee, wo sie aufgewachsen war. Ich war ein dünnes, dunkelhaariges Kind und trug einen Rock und eine Strickjacke von meiner Cousine. Eine Flickenpuppe im Arm, klammerte ich mich an den Rocksaum meiner Mutter. Mit wilder Gestik und heiserer Stimme, unterbrochen von ohrenzerreißenden Hustenattacken, schrie sie in das Mikrophon. Schließlich tönte es ihr haßerfüllt aus dem Saal entgegen: ›Hau ab, kleine Polenschlampe. Du gottlose Kommunistenhure. Geh zurück nach Moskau.‹ Plötzlich war ich allein inmitten der erhobenen Fäuste und wurde von der aufgebrachten Menge herumgeschubst. Ich wußte nicht einmal, ob Zora überhaupt gemerkt hatte, daß sie mich verloren hatte. Eine endlose Zeit verging, und ich stand da und schrie ›Mami!‹ Schließlich hatte Zora mich, selber fast geistesabwesend, gefunden, schnappte mich, machte auf dem Absatz kehrt und rief jemandem noch ein deftiges Schimpfwort zu.

So sahen Seth und ich einander, wenngleich es keinem von uns damals bewußt war. Wir waren beide mit Eltern groß geworden, die außerhalb der Norm standen, vom Strom, in dem die Mehrheit schwamm, ans Ufer gespült.

»Erzähl mir etwas über deine Tochter«, sagt Seth beiläufig. Das tue ich immer mit großem Vergnügen. Wir unterhalten uns ausführlich über sie, ihre Vorlieben in der Kleidung, ihre Launen und die Vorzüge eines Kindergartens. Auf dem Rückweg überqueren wir den Highway auf einer Beton-Fußgängerbrücke und kommen durch ein kleines italienisches Viertel, in dem es noch Bäckereien mit dunklen Markisen gibt und kleine Läden mit einem Kruzifix oder einem Herz-Jesu-Bild an der Wand. In den Restaurants wie Jenna's oder Mama Sesta's wimmeln zu dieser Tageszeit geschäftige Anwälte und Gerichtsangestellte. An einigen Tischen aber sitzen auch Männer und Frauen, denen eine Laune des Schicksals erlaubt, den Nachmittag bei einem Gläschen zu verbringen. Vor seinem kleinen Haus steht ein grauhaariger Mann auf dem Bürgersteig, genießt seine Zigarette und betrachtet argwöhnisch jeden, der vorübergeht.

Ein paar Häuser weiter gibt es einen herrlichen Gemüseladen, Molinari's. In dieser Jahreszeit hat Jocko wunderschöne Pyramiden aus Zitrusfrüchten aufgebaut. Heizgeräte glühen an Verlängerungskabeln direkt an der Straße. Jeder von uns kauft sich eine Flasche Mineralwasser und zwei herrliche Granny-Smith-Äpfel.

»Meine Güte, sieh mich an«, sagt Seth, als wir den Laden verlassen. Sein Hemd ist durchgeweicht, und auch sein Sportsakko weist einen feuchten Halbkreis unter einem Arm auf. Er sagt, er müsse zum Gresham-Hotel zurück und dem Portier seine Jacke geben. Wir gehen in Richtung Gericht zurück.

»Du klingst in allem so abgeklärt«, sagt er. »Es muß doch sehr schwer gewesen sein – die Scheidung, der Krebs, alleinerziehende Mutter. Du bist so resolut.«

»Die Scheidung war eine Notwendigkeit«, antworte ich. »Und Nikki ist meine ganze Freude. Die Krankheit war entsetzlich, aber ich glaube, das habe ich weitgehend hinter mir. Ungefähr jedes halbe Jahr habe ich Alpträume, dann fühle ich mich für ein paar Stunden wieder wie damals. Aber meistens bin ich – wie hast du es noch genannt? – resolut? Entschlossen, nicht abgeklärt. Besonders froh, ja stolz bin ich über der Tatsache, daß ich mich nicht mit der Krankheit identifiziert habe. Weißt du, das fängt nämlich schon im Krankenhaus an. Man wird dort behandelt, als hätte man keinen Namen. Die Behandlung identifiziert dich. Du bist ›die Mastektomie‹ oder ›die Kolostomie‹. Es ist so leicht, zu glauben, daß die Krankheit, die dein Leben bedroht, dein Leben *ist*. Aber das habe ich hinter mir. Ich habe mein Kind bekommen. Ich habe diesen Job angenommen, fast zufällig, könnte man sagen. Schlimme Dinge passieren«, füge ich hinzu. »Krebs oder Scheidung. Sie passieren einfach, weißt du?« Ich meine das so, und ich glaube daran. Und dennoch wirkt die Last dieser Kataklysmen noch immer nach. Scheinbar habe ich später als die meisten Menschen etwas mehr über mich selbst erfahren. In den letzten zwölf Jahren haben sich meine Freunde aus der College-Zeit eine Reihe von Gewohnheiten und Reflexen zugelegt, die sie Leben nennen. Im selben Zeitraum war für mich das Leben wie eine Zeitbombe mit einer explosiven Überraschung nach der anderen. Die Krankheit, das erneute Zusammenleben mit Charlie, der Abschluß an der juristischen Fakultät. Das Baby, die Scheidung, das Richteramt. Angesichts all dieser Erfahrungen frage ich mich, wann, ja wann werde ich zur Ruhe kommen, einen Platz finden, an dem ich Trost oder wenigstens ein wenig Frieden finden kann?

»Schlimme Dinge passieren«, wiederholt Seth, und erst jetzt wird mir bewußt, was seine Bemerkung, ich sei resolut, beinhaltet. Ich komme mir selbstsüchtig und unsensibel vor, wenngleich der Schmerz, den ich für ihn empfinde, mir noch immer den Brustkorb einschnürt.

»Es wird eine lange Zeit brauchen, Seth.«

»So sagt man.« Er sucht meinen Blick. All das hat er schon oft gehört. Ich will mich entschuldigen, aber er unterbricht mich. »Ich wollte das gar nicht erwähnen«, sagt er. »Ich hasse es wirklich...«

»Oh, Seth. Ich wollte nur...« Der Gedanke, daß ein alter Freund, ein Mensch, der einen solchen Raum in meinem Leben eingenommen hatte, sich mit einem solchen Kummer isoliert, würde mir das Herz brechen. Was wird da so drohend deutlich? Das Leben, würde ich sagen. Zu meinem eigenen Erstaunen – denn eigentlich habe ich nicht nah am Wasser gebaut – fange ich plötzlich an zu weinen. Er legt kurz den Arm um mich, und ich wische mir die Nase am Ärmel meines Sweatshirts ab, von dem ein paar lose Fäden herabhängen. Zum Glück für uns beide sind wir an unserem Ausgangspunkt hinter dem Gerichtsgebäude angekommen.

Da ihm nichts anderes einfällt, sagt er: »Jetzt hast du dein Training gehabt.« Ich lächele nur. »Bringst du Nikki manchmal mit hierher? Ich würde sie gern einmal sehen.«

Es ist nur eine unschuldige Bitte, dennoch versetzt sie – wie vieles im Moment – meinem Herzen einen Stich. Ich überlege, was der Anblick eines Kindes von Freunden für ihn bedeuten mochte, wahrscheinlich Qual und Trost zugleich.

»Komm irgendwann vorbei. Wenn du deinen Vater besuchst. Wir wohnen Grove 338.«

»Dann würde sich die Fahrt lohnen. Beinahe«, sagt er. Er sieht mich an. »Überleg es dir lieber noch einmal.«

»Es ist schon in Ordnung. Du kennst die Spielregeln und ich auch.«

»Vielleicht dieses Wochenende?«

»Wir sind an beiden Tagen die meiste Zeit zu Hause.«

»Dann komme ich.« Ich umarme ihn schnell und sehe ihm ins Gesicht. Ich bin über zehn Zentimeter kleiner als er. Am Richtereingang verabschiede ich ihn mit einer stehenden Wendung aus unseren vergangenen Tagen: »Du bist ein prima Kerl, Charlie Brown.«

April 1970

SETH

Eddgars Relegations-Hearings vor dem Universitätssenat begannen in der dritten Aprilwoche. Die Sitzungen dauerten von vier Uhr nachmittags bis zehn Uhr abends, damit die Fakultätsmitglieder teilnehmen konnten, ohne ihre Vorlesungen und Kurse unterbrechen zu müssen. Nachdem sich das Gremium abends vertagt hatte, setzten sich die Eddgars und ihre Anwälte noch zu ausführlichen Strategiebesprechungen zusammen, stritten über das weitere Vorgehen und sammelten Informationen über die nächsten Zeugen. Selten kamen Eddgar und June vor zwei oder drei Uhr morgens nach Hause, nur wenige Stunden, bevor ich aufbrechen und meine *After-Dark*-Pakete in die Stummen Verkäufer stapeln mußte. Dementsprechend baute ich Nile nun in meinem Wohnzimmer ein Bett auf dem Sofa. Meine bevorstehende Flucht nach Kanada und der Abbruch meiner Beziehung zu Sonny hatten mich so aufgewühlt, daß ich keinen tiefen Schlaf fand und gewöhnlich hörte, wenn einer der Eltern sich hereinschlich und den Jungen holte.

In diesen Wochen war mein Leben trübe, wie verloren und tot. Ich wußte nicht, warum ich überhaupt weiter meiner Arbeit nachging und nicht gleich aufgebrochen war. Allerdings hätte ich in so einer verworrenen Lage ohnehin keinen vernünftigen

Schritt tun können. Bis zu meinem Stellungsbefehl am 4. Mai dauerte es ohnehin noch ein paar Wochen. Michael, Nile und ich saßen weiter jeden Abend zum Essen zusammen, doch es waren traurige Zusammenkünfte geworden, die meistens schweigend verliefen. Nur der Fernseher war für Nile eingeschaltet. Sonny fehlte mir sehr, und selbst Michael war geistesabwesend. Sein Labor nehme ihn voll in Anspruch, klagte er, doch ich hatte das Gefühl, daß seine Affäre mit June ein kritisches Stadium erreicht hatte. Beide wirkten verkrampft in Gegenwart des anderen.

Wenn Nile eingeschlafen war, lag ich nun allein auf der Matratze auf dem Schlafzimmerfußboden. Mein Transistorradio am Ohr hörte ich die Übertragung des Hearings, die der Campus-Sender auf Verlangen Eddgars jeden Abend brachte. Es erinnerte mich an die Zeiten, als ich im Alter von sieben oder acht daheim unter der Bettdecke bei leisester Lautstärke die Reportagen von den Baseball-Spielen der Trappers hörte. Unerwarteterweise kam mir das heute wie eine glücklichere Zeit vor.

Die Vorwürfe gegen Eddgar basierten im wesentlichen auf Beweisen, die von der Campus-Polizei gegen ihn zusammengetragen worden waren. Trotz allen Geredes von Verrätern in den eigenen Reihen konnte noch keiner ausfindig gemacht werden. Das schien auch nicht notwendig zu sein. Die Cops hatten Fotos. Sie zeigten PLP-Mitglieder in Gasmasken. Und der Filmausschnitt, der mehr oder weniger zum Symbol für den ganzen Fall wurde, zeigte die mysteriöse Frau in der Menge, dieses Mädchen, das aufgeschrien hatte und dann verschwunden war. In der einen Sequenz war ihr nichts anzusehen. In der nächsten fuhr sie sich mit der Hand über das Gesicht. Blut floß ihr von der Stirn, doch der Anklagevertreter der Fakultät sagte, es falle ihr etwas aus der Hand. Ein Fläschchen? Man machte eine Vergrößerung ihres Gesichtes und identifizierte sie als Laura Lancey, eine Angestellte der Firma Bayside Packers, jener Lachskonserven-Fabrik, in der auch June arbeitete. Eddgars Anwälte hielten dagegen, dies sei kein Beweis dafür, daß sie nicht geschlagen worden sei. Ein Zusammenhang mit Eddgar könne daraus schon gar nicht abgeleitet werden. Zwar hieß es, er sei mit der jungen Frau bekannt, doch das bestritt Eddgar mit Nachdruck. Aber die Folge der Fotos – die Universität hatte durchnumerierte Kontaktabzüge vorgelegt – zeigten, wie Eddgar sich zweimal über die rechte Schulter zu einer Stelle des kiesbedeckten weitläufigen Platzes umsah, an der Laura schließlich auftauchte. Als wisse er, daß dort etwas passieren würde. Eddgars Anwälte behaupteten, die Negative seien von der Rückseite her kopiert worden.

In den Kneipen am Campus Boul waren einige wenige Kommentare zu Eddgars Charakter zu hören. Niemand wies von der Hand, daß er die Möglichkeit von Gewaltanwendung nicht ausschloß oder sie im nachhinein leugnete. Er war unbestritten ein Revolutionär mit dem Ziel, die Institutionen der Bourgeoisie zu unterminieren. Doch wenn man die Universität mit den Maßstäben des Systems maß, das sie verteidigen wollte, schienen ihre Beweise fadenscheinig. Eddgars Rede war nichts anderes gewesen als eben eine Rede. Der Anklagevertreter versuchte jedoch zu belegen, daß Eddgar auf dem Campus gewesen war, um die Aufrührer zu unterstützen. Zwei Cops gaben an, Eddgar flüchtig dabei beobachtet zu haben, wie er wahrscheinlich dem jungen Mann geholfen habe, der vom Dach gestürzt war. Doch sie mußten zugeben, dabei an die hundert Meter entfernt von der Stelle gewesen zu sein. Auch hatte die Polizei aus einem Abfallbehälter auf dem Campus ein Hemd gezogen, an dessen einem Ärmel noch die One-Hundred-Flowers-Armbinde hing. Nach Angaben des Anklägers seien im Kragen noch die Reste von Eddgars Initialen zu erkennen, die einige Jahre zuvor eingedruckt worden waren, als er seine Hemden noch in die chinesische Wäscherei gegeben hatte. Diese minimalen Beweise konnten niemanden beeindrucken.

Zwar hatte ich gewußt, daß Eddgar schuldig war, doch bis zu dem Hearing hatte ich mich kaum mit dieser Tatsache auseindergesetzt. Dennoch erstaunte es mich wenig, als ich sie jetzt bewußt zur Kenntnis nahm. Vielmehr hoffte ich vage, daß er irgendwie aus der Sache herauskommt, obwohl ich mir immer noch nicht sicher war, ob ich auf seiner Seite stand. Denn in meiner gegenwärtigen Stimmung fühlte ich mit jedem solidarisch, den unnachgiebige Autoritäten im Visier hatten.

Im Laufe der Monate hatten Nile und ich einen gemeinsamen Rhythmus gefunden. Manchmal saßen wir auf dem Gehsteig und malten mit Kreide auf das Pflaster, manchmal ließ er mich den zähnefletschenden Verfolger spielen, der ihn nicht erwischen konnte, wenn er aus seiner Baumhütte mit Gegenständen nach mir warf. Doch am liebsten hockte er noch immer bei mir vor dem Fernseher. Allerdings erwies er mir hin und wieder eine Gunst und stellte mir Fragen zu dem, was er da sah. Warum war der Junge böse auf das Mädchen wegen des anderen Mädchens? Manchmal wollte er, daß ich die Lektionen bestätigte, die ihm sein Vater unaufhörlich erteilte.

»Werbespots sind nichts als dicke Lügen, nicht?«

»Viele.«

»Sie wollen nur, daß du irgendwelches Zeug kaufst. Sie wollen dich ausnehmen, stimmt's?«

»Vielleicht glauben sie, das, was sie verkaufen, könnte dir helfen, Mann.«

»Sie sind gierig, sie wollen dich ausnehmen«, wiederholte Nile. Gier war eine Sünde, die vor allem Eddgar zutiefst verurteilte. »Sie wollen den Leuten nicht helfen. Die Leute sind ihnen egal.« Seine Augen starrten ins Leere und waren auf eine beunruhigende Beurteilung der Welt gerichtet, und vielleicht auch seiner selbst.

Obwohl June es stets von ihm fernzuhalten versuchte, blieb Eddgars Relegationsverfahren nicht ohne Wirkung auf Nile.

»Wir ziehen um«, eröffnete mir Nile eines Abends im April. »Wußtest du, daß wir anderswo ein anderes Haus kriegen?«

Ich wollte ihm Mut machen und sagte, vielleicht würde es ja doch nicht so kommen.

»June sagt es aber.« Er nickte heftig dazu. »Kommst du mit uns?«

Auf Junes Bitte machte ich ihm gegenüber nur sehr vage Andeutungen über meine Pläne. Sie glaubte, er würde mit meiner Abreise nicht fertig werden, vor allem, nachdem sie selbst sich in einer so prekären Lage befanden. Wahrscheinlich hatte sie recht mit ihrer Einschätzung, denn Nile hatte überraschend betrübt auf Sonnys Auszug reagiert. Zwar hatten Nile und sie sich nur bei den Mahlzeiten gesehen, doch sie war immer freundlich mit ihm umgegangen und hatte sich von Anfang an weit besser auf seine Launen einstellen können als ich. Im vergangenen Winter hatte ich mich bei ihr beklagt, wie sehr Nile quasi in den Fernseher hineinkroch und gegen jede andere Ablenkung immun zu sein schien.

»Siehst du nicht, wie deprimiert er ist«, hatte sie geantwortet. Sie saß im Schneidersitz auf unserem Bett, von Büchern umgeben wie von Untertanen.

»Deprimiert? Er ist ein Kind. Was kann ihn denn deprimiert haben?«

»Warst du als Kind nie deprimiert? Redest du denn nicht andauernd gerade darüber?«

»Mann, ich hatte Angst. Ich weiß nicht, ob man das deprimiert nennen kann. Warum fragst du? Hattest du Depressionen?«

Sie zuckte mit den Schultern und blätterte konzentriert in ihrem Buch. Aber sie konnte sich nicht zurückhalten.

»Ich meine, Baby«, sagte sie, »sieh dir sein Elternhaus an. Überleg mal, was es heißt, das Kind eines Revolutionärs zu sein, der dauernd über seine Visionen salbadert, was alles größer und wichtiger ist als sonst irgendwas oder irgendwer ist, dich eingeschlossen.«

»Du meinst, Nile, der keine Geschwister hat, hat den Großen Vorsitzenden Mao zum Rivalen?« Ich amüsierte mich mal wieder über mich selbst und verstand Sonnys konsternierten Gesichtsausdruck nicht oder warum sie sich so verbittert wieder ihren Büchern zuwandte.

Aber sie hatte recht. Nile gehörte zu den Kindern, denen das Erwachsenwerden als eine Bürde erschien. In der Schule steckte er immer in irgendeiner Klemme und sah sich stets als das Opfer schrecklicher physischer Torturen. Jeder mikroskopisch kleine Schnitt oder Kratzer bewirkte einen nicht enden wollenden Tränenstrom. Manchmal hatte er sechs Pflaster gleichzeitig an Armen und Beinen.

Eines Nachts im Herbst war ich mit ihm allein und hörte, wie er zum Klo tappte. Ich war etwas beunruhigt, denn zuvor war er noch nie aufgestanden. Er stand ohne Kleider da und zitterte. Er trug nur eine riesige Windel.

»Ich bin naß«, sagte er, was kaum nötig war. Man roch es. Er bibberte, während ich ihn wusch, und seine Augen, so dunkel wie die seiner Mutter, wurden vor Müdigkeit immer schwerer.

»Sag meiner Mom, ich bin gegangen«, sagte er.

Während der Hearings legte ich einen Plastiküberzug auf mein Sofa und versicherte Nile, daß ich mir wegen eines kleinen Mißgeschicks keine Gedanken machte. Nachdem ich ohnehin bald fort sein würde, war es mir egal, ob es stank. June hatte nie mit mir über dieses Thema gesprochen. Sie hatte mir nie gesagt, was man tun konnte, um ihm zu helfen, oder zugegeben, daß sie aus diesem Grund für Nile auf seinem eigenen Bett bestand. Es war ein weiteres Geheimnis in ihrem Haushalt, und sicher erwartete man von mir, daß ich es für mich behielt, wie auch die anderen, die ich kannte.

An dem Abend, als Eddgar seine Aussage abgeschlossen hatte, kam er zu mir herein, um Nile abzuholen. Ich hatte jedes Wort im Campus-Radio gehört und war der Meinung, er hätte es gut gemacht. Er leugnete, jemals einen Aufruhr geplant zu haben, jemals Laura Lancey begegnet zu sein, und behauptete, die Demonstration auf dem ARC-Gelände in dem Augenblick verlassen zu haben und zu seiner Wohnung zurückgekehrt zu sein, als es zu Gewalttätigkeiten kam. Mit dem sich anschließenden Handgemenge auf dem Campus habe er nichts zu tun. Er klang glaubwürdig und grundvernünftig. Ich nahm an, daß vieles davon auch zutraf – zum Beispiel daß er vorsichtig genug war, sich nicht mit Laura Lancey sehen zu lassen. Seine Stimme verriet ihn zu keinem Augenblick, selbst dann nicht, wenn ich wußte, daß er glatte Lügen auftischte. Im Kreuzverhör beschränkte sich der Ankläger auf das, was Eddgar in Vorlesungen und öffentlichen Reden verkündet hatte.

»Haben Sie bei einer solcher Gelegenheiten jemals den Ausspruch zitiert ›Politische Macht kommt aus den Läufen der Gewehre‹?«

»Gewiß habe ich das. Das gehört in den Bereich der Politischen Theorie.«

»Sie sind für den bewaffneten Kampf und für Gewalt.«

»Zu gegebener Zeit.«

»Und wer bestimmt den entsprechenden Zeitpunkt, Dr. Eddgar?«

Eddgars Anwalt erhob Einspruch, und der Senatspräsident brach das Verhör schließlich ab.

Ich sagte Eddgar, daß es meiner Meinung nach gutgelaufen war.

»Aber genützt hat es nichts«, gab er zurück. »Am Ende steht eine vorgefaßte Schlußfolgerung. Ich muß zugeben, daß mich das in der Theologie immer wieder gereizt hat. Es ist wie ein Puzzle. Warum sagte Jesus diese Worte am Kreuz? Du weißt, was ich meine? Als er seinen Vater fragte, warum er ihn verlassen habe. Hätte der arme Kerl denn nicht wissen können, was auf ihn zukam? Hat ihn sein Vater zu uns heruntergeschickt, ohne ihn zu warnen? Was für eine Art Beziehung hatten die beiden bloß zueinander?« Er lachte in sich hinein, wie er es immer tat, wenn ihn allein etwas amüsierte.

Ich fragte ihn nach den Schlußplädoyes, die für morgen auf der Tagesordnung standen, aber Eddgar zeigte sich desinteressiert. Sein Blick fiel auf die beiden zurückgebliebenen Pappkartons mit Sonnys Sachen. Er nahm wohl an, sie gehörten mir.

»Wann geht es los?« fragte er.

»Nächste Woche.« Das sagte ich jetzt schon seit zwei Wochen. Bisweilen fürchtete ich, ich fände nie den Absprung, sondern würde so lange warten, bis mich irgendein Unheil – in Person des FBI oder eines geheimen Militärkommondas – in einen schwarzen Abgrund reißen würde. Doch für den Augenblick dienten mir die Hearings als Entschuldigung. Sobald die Eddgars wieder Boden unter den Füßen hätten, würde ich gehen.

»Und deine Eltern – sitzen sie dir noch immer im Nacken?« fragte er.

»Pausenlos.« Meine Mutter hatte ihr Konto geräumt – ihr eigenes, vom Haushaltsgeld Erspartes oder Knipple, wie sie es nannte – und bereits ein Ticket nach Vancouver gekauft, vorerst noch ohne festgelegte Flugzeiten. Nach Auskunft meines Vaters hatte sie auch schon einen Koffer gepackt. Ich wußte nur von einem in unserem Haus, ein braunlackiertes Utensil, hart wie ein Insektenpanzer, und ich sah ihn schon an der Haustür stehen.

»Vielleicht solltest du dir das mit dem Kidnapping noch einmal überlegen.«

Wir lachten. Hin und wieder hatte ich auch noch einmal daran gedacht. Es war eine zu aufregende Vorstellung, meinen Vater in diesem Zwiespalt zu sehen – hier sein Kind, da sein Geld. Ein uraltes Thema. König Midas fiel mir ein, aber eher noch Jack Benney, für den mein Vater so ein Faible hatte, mit seinem bekannten Sketch von dem bewaffneten Räuber, der maskiert auf ihn losgeht.

»Geld oder Leben«, sagt der Räuber, und Jack antwortet nach einer seiner berüchtigt langen Pausen: »Moment, laß mich überlegen.«

Auf meinen Liefertouren drehte und wendete ich die Dinge geradezu besessen, schüttelte sie wie Würfel in einem Becher und glaubte so, die verschiedenen Möglichkeiten wirklich abschätzen zu können. Jedesmal trieb ich meine Vorstellung möglicher Ereignisse weiter voran. Mein Vater war zu schlau, um den Trick nicht zu ahnen. Bestimmt. Er würde erkennen, daß das allzu bequem war und kaum zufällig sein konnte. Doch meine Mutter würde nie einen Zweifel aufkommen lassen – wie wenig wahrscheinlich auch die Bedrohung sein mochte, der ich angeblich ausgesetzt war. Sie würde weinen. Sie würde nervös an sich herumzupfen, an ihren Ärmeln ziehen. Sie würde mit den Händen herumfuchteln, ständig weinend hinter ihm her laufen, ihn auf deutsch laut anflehen und ihm keine Ruhe lassen. Er würde nachgeben. Er würde das Geld übergeben, aber den Verdacht nicht loswerden, daß ich den Preis so berechnet hatte, daß ich ihn künftig in Ruhe lassen konnte.

»Wie ich schon vor einer Weile sagte: Am Ende zahlt er, und ich stehe nicht besser da als am Anfang. Es kann nicht wirklich funktionieren.«

»Ach, es gibt immer einen Weg. Es geht nur um die Details«, setzte Eddgar hinzu, als würde nicht das ganze Leben nur aus Einzelheiten bestehen.

Ich saß im Wohnzimmer im Sessel und zupfte an dem abgewetzten Bezug, aus dem an manchen Stellen schon die Füllung quoll.

»Du meinst doch nicht im Ernst, daß ich es tun soll, Mann, oder?«

»Meiner Meinung nach, Seth, solltest du dich dem bewaffneten Kampf anschließen. Aber ich bin nicht so dumm zu glauben, daß dir das gerade jetzt einleuchtend erscheint.« Er hatte Niles Decke und sein Plüschtier schon in der Hand gehabt und legte sie jetzt zurück auf das Sofa, auf dem der Junge trotz unserer geflüsterten Unterhaltung noch schlief. »Soll ich dir mal was erzählen? Die übelste Geschichte, die ich kenne? Die allerübelste. Ich finde schon allein den Gedanken daran entsetzlich. Aber sie bringt etwas auf den Punkt.«

Er setzte sich auf einen umgedrehten Milchträger, der uns als Kaffeetisch diente, machte eine Pause und zog die Hosenbeine hoch, ein Ritual, das seine Konzentration zu fördern schien.

»Als ich vierzehn war«, begann Eddgar, »ging ich mit meinem Vater in den Overlook Valley Hunt Club. Was das für den Südstaatler bedeutet, habe ich selbst nie ganz begriffen. Was es für ihn bedeutet, wenn da ungefähr sechs wohlhabende weiße Familien auf einer Fläche von weit über hundert Quadratkilometern einen Jagdclub oder einen Country Club oder sonst eine ländliche Vergnügungsstätte gründen. Aber mein Vater war wie schon sein Vater vor ihm, Mitglied in diesem Club. Und am Samstagnachmittag, wenn die Woche zu Ende war und er sich auf unseren Sabbath, den Sonntag, vorbereitete, setzte er sich in diesen Club und trank Tennessee-Whiskey, bis die Sonne untergangen war und er so betrunken wie ein Lohnkutscher. Es war mir immer schrecklich unangenehm, meinen Vater in diesem Zustand zu sehen – sein Gesicht lief hochrot an, zudem war das ein bedenkenloser Bruch mit seinen eigenen religiösen Grundprinzipien, für den er niemals auch nur ein einziges Wort der Entschuldigung suchte. Ich haßte es, ihn zu begleiten, doch ich wuchs in einer Familie auf, in der man einfach ›Ja, Daddy‹ sagte, wenn etwas von einem verlangt wurde. Also ging ich viele Samstage mit und wurde wohl in einer Tradition erzogen, die ich nach seiner festen Überzeugung als die meine übernehmen würde. Ich würde den Reden großer, kräftiger Männer zuhören – mit Namen wie Bear und Dog und Billy Ray –, Bourbon mit Minze und Zuckerwasser trinken und mit ihnen über das Wild reden, das sie erlegt, und Frauen, die sie gehabt hatten. Verstehst du?« fragte er.

Mit dieser Story war Eddgar wieder zu Hause, in jeder Hinsicht. Sein Wortschatz war ein anderer, sein Akzent breiter. Er hatte diese Geschichte schon oft erzählt, wie ich wußte, sie kultiviert, aber er fesselte mich wie immer. Ich nickte schnell, damit er fortfuhr.

»Das Städtchen Overlook lag nicht weit vom Club entfernt, und man mußte mitten durch die Stadt fahren, um zur Plantage meines Vaters zurückzukommen. Sie sah aus wie die meisten Kleinstädte im Süden: weiße und bunte Flecken rechts und links einer Eisenbahnlinie. Noch ohne Straßenbeleuchtung, denn die ländlichen Gebiete waren noch nicht elektrifiziert. Eines Abends hatte sich mein Vater wieder einmal um den Verstand gesoffen und war so rot im Gesicht wie unsere Erde dort. Er schwitzte von der Hitze des Alkohols und fuhr mit solchem Tempo um eine Ecke, daß er frontal in eine alte Klapperkiste krachte, die ordnungsgemäß an einem Stoppschild im Farbigenviertel angehalten hatte. Dieser Zusammenstoß hatte meinen Vater und mich ganz schön angeschlagen. Mein Vater war mit dem Kopf heftig gegen die Windschutzscheibe geprallt, und von der Stirn lief ihm das Blut in einem dünnen Rinnsal in die Augen. Schließlich hatten wir uns so weit erholt, daß wir draußen so einen armen Neger aus seinem Wagen klettern sahen, einen Landarbeiter in kariertem Hemd und schmutzigem Overall. Er betrachtete den Blechhaufen, zu dem sein Ford geworden war. Die gesamte Front war total zusammengestaucht und nicht mehr zu reparieren. Aus dem Kühler zischte einsam eine kleine Dampfwolke empor wie von einem sterbenden Vetter des Old Faithful im Yellowstone Park. Und wie das Pech es so wollte in Overlook, gab es auf dieser Straße nicht einen Zeugen, keine Seele weit und breit bis auf diesen Mann, meinen Daddy und mich. Niemand sonst hatte meinen Vater um die Ecke rasen sehen, als wäre der Leibhaftige hinter ihm her. Mein Vater stieg aus und ging auf den Mann zu – ich kannte ihn nicht, er war eben irgendein armer verschreckter Schwarzer –, streckte ihm den Zeigefinger entgegen und sagte: ›Siehst du, was du angestellt hast, Nigger? Du hast genau eine Minute Zeit, um ein paar Jungs herzuholen, um deinen Wagen aus dem Weg zu räumen. Sonst hole ich den Sheriff, und der locht dich ein‹.«

Eddgar zuckte mit den Schultern. »Eigentlich hätte ich ja an so etwas gewöhnt sein sollen. Es ist unbeschreiblich, wie mein Vater die kleinen Farmpächter behandelte. Als kleiner Junge habe ich mal erlebt, wie so ein Bursche aus Versehen eine Kuh erschossen hatte. Mein Vater, der Sheriff und ein paar andere Weiße haben ihm wie einem Tier Hände und Füße zusammengebunden und ihn so lange im Fluß untergetaucht, bis er zugab, die Kuh absichtlich getötet zu haben, und damit einverstanden war, daß ihm der Preis für das Tier von der lächerlichen Summe abgezogen wurde, die man seinen Lohn nannte. Doch hier war Dad nun nicht auf seiner Plantage, sondern in der Stadt, wo man sich schon besser benahm. Dennoch war seine eigentliche Denkweise deutlich zu erkennen. Er betrachtete den Mann immer wieder von oben bis unten, und der arme schwarze Mensch stand da und dachte: Das kann doch eigentlich gar nicht wahr sein. Da kommt dieser Weiße um die Ecke geschossen, betrunken, daß man es auf zwei Meter riechen kann, und fährt mein Auto zu Schrott, für das ich so hart gearbeitet habe. Und er bietet mir keinen Penny Schadensersatz? Kann das denn wirklich sein, oder gibt es vielleicht doch einen kleinen Rest Gerechtigkeit auf dieser Welt, die das verhindert? In diesem Augenblick fiel sein Blick an meinem Vater vorbei auf mich auf dem Beifahrersitz. Wir sahen uns an. Es war kein anklagender Blick, und er war sicher auch zu stolz, um etwas zu erbitten. Er sah mich nur an, und sein Blick fragte: Du auch? Machst du da mit? Wird das denn immer so weitergehen? Ich wußte, was er wollte, und mein Vater auch, und so sagte mein Vater nur: ›Du brauchst ihn gar nicht anzuschauen. Er hat dasselbe gesehen wie ich.‹ Und ich sagte kein Wort.« Eddgar holte tief Luft.

»Kurz und gut«, fuhr er fort, »der Kerl hatte damals keine Chance und tat sofort, was mein Daddy von ihm verlangt hatte. Er ging in ein paar dieser kleinen Häuser mit ihren Wänden aus Teerpappe und rief ein paar Schwarze zusammen, dazu ein paar Freunde aus dem Laden an der nächsten Ecke. Sie kamen einer nach dem anderen und schoben seinen Wagen aus dem Weg. Wir fuhren los. Doch das genügte meinem Vater noch immer nicht. Er kurbelte die Scheibe herunter und sagte: ›Daß ihr Nigger das nicht noch mal macht.‹« Wieder atmete Eddgar tief durch.

»Ich verspreche dir, das ist die schlimmste Geschichte, die mir je passiert ist, weil ich einfach zugesehen habe. Ich war erst vierzehn Jahre alt, aber ich konnte Gut und Böse durchaus unterscheiden. Ich kannte das brutale Vorgehen von Polizei und Justiz. Und ich sagte kein Wort. Nicht, daß es mich nicht tief verletzt hätte, aber ich hatte nicht den Mut dazu. Meine Flucht war noch nicht gut genug geplant, mein Weg in eine eigene Freiheit noch nicht vorbereitet. O ja, ich habe mir in dieser und in anderen Nächten die Augen ausgeweint. Und mein Entschluß nahm Gestalt an. Ich schwor mir, was immer geschähe, nie wieder aus Angst vor meinem Vater oder sonst jemandem den Mund zu halten, wenn etwas geschah, von dem ich wußte, es ist reine Niedertracht. Seither habe ich meinen Vater oft sagen hören, er habe im eigenen Haus seinen ärgsten Feind herangezogen, und es macht mir Freude, das zu hören. Abgesehen von dem, was ich in anderer Beziehung von mir halte, glaube ich, zumindest hier Wort gehalten zu haben.«

An dieser Stelle sah er mich an, um sicherzugehen, daß ich zuhörte. Aus der Nachbarschaft war der Fernsehwerbespot für eine Fast-food-Kette zu hören, was mir in diesem Moment reichlich unpassend vorkam.

»Nun, über dich und deinen Vater weiß ich so gut wie nichts, Seth. Aber eines laß dir von mir sagen: Befreie dich. Wenn du schon etwas so Einschneidendes vorhast wie die Flucht aus deinem Land und damit das Risiko eingehst, durch das Urteil eines Schwurgerichts strafrechtlich verfolgt und vom FBI von Küste zu Küste gejagt zu werden, dann sorge dafür, daß es nicht umsonst ist und du frei bist zu deinen eigenen Bedingungen. Wenn du meine Revolution nicht machen kannst, dann mach deine eigene. Mach die Revolution, zu der du fähig bist – und siege. Das wollte ich dir sagen.«

Er nahm seinen schlafenden Jungen hoch, deutete einen Kuß auf seine Stirn an. Dabei sah er mich unverwandt an und wußte, er hatte wie immer großen Eindruck auf mich gemacht.

Am nächsten Tag, es war der 30. April, wurde Eddgar vom Lehrkörper der Universität ausgeschlossen. Mehr als drei Viertel der Fakultätsmitglieder stimmten dafür. Als der Universitätspräsident von der Sitzung zu seinem Haus in Damons feinster Gegend zurückkehrte, erwarteten ihn Mitglieder der One Hundred Flowers mit Hohngelächter und hielten ihm Protestplakate entgegen. Sie skandierten Parolen. Sie wurden von der Polizei fortgeschleift. Eddgar sprach vor den Kameras von praktisch jeder TV-Gesellschaft Kaliforniens. Die Rede- und Gedankenfreiheit, sagte er – und das seien angeblich die Hauptwerte des Universitätslebens –, hätten sich als reine Fiktion erwiesen, als Schwindel und Deckmantel, unter dem sich die Fratze einer erstarrten Politik und ihrer reaktionären Werte verberge.

Trotz ihrer besonderen Dramatik beherrschte Eddgars Geschichte nicht lange die Schlagzeilen der Nachrichten. Als Michael und ich uns um elf Uhr nachts vor den Fernseher in meinem Schlafzimmer setzten – ich hatte ihn dorthin getragen, um Nile nicht im Schlaf zu stören –, stand Nixons Ansprache an die Nation an erster Stelle, die er am Abend gehalten hatte. Daß er diese Rede halten wollte, war mir bekannt, doch wie alle anderen, war auch ich nicht auf ihren Inhalt vorbereitet. Nixon kündigte an, er werde US-Soldaten ins Fish Hook von Kambodscha entsenden, um die Nordvietnamesen von ihrem Nachschub an Truppen und Material abzuschneiden. Auch die Nachschubrouten in Laos sollten bombardiert werden. Auf dem Fernsehschirm war in Großaufnahme Nixons humorloses Gesicht mit seinen dunklen Bartschatten zu sehen, während er in Orwellscher Manier die Lüge verbreitete, der Krieg werde sich damit nicht ausdehnen.

»Kannst du das etwa glauben?« fragte ich Michael, aber der antwortete, wie gewohnt, nur mit einem schlaffen Schulterzucken. Der Nachrichtensprecher ging zu weiteren Meldungen über – Eddgars Entlassung; die Zweifel des Richters an der Glaubwürdigkeit Edward Kennedys im Zusammenhang mit dem Unfall von Kopechne; der Verdacht der Polizei, daß Juanita Rice und ihre Entführer erneut eine Bank in West-L. A. ausgeraubt haben könnten. Michael sagte schließlich, er sei müde, und ging leise hinaus. Ich war weiterhin äußerst erregt. Denn während Nixon einerseits erklärte, die Kriegshandlungen würden reduziert, bereitete er andrerseits die Invasion vor. Nach allen Protesten und Demonstrationen, nach der Mobilisierung des Widerstands – und nicht zuletzt nach all *meinen* Nöten – stand Nixon noch immer unter dem Einfluß gefährlich paranoider Generäle. Wie immer, lehnte er es ab, sich den Kommunisten zu beugen, und versuchte krampfhaft, einen Krieg zu gewinnen, den er nur verlieren konnte. Er schickte junge Männer in den Tod, zur Befriedigung des Egos und des Profits der Ewiggestrigen. Damit bewies er, was sicherlich nicht beabsichtigt war, die Richtigkeit der Auffassung derer, die immer schon gefordert hatten, mit weit dramatischeren Aktionen einen Wandel in der Politik herbeizuführen.

Während die Nachrichten noch liefen, wurden schon Stimmen draußen auf der Straße laut. Auf dem Campus Boul hatten Demonstranten sich des Mikrophons in einem Drive-thru-Restaurant einer Fast-food-Kette bemächtigt und skandierten durch die Lautsprecher: »Dick Nixon! Dick Nixon!« Und damit war kaum der Kosename des Präsidenten gemeint, sondern dessen vulgäre Variante. Eine weitere Gruppe hatte sich mitten auf der Straße postiert, den Verkehr schlagartig zum Erliegen gebracht und antwortete mit einem ähnlichen Spruch über seinen Vize Spiro Agnew. Ich lehnte mich aus dem Fenster und brüllte in voller Lautstärke mit – *Dick* Nixon, *Dick* Nixon, *Dick* Nixon –, bis Nile wach wurde und meine Kehle so rauh war, daß sie sich schon wund anfühlte.

Am nächsten Morgen hielt ich den dumpfen Knall, den ich im Halbschlaf gehört hatte, für Donnergrollen. Ich habe nur einen einzigen durchdringenden Schlag in Erinnerung, der aus den Wolken herunterkrachte. Noch heute weiß ich nicht genau, was es wirklich war.

Jedenfalls stand ich kurz nach fünf unter der Dusche, als ich auf der Treppe Stiefel trampeln hörte. Es waren sehr entschlossene Schritte, ohne Rücksicht auf die Uhrzeit. Dann folgte im Stockwerk über mir ein einziger gewaltiger Schlag, der das ganze Haus erzittern ließ, gefolgt, da war ich sicher, von Geschrei. Ich öffnete die Wohnungstür und sah draußen auf dem Treppenabsatz drei Damon-Cops, die Schlagstöcke in der Hand. Sie waren in voller Kampfmontur mit Helmen, glänzenden Stiefeln und kugelsicheren Westen. Einer sah mich und sagte: »Zurück in die Wohnung.«

Ich hatte nur ein Handtuch um die Hüften geschlungen, doch selbst im halbnackten Zustand merkte ich, daß mein Respekt vor den Vertretern der Autorität merklich nachgelassen hatte.

»Leckt mich am Arsch«, gab ich zurück. Und bewies damit, wie sehr mein Verstand geschrumpft war. Er wich einen Schritt zurück, als habe ihn ein Gegenstand getroffen, und hob den Schlagstock.

Jetzt waren Rufe von oben zu hören. Wieder erschütterten so schwere Schritte die Holztreppe, daß es bis zu mir zu spüren war. Zwei Cops in gleicher Ausrüstung schoben Eddgar zwischen sich die Stufen hinunter. Er war mit Handschellen auf dem Rücken gefesselt.

»Was, zum Teufel?« fragte ich.

Mir kam es vor, als lächelte Eddgar im Vorbeigehen. Seine dunklen Haare waren zerzaust. Er hatte Hosen an, aber keine Socken und Schuhe. Die drei Cops, auch der auf mich losgehen wollte, machten den Weg frei und gingen vor ihnen die Treppe hinunter. Sie zerrten Eddgar hinter sich her und warfen ihn auf den Rücksitz eines Streifenwagens, der unten wartete. Das Quäken des Funksprechgeräts hatte ich zwar gehört, aber nicht wirklich wahrgenommen. Als ich nach oben sah, entdeckte ich June in ihrem langen weißen Nachthemd ein paar Schritte vor ihrer Tür. Sie hielt Nile, der nur seine riesige Windel trug, an sich gepreßt. Erst jetzt fing er an zu weinen. Die Tür hinter ihnen war eingetreten worden und hing schief in den Angeln. Aus der Füllung standen frische Holzsplitter hervor und erinnerten an einen Baum, der vom Blitz getroffen war.

»Was, um Himmels willen, ist passiert?« Ich holte die beiden in meine Wohnung. June zitterte am ganzen Leib. Ich zog Nile an und legte ihn auf mein Sofa. Die Windel war natürlich naß. Ich brauchte lange Zeit, um ihn zu beruhigen, und June half bald dabei mit. Offensichtlich hatte Nile nur wenig gesehen, doch er war wach geworden, als man Eddgar die Handschellen anlegte und ihn hinausdrängte. June und ich versicherten ihm immer wieder, seinem Vater gehe es gut. Schließlich folgte er unserem Rat und fiel urplötzlich wieder in Schlaf. June und ich setzten uns in die Küche, tranken Tee und flüsterten miteinander.

»Sie haben einfach die Tür aufgebrochen?«

»Sie sagten, sie hätten einen Haftbefehl. Gesehen habe ich ihn nicht.« Sie steckte sich eine Zigarette an. In einem Anfall von unglücklichem Schamgefühl hatte sie sich einen alten grünen Wollschal umgelegt, bevor sie ihre Wohnung verließ. Darunter trug sie nur ihr Baumwollnachthemd. So saß sie in meiner Küche und schlang die nackten Arme um sich.

»Wieso? Aus welchem Grund nahmen sie ihn fest?«

Sie klopfte die Asche von ihrer Zigarette.

»Die Bombe«, sagte sie. »Letzte Nacht. Heute nacht etwa um eins ist im ARC eine Bombe hochgegangen. Den ganzen Westflügel des Gebäudes hat sie zerstört. Dort sind die meisten Laboratorien.« Sie schilderte die Szene. Mehrere hundert Meter weit habe die Explosion Steine und Schutt geschleudert.

Ich wollte wissen, ob es Verletzte gegeben habe.

»Das Gebäude war…«, sagte sie und brach ab. »Man sollte meinen, das Gebäude war leer. Es heißt…«, June zögerte wieder, »jemand sei noch so spät in seinem Labor gewesen. Einer von den Profs. Er liegt im Krankenhaus. Man behauptet, er hat eine Hand verloren, einen Arm.«

»Mein Gott. Und deswegen hat man Eddgar festgenommen?«

»Es sieht so aus. Im Moment. Ich habe es ihm immer gesagt. Das ist das Werk der Fakultät. Das hat man erreichen wollen. Sie haben das letzte Mäntelchen abgeworfen, die letzte Maske, hinter der sie ihren Klassenstandpunkt verborgen hatten. Das wird so immer und immer wieder passieren. Bei jeder Gelegenheit. Zur Rechtfertigung von allem. Egal, wie vorsichtig wir sind. Verstehst du das? Ja?« Sie beugte sich, offen, wie selten, zu mir und ergriff meine Hand. Mit der Zeit hatte meine Beziehung zu June eine gewisse Vertraulichkeit erlangt. Angefangen hatte das wohl mit dem Tag, an dem ich sie in ihrer ganzen Pracht in Michaels Tür gesehen hatte. Wenn sie abends früher zu Hause war als Eddgar, goß sie sich schon mal zwei Finger breit Bourbon ein – eine Schwäche, die sie sich hin und wieder zugestand, vor allem dann, wenn er nicht da war – und unterhielt sich mit mir über Haushalts- und Familienprobleme. Mit dem Glas in der Hand konnte sie eine einschläfernd schwüle Stimmung verbreiten. Das ganze Gewicht auf den Absätzen, stand sie dann da, einen Ellbogen auf die Küchentheke gestützt. Manchmal beklagte sie sich laut über Nile, seine sozialen Anpassungsschwierigkeiten, seine Lesefähigkeit. Bisweilen machte sie auch die eine oder andere freimütige Bemerkung über Eddgar. Dabei sah sie mir stets über ihr Glas hinweg in die Augen, was bedeutete, dies sei streng vertraulich. Für mich war sie ebenso etwas wie eine Vertraute. Ich erzählte ihr von meinen Eltern und schüttete ihr wie allen, die ich kannte, mein Herz über die Qualen aus, die mir die Trennung von Sonny bereitete. Doch jetzt hatte ich den Eindruck, als spräche sie mit jemand anderem, einem Menschen, der sie weit besser kannte als ich.

»Wir müssen weg von ihr«, sagte June. »Das habe ich ihm immer wieder gesagt. Er hat nicht auf mich gehört, es kümmerte ihn nicht, er glaubte, er sei auf alles vorbreitet, was kommt. Er *will,* daß ihm so etwas passiert. Er glaubt noch immer, Leiden ist gut für die Seele. Er hat noch immer so viele verrückte Ideen. Ich liege ihm in den Ohren, er solle an Nile denken. Dann fragt er immer, ob ich nicht die Revolution liebe, und betont, ein Kind könne durch die Wahrheit nicht verletzt werden.« Sie drückte mit heftiger Bewegung die Zigarette aus, massierte sich den Nacken und dachte laut darüber nach, ob sie sich jetzt zur Beruhigung einen Drink genehmigen sollte. Sie kam zu dem Schluß, daß es zu früh dafür war, denn der Tag würde schwer genug werden.

Gedankenverloren stand sie auf und ging barfuß in meiner Wohnung auf und ab, die Fransen ihres Schals dicht vor dem

Mund. Mich überraschte, wie sehr Eddgars rätselhafte Persönlichkeit sogar auf June lastete, unfaßbarer als die seltsamen Dinge, die gerade vorgefallen waren. Sie blieb vor den leeren Bücherbrettern stehen, den Relikten von Sonnys Auszug. Offenbar lieferte ihr der Gedanke an meine Probleme eine willkommene Ablenkung von den eigenen.

»Wie sieht's in deinem Inneren aus?«

»Chaotisch.« In den letzten Tagen hatte ich immer wieder auf meinem Plattenspieler eine schrecklich auffrisierte Version von ›You Keep Me Hanging On‹ von Vanilla Fudge abgespielt. Bei voll aufgedrehter Lautstärke hatte ich manchmal in das Dröhnen der Becken und das Klagen der Gitarren hineingeheult, so daß jeder im Umkreis von drei Blocks meinen Schmerz mitbekommen haben mußte.

»Habt ihr noch miteinander gesprochen?«

»Sie ruft an. Das macht mich verrückt. Jeden zweiten Abend.« Sonny fühlte die Verantwortung, einen seelischen Krüppel nicht hängenzulassen, und ließ mich schwören, daß wir uns noch treffen, bevor ich ginge. Es waren kurze, verquere Gespräche, in denen ich zwischen Wut und starker Sehnsucht hin und her gerissen wurde.

»Nichts auf der Welt ist mit junger Liebe zu vergleichen«, sagte June mit traurigem Gesicht. Ich versuchte mir einen Augenblick lang die Eddgars in dem Zustand des Frisch-Verliebtseins vorzustellen, noch auf dem Weg aufeinander zu. Was er in ihr gesehen hatte, schien mir klar: eines dieser aufbegehrenden Mädchen, eine Rebellin unter der Oberfläche der Wohlerzogenheit. Er hatte eine Frau voller Courage geheiratet. Ein Mann konnte selbst nie zuviel Courage haben. Doch warum hat sie sich für ihn entschieden? Damals wollte Eddgar Geistlicher werden, und sie würde damit die Frau eines Geistlichen. Sie mußte wissen, daß das nicht die Welt der Country Clubs, der Kotillons und Teegesellschaften war. Warum er? Warum Eddgar? Sein Engagement für die verschiedensten Dinge muß wohl einen überwältigenden Eindruck auf sie gemacht haben, dachte ich. Sie muß aber auch Kämpfe mit sich ausgefochten haben. Sie muß geglaubt haben, sie würde von der

Glut seines Glaubens gereinigt. Müßige Gedanken, doch für mich überzeugend. June hatte sich wieder an den Tisch zu ihrer Tasse Tee gesetzt und eine neue Zigarette angezündet.

»Ich verstehe noch immer nicht, was die Cops hier wollten«, sagte ich. »Wie können sie Eddgar beschuldigen? Wegen gestern abend?« Ich erzählte ihr, was sich auf dem Campus Boul abgespielt hatte. Über hundert Menschen hätten sich dort versammelt, bis die Cops gekommen waren und jeden einzeln vertrieben hatten. »Den Leuten stinkt es inzwischen gewaltig. Man sieht es. Es hätte irgendwer sein können, stimmt's?«

»Stimmt«, sagte June matt. Sie sah mich nicht an, sondern blickte einem Rauchring nach. »Hör mal. Es ist alles so lächerlich. Sie wissen, er sitzt auf dem Präsentierteller. Es ist ihnen egal. Sie wußten, daß er keinen Schritt unbeobachtet machen kann. Sollen sie doch glauben, was sie wollen. Konnte er nach alldem, was passiert war, denn so unvorsichtig sein? Letzte Nacht hat er bis fast um drei mit seinen Anwälten zusammengesessen. Dieselben Männer, die ihn jetzt auf Kaution herausholen werden, können ihm auch ein Alibi geben. Aber das kümmert die nicht.« Sie tupfte sich mit dem Schal die Augen ab.

»Wahrscheinlich kommen sie schon bald zurück, um auch mich abzuholen. Ich muß froh sein, daß sie mich nicht gleich mitgenommen haben. Wirst du dich um Nile kümmen?«

»Natürlich. Aber das wird nicht passieren.« Ich versuchte, sie zu beruhigen, doch sie war überzeugt davon, daß auch sie in Gefahr war. Sie und Eddgar seien jetzt die Opfer blindwütiger Verfolgung geworden. »Warst du auch bei der Sitzung mit den Anwälten?« fragte ich.

»Die meiste Zeit. Ich bin gegen Mitternacht gegangen.«

Die Bombe sei um ein Uhr hochgegangen, sagte sie. Unsere Blicke trafen sich, aber sie wich ein wenig aus.

»Und?« fragte ich.

»Was, und?«

»Hast du ein Alibi?« Ich hörte mich streng an wie mein Vater.

»Wenn es soweit kommt«, antwortete sie und machte eine vage Kopfbewegung zur Wand hin, an die Michaels Zimmer grenzte.

Für einen Moment schloß sie die Augen, und ihr Mund verzog sich in neuem Schmerz. »Du kannst es genausogut wissen«, sagte sie. »Er war völlig außer sich. Völlig. Die Nachricht hat ihn zutiefst erschüttert. Das da in den Labors, das ist sein Leben. Er hätte selbst dort sein können. Er kennt diesen Mann.« Sie ließ den Kopf in die Hände sinken. Als sie wieder aufschaute, sah sie mich mit sorgenvoll erschöpftem Blick an. »Er fühlt sich betrogen«, sagte sie.

Auf dem Weg zu meiner Arbeit gesellte ich mich zu einer kleinen Gruppe von Schaulustigen, die zum ARC wollten. Die Eisentore waren geschlossen. Die Polizei war bereits angerückt und bereit, die Straße zum ARC schon weit unten, nicht weit vom Campus abzuriegeln. Ich wunderte mich, daß ich um sechs Uhr früh, im ersten Morgengrauen, nicht der einzige Schaulustige hier war. Entlang der Schotterstraße parkten Autos, und wir standen zu zwanzig oder dreißig am Zaun, die Hände an den Gitterstäben, und ich kam mir vor wie im Zoo. Die anderen schienen aus der Stadt und Schlafsiedlungen wie Alameda hergekommen zu sein, um sich anzusehen, was so eine Bombe wirklich zustande bringt.

In diesem Fall war ein gewaltiger Krater zu erkennen, in dem sich die Trümmer des Gebäudes türmten – Ziegel, Glas, Verputz, Rohrstücke, durch Zufall intakt gebliebene Mauerreste und Fliesen. Noch nach Stunden roch die Luft nach Staub. Ein ganzer Flügel des Gebäudes war zerstört. Den Anblick kannte man aus Stadtvierteln, die mit der Abrißbirne niedergerissen wurden. Zerborstene Wände und Böden hatten ein Gerippe aus Moniereisen freigelegt, während ein einsamer Eisenträger, von der Gewalt der Explosion wie ein Korkenzieher verdreht, aus einem stehen gebliebenen Gebäudeteil neben verbogenen Rohren in die Höhe ragte. Aus einer aufgerissenen Wand hing ein Gewirr von schwarzen Kabeln und erinnerte an ein Bündel Haare. Die zertrümmerten Reste des zweiten Stockwerks – Steigleitungen, Estrichstücke, drei hinausgedrückte Fenster und das Fragment eines Labortischs – hingen in einem Winkel von fünfundvierzig Grad in der Luft. Das Dach war komplett abgedeckt, selbst an Stellen, an denen die Wände unbeschädigt aussahen, so daß mich das Bild an einen

Mann mit Glatze erinnerte. Draußen auf dem Rasen war der gesamte Bereich mit gelbem Plastikband abgesperrt. Neben mir stand ein korpulenter Grauhaariger in kariertem Hemd mit kunstledernen Taschenpatten. Er zeigte seiner Frau einen Backsteinbrocken auf dem Rasen, der unbedingt gemäht werden mußte.

Ich war spät dran mit meiner Arbeit, aber das kümmerte mich nicht. Morgen würde mein letzter Tag sein. Ich hatte mein Kofferradio dabei und hielt zu jeder vollen Stunde an, wo immer ich gerade auf meiner Liefertour war, um die neusten Nachrichten zu hören. Nixons Rede hatte die Studenten überall im Land zu Demonstrationen auf die Straßen getrieben. An der Ohio State University waren hundert Personen festgenommen worden. Bei erbitterten Zusammenstößen mit der Nationalgarde wurden drei Personen schwer und weitere siebzig leicht verletzt. Man hatte mit Gummigeschossen in die Menge gefeuert, um eine Anti-Kriegsdemonstration aufzulösen. In New Haven wurden zwanzigtausend Demonstranten zur Unterstützung von Bobby Seale erwartet, einem der Vorsitzenden der Black Panther Party. Er stand mit zwanzig weiteren Panthers vor Gericht. Sie waren wegen eines Mordkomplotts gegen einen Verräter namens Alex Rackley angeklagt. Doch die Berichte über den Bombenanschlag auf das ARC standen in den Lokalnachrichten an erster Stelle. Der verletzte Physiker lag in der Chirurgie des Damon Medical Center, und im Radio hieß es, mehr als zehn Leute seien für Verhöre festgenommen worden.

Als ich dies alles hörte, fühlte ich mich irgendwie bestätigt und war fast fröhlich. Die Welt mußte endlich den Preis für ihren Wahnsinn zahlen. Ich war gerade in der Stadt, in Noe Valley, und füllte einen Kasten in der 18th Street, als ich einen Bericht hörte, bei dem sich mir vor Panik der Magen verkrampfte. Beamte des FBI, des ATF, des Bureau of Alcool, Tobacco and Firearms sowie Experten der Polizei hatten die Trümmer des ARC untersucht und einige Gegenstände gefunden, die ihrer Meinung nach zur Herstellung der Bombe benutzt worden waren, darunter auch Reste eines Kanisters mit Batteriesäure.

Ich wußte nicht, wie ich mich Hobie gegenüber verhalten sollte. Wir hatten seit Wochen nicht mehr miteinander gesprochen. Wieder und wieder redete ich mir ein, daß er damit nichts zu tun hatte und daß es ein dummer Zufall sein mußte, aber glauben konnte ich das natürlich nicht. Auf dem Heimweg kam ich bei Graeme vorbei. Ich hielt an, weil ich Sonnys letzte Kiste im Wagen hatte. Eigentlich wollte ich sie einfach vor der Tür abstellen, doch jetzt war sie der einzige Mensch für mich, der mir wegen Hobie einen sachlichen Rat geben konnte. Ich läutete mehrmals. Der Himmel war klar, die Luft dünn und kühl. In dem großen Garten vor Graemes zum Wohnhaus umgebauter Remise drehten viele bunte Blumen ihre Köpfe der Sonne entgegen.

»Sahib.« Graeme öffnete die Tür und rieb sich die Augen. Er hatte noch geschlafen und war nur im Slip. »Was willst du?«

»Ich möchte ein Wort mit Sonny sprechen.«

»Die Klonsky? Habe sie die ganze Woche nicht gesehen, Kumpel. Länger noch. Zigeunert herum. Mal hier, mal da. Bedient im ›Robson's‹. Zwei Schichten. Will jede Menge Geld scheffeln für ihren Abgang. Mit dem Peace Corps scheint es zu klappen. Geht auf die Philippinen, sagt sie.«

Das hatte sie mir schon bei ihrem letzten Anruf gesagt.

»Interessantes Land, nehme ich an«, sagte Graeme. »Muß aber sagen, das ganze Spiel begreife ich nicht so ganz. Ist ganz schön aufgeregt hinter ihrer coolen Fassade. Kommt mir wenigstens so vor.«

Sosehr ich ihn auch haßte, war es doch tröstlich, von ihm eine Einschätzung zu hören, die ziemlich genau meiner eigenen entsprach. Mit der Zeit hatte ich mir ein Bild von Graeme gemacht. Er spielte ein Art Engländer, britischer als die Queen. Hin und wieder übernahm er amerikanische Ausdrücke, mischte aber immer Britisch in seine Rede, wann immer er konnte. Er schien überzeugt davon zu sein, daß der Unabhängigkeitskrieg keineswegs zugunsten kultureller Werte ausgegangen war. Manchmal näselte er in bestem Oxford-Englisch, dann wieder klang er wie ein Kaminkehrer mit breitestem Cockney. Er konnte mehr Gestalten annehmen als Caliban auf Prosperos einsamer Insel, ein

Mann für jede Gelegenheit, der sich der amerikanischen Kultur weit überlegen fühlte, und sich, wie ich inzwischen wußte, zugleich in den hintersten Winkel flüchten würde, wenn ihm jemand sagte, er solle doch in seine Heimat zurückkehren. Er genoß die Freiheit Amerikas, des Landes, in dem sich niemand auch nur im geringsten an seinem Mittelklasse-Akzent störte.

»Komm rein, Kimosabe. Die Nachbarn machen sich gleich ins Hemd, wenn ich hier noch länger in meinen schnellen Hosen herumstehe.« Er bot mir Kaffee oder Milch mit Rum an, aber ich ging nur in den Vorraum, um Sonnys Sachen abzustellen. Ohne die exotische Partyszene war es ein reizvolles Haus, klein, aber hübsch, mit einer Einrichtung, die nicht billig war und von Geschmack zeugte. Sie erinnerte mich an University Park: schlichte Sofas, große Bilder an den Wänden in intensiven Farben, viel Kunst aus Mexiko, und auf dem Boden leger plazierte Teppiche. Die ausgesuchten Möbel standen in einem seltsamen Kontrast zu dem genußsüchtigen Leben, das Graeme hier führte. Ich hätte Gerüche erwartet, die an das erinnerten, was nachts hier auf Matratzen und Teppichen vor sich ging.

Natürlich kam er auf die Bombe zu sprechen. Es gab kaum ein anderes Thema unter Leuten, die mit der Universität zu tun hatten. Heute morgen war auf dem Campus Boul ein Hippie-Trio high den Gehsteig singend hinauf und hinunter getanzt, die Revolution sei ausgebrochen.

»Ich habe gehört, am Tatort soll ein Kanister mit Batteriesäure gefunden worden sein. Irgend 'ne Idee, Mann, was es damit auf sich hat?«

»Batteriesäure?« wiederholte Graeme. Davon hatte er noch nichts gehört. »Überrascht mich nicht besonders, würde ich sagen. Chemisch ausgedrückt: Schwefelsäure. Einer der wesentlichen Bestandteile von Nitroglycerin. Gemischt mit Paraffin, Schießwolle und ein paar anderen Dingen ergibt das, wie jeder Anarchist und Revoluzzer weiß, Plastiksprengstoff.« Er nickte wieder einmal zufrieden mit dem, was er alles wußte.

»Und was ist mit Sandsäcken?« fragte ich. »Die haben damit doch nichts zu tun, oder?«

»*Au contraire,* mein Lieber. Wenn du dein hochexplosives Gemisch fertig und an Ort und Stelle hast, dann richtest du es aus, indem du es einpackst und dämpfst und eine Öffnung schaffst, durch die die Explosion ihre Stoßrichtung findet. Gut gestapelte Sandsäcke sind sehr wichtig für einen erfolgreichen Bombenanschlag, heißt es.« Graeme kratzte sich die Nase. Ich war wie erstarrt. Hobie, dachte ich. O mein Gott, Hobie! Graeme beobachtete mich aufmerksam.

»Hängt etwa ein lieber Kumpel aus unserer Umgebung in dieser Geschichte mit Batteriesäure und Sandsäcken mit drin?« fragte er. Graemes Revolutionen fanden in seinem Schlafzimmer statt, in dem die Anwesenden zu ihrem eigenen Universum ohne Regeln und Vorschriften werden konnten, wo das, was sie taten, so einzigartig und privat sein konnte wie sonst nur ein Traum. Im übrigen votierte er für den Frieden. Als ich ihn kennenlernte, hatte er mir deutlich gesagt, er könne nicht billigen, was die Eddgars täten.

»Das ist nur eine Geschichte, von der ich gehört habe, Graeme.«

»Tatsächlich, mein Lieber? Sind 'ne Menge Geschichten im Umlauf. Die verdammte Gegend hier quillt über von Gerüchten, würde ich sagen. Mythen und Sagen. Psychedelisches Zeitalter, nicht? Schwer zu unterscheiden, was Phantasie ist und was Wirklichkeit. Würde keinen Twopence für das meiste geben, was die Leute so erzählen.« Er musterte mich kühl und geringschätzig. »Nicht der schlechteste Moment, einen Schritt nach vorn zu tun, glaube ich. Entweder du bist verkauft, oder du hast die Nase vorn! Ist schon immer meine Devise. Die Seiten liegen fest, mein Lieber. Am besten machst du dir das klar.«

Ich war mir nicht sicher, ob er mich ausquetschen oder mir einen Gefallen tun wollte. Er sah mich durchdringend an, was eindeutig als Warnung gemeint war, und nickte dann mit seinem weißblonden Pagenkopf in Richtung Tür. Sonny werde er sagen, daß ich da war, meinte er.

Als ich gegen vier Uhr von der Arbeit nach Hause kam, war Eddgar bereits entlassen. Wie sich herausstellte, hatte die Polizei von Damon jeden einschlägig bekannten Verdächtigen vorläufig festgenommen – alle Radikalen von den One Hundred Flowers, Kellett, Eddgar, Cleveland Marsh und noch sechs, sieben andere. Mitglieder aus Eddgars politischer Gruppe hatten fast den ganzen Tag vor dem Polizeirevier Wache gestanden und immer wieder Parolen ausgerufen. Ich fühlte mich für einen Moment schuldig, weil ich nicht dabei gewesen war. Gegen zwei Uhr hatten Eddgars Anwälte bei Gericht Haftbeschwerde eingereicht, und die Polizei hatte, um einem Verhör zu entgehen, ihn und die meisten anderen freigelassen. Nur Cleveland war noch in Haft. Bei seiner Festnahme wurden in seiner Wohnung vier Pfund Kokain und über tausend Zellophantütchen mit LSD-Trips gefunden. Das würde ihm eine Anklage einbringen. Als Eddgar das alles berichtete, dachte ich wieder voller Befürchtungen an Hobie. Ich wußte, daß es nicht sinnvoll war, Eddgar nach Hobies Rolle zu fragen, denn die revolutionäre Disziplin verbot es, jemals etwas zuzugeben. Aber ich bekam ein flaues Gefühl im Magen, wenn ich an den Anruf dachte, mit dem ich Gurney Tuttle vielleicht informieren mußte.

Kurz vor dem Abendessen ging ich nebenan zu Michael. Er saß im Dunkeln in einem alten Sessel. Er hatte nur seine Jeans an. Die Füße waren nackt und auch der muskulöse Oberkörper. Wie June schon gesagt hatte, war er am Boden zerstört.

»Bist du okay?«

Er streckte die Hand zur Lampe aus. Seine Augen waren gerötet. Er sah mich bekümmert an. Er hatte den Kopf mit den goldblonden Dreadlocks an den Sessel gelehnt.

»Was für ein entsetzlicher Tag«, sagte er. Er mußte schon seit Stunden so dagesessen haben. Meiner Meinung nach sah Michael sich immer als neutral. Er mochte Nile, und die Physik war sein Leben. Zweifellos liebte er June. In diesen Dingen schwebte er gewissermaßen auf einer höheren Ebene, auf der die schlichte Reinheit des Gefühls noch eine Bedeutung hatte. Doch nun sah er sich gegen seinen Willen in die rauhe Welt der Politik geworfen. Ich fühlte mich tief mit ihm verbunden – eine andere von der Liebe verwundete Seele.

»Möchtest du mit mir reden?« fragte ich.

Er schüttelte den Kopf. Den ganzen Tag lang hatte ich darüber nachgedacht, wieviel June mit der Aussage zugegeben hatte, Michael fühle sich verraten. Noch vor ein paar Minuten war ich sicher gewesen, daß sie damit Eddgars und ihre Unschuld ausdrücken wollte. Aber wenn ich mir Junes knappe Bemerkungen noch einmal vor Augen führte und auf ihre logischen Zusammenhänge überprüfte, wurde mir klar, daß sie wieder einmal mehr besagten, als ich begriffen hatte. Gegen Mitternacht hatte sie Eddgars Sitzung verlassen, um zu Michael zu gehen. Das mußte zuvor so geplant und abgesprochen gewesen sein, damit er zum Zeitpunkt des Anschlags nicht im Labor war, was sonst der Fall hätte sein können. Weder ich noch er konnten das für einen Zufall halten. In seinem kahlen Apartment tröstete ich ihn, so gut ich konnte.

»Sieh mal, ich meine, genau betrachtet...« Ich senkte meine Stimme. »Sie hat dich geschützt, Mann«, sagte ich. »Geschützt hat sie dich.«

Er preßte die Handballen in sein Gesicht und fing wieder an zu weinen. Der verletzte Physiker hieß Patrick Langlois. Er war aus Quebec. Er hatte den größten Teil der rechten Hand verloren. Nur der Daumen war ihm geblieben, ein makabres Rudiment als Verlängerung seines erhaltenen Arms. Selbst der nüchterne Bericht in den Nachrichten konnte einen noch krank machen. Michael mußte ihn gut kennen.

Lucys Bemerkungen hatte ich entnommen, daß Michael mit June von Liebe gesprochen hatte, von einer festen Beziehung und einem gemeinsamen Leben. Doch wenn ich sie mir so ansah, bezweifelte ich, daß June jemals an so etwas gedacht hatte. Sie wollte nur einen flüchtigen Seitensprung in eine Welt reiner Gefühle und der Stille abseits aller politischen Doktrinen. Ein Teil von Michael muß diese Bedingungen auch akzeptiert, vielleicht sogar begrüßt haben. Was zwischen ihnen geschah, war für ihn reine Wahrheit. Doch jetzt mußte er sich fragen, welche Motive sie gehabt haben mochte. Welche flüchtigen Bemerkungen von ihm waren über die One Hundred Flowers an die erfahrenen Kommandos weitergegeben worden, die ihre Plastiksprengsätze in der Dunkelheit zu ihrem Ziel gebracht hatten? Was wäre gewesen, wenn er Junes Nachricht für die Verabredung nicht bekommen hätte? Wenn er, wie so oft, beschlossen hätte, länger zu arbeiten und die Stunden zu nutzen, in denen er das große Labor für sich allein hatte? Auch zu Eddgar kamen ihm Fragen. Wollte er damit etwas für die Revolution tun oder nur den Liebhaber seiner Frau aus dem Weg räumen? Wie dem auch sei, ich konnte mir vorstellen, was das Schlimmste von allem für ihn war. Daß June es gewußt hatte. Sie hatte es gewußt und sich Eddgars Willen gebeugt. Eindeutiger hätte sie nicht aller Welt demonstrieren können, wem ausschließlich ihre Loyalität gehörte. Welche Hoffnungen June in Michael immer geweckt haben mochte, deutlicher hätte ihre Entscheidung für Eddgar nicht ausfallen können. Sie hatte ihre Worte ganz bewußt gewählt. Er fühlte sich verraten.

»Abendessen, oder läßt du es ausfallen?«

»Ausfallen«, antwortete er.

»Hör zu, ich bin nebenan, wenn dir die Decke auf den Kopf fällt, Mann.«

Zufällig fragte mich June, ob ich mich eine Weile um Nile kümmern könne. Sie müsse mit Eddgar wegfahren. Das bedeutete, sie wollten sich in der Sicherheit des Wagens miteinander unterhalten. Stundenlang würden sie durch die Straßen fahren, den Rückspiegel immer im Blick, und Pläne ausbrüten. Nile und ich spielten fast den ganzen Abend die verschiedensten Brettspiele.

»Wohin haben die Bullen Eddgar geschleppt?« fragte Nile.

»Aufs Revier.« Wir sprachen es immer wieder durch.

»Aber Kinder sperr'n sie nicht ein, oder?«

»Ganz bestimmt nicht. Niemand darf ein Kind festnehmen. Und Eddgar geht es gut. Oder nicht?«

»Er ist sauer. Der Richter hat gesagt, er kann gehen. Wenn ich groß bin, werde ich Polizist.«

»Tatsächlich?«

»Dann kann ich die richtigen Leute einsperr'n.«

»Hör mal, Eddgar ist okay. Es geht ihm gut. In Ordnung? Das sieht man doch, oder?«

»Ich würde Eddgar nicht einsperr'n!« In diesem Moment brach

Nile in Tränen aus. Oft schien der bloße Gedanke an Eddgar Nile zu beunruhigen. Zwar rutschte ihm nie die Hand aus, auch schrie Eddgar Nile selten an. Doch als Vater konnte er nicht über seinen Schatten springen – immer mußte er predigen, dozieren, Nile korrigieren und schon zur nächsten Lektion übergehen, kaum daß er die vorherige begriffen hatte.

Zu Weihnachten war ich Zeuge einer schrecklichen Szene geworden, als Eddgar versuchte, Nile dazu zu überreden, eine seiner wenigen Spielsachen, ein Plüschschweinchen, für eine Sammlung für die Armen von East Oakland zu spenden. Das Schweinchen war fleckig und abgewetzt, im Grunde nur noch ein länglicher Ballen Stoff in schmuddeligem Grau. Nile hatte es auch kaum noch angesehen, seit er Babu hatte, den hübschen Plüschbären mit seinem glänzenden Synthetikfell. Doch als Eddgar ihm sagte, was er mit dem Schweinchen vorhabe, hielt Nile es fest an sich gepreßt und weinte, während Eddgar danach griff und in seiner unermüdlichen Art unnachgiebig auf seinen Sohn einredete und ihm von anderen Kindern erzählte, die überhaupt kein Spielzeug besäßen.

»Ich will es behalten«, wehrte sich Nile. »Ich will es.« Nile warf sich auf den Rücken und zerrte daran. Mit einem kurzen scharfen Riß war dem Schweinchen ein Bein amputiert worden. Ein paar staubige Partikel schwebten im Sonnenlicht. Eddgar betrachtete den Rest ausgiebig. Schließlich gab er Nile das größere Stück, ging ins Kinderzimmer und holte Babu. Er hielt ihn hoch über seinem Kopf und ging zur Tür.

»Den kriegen jetzt die armen Kinder«, verkündete Eddgar mit Zornesadern auf der Stirn, wie ich sie selten bei ihm gesehen hatte – nicht einmal bei seinen aufwiegelnden Reden auf dem Campus. Nile hatte nicht gewagt, wieder aufzustehen. Er gab keinen Ton von sich, bis sein Vater zur Tür hinaus war. Dann brach es aus dem Jungen heraus, und er heulte, daß es kaum zu ertragen war. June fehlten die Worte. Sie kniete sich neben ihn und hielt ihn in den Armen, eine Pietà zweier Menschen im Leid.

Die plötzlichen Tränen wegen Eddgar in den Augen, kam er jetzt in meine Arme. Normalerweise ließ er sich nicht trösten –

eher bekam er Wutanfälle und stieß eine tröstende Hand von sich. Doch jetzt ließ er sich umarmen und klammerte sich sogar an mich. Er wollte auf meinem Schoß bleiben, und so schlief er ein. Aus unerklärlichen Gründen erschreckte es mich, daß mir Nile gerade in diesem Augenblick endgültig sein Vertrauen schenkte, mitten in meinem eigenen ärgsten Elend – Zukunftsängste, Schuldgefühle wegen Hobie, mein gebrochenes Herz wegen Sonny. Im Dunkeln beugte ich mich über den kleinen Körper, hielt die schmutzverkrusteten Hände und spürte, wie wichtig es mir war, ihn zu beschützen, diese leise Hoffnung eines jungen Lebens.

In meinen Träumen tauchten Frauen auf, undeutliche Gestalten, mit denen ich in Beziehung trat und deren Wünsche und Verlangen sich von meinen eigenen nicht unterscheiden ließen. Es war wie ein lebendes Bild, in dem einer den anderen verzweifelt verfolgte. Aber wer wen verfolgte, konnte ich nicht sagen. Als ich die Augen aufschlug, saß June Eddgar auf meinem Bett. Ihre Hand lag auf meiner Brust. Sie ließ einen Finger kreisen und tippte mich hin und wieder an.

»Bist du wach?« flüsterte sie. »Seth?« Ich wußte, es war nicht das erste Mal, daß sie meinen Namen nannte.

Ich setzte mich auf. Da ich nackt schlief, zog ich die Decke hoch. Ich hatte eine Erektion. Sogar als ich jetzt langsam wach wurde, blieb June gemütlich neben mir sitzen.

Ich fragte, wo Nile sei.

»Oben. Ich habe ihn schon vor Stunden hinaufgetragen. Ich habe noch wachgelegen und gegrübelt. Ich muß mit dir sprechen, Seth. Ich möchte, daß du mir zuhörst.« Sie zog die Beine aufs Bett und rückte dabei ein wenig näher. Sie trug ein Baumwollnachthemd, und ihre kleinen Brüste zitterten, wenn sie sich bewegte. »Wir brauchen Geld«, sagte sie. »Echtes Geld.«

Ich streckte den Arm nach der Nachttischlampe aus und hielt dabei das Bettuch fest. Allerdings war mir bewußt, daß ich meine Rückseite so nicht bedecken konnte. June saß da, ohne mit der Wimper zu zucken. Ihr Haar fiel offen herab wie an jenem Tag, als ich sie bei Michael sah. Sie fuhr sich mit der Zunge kurz über die Lippen, während sie wartete, bis ich mich, die Augen mit der Hand abgeschirmt, an das helle Licht gewöhnt hatte. Plötzlich ging mir ein Gedanke durch den Kopf. Sicher hatte sie als Kind – wie alle Kinder – immer wieder in den Spiegel geschaut und sich gefragt, wie sie wohl als Erwachsene und voll erblüht aussehen würde – und so sah June jetzt aus. Ihr hübsches Gesicht strahlte Reife aus, Intelligenz und Entschlußkraft. Ich sah in ihr einen Menschen, der, im Gegensatz zu mir, das Ziel erreicht hatte, das ihm vorgegeben war, welches es auch immer sein mochte. Zweifellos sah sie es genauso.

»Dieses Geld ist wichtig«, sagte sie. »Sehr wichtig. Wir müssen Cleveland herausholen. Bald.«

»Ist es wegen der Bombe?«

»Seth«, sagte sie streng in einem Tonfall, den sie unwillentlich immer wieder anschlug, wenn sie mit Nile schimpfte. Sie dachte einen Moment lang nach. »Es gibt Gerüchte – aber, verstehst du, die können auch von den Bullen hier ausgestreut worden sein, das gibt es massenweise, bedenk das also bitte – nun, wir haben Gerüchte gehört, daß Cleveland redet. Er soll ihnen ein paar Kleinigkeiten erzählt haben, weil er hofft, daß damit seine Kaution herabgesetzt wird. Doch das glaube ich nicht. Seit Eldridge allerdings in Algerien ist, gibt es Risse bei den Panthers. Eine Menge inneren Aufruhr. Daher halten wir es für möglich. Wir haben seine Mutter zu ihm ins Gefängnis geschickt. Und einen Anwalt. Am Wochenende werden ihn viele Leute besuchen. Doch für alle Betroffenen wäre es das beste, ihn möglichst bald herauszubekommen. Spätestens in der nächsten Woche. Wir müssen die Kaution für ihn zusammenkriegen und ihn da rausholen, bevor er singt wie ein Vogel. Verstehst du mich?«

»Okay.«

»Es gibt viele Leute, die haben enorme Beträge eingesetzt. Nicht nur unsere Leute. Verstehst du? Und andere haben das nicht – einer von deinen guten Freunden.«

Wieder verkrampfte sich mein Herz bei dem Gedanken an Hobie.

»Seth, es nützt nichts, wenn ich es dir weiter erkläre. Das bringt nichts. Aber die Dinge werden sich zum Positiven entwickeln. Ganz bestimmt. Wenn wir dieses Geld zusammenkriegen.«

Ich fragte, wieviel.

»Ein paar Tausend. Zehntausend wenigstens. Fünfzehn wären besser.« Sie schätzte mein Erstaunen ab. »Und nun hör zu.« Sie rückte näher und strich mir wieder mit der Hand über die Brust, um mich weich zu machen. Die vertrauliche Art, mit der sie mich berührte, ließ mich, fast gegen meinen Willen, heftig erschauern. »Jetzt hör mir gut zu. Ich habe nachgedacht. Es ist die Frage, meine ich, ob man so nicht zwei Fliegen mit einer Klappe schlagen könnte. Vielleicht solltest du es dir noch einmal mit deinem Plan überlegen, mit dieser Idee, über die wir gesprochen haben.«

Sie wartete, bis ich das Wort selbst aussprach. »Über das Kidnapping?«

Sie nickte nur einmal, als dürfe man es nicht aussprechen.

»Mein Gott«, sagte ich.

»Für dich scheint es so günstig zu sein.«

»Ich weiß, nur...« Der Gedanke, meinen Vater abzuzocken, vor dem ich natürlich auch wieder zurückschreckte, schien mich regelrecht zu beflügeln. Ohne Zweifel hätte er es auch verdient. Trotzdem schüttelte ich den Kopf. »Ich kann sie nicht quälen. Vor allem nicht meine Mutter.«

»Ich glaube, wir kriegen das in den Griff, was dir Sorgen macht, ganz bestimmt. Wenn du überzeugt wärst, ließe sich das vermeiden – ich weiß, wie merkwürdig das klingt -«, sagte sie, »aber es scheint klar zu sein, daß du bald etwas Drastisches unternehmen mußt. Du hast nur noch wenige Tage.« Montag, der 4. Mai, der Tag, an dem ich einzurücken hatte, war tatsächlich nicht mehr weit. »Seth, wenn sie wüßten, daß du in Sicherheit bist, daß es dir gutgeht, daß sie dich aber in Ruhe und gehen lassen müssen, wäre das doch das Beste für dich, oder? Habe ich recht?«

Ich antwortete nicht, aus Angst vor dem, worauf ich mich da einließ.

»Denkst darüber nach? Bitte. Aber wir haben nicht mehr viel Zeit.«

»Ich weiß. Ich muß mir erst über alles klarwerden.«

Wir sahen einander an.

»Ihr beide«, sagte ich, »ihr beide, meine ich, Eddgar und du.« Ich schluckte. »Und Nile. Ich meine, ihr sitzt im Augenblick alle in der Klemme. Stimmt's? Tief in der Klemme.«

»Seth…« Sie brach ab. »Wenn Cleveland…« Sie brach wieder ab. »Stimmt«, sagte sie. »Tief in der Klemme.« Sie sah mir bewußt in die Augen. Erst jetzt merkte ich, daß sie mich an den Schultern gepackt hatte. In June Eddgars Leben hatte es viele junge Männer gegeben. Das wußte ich inzwischen so genau, als hätte sie es mir selbst gesagt.

Es hätte wohl keinen Unterschied gemacht. Zwischen uns würde sich nichts abspielen. Dennoch war ein Band zwischen uns entstanden, und sei es auch nur durch die flüchtige Erkenntnis der Realität, daß es außer Sonny noch andere Frauen gab. June tappte barfuß hinaus. Das Nachthemd klebte an ihrem Körper. Ich sah ihr nach. Für einen Moment hatte June die unwirkliche Vorstellung in mir geweckt, Verlangen sei das einzig Reale auf dieser Welt.

8. Dezember 1995

SONNY

Bevor wir am Freitag morgen beginnen, bitte ich die Anwälte zu mir, um mit ihnen den Zeitablauf zu besprechen. Die Beweisführung durch die Anklage wird wahrscheinlich noch einige Tage dauern. Gestern bewertete Molto zum Abschluß Lovinias Aussagen neu, ein ermüdendes Unterfangen, in dem er die Bruchstücke ihrer Angaben verlas, an die sie sich angeblich nicht erinnert. Im Anschluß daran befragte Rudy Maybelle Downey, eine ältere Frau, die die Schüsse auf June aus einer der Wohnanlage gegenüberliegenden Wohnung beobachtet hatte. Sie bestätigte den von außen erkennbaren Ablauf der Ereignisse, den Lovinia beschrieben hatte. Nun nennt mir Tommy die Reihenfolge, in der er seine restlichen Zeugen aufrufen wird. Al Kratzus, der Gemeindebeamte, der Nile vom Mord an seiner Mutter unterrichtet hatte, wird heute der erste sein. Nach ihm kommt Hardcore. Am Montag werden wir dann zu Eddgar kommen. Danach setzt die Staatsanwaltschaft aus. Die Strategie der Anklage läuft offensichtlich darauf hinaus, Hardcores Glaubwürdigkeit dadurch zu untermauern, daß seine Darstellung mit der anderer – weißer – Zeugen übereinstimmt, deren Version im großen und ganzen nicht angezweifelt wird.

»Das Beweismaterial der Verteidigung, falls sie über solches verfügt, wird dann am Mittwoch vorgelegt?« wende ich mich an Hobie, der das ungerührt zur Kenntnis nimmt. »Und wie sehen Ihre Pläne aus, Mr. Tuttle? In zeitlicher Hinsicht? Natürlich werden Sie den Angeklagten nicht veranlassen, von sich aus Beweise vorzulegen, aber machen Sie in meinem Interesse eine Zeitangabe.«

»Zwei Tage.«

»Also kommen wir am Ende der nächsten Woche oder vielleicht am Montag darauf zu den Plädoyers?«

Die drei Anwälte vor dem Podium nicken. Kurz darauf werde ich das Urteil fällen müssen – eine beunruhigende Aussicht. Der Fall ist noch immer völlig unklar. Warum ist dieser Mord überhaupt geschehen, frage ich mich plötzlich. Ich runzele die Stirn und entlasse die Anwälte mit einer Handbewegung von der Richterbank. Molto macht Singh noch einmal die gleiche Geste, und der geht hinaus, um den nächsten Zeugen aufzurufen.

Aloysius Kratzus, ein weißhaariger, korpulenter und stiernackiger Polizeiveteran, wirkt im Zeugenstand etwas zappelig. Er erweckt den Eindruck eines Mannes, der bereitwillig Verbindungsbeamter für die Gemeindeverwaltung geworden ist. Er gehört zu den Cops, die ausgezogen sind, um Helden zu werden und schließlich als Bürokraten geendet haben. Von einem Verwaltungsposten kann man nicht abgeschossen werden. Und man muß sich nicht zu Tode arbeiten. Man überbringt schlechte Nachrichten, sucht Schulen auf, man verliest am Telefon Mitteilungen für die Presse, man steht bei Beerdigungen in der ersten Reihe und hält bei Einweihungen die Schere für das Band. Für den einen ist dieser Posten eine Sackgasse, für den anderen ein bequemer Vorruhestand, je nach Standpunkt. Al Kratzus scheint zufrieden zu sein.

Rudy fragt nach Kratzus' Rang, seiner Laufbahn und kommt dann fast beiläufig zum Morgen des 7. September. Kratzus sagt, er habe gerade um 8.00 Uhr seinen Dienst angetreten, als er einen Anruf erhielt. Man kann sich direkt den Kaffee und die weiße Tüte mit dem Gebäck aus dem Donut-Laden auf seinem Schreibtisch vorstellen.

»Ich hatte Detective Lieutenant Montague am Apparat.«

»Sergeant, hat Lieutenant Montague Ihnen irgendwelche Anweisungen oder Befehle erteilt?«

»Montague sagte, er sei am Tatort eines Verbrechens. Das Opfer sei eine weiße Person, weiblich, ungefähres Alter sechzig bis fünfundsechzig. Todesursache mehrere Schußwunden. Sie wurde außerhalb eines Fahrzeugs aufgefunden, das auf ihren Ex-Mann zugelassen war. Montague sagte, er wolle zusammen mit einem anderen Cop mit dem Ehemann reden. Dann fand man in ihrer Handtasche ihre Krankenversicherungskarte mit dem Vermerk, ihr nächster Angehöriger sei Nile Eddgar. Angeblich war er Bewährungshelfer. Montague nimmt an, daß die Presse in kürzester Zeit von dem Fall erfährt, und möchte, daß ich diesen Nile sofort aufsuche, damit er die Nachricht von uns und nicht aus dem Radio oder Fernsehen erfährt.«

Die komplette Aussage beruht auf Hörensagen. Hobie streicht sich die ganze Zeit den Bart und wartet auf eine Möglichkeit zum Einspruch. Doch dann läßt er es auf sich beruhen.

»Und sind Sie der Bitte des Lieutenant nachgekommen?« fragt Rudy in seiner komischen, hochgestochenen Ausdrucksweise. Er hatte drei Jahre Englischunterricht an einer staatlichen Schule, bevor er hier landete. Sein Vater gehört zu jenen Indern, die eine Reihe von Diplomen besitzen, diese aber nie in irgendeinem Land nutzen konnten. Marietta sagt, die Familie habe ein Spirituosengeschäft an der East Bank.

»Er gab mir die Adresse, und zusammen mit Officer Vic Addison habe ich mich dann auf den Weg gemacht. Es war hier in der Stadt.« Mit ›der Stadt‹ meint er DuSable. Al Kratzus gehört wie mein Onkel Moosh zu den Ureinwohnern, die sich noch an die Zeit erinnern können, als das hier aus drei kleinen Orten bestand und nicht wie heute zu einer einzigen Megalopolis zusammengewachsen war. Damals gab es heftige Rivalitäten zwischen den Tri-Cities. Noch mit achtzig erzählt Moosh gern von dem erbitterten Turnier, das sich die Football-Champions der staatlichen High-Schools von Kewahnee, Moreland, DuSable und ein einsamer Vertreter der Katholischen Liga einmal in der Eiseskälte des späten Dezembers geliefert haben.

Tommy winkt seinen Kollegen herbei. Rudy beugt sich zu ihm hinunter, damit Molto ihm seinen Vorschlag zuflüstern kann.

»Und«, fährt Rudy fort, »als Montague Sie bat, diese Anweisung auszuführen, Sir, hat er da zu jenem Zeitpunkt irgendwie durchblicken lassen, daß Nile zu den Verdächtigen gehört?«

Hobie erhebt Einspruch, aber Rudy geht der Frage nach, ab wann und warum Nile für Montague zu den Verdächtigen zu zählte. Ich lehne ab.

»Wir Verbindungsbeamten haben nichts mit dem Fall zu tun. Wir sind für die Bevölkerung zuständig. Bei Verdächtigen würde Montague einen von seinen Leuten bestimmen.«

»Haben Sie Nile Eddgar dann tatsächlich angetroffen?«

»Ja. Addison und ich sind zu seiner Wohnung gegangen.« Kratzus seufzt, ein wenig ärgerlich über seine zunehmende Vergeßlichkeit in den letzten Jahren, sucht seine Taschen nach dem Bericht durch, findet ihn und sucht mit dem Finger die entsprechende Zeile. »2343 Duhaney.«

»Um wieviel Uhr war das?«

»Es war nach 8.00 Uhr, eher schon 8.30 Uhr. Ich befürchtete, daß er schon aus dem Haus ist, doch er war da. Nach mehrmaligem Klopfen kam er dann zur Tür. Ich wies mich aus. Als wir drinnen waren, mußten wir ihn bitten, die Musik leiser zu drehen. Wir fragten ihn, in welcher Beziehung er zu June Eddgar stehe, und er antwortete, er sei der Sohn. Dann sagte ich ihm, es täte mir sehr leid…« Kratzus wedelt zweimal mit der Hand. Et cetera, et cetera, meint er damit. »Ich berichte ihm, was passiert ist, wie Montague es mir gesagt hatte. Nur eben die Tatsache, daß man sie an der Grace Street erschossen hat.«

»Konnten Sie irgendeine Reaktion bei ihm feststellen?«

»War irgendwie verdammt seltsam.«

»O Einspruch!« macht Hobie lautstark geltend und wiegt mißbilligend den Oberkörper.

Ich lasse die Antwort streichen und weise Kratzus an, dem Gericht mitzuteilen, was genau der Angeklagte gesagt und getan habe. Er begreift meine Anweisung nur langsam. Viele Polizisten, Verwaltungsleute und Politiker der unteren Chargen treten in ihren dreißig Berufsjahren höchstens ein halbes dutzendmal vor Gericht auf. Kratzus scheint dazuzugehören.

»Er sah uns an. Ein bißchen, als wollte er sagen ›Moment mal!‹. Weniger, als wollte er es nicht glauben, sondern als würde es keinen Sinn ergeben.«

»Euer Ehren«, sagt Hobie.

»Mr. Tuttle, ich werde dieser Zeugenaussage das Gewicht zumessen, das ihr meiner Auffassung nach zukommt.«

Kratzus hat sich in seinem Stuhl zu mir umgedreht und sieht mich an. Er ist zu steif und massig, als daß ihm das leichtfiele, aber dafür ist er sehr bemüht, mich möglichst in fast lockerem Gesprächston anzusprechen. Die blaßblaue Jacke schlägt dicke Falten, und das ungeschnittene wirre Haar steht im Nacken ab, wobei das Licht des Gerichtssaals durch die dünnen Strähnen scheint. Ungeachtet des Einspruchs fährt er fort, mir die Umstände zu erklären.

»Ich mache das oft, Euer Ehren. Unter den verschiedensten Umständen. Kleine, alte Ladys sterben in ihrem Bett. Selbstmorde. Autounfälle. Und jeder reagiert anders. Das kann ich Ihnen versichern. Aber diesmal war es seltsam.«

»Sergeant«, sage ich, »bleiben Sie bei dem Ihnen erkennbaren Verhalten. Was er sagte, was er tat. Wie trat er auf?«

»Wissen Sie, Euer Ehren, es war dieser glasige Blick. Er stand mit offenem Mund da. Dann sagte er etwas und brach wieder ab. Schließlich setzte er sich auf das Sofa und sagte: ›Mein Vater sollte doch dorthin fahren.‹ Als ob er etwas erklären wollte. Dann schwieg er wieder ein paar Sekunden. Und plötzlich fängt er an zu weinen.«

Rudy übernimmt wieder. »Sergeant, ging das Gespräch noch weiter, nachdem er erklärt hatte, ›Mein Vater sollte doch dorthin fahren.‹?« Eine gute Frage vom Ankläger, die den kritischen Punkt der Aussage wieder aufgreift.

»Ja. Wir sagten ihm, wo sich die sterblichen Überreste befänden und wie der Prozeß der Freigabe ablaufe. Wir gaben ihm eine Karte mit der Telefonnummer der Pathologie. Er war inzwischen sehr aufgewühlt, also gingen wir.«

»Und was machten Sie nach diesem Gespräch?«

»Wir fuhren zum Präsidium zurück. Ich hinterließ Montague

die Nachricht auf dem Anrufbeantworter, er solle mich so bald wie möglich zurückrufen.«

»Ist das der normale Ablauf, daß sie mit dem Ermittlungsbeamten sprechen?«

»Einspruch«, sagt Hobie müde. Er macht sich nicht die Mühe aufzustehen. Seine Körpersprache sagt, daß er auch diese Frage für eine überflüssige Überschreitung der Regeln seitens der Anklage hält. Hobies Einwände waren bisher gut getimt und trafen stets den Kern, so daß ich sie im Laufe der Zeit instinktiv für zulässig hielt. Jetzt aber merke ich, daß er versucht, mich zu übertölpeln.

»Nein, ich will die Antwort hören.«

»Normalerweise ist das nicht notwendig. Früher haben wir manchmal einen 5er-Bericht hingeschickt – der hieß so, weil es ein Formular mit vier Durchschriften war, mit Kohlepapier und so. Aber das ist lange her. In den meisten Fällen brauchen sie keinen Bericht von uns.«

»Was hat Sie also dann veranlaßt, den Lieutenant anzurufen?«

»Euer Ehren«, läßt Hobie sich beschwörend hören.

»Diesmal gebe ich dem Einspruch statt.« Aber der Punkt steht fest: Alter Hase oder nicht, Kratzus war der Meinung, der Junge hat einen Fehler gemacht. Er hatte etwas von ihm erfahren und wußte, Montague würde einen Detective zu Nile schicken müssen, um herauszubekommen, was es mit diesem ›Mein-Vater-sollte-doch-dorthin-fahren‹ auf sich hatte.

Rudy setzt sich. Ich nicke Hobie für sein Kreuzverhör zu.

»Nur ein paar Fragen«, beginnt er. Es wird zwar mehr als das, aber er erreicht nicht viel. Kratzus gibt zu, eine Menge seltsamer Reaktionen erlebt zu haben, wenn er Angehörigen die Nachricht vom Tod eines geliebten Menschen überbringt. Dann greift Hobie Rudys Unterstellung an, der Zeitpunkt von Kratzus' Besuch lasse darauf schließen, daß Nile seinen Dienst später antrat, um möglicherweise zu Hause auf einen Anruf zu warten. Dem widerspräche die Tatsache, daß bei der Lautstärke der Musik das Telefon schwer zu hören gewesen war.

»Und Sie sagen, Sie würden nicht geschickt, um mit Verdächtigen zu reden?«

»Im allgemeinen nicht.«

»Und mit wem wollte Montague reden?«

»Dem Vater«, antwortet Kratzus. Da er merkt, worauf die Frage hinausläuft, fügt er hinzu: »Weil es sein Wagen war. Wahrscheinlich wußte der Vater, was sie dort zu suchen hatte.«

»Okay«, sagt Hobie. Er will nicht weiter auf diesem Punkt beharren. Nach ein paar weiteren Fragen beendet er das Kreuzverhör. Im wesentlichen hat er keine Zweifel an Kratzus' Erinnerungsvermögen. Kratzus schrieb an jenem Tag einen Bericht, der von seinem Partner Addison bestätigt wurde. Kratzus bewegt seinen massigen Körper auf die Tür des Gerichtssaals zu, bleibt aber am Tisch der Anklage stehen, um das Kompliment entgegenzunehmen, er habe gute Arbeit geleistet.

Abgesehen von den Fingerabdrücken auf den Geldscheinen ist diese Aussage das Beste an Beweisen, was die Staatsanwaltschaft bisher vorlegen konnte. Eine von keiner Seite in Zweifel gezogene Erklärung. Von eindeutiger und schwerwiegender Aussagekraft. Nile hatte erwartet, daß Eddgar am Ort des Geschehens war. Nile war nicht überrascht von der Tatsache der Schießerei, sondern von der Person des Opfers. Normalerweise hätte jeder, ungeachtet des Schocks, gefragt: »Wer hat sie erschossen? Warum? Wie konnte das passieren?« Mit geschlossenen Augen warte ich ab, lasse meine Gefühle außen vor und diesen Beweis sein Gewicht gewinnen. Durch mein Verhalten legt sich eine unbestimmte Schwere über den ganzen Gerichtssaal. Als ich aufblicke, sehen mich die Ankläger eindringlich an.

Ich verkünde die Mittagspause, gehe aber nicht hinaus. Marietta nenne ich 14.00 Uhr als Fortsetzungstermin. In der Zwischenzeit ist Molto an den Richtertisch getreten. Wie schon oft, ist es Hobie wieder einmal gelungen, Molto aus dem Gleichgewicht zu bringen. Tommy ist fuchsteufelswild und bis unter die Haare rot angelaufen. Hobie hat Tommy eine Reihe von Beweismitteln der Verteidigung vorgelegt: Niles Steuerrückzahlung von 1994, seine Gehaltsabrechnungen von 1995, seine Kontoauszüge und Scheckbelege. Diese Dokumente schwenkt Molto durch die Luft und legt sie schließlich vor mich hin, damit auch ich sie mir ansehen kann.

»Euer Ehren, diese Unterlagen hätten uns vor Prozeßbeginn vorgelegt werden müssen.«

»Welche Bedeutung haben sie?« frage ich.

»Die Bedeutung interessiert mich nicht, wirklich nicht. Er ist nicht berechtigt, Beweismittel zu diesem Zeitpunkt vorzulegen. Und er will uns ihre Bedeutung nicht mitteilen. Wir haben ihn mehrere Male danach gefragt.«

»Mr. Tuttle?«

»Nun wirklich, Euer Ehren«, sagt er mit einem netten kleinen Lächeln.

»Sie weigern sich, es uns zu erklären?«

»Nein, nein, ich werde es darlegen. Ich dachte nur, es wäre den Anklägern klar. Anscheinend aber ist das nicht der Fall. Diese Dokumente belegen, Euer Ehren, daß im ganzen Jahr 1995 keine einzige Abhebung stattgefunden hat, die 300 Dollar übersteigt. Das ist allerdings auch nicht überraschend, denn die Ersparnisse meines Mandanten haben zu keinem Zeitpunkt den Betrag von 3200 Dollar überschritten.« Nile hatte nicht die Mittel, Hardcore zu bezahlen, keine 10 000 Dollar in bar. Das war der Punkt.

Tommy explodiert erneut. Er nennt diese Taktik einen üblen Trick. Was auch genau zutrifft. Tommys Stimme überschlägt sich trotz Singhs Bemühungen, ihn zu besänftigen.

»Mr. Tuttle«, sage ich, »ich kann mir nicht erklären, warum Sie nicht früher an diese Unterlagen gedacht haben.«

»Euer Ehren, wie steht es denn mit der *Gegenseite*?« entgegnet er. »Die beabsichtigt, einen Zeugen aufzurufen, der behauptet, mein Mandant habe ihm zehntausend Dollar in bar gezahlt, und fragt sich nicht einmal, woher dieses Geld überhaupt kommt. Es ist schließlich kein Geheimnis, daß mein Mandant eine Steuerrückzahlung erhalten hat beziehungsweise ein Bankkonto besitzt. Diese Tatsache sollte die Anklage gleichfalls in Betracht gezogen haben. Die Verteidigung hatte angekündigt, diese Belege gegebenenfalls vorzulegen.«

Hobie reicht mir eine Mappe mit festem Deckel herauf, wie sie von der Staatsanwaltschaft in Verhandlungen benutzt wird. Wieder ein Pluspunkt für ihn. ›Bankauszüge‹ und ›Steuerbelege‹ sind unter vierzig oder fünfzig weiteren möglichen Beweismitteln der Verteidigung darin aufgeführt. Die anderen reichen von pathologischen Untersuchungen bis hin zu ballistischen Gutachten. Molto sieht seine Argumentation auseinandergenommen und fordert keine weiteren Details, während Hobie ein weiteres Schäfchen im trockenen hat. So ist das Leben bei Gericht, denke ich.

»In Ordnung. Mr. Tuttle, ich ermahne Sie zu größerer Sorgfalt der Anklage gegenüber, wenn es um die Übermittlung derartiger Dinge geht. Gehen Sie die Liste Ihrer Beweismittel durch und nennen Sie *jedes einzelne,* das Sie möglicherweise bis zum Wochenende verwenden werden. Dies war die letzte derartige Überraschung, verstehen Sie mich? Angesichts der mangelnden Sorgfalt der Staatsanwälte bei der Anforderung von Beweismitteln schließe ich diese heute nicht aus. Das nächste Mal jedoch werde ich weniger großzügig sein.«

Bei meiner Ablehnung des Einspruchs gibt Tommy laut einen mißbilligenden Ton von sich. Singh versucht, Molto fortzuziehen, der trotz seiner wenig athletisch wirkenden Erscheinung unten im Gerichtssaal eine Kämpferpose eingenommen hat, als wolle er Hobie herausfordern. Tommy ist zu wütend, um zu erkennen, daß er wieder einmal von Hobie ausgestochen worden war. Der gute Strafverteidiger ist stets bestrebt, das beste Beweismittel der Anklage rasch in Vergessenheit geraten zu lassen. Anstatt weiter über Kratzus' Äußerungen nachzugrübeln, denke ich auf dem Weg zum Lunch über die Frage nach, woher Nile wohl das Geld gehabt haben mochte, das er angeblich Hardcore gezahlt hatte. Hat er es sich geliehen? Gestohlen? Hobie hat recht. Molto hätte sich darüber Gedanken machen sollen. Andererseits sind Niles Fingerabdrücke auf den Geldscheinen. Tommys Antwort wird schließlich lauten: Sie sind nun einmal drauf. Wie's der Teufel will. So ist es eben.

Als der Gerichtssaal sich wieder mit Leben füllt, bleibe ich noch einen Moment an meinem Tisch sitzen, gehe alles noch einmal durch, ordne meine Sachen und merke dann, daß mein Blick zur Geschworenenbank gewandert ist. Auch diesmal wartet Seth darauf, daß ich ihn dort bemerke. Es hat sich hier inzwischen ein kleines Ritual entwickelt, als ob er wüßte, daß ich ihn erst am Ende einer Sitzung wirklich zur Kenntnis nehmen kann. Gestern nachmittag war ich fast beunruhigt, als ich sah, daß er gegangen war. Ich wußte nicht, ob es sein verschwitztes Sakko war, dessentwegen er nicht zurückgekehrt war, oder, was ich eher annahm, die Belastung durch unser Gespräch. Ich wußte selbst nicht, wie ich mich verhalten sollte. Ein Kind zu *verlieren!* Dieser Gedanke hat mich die ganze Nacht verfolgt. Wir machen uns nie bewußt, daß noch vor einem Jahrhundert das Sterben eines Kindes, dieser Kummer, zum alltäglichen Geschehen gehörte. Wie sehr sich doch unsere Lebensqualität verbessert hat!

Aber Seth wirkt jetzt, als wäre alles in Ordnung. Mit einem munteren kleinen Lächeln grüßt er winkend herüber. Wie alle seine Gesten in dieser Woche ist auch diese ein wenig vertraulich, aber zu gut gemeint, so daß sie keinen Schaden anrichten kann. Sie sagt einfach nur, hallo, hier bin ich. Es geht mir gut. Ich bin dein Freund. Und zu meinem Erstaunen winke ich zurück, noch bevor ich mich eines Besseren besinnen kann.

»Ordell Trent!« blökt Tommy Molto, als ich die Anklage nach der Rückkehr von der Mittagspause anweise, ihren nächsten Zeugen aufzurufen. Klein und von fahler Gesichtsfarbe, wirkt er irgendwie verknittert.

»Ordell Trent«, wiederholt Annie. Noch zweimal wird der Name wiederholt. Ein Beamter vom Gefangenentransport, der an der Tür steht, ruft den Namen seinem Kollegen vor der Arrestzelle zu, und dieser fordert Ordell auf, zur Tür zu kommen. Schlüssel rasseln. Durch die Wand hören wir das schwere Rumpeln, als die Tür der Arrestzelle aufschwingt. Dann folgt die laute Ermahnung des zweiten Beamten zurückzutreten. Sie gilt einer Gruppe Übriggebliebener aus einer Kautionsverhandlung, die gerade zu Ende gegangen ist. Nach ein paar weiteren Augenblicken kommt Hardcore in den Gerichtssaal. Er ist schon einmal hier gewesen, als er Ende September sein Schuldbekenntnis abgegeben hat. Damals jedoch wußte ich noch nicht so viel von ihm. Er wirkt wie ein Löwe, der aus seiner Höhle kommt. Er blinzelt kurz im hellen

Licht und nimmt majestätisch den Saal voller Menschen wahr, die entgeistert sind. Schließlich wissen sie: Vor ihnen steht ein Killer.

»Mr. Trent.« Ich weise ihn zum Zeugenstand. Noch ist er in Handschellen, doch einer der Beamten geht zu ihm und nimmt sie ihm ab. Seine kräftige Figur mit dem muskulösen Brustkorb bewegt sich geschmeidig auf mich zu. Er will uns sichtlich einen etwas unbehaglichen Augenblick bescheren.

»Schwören Sie, die Wahrheit zu sagen, die ganze Wahrheit und nichts als die Wahrheit?«

»Aber sicher doch.« Er läßt die Hand sinken und macht es sich im Zeugenstand bequem.

Tommy steht am Podium. Sein kurzes Eröffnungshusten schallt durch den Gerichtssaal, in dem sich nachdenkliche Stille breitgemacht hatte. Selbst Nile, heute in blauem Blazer, hat einen weniger abwesenden Blick, so daß man ihn fast als angespannt bezeichnen könnte.

Hardcore macht Angaben zu seiner Person und nennt als Aufenthaltsort das KCJ, das Gefängnis von Kindle County.

»Kennt man Sie noch unter einem anderen Namen?«

»Meinem Gangnamen.« Langsam spricht er das Wort aus: »Hardcore.«

»Buchstabieren Sie doch bitte für die Reporter«, schlägt Tommy vor.

»O nein!« sagt Hardcore. »Sie können ihn auf viele Arten buchstabieren. H, a, r, d, c, o, r, p, s. So hab' ich's schon mal gesehen.« An Hauswänden. Er hat wohl keine Veranlassung, sich selbst zu schreiben. Mir kommt ein seltsamer Gedanke: Dieser Name, dieses Wort hat keine Parallele in der gesamten Welt der Buchstaben – es gleicht einem subatomaren Teilchen, das nur in physikalischen Berechnungen vorkommt. Das Leben in einer Gang findet irgendwo außerhalb statt, ist einfach da und läßt sich nicht in unsere gewohnten Begriffe fassen.

Im Zeugenstand wirkt Hardcore ausgesprochen locker, fast ein wenig schlaff. Ich bin sicher, unter den Gesichtern auf der Galerie befinden sich zahlreiche T-4 Rollers, die Core sehen wollen. Also darf er keinen eingeschüchterten Eindruck machen. In der Wirklichkeit des Ganglebens sind es in erster Linie die Mitläufer, die ›Bauern‹, diejenigen, die Schmiere stehen, die bewundernde Menge also, die den Ruhm der wahren Gangster begründen. Wie das oft bei den Kids so ist: Einer tut etwas Schlimmes, und zehn halten ihn deswegen für cool. Hardcore hat seine Rolle gut einstudiert und ist wesentlich kooperativer als Bug. Tommy leitet ihn geschickt. Die Strategie der Ankläger ist offenkundig. Wie Lovinia haben sie auch Hardcore in keiner Weise herausgeputzt. Er trägt hier seinen blauen Overall aus dem Untersuchungsgefängnis als allgegenwärtige Erinnerung an sein Schuldbekenntnis und seine Komplizenschaft in diesem Mordkomplott. Wie Bug hat man auch Core gesagt, er solle einfach er selbst sein. Er spricht dieselbe Sprache wie draußen. Tommy bezweckt damit, daß mir in jedem Augenblick bewußt bleibt: Das hier ist der Mordganove, mit dem Nile Eddgar Freundschaft geschlossen hat.

Unter diesem Aspekt weist Tommy als erstes auf die Länge von Cores Vorstrafenregister als Jugendlicher hin, dazu auf zwei frühere Verurteilungen nach dem Erwachsenenstrafrecht, beide wegen Rauschgifthandels. Das erste Urteil, damals war er neunzehn, lautete drei Jahre. Das zweite traf wegen Drogenbesitzes – man hatte vierhundert Gramm Kokain in einem Wagen gefunden, den er gefahren hatte. Es lautete auf zehn Jahre ohne vorzeitige bedingte Entlassung. Vor vier Jahren war er entlassen worden. Ähnlich wie Lovinia hat auch er einen glänzenden Deal für seine Zeugenaussage gemacht. Zwanzig Jahre für Komplizenschaft bei einem Mord, was real auf zehn Jahre Bau hinausläuft. Der Strafjustizvollzug funktioniert nach der einfachen Rechenformel: Laß dich als erster einlochen, dann kommst du auch als erster wieder heraus. Wer als Zeuge die Seite wechselt, wird belohnt.

»Mr. Trent, was war Ihr Beruf vor dieser letzten Inhaftierung?«

»Gangster«, antwortet er.

»Waren Sie Mitglied einer kriminellen Organisation?«

»BSD«, antwortet er, »be for me.« Ein gängiger Slogan. Hardcore amüsiert sich. Die Stoppeln seines Bartes am Kinn und um den Mund haben den gleichen gelblichen Farbton wie der Belag seiner großen Zähne, die er beim Lächeln zeigt.

»Welche Position haben Sie bei den BSD?«

»Anführer.«

»Waren Sie einer von den Leaders in der Gang, einer von denen, die die Schüsse befohlen haben?«

»Muß wohl sein.«

»Wer steht über Ihnen?«

»J. T-Roc. Kan-el.«

Tommy nennt die richtigen Namen.

»Und wie haben Sie vor Ihrer Inhaftierung Ihren Lebensunterhalt verdient, Sir?«

»Mit Pushen.«

»Pushen?«

»Dope pushen.« ›Pennen, pimpern, pushen‹, nach dem Motto spielte sich das Gangleben ab. Und wenn man das eine oder andere nicht tat, dann pushte man eben Stoff in die Szene.

»Mit welchem Dope haben Sie gehandelt?«

»Meistens Crack. Manchmal etwas Speed.«

»Sonst noch etwas?«

»O ja!« antwortet Hardcore leise. Da Hardcore klar ist, daß er verurteilt wird, will er nicht unbedingt noch schlechter dastehen.

Daher ist er mit seinen Antworten zurückhaltend, aber Tommy insistiert und zwingt ihn zuzugeben, daß er auch Engelsstaub, Methadon, kristallines Kokain, Heroin und hier und da auch gestohlene verschreibungspflichtige Drogen verkauft hat. Er sagt, er habe eine Organisation von mindestens zehn Leuten gehabt, darunter auch Lovinia, die für ihn gearbeitet hätten.

»Und Sie kennen Nile Eddgar?«

In seinem breiten Gesicht steht deutlich das Vergnügen, das Core empfindet, als seine runden Augen nun zum Angeklagten wandern. Hobie stößt seinen Mandanten an, und Nile, die eine Hand auf der Armlehne seines Stuhls, als brauche er eine Stütze, steht für die offizielle Identifizierung vor Gericht auf. Nachdem er auf ihn gezeigt hat, lächelt Core noch immer.

»Wie haben Sie den Angeklagten kennengelernt?«

»War mein PO.«

»Ihr Bewährungshelfer?«

»Hat fürs Gericht ein Auge auf mich.« Vorzeitige Entlassung war in diesem Bundesstaat für die meisten Fälle abgeschafft worden. Statt dessen gab es für Drogendelikte und einige andere Straftaten eine bedingte Haftentlassung unter Aufsicht.

»Wie lange war er Ihr PO?«

»Muß wohl 'n Jahr sein, oder so. Hatte schon 'n paar andere.«

»Und wie oft haben Sie Nile gesehen?«

»Ach, wissen Sie, über'n Daumen, höchstens einmal im Monat.«

»Und wo haben Sie sich getroffen?«

»Im T-4.«

»Was war der Grund für seine Besuche?«

»Das wissen Sie doch, Mann. Will wissen, was ich mache.«

»Gab es einen Punkt, von dem an Sie ihn öfter gesehen haben?«

»Ja. Irgendwie war er plötzlich für'n ganzen verdammten Haufen T-4s PO.«

»Er war auch für andere Mitglieder der T-4 Roller-Gruppe der Black Saints Disciples zum PO bestimmt worden?«

»Genau«, sagt Core.

»Wissen Sie, wie es dazu gekommen ist?«

»Denke, ist irgendwie behämmert, mit uns rumzumachen.«

Ich gebe Hobies Einspruch gegen die Beurteilung des Geisteszustands des Angeklagten durch den Zeugen statt. Tommy startet einen erneuten Versuch.

»Hat er gesagt, er habe sich darum beworben?«

Hardcore denkt einen Moment nach. »Ja, Mann, es sah so aus, ich erinner' mich, daß er eines Tages kam ... «

»Wann?« fragt Tommy.

»Dezember oder so, wissen Sie, hab' ihm noch gesagt: ›Mann, du nervst, kreuzt hier öfter auf als mieses Wetter.‹ Hat dann so was gesagt wie, viele POs wollen mit IV Tower nichts zu tun haben, haben die Hose voll, und ihm macht's nichts aus. Er is' hingegangen und hat gesagt: ›Gebt mir alle, ich mach' das schon.‹«

»Das hat er gesagt? Daß er den anderen Officers gesagt hat, er würde die Fälle übernehmen, weil es ihm nichts ausmacht, zum IV Tower zu gehen?«

»Hm, hm. Wissen Sie, er hatte dann Twinky, Roach, Warlock, Handbone und Chicken Swoop.« Nur mühsam und mit begrenztem Erfolg gelingt es Tommy und Hardcore die Namen der übrigen Mitglieder herauszubekommen, über die Nile die Aufsicht hatte. »Verdammt«, sagt Core, »wie hieß der Typ denn noch?« Tommy beläßt es dabei.

Da ich Hardcore nun aus größerer Nähe sehe als zuvor, erkenne ich, daß er kein Kind mehr ist. Er scheint Mitte dreißig zu sein, aber alles Jugendliche hat er hinter sich. Sein Gesicht ist verschlossen und hart, die wäßrigen Augen bewegen sich träge, wenngleich mit stets unverschämtem Blick. Er ist das, was Wärter unter sich – aus nicht unerheblicher Angst – Gefängnismüll nennen. Als er die eine Hand hebt, um sich die Backe zu kratzen, sehe ich, daß jede Spitze der überlangen Fingernägel eine Bernsteinkappe von über eineinhalb Zentimeter trägt, was wohl den Eindruck einer besonderen Unberechenbarkeit in seinem Charakter erwecken soll.

»Wie oft ist Nile zum Tower gekommen, nachdem er diese Fälle übernommen hatte?«

»Fast jeden Tag, glaub' ich.«

»Welcher Art war Ihre Beziehung zueinander?«

»Waren keine engen Freunde, wirklich nich', hab' den Typen eben kennengelernt. Echt cool und so. Hing gern rum.«

»Was meinen Sie mit ›rumhängen‹?«

»Ja, wissen Sie, Mann, unten bei den jungen T-4-Leuten hing er rum, hörte sich an, was sie so reden, lachte mit ihnen. Hing da einfach rum und so.«

»Mußten Sie für ihn monatliche Bewährungsberichte ausfüllen?«

Hardcore lächelt und fährt mit der Hand durch die Luft. Nicht daß er wüßte.

»Und haben Sie im Laufe der Zeit jemanden von seiner Familie kennengelernt?«

»Hm, hm«, sagt Core.

»Wer war das?«

»Sein Daddy.«

»Senator Loyell Eddgar?«

»Loyell, so? Heißt er so?« Hardcore saugt die Backen ein. Diese Weißen.

»Und wie fand dieses Treffen statt?«

»Ja, wissen Sie, ist 'ne besondere Geschichte.« Core lacht, setzt sich im Zeugenstuhl zurecht und schlägt die Beine über. Dann erzählt er seine Geschichte. »Ha'm da mal auf 'ner Bank beim Tower gesessen, hab' mit Nile so gelabert. Mit 'nem PO muß man doch cool sein, stimmt's? Ich sag' dann so, dieses DOC, Mann« – er meinte die Haftprüfung – »ist verdammt ekelhaft mit uns'rem Kumpel Kan-el. Ha'm ihm zweimal 'ne vorzeitige Entlassung gekippt, Mann. Hat doch seine Zeit abgerissen. Beschissene Sache. Ha'm ihn auf'm Kieker, weil sie ihn nun mal haben. Können ihm aber nichts anhängen da drin. Keiner sagt was Mieses über ihn, auch nicht, wenn er was gemacht hat. Kapiert?«

Er holt tief Luft. »Dann kommt Nile: ›Mußt mal mit meinem Daddy reden. Du und deine Leute von der Gang.‹ Und ich: ›Wieso dein Daddy?‹ Er guckt mich an: ›O Mann, Nigger, mein Daddy is wer. Hat was zu sagen, Jack. Ist Senator und so. Hat mir meinen Job verschafft.‹«

Tommy unterbricht. »Das hat Nile Ihnen gesagt? Daß der Senator ihm seinen Job verschafft hat?« Das ist ein Köder, und Tommy läßt den Blick zu den Reportern auf der Geschworenenbank hinübergleiten.

»Ja, hat *alles* über seinen Daddy erzählt. Sagte: ›Hockt in so 'nem Komitee oder so. Das DOC muß auf ihn hören, hat da was zu sagen. Solltet alle mit ihm reden. Ehrlich. Kann euch vielleicht irgendwie raushelfen.‹ So ungefähr.«

»Und Sie waren einverstanden, sich mit dem Senator zu treffen?«

»Nicht gleich, wissen Sie. Aber Mann, Nile war hartnäckig, würden Sie sagen. Mußte was Besonderes sein, Mann. ›Wenn ihr alle meinen Daddy treffen wollt, will mein Daddy sich mit euch allen treffen.‹

Hab' dann mal mit T-Roc gelabert, und wir sagten, gut, mach'n wir, was mein PO gesagt hat. Mit Daddy reden und unserm Kumpel Kan-el raushelfen. Und T-Roc sagte noch: ›Bringt vielleicht nichts, vielleicht gar nichts. Geraten vielleicht richtig in die Scheiße.‹ Hab' dann aber zu Nile gesagt, wir ziehn das mit seinem Daddy durch.«

»Und haben Sie sich dann mit Senator Eddgar getroffen?«

»Aber sicher, Mann.«

»Wann?«

»Mai. So herum. Wurde schon warm, wissen Sie?«

»Und wo fand das Treffen statt?«

Hardcore senkt den Blick, lacht und hat die Szene wieder genau vor Augen. »Also, Mann, das ging so hin und her. T-Roc hat nicht allzu viel mit Weißen zu tun. Und Nile laberte, sein Daddy ist so beschäftigt und bla, bla. Dann haben wir uns in T-Rocs SEL gesetzt.«

»Sie haben sich in Jeff T-Rocs Mercedes getroffen, ist das korrekt?« Wieder wirft Tommy einen kurzen Blick zur Pressegalerie hinüber. Die Reporter riechen etwas und passen auf wie die Drogenspürhunde beim Zoll. Jetzt kommt er, der Skandal. Ein Politiker zusammen mit Anführern einer Straßengang auf dem Rücksitz einer Limousine. Eine dieser denkwürdigen Geschichten, die der Gerichtssaal bereithält – Leute tun an merkwürdigen Orten Dinge, die niemand für möglich gehalten hätte. Molto schafft es bei seiner hektischen Art nicht, seine Gefühle zu verbergen, und das ist sein Abscheu vor Eddgar. Zwar ist der Senator Zeuge der Anklage, dennoch verachtet Molto ihn und seine Aktivitäten zutiefst. Sich mit Gangstertypen im Fond einer Limousine herumzudrücken.

»Und wo stand der Wagen, als Sie sich trafen?«

»Im Nordend, Mann. Genau weiß ich's nicht mehr. An irgend 'ner Ecke.«

»Wie lange dauerte das Treffen?«

»Sagen wir, 'ne halbe Stunde oder so.«

»Und wer war dabei?«

»Nile, ich, T-Roc und der Daddy.«

»Senator Eddgar?«

»Ja, der«, antwortet Core mit finsterem Blick. Auch er mag Eddgar nicht.

»Können Sie uns sagen, worüber gesprochen wurde?«

Core zischt durch die Zähne und kramt in seinem Gedächtnis. »Mann, ha'm eben überlegt, wie wir Kan-el *raus*-kriegen. Und dieser Typ, der Daddy, witterte irgendwie 'ne Chance. Sah aus, als hätte er 'n eigenen Plan. Wir ha'm gesagt: ›Also, wir alle müssen das Ding durchziehn und Kan-el raushol'n.‹ Und er: ›Nein, nein. Wir müssen das Ding richtig organisieren.‹ War echt stark, wie er das so anging.«

»War es Senator Eddgars Idee, daß die BSD Basis für eine politische Organisation sein sollte?«

»Sag' ich doch.«

»Und wie haben Sie und T-Roc reagiert?«

»T-Roc? Nach 'n paar Sekunden steht dieser Motherfucker, der Daddy, einfach auf, Mann. T-Roc wirft mir so 'nen Blick zu. Schmeißt der das jetzt? Er selber kommt her, will einen Deal machen, und dann das, in seinem eigenen Wagen. Schon komisch«, fügt Core hinzu und zeigt erneut ein breites Lächeln. »War'n dann alle schnell draußen, und T-Roc sagt so was wie: ›Ist das zu glauben? Dieser Schleimscheißer.‹ Mann, war der sauer. Hatte 'ne Stinkwut.«

»Und haben Sie mit Nile darüber geredet?«

»O ja. Ganz bestimmt.«

»Wann und wo?«

»Als er das nächste Mal zum T-4 kam. 'ne Woche später. Wollte Nile gehörig was hinreiben. ›Der ist doch durchgeknallt, Mann‹, sage ich. ›Dieser Motherfucker führt uns an der Nase rum.‹ Und Nile zuckt irgendwie mit den Schultern und sagt: ›Ist nun mal so. Hat euch an der Nase rumgeführt.‹ Ich sage: ›Das lass' ich mir nicht gefallen. Kein Motherfucker führt mich an der Nase rum, auch dein Daddy nicht. So 'nen Scheiß lass' ich mir nicht gefallen. Jeder Motherfucker, der so was mit mir macht, kriegt es mit mir zu tun, Mann. Den kauf' ich mir, sobald er mir unter die Augen kommt.‹ So bin ich nun mal.«

»Und was hat Nile darauf gesagt, wenn er überhaupt etwas gesagt hat?«

»Na, wissen Sie, sah irgendwie aus, als glaubt er nicht, daß jemand so über seinen Daddy herzieht. Und ich sage: ›Verpiß dich, Motherfucker, sonst kriegst du auch noch was ab, wenn du willst.‹ Schubse ihn so rum und so.«

Ab und zu hätte ich Hardcore am liebsten wegen seiner Ausdrucksweise zurechtgewiesen. Schließlich sind wir hier in einem Gerichtssaal mit Publikum. Andrerseits aber ist er auf seine Weise ein so natürlicher und kraftvoller Erzähler, daß viele Unterbrechungen nicht nützlich wären. Selbst Hobie, der bisher die Paraderolle gespielt hat, sieht keinen Anlaß, ihn zu dämpfen. Core selbst genießt seinen Auftritt sichtlich. Im Laufe der Monate, die ich jetzt hier in der Strafkammer sitze, ist mir immer wieder aufgefallen, wie ausgeprägt bei vielen dieser jungen Leute ein schlichtes, kindliches Bedürfnis nach Aufmerksamkeit ist. Die meisten dieser Kids fühlen sich kaum zur Kenntnis genommen. Die Väter sind auf und davon, die Mütter überlastet und die Lehrer überfordert von ihren Klassen. Sie wachsen auf in einer Welt, in der sie aus dem Fernsehen und vom Geschehen auf der Straße erfahren müssen, daß sie kaum jemandem wirklich etwas wert sind. Das Verbrechen verschafft ihnen – wenn auch nur vorübergehend – ein beachtliches Publikum: einen Richter, der das Urteil spricht, einen Anwalt, der sie besucht, Cops, die sie verfolgen – sogar ihre Opfer gehören dazu, die ihnen auf der Straße für einen Moment des Schreckens, der endlos werden kann, in die Augen blicken müssen.

»Nachdem Sie Nile nun gesagt hatten, wie verärgert Sie über seinen Vater waren, hatten Sie da noch ein weiteres Gespräch mit ihm über Senator Eddgar?«

»Nee«, sagt Core, und Tommy erstarrt. »Zuerst nicht, wissen Sie. Dann, vielleicht 'nen Monat später, wir hängen beim T-4 rum, kommt er auf mich zu und fragt: ›Du bist doch richtig cool, was den Scheiß angeht, wie wär's, wenn du meinen Daddy umlegst?‹ Ich denk' mir, aufgepaßt, Nigger. Dieser PO sagt dir doch glatt ins Gesicht, du sollst seinen Daddy 'nen Kopf kürzer machen. ›Red keinen Scheiß', sag' ich und seh', wie er irgendwie zusammensackt.«

»Enttäuscht?« fragt Tommy.

»Richtig«, sagt Hardcore. »Richtig. So zwei Wochen später, sag' ich: ›Wie ist es, Kumpel, soll ich wirklich deinen Daddy wegpusten?‹ Und er: ›Ja, wirklich.‹«

»Wer ist er?« fragt Tommy. »Mit wem haben Sie gesprochen?«

»Nile.«

»Mit dem Angeklagten?«

»Ja, genau.«

Als ich hinübersehe, ist Nile mit dem Kinn an Hobies Schulter und redet mit einer Lebhaftigkeit auf ihn ein, die ich noch gar nicht von ihm kenne. Hobie nickt nachdrücklich, und sein teurer Füllfederhalter fährt schnell über den gelben Notizblock.

»Und wo waren Sie? Bei diesem Gespräch? Wer war noch dabei?«

»Nur er und ich. Wissen Sie, das ist so: Wenn er zum T-4 kommt, geh' ich immer mit ihm zu seiner Kiste, damit ihm nichts passiert oder so.«

»Sie haben ihn also die Straße am T-4 entlang zu seinem Wagen begleitet?«

»Genau«, sagt Core. »Er sagt dann: ›Gebe dir fünfundzwanzigtausend Scheine, wenn du ihn kaltmachst.‹ Und ich: ›Bist ja beknackt, Mann.‹ ›Hm, hm‹, sagt er. ›Verdammt, ich meine, was ich sage, du sollst es machen.‹ Und ich: ›Du Scheißkerl. Ich seh' dein beschissenes Geld. Das heißt, daß du es wirklich ernst meinst.‹«

Core zieht die Augenbrauen hoch. »Wow, der Typ hatte sich das wirklich überlegt. Der war ganz heiß, wollte es durchziehn. Hab' ihn noch nie so gesehn. Hat 'n Punkt gutgemacht bei mir. ›Ich weiß, du dealst hier mit Dope und Shit, Hardcore‹, sagt er. ›Glaubst du, ich weiß das nicht? Ich bring' deinen Niggerarsch wieder in den Knast, wenn ich will, sage ich dir. Du hast Auflagen, Core. Ich kann dich reinreißen, wann ich will. Keine Faxen jetzt, Mann. Das hier war von Anfang an deine Idee.‹ Darauf ich: ›So läuft das nicht, Motherfucker. Dieser Nigger steigt aus.‹ Wir labern noch hin und her, wer hier zu sagen hat, tu es, aber ich merk' dann, daß er fest entschlossen ist und ich keine Wahl hab'.«

»Sie waren also einverstanden, es zu tun, damit er Ihre Freilassung nicht widerruft?«

»Hab' gesagt, muß es mir überlegen. Und jedes Mal, wenn ich den Typ sehe, nervt er mich und fragt: ›Machst du's, Nigger? Hab' dich immer für 'nen echten Anführer in der Gang gehalten, Motherfucker, aber du bist nur ein feiger Hurenarsch, wie all diese abgerackten Nigger, die an der Ecke im Best Way Schnapsladen rumhängen, voll bis obenhin mit Fusel.‹ So hing er mir dauernd an den Hacken.«

Tommy bleibt einen Augenblick stehen und runzelt die Stirn. Offensichtlich befürchtet er, daß Hardcore, in Fahrt, wie er jetzt ist, über das Ziel hinausschießt.

»Waren Sie schließlich einverstanden, Senator Eddgar zu töten?«

»War erst einverstanden, als er eines Tages mit dieser Zeitungstüte aufkreuzte.« Core streckt den Arm aus, und Tommy hält Beweisstück 1 der Anklage hoch, das Geld und den blauen Plastiksack, in dem es eingepackt war. »Das hat er mir gegeben.«

»Wo war das?«

»T-4. Auf der Grace Street. Nur so im Vorbeifahren. Ist nicht mal ausgestiegen. Kommt an und sagt zu Bug: ›Hol Core.‹ Ich komm' runter, und da gibt er mir das da durchs Fenster. Sagt noch: ›Kriegst den Rest, wenn du's gemacht hast.‹«

»Wann war das?«

»August. Ziemlich heiß.«

»Und was haben Sie gesagt?«

»Sagte: ›Scheißkerl, ausgerechnet ich soll das machen?‹ Und er: ›Hm, hm, sollst du.‹ Also denk' ich mir, mußt klarkommen damit, sonst bist du wieder drin, ganz sicher.«

Schließlich kommt Tommy zu dem Geld als Beweismittel. Hardcore sagt, er habe die Tüte genommen und sie zu Doreen McTaney gebracht, der Mutter seines Sohnes Dormane, und sie bis nach dem Mord dort gelassen. Er identifiziert seine Initialen, die er neben die Montagues auf das Kennschild am Beweisstück gesetzt hat. Nachdem das Geld und die Plastiktüte nun eindeutig dem Angeklagten und der Tat zugeordnet werden können, beantragt Molto ihre Zulassung als Beweisstücke.

»Irgendwelche Einwände?« frage ich Hobie.

Er verzieht den Mund. »Kann ich die Antwort bis zum Kreuzverhör zurückstellen?« Hobie kennt jeden Trick. Da er keinen Grund hat, das Geld nicht als Beweis anzuerkennen, will er die Zulassung hinauszögern in der Hoffnung, daß die Ankläger im Durcheinander all der Details, die in letzter Minute vorgebracht werden, vergessen könnten, den Antrag zu wiederholen. Tommy wirft einen verärgerten Blick über seine Schulter. Inzwischen weiß er genau, daß er es mit Hobie nicht leicht haben wird. Ich lasse das Geld vorbehaltlich des Kreuzverhörs als Beweismittel zu. Dann nimmt Tommy den Faden mit Core wieder auf und befragt ihn nach den Vorbereitungen für den Mord.

»Bin dann zu Gorgo und seinen Leuten gegangen. Ich sag' Gorgo, er soll sich 'ne saubere ordentliche Spritze besorgen.« Eine ›saubere Spritze‹ ist eine Waffe, die nicht zurückzuverfolgen ist. »Wir ha'm da 'nen Job zu machen. Dann bin ich zu Dooley Bug marschiert.«

»Ist das Lovinia Campbell?«

»Hm, hm.«

»Was haben Sie ihr gesagt?«

Hobie will wahrscheinlich verhindern, daß Core wieder zu weit ausholt, und erhebt Einspruch wegen unzureichender Hintergrundinformation. Er meint damit, daß Core nicht deutlich zum Ausdruck gebracht hat, wann, wo und mit wem das Gespräch stattgefunden hat. Tommy will das erklären, aber Core hat genug Gerichtserfahrung, um das Manöver zu durchschauen und unterbricht.

»Das war am Tag, bevor wir es gemacht haben. Oben im IV Tower. Nur sie und ich.« Er sieht Hobie an und grinst höhnisch: Denk, was du willst, Motherfucker, aber blöd bin ich nicht. Allerdings glaube ich nicht, daß irgend jemand so leichtsinnig ist, Cores Verstand in Frage zu stellen.

»Und was haben Sie ihr gesagt?«

»Hab' ihr alles erzählt. Wie alles ablaufen soll, wissen Sie.«

»Was genau haben Sie ihr über Nile erzählt?«

»Daß Nile und ich seinen Daddy umlegen wollen.«

»Was hat sie gesagt?«

»Einfach nur: ›Und warum soll'n wir das machen?‹ Irgend so 'nen Scheiß.«

»Und was haben Sie geantwortet?«

»›Halt die Klappe. Du hast hier nur deinen Job.‹« Cores Antwort ist so ungeschminkt wild und deutlich, daß im Gerichtssaal Gelächter ausbricht. Core lächelt, als habe er die Reaktion der Zuhörer genau vorausberechnet.

»Kannte Bug Nile?«

»Verdammt, ja. Kannte Nile. Wenn er vorbeikam, hat sie oft mit ihm gelabert. Hat irgendwie mit ihrem Fall zu tun. Saßen zusammen auf der Bank und ha'm stundenlang gelabert. Kennt ihn gut.«

Tommy sieht zu mir herüber, um sich zu vergewissern, daß ich diesen Punkt registriert habe: Nile war nett zu Lovinia, und sie wollte ihn schützen.

Der Rest der Vernehmung bringt keine neuen Höhepunkte. Core erklärt den ganzen Plan und wie Bug ihn gerufen hatte, als June auftauchte. An dem Punkt, wo er auf die Schüsse auf June komme, wiegt Core bedauernd den Kopf über das Mißverständnis.

»Wann haben Sie das letzte Mal mit Nile Eddgar gesprochen?«

»Am Morgen, als es passierte. Hat mich angepiepst, als ich gerade raus wollte. Hab' ihn dann vom Münzapparat unten vorm T-4 angerufen und gesagt, daß alles cool is'.« Tommy greift nach dem Computerausdruck von Niles Telefongesellschaft und befragt Core über den Anruf auf seinem Piepser um 6.03 Uhr. Core bestätigt, daß dies der Anruf war, den er vom Münztelefon vor dem T-4 aus beantwortet hat. Dann kommt Tommy geschickt auf verschiedene andere Telefongespräche, um den gesamten Ablauf zu rekonstruieren. »Hat dieser Anruf am 14. Mai ungefähr zu der Zeit stattgefunden, als Sie sich bereiterklärten, sich mit Senator Eddgar zu treffen?« »Hat dieser Anruf am 7. August ungefähr zu der Zeit stattgefunden, als Sie sich bereiterklärten, ihn zu töten?«

Es ist fast 16.30 Uhr, als er fertig ist, und wir vertagen uns. Die Beamten vom Gefangenentransport legen Core die Handschellen an und führen ihn hinaus. Jackson Aires, sein Anwalt, der den Ablauf von einem Klappstuhl direkt an der Plexiglas-Trennwand aus verfolgt hatte, geht zu ihm zur Tür der Arrestzelle und legt ihm die Hand auf die Schulter. Sie reden ein paar Worte miteinander, nicken eifrig, und er sagt Core, er habe seine Sache gut gemacht. Hobie hat seinen Kram rasch zusammengepackt und schiebt Nile, der noch immer hinter Hardcore her gestikuliert, aus dem Gerichtssaal. Tommy, Rudy – und Montague, der in den Saal gekommen ist, um einige Dinge nach unten zu schaffen – lehnen am Tisch der Anklage und lächeln einander zu. Sie hatten ihre Plus- und Minuspunkte zu verbuchen, aber am Ende der Woche war es gutgelaufen. Wie von Zauberhand sind die Reporter verschwunden. Sie wollten alle noch schnell vor Redaktionsschluß ihr heißes Thema unterbringen: Verurteilter Gangleader sagt heute aus, der Plan zur Ermordung von Senator Loyell Eddgar sei ins Rollen gekommen, als Gangleader ärgerlich Eddgars Versuch zurückgewiesen hatte, die Black Saint Disciples zu einer politischen Organisation umzufunktionieren.

Eine wirre Geschichte, so schaurig, daß sie an ein Märchen erinnert, aber wieder zu speziell, um unwahr zu sein. Während die Zuschauer murmelnd den Saal verlassen, sitze ich noch immer auf der Richterbank, halte meinen Stift umklammert und starre auf die Seiten meines Gerichtstagebuchs mit den eilig hingekritzelten Notizen des heutigen Tages. Kratzus' brisante Aussage: ›Mein *Vater* sollte doch dorthin fahren‹ steht unterstrichen oben auf der linken Seite. Wenn ich all das bedenke, steigt in mir der Gedanke auf: Ich werde Nile Eddgar für schuldig befinden müssen.

Nikki putzt sich gern heraus. Sie stellt sich vor, wie sie in eleganten perlenbestickten Kleidern aussehen würde. Da ich die Abneigung meiner Mutter gegen Glanz und Glamour übernommen habe, beunruhigt mich das immer etwas. Wo hat Nikki das her, frage ich mich. Ist das die Strafe dafür, daß ich arbeite und nicht vierundzwanzig Stunden täglich bei ihr bin? Als ich sie heute abend von der Tagesmutter abhole, trägt sie Plastikschuhe mit hohen Absätzen am falschen Fuß und eine Krone auf dem Kopf.

»Ich heirate!« quietscht sie.

Heiraten! Mein Herz zieht sich zusammen, aber ich umarme und küsse sie. Auf diesen Moment, ein ganzes gemeinsames Wochenende vor uns, lebe ich in gewisser Weise den Rest der Woche hin.

»Es gibt Eintopf heute abend, so wie du ihn gern magst.«
»Keine Erbsen?« fragt sie.
»Keine einzige.«

Als Nikki zur Welt kam, habe ich beschlossen, mein Leben zu organisieren. Ich wollte Mahlzeiten vorkochen und einfrieren, wie meine Freundin Grace Tomazek. Ich wollte ausführliche Einkaufslisten zusammenstellen, damit ich nicht mehr dreimal täglich in den Lebensmittelladen laufen muß. Ich wollte Kleidung im Versandhandel bestellen, und zwar eine Saison im voraus, um nicht in Panik geraten zu müssen, wenn das Wetter umschlug. Ich wollte mich für die Samstagsvorstellung von ›Moms and Tots‹ vorher anmelden. Endlich erwachsen geworden, wollte ich ein Leben führen, das sich mehr durch Voraussicht auszeichnete als durch flüchtige Launen und vorübergehende Kapricen. Es war der verzweifelte, fast übergroße Wunsch, zu mir selbst zu kommen und mir zu beweisen, daß ich mir wie jeder normale Mensch das Leben erträglicher gestalten kann.

Und es ist mir gelungen, auf meine Weise. Natürlich gibt es viele Dinge, die mich in Anspruch nehmen: Fälle, mit denen ich zu tun habe, die eine oder andere innere Auseinandersetzung, die ich immer noch mit Charlie führe, der Wahnsinn in Bosnien oder plötzlich wieder Erinnerungen an meine Mutter wie seit Jahren nicht mehr. Solche Dinge beschäftigen mich so leidenschaftlich und intensiv, daß ich mir schließlich wirr vorkomme und ohne ruhenden Pol in mir. Aber im großen und ganzen ist mein Leben zu einem weniger vom Augenblick bestimmten Abenteuer geworden. Für Nikki und mich gibt es bestimmte Routineabläufe. Im Tiefkühlgerät *sind* Mahlzeiten, und meistens denke ich auch daran, sie aufzutauen. Das Lunch-Paket ist gepackt. Umgetrieben von all den Pflichten einer alleinerziehenden Mutter vergleiche ich mich manchmal mit diesen kleinen alten Ladys aus der Alten Welt, die – ganz in Schwarz gekleidet – so geschäftig herumschwirren, als müßten sie jeden Moment umfallen. Manchmal aber kann mich auch Unsicherheit über mich selbst unentschlossen machen. Vor ein paar Monaten hat mich Avis mißtönendes Gekratze auf seiner Suzuki-Geige in nicht geringe Panik versetzt. Avi ist Gwendolyns Sohn. Musikunterricht. Was sollte ich da *tun?* Ich hatte noch nie darüber *nachgedacht.* Den ganzen Abend habe ich mit Klavierlehrern telefoniert. Und kürzlich ist mir schlagartig bewußt geworden, daß Nikki nichts über Religion weiß. Aber so etwas passiert. Immer wieder. Dabei besitzt mein Leben etwas, das Planung immer einzuschließem schien: einen Mittelpunkt, einen Schwerpunkt, einen Inhalt. Liebe.

Liebe. Ich hatte so viel Glück! Das denke ich immer wieder. Nicht im normalen, oberflächlichen Sinn dieses Wortes. Schließlich gab es auch in meinem Leben Schicksalsschläge und Umwege, schwierige Zeiten, Krankheit und Scheidung, all die üblichen Nöte und Leiden einer ganz gewöhnlichen Existenz. Aber ich habe das große Glück, Nikki zu haben, einen Menschen, den ich liebe, ohne Einschränkung, grenzenlos und beständig. Was immer Liebe bedeuten mag, sie war bis dahin ein unverläßlicher Faktor in meinem Leben. In bezug auf meine Mutter, in bezug auf Männer. Als ich jünger war, konnte ich nicht verstehen, daß dasselbe Wort für eine sexuelle Beziehung und für die Familie gelten sollte. Man muß älter werden, um zu begreifen, daß alles zusammenhängt und dieselben Wurzeln hat: Intensität, Verbindung, Hingabe – ein Mekka, zu dem die Seele immer beten kann.

Nach dem Abendessen kommt das Bad. Nikki tobt herum, erfindet Spiele mit ihren Barbie-Puppen, die, abgesehen vom allabendlichen Ertränken, in vollkommener Nacktheit neben der Wanne wohnen und sicherlich über das traurige Schicksal ihres Kunstfaserhaars verzweifeln, das durch Nikkis wiederholte Styling-Versuche zu einem Gewirr verfilzter Knoten geworden ist.

»Ich mag Jenna lieber als Marie«, sagt Nikki, »aber sie sind beide schwarz.« Wieder einmal überkommt mich Panik. Erkläre es ihr. Erkläre ihr alles.

»Weißt du, Nikki, ob jemand nett ist, hat nichts mit seiner Hautfarbe zu tun. Man ist nett von innen heraus, nicht von außen.«

Sie spitzt die Lippen und öffnet die Augen weit. »Mami, das weiß ich doch.« Manches ist auch bei einer Sechsjährigen schon erkennbar.

Schließlich hole ich sie aus der Wanne. Und sogleich sehne ich mich nach dem Baby, das sie noch vor kurzem war, nach der Drei- und Vierjährigen mit ihrer lustigen Kindersprache. ›Draußen ist es gunkel.‹ ›Tomm her‹ für ›Komm her.‹ Jetzt erscheint sie mir manchmal wie ein Wesen unbekannten Ursprungs, mit Vorlieben und sogar physischen Merkmalen, die ich an mir selbst und auch an Charlie nie entdeckt habe. Von wem hat sie diese Finger, deren Farbe mich an schmelzendes Kerzenwachs erinnert, frage ich mich, als ich sie abtrockne?

»Habe ich dir schon gesagt, wie wunderbar du bist?« frage ich, als ich neben Nikkis Bett knie.

»Nein«, antwortet Nikki sofort, wie jeden Abend.

»Ja, du bist wunderbar. Du bist der wunderbarste Mensch, den ich kenne. Habe ich dir schon gesagt, wie sehr ich dich liebe?«

»Nein«, antwortet sie verschämt und preßt das Gesicht an meine Brust.

»Ich liebe dich mehr als alles in der Welt.«

Ich schmuse mit ihr, bis sie eingeschlafen ist. Ich sollte sie nicht so verwöhnen, aber es sind so kostbare Momente, ein einfaches Atom, ein Nukleus, ein Partikel. Nikki schläft entspannt und duftet nach ihrem Shampoo.

Danach ist das Haus still, und ich mache es mir im Wohnzimmer auf der Couch bequem. Prüfend drehe ich den Stiel meines Glases mit Weißwein zwischen den Fingerspitzen. Endlich ist der herrliche Augenblick gekommen, in dem ich meine Strumpfhose ausziehen kann. Nachdem das Gerenne und Gespreize des Tages vorüber ist, frage ich mich, was davon übrigbleibt, bevor daraus etwas Neues entsteht im Treibhaus der Träume. Die nächtlichen Geräusche der Stadt dringen herauf: der Wind, der durch die Straßen weht, vorüberfahrende Autos, übermütige junge Leute, die einen Block entfernt ihren Unfug treiben. Über dem getünchten Ziegelkamin hängt ein Modigliani, ein schmalgesichtiges Mädchen, in dessen geheimnisvoller Haltung ich immer ein Stück von mir selbst wiedererkannt habe. Als Charlie noch hier wohnte, bin ich oft dagesessen und habe das Bild stundenlang angestarrt, denn er duldete nur widerwillig, daß ich herumging, während der Dichter in schöpferischen Wehen lag. Aus Charlies Studio im zweiten Schlafzimmer quoll dann der blaue Dunst seiner selbstgedrehten Zigaretten. Er rauchte Tabaksorten, die man aus Westernfilmen kennt – Bugler and Flag –, und konnte den Tabak aus dem Beutel holen und auf dem Papier verteilen, ohne nur einmal von seinem Blatt aufzusehen. Seine Konzentration beim Schreiben war sagenhaft. Er hätte nicht einmal eine Atombombe gehört. Dennoch erwartete er absolute Ruhe im Haus, bis er fertig war, und das konnte bis Gott weiß wann dauern. So lange harrte ich hier mit einer Tasse Tee aus und fuhr zusammen, wenn beim Abstellen der Tasse auf der Untertasse auch nur das kleinste Geräusch entstand. Ich war ein Zombie der Liebe, eine unglückliche Vertriebene im eigenen Heim.

Bei dieser Erinnerung, während ich zugleich die aufreibende Arbeitswoche und den Gerichtssaal mit seinen Fangarmen aus Furcht und Abscheu hinter mir lasse, trifft mich eine ganz einfache Wahrheit, aber sie schmerzt wie ein bitterer Pfeil und demütigt mich. Gewiß, ich habe viel zu tun, muß überall gleichzeitig sein, bin überlastet. Aber ich weiß, was sich dahinter verbirgt: In meinem tiefsten Inneren, wo die Gedanken und Gefühle entstehen, sehne ich mich nach der vertrauten Nähe anderer Menschen. Ich bin einsam. Und das ist nicht allein ein Symptom der Scheidung. Auch in der Ehe mit Charlie gab es Jahre, in denen ich dasselbe gefühlt und mich wie heute gefragt habe, wie lange das wohl noch dauern wird.

Und dann, völlig unerwartet – heimlich wie ein Dieb in der Nacht – kommt das, was längst Vergangenheit war, mit aller Eindringlichkeit von damals zurück.

»Wie vielen Menschen«, hatte Seth gefragt, »wie vielen Menschen kommt man in einem Leben nahe?«

2. Mai 1970

SETH

Nach Junes Besuch konnte ich nicht mehr schlafen. Inzwischen war es 3.30 Uhr, und ich lag wach, sagte einmal ja und einmal nein, nannte es falsch und verrückt und dann gerade aus dem Grund wieder richtig. Gegen fünf wollte ich aufbrechen und rief vorher noch bei Hobie an. Lucys Stimme klang verschlafen.

»Er ist nicht da«, flüsterte sie.

Hobie ging mit seiner Zeit verschwenderisch um. Die ganze Nacht las er, und dafür hatte er am College an keinem einzigen Vormittagskurs teilgenommen. Ich war sicher, daß Lucy, fügsam wie immer, seiner Anweisung folgte und sagte, er sei nicht da. Also drang ich in sie, und der Kummer brach aus ihr heraus.

»Die ganze Woche war er keine Nacht hier«, weinte sie. Dann beruhigte sie sich wieder. Sie sagte, ich könne ja mal bei Cleveland anrufen. »Falls da jemand den Hörer abnimmt«, fügte sie hinzu.

Ich überlegte. »Wie fühlst du dich?« fragte ich schließlich.

»Beschissen.«

Das bedurfte keiner genaueren Erklärung. Ich sagte ihr, ich müsse sie sehen, und wenn es nur zum Abschiednehmen wäre. Wir einigten uns auf die Polk Street, wo Lucy am Nachmittag ohnehin eine Verabredung hatte. Ich machte meine Arbeit und kroch dann in schwankender Stimmung durch den Samstagsverkehr. Bei

After Dark hatte ich gerade auf Wiedersehen gesagt. Meine Tage als SF-Kolumnist – die einzige Arbeit, die mich je mit einigem Stolz erfüllt hatte – lagen nun hinter mir. Ich hatte Harley Minx umarmt. Er hatte mir einen Stadtführer von Vancouver geschenkt. Dann war ich nach hinten zur Schwingtür hinausgegangen, deren Flügel Gummipuffer zum Schutz gegen die Handkarren hatten, die dort durchgeschoben wurden. Ich ließ ein weiteres Stück meines Lebens hinter mir, und ich wußte, daß es nicht freiwillig geschah.

In der Polk Street blühte die übliche Szene. Hell's Angels, Transvestiten in billigen Klamotten und Cowboys in Ledermontur stolzierten über die Avenue, und wer zum Einkaufen da war, pendelte zwischen Cafes und exotischen Läden. An einer Ecke stand eine weißhaarige Frau in engem Sweater mit einem schneeweißen Kakadu auf der Schulter.

Als ich Lucy entdeckte, stoppte ich mit quietschenden Reifen. Sie stand an der Ecke, blinzelte in die Sonne und hielt wahrscheinlich nach mir Ausschau. Blut floß ihr über die Wangen.

Ich lehnte mich aus dem Fenster, winkte und rief, lenkte den Wagen schließlich an den Bordstein. Kaum hatte ich sie auf den Beifahrersitz geschoben, begann hinter uns ein wildes Hupkonzert. In meinem Außenspiegel sah ich einen Cop näher kommen, und ich fuhr meinen Käfer wieder mit einem Ruck auf die Fahrbahn. Der Gedanke, es mit der Polizei zu tun zu bekommen, erschreckte mich seltsamerweise.

»Großer Gott«, sagte ich, »großer Gott, was ist los? Was ist denn mit dir passiert?« Ich wollte wissen, ob ich sie ins Krankenhaus fahren solle. Sie hatte ihre Kontaktlinsen herausgenommen und hielt sie in der offenen Hand. Ihr Kopf lehnte an der Kopfstütze.

»Das passiert mir dauernd«, sagte sie. »Ich denke nicht daran, daß ich meine Linsen drin habe, und fange an zu weinen. Dann reibe ich mir die Augen und schneide mir etwas auf. Nur außen auf dem Augapfel. Es wird schon wieder. O Gott«, sagte sie und fing wieder an zu weinen. Die Tränen, jetzt in einem hellen Rosa, liefen ihr über das Gesicht. Ich kurvte herum und fand endlich einen Parkplatz auf dem Russian Hill.

Sie kam gerade von einem Kräuterheiler, von dem sie gehört hatte, einem Hippie mit einem winzigen Laden im zweiten Stock.

»Wozu brauchst du ihn?«

Sie zögerte. »Es ist meine Haut.« Lucy hatte Sommersprossen, doch sonst einen makellosen Teint.

»Deine Haut? Hast du einen Ausschlag?«

Sie rollte die Augen und amüsierte sich über meine Begriffsstutzigkeit. Eine der beiden Kontaktlinsen hatte sie jetzt im Mund, um sie zu reinigen, und sie mußte sie erst ausspucken, bevor sie weitersprechen konnte.

»Erinnerst du dich, daß Hobie vor zwei Wochen den Hund abgeschafft hat? Daß er ihn mit auf den Campus Boul genommen und an einem Verkehrsschild festgebunden hat? Er sagte, er kann nicht mehr mit einem großen weißen Tier zusammenleben.« Sie sah mich neugierig an, ob ich endlich verstand. »Ich habe gehört, daß es etwas zum Kauen gibt. Weißt du? Vielleicht für einen Monat. Es wirkt langsam und macht deine Haut dunkler. Es färbt dich sozusagen. Pigmente oder so. Ich weiß nicht. Jedenfalls, der Typ hatte es nicht. Er sagte, er hat davon schon gehört, aber er hat es nicht und weiß auch nicht genau, wo ich es kriegen kann. Und als ich herauskam, hatte ich dieses Gefühl: ›Ach, Mensch, das klappt doch nie.‹ Ich meine, mein ganzes Leben bricht zusammen, Seth. Was soll ich tun?«

Meine Reaktion war natürlich, daß ich das für verrückt hielt. Sie hatte zarte, gleichmäßige Gesichtszüge und sah aus wie eine Weiße, die braun werden wollte und zuviel Selbstbräuner erwischt hatte. Sie hatte offensichtlich die Grenzen dieses Mittels erreicht. Mich rührte, wie groß Lucys Liebe zu Hobie war und wie sehr sie ihn brauchte. Was für ein Kontrast zu Sonnys Gefühlen für mich.

Wieder fragte ich nach Hobie. Sie hatte keine Ahnung, wo er war. Sie hatte ihn bei Cleveland vermutet, aber als sie auf dem Polizeirevier anrief, erfuhr sie, daß er nicht festgenommen worden war. Seit Wochen kam er nur noch sporadisch nach Hause und scheinbar immer nur, um sie wissen zu lassen, daß er nicht mehr mit einem weißen Mädchen zusammenleben könne. Lucy wollte sich nicht eingestehen, daß er nur nach Hause kam, um festzustellen, ob sie ausgezogen war.

»Was macht er denn? Wo kann er deiner Meinung nach sein?« fragte ich.

»Ich weiß nicht. Er geht noch zur Uni. Aber danach?«

»Was ist mit dieser Bombe? Im ARC? Hatte er irgendwas damit zu tun?«

Sie schaute schnell aus dem Fenster. Sie antwortete nicht gleich.

»Du weißt von dem Zeug, nicht? Das er gekauft hat?«

»Stimmt.« Die Batteriesäure und die Sandsäcke. Ich wußte davon.

»Ich glaube, er hat irgendwie herausbekommen, wofür sie es brauchten. Durch Zufall. Ich meine, keiner hat es ihm gesagt. Er hat nur eins und eins zusammengezählt. Ich weiß nicht, Seth. Er hat kaum darüber gesprochen.«

»Aber er hat die Bombe nicht gelegt, oder? Er hat das nicht mitgeplant?«

»Hobie? Nein. O Gott! Nein. Das kann er nicht getan haben, nicht wahr?«

Mir fiel Junes Warnung wieder ein. Wahrscheinlich meinte sie bloß, wenn die ersten Dominosteine fielen, sei auch Hobie in Schwierigkeiten. Eine Festnahme könnte zur nächsten führen. Ich hielt Hobie zwar für einen starken Charakter, aber diese Vorstellung war für mich ebenso bitter, wie sie mich beunruhigte. Inzwischen weinte Lucy erneut.

»Mein Gott, Seth«, sagte sie noch einmal, »was soll ich nur tun?«

Lucy war, wie man so sagt, eine Scheidungswaise. Ihre Eltern hatten sich getrennt, als sie drei war. Ihr Vater, ein bekannter Anwalt, schickte massenweise Geld, ließ sich aber nur selten blicken. Ihre Mutter war der Typ ›überspannte Upper-Class-Lady‹: den Martini in der einen, die Zigarette in der anderen Hand und gewöhnlich ein Mann in der Nähe, der ihr Feuer gab. Lucy war in der selbstsicheren Atmosphäre der feinen Gesellschaft groß geworden. Als Kind stellte sich ihr daher immer wieder die Frage, ob diese Art vornehmer Zurückhaltung nun der Ausdruck von Kultiviertheit oder von Indifferenz war. Als Teenager versuchte sie dann, es herauszufinden. Mit sechzehn lief sie davon und schloß sich in Vermont einer Kommune an, die makrobiotisch lebte. Als man danach annahm, sie liefe wieder im Ruder, tat sie sich mit Hobie zusammen. Lucy erzählte ihrer Mutter alles über Hobie, nur nicht, daß er schwarz war. Das erfuhr meine spätere Schwiegermutter dann um so eindeutiger, als sie eines Abends, früher als erwartet, von einem Urlaub heimkam und die beiden dabei überraschte, wie sie es auf einem der Ohrensessel im Wohnzimmer trieben. Lucy hatte ihre schlanken sommersprossigen Beine um Hobies mittelbraunes Hinterteil geschlungen.

Auf dem College war Lucy als Erstsemester hilflos und entsprechend auf Hobie angewiesen. Er suchte ihr die Kurse aus, bestimmte, was sie anzuziehen und welche Bücher sie zu lesen hatte. Und er genoß ihre sklavische Aufmerksamkeit. Später tat er ihr aber alle zwei, drei Monate weh. Ein Mädchen mußte ihm nur zeigen, daß es Interesse an ihm hatte, und Hobie verschwand in ihrem Zimmer, oft für mehrere Tage. Dann hing Lucy bei mir herum, kam zum Kaffee und schlug mich beim Zweier-Bridge mit einer Leichtigkeit, die mich verblüffte, weil ich den hinter ihren Selbstzweifeln verborgenen Verstand noch nicht entdeckt hatte. Doch in der Hauptsache schmachtete sie einfach entsetzlich, bis Hobie zurückkam. Einmal hat sie sogar vor dem Wohnheim gestanden, in dem Hobie und das neue Mädchen sich getroffen hatten, und um ihn geklagt. Wie Hobie offen zugab, hatte er das sogar stimulierend gefunden. Irgendwie schien Lucy nie den Gedanken zuzulassen, daß man auch ›Genug ist genug.‹ sagen kann. Selbst jetzt jammerte und weinte sie bei dem Gedanken, ihn zu verlieren.

»Hör mal, meine Wohnung ist ein in paar Tagen frei. Magst du da nicht einziehen?«

»O Gott!« sagte sie. »Gott, ich will nicht allein sein, Seth.« Dieses Wort ›allein‹ kam in einem Ton heraus, wie ich ihn manchmal in der Synagoge gehört hatte, wenn an Feiertagen gesungen wurde. Ein uraltes Lamento aus dem ewigen Jammertal. Ich nahm sie in den Arm.

»Dann ziehst du eben heute ein. Bis Montag hast du dann Gesellschaft. Montag muß ich einrücken. An dem Tag geht es für mich in den hohen Norden.« June fiel mir in diesem Augenblick ein, ihr Plan, das Kidnapping. Ich war innerlich hin und her gerissen, wie schon häufiger, seit die Bombe im ARC hochgegangen war. Ich fühlte mich entwurzelt. Die Eddgars erschienen mir übermächtig, weil sie allein es waren, die mir ohne Zögern den Weg in diese Richtung wiesen.

»Vielleicht komme ich mit«, sagte Lucy. »Nach Kanada?«

»Sicher«, sagte ich. Weiter gab es dazu nichts zu sagen, aber sie bemerkte meinen Tonfall – er war ohne jeden Enthusiasmus. Sie starrte verzweifelt aus dem Fenster und versuchte, die Tränen zu unterdrücken. Plötzlich griff ich nach Lucy und sprach zu ihr, wie ich seit dem Morgen zu mir selbst gesprochen hatte.

»Hör zu. Du mußt es hinter dir lassen. Wir beide müssen das. Alles. Hobie. Alles andere. Alles ändert sich. Alles. Es ist so gekommen, wie wir es gewolllt haben, und jetzt ist es da. Es ist passiert, und ob nun gut oder schlecht, wir müssen es annehmen. Wir müssen es einfach annehmen.« Ich faßte sie an den Schultern, so wie es June mit mir getan hatte. Ich sah Lucy direkt in ihre kleinen, hellen Augen und hoffte, darin ein Zeichen zu entdecken, einen kleinen Funken, der mir zeigte, daß ich sie überzeugt hatte – und zugleich mich selbst.

Ich rief meinen Vater in seinem Büro an. Dort saß er zuverlässig sechs Tage in der Woche. Selbst an einem Samstag, wie heute, verließ er es nie vor fünf Uhr nachmittags.

»Dad, du hast doch nicht irgendwelche dummen Anrufe oder so von irgendwelchen Typen hier bekommmen, oder?«

Ich hörte, wie er kalkulierte und mit den Fingern auf die Tischplatte trommelte. Im Hintergrund erklang eine Sinfonie aus dem kleinen Radio auf der kleinen Konsole hinter seinem Schreibtisch.

»Anrufe? Was meinst du damit, Seth?«

»Es gibt hier so ein paar Typen. Komische Figuren. Ich habe sie ums Haus streichen sehen. Ich weiß nicht, wer sie sind oder was sie wollen. Einer hat mal gesagt, sie hätten was mit Schwarzer Magie zu tun.«

»Schwarzer Magie?« Weit weg, in Kindle County, erschrak mein Vater nicht schlecht.

»Ich weiß nicht. Satanisten. Selbst nennen sie sich ›Dark Revolution‹. Du kannst dir nicht vorstellen, was es hier für Spinner gibt, Dad. Mein Gott. Einer von diesen Typen hat sich seine Afrofrisur in allen Regenbogenfarben gefärbt. Kein Witz. Von Rot über Purpur bis Blau. Wirklich.«

Mein Vater räusperte sich ungläubig.

»Wie dem auch sei, ein Kumpel, den ich gut kenne, kam gestern zu mir und sagte mir streng vertraulich, diese Typen von der Dark Revolution hätten darüber geredet, daß sie mich entführen und Lösegeld fordern wollen, weil ich Bernard Weissmans Sohn sei.«

»Ach, um Gottes willen«, sagte mein Vater. »Um Gottes willen. Hast du es ihm erklärt?«

»Klar, habe ich. ›Nicht der Weissman. Habe nichts mit dem zu tun.‹ Das habe ich ihm alles gesagt. Aber ich bin nicht sicher, ob dieser Kerl mir geglaubt hat. Ich frage es mich. Er sagte, sie hätten diesen Plan schon seit langem. Und jetzt seien sie nervös geworden, weil sie gehört hätten, daß ich weg will. Vielleicht haben sie jetzt etwas vor. Ich weiß es nicht.«

»Hast du dich an die Polizei gewandt?«

»Die Polizei? Was kann die denn unternehmen?«

»Die Polizei wird tun, was die Polizei eben tut. Ermitteln. Die Dinge untersuchen.«

»Mein Gott, Vater – wenn sie Ermittlungen anstellen würden über jeden, der in Damon, Kalifornien, dummes Zeug redet, müßten sie Tag und Nacht arbeiten und würden dabei nicht einmal den Campus Boul schaffen. Das einzige, was ich tun kann, ist, diese Typen ins Leere laufen zu lassen. Ich muß nur meinen Kram zusammenpacken und das Land verlassen.«

Nach einer Weile sagte mein Vater. »Das ist keine Lösung.«

June saß neben dem Telefon und hörte zu. Sie war nahe genug, um mir etwas zuzuflüstern. Sie hatte einen Notizblock und einen Stift in der Hand, aber noch kein Wort geschrieben. Statt dessen lächelte sie ein wenig. Ich war längst über den Dialog hinaus, den wir eingeübt hatten, und improvisierte frei. Ich spürte eine leichte

Schadenfreude darüber, daß ich insgeheim die Oberhand über meinen Vater gewonnen hatte.

»Hör zu. Wir wollen darüber nicht streiten. Ich rufe in ein paar Tagen wieder an.«

»Seth, gib mir dein Wort, daß wir noch einmal miteinander reden, ehe du endgültige Schritte unternimmst. Das erwarte ich von dir.«

»Ja, ich verspreche es. Aber bis Montag muß irgend etwas geschehen. Und – Pa – bitte kein Wort zu Mama, okay?«

Er schnaufte. Natürlich würde er ihr nichts sagen. Nicht in ihrem Zustand. Lösegeldforderungen. Das wäre das Letzte, was man ihr sagen dürfte. »Das würde sie in den Wahnsinn treiben«, sagte er.

»Das ist großartig gelaufen«, sagte June, als sie nach dem Hörer griff. »Nicht wahr?« Die letzte Bemerkung meines Vaters über den Wahnsinn hatte mir einen Stich gegeben.

»Wir haben das alles genau besprochen«, sagte June. »Deine Sicherheit wird immer außer Zweifel stehen. Sie werden immer wissen, daß du sicher bist. Es bleibt nur die Frage deiner Freilassung.«

Was wir da vorhatten, ich und die anderen, war der reine Irrsinn, entwürdigend, eine Verzweiflungstat. Ich konnte nichts anderes mehr denken. Ein paar Minuten später kam Eddgar herunter in meine Wohnung. Es war so, wie alle immer gesagt haben: Er war niemals anwesend, wenn eine Sache von einiger Tragweite lief. June berichtete von dem ganzen Plan. Eddgar saß mit mahlendem Kiefer gereizt neben ihr. Ab und zu, wenn es um einen besonderen Punkt ging, verließen beide den Raum, um draußen zu diskutieren.

»Alles in Ordnung«, sagte June, als sie wieder hereinkamen. Er nickte geistesabwesend dazu, und man war nicht einmal jetzt sicher, ob er wußte, wovon sie redete.

Draußen auf dem Treppenabsatz waren Schritte zu hören, dann ein dumpfer Schlag und ein nervöses Klopfen an der Tür. Eddgar war herumgefahren und aufgesprungen. Als er die Tür aufriß, stand Lucy davor, strich sich die Haare aus der Stirn und schniefte.

Sie hatte ihren Rucksack geschultert und schob einen riesigen grünen, fast aus den Nähten platzenden Matchsack über die Schwelle. Ihr Kopfkissen hatte sie unter den Arm geklemmt. Sie sah uns und spürte, daß sie in etwas hineingeplatzt war.

»Ich komme mit nach Kanada«, sagte sie zu mir.

›WIR HABEN IHREN SOHN‹, stand auf dem Blatt. Wie im Kino war die Nachricht aus Buchstaben zusammengesetzt, die wir aus der Zeitung ausgeschnitten und aufgeklebt hatten. Die Wörter hatten wir überraschend leicht gefunden. Die Sears-Kette hatte im Chronicle inseriert: ›WIR HABEN IHRE GRÖSSE! Freitag Ausverkauf.‹ June hatte sich über die offenen Seiten gebeugt. »Schicksal«, hatte sie gesagt. Das fehlende ›N‹ und der ›SOHN‹ waren dann auch kein Problem mehr gewesen.

Es war Samstag abend. Lucy war unten bei Nile. Eddgar war natürlich nirgends zu sehen. June machte das Päckchen fertig. Sie hatte dazu gelbe Gummihandschuhe angezogen. Sie und Eddgar waren in allem übervorsichtig trotz meiner ständigen Beteuerungen, daß meine Eltern niemals Kontakt zur Polizei aufnehmen würden.

»Man muß alle Zufälle ausschließen«, sagte June. Als sie fertig war, fuhr sie los und gab das Päckchen auf. Es war eine kleine weiße Geschenkschachtel. Per Luftpost würde es am Montag noch vor Mittag im Büro meines Vaters eintreffen. Er würde den Brief und meine Mesusa darin finden, die ich zur Bar Mizwa von der Gemeinde überreicht bekommen hatte. Sie ist eine Pergamentrolle mit den Abschnitten aus dem Deuteronomium, die jeder Jude täglich nachsprechen soll, und steckt in einem kleinen silbernen Zylinder mit dem Davidstern. Ich trug sie gedankenlos, auch beim Sport, und betrachtete sie als modisches Zubehör, das jüdische Gegenstück zum Kreuz oder zur Christophorusmedaille, die die nichtjüdischen Jungen um den Hals trugen und auch nie ablegten. Meine Eltern würden sie zweifellos als die meine erkennen. Doch der Gedanke daran versetzte mir unerwartet einen kleinen Stich. Eigentlich hatte ich June die Mesusa nämlich mit dem gleichen fast teilnahmslosen Gefühl in die Hand gedrückt, das mich die ganzen letzten Tage meistens begleitet hatte. Wieder einmal durchlebte ich etwas, das von großer Tragweite war, und doch verging einfach nur die Zeit, die Dinge passierten einfach. Traumhaft. Als mir das Wort in den Sinn kam, strahlte ich plötzlich. June sah mich verwundert an, nahm sich aber nicht die Zeit, zu fragen, ob ich Hintergedanken hätte.

»Da kommt er also gestern zurück«, erzählte Lucy Michael am Sonntagabend beim Essen, »und fängt einfach an zu packen. Ich meine, mein Gott… ›Wo ist mein Dashiki? Wo ist meine Kamera?‹ Er rennt in der Wohnung herum, aber das ist alles, was er sagt. Und ich: ›Hobie, was ist los? Sag es mir, Liebling.‹ Er tut, als wäre ich gar nicht da. Ich renne ihm überallhin nach…« Sie konnte nicht mehr und fing an zu weinen. Das war nichts Neues mehr. Sie weinte vierundzwanzig Stunden täglich.

»Er sagte: ›Du verschwindest auch besser von hier. Da kommt etwas auf uns zu, und das wird alles andere als lustig.‹«

»Was meinte er damit?« Ich hatte die Geschichte schon viele Male gehört, doch jedesmal kam etwas Neues hinzu. »Cops?«

Sie hatte keine Ahnung. »Er war fürchterlich unruhig und rannte dauernd zum Fenster. Und ich, verstehst du, ich will ihn fragen, was mit uns wird – ehrlich. Und er sieht mich vielleicht an. Als wäre ich total ausgeflippt. Und als ginge ihn das alles nichts an. Ich sage: ›Himmel, Hobie, wohin soll ich denn gehen? Was soll ich denn tun?‹ Und…« Sie weinte und fand keine Worte für seine Gleichgültigkeit.

»Wo ist er jetzt?« fragte Michael. »Weiß er, wo du bist?« Sie hob die Arme und ließ sie wieder fallen. Michael hielt sich besser als sie. Er blickte zwar traurig und düster, schien aber beherrschter.

»Ich weiß nicht. Irgendwie schon. Ich habe ihm gesagt: ›Ich werde Seth wohl bei den Vorbereitungen zu seiner Abreise nach Kanada helfen.‹« Sie sah mich an. »Glaubst du, er ruft an?«

»Nein«, sagte ich. »Das glaube ich nicht.« Ich war längst darüber hinaus, ihr nach dem Mund zu reden. Das konnte eine schöne Fahrt nach Norden werden – den ganzen Tag nur Heulen und

Zähneklappern. Nicht, daß ich Hobie nicht gern noch einmal vor meiner Abreise gesehen hätte. Die Eddgars hatten mir eingeschärft, das beschämende Geheimnis strengstens zu wahren – diese kleine Rolle, von der außer mir nur sie und mein Vater wußten, und das ich ohnehin niemandem und niemals preisgeben würde. Abgesehen davon waren meine Pläne mehr oder weniger dieselben geblieben. Die Eddgars würden das Lösegeld kassieren, und ich würde abreisen.

Michael, Lucy und ich tranken Wein und feierten damit wohl meine letzte Nacht, bevor ich zu einem Flüchtling wurde. Wir hatten eine Kerze angezündet, die in einer Chiantiflasche steckte, und aßen Krebsfleisch mit Sauerteigbrot, das Lucy am Tag zuvor, in Erwartung eines gefühlvollen Wiedersehens mit Hobie, gekauft hatte. Unser Gespräch drehte sich größtenteils um Lucys schmerzliche Erinnerung daran, wie gründlich dieser Plan schiefgegangen war. Irgendwie rief das Thema bei jedem von uns traurige Erinnerungen an unglückliche Liebeserlebnisse wach.

»Was sind wir doch für ein Trio«, sagte ich plötzlich. Es gab da eine Gute-Nacht-Geschichte, die ich Nile schon ein dutzendmal vorgelesen hatte. Sie handelt von drei Tieren. Eines ist blind, eines taub, das dritte stumm. Zusammen haben sie Erfolg. Sie gründen eine Band. Doch ich klappte das Buch jedesmal mit dem Gedanken zu, was für eine armselige und benachteiligte Gesellschaft die drei doch waren. Plötzlich konnte ich nicht mehr an mich halten und brach in schallendes Gelächter aus. »Die Liebe und die Trümmer, die sie hinterläßt.«

Michael hörte sich meine Bemerkung mit seinem müden, leisen Lächeln an und aß seinen Teller leer.

Als die Spätnachrichten kamen, war Lucy schon auf dem Sofa eingeschlafen. Zwei- oder dreimal versuchte ich vergeblich, sie zu wecken, damit sie mein Erstaunen über die Ereignisse teilen konnte. Während der Demonstration für Bobby Seale in New Haven hatten deren Anführer am Samstag zu einem landesweiten Studentenstreik gegen den Krieg aufgerufen. Nixon hatte die radikalen Studenten als »Gammler« beschimpft, doch der Gedanke an einen Streik breitete sich aus. Elf College-Zeitungen im ganzen

Land – darunter die von Princeton, Sarah Lawrence und Damon – hatten sich dem Plan angeschlossen.

In Kambodscha dagegen hatten die einmarschierenden US-Truppen nur schwache Anzeichen einer nordvietnamesischen Präsenz gefunden.

Als »Operationsbasis«, wie sie es nannten, hatte June das Campus Travel Motel ausgesucht, das an der Ostseite von Damon lag, wo der Campus Boul an den Highway grenzte. Von dort aus sollte unser Unternehmen dirigiert werden, und von dort sollte ich auch abfahren. Ich sollte June am Montag gegen Mittag treffen.

Morgens ging ich hinauf zu Nile, um ihn in die Schule zu schicken. »Deine Hand«, sagte ich. Er griff meinen Daumen und drehte ihn zur Seite. June hatte mich gebeten, mich nicht von ihm zu verabschieden. Eine Szene könne sie jetzt nicht ertragen. Also sagte ich ihm nur, ich führe kurz weg und sei nach der Schule nicht mehr da. »Ich schreibe dir jede Menge Haufen Postkarten.«

»Ich mag Bonbons«, sagte Nile feierlich, als wüßte ich das nicht.

Ich warf mein Gepäck in den Käfer und fuhr zu Robson's. Zwar hatte ich Sonnys weiße Kellnerinnenuniform, die gestärkte Schürze und die weißen Schuhe, schon im Schrank gesehen, meine Witzchen darüber gemacht und sie gefragt, ob sie Krankenschwester spielen wolle, dennoch brachte es mich ziemlich aus der Fassung, sie tatsächlich so zu sehen. Es kam mir vor, als seien Jahre vergangen, nicht wenige Wochen. Um das zurückgebundene Haar trug sie ein Netz, und oben auf ihrem Kopf saß ein kleines weißes Spitzenhäubchen, das an ein Vogelnest erinnerte. Sie stand an der Theke, und ihre Augen leuchteten auf, als sie mich zur Schwingtür hereinkommen sah. Sofort überfielen mich die wildesten Gefühle, als ich auf sie zuging.

»D-Day.« Ich steckte die Hände in die Taschen meiner Jeans, weil ich nicht wußte, was ich sonst mit ihnen anfangen sollte.

»Ich weiß.« Natürlich hatte sie mitgezählt. »Ich habe gefürchtet, du wärst schon weg. Hätte ich dich doch anrufen dürfen. Gus, ich gehe mal raus.«

Hinter der Theke wischte Gus die Hand an seiner schmutzigen

Schürze ab und nickte wortlos. Er zog am Rest einer Zigarette. Sie nahm ihre Jacke vom Haken und führte mich durch das Durcheinander in der Küche hinten hinaus. Wir gingen über den schmuddeligen Ziegelfußboden. »Bin gleich zurück«, rief sie über die Schulter, als jemand protestierte. Dann traten wir durch ein rasselndes Gittertor auf die kleine Gasse hinaus, die hinter dem Restaurant vorbeiführte. Neben den Müllcontainern türmten sich die Küchenabfälle – Melonenschalen, dicke Gefrierbeutel, in denen Pommes frites verpackt gewesen waren – und verrotteten mit den entsprechenden Düften in der Sonne. Auf einer Holzstufe am nächsten Eingang räkelte sich eine Katze auf dem Rücken und streckte schläfrig eine Pfote in die Sonne. Unverletzlich wirkte sie in ihrer katzenhaften Geschmeidigkeit und Trägheit und schien eine Erinnerung an die glorreiche Zeit als Tiger zu genießen, die noch in ihren Genen verankert war.

Nachdem wir nun allein waren, drehte Sonny sich zu mir und umarmte mich, hielt mich fest, als hätte es nie Meinungsverschiedenheiten oder die vergangenen Wochen zwischen uns gegeben. Ihren so vertrauten Körper zu spüren zerriß mich innerlich beinahe.

»Bis zur letzten Minute hast du gewartet«, sagte sie.

»Ja, seit einer Stunde stehe ich schon mit einem Fuß im Gefängnis. Da drüben in der Kaserne steht jetzt so ein Offizier, der die Rekruten in Empfang nimmt, mit einer Liste in der Hand, sieht meinen Namen, fragt den Verkehrsbericht für den Highway ab und hofft inbrünstig, daß er nicht diesen ganzen verdammten Papierkram ausfüllen muß.« Trotz aller anderen Unsicherheiten, so war diese Entscheidung die absolut richtige.

Wir sprachen über das Peace Corps. Unerwartet schnell hatte sie ihre Zusage bekommen. Nächsten Monat würde sie nach Manila gehen. Dort sollte sie im nördlichen Teil des Landes in einem Zentrum für Familienplanung arbeiten. Das erzählte sie ohne besonderen Enthusiasmus. Es war schon ein besonderer Ort, ansonsten eben ein Job. Als sie sich gemeldet hatte, schwebten ihr Bilder vor vom Busch, vom Dschungel und von der Begegnung mit uralten Eingeborenenkulturen. Doch die Beschreibung des Zentrums klang eher nach dem Gewimmel asiatischer Städte, wie Bombay oder Bangkok. Verzweiflung, Erniedrigung, Dreck, eine Bevölkerung, die sich nur zu gern von den Reichen korrumpieren läßt. Im Moment wußte sie nicht so genau, ob diese Reise über Tausende von Meilen ihr Abenteuer oder die Wahrheit bescheren würde. In jedem Fall meinte sie, würde sie mich irgendwie vermissen.

»Es wird toll werden«, sagte ich.

»Ich hoffe es. Graeme zitiert dazu Horaz' ›Auf zu den Inseln der Seligen‹: ›Oder weiß einer, uns Beßres zu raten? Die Vögel verheißen uns Glück, was säumen wir, an Bord zu gehen?‹« Sie zuckte ein wenig melancholisch mit den Schultern. Sie trug eine weiße Strumpfhose und weiße Lederschuhe. Die schwarze Jeansjacke gehörte wahrscheinlich Graeme. Die Ärmel reichten ihr jedenfalls bis über die Hände.

»Weißt du was?« sagte ich. »Groovy haut mit mir ab.«

»Im Ernst?«

»Sie und Hobie haben sich getrennt. Sie ist ein echter Kumpel. Wird so etwas wie 'ne moralische Unterstützung sein.«

»Aha, moralische Unterstützung«, sagte Sonny. »Sie wollte schon immer an dich ran.«

»Blödsinn.«

»He, Frauen kennen sich da aus.«

Ich wußte, das machte sie glücklich. Diese Wechselspiele. So konnte sie glauben, mein Leben ohne sie hätte bereits eine glückliche Wendung gefunden.

»Es ist nur eine Mitfahrgelegenheit, Sonny.«

»Und was ist mit deinen Eltern?«

»Ich glaube, das ist ausgestanden«, sagte ich stoisch. Doch wir hatten zu lange zusammengelebt, als daß sie die Veränderung nicht bemerkt hätte. Ich war hilflos, als sie mich mit einem Blick aus ihren dunklen, forschenden Augen maß. Mir wurde klar, daß sie viel mehr über mich wußte, als ich jemals wirklich über sie erfahren hatte.

»Hast du etwas Bestimmtes vor, Baby?«

»Etwas Bestimmtes«, gab ich zurück. Ich wollte mich zurückhalten und unsere Pläne auf keinen Fall preisgeben, wie die Eddgars mir eindringlich klargemacht hatten. Lucy zum Beispiel hatte ich gesagt, wir würden vom Motel aus losfahren für den Fall, daß die Army nach mir suchen würde – eine unsinnige Vorstellung, denn aller Erfahrung nach würde es noch Wochen dauern, bis mein Name dem FBI weitergemeldet war. Aber sie hatte mich ›Baby‹ genannt.

»Kannst du schweigen wie ein Grab?« fragte ich.

Sie blieb stehen, bereits argwöhnisch geworden.

»Ich werde gekidnapped werden.« Ich grinste blöde trotz des üblen Drucks, der sich mir allein schon bei dem Gedanken an den nächsten Schritt auf den Magen legte.

»Gekidnapped?« Sie hakte gleich nach. »Was heißt das? Was willst du ihnen erzählen?«

»Frag mich nicht«, sagte ich. »Du würdest es nicht glauben.«

Sie packte mich am Ärmel. »Hat Hobie damit zu tun?«

»Vergiß es. Ist eine wirklich coole Sache. Ein bißchen verrückt, aber niemand kommt zu Schaden. Nur, behalt es für dich, ja?« Doch jetzt, da sie mich in der Zange hatte, ließ sie nicht locker. Sie kam ganz dicht zu mir heran.

»Seth, mach dich nicht über mich lustig.«

»Es sind eben die Zeiten«, sagte ich. »Es liegt in der Luft.« Ich machte ihr keinen Vorwurf, aber wir beide wußten Bescheid.

»Mein Gott«, sagte sie. »Warum fühle ich mich so hundeelend? War ich wirklich so gemein zu dir?«

»Das Ende hätte besser sein können. Es war eben so, wie in den Stories, die ich mir ausdenke. Das Übliche.«

»Ich mag deine Geschichten«, sagte sie und schmiegte sich an mich.

Da war er also wieder, dieser, wie soll ich sagen, Schrei, der sich im Nebel verliert: Ich möchte bei dir sein, aber ich kann nicht. Ich hatte keine Ahnung von dem, was in ihrem Innern vorging, nur, daß sie dagegen ankämpfte und daß mir vielleicht doch eine vage Hoffnung blieb.

»In fünfundzwanzig Jahren wirst du vielleicht ein sehr ungutes Gefühl wegen dieser Sache haben.«

»Ich fühle mich schon jetzt sehr ungut.«

Sie holte tief Luft. »Ruf mich an, sobald du in Sicherheit bist. Versprochen?«

»Ganz sicher.«

»Ich möchte nur wissen, wo du bist.«

»Für den Fall, daß du es dir anders überlegst?«

Sie lächelte schwach.

»Noch ist es nicht zu spät«, sagte ich.

»Ich weiß.« So weit war sie mir noch nie entgegengekommen.

»Ich werde warten.« Ich ging. Ihre letzten Worte hatten in mir einen Traum geweckt: Sie käme mir wie im Film nachgelaufen. Aber sie kam nicht. Noch nicht. Ich sah mich um, um mich zu vergewissern – und zu winken. Mir blieb nur das Bild, wie sie in einem Sonnenstrahl zwischen den Abfällen steht und mit der Hand auf eine Stelle über dem Herzen klopft.

Punkt zehn Uhr riefen wir im Büro meines Vaters an. Man hörte seiner Stimme an, wie furchtbar ihn die Nachricht getroffen hatte. Wieder einmal wurde mir klar, wie dicht unter der Oberfläche Angst und Schrecken bei ihm noch immer sind.

»O mein Gott, Seth.«

»Dad, mir geht es gut. Wirklich.«

»Wo bist du?«

»Das kann ich dir nicht sagen. Sie sind hier neben mir. Es war ein bißchen aufregend.«

»Okay, das reicht«, sagte June neben mir laut genug, daß er es hören konnte. Das Motel-Zimmer war trostlos, zwar sauber, aber sonst völlig heruntergekommen. Es mußte aus der Zeit des Weltkriegs stammen und hatte vielleicht als Baracke gedient. Die Wände waren bis auf halbe Höhe mit einer Sandelholzimitation aus Kunststoff verkleidet, wahrscheinlich, um den schlechten Zustand des Mauerwerks zu verbergen. June hatte die schweren grünen Vorhänge zugezogen.

»Sie haben begriffen, daß sie den Falschen entführt haben«, sagte ich zu meinem Vater. »Ich meine, sie sind gerade dabei, es zu überprüfen. Ich konnte sie schließlich dazu überreden, mich hinüber in die Bibliothek zu bringen. Heute morgen. Ich habe ihnen im *Who is Who* gezeigt, wer Bernard Weissman ist. Und deine Biographie im *American Economists.* Es war gar nicht leicht, eine Stelle zu finden, an der der Name deines Sohns genannt wird…«

»Sie haben dich laufen lassen?«

»Nicht direkt.«

»Okay«, sagte June. »Er lebt, er atmet und es geht ihm gut.« Sie hatte den Telefonhörer ergriffen. Ihre Stimme klang so rauh und heiser, daß ich fast lachen mußte. Nach dem, was sie alles über ihre schauspielerische Ausbildung erzählt hatte, hätte ich jetzt eine akademisch perfekte Vorstellung erwartet – etwas in seiner Art und Weise Einmaliges. Statt dessen griff sie einfach auf die alten Hörspieltricks zurück, die ich noch aus meiner Kindheit aus Sendungen wie *The Shadow* oder *Johnny Dollar* kannte. Doch sie hatte den Effekt richtig kalkuliert. Schließlich handelte es sich hier um reales Leben, wo eine gewisse Übertreibung den Eindruck erwecken sollte, es handele sich um das unglückliche Opfer einer Zwangssituation, die auf jeden Fall über das Maß des Normalen hinausging. Mein Vater war zu Tode erschrocken.

»Wer sind Sie?« schrie er. Ich stand nah am Hörer gelassen da.

»Das bin ich. Hier spricht die Dark Revolution. Sie hören die Stimme der Wahrheit. Okay? Wenn ich das nächste Mal anrufe, werde ich Ihnen sagen, was Sie tun können, damit wir ihn freilassen. Zuallerst müssen Sie sich die Regeln anhören und sie befolgen. Regel Nummer eins: keine Anrufe länger als eine Minute. Und Ihre Minute ist jetzt vorüber. Bye-bye!«

Nachdem sie aufgelegt hatte, muß mein Vater eine Weile in seinem Büro gesessen haben, ehe er wieder einen klaren Gedanken fassen konnte. Vielleicht hat er auch erst einmal seinen Puls gemessen. Ich stellte mir vor, wie er sein Spiegelbild anstarrte, ein rauhes, bleiches Gesicht, im Glas eines seiner gerahmten Diplome oder Belobigungen. Wie immer würde er wohl Selbstgespräche führen. Die Vernunft hat ihren Platz in der Welt verloren, würde er denken. Menschen streifen wie Bestien umher, geleitet von unvorhersehbaren Instinkten, und lassen den niederträchtigsten Vorstellungen freien Lauf. Wachte oder schlief er? Einzig das Tageslicht bewahrte ihn davor, in die ärgsten Angstträume zu verfallen. Doch ein Teil von ihm mußte auch zufrieden und gelassen sein. So viele Jahre lang hatte er sich mit dem Gedanken vertraut gemacht: Er hatte immer gewußt, daß alles sich wiederholen würde.

Eine Viertelstunde später rief June wieder an und stellte die Lösegeldforderung.

»Sie haben Geld. Sie können zahlen.«

»Ich bin nur Universitätsprofessor. Ich bin ein armer Mann.« Ich hörte diesen listigen Ton in seiner Stimme, den ich von zahllosen Situationen an Ladentheken kannte, in denen er Qualität und Preis einer Ware in der Hoffnung kritisierte, einen Ansatz zum Feilschen zu finden. Mit bitterem Lächeln erlebte ich genau das, was ich vorausgesehen hatte. Dennoch zerbrach etwas in mir. Es gab keine Hoffnung. »Wieviel wollen Sie? Und wie soll die Übergabe stattfinden? Verstehen Sie. Ich bin nicht jener Weissman.« Er wollte wieder damit anfangen, doch sie unterbrach ihn.

»Sie wollen wissen, wo Ihr Sohn jetzt ist? Haben Sie Nachbarn mit Hunden? So geht es Ihrem Sohn jetzt. Er hat ein Hundehalsband um den Hals, ein Würgehalsband, und das ist an der Wand befestigt. Die Hände stecken in Handschellen, auch die Füße. Er darf sitzen, wenn wir es erlauben, er darf aufstehen, wenn wir es erlauben. Kann sein, daß wir ihn nächstes Jahr freilassen. Vielleicht aber auch erst übernächstes. Ist mir egal. Hundefutter ist billig. Verstehen Sie mich? Es liegt nur an Ihnen. Und nun zur Regel Nummer zwei: Sie sagen mir, was Sie wollen. Wollen Sie das hier? Wollen Sie, daß wir Ihren Sohn behandeln wie einen räudigen, verflohten, zahnlosen, verschissenen Hund? Wollen Sie das? Sagen Sie es schon. Los. Halten Sie sich an die Regeln.«

Noch nie hatte ich meinen Vater weinen gehört. Es war ein ersticktes trockenes Schluchzen. Seine Stimme zitterte. Ich sank zusammen und vergrub den Kopf in den Händen.

»Ich verlange 20 000 Dollar. Das ist alles. Nur zwanzig. Am Anfang dachten wir an zwei Millionen. Aber das ist schiefgegangen. Doch wir haben Kosten. Diese ganze Scheißoperation war nicht billig. Wir haben Mäuler zu stopfen. Viele von uns sind mächtig enttäuscht. Okay? Und wir brauchen Zeit, um ein paar nette neue Operationen zu planen. Also, entweder Sie helfen uns mit dieser Summe, oder wir können Ihnen nicht helfen. Ist das klar? Auch das ist eine Regel. Kapiert?«

Er weinte zu sehr, um antworten zu können. »Keine Polizei, kein FBI, keine Pinkertons oder andere Privatschnüffler. Nicht einen. Okay? Wir stellen hier die Bedingungen«, sagte June. Sie nickte, während sie mir den Hörer im trüben Licht der billigen Lampe entgegenhielt. Ich war auf eines der Betten gesunken und konnte ihn nicht mehr anhören. »Sie zahlen die Summe, und er ist frei. Natürlich nur, wenn wir nicht geschnappt werden. Aber das ist noch nie passiert. So läuft das Ganze. Ich traue Ihnen nicht, Sie trauen mir nicht. Also stellen wir die Bedingungen.«

Welche Bedingungen, muß er gefragt haben.

»Beim nächsten Anruf.« June warf den Hörer auf die Gabel. Sie schloß die Augen, um wieder zu sich zu kommen und in die Wirklichkeit zurückzukehren. Dann sah sie mich an.

»Läuft gut«, sagte sie.

9. Dezember 1995

SONNY

Ich wohne mit Nikki in einem schmalen, sanierten Haus mit Granitfassade in University Park. Die Wohnungsgesellschaft hat den Keller zu einer Garage ausgebaut, deren steile Zufahrt im Winter von Schmelzwasser überflutet wird. Unter den Kalksteinsimsen der hohen Doppelfenster des oberen Stockwerks hängen an schmiedeeisernen Gestellen Geranien, die jetzt in ihren Tontöpfen verdorrt sind. Charlie und ich hatten zuviel für diese Wohnung bezahlt, und wenn ich sie verkaufen würde, was ich mir oft überlegt habe, würde ich nicht das erzielen können, was ich brauche. Die Vororte an der East Bank mit ihrem Angebot an staatlichen Schulen und den von Bäumen besäumten Straßen sind verlockend. Mindestens ein Viertel der Familien, mit deren Kindern Nikki zusammen in den Kindergarten gekommen war, ist in diese sicherere Welt fortgezogen. Aber jedes Mal, wenn ich an einen Umzug denke, höre ich Zora. »Die Vorstädte!« pflegte sie aufzuseufzen. »Lieber eine Leukotomie.«

An diesem Samstagmorgen habe ich eine Menge zu tun. Nikki besteht auf Pfannkuchen zum Frühstück, dann will sie sich ihre Zeichentrickfilme ansehen. Ich muß den Wagen in die Werkstatt bringen. Er verliert schon wieder Öl. Auf dem Garagenboden hat sich eine dunkelgrau schillernde Pfütze gebildet. Auf dem Heimweg von Boyce's Repair sind wir beide mißmutig. Ich grübele darüber nach, wie ich den Samstagseinkauf einer Berufstätigen ohne Wagen bewältigen soll, und Nikki befürchtet, daß wir Sam, Charlies Sohn aus erster Ehe, verpassen, der seine kleine Schwester zu einer Vorstellung der *Prinzessin auf der Erbse* im Drees Center abholen will.

Ich hatte mir oft gesagt, daß ich größere Angst vor der Trennung von Sam hatte als von Charlie. Schon als Kleinkind hatte Sam jedes Wochenende bei uns verbracht. Er ist ein ganz besonderer Junge, vor allem für mich, denn er war, wie sich herausstellen sollte, das einzige menschliche Wesen auf der Welt, das mir versicherte, ich würde eine gute Mutter. Sams Mutter Rebecca ist sehr reizbar und wirft mir noch nach einem Jahrzehnt voller Verachtung vor, ich habe ihre Ehe zerstört. Ich war sicher, sie würde Sam niemals erlauben, wieder zu uns zu kommen, nachdem Charlie und ich uns getrennt hatten. Aber Sam ließ keinen Wandel zu. Mindestens einmal in der Woche ruft er Nikki an, und beinahe jeden Samstagnachmittag kommt er mit dem Fahrrad vom Haus seiner Mutter, ein paar Blocks entfernt, zu uns. Er hat einen Schlüssel und spielt den Babysitter, während ich Besorgungen mache. Er macht Snacks für sie beide, und sie spielen am Computer. Wenn ich zurückkomme, sitzen sie mit offenem Mund vor dem Bildschirm, Nikki auf seinen Knien.

Es ist wirklich ein Wunder. Wie kann eine nörglerische Frau wie Rebecca solch einen Jungen großziehen? Er ist lustig, gescheit und hat das Herz am rechten Fleck. Er spielt leidenschaftlich gern Klavier. Auch spielt er in Theaterstücken mit. Mit seinen zwölf Jahren ist er sehr einfühlsam und leidet, was sicher kein Zufall ist, auch schon Schmerzen. Schließlich ist er Rebeccas Sohn, der Sohn dieser zänkischen Frau mit der tödlichen Zunge. Und was noch schlimmer ist, Charlie hat ihn alleingelassen. Er scheint nicht so sehr an Nikki zu hängen, weil sie blutsverwandt sind, sondern vielmehr weil die Umstände sie verbinden, weniger der Gene wegen, die Charlie ihnen mitgegeben hat, sondern der Sehnsucht wegen. Manchmal denke ich, Sam hat beschlossen, seinen eigenen Schmerz dadurch zu lindern, daß er für Nikki ein besserer Mann ist, als sein Vater es für sie beide war.

Heute kommt er in einem Winterparka an, der ihm schon fast zu klein geworden ist. Charlie war einmal Ringer und ist kräftig gebaut, aber eher breit als besonders groß, und Sam hat ihn in der Größe schon erreicht. Er ist ein sportlicher Junge, viel weniger unbeholfen als viele seiner Altersgenossen, und er hat bereits den herausfordernden Blick des jungen Heranwachsenden. Dunkel und sehr hübsch ist er sich seines guten Aussehens auf unschuldige Weise bewußt. Seit kurzer Zeit hat er stets einen Kamm bei sich und betrachtet sich in jedem Spiegel, an dem wir vorbeikommen.

Als ich die Tür öffne, um die beiden zu verabschieden, steht überraschend Seth Weissman an der Schwelle und will gerade auf die Klingel drücken. Wie ich trägt er Jeans. Dazu eine lederne Bomberjacke mit Pelzkragen und einen breitkrempigen australischen Hut. Er gehört wohl zu den kahlen Männern mit einer Sammlung flotter Kopfbedeckungen, meiner Meinung nach ein Fehler, denn die Enttäuschung ist um so größer, wenn sie sie dann abnehmen.

»Nikki, das ist ein Freund von mir, Mr. Weissman. Und das ist Nikkis Bruder, Sam.« Ich schiebe ihr die Pelzkapuze zurück, damit Seth sie in ihrer ganzen Pracht ansehen kann. Seth bewundert ihre Schönheit und ist auch aufmerksam genug, Sam nicht außer acht zu lassen. Wortlos sehen wir den Kindern nach. Plaudernd gehen sie an der Reihe renovierter Stadthäuser vorbei, von denen einige hübsch mit Weihnachtskerzen dekoriert sind. Wie gewöhnlich hebt Nikki einen Stock auf und zieht ihn an den melodiös klingenden Zaunstäben aus Schmiedeeisen entlang.

»Sie sagen gerade, laßt uns lernen, allein zu gehen«, bemerke ich schließlich. »Das ist der erste Schritt.«

»Aber du läßt sie nie allein«, gibt er zurück. Er senkt rasch den Blick, und ich verfluche meine Zunge. Ich gehe hinein und greife nach meinem Lodenmantel. Obwohl ich ihn hereinbitte, tritt er nicht über die Schwelle.

»Ich habe gesehen, was ich sehen wollte«, sagt er. »Sie ist ein prächtiges Mädchen. Außerdem muß ich zu meinem Vater und ihm beim schrecklichsten Ereignis des Tages beistehen. Sein Wagen wurde gestohlen. Seit Jahren ziehe ich ihn damit auf, daß er in einem 73er Caprice herumfährt, und jetzt ist das verdammte Ding offenbar zu einem Liebhaberstück geworden.«

Ich wäre nicht böse, wenn mir mein Minivan gestohlen würde und ich mir vom Geld der Versicherung einen Wagen kaufen könnte, der kein Dauerabonnement in der Werkstatt braucht.

»Kann ich dich irgendwohin mitnehmen?« fragt er.

»Ich muß nur zum Green Earth.« Notgedrungen werde ich nur so viel einkaufen, wie ich tragen kann. Ich muß mir einen Babysitter besorgen, um dann den Mammuteinkauf an anderen Dingen zu erledigen, die selbst in einem Zwei-Personen-Haushalt gebraucht werden. An solchen Tagen staune ich immer wieder, wie viele Menschen noch um 23.00 Uhr im Supermarkt sind.

»Zur Vierten? Das ist doch auf dem Weg zum Haus meines Vaters. Komm schon.« Er insistiert höflich, und ich weiß nicht, warum ich ablehnen soll. In seinem Wagen, einem gemieteten Camry, füllt Seth nervös die Gesprächspausen, vielleicht damit ich nicht merke, daß mein Entschluß zu bröckeln beginnt. Er deutet auf verschiedene Plätze und Gebäude in U. Park: den Phillips-Sportplatz, wo er Basketball und Tennis gelernt hat, und die St. Bernard's Grundschule, die Hobie besuchte, ein unscheinbares graues Gemäuer, das einen Viertel Block einnimmt. Auf dem Parkplatz des Supermarkts drängeln sich die Autos, und an der Einfahrt hat sich eine Schlange von sieben oder acht Wagen gebildet. Zahllose Kunden hasten mit ihren glänzenden Einkaufswagen über den Asphalt. Wir ragen beim Abbiegen noch in die U. Avenue hinein, und hinter uns beginnt ein halbes Dutzend Wagen ein Hupkonzert. Seth streckt die Hand nach mir aus, als ich aussteigen will.

»Glaubst du, du könntest meinen Vater für ein paar Minuten ertragen? Ich würde hier selbst gern etwas einkaufen. Ich bin den Zimmerservice ziemlich leid. Dann könnte ich dich nach Hause fahren, und du bräuchtest die Tüten nicht zu schleppen.«

Auf diese Weise könnte ich doch den ganzen Wocheneinkauf erledigen und müßte nicht noch einmal auf Einkaufstour gehen, was mir kostbare Stunden spart. Irgendwie scheue ich mich aber auch, dem alten Mr. Weissman zu begegnen, dem Tyrannen unserer jungen Jahre.

»Das ist reine Bestechung«, sage ich zu Seth, als wir dann erst einmal weiterfahren. Wir lachen, aber ich fühle mich nicht ganz wohl in meiner Haut. Ich setzte die Grenzen für meine Bequemlichkeit selbst. Was soll es also? Andrerseits aber weiß ich, daß ein wirklich guter Richter seine Entscheidung niemals umstößt. Wenn er sich geirrt hat, erfährt er es durch die nächste Instanz. Das ist ein gutes Prinzip.

Seths Vater lebt in einem Haus, das für mich immer der typische ›Kindle-County-Bungalow‹ war. Nirgendwo habe ich ähnliche Häuser gesehen. Es sind eingeschossige pilzförmige Gebilde aus braunen Klinkern mit Walmdach, Buntglasfenstern und anderen dekorativen Elementen, wie sie für die zwanziger Jahre charakteristisch waren. Damals wurden buchstäblich Tausende dieser Häuser überall in Tri-Cities gebaut, deren Reihen strahlenförmig von einem zentralen Bereich mit Kirchen, Schulen und Geschäften ausgingen. Sie waren das Äquivalent des Kindle County zu den Reihenhäusern anderswo, in denen Leute mit festen Anstellungen mit ihren Familien lebten. Die schwere Eingangstür ist aus dunkel-polierter Eiche, hat einen schmiedeeisernen Klopfer und ein kleines vergittertes Fenster, aus dem nun eine große junge Frau herausschaut. Sie ist in einem Stilmix gekleidet, bei dessen Anblick ich mich unweigerlich alt fühle: eine formlose Weste, ein geblümter Rock in Herbstfarben, schwarze Socken, die über den Rand von Springerstiefeln geschlagen sind und den unteren Teil ihrer unrasierten Beine sehen lassen. Seth nimmt sie fest in die Arme.

»Ich dachte nicht, daß wir dich noch erwischen«, sagt er.

»Ich bin auch schon auf dem Weg. Ich bin mit Phil im Museum verabredet.«

»Warte einen Moment. Nur, um hallo! zu sagen.« Seth stellt mir Sarah vor, seine Tochter, die demnächst ihren Abschluß in Easton machen wird.

»Richterin Klonsky«, sagt Seth, was ich sofort in »Sonny« verbessere.

Sarah ist groß und hat die frische Schönheit der Jugend. Ihre schmale Figur erweckt den Eindruck, als habe sie noch nicht lange diese schreckliche schlaksige Phase hinter sich, die große Mädchen durchmachen müssen. Es ist eine Zeit, in der sie die Länge ihrer Glieder noch nicht richtig einschätzen können und alle Jungen um zehn Zentimeter überragen. Hinter ihr liegt der Wohnraum des alten Hauses im Dämmerlicht. Die Einrichtung besteht aus einem abgetretenen Orientteppich, schweren Rohseidenvorhängen in einem altmodischen Grünton und nicht mehr ganz neuen angeschrammten Chippendale-Stilmöbeln. Vor fünfundzwanzig Jahren war ich ein- oder zweimal hier gewesen, und obwohl ich für derartige Dinge eigentlich kein Gedächtnis habe, bin ich sicher, daß sich seitdem nicht das geringste verändert hat. Sarah hat sich den Mantel angezogen und den Rucksack über die Schulter gehängt.

»Er hat die Klingel gehört. Er wartet auf dich. Er möchte, daß du noch einmal die Polizei anrufst.«

»Großer Gott«, sagt Seth und fragt bedrückt, wie es seinem Vater geht.

»So lala«, antwortet sie. »Ich habe Lebensmittel eingekauft und die Rechnungen zusammengestellt.«

»Du bist großartig. Dieses Kind ist eine Heilige«, sagt Seth zu mir. »Er verdient dich gar nicht.«

»Warum sagst du das immer wieder?«

»Wenn die Wahrheit zu schwach ist, sich zu verteidigen, muß sie zum Angriff übergehen. Stimmt's?« fragt er mich. »So sagt man zumindest bei uns in der Zeitung.«

»Das kommt auf die Anklage an«, gebe ich zurück.

Sarah verzieht den schmalen Mund. »Er ist ein alter Mann.« Dann gibt sie ihrem Vater einen Kuß. »Sei nett«, ermahnt sie ihn. Schwungvoll wirft sie das lange Haar über die Schulter ihres Parkas zurück und geht. Dabei kommt mir ein Gedanke, und ich kann mir ein Lächeln nicht verkneifen.

»Was ist?« fragt er. Ich schüttele den Kopf, aber Seth läßt nicht locker, bis ich antworte.

»Sie hat dein Haar«, sage ich.

»Wow! Laß uns über ›Sei nett‹ reden.«

Wir lachen noch immer, als es an der Haustür klopft. Sarah ist zurückgekommen, um zu sagen, daß gerade ein Streifenwagen vorgefahren ist. Seth bittet Sarah, mir Gesellschaft zu leisten. Ich sage ihr, sie solle ruhig gehen, aber Sarah ist eine Erstgeborene und vertraut mit den Gesten der Erwachsenen. Sie scheint gern zu bleiben. Als Seth hinausgeht, fragt sie mich nach unseren Plänen.

»Pläne?« Ich erzähle ihr, wie es zu diesem Umweg über den Supermarkt gekommen ist.

»Ach so«, sagt sie und beißt sich kokett auf die Unterlippe. »Ich glaube, ich hatte da eine falsche Vorstellung. Ich habe wohl falsch verstanden, was Onkel Hobie neulich abend gesagt hat.« Sarahs Zeigefinger beschreibt einen Kreis durch den Dämmer des alten Hauses. »Ihr beide seid also nicht enger befreundet?«

»Dein Vater und ich?« Ich breche in schallendes Gelächter aus. »Wir waren befreundet«, drücke ich es etwas prüde aus. »Vor vielen, vielen Jahren, bevor deine Eltern sich näher kannten.«

»Ach so«, sagt Sarah noch einmal, diesmal mit dem Anflug eines Lächelns. »Wahrscheinlich bin ich einfach nur überempfindlich mit allem, was meine Eltern angeht. Es ist irgendwie eigenartig, wenn man bei den eigenen Eltern dieselben Maßstäbe anlegen muß wie bei Freunden.«

Ich vermute, daß sie das Gefühl hat, Seth und Lucy seien zu vertraulich mit ihr. Nikki ist erst sechs, aber ich fürchte schon jetzt, daß ich mich wie so viele meiner Generation verhalten werde, so festgelegt in unserer Opposition gegen jegliche Autorität, daß wir absolut unfähig sind, unseren Kindern gegenüber eine festdefinierte Rolle zu übernehmen. Ich selbst bin so aufgewachsen. Schon im Alter von acht oder neun hat Zora mich wie einen Kumpel behandelt. Ich fand es damals herrlich, sie beim Vornamen zu nennen und mir ihre Probleme anzuhören. Doch im Alter von zwanzig und darüber fühlte ich mich betrogen. Die anderen machten eine Entwicklung durch, die ich nicht nachvollziehen konnte. Doch dabei kommt mir der Gedanke, daß Sarah etwas anderes meinen könnte: Seth und Lucy erleben vielleicht derzeit die gleiche Form von Unentschlossenheit wie junge Zwanzigjährige.

»Kennen Sie meine Mama?« fragt sie.

Das sei Jahre her, erkläre ich.

»Ich wette, sie war damals so wie heute. Sie ist sehr ernst, wissen Sie, und unglaublich aufrichtig. Und mein Daddy grummelt immer so komische Sachen vor sich hin. Sie gehen sehr gleichgültig miteinander um. Der Gedanke, daß sie sich trennen, ist so fremd.« Sie sieht ins Leere und versucht, ihre Bestürzung angesichts dieser Tatsachen zu ermessen, angesichts der unberechenbaren Wellen von Verzweiflung und der Verlorenheit, die der Tod des Bruders mit sich gebracht hat.

Als Seth zurückkommt, sagt er, die Polizei vermute, ein Jugendlicher habe da nur eine Spritztour machen wollen. Der Wagen würde wahrscheinlich wieder auftauchen. Sarah umarmt ihren Vater, und, der Augenblick der Nähe will es so, auch mich. Dann geht sie. Seth ist kurz hinausgegangen, dann kommt er zurück und führt mich in ein kleines Zimmer, das direkt vom Wohnraum abgeht. Dort sitzt der alte Mr. Weissman vor einem riesigen altmodischen Rollschreibtisch voller schwankender Stapel vergilbter Papiere. Als er aufmerksam den Kopf hebt, scheint es, als habe er sich selbst an die Pflicht erinnern müssen, einen Besucher zu begrüßen. Das noch verbliebene Haar ist stark gelichtet, und der Blick ist stumpf und irgendwie verschwommen. Dennoch wirkt er genau so unbeugsam und abschätzend, wie ich ihn in Erinnerung habe. Seine Kleidung ist mindestens vierzig Jahre alt. Er trägt einen grauen Kammgarnanzug mit schmalem Revers über einer gelben Strickjacke. Die Schultern des Anzugs sind übersät mit Schuppen. Der Knoten der verknitterten alten Krawatte sitzt schief, und der Kragen seines Hemds ist ihm längst zu weit geworden.

»Erinnerst du dich an Sonny, Papa?« Seth versucht ihm zu helfen. Kalifornien. Vor langer Zeit. Der alte Mann bekommt die Dinge nicht geordnet. Er glaubt, Seth spräche von einer Reise, die er erst kürzlich gemacht hat. In jedem Fall habe ich einen zu geringen Eindruck hinterlassen, als daß er sich an mich erinnert.

»Und wo ist Hobie?« fragt der alte Mann. Er spricht mit stark wienerischem Akzent.

»Er kommt wieder, Papa. Er war doch neulich erst hier, erinnerst du dich? Er hat viel zu tun. Er hat einen Fall hier bei Gericht. Sarah hat für dich die Rechnungen zusammengestellt. Du kannst sie durchsehen und bezahlen, wenn du willst. Ich möchte wegen des Wagens mit dir reden. Die Polizei sucht ihn.«

»Die Polizei? Hast du mit ihr gesprochen?«

»Sie war gerade hier. Ich habe mit dem Cop gesprochen. Ein sehr netter Bursche. Er hat die Sache im Griff.«

»Du hast mit ihm gesprochen? Warum nicht ich?«

»Ich habe mich darum gekümmert.«

»Nein, nein. Es ist mein Auto. Ich hätte mit der Polizei sprechen müssen.«

»Ich habe mich darum gekümmert.«

»Hm, hm«, sagt er mißmutig. Er dreht sich ein wenig in seinem alten eichenen Drehstuhl herum, als suche er etwas. Auf einem Metalltisch steht ein altmodischer Schwarzweißfernseher, über dessen Bildschirm unscharfe Gestalten flimmern. Die Vorhänge sind zugezogen, und in dem ungelüfteten Raum hängt unangenehm abgestandener Essensgeruch. Er erinnert mich an die mitteleuropäischen Gerüche im Haus meiner polnischen Tante. Der alte Mann hat die zerbrechlich wirkende Hand gehoben und lächelt verbittert. »Hältst du mich für so dumm?«

»Dumm?«

»Glaubst du, ich verstehe das nicht? Ich will den Wagen.«

»Die Polizei sucht nach ihm, Papa.«

»O ja, sie sucht.« Er schnaubt verächtlich. Der alte Zeigefinger ist auf seinen Sohn gerichtet. »Ich will den Wagen.«

Plötzlich scheint Seth ein Licht aufzugehen, und er wird blaß. »Glaubst du etwa, ich habe den Wagen?« Hilflos dreht er sich einen Moment lang zu mir um. Er hat sich zu ihm hinuntergebeugt, als er mit seinem Vater spricht.

»Aha! Die wandelnde Unschuld. Aber du hast doch gesagt, ich soll nicht mehr selber fahren, oder?«

»Aber Papa, das sagt doch jeder. Ich habe es gesagt. Lucy hat es gesagt. Sarah hat es gesagt. Und, Himmel noch einmal, Papa, die Cops haben es auch gesagt. Dreiundneunzig Jahre alte Menschen am Steuer sind eine Gefahr.«

»Nein, nein«, sagt er. »Du hast den Wagen genommen. Es war auch kein Polizist hier. So bist du nun einmal.«

»Papa, ich wünschte, ich wäre so klug.«

»O ja! Das ist ein Trick. Du arbeitest immer mit irgendwelchen Tricks. Du willst mir meine Sachen wegnehmen.«

»Aber Papa.«

»Immer wolltest du meine Sachen haben. Du glaubst, ich wüßte das nicht? Du glaubst, ich sei dumm? Ich bin nicht dumm. Ich will diesen Wagen.« Der alte Mann wendet sich auf seinem Drehstuhl ab. Seine Lippen bewegen sich stumm, und die Hände fahren ziellos durch die Luft. Ein Erregungszustand des Alters.

»Papa.«

»Geh.«

»Papa.«

»Geh weg. Geh schon.« Seine pergamentene Hand zittert. »Auf der Stelle will ich den Wagen. Auf der Stelle! Auf der Stelle!« Die brüchige Stimme wird immer lauter. Seth packt mich am Ärmel und zieht mich durch das Haus nach draußen. Als wir das Ende des Zugangswegs erreicht haben, bleibt er in der kalten Luft stehen und wiegt ungläubig den Kopf. Hohe alte, im Winter jetzt kahle Bäume breiten ihre Kronen über die am Bordstein geparkten Wagen.

»Es ist komisch, nicht wahr?« fragt er. »Wie eine Sitcom.«

»Nicht ganz.«

Er blickt zum Himmel, in die Unendlichkeit, und atmet tief durch. »Großer Gott«, sagt er. »Ich kann nie länger als zehn Minuten bleiben. Es ist immer so.«

Ich lege ihm leicht die Hand auf den Rücken. »Deine Tochter ist wunderbar.« Wie erhofft, habe ich den richtigen Ton getroffen, den richtigen Trost gefunden.

»Sie ist etwas ganz Besonderes«, antwortet er. »Jedesmal, wenn ich mit ihr zusammen bin, überwältigt mich der Stolz auf sie. Es ist fast eine Sünde.«

»Das kann wohl kaum eine Sünde sein.«

»Sie ist die Beste. Sie ist einfach vollkommen.« Als er aufsieht, hat sein Blick etwas Zerbrochenes. »Von mir hat sie das nicht. Alles Gescheite und aller Anstand kommen von Lucy.«

»Das ist sicher nicht der Fall.«

»Richtig, sie hat ja mein Haar.«

»Also, komm schon.«

»Vielleicht. Das Mitgefühl der Mutter, die Intensität des Vaters. Das Kind als Kreuzung der Neurosen seiner Eltern. Hast du das Buch gelesen?«

»*Pathways to Madness?* Sie kommt mir keineswegs verrückt vor.«

»Wahrscheinlich habe ich das falsche Buch gelesen. Isaac war verrückt. Er war *mein* Kind.« Seth schüttelt unglücklich den Kopf und knöpft seinen Mantel zu, da ihm erst jetzt die eisige Kälte bewußt wird. Nach einem weiteren tiefen Seufzer erinnert er an den Supermarkt.

Einen oder zwei Blocks fahren wir schweigend. Auf dem University Boulevard, der Pulsader dieses Viertels, ist der Samstagsverkehr zähflüssig geworden. Seth muß in weitem Bogen einem Mann mit gelber Krawatte ausweichen, der wild nach einem Taxi winkt. Da Weihnachten naht, wimmeln die Straßen von Menschen, die Einkäufe machen – Studenten, Lehrer, Bewohner der Umgebung – und mitgerissen sind von U. Parks kosmopolitischem Flair und der beschwingten Atmosphäre der bevorstehenden Feiertage. Ihr Ziel sind die vielen kleinen, hellerleuchteten Geschäfte mit ihren Dekorationen aus grünen Girlanden und blinkenden Lichtern. Seth sitzt mit seinem breitkrempigen Hut am Steuer und sieht nachdenklich auf die Straße. Noch einmal entschuldigt er sich dafür, daß er mich zur Zeugin jener Szene gemacht hat.

»Ach, schon gut, Seth. Schließlich bin ich doch eine alte Freundin, oder?« Ich bemühe mich um einen unbeschwerten Ton, dennoch bin ich sehr betroffen. Eltern und Kinder. Eine unendliche Geschichte.

»Hast du Freunde verloren, als du krank warst?« fragt er.

»Ein paar. Aber wahrscheinlich hatte ich auch vorher weniger, als ich gern gehabt hätte. Aber es gab auch Menschen, bei denen ich mich fragte, ob sie Krebs vielleicht für ansteckend hielten.«

»Ja«, sagt er und grübelt. »So ist das nun einmal. Es stellt sich immer wieder heraus, daß Freunde nur bereit sind, eine ganz kleine Menge von dem, was du an Mist mit dir herumträgst, auch zu ertragen. Angeschlagen bist du für sie nicht mehr von Nutzen. Ich kann dir sechs Typen nennen, die nicht mehr dieselben waren, nachdem ich in ihrer Gegenwart über Isaac geweint habe.« Er wirft mir einen kurzen Blick zu. »Was wird aus uns werden, wenn wir älter sind?«

Darauf weiß ich keine Antwort.

»Es tut mir leid, daß ich nicht in deiner Nähe war«, sagt er. »Wann ist die Krankheit erkannt worden? Ich stehe zu dir.«

Für mich ist das eine grundlegende Wahrheit, es gehört zu dem, was mich an ihm angezogen hat. Seth ist loyal. Verläßlich. Daran besteht kein Zweifel.

»So ist das auch zwischen Hobie und mir«, sagt er. »Das haben wir zu guter Letzt beide besessen. Loyalität. Sich auf den anderen einlassen. Ich habe seine drei Scheidungen miterlebt und vierzehn Religionen. Und er hat Isaacs Tod mit mir durchgelebt und all meine Probleme.«

»Du hast Glück«, sage ich, und er stimmt mir sofort zu.

»Er ist verrückt, aber ich bin glücklich, ihn zu haben.«

»Ist er privat immer noch so irre?«

»Verdammt, ja«, antwortet Seth und wiegt den Kopf dabei.

»Aber bei Gericht läßt er es sich nicht anmerken. Darin hat er wirklich Übung.«

»Das scheint mir auch so. Aber sieh dir seine Fähigkeiten an, seine Ausbildung. Er könnte sich längst auf dem Weg zum höchsten Richteramt der Vereinigten Staaten befinden. Statt dessen dümpelt er so herum. Er war Partner in sechs verschiedenen Anwaltskanzleien, großen und kleinen. Und immer war da irgendein Superschlauer, der ihn angepinkelt und gegen ihn gestimmt hat, wenn es um einen höheren Posten ging. Weißt du«, sagt er, »wenn ich mich heutzutage umsehe, sehe ich immer dasselbe. Da sind all diese brillanten und begabten Leute, die ich in meinen Zwanzigern und Dreißigern kannte, und die Unglaubliches im Leben hätten erreichen können, wenn ihnen der richtige Durchbruch gelänge. Und, Gott sei Dank, viele haben ihn geschafft. Andere dagegen hätten die Chance gehabt, konnten aber nicht über den eigenen Schatten springen. Verstehst du, wie ich das meine? Sie können nicht alles, was sie haben, auf die Welt projizieren, weil sie mit achtundvierzig noch immer im eigenen Scheiß wühlen.«

»So geht es mir«, sage ich. Meine plötzliche Offenheit überrascht uns beide. »So ist es«, wiederhole ich.

»Wieso gerade du? Du bist Richterin. Du bist ein großer *Macher.*«

»Nicht in der Welt der Justiz. Ich bin staatliche Angestellte. Ich bin in der gehobenen Laufbahn. Ich verdiene nicht einmal 300 000 Dollar im Jahr. Ich bin kein Faktor, der auf politischer Ebene zählt. Ich bin nicht einmal sicher, ob die, die das Sagen haben, mich nicht aus diesem Job hinausmanövrieren wollen. Manche Anwälte werden dir sagen, daß ich in einer Sackgasse stecke, daß ich mich unter Wert verkaufe.«

»Das glaube ich nicht«, sagt er.

Dennoch ist das meine Sicht der Dinge. Ich habe keine einflußreiche Position inne, bin kein Star und habe gerade erst die Hälfte des Weges hinter mir, der meine Bestimmung hätte sein können, wenn ich nicht so viel Zeit damit verbracht hätte, mit mir selbst fertig zu werden. Als ich jünger war, hielt ich das Mittelmaß für einen tödlichen Morast. Ich glaubte, man müsse etwas erreichen. Nicht unbedingt die höchsten Höhen, aber wenigstens eine kleine Erhebung aus dem grauen Mittelmaß. Vielleicht hat Zora mir das mitgegeben. Irgendwo unterwegs habe ich diesen Glauben verloren. Vielleicht schon während der Krankheit, mit Sicherheit aber mit der Mutterschaft habe ich mich dem weiblichen Sektor des Yin und Yang verschrieben. Ich sage Seth, daß der Supermarkt noch einen Block entfernt ist, und versuche, mir bewußt zu machen, daß mich Zweifel befallen werden, wenn ich weiter diesen erhellenden Überlegungen über meine juristische Karriere nachhänge, nachdem er gegangen ist.

»Und warum ist Hobie so verrückt?« frage ich. »Liegt das in der Familie?«

»Hobie? Er ist ein VBT.«

»Was ist das?«

»Ein verdammt beschissener Typ.« Wie immer freut er sich über mein Lachen. »Nein, für mich war seine Familie großartig. Mann, sein Vater – nächtelang habe ich wach in meinem Bett gelegen und mir nichts sehnlicher gewünscht, als daß er mein Vater wäre.«

»Was ist mit all den Drogen, die er genommen hat? Haben die etwas damit zu tun?«

»Ich würde das vielleicht nicht einfach in die Vergangenheit setzen. In Hobies Fall möchte ich sagen, daß sie das Symptom, aber nicht Ursache sind. Jedesmal, wenn ich mich frage, was mit ihm los ist, komme ich auf das Offensichtliche zurück: Es ist Tatsache, ein Schwarzer in Amerika zu sein. Ich glaube, Hobie fühlt sich heimatlos. Er gehört ganz und gar zu niemandem. Ich glaube, er ist ehrlich genug, um sich zur Elite zu zählen. Beste Ausbildung. Hohes Einkommen. Aber es bleibt der Faktor, als Schwarzer nicht voll akzeptiert zu werden und mit der Verletzlichkeit umgehen zu müssen, die das hervorruft.

Ich denke immer wieder an ein bestimmtes Ereignis. Als wir in der achten Klasse waren, haben wir einmal Touch Football mit einem großen Einfaltspinsel namens Kirk Truhane gespielt. Und plötzlich nennt er Hobie aus heiterem Himmel einen ›Nigger‹. Du weißt ja, Hobie war groß und damals auch oft etwas rauh. Er hatte im Spielverlauf Truhane umgestoßen und dabei die Touch-Regel verletzt. Truhane steht auf und spricht dieses Wort aus. Ich weiß noch, daß ich nur denken konnte, das darf doch nicht wahr sein. Was soll ich jetzt machen? Er war doch mein bester Freund. Zuerst habe ich noch weitergespielt, auch nachdem Hobie gegangen war. Dann aber hat mich das schlechte Gewissen gepackt, und ich bin auch fortgegangen. Ich fand ihn hinterm Schulgebäude, wie er sich die Augen ausweinte. Immer wieder sagte er diesen einen Satz: ›Es verletzt meine Gefühle so sehr.‹ Unter anderen Umständen hätte er den Scheißkerl windelweich geschlagen. Aber dieses Wort hat ihm die Kraft aus den Knochen gesogen – die Gewißheit, daß er dieses Etikett niemals loswerden würde.«

Seth kam richtig ins Erzählen. »Ich glaube, das ist der eigentliche Grund. Die Familie? Sicher spielt sie eine bedeutende Rolle. Aber auch Geschichte verändert den Menschen, oder? Ich meine die Komponenten der Geschichte – die Heimatstadt, die Gesellschaft, die einen umgibt, ihre Regeln und Institutionen. Das ist es doch, was Politik ausmacht, oder? Der Versuch, den Stiefel der Geschichte von der Brust der Menschen zu lösen. Sie nach ihren Möglichkeiten leben zu lassen. Ich weiß, dieses Konzept kann auch als Krücke benutzt werden. Daher gefallen sich heute so viele Menschen in einer Opferrolle. Sie müssen sich so nicht mit der Bürde auseinandersetzen, ohne historische Katastrophen aufgewachsen zu sein – ohne Krieg und ohne Hungersnot. Sie suchen nach einer Entschuldigung dafür, daß sie noch immer nicht glücklich sind. Aber es gibt auch die Realität. Die Zeit und ihre Umstände können einem entgegenarbeiten. Sie können einen verrückt machen – auf subtile Weise, so wie es Hobie ergangen ist. So hat die Geschichte meinen Vater verrückt gemacht. Vielleicht auch Zora. Ich war immer der Meinung«, sagt er, als er den Wagen in eine Lücke auf dem Parkplatz vor dem Supermarkt gefahren hat und mich mit leicht herausforderndem Blick ansieht, »ich war immer der Meinung, daß die Geschichte zu den Dingen gehörte, die sich zwischen uns gestellt hat.«

Green Earth ist ein großer Bioladen, ein wirklicher Supermarkt mit der üblichen blendend-hellen Beleuchtung. Unter der Decke schweben Transparente und Tafeln mit silbernen Weihnachtsglöckchen an den Ecken, auf denen Haltbarkeitsdaten und Zusammensetzung der verschiedenen Lebensmittel angegeben sind. Seth mit seiner allgegenwärtigen scharfen Beobachtungsgabe, die es ihm ermöglicht, dreimal in der Woche etwas zu Papier zu bringen, bezeichnet Green Earth als Geschwulst, als einen Auswuchs des kleinen makrobiotischen Ladens auf dem Campus Boul in Damon, wo wir öfters über Adelle Davis und die Auswirkungen raffinierten Zuckers auf unsere Gesundheit diskutiert haben. Dies gehöre zu den Themen, über die er allzuoft in seiner Kolumne geschrieben hat, sagt er, nämlich das Verkaufsgebaren der Revolution. Als erstes wurde die Musik kommerzialisiert. Der Kapitalismus hat jedes Element absorbiert, immer nur ihrem Stil nach, ob bei der Kleidung und der Sprache, aber nie nach ihrer Botschaft. Für den entsprechenden Preis kann heute jeder hip sein.

Im Supermarkt herrscht der übliche Samstagstrubel. Wir müssen sogar vor den Regalen anstehen, um an die gewünschten Waren zu kommen. In ihrer Winterkleidung drängeln Studenten, Großväter und Mütter aus der City durch die Gänge. Seth und ich machen unsere Einkäufe getrennt. Er kommt mit Äpfeln, Trockenobst, Mineralwasser und Erdnußbutter zurück, kleine Köstlichkeiten für einen Mann, der im Hotel lebt. Nach einem prüfenden Blick in meinen Einkaufswagen vermutet er richtig, daß ich Vegetarierin bin. Seit meiner Krankheit, erkläre ich. Nikki möchte manchmal Fleisch, was ich ihr auch bereitwillig gebe. Ich bin keine Fanatikerin, aber wir beide leben hauptsächlich von Pasta. Der liebe Gott hat nicht ein einziges sechsjähriges Kind geschaffen, das keine Nudeln mag. Seth erinnert sich an die eine oder andere Besessenheit von Sarah vor fünfzehn Jahren. Zum Beispiel Nudeln mit Baked Beans.

»Ich habe noch gar nicht gefragt, was sie auf dem College studiert.«

»Sarah? Mach dich auf was gefaßt«, sagt er. »Judaistik.« Wieder so ein Moment. Mir sackt der Kiefer herunter. »Sie schreibt eine Diplomarbeit zum Thema ›Feministische Anpassung der Liturgie‹. Ob wir sagen sollen ›Der Gott unserer Väter‹ oder ›unserer Väter und Mütter‹ oder ›Eltern‹ oder ›Vorfahren‹? Tradition, Autorität und Geschlecht in religiösem Kontext. Sehr interessant«, fügt er hinzu.

»Bist du praktizierender Jude geworden, Seth?«

»Lucy ist es«, antwortet er. Als sie heirateten, hat Lucy Seths Mutter versprochen, einen jüdischen Haushalt zu führen. Sie ist konvertiert und inzwischen Vorsitzende ihrer Kultusgemeinde geworden, sogar zweimal. Vor vier Jahren hatte Sarah ihre Bat Mizwa.

»Und wie gehst du damit um?« frage ich.

»Ambivalent. Weißt du, man wird ja älter. Und man wird sich der Menschen, die vor einem da waren, deutlicher bewußt. Man erkennt das, was sie sind und was ihnen wichtig ist, eher an – und das, wofür sie gestorben sind. Der Holocaust gewinnt jedes Jahr größere Bedeutung für mich, besonders seit dem Tod meiner Mom. Ich habe sogar Spenden für ein Museum gesammelt. Aber die Rituale bedeuten mir nichts. In der Synagoge bin ich nie zu finden. Lucy und Sarah sagen immer, sie beteten für mich. Dabei fühle ich mich manchmal wie einer dieser Katholiken im sechzehnten Jahrhundert, die andere Menschen dazu bestimmt haben, ihre Zeit im Fegefeuer abzusitzen. Aber ich bin stolz auf Sarah. Ich bin froh, daß sie sich ernsthaft mit wichtigen Dingen beschäftigt.« Wir schieben unsere Einkaufswagen vor uns her. Flüchtig macht Seth ein etwas unbehagliches Gesicht: »Ich weiß nicht, ob das, was ich zur Zeit tue, ihre Zustimmung hat, aber sie weiß, sie hat meine.«

»Ich bin sicher, sie ist einverstanden, Seth. Mit euch beiden. Aber es sieht aus, als mache sie sich Sorgen. Auch für sie ist es eine schwierige Situation.«

Er dreht sich um und sieht mir ins Gesicht. »Wie seid ihr denn darauf gekommen?«

»Ach, nur so.« Ich lade meine Einkäufe auf das Förderband. Der Kassierer ist ein junger Asiat. Außer Dienst trägt er Ringe an Nase und Augenbrauen. Nikki kann nicht an sich halten und quietscht jedesmal los, wenn sie ihn auf der Straße sieht. »Eigentlich, als sie mich fragte, ob wir enger befreundet seien.«

»Wir? Großer Gott. Ist das das Kind, mit dessen Reife ich so geprahlt habe?« Er schneidet eine Grimasse und blickt auf ein Regal neben der Kasse, in dem sich dieselben Schundblätter und Frauenmagazine stapeln wie im normalen, also dem Gift-Supermarkt.

»Sie scheint etwas mißverstanden zu haben, was Hobie gesagt hat.«

»Oh, ich weiß, was das war. Er hat mich auf den Arm genommen, als wir neulich mit Sarah zu Abend gegessen haben. Dieser Spötter. Hobie sagte, jedesmal, wenn er sich im Gerichtssaal umsieht, fragt er sich, ob ich nun da sei, um den Prozeß zu beobachten oder die Richterin.« Er sieht mir verschämt und zugleich bedeutungsvoll in die Augen, um gleich den Blick wieder scheu abzuwenden, als habe er mich wirklich berührt. Dabei erinnert er mich an ein Kaninchen, das ängstlich in seinen Bau zurückschießt. Ganz ähnlich war es bei unserem Exkurs über Geschichte gewesen, als wir vorhin vorfuhren.

Wir zahlen getrennt, fahren aber mit nur einem Einkaufswagen hinaus in die Winterluft, die jetzt am späten Nachmittag noch eisiger geworden ist. Die Sonne steht als blasse Scheibe am schmutzig-weißen Himmel. Zwischen uns herrscht nachdenkliche Stille, die mit zunehmender Dauer immer unbehaglicher wird.

»Darf ich dich etwas fragen, Seth?« sage ich plötzlich. »Warum bist du *wirklich* hier?«

Er befördert die Tüten schwungvoll in den Kofferraum und sieht mich dann kurz von der Seite an.

»Akuter psychologischer Notstand«, antwortet er. Er lächelt, als wolle er damit das Thema beenden, besinnt sich dann aber eines Besseren und dreht sich zu mir um. »Schau, ich bin aus vielen verschiedenen Gründen hier. Dieser Prozeß – er ist so etwas wie der Stern über Bethlehem. Eine ungewöhnliche Gestirnskonstellation. Ich bin an allen beteiligten Personen interessiert oder stehe in einer Beziehung zu ihnen – Nile, Hobie und, weiß Gott, auch du. Und, wenn du es wissen willst, Hobie hat recht. Ich habe viel über dich nachgedacht, Sonny. Das habe ich immer. Wenn das nicht zu kitschig klingt.«

Wir stehen am Ufer des Rubicon. Ich sehe ihn und spüre etwas wie Verzweiflung in mir aufsteigen. Seth merkt es, und in seinem blassen Gesicht kämpfen widersprüchliche Gefühle. Er geht zur Fahrertür.

Die Hälfte des Weges zu meinem Haus legen wir schweigend zurück. »Sag doch etwas«, meint er schließlich.

»Ich wünschte, ich wüßte, was ich sagen soll.«

»Ist es schlimm, daß ich noch immer an dir hänge?« fragt er.

»Nicht ›schlimm‹.«

»Beunruhigend?«

»Vielleicht. In jedem Fall überraschend.«

»Weil du nicht mehr an mir hängst?«

»Weil das Leben weitergeht, Seth. Es ist Vergangenheit. Unendlich lange her. Ich muß mit jüngeren Fehlern fertig werden.«

Wir erreichen mein Haus genau im richtigen Augenblick. Nikki und ihr Bruder kommen gerade den Block entlang. Ich stehe in meinem grünen Mantel auf der kleinen Veranda und winke. Beide Kinder kommen auf mich zu gelaufen. Sam und Nikki spielen ein paar Szenen des Stücks nach und treffen den Ton perfekt. Das haben sie, man merkte es, schon den ganzen Heimweg gemacht. Dann gibt Sam seiner Schwester und mir einen Kuß und schnappt sich sein Rad, das er an einem der eisernen Torpfosten angeschlossen hatte. Er winkt uns allen zu und fährt davon. Seth kommt mit dem Rest meiner Lebensmittel im Arm den Weg herauf. Als ich ihm entgegengehe, spüre ich, wie sehr mich seine Gegenwart berührt. Ich ertappe mich bei dem Gedanken, daß er auf erfreuliche Weise gealtert ist, obwohl das keinen Sinn ergibt. Seine Augen sind lebhaft und ausdrucksvoll, seine Brauen drücken Stärke aus. Doch seine Haut ist mit der Zeit dicker geworden und hat ihm etwas von seinem guten Aussehen genommen. Noch einmal zehn Jahre, und sein Gesicht wird massig und schlaff sein. Sein Gesamteindruck erzählt etwas von der Last des Lebens, das er gelebt hat. Er ist ein guter Mensch. Wieder kommt ein starkes Mitgefühl mit seinem Schmerz in mir auf und zugleich auch Bedauern und Selbstvorwürfe. Ich war unfreundlich zu ihm vorhin in dem Geschäft.

»Hör mal, Seth, bleib doch hier und laß mich aus einem Teil dieser Einkäufe ein Dinner machen.«

»Nein, nein«, sagt er. »Ich habe noch etwas zu schreiben.«

»Ich meine es ernst. Ich verspreche dir, daß es gesund ist und nicht à la Zimmerservice.«

»Du sollst mich nicht bemitleiden, Sonny. Davor hast du uns beide neulich selbst gewarnt.«

»Aber nein, Seth, nein. Ich möchte dich kennenlernen. Wirklich. Wir gehen einander aus dem Weg, und das sollten wir nicht. Bleib hier. Erzähle Nikki etwas über die Zeitung.« Ich steige die Stufen von der Veranda herab, um ihm die letzten Pakete abzunehmen. »Laß uns friedlich sein, Seth.«

Er hebt unsicher die Arme. In Ordnung, Frieden, was immer es bedeutet.

Mein Haus wirkt frisch wie ein Neubau. Alles ist weiß gestrichen, um die Räume größer wirken zu lassen. Die Diele und das Wohnzimmer haben eine hohe Decke und Oberlichter, die selbst in dieser trüben Jahreszeit noch ein angenehmes Licht im Raum verbreiten. Es schimmert auf dem blaß pfirsichfarbenen Boden aus gelaugtem Birkenholz. Es ist spärlich möbliert – Charlie hat zum Beispiel die Couch mitgenommen. Doch Wände und Regale sind voll von Kunstgegenständen, die wir im Laufe der Jahre gesammelt haben: afrikanische Masken, indianische Keramiken, Poster von abstrakten und zeitgenössischen Künstlern. Lachend bahnt Seth sich seinen Weg durch Bausteine und bunte Spielsachen, die im ganzen Wohnzimmer verstreut sind. Er sagt, er könne sich noch gut an die Zeit erinnern, als einem stets ein vermißtes Teil von irgendeinem Spiel zwischen den Füßen herumpurzelte.

Jetzt, da Sam fort ist, wird Nikki plötzlich schüchtern. Als ich in der Küche die Lebensmittel aufräume, hängt sie an meinem Oberschenkel und flirtet von diesem sicheren Posten aus. Sie hat eine etwas altmodische Frisur, einen Pferdeschwanz mit Pony. Seth bemerkt über ihre Augen, wie sehr sie leuchteten und wie intelligent ihr Blick sei, ganz wie bei der Mutter.

»Kannst du dir einen Bart wachsen lassen?« fragt Nikki.

»Einen Bart wachsen lassen?« fragt Seth zurück.

»Charlie hat einen Bart.«

»Aha.« Er kniet sich hin und läßt sie über seine rasierte Wange streichen. Kurz darauf ist bei ihr der Bann gebrochen. Er hebt sie hoch, damit sie Konserven in die obersten Fächer des Küchenschranks, dunkle Eiche, stellen kann. Als sie dazu keine Lust mehr hat, versucht Nikki, mich zu einer Partie Dame zu überreden.

»Nikki, ich muß mit dem Abendessen anfangen.«

»Ich fange damit an«, meint Seth. »Sag mir, was ich tun soll.«

»Nikki, willst du nicht mit Seth Dame spielen?«

Seth redet ihr gut zu. Er ist ein Meister. Er wird ihr geheime Züge beibringen. Sie legen das Brett auf den Fußboden im Wohnzimmer. Nikki ist geschickt und spielt mit Begeisterung, und wie alle Sechsjährigen spielt sie, um zu gewinnen. Ich kann sie hören, sogar als ich das Wasser laufen lasse.

»Geh nicht dorthin«, rät ihr Seth. Er zeigt ihr seine Züge im voraus. Dennoch muß Nikki eine Reihe von Zügen zurückweichen, bevor Seth geschlagen ist. Als nächstes spielen sie Topple, ein Geschicklichkeitsspiel, das Seth nicht kennt, bei dem man Plastikteile auf einem Gestell ausbalancieren muß.

»Weißt du was?« fragt sie. »Ich habe einen lockeren Zahn.«

»Nein! So früh schon?«

»Fühl mal. Der da. Der ist doch locker?«

»Vielleicht.« Ich komme aus der Küche, um Seth einen warnenden Blick zuzuwerfen. Nikki und ich spielen dieses Spiel jeden Abend. Mit sechs möchte man sieben sein. Und mit fünfzig dann vierzig. Wann sind wir jemals zufrieden mit dem, was wir sind?

»Der nächste«, sagt sie. »Versuch es mit dem.«

Auch da hat er keinen Erfolg.

»Nein!« Nikki quietscht los, wirft sich auf den Boden und rollt zu ihm zurück, fast wie ein junger Hund. Dabei läßt sie sich mehr oder weniger in seine Arme fallen. Sie greift in seine beiden Wangen, wie sie das immer mit Charlie macht.

Ich gehe in die Küche zurück und versuche, mich von dieser Vorstellung nicht beunruhigen zu lassen. Mein kleines Mädchen, sonst eher schüchtern und zurückhaltend, platzt vor Ausgelassenheit. Sie genießt die Aufmerksamkeit, die ihr ein männlicher Erwachsener entgegenbringt, und läßt allen Charme spielen, den sie aufbieten kann. Als ich ins Wohnzimmer komme, um zum Abendessen zu rufen, hat Nikki Seth auf die Kaminbank dirigiert und singt ihm die Lieder vom Holiday Festival vor. An den Stellen, wo sie den Text vergessen hat, summt sie. Er applaudiert heftig.

»Zum Dinner, bitte. Händewaschen.«

Im Badezimmer sieht Nikki mich vom Toilettensitz aus an. »Müssen Jungen sich abputzen?«

»Manchmal ja, manchmal nein.« Aber wieder bleibe ich nur bei dieser Andeutung. »Manche Dinge haben schon ihre besondere Bedeutung«, sage ich zu Seth, als ich ihn gutgelaunt vor der Tür warten sehe.

Meine Tante Henrietta, Zoras Schwester, behauptet steif und fest, daß Nikki mein Ebenbild ist. Sie möchte damit uns beiden ein Kompliment machen, aber diese Feststellung macht mich eher besorgt. Wenn ihr irrlichternder Vater montags oder dienstags anruft und sich entschuldigt, daß er nicht, wie verabredet, am Sonntagmittag mit ihr telefoniert hat, beruhigt Nikki ihn. »Das ist schon in Ordnung, Daddy«, sagt sie dann, »du hast es ja nicht mit Absicht getan.« Aber was geschieht in ihrem Unterbewußtsein? Auch ich habe bis ins Erwachsenenalter hinein das fröhliche Kind gespielt – immer amüsant, ja sogar fähig, sich jedem anderen anzupassen. Erst in den Dreißigern, in meiner Zeit an der juristischen Fakultät, habe ich angefangen, mich über den ungebändigten Teil in mir zu wundern, der in Diskussionen so leicht zu entflammen war. Jetzt mache ich mir Sorgen darüber, daß auch Nikki Kämpfe ausficht, die noch nicht an die Oberfläche dringen.

In der Küche schlägt mir der Dampf ins Gesicht, als ich die Cannelloni aus der feuerfesten Form nehme. Das familienbedingte Schuldgefühl dränge ich zurück. Ich hatte keine andere Wahl. Mit Charlie. Und ich bin schließlich auch erwachsen geworden, oder? Ich habe mich so durchgewurschtelt, ein bißchen wild, was Männer anging, besonders als Teenager. Aber ich habe einen Mittelweg gefunden, ich bin normal. Außerdem hat Nikki immerhin einen Vater. Das ist schon etwas. Ein Bild, ein Anruf. Dennoch durchfährt es mich jedesmal mit Eiseskälte, wenn mir bewußt wird, daß meine Tochter denselben bohrenden Schmerz ertragen muß, der meine Kindheit bestimmte. Viele Jahre lang habe ich mir ein Märchen ausgedacht und mir eingeredet, daß die Geschichte, die meine Mutter mir über Jack Klonskys Tod auf den Docks von Kewahnee erzählt hat, eine gutgemeinte Lüge über meine Herkunft war – ähnlich der, die man Dornröschen erzählte, weil sie nicht erfahren sollte, daß sie in Wirklichkeit eine Prinzessin war. Insgeheim war auch ich die Tochter eines anderen Mannes. Diese Phantasien entführten mich auf seltsame innere Reisen. Über viele Monate vermutete ich, mein Vater sei Mike Mercer, ein Arbeiterführer. Er war ein Freund von Zora, ein sympathischer dickbäuchiger Schwarzer, und hatte selbst fünf Kinder. Dennoch glaubte ich, man verschweige mir, daß ich schwarzer Abstammung war.

Häufiger aber stellte ich mir meinen Vater als einen fernen, bedeutenden, aber praktisch Unbekannten vor, der eines Tages auftauchen und mich unbändig lieben würde. Ich stellte ihn mir vor wie den Vater aus der Serie *Vater ist der Beste,* eindrucksvoll, flott und einfach normal. Eben ein Amerikaner. Ob mir als kleinem Mädchen bewußt war, wie entsetzlich Zora diese Vorstellung gefunden hätte? Aber er war das, wonach ich mich sehnte, eine weise, freundliche, allmächtige Figur, deren Fehler sich von selbst innerhalb kürzester Zeit richtigstellten und deren Liebe, speziell zu ihren Töchtern, so unkompliziert und einfühlsam war wie ihre gelegentliche keusche Umarmung. Diese Gedanken machen mich jedesmal unendlich traurig.

Seth lobt das Essen überschwenglich. »Wer will da behaupten, der Mensch könne sich nicht ändern«, fragt er verschmitzt. Nikki ist zu aufgeregt, um zu essen. Um ihre Aufmerksamkeit zu gewinnen, spielt er mit einem Trick, den er bei seinen Kindern angewandt hatte, und läßt die einzelnen Bissen wie einen Flieger mit den dazugehörigen Geräuschen in ihrem Mund landen.

»Ich wünsche mir ein Hündchen«, erzählt ihm Nikki, ein Thema, das auch zwischen uns immer wieder zur Sprache kommt. Ich erkläre ihr, daß es einfach über meine Möglichkeiten ginge: Der Gedanke an die Sauberkeitserziehung eines Hundes ist mir unerträglich, schließlich genieße ich heute noch das Ende der Windelzeit. Seth erzählt von einem Versuch von Lucy zu der Zeit, als Isaac noch klein war, ihren Hund stubenrein zu bekommen. Eines Abends kommt Seth nach Hause und sieht Lucy dort, wo der Hund seinen Auslauf hat, mit geschürztem Rock über dem Kies hocken und ein Geschäft verrichten. Der Hund und Isaac sehen ihr verwundert zu und drücken sich die Nasen am Fliegengitter der Hintertür platt. Als sie sich in dieser kompromittierenden Pose erwischt sieht, kann Lucy herzlich lachen. Es blieb ja in der Familie.

Nikki findet die Geschichte über die Maßen komisch. »Sie hat es wie ein Hund gemacht? Mami, sie hat es wie ein Hund gemacht.« Sie rutscht von ihrem Stuhl, um es gleich nachzumachen, und ist viel zu aufgedreht, um sich wieder zu setzen, als ich sie darum bitte. Nach mehreren Versuchen, die Ruhe wieder herzustellen, bringe ich sie in mein Arbeitszimmer und lege ihr ein Video ein. Besser ein Zombie als ein Wesen, das wie ein Pingpongball im Zimmer herumspringt.

»Ich hätte daran denken müssen«, sagt Seth, als ich zurückkomme.

»Zum Glück ist es Winter, sonst wären wir inzwischen längst draußen, um die Szene nachzuspielen.« Seth folgt mir in die gemütliche Küche, wo ich ihm noch eine Portion aufgebe. »Das ist eine tolle Geschichte. Lucy muß bewundernswert gewesen sein.«

»Ja, alle sagen, ›Lucy ist bewundernswert‹.«

Ich habe den Unterton gehört. »Und was sagt ihr Mann, Seth?«

»Oh«, brummt er. »Ich will mich nicht über Lucy beklagen. Aber glaub mir, nicht jede Überspanntheit ist liebenswert. Ich habe mich zum Beispiel nie daran gewöhnen können, mit einem Menschen zusammenzuleben, dem es tatsächlich wichtig ist, ob das Geschirr und die Tapete des Frühstückszimmers ›zusammenpassen‹.« Er streckt je zwei Finger hoch und malt Anführungszeichen in die Luft. »Selbst ständige Fröhlichkeit kommt einem nach einigen Jahrzehnten vor wie eine konstante Form der Lüge. Aber auf einer Skala der Herzensgüte von eins bis zehn rangiert Lucy bei neun Komma fünf und darüber, wenn man bedenkt, was für jämmerliche Gestalten manche Menschen in dieser Beziehung abgeben.«

»Das klingt doch wirklich nicht schlecht, Seth. Ich glaube, daß nicht einmal seine Mutter Charlie mehr als sieben Punkte geben würde. Wenn er einen guten Tag hat.«

»Ja, aber Lucy ist nicht das Problem. Nicht sie als Persönlichkeit. Gemeinsam sind wir das Problem.«

»Wegen eures Sohns?«

»Das ist ein Teil davon. Ein großer. Was mich verwirrt, ist das Wissen, daß wir ohne Isaacs Tod noch zusammen wären. Die Abmachung oder was immer es sein mag, die ich, die wir getroffen hatten, schien in Ordnung. Aber wenn ein Kind von einem geht... Es ist eine ganz seltsame Sache, und ich weiß nicht, warum, aber die Liebe kann damit auch gehen. Wir haben völlig unterschiedliche Arten, damit umzugehen. Sie hat sich in diese verdammte, lächerliche Mystik gestürzt. Sie studiert die Kabbala und beschäftigt sich mit dem Volksglauben der Dibbuks, eine sehr katholische Sache, auch wenn sie hebräisch ist. Und dann ist da noch dieser junge Rabbi. Nein, ich glaube nicht, daß da wirklich etwas läuft, außerdem wäre ich der letzte, der den ersten Stein wirft, aber es liegen Welten zwischen uns. Und selbst wenn wir diese Krise irgendwie bewältigen würden, blieben da noch meine eigenen Probleme.«

»Und die wären?«

»Nun, warum hast du diesen, wie heißt er noch, verlassen?«

»Charlie? Ich habe festgestellt, daß ich als Zoras Tochter einen Mechanismus entwickelt hatte, vor schwierigen Menschen zu kapitulieren, indem ich es zuließ, daß sie den wilden Mann markieren, während ich mich bemühe, sensibel zu sein. Charlie hat mir dann demonstriert, daß auch dieses Maß einmal voll sein kann, selbst für mich. Besonders als ich auch noch herausgefunden hatte, daß es da eine Studentin namens Brandy gab.«

»Okay, dann hast du dir also gesagt, *ich* habe etwas Besseres verdient. Und du hast ihn vor die Tür gesetzt. Ich glaube, aus diesem Grund scheitern die meisten Ehen. Man wacht auf und denkt, ich bin ein besserer Mensch als der andere. Ich kann sensibler sein. Großzügiger. Ich bin besser dran, wenn ich von vorn anfange. Mancher betrügt sich dabei selbst. Aber oft, ja meistens ist das nicht der Fall. Und das ist der springende Punkt für mich. In bezug auf Lucy. Ich denke darüber nach, was alles zwischen uns nie richtig in Ordnung war. Lucy und ich haben immer dieses« – er sucht nach dem passenden Wort – »Spiel gespielt. Diskussionen? Normalerweise gab es während einer Auseinandersetzung immer irgendwann ein erleichtertes Abschweifen in eine Form von Komödie. Wir haben uns dann gefragt, was passiert, wenn einer von uns dem vollkommenen Menschen begegnet. *Dem* Menschen schlechthin. Was ist, wenn *dir* dieser Mensch begegnet?«

»Du mußt immer noch alles aussprechen, nicht wahr, Seth?«

»Ich habe mich gebessert.«

Das bezweifle ich. »Und wie geht die Geschichte weiter?«

»Die Antworten wechselten. Bei uns beiden. Wenn wir sehr genervt waren, sagten wir: ›Ich würde weglaufen.‹ Dann wieder sagten wir: ›Ich würde eine Affäre anfangen.‹ Das war die häufigste Antwort. Dabei blieb immer noch eine Hintertür offen, wenn es doch nicht so perfekt liefe. Manchmal sagten wir auch, das wäre es nicht wert, die Familie aufs Spiel zu setzen. Aber wir haben einander nie etwas vorgeschwindelt und gesagt, dieser Mensch, dieser vollkommene Mensch, das bist du für mich. Niemals. Keine Sekunde lang.«

Um das zu verarbeiten, setze ich mich auf einen der zierlichen dunklen Eichenstühle an dem winzigen Tisch, an dem Nikki und ich die meisten Mahlzeiten einnehmen. Morgens das Cornflake-Frühstück, abends Nudeln. Ich glaube nicht mehr an den vollkommenen Menschen. Genau dafür hatte ich Charlie gehalten, dunkel, kräftig, idealistisch, voll jener Impulsivität, die ein Mann der Vorstellung nach, in der ich aufwuchs, besitzen sollte. Das alles traf auf ihn zu, er war das andere. Das erregte mich körperlich und lähmte mich für den Rest der Zeit. Dem will ich nie wieder unterliegen. Während Seth sein Bekenntnis beendet, ist in seinen Augen wieder dieser schüchtern fragende Blick zu sehen, den ich schon im Supermarkt aufgefangen hatte – und ich reagiere sofort.

»Tu es nicht, Seth.«

»Was soll ich nicht tun?«

»Wieder anfangen. Schwierig werden. Oder dir etwas vormachen.«

»Vormachen?«

»Das ist genau das richtige Wort. Belüg dich nicht selbst. Tu nicht so, als hätten wir miteinander das Großartigste seit Troilus und Cressida erlebt oder als hätte uns ein widriges Schicksal im Wege gestanden. So habe ich es nicht in Erinnerung.«

Er verzieht das Gesicht und schiebt seinen Teller zur Seite. »Warum quälst du mich so?«

»Warum? Weil du die ganze Zeit herumsitzt und träumst. Und das bringt mich durcheinander.«

»Laß mir doch mein beschissenes Leben und meine perversen kleinen Phantasien, in Ordnung? Wir sind hier nicht vor Gericht. Ich brauche deine Erlaubnis nicht.«

»Verdammt noch mal, rede nicht so mit mir.«

»Und wie sollte ich deiner Meinung nach mit dir reden?« fragt er. »Hör zu, du willst, daß ich ehrlich zu dir bin, oder? Das ist ehrlich: Ich war verrückt nach dir. Und ich habe nie geglaubt, daß wir schon am Ende unseres Weges angelangt waren, als diese ganze Misere von damals dazwischenkam. Hätte es ein großartiger gesellschaftlicher Umschwung werden können? Ich weiß es nicht. Vielleicht hätte es den Dritten Weltkrieg gegeben. Und wäre es anders gelaufen, hätte ich nicht getan, was ich dann tat? Ganz bestimmt sogar. Und du erlebst ja selbst, ich kann nicht anders und muß daran denken.«

»Und?«

»Und«, fährt er fort, »ich stelle mir vor, daß es nett gewesen wäre, noch ein wenig in deiner Nähe zu sein. Um zu sehen, was passiert. Zeit hin, Zeit her, ich glaube nicht, daß sich die Menschen so grundlegend verändern, Sonny. Darüber denke ich nach. Aber wenn du sagst, ich soll abhauen, dann gehe ich. Ich werde mich schlecht fühlen dabei, aber das Risiko nehme ich auf mich. Du hast das Thema jetzt zweimal angeschnitten, und ich meine, mittlerweile sollten wir auch einmal über dich reden. Du tust, als könntest du das nicht beeinflussen«, sagt er, »als hätte ich allein das Sagen. Wo stehst du, Sonny? Was wirst du tun, wenn du mir das nicht ausreden kannst?«

Es ist plötzlich still in der Küche. Ich schaue Seth an und spüre, wie sich meine Augen weiten wie damals, als ich noch ein Kind war. Gleich wird es passieren, ich blinzele schon.

Nikki kommt genau im richtigen Moment herein, um mich zu retten. Sie hält Spark, ihren Stoffhund, an seiner abgewetzten Pfote. Sie reibt sich die Augen. Sie müßte jetzt in die Badewanne, aber Seths Anwesenheit und die Aufregung, die sein Besuch für sie bedeutete, scheinen sie quengelig gemacht zu haben. Also mault sie bei dem Gedanken.

»Ins Bett. Eine kleine Geschichte noch«, sage ich.

»Du liest mir vor.« Nikki zeigt auf Seth. Vor Erschöpfung scheint sie zwar seinen Namen vergessen zu haben, nicht aber die Tatsache, daß sie ihn liebt.

Oben aus Nikkis Zimmer sind die Stimmen der beiden zu hören. Im Wohnzimmer schlage ich *The Nation* auf, nehme aber nichts von dem wahr, was auf der Seite steht. Du redest, und man hört dir zu. Man hört dir zu und versteht dich. Was willst du mehr? Es tut dir so gut – warum wehrst du dich also? Am oberen Treppenabsatz sagt Seth Nikki gute Nacht.

»Weißt du was?« fragt Nikki und will nun mit allen Mitteln den Abschied hinauszögern. »Meine Lehrerin, Mrs. Schultz, die ist schon fast fünfzig Jahre alt und kann immer noch nicht pfeifen.«

Seth pfeift ein paar Töne von ›Goodnight, Irene‹, dann werde ich zum abschließenden Ritual gerufen. Wir begegnen uns auf der Treppe und lächeln über unsere gemeinsame Freude an meinem Kind. Er sagt, er wolle warten, um sich zu verabschieden. Als ich herunterkomme, hat er sich die Jacke übergezogen und dreht den Hut zwischen den Fingern. Er sitzt auf einer alten rustikalen Bank neben der Treppe, die Nikki und ich bald wieder zum An- und Ausziehen der Stiefel brauchen werden, wenn der Schnee kommt.

»Du hast enormen Eindruck auf sie gemacht«, sage ich zu ihm.

»Ach ja? Wenigstens auf eine von zwei.«

»Seth, so ist das nicht.«

»Wie dann?«

Ich atme mühsam. »Verwirrend«, antworte ich und weiß dabei, daß dies das Ehrlichste ist, was ich ihm bisher angeboten habe. Er tippt sich nachdenklich an den Kopf und zieht den Reißverschluß seiner Jacke hoch. Er bedankt sich für das Abendessen und singt noch einmal sein Loblied auf Nikki, bevor ich ihn schließlich dankbar zur Tür schiebe.

»Ich will dich nicht verrückt machen«, sagt er, dort angekommen.

»Das tust du aber«, antworte ich. »Du hast es immer getan. Aber es ist liebenswert.« Ich strecke ihm die Hand entgegen. Doch das ist die falsche Geste, viel zu distanziert für den Punkt, an dem wir inzwischen angelangt sind. Wir stehen da, und es ist plötzlich still in dem kleinen Haus. Nur aus der Küche hört man das Summen der verschiedenen Geräte. Plötzlich schwingt so etwas wie Zärtlichkeit zwischen uns.

»Tu es«, sagt er zu mir.

»Was?«

»Küß mich.«

»Dich *küssen*?« Ich lache laut heraus und halte ihm die Wange hin, aber er dreht mein Gesicht mit einem Finger zu sich und legt seine Lippen auf meine. Der Schock, einem Mann so nahe zu sein, weckt ein Gefühl von Sehnsucht und Gegenwärtigkeit in mir. Alles in mir gibt Antwort, gerät in Bewegung – Herz und Brüste, Schoß und Fingerspitzen. Tief in meinem Inneren brennt ein Schmerz. Ich kann nur mühsam ein Aufstöhnen unterdrücken. In der Umarmung ist seine Hand meinen Rücken heruntergewandert. Ich weiche zurück, und einen Moment lang stehen wir da, nur Stirn an Stirn. Ich fasse seine beiden Hände. »Laß uns das nach dem Prozeß klären.«

»Hör zu, dieser Prozeß wird nichts ändern.«

»Er wird aber das hier sehr viel leichter für mich machen. Ich sehe dich danach wieder.« Ich drehe seine Schultern zur Tür.

Als er gegangen ist, lege ich meine Stirn an den glatten, kalten Lack der Haustür. Wahnsinn, denke ich wieder. *Was* geht nur in meinem Kopf vor? Ist es nur, weil er mir so leid tut? Ich hänge Nikkis Mantel an den Haken neben der Tür und schließe ab. Es ist, weil ich es *weiß,* denke ich plötzlich. Ich weiß, welche Gefühle er auch immer hegen mag, er ist nicht meinetwegen hier. Ich weiß, er ist verwundet und dabei zu gesunden. Ich weiß, daß sich sein Leben im Kreis dreht. Daß er hier ist und wieder gehen wird. Und ich weiß – und ist das nicht eine dieser widersinnigen Wahrheiten, die wir an uns selbst stets am besten kennen? –, daß es so gut sein wird.

11. Dezember 1995

SONNY

»Mr. Trent«, sagt Hobie mit düsterer Bestimmtheit. Er scheint sich über das Wochenende gut erholt zu haben. Das krause Haar ist frisch geschnitten, und die Anspannung der vergangenen Verhandlungswoche ist verflogen. Er geht auf Core zu, der gerade im Zeugenstand Platz nimmt.

»Cuz«, antwortet Hardcore, was soviel wie Kumpel bedeutet, in der Sprache von Schwarzen untereinander jedoch eine gewisse Aufsässigkeit mitklingen läßt. Hobie mustert ihn zunächst schweigend mit erhobenem Kinn.

Ich habe heute morgen bereits eine Stunde lang ausgiebig mit den Anwälten beraten. Jackson Aires, Hardcores Anwalt, spielte den Strohmann für die Anklage. Er bat, Hobies Kreuzverhör zu begrenzen, weil Core nicht gezwungen werden dürfe, sich in diesem Prozeß über sein Schuldgeständnis hinaus selbst zu belasten. Hobie bestand dagegen auf dem verfassungsmäßigen Recht seines Mandanten auf ein vollständiges Verhör des Zeugen. Um mir zu diesem Zeitpunkt eine detaillierte Aufzählung von Hardcores Vorstrafen zu ersparen, ordne ich an, die einzelnen Tatbestände jeweils im Laufe des Kreuzverhörs zur Sprache zu bringen. So kann jeder Fall in groben Umrissen angesprochen werden, und Aires und die Anklage können dann über die Relevanz streiten.

Aires sitzt jetzt angespannt auf der Kante seines Klappstuhls, zwei Meter hinter dem Tisch der Anklage und vor dem Holzsockel der kugelsicheren Trennscheibe. Jackson, schon einiges über sechzig, trägt auch heute sein burgunderrotes Sportsakko. Er ist das Bild eines Afro-Amerikaners, hochgewachsen, locker, ausgeglichen, mit guten Manieren und gesundem Selbstbewußtsein, dessen weiße Strähne im Haar einen besonderen Akzent setzt. Während der Vorberatung im Richterzimmer war es zwischen ihm und Hobie zu einer hitzigen Diskussion gekommen. Dazu hatte nicht zuletzt der Umstand geführt, daß Aires einer der ältesten Freunde von Hobies Vater ist und Hobie einen Sommer lang während des Studiums bei ihm gearbeitet hatte. Jackson war noch nie davor zurückgescheut, einen sich ergebenden Vorteil vor Gericht zu nutzen, also sprach er von Hobie wiederholt als dem ›jungen Tuttle‹ und sagte mehr als einmal, er habe keine Ahnung, wovon er spräche.

Vielleicht hat der Streß, vor den Augen seines alten Mentors auftreten zu müssen, vielleicht auch das Procedere, auf dem ich bestanden habe, Hobie dazu bewogen, die Reihenfolge seines Vorgehens abzuändern. Er wirkt fast von Beginn seiner Befragung an unbeholfen. Das Kreuzverhör läuft nicht gut.

»Sie haben mit der Anklage einen sauberen Deal gemacht, nicht wahr?« beginnt er. Hobie bombardiert Core mit diversen Beispielen, wieviel schlechter er sonst dastehen würde. Teil des Handels mit der Staatsanwalt war, daß diese auf eine Anklage wegen seiner permanenten Verstöße gegen die Drogengesetze verzichtete. In der verkehrten Welt unserer gegenwärtigen Gerichtsbarkeit fällt das Strafmaß bei einer Verurteilung wegen Mordes häufig niedriger aus als bei einem Drogenvergehen. Für letzteres sind in unserem Staat grundsätzlich bedingte Haftentlassung oder vorzeitige Entlassung wegen guter Führung nicht mehr zulässig. Für Drogenhandel würde Core achtzehn Jahre bekommen. Und hätte die Anklage an Hand eines ihrer an den Haaren herbeigezogenen Argumente einen Zusammenhang zwischen Junes Tod und einer Drogentransaktion konstruieren können, dann hätten sie nach dem Gesetz sogar für die Todesstrafe plädieren müssen.

Core hat seine Rolle gut gelernt und gibt unumwunden zu, daß seine Aussage gegen Nile die eigenen Aussichten in erheblichem Maße verbessert habe. Als Hobie Cores Deal mit der Staatsanwaltschaft in seine Einzelheiten zerpflückt, kehren sich die verschiedenen Zusammenhänge in gewisser Weise gegen ihn. Die spontane Publikumsreaktion, wie sie im Gerichtssaal immer wieder vorkommt, scheint zu beweisen, daß Cores Glaubwürdigkeit mit seinem Deal gewachsen ist. Ein hartgesottener Gangster wie Hardcore würde alles tun, um nicht wieder ins Gefängnis zu müssen. Sich zu einer minder schweren Straftat zu bekennen, heißt dem elektrischen Stuhl zu entgehen. Die einzige Person, die Core gefährlich werden konnte, war logischerweise Nile. Core hatte die Sache verpfuscht und June auf dem Gewissen, Niles Mutter, die dieser angeblich liebte, und nicht den offensichtlich verhaßten Vater Eddgar. Es war ihm bewußt, daß Nile aus Trauer oder Zorn die Schuld wahrscheinlich auf ihn abwälzen würde. So sehe ich es jedenfalls. Und ich spüre, wie mich diese Tatsache genauso erschüttert wie schon am Freitag, als immer mehr Details auf Niles Schuld hinwiesen.

»Und es gibt Frauen, die ihre Körper verkaufen, um Ihr Crack kaufen zu können, nicht wahr?« fragt Hobie, um auf das Ausmaß dessen hinzuweisen, wofür Core ungestraft davonkommen würde. »Und viele stehlen auch?« Hardcore bestreitet dies und das – er habe niemandem gesagt, er solle stehlen –, gibt aber zu, was er zugeben muß. In gut eingeübten Worten weist er darauf hin, daß es zwar korrekt, aber keineswegs neu sei, was ihm vorgehalten werde. Oft wenn ich hier oben sitze, versuche ich mir das Leben dieser verhärteten jungen Menschen, dieser Outlaws, vorzustellen: Jeden Morgen stehen sie auf ohne die wirkliche Gewißheit, den Tag auch unbeschadet zu überstehen. Jemand könnte auf sie schießen. Sie schubsen einen Stricher beiseite und sehen nicht, daß er ein Messer hat, oder Goobers tauchen auf, stecken dir etwas zu und nehmen dich im selben Moment hoch. Leben und überleben heißt die Devise. Heiß oder kalt. Sex. Sich betrinken. Jeder Augenblick ist ein Kampf um eine Oberherrschaft oder zumindest um die Wahrung der verfügbaren Macht – es geht darum, alle rundherum niederzureden, Stärke zu zeigen, bisweilen auch Grausamkeit. Es gibt keine echten Pläne. Einen vagen Umriß für das Morgen, nicht aber für einen Monat oder gar ein ganzes Jahr. Die Dinge am Laufen halten. Überlebensdrang als Triebfeder. Und warum nicht.

Bisher ist Hobie noch nicht sehr weit gekommen. Jetzt bohrt er tiefer. Er wirft einen höhnischen Blick zum Zeugenstuhl und fragt: »Nun, Mr. Trent, macht es Ihnen etwas aus, dem Gericht mitzuteilen, wie viele Menschen Sie sonst noch umgebracht haben?«

Aires und die beiden Staatsanwälte springen auf und erheben zu dritt Einspruch. Über diese Art von Fragen ist im Richterzimmer gestritten worden.

»Fragen Sie das unter dem Aspekt der Glaubwürdigkeit, Mr. Tuttle?« will ich wissen. Er nickt. Ich schüttele den Kopf. »Ich glaube nicht, daß das notwendig ist. Mr. Trent hat gestanden, ein gedungener Mörder zu sein. Ob es sich nun um einen Mord handelt oder um zwanzig, sein Geständnis, den einen Mord begangen zu haben, wirft ein ausreichendes Licht auf seinen Charakter. Einspruch stattgegeben.«

Hobie hat meine Entscheidungen bisher widerspruchslos hingenommen. Jetzt spitzt er verstimmt die Lippen. Er weist erneut auf Niles verfassungsmäßiges Recht auf ein vollständiges Verhör des Zeugen hin. Zum erstenmal macht er einen Berufungsgrund geltend und geht sogar so weit, unter Umständen eine Aussetzung des Prozesses zu beantragen. Er begründet dies mit einer unfairen Prozeßführung meinerseits und fügt hinzu, er würde das Verfahren unter diesen Umständen lieber wieder von vorn beginnen. Hysterische Ausbrüche dieser Art gehören routinemäßig zu jeder Verteidungsstrategie und bilden sozusagen das Ausrufungszeichen hinter den eigenen Einsprüchen. Darum reagiere ich darauf nur mit einem einzigen Wort: »Abgelehnt.«

Dieses wird von Hardcore mit einem spöttischen Grinsen quittiert. Für ihn ist das ein gewonnener Punkt, wie ein Straßengeplänkel, Kumpel gegen Kumpel, die Sorte Streit, die er nur zu gut kennt. Er glaubt, er ist auf der Siegerstraße. Als ich ihn mustere, fällt mir eine Träne auf, die unter seinem rechten Augenwinkel eintätowiert ist. Seine Haut ist dunkel genug, daß man sie kaum sieht, aber sie bedeutet, daß er bereits schon mit eigenen Händen getötet hat. Wahrscheinlich gibt es hier weit und breit keinen Top-Gangster, der noch keinen Menschen erschossen oder erstochen hat. Trotz meiner schnellen Antwort auf Hobies Einwände ist dieser Anblick – diese Tatsache – beunruhigend.

In seiner nächsten Attacke befragt Hobie Core nach den Straftaten, für die er zwar festgenommen, nicht aber verurteilt wurde, und zwar als Jugendlicher wie als Erwachsener. Ich lasse zu, daß Hobie in diesem Zusammenhang eingehend auf eine Beschuldigung wegen sexueller Nötigung eingeht. Core hatte am Anfang seiner Karriere bei den BSD eine Prostituierte in eine Wohnung in der Grace Street gelockt. Dort hatte er sie geschlagen und gezwungen, Dutzenden junger Männer zu Willen zu sein. Zudem hatte er mit diesen Männern vereinbart, daß die Bezahlung an ihn anstatt an sie zu gehen habe. Als Hobie weiter versucht, den Katalog von Cores früheren Straftaten aufzublättern – vom Schuleschwänzen bis zum ersten Überfall mit einer selbstgebastelten Pistole –, erkenne ich den Grund für Aires vehemente Einsprüche, denen sich die Anklage anschließt. Es ist nicht fair, Core zum Eingeständnis dieser vielen Vergehen zu zwingen, die mit seiner Glaubwürdigkeit nichts zu tun haben. Jackson Aires steht auf und tritt zum Richtertisch, um seinen Einspruch vorzutragen.

»Euer Ehren, ich war in allen anhängig gewordenen Verfahren Trents Anwalt«, sagt er, »und ich kann dem Gericht versichern, in allen Fällen war etwas nicht in Ordnung.« In Cores Strafregister sind zweiundzwanzig Festnahmen aufgeführt, die Jackson irgendwie niederschlagen konnte. Manchmal wurde seinen Anträgen auf Niederschlagung einfach stattgegeben, manchmal hatte er mit Einwänden wegen formaler Gründe wie Unzuständigkeit des Gerichts Erfolg. Häufiger war er – wenn man entsprechenden Gerüchten Glauben schenkte – einverstanden, etwa die 1500 Dollar zu vergessen, die Hardcore bei seiner Festnahme auf dem 7. Revier bei sich hatte, wenn dafür bestimmte inkriminierende Details ebenfalls aus dem kollektiven Gedächtnis der Polizei verschwanden. Nach Jacksons Ansicht gibt es keinen Grund, daß ein schwarzer Gangster nicht dieselben Tricks zu seinem Vorteil nutzen sollte, wie die Weißen es schon immer taten. Das gibt er auch ohne Umschweife zu, wenn man sich mit ihm vertraulich in einer Bar oder auf dem Flur unterhält, und er sieht einen dabei mit strengem humorlosem Blick an, dem niemand so schnell zu widersprechen wagt.

Als wir nach der ersten Unterbrechung der Vormittagssitzung zurückkehren, ist die Luft im Gerichtssaal dumpf und stickig. Die Zuschauerbänke, die um 9 Uhr früh gedrängt voll von Neugierigen waren, denen die Zeitungen ein spektakuläres Kreuzverhör vorausgesagt hatten, haben sich nun gelichtet. Hobie gibt sich weiterhin gelassen, aber ich weiß, er hat sich in den letzten zehn Minuten klargemacht, daß er Core jetzt drankriegen muß, da er sonst mit Sicherheit das Nachsehen hat.

»Kommen wir jetzt zu der Schießerei«, sagt er und wandert auf die Tür zu, die zur Arrestzelle führt. »Es war Ihr junges Bandenmitglied Gorgo, der konkret die Schüsse auf Ms. Eddgar abgegeben hat. Ist das richtig?«

»Genau«, antwortet Core. Er sah nicht aus, als bedauere er dies besonders.

»Und hat die Polizei Sie gebeten, ihr bei der Suche nach Gorgo behilflich zu sein?«

Core denkt nach und zuckt mit den Schultern. »Der Kumpel steckt in der Klemme. Hat mir nicht gesagt, wohin er sich verdrückt hat.«

»Dann helfen Sie mir, Hardcore. Ich denke, Ihnen ist es auch wichtig, daß Gorgo gefunden wird. Schließlich gehört er doch zu den Personen, die der Polizei die Richtigkeit Ihrer Aussage bestätigen können, oder nicht?«

Molto erhebt Einspruch. Die Frage sei unzulässig, da sie eine Schlußfolgerung beinhalte. Das ist zwar der Fall, doch angesichts der Einschränkungen, die ich dem Kreuzverhör bereits auferlegt habe, lasse ich zu.

»Er würde nie gegen mich aussagen«, sagt Hardcore mit dem Anflug eines Lächelns. Es ist nicht klar, ob Core damit die Richtigkeit seiner Aussage hervorheben will oder die Realität in einer Gang. »Außerdem, Mann«, fügt er hinzu, »der Nigger will einfach nicht gefunden werden. Klar? Rennt nicht extra vor der Polizei weg. Hetze ihm selbst meine Hunde hinterher, sobald ich kann. Rausschmeißen tue ich ihn.« Er will Mitleid erwecken. Im Verlauf des Kreuzverhörs wird Core immer lebhafter, und so steht auch hinter dieser Antwort wieder ein höhnisches Grinsen an Hobies Adresse. Zwischen den beiden herrscht eine Spannung, die über die Grenzen des Gerichtssaals hinausgeht. Dreist und widerspenstig scheint Core mit allem, was er sagt, demonstrieren zu wollen, daß er der wahre Schwarze ist, in Armut und ohne Schutz aufgewachsen, voll der berechtigten Empörung der Unterdrückten. Hobie dagegen ist in Cores Augen ein Schwindler und Hochstapler, einer, der keine Ahnung von der Realität hat. Diese unausgesprochenen Angriffe scheinen Hobie seltsamerweise empfindlich zu treffen. Vielleicht hat das seine anfangs starke Position jetzt geschwächt.

»Sie sind ziemlich wütend auf Gorgo, nicht?«

»Kann man wohl sagen«, antwortet Hardcore und schüttelt beim erneuten Gedanken an Gorgo ärgerlich den Kopf.

»Weil er Ms. Eddgar niederschoß, als Sie genau daneben standen, stimmt's? Sie und Bug. Und so sind Sie in die Geschichte mit hineingeraten, nicht wahr?«

»Das muß ich zugeben«, sagt Core.

Als Hobie sich von dem Zeugen abwendet, sehe ich ihn zum erstenmal flüchtig lächeln. Ist er einen Schritt weitergekommen?

»Also, wie weit entfernt war Gorgo auf seinem Fahrrad von Ms. Eddgar, als er auf sie schoß?«

Mit dem Finger beschreibt Hardcore den Abstand zwischen sich und Hobie. Nah genug für einen tödlichen Schuß. Core grinst verkrampft bei diesem Gedanken. Hobie sieht das und lächelt ebenfalls.

»Er konnte erkennen, daß es eine Frau war, nicht wahr?«

Molto erhebt Einspruch. Core könne nicht bezeugen, was Gorgo gesehen hat.

»Na gut«, sagt Hobie. »Sie jedenfalls konnten aus vier Metern Entfernung erkennen, daß es eine Frau war, nicht wahr?«

»Bin nicht so dumm wie er.«
Hobie nimmt die Antwort zur Kenntnis. Core blockt gut ab.
»Und Bug hat Gorgo ein Zeichen gegeben?«
»Stimmt.«
»Sie versuchte, ihn zu stoppen?«
»Stimmt.«
»Aber Sie haben ihm nicht gewunken?«
»Nee.«
»Auch nicht gerufen?«
»Nee.«
»Sie haben sich zu Boden geworfen?«
»Stimmt.«
Hobie ist langsam auf Core zugegangen. Jetzt berührt er sogar den Rand des Zeugenstands. »Sie *wußten,* daß er nicht zu stoppen wäre.«
»Quatsch, Mann.« Demonstrativ fährt Cores Hand knapp an Hobies Nase vorbei. »Hör'n Sie, ich mußte mich um mich selbst kümmern! Ein Blick in die Augen von diesem Hurensohn von Nigger, Mann, und ich wußte, der Kerl ballert gleich los. So was hab' ich oft genug erlebt.«
»Sir, Sie *wußten,* Gorgo würde in jedem Fall schießen, oder etwa nicht? Auch wenn da eine Frau stand. Und deswegen haben Sie sich zu Boden geworfen.«
»Die verdammte Frage hab' ich doch schon beantwortet.«
»Euer Ehren«, meldet sich Tommy etwas zögerlich. Ich gebe seinem Einspruch statt. Erneut ohne großen Erfolg kehrt Hobie zu seinen Notizen zurück und sucht nach neuen Ansatzpunkten. Natürlich habe ich begriffen, worauf er hinaus will – dennoch wundert es mich, schließlich war er schon vorher einmal auf diesen Punkt zugesteuert. Was konnte es Nile im Grunde nützen, wenn June und nicht Eddgar Ziel des Anschlags gewesen sein sollte?
»Nun zu Senator Eddgar«, sagt Hobie. »Unterhalten wir uns über ihn. Sie haben sich einmal mit dem Senator getroffen. Bleiben Sie bei der Aussage?«
»Scheint so.«

»Scheint so? Einmal oder öfter?«

»Hab' im Kopf, einmal. Das wissen Sie.«

»Könnte es auch öfter gewesen sein?«

Core weicht aus. Hobie fixiert ihn, beschließt aber nach kurzem Zögern, diesen Punkt nicht weiter zu verfolgen.

»Jetzt zu Ihnen, Hardcore, und zu T-Roc – diese Idee, Kan-el aus dem Gefängnis zu holen, das war doch eine sehr wichtige Sache, oder?«

»Wichtig für mich, Mann«, sagt er. »Ungeheuer wichtig.« Sein Credo. Er meint die ganze Gang. Alles für die Gang.

»Und aus diesem Grund haben Sie einem Treffen mit dem Senator zugestimmt. Habe ich recht? Kan-el herauszubekommen, wäre das dicke Ding für Sie gewesen. Richtig?«

»Gerafft, Kumpel«, antwortet er und lächelt schief über Hobies Versuch, in sein Idiom zu verfallen.

»Ich glaube, Sie haben uns erzählt, daß Sie eine richtige Wut hatten – eine ›Stinkwut‹, als Sie merkten, Senator Eddgar wollte aus den BSD eine politische Organisation machen?«

»Mann, was der da vorhatte, war ein Scheiß, Mann, war gar nicht zu machen.«

Hobie nickt und geht nachdenklich hin und her. Dann wendet er sich abrupt wieder Core zu und fragt mit leiser Stimme: »Warum haben Sie dann aber geglaubt, Senator Eddgar käme zu dem Treffen?«

Core schweigt für einen Moment erschrocken. Ich sehe, wie er Aires ansieht.

»Nile sagte, ich soll seinen Vater dort treffen. Das is' alles.«

»Das ist alles? Betrachten wir mal die Lage, Core. Auf der einen Seite haben wir zwei Gangster. Aus der Führungsriege. Schwarze. Beides verurteilte Verbrecher. Richtig? Und auf der anderen haben wir einen einflußreichen weißen Politiker, Vorsitzender des Senatsausschusses für Verbrechensbekämpfung, der den weiten Weg aus dem Nordend von DuSable gefahren kommt und auf den Rücksitz einer Limousine zu Leuten wie Ihnen klettert. Er weiß, daß Sie um jeden Preis Ihren Kumpel Kan-el aus dem Staatsgefängnis von Rudyard herausbekommen wollen. Jetzt frage ich Sie noch einmal, Hardcore, warum ist er wohl zu Ihnen gekommen? Was wollte er, Ihrer Meinung nach, wohl damit bezwecken?«

Core starrt regungslos mit wildem Blick vor sich hin. Jetzt hat Hobie ihn erwischt.

»Na?« fragt Hobie. »Sie und T-Roc hatten einen Plan, stimmt's?«

Core schüttelt nur den Kopf.

»Ihr habt dem Treffen zugestimmt, weil ihr glaubtet, ihr könnt Senator Eddgar bestechen, nicht wahr?«

Aires windet seinen hochgewachsenen Körper aus dem Klappstuhl und hebt zögernd die Hand. »Euer Ehren«, sagt er, »ich möchte ums Wort bitten.« Plötzlich wird sonnenklar, was Jackson eigentlich hier sucht. Er ist nämlich nicht nur zu Hardcores Schutz da. Es geht für ihn um T-Roc, Kan-el und seinen ganzen BSD-Mandantenstamm. Ich winke Aires auf seinen Platz zurück, und Hobie bittet mich, die Protokollantin die letzte Frage noch einmal vorlesen zu lassen.

»Nichts da«, sagt Core. »Sie phantasieren.«

Hobies Nasenflügel zittern, als er ungläubig losschnaubt. Zum erstenmal weiß ich mit Sicherheit, daß Hardcore bei einer Lüge erwischt wurde. Core und Aires haben den Punkt so abgesprochen.

Würde Hardcore zugeben, daß ein Bestechungsversuch geplant war, geriete nicht nur T-Rocs Freilassung unter Aufsicht in Gefahr. Schlimmer noch, Core hätte damit seine eigene verspielt, ganz zu schweigen von seiner Zehn-Jahres-Strafe in Rudyard.

»Hardcore, Sie sagen also, Senator Eddgar habe Ihnen zu keinem Zeitpunkt direkt oder indirekt Geld angeboten oder von Ihnen erhalten? Ist es das, was Sie sagen wollen? Verstehen Sie meine Frage?«

»Ich verstehe dich genau, Nigger.«

Hobie steht da wie gelähmt. Das einzige, was sich an ihm – unbewußt – bewegt, ist die Zungenspitze, die sich zwischen die Zähne schiebt. Dieses Wort. Der ganze Abgrund, in dem sich schwarzes Leben abspielt, diese Erblast aus menschlicher Mißachtung, tut sich für einen Augenblick zwischen ihnen auf.

»Lesen Sie bitte die Frage noch einmal vor«, sagt er schließlich zur Protokollantin, ohne Hardcore aus den Augen zu lassen. Eigentlich wäre das meine Aufgabe gewesen, aber unter den gegebenen Umständen greife ich nicht ein und nicke Suzanne nur zu.

»Kein Geld, gar nichts«, sagt Core. »Nichts dergleichen.«

»Nichts dergleichen«, sagt Hobie. Er steht auf dem Podium und beugt sich über seine Notizen.Er braucht ein paar weitere Augenblicke, um sich zu sammeln. Er richtet sich auf und knöpft den eleganten, grünlichen italienischen Couture-Anzug zu. Drüben auf der Geschworenenbank – mir kommt der Vergleich mit einem Zwinger für Journalisten in den Sinn – herrscht ständiges Gemurmel. Bestechung! Ein toller Fall ist das, jeden Tag ein neuer Knüller! Ich sehe wie Dubinsky und Stuart Rosenberg die Köpfe zusammenstecken, doch als ich merke, daß Seth meinen Blick sucht, wende ich mich abrupt ab.

»Also, Hardcore, das meiste, was Sie über Nile sagen, können Sie nicht belegen, oder?«

»Belegen? Was denn belegen verdammt? Sind wir hier auf 'ner Bank, Mann? Belege«, knurrt er.

»Keine Unterlagen. Nichts, was beweisen könnte, daß das wahr ist, was Sie sagen. Nehmen wir zum Beispiel dieses Telefongespräch, das Sie am Morgen des Mordtags angeblich mit Nile geführt haben, nachdem er sie angepiepst hatte. Dafür gibt es keinen Beleg, oder? Jedenfalls nicht, soweit Sie wissen?« Die Staatsanwaltschaft hatte das bereits festgestellt. Hobie steht also auf festem Boden.

»Und das Geld, Mann?« sagt Core.

»Richtig«, sagt Hobie. »Das Geld. Es ist das einzige, was Ihre Aussage stützt. Richtig?«

Hobie hat recht, aber es ist eine Schlußfolgerung, keine Frage, und so gebe ich dem Einspruch der Anklage statt.

»Gut, Hardcore, haben die Vertreter der Anklage Ihnen nicht gesagt, wie wichtig dieses Geld ist?«

»Geld ist Geld, Mann. Die ganze Welt dreht sich ums Geld.«

»Ich dachte, es wäre die Liebe«, sagt Hobie über die Schuter. Er hat nun seinen Marsch durch den Gerichtssaal mit ausgreifenden Armbewegungen wieder aufgenommen. Die modischen Schuhe aus Alligatorleder schreiten über den verschlissenen Teppichboden. »Sie wußten, daß dieser Beutel mit den Geldscheinen, den Sie der Staatsanwaltschaft ausgehändigt haben, das entscheidende Indiz ist, das Ihre Aussage bestätigt, nicht wahr? Ohne dieses Geld wäre Ihr ganzer netter Deal nicht zustande gekommen. Ist das richtig?«

»Ja, Mann, geschenkt. War keine Sache, Mann, weil ich das verdammte Geld ja hatte, okay?«

»Ach, Geld hatten Sie doch auch so«, sagt Hobie. »Wieviel haben Sie täglich gemacht, Hardcore, wenn Sie Dope auf den Markt geworfen haben – 5000 Dollar?«

Core weicht aus. Er weiß es nicht.

»Zweitausend?«

Hardcore schüttelt den Kopf.

»Wie viele Leute, sagten Sie, arbeiten für Sie? Fünf? Nicht eher fünfundsiebzig?«

»Niemals, Mann, keine Rede davon. Is' maßlos übertrieben.«

»Ich übertreibe? Reden wir von Ihren Autos, Core.« Hobie zählt alles auf. Schmuck. Häuser. Frauen, die Unterhalt von ihm bekommen. Hobie hat die Polizeiprotokolle vom Drogendezernat vorliegen – Informantenberichte und Aufzeichnungen über gelegentliche Beschattungsaktionen. Core gibt nachweislich hunderttausend und mehr pro Jahr aus.

»Core, bei Ihnen kommen jeden Tag 10 000 Dollar cash für Dope rein, stimmt's?«

Aires sitzt jetzt auf dem Sprung. Core merkt, daß er erneut in eine Falle geraten ist, und wird unverschämt.

»Hör zu, Nigger, er hat mir das Geld gegeben, und damit basta.«

Wieder bleibt Hobie wie angewurzelt stehen. Ein kurzer Blick in meine Richtung. Mehr brauche ich nicht.

»Mr. Trent, wenn Sie Mr. Tuttle noch einmal auf diese Weise anreden, verurteile ich Sie wegen Mißachtung des Gerichts. Möchten Sie mit Mr. Aires sprechen?«

»Ist schon in Ordnung, Euer Ehren.« Jackson ist aufgestanden und droht seinem Mandanen schulmeisterlich. »Benehmen Sie sich«, sagt er quer durch den Gerichtssaal.

Oben im Zeugenstand senkt Core den Kopf und murmelt etwas vor sich hin. Ein paar Worte kann ich verstehen. »Warte, Freundchen.« Damit meint er Hobie. Er will ihm drohen. Hobie geht zum Tisch der Anklage und zeigt auf das Beweisstück Nr. 1, das Geld in zwei Klarsichthüllen und daneben die Zeitungstüte, in der es vermutlich übergeben wurde.

»Sie sagen also aus, Nile Eddgar habe Ihnen Ende August dieses Jahres diese Tüte und 10 000 Dollar gegeben?«

»Mit seinen Fingerabdrücken, Mann.« Core lächelt höhnisch.

»Und das hat Sie nicht überrascht, oder?«

»War keine Überraschung, Mann, ich wußte, von wem es war.«

»Aber Sie haben damit gerechnet, daß auf der Tüte und dem Geld seine Abdrücke sind, nicht?«

Core zuckt mit den Schultern. »Kann sein.«

»Natürlich haben Sie das. Sie haben das Geld gut aufbewahrt, nicht wahr? Sie haben es nicht einmal aus der Tüte genommen, nicht? Haben Sie das nicht gesagt?«

»Klar doch.«

»Sie haben nichts davon ausgegeben, oder?«

»Nee.«

»Sie hatten anderes Geld zum Ausgeben, richtig?«

»Richtig.«

»Sie haben das hier nicht mit Ihrem anderen Geld zusammengetan, oder?«

»He, ha'm Sie nicht gehört, was ich sage? Das is' das Geld, das er mir gegeben hat, Mann.« Core hat seine Instruktionen. Von Aires. Von Tommy. Das Geld ist der springende Punkt. Er weiß, davon darf er nicht abrücken, keinen Millimeter.

»Sie haben dieses Geld sicher verwahrt, weil Sie wußten, damit hatten Sie etwas, womit Sie Nile ans Messer liefern könnten, falls etwas schiefginge. Seine Fingerabdrücke. Daß Sie es nur der Polizei übergeben müßten. Richtig? War es nicht so?«

Hardcore denkt lange darüber nach, was hinter der Frage steckt. Seine seltsamen gelblichen Fingernägel erinnern an einen chinesischen Mandarin, als er sich den schütteren Kinnbart kratzt. Sein Blick wandert wieder zu Jackson. Es geht jetzt um Cores Absprache mit der Anklage. Bekennt er sich zu diesem hinterhältigen Kalkül, erklärt das, daß er das Bargeld behielt, um seine Aussagen zu stützen. Gibt er aber zu, von Anfang an bereit gewesen zu sein, Nile ans Messer zu liefern, bestätigt er die zentrale These der Verteidigung. Schlimmer noch ist vielleicht die Tatsache, daß er so seinen eigenen Charakter offenbart. Für einen Straßengangster – die meisten haben ohnehin ein stark angeschlagenes Ego – wäre das unerträglich. Doch gegenüber senkt Jackson kaum merklich das Kinn, und Hardcore weiß Bescheid.

»Kann sein«, sagt er endlich. Hobie bemüht sich, sich nicht anmerken zu lassen, daß ihm diese Antwort gar nicht paßt.

»Natürlich hatten Sie diesen Gedanken, nicht wahr? ›Wenn ich diese Tüte habe und seine Fingerabdrücke, dann habe ich Nile in der Hand. Dann habe ich immer etwas für die Polizei parat, wenn es zum Schlimmsten kommt.‹«

Er zuckt mit den Schultern

»Ja? Lautet Ihre Antwort ja?«

»Jaaa«, stößt Core hervor.

»Ist es nicht so, Hardcore, ist es nicht so, daß Sie diese Tüte und ein paar Geldscheine, die Nile in der Hand gehabt hatte, nahmen und dann 10 000 Dollar aus ihrer Dope-Kasse mit ihnen zusammen in die Tüte steckten und schließlich diese ganze Geschichte dazuerfunden haben? Ist es nicht so?«

Core wirft den Kopf zurück. »Damit kommen Sie nicht durch, Mann«, schnauft er. »Damit nicht.« Auf dem Podium streicht Hobie über seine Notizen und schlägt den Aktendeckel zu. Dann stützt er einen Ellbogen darauf.

»Nun gut, Hardcore, ich tue jetzt etwas, was ich eigentlich keinem guten Strafverteidiger raten würde. Ich gebe Ihnen die Möglichkeit einer Erklärung, in Ordnung, Mann? Damit bin ich Ihnen gegenüber fairer, als Sie es jemals mit Nile waren.«

In diesem Augenblick der Spannung versäumt Molto, Einspruch gegen Hobies rhetorisches Geplänkel zu erheben. Zielbewußt marschiert Hobie auf den Zeugenstand zu und hält das dreifache Beweisstück Nr. 1 in der Hand: die blaue Tüte und die beiden Geldpäckchen. Er baut sich vor Core auf und mustert ihn ausgiebig mit melancholischem Blick.

»Und jetzt möchte ich, daß Sie Richterin Klonsky ansehen. Sagen Sie ihr, ob dies die 10 000 Dollar sind, die Ihnen Nile Eddgar im August gegeben hat. Und wenn dies das Geld ist, das Sie aufbewahrt und nie aus der Tüte genommen haben wollen, dann erklären Sie der Richterin, warum das Gerichtslabor von West Side eine hohe Konzentration von Kokainrückständen auf nahezu allen diesen Geldscheinen nachweisen konnte.«

Molto und Singh springen zugleich auf. Tommy schreit »Großer Gott« und ist schon auf halbem Weg zur Richterbank, bevor ich ihn überhaupt wahrnehmen kann.

Er bellt: »Einspruch, Einspruch, Einspruch, Euer Ehren! Euer Ehren, ich habe ein Anrecht auf Einsicht in die Ergebnisse. Euer Ehren, Sie haben der Anklage die Ergebnisse der Laboruntersuchungen zugesagt. Ich habe sie nie erhalten. Was hat das zu bedeuten, Euer Ehren? Was soll das?«

Ich merke, daß ich mir mit der Hand an die Stirn gegriffen habe. Hobie ist vor dem Zeugen stehengeblieben und hält das zweite Päckchen in die Höhe. Es ist dasjenige, das er zum Labor geschickt hatte. Er hat sich zu mir umgedreht und zeigt mir ein verschmitztes Klein-Jungen-Gesicht.

»Euer Ehren, ich wußte nicht, ob ich darauf zurückgreifen würde.«

»Euer Ehren! Um Himmels willen, Euer Ehren«, schreit Tommy. Ich gebe Singh, der drei Meter hinter Molto steht, ein Zeichen, daß er ihn beruhigen soll.

»Mr. Tuttle, und das soll ich Ihnen glauben? Die Regelungen für die Ermittlungsarbeit und die Beweisaufnahme sind eindeutig. Und meine Anweisung war noch eindeutiger.«

»Euer Ehren, die Anklage hatte Kenntnis davon, daß ich das Geld untersuchen lassen wollte. Sie haben es ausdrücklich zugelassen.«

»Euer Ehren!« kreischt Tommy erneut. »Ich habe ihn nach den Ergebnissen gefragt. Genau an dieser Stelle habe ich ihn danach gefragt.«

»Und ich habe Ihnen geantwortet, kein Blut«, sagt Hobie. »Sie sprachen von Blut. Es ist kein Blut nachgewiesen worden. Sie sprachen von Schießpulver. Es ist kein Schießpulver nachgewiesen worden. Und das waren Ihre Fragen.«

»Aber, Mr. Tuttle«, sage ich.

»Wie bitte?« fragt er zurück, als verstünde er mich nicht.

Rudy Singh, der klaren Kopf behalten hat, kommt zur Richterbank und stellt den Antrag, die Frage zu streichen und die Laborergebnisse auszuschließen. Ich ordne eine zehnminütige Pause an und fordere Hobie auf, seinen Laborbericht vorzulegen. Molto und Rudy erhalten die Genehmigung, sich mit ihrem Zeugen zu beraten. Ich koche einen Moment lang vor Wut. Gott, ist dieser Hobie ein Halunke! Es gibt Verteidiger, die keine geringeren Gauner sind als ihre Mandanten. Ihnen macht es Spaß, stets die Fäden in der Hand zu halten und von den Grenzen der Regeln aus zu operieren. Ich weiß, mit dieser Seite ihres Jobs könnte ich nie umgehen. Was hatte Seth über Hobie gesagt? Er könnte auf dem Weg zum höchsten Richteramt sein. Statt dessen ist er nur einer von diesen gerissenen Gerichtssaal-Hunden. Am Verteidigertisch hat er seinen Aktenkoffer nach dem Laborbericht durchwühlt. Nun kommt er mit einer Kopie für mich zur Richterbank. Ich sehe ihn von oben herab an und scheue mich nicht, ihm meine Mißbilligung zu zeigen. Er beantwortet sie mit einem philosophisch nachdenklichen Blick.

Dennoch muß ich mich mit den Fakten auseinandersetzen. Im Richterzimmer prüfe ich den Laborbericht. Achtundachtzig US-Dollar-Scheine aus dem Beweisstück 1B, jedes mit Seriennummer aufgeführt, wurden zuerst gewaschen. Die Rückstände wurden im Anschluß mit dem Massenspektrographen untersucht. An jedem Schein befand sich Cocainhydrochlorid. Die Rückstände hatten ein Gewicht von 390 bis 860 Mikrogramm pro Note. Fraglos hatte sich Hobie von Anfang an ein derartiges Ergebnis erhofft. Deswegen wollte er die Geldscheine untersuchen lassen. Seine Rechnung ist aufgegangen. Wie alles im Leben hat auch die Rechtsprechung ihre eigenen Spielregeln, was Mittel und Ergebnisse angeht. Tauchen bei einer nicht extra autorisierten Untersuchung

Hinweise auf Rauschgift auf, geht ein Gericht stets davon aus, daß ein so dringlicher Umstand eine außergewöhnliche Beibringung rechtfertigt. Hobies Regelverletzung hat zudem noch ihre Rechtfertigung gleich mitgeliefert: Hardcore hat gelogen. Hobie hat ihn ertappt und die Lüge bewiesen. Nicht einmal heutzutage würde jemand die Forderung nach einem ordnungsgemäßen Prozeßverlauf über das Recht des Verteidigers stellen, die Prämissen der Anklage anzuzweifeln. Wenn das Gerangel der Anwälte vorbei ist, werde ich den Laborbericht nicht von der Beweisaufnahme ausschließen. Und während mein Zorn langsam verraucht, wird mir zunehmend klar, was ich ohnehin schon im Gefühl hatte: Die Anklage, die alles am Geld aufgehängt hatte, steht nun ziemlich angeschlagen da. Wenn ich etwas tiefer gehe, fehlt mir allerdings noch immer das einleuchtende Motiv. Es gibt keinen Grund, warum Core von sich aus Loyell Eddgar hätte töten sollen – oder auch June. Wahrscheinlicher ist, daß Nile auf irgendeine Weise damit zu tun hat. Eines jedoch ist inzwischen unbestritten: Hobie ist der Anmeldung berechtigter Zweifel einen Riesenschritt nähergekommen.

Als wir die Verhandlung fortsetzen, erneuert Molto nachdrücklich seinen Antrag, den Laborbericht als Beweismittel auszuschließen. Kokainspuren seien, angesichts des regen Rauschgifthandels, mittlerweile auf fast allen Scheinen der US-Währung anzutreffen, behauptet er. Das ist sicher wahr, aber Hobies Experten haben herausgefunden, daß die identifizierten Konzentrationen fünfzig- bis hundertmal so stark waren wie im Normalfall.

»Ich behalte mir die Entscheidung vor«, antworte ich, »bis die Verteidigung den Bericht offiziell eingebracht hat.« Hobie spielt seinen Part und gibt ängstlich vor, meine Drohung ernst zu nehmen. Vielleicht ist das auch der Fall, jedenfalls gehört ein gespielter Rückzug ebenfalls zum Repertoire in Gaunerstücken vor Gericht. Ich biete der Anklage an, ihr Verhör Hardcores wieder aufzunehmen. Sie hatten ein paar Minuten Zeit, um gemeinsam die Bedeutung der hohen Kokainkonzentration auf dem Geld einzuschätzen, das Core angeblich nie aus der Plastiktüte genommen hatte. Doch Hobies Rechnung geht auf, die Anklage hat nicht viel in der Hand.

»Wissen Sie, Mann«, sagt Hardcore auf Tommys entsprechende Frage, »kann sein, daß ich drüben bei Doreen in der Schublade etwas Koks hatte. Außerdem, Mann, kann ich doch nich' wissen, was Nile vorher damit angestellt hat.«

Tommy nickt, als wäre das eine zufriedenstellende Antwort, und schließt die Befragung ab. Hobie steht am Verteidigertisch auf und stellt eine kurze Gegenfrage.

»Sie wissen, daß bei der Einlieferung ins Gefängnis eine Urinprobe genommen wird?«

»Hm, hm.«

»Und wissen Sie auch, daß in Niles Probe kein Kokain gefunden wurde?«

Dem Einspruch wird stattgegeben. Doch Hobie hat seinen Punkt gemacht. Beide Seiten sagen, sie hätten keine weiteren Fragen, also verkünde ich die Mittagspause. Ich bin schon aufgestanden, gebe dann aber Suzanne, der Gerichtsprotokollantin, ein Zeichen, noch einen Moment zu bleiben.

»Eines möchte ich Ihnen noch sagen, Mr. Tuttle. Und zwar möchte ich, daß das zu Protokoll genommen wird. Jede weitere Verletzung der Regeln bezüglich der Beweisaufnahme wird zwei Konsequenzen nach sich ziehen.« Ich zähle sie warnend an den Fingern ab. »Erstens wird Mr. Molto sich nicht einmal mehr die Mühe machen müssen, Antrag auf Ausschließung als Beweismittel zu stellen. Und wenn Sie den Papst persönlich als Zeugen für den Leumund Ihres Mandanten aufrufen, wird seine Aussage in diesem Gerichtssaal nicht gehört werden, wenn die Anklage nicht zuvor davon unterrichtet wurde. Zweitens hätten Sie persönlich mit ernsthaften Sanktionen zu rechnen, das versichere ich Ihnen.«

Hobies ganzer massiger Oberkörper deutet eine gehorsame Verbeugung an. »Ja, Euer Ehren«, antwortet er. Ich sehe ihn streng von oben an, während er noch seine Versicherungen murmelt.

»Was steht als nächstes an?« frage ich Molto. »Nach dem Lunch?«

Er blinzelt überrascht, daß ich das im Wirbel des Vormittags vergessen habe.

»Der Senator«, sagt er.

Typisch für mich. Dinge, die ich am meisten fürchte, verdränge ich am heftigsten.

Inzwischen sind die Deputys vom Gefangenentransport in ihren braunen Unifomen an den Zeugenstand getreten, um Hardcore in die Arrestzelle zurückzubringen. Einer von ihnen, Giosetti, ein großer Kerl mit struppig-dichtem grauem Haar, winkt ihn herunter. Core richtet sich zu voller Größe auf und wirft noch einmal einen finsteren Blick zum Verteidigertisch. Hobie fängt ihn auf und beantwortet ihn, über seine verstreuten Papiere gebeugt, unbeirrbar und ernst. Es ist weniger persönlicher Triumph, den er erkennen läßt, vielmehr verkündet er eine Lektion, einen Glaubenssatz: Mein Weg ist der bessere. Siehst du nicht, daß er besser ist? Der Moment dauert an. Schließlich wendet sich Hardcore mit einem Blick abgrundtiefer Feindseligkeit von Hobie ab, als ihn der Deputy mit der Hand weiterschiebt.

Mariettas kleines Fernsehgerät steht dicht vor ihr, als ich das Büro betrete. Ihre Mittags-Seifenoper wirft einen grauen Schimmer auf ihre Wangen, dennoch schenkt sie mir einen kurzen Blick.

»Und?«

Sie wartet die Antwort gar nicht erst ab, sondern reicht mir eine kleine gestreifte Geschenkschachtel mit einem Briefchen daran. An meinem Schreibtisch öffne ich zuerst das Kuvert.

Sonny,
noch einmal danke für das Dinner. Ich hätte dir noch mehr zu sagen, aber ich will nicht gegen die Regel verstoßen.

Ich denke mir, Nikki könnte Spaß an diesen Sachen haben. Ich hoffe, sie werden sie fürs erste fesseln. Sage ihr bitte, sie kennengelernt zu haben war das Netteste, was mir in den letzten Wochen passiert ist. (Das meine ich ehrlich!)

Seth

P.S. Die Cops haben den Wagen meines Vaters gefunden. Er hatte ihn um die Ecke geparkt. Beschädigt war er nicht, und die Türen waren verschlossen. Die Cops haben eine Nachbarin gefragt, die meinen Vater kennt. Sie sagte, sie hätte ihn vor drei Tagen dort einparken sehen. Sie ist sicher, daß der Wagen seither nicht mehr bewegt wurde. Offensichtlich wird er langsam wirr im Kopf.

Ich glaube, ich muß da etwas unternehmen.

Seth. Ich fühle mich wie ein Pferd mit Scheuklappen, wenn ich jeden Morgen den Wunsch unterdrücke, einen Blick auf die Geschworenenbank zu werfen. Sogar jetzt, als ich ganz allein bin, stürzt mich der Gedanke an ihn in die widerstreitendsten Gefühle, wie sie mich seit zwei Tagen ab und an überkommen. Wie ein junges Mädchen überfällt mich der Gedanke an eine Liebesaffäre, und zugleich die hartnäckige Angst, ich könnte in mein Verderben rennen. Am Samstagabend war ich wie betäubt von der verrückten Vorstellung, geküßt worden zu sein. Ich saß im Wohnzimmer im hellen Licht einer Halogen-Bogenlampe und versuchte zu lesen. Etwa alle zehn Minuten merkte ich, daß meine Fingerspitzen auf meinen Lippen lagen. Natürlich zog ich sie dann prompt wieder weg.

In der Schachtel, die Seth vorbeigebracht hatte, liegt ein großer Plastikzahn, so groß wie ein Apfel. Oben kann man einen Deckel öffnen, und im Zahn selbst liegt wunderbarer Ramsch: ein paar kleine Brummkreisel – hier in Form von Zähnen –, die man über die Tischplatte tanzen lassen kann, und ein Gebiß mit vorstehenden Schneidezähnen, auf die Jerry Lewis einst seine Karriere begründete. Nikki wird aus dem Häuschen sein.

»Wo ist dieser Mann denn hingegangen?« hatte sie mich am Sonntagmorgen gefragt, als hätte sie einen Grund, zu glauben, er wäre noch bei uns.

»Er ist nach Hause gefahren, Dummerchen. Hat er dir gefallen?«

Sie nickte so heftig, daß der dunkle Pony flatterte. Sie biß sich auf die Lippen und sagte erst einmal nichts. Sie versuchte wohl mit der Tatsache fertig zu werden, daß er sie allein zurückgelassen hatte. »Er sollte sich einen Bart wachsen lassen«, sagte sie schließlich.

Vielleicht sollte er das. Der Gedanke an die Gesichtsbehaarung amüsiert mich, diese letzte Zuflucht von Männern, denen das Haar auf dem Kopf ausgeht. Doch schnell werde ich wieder ernst. Wie jedesmal, wenn ich darüber nachdenke, komme ich zu dem Schluß: Laß es kommen, wie es kommt. So ist das Leben der Erwachsenen, oder? Kleine Anfälle von Verrücktheit und wieder Kräfte sammeln für den langen Marsch durch die Verantwortlichkeit. Ich lese Seths Notiz noch einmal und schüttele den Kopf über seinen Vater. Dann packe ich Nikkis Geschenk wieder ein. Um auf dem Weg zum Lunch Marietta nicht zu begegnen, gehe ich zur rückwärtigen Tür hinaus.

Uns alle – Hobie, Seth und mich – hat die Zeit verändert und verbogen. Kahler oder dicker, eben anders sind wir geworden. Aber dennoch wiederzuerkennen. Der Anblick von Loyell Eddgar ist ein Schock. Gelegentlich habe ich Fotos von ihm in der Zeitung gesehen, aber die mußten mehr als ein Jahrzehnt alt sein und aus der Zeit stammen, als Eddgar seine Karriere als Lokalpolitiker begann. Mit keinem Gedanken hatte ich mir klargemacht, daß er jetzt schon Ende Sechzig war. Natürlich trägt er das inzwischen schüttere und ergraute Haar jetzt kürzer. Im Laufe der Zeit hat er dreißig bis vierzig Pfund zugenommen, und seine Haltung ist leicht gebeugt. Ich hätte es nie für möglich gehalten, daß Eddgar weicher werden könnte, doch das ist tatsächlich der Fall.

Vor der Richterbank wartet er auf Anweisungen. Allein die Tatsache seiner Anwesenheit hat etwas Spektakuläres. Der Vater, den der eigene Sohn angeblich hatte töten wollen. Die Journalisten warten gespannt, die Zuschauergalerie ist überfüllt. Für viele blieben nur noch Stehplätze. Die neugierigen Gesichter wirken hinter der Glasscheibe wie ferne Bilder auf einem TV-Schirm. Hinten an den Türen sorgt auf Annies Anweisung ein zusätzlicher Deputy dafür, daß zwischen den Besuchern ein Durchgang frei bleibt. Selbst Jackson Aires ist wieder da, obwohl er seine Pflicht erfüllt hat. Offensichtlich ist seine Neugier groß. Er hat auf einem der Sitze in der ersten Reihe Platz genommen, die im allgemeinen Vertretern der Staatanwaltschaft vorbehalten sind.

Eddgar steht auf dem grauen, abgetretenen Spannteppich am Fuß der Richterbank. Das übermäßige Interesse an seinem Auftritt behagt ihm sichtlich nicht. Die Zeitung, die er bei sich hat, hält er krampfhaft mit beiden Händen fest. Er wirkt klein und untersetzt in seinem wollenen Sportsakko. Seine Antwort, daß er einmal Universitätsprofessor war, ist für niemanden neu. Mit einem Anflug von Vertraulichkeit nickt er mir zu.

»Dr. Eddgar«, sage ich laut. Dann ruft Marietta ihr »Anwe-send!« und winkt Eddgar in den Zeugenstand. Er setzt sich vor das Mikrophon und lächelt zaghaft in meine Richtung, als erhoffe er sich einen gewissen Schutz von mir. Er ist bereit. Während er den Eid ablegt, fällt mir das immer noch erstaunliche Blau seiner Augen auf.

»Ich schwöre«, sagt er mit fester Stimme und öffnet den Knopf seiner Jacke, als er sich wieder setzt.

»Mr. Molto«, sage ich, »Sie haben das Wort.«

Tommy steht auf und verzieht den Mund. Er sieht seinen Zeugen nicht an. Der Ton, in dem er seine ersten Fragen stellt, verstärkt meinen früheren Eindruck: Eddgar und Tommy, zwei geborene Fanatiker, können einander nicht besonders leiden. Sie behandeln einander mit einer Förmlichkeit, die ihrer Begegnung ironischerweise eine knisternde Spannung verleiht. Tommy wirkt ganz gegen seine Gewohnheit kühl und kontrolliert.

»Was sind Sie von Beruf?«

»Ich bin Senator des Bundesstaates für den 39. Distrikt.«

»Gehen Sie noch einer anderen Tätigkeit nach?«

»Ich bin außerordentlicher Professor für Theologie an der Easton University.«

Eddgar beschreibt seinen Distrikt, der den Campus von Easton einschließt und ein Viertel des sozialen Wohnungsbaus, das vor Jahren auf einer ehemaligen Militärbasis direkt an der Grenze zwischen Kindle und Greenwood County errichtet wurde. Er ist inzwischen für sieben aufeinanderfolgende Zwei-Jahres-Perioden in dieses Amt gewählt worden und ist zudem Vorsitzender des Senatsausschusses für Strafjustiz. Haushaltstitel für Polizeiarbeit und Vollzugsanstalten laufen über diesen Ausschuß, außerdem ein gewisser Teil der Amtsvergabe im Strafvollzug. Vor vier Jahren wurde er von der Democratic Farmers & Union Party für die Leitung des Rechnungsprüfungshofs nominiert, verlor dann aber die Wahl.

Nach diesen eher belanglosen Fragen wird es schließlich konkreter. »Sir«, fragt Molto, »sind Sie mit dem Angeklagten in diesem Verfahren, Nile Eddgar, verwandt oder verschwägert?«

»Das bin ich.«

»In welchem Verhältnis stehen Sie zu dem Angeklagten?«

»Er ist mein Sohn.« Bei dieser Antwort gerät Eddgars bisher selbstbewußte Haltung ins Wanken, und das letzte Wort kommt nur noch zögernd. Es wird von einem Ton begleitet, der eher nach einem Schluckauf klingt als nach einem Seufzer und der wahrscheinlich nicht weit über meine Bank hinaus zu hören ist. Eddgar umklammert den Rand des Zeugenstands. Während er sich wieder fängt, herrscht Stille im Gerichtssaal.

»Befindet sich Ihr Sohn hier im Saal?« fragt Tommy und dreht sich zu Hobie um. Nach Hobies großem Auftritt heute morgen herrscht zwischen den beiden offene Feindschaft. Sie hat ein Stadium erreicht, in dem es in Kriegszeiten zu einem Schußwechsel Mann gegen Mann kommen würde. Tommy möchte, daß Hobie Eddgar die Unannehmlickeit erspart, Nile für das Protokoll identifizieren zu müssen. Aber Hobie gibt vor, geschäftig in dem großen weißen Pappkarton auf dem Verteidigertisch wühlen zu müssen und schaut nicht einmal in Tommys Richtung. Statt dessen flüstert er Nile etwas zu. Der stemmt sich in seiner gewohnten Weise langsam von den Armlehnen seines ledernen Schalensitzes hoch. Selbst beim besten Willen könnte er nicht weniger schuldig wirken. Er kann seinen Vater nicht einmal ansehen. Er starrt auf die Eichentäfelung vor sich. Eddgar will die Hand ausstrecken, hält sie sich dann aber vor den Mund. Er beginnt, laut zu schluchzen. Im Gerichtssaal herrscht atemlose Stille.

»Die Identifizierung wird zu Protokoll genommen«, sage ich kühl und sehe Hobie scharf an. Hat er den Verstand verloren?

Wozu soll das gut sein? Er ist ein Mann, dem nichts im Gerichtssaal entgeht – wahrscheinlich könnte er spontan den Pegel im Trinkwasserbehälter in der Ecke des Raums angeben und die Anzahl der Schritte von der Arrestzellentür zum Zeugenstand. Dennoch spielt er weiter den Gedankenverlorenen, während sein blaß gewordener Mandant neben ihm in seinen Sitz zurücksinkt. Im Zeugenstand hat Eddgar sein Taschentuch hervorgezogen und trocknet sich die Augen. Tommy stellt ihm ein paar Fragen über Niles Erziehung und geht dann zum nächsten Punkt über.

»Kennen Sie einen Mann namens Ordell Trent?« fragt er.

»Ja.«

»Wie haben Sie ihn kennengelernt?«

»Nile hat ihn mir vorgestellt.«

»Und wie hat sich das abgespielt?«

»Ich habe Nile gebeten, mich mit ihm bekannt zu machen.«

»Können Sie mir erklären, warum?«

»Einspruch.«

»Wenn die Antwort ein Gespräch mit dem Angeklagten wiedergibt, lasse ich die Frage zu. Haben Sie Nile erklärt, warum, Dr. Eddgar?«

»Immer wieder im Laufe der Jahre und unter den verschiedensten Aspekten. Und mit Sicherheit haben wir nach dem Treffen darüber diskutiert. Eingehend.«

»Fahren Sie fort«, sage ich.

»Grundsätzlich war ich der Ansicht, daß den Straßengangs wie der von Hardcore etwas gelungen ist, was sonst niemandem wichtig war, nämlich die Gemeinschaft der Armen zu organisieren. Und wenn diese Organisation in positive Bahnen hätte gelenkt werden können – insbesondere durch den Ausdruck des politischen Willens der Armen in unserer Gesellschaft –, anstatt die unglücklichen Wege zu beschreiten, auf denen sie jetzt ihre Energien auslebt, nun, dann würde das einen ungeheuren Gewinnn für alle bedeuten: für die Mitglieder der Gangs, für die Armen und für die ganze Stadt, die offensichtlich nur davon profitieren könnte, wenn dieses Potential in eine neue Richtung gelenkt würde.«

In seiner manierierten Ausdrucksweise verfällt Eddgar immer

noch in die langsame Sprachmelodie der Südstaatler. Bei der Presse scheint er Punkte gemacht zu haben. Seine Antwort, sorgsam für die Ohren der Öffentlichkeit formuliert, findet in vielen Spiralblöcken ihren Niederschlag. Als ich hinüberschaue, erlaube ich mir zögernd einen Blick auf Seth. Doch zum erstenmal seit Beginn dieses Prozesses begegnet er nicht dem seinen. Er sieht Eddgar mit einer Konzentration an, die mich plötzlich wieder an den Mann erinnert, den ich vor Jahrzehnten gekannt habe.

Tommy geht zu dem Treffen zwischen ihm und Hardcore, T-Roc und Nile über. Eddgar hat der Staatsanwaltschaft eine Seite aus seinem Terminkalender übergeben, die als Datum des Treffens den 11. Juni festhält, also früher als in Hardcores Erinnerung. In knappen Worten schildert Eddgar die Verärgerung und die Ungläubigkeit, die T-Roc und Core bei seinem Vorschlag demonstrierten, die Gang in eine politische Organisation umzufunktionieren.

»Wie endete das Treffen?« fragt Tommy.

»Sie wollten sich über Nile wieder an mich wenden.«

»In Ordnung, Sir«, sagt Tommy. Rudy winkte ihn zum Tisch der Anklage zurück und reicht ihm eine Notiz. Tommy liest sie und beugt sich dann zu seinem Kollegen hinunter. Die beiden besprechen sich kurz, dann richtet sich Molto in seinem zerknitterten Anzug zu voller Größe auf. »Sir, hat Ihnen im Verlauf des Gesprächs in T-Rocs Limousine T-Roc oder Hardcore, hat Ihnen da einer von beiden eine Bestechungssumme angeboten?«

»Nein«, sagt Eddgar. Tommy dreht sich triumphierend zu Hobie um. Sein Blick ruht noch auf ihm, als Eddgar sich räuspert und hinzufügt: »Jedenfalls haben sie mir nicht direkt Geld angeboten.« Molto wendet ruckartig Kopf dem Zeugen zu. Dann sieht er auf Rudys Notiz hinunter und schiebt sie seinem Partner wieder hin. Die Anklage hatte eine Chance gesucht und dabei offensichtlich im Trubel der Mittagspause vergessen, die Sache mit Eddgar nach seiner Ankunft im Gericht durchzusprechen. Hinter ihnen blickt Hobie mit einem kurzen, unbarmherzigen Grinsen von seinen Notizen auf. Tommy nimmt erneut Anlauf.

»Darf ich Ihre Aufmerksamkeit auf die erste Septemberwoche

1995 lenken? Hatten Sie und Nile da noch einmal Gelegenheit, über Hardcore zu sprechen?«

»Ja, Sir, die hatten wir.«

»Können Sie uns sagen, wo Sie da waren?«

»Wir haben telefoniert. Ich war zu Hause in Greenwood.«

»In Ordnung. Und sagen Sie uns bitte, wovon die Rede war, und wer was gesagt hat.«

»Er hat mir lediglich gesagt, Hardcore wolle mich noch einmal sprechen.«

»Und wie haben Sie reagiert?«

»Ich antwortete, das sei eine sehr gute Nachricht und ich würde ihn gern treffen, wo immer er wolle.«

»Und wie wurden Ort und Zeit des Treffens festgesetzt?«

»Soweit ich mich erinnere, habe ich geäußert, jede Zeit und jeder Ort wären mir recht. Core wollte, daß wir uns in der Grace Street träfen, und Nile meinte, die günstigste Zeit für mich sei der ganz frühe Morgen.«

»Der Vorschlag kam von Nile?«

»Das stimmt.«

Ein Punkt für die Anklage. Nile machte den Termin für Dad. Am Verteidigertisch machen Hobie und sein Mandant einen gelassenen Eindruck. Tommy marschiert im Licht des Saals auf und ab. Im gleichen stoischen Ton wie bisher fährt er fort und fragt: »Und wer, Sir, war June Eddgar?«

»Meine Frau.« Eddgar zuckt zusammen. »Meine verstorbene Frau.« Wieder stockt er, ehe er fortfährt, das Taschentuch in der Hand. Vorsichtig geht Tommy mit ihm die Geschichte von seiner Beziehung zu June durch: Trennung 1971, Scheidung im gegenseitigen Einvernehmen 1973, weitere ständige und freundschaftliche Kontakte. Wiederverheiratung von June 1975 mit William Chaikos, einem Tierarzt in Marston, Wisconsin. Die Ehe endete 1985. Während dieser Zeit kam sie immer wieder nach Greenwood County, um Eddgar bei seinen Wahlfeldzügen zu unterstützen – 1980, als er für den Stadtrat kandidierte, 1982, als er zum Bürgermeister von Easton gewählt wurde, und danach noch mehrmals bei seinen Kampagnen für den Senatssitz. Eddgar antwortet ruhig und unterdrückt, so gut es geht, die Tränen, die ihm gelegentlich kommen. Es rührt mich, daß er sich nicht voll in der Gewalt behalten kann. Vor fünfundzwanzig Jahren hatte er sich mit aller Macht gezwungen, sich den unvermeidlich harten Mechanismen des historischen Fortschritts zu unterwerfen. Ich glaube, etwas zu erkennen, das ich nie erwartet hätte: Er hat sich verändert.

»Und hat Ms. Eddgar Sie oder Nile von Zeit zu Zeit besucht?«

»Das hat sie.«

»Wann war sie zuletzt in Kindle County?«

Er putzt sich die Nase, hebt den Kopf und sagt, das sei am Labor Day gewesen. Sie sei ein paar Tage zum Einkaufen in der Stadt dageblieben.

»Hatte Ms. Eddgar weiterhin Anteil an Ihrer politischen Karriere?«

»Sie wohnte in Wisconsin und zog es vor, auf dem Land zu leben. Aber ich war stets auf ihren Rat angewiesen. Sie wußte über die meisten meiner politischen Aktivitäten Bescheid.«

»Haben Sie auch über das geplante Treffen mit Hardcore gesprochen?«

Hobie erhebt Einspruch – zu Recht –, daß es dabei um Hörensagen gehe. Dann kommt Tommy auf die Ereignisse des 6. und 7. September zu sprechen, und Hobie meldet einen Einspruch nach dem anderen an, immer wegen Hörensagens. Die meisten davon sind begründet. Reporter und Zuschauer wundern sich über das Mysterium, daß die Regeln einem Zeugen zwar erlauben, über künftige Absichten auszusagen, nicht aber über vergangene Ereignisse.

Eddgar darf erklären, er sei am Morgen des 7. September im Senatsbüro unabkömmlich gewesen, doch was er dort mit dem Stab besprochen habe, darf er nicht vortragen und auch nicht, daß er June gebeten habe, an seiner Stelle Hardcore aufzusuchen. Dafür lasse ich den Zettel als Beweismittel zu, der in ihrer Handtasche gefunden wurde und auf dem sie sich Eddgars Anweisungen notiert hatte. Der Zettel, der mir in einem Plastiktütchen heraufgereicht wird, weist an einer Ecke eine bräunliche Verfärbung auf, die, wie ich weiß, von Blut herrührt. Es handelt sich um eine nachlässig hingeworfene Straßenskizze und in krakeliger Schrift die Worte: ›Hardcore. Ordell Trent. 6:15.‹ Weil es zulässig ist, daß ein Zeuge über seinen eigenen Zustand und die eigene geistige Verfassung aussagt, lasse ich Eddgar schließlich erklären, warum er June gebeten hat, sich mit Hardcore zu treffen, wenn er auch den genauen Wortlaut des Gesprächs mit June nicht wiedergeben kann.

»Ich glaubte«, sagt Eddgar, »sie würde die ungeheuere Wichtigkeit des Treffens mit Core erkennen und verstehen, wie entscheidend es war, daß ihn jemand persönlich aufsuchte.«

»Und warum war das so entscheidend?«

»Ich wollte ihn nicht kränken«, antwortet Eddgar. Er beißt sich auf die Lippen, bei dem erneuten Versuch, die Beherrschung zu bewahren.

»Und am Morgen des 7. September gegen 5.30 Uhr haben Sie Ms. Eddgar zum letztenmal gesehen?«

»Zum letztenmal.«

Tommy macht eine angemessenen Pause, um dem Gedanken an den Tod im Gerichtssaal Raum zu geben.

»Gut, an diesem 7. September wurden Sie dann von Detective Lieutenant Montague einvernommen. Erinnern Sie sich daran?«

»Ja.«

»Und, Sir« – er legt seinen Aktendeckel nieder und verschränkt die Arme –, »waren Sie in dem Gespräch mit Lieutenant Montague völlig aufrichtig?«

»Das war ich nicht.«

»Und in welcher Hinsicht waren Sie nicht völlig aufrichtig?«

Hobie erhebt Einspruch. »Mr. Molto zieht die Glaubwürdigkeit seines eigenen Zeugen in Zweifel«, sagt er. Seit vierzig Jahren ist dies in diesem Land zulässig. Hobie versucht nur, Molto aus dem Takt zu bringen, und so winke ich ihn auf seinen Platz zurück.

»Er fragte mich, ob ich wisse, warum June in die Grace Street gefahren sei, und ich antwortete damals, ich wisse es nicht.«

»Und warum haben Sie das gesagt?«

Hobie erhebt erneut Einspruch. »Jetzt versucht er, seinen Zeugen zu rehabilitieren.«

»Haben Sie vor, diesen Punkt im Kreuzverhör anzusprechen, Mr. Tuttle?«

Hobie wendet das Gesicht ab und sucht nach etwas, das er nicht finden kann. »Sicher«, sagt er schließlich.

»Dann können Sie sich das genausogut jetzt anhören. Bitte, Dr. Eddgar.«

»Ich habe sehr davor zurückgescheut, meine politische Kontaktaufnahme zu Hardcore bekannt werden zu lassen. Mir war klar, daß das zwangsläufig zu Kontroversen führen mußte. Und ich glaubte nicht, daß das im Zusammenhang mit Junes Tod stehen könnte.«

Ich bin sicher, Molto und er haben eine Zeitlang an dieser Antwort geknobelt, aber sie ist gut. Politischen Selbstschutz nennt Eddgar das. Er wollte nicht öffentlich mit den BSD in Verbindung gebracht werden. Doch so kunstvoll er auch alles verpacken mochte, hier führte eine erste Spur zum alten Eddgar von damals zurück. Er war aus dem Stand zu einer kalten und nüchternen Entscheidung fähig: June war so oder so tot, warum also sollte er seine weiße Weste beschmutzen?

Tommy geht einen Moment mit gesenktem Kopf auf und ab. »Lassen Sie uns noch zu einem letzten Punkt kommen, Senator, den Mr. Tuttle auch noch ansprechen wird. Sir, ich glaube, Sie haben der Polizei gesagt, Sie wüßten kein Motiv, warum Ihr Sohn Ihnen etwas antun sollte – stimmt das in etwa?«

»So sehe ich es.«

Tommy nickt gelassen, als passe ihm das durchaus ins Konzept.

»Darf ich noch einmal auf Ihr Treffen mit den Anführern der Gang und Nile in dieser Limousine zurückkommen, Senator? Hatten Sie Ihren Sohn darüber informiert, daß Sie T-Roc und Hardcore Ihren Plan, die BSD politisch zu aktivieren, vortragen wollten?«

»Er behauptet, das sei nicht der Fall. Doch wie gesagt, ich habe seit Jahren mit ihm darüber gesprochen. Offensichtlich hat er dem wohl weniger Aufmerksamkeit geschenkt, als ich annahm.«

»Hinterher hat er Ihnen gesagt, es hätte ihn sehr überrascht?«

»Richtig.«

»Und in welcher Stimmung war er, als er Ihnen das sagte?«

»Er war außer sich.«

»Erinnern Sie sich, was er gesagt hat?«

Eddgars Haltung versteift sich ein wenig. Offensichtlich hat Tommy ihn für diese Richtung der Befragung nicht präpariert.

»Ich glaube, er sagte, ich benutze Hardcore.«

»Haben Sie mit Ihrem Sohn gestritten?«

»Nile und ich hatten schon immer unsere Eigenheiten. Dort auf der Straße hatten wir einen hitzigen Wortwechsel, aber einen oder zwei Tage später hatten wir uns wieder beruhigt.«

»Doch zunächst war er wütend?«

»Zunächst schon.«

»Zunächst«, wiederholt Tommy. Hobie hat aufgehört, sich Notizen zu machen, und beobachtet Molto nun aufmerksam. Offenbar ist er genauso überrascht wie Eddgar. Neben ihm sitzt Nile mit gesenktem Kopf am Verteidigertisch und spielt mit einem Gummiring. Es ist nicht zu erkennen, ob er überhaupt zuhört.

»Also, Sie sagten uns, Senator, Nile habe Sie mit Hardcore bekannt gemacht hat. Ist das richtig?«

»Ja.«

»Und wessen Idee war das?«

»Ich glaube, meine. Wir hatten eines dieser Gespräche darüber, was Nile so tat, über seinen Beruf und wie er vorankäme. Ein Vater-Sohn-Gespräch eben. Er erwähnte die Sache mit Kan-els bedingter Freilassung, und ich sagte: ›Gut, Nile, wie wäre es, wenn ich mal mit Hardcore rede, vielleicht könnte ich helfen.‹ Etwas in der Art.«

»Und was meinte er zu dem Vorschlag?«

»Ich erinnere mich nicht mehr.«

»Aber Sie haben über das Thema noch einmal miteinander gesprochen?«

Eddgar schaut zur Decke. »Ich glaube, ja.«

»Also mußten Sie mehrfach wiederholen, daß Sie es für eine gute Idee hielten, Hardcore zu treffen?«

»Ja. Das mußte ich ganz sicher. Ich hatte diesen Plan für die Gangs – na ja, darüber habe ich ja schon ausgesagt.«

Tommy geht einen Schritt auf ihn zu. »Hat Nile oft mit Ihnen über seine Arbeit gesprochen?«

»Immer wieder. Wie gesagt, sie interessierte mich.«

»Hat Nile Ihnen erzählt, daß er die Zuweisung von Fällen aus der Grace Street beantragt hat?«

»O ja!«

»Können sie sich zufällig erinnern, Senator, ob Sie ihm zu diesem Antrag geraten haben?«

»Das könnte sein.« Eddgar nickt gelassen, doch man sieht ihm an, daß er nachdenkt. Er versucht, sich an alles zu erinnern, was er Tommy gegenüber in ihren vielen Gesprächen unvorsichtigerweise zugegeben haben könnte. »Ich glaube, ich habe ihm dazu geraten.«

»Und nun zu seinem Job als Bewährungshelfer – erinnern Sie sich, wer Nile zu diesem Beruf geraten hat?«

»Das war ganz sicher ich.«

»Sie?«

»Ja. Nile befand sich an einem Punkt – also, es ging ihm wie vielen jungen Menschen, er war auf der Suche, und ich habe ihm den Vorschlag gemacht und gesagt: ›Mach eine Ausbildung als Sozialarbeiter, das liegt dir.‹«

»Und wie lange hat er für die Ausbildung gebraucht?«

»Wenn ich mich recht erinnere, achtzehn Monate.«

»Hat er eine Abschlußarbeit geschrieben?«

»Das hat er.«

»Zu welchem Thema?«

»Straßenbanden.«

Molto sieht Eddgar fragend an.

»Ja, der Vorschlag kam von mir«, sagt Eddgar.

»Und Sie haben ihm auch geholfen, diesen Job zu bekommen, nicht wahr?«

»Ich habe ein paar Telefongespräche geführt.«

Tommy taxiert Eddgar direkt. »Und darf ich fragen, Senator – hatten Sie jemals das Gefühl, daß Nile diese Dinge deshalb in Angriff nahm – die Ausbildung, den Job, die Zuweisung der Grace Street, die Vorbereitung des Treffens mit Hardcore –, weil er sich irgendwie über Ihr starkes Interesse an ihm freute?«

Als Eddgar nachdenkt, springt Hobie geräuschvoll auf. »Euer Ehren, ich sitze hier und frage mich, wessen Zeuge Dr. Eddgar überhaupt ist.« Er zeigt mit seiner massigen Hand auf Tommy.

»Ist das ein Einspruch, Mr. Tuttle?« Ausgerechnet Hobie hofft, Eddgar, der noch immer nicht richtig zu begreifen scheint, auf wessen Kosten das alles geht, einen Wink geben zu können.

»Ich würde sagen, es ist eine Feststellung, Euer Ehren. Mein Einspruch lautet, daß Senator Eddgar keine Aussage über die Gefühle des Angeklagten machen kann.«

»Gut, Mr. Tuttle, dann sage ich, behalten Sie Ihre Feststellungen für sich. Die Frage ist, was der Senator glaubte. Und ich finde, die Fragestellung deutet darauf hin, daß frühere Aussagen in Zweifel gezogen werden müssen. Fahren Sie fort, Mr. Molto.«

Eddgar kennt die Juristensprache genau genug, um zu merken, wie der Hase läuft. Er ist Angriffe gewohnt, also wendet er sich mir mit seinem Drehstuhl zu und sieht mich verlegen und irgendwie fordernd zugleich an. Die Frage wird noch einmal verlesen.

»Ich weiß nicht, ob ich jemals in diese Richtung gedacht habe.«

Tommy sieht ihn kurz an und nickt dann weise.

»Senator, ich möchte feststellen, ob ich das richtig verstanden habe. Ihr Sohn ist mehr als dreieinhalb Jahre lang Ihren Vorschlägen hinsichtlich seiner Ausbildung, seiner Abschlußarbeit, seiner beruflichen Tätigkeit und seiner Fälle gefolgt. Und dann mußte er, entsprechend Ihren Angaben über seine Äußerung, plötzlich auf dem Rücksitz jenes Wagens erkennen, daß hinter all Ihren Ratschlägen nur Ihre eigenen politischen Ambitionen standen?« Tommy bringt seine Frage in ruhigem Ton vor. Zwar kann man ihn fast respektvoll nennen, dennoch strahlt Molto eine Eiseskälte aus. Ich kann absehen, worauf er hinaus will. Molto gehört zu diesen farblosen Bürokraten, die ihr ganzes Leben im Dienste von Männern wie Eddgar verbringen, diesen cleveren Politprofis mit ihrem gewinnenden Auftreten in der Öffentlichkeit und ihrer persönlichen unbezwingbaren Gier nach Ruhm und Anerkennung. Diesen Männern verdankt Tommy seinen Aufstieg und seinen Fall, und kaum einer hat sich auch nur die Mühe gemacht, sich nach ihm umzudrehen, als er im Staub lag. Aber jetzt hat er die

Gelegenheit, einen von ihnen zur Rechenschaft zu ziehen. In diesem wohl bizzarsten Moment eines ohnehin völlig unorthodoxen Verfahrens steht Tommy Molto, der Ankläger in einem Mordfall, vor den Schranken des Gerichts, verteidigt den Standpunkt des Angeklagten und seziert den eigentlich zum Opfer bestimmten Zeugen der Anklage mit der professionellen Nüchternheit eines Chirurgen. Emotional unter Druck geraten, scheint Eddgar der Letzte im ganzen Saal zu sein, der merkt, was hier vor sich geht.

»Oh, bitte«, sagt er plötzlich mit einem Anflug altmodischer Südstaaten-Überheblichkeit, »bitte. Sie zählen hier Äpfel und Birnen zusammen. Nile war an alldem genauso interessiert wie ich.«

»Sie sagten, er war wütend – *sehr* wütend, als Sie aus der Limousine ausgestiegen waren?«

»Nur kurz. Für einen Tag oder zwei.«

»Er sagte, jemand sei benutzt worden?«

»*Hardcore,* sagte er. Er sagte, Hardcore sei benutzt worden.« Eddgar schüttelt die Schultern, um sein Jackett zu richten. »Sie sehen die Zusammenhänge völlig falsch«, sagt er zu Molto.

»Ich sehe sie falsch?« fragt Tommy. Und damit setzt er sich.

4. Mai 1970

SETH

In den Pausen zwischen den Telefonaten mit meinem Vater redeten June und ich sehr wenig. Weil meine Eltern nie verreisten, war ich in meinem Leben nur drei- oder viermal in einem Motel gewesen, abgesehen allerdings vom U. Inn daheim, wo wir unzählige Male den Schritt ins Mannesalter vollzogen und wo viele Teenager-Parties endeten. Wieder verspürte ich eine kindliche Aufregung beim Anblick der kleinen Seifenstücke für die Gäste, der papierenen Schutzhüllen um die Gläser und des Papierstreifens über dem Toilettensitz. Alles nur für mich. Die merkwürdige Einrichtung dieses kleinen Raums und seine bezahlte Intimität schienen das Ungewöhnliche der Ereignisse noch zu verstärken. Verschlissene Chenilleüberdecken lagen ausgebreitet über den beiden Betten. Der Fußbodenbelag bestand aus Asbest. Die cremefarben lackierten Schränke mit Vitrinenaufsätzen stammten unverkennbar aus den fünfziger Jahren. Man sah, daß die Besitzer noch immer stolz darauf waren, doch dieser Stolz würde bald vergehen, und sie müßten stundenweise vermieten.

Auf dem kaum einen Meter tiefen Balkon mit Aussicht auf den Alameda Freeway stand ein einsamer Strandsessel mit Aluminiumrahmen. June hatte zum Lunch Obst mitgebracht, also setzte ich mich mit einer Birne in die Sonne und beobachtete den Verkehr, all diese glücklichen Kalifornier, die auf ihrem Weg wer weiß wohin vorbeirauschen. Ich hatte beschlossen, mich bei meiner Ankunft in Kanada zu betrinken. Gern hätte ich mir noch bißchen Stoff besorgt, aber das kam natürlich nicht in Frage. Delikte jeder Art, alles, was zu meiner Ausweisung führen könnte, mußte ich jetzt strikt vermeiden. Ich saß da, theoretisierte vor mich hin und schmiedete Pläne, von denen ich nicht ganz glaubte, sie jemals zu verwirklichen.

Wir befanden uns in einer der ärmeren Gegenden von Damon, einem schwarzen Flecken, wie Eddgar es nennen würde, der an Oakland grenzte und nach Armut roch. In früheren Jahrzehnten hatte hier das Militär immer wieder kurze Gastspiele gegeben und eine Menge verfallener Gebäude aus hellen Gipsplatten hinterlassen, die inzwischen mit Teer ausgebessert worden waren. Die Läden in der Geschäftsstraße unter uns bildeten einen jammervollen Kontrast zu dem Boulevard, der nur gut eine Meile von hier entfernt verlief. Die meisten Schilder über den Türen waren nur mit Farbe aufgepinselt, Neonröhren gab es nicht. Das Warenangebot in den Schaufenstern zwischen den zurückgeschobenen Scherengittern war spärlich. Wenn ich mir den Verkehr auf der Straße ansah, wunderte ich mich zum tausendsten Mal, daß die Schwarzen noch immer diese grauenhaften amerikanischen Wagen fuhren, diese gewaltigen Kisten, an denen überall der Rost fraß und die keine fünf Jahre überleben würden. Wissen erreicht die Unterdrückten stets zuletzt, würde Eddgar sagen. Durch die Lücken zwischen den überbelegten Häusern sah man die nahen Salzflächen, ein Marsch- und Sumpfgebiet, das sich bis zum brackigen Wasser der Bay erstreckte. Trotz der Nähe des Netzes aus weißen Pipelines und Raffinerietanks eine Meile vor Richmond nisteten hier noch Seevögel. Bei ungünstigem Wind zog der üble Geruch bis hierher.

Unter uns ging ein stattlicher Schwarzer mit energischen Schritten vorüber. Er trug einen breitkrempigen Hut. Ich dachte, es wäre Hobie, und mein Herz machte einen unerwarteten Sprung. Ich war aufgestanden, um ihm zu winken, als ich meinen Irrtum bemerkte.

»Glaubst du, du kannst herausfinden, wo Hobie Tuttle steckt?« fragte ich June. Ich stand in der Balkontür. Sie mußten es eigentlich wissen, angesichts ihrer Beziehung zu Celeveland. »Es würde mir viel bedeuten, ihn noch einmal zu sehen, bevor ich gehe.«

June schirmte die Augen mit der Hand gegen die Nachmittagssonne ab. Sie trug ein unauffälliges Hemdblusenkleid, und das helle Haar war mit zwei Spangen zusammengehalten. Mit einer Handbewegung dirigierte sie mich ins Zimmer zurück.

»Wir halten es für besser, wenn du dich draußen nicht sehen läßt. Man kann nie wissen, was passiert, wenn du gesehen wirst. Man muß jeden Zufall ausschließen«, wiederholte sie. Das mußte aus einem ihrer Revolutionshandbücher stammen, Worte von Stalin oder Sur-tsu oder sonst einem Revolutionstaktiker. Ich wußte, es war klüger, nicht offen über Fragen der Disziplin zu streiten. Das gehörte zum revolutionären Bewußtsein.

»Hör zu, ich bin vorsichtig. Sehr sogar. Wie gesagt, es würde mir viel bedeuten.«

»Ich höre mich mal um.« Es machte mir Hoffnung, daß sie die Möglichkeit nicht gleich von sich wies. Sie sah mich aufmerksam an, bis ich merkte, daß sie etwas von mir erwartete. Ich sollte nun doch auf den Balkon hinausgehen, bevor sie zum Hörer greifen und ein geheimes Gespräch mit entsprechenden Codewörtern mit wem auch immer führen konnte – mit Eddgar oder sonst jemandem.

Als ich später wieder ins Zimmer kam, saß sie auf einem geradlehnigen Stuhl, der einzigen Sitzgelegenheit im Zimmer, hatte die Füße auf das Bett gelegt und las. Das Buch, das sie sich mitgebracht hatte, war eine Hardcover-Ausgabe von *Mr. Sammler's Planet*. Ein unerwarteter Titel für June, dachte ich, aber bei ihr konnte man nie wissen. Sie wollte immer ein wenig auf dem laufenden bleiben.

Was Hobie betraf, habe sie noch nichts erfahren, sagte sie und streckte mit einem wohligen Laut die kräftigen Arme in die Luft, das Buch noch immer in der Hand. Wieder ging von June etwas aus wie Wärme von einem sonnenerhitzten Stein, und ich dachte daran, wie leicht es wäre, uns unter ein wenig anderen Umständen die Wartezeit mit Sex zu vertreiben. Es könnte ein wildes Erlebnis sein – ein verrücktes, fröhliches Vergnügen, eine Erinnerung daran, daß das Leben nur dann kompliziert wurde, wenn mehr als zwei Menschen zusammenkamen.

Ich saß eine Weile da und gewöhnte mich an den Wechsel des Lichts. An der Wand hing schief ein einsames Bild, ein Waldstück. Etwas Beruhigendes für die, die durch den Verkehrslärm vom Freeway keinen Schlaf finden konnten. Auch ich suchte etwas zum Lesen. In der Schublade des schäbigen, zerkratzten Schranks lag eine Gideon-Bibel. Ich blätterte durch das Deuteronomium auf der Suche nach den Textstellen, die auf meiner Mesusa-Rolle standen, als wären sie für mich die Nachricht aus einer Flaschenpost. »Und nun höre, Israel«, las ich, »die Gebote und Rechte, die ich euch lehre, daß ihr sie tun sollt, auf daß ihr lebet und hineinkommet und das Land einnehmet, das euch der Herr, eurer Väter Gott, gibt.« Jehovas Worte. Sie bedeuteten mir nichts. Der rhetorische Gestus und das Gewicht dieser Worte waren es, die mich in die Welt unerwünschter Pflicht zu verweisen schienen, der ich entfliehen wollte.

»Das Patriarchat«, sagte ich.

June lächelte. Sie war die Frau eines Theologen.

Um die Mittagszeit rief June meinen Vater wieder an, diesmal um ihm den Plan der Lösegeldübergabe auseinanderzusetzen. Sie wies ihn an, sofort eines der größeren Casinos in Las Vegas – das Roman Coin – anzurufen und für seinen Sohn, der bald eintreffen würde, ein Wett- und Spielkonto zu eröffnen. Das war allgemein üblich. Über das Konto konnte nach Eingang der telegraphischen Anweisung seiner Bank beim Casino sofort verfügt werden.

»Morgen geht Seth an die Kasse und läßt sich die 20 000 in Chips auszahlen«, sagte June. »Er wird sich mit seinem Führerschein ausweisen. Kommen Sie nicht auf den Gedanken, ihm ein paar Helden vom FBI als Retter zu schicken. Er wird nämlich Plastik mit einem Zünder am Körper tragen, der per Fernbedienung ausgelöst werden kann. Wissen Sie, was das ist?«

»Nein«, sagte mein Vater. Ich stand neben June, das Ohr dicht am Hörer.

»Das ist ein hochexplosiver Sprengsatz«, sagte sie.

»O mein Gott!«

»Sehr sicher«, sagte June, während mein Vater noch einmal ›O mein Gott!‹ sagte. »Ganz ungefährlich, solange keiner auf den Knopf drückt. Aber das wird ja nicht passieren. Weil wir das Geld nämlich kriegen. Stimmt's?«

»Ohne Frage.«

»Sicher. Ohne Frage.«

Die Chips würde ich per Einschreiben an ein Postfach in San Francisco schicken. Das wäre der Zeitpunkt meiner Freilassung. Anschließend würde jemand zurückfahren und die Chips einlösen, nicht im Roman Coin in Las Vegas, sondern in dem in Lake Tahoe, eine Vorsichtsmaßnahme für den Fall, daß die Chips markiert wären. Eddgar muß am Rande des Deliriums gewesen sein, als er sich diesen Plan ausdachte. Schließlich führten ihn diese Ideen aus der tristen Welt des Maoismus in unendlich weit entfernte Galaxien, die er nie betreten hatte, Glücksspiel und Casinos. Woher wußte Eddgar überhaupt Bescheid über so etwas? Wie kam es, daß ihm solche Regeln und Gewohnheiten aus einem Leben geläufig waren, dem er abgeschworen hatte? Ich zog den Schluß, daß Neid ein starkes Motiv für Revolutionen sein konnte.

»Wenn wir das Geld in Händen haben, ist Seth frei und kann gehen, wohin er will. Er ruft Sie dann an. Nur eine Einschränkung: Es ist eine bedingte Entlassung.«

»Bedingte Entlassung?«

»Genau. Bedingt. Wie beim Hafturlaub. Für gute Führung und so. Verstehen Sie? Denn die Sache ist schließlich gewissermaßen in die Hose gegangen. Wir dachten, der Bursche ist so etwas wie der Sohn von Rockefeller, und das ist er nicht. Aber wir haben nun keine Lust, im Knast zu landen, weil wir einen Fehler gemacht haben und das auch noch zugeben. Verstehen Sie mich? Wir kriegen nur einen Ausgleich für unsere Ausgaben, weiter nichts, Schwamm drüber, und so weiter. Aber nicht, wenn wir nun dran sind statt seiner. Verstanden?«

»Sie wollen also genauso in Freiheit bleiben.«

»Genau.«

»Dieser Wunsch ist durchaus verständlich«, sagte mein Vater.

»Bißchen Ironie, wie?« fragte June. »Genau das ist es, was wir wollen. Keine Überraschungen. Wir wollen nicht, daß Seth eine Beschreibung von uns abgibt. Oder Skizzen anfertigt. Oder daß Sie den Mund aufmachen.«

Mein Vater dachte nach. Es knisterte in der Leitung. Plötzlich erkannte ich, daß dies ein großes Match zwischen Eddgar und meinem Vater war.

Schließlich sagte er: »Ich gebe Ihnen mein Ehrenwort, daß wir nichts verraten.«

»Danke. Das ist großartig. Wirklich toll. Nur glaube ich, daß uns das nicht ganz genügt. Ein bißchen fehlt noch.« Sie lachte gemein. Sie erinnerte an eine Schauspielerin, die in ihre Rolle verliebt ist. »Und behandeln Sie mich nicht wie eine verdammte Idiotin. Die bin ich nämlich nicht. Habe ich Sie so behandelt?«

Er gab keine Antwort.

»Sehen Sie, wir haben da ein Problem. Und das wird immer größer. Soweit ich das mitbekommen habe, soll Ihr Sohn heute einrücken oder schon letzte Woche, was weiß ich. Man will seinen Arsch in der Kaserne sehen. Aber da ist er nicht. Also machen sich die Jungs in den blauen Anzügen und mit den blanken Schuhen jetzt auf und suchen ihn. Können Sie mir folgen?«

»Ich glaube, ja.« Er legte wieder eine Pause ein, um die Dinge abzuwägen. »Unter diesen Umständen ist Seth genausowenig an einem Kontakt mit dem FBI interessiert wie Sie.«

»Jetzt kommen Sie der Sache näher, Mister. So ist das mit großen Geistern. Die Sache ist nur die, daß er sich das Nordlicht ansehen will. Das hat er doch vor, oder? Er rennt einfach weg. Und ist er erst mal da oben, braucht er einen Anruf vom Bureau nicht mehr zu fürchten. Und Sie auch nicht. Dann könnte es plötzlich so ablaufen: ›Hi, wie geht's, ich möchte Ihnen mal was erzählen von so ein paar komischen Typen, die Lösegeld für meinen Sohn kassiert haben.‹ Und deswegen ist er nur bedingt frei. Sie erinnern sich: bedingt?«

»Ja.«

»Okay. Ich rede jetzt schneller, weil die Zeit knapp wird. Will nicht selber gegen die Regeln verstoßen. Jetzt kommt der springende Punkt vom Ganzen: Die nächsten sechs Monate bestimmen wir, wo er sich aufhält. Wir suchen ihm etwas aus. Irgendwo im schönen Amerika, okay? Irgendwo zwischen Atlantik und Pazifik. Irgendwo, wo wir auf ihn aufpassen können. Da kann er wohnen und arbeiten. Was immer er möchte. Wir beschaffen ihm Papiere, Versicherungskarte und so weiter. Er kann im Untergrund leben. Solange er sich merkt, daß wir jede Menge Leute haben, die ihn im Auge behalten. Er weiß, was wir von ihm erwarten. Er kann nicht einmal für zehn Minuten verschwinden, ohne daß wir wissen, wo er steckt. Und niemals, ich wiederhole, niemals, wird er mit irgendeinem Polizisten oder so was Ähnlichem reden. Mit keinem Bullen oder sonstigem Tier. Lokale Cops oder FBI. Das gilt auch für Sie. Absolut. Wenn die vom Bureau bei Ihnen auftauchen, haben Sie nicht die leiseste Ahnung, wohin er gegangen ist. Wenn Sie versuchen, uns aufs Kreuz zu legen, oder Seth auch nur mal mit 'ner Politesse flirtet, rufen wir das FBI an und erzählen denen, wo sie den kleinen Seth finden können. Wir hauen dann ab nach Algerien, und er landet im Knast und reißt seine achtzehn Monate bis drei Jahre ab. Können Sie mir folgen?«

»Ich kann es mir bildlich vorstellen«, sagte mein Vater.

»Wiedersehen.«

Vierzig Minuten später rief sie ihn wieder an.

»Irgendwelche Fragen?«

»Keine«, sagte mein Vater.

»Das Geld vorbereitet?«

»Ich habe direkt mit meinem Banker gesprochen. Die Summe wird heute noch angewiesen. Das Casino ist benachrichtigt und wird Seths Wünschen entsprechen, sobald er ankommt.«

»Keinerlei Probleme?«

»Soweit nicht. Der Banker war schon etwas neugierig, aber ich habe ihm erklärt, daß ich mal als eine Art Hobby die Möglichkeiten des Wahrscheinlichkeitsgesetzes beim ›17 + 4‹ studiert hätte. Er war sehr interessiert und hat mir gleich ein Buch empfohlen.«

»Schön weit hergeholt. Hier ist Ihr Sohn.«

»Dad, es tut mir leid.« Und das meinte ich ehrlich. Im Augenblick des Sieges war ich unglücklich und voller Gewissensbisse.

Er gab keine Antwort. Sicher war er in seinen Gefühlen hin und her gerissen, schäumend vor Wut und zugleich überaus erleichtert, meine Stimme zu hören.

»Du weißt doch, was als nächstes kommt?« fragte ich.

»Du rufst uns an.«

»Ich meine, danach. Das FBI wird nach mir fahnden. In ein paar Wochen. Und du kannst mich nicht erreichen, weder telefonisch noch schriftlich. Verstehst du? Keine Spuren, die zu mir führen könnten.«

»Deine Mutter wird das nicht aushalten.«

»Ich rufe alle paar Tage an. Von einem Münztelefon. Nur damit du weißt, ich bin okay. Das ist alles, was ich tun kann.«

»Erfahren wir, wo du bist?«

»Es ist viel sicherer, wenn du es nicht weißt. Bestimmt. Wenn du einfach ›Ich weiß nicht‹ sagen kannst, sobald jemand auftaucht. Ich möchte nicht, daß ihr Schwierigkeiten bekommt.«

»Schwierigkeiten«, wiederholte mein Vater. »Mein Gott, Seth.« Doch als er genau begriffen hatte, worauf es ankam, verzichtete er auf weiteres Jammern und Klagen. Es paßte für meinen Vater jetzt alles logisch zusammen. Durchschauen würde er die Sache nie. Wäre da nicht die schmerzliche Geldübergabe, wäre für ihn der Plan perfekt.

»Ist Mom okay?«

»Sie weiß von nichts.«

»Großartig. Hör zu, es wird alles gutgehen.«

»Ich werde darum beten«, antwortete mein Vater.

Danach blieb ich still sitzen, die Hand noch auf dem Telefon, und es bohrte in mir. Die Sache war jetzt ausgestanden. Unter technischen Gesichtspunkten. Ich hatte das denkbar Schlimmste getan, und alle hatten überlebt. Keiner hatte einen Infarkt bekommen. Keiner wußte, daß sie betrogen worden waren. Jetzt würde ich erfahren, was es mit dem ungewissen Gefühl der Freiheit auf sich hatte. Der Wind trug Lärm und Abgase von der Straße in unser Zimmer herauf und ließ die Vorhänge flattern.

»Du weißt, das Leben ist oft grausam, Seth«, sagte June hinter mir. »Der Chirurg, der dir das Leben rettet, liebt auch zu einem kleinen Teil das Blut, wenn er dich operiert.«

»Wen von uns beiden meinst du?« fragte ich, obwohl ich es genau wußte. Ich war neurotisch und gefährlich. Damit mußte ich leben. Aber erfreut war ich nicht darüber. Ich spürte bereits die schwere Last, die zeit meines Lebens bei jedem Gedanken an diese Ereignisse auf mir liegen würde. Doch für June, das wurde deutlich, waren große Auftritte der Maßstab der Dinge: das helle Rampenlicht und tosender Applaus. Immer mußte etwas passieren. Veränderungen. Katastrophen. Ein neuer Liebhaber im Bett. Es hatte sich gezeigt, daß sie leichter zu durchschauen war, als ich früher gedacht hatte.

»Ich wollte dir nur erklären, wie ich diese Dinge sehe«, sagte sie. »Du unterstützt eine wichtige Sache. Ich weiß, daß es dich aufwühlt. Ich sehe, wie weh es dir tut. Doch wir alle bringen Opfer für die Revolution.«

Das Telefon läutete. June hörte nur schweigend zu, bis sie den Hörer wieder auflegte.

»Vielleicht findest du Tuttle im Africa House«, sagte sie. »Und sei vorsichtig. Es gehen unverantwortliche Dinge vor, jetzt wo Cleveland sitzt. Er allein hatte seine Zelle fest im Griff. Auch deshalb müssen wir ihn rausholen. Sagen wir, du hast eine Stunde.« Sie sah auf die Uhr. Ich wühlte in meiner Tasche nach den Wagenschlüsseln. Dann drehte ich mich zu ihr um.

»Welches Opfer bringt Eddgar?« fragte ich. »Für die Revolution?«

Sie musterte mich eine Zeitlang. »Seinen Glauben«, sagte sie.

Eine Uhr schlug, und in seltsamem Zweiklang ertönte dazu auf dem Highway eine Hupe. Sie wußte wohl, daß ihre Bemerkung mich härter traf als sie selbst.

»Und deines?« fragte ich.

»Ich bleibe bei Eddgar«, gab sie sofort zurück und griff nach dem Buch, das noch auf dem Bett lag, ohne mich noch einmal anzusehen.

Auf dem Weg über den Campus von Damon schlug mir eine Feiertagsatmosphäre entgegen. Am Morgen hatte die Fakultät für den Universitätsstreik gestimmt. Vorlesungen und Kurse waren auf unbestimmte Zeit abgesagt, so daß die Studenten Flugblätter verfassen und verteilen und sich organisieren konnten. Sie schienen zwar von der Tatsache beeindruckt, die eigene Befreiung bewirkt zu haben, dennoch herrschte auf dem Campus statt eines Begeisterungstaumels nur eine fröhliche Wochenendstimmung. Aus den Fenstern dröhnte Musik, und die Menschen zogen über Wiesen und Plätze. Aus den Fenstern der Wohnheime hingen Transparente aus Bettüchern. Auf ihnen prangte eine mit Schablone aufgetragene, schreiend rote, geballte Faust. Darunter ein einziges Wort:

STREIK

Ich ging weiter zum College-Hof und bekam ein vervielfältigtes Flugblatt in die Hand gedrückt:

STOPPT NIXONS KRIEGSMASCHINE
Ohio Laos New Haven Kambodscha Vietnam
Landesweiter Studentenstreik
Streikt, bevor es zu spät ist!
Streikt für die Wahrheit!
Streikt für die Vernunft!
Streikt für euch selbst!
Streikt für den Frieden!
Streik! Streik! STREIK!

Auf dem Hauptplatz fand eine große Kundgebung statt, ein Kriegsgegner nach dem anderen griff zum Mikrophon, Fakultätsmitglieder und Studenten verurteilten Richard Nixon unter riesigem Applaus. Gewaltige Lautsprecher verstärkten die Botschaft, deren Echo von den Hauswänden über die große Menge zurückgeworfen wurde. »Wir sagen nein und machen nicht mehr weiter, als wäre nichts geschehen«, rief ein wild dreinschauender Prof., »und wir sehen nicht mehr tatenlos zu, wie unsere politische

Führung diesen verabscheuungswürdigen Krieg fortsetzt.« Er war ein offizielles Senatsmitglied, einer dieser Typen, die noch zwei Tage zuvor Eddgar frohgemut aus der Uni befördert hatten. Er rief nach Frieden, und die Menge antwortete ihm. »Die ganze Welt sieht auf uns!« skandierten sie spontan im Sprechchor, als er seine Rede beendet hatte. Im Augenblick wollte ich selbst daran glauben. Ich hätschelte meine Emotion und umklammerte meine Hoffnung wie ein kostbares Spielzeug. Dann aber sah ich auf die Uhr und schob alles beiseite. Mir blieben nur noch vierzig Minuten.

Africa House hieß eines der alten Wohnheime aus rotem Ziegelstein. Afro-amerikanische Studenten, wie sie sich neuerdings nannten, hatten es mit Schmeicheln, Drohungen und schlichtem Plätzetauschen geschafft, die dreißig Zimmer dieses Blocks in die Hand zu bekommen. Nur Mitglieder der schwarzen Rasse durften hier noch wohnen. Es sollte ein eigenständiges Paradies werden, wo alle ihre bunten Dashikis trugen, einander ›Bruder‹ nannten und nur aus dem Blickwinkel der Bewohner über politische und kulturelle Dinge diskutieren konnten. Immer, wenn ich vorbeikam, tönte großartige Musik aus den Fenstern – Miriam Makeba und Junior Walker and the Miracles –, die Musik, die mich in der High-School-Zeit begleitet hatte. In der täglich erscheinenden Campus-Zeitung wurde erbittert erörtert, ob diese Art von Rassentrennung überhaupt wünschenswert sei. Da ich von Kindesbeinen an begriffen hatte, daß es nichts Dümmeres gab, als Menschen nach ihrer Hautfarbe zu beurteilen, war in meinen Augen die Gründung des Africa House eine irrationale und von Grund auf destruktive Aktion. Doch inzwischen war seine Existenz ein allgemein akzeptiertes Faktum. Auf die Eingangstür hatte man in fluoreszierenden Farben ein Porträt von Malcolm X gemalt, und darüber flatterte die Nationalflagge von Ghana. Auch hier hingen Streik-Banner aus den Fenstern, eine unerwartete Geste der Solidarität.

Die Soul-Sister mit Sonnenbrille und Afro-Frisur, die ich im Flur nach Hobie Tuttle fragte, ließ sich Zeit. Sie saß in einer alten Schulbank, die aus einem Klassenraum hergeschleppt worden war, und las *Cane.* An den Wänden las ich Slogans von Frederick Douglass und Martin Luther King Jr.

»Du bist?«

Ich sagte es ihr. Ein Freund. Zimmergenosse.

»Junkie?«

»Wenn du mich filzen willst, nur zu.« Ich streckte die Arme nach den Seiten aus.

Das Zimmer, in dem ich Hobie zehn Minuten später fand, war von oben bis unten schwarzweiß gekachelt, sogar an der Decke – in großen Quadraten von 25 Zentimetern Seitenlänge. Im ersten Moment glaubte man, in ein Kaleidoskop zu schauen. Als ich die Tür öffnete, saß Hobie am anderen Ende des Raums. Er kauerte in einer Ecke, gleich neben einer einfachen Kommode aus Universitätsbeständen, die mit mattschwarzer Klebefolie verkleidet war. Er trug einen langen Ledermantel. Ich dachte zuerst, daß er krank war oder betrunken, aber er lächelte und sah mich so sicher an, daß ich wußte, beides war nicht der Fall. Wenige Zentimeter neben seiner Hand lag eine große silberne Pistole auf dem Boden. In meinem ganzen Leben hatte ich noch keine Waffe gesehen, außer die in den Halftern der Cops, und ich starrte sie lange unverwandt an.

»Willst du auf mich schießen?«

Er zeigte ein mattes Lächeln und winkte mich herein. Ich zeigte auf die Wände.

»Psychedelisch?«

»Es wirkt.«

»Als gucktest du in so eine Glasröhre. Letzte Nacht ging es mir schlecht, du weißt schon, und jetzt ist es vier Uhr durch. Wie geht es dir, Kumpel?«

»Oh, groovy«, antwortete er. Er sah schlecht aus. Unter der dunklen Haut waren Nasenrücken und -flügel gerötet. Seine Vorbehalte gegen Koks schienen sich in einer Phase der Bedrückung verflüchtigt zu haben. Dies sei Clevelands Bude, erklärte er, zur Zeit eine seiner eigenen Unterkünfte.

»Cleveland sitzt ziemlich tief drin, wie?«

»Das kann man wohl sagen, Mann. Die Bullen haben ihm diesen Stoff untergeschoben. Man kennt das ja. Den Bullen geht es mächtig auf die Eier, wenn so ein dreckiger Farbiger Jura studiert.« Das war die Story, die die Panthers überall verbreiteten. Wer immer auf den Stuhl von Eldridge Cleaver als Informationsminister nachgerückt war, hatte im Radio verkündet, Clevelands Festnahme sei inszeniert gewesen. Doch so etwas hatten wir alle schon zu oft gehört. Allein die Tatsache, daß er auch mir diese kleine traurige Lüge auftischte, zeigte, wie sehr Meinungsverschiedenheiten unsere Beziehung getrübt hatten.

»Ich mach' mich nach Kanada auf«, sagte ich.

»Ja«, sagte er. »Und die gute alte Loopy Lucy Loo sagt, sie fährt mit.«

»Das hat sie mir auch gesagt. Sie muß weg von hier. Ist vorbei mit der Liebe, nicht?«

»So geht's nun mal«, sagte Hobie.

»Ja, so geht's«, antwortete ich. »Wenn du also die Mounties da oben plötzlich ›groovy‹ sagen hörst statt ›Wir kriegen euch alle‹, dann weißt du, warum.« Ich wollte ihn so gerne aufmuntern. Ich wünschte mir so sehr, daß er das war, was er immer für mich gewesen war – mein Freund. Er versuchte ein Lächeln. »Irgendwie hatte ich gehofft, du kommst noch vorbei und sagst auf Wiedersehen.«

»Na ja, du weißt, wie das so ist, Mann. Habe ein paar ernste Probleme hier. Muß mich ein bißchen kleinmachen.«

»Wirst du gesucht?«

»Könnte sein. Ich hoffe, nicht.« Ich war mir nicht sicher, wieviel ich ihn fragen konnte. Mit seinem untrüglichen Sprachgefühl hatte Hobie den hiesigen Akzent angenommen, der nie sein eigener gewesen war. Ich wußte, sein Vater würde ihm eins hinter die Ohren geben, hörte er ihn so reden. Das war wohl der springende Punkt. Hobie hatte alles übernommen, was seinem Vater für ihn am Herzen lag, und es für seine Generation neu verpackt. Dreitausend Kilometer entfernt von Gurneys breitem Schatten und seinem Einfluß entwickelte sich Hobie nun zu einem Mann, der auf eigenen Füßen stand. Doch wie so oft war ein Vergleich zwischen Hobie und mir kein Trost für mich.

In der Ferne auf dem Hauptplatz ertönten Jubelschreie. Die Streikenden machten sich bemerkbar. Hobie sah träge zum Fenster, vor dem ein schwarzes Rollo heruntergelassen war, und brummte etwas.

»Diese Kids machen Tricky Dick ganz schön die Hölle heiß, Mann. Er muß den Krieg einfach stoppen, sonst gehen die nie mehr zur Schule.« Der Gedanke reizte Hobie.

»Sie tun, was sie können, Hobie.«

Er hob die eine Hand. In Wirklichkeit war es ihm gleichgültig. Wir saßen und warteten.

»Sollen wir über das ARC reden?« fragte ich. »Liegt da dein Problem?«

Regungslos grübelte er vor sich hin und sagte dann: »Ich hab' diesen Scheiß nicht gebaut. Wenn du das wissen willst. Aber das, worüber du Bescheid weißt, scheint schon zu reichen. Habe von einem Fingerabdruck auf diesem Stück Kanister gehört, das sie gefunden haben.«

»Großer Gott, Hobie.« Nach dem ersten Schrecken wurde mir klar, daß June das gemeint haben mußte.

»Das alles habe ich Clevelands gottverdammten Genossen zu verdanken. Weißt du, diese Brüder gehen mir ganz schön auf den Hammer. Andererseits« - Hobie nahm jetzt wirklich die Waffe in die Hand und legte sie an die Schläfe – »sollen die Scheißer ruhig kommen.« Er lächelte. »Oder ich blas' die Bullen weg, wenn sie durch die Tür gucken.« Er hielt die Pistole ganz kurz in meine Richtung.

»Reden wir noch einmal über die ARC-Geschichte.«

Hobie zuckte mit den Schultern. Ich war wohl auf dem richtigen Weg.

»Was bedrückt dich denn wirklich?« fragte ich. »Singt Cleveland? Ist es das?« Wenn sie Cleveland high machten, wäre leicht etwas aus ihm herauszuholen. Er könnte jetzt schon umgekippt sein, wenn auch die Eddgars behaupteten, Clevelands Wochenendbesucher hätten ihn aufgebaut. Hobie sah keinen Grund zur Sorge.

»Cleveland, Mann – Cleveland ist die härteste Nummer, der du je begegnet bist.«

»Also singt er nicht?«

»Tut er nicht, es sei denn, er will es selbst. Kann sein, daß er das eine oder andere sagt. Kann sein, er will ein paar von den Trotteln kirre machen.« An dem nachdrücklichen Rhythmus, mit dem er diese Versicherungen von sich gab, konnte man hören, daß er sie in den letzten Tagen schon oft wiederholt hatte. »Sieh mal, Mann, das ist eben nur ein kleines internes Gerangel. Eldridge und Huey, Mann – Huey ist schon ein seltsamer Motherfucker. Kann sehr abstrakt daherreden, wenn es um Stoff geht. Ganz kühl. Jeden Tag kommt er damit jetzt an. Cleveland war mehr mit Eldridge und denen zusammen. Jetzt sagt Huey aber, die Dealerei mit Dope und so haben nichts mit revolutionären Aktionen zu tun. Verstehst du? Und was der Kerl wirklich damit meint, ist, daß die Partei nicht genug Waffen hat.«

Ich nickte.

»Also hat Cleveland das Gefühl, daß nicht genug Solidarität da ist. Ich meine, da drüben in New Haven gehen zwanzigtausend für Bobby auf die Straße, und hier, weißt du, bringen sie nicht mal Clevelands Kaution zusammen. Kann sein, der Bruder hat was fallenlassen, um die Typen kirre zu machen. Aber so läuft das. Das ist Dialog. Dialektik. Das läuft als ideologische Debatte, kapiert? Stalin und Lenin.«

»Und wer steht dabei für dich ein, Hobie? Stalin oder Lenin?«

Er warf mir ein schiefes Lächeln zu, um mir zu zeigen, daß er nicht auf den Arm genommen werden wollte. Das wollte er noch nie.

»Wenn Cleveland die Seiten wechselt, haben sie dich am Arsch, richtig?«

»Cleveland wechselt nicht die Seiten. Nicht auf Kosten von Brüdern. Das ist mal sicher.« Ich wußte, er redete sich selbst damit gut zu. Doch schon, wenn Cleveland nur ein paar Nebensächlichkeiten preisgab, was auch Hobie für möglich hielt, war mir klar, worüber sich die Eddgars Sorgen machten.

»Du könntest vorher die Seite wechseln, Hobie. Du weißt, du hast nichts getan. Du könntest ihnen einiges erklären.«

»Bin kein Verräter.« Er dämpfte die Stimme und gestikulierte mit der Waffe. »Sie würden mich fertigmachen.« Deswegen stand Bobby in New Haven vor Gericht – wegen der Hinrichtung eines Informanten.

Ich hätte Hobie jetzt klarmachen können, in was für ein Schlamassel er sich hineinmanövriert hat, doch heute wäre das nur scheinheilig gewesen. Hätte ich ihm erzählt, was ich mit den Eddgars zusammen ausgebrütet hatte, hätte er wahrscheinlich eine ganze Tirade von Schimpfworten losgelassen. Wir beide waren von Dingen überrollt worden, die zunächst richtig erschienen. Es war wie eine Party, bei der die gute Stimmung – Musik, Tanz, nette Mädchen und viel Spaß – unerklärlicherweise umschlägt in eine Katastrophe. Es tat mir leid für uns beide.

»Zu deiner Information: Die Eddgars scheinen einen Plan zu haben, wie sie an Geld für Clevelands Kaution kommen. Also kannst du deine Waffe vielleicht wegstecken. Er dürfte schon bald wieder draußen sein.«

»Die Eddgars«, sagte Hobie. »Scheiß drauf! Mit denen kommt er nie raus.«

»Aber dann bist du doch okay, nicht?«

Er zuckte wieder so unschlüssig mit den Schultern wie schon ein paarmal zuvor. Er wußte wirklich nichts. Vielleicht war es besser so. Ein Augenblick verging schweigend.

»Hast du Angst?« fragte ich.

Er dachte nach. Sein sorgenvoller Blick ruhte auf mir. Ein Panther hatte keine Angst.

»Das hier, Mann, ist wie Vietnam. Ist wie ein schlechter Trip, du bist voll da und kommst nicht rüber, sagst dir, daß du in letzter Zeit wohl zuviel genommen hast. Ich habe nicht mehr als ein, zwei Stunden geschlafen in den letzten zwei Tagen. Kommt vielleicht der falsche Typ zur Tür herein? ›So sieht das Leben eben aus, blabla.‹«

»Dann hau doch hier ab, zum Teufel. Rein in deine Fliegerstiefel und renn schneller, spring höher als alle anderen. Komm mit nach Kanada. Wie wär' das? Hope und Crosby in ihrem neuesten Road Movie.«

Ein pfiffiger Ausdruck, wie ich ihn von früher kannte, huschte über sein Gesicht, verschwand aber gleich wieder. Er schüttelte entschlossen den Kopf.

»Bin cool hier. Die Brüder kümmern sich.«

Als ich gehen wollte, stand er auf. Er überlegte einen Augenblick und tat so, als schwanke er. Dann erwiderte er meine Umarmung. Die Pistole behielt er dabei in der Hand. Ich ging zur Tür, und er sagte etwas auf französisch zu mir. Das war eine seiner Marotten, obwohl er wußte, daß ich die Sprache nicht konnte. Ich fing nur die Worte *»mon ami«* auf.

Als ich ins Campus Travel Motel zurückkam, war Eddgar da. Ich hatte den Zimmerschlüssel bei mir, und als ich jetzt aufschloß, kam ich mir wie ein Eindringling bei einer intimen Szene vor. Dabei hatte die Situation nichts Anstößiges. Sie saßen auf den gegenüberliegenden Kanten der Einzelbetten und hatten die Köpfe zusammengesteckt. Es war klar, daß sie miteinander geflüstert hatten, um einen potentiellen Lauscher zu überlisten und jeden Zufall auszuschließen. Bei meinem Eintreten fuhr Eddgars Kopf herum, und seine blauen Augen musterten mich wie immer ärgerlich und argwöhnisch.

»Mein Gott, Seth. Wir sitzen hier und hoffen und bangen, daß du ihnen nicht über den Weg gelaufen bist.«

»Wen meinst du?«

Eddgar sah June an. Dem Qualm im Zimmer und den zahllosen Kippen im Aschenbecher nach zu urteilen, hatten sie bereits eine ganze Weile hier geredet – vielleicht schon seit ich gegangen war.

»Offensichtlich hatten wir Besucher in unserem Haus, die Fragen gestellt haben«, sagte sie.

»Was für Fragen?« wollte ich wissen.

»Ich habe sie nicht gesehen«, sagte Eddgar. »Michael hat mit ihnen geredet. Ich habe mit ihm telefoniert. Sie haben nach dir gefragt: Wann er dich zum letzten Mal gesehen hat? Mit wem du da zusammenwarst? Ob er letzte Nacht irgendeine tätliche Auseinandersetzung mitbekommen hat, irgendwelche ungewohnten Geräusche.«

»So ein Mist«, sagte ich.

»Wenn nur das wäre«, sagte Eddgar.

»Was hat er ihnen gesagt?«

»Nichts«, sagte Eddgar. »Er wußte ja von nichts. Er war auf dem Weg zu seinem Labor, um nachzusehen, was davon noch übrig war. Er hatte also keine Zeit. Du weißt, wie schwer es schon normalerweise ist, ein Wort aus ihm herauszubekommen. Aber mir ist verdammt klar, daß sie von deiner Entführung wissen.«

»Mein Gott. Wer? Wer waren sie?«

»Michael sagt, sie haben sich ausgewiesen.« Eddgar sah kurz June an und dann mich. »Sie waren vom FBI«, sagte er.

11. Dezember 1995

SONNY

Oft gibt es Abende, an denen sich Verpflichtungen außer Haus nicht vermeiden lassen. Dann eile ich zur Tagesmutter, um Nikki abzuholen, mache ihr etwas zu essen und bekomme sie mit etwas Glück auch noch in ihren Pyjama. Dann kommt Everarda, das Kindermädchen, das bei Marta Stern wohnt und schon seit Jahren bei mir einspringt, wenn Marta selbst nichts vorhat. Everarda ist eine temperamentvolle Frau, eine Einwanderin aus Nicaragua. Sie geht gern früh ins Bett und übernachtet dann unten in unserem kleinen Gästezimmer hinter der Küche. Im Morgengrauen geht sie dann die drei Blocks zu Marta zurück. Für mich ist das eine wunderbare Lösung. Nikki liebt Everarda und ihren Akzent, den sie bis ins Detail imitiert, und wenn sie schlecht gelaunt ist, sogar vor Everarda selbst. Aber das kränkt sie nicht. Sie gehört zu den Frauen, die ihre wahre Bestimmung auf dieser Welt kennen. Sie hat nichts mit Designer-Mode zu tun und nichts mit dem neuesten Pop-Album oder Schmiergeldgeschäften von Politikern, die auf der Herrentoilette im Club Delancy abgewickelt werden. Sie sieht ihre Bestimmung allein in der Pflege und Erziehung von Kindern, und auf diesem schwierigen Gebiet ist sie unschlagbar. Sie nennt Nikki ›Niña‹ und geleitet sie so sanft durch das abendliche Ritual, als wäre meine Tochter eine kleine Marionette, deren Fäden sie in der Hand hält.

Everarda kommt mit ihrer Übernachtungstasche herein und klopft sich den Schnee ab, der seit kurzem fällt und dick auf dem Webpelzkragen ihres Mantels liegt. Sie hat stets den neusten Tratsch auf Lager. Marta, die ihr drittes Kind erwartet, habe Krampfadern und Ödeme. Und sie hat Streit mit Solomon, ihrem Mann, einem Management Consultant. »Wo ist errr hin, Solomon, ganzes Zeit? Sie heult, wissen Sie? Soll kommn heim. Errr geben Küsse. Schicken Blumen. Lächelt nur.« Auch Everarda lächelt über Solomons Geduld. Er ist ein dünner, dunkelhäutiger Mann. Er und seine Familie sind aus Kuba ausgebürgerte Juden, die seit dem 17. Jahrhundert dort gelebt haben. Er ist so dunkel wie mancher Malteser oder Srilanker, und in seinen Adern fließt das Blut vieler Völker.

Heute abend muß ich zu einem Abschieds-Dinner für Cyrus Ringler, den ehemaligen Obersten Richter am Supreme Court, für den ich gleich nach meinem Jura-Studium ein paar Jahre gearbeitet habe. Gerichtsreferendare arbeiten die ersten ein oder zwei praktischen Jahre – eine ungeheuer wichtige Lernphase –, an der Seite eines Richters und erfahren so aus erster Hand, wie sich trockene juristische Theorie mit lebendigem Leben erfüllt. So wie sich ein Rennpferd stets durch seine Abstammung identifiziert, durch Zuchthengst und Mutterstute, definiert sich ein Referendar zeitlebens durch seinen Lehrer. Für mich ist wohl das stolzeste Erbe in meiner juristischen Laufbahn die Tatsache, eine ›Ringler-Referendarin‹ gewesen zu sein.

Daher ist der heutige Abend ein Muß für mich. Ich fahre schneller durch das Schneegestöber nach Center City, als ich sollte, und stelle den Wagen in der Garage des Gresham Hotels ab. Dann überquere ich die Straße und betrete das Parker's, wo die ›City of Hope‹ Richter Ringler das Ehrendinner ausrichtet. Die Zeit der Begrüßungscocktails ist gerade vorüber, und die fünfhundert Anwälte, Politiker und Richter nehmen ihre Plätze ein, für einige die letzte Gelegenheit auf und ab zu schreiten, um gesehen zu werden. Auch ich wechsle im Vorbeigehen ein paar Worte mit diesem und jenem und komme so in die Nähe des erhöhten Podiums, wo mich Cy Ringler entdeckt. Winkend schickt er mir einen Kuß.

Seiner Gesichtsfarbe nach zu schließen, ist er schon ein wenig angetrunken und genießt seinen letzten großen Auftritt. Für mich ist er der Mann des Rechts schlechthin in Kindle County, und so werde ich ihn auch immer nennen. Er gehört zu den wenigen unbestechlichen Vertretern des Gesetzes, der sich dadurch Respekt verschaffte, daß er es ablehnte, die Prinzipien des Rechts politischen Zwecken unterzuordnen. Dabei war er keineswegs unflexibel oder ein Idealist. Aber er kannte stets die Grenzen.

Und er war berühmt für seine hervorragenden Vergleichsvorschläge und gütlichen Einigungen. Er haßte unversöhnliche Gegensätze und betrachtete sie als Einengung der Autorität gerichtlicher Entscheidungen. Und er liebte es, strittige Fälle aufgrund prozeduraler Spitzfindigkeiten an die Vorinstanzen zurückzuverweisen. Neben ihm sitzt seine Frau Marjoe. Sie hat zwei Krebsbehandlungen in fünf Jahren hinter sich und wirkt erschöpft, bemüht sich aber, sich nichts anmerken zu lassen. Sie hat wohl einen Friseur vom Maisgürtel einfliegen lassen. Denn wo sonst hätte sie jemanden gefunden, der ihr diese Frisur hätte stylen können: dichte Locken auf dem ganzen Kopf, aber flach wie eine Kappe um die Ohren?

Seltsamerweise empfinde ich hier, umgeben von Tri-Cities' juristischer Elite, mehr als anderswo die ungewöhnliche Aufmerksamkeit, die der Fall Nile Eddgar hervorgerufen hat. Meine Nachbarn in U. Park sind feinfühlig genug, um mich nicht auf meinen Job anzusprechen, und auch der Zeitungslektüre und den TV-Nachrichten aus dem Wege zu gehen, war angesichts meiner Arbeitsbelastung nicht schwierig. Hier und da war mir eine Schlagzeile ins Auge gefallen, doch erst heute abend wird mir bewußt, wie genau mein Prozeß verfolgt wird. Er ist in aller Munde. »Oho, da haben Sie aber mit einem ganz heißen Eisen zu tun«, meint zum Beispiel Manny Escobedo, ein anderer Richter am Supreme Court. Und Cal Taft, ein Kammerpräsident, bemerkt: »Womit Sie gerade beschäftigt sind, muß ich ja wohl nicht fragen, oder?« Ich stehe im Rampenlicht. Leise fragen mich die Richter, wie es dem Bastard gelungen sei, mich so in die Enge zu treiben, daß ich einem

Prozeß ohne Jury zustimmen mußte. Ich lächle und gebe nichtssagende Antworten, was nach den geltenden Spielregeln genau die richtige Reaktion ist.

Ich sitze an einem der Tische für ehemalige Ringler-Referendare und ihrer Ehegatten und habe wieder einmal den gewohnten Kampf um eine vegetarische Mahlzeit auszufechten. Die Kellner in ihren Cuts sehen mich an wie ein exotisches Wesen. Wie kann man nur dieses Backhähnchen mit der köstlichen Konsistenz eines Hockey-Pucks verschmähen? Ich hatte um einen Platz neben Mike Dornich gebeten, der ein Jahr lang mein Korreferendar gewesen war. Nach der Trennung von Charlie gehörte Mike Dornich zu den Männern, für die ich mich interessierte: sanft, etwas distanziert, witzig. Eines Abends hatte ich Marta diesen Gedanken gestanden, als wir Clara, ihrer älteren Tochter, und Nikki beim Spielen zusahen. Marta schreckte damals auf. »Himmel, Sonny«, flüsterte sie, »er ist schwul.« Mir wurde sofort bewußt, daß sie recht haben mußte, und ich staunte über mich selbst und darüber, wie wir immer die Dinge durch die Brille unserer eigenen Bedürfnisse sehen. Mike und ich fühlen uns stets wohl in der Gesellschaft des anderen, flüstern über dies und das und amüsieren uns über die Absurdität dieser ganzen Veranstaltung. Die 200 Dollar, die ich für die beiden Karten ausgegeben habe – eine davon noch dazu ungenutzt –, sind eine gewisse Form von Luxus. Viele Anwälte aus unserer Zeit haben die Kurve gekriegt und sind gut verdienende Partner in großen Anwaltskanzleien geworden. Daniella Grizzi, meine direkte Vorgängerin in Ringlers Kammer, bringt ihrer Kanzlei jedes Jahr mehrere Millionen ein und steht mit zehntausend Dollar auf der Fördererliste des Abends. Nur Mike Dornich, derzeit zweiter Mann am Berufungsgericht, und ich sind auf der Seite der öffentlichen Justiz geblieben, zwei kleine graue Mäuse beim Bankett der fetten Ratten.

Beim Dessert werden die Reden gehalten. Es ist ein Werktag, und jeder möchte um halb zehn auf dem Heimweg sein. Ich gebe Mike einen Kuß und verschwinde, bevor die Menge aufbricht. In dem riesigen, mit Spannteppich ausgelegten Empfang, wo die Cocktails serviert und die Namensschildchen verteilt wurden, entdecke ich den Gerichtspräsidenten meiner Kammer, Richter Brendan Tuohey. Mit drei Highballs intus schüttelt er auf dem Rückweg von der Herrentoilette anderen Flüchtlingen die Hand oder winkt ihnen zu. Mich begrüßt er mit feierabendlicher Milde. Vom Whiskey leuchtet seine Nase so rot, als habe er einen Sonnenbrand. Er wirkt so weinselig, daß ich schon fürchte, er könnte mir einen Kuß geben. »Sonny, Sonny«, sagt er, »wie geht's denn so heute abend?« Er faßt meine Hand, die andere legt er mir auffallend beiläufig auf die Schulter. »Ich wollte Sie schon längst einmal anrufen. Läuft es gut mit Ihrem Prozeß?«

»Ja, Herr Präsident«, antworte ich. Diese grotesken Begrüßungszeremonien bringen mich immer wieder zur Verzweiflung. Wo bin ich da hineingeraten? Alle Richter nennen sich beim Vornamen. Kumpelgehabe. Aber bei diesem Mann bringe ich es nie fertig, einfach ›Brendan‹ zu sagen.

»Scheint ein gefundenes Fressen für die Presse zu sein.«

»Ja, Sir.«

Er schüttelt den Kopf und wundert sich über die Unerschöpflichkeit menschlicher Streitlust. Mit einem freundlichen Lächeln entschuldige ich mich und eile zu dem kleinen Flur, der zur Garderobe und zu den Toiletten führt. Ich betrachte mich prüfend in dem großen Garderobenspiegel. Ich bin ganz zufrieden. Schwarzes Shiftkleid mit Perlen. Seit Jahren suche ich nach einem persönlichen Stil – nicht altmodisch oder übermodisch, nicht à la Hippie, Yippie oder Yuppie, und ergeben hat sich daraus schließlich ein Rest von klassischem Chic, der zum Ausdruck bringt, daß ich nicht die Zeit habe, lange mit meinem Haar und meinem Makeup herumzuspielen. Es ist ein Stil, dem vielleicht noch ein Hauch unserer tollen und stürmischen Vergangenheit anhaftet.

Gerade als mir das junge Mädchen meinen Mantel reicht, ruft jemand wieder meinen Namen. Es ist noch einmal Tuhoey. Es scheint ihm noch etwas eingefallen zu sein. Plötzlich schrillen in mir sämtliche Alarmglocken, was mir bei ihm immer wieder passiert. Brendan Tuohey kann selbst einen hellerleuchteten Gang in eine finstere Enklave verwandeln. Er kommt auf mich zu und bleibt einen Schritt zu nahe vor mir stehen.

»Schön, daß ich Sie noch abfangen konnte.« Er spricht leise zwischen den Zähnen hindurch. »Haben Sie zufällig Matt Galiakos gesehen?«

Ich will schon »Wen?« fragen, da erinnere ich mich: Galiakos, der Vorsitzende der Democratic Farmers & Union Party. Die Leute, die darauf zählen, daß Brendan Tuhoey Galiakos' Namen so gut im Gedächtnis behält wie den von Johannes XXIII.

»Interessiert sich für Ihren Prozeß«, sagt Tuohey. »Ich nehme an, er hat heute abend die Nachrichten gesehen. Er mag Lloyd Eddgar. Tun wir alle.« Lloyd? frage ich mich. *Loyell!* Tuohey fährt sich mit der Zunge über die Lippen. »Meinte zu mir: ›Was macht dieses Mädchen da? Weiß sie nicht, daß wir alle in derselben Partei sind? Ich dachte, sie war mit ihm befreundet.‹«

Tuohey lacht – ja, er ist in bester Stimmung. Er gibt sich ausgelassen und geht mit kraftvollem Schritt so plötzlich wieder, wie er gekommen ist. Trotz seiner gespielten Begeisterung konnte er mir keinen Moment in die Augen sehen. Nicht etwa aus Angst vor dem, was er gerade getan hat. Er weiß genau, wie weit er gehen kann. Auch nicht weil er hofft, damit seine unausgesprochene und dadurch um so übler nach Pest stinkende Botschaft erträglicher zu machen. Nein, er will mir Zeit geben. Ich soll erkennen, daß es in meinem eigenen Interesse liegt, mitzuspielen. In solchen Dingen ist dieser Mann mit dem schmalen, verschlagenen und zerknitterten Gesicht, auf dem der Whiskey rotgeäderte Spuren hinterlassen hat, in gewisser Weise ein Genie. Es war ein bühnenreifer Auftritt. Diese vollmundige Vertraulichkeit. *Wir alle mögen Lloyd Eddgar. Wir sind in derselben Partei. Dachte, Sie waren mit ihm befreundet.* Seit einem Dutzend Jahre habe ich mit der Rechtspflege zu tun – als Referendarin, Staatsanwältin, Richterin –, und in jeder Rolle übe ich eine mir vom Volk verliehene Macht aus, aber etwas Derartiges habe ich noch nie erlebt. Da stehe ich nun allein im gedämpften Licht der Halle, und mir zittern die Knie vor Zorn.

Trotz mehrfacher Versuche bekomme ich nur einen Arm in den Mantel. Fast in Panik, gebe ich auf und fahre mit der Rolltreppe nach unten. Den leeren Ärmel klemme ich unter der Handtasche fest. Wie jedes Opfer fühle auch ich mich gedemütigt und herabgesetzt. Gerade Brendan Tuohey hatte mir schließlich vor einem Monat diese mißliche Geschichte aufgehalst: ›Sie sind genau die Richtige für den Vorsitz in diesem Fall, Sonny. Schwierige Situation, aber Sie werden sie schon meistern.‹ All das Gerede, das ich nur allzu gern hörte. Und jetzt rückt er mit dem wahren Grund heraus: Auf die Weise kann ich die Dinge für meinen ›Freund‹ Eddgar am besten richten und glätten. Großer Gott! Mir ist schlecht, als käme ich gerade von einem schwankenden Schiff. In der Drehtür des Parker's sehe ich mein Spiegelbild und erkenne die ganze Wahrheit: Ich habe mich kompromittiert. Ich habe einen Fall behalten, den ich hätte abgeben müssen. Jetzt reibt sich ein räudiger Straßenköter wie Brendan Tuohey die Flanken an mir, und ich muß stillhalten.

Ich renne mit klappernden Absätzen über die Straße. Auf dem glitzernden Asphalt der Mercer Avenue mischen sich Schnee und Salz. Als ich die Lobby des Gresham erreiche, zittere ich am ganzen Körper. Ich lege die Hand an die Brust und greife nach meiner Perlenkette. Früher erhielt ein Richter, der sich an einen ›Gedankenaustausch‹ wie diesen hielt, nach ein paar Wochen Besuch – und einen Umschlag – von jemandem, der mit der Angelegenheit zu tun hatte, einem Anwalt oder Abgeordneten. Heute kann sich Disziplin ins Negative verkehren. Brendan Tuohey kann mich ans Gericht für Miet- und Wohnungsangelegenheiten versetzen, wo ich mir endlose Streitereien zwischen habgierigen Wohnungsbesitzern und ihren Mietern anhören darf, oder an das Gericht für akute Drogenfälle, das in Bereitschaft auch nachts tagt. Das hätte zur Folge, daß ich Nikki in der Woche überhaupt nicht mehr sehe. Er kann mich ohne Angabe von Gründen ›im Interesse des Gerichts‹ auch ganz entlassen. Darüber soll ich nachdenken, während er zu Galiakos geht und ihn wissen läßt, daß der Köder gelegt ist.

Bin ich überhaupt in der Lage zu fahren? Ich bin verzweifelt, und wie so oft in einer derartigen Verfassung muß ich unbedingt mit jemandem reden. Cy Ringler kann ich heute abend nicht anrufen. Aber Sandy Stern! Er wird wissen, was ich tun soll. Schließlich hat er diese Entwicklung vorausgesehen. Sicher hat ein gutes Dutzend Freunde und Kollegen eifersüchtig reagiert, als durchsickerte, daß Ray Horgan und seine Reformkommission mich über den grünen Klee lobten, was meine Eignung für das Richteramt anging. Von allen Menschen, deren Rat mir etwas bedeutete, hatte nur Stern mich gewarnt.

»Nimm es nicht zur Kenntnis«, sagte er. »Was Raymond Horgan und die Reformkommission dir versprechen, ist unerheblich.« Sterns weiches, fleischiges Gesicht mit den kleinen dunklen Augen verzog sich plötzlich, und er sah mich vorwurfsvoll an, als ich ihm erzählte, was Horgan mir alles versprochen hat: nach zwei Jahren Vorsitzende einer Strafgerichtskammer zu werden. Völlige Unabhängigkeit. Ich muß mich für ihn angehört haben wie Shirley Temple. Er beugte sich über das Tischtuch im Matchbook, wo wir aßen, und unterdrückte wohl den Impuls, warnend den Zeigefinger zu erheben. »Im Moment braucht Brendan Tuohey dich und deine weiße Weste. In zwei Jahren ist die Reformkommission nur noch eine nette Episode aus der Vergangenheit, ein kleiner Brocken, den man einer momentan erregten Öffentlichkeit hingeworfen hatte. Danach mußt du dich zwangsläufig zwischen deinen hehren Grundsätzen und der Befolgung ihrer Vorgaben entscheiden. Da wärest du nicht die erste, Sonia. Bedenke, wir sind hier in Kindle County, wo man bereits seit einem Jahrhundert viel menschliche Erfindungskraft darauf verwandt hat, sich reformresistente Systeme auszudenken.«

In einer Nische mit einer Reihe von Telefonen wühle ich in meiner Handtasche. In der Lobby des Gresham, einer hohen Halle aus den goldenen Zwanzigern, herrscht ein geräuschvolles Kommen und Gehen. Spektakuläre Marmorsäulen von den Ausmaßen kalifornischer Mammutbäume vor einem Hintergrund von langen grünen Samtvorhängen stützen die Decke auf der Höhe des vierten Stocks. An dieser schweben vergoldete Putten à la italiana und ein eher hilflos wirkendes Venus-und-Cupido-Paar. Ich breite den Inhalt meiner Tasche auf der Marmorablage vor den Telefonen aus. Papiertaschentücher. Lippenstift. Wo ist nur das verdammte Adreßbuch? Wäre ich jünger, wüßte ich diese verflixte Nummer auswendig! Stern ist nicht zu Hause. Ich könnte Marta fragen, aber sie neigt in solchen Fällen zu harten und unflexiblen

Reaktionen. Sie wird mich drängen, offiziell Bericht zu erstatten. Aber wem, um Himmels willen? Und was kann ich tun, damit sich die Situation nicht ins Gegenteil verkehrt und sich plötzlich gegen mich richtet? Tuohey ist zu gerissen, um sich festnageln zu lassen. Er kann ein oder zwei Worte verändern und damit seine Bemerkung als völlig harmlos darstellen, mich dagegen als überempfindlich und unfähig. Binnen einer Woche werden seine Lakaien lautstark meinen Rücktritt fordern.

Und dann fällt mir ein, daß Seth ja in diesem Hotel wohnt. Seth! Der Gedanke an ihn – den Zuverlässigen, Aufgeschlossenen, Hilfsbereiten – kommt mir wie eine Offenbarung. »Mr. Weissman«, sage ich der Vermittlung am Haustelephon. Es gibt keinen Weissman. »Frain«, sage ich dann.

Nach zweimaligem Läuten lasse ich den Hörer auf die Gabel fallen. *Seth?* denke ich. Bin ich denn verrückt geworden? Es Seth erzählen? Hobies Freund? Ich greife mir mit kalten, blutleeren Fingern an die Stirn. Über die schmale Ablage unter den Haustelefonen gebeugt, versuche ich, meine Fassung wiederzugewinnen, und plötzlich nehme ich widersinnigerweise den angenehmen Duft meines eigenen Parfüms wahr. Wenn ich Sterns Kanzlei anrufe, bekomme ich seinen Telefondienst an den Apparat. Wie ein Arzt ist auch ein Strafverteidiger immer ereichbar, für nächtliche Kautionsverhandlungen oder Tatort-Besichtigungen. Sie werden ihn finden. Er wird ein paar milde Einwände erheben, mich an seine Voraussage erinnern und am Ende mit mir beraten, was zu tun ist.

Und dann – so spielt eben das Leben! – entdecke ich Seth auf der anderen Seite der Lobby. Er ist leger gekleidet, mit einem weißen Oberhemd, wie er es schon im Gericht trug, dazu Khakihosen. In der einen Hand hat er ein paar Zeitschriften und, wie es scheint, einen Schokoriegel. Aus dreißig Metern Entfernung wirkt er bescheiden und nett: ein großer, schlanker Mann, blondes, gelichtetes Haar, gut aussehend. Er unterhält sich an der Rezeption mit einem Hotelangestellten. Nach anderthalb Wochen in diesem Hotel kennt man einander. Er wirkt natürlich und gewinnend. Er lacht und spürt plötzlich, welche Magie da auch immer im Spiel sein mag, aus der Distanz meinen Blick auf sich ruhen und fährt richtig ein wenig zusammen, als er mich sieht. Erst nach mehreren Metern fällt ihm der Angestellte wieder ein, zu dem er sich kurz winkend umdreht. Dann steht er ohne ein Wort vor mir.

»Hi«, begrüße ich ihn. »Ich war hier zu einem Dinner. Genaugenommen, gegenüber.«

»Meine Güte, du siehst phantastisch aus.« Er spult die entsprechenden Routinefloskeln und -gebärden ab: staunend geöffneter Mund, flüchtiger Griff zum Herzen. Als hätten Make-up und Haarspray plötzlich die schöne Helena aus mir gemacht. Mir gelingt ein Gesichtsausdruck von erfreuter Hinnahme seines Kompliments.

»Im Augenblick fühle ich mich alles andere als phantastisch. Ich habe gerade etwas absolut Widerwärtiges erlebt.«

Seine grünlichen Augen unter den hellen Brauen mustern mich. Ich hebe die Hand. Sie zittert unkontrolliert, als hätte ich die Schüttellähmung. Der Anblick macht uns beide ratlos. »Möchtest du einen Drink?«

Und wie! Wir gehen quer durch die Lobby auf die Bar zu und bleiben an der Schwingtür stehen. Aus dem dunklen Raum dringen Stimmen und die Klänge eines Jazzpianos. Bis sich meine Augen auf das gedämpfte Licht einstellen können, erkenne ich nur ein großes beleuchtetes Aquarium hinter der Theke, in dem Engelsbarsche und andere bunte tropische Fische zwischen blubbernden Luftblasen ihre Bahnen ziehen. Ein Viertel aller Anwälte von Kindle County wird hier kurz zu einem Gute-Nacht-Schluck hereingekommen sein, dann den Aufzug zur Garage nehmen und sich auf den Heimweg machen. So wahrscheinlich auch Brendan Tuohey, der sich hier seit Jahren mit Gleichgesinnten seine reichlichen Drinks genehmigt. Nicht gerade die Gesellschaft, auf die ich im Moment versessen wäre.

»Vergiß es!« sage ich. »War eine schlechte Idee.«

»Wieso?«

»Das Publikum«, gebe ich zurück.

»Dann gehen wir nach oben. Wir plündern die Minibar in meinem Zimmer. Komm.«

Als ich mich ziere, verzieht er das Gesicht. »Sei nicht kindisch.« Er faßt mich am Ellbogen und schiebt mich zum alten goldglänzenden Aufzug, einem prachtvollen Käfig aus Messing und Spiegeln. »Also, was ist passiert?« fragt er mich, während wir hinauffahren.

»Ich weiß nicht, Seth«, antworte ich, und das entspricht auch fast der Wahrheit. »Ich hatte ein unangenehmes Gespräch mit einem anderen Richter. Es ging um diesen Fall.«

»Aha.« Er kräuselt diskret die Lippen und schweigt, bis wir in seinem Zimmer sind. Dort lasse ich mich direkt neben der Tür in einen großen Schalensessel mit Rattanlehne fallen. Seths Suite ist ein authentisches Relikt aus einer Ära, in der solche Räume ein Refugium der Reichen waren und keine Werbezugabe wie ein kostenloses Frühstück. Die Einrichtung soll an Erbstücke aus der Queen-Anne-Epoche erinnern, und die Wände sind satinglänzend in klassischem grünem Streifendessin tapeziert. Seth hat sich hier eingerichtet. Ein Laptop steht aufgeklappt auf dem Schreibtisch in der Ecke, und die offenen Türen des Nußbaumschranks, der unten die Minibar beherbergt, zu der sich jetzt hinunterbeugt, geben oben den Blick auf einen leeren TV-Bildschirm frei. Zeitungen aus verschiedenen Städten liegen im Zimmer verstreut. Im Schlafzimmer sehe ich ein Pfostenbett, dessen Säulen von geschnitzten Ananas gekrönt sind. Über einer davon hängt eine zweite Khakihose.

»Ich muß mich einen Augenblick erholen.« In einem Zug stürze ich ein halbes Glas von dem Chardonnay hinunter, den er mir reicht.

»Du willst nicht darüber reden, stimmt's?«

»Ich sollte nicht, Seth. Ich brauche nur ein wenig Gesellschaft. Es hat jemand eine Bemerkung über Eddgar fallenlassen. Es ist klüger, sich nicht weiter damit zu befassen.«

»Ja«, sagt Seth, »weil der Kerl in den siebten Kreis der Hölle gehört, nicht?« Er lacht bitter. »*Gott,* wie ich ihn verachte. Diesen verabscheuungswürdigen Kriecher.«

Ich sage nichts dazu, weil ich es nicht wage. Was konkret soll ich überhaupt für Eddgar tun? frage ich mich plötzlich. Nicht einmal das weiß ich. Für einen Augenblick fürchte ich, vielleicht zufällig mit Tuoheys Wünschen konform zu gehen. Bei dem Gedanken kann ich einen kurzen Seufzer nicht unterdrücken. Aber ich habe jetzt keine Wahl. Schon nach wenigen Minuten ist mir klargeworden, es gibt keine Möglichkeit, den Rückwärtsgang einzulegen oder ein Ausweichmanöver zu starten. Mir bleibt nur eine Richtung – und die heißt vorwärts. Ich muß nach bestem Wissen und Gewissen das zu Ende bringen, was ich gar nicht erst hätte beginnen dürfen. Während mir diese Überlegungen durch den Kopf kreisen, beobachtet mich Seth mit unsicherem Blick. Mir wird klar, daß ich mit ihm nicht darüber sprechen kann. Nicht mit ihm und auch mit keinem anderen Menschen. Das ist das einzig Wahre, was Tuohey gesagt hat. »Sie werden die Situation schon meistern.« Es ist mein Problem. Allein meines.

»Ich werde jetzt gehen, Seth.«

»Wow«, sagt er. »Geht es hier um den Guinness-Rekord für Kurzbesuche?«

»Ich brauchte nur einen Moment zum Verschnaufen. Ich bin dir dankbar, daß du für mich der sichere Hafen im Sturm warst.« Ich stehe auf, greife nach dem verzierten Messingtürknauf und trinke meinen Wein aus. »Wirklich«, setze ich hinzu. »Danke.«

»Moment«, sagt er. »Ich möchte dir einen Gute-Nacht-Kuß geben.« Er macht keine Anstalten aufzustehen. Er sitzt in einem Sessel, dessen Satinbezug auf die Tapete abgestimmt ist, und lacht, wohl über uns beide.

»Ich denke, das letzte Mal muß für mich noch eine Weile vorhalten.«

»Sieh mal an, da kann man sich als Mann doch wirklich wie Dornröschens Prinz fühlen.«

»Ach, nun spiel nicht wieder den Verletzten, Seth.«

»Nein, ich bin nicht verletzt.« Er dreht sich zum Glastisch um und schenkt sich Wein nach. »Als ich danach hier ankam, fühlte ich mich wirklich regelrecht ermutigt. Willst du wissen, wieso?«

Ein Mensch – eine Frau –, die auf Distanz bleiben oder zumindest klaren Kopf behalten wollte, würde sich in diesem Augenblick verabschieden. Ich weiß das, aber ich bin neugierig.

Er nimmt einen Schluck zur Stärkung, und ich merke, wie ich langsam nicke.

»Als ich darüber nachdachte«, sagt er, »mir alles genau durch den Kopf gehen ließ, fragte ich mich, ob du jemals einen Besseren gefunden hast. Ich meine als mich.«

Das ist ein Schock, und ich lache auf. Mein Lachen hallt von den hohen alten Mauern wider. So eine Frechheit! Und er meint es so.

»Du verstehst mich nicht«, sagt er.

»Nein. Ich verstehe dich ganz sicher nicht. Damit meine ich, das dumme Zeug, das du hier anbringst...«

»Hör mal«, sagt er.

»Nein, du hörst mir zu«, sage ich und spüre heftigen Zorn in mir aufsteigen, den ich, wie mir plötzlich klar wird, unterdrückt habe. »Ich bin jetzt siebenundvierzig Jahre alt. Und ich bin wie du. Ich bin genauso unglücklich wie du, Seth. Ich bin bei weitem nicht immer zufrieden mit den Bahnen, in denen mein Leben verläuft. Ich blicke zurück und frage mich, was aus all den vielversprechenden Dingen von damals geworden ist, genau wie du. Ich beneide junge Menschen, die sich die Zukunft noch als etwas Großartiges vorstellen. Du bist nicht der einzige, der Zukunftsängste hat. Ich bin Verrücktheiten leid. Leid, immer wieder dieselben Fehler zu machen. Und wenn es ganz schlimm kommt, bin ich mich selbst leid. Das hier zwischen uns ist keine Spielerei. Meine Zeit für Dummheiten ist abgelaufen. Ich habe das ganze Wochenende überlegt, wie es wohl enden würde, und jetzt sehe ich es: ›Die gute alte Zeit‹ und ›Ist das nicht aufregend‹ und am Ende ›He, man hat nur ein Leben.‹«

»Sonny.«

»Dummheiten«, wiederhole ich.

»Das stimmt nicht.« Er setzt sein Glas ab und steht auf, um mich zu beruhigen. »Ich meine, ich bin froh, daß du hier bist. Und vor ein paar Minuten schienst du auch noch ziemlich froh, mich zu sehen.«

»Ja, ich war erleichtert. Ich brauchte – *brauche* – einen Freund. Aber das bedeutet doch nicht, daß es nicht eine Dummheit wäre, eine Liebesaffäre aus unseren Kindertagen wieder aufzuwärmen.«

»Es war nicht in unseren Kindertagen«, gibt er sogleich zurück, »und es ist keine Dummheit. Eines habe ich gelernt: Ich *will* den Rest meines Lebens nicht so verbringen, als habe nichts mehr eine Bedeutung, als sei es eigentlich schon vorbei.« Zur Bekräftigung ballt er kurz eine Faust, dann kommt er auf mich zu und packt mich an den Schultern. »Hör zu. Ich möchte, daß du tief durchatmest. Okay? Du kennst mich. Ich bin heute vielleicht um ein Viertel weniger verrückt als früher. Aber ich bin immer noch derselbe aufrichtige Trottel. Ich glaube, ich weiß, was ich tue. Ich glaube, ich bin dabei, Inventur zu machen. Es hat Dinge gegeben, die waren wichtiger als andere. Und ein paar Menschen. Du kannst mich abservieren wie jeden anderen auch. Und vielleicht wirst du es auch tun. Doch wenn du dich auf dieses Spiel mit mir einläßt, hast du bessere Chancen. Ich kannte Zora. Ich habe die ganze Szene miterlebt. Ich habe deine Kollektion schwarzer Bauernblusen gesehen, so daß du dir nie Gedanken machen mußtest, was du anziehen solltest. Ich habe deine Angst gesehen, als du fürchtetest, Pickel zu bekommen. Und ich habe gesehen, was du bei deinen Startbedingungen alles erreicht hast, und das ist verdammt viel. Auf unserem Planten leben vielleicht drei Milliarden Menschen. Ein paar von denen sind schlauer als ich. Ein paar sehen besser aus. Und die meisten haben mehr Haare auf dem Kopf. Aber ihnen gegenüber, vor jedem einzelnen, habe ich einen ganz grundlegenden Vorteil: Ich weiß, wie großartig du bist. Und ich glaube kaum, daß du je einem anderen Mann begegnet bist, der das von sich behaupten kann.«

Er nimmt mein Weinglas, das ich die ganze Zeit unbewußt in der Hand gehalten habe, und fixiert mich. Dieser Blick. Alle paarungsbereiten Primaten, habe ich einmal gelernt, bedienen sich dieses starren Blicks mit weit aufgerissenen Augen.

»Du weißt, was jetzt passiert?« fragt er.

»Ein Gute-Nacht-Kuß?«

»Gute Nacht? Nein«, sagt er.

Als er sich über mich beugt, stöhne ich wütend auf. Aber ich wehre mich nicht. In mir wird ein gewaltiger, elementarer Hunger wach. In den Wellen des Verlangens verliere ich den Boden unter den Füßen. Und wer werde ich nachher sein? frage ich mich. Wer?

Und so passiert es. Draußen legt sich der Schnee auf die Straßen, und im Schlafzimmer der Suite bricht sich weich das Licht von draußen und taucht es in ein rötlich dunklen Schimmer. Alles Rauhe zwischen uns ist überraschend verschwunden. Die Erinnerung, das Wissen voneinander – die Vergangenheit besänftigen uns. In fiebriger Umarmung lassen wir unsere Kleider im Wohnraum fallen. Etwas in mir will warnend auf der Hut bleiben, doch ich habe mich meinen Gefühlen unterworfen. Selbst der Gedanke an den schrecklichen Augenblick, den ich, halb bewußt nur, innerlich oft genug durchgespielt habe, geht im Strom des Verlangens unter: Mein BH gleitet herab und enthüllt die Narben, die moderne Chirurgenkunst an mir hinterlassen hat. Es ist eines der Versprechen, die Seth gehalten hat: Er fürchtet nichts, was mit mir zu tun hat, auch nicht, daß die Gegenwart wieder zur Vergangenheit wird. Mein Gott, ist Sex etwas Wunderbares! Unser Verstand unterwirft sich dem Körper. Seine Zunge ist überall. Schließlich legt er meinen Oberkörper sanft auf das Bett, während die Füße noch den Boden berühren. Er steht vor mir mit seiner Erektion, die stramm nach Nordnordwest zeigt, und versucht nervös ein Kondom aus seiner Verpackung zu ziehen. Dann spreize ich langsam die Beine, nehme ihn in mich auf. Ungeduld und Glücksgefühl der Vereinigung.

»Langsam, Baby«, flüstere ich, »langsam.« Und ich weiß nicht, ist es wirkliche Erinnerung oder Einbildung, daß ich ihm das vor langer Zeit so zugeflüstert habe?

Schließlich komme ich bebend nach ihm im Nachlassen seiner Erektion. Danach liegen wir nebeneinander auf dem Bett. Er zieht die Überdecke, die wir gar nicht erst aufgeschlagen hatten, über uns. Der Duft der Hotelwäsche hüllt uns ein.

»Wir haben nicht lange gebraucht«, sage ich schließlich, »um dort wieder anzukommen.«

»Ich würde sagen, ich hatte in allem recht.«

»Ich würde sagen, ich war geil.«

Wir lachen. Sind einfach albern. Das Leben kann schon schön sein.

»Was ist deiner Meinung nach die biologische Funktion des weiblichen Orgasmus?« frage ich.

»Du meinst, wie er funktioniert?«

»Aus darwinistischer Sicht. Männer müssen ihren Samen loswerden. Das steht also in unmittelbarem Zusammenhang mit der Reproduktion. Aber was hat die Natur damit im Sinn, daß auch Frauen ein so gutes Gefühl dabei haben?«

»Ich nehme an, es soll ein Ansporn sein.«

»Aber solange Männer diese Anlage haben und Frauen den tief verwurzelten Wunsch, Mutter zu werden...« Ich breche ab und denke nach. »Sex ist nicht für jede Spezies ein Vergnügen. Gibt es nicht Raubkatzen – ich glaube, Panther –, bei denen das Männchen am Ende der Kopulation eine Art Stachel oder Widerhaken ausfährt. Jedenfalls faucht und knurrt das Weibchen dann, aber so wird bei ihm der Eisprung ausgelöst. Das habe ich mal vor hundert Jahren oder so gelernt. Warst du nicht dabei?«

»Das muß ein anderer gewesen sein.«

»Nein! Ich bin sicher, wir waren damals häufig im Zoo und haben Großkatzen dabei zugeschaut, wie sie es machten.«

Er lacht. Er hat mich damals aufgezogen.

»Ich wußte gar nicht, daß uns der Voyeurismus dorthin getrieben hat«, sagt Seth. »Nach meiner Erinnerung, Euer Ehren, hatten wir Nile mitgenommen.«

»O Gott!« murmele ich. Er hat recht. Aber beim Fallen des Namens zucke ich zusammen und werde schweigsam beim Gedanken an die Komplikationen. Unter der Decke fahren seine Finger über meine gesunde Brust und über ihre ›Schwangerschaftsstreifen‹, die ich schon mit zehn, elf und zwölf bekam, als mein Busen geradezu explodierte. Ich habe all meine Ärzte gefragt, ob es einen Zusammenhang geben könne zwischen hormonellen Schüben und dem Krebs. Sie zuckten dazu nur mit den Schultern.

Seth setzt sich auf und schwingt die Beine über die Bettkante. Der Anblick dieses älter gewordenen Mannes überrascht mich ein wenig. Er ist noch immer schlank, aber seine Haut ist blasser geworden und hat weniger Spannkraft. Und da ist dieser unvermeidliche kleine Rettungsring um den Bauch und eine leichte Krümmung des Rückens, als er sich vorbeugt. Im Nachklang wirkt er nachdenklich. Genau wie ich.

»Ich halte nicht viel von diesem ganzen Darwin-Kram«, sagt er. »Was würde Darwin über Musik sagen? Welche Überlebensfunktion würde er ihr zuordnen? Schließlich hat jede Kultur ihre Musik.«

»Mich macht sie glücklich.«

»Wie dein Orgasmus.«

»Vielleicht will uns die Natur grundsätzlich glücklich sehen, Seth. Hältst du das für möglich?«

Die Antwort kommt wie aus der Pistole geschossen: »Keinesfalls.«

»Leben glückliche Menschen nicht länger? Gibt es darüber nicht wissenschaftliche Ergebnisse? Ist Freude an der ganzen großen Schau nicht ein wesentliches Stimulans für jeden Organismus?«

»Dann gehöre ich zu den Verdammten dieser Erde«, sagt er, »und lebe mit geborgter Zeit.« Er sagt es in einem lockerem Ton, bei dem ich mich leicht fühle, und ich lache über das, was er beabsichtigt hat. »Glaubst du noch immer, du könntest das Nirwana erreichen?« fragt er.

»Nicht das Nirwana.«

»Aber du bist glücklich?«

»Glücklicher als damals, als wir jung waren. Wie du gesagt hast, ich habe etwas erreicht. Ich liebe mein Kind. Ich bin stolz, eine gute Mutter zu sein. Und ich bin eine gute Richterin.« Ich warte ein wenig, um zu sehen, ob ich selbst glaube, was ich da sage, oder ob ein eingebauter Wahrheitsmelder ungläubig ausschlägt. Doch nicht die geringste Reaktion. Seth schüttelt dafür ruhig den Kopf.

»Ich kenne nicht gerade viele Glückliche, Sonny. Keine Anwälte. Keine Journalisten. Keine Indianerhäuptlinge.«

»Du kannst das nicht beurteilen, Seth. Nach dem, was du durchgemacht hast. Es ist noch zu früh.«

»Nach zwei Jahren? Ich hätte gedacht...« Er hebt die Hand. »Als es passierte« – er holt tief Luft –, »als er starb, weißt du, da gab es so viel Unverständliches –, es überfiel mich wie Alpträume. Innerlich versuchte ich nach allem zu greifen, was mir vielleicht tröstend sagen würde, daß dieser Schrecken nicht Wirklichkeit ist. Doch mehr als einmal am Tag mußte ich erkennen, daß es einfach keine bessere Wirklichkeit gab, in die hinein ich erwachen konnte. Monatelang ging das so, und es gibt auch jetzt noch Zeiten, in denen ich merke, daß diese Phase nie wirklich ein Ende gefunden hat.«

Er sagt, selbst jetzt könne er die Straße in Seattle, an der er wohnt, nicht in nördlicher Richtung hinaufgehen. Ein paar Häuser weiter ist vor vier Jahren die Zufahrt neu betoniert worden. Übermütig hatte Isaac mit einem Stock seinen Namen in die feuchte Masse geschrieben – über einen Zentimeter tief, mit eckigen Buchstaben voll Kraft und wilder Entschlossenheit. Die Nachbarn waren so empört, daß sie sowohl mit Seth als auch mit Lucy kein Wort mehr sprachen. Jetzt ist der Junge tot, aber der Name steht immer noch dort. Ein- oder zweimal sei er vorbeigegangen, sagt Seth, und jedesmal in Tränen ausgebrochen. Was für ein Bild: Ein Mann steht vor einer leeren Auffahrt zu einem Haus, dessen Bewohner ihm noch immer mit Haß begegnen, und weint so bitterlich, als könne er nie wieder aufhören.

»Ich tröste mich dann selbst auf eine höchst lächerliche Art. Ich sage mir, das alles ist nichts im Vergleich zu den wirklichen Katastrophen in der Geschichte der Menschheit. Oder ich denke an das Schicksal meiner Eltern.« Er sieht mich an. »Aber weißt du, ein Schmerz läßt sich nicht relativieren.«

Ich halte ihn eine Zeitlang fest in meinen Armen, ein Bedürfnis, das ich schon hatte, als er mir zum ersten Mal davon erzählte. Dann steht er auf und geht in den Wohnraum und kommt mit zwei Gläsern Wein zurück.

»Hast du es mal mit einer Therapie versucht, Seth? Oder war das kürzlich nur so dahin gesagt?«

»Ich war länger in therapeutischer Behandlung als Woody Allen. Was ist mit dir?«

»Wegen der Operation? Der Scheidung? Ich habe meine Runden gedreht. Es hilft.«

»Es hilft«, sagt er, schüttelt aber den Kopf. Dann stellt er sein Glas etwas jäh auf dem Louis-Soundso-Nachttisch ab und sagt, er weiß, was er jetzt braucht.

Als er zurückkommt, steht er nackt vor dem Bett, seinen Kerl noch immer rot und glänzend im dem Gestrüpp zwischen den Beinen, und singt ein paar Zeilen aus Steely Dans: *»The Cuervo Gold, the fine Columbian, make tonight a wonderful night.«* Er öffnet die Hand mit einem Joint darin. Ich zucke ein wenig zusammen.

»Woher hast du das? Machst du das öfters?«

»Von Hobie.« Das reicht mir als Erklärung. »Wie wär's damit? Um der alten Zeiten willen?«

»Du machst Witze.«

»Klar. Jetzt hole ich noch meine Gitarre, und dann fangen wir an zu johlen.«

»Vergiß nicht, die rote Birne einzuschrauben und das Handtuch unter die Tür zu stopfen.«

Ich fürchte schon, er geht hinaus, um beides zu holen, doch er kommt nur mit einer Schachtel Streichhölzer aus dem Wohnraum zurück. Er hüllt sich in eine Rauchwolke. Aus solcher Nähe habe ich das Zeug seit Jahren nicht mehr gerochen. Gelegentlich zieht einmal ein Hauch an mir vorüber, wenn mir auf der Straße ein leichtsinniger Teenager entgegenkommt, oder es weht aus der Ferne im Park oder in einem Konzert eine kleine Wolke vorbei.

»Für mich nicht«, sage ich, als er mir den Joint anbietet. »Seit ich meine Anwaltszulassung habe, habe ich kein Marihuana mehr geraucht.«

»Ach, du Scheiße«, antwortet er hörbar mißbilligend. Ich bin Konformistin, und das ist für unsere Generation noch immer eine Sünde.

»Jeder hat Spielregeln, an die er sich hält, Seth.«

»Wahrscheinlich«, sagt er, schiebt die Kissen zusammen, setzt sich hinter mich aufs Bett und zieht mich an sich. Er raucht, und ich liege gemütlich warm zwischen seinen Beinen und genieße die Muße und unsere Nacktheit. Und worin bestehen diese Spielregeln? frage ich mich plötzlich. Welches großartige Prinzip soll ich da nennen? Im Reich des Rechts war genau das geschehen, von dem ich mir geschworen hatte, es werde nie vorkommen. In unserer großartigen neuen Zeit habe ich Schimpf und Schande über mich gebracht wie einst Romanheldinnen wie Hester Prynne und Anna Karenina. Und im Augenblick schien es mir nicht einmal etwas auszumachen. Nein, falsch. Sogar jetzt macht es mir etwas aus, nicht besser oder ehrenwerter zu sein. Es macht mir etwas aus, mein ganzes Leben an Maßstäben orientiert zu haben, an denen ich letztendlich gescheitert bin. Es wird mir immer etwas ausmachen. Doch im Moment ist es nur eine Tatsache von vielen. Wie Mondschein oder die Bahn, die die Vögel am Himmel ziehen. Als er mir den Joint noch einmal an die Lippen hält, nehme ich ihn an. Der fast vergessene scharfe, durchdringende Geschmack des Rauchs bringt mich aus irgendeinem Grund zum Lachen.

»Habe dich also verführt«, sagt er.

»Scheinst darin ein Experte zu sein.«

»O bitte?«

»Hast du viel durch die Gegend gebumst, Seth?«

Er erwidert, das hier halte er keineswegs für ein Durch-die-Gegend-Bumsen.

»Ich meinte vorher.«

Er kann sich auch die nächste Bemerkung nicht verkneifen und sieht mich über meine Schulter an. »Soll das ein Aids-Test oder eine Charakterprüfung sein?«

»Letzteres. Hoffe ich.«

»Was glaubst du?« fragt er.

»Ich weiß nicht. Ich glaube eher, ja. Aber vielleicht denke ich ja auch in Klischees. Du weißt, berühmt und reich. Ich glaube immer, solche Leute benehmen sich eher freizügig. Hast du?«

Die Glut des Joints erinnert mich an ein Glühwürmchen. »Du zuerst«, sagt er.

»Ich habe nichts zu erzählen. Als Staatsanwältin habe ich mich mal halbwegs in den Verteidiger in einem meiner Fälle verliebt. Es war eine sehr flüchtige Geschichte, und sie dauerte nur kurz. Sie hatte keine Bedeutung. Er war dick und um einiges älter, und ich war schwanger.« Noch während ich das erzähle, wird mir bewußt, daß selbst das, was hier jetzt passiert, ganz in mein altes Muster paßt. Ich verliebe mich nur in besonders ungewöhnlichen Momenten – als brauche ich dafür einen Zeitpunkt, an dem mein eingebautes Sicherheitssystem nicht optimal funktioniert.

»Das ist alles?«

»Das ist alles.«

Er zieht wieder an seinem Joint.

»Du bist dran«, sage ich.

»Unter den zum Teil recht traurigen Phasen der letzten zwanzig Jahre gab es ein paar absolut hoffnungslose Affären mit Frauen, die wenig mehr zu bieten hatten, als bewunderndes Zuhören und ganz normale animalische Anziehung. Dabei habe ich dann die Erfahrung gemacht, daß es im Leben nichts Deprimierenderes gibt als eine Beziehung, die sich ausschließlich im tapezierten Rahmen teurer Hotelzimmer abspielt.«

»Hat Lucy davon gewußt?«

»Ja, und es war eine komplizierte Sache. Es geschah alles, bevor Isaac zur Welt kam. Wir steckten damals in einer heftigen Krise.«

»Ähnlich wie die jetzige?«

»Jetzt ist es anders. Völlig anders. Wir sind nicht wütend aufeinander. Wir scheinen einfach ausgelaugt zu sein.«

»Warum wart ihr damals wütend aufeinander?«

»Warum war ich wütend?« wiederholt er. »Aus vielen Gründen. Doch laß es mich einfach so sagen: Lucys Arme waren nicht das einzige, das sich im Dienste der Mitmenschlichkeit öffnete.«

»Aha!« Ihre Probleme werden mir immer klarer. »Das kann einen Menschen wütend machen.«

»Wahrscheinlich. Aber ich bin umhergewandert, um gleichzuziehen. Mir gefiel einfach der Gedanke. Sich verlieben. In einen Menschen. Ich glaube immer noch, das ist das Aufregendste, was es im Leben gibt. Der große Thrill. Klingt das abgedroschen? Oder nur läppisch?«

»Läppisch.«

»Ja.« Er weiß es selbst. Er schaut zwischen seine Knie. »Aber das war es, was ich von dir gelernt habe. Der Thrill.«

»Stimmt.«

»Ich meine das wirklich so«, sagt er und hält mir den Joint wieder an die Lippen. »Hört sich an wie dieser Song. Wie hieß er noch mal? Irgendwie: ›*The thrill of it all / I'll tell them, I remember you.*‹«

»Frank Ifield.«

Er rückt zu mir heran. »Ich erinnere mich. Du weißt das. Wie heißt es weiter? ›*When the angels ask me to recall…*‹«

Ich drehe mich fort – will ihn nicht an mich heranlassen. Was bedeutet diese alte Angst? Ich weiß es noch immer nicht. Plötzlich spüre ich die Gegenwart aller Männer – Seth, Charlie und die paar zwischen beiden –, von denen ich mich mit demselben morbiden Herzklopfen abwandte. Ich schaue ihm direkt ins Gesicht.

»Ich kenne keinen Menschen, der weniger an Engel glaubt.«

»Aber ich glaube an dich, Sonny.« Und er zieht meine Hand herunter zwischen seine geröteten Schenkel, um zu prüfen, wie die vergängliche Verkörperung dieses Glaubens an mich reagiert.

Ich hatte die aphrodisierende Wirkung von Marihuana vergessen. Sie zieht wie ein strömender Fluß durch den ganzen Körper, von innen zur Oberfläche bis in die Fingerspitzen. Danach fühle ich mich wund und ausgelaugt. Die Droge macht mich müde. Kurz darauf bin ich hellwach und verlegen. Ich liege nackt, alle Glieder weit von mir gestreckt, in dem zerwühlten Bett, das unsere Gerüche aufgenommen hat. Die Deckenbeleuchtung aus altmodischem Milchglas mit einer Borte aus seidigem Spinnweb blendet mich.

»Zwei Uhr fünfzehn«, sagt Seth auf meine Frage. Ich stöhne, ziehe das Überschlaglaken hoch und setze mich auf. Ich versuche immer, mich mit Everarda abzustimmen.

Seth sitzt nackt mit übergeschlagenen Beinen am Fußende des Betts. Der Inhalt meiner Handtasche liegt verstreut auf der Überdecke, und er sieht sich die belanglosen Dinge an, die dennoch so viel über mich aussagen. Kreditkarten. Fotos. Visitenkarten, die ich wegzuwerfen vergessen habe. Mein Scheckheft. Er ißt einen Apfel, einen glänzenden Golden Delicious, wohl einer von denen, die er vorgestern im Green Earth gekauft hat. Ich starre ihn an und merke, daß die Wirkung der Droge verflogen ist. Mein Mund ist trocken wie ein verdorrtes Blatt.

»Was machst du da?«

»Ich vertreibe mir die Zeit«, sagt er. »Ich war allein.«

Ich könnte jetzt sagen, daß ich das indiskret finde. Aber das wäre scheinheilig. Ich weiß, er war schon immer so.

»Und? Ist es amüsant?«

»Ein bißchen.« Er hält mir den Apfel hin, und ich beiße hinein.

»Hast das auch so gemacht, als wir zusammenlebten?«

»Natürlich nicht.«

»Irgendwelche Überraschungen?«

»Ich habe Karten von zwei verschiedenen Reisebüros gefunden und von einem dritten eine Broschüre über die Philippinen. Das interessierte mich. Willst du hin?«

»Nicht mit einem sechsjährigen Kind.«

»Aber du würdest es gerne?«

»Ich würde gern noch einmal hinfliegen. Überall hin. Irgendwann einmal.« Bei dem Gedanken läuft mir ein Schauer über den Rücken. Reisen. Frei sein. Frei von allen Gewohnheiten, der eigenen Sprache, allem Bekannten. Für mich hat dieser Gedanke stets etwas Wunderbares, unaussprechlich Phantastisches. Er lauert in mir, ein quälendes Geheimnis, das niemand wirklich kennt, nicht einmal ich selbst. Ein anderes Leben!

»Dort bist du doch gelandet, nachdem wir uns getrennt hatten, nicht wahr? Auf den Philippinen?«

»Mit dem Peace Corps. Ich hatte gehofft, man würde mich hinaus aufs Land schicken, aber ich habe den Frauen in Olangapo City, in der Nähe der Subic Bay, Geburtenkontrolle beigebracht. Manchmal war es desillusionierend. Im Grunde habe ich vielen von ihnen nur geholfen, sich ihr Leben als Prostituierte zu verdienen. Aber ich habe das Land und die Menschen geliebt. Trotz aller Kolonisierung haben sie sich eine überwältigende Selbstachtung bewahrt. Die Aufstände haben mich nicht überrascht.« Ich erinnere mich plötzlich an die englischsprachigen Kinos, die hohe Luftfeuchtigkeit, den täglichen Fisch, die geschmeidigen dunkelhäutigen Jungen.

»Ich war damals ungeheuer überrascht, weißt du?«

»So?«

»Als du das vorhattest. Ich hatte keine Ahnung davon.«

»Ich habe mich auch als Astronautin beworben.«

»Ach, komm!«

»Doch, wirklich, ich wollte hinaus zu den Planeten. Venus, Mars. Das meine ich todernst. Und ich war sicher, es würde klappen. Irgendwie. Irgendwann. Es fällt mir schwer zu akzeptieren, daß ich niemals dorthin kommen werde. Ich habe wirklich daran geglaubt.«

Was hatte sich dann verändert? Mit zweiundzwanzig Jahren war mir diese Laufbahn so real erschienen. Doch der Wunsch, das Bedürfnis, Kinder zu bekommen und die Spezies Mensch zumindest um einen zu bereichern, und all die Dinge, die damit zusammenhängen – ein Haus, die Einrichtung, ein Job, Termine –, hatten die Pläne einfach fortgeweht. So geht es jedem irgendwie. Aber habe ich mich jemals ganz verabschiedet von dem Mädchen da draußen im All, das sich auf so spektakuläre Weise seinen Wunsch erfüllen wollte, eine Million Meilen fort von seiner Mutter zu sein? Wahrscheinlich ist das auch gleichgültig. Jetzt fahre ich nach Hause. Nicht zu den Sternen.

Seth umarmt mich, als ich mich anziehe. Ein hilfloser Versuch, mich nicht gehen zu lassen. Während ich meine letzten Sachen zusammensuche, wartet er an der Tür. Unerklärlicherweise steht plötzlich die Frage ›wie geht es weiter‹ im Raum. Ein nächster Schritt ist zu tun. Ich lade ihn für morgen zum Abendessen ein. Nikki wird aus dem Häuschen sein. Dann umarmt er mich ein letztes Mal, und in meiner Müdigkeit wirft mich unser beider unerwarteter erneuter Ansturm von Leidenschaft fast um.

»Wie fühlst du dich?« fragt er, als er mich endlich losläßt.

Ich brauche einen Moment, und dann sage ich: »Besser, als ich erwartet hatte.«

Er lächelt. Gott, er lächelt.

»Toll«, sagt er. Dann gehe ich hinaus.

4. Mai 1970

SETH

Ich wollte meinen Vater anrufen, um herauszufinden, was passiert war. Aber Eddgar meinte kategorisch, dazu gebe es keinen Grund.

»Er würde es auf jeden Fall leugnen«, sagte er. »So oder so. Wenn er beim FBI gewesen ist, hätten sie ihm gesagt, er solle lügen.«

»*Niemals* würden meine Eltern zum FBI gehen.« Das hatte ich ihnen immer wieder in den letzten Tagen gesagt. Eine gewisse Wahrscheinlichkeit mußte ich allerdings doch zugeben. Mein Vater hätte sich entweder aus Verzweiflung über das verlorene Geld oder über die Situation, in der sich sein Sohn befand, zu diesem für ihn so völlig ungewöhnlichen Schritt durchringen können.

»Woher haben sie also die Information, Seth?« fragte mich Eddgar. »Woher weiß das FBI Bescheid? Man glaubt dort anscheinend an eine Entführung. Du mußt es jemandem erzählt haben. Lucy?« fragte er. »Was weiß sie?« June und er wußten inzwischen, daß ich nicht allein fahren würde. In ihren Augen sprach es für einen Mangel an Disziplin, wenn ich meine Pläne durch derartige Launen beeinflussen ließ. Aber sie hatten keine Wahl und mußten meinen Standpunkt akzeptieren. Wahrheitsgemäß beteuerte ich, daß Lucy nichts wußte.

»Wer dann?« wollte Eddgar wissen. Blaß im fahlen Lampenlicht, sah er mich scharf an. Ich hatte mich schwer auf eines der beiden Betten fallen lassen und dachte nach.

»Vielleicht liegt es daran, daß ich nicht eingerückt bin. Vielleicht sind sie schon hinter mir her.« Möglicherweise hatte ich mich ja durch meine Aktivitäten als Kriegsdienstverweigerer auf dem Campus zur besonderen Zielscheibe gemacht. Vielleicht hatte irgendein Spitzel mich bei der Einberufungsbehörde angeschwärzt und sie über meine Fluchtpläne informiert und dadurch das Bureau auf den Plan gerufen. Doch überzeugend klang das für keinen von uns.

»Ich habe mit Michael dreimal durchgesprochen, wie die Befragung durch das FBI abgelaufen ist«, sagte Eddgar. »Er hat mich ja angerufen, weil er nach ihrer Ausdrucksweise befürchten mußte, dir wäre etwas passiert.«

Natürlich konnte Michael das auch falsch verstanden haben. Schließlich gab es noch andere Möglichkeiten. Mir fiel mein Gespräch mit Graeme am Samstag ein. Aus meinen Andeutungen konnte er deutlich genug gemerkt haben, daß ich über die Bombe mehr wußte, als ich gesagt habe. Graeme konnte Kontakte zu Polizei und Justiz haben. Es würde zu seinem variantenreichen Weltbild passen, demzufolge er stets ein wenig außerhalb der konventionellen Grenzen lebte. Doch das beunruhigte mich im Augenblick nicht wirklich.

»Und?« wollte June wissen. Sie hatte etwas bemerkt. Vielleicht an meiner Haltung. Vielleicht war ich ein wenig zusammengesunken. Auch Eddgar starrte mich an.

»Verdammt und zugenäht«, sagte er. »In solch einem Moment hält er uns hin. Großer Gott! Wir sitzen tief in der Klemme! Mit wem hast du geredet, Seth?«

Ich berichtete, was ich Sonny gesagt hatte. Eddgar stöhnte auf und hielt sich den Kopf. Auch June sah mich gequält an.

»Euch beide habe ich mit keinem Wort erwähnt, auch den Plan nicht. Sie wollte nur wissen, wie ich mich meinen Eltern gegenüber verhielt. Da habe ich es dann gesagt, dieses Wort, ihr wißt schon. ›Kidnapping‹. Aber sie war es nicht. Das ist unmöglich. Sie würde mich nie ans Messer liefern. Himmel, ihre Mutter ist Zora Milkowski. Sie ist mit dem Alptraum des FBI groß geworden.«

»Die Hälfte dieser alten Kommunisten sind heutzutage Agenten beim Bureau«, sagte Eddgar. »Hoover sieht zu, daß die KP beschäftigt ist.«

»Und Sonny war es *nicht.*«

Eddgar weigerte sich, das zu akzeptieren. Und seine Zweifel nagten, wenn auch nur wenig, an meinem Vertrauen in sie. Möglicherweise hatte sie Angst um mich, weil ich so weit ging. Möglicherweise hatte sie nur getan, was sie für das Beste für mich hielt.

Eddgar ging nachdenklich auf und ab. Er unterhielt sich kurz mit June.

»Wir werden es nicht erfahren«, sagte er endlich. »Nicht mit Sicherheit. Vielleicht sind es deine Eltern. Vielleicht ist es Sonny oder sonst jemand. Oder einfach die Einberufungsbehörde. Aber wenn wir das Schlimmste annehmen«, sagte Eddgar, »dann wird das FBI zur Stelle sein, wenn du das Geld abholst. Es wird den ganzen Ablauf überwachen. Sie werden dir folgen, bis sie sicher sind, daß du keinen Sprengstoff bei dir hast oder daß er entschärft ist, und dann haben sie dich.«

Eddgar beschrieb diese Aussicht mit überheblicher Gewißheit über die Vorhersehbarkeit der Polizei und ihrer Arbeit. Sicher gab es irgendwo in Maos Rotem Buch einen klugen Satz darüber, daß man den Feind kennen müsse, um ihn zu schlagen. Mir ging durch den Kopf, was er gesagt hatte. Ich versuchte, mich zu beruhigen und klaren Kopf zu behalten. Den Anblick von Hobie, wie er aufgedunsen und von Drogen gezeichnet in seinem schachbrettartig gekachelten Loch an der Wand hockte, konnte ich nicht vergessen. Und ich hatte ein schlechtes Gewissen, weil ich Sonny gegenüber nicht den Mund gehalten habe. Ich mußte einen Ausweg finden.

»Dann muß ich wohl zugeben, daß ich es mir ergaunern wollte, stimmt's? Ich werde sagen, ich brauchte das Geld für Kanada. Sie werden mich kaum dafür einbuchten, daß ich mich selbst gekidnappt habe, oder?«

Eddgar sah mich kurz an. »Aber mit Sicherheit bekommst du ein Verfahren wegen Wehrdienstverweigerung. Wenn das Bureau dich schnappt, landest du in der Army. Oder im Knast.«

Bis zu diesem Augenblick hatte ich merkwürdigerweise keinerlei Angst gehabt, Schuldgefühle und Scham dagegen im Überfluß. Doch ansonsten war ich verständlicherweise bereitwillig dem Modell von June und Eddgar gefolgt und hatte mich nüchtern durch die praktischen Aspekte des Plans gearbeitet. Jetzt überfiel mich nackte Panik.

»Ich bin geliefert«, sagte ich.

»Moment«, sagte June. »Moment. Betrachten wir die Sache richtig? Wir schätzen das Risiko zu hoch ein. Seth, du hast von Anfang an gesagt, deine Eltern würden sich nicht mit den Behörden in Verbindung setzen. Also kann auch etwas anderes die Feds auf die Szene gerufen haben. Selbst wenn wir annehmen, es war Sonny, haben sie noch keine konkreten Fakten in der Hand. Habe ich recht? Das hast du doch gesagt? Die Typen, die heute da waren, haben inzwischen Feierabend gemacht. Sie werden erst morgen weiter an dem Fall arbeiten, wenn sie Zeit haben. Und selbst bei der geringen Wahrscheinlichkeit, daß deine Eltern trotz allem zum FBI gegangen sind – wir haben doch gesagt, daß wir das Geld morgen abholen. Zu dem Zeitpunkt würde das FBI aufkreuzen.« June wandte sich zu Eddgar. »Seth sollte noch heute abend nach Las Vegas fliegen.«

»Fliegen? Wovon soll ich das bezahlen?«

»Kannst du dir keine Kreditkarte besorgen?« fragte mich June.

»Du meinst, eine von jemand anderem?« Irgendwann sollte ich aufhören, mich so schnell von June schockieren zu lassen.

»Zu riskant«, sagte Eddgar. »Viel zu riskant für Seth.«

»Dann nehmen wir mal an, nicht Seth holt das Geld ab, sondern jemand anders«, sagte June.

»Wir haben gesagt, ich würde meinen Führerschein vorlegen.«

»Dann brauchen wir jemanden, der dir ähnlich sieht«, sagte sie. Computerisierte Identitätsüberprüfungen auch anhand von Paßfotos standen noch am Anfang.

»Zum Beispiel?«

»Wie wäre es mit Michael?« Sie sah Eddgar an und wartete auf seine Zustimmung.

»Michael?« fragte ich zurück. »Warum sollte Michael sich in diese Geschichte hineinziehen lassen?«

»Er braucht eine Abwechslung«, sagte June trocken. Ich hatte Angst vor Eddgars Reaktion auf diesen Vorschlag.

»Und was passiert, wenn sie Michael schnappen?« wollte ich wissen.

»Der wird jedenfalls nicht eingezogen«, antwortete June.

»Sie verhaften ihn als Kidnapper«, sagte Eddgar.

Wir schwiegen. June und ich sahen Eddgar an, in dessen Gehirn es arbeitete.

»Erstens«, sagte Eddgar, »bin ich Junes Meinung: Das Risiko ist minimal. Minimal. Aber wir wollen es völlig ausschließen.« Nun diskutierten die beiden, wie das zu bewerkstelligen sein könnte. Die Atmosphäre dabei erinnerte mich an mein Gefühl beim Betreten des Zimmers. Ich fühlte mich wieder als ungebetener Zeuge von etwas emotional aufgeladenem Privaten, einer fast etwas abartigen Verschwörung.

Nach und nach nahm der Plan Gestalt an. Pro und Kontra wurden abgewägt. Michael wollte man sagen, vom FBI würde ich wegen meiner Einberufung gesucht, und das Geld aus Las Vegas bräuchte ich für meinen Aufenthalt in Kanada. Mehr sollte er nicht erfahren, so daß er auch bei einem Verhör nicht mehr sagen könnte. Um ihn vor einer Anklage wegen Kidnappings zu bewahren, würde ich mit ihm nach Las Vegas fliegen. Für den Fall, daß unerwartet etwas schiefliefe, würde ich mich in seiner Begleitung sehen lassen, munter und freiwillig, im selben Flugzeug, im selben Motel und beim Autoverleih. Zu meiner eigenen Sicherheit würde ich den Empfang des Geldes jedoch nur aus der Ferne beobachten, im Schutz des Gedränges um die Spieltische und Automaten im riesigen Roman Coin Casino. Wenn etwas dazwischenkäme, etwa das Bureau oder der Hotel-Sicherheitsdienst oder die Polizei von Las Vegas beim Abholen des Geldes aufkreuzte, könnte ich sofort in der Menge untertauchen und mich nach Norden aufmachen. Schlimmstenfalls könnte ich nach Michaels Verhaftung das FBI und meine Eltern aus Kanada anrufen und erklären, was noch zu erklären war.

Doch selbst als dieser Ablauf von den beiden bis in alle Einzelheiten bedacht, durchgesprochen und koordiniert war, hatte ich einen Kloß im Hals. Es ist verrückt, sagte mir eine innere Stimme, einfach verrückt.

»Für Michael wäre das der reine Wahnsinn«, sagte ich.

»Er wird es tun«, sagte June. Sie stand auf und strich sich das Kleid über den Schenkeln glatt. Sie wirkte entschlossen. »Ich rede mit ihm«, sagte sie.

Als ich zum Robson's zurückkam, war gerade Abendessenszeit. Sonny stand mit einer Kaffeekanne in der Hand hinter der Theke und flirtete harmlos mit einem älteren Mann. Er trug ein Flanellhemd, war untersetzt und hatte eine grobporige Haut. Dem Zeitpunkt und seinen armseligen Annäherungsversuchen nach zu schließen, war er sicher Witwer. Als sie mich sah, berührte sie seine Hand, um ihn zum Schweigen zu bringen. Mein Blick schien sie zu alarmieren.

»Du hast Scheiße gebaut«, sagte ich zu ihr.

»Wieso? Was habe ich getan?« Sie stellte die Kaffeekanne zurück auf die Warmhalteplatte hinter ihr. Sie sah etwas blaß und erschöpft aus – seit zwölf Stunden war sie nun schon auf den Füßen – und war, wie immer, nicht bereit, Kritik hinzunehmen. Sie fragte mich, warum ich nicht schon fort sei.

»Du hast jemandem weitererzählt, was ich dir heute morgen gesagt habe. Und jetzt stehe ich bis zum Hals in der Scheiße.«

»Was erzählt? Wovon redest du?«

»Du weißt, was ich meine.«

Der alte Mann an der Theke hatte aufgehört, in seinem Kaffee zu rühren, und beobachtete uns.

»Was ist denn los mit dir?« wollte sie wissen. Schmerzlich hatte sie die dichten Brauen hochgezogen. So etwas hatte sie offensichtlich nicht von mir erwartet.

Wieder gingen wir zum Hintereingang hinaus, doch diesmal standen wir weiter entfernt voneinander auf dem Kiesweg. June und Eddgar hatten mich mehrfach davor gewarnt, noch einmal hierherzukommen. Sie hielten es für eine ganz schlechte Idee. Aber ich war davon überzeugt, daß es logischerweise nur Sonny gewesen sein konnte. Sie würde es auch zugeben, sagte ich. Und wenn sie einen Fehler gemacht hatte, würde sie sich bemühen, ihn wiedergutzumachen. Sie gaben schließlich nach, weil sie unbedingt an eine Kreditkarte kommen mußten und keine andere Geldquelle hatten. Nach Eddgars Hearings war ihre ganze Organisation auseinandergebrochen. Ich selbst hatte natürlich andere Motive. Ich mußte es um meinetwillen wissen.

»In welcher Scheiße steckst du denn?«

»In einer tiefen.« Ich sagte ihr, sie müsse irgendwem gegenüber mein Kidnapping erwähnt haben.

»Mit niemandem habe ich darüber gesprochen. Nein. Mit keiner Menschenseele.«

»Was ist mit Graeme?«

»Graeme? Er ist gestern abend weggefahren. Er ist die ganze Woche in San Raphael. Hast du schon mal von der Urschrei-Therapie gehört?«

»Sie wird dich anlügen«, hatte Eddgar mich gewarnt. »Sie wird alles leugnen. Nimm dich in acht!« Ich hatte mich auch darauf eingestellt, aber jetzt mußte ich ihr einfach glauben.

»Damit du es weißt, das FBI ist hinter mir her.«

»Schon? O Gott!« Natürlich nahm sie an, das FBI suche mich wegen der Mißachtung des Einberufungsbefehls, und sie konnte sich nicht vorstellen, was das mit Kidnapping zu tun haben könnte. Ich schüttelte nur immer wieder den Kopf, erklärte es ihr aber nicht. Zweimal wollte ich denselben Fehler nicht machen. Draußen in dem schmalen Durchgang verschränkte sie die Arme vor ihrer weißen Uniform, um sich vor der Abendkühle zu schützen. Sie war noch immer gekränkt.

»Was brauchst du also, Seth? Soll ich dir irgendwie helfen, oder bist du nur noch einmal hergekommen, um mir den Vorwurf zu machen, ich hätte dich verkauft?«

»Ich brauche eine Kreditkarte.«

»Eine Kreditkarte?«

»Geh nur wieder hinein. Wenn jemand mit einer Kreditkarte bezahlt, bring sie mir heraus. In fünf Minuten bin ich wieder zurück. Schneller noch als fünf.« June hatte um die Ecke am Ende der Gasse geparkt und saß im Wagen. Sie trug Kopftuch und Sonnenbrille als eine Art Tarnung. Das Reisebüro, wo sie die Flugtickets gebucht hatte, lag gleich um die Ecke am Campus Boul. Es würde gleich schließen. Sie hatte vorher angerufen und gesagt, sie müsse ihre Kinder allein zu Hause lassen, und man hatte ihr zugesagt, daß das Ganze nicht länger als fünf Minuten dauern würde. Der Plan, mit so einer ›gekaperten‹ Kreditkarte zu bezahlen, erschien mir fast einleuchtend. Doch den subtilen psychologischen Effekt, mich damit zum Outlaw zu erklären, hatte ich nicht bedacht. Was andere über mich dachten, war mir bereits gleichgültiger geworden, nicht aber wie ich selbst mich einschätzte.

Aber Sonny sagte nur: »Du bist verrückt.«

»Ich brauche sie. Ich sage dir, ich brauche sie.«

»Wozu?«

»Frag nicht, warum. Du sagst immer, dir liegt etwas an mir. Du mußt dein eigenes Leben retten, aber dir liegt an mir. Also gut, nun muß mein Leben gerettet werden.«

»Und.du kannst es mir nicht erklären? Du hast vor, etwas mit der Kreditkarte eines anderen zu bezahlen?«

»Ich muß einen Flug buchen, Sonny. Ich muß weg.« Ich wollte schon wieder mehr sagen, hielt mich aber zurück. Das Netz feiner Verflechtungen, in dem ich mich verfangen hatte – hier Cleveland, Hobie, meine Eltern, dort die Army und meine Freiheit –, ließ sich in meinem Kopf nicht ordnen. Statt dessen ging es wieder einmal nur um sie und mich. Wieder einmal hatte ich eine Szene zwischen uns provoziert und dabei kaum meine Absicht verschleiert. Wieder einmal forderte ich einen Beweis dafür, daß ich ihr nicht gleichgültig war. Ich hätte genausogut irgendein Typ sein können, der ihr auf dem Rücksitz eines Chevy sagt: »Beweise es mir!«

»Hör zu, ich halte dich da heraus«, sagte ich. »Wenn wir auffliegen, sagst du ihnen, ich muß sie dir aus der Schürzentasche gezogen haben, als du nach hinten gingst, um mit mir zu reden. Dir kann nichts passieren.«

»Es geht nicht darum, ob mir etwas passiert, Seth.«

»Und worum dann?«

»Es ist einfach *verrückt.*« Ein kleiner Windstoß blies ihr das Spitzenhäubchen vom Kopf. Sie sah ihm nach, wie es über den Boden tanzte, öffnete ihr volles dunkles Haar und schüttelte es aus. Eine Minute verging, bis sie es wieder in das Netz zurückgesteckt hatte. Als sie fertig war, spürte ich, wie weit sie sich plötzlich innerlich von mir entfernt hatte. Jetzt hatte ich endgültig alles zwischen uns zerstört. Da stand es mit ihrer gestärkten weißen Schürze im Wind und sah die Gasse hinunter, dieses dunkelhaarige wunderbare Mädchen, das ich vor einem Jahr im Bus kennengelernt hatte, das zuerst eigentlich gar nichts mit mir zu tun haben wollte und jetzt wußte, es hatte damit recht gehabt. Gerade das Ungewöhnliche an mir, das manchmal Verrückte, das Unvollkommene hatte sie fasziniert und die Tatsache, daß ich mehr aus mir herausgehen konnte als sie. Doch jetzt mußte sie erfahren, wie übel ich ihr und mir mitspielen konnte. Ihre Zurückweisung löste eine Flut der Reue in mir aus. Trotz all der Dinge, die ich meinen Eltern schon angetan hatte, merkte ich erst jetzt, wie weit ich aus dem Ruder gelaufen war, wie sehr das Ungezähmte in mir das zerstörte, was mein vernünftigeres Ich in Wirklichkeit wahren wollte.

»Hör zu, ich gebe dir das Geld«, sagte sie schließlich.

»Es ist zuviel. Du kannst es nicht aufbringen. Es muß noch jemand mit.«

»Noch jemand? Mein Gott, Seth, wo bist du da hineingeraten?«

»Es sind fast sechshundert Dollar. Und deswegen brauche ich die Kreditkarte.«

Sie stand da mit tief gerunzelter Stirn. »So viel habe ich. Fast. Ich habe eine Menge zusammengespart. Ich wollte Zora etwas geben, bevor ich fortgehe. Sie kann warten.«

»Ich brauche es jetzt.«

»Ich habe es jetzt. Gus gibt mir Bargeld auf einen Scheck. Warte einen Augenblick.«

Als sie zurückkam und mir das Bündel Geldscheine gab, wußte ich, wir waren fertig miteinander. Was sie anging, war es zu Ende.

»Ich zahle es dir zurück.«

»Irgendwann mal«, sagte sie. »Hör zu, ich muß wieder hinein. Ich muß ein halbes Dutzend Bestellungen erledigen. Gus bringt mich gleich um.« Sie küßte mir fast übertrieben die Wange. »Ich mache mir Sorgen um dich.«

»Das solltest du wohl auch.«

Sie zog das Gittertor hinter sich zu und ging ins Restaurant zurück. Das Tor fiel mit metallischem Klirren ins Schloß. Die weiße Gestalt dahinter verschwand im Innern. Jetzt war sie für immer fort.

»Den Zufall ausschließen«, sagte June.

Lucy wartete draußen im Wagen, während June noch einmal alles durchging. Michael und ich saßen nebeneinander auf dem einen Bett des Motelzimmers, und June stand vor uns. Eddgar war natürlich gegangen. Er war immer nur so lange anwesend, wie die Befehle ausgegeben werden mußten, die June dann in ihrer so dominierenden wie effizienten Art in die Tat umsetzte.

»Für die nächsten zwölf Stunden bist du Seth. Und du bist Michael. Darauf müßt ihr euch ganz konzentrieren. Nehmt die Sache ernst. Wie heißt du?«

»Seth Weissman«, antwortete Michael.

Sie zeigte auf mich. Ich konnte mir nicht verkneifen, einmal kurz und ungeduldig die Stirn zu runzeln, Sie zeigte noch einmal mit dem Finger auf mich.

»Michael Frain«, sagte ich.

»Dann tauscht jetzt eure Ausweise. Gleich hier.« Wir tauschten unsere Brieftaschen. Michaels Portemonnaie war ein abgetragener Fetzen im Western-Stil. June reichte mir sein Flugticket.

Wir gingen das übrige noch einmal durch. Das Timing. Die Überwachung. Wie mit dem Geld verfahren werden sollte. Auf seine konzentrierte Art hatte Eddgar jedes Detail ausgearbeitet. Er glich einem Architekten, der ein ganzes Bauwerk schon im voraus in seiner Vorstellung konstruiert.

»Es wird keine Probleme geben, Seth«, sagte sie zu Michael. »Sollte dennoch eines auftreten, merk dir: kein Wort. Fang nicht an, mit ihnen zu streiten. Gib ihnen keinen Trumpf gegen dich in die Hand und keine Gelegenheit, dich fertigzumachen. Halt einfach den Mund. Wenn du deinen Anruf bekommst, werden wir uns überlegen, wie wir damit umgehen. Michael«, wandte sie sich an mich, »du hörst dir doch alles mit an?«

Ich hörte zwar hin, sah aber weg. Ihr Kommandoton störte mich, ihr ganzes Auftreten. Colonel June. Bei wie vielen verschwörerischen Zusammenkünften – in Kellern, Lagerhäusern, konspirativen Wohnungen – hatte sie wohl schon so vor ihren Leuten gestanden und Instruktionen erteilt? Für Gewerkschaftsaktionen, Streiks, den Soledad-Ausbruch und den ARC-Anschlag. Sie zeigte keine Nerven, keinen Anflug von Zweifel. Sie stand hoch aufgerichtet mit zurückgenommenen Schultern da. Ich spürte, ich hätte mich wohler gefühlt, wenn sie weniger Freude an der Sache gehabt hätte.

»Laß es uns hinter uns bringen«, sagte ich.

Lucy wartete unten im Käfer. Die Nachtkühle breitete sich wie jeden Abend über die Stadt. Ein Gedanke, der zuvor von anderen Überlegungen verdrängt worden war, wurde mir nun bewußt: Ich verließ auch diese Landschaft, die Hügel, den Nebel, dieses wunderbare Kalifornien, das für einen Flachländer aus dem Mittelwesten immer etwas Magisches an sich zu haben schien. Ich zuckte ein wenig vor Heimweh zusammen.

»Ich tappe mal wieder völlig im dunkeln«, sagte Lucy, als wir im Wagen saßen. »Das ist eine absolut *verrückte* Geschichte. Und keiner sagt mir *irgendwas*.«

»Michael und ich haben etwas vor«, sagte ich. »Das ist alles. Er hilft mir bei einer Sache. Bleib mal ganz cool.«

Wir fuhren zum Flughafen, wo Lucy uns absetzen sollte. Für ein drittes Ticket hatte das Geld nicht gereicht. Wichtiger noch: Ich brauchte den Wagen in Kanada. Also einigten wir uns, daß sie nach Las Vegas fahren würde. Sie würde am nächsten Morgen ankommen. Treffpunkt sollte das billige Motel am Ende des Las Vegas Strips sein, das man im Reisebüro für uns gefunden hatte. Der ganze Plan war so hastig entstanden, daß wir nicht bedacht hatten, daß Lucy noch nie ein Auto mit Schaltgetriebe gefahren war. Also habe ich es ihr hier auf unserem Motel-Parkplatz in einer halben Stunde beigebracht und sie jedes Mal mit Lob überschüttet, wenn sie den Motor über den Druckpunkt gebracht hatte, ohne ihn abzuwürgen. Sie empfand es wohl schon als große Auszeichnung, daß ich es ihr überhaupt zutraute. Hobies Nellybelle hatte sie nie fahren dürfen.

»Schalt einfach bis zum vierten Gang hinauf und laß ihn laufen«, sagte ich ihr. Ich stand am Flughafen auf dem Gehsteig und beugte mich durch das Fenster, als ein landender Jet vorbeiheulte. Die Luft war erfüllt von Lärm und Abgasgestank.

»In Ordnung.« Sie biß sich auf die Unterlippe. »Ich mache mir schon die ganze Zeit klar, daß ich bis Las Vegas nicht mehr pinkeln kann.«

Ich gab Michael einen Klaps auf die Schulter. Alles in Ordnung? June hatte sich lieber im Motel von uns verabschieden wollen. Sie war argwöhnisch wegen Lucy und wollte immer genauer wissen, welche Rolle sie spielte. Zu Lucy hatten wir dagegen gesagt, June sei nur gekommen, um mir auf Wiedersehen zu sagen.

»Komm her, Seth«, hatte June gerufen, als wir das Motelzimmer verließen. Ich hatte es mir noch nicht gut genug eingeprägt und mich also auch umgedreht und gesehen, wie sie sich in Michaels Arme schmiegte und sein Gesicht zu sich herunterzog. Trotz allem irritierte der Anblick der beiden mich doch. Eddgars Frau. Der schweigende Michael. Er war bereitwillig hergekommen und hielt sie jetzt sichtlich verzweifelt fest. Als er ihren Kopf an seine Brust preßte, fiel ein Lichtschein auf ihr Gesicht. Sie sah mich mit weit geöffneten Augen an. Sie schien die ganze Szene kühl über sich ergehen zu lassen und, wenn auch nur für einen Moment, mehr an meiner Reaktion interessiert zu sein als an ihrer eigenen.

Lucys Weg führte sie durch das Central Valley über Tulare und Bakersfield nach Barstow, von dort durch die nachtkühle Mojave-Wüste und an den schroffen Bergen in der Ferne und ihren Ausläufern rechts und links vorbei. Sie hat mir die Geschichte oft erzählt. Manchmal konnte sie schon Meilen entfernt die Lichter entgegenkommender Wagen sehen. Die Begegnungen empfand sie als tröstlich. Endlose Zeit schienen sie zu brauchen, bis sie herankamen. Dann blitzten ihre Scheinwerfer kurz auf, und schon waren sie vorbeigerauscht. Oft genug glaubte sie, in ihrer Furcht merkwürdige Dinge in der nächtlichen Wüste zu sehen. Seltsame Schatten schienen nach den Kühlergrills der vorbeifahrenden Autos zu greifen. Sie sahen tatsächlich wie Körper aus, die an den

Stoßstangen festgezurrt waren. In Wirklichkeit waren es, wie sie später erkannte, große Eisbeutel, die die Fahrer aus Angst vor Überhitzung ihrer Motoren in der Wüste vor den Kühler geschnallt hatten.

Meistens war sie aber allein. Sie hörte den Wind und die eigenen Fahrgeräusche. Sie roch die trockene, staubige Luft von draußen, und sie bemühte sich, klaren Kopf zu behalten und nicht daran zu denken, was im Fall einer Panne wäre. Hierüber hätten wir nachdenken müssen, bevor wir sie da hinausschickten. Damals reichte kein Musiksender in diese Gegend. Das Radio, nur mit einem Frequenzbereich ausgestattet, blieb stumm, abgesehen von elektrostatischen Geräuschen und gelegentlichen Stimmfetzen, die erst klar waren, dann wieder unscharf wurden, während sie am Suchknopf drehte und gleichzeitig die Straße im Blick behielt. So zockelte sie dahin durch die weite Ebene zwischen den Bergen. Hin und wieder blies der Wind kleine Büschel von verdorrtem Unkraut oder Beifuß vorüber, neben vereinzelten Sträuchern die einzigen Gewächse, die sich mit ihren Pfahlwurzeln am Fuß der Felsbrocken zu halten vermochten. Dazu streckten hier und da Kakteen ihre stacheligen Arme in den Himmel und wechselten sich mit bizarren Yuccakolonien ab und über ihnen die Masten der Starkstromleitungen. Als die Morgendämmerung aufzog, erinnerte das Licht zwischen den Bergspitzen im Osten Lucy an große Schneefelder.

Erschöpft von der langen Fahrt und der halluzinogenen Eintönigkeit der Landschaft, war Lucy völlig unvorbereitet auf Las Vegas. Ungefähr auf der Höhe des erst kürzlich aufgegebenen Gebietes, das während der Kennedy-Jahre Atombomben-Tests gedient hatte, tauchte die Stadt plötzlich am Horizont auf. Wie ein radioaktives Ungeheuer, das sich aus der Wüste nähert, färbte sie mit ihren Lichtern den Himmel schon in fünfzig Meilen Entfernung rosarot. Ich selbst hatte sie schon Stunden zuvor vom Flugzeug aus gesehen, als unsere Maschine über die hohen Reklametürme und die niedrigeren Casinos hinweg zur Landung ansetzte. Die Neonreklamen stachen einem grell in allen Farben des Spektrums in die Augen, wie eine wilde Kakophonie des Lichts.

»Mein Gott«, sagte Michael mit der Nase am Guckfenster des Flugzeugs, »wer zahlt da wohl die Stromrechnung?«

Unsere Mission war es, so schnell wie möglich das Geld abzuholen. Also fuhren wir direkt vom Flughafen zum Roman Coin. Wir hatten uns ausgerechnet, daß ein Leihwagen die vernünftigste Lösung war. Er war auf meinen Namen reserviert. Ich stand neben Michael, als er meinen Führerschein vorlegte.

»Ich bin in DuSable aufgewachsen«, sagte die Angestellte. »Aber Shadydale kenne ich nicht.« Sie blickte nach unten auf den Führerschein. »Wo liegt das genau?«

Ich fürchtete schon, Michael würde an diesem Punkt aufgeben. Wenn in dem Moment ein Rückflug abginge, wäre er sicher schon auf dem Weg an Bord.

»In U. Park«, sagte ich für ihn. »Auf der Stony-Seite. Wir sind dort zusammen aufgewachsen.«

Das Mädchen war italienischer Abstammung, stammte aus dem South End und hieß DiBella. Sie dürfte kaum wissen, wo U. Park lag. Sie hatte ein längliches Gesicht und glattes tiefschwarzes Haar. Sehr attraktiv. Vielleicht war sie hierhergekommen, um Showgirl zu werden.

»Meine Güte«, sagte Michael und ließ sich auf seinen Sitz fallen. Ich saß am Steuer. »Meine Güte, was kann man mich sonst noch alles fragen?«

Ich überlegte, welche Fragen man an der Kasse noch stellen könnte, wenn er dort meinen Führerschein vorzeigte. Nein, der Weissman sei er nicht. Er sei nur für einen Tag in der Stadt. Wolle ›17 + 4‹ spielen. Ich informierte ihn über U. Park. Feine Gegend, also solle er ein paar Worte fallenlassen über die verrückten Kreise der Besserverdienenden dort, über die Kinder der Intellektuellen und über die schwarzen Kinder, die zu meiner Zeit nur einfach dazugehören wollten. Wir fuhren das kurze Stück den Paradise hinunter und dann über den Strip, den Las Vegas Boulevard, den hin und wieder noch ein Schild als US-Highway 91 auswies. Die Straße war gesäumt von exotischen kegel- oder parabolförmigen Gebäuden im Schatten tropischer Bäume. An den Fronten leuchteten grell und in gigantischer Schrift die Namen der Hotels und der dort auftretenden Stars – Paul Anka und Vic Damone waren gerade da, beides Sänger, deren homogenisierten amerikanischen Sound ich so fad fand wie Limonade, eine Musik, die mir mehr oder weniger vorkam wie die Hymne auf alles, was ich haßte. Einige Etablissements warben aufdringlich für ihre barbusigen Showgirls aus Frankreich, eine Form von Dekadenz, die mich schon neugieriger machte.

Endlich kamen wir auch am Roman Coin vorbei. Es war so groß wie ein Stadion, ein riesiger konkaver Bau aus Spannbeton. Er erinnerte an einen riesigen Vogel mit ausgebreiteten Schwingen und lag etwas zurückversetzt hinter einem Rasenvorplatz aus dickem Bermuda-Gras, das hier in der Wüste gezüchtet worden war. Oben kündigte eine Tafel mit Laufschrift in über ein Meter hohen Buchstaben Jerry Vale an. Ich fuhr einen halben Block weiter und ließ Michael aussteigen. Eddgar hatte das so vorgeschlagen, um mögliche Schnüffler abzulenken. Michael schien relativ ruhig und gelassen zu sein. Ich hatte noch immer keine Ahnung, was June ihm gesagt haben mochte, um ihn zur Mitwirkung an unserem Plan zu bewegen. Dennoch konnte ich aus seinem Verhalten schließen, daß er zumindest wußte, es war gefährlich.

»Ich sage es dir jetzt noch einmal«, meinte ich zu ihm, »du mußt das nicht für mich tun.« Er zeigte mir das gleiche stoische Achselzucken, mit dem er mir schon im Flugzeug geantwortet hatte. June konnte er ohnehin nicht widerstehen. Er trug Jeans und ein gelbkariertes Westernhemd mit falschen Perlmuttknöpfen. Das blonde Haar ringelte sich bis auf die Schultern, und hier in der trockenen Wüstenluft schien er irgendwie mehr daheim zu sein als in Damon am Rande des Vulkans. Wie immer nach den richtigen Worten ringend, blickte er zu mir in den Leihwagen. Es war ein Chevy Bel Air mit Schalensitzen, etwa fünfmal so groß wie mein VW. Ich kam mir vor, als führe ich einen Panzer.

»Ich kann mir vorstellen«, sagte er, »ich kann mir vorstellen, du tätest das auch für mich, wenn die Dinge umgekehrt lägen.« Es war ein Wort des Vertrauens in unsere Freundschaft, wie ich es noch nie gehört hatte. Damit war er auch schon auf dem Weg zum Hotel.

Ich suchte einen Platz zum Wenden, überholte ihn und fuhr die Auffahrt zum Roman Coin hinauf, die in einem Bogen an den Portiers und Hotelpagen in roten Livrees mit Fliege vorbeiführte, und folgte den Schildern nach hinten, wo der Wüstenboden zu einem riesigen Parkplatz zubetoniert worden war. Ich zitterte vor Angst am ganzen Körper. Ich muß das jetzt tun, sagte ich mir. Es war eine Mutprobe. Ich durfte den Gedanken nicht aufkommen lassen, ich würde mich nur aus Feigheit vor Vietnam drücken, sondern mußte mir ins Gedächtnis rufen, daß ich damit auch etwas bewirken wollte. Ich stellte fest, daß ich diesen Aspekt zwar bisher noch nicht in Worte gefaßt hatte, er mir aber schon den ganzen Tag wie ein Werbespot immer wieder durch den Kopf gegangen war. Ich betrat das Hotel durch den Hintereingang und klingelte mit den Wagenschlüsseln.

Dann betrat ich das weit ausladende Casino. Da standen sie in effektvoller Beleuchtung, die chromblitzenden einarmigen Banditen, die hölzernen Spieltische, die Spieler und Wetter, und dazwischen wie Inseln die grünen filzbezogenen Kartentische. Das Muster auf dem farbenprächtigen Teppichboden bildeten endlose Reihen goldener Cäsarenköpfe auf rotbraunem Untergrund. Beim Hereinkommen summte ich eine kleine Melodie vor mich hin, die ich in der Lobby aus der Musikberieselung aufgefangen hatte. Doch im akustischen Tumult des Casinos verlor ich sie. Gegen die Tausende von Stimmen, von denen ein Teil im Chor an- und abschwoll, wenn sich entschied, auf wen das Glück fiel, gegen das Klingeln und Hupen an den Spielautomaten, wo Unermüdliche mit einem Pappbecher voll Kleingeld in der Hand an Hebeln zogen, konnte sie nicht bestehen. Ich hatte zu Hause von dieser Welt gehört. Freunde hatten davon erzählt, deren Väter drüben im North End groß geworden waren und gern hierher fuhren, um sich dann zu Hause brüsten zu können, wie sie ihr Geld verloren hatten. Es gab weder Fenster noch Uhren. Das Licht war immer gleich, doch jetzt, da die Nacht zu Ende ging, lag etwas Schales in der Luft. Manche der Spieler hatten die Krawatte gelockert und den Hemdkragen geöffnet. In römischem Outfit, kleinen Togas, trippelten die Kellnerinnen auf ihren hohen Absätzen vorbei, zeigten lächelnd die Zähne und warteten auf Bestellungen. Hin und wieder wehten Musikfetzen von Shows im Nebenraum herein, in denen müde Bands ihrer Pflicht nachgingen.

Nun war ich also in Amerikas Zentrum der Hohlköpfigkeit angelangt. Frauen paradierten in Capri-Hosen und hochtoupierten Frisuren einher. Ost traf auf West, Nord auf Süd. Im Casino befanden sich an die zweitausend Menschen, und alle fühlten sich großartig. Nach meinen neun Monaten in Damon kamen mir diese Amerikaner – es waren genau die, an die Nixon sich gewandt hatte, während er mich nicht zur Kenntnis nahm – so fremd vor wie Wesen von einem anderen Stern. Dickbäuchige Kerle mit Gürtelschnallen, so groß wie meine Faust, und Schickeria-Typen aus L. A. in Nehru-Jacken. Frauen in einer Kriegsbemalung, wie ich sie auf den Straßen von Damon seit Monaten nicht gesehen hatte – wahrscheinlich Models, Showgirls oder teure Nutten –, schwebten in langen Kleidern vorüber. Mit meinem überschulterlangen Haar und in meiner Standardaufmachung – Sandalen, Jeans und Jeansjacke – gehörte ich hier zu den absoluten Außenseitern. Doch niemand nahm Notiz von mir. Alle waren viel zu sehr mit sich selbst beschäftigt. Das war das Schlimmste daran. Da waren sie also, die Amerikaner, die sich alles erlauben konnten. Aber was war ihnen eigentlich wirklich wichtig? Nicht Waffen und Bomben, nicht Rassenkriege oder das Töten im Dschungel. Nur billiger Nervenkitzel und Showspektakel. In ihren feinsten Klamotten wollten sie sich Elvis ansehen, wollten etwas riskieren, das sie sich eigentlich nicht leisten konnten. Schließlich schoß mir durch den Kopf, daß es June gewesen sein mußte, die auf die Idee mit diesem Vegas gekommen war. Sie war wohl schon einmal hier gewesen und erinnerte sich nun insgeheim daran wie an eine verleugnete Perversion.

An der Seitenwand des Raums fiel das Licht auf die Rechauds eines riesigen Buffets mit Bergen von pink und gelb angeleuchteten Speisen. Ein rotes Samtseil spannte sich davor von einer glänzenden Chromstütze zur anderen. Mich überkam ein geradezu unbändiger Hunger. Ich beobachtete einen kräftig gebauten Cowboy in hochhackigen Stiefeln, der sich einen Teller vollud, und folgte ihm. Doch ein Wachmann in brauner Uniform sah mich scharf an, also schnupperte ich noch einmal und zog mich zögernd zurück. So mußte sich Dickens' armer Oliver Twist gefühlt haben.

Schließlich entdeckte ich Michael auf der anderen Seite des Casinos. Er lungerte nervös in der Nähe einer der Gipssäulen herum, um die sich künstliche Weinreben rankten. Die Reihe der Kassenschalter, altmodisch wie bei einer würdigen Bank in schwerem Messing gehalten, befand sich direkt hinter ihm. Als er mich sah, verhielt er sich umsichtig, wie besprochen. Dem FBI keine Chance geben. Ich stand etwa sechzig Meter von ihm entfernt und nickte einmal kurz. Nach ein paar Sekunden ging er auf die Schalter zu. Er schien schon vorher einen bestimmten ausgewählt zu haben. Nach welchen Gesichtspunkten war mir allerdings unklar. Hatte er eine Glückszahl, oder hatte er sich den Kassierer ausgesucht, der ihm am lässigsten erschien oder erschöpfter als die anderen zu dieser Stunde?

Ich wollte ihn nicht auffällig anstarren, daher wechselte ich ab und zu meinen Standort und blickte beiläufig in die Runde, um sicherzugehen, daß Michael oder ich von niemandem beobachtet wurde. Ich stand neben einem Würfeltisch, an dem Craps gespielt wurde. Ein gewaltiger Kerl mit Eidechsstiefeln und einem Bergkristall an der Kordelschleife um seinen Hals sahnte gerade kräftig ab. Der Angestellte am Würfeltisch bat ihn, seinen Cowboyhut vom Tisch zu nehmen, während eine stämmige Frau in einem für ihre Ausbuchtungen allzu engen Kunstseidenkleid schweigend neben ihm stand und ihre Pumps am Finger baumeln ließ. Als ich mich zu Michael umdrehte, nickte ihm gerade eine dunkelhaarige Frau hinter den Messingstangen zu. Dann griff er nach seiner Brieftasche.

Ich wußte, ich mußte noch warten. In diesem Augenblick konnte es losgehen. Wenn jemand vom FBI auf der Lauer lag, mußte die Frau ihm jetzt nur mit den Augen ein Zeichen geben. Und es gab genug Leute, die alles im Auge hatten: Angestellte an den Tischen, Croupiers, Rausschmeißer und Typen, die angeblich von oben durch Luken mit schußbereiten Gewehren den Raum überwachten, um zu verhindern, daß sich Angestellte von einer großen Beute in Versuchung führen ließen. Ich war bereit, mich davonzumachen und ohne besondere Eile zum Chevy zurückzukehren. Geh einfach hinaus, hatte June mir nachdrücklich geraten. Um den Rest würden sie sich kümmern. Doch ich erkannte keine besondere Gefahr. Es herrschte die Anonymität einer Zuschauertribüne in einem großen Stadion. Inzwischen hatte sich Michael am Kassenschalter zu mir umgedreht und blickte in die rauchige Luft des Casinos. Für einen Moment sah er mich an und ließ einen Stoßseufzer der Erleichterung los. Neben mir ertönte ein Jubelschrei. Der Texaner hatte noch einmal gewonnen.

Als ich nach ein paar Sekunden wieder zur Kasse sah, war Michael verschwunden. Ich befürchtete schon, man habe ihm die Auszahlung verweigert, doch dann sah ich ihn zwei Stapel Chips in seiner breiten Hand wiegen. Er verschwand mit ihnen auf der Herrentoilette, auf dem in goldenen Lettern ›Satyrn‹ prangte. In einer Kabine würde er die Chips in ein Kuvert schütten, das postlagernd an das Hauptpostamt von San Francisco adressiert und bereits für die Eilzustellung frankiert war. Wenn das FBI Michael abfangen wollte, würde es in dieser Phase passieren, hatte Eddgar vorausgesagt. Das Geld sei ein wichtiges Beweismittel für die Strafverfolgung. Doch Michael kam schon wieder heraus, das gelbe Kuvert unterm Arm.

Nach Junes Dafürhalten würde sich das FBI nicht so an uns hängen, wie man das aus dem Kino der dreißiger Jahre kannte – Michael marschiert los, und schon kommt ein dämlicher Typ mit Filzhut daher und stoppt neben ihm am Bordstein. Nein, sie würden mehrere Wagen benutzen, ihn überholen, sich wieder weit zurückfallen lassen, aus Querstraßen einbiegen. Meine Aufgabe war die Gegenüberwachung, Nummernschilder merken und die Augen offenhalten. Michael mußte nun einen Briefkasten finden. Er würde in südlicher Richtung gehen. Wir sollten keinen Kontakt zueinander aufnehmen, bis wir wußten, daß er in Sicherheit war. Ich fuhr vom Parkplatz auf die Straße und sah ihn in aller Ruhe im Fußgängergedränge auf dem Gehsteig zwischen schlendernden Pärchen hindurch vorangehen. Unter dem Vordach eines Hotels stand ein Mann mit der Brieftasche in der Hand und zählte, was ihm noch geblieben war. Seine Frau stand daneben und sah bewußt zur Seite. Michael verschwand in einem anderen Hotel. Ich fuhr um den Block, und als ich ihn wieder entdeckte, ging er friedlich vor sich hin. Der Umschlag war nicht mehr da. Morgen würde das Geld in San Francisco sein. Cleveland würde auf Kaution freigelassen und Hobie wäre in Sicherheit. Auch ich wäre in Sicherheit. Wir würden uns erholen können von dem, was wir im Namen der Freiheit getan hatten.

Manchmal kam Michael zu Fuß schneller voran als ich mit dem Wagen. Doch als wir weiter hinauskamen, war der Verkehr nicht mehr so dicht, und ich konnte vorausfahren. Mir war nichts Besorgniserregendes aufgefallen. Kein Wagen war zum zweiten Mal aufgetaucht. Keiner der Fußgänger, die ich immer wieder genau musterte, wirkte ungewöhnlich. Zwar gab es jede Menge taubenblauer Anzüge – der Siegeszug der neuen Wunderfaser Polyester wurde deutlich – und weißer Schuhe, doch keiner schien etwas von einem FBI-Agenten an sich zu haben. Ich parkte hinter Eden's Garden Spa Motel und eilte zurück auf den Las Vegas Boulevard, um Michael zu erwarten. Um das Grundstück verlief eine schieferfarbene Stützmauer, auf die ich mich setzte und die Szene beobachtete. Die wirklichen Gefahrenmomente lagen inzwischen hinter uns. Ich wollte Michael schon sagen, er solle es gut sein lassen, aber er ging, ohne mich eines Blickes zu würdigen, an mir vorbei. »Hinten rechts«, sagte ich. »Schlüssel liegt unter der Matte.«

Er ging die lange Auffahrt hinauf, und kurz darauf fuhr der Bel Air vorüber. Michael nickte mir vage zu und fädelte sich in den Verkehr ein. Kein Wagen folgte ihm. In der Nähe hatte ein Mann seinem Deutschen Schäferhund zugesehen, wie er das Bein an einem Parkschild hob. Dann war er gegangen und nicht wieder aufgetaucht. Falls jemand hinter Michael her war, konnte er ihn nicht einfach davonfahren lassen. Nach zehn Minuten bog er wieder zum Parkplatz ein. Jetzt wußten wir, daß alles in Ordnung war.

Wir trafen uns hinten. Flutlicht vom Dach des Motels im zweiten Stock erhellte den Platz. Die Nacht war ruhig. Plötzlich umarmte er mich, ein seltener Gefühlsausbruch bei ihm, aber unter den gegebenen Umständen durchaus verständlich. Er war magerer und knochiger, als ich mir vorgestellt hatte, und roch nach mehrere Tage altem Schweiß. Mir wurde klar, daß er von uns – Lucy, Sonny, Hobie und mir – gelernt hatte, mehr aus sich herauszugehen. Und so hatte er seine eigenen Erfolgserlebnisse.

»Allmächtiger Gott«, sagte ich. »Bist du okay?«

»Etwas zittrig in den Knien.«

Das Motel war auf Michaels Namen reserviert. Junes Regeln folgend mußte also ich nach dem Zimmer fragen.

»Das ist vielleicht blöd«, sagte ich. Er nickte traurig, als ich nach vorn zur Rezeption ging, schien aber noch nicht gegen die Regeln verstoßen zu wollen.

Das Zimmer war nicht teuer – es kostete 19 Dollar die Nacht. Damals übernahmen die Casinos die Kosten, selbst in einem Motel wie dem Eden's Spa. Ich wartete in der Schlange vor der Rezeption, bis ich an die Reihe kam, und war zu erschöpft, um schon etwas Erleichterung zu spüren. Ich dachte an Lucy auf ihrem Weg durch die Wüste. Fragen, an die ich nie gedacht hatte, stellten sich mir plötzlich.

Was wäre, wenn sie sich verfuhr? Oder wenn das FBI eine Beschreibung meines Wagens herausgegeben hatte? Mir wurde klar, daß ich mir diese wenigen Stunden meines Lebens nie vernünftig würde erklären können.

Das Motel war eine traurige architektonische Mixtur aus dem unbeholfenen Stil der fünfziger Jahre und für Las Vegas typischen Italo-Exzessen. In der Lobby reckte sich ein Baum – ein Laubbaum im vollen Schmuck seiner Blätter – bis zur Decke des zweiten Stocks. An seinem Fuß türmten sich Vulkansteine zu einer Grotte, in der immer wieder hochgepumptes Wasser plätscherte. Ein paar Goldfische standen darin und ruderten mit den Schwanzflossen gegen die Strömung. Am Boden des Betonbeckens lagen ein paar Münzen. Auf einem Sofa, das einen weiten Kreis um den Baum bildete, saßen zwei erschöpfte Männer, ihrem Aussehen nach reisende Vertreter. Sie unterhielten sich und zeigten dabei auf die Fische.

Eine Gruppe New Yorker kam lärmend aus der angrenzenden Lounge in die Lobby. Sie waren wild entschlossen, etwas Tolles zu erleben und riefen einander laut beim Namen. »Paulie. Joey. Joanie. Sieh dir das an.« Sie waren auffällig gekleidet und von Wolken von Warenhausdüften umgeben. Sie machten schlüpfrige Witze – ohne Zweifel über Sex, wie man dem Gekreische der Frauen entnehmen konnte und der Art, wie sie sich an den Armen ihrer Begleiter festkrallten. Beim Hereinfahren hatte ich *Vikki Carrs* Namen auf einer Leuchtreklame entdeckt, und alle sprachen von ihr nur mit dem Vornamen, als würden sie sie persönlich kennen, was ich allerdings bezweifelte. Die Männer waren breit wie Schränke, und die Frauen trugen, ungeachtet der Dimensionen ihrer Schenkel, die kürzesten Miniröcke. Amerikaner, dachte ich wieder. So gesehen gab es eine Menge Dinge, die ich nicht vermissen würde. Ein Mann in khakifarbener Jacke stellte beim Hinausgehen sein Highball-Glas an der Rezeptionstheke an einer Stelle ab, wo gerade niemand saß.

Als ich an der Reihe war, nannte ich Michaels Namen. »Okay«, sagte die Rezeptionistin, ging weg und kam mit einem spindeldürren Mann in einer Sportjacke zurück. Er trug dicke Augengläser und einen ungepflegten Schnurrbart. Er gab jemandem hinter mir ein kurzes Zeichen.

Ich sah mich um, und die beiden Männer am Bassin schienen aufzuwachen. Während sie über den Teppich auf mich zukamen, sah ich glasklar die Szene vor mir, die ich mir zuvor im Romain Coin ausgemalt hatte. Einer der beiden griff in seine Tasche, und ich konnte es auf seinen Lippen schon lesen, bevor er es aussprach: FBI.

Sie waren noch zehn Meter von mir entfernt. Ich hielt einen Finger hoch – eine Sekunde, bitte! – und ging entschlossen auf den Ausgang zu, schneller als normal, aber noch nicht in voller Flucht. Die folgten, als ich durch die Glastür und auf dem Parkplatz war. Ich rannte. Nur wenige Sekunden später hörte ich hinter mir jemanden rufen: »Halt! Sie da, junger Mann. Bleiben Sie stehen.« Erstaunlicherweise hatte ich schon fünfzig Meter zwischen uns gebracht. Ich schoß über den Parkplatz in Richtung unseres Wagens. Michael würde dort auf mich warten. Es würde schon gutgehen. Ich zwang mich, ruhig zu bleiben. Wir hatten genügend Zeit.

Doch als ich die Stelle erreichte, wo wir geparkt hatten, war der Wagen weg. Vor Schreck blieb ich einen Moment lang wie angewurzelt stehen. Nach einem Augenblick der Panik merkte ich, daß ich mich einmal um die eigene Achse gedreht haben mußte. Ich rannte in meinen Sandalen zur anderen Seite des Gebäudes, noch immer verfolgt von dem laut rufenden Agenten. Ich spurtete um die Ecke und stand vor einer Mauer, vor der fünf oder sechs Wagen standen.

»Haltet ihn!« schrie der Agent diesmal. »FBI. Haltet ihn!« Er schien weiter weg zu sein als vorher. Offenbar hatte er mich verloren, als ich um die Ecke gelaufen war.

»Wen? Den da?« hörte ich. Plötzlich kam jemand durch die Dunkelheit auf mich zu. Er stand in der Lücke zwischen einem Ford und einem anderen Wagen. Es war einer von den New Yorkern.

»Tony, sei vorsichtig!« rief eine Frau. Mit seiner Gruppe im Schlepptau kam er in der Dunkelheit näher. Man sah das gebleichte Haar der Frau im Schein der Parkplatzbeleuchtung.

»Wohin des Wegs, Kumpel?« fragte Tony mich. Er trug einen sandfarbenen Freizeitanzug und ein Hemd mit einem Muster aus zuckenden Blitzen.

»Tony, um Gottes willen«, schrie die Frau, »vielleicht hat er eine Kanone.« Ich hörte, wie sie zu ihren Freunden sagte: »Immer im Dienst.«

»Der hat keine Kanone«, sagte Tony. »Nur immer näher. Der Herr da drüben würde offenbar gern ein Wörtchen mit Ihnen reden«, fügte er hinzu. »Was ist denn los? Keine Lust auf einen kleinen Schwatz mit dem FBI?«

Regungslos stand ich da und sagte kein Wort. Die Zeit – die wenigen kostbaren Sekunden, die ich unbewußt gezählt hatte – schwand dahin, während wir uns anstarrten. Er hatte ein grobschlächtiges Gesicht mit dem Kiefer eines Walrosses und strahlte mehr Selbstvertrauen als Bösartigkeit aus. Ich bin ein Mann, verkündete es schlicht, und du bist keiner. Ich habe genügend Lebenserfahrung, um zu wissen, was hier zu tun ist, und du nicht. Ich war wie angenagelt, nur von seiner Gegenwart. Jetzt hatten sie mich. Ich war aufgeflogen. Der Gedanke brachte mich total aus der Fassung. Da tauchte heftig schnaufend der Agent auf.

»Sie verdammter Hurensohn. Wissen Sie nicht, daß man sich auf die Weise eine Kugel einfangen kann? Wissen Sie, was für einen Ärger Sie sich damit einhandeln können?« Er stieß mir grob gegen die Schulter. »Hinlegen. Auf den Boden. Los doch!«

Er tastete meine Beine innen und außen ab, während ich lang ausgestreckt vor ihm am Boden lag und seinen fremdartigen Geruch in die Nase bekam. Er zog Michaels Brieftasche aus meiner Jacke und riß mich an den Haaren. »Wie soll ich Sie denn nennen? ›Jesus‹? Sie stinken«, sagte er zu mir. Ich hatte erst gestern abend gebadet. Junes Worte fielen mir ein. Nein, kein Wort würden sie von mir hören. Sie sagten, ich solle aufstehen.

Jetzt haben sie dich, dachte ich noch immer. Mir war klar, jetzt ging es woanders hin, in eine neue Realität. Alles, was jetzt passierte, begann mit einer neuen Zeitzählung. Einer der beiden stieß mich vorwärts, und wir gingen zum Vordereingang des Motels. Er hielt mich beim Hemdkragen gepackt. Tony stellte sich dem Agenten vor. Er sei vom 2–2-1 in Newark.

»Kennen Sie Jack Burk? Beim RA in West Orange?«

»Jack? Jack Burk? Mit dem zusammen war ich in der Ausbildung in Quantico.«

»Ist ja 'n Ding. Er ist mein Schwager.«

»Ist ja lustig. Wie geht's dem alten Jack?«

»Wie der Made im Speck. Hat an der Wand Hoovers Foto gleich neben dem Herz-Jesu-Bild hängen.«

Der zweite Agent sah uns ankommen. Er steckte den Kopf aus dem Fenster eines blauen Ford Fairline. Die Innenbeleuchtung war eingeschaltet. Er trug einen Filzhut und ließ einen Arm aus dem Fenster hängen. Zwischen den Fingern steckte eine filterlose Zigarette, die er hin und wieder lässig zum Mund führte. Er parkte direkt vor dem Motel und blockierte die Zufahrt. Natürlich hatte er auf mich gewartet. Ich hätte nie eine Chance gehabt. Der, der mich gejagt hatte, machte ihn mit Tony bekannt, und die beiden schwänzelten eine Zeitlang um ihn herum. Eine Polizeisirene heulte den Strip herunter.

»Truppe im Anmarsch«, sagte der zweite Agent. »Das halbe County ist in Bereitschaft.«

»Mein lieber Mann«, sagte der Agent, der mich festhielt.

»Du lochst ihn ein. Ich bleibe und informiere Wagen 14. Der ist schon avisiert. Bist du sicher, du hast den Richtigen?«

Der Agent klappte die Brieftasche auf, die er mir aus der Tasche gezogen hatte.

»Michael Frain«, sagte er.

»Er ist der eine.«

Der Agent packte mich erneut am Kragen und drehte mich zu sich um. Er schaute mir zum ersten Mal ins Gesicht.

»Sie haben wir gesucht, Michael«, sagte er.

12. Dezember 1995

SONNY

Dienstag morgen. Vorverhandlungen und Schnellverfahren stehen auf dem Programm. Tag der offenen Tür im Haus des Schreckens. Nach nur zwei Stunden Schlaf habe ich das Gefühl, das Blut fließt mir heiß und träge durch die Adern. Übermüdung gleicht manchmal einem Rauschzustand. Und ich habe diesen bequemen Panzer um meine Emotionen verloren. Worte und Ereignisse treffen nun direkt auf mein ungeschütztes Inneres. Ich bin nicht in der Verfassung für die traurige Prozession der Beschuldigten.

Im Gerichtssaal wimmelt es von Menschen. Mandanten und ihre Familien stehen mit ihren Anwälten zusammen. Cops und Staatsanwälte, Bewährungshelfer und Pflichtverteidiger, alle, die zum Justizapparat gehören, begrüßen einander in den Gängen und angrenzenden Anwalts- und Zeugenzimmern. Sie sprechen Termine und Vergleichsvorschläge ab oder handeln Absprachen aus, worauf übrigens die meisten dieser Fälle hinauslaufen. Annie inspiziert die Zuschauerreihen, dirigiert Angeklagte nach vorn und unterrichtet Anwälte und Gerichtspersonal, soweit sie benötigt werden. Marietta ruft die Nummern der einzelnen Verfahren auf, reicht mir Akten nach oben und nennt mir noch einmal die Punkte, um die es jeweils geht – Vernehmung zur Anklage, Schuldbekenntnis, Beschluß über Anträge oder Vorverhandlung.

Ihr Gedächtnis ist phänomenal, ihre Angaben sind präzise. Ein Kerl muß noch einen Beschäftigungsnachweis beibringen, und diese Dame hat auf Anweisung von Richter Simone diese Woche eine Urinprobe abzuliefern.

Einige Fälle an diesem Vormittag grenzen fast ans Komische. Ein armer Trottel bot einer Polizistin, die als Nutte fungierte, 50 Dollar dafür, daß er an ihren Zehen lutschen dürfe. Als sie sich auswies, bot er ihr unter Tränen 400 an, wenn sie ihn laufen ließe. Um ihren Ruf nicht zu gefährden und keinen falschen Verdacht aufkommen zu lassen, mußte sie den Bestechungsversuch anzeigen. Aber zum größten Teil müssen wir uns mit traurigen Dingen und dem Elend befassen.

»Sie sind eigentlich zu alt für solche Sachen«, sagt der Officer vom Gefangenentransport zu einem Angeklagten mit weißem Bart, den er von der Arrestzelle zur Anklagebank schiebt. Dem leeren Blick nach zu urteilen, muß es sich um einen Alkoholiker oder einen Junkie handeln. Ihm wird bewaffneter Raubüberfall vorgeworfen, bei dem er seinem Opfer eine Rasierklinge an die Kehle gehalten haben soll.

»Was weiß ich«, antwortet der Beschuldigte, der mittlerweile mit versonnenem Blick vor mir steht.

Ich überfliege sein Vorstrafenregister und die einschlägigen Einträge – neun Verurteilungen, wenn ich richtig zähle – und frage ihn: »Mr. Johnson, vor wie vielen Tagen sind Sie aus dem Gefängnis entlassen worden?«

Die unterschiedlichsten Menschen haben hier schon vor mir gestanden. Ein Senior-Vizepräsident der First Kindle Bank, der im North End festgenommen wurde, weil er reihenweise Passanten abschmatzte. Eine zweiundsiebzigjährige Oma, vierundvierzig Jahre lang zuverlässige Mitarbeiterin in einem Gartencenter, die aus völlig unerklärlichen Gründen vor ein paar Monaten anfing, Belege zu frisieren und dadurch immerhin 32 000 Dollar in die eigene Kasse gewirtschaftet hat. Manchmal denke ich, wenn ich nur lange genug hierbleibe, wird jeder Mensch auf Gottes Erde wenigstens einmal wegen irgendeines Vergehens vor mir erscheinen.

Meistens jedoch steht da ein junger Schwarzer vor mir, dessen Geschichte, im Protokoll der Kautionsverhandlung oder des vorgerichtlichen Verfahrens festgehalten, sich immer fast genauso anhört, wie die seiner vielen Vorgänger: Armut, Gewalt, eine vaterlose, zerrüttete Familie, unzulängliche Schulbildung und niemand, der sich je um ihn gekümmert hat. Oft blicken sie besonders düster, wenn sie eine Frau am Richtertisch sitzen sehen. Ihr Leben lang haben Frauen versucht, sie zu zähmen, zu Hause und in der Schule: Mütter, Sozialarbeiterinnen und Beamtinnen, die hinter den Schulschwänzern her waren. Alle Vorhaltungen und guten Beispiele dieser Frauen haben auf eine brennende Frage nie eine Antwort gewußt: Was hat es mit einem Mann auf sich? Hat er ein Recht auf einen friedlichen Platz in dieser Welt? Manchmal möchte ich ihnen sagen: »Ich bin auch ohne Vater aufgewachsen. Ich verstehe dich. Wirklich.«

Aber ich sage es nie. Es muß weitergehen. Manche treten hier trotzig auf und versuchen nicht einmal, ihren Haß auf den gesamten Apparat zu verbergen. Die meisten allerdings haben einfach Angst und sind verunsichert. Ein ungepflegter Neunzehnjähriger mit wilden Locken wartet auf sein Urteil wegen eines Schaufenstereinbruchs bei einem Juwelier. Er trägt das T-Shirt einer Jeansmarke mit dem Aufdruck KNÖPF MIR DIE HOSE AUF, eine Aufforderung, die kaum geeignet ist, das Gericht zu beeindrucken. Andrerseits gibt es eine Menge Kampferprobter, die mit entwaffnender Vertraulichkeit auftreten.

»Euer Ehren, sie sagt, ich kassiere sechs Jahre dafür.« Der magere Angeklagte trägt ein ärmelloses Hemd. Die Arme sind voller Narben und Tätowierungen. Respektlos gestikuliert er in Ginas Richtung. Sie ist seine Pflichtverteidigerin. »Euer Ehren, Mann, ich habe mich doch nur in dem Laden versteckt, als sie mich hochgenommen haben. Ich habe nicht mal was mitgehen lassen. Sechs ist happig, Euer Ehren.«

»Mr. William, Sie sind noch auf Bewährung wegen eines anderen bewaffneten Einbruchs.«

»Ach, Euer Ehren, das war doch nur ein kleines altes Messer, nicht gefährlicher als ein Dosenöffner. Sechs ist happig, Euer Ehren.«

»Sie kommen nicht darum herum.« Wir wissen beide, daß es am Ende auf zehn Jahre hinauslaufen wird. Bei meiner Vereidigung zur Richterin habe ich geschworen, stets im Auge zu behalten, daß ein ordentliches Gerichtsverfahren zu den verfassungsmäßigen Grundrechten gehört. Dennoch habe ich mich dabei ertappt, Angeklagte hart anzufassen, die sich aus sportlichem Ehrgeiz oder trotz erdrückender Beweise allzu herausfordernd benehmen und mit mir zu handeln versuchen. Das darf ich mir nicht bieten lassen. In diesem Jahr kommen mir tausend Fälle auf den Tisch, und ich habe nur die Zeit, ganze fünfzig davon zu verhandeln.

Niemand rühmt sich vor den Schranken des Gerichts seiner Verbrechen. Niemand will wahrhaben, daß diese etwas über ihn aussagen. Schon nach wenigen Stunden haben sie sich innerlich weit von ihren Vergehen abgesetzt und verweisen sie ins Reich der Legenden. Bei der Urteilsverkündung begreift dann keiner mehr, was los ist. Zorn, Isolation, das Bedürfnis, sich selbst etwas zu beweisen – was auch immer das Motiv gewesen sein mag, in diesem Moment ist es einfach vergessen. Die meisten können nicht einmal mehr erklären, warum sie dies oder das getan haben. »Weiß nicht«, murmeln sie oft genug nur nachdenklich, wenn ich sie nach den Gründen frage. Sie stehen da, und jeder andere weiß es besser.

Heute morgen muß ich ein Urteil über Leon McCandless fällen. Vor sechs Wochen lernte Leon Shanneetha Edison kennen, die mit ihrem Dreijährigen in der Evening Shade Tavern war. Diese Art Lokal ist mir inzwischen hinlänglich bekannt. Überall sieht man, daß niemand Geld hat. Nur wenige Lampen funktionieren, und hinter der Bar strahlt die Leuchtreklame einer Biermarke. Alles, worauf ihr Licht fällt, ist verwahrlost und schäbig. Die alte Wandverkleidung hängt herunter. Die Toilette ist verschmutzt, der Sitz in zwei Teile zerbrochen und die Spülung undicht, so daß sie ständig läuft. Die ganze Taverne riecht nach Verfall. Die Leute hier sind arm und betrunken. Gäste gibt es den ganzen Tag über, kleine Gruppen von Männern stehen herum, erzählen Geschichten, die niemand glaubt, und in den Ecken wird heimlich in winzigen Mengen Dope gedealt.

Nach ein oder zwei Drinks bat Shaneetha Leon um eine Zigarette, und er ging und holte beim Koreaner an der Ecke ein paar lose Glimmstengel, die der einzeln für einen viertel Dollar verkauft. Als er zurückkam, hatte ein anderer Typ die Hand in Shaneethas Bluse. Die klassische Geschichte: Frankie und Johnny. Einen Augenblick später war der Dreijährige, noch an der Seite der Mutter, tot. Auf dem 7. Polizeirevier sagte Leon, der jetzt als Angeklagter vor mir steht, über die Kanone, die er gezogen hatte: »Das verdammte Ding ist einfach losgegangen«. Wie sie das auf dem Revier dort machen, weiß ich nicht, aber seltsamerweise sagen in diesem Revier fast drei Viertel der schwarzen Festgenommenen sehr freimütig aus, trotz der ihnen vorher verlesenen Rechte und trotz ihrer lebenslangen Erfahrung, daß ein Geständnis die Dinge selten erleichtert.

»Das Ding ist einfach losgegangen«, wiederholt Billy Witt, sein Anwalt, nun Leons Erklärung. Niemand kann sagen, welche Ebene von Leons Bewußtsein es war, die schießen wollte. Ich verurteile ihn zu fünfzig Jahren.

»Die Leute machen sich das einfach nicht klar.« »Sie begreifen es nicht.« Immer wieder hört man das von Cops und Staatsanwälten. Als ich hier anfing, habe ich über solche Bemerkungen gespottet: Doch jetzt mache ich selber ganz ähnliche. Die Menschen bilden sich ein, es zu verstehen. Sie erleben es tagtäglich im Fernsehen und in den eigenen vier Wänden. Im dämmrigen Schein der Flimmerkiste meinen sie, sich ein Bild machen zu können – glauben zu wissen, was es heißt, in Angst und Schrecken zu leben, Gewalt zu erfahren und die Gegensätze von Schwarz und Weiß zu kennen. Aber es vermittelt ihnen nicht den Schock der Fremdheit, der Entfernung, die zwischen ihrer Welt und der meinen liegt und die ich in jedem Blick von ihnen spüre. Sie lernen nicht die bedrückende Wahrheit, daß der Durchschnittsbürger von Düsseldorf oder Kyoto – in den Augen meiner Mutter waren das Feinde – meinem Leben nähersteht als vier von fünf der jungen Männer, die da vor mir stehen und doch meine Landsleute sind. Immer wieder denke ich über den strukturalistischen Kram nach, den ich in den höheren Semestern studiert habe und der besagt, Kultur,

Sitte und Brauch seien dasselbe. Und immer wieder komme ich nur zu einem Schluß: *Wir müssen alles von Grund auf verändern.*

Nach einer kurzen Mittagspause ist das Ende der Sitzung abzusehen, und wir kommen zum Verbrechen des Tages. Vier Mitglieder der Five Street Diggers, einer Gangstergruppe, stehen zu einer erst kürzlich erhobenen Anklage zur Vernehmung. Rudi Singh vertritt das Volk. Neben ihm sitzen zwei Cops, Tic-Tacs, in Sweatshirts und Joggingschuhen, und zeigen mir ihre Bierbäuche. Auf der anderen Seite sitzt Gina Devore als Pflichtverteidigerin.

Singh erklärt den Hintergrund. Beim Verlassen des Gefängnisses, wo sie ihren Bruder besucht hat, wird Rooty-Too, die zur Anfängerriege der Five Street gehört, von Mitgliedern der Hanging Hipsters, einer rivalisierenden Gruppe innerhalb der Gang, abgefangen – gekidnapped. Singhs Angebot, die Verletzungen von Rooty-Too im Detail zu beschreiben, lehne ich ab. Nur soviel: Sie ist mit Prellungen, ausgeschlagenen Zähnen und schweren Verletzungen im Vaginalbereich ins Krankenhaus eingeliefert worden. Die Five Streets sannen auf Rache. Sie schnappten sich einen Hipster, den Ghetto-Star Romey Tuck, schlugen ihn zusammen und hackten ihm mit einer Machete beide Unterarme ab. Die Angeklagten wurden in einer Wohnung in Fielder's Green festgenommen. Auf der Linoleumplatte des Küchentischs lag auf einer Zeitung ein blutender Unterarm. Er wurde anderen Five Streets als Trophäe vorgeführt.

»Stellen Sie Antrag auf Kaution?« frage ich.

»Euer Ehren«, sagt Gina, »die Angeklagten sind Jugendliche. Die Anklagevertretung hat beantragt, das Verfahren nach dem Erwachsenenrecht zu behandeln.«

In Ordnung, will ich fast schon sagen.

»Euer Ehren, sie sind im Gefängnis. Sie wissen, was das bedeutet.« Sie sitzen wegen Gewalt gegen Mitglieder der eigenen Gang, und so schützen sie selbst im Gefängnis wohl nicht Regeln, die die Gangs auch dort gewöhnlich strikt einhalten. Keiner dieser Jungen ist bereits voll ausgewachsen – zwei sind schlaksig, aber dünn, der kleinste nur wenig über ein Meter fünfzig groß. Ich verstehe. »Euer Ehren, bedenken Sie das Gefängnis und seine Folgen. Sie können nicht zur Schule gehen. Die Besuchsmöglichkeiten sind eingeschränkt. Einer dieser jungen Männer, Marcus – mein Mandant Marcus Twitchell...« Gina wirft einen kurzen Blick in ihre Akte, um ganz sicher zu sein, daß sie den Namen richtig in Erinnerung hat. »Marcus wurde als Student auf Probe zugelassen und letzten Sommer für das Project Restore ausgewählt, ein Sanierungsprojekt. Er war...«

Marcus hatte man als letzten festgenommen und direkt vom Revier hierher gebracht. Er ist noch nicht vernommen worden und in der Gang noch kein vollwertiges Mitglied. Er ist aber in Gang-Kluft mit kurzer Satinjacke im leuchtenden Hellblau der Miami Dolphins und der typischen sackartigen Hose, deren Gürtel auf Höhe des Schambereichs hängt, so daß ein paar Zentimeter seiner gestreiften Unterhose zu sehen sind. Seine Brownies – braune Gartenhandschuhe, die bei Raufereien, Schießereien und allen anderen Gelegenheiten getragen werden, wo Fingerabdrücke unerwünscht sind – hängen ihm noch aus der Tasche. Sein Blick bleibt stets auf einen Punkt einen halben bis einen Meter unter mir fixiert. Er kaut langsam auf seinem Kaugummi. Ich frage nach seinen Vorstrafen.

»Drei vorübergehende Festnahmen«, liest Rudy vor. Marcus hat zwei Diebstähle begangen, die für mich unerheblich sind. Die Armen werden immer stehlen. Dann die dritte Festnahme. Schwere Schlägerei. Wieder ein Racheakt. Das Opfer ist mit Stiefeln traktiert worden.

»Wann war das?«

»Vor zwei Wochen, Euer Ehren.«

Ich schüttele den Kopf und setze die Kaution auf 100000 Dollar fest, den gesamten Betrag auf einmal und in bar. Soweit zu Marcus. Soweit zu seiner Chance. Selbst an einem Morgen nach einer schlaflosen Nacht mit liebesmüdem Schoß und einem Herzen volll vermutlich falscher Hoffnungen kann ich nicht weitergehen. Die anderen Anwälte machen nicht einmal den Versuch vergleichbarer Kautionsanträge.

Während dieser Vernehmung ist Loyell Eddgar in den Gerichtssaal gekommen. Er wirkt ausgesprochen düster und trägt dasselbe wollene Sportsakko wie gestern. Wie mir ist auch ihm die Übermüdung anzusehen. Ich hätte erwartet, daß ein mächtiger Politiker, auch wenn er kein Traditionalist ist, mit Gefolge auftritt. Aber er ist allein. Wahrscheinlich ist es dasselbe, ob man nun Richter oder Senator eines Bundesstaates ist. Man hat das Gefühl, der Zauberer von Oos zu sein, eine müde Gestalt, die hinter der angsteinflößenden Maske großer Autorität die Fäden in der Hand hält und an den Hebeln zieht. Eddgar hat auf dem einsamen Stuhl ein Stück hinter dem Anklagetisch Platz genommen, auf dem zeitweise Jackson Aires gesessen hatte. Nach dem gestrigen Ausgang des Verhörs gehen Eddgar und Molto einander sichtlich aus dem Weg. Im Moment scheint sich Eddgars Aufmerksamkeit auf das Verbrechen des Tages zu konzentrieren. Nachdem ich meine Anordnungen gegeben habe und der letzte der Gefangenen hinausgeführt ist, runzelt er heftig die Stirn. Dabei setzt er dieselbe, fast mitleidige Miene auf, die Zora stets für ihre Gegner parat hatte: Mißbilligung von oben herab. Es ärgert mich, selbst als Eddgar sich nach dieser selbstgefälligen Geste abwendet.

Wage es nur nicht, dich wegzudrehen, möchte ich am liebsten sagen, gerade du nicht, der darauf aus war, daß sich diese Schichten der Gesellschaft in dem einfältigen Glauben erheben, sie könnten so die Welt verändern. Der Krieg, der 1965 begann – der Krieg auf den Straßen, den du und Zora gepflanzt und geschürt haben – ist noch immer nicht zu Ende. Die entsetzliche Gewalt, die dadurch freigesetzt wurde, und der übermäßige Haß haben sich als ein Dämon erwiesen, als Teufel, der nie in seine Flasche zurückzuzwingen ist.

Aber hatten sie wirklich unrecht? frage ich mich plötzlich. Eddgar? Meine Mutter? Bin ich bereit, ihren Zielen und ihrem Engagement abzuschwören? Diese Fragen habe ich mir immer und immer wieder gestellt. Ich mache mir ein ungefähres Bild von ihnen. Vor langer Zeit schon habe ich ihr schmutzigstes und zugleich bestgehütetes Geheimnis entdeckt: Ihre Leidenschaft, die Welt verändern zu wollen, rührte nur von ihrer Unfähigkeit her, sich selbst zu verändern. Der Rufer verwechselt die Botschaft mit dem Horn, das sie verkündet. Nichts von dem, was meine Mutter lautstark bekämpfte, war falsch – die desolaten Lebensbedingungen der farbigen Bevölkerung Amerikas, der tägliche Mißbrauch von Frauen, die unmenschliche Ausbeutung der Schwachen, die Überheblichkeit der Privilegierten, die Korruptheit der Mächtigen und die Dummheit menschlicher Gier. Und auch ihr Einsatz für das Füreinander und das Teilen untereinander waren das einzig richtige Engagement. In der Bilanz unseres Jahrhunderts sind die Errungenschaften auf dem Gebiet der Humanität die größten Aktiva. Für mich wird das immer Nikkis eigentliches Erbe sein.

Während des letzten Falles – ein Transvestit in einem aus der Kleidersammlung geklauten, orangefarbenen Fummel erklärt gerade, warum er als Stricher auf seinen Freier mit einem Messer losgegangen ist – kommt plötzlich Leben in den Gerichtssaal. Raymond Horgan, ehemaliger Staatsanwalt für Kindle County und Leiter jener Reformkommission, der mich ins Richteramt berufen hatte, grüßt mit einem Wink die Deputies an der Tür und kommt nach vorn, zwei junge Anwälte, eine Frau und ein Mann, im Schlepptau. Sie ist eine hellhäutige Afro-Amerikanerin, er ein langer, dürrer Mann mit einem so beachtlichen Adamsapfel, daß ich mich frage, ob er vielleicht einen Kropf hat. Raymond reicht Marietta ein halbes Blatt Papier, einen Antrag, und wendet sich dann wieder zur Tür um. Er erwartet jemanden. Horgan ist dick geworden im Land der Exzesse, und sein Gesicht gleicht fast einer Gummimaske. Dennoch ist er eine imposante Erscheinung. Er trägt sein Geld zur Schau: dunkelgraues Maßhemd mit weißem Kragen und weißen Manschetten, modischer grauer Anzug, Mohairmantel über dem Arm, der auch seinen Aktenkoffer trägt. Der Duft seines Toilette- und Haarwassers riecht bis zum Richtertisch herauf. Schließlich kommen die Leute, auf die er wartet: ein eiliger Tommy Molto, gefolgt von Hobie mit gehetztem Gesichtsausdruck. Molto und Horgan, die sich aus der Zeit gut kennen, in der Raymond Tommys Boß war, haben eine kurze Unterredung. Raymond überragt ihn um fast zwanzig Zentimeter, und irgendwie wirken sie wie Vater und Sohn. Dann ruft Marietta Niles Fall auf. »Raymond Horgan in Vermittlung, Mandat ungenannt«, meldet sich Raymond, als die Anwälte im Halbkreis vor mir stehen. »Euer

Ehren, ich möchte Ihnen in Ihrem Amtszimmer unter Ausschluß der Öffentlichkeit einen Antrag unterbreiten.«

Mit anderen Worten, die Presse soll nicht dabei sein. Hobie tritt vor, um Einspruch zu erheben. Das reicht mir. Ich sollte Horgan den Gefallen tun und winke alle in mein Amtszimmer, während Dubinsky – bisher der einzige Vertreter der Medien – in der Geschworenenbank wütend um sich blickt und dann hinauseilt. Wahrscheinlich ruft er die Anwälte der *Tribune* an. Für die Presse ist stets das am wichtigsten, was sie nicht erfahren soll.

Wir warten eine Weile auf Suzanne, die Protokollführerin, die sich neues Papier holen muß. Die große, schlanke Frau kommt ruhig mit ihrer Stenographiermaschine herein und setzt sich. Da nicht für alle Stühle da sind, sitzen nur sie und ich. Die anderen – Raymond mit seinen Gefolgsleuten, Tommy, Rudy, Hobie, Marietta und Annie – stehen im Halbkreis vor meinem Tisch. Nile hat es vorgezogen, im Gerichtssaal zu bleiben. Raymonds männlicher Begleiter zieht einen Stapel Papiere aus seinem Aktenkoffer, die er Marietta übergibt, während Raymond selbst mir mit seinem Stentorbariton die Umstände erläutert.

In den ausgedehnten Gesprächen mit ihm, bevor ich der Übernahme dieses Falls dann zustimmte, hatte ich Raymond als verschlagenen, versierten und aalglatten Ex-Politiker kennengelernt, der einen mit seinem selbstironischen Charme zu täuschen versucht. Das gelblichweiße Haar liegt, nach hinten gekämmt, in so exakten Wellen am Kopf an, daß es scheint, als hätten Alter und Weisheit sie ihm eingemeißelt. Raymond sagt, gestern, am Spätnachmittag, sei die River National Bank unter Strafandrohung zur sofortigen Herausgabe von Bankunterlagen, einen Scheck über 10 000 Dollar betreffend, aufgefordert worden. Er sei hier, um die Rücknahme dieser Herausgabeforderung zu bewirken.

»Wer hat die Herausgabe unter Strafandrohung veranlaßt?« frage ich.

»Ich«, sagt Hobie.

»Er macht es schon wieder, Euer Ehren«, sagt Tommy. »Es ist eine neue Methode, um die Regeln zu umgehen, die die Offenlegung von Beweismitteln betreffen.«

»Mr. Tuttle, ich sage es geradeheraus, das wäre besser einfach nicht wahr.«

»Euer Ehren, ich habe Molto eine Kopie des Herausgabe-Antrags ausgehändigt.«

»Nachdem Mr. Horgan mich davon in Kenntnis gesetzt hat.«

»Euer Ehren, mir ist die Bedeutung dieses Beweisstücks gerade erst bewußt geworden«, sagt Hobie mit dem lächerlich nichtssagenden Gesichtsausdruck, den er stets aufsetzt, wenn er die Unwahrheit sagt. Ich mache mir nicht die Mühe zu antworten.

»Euer Ehren«, jammert Tommy, »Sie sehen doch, wie unfair das ist. Er kommt mit einem neuen Schriftstück zum Kreuzverhör, und ich kann nicht mit dem Zeugen…«

»Gehen Sie, reden Sie mit ihm. Ich habe nichts dagegen.«

»Der ist heute nicht besonders scharf darauf, mit mir zu reden.«

»Das ist nicht mein Fehler«, gibt Hobie zurück.

»Ganz im Gegenteil, Mr. Tuttle«, greife ich ein, »es ist Ihr Fehler. Mr. Molto hat taktische Entscheidungen auf der Grundlage des vorhandenen Beweismaterials getroffen. Wenn Sie in letzter Minute auf etwas gestoßen sind, hätten Sie das Gericht und Mr. Molto vor dem Verhör unterrichten müssen. Ich habe Sie gewarnt. Keinen Schritt dieser Art mehr, und das war mein Ernst.« Ich streiche mir das Haar zurück und nutze den Augenblick, um mich zu vergewissern, daß es nicht meine durch den Schlafmangel blank liegenden Nerven sind, die aus mir sprechen. »Mr. Horgans Antrag wird stattgegeben.«

»Euer Ehren«. Hobie macht buchstäblich einen Satz. Mit seinen rund einhundertzwanzig Kilo landet er dreißig Zentimeter hinter seinem Absprungpunkt. »Richterin Klonsky, hierauf basiert meine ganze Verteidigung. Es ist der springende Punkt für uns in diesem Fall.«

»Den Sie erst gestern entdeckt haben.« Ich schenke ihm das, was man einen gehässigen Blick nennen würde, und das bringt Hobie ausnahmsweise einmal zum Schweigen. Er sieht mich an mit der mitleiderregenden Verletzlichkeit, die einen Maulhelden überkommt, wenn ihm nichts mehr einfällt.

»Euer Ehren, ich flehe Sie an. Ich flehe Sie an, Richterin.«

Er sucht Halt an dem metallenen Aktenschrank, und die alten Footballer-Knie knicken ein. Er sinkt fast zu Boden.

»Unterstehen Sie sich, Mr. Tuttle.«

»Euer Ehren, lassen Sie es mich ausbaden. Zeigen Sie mir Ihre Verachtung, aber lassen Sie meinen Fehler sich nicht zuungunsten meines Mandanten auswirken. Euer Ehren, ich kann Ihnen das mit dem Scheck erklären …«

»Hören Sie zu, Hobie«, und ich gebrauche absichtlich seinen Vornamen als Zeichen dafür, daß mein Zorn nicht gespielt ist, »ich habe Ihnen gesagt, eine weitere Episode dieser Art würde ich nicht hinnehmen. Ich will keine Erklärung hören.«

»Euer Ehren …«

»Kein Wort mehr.«

»Sehen Sie sich den Scheck wenigstens an, Euer Ehren. Sie müssen nichts weiter tun, als ihn sich ansehen. Bitte. Sehen Sie hin. Dies ist die gesamte Verteidigung. Sie werden erkennen, was hier vorgeht. Bitte, Euer Ehren. Euer Ehren, *bitte*!« Er hat die Hände zusammengepreßt, und die Knie scheinen ihm wieder weich zu werden. Trotz des Bartes und des modischen Zweireihers, den er heute trägt, ist er – wie jeder Mann in einer Extremsituation – nur ein verzweifelter kleiner Junge. Ich atme ein-, zweimal tief durch und schließe die Augen, als könne ich seinen Anblick nicht ertragen, was schließlich auch in etwa der Fall ist.

»Geben Sie mir den Scheck.«

Moltos Stimme überschlägt sich in gequältem Falsett, aber ich habe bereits meine Hand Horgan hingestreckt, der sich nun zu den beiden jungen Anwälten hinter seinem Rücken umdreht. Als der rosafarbene Scheck bei mir ankommt, sehe ich, daß es sich um einen etwa zwanzig Zentimeter langen Vordruck handelt. Der Scheck ist ausgestellt zu Lasten der Democratic Farmers & Union Party auf den Betrag von 10 000 Dollar, auszuzahlen an ›Eddgar oder Überbringer‹. Datiert vom 27. Juni 1995 und unverkennbar unterschrieben von Matthew Galiakos.

Als ich seinen Namen lese, zieht sich etwas in mir zusammen. Brendan Tuohey ist schon der gerissenste Fuchs. Matthew Galiakos. Meine Hände sind eiskalt. Ich frage mich, ob ich etwa aufgestöhnt habe. Irgend etwas muß ich preisgegeben haben, denn alles starrt mich an.

»Mr. Horgan«, sage ich hoffnungsvoll und zugleich wider besseres Wissen, »Sie sollten lieber für das Protokoll Ihren Mandanten benennen. Sind Sie als Vertreter der Bank hier?«

»Ich bin wegen Matthew Galiakos hier, dem Vorsitzenden der Democratic Farmers & Union Party in diesem Staat.«

Also so wird dieses Spiel gespielt. Brendan Tuohey setzt den Ball aufs Tee, und dann kommt das Ober-As, um den Ball abzuschlagen. Genauso habe ich es befürchtet. Aus reinem Zufall habe ich bereits getan, was man von mir wollte. Das Protokoll könnte nicht besser sein. Trotz aller Winkelzüge von Hobie wird kein Berufungsgericht der Welt mein Urteil kippen. Und nichts auf diesem Scheck wird diesem Prozeß eine Wende geben. Er ist eine Art Beitrag, wie größere Parteien sie routinemäßig für bestimmte Kampagnen irgendwelcher Organisationen leisten. Ich muß nur noch den Kopf schütteln und wiederholen: »Antrag stattgegeben«, und mein Sitz im Schwurgericht ist für Jahre gesichert, vielleicht sogar als Sprungbrett in eine höhere Instanz. Was jedoch die jetzige Situation wirklich erfordert, so habe ich, trotz meiner angeschlagenen Verfassung, nicht den geringsten Zweifel. Wie mir schon einmal an diesem Morgen bewußt geworden ist, bin ich Zora Klonskys Tochter.

»Mr. Tuttle?«

»Ja, Euer Ehren«, antwortet er sofort. Seine Zunge, das verräterische Merkmal, erscheint für einen Moment zwischen seinen Lippen.

»Auf Ihre Bitte hin habe ich den Scheck geprüft.« Ich gebe eine Beschreibung zu Protokoll. »Mr. Tuttle, Sie machen als Prozeßbeteiligter geltend, daß dieser Scheck und die weiteren Unterlagen, die Sie hier unterbreiten, von wesentlicher Bedeutung für Ihre Verteidigung sind?«

Erschrecken über meine offenkundige Richtungsänderung breitet sich unter den Anwesenden aus. Hobie reagiert als erster.

»Ja, das mache ich geltend, Euer Ehren. Genau das.«

»Nun, angesichts der Tatsache, daß dies ein Verfahren ohne Geschworene ist und ich mich über provokatives Verhalten wie auch irrelevante Argumentationen hinwegsetzen werde, akzeptiere ich die Vorlage dieser Dokumente, revidiere meine Entscheidung und lehne den Antrag auf Rücknahme ab. Mr. Horgan, händigen Sie Mr. Tuttle die Unterlagen aus. Mr. Tuttle, überlassen Sie Mr. Molto die Unterlagen zur Einsicht. Ich werde zu ihnen Stellung nehmen, wenn sie dem Gericht zur Kenntnis gebracht werden.«

Horgan läßt sich langsam neben mir auf den einzigen noch verfügbaren Stuhl sinken. Er streckt mir seine fette, mit Sommersprossen übersäte Hand entgegen.

»Euer Ehren«, sagt er.

»Ich habe entschieden, Mr. Horgan.« Ich stehe auf. Horgan ist so überrascht, daß es einen Moment dauert, bis auch er sich erhebt.

»Euer Ehren, ich habe gedacht, nein *gehofft,* Sie gäben mir die Gelegenheit, zumindest... Das ist doch nur ein Versuch, Beteiligte zu verwirren, die in keiner Verbindung zu dieser Angelegenheit stehen, ein Versuch, in einen Feld-Wald-und-Wiesen-Mord politische Aspekte zu bringen.«

»Dieser Punkt ist abgeschlossen, Mr. Horgan. Ich habe entschieden. Es war nett, Sie hier zu sehen.« Wenn ich der Sache weiter nachgehe und frage, in welchem Zusammenhang der Scheck mit diesem Fall steht, mache ich es mir nur selbst schwer.

»Euer Ehren, kann wenigstens das Protokoll – über diese Verhandlung hier – von der Öffentlichkeit ausgeschlossen bleiben?«

»Ich vermute, daß das die Presse erst recht in Aufruhr versetzen würde, Mr. Horgan. Es besteht keine Veranlassung zur Geheimniskrämerei.« Ich lächele ihm matt zu. Ich würde gern glauben, daß er hier nur den Handlanger spielt, der nicht ganz auf dem laufenden ist, doch dafür gibt es keine Anhaltspunkte.

»Mr. Tuttle«, sage ich, »ich vertraue Ihnen wider besseres Wissen. Ich erwarte, daß Sie dieses Vertrauen in allen Punkten rechtfertigen. Sollte das nicht der Fall sein, Sir, ist dies für uns beide ein trauriger Tag.«

Marietta sieht zu mir herüber. Es kommt selten vor, daß sie etwas nicht versteht. Als ich an ihr vorbeigehe, murmelt sie etwas in sich hinein, verwundert über meinen Autoritätsausbruch oder meinen Wagemut.

»Ich werde es schon meistern«, flüstere ich ihr zu.

»Mir scheint, Senator, Sie und Molto kommen nicht weiter.«

Eddgar wirkt etwas zerbrechlich, wie er so neben mir im Zeugenstand sitzt. Er braucht einen Moment, um über Hobies erste Frage nachzudenken, bevor er sie bejaht. Er trägt dasselbe schwere graue Tweed-Sakko, dazu aber eine eckige Goldrandbrille, die er gestern nicht hatte.

»Ist der Grund die Tatsache, daß Sie bei der polizeilichen Vernehmung gelogen haben? War das der Zeitpunkt, zu dem Sie und die Ankläger aneinander geraten sind?«

»Offen gesagt, ich glaube, es war, als ich Ihnen zustimmte, die Kaution für meinen Sohn mit meinem Haus abzusichern.«

»Molto war darüber verärgert?«

»Unglaublich verärgert«, antwortet Eddgar. »Offenbar hat er keine Kinder.«

Bei diesem Seitenhieb springt Molto verständlicherweise auf. Bewunderung hier, Respekt dort, das gibt es hier nicht. Tommy lebt gewissermaßen ein Einsiedlerleben voller unterdrückter Wünsche. Es gibt keine Mrs. Molto. Keine Freundinnen. Als ehemaligen Seminaristen nennt man ihn hinter seinem Rücken den verrückten Mönch. Ich lasse Eddgars letzte Bemerkung streichen, und Hobie beginnt von neuem.

»Dr. Eddgar, meine Frage lautet, ob die Ankläger, die Polizei und Sie über die Beweislage gesprochen haben.«

»Ich glaube nicht. Wir waren wohl alle etwas vorsichtig.«

»Weil Sie am Anfang gelogen hatten, ist das richtig?«

»Man hat mir gesagt, daß ich als Zeuge benannt war und wir nicht über die Aussagen anderer reden sollten.« Molto will schon aufstehen, um erneut Einspruch zu erheben, lächelt dann jedoch über Eddgars Antwort und setzt sich wieder.

»In Ordnung«, sagt Hobie. »Aber um es hier ganz deutlich zu machen, Sie haben bei der polizeilichen Vernehmung gelogen, oder?«

»Wie ich Mr. Molto bereits gestern gesagt habe, war ich bei meinem ersten Gespräch mit Lieutenant Montague nicht ganz aufrichtig.« Eddgar war gestern in die Enge getrieben worden, hatte sich einiges von der Anklage gefallen lassen müssen und mußte obendrein auch noch das verdauen, was die Zeitungen und Fernsehstationen aus seinem Auftritt gemacht hatten. Dennoch ist er jetzt ruhig und beherrscht. Er wirkt aufgeräumt, fast gedämpft. Bisher hat er sämtliche Fragen beinahe regungslos beantwortet – keine Handbewegung, nicht das geringste Zucken in seinem Gesicht, das ein Gefühl zum Ausdruck gebracht hätte.

»Also, Senator, Tatsache ist, so steht es in dem Bericht, daß Sie am ersten Tag, dem 7. September, angegeben haben, Ihre Frau sei fortgefahren, und Genaueres wüßten Sie nicht. Ist das richtig? Das haben Sie doch ausgesagt, Senator?«

»Das habe ich gesagt.«

»Und das war eine Lüge?«

Tommy sagt, die Frage sei bereits beantwortet worden, aber ich lasse fortfahren. Der Gegner im Kreuzverhör hat, meiner Auffassung nach, das Recht, die Aufrichtigkeit eines *Mea-culpa*-Geständnisses zu überprüfen.

»Das war eine Lüge«, antwortet Eddgar schließlich. Er kann sich hierbei einen kurzen Blick zur Geschworenenbank mit der Presse nicht verkneifen.

»In Ordnung«, sagt Hobie. »Wenn ich Ihre gestrige Aussage richtig verstanden habe, so haben Sie zunächst gelogen, weil es Ihnen unangenehm war, zuzugeben, daß jemand in Ihrer Position jemanden wie Hardcore kennt, ist das richtig?«

»Das war ein Faktor. Ich möchte außerdem sagen, daß mir nicht bewußt war, daß meine geplante Anwesenheit am Tatort etwas mit der Tat zu tun haben könnte, da sie mir zu dem Zeitpunkt als ein Überfall quasi aus heiterem Himmel dargestellt worden war.«

»Lassen Sie uns jetzt über den Gesichtspunkt sprechen, daß es Ihnen unangenehm war, Senator. Sie waren doch nicht der Meinung, daß der Versuch, den Armen in der Bevölkerung zu helfen, etwas Falsches war, oder?«

»Jeder kennt meinen Standpunkt hierzu, Mr. Tuttle.«

»Wo liegt also das Problem?« Hobie hebt das runde Gesicht und läßt die Frage einen Moment im Raum stehen. »Was ist unangenehm an dem Versuch, die BSD in die Politik einzubeziehen? Oder haben Sie dabei bestimmte Schritte unternommen, über die Sie nicht gern sprechen wollten?«

Zum ersten Mal dreht sich Eddgar in seinem Stuhl um. »Letzteres, nehme ich an.«

»Letzteres«, wiederholt Hobie. Er geht mit gesenktem Kopf ein paar Schritte auf und ab und bleibt dann abrupt direkt vor dem Zeugen stehen. »Senator, es ist doch eine Tatsache, daß Sie noch immer nicht die volle Wahrheit über das gesagt haben, was zwischen Ihnen und den BSD vorgegangen ist. Ist das nicht so?«

»Ich habe die Fragen beantwortet, die mir gestellt wurden, Mr. Tuttle.«

»Und diese Fragen basierten, wie Sie ja wissen, auf der Aussage von Hardcore, stimmt's?«

»Ich weiß nicht, worauf sie genau basierten. Ich vermute, unter anderem darauf.«

»Lassen Sie uns das genauer betrachten, Senator. Dieses Treffen. Erinnern Sie sich? Im letzten Sommer. Mit Nile, Core und T-Roc. Sie saßen zu viert gemütlich hinten in T-Rocs gepanzerter Limousine. Erinnern Sie sich daran?«

»Alle drei Lokalsender haben die Szene nachgestellt, Mr. Tuttle. Ich habe sie genau im Gedächtnis.« Gelächter bei den Reportern. Eddgar gelingt die Spur eines Lächelns.

»Und dort im Wagen haben Sie ihnen dann eine Predigt gehalten, richtig? Sie sind ja gelernter Prediger, Senator, nicht wahr?«

»Ja, das bin ich.«

»Und Sie haben gepredigt, nicht wahr? Sie haben zu erklären versucht, daß sie, wenn sie Wähler organisieren und Kampagnen unterstützen würden, legitime Macht erhielten. Ist das richtig?«

»Richtig.«

»Sie bekämen leitende Funktionen, wie andere führende Politiker auch. Und Einfluß. Weil sie sich aus denselben Quellen speisten. Wählerstimmen und Geld. Sehe ich das richtig?«

»Das war der Ansatzpunkt meines Vorschlags.«

»War nun dieser Vorschlag, die BSD zur Mobilisierung armer Wähler zu gewinnen, von Ihrer Seite völlig altruistisch?«

»Entschuldigung?« fragt Eddgar zurück.

»Nun, worin lag der Vorteil für Sie, Senator?«

»Für mich? Da gab es keinen.«

»Außer, einfach fortschrittlich zu sein, wie?«

»Ich denke ja.«

»Als Sie sich vor vier Jahren für das Amt des staatlichen Rechnungsprüfers haben aufstellen lassen, haben Sie um fünfzigtausend Wählerstimmen verloren, nicht wahr?«

»Das ist richtig.«

»Würde sich eine vermehrte Wahlbeteiligung der Afro-amerikanischen Bevölkerung nicht günstig für Sie auswirken, insbesondere wenn die Rekrutierungsbemühungen der BSD bei anderen Gangs Schule machen würden?«

Molto springt auf. »Euer Ehren, Sie erkennen die Unerheblichkeit dieser Befragung. Genau das habe ich vorhin in Ihrem Amtszimmer befürchtet.«

Ich bin selbst neugierig, worauf Hobie hinaus will. Ich gebe ihm ein Zeichen.

»Euer Ehren, die Theorie der Anklage stützt sich auf die Behauptung, daß Dr. Eddgar das eigentliche Ziel des Anschlags sein sollte. Das ist doch deren Theorie?«

»Ich glaube, so stand es zunächst in den Unterlagen«, sage ich kühl. Die falsche Schlußfolgerung hat ihre gewünschte Wirkung. Hobie wendet kurz den Blick ab, und ein Wort, das er aussprechen möchte, bleibt ihm mit einem Krächzen in der Kehle stecken. Dann wagt er wieder, mich anzusehen.

»Nun, in Ordnung«, sagt er, »aber Dr. Eddgar hat zugegeben, er könne sich kein Motiv vorstellen, aus dem sein Sohn so etwas tun sollte. Sollte mir daher nicht das Recht zustehen, aufzuzeigen, daß es ein anderes Motiv für die Schießerei gegeben hat, eines, das nichts mit Nile Eddgar zu tun hat?«

»Und das tun Sie gerade?«

»Das tue ich gerade.«

»Mr. Molto, hat er das Recht dazu?«

»Euer Ehren, ich weiß nichts von diesem anderen Motiv.«

»Deshalb kommen beide Seiten an die Reihe, Mr. Molto.« Ich finde diesen Verlauf nicht besonders komisch, aber der Saal reagiert auf das Nachlassen der Spannung und bricht in schallendes Gelächter aus. Tommy erhält häufig das, was er verdient, aber ich hatte nicht die Absicht, ihn vorzuführen. Er nimmt meine Entschuldigung zerstreut entgegen. »Lassen Sie uns Ihre weiteren Fragen hören«, sage ich. Hobie geht zum Podium zurück und fährt sich durch den graumelierten Bart, während er seine Notizen durchsieht.

»Senator, ich möchte noch einen Punkt klarstellen. Haben Core und T-Roc Ihnen für die Freilassung von Kan-el Bestechungsgeld angeboten? Haben sie das?«

Eddgar denkt nach. »Nicht mit so vielen Worten.«

»Die Worte, die sie gesagt haben, klangen die nach einem Angebot von Bestechungsgeld?«

»Es sollte wohl darauf hinauslaufen, als sie erwähnten, welchen Vorteil mir das bringen könnte. Ich habe das Gespräch dann abgebrochen. Ich sagte, sie könnten etwas für sich selbst tun, für ihre Bevölkerungsgruppe und für Kan-els Situation.«

»Und was haben Sie ihnen dann gesagt, Senator?« Hobie macht eine kurze Pause und sieht Eddgar wie schon zuvor direkt ins Gesicht. Sein Ausdruck ist eiskalt. Und er weiß, was jetzt folgt, wird ihm besser gefallen als dem Zeugen. »Ich will Ihnen helfen, darf ich? Sie haben Hardcore und T-Roc erklärt, mit wieviel Macht man solche Dinge angeht, nicht wahr? Haben Sie ihnen nicht erzählt, daß sie nach der Art, wie die Welt – Ihre Welt – funktioniert, nicht nur Kan-els Freilassung sichern, sondern auch noch Geld kassieren könnten, anstatt zu zahlen? Sehe ich das richtig?«

Eddgar schließt kurz die Augen. »Ja«, sagt er.

»Und Sie sind richtig enthusiastisch geworden, nicht wahr? Sie erzählten ihnen, daß Sie ihnen Geld für Saatgut vom staatlichen Zentralkomitee der Democratic Farmers & Union Party beschaffen könnten, wenn es ihnen gelänge, ihre Leute zu organisieren. Ist das richtig? Und daß, wären sie erst einmal mit im politischen Spiel, ihre Möglichkeiten der Einflußnahme bei den Gremien, die über Kan-els Freilassung zu entscheiden hätten, um vieles größer wären.«

»Euer Ehren,« kreischt Tommy auf. »Großer Gott, was hat das zu bedeuten?« Als hätte ich das noch gebraucht, ist hinter ihm auch Raymond Horgan aufgestanden, den ich jenseits der Glasscheibe nicht bemerkt hatte. Hobie spürt den Aufstand, den er provoziert hat, und ist bis an den Richtertisch vorgetreten.

»Erstens, Euer Ehren, bezweifle ich hier die Glaubwürdigkeit eines Zeugen. Hardcore hat gesagt, er habe nie mit Senator Eddgar über Geld gesprochen. Und das ist nur der erste Punkt.«

»Wir sollten hier eine Aussage über die Motive des Zeugen hören«, erinnere ich Hobie. Er wirft mir einen Blick zu wie ein Hund, den man wieder einmal beim Stehlen erwischt hat. Ich blättere jetzt in meinem Gerichtstagebuch die Notizen von gestern durch. ›Hard leugnet, Bestechungsgeld angeboten zu haben. Hat nie mit Edd. über Zahlung od. Empf. von $ gesprochen.‹ Ich sage Hobie, er möge sich beeilen.

Er wiederholt seine Frage. »Haben Sie Hardcore und T-Roc gesagt, Sie könnten Geld von der Partei bekommen? Ja oder nein?«

»Ja«, antwortet Eddgar resigniert. Die Reporter schreiben wie wild mit.

»Und die beiden haben Sie ausgelacht, oder?«

»Wahrscheinlich. Wahrscheinlich kann man ihre Reaktion so nennen. Sinngemäß haben sie gesagt, sie würden es erst glauben, wenn sie das Geld sähen.«

»Und daraufhin haben Sie bei der DFU einen Antrag auf Geld für Saatgut gestellt, um der Straßengang einen Eintritt in die Politik zu ermöglichen?«

Wie zur Warnung hat Horgan sich wieder erhoben. Als Tommy das sieht, folgt er seinem Beispiel.

»Euer Ehren, das gleitet nun ins Lächerliche ab«, wirft Tommy ein.

Hobie steht noch immer vor dem Richtertisch und erhebt flehend die Hände. »Noch zwei Fragen.«

Loyell Eddgar hat sich auf seinem Zeugenstuhl herumgedreht, um mich bei meiner Entscheidung zu beobachten. Er fährt sich unbewußt mit der Hand über die Stirn. In seinen blauen Augen, so unergründlich wie Mondstein, glimmt der Anflug einer Bitte auf, die ich aber entschieden ignorieren werde. *›Ich dachte, sie war mit ihm befreundet.‹*

»Noch zwei Fragen«, sage ich. Molto schlägt sich wütend auf die Schenkel und dreht sich zuerst zu Rudy, dann zu Horgan um.

Im Gerichtssaal ist es etwas unruhig geworden, überall wird geflüstert. Annie schlägt mit ihrem Hammer auf den Block. »Lassen Sie uns fortfahren«, sage ich.

Suzanne wiederholt die Frage: »Hat Eddgar bei der DFU einen Antrag auf eine Geldauszahlung gestellt?«

»Ja. Aber ich habe es vage formuliert – ich habe keinen genauen Verwendungszweck angegeben. Ich sagte, es sei für ein Organisationsprojekt, an dem ich im Rahmen meiner eigenen Kampagne arbeitete.«

»Und haben Sie das Geld erhalten?«

»Ja.«

»Wieviel?«

»10 000 Dollar.« Hobie wendet mir sein breites Gesicht zu, um festzustellen, was ich von seiner Taktik halte. Wahrscheinlich geht es um den Scheck. Aber irgend etwas fehlt mir noch. Molto hat keinen neuen Einspruch erhoben. Statt dessen tuschelt er mit Rudy.

»Hatten Sie einen Plan, wie Sie das Geld den BSD zukommen lassen wollten?«

Eddgar hat nun die Stirn auf seine Handfläche gestützt. Er muß irgendwie hier durch. Er sieht den Gerichtssaal zwar nicht, aber er hört die Stimmen.

»Da der Scheck für meine Kampagne bestimmt war, mußte er erst eingelöst werden, bevor das Bargeld den BSD übergeben werden konnte.«

»Und wen haben Sie damit beauftragt?«

»Meinen Sohn.«

»Den hier anwesenden Angeklagten Nile Eddgar?«

»Den Angeklagten, ja.«

Auf dem Tisch der Verteidigung hat Hobie den Umschlag vor

sich liegen, den Horgan ihm gegeben hat. Er kennzeichnet den Scheck mit einem Etikett und der Aufschrift ›Beweisstück der Verteidigung 7‹. Er klatscht ihn auf den Rand des Zeugenstands, und Eddgar identifiziert ihn als den 10000-Dollar-Scheck, den er von der DFU erhalten hat. Hobie fragt, ob er gegengezeichnet ist. Eddgar greift langsam in die Innentasche seiner Jacke, zieht eine Halbbrille heraus und tauscht sie gegen die goldgerandete aus. Dann dreht er den Scheck um.

»Er ist gegengezeichnet.«

»Wessen Unterschriften sind darauf?«

»Meine und darunter Niles.«

»Gibt es einen Kassenstempel, der besagt, daß das Geld ausgezahlt wurde?«

»Ja.«

»Und gibt es eine Paraphe im Quittungsblock?«

»Ja.«

»Wessen?«

»Niles.«

»Trägt der Stempel ein Datum?«

»7. Juli.«

Hobie geht zum Tisch der Anklage und zeigt auf deren Karton mit Beweismitteln. Singh händigt ihm das Beweisstück 1 der Anklage aus, den blauen Plastikbeutel und die beiden Bündel Geldscheine.

»Und haben Sie am 7. Juli mit Nile abgesprochen, daß er gemäß Ihren Anweisungen diesen Scheck einlösen soll?«

Tommys Lage hat sich sichtlich verschlechtert, er macht Hörensagen geltend. Ich weise den Einspruch ab, da das Gespräch Niles weiteres Vorgehen betrifft.

»Ja, das haben wir.«

»Haben Sie Nile jemals mit einem solchen blauen Plastikbeutel wie Beweisstück 1 der Anklage gesehen?«

»Die *Tribune* wird darin zugestellt. Ich weiß, daß er die *Tribune* bezieht.«

»Hatte er einen solchen Beutel bei sich, als Sie ihm am 7. Juli den Scheck gegeben haben?«

Eddgar senkt erneut den Kopf. »Ich glaube ja«, antwortet er, »aber genau weiß ich es nicht mehr.«

»Und nun, Sir, hat Ihnen Nile jemals gesagt, er habe Hardcore dieses Geld ausgehändigt?«

»Euer Ehren«, sagt Tommy lahm. In diesem Fall handelt es sich tatsächlich um Hörensagen. Hobie sieht das ebenso und zieht die Frage zurück.

»Nun, nur soviel, Senator. Hat Nile jemals auf irgendeinem Bankkonto, von dem Sie wissen, einen Betrag von 10 000 Dollar gehabt?«

»Nein.«

»Hat er sich manchmal Geld von Ihnen geliehen?«

»Früher ja. Vor allem bevor er diesen Job bekam. In letzter Zeit kaum noch.«

»Und wenn er sich Geld von Ihnen geliehen hat, um welche Beträge handelte es sich da?«

»Fünfzig. Hundert. Fünfhundert für die Kaution für seine Wohnung.«

»Okay.« Hobie geht weiter auf und ab. Er ist obenauf. Er ist auf der Siegerstraße. Diese Entwicklung hat sich so plötzlich ergeben, daß ich den Verlauf am liebsten stoppen würde, um nachdenken zu können. Aber Hobie fährt fort.

»Ach, nebenbei gefragt, was haben Sie im Hinblick auf Kan-el unternommen? Haben Sie überhaupt etwas unternommen?«

»Ich habe ein paar Anträge gestellt.«

»Haben Sie etwas damit erreicht? Konnten Sie ihm helfen?«

»Ich weiß nicht, ob sie hilfreich waren oder nicht. Es handelt sich da um eine sehr komplizierte Situation, die einige Untersuchungen und Beobachtungen über einen längeren Zeitraum erfordern.«

»Haben Sie die BSD von Ihren Schritten unterrichtet?«

»Ja, das habe ich.«

»Wann und wen haben Sie davon unterrichtet?«

»Hardcore. Kurz vor dem Labor Day.«

»War das ein persönliches Gespräch oder telefonisch?«

»Ich habe ihn von meinem Büro aus angerufen und ein persönliches Gespräch mit ihm verabredet.«

»Und wo haben Sie sich getroffen?«

»Es war ein kurzes Gespräch. In meinem Wagen an derselben Ecke, an der wir uns zuvor getroffen hatten.«

»War das der weiße Nova, den Ihre Frau eine Woche später gefahren hat?«

Eddgar zuckt zusammen und bejaht die Frage.

»Nun, Senator, hatten die BSD zu jenem Zeitpunkt bereits etwas im Hinblick auf die politische Organisation unternommen, die der Zahlung folgen sollte?«

»Nichts, was ich hätte erkennen können. Und ich hatte auch nichts von einer derartigen Initiative gehört.«

»Haben Sie mit Hardcore über das Geld der DFU für die BSD gesprochen? Das Geld, das Nile in Ihrem Auftrag übergeben sollte?«

»Ja.«

»Bei dieser Unterredung waren Sie sehr verärgert, Senator, stimmt das?«

»Ich war außer mir.«

»Haben Sie Hardcore gesagt, er hätte die Situation zu seinem persönlichen Vorteil ausgenutzt?«

»Ja, ich habe ihm gesagt, ich hätte das Gefühl, er wolle mich reinlegen.«

»Haben Sie ihm nicht auch damit gedroht, ihn bei der Staatsanwaltschaft anzuzeigen?«

»Ja.«

»Und haben Sie Nile von Ihrer Drohung, zur Staatsanwaltschaft zu gehen, unterrichtet?«

»Nein. Das schien mir zu unsicher. Wie ich gestern Mr. Molto gesagt habe, haben Nile und ich von Anfang an über Ordell und meine Pläne mit ihm gesprochen.«

»Aber Sie waren nicht überrascht, als Nile Ihnen ein paar Tage später die Nachricht überbrachte, daß Hardcore noch einmal mit Ihnen sprechen wolle?«

»Nein. Ich war nicht überrascht.«

Der Ton zwischen Anwalt und Zeuge ist emotionsfrei, fast unbeteiligt. Die Wahrheit betritt den Gerichtssaal mit all seiner

Nüchternheit wie ein hilfloses Kind. Dennoch sind ihre heftigen Auswirkungen auf mich wie auf alle anderen Anwesenden nicht zu leugnen. Ich kann mich an kein vergleichbares Ereignis in meiner zehnjährigen Laufbahn als Staatsanwältin und Richterin erinnern. Ein Verteidiger überzeugt mich im Verlauf eines Kreuzverhörs von der wahrscheinlichen Unschuld seines Mandanten. Die Herkunft von Niles Fingerabdrücken auf dem Plastikbeutel und den Geldscheinen, die Hardcore vorgelegt hat, ist nun geklärt. Und Hardcores Motiv, Eddgar auf eigene Faust umbringen zu lassen, ist offenkundig. Es ist die Gefahr einer Anzeige bei der Staatsanwaltschaft, die sowohl Cores Ego bedroht als auch seine Zukunft. Ich habe das ungute Gefühl, daß die Details nicht in allen Punkten zusammenpassen. Aber das ist ohnehin selten der Fall. Sie passen immerhin so gut zusammen, daß sie berechtigte Zweifel aufkommen lassen. In der Geschworenenbank macht diese neue Entwicklung die Runde. Dubinsky redet aufgeregt mit Stanley Rosenberg und zeigt auf die Geldbündel, die Hobie auf den Tisch der Anklage geknallt hat, als seien sie Müll.

Inzwischen habe ich einen kurzen Blick zu Nile hinüber geworfen. Ein paar Tage zuvor, als Kratzus im Zeugenstand saß, sah ich, wie Nile, das Kinn auf der Platte des Verteidigertischs, Papierbällchen in einen Styroporbecher pustete. Er kam mir zeitweise völlig abwesend vor, als ginge ihn das Geschehen ringsum überhaupt nichts an. Dabei fragte ich mich, ob sich vielleicht ein Kopfhörer im dichten Gewirr seiner Haare verbarg. Erst jetzt, zum Zeitpunkt seiner Entlastung, zeigt er innere Bewegung, und diese scheint wie all seine Reaktionen unangemessen. Den Kopf eher zur Wand als zum Zeugen gedreht, hat er die Hände vors Gesicht geschlagen. Hobie, der stets um meine Aufmerksamkeit bemüht ist, geht auf seinen Mandanten zu, und während er vorgibt, in seinen Unterlagen zu blättern, versetzt er ihm einen so harten Stoß gegen die Schulter, daß dieser nach Luft schnappt. Nile richtet sich auf und läßt die Hände auf den Tisch fallen, vermeidet es aber noch immer, seinen Vater anzusehen, selbst als Hobie sich ihm wieder zuwendet.

»Euer Ehren.« Es ist Molto. Das trockene Haar steht ihm wirr vom Kopf ab. Die dunkel geränderten Augen blinzeln, als er kurzfristig den Faden verliert. Er ist so entgeistert, daß er nicht einmal aufsteht. »Euer Ehren, könnte ich noch eine Erklärung bekommen? War Nile bei dem Gespräch anwesend? Ich meine den Streit zwischen dem Senator und Hardcore?«

Als er Molto ansieht, bedenkt Hobie ihn mit einem wohlwollenden Lächeln. »Verstehen Sie, was Mr. Molto eigentlich wissen will, Dr. Eddgar? Er will wissen, woher ich all diese Fakten kenne, er aber nicht.« Hobie sieht nun den Zeugen an. »Damit hat er doch recht, Senator, oder? Wir wollen das deutlich machen. Sie haben diese Fakten Mr. Molto gegenüber mit keinem Wort erwähnt, nicht wahr?«

»Ich habe die Fragen beantwortet, die er mir gestellt hat. Wie ich bereits dargelegt habe, standen wir einander sehr skeptisch gegenüber.«

»Aber Ihnen war die Bedeutung des Geldes, das Hardcore von Ihrem Sohn ausgehändigt wurde, bewußt, ist das richtig?«

»Weder die Polizei noch die Staatsanwälte haben jemals dieses Geld erwähnt. Selbst als ich von den Details in diesem Fall erfuhr, Mr. Tuttle, war mir zunächst noch nicht klar, welcher Zusammenhang da bestehen könnte. Inzwischen war Anklage gegen Nile erhoben worden, und ich habe die Angelegenheit mit Ihnen durchgesprochen, wie Sie wissen. Sie sagten mir, ich solle Ihnen die Verteidigung überlassen und…«

»Fahren Sie fort.«

»Sie sagten, daß Sie diesen Punkt vielleicht gar nicht zur Sprache bringen müßten.«

»Ich habe Sie reingelegt, stimmt's?« fragt Hobie. Er gestattet sich hierbei sogar ein strahlendes Lächeln. Und als wäre das noch nicht genug, geht er einen Schritt auf den Zeugen zu und macht doch tatsächlich eine tiefe Verbeugung. Es ist ein verblüffender Augenblick. Als er sich wieder aufrichtet, wirft er Eddgar einen unendlich haßerfüllten Blick zu. Eddgar reagiert gefaßter auf diese Vorstellung, als ich erwartet hätte. Er legt einen Finger zwischen Oberlippe und Nase und betrachtet Hobie schweigend. Irgendwann in den letzten Sekunden hat es einen Punkt gegeben, von dem an es plötzlich nicht mehr um diesen Prozeß ging. Wir haben eine Ebene betreten, die nicht mehr in meinem Bereich liegt, eine Ebene, die einzig und allein diese beiden Männer betrifft.

»Mr. Tuttle, sind Sie fertig?« frage ich. Er hat gewissermaßen den Sargdeckel über der Anklage zugenagelt. Und wahrscheinlich auch über Eddgars politischer Karriere. Die Meute der Presse wird ihn jagen, bis er zusammenbricht. Aber wie Hobie sich über dem, was übrigbleibt, nun spreizt, steht ihm einfach nicht.

Auf meine Frage sieht er eine Weile zu mir herauf. Es ist wieder eine seiner eindrucksvollen Gesten – das unergründliche, großflächige braune Gesicht mit dem ernsten intensiven Blick strahlt für einen kurzen Moment etwas, wenn auch nichts Freundliches, so doch wenigstens Menschliches aus. Dann antwortet er leise: »Nein, Euer Ehren. Ich bin noch nicht fertig.« Kühl fordere ich ihn auf, den Rest zu erledigen. Nachdenklich geht er ein paar Schritte auf und ab und bleibt dann erneut vor Eddgar stehen.

»Sie haben Mr. Molto gestern gesagt, Sie könnten sich kein Motiv vorstellen, aus dem Ihr Sohn Sie hätte töten wollen. Ist das richtig, Senator?«

»Nicht, soweit es mich betraf.«

»Sir, hat Sie Nile jemals in seinem Leben in irgendeiner Weise bedroht oder physische Gewalt gegen Sie angewandt?«

»Nein.«

»Und gegen seine Mutter?«

»Er könnte keiner Fliege etwas zuleide tun, Mr. Tuttle.«

Singh tippt Molto auf die Schulter. Tommy macht eine abweisende Handbewegung: Wen interessiert das schon? Singh beantragt, Eddgars Antwort als nicht sachdienlich zu streichen, und ich gebe dem statt.

»Senator, Sie waren also nach eigenen Angaben bereit, für Ihren Sohn Kaution zu stellen?«

»Ja, das war ich.«

»Mr. Tuttle«, unterbreche ich. »Ich glaube, ich weiß, worauf Sie hinauswollen. Wenn ich recht habe, versuchen Sie es erst gar nicht.« Er will Eddgar fragen, ob er Nile für schuldig hält. Das zu entscheiden, ist meine Aufgabe, nicht Eddgars.

»Euer Ehren, ich will auf etwas Besseres hinaus.« Er fixiert Eddgar. »Ist es nicht Tatsache, Senator, daß Sie *wissen* – persönlich wissen –, daß Nile Eddgar dieses Verbrechen nicht begangen hat?« Er sieht über die Schulter zu mir hoch, als wolle er fragen: ›Wie findest du das?‹ Dieser Hobie! Und nun?

»Sie können die Frage beantworten«, belehre ich Eddgar, »aber nur soweit es ihre subjektive Kenntnis angeht.«

»Wie sollte ich das wissen?« fragt er mich. »Ich habe meine Meinung.«

»Keine Meinung. Ich will keine Meinungen hören.«

»Ich ziehe die Frage zurück und beginne etwas langsamer von vorn«, bietet Hobie an. Er steht einen Moment an der hellsten Stelle des Gerichtssaals und betrachtet seine manikürten Fingernägel. »Senator, kommen wir auf Montague zurück. Er hat Sie noch einmal am 11. September aufgesucht, und Sie teilten ihm mit, daß das, was Sie am 7. September ausgesagt hatten, nicht der Wahrheit entsprach. Ist das richtig?«

»Ja, das ist richtig.«

»Am 11. September sagten Sie Montague, Sie hätten an dem Morgen, an dem Ms. Eddgar ermordet wurde, an der Grace Street sein sollen. Sie sagten, wie Sie versucht haben, die BSD in die Politik zu bringen, korrekt?«

»Das ist richtig.«

»Wie hat er Sie dazu gebracht, Ihre Meinung zu ändern?«

Eddgar zieht fragend die Schultern hoch. »Es war wahrscheinlich mein Gewissen, Mr. Tuttle. Ich entnahm der Tatsache, daß er mir dieselben Fragen stellte wie schon vorher einmal, daß er irgendwie skeptisch war.«

»Skeptisch? Lassen Sie uns die Szene ins Gedächtnis rufen, Senator. Sie sind Vorsitzender des Strafrechtsausschusses des Senats in diesem Bundesstaat?«

»Ja.«

»Ihr Ausschuß entscheidet über die Finanzierung von Polizeiprogrammen im gesamten Bundesstaat?«

»Ja.«

»Und Montague ist Lieutenant bei der Polizei. Er ist klug genug, Sie und Ihresgleichen nicht in Bedrängnis zu bringen. Er war höflich zu Ihnen, nicht wahr?«

»Immer.«

»Senator, hat er Ihnen mitgeteilt, daß es einen Zeugen gab, der Ihrer Darstellung widersprach?«

»Daran kann ich mich nicht erinnern.«

»Jedenfalls haben Sie Ihre Geschichte geändert?«

»So ist es gewesen.«

Hobie geht ein paar Schritte und kommt dann zurück, die Zungenspitze nachdenklich im Mundwinkel. »Nun, Senator, da ist eine Frage, die ich mir stelle. Wenn Montague Ihnen nichts von Hardcores Aussage mitgeteilt hat – wenn es denn so gewesen sein sollte –, haben Sie dann diese Information aus einer anderen Quelle erhalten, vielleicht über eine der Verbindungen zur Polizei, die Sie ja im ganzen Staat haben?«

Eddgar läßt sich Zeit. Er richtet sich auf, holt tief Luft und sinkt dann wieder zusammen. »Ich hatte eine vage Ahnung davon. Jemand hatte mich angerufen. Ein Freund aus dem Kapitol. Ich würde es wirklich vorziehen, den Namen nicht nennen zu müssen.«

»Den brauche ich nicht, Senator«, sagt Hobie mit einer gönnerhaften Handbewegung. »Aber hat Ihr Freund Angaben über den Inhalt des Berichts gemacht?«

»In gewisser Weise, ja.«

»Hat er ihn Ihnen vorgelesen?«

»Ja, in Teilen.«

»Es war Ihnen also bekannt, daß Hardcore am 11. September Nile beschuldigt hatte?«

»Ja.«

»Wußten Sie, daß Hardcore der Polizei Geld vorgelegt hatte, von dem er behauptete, Nile habe es ihm gegeben?«

»Ja.«

»Wußten Sie, daß Hardcore über Ihr Treffen in T-Rocs Wagen berichtet hatte?«

»Ja, das wußte ich.«

»Und, Senator, wußten Sie auch, daß der geplante Mord eigentlich Ihnen hätte gelten sollen?«

»Das habe ich alles gewußt.«

»Und deshalb haben Sie Ihre Geschichte geändert, ist das richtig?«

»Nachdem ich all das erfahren hatte, Mr. Tuttle, wurde mir klar, daß die Umstände meines geplanten Treffens mit Hardcore am 7. September offensichtlich etwas waren, was die Polizei interessierte. Als dann Montague seine Fragen wiederholte, habe ich sie wahrheitsgemäß beantwortet.«

»Sie beschlossen also, das auszusagen, was die Polizei bereits von Hardcore wußte?«

»Ich habe die Wahrheit gesagt.«

Hobie nimmt seinen Marsch über den Teppichboden wieder auf. »Aber das Geld von der DFU haben Sie nicht erwähnt, oder? Und dennoch, Senator, wußten Sie spätestens am 11. September – gleichgültig, zu welchem Zeitpunkt Ihnen der Bericht effektiv vorgelesen worden war –, daß Hardcore behauptete, von Nile 10 000 Dollar für Ihre Erschießung erhalten zu haben? Die Information über die 10 000 Dollar von der DFU haben Sie zurückgehalten, ist das richtig?«

»Das hatten wir schon, Mr. Tuttle.«

»Ach, wirklich? Sie haben angegeben, zunächst keinen Zusammenhang gesehen zu haben, da weder Molto noch die Polizei Sie über den Fall informiert haben. Aber Sie *besaßen* die Information.«

Eigentlich nur aus sportlichem Ehrgeiz, Hobie zu behindern, erhebt Molto Einspruch wegen unnötigen Drucks auf den Zeugen. Tommy sollte ihn einfach fortfahren lassen. Hobie zeigt das typische Symptom eines Strafverteidigers, nämlich die Darstellung seiner Sicht zu überziehen. Obwohl seine Beweise längst ausreichend sind, versucht er, noch mehr zu beweisen. Nun ist er dabei, Eddgar als einen Menschen darzustellen, dem nicht gerade das Prädikat ›Vater des Jahres‹ verliehen werden würde, eine Tatsache, die Molto schon gestern festgestellt hatte. Dennoch setzt Hobie seinen persönlichen Feldzug fort, als ich ihn auffordere, zu einem anderen Gegenstand überzugehen.

»Haben nicht Sie, Senator, der Polizei geraten, sich mit Nile in

Verbindung zu setzen? Haben Sie das nicht am 7. September getan?«

»Ich glaube nicht, daß ich diesen Vorschlag gemacht habe. Nachdem ich im ersten Verhör ausgesagt hatte, ich wüßte nicht, warum June zur Grace Street gefahren war, fragte mich Montague, ob ich eine Vermutung hätte. Ich konnte mir keinen Grund dafür vorstellen. Ich wußte nicht, was ich antworten sollte. Ich teilte ihm dann mit, daß mein Sohn Bewährungshelfer ist und dort einige Fälle zu betreuen hat. Vielleicht wollten sie sich aus irgendeinem Grund dort treffen. Mr. Tuttle, was soll ich noch weiter sagen? Ich habe gelogen. Das Lügennetz, vor dem uns Shakespeare warnt.«

»Gut, Senator. Aber da steht noch etwas in dem Verhör vom 7. September, das ich nie verstanden habe. Ich habe die Polizeiprotokolle mehr als einmal gelesen, aber diese Frage scheint man Ihnen nicht gestellt zu haben. Die erste Befragung durch Montague am 7. September hat bei Ihnen zu Hause in Greenwood County stattgefunden. Ist das richtig?«

»Richtig.«

»Ich dachte, Sie hätten eine wichtige Senatssitzung an jenem Morgen gehabt? Haben Sie das nicht angegeben? Daß überraschend eine Sitzung einberufen worden war? Ist nicht aus diesem Grund Ms. Eddgar an Ihrer Stelle zu dem Treffen mit Hardcore gefahren?«

»Ich glaube, ich habe gesagt, ich würde in meinem Büro gebraucht.«

»Wofür?«

Eddgar lehnt sich mit geschlossenen Augen in seinem Stuhl zurück und zieht die Brauen zusammen.

»Ich glaube, es war eine Konferenz angesetzt. Ich muß zugeben, Mr. Tuttle, daß meine Erinnerung in diesem Punkt vielleicht nicht sehr präzise ist.«

»Es war eine Konferenz angesetzt? Aber Sie haben Ihr Haus doch gar nicht verlassen, oder?«

»Nein.«

»Und mit wem haben Sie gesprochen, Senator? Wer sollte an dieser Konferenz teilnehmen?«

Eddgar schüttelt wiederholt den Kopf. »Noch einmal, ich erinnere mich nicht genau. Ich vermute, da war in letzter Minute etwas durcheinandergeraten. Vielleicht konnte nicht jeder, der Telefonbereitschaft hatte, erreicht werden. Ich weiß nicht genau, warum. Jedenfalls hat die Konferenz nicht stattgefunden.«

»Kein Anruf. Keine unvorhergesehene Sitzung. Dennoch fuhr June zur Grace Street. Richtig? Bin ich damit im Bilde?«

»Die Worte stimmen, aber Sie scheinen nicht das richtige Bild zu haben.«

»Nicht das richtige Bild?« wiederholt Hobie rhetorisch und nickt, als sei er tatsächlich korrigiert worden. »Sagen Sie mir eines, Senator, hatte Ihre frühere Frau, hatte June Eddgar jemals etwas mit Alkohol-, Drogen- oder Medikamentenmißbrauch zu tun?«

Tommy, schon immer sein eigener ärgster Feind im Gerichtssaal, erhebt Einspruch wegen Unerheblichkeit.

»Euer Ehren, ich werde die Relevanz sofort darlegen«, antwortet Hobie. Im Geschäftsleben heißt das Äquivalent dafür: »Der Scheck ist unterwegs.« Dennoch scheint mir, daß Hobie an dieser Stelle seinen Hals riskiert, was allerdings sein gutes Recht ist. Ich weise Moltos Einspruch zurück.

»Ich bin sicher, June war zum Zeitpunkt ihres Todes drogenfrei. Wenn Sie unterstellen wollen, daß sie betrunken oder high war, als sie dorthin fuhr...«

»Wir haben die Autopsie, Senator. Das steht nicht zur Diskussion. Ich habe gefragt, ob sie in der Vergangenheit Probleme mit Drogen oder Alkohol hatte.«

»Zeitweise.«

»Mit Drogen?«

»Zur Zeit ihrer Scheidung – von ihrem zweiten Mann – ja, ich glaube, da hat sie Kokain genommen.«

»War sie in Behandlung?«

»Sie war in entsprechenden Therapie-Gruppen. Ich nehme an, darüber gibt es Berichte, falls das von Bedeutung ist.«

»Darauf wollte ich hinaus«, sagt Hobie. »Es gibt Menschen, die wissen und es auch sagen, daß June in der Vergangenheit ein Kokain-Problem hatte.«

Eddgar ist so verblüfft, daß er erst gar nicht antwortet.

»Und was ist mit Ihnen, Senator? Waren Sie jemals von Drogen irgendeiner Art abhängig?«

»Ich bin der Sohn eines alkoholabhängigen Vaters. Es wird Ihnen bewußt sein, Mr. Tuttle, daß viele Menschen in einer derartigen Situation nicht gerade wild darauf sind, sich von derartigen Problemen anstecken zu lassen.«

»Keinerlei Drogen?«

»Euer Ehren«, sagt Tommy. »Nun aber wirklich.«

»Mr. Tuttle, ich muß dem Einspruch stattgeben. Ich habe keine andere Wahl.«

Hobie sieht mich mit großem Erstaunen an. Nicht, daß er meine Entscheidung in Frage stellen will, er ist nur von meiner Hartnäckigkeit überrascht. Er korrigiert sich und wendet sich wieder Eddgar zu.

»Lassen Sie uns folgendes klarstellen, Senator. Wenn Ihnen jemand Drogen unterschöbe, wäre das doch ziemlich verdächtig, oder? Es gäbe keinen vernünftigen Anlaß zu glauben, daß Sie sich im Alter von sechsundsechzig Jahren irgendwelchen Drogen hingeben, nicht wahr?«

Jetzt erkennen sowohl Eddgar als auch ich, worum es geht. An dieser Stelle waren wir bereits neulich einmal. Hobie steht eindeutig auf dem Standpunkt, daß June und nicht Eddgar das eigentliche Ziel des Anschlags war. Endlich ist der Groschen gefallen. Aus diesem Grund hat Hobie Dubinsky gegenüber die ursprüngliche Theorie der Anklage durchsickern lassen. Um sie zu betonen. Und um eine falsche Fährte zu legen. Er hatte in jedem Fall vor, diese Annahme irgendwann deutlich in Frage zu stellen. Bei dieser Unterstellung wird es unruhig auf der Journalistenbank. Die Hüllen beginnen zu fallen. Eddgar sitzt nun regungslos im hellen Licht des Gerichtssaals.

»June?« fragt er schließlich. »Hardcore kannte June nicht. Was stellen Sie sich vor? Wollte er sich an mir rächen?« Eddgar sucht vorn am Geländer des Zeugenstands Halt. In seiner Verwirrung wirft er mir über die Schulter einen Blick zu. Hobie steht nur einen oder zwei Schritte vor ihm.

»Nun, Senator, Sie haben doch sicherlich im Verlauf des Prozesses die Zeitungen gelesen. Sie wissen, daß sowohl Hardcore als auch Lovinia ausgesagt haben, Hardcore habe sich in dem Augenblick zu Boden fallen lassen, als Gorgo, der Schütze, am Tatort auftauchte. Er hat sich so verhalten, als hätte er im voraus gewußt, daß June erschossen werden sollte. Haben Sie das gelesen?«

»Warum hätte Hardcore vorhaben sollen, June zu töten?« fragt Eddgar zurück. »Und Gott weiß, daß Nile kein Motiv hatte. Keiner hatte eines.« Er hatte bereits mehrmals sich selbst derartige Fragen gestellt. Unter Streß glaubt er, die Dinge in der Hand zu haben, hier und auch anderswo. Aber Hobie macht sich nicht die Mühe, ihn zurechtzuweisen. Statt dessen bietet er gewissermaßen seinerseits eine Antwort an.

»Senator, wir brauchen keine Einzelheiten, aber ist es nicht eine Tatsache, daß es im Laufe Ihrer Ehe Aktionen, Ereignisse, Geschehnisse gab, die Sie auf gar keinen Fall von Ihrer früheren Frau, June Eddgar, enthüllt sehen wollten?«

Im Gerichtssaal ist zunächst nur das kurze Husten eines älteren Zuschauers zu hören, doch ihm folgen hier und da ein Räuspern hinter der Glasscheibe. »Großer Gott«, sagt Eddgar nach einer Weile. »Grundgütiger Gott«, wiederholt er. Hobie steht in seiner ruhigen, ausgeglichenen Haltung, die ihn besonders eindrucksvoll erscheinen läßt, etwa eineinhalb Meter vor ihm.

»Senator, solange June Eddgar am Leben war, war Ihre politische Karriere, ja sogar Ihre Freiheit, in Gefahr, ist das nicht so?«

»Mein Gott, Hobie, was, in drei Teufels Namen, machen Sie da? Das ist ja entsetzlich.« Eddgar ist nun außer sich, und er hat plötzlich einen volltönenden Südstaatenakzent angenommen. »Das ist keine Verteidigung mehr. Sie wissen, was passiert ist. Wer sollte das denn glauben? Jeder, der mich kennt, wenn man überhaupt jemanden kennen kann, weiß – Nile weiß es, und Sie wissen es –, daß June für mich der wunderbarste Mensch der Welt war.«

»Sie sind jetzt viel sicherer, Senator, als Sie es zu Junes Lebzeiten waren, oder?«

»Nach fünfundzwanzig Jahren? Glaubt irgend jemand, daß ich mir nach fünfundzwanzig Jahren darüber Gedanken mache?«

»Wir können June Eddgar hier nicht fragen, was zwischen Ihnen beiden vorgegangen und warum sie in die Stadt gekommen ist. Wir wissen nur, daß Sie sie zur Grace Street geschickt und das mit einem Engpaß in Ihrer Planung begründet haben, der in Wirklichkeit zu keiner Zeit existiert hat.«

»O Gott!« sagt Eddgar noch einmal.

»Haben Sie bei dem Treffen mit Hardcore vor dem Labor Day, dem Treffen, bei dem Sie ihm gedroht haben, irgend etwas anderes mit ihm verabredet? Haben Sie, Senator, mit ihm verabredet, er könne die 10 000 Dollar behalten und Sie würden Kan-els bedingte Freilassung bewirken, wenn die BSD Ihre frühere Frau umbrächten?«

Jetzt ist es heraus. Wir alle haben in den letzten Augenblicken gewußt, was auf uns zukommt, dennoch scheint mir bei dieser Frage das Herz die Brust sprengen zu wollen. In der Reihe der Reporter stürzt eine Frau über die Beine ihrer Kollegen, nur um möglichst schnell das Telefon zu erreichen. Ein anderer folgt, dann weitere. Annie ruft zur Ordnung und versucht noch immer, die Ruhe wiederherzustellen, als die Reporter an ihr vorbeistürmen. Seth hat sich auf den vorderen Rand der Geschworenenbank gestützt. Er beobachtet die Szene mit so angespannter Konzentration, daß ihm nicht im entferntesten bewußt zu sein scheint, daß ich, die Frau, die er noch vor wenigen Stunden geliebt hat, in diesem Raum anwesend bin. Eddgar hat sich ganz zu mir umgedreht. Sein Mund ist halb geöffnet, und er bewegt ein- oder zweimal die Lippen, bevor er spricht.

»Muß ich diese Fragen tatsächlich beantworten?«

Bei sachlicher Betrachtung ist er dazu verpflichtet. Als ich ihm schwach zunicke, wendet er sich abrupt zurück und zeigt auf Hobie.

»Er spielt hier Perry Mason«, sagt er, »das ist absurd. Warum? Es ist unsinnig. Das kann nur einem drogenvernebelten Hirn entspringen, Hobie. Sie kennen die Wahrheit in diesem Punkt. Hätte ich etwas Derartiges getan, können Sie mir dann auch nur im *entferntesten* erklären, warum Hardcore nicht hier im Zeugenstand sitzt und mit dem Finger auf mich zeigt?«

»Was hätte das für einen Sinn, Senator, wenn doch das Ziel ist, Kan-els Freilassung zu gewährleisten? Core hätte doch gar keinen besseren Handel abschließen können, als er es mit der Beschuldigung von Nile getan hat, oder? Ein Eddgar schmeckt einem hungrigen Strafverfolger ebensogut wie ein anderer. Senator, auf diese Weise hat man Sie doch in jedem Fall in der Hand, damit Sie Ihre Zusage, Kan-el betreffend, einlösen. Ich bin sicher, in spätestens sechs Monaten ist er draußen.«

»Und ich würde meinen Sohn opfern? Ist das Ihre Theorie? Sie *wissen,* daß das nicht wahr ist. Mein Gott. Es ist teuflisch, Hobie, was Sie da tun. Es ist die *Fratze* des Bösen!« Sein Ausruf hallt im stillen Gerichtssaal wider. Fassungslos hält Eddgar sich am Revers seines Sakkos fest und sieht sich im Zeugenstand um, als suche er nach etwas Verstecktem, das ihm zu Hilfe kommen könnte. Dann zeigt er auf Hobie. »Ich sehe das«, sagt er, »ich sehe das nur als einen Versuch, mir etwas antun zu wollen.«

»Man nennt es Gerechtigkeit, Eddgar«, flüstert Hobie. Sein Blick bleibt unablässig auf Eddgar gerichtet, als dieser in seinem Stuhl zurücksinkt. Nile hat das Gesicht auf den Tisch der Verteidigung gelegt und bedeckt mit beiden Händen seinen Kopf.

Nach der Sitzung überkommen mich in meinem Amtszimmer düstere Vorahnungen. Die Urteilsverkündung rückt näher. Annie und Marietta halten Distanz. Morgen schließt die Anklage ihren Beweisvortrag ab. Wenn Hobie klug ist, wird er für die Verteidigung keine wesentlichen Beweisanträge mehr machen. Er wird auf die Ereignisse des heutigen Tages verweisen und das Gericht zügig zu einem Schluß kommen lassen. Ich muß noch ein paar Anträge in anderen Fällen durchgehen, bin aber jetzt, kurz vor dem Gehen, mit den Gedanken nur noch bei diesem Prozeß. Wie die Beobachterin eines Autounfalls bin ich mir heute vorgekommen. Es war entsetzlich. Destruktiv. Und ich kann Nile unmöglich länger für schuldig halten. Meine Einschätzung des Falls wurde so schnell auf den Kopf gestellt, daß ich erst einmal an mir selbst zweifle. Ich fühle mich durch den Schlafmangel noch immer irgendwie leicht. Außerdem spüre ich ein wenig Gift in den

Adern, als pumpe mir das Herz Batteriesäure hinein anstelle von Blut. Aber meine Schlußfolgerung scheint festzustehen. Hardcore hat sich in zu vielen entscheidenden Punkten als Lügner erwiesen. Einiges, was er über die 10 000 Dollar ausgesagt hat, die Nile ihm gegeben haben soll, ist schlichtweg falsch. Die Kokainspuren. Der Scheck für die Kampagne, den Nile eingelöst hat. Da entstehen durchaus berechtigte Zweifel. Ich grübele immer wieder, ob ich das Urteil sofort vom Richtertisch aus fällen oder es zum Schein etwas aufplustern, mir noch einmal eine Bedenkzeit einräumen soll.

Aber das sind nur Formalitäten. Noch immer dreht sich alles um die Kardinalfrage. Wer wollte wen umbringen? Da sind die Fakten, aber ist es wirklich möglich, daß Eddgar so etwas Monströses tun könnte, das wahrlich einer Medea würdig wäre? Daß er seine Frau ermorden läßt und seinen Sohn dafür ans Messer liefert? Bei dem Mann, den ich vor so vielen Jahren kannte, könnte ich mir das fast vorstellen. Auch sein Schweigen über diese 10 000 Dollar wirkt erschreckend vielsagend. Wahrscheinlich hat er sich in der Hoffnung an Matt Galiakos und Brendan Tuohey gewandt, das Geld der DFU aus dem Fall herauslassen zu können und damit den eigenen Hals zu retten. Bei diesen Gedanken wird mir wieder einmal bewußt, wie unfaßbar die Wahrheit ist. Sie zieht immer nur wie ein Nebel durch die Gerichtssäle. Etwas ist geschehen, etwas Tatsächliches, das aber nicht mehr verifizierbar ist. In meiner Kindheit hieß es noch, alle Geschichte sei erfahrbar, wenn man in der Lage sei, das wahrzunehmen, was jeder Körper ausstrahle und sich ewig im All bewege. Man nannte das ›Lichtabdrücke‹ und hielt es für nachweisbarer als Fingerabdrücke. Eine faszinierende Vorstellung. Doch Einstein hat es nicht für möglich gehalten. Vergangenheit ist für immer vergangen und kann nur als Erinnerung zurückgebracht werden.

Kurz vor fünf klopft Marietta. Sie ist aufbruchbereit in Hut und Mantel. Sie lächelt schief, und ich weiß gleich, daß Seth da ist. Sie beobachtet mich und sucht nach verräterischen Signalen. Gibt es da vielleicht doch etwas in mir, das stolz verkünden möchte: ›Eine wunderbare Nacht haben wir miteinander verbracht. Er ist ein feinfühliger, liebevoller Mensch, und er liebt jeden Zentimeter meiner Haut, wie Sie gesagt haben.‹ Statt dessen kommandiere ich im frostigsten Richterton: »Führen Sie ihn herein.«

Er schiebt sich an Marietta vorbei, dankt ihr überschwenglich und scherzt mit ihr. Sie sind wohl bereits Freunde geworden. Ich gebe ihm diskret ein Zeichen, und er schließt leise die Tür. Dann geht er um den Schreibtisch zu mir, lehnt sich an und ergreift meine Hand.

»Alles in Ordnung?« fragt er.

»Wund«, sage ich.

»Das nehme ich als Kompliment.« Er wirft einen Blick über die Schulter und beugt sich dann zu einem schnellen, zärtlichen Kuß zu mir. Ein Moment wunderbaren Schweigens. »Ich wollte dich nicht stören, aber ich muß unsere Verabredung für heute abend verschieben. Ich habe vergessen, daß Sarah kommen wollte. Ich gehe mit ihr zum Abendessen, und sie bleibt dann über Nacht bei meinem Vater und will ihm morgen bei ein paar Dingen helfen.«

Wir verabreden uns statt dessen für morgen abend. Ich schüttele an seinem Handgelenk.

»Und was ist mit dir? Alles in Ordnung?«

»Mit mir?« Er richtet sich auf und reckt sich. Er strahlt. »Für mich waren das die schönsten vierundzwanzig Stunden seit Jahren. Seit Jahren«, wiederholt er. »Es ist wirklich wahr.« Auch er ist blaß wegen des wenigen Schlafs, doch er wirkt deutlich aufgekratzt. »Ich habe eine Kur gemacht«, sagt er. »Wie der Graf von Monte Christo: Liebe und Rache.«

»Rache?« sage ich, dämpfe aber zugleich den fragenden Ton in meiner Stimme, denn ich weiß, er meint Eddgar. »Haßt du ihn wirklich so sehr? Noch nach so langer Zeit?«

»Du kennst nicht die ganze Geschichte.«

»Und ich will sie auch nicht hören. Nicht jetzt.«

»Das verstehe ich. Aber es tut meiner Seele wohl zu sehen, daß endlich jemand mit ihm abrechnet. Glaube mir, er ist wirklich ein abgrundtief mieser Typ.« Seine Augen funkeln. »Heute erst habe ich begriffen, warum Nile mir sagte, er wolle keinen Anwalt aus dieser Gegend. Keiner hätte Eddgar festnageln können.«

In dieser Bemerkung klingt etwas mit, das mich stört. Ich drehe und wende sie ein paarmal hin und her, bevor ich begreife, was es ist.

»Das hat er dir gesagt?« Seth sieht mich eindringlich an. »Das hat Nile dir gesagt?« wiederhole ich.

»Genau. Ich habe die Verbindung zwischen Nile und Hobie hergestellt.«

»Warte, Seth.« Ich stehe auf. »Du und Nile. Steht er dir immer noch so nahe?«

»So nahe?« Er zuckt mit den Schultern. »Wir sind in Kontakt geblieben. Du kennst mich doch. Ich bin eben sentimental. Was denkst du?«

»Was ich denke? Ich denke, er war ein kleiner Junge, für den du vor hundert Jahren einmal den Babysitter gespielt hast. Großer Gott, Seth! Der Angeklagte? Du stehst in Kontakt mit dem Angeklagten? Warum weiß ich davon nichts? Warum hast du mir nichts davon gesagt?«

»›Davon gesagt‹? Herrgott noch einmal, genau das hast du mir doch dauernd gepredigt. Ich sollte dir nichts sagen.«

»O Gott!« Ich fühle mich in den Schmutz gezogen. Der Angeklagte! Seth steht nicht nur in Verbindung mit dem Verteidiger, einem Anwalt, der etwas parteiisch sein darf, sondern auch mit dem Mann auf der Anklagebank. Ich habe mit Niles Freund geschlafen, seinem alten Kumpel, seinem Schutzengel.

»Schau, es ist nicht so, wie du denkst«, sagt Seth. »Ich darf nicht einmal mit ihm sprechen. Hobie läßt es nicht zu.«

»O Gott!« sage ich noch einmal. »Was gibt es noch, das ich nicht weiß?« Und plötzlich, mit dieser Frage, taucht wie in einem Wachtraum die Möglichkeit auf, daß es da eine Verbindung gibt. Ich suche in Seths Gesicht nach einer Bestätigung, daß es nicht wahr ist.

»Was?« fragt er.

»Hobie will mich austricksen.« Ich kämpfe mit mir. Bin ich paranoid? Ein ganz verletztes Kind? »Sag mir, daß du mit ihm dabei nicht gemeinsame Sache machst.«

»Wobei?«

»Sag mir, daß du von Anfang an nicht mit dabei warst.«

»Gott im Himmel. Natürlich nicht. Ich weiß nicht einmal, wovon du überhaupt redest.«

Jetzt ist mir alles klar: Warum Hobie ein Verfahren ohne Geschworene wollte. Warum er alles bewußt so arrangiert hat, daß es dazu kommen mußte. Und das Schlimmste von allem, warum Seth sich möglicherweise wieder in mein Leben gedrängt hat. Eine Jury, ein anderer Richter hätten in Eddgar nur den ehrenwerten Bürger gesehen: das respektierte Mitglied einer gesetzgebenden Körperschaft, den betrübten Vater und loyalen Ex-Mann. Sie hätten voller Hohn Hobies letzte Unterstellung zurückgewiesen, nämlich daß Eddgar für Junes Ermordung verantwortlich sei. Sie hätten nie zugelassen, daß irgendwelche Zweifel an ihm aufkämen. Aber ich bin empfindlich und zugänglich für so etwas. Ich habe meinen Kummer mit Zora. Ich kenne Eddgars Vergangenheit. Und jetzt hat Seth noch etwas gesagt. *Ein wirklich abgrundtief mieser Typ.* Ein abscheulicher Schleimer. Das also ist die teuflische Idee. Es scheint so plausibel, daß die beiden Freunde seit Kindertagen, Seth und Hobie, dies alles zusammen ausgeheckt haben. Und wenn es so wäre, wäre auch unsere süße Romanze, wären die leidenschaftlichen, so oft wiederholten wie unaufrichtigen Beteuerungen seiner Liebe nur Teile eines gegen mich geschmiedeten Plans. Es würde einen Sinn ergeben – wenn ich jetzt nicht Seth sähe, seine Verwirrung, wenn ich nicht wüßte, daß er immer aufrichtig und verläßlich war.

»Sag mir einfach, daß du nicht gemeinsame Sache mit ihm machst.«

»Mit Hobie? Bist du verrückt? Er hat seit zwei Wochen kaum ein Wort mit mir gesprochen. Er arbeitet Tag und Nacht an Niles Fall. Er wohnt bei seinen Eltern. Du kennst ihn doch. Er liebt es, mich im ungewissen zu lassen. Mein Gott, ich meine, wo soll hier der Trick sein?«

Wahrheit – oder Spiel? Er würde so oder so das gleiche sagen. Ich bin so müde, so unendlich verwirrt. Wieder taucht ein Bild vor meinem inneren Auge auf, diesmal noch intensiver als das vorherige, eine Art Traum: Die Welt bricht in sich zusammen und zeigt sich als monströses Trugbild – auf einer Bühne fallen die Papierwände ein und geben den Blick auf den Regisseur mit seinem Megaphon frei, und Personen, an die ich bisher geglaubt habe, wischen sich die Schminke vom Gesicht. Trotz meines Alters fühle ich mich wie in einer Horrorszene. All diese Männer, Tuohey und Hobie und Seth, können mich zu ihrem Werkzeug machen, weil sie Dinge sehen, die ich nicht erkennen kann. Ich fühle mich so verletzlich, so unvollständig, fast als könnte ich in mich hineingreifen und die Stelle finden, an der ein Teil fehlt. Der Vater hat mir gefehlt. Das ist immer mein letzter Gedanke. Ich werfe Zora zu viel vor. Als Halbwaise kann ich niemals ein Ganzes sein.

»Was ist?« fragt er. »Glaubst du mir etwa nicht? Großer Gott.« Er geht um den Schreibtisch und zurück zur Tür, kommt aber, als er schon das halbe Zimmer durchquert hat, noch einmal auf mich zu. »Es tut mir leid, daß ich die Spielregeln nicht eingehalten habe, Sonny. Aber du hast so verdammt viele davon aufgestellt, daß es schwer ist, sie alle im Auge zu behalten. Und wenn du ehrlich bist, erwartest du genau das. So wollten Sie es doch haben, Euer Ehren, oder? Jeden zwei Meter unter Ihnen sicher auf Abstand halten.«

Er hat recht: Er kennt mich. Und er weiß, wie er mich verletzen kann. Sein Zorn nimmt mir buchstäblich die Luft.

»Fahr zur Hölle, Seth.«

Er hebt die Hand zu einem flüchtigen Gruß und eilt zur Tür hinaus. Fast hätte er Marietta umgerannt, die dort, noch immer in Hut und Mantel, auf der Lauer lag.

5. Mai 1970

SETH

Noch ein Wagen fuhr vor. Noch ein Fairlane. Der Agent, der mich festgenommen hatte, schob mich in den Fond und ließ sich auf den Nebensitz fallen. »He, Rudolph, Frank Zappa persönlich geschnappt?« Der Fahrer sah uns im Rückspiegel und lächelte.

»Gut, daß er nur rennt wie Frank Zappa. Ein Typ aus Jersey kam vorbei und hat ihn angehalten.«

»Hast ihm also Schwierigkeiten gemacht?« sagt der andere. »Hast Spezialagent Rudolph aus der Puste gebracht, Frank? Wie heißt er?«

»Michael.«

»Michael, du hast unseren SA Rudolph rumgehetzt? Er ist nicht mehr der Jüngste. Hätte eine Herzattacke kriegen können, dann wäre es Mord gewesen.«

»Schon recht, Dolens. Du bist hier, um ihn fertigzumachen, nicht mich.«

Wir fuhren langsam den Strip hinunter. Mitternacht war längst vorbei, doch das vergnügungssüchtige Amerika drängte sich noch die breiten Bürgersteige unter den Reklametafeln entlang. Dolens griff nach dem Funkmikrophon und gab durch, sie hätten das von San Francisco gemeldete verdächtige Subjekt. Rudolph, der Agent neben mir, setzte sich auf und sah mich an. Sein weißes Kunstseidenhemd hatte Schweißflecken auf der Brust. So weit war ich doch gar nicht gerannt. Er mußte Angst gehabt haben, daß ich ihm entwische.

»Du hast nicht so viele Freunde, wie du denkst, Kumpel. Jemand hat dich auffliegen lassen. Verstehst du? Wir sind nicht zufällig hier aufgekreuzt. Darüber solltest du mal nachdenken.« Er beobachtete mich, um herauszufinden, welchen Eindruck diese Nachricht auf mich machte. »Wußtest du, daß du eine Vorladung unter Strafandrohung bei Gericht hattest?«

»Ich?«

Er verzog das Gesicht, um mir zu zeigen, daß ihm die Rückfrage nicht gefiel.

»Die Kollegen in Frisco wollten dich heute vorführen.« Er sah auf die Uhr. »Gestern natürlich.«

Ich erinnerte mich vage an meine Instruktionen. Kein Wort sagen.

»Schau mal, du mußt das doch gewußt haben, Mike. Sonst weiß ich keine Erklärung, warum du über den Parkplatz getürmt bist.«

Rudolph sah nicht besonders gut aus, ein großer Kerl mit kurzem Haarschnitt, wie Hoover es verlangte – *›white sidewalls‹* nannten sie die Frisur. An den Seiten war die Kopfhaut mit einem Schweißfilm darauf zu sehen. Als erlaubtes Zugeständnis an die Mode hörten seine Koteletten dafür erst unterhalb der Ohren auf. Wenn ich es mir überlegte, war meine Angst gar nicht so groß, wie ich erwartet hatte. Die Anwesenheit des zweiten Agenten beruhigte mich ein wenig. Er hatte Sinn für Humor. Daß FBI-Beamte jemanden schlugen, hatte ich noch nie gehört. So etwas kam eher bei den lokalen Cops vor, nicht beim FBI.

»Wohin bringen Sie mich?« fragte ich.

»Moment, Mike«, sagte Rudolph. »Moment. Hast du meine Frage beantwortet?«

»Er hat deine Frage beantwortet, Rudolph«, sagte Dolens. »Die Antwort hat dir nur nicht gefallen.« Dolens war kleiner als er und richtig aufgekratzt. Vielleicht kurvte er gern herum, vielleicht war er glücklich, einen Gefangenen im Wagen zu haben oder Rudolph eins auswischen zu können. Er trug eine billige blaue Sportjacke und eine Krawatte. »Wir bringen dich ins FBI-Bezirksbüro, Mike. Da wird dein Fall dann bearbeitet.«

»Stehe ich unter Arrest?«

Zuerst gab keiner eine Antwort.

»Ich habe dir doch gesagt, Mike«, sagte Rudolph, »da ist eine Vorladung für dich.«

Für eine Weile sprach keiner von uns. Nach der Durchgabe seiner Nachricht an die Zentrale hatte Dolens den Sprechfunk leiser gedreht. Zu dieser Zeit gab es wenig Funkverkehr. Es waren nur ein paar schläfrige Stimmen und atmosphärische Störungen zu hören. Schließlich bogen wir vor einem viereckigen Klotz ein. Die Glitzerwelt lag hinter uns, und wir waren im Zentrum einer Stadt angelangt, wie es sie überall im Westen gibt: In einem Gebiet, in dem die Bodenpreise niedrig sind, ist die Bebauung eher breit und flach, als daß sie in die Höhe ragt. Sie sahen aus, als seien sie alle erst in den letzten Jahren gebaut worden. Am Ende der Zufahrt zur Tiefgarage beugte sich Dolens aus dem Fenster und schob eine Schlüsselkarte ein. Ein eisernes Rolltor öffnete sich und erinnerte mich an das große Maul in der Geschichte von Jonas und dem Wal, die mir als Kind immer Angst und Schrecken eingejagt hatte. Sie stellten den Wagen ab und führten mich durch ein Labyrinth von Betongängen.

»Ist er der Betrugsfall?« fragte Dolens. »Dieser Typ mit den Raubkopien?«

»Nein, nein. Gesucht wegen Nichterscheinens vor Gericht.«

»Meine Güte, das habe ich verwechselt. Darum habe ich ihn auch Frank Zappa genannt. Verstoß wogegen?«

»Paragraph 9,21«, sagte Rudolph.

»Meine Güte«, sagte Dolens. »Der Junge sieht doch nur aus wie ein Hippie.«

Als wir den Aufzug verließen, brannte nirgends ein Licht. Wir betraten ein kleines Vorzimmer mit Teppichboden und ein paar billigen Stühlen. An der Wand gegenüber sah ich das FBI-Wappen, ein Adler mit aufgerissenem Schnabel und dem Banner der Gerechtigkeit in den Fängen. Mich überraschte, daß ihr Büro über Nacht unbesetzt war. Ich dachte, hier täten Männer mit Brille in grauen Anzügen rund um die Uhr Dienst und schliefen nie. Rudolph sah eher wie ein Sporttrainer aus. Einer von beiden knipste ein paar Lampen an, dann schoben sie mich durch die nächste Tür.

Am Ende des Korridors lag ein scheußliches Großraumbüro – graue PVC-Fußbodenplatten mit weiß-schwarz-blauem Fleckenmuster, damit der Schmutz nicht so auffiel, der täglich hereingeschleppt wurde, Reihen von grünen Metallschreibtischen mit Kunststoffplatten und schmerzhaft blendenden Leuchtstofflampen. Kein einziger Gegenstand, den man hätte schön nennen können, abgesehen von der amerikanischen Flagge in einer Ecke am anderen Ende des Raums. Fotos von Richard Nixon und John Mitchell, seinem Justizminister, hingen schief an einer Metalltrennwand. Rudolphs Schreibtisch stand in einer der Mittelreihen.

»Nimm Platz, Freundchen. Michael. Okay. Schauen wir mal nach, was Frisco meldet. Aha, soso, aha«, sagte er zu sich selbst, während er las. »Okay. Okay. ›Voraussichtliche Ankunft gegen 23.00 Uhr Pacific Standard Time im Eden's Garden Spa.‹ Ist soweit richtig, oder?« Er lächelte. »Die Stadt an der Bay«, sagte er. »Schöner Ort. War mein BB dort, bevorzugtes Büro. Nur kriegte mein Frau dann Arthritis. Also bin ich jetzt hier. Das Leben geht schon krumme Wege, nicht? Wo genau wohnst du da drüben, Michael?«

Er schob die paar Blätter auf seinem Schreibtisch zusammen, aber ich wußte, es war keine harmlose Frage.

»In Damon«, sagte ich.

»Mädchen ohne BHs. Muß ganz schön aufregend sein.«

Ich zuckte mit einer Schulter. Na ja.

»Was hast du mit dieser Bombe zu tun, Mike?« Er sah mich fragend an, das fleischige Gesicht mit dem ganzen Gewicht auf die eine Hand gestützt.

Ich sagte nichts. Der Rest Angst, der mir nach Erschöpfung meines Adrenalinvorrats noch verblieben war, verflog. Rudolphs helle Augen hatten etwas Entwaffnendes.

»›Was für eine Bombe?‹ fragst du jetzt. Stimmt's? Das Labor, in dem du gearbeitet hast, ist vor vier Tagen in die Luft geflogen. Hast du das gewußt? Oder warst du zu der Zeit auch nicht in der Stadt?«

Ich murmelte, ich hätte davon gehört.

»Wie bitte?«

»Ich sagte, ich habe davon gehört.«

»Aha. Wollte nur sicher sein. Also, die Sache ist die, Mike. Die Kollegen in Frisco meinen, sie wollten sich mal deine Fingerabdrücke ansehen. Wenn die nämlich zu denen passen, die auf den kleinen Trümmern sind, die nach der Explosion übriggeblieben sind, dann sitzt du mit dem Arsch in der Scheiße, und zwar ziemlich tief. Kannst du mir folgen?«

»Ja, Sir.«

»Nun hör zu, was ich denke – und nachdem ich nächsten Monat sechzehn Jahre dabei bin, bin ich darin ganz gut –, ich denke, du hast dich einfach abgesetzt, als du von dieser Vorladung erfuhrst. Ich denke, du glaubst, deine Fingerabdrücke sind da überall auf diesen Splittern. Ich glaube, du hast die Dinger hineingeschmuggelt. Jedenfalls glauben sie das in Frisco.« Er hielt das Blatt, von dem er vorgelesen hatte, in die Höhe.

»Nein, Sir.«

»Einverstanden mit dem Lügendetektor?«

Ich zuckte mit den Schultern, als mache mir das nichts aus. Ich wußte, ich sollte jetzt einen Anwalt fordern. Oder den Mund halten. Aber ich hatte das Gefühl, ich tat das Richtige.

»Was treibst du hier bei uns, Mike?«

Ich zuckte wieder mit den Schultern. Rudolph seufzte sichtlich verdrossen und musterte eine leere Stelle auf seinem Schreibtisch, auf der absolut nichts zu sehen war.

»Aus welchem Grund wurde ich vorgeladen?« fragte ich.

»Hab' ich dir schon gesagt. Das Gericht will deine Fingerabdrücke sehen, Mike.«

»Und dafür gibt es eine Vorladung unter Strafandrohung?«

»Aber sicher doch. Da gibt es eine mit deinem Namen drauf. Wenn du nach Frisco zurückkommst, wirst du sie dir sicher ansehen können.«

»Muß ich kooperativ sein?«

»Ich bin nicht dein Anwalt, Mike. Soviel ich weiß, kannst du nicht anders.« Seine Vorsicht hatte etwas nachgelassen. »Irgendein

Kommunist ist vor Jahren mal bis zum Supreme Court damit gegangen, und der hat dann gesagt, man muß.« Er las wieder in der Meldung. Wir waren allein in dem riesigen Raum. An der Seite befand sich eine große Glastrennwand, hinter der ein hellerleuchteter Raum mit Funk- und anderen elektronischen Geräten lag. Eine ältere Blondine sprach gelangweilt in ein Mikrophon, das vor ihr von der Decke hing. Sie bemerkte meinen Blick und schaute mißmutig zurück.

Rudolph lachte. Er hatte ein anderes Blatt Papier aufgenommen, einen gelben, an der Unterkante eingerissenen Fetzen.

»Und wer hat dich nun verpfiffen? Sieh mal einer an, das gefällt mir.«

Besser, ich drängte ihn nicht, denn jetzt ging es zur Sache.

»Deine Mom.«

Ich antwortete nicht.

»Na so was. Die gute alte Mom. Die Agenten kamen raus, und offensichtlich erwischte einer deiner Nachbarn sie per Telefon. Mom war wirklich außer sich. Nach dem Fernschreiben hier hat der Agent mit ihr einen Deal gemacht. Sie sagt uns, wo du steckst, und wir holen uns deine Fingerabdrücke. Wenn du sauber bist, kannst du gehen. Bist du es nicht« - er hob eine Hand –, »kannst du nicht. Das ist der Standard-Deal«, sagte er. Seine grünlichen Augen ruhten wieder auf mir und versuchten, meine Qual abzuschätzen. »Sei nicht sauer auf Mom. Hört sich an, als hätte sie dich ordentlich großgezogen.«

Michaels Mutter war längst tot und in Idaho begraben. Jetzt wurde mir klar, was gespielt wurde.

»Und nun zu unserem Deal, Mike. Du wirst doch tun, was deine Mom sagt? Du läßt mich hier deine Abdrücke nehmen, und ich sehe zu, daß wir das gleich geklärt kriegen. Oder willst du zurück nach Frisco und den ganzen Zauber da über dich ergehen lassen?«

»Sie meinen, ich kann einfach nach San Francisco zurück?«

»Nein. Nicht direkt. Hör mal, eines kann ich dir sagen. Du gibst mir jetzt gleich deine Abdrücke, ich gebe sie dann nach D. C. durch und warte ab, was dabei herauskommt. Möglich, daß sich alles von allein aufklärt. Andernfalls muß ich einen Stellvertretenden Staatsanwalt aus dem Bett klingeln und ihm erzählen, daß du vorhattest, auf dem Parkplatz Sprintweltmeister zu werden, und daß ich glaube, du mußt hinter Gitter. Wegen Nichterscheinens vor Gericht. Dann kriege ich deine Fingerabdrücke so oder so. In ein paar Tagen kommst du dann wahrscheinlich auf Kaution frei. Das Gefängnis von Clark County ist nicht einmal so schlecht.« Er kratzte sich die Wange und sah mich an, ohne mit der Wimper zu zucken.

»Sie sagen also, ich habe gar keine Wahl.«

»Wie man sich bettet, so liegt man, Kleiner. Kann deine Mom für dich anrufen, wenn du möchtest.«

»Und wenn ich einen Anwalt möchte?«

Er schwieg eine Weile.

»Tu, was du willst. Du spielst dein Blatt, ich meines. Du rufst deinen Anwalt an, ich meine Dienststelle. So geht das Spiel. Du gehst über Nacht ins Kittchen. Ich mache keine Witze, Mike. Glaub es oder glaub es nicht. So ist es nun einmal. Du bist volljährig. Kannst es dir ausrechnen.«

Meine Eltern würde ich für die Kaution kaum anrufen können. Und in diesem Augenblick wurde mir die ganze Tragweite der Geschichte bewußt, und daß ich ihnen und dem FBI alles würde erzählen müssen. Das Herz sank mir in die Hose. Ich überlegte hin und her, fand aber keine Lösung. Eddgar hatte alles kühl und perfekt durchgespielt, acht bis neun Züge im voraus. Scheinbar kam ich damit jetzt nicht mehr weiter und konnte mich nun nur noch auf meinen Instinkt verlassen. Hätte ich nur gewußt, was er jetzt dachte. Doch es ließen sich einfach keine Rückschlüsse auf seine Absichten ziehen.

Zur Abnahme der Fingerabdrücke führte mich Rudolph nun in einen kleineren Raum, der mit seinen weißen Wänden und grauen Aktenschränken etwas offizieller wirkte. Er holte eine Abdruckkarte und ließ sie mich unterschreiben. Michael unterschrieb stets in Druckbuchstaben – er hatte mir einmal erzählt, er habe als Kind beschlossen, keinen Namen haben zu wollen, den er nicht wirklich lesen könne –, für mich eine frühe Manifestation seines nur auf den Verstand ausgerichteten Denkens, dem er immer gefolgt ist. Ich machte die Unterschrift so gut nach, wie ich konnte. Dann drückte Rudolph meine Fingerspitzen auf ein Stempelkissen und rollte sie nacheinander auf der Karte ab. Das tat er mit solcher Kraft, daß es fast weh tat. Als er einen Abdruck verschmiert hatte, tauschte er die Karte aus und fing von vorne an. Als wir damit fertig waren, färbte er die Handballen und ließ sie mich auf den unteren Teil der Karte pressen. Dann brachte er mich zur Toilette, wo ich mir die Hände waschen konnte. Wieder zurück an seinem Schreibtisch füllte er ein paar Papiere aus. Dabei unterhielt er sich mit mir.

»Frisco sagt, du wohnst im selben Haus wie der Hauptverdächtige. Ist das nicht ein seltsamer Zufall?«

»In dem Haus wohnt eine Menge Leute.«

»Ich wette, du hast geglaubt, keiner bemerkt dich. Keiner von sechshundert Kollegen. Bei den vielen Namen. Den vielen Verdächtigen. Aber, weißt du, Computer sind schon eine tolle Sache. Und die Bullen sind nicht immer so dumm, wie ihr Burschen glaubt.« Er sah mich wieder auf die gleiche Weise an, stocherte ein bißchen und hoffte, einen wunden Punkt zu treffen. »Schon komisch«, sagte er. »All ihr großen Revolutionshelden seid gar nicht mehr so groß und revolutionär, wenn ihr erst mal eine Zelle von innen seht.« Cleveland hatte die Seiten gewechselt. Ich wußte, was das bedeutete. Er stand jetzt auf seiten der Anklage und zeigte mit dem Finger auf einen Weißen. Rudolph grinste von einem Ohr zum anderen. Diesen Teil seines Jobs liebte er offenbar besonders.

Als er seinen Papierkram erledigt hatte, erklärte er mir die nächsten Schritte. Die Abdrücke würden am Morgen mit der ersten Maschine per Kurier nach D. C. gehen. Vorweg werde er schon ein Fernschreiben schicken. Wenn ich Glück hätte, wäre der Vergleich schon am Abend abgeschlossen.

»Wir haben hier ein Zimmer mit Feldbett, Mike, wenn du dich hinlegen willst.«

»Sie meinen, ich muß hier solange rumhängen?«

»Also, das überrascht mich jetzt. Wenn du an meiner Stelle wärst, mein Sohn, und unsere Bekanntschaft – nennen wir es mal so – hätte damit begonnen, daß du mich über einen Parkplatz jagst, würdest du mich so schnell loslassen, wenn du mich erst mal an den Schwanzfedern hättest? Ich glaube, nicht.«

»Sie sagten, ich bin nicht eingebuchtet.«

»Sieh mal, Mike. Wir können es auf deine Methode machen oder auf meine. Aber das hatten wir doch schon, oder? Nun ruh dich mal ein bißchen aus. Vielleicht hast du ja Glück, und bald ist alles überstanden.«

Das sogenannte Zimmer war in Wirklichkeit eine winzige Kammer. Ich lag auf dem schmalen Feldbett auf einer rauhen Decke, durch die jede einzelne Feder zu spüren war, und fühlte mich verloren. Zu meinem Erstaunen fiel ich in tiefen Schlaf, nur unterbrochen von einem Traum, von einem Mann in einem langen dunklen Mantel. Es könnte mein Vater gewesen sein. Vielleicht auch Eddgar. Als ich wach wurde, war der große, in der Nacht leere Raum voller Menschen. Geschäftig eilten sie hin und her oder redeten miteinander. Überall klingelten Telefone, und oft hob auch nach zehn-, zwölfmaligem Läuten niemand ab. Ein paar Männer in weißen Hemden und ohne Jackett kamen vorbei. Sie trugen zumeist chromglänzende Pistolen in abgewetzten ledernen Schulterhalftern. Ich hätte gestern nacht angeschossen werden können, dachte ich. Rudolph hatte es gesagt.

Eine Frau in den Fünfzigern schrieb neben mir auf der Maschine. »Kaffee ist da drüben, wenn Sie möchten. Ein kleines Frühstück gibt's im Automaten.«

Neben der Kaffeemaschine zog ich mir Zigaretten und ein paar Kekse.

»Sie sind Rudolphs Fall?« Ein Mann stand in der Tür. Ich hatte mir gerade einen Keks in den Mund geschoben und konnte nur nicken. »Ich soll Ihnen sagen, daß er gegen fünf zurück ist, um zu sehen, wie es um Sie steht. Er hat Geld dagelassen, damit wir Ihnen etwas zu essen besorgen. Ist ein Hamburger recht?« Nach der Uhr, die ich entdeckt hatte, war es 9.30 Uhr.

Ich verbrachte den Tag im sogenannten Zeugenvernehmungszimmer, einem kleinen, getünchten, fensterlosen Raum, in dem ein kleiner Schwarzweißferneher stand mit 32-Zentimeter-Bildschirm und schmuddeligem cremefarbenem Gehäuse. Eine der beiden Teleskopantennen war abgebrochen und durch eine dünne Rolle aus Aluminiumfolie ersetzt worden. Ich sah mir ein paar Seifenopern an, bis ich auf dem Klo ein paar lose Zeitungsseiten fand. Die Schlagzeile war bestürzend: ›VIER STUDENTEN DER KENT STATE UNIVERSITY VON US-TRUPPEN GETÖTET. Neun weitere verletzt.‹ Die Nationalgarde hatte an der Kent State University in Ohio das Feuer auf unbewaffnete demonstrierende Studenten eröffnet. Die Gardisten behaupteten, von Heckenschützen beschossen worden zu sein. Jetzt war der Krieg also nach Hause gekommen.

Ich versuchte, im Fernsehen weitere Einzelheiten zu erfahren und sah immer wieder auf den Bildschirm. Irgendwie schien mir dieser Verrat von viel größerer Bedeutung und zugleich aber auch begreiflicher zu sein als derjenige der Eddgars an mir. Der lag für mich jetzt in weiter Ferne. Vielleicht hatte ich immer gewußt, daß die Möglichkeit dafür bestand. Im Moment konnte ich nur abwarten, was auf mich zukam. Jede Stunde, die verging, brachte mir neue Einsichten. Michael und die Bombe. Michael und June. Der ausgefeilte Plan, den June und Eddgar in dem Motelzimmer aufgestellt hatten, als ich bei Hobie war. Michael hatte ihnen auch zweifellos von der Vorladung berichtet und davon, daß das FBI hinter ihm her war. Ich wußte nicht, ob sie je das Geld meines Vaters bekommen würden. Aber in mir hatten sie ein perfektes Double, jemanden, der besser Michaels Rolle spielen konnte als jeder andere. Selbst wegen meiner Verweigerung vom Gefängnis bedroht, konnte ich dem FBI nicht einmal reinen Wein einschenken. Ich hatte keine Wahl, mußte mir die Fingerabdrücke nehmen lassen und die ganze Scharade mitmachen.

Um fünf Uhr gab es die erste landesweite Nachrichtensendung. Amerika war von Küste zu Küste in heller Aufregung. Kongreßabgeordnete beklagten in zornigen Reden, daß nun schon unsere eigenen Kinder umgebracht würden, und siebenunddreißig College- und Universitätspräsidenten riefen Nixon auf, den Krieg sofort zu beenden. An der Kent State University wurde kein einziger Hinweis auf einen Heckenschützen gefunden, der auf die Nationalgardisten geschossen haben könnte. In Madison, Wisconsin, gab es, wie die Reporter es ausdrückten, einen Beinahe-Aufruhr von zweitausendachthundert Studenten. Nixon machte daraufhin die Zusage, die US-Truppen binnen drei bis sieben Wochen aus Kambodscha abzuziehen. Mehr als achtzig Colleges waren inzwischen geschlossen. Von mindestens zweihundert weiteren wurde erwartet, daß sie sich der Aktion in den nächsten achtundvierzig Stunden anschließen würden. Ein kurzer Bildbericht zeigte Studenten aus Dorchester, die in Telefonaktionen und auf der Straße Unterschriften gegen den Krieg sammelten.

Hinter mir kam Rudolph herein. Er trug jetzt einen graublauen Anzug und verfolgte die Nachrichten mit einem zornigen und zugleich schmerzlichen Blick.

»Meinst du wirklich, das bringt was?«

Ich wußte es nicht. Ich wußte nicht, ob es half. Ich wußte auch nicht, ob die Bombe etwas half. Aber ich wußte, daß die Möglichkeit von Wiederholungen in dieser Woche bestand. Wenn die Ghettos überall im Land aufstünden, wenn die Studenten zurückschlügen, wer weiß, was dann passierte? Vielleicht würde eine Revolution daraus. Oder nur ein neuer Bürgerkrieg. Ich hatte keine Ahnung, wo ich in dem Fall stehen würde. Mal hatte ich ein schlechtes Gewissen, mal spürte ich Erleichterung, daß ich das Land verlassen würde.

»Mein jüngerer Bruder ist gerade da drüben«, sagte Rudolph. »In der Nähe von Chu Lai. Dieses ganze Theater – es bringt einen Dreck. Das sage ich dir laut. Du weißt, die Menschen da drüben leben nicht in einer freiheitlichen Gesellschaft. Sie nehmen das Theater für bare Münze. Der Vietcong sieht, was ihr macht. Es macht ihm Mut. Was sagst du dazu?«

»Der Krieg ist von Übel«, sagte ich. Das war eine der wenigen Wahrheiten, derer ich noch sicher war.

Er verkrampfte das Gesicht bei dem Versuch, sich zu beherrschen. Dann schleuderte er seine Sachen – Papiere, eine Ledermappe, einen großen Schlüsselring – auf einen abgenutzten Tisch.

»Und wie ist es mit dir und dem Wehrdienst, Mike?«

»Asthma«, sagte ich.

»Mächtiges Glück.«

Ich lächelte, auch wenn ich wußte, daß das keine besonders gute Idee war. Rudolph spitzte wütend die Lippen.

»Du bist raus aus der Sache«, sagte er. Er riß einen Umschlag auf und gab mir Michaels Brieftasche.

Ich war also sauber. Das war natürlich das Entscheidende. Dafür hatten mich die Eddgars gebraucht. Kurze Zeit hatte ich mir Gedanken wegen der Unterschrift gemacht. Was wäre passiert, wenn jemand gemerkt hätte, daß meine Handschrift nicht mit der von Michael Frain übereinstimmte? Aber sicher hatte Eddgar auch das genau bedacht. Er mußte gewußt haben – aus einem Buch vielleicht, verfaßt von einem zu den Radikalen übergelaufenen Veteranen aus dem militärischen Geheimdienst –, daß so etwas wenig wahrscheinlich war. Manchmal hatten mich auch andere Gründe heftig beunruhigt. Was wäre, wenn alles nur mit dem Ziel geplant war, mir das Bombenattentat anzuhängen? Doch das ergab für mich keinen Sinn. Ich hatte geglaubt, daß ich aus der Sache herauskommen würde, und so war es auch. Aber in meinem gegenwärtigen Zustand war ich praktisch auf alles gefaßt.

»Ich kann also gehen?«

»Geh mit Gott«, sagte er. »Oder ohne. Weißt du«, fügte er hinzu, »wenn ich das Arschloch wäre, für das du mich hältst, würde ich dich so oder so einbuchten. Dafür, daß du vor mir weggerannt bist. Darüber solltest du mal nachdenken. Aber ich halte mein Wort.« Er ging zur Tür hinaus. Ich schob meine Zigaretten in die Hosentasche. »Warum *bist* du gerannt?« fragte er leise, als ich mich an ihm vorbeischob.

Ich wollte etwas Schlaues sagen – ich wäre wohl nicht ganz bei mir gewesen oder so –, aber am Ende tat ich, was mir gesagt worden war, und hielt den Mund. Ich zuckte nur mit den Schultern, als wisse ich es selbst nicht. Ich tat einen Schritt, sah mich dann um und sagte, ich hoffe, daß sein Bruder bald nach Hause käme.

Erst als ich draußen war, fiel mir ein, daß ich ja kein Auto hatte. Die Sonne ging schon unter, doch in der Luft lag noch eine brütende Hitze. Im Gehen zog ich die Jeansjacke aus. Ich wußte nicht, wo ich war, doch hinter Büschen und Wüste sah ich etwas vom

Strip. Als ich den Las Vegas Boulevard erreicht hatte, ging ich in eine dieser dämmerigen, lauten Hotellobbies und rief meine Eltern an. Um diese Zeit war mein Vater zu Hause. Der Gedanke, daß bei diesem Gespräch meine Mutter in der Nähe war, gefiel mir wenig, aber ich wußte, wie sehr er darauf wartete. Beim ersten Läuten nahm er ab.

»Ich bin in Ordnung. Ich bin okay. Es ist alles gutgegangen.«

Mein Vater stieß einen tiefen Seufzer aus. Plötzlich hörte ich im Hintergrund meine Mutter. Sie fragte ihn eindringlich, was wäre. Stimmt etwas nicht? fragte sie mehrmals. Mein Vater sagte ihr, daß ich es sei. Doch das schien sie nicht zu beruhigen. Warum ich denn anrufe?

»Später, Dena«, sagte er schließlich streng und wandte sich dann wieder an mich. »Ich bin sehr erleichtert. Sehr erleichtert. Dir ist nichts geschehen?«

»Mir geht es gut. Ich bin müde und habe nicht genug Kleingeld für das Telefon. In ein paar Stunden rufe ich dich wieder an. Aber ich wollte, daß du weißt, ich bin okay.«

Für einen Augenblick verband uns nur noch das Knistern und Knacken in der Leitung. Mein Vater stellte keine der Fragen, die andere in dieser Situation gestellt hätten. Wie ist es gewesen? Was haben sie gemacht? Ich wußte, er tat es nicht, weil er ein Überlebender war. Er wußte, daß es so besser war.

»Es tut mir wirklich sehr, sehr leid«, sagte ich. Mein Vater antwortete nicht. Vielleicht weinte er, oder er versuchte, sich zu fassen, oder er beschäftigte sich mit meiner Mutter. Bevor ich auflegte, versicherte ich ihm noch einmal, daß ich bald wieder anrufen würde.

Es war Happy Hour, und die Hotelgäste wirkten auch so, einfach happy. Sie schnatterten gegen den Lärm einer Countryband an. Ich ging zum Buffet, spießte mit immer demselben Zahnstocher acht kleine Wiener aus dem öligen Wasser und hatte sie verschlungen, bevor jemand etwas sagen konnte. Mir fiel ein, daß ich im Motel anrufen sollte, und ich ging zumTelefon zurück. Ich fragte nach Seth Weissman oder Lucy McMartin. Überraschenderweise hatte sie eingecheckt. Man stellte in ihr Zimmer durch, doch niemand hob ab. Ich war klug genug, keine Nachricht zu hinterlassen.

Das letzte Stück bis zum Eden's Spa führte mich auf einem von Wüstensträuchern gesäumten Weg durch Militärgelände. Selbst so spät hatte die Sonne noch Kraft, so daß ich mich wie ausgetrocknet fühlte. Am Motel angekommen, hatte ich keine Ahnung, wie ich Lucy finden könnte. Vielleicht sollte ich im Käfer warten, wenn ich ihn irgendwo sah. Doch während ich noch über den Parkplatz streifte, entdeckte ich sie barfuß am Pool in einem weiten grünen Omakleid mit Blumenmuster. Sie streckte ihr kleines sommersprossiges Gesicht der untergehenden Sonne entgegen. Ich kniete mich neben sie.

»Sag nicht meinen Namen«, flüsterte ich, als sie die Augen öffnete. Ich fragte sie nach der Zimmernummer. Sie hob ihr Buch auf – ein Handbuch über *I-ching,* die chinesische Wahrsagekunst – und führte mich hinein. Wortlos gingen wir die Motelflure entlang. Im Zimmer war die Klimaanlage zu kalt gestellt, so daß es ein Schock war, wenn man aus der Hitze hereinkam. Ich hatte einen Augenblick lang fast das Gefühl, zu schweben. Meine Haut prickelte, und die Stille rauschte nach dem Verkehrslärm in meinen Ohren. Das einzige Geräusch kam vom Gebläse der Klimaanlage und von einer Zeitung, die im Luftzug raschelte. Das Schweigen der Wüste, die durchlebte Anstrengung, das Vergehen der Zeit senkten sich über uns.

Als ich mich neben Lucy auf das Bett setzte, wußte ich, daß dies das Ende meiner Kindheit war. Ich hatte aufgehört, mein Leben als etwas zu betrachten, das meine Eltern mir angetan hatten. So viel hatte mich der Horror vor mir selbst gelehrt, der mir nun voll zu Bewußtsein kam – und der mich seither nie mehr ganz losgelassen hat. Unerklärlicherweise glaubte ich in diesem Augenblick, Sonny verstehen zu können. Noch lange danach sollte ich mich fragen, ob es für mich besser gewesen wäre, wenn sie gewußt hätte, was ich hier tat.

»Ist er weg?« fragte ich.

»Michael? Er ist gegangen, als ich kam.«

»Was hat er dir erzählt?«

»Nur…« Sie zuckte mit den Schultern. »Nichts. Er sagte, du kannst seine Brieftasche behalten.«

»Toll«, sagte ich, »allerbesten Dank.« Ich schüttelte verwundert den Kopf. Dann erzählte ich Lucy von meiner Vermutung, daß Michael die Bombe im ARC gelegt habe.

Manchmal glänzten Lucys kleine, dunkle Augen wie die einer Puppe, doch jetzt sah ich in ihnen nur die starre Spiegelung des Lichts auf ihren Kontaktlinsen. Kein Erstaunen war in ihrem Blick zu erkennen, vielmehr starrte sie stoisch vor sich hin mit einer wissenden Tiefe, die ich erst seit kurzem nach und nach bei ihr entdeckte.

»Bin ich denn so dumm?« sagte ich.

»Er hat nichts gesagt«, antwortete sie. Und gemerkt hatten es nur die, die weniger oberflächlich waren als ich. Michaels Trauer galt nicht seinem Kollegen oder June, sondern der eigenen Verlorenheit.

»Hat sie ihn dazu überredet?«

»Ich glaube, ja«, sagte Lucy. Wir glaubten beide, daß es für ihn ein Beweis seiner Liebe gewesen sein mußte. Eine andere Erklärung hatte auch Lucy nicht. June hatte es verlangt, und Michael fügte sich.

»Scheiße«, sagte ich.

»Und wo warst du? Michael hat mir nur gesagt, wenn du bis morgen nicht zurück wärst, solle ich diese Nummer wählen.« Sie holte ihr Notizbuch. Auf einem Blatt vom Block des Eden's Spa stand eine Telefonnummer aus der Bay Area von San Francisco. Ansonsten war mir die Nummer unbekannt. Ich erzählte ihr von der Festnahme durch das FBI, von Rudolph und der Geschichte mit den Fingerabdrücken.

»Ich habe den Alptraum meines Lebens, und er läßt mir seine Brieftasche zurück.« Ich nehme sie heraus, und wir sehen uns gemeinsam das lange Geldscheinfach an. Eine abgegriffene Fünfdollar-Note steckten darin und drei einzelne Dollars. Ich lachte laut auf, als ich das Geld zählte, doch Lucy nahm mir die Brieftasche aus der Hand und steckte einen Finger hinter die durchsichtige Kartenabteilung. Dort fand sie Michaels Führerschein, seine Versicherungskarte, den Militärdienst- und den Universitätsausweis.

»Ich glaube, mit dieser Brieftasche meint er seinen Namen«, sagte sie. »Begreifst du? Du hast jetzt seine Losnummer und wirst nicht eingezogen. Du kannst seine Identität behalten. Du mußt nicht nach Kanada.«

Nur langsam wurde mir die Bedeutung klar. Es blieb ihm wirklich nichts anderes übrig, als seinen Namen aufzugeben. Für den Fall, daß das FBI jemals wegen der Fingerabdrücke auf ihn zurückkommen sollte, wollte er nicht mehr Michael Frain sein. Nach einem anfänglichen Hoffnungsschimmer erkannte ich, daß die Vorteile dieses Arrangements sehr begrenzt waren. Ich konnte nicht dorthin zurück, wo man mich kannte oder wo Michael sich aufhielt. Ich würde mehr oder weniger das Leben führen müssen, das die Eddgars meinem Vater am Telefon vorausgesagt hatten.

»Wenn ich er bin, wer wird dann er sein? Ich?«

»Er kann nicht du sein.«

»Nein«, sagte ich. »Das ist wahr.« Das FBI suchte Seth Weissman, den Wehrdienstverweigerer. »Wohin wird er also gehen?«

Auch darauf hatten wir beide keine Antwort.

»Diese verdammten Leute«, sagte ich. Nebenan wurde ein Fernseher überlaut aufgedreht. »Und du hast hier die ganze Zeit nur rumgesessen?« fragte ich. »Du mußt dich ja zu Tode geängstigt haben.«

Sie zuckte mit den Schultern in dem gewohnten Gleichmut sich selbst gegenüber. Ich sah Lucy lange an. Es sollten viele Monate vergehen, ehe wir erkannten, wir könnten uns vielleicht ineinander verlieben. Fast sechs Monate hatten wir in Seattle zusammengelebt, bevor wir miteinander schliefen, und selbst da wußten wir zunächst nicht, wie ernst wir das nehmen sollten. Doch Beständigkeit und Freundschaft – diese großen Tugenden, die Lucy stets für mich verkörperte – setzten in jenen Augenblicken in dem Motelzimmer ein Zeichen als die vielleicht wichtigsten Dinge in der Welt. Ich sah in ihr kleines, hübsches und ernstes Gesicht und war überwältigt, jemanden zu kennen, der es noch wert war, daß man an ihn glaubte.

»Weißt du, wie tapfer du bist?«

»Ich habe nichts gemacht. Bin nur geblieben.«

»Weißt du, wie viele Menschen davongelaufen wären? Weißt du, wie viele Menschen nicht die ganze Nacht durch die Wüste gefahren wären? Du bist wunderbar, weißt du das?«

Sie errötete. Die Röte überzog ihr ganzes Gesicht, bis auf die Nasenspitze. Wie wir so nebeneinander saßen, griff sie nach meiner Hand, schloß die Augen und kämpfte gegen die Freude an, die ihr meine – und aller – Bewunderung machte.

Meine Eltern haben es nie erfahren. Auch haben sie mich nie nach Einzelheiten gefragt, nicht einmal meine Mutter, die jahrelang immer wieder Gott für mein Überleben dankte. Manchmal machte ich eine Andeutung, die meinem Vater zeigen sollte, daß die Dinge anders gelaufen waren, als er vielleicht dachte. Doch er zog es eindeutig vor, dieses und alles andere auf sich beruhen zu lassen, zumal nichts davon etwas an unserer gespannten Einstellung zueinander ändern konnte. Noch heute erfüllt es mich mit Schrecken, ihn so grausam geprüft zu haben. Zugleich habe ich jedoch auch zu akzeptieren gelernt, daß ich gute Gründe dafür hatte. Und Gott weiß, ich habe meine verdiente Strafe erhalten. 1978, ein Jahr nach Jimmy Carters Amnestie für Wehrdienstverweigerer, konnte ich den Namen wieder annehmen, unter dem ich geboren wurde, und der doch nie wieder ganz mein eigener wurde. Damals habe ich meinem Vater einen Scheck über 32 659 Dollar gegeben. Das war meine Schuld plus Zinsen. Er nahm das Geld mit ernstem Nicken entgegen, und ich wußte, er hatte es in all den Jahren keinen Augenblick lang vergessen.

Die ersten Monate in Seattle lebte ich nach Junes Plan. Zweimal in der Woche rief ich meine Eltern von einem Münztelefon aus an und versicherte ihnen, daß es mir gut gehe, ohne dabei meinen Aufenthaltsort preiszugeben. Wir hatten uns für Seattle entschieden, weil es in der Nähe der kanadischen Grenze lag. Schlimmstenfalls konnten wir in einer Stunde in British Columbia sein. Natürlich waren diese ersten Monate von Ängsten erfüllt. Mehrere Male fuhr ich nach Vancouver hinüber, um mich dort umzusehen. Doch bald hatte ich mich in Seattle akklimatisiert, und alles schien sich zu normalisieren. Soweit ich es erkennen konnte, fahndete das FBI nur eine Woche lang im August nach Seth Weissman. Meine Eltern – und sicher auch alle meine Bekannten aus Damon – gaben an, ich sei nach Kanada gegangen. Es wurde Haftbefehl erlassen, aber nie Anklage erhoben. Oft fürchtete ich, das FBI könnte Michael Frains Spur wieder aufnehmen, weil man festgestellt hatte, daß man in Las Vegas hereingelegt worden war. Doch die Zeitungen aus der Bay Area, die ich bei jeder Gelegenheit las, berichteten immer nur, daß das Bombenattentat auf das ARC nicht aufgeklärt sei. Und das ist bis heute so.

In den ersten Monaten in Seattle hatte ich einen Job beim *Seattle Weekly,* einem alternativen Blatt voller Anzeigen von Kramläden und Makramee-Knüpfern und natürlich jedem Plattenladen in der Stadt. Ich wurde als Hausmeister eingestellt. Natürlich war es ein harter Schlag für mich, meine ›Filme‹ nicht zur Veröffentlichung anbieten zu können, doch meine Befürchtung war zu groß, daß irgendein bezeichnendes Detail mich mit Seth Weissman in Verbindung bringen konnte. Statt dessen fing ich an, wie man mir bei meiner Einstellung zugesichert hatte, hier und da eher belanglose Reportagen und kleine Kommentare zu schreiben. Anscheinend besaß ich ein Talent für eine Mischung aus pfiffigen Einsichten und Phantasie, und so wurden einige Michael-Frain-Artikel vom *Liberation News Service* übernommen und bundesweit veröffentlicht.

Bis zum März des folgenden Jahres hatte ich so viel Vertrauen zu der Sicherheit meiner neuen Identität gewonnen, daß ich meiner Mutter erlaubte, mich zu besuchen. Wie ich vermutet hatte, blieb mein Vater zu Hause. Inzwischen wollte ich meiner Mutter auch Lucy vorstellen.

»Dieses Mädchen«, fragte sie am ersten Abend nach ihrer Ankunft, »wie heißt es mit Nachnamen?«

»Goj, Ma. Sie heißt Goj.« Im großen und ganzen zeigte meine Mutter eine größere Selbstsicherheit, als ich erwartet hatte.

Als mir nach einer Reihe von Monaten bewußt wurde, daß der VW noch immer auf den Namen Seth Weissman zugelassen war, bat ich jemanden, der nach Osten wollte, den Wagen nach Kindle County zu fahren. Dort wurde er bei Sonnys Tante Hen untergestellt, bis Sonny von den Philippinen zurückkam. Sonny wisse schon, wofür das sei – nämlich für das Geld, das sie mir geliehen hatte. Ich wußte nicht genau, ob es die große Zuneigung oder Loyalität Lucy gegenüber war oder Vorsicht vor den Behörden, daß ich Sonny nichts weiter ausrichten ließ oder sonst mit ihr Kontakt aufnahm. Doch mit dreiundzwanzig Jahren sah ich mich jetzt als Realisten. Wie viele andere Amerikaner hatte mich Las Vegas dazu gemacht.

Unerwarteterweise trafen Lucy und ich uns häufig mit Hobie. Das erste Mal verbrachten wir Anfang September 1970 einen Abend miteinander in einer Hütte auf einem Campground in Humboldt, Kalifornien, auf halbem Weg zwischen Seattle und der Bay Area. Immer wieder betonte er, wie glücklich er sei, Lucy und mich zusammen zu sehen, und sagte unserer Beziehung eine große Zukunft voraus. Den Sommer über hatte er in Kindle County bei dem bekannten Strafverteidiger Jackson Aires gearbeitet, der damals eine Reihe von Black Muslims verteidigte. Hobie führte nun den Namen Tariq und überlegte, ob er nicht selbst den Black Muslims beitreten solle.

Wir hatten uns weniger einer bloßen Versöhnung wegen getroffen, sondern um etwas persönlich zu besprechen, wofür das Telefon eher ungeeignet war, nämlich den Tod von Cleveland Marsh im vergangenen Juni. Weniger als einen Monat nach seiner Entlassung auf Kaution wurde er eines Morgens in einem privaten ›Ruheraum‹ im Ciardi's, einem Badehaus für Schwule an der Castro Street, gefunden. Er war unbekleidet, und neben ihm fand man einen Taschenspiegel mit einem Skalpell darauf und Spuren eines weißen Pulvers, dazu ein Gramm Crack, das nach der chemischen Analyse mit Strychnin versetzt gewesen war. Clevelands Berühmtheit, die seltsamen Umstände und die Gefahr, daß verunreinigtes Kokain im Handel war, sorgten mehrere Tage lang für Schlagzeilen in der Presse der Bay Area. Der Gerichtsmediziner hatte als Todesursache unabsichtliche Selbstvergiftung diagnostiziert.

»Mord war das, Mann, eindeutig«, sagte Hobie. »Gar keine Frage.« In dem einen Sommer in der Anwaltskanzlei hatte er den von da an für ihn üblichen autoritativen Tonfall angenommen, mit dem er über Dinge redete, von denen er, nach meiner Meinung, vorher so gut wie nichts gewußt hatte. Hobie hatte sogar bei der Gerichtsmedizin Einsicht in deren Unterlagen genommen. »Weißt du, der Hautverfärbung nach zu schließen, ist Cleveland mit dem Gesicht nach unten gestorben. Die Polizei hat ihn aber auf dem Rücken liegend gefunden. Körpertemperatur und Verdauungsenzyme ließen darauf schließen, daß der Mann nicht länger als zwei Stunden tot war, und Ciardi's schließt um vier Uhr morgens. Kannst du mir sagen, wie sie den Laden zumachen konnten, wenn er dort drinnen lag? Das alles macht verdammt wenig Sinn. Jeder Trottel auf der Straße weiß, daß ihn jemand da reingelegt haben muß. Aber so ist das nun mal, Mann, die Polizei stellt sich das so vor, warum also soll man sich noch den Kopf zerbrechen? Erstens hatten sie mit Cleveland nichts mehr am Hut, weil sie glaubten, er sei mit ner Menge Scheiß-Informationen über diese Bombe rausgerückt, als sie ihn im Mai am Arsch hatten, und zweitens gab es diese Fingerabdrücke von dem Weißen auf den Trümmerteilen. Den haben sie im ganzen Land fieberhaft gesucht und nie gefunden. Dann tanzten Eddgar und seine Anwälte an, lachten sich eins, gaben es ihnen, holten Cleveland per Kaution raus. Die Polizei fühlt sich total von Cleveland verarscht. Also zur Hölle mit dem toten Hund. Das ist es, was die Bullen denken. Mitleid mit 'nem Nigger?«

Bei dem Gedanken an Michael und die Fingerabdrücke wurden wir alle sehr ernst. Hobie kannte meine Geschichte inzwischen, und wir hatten beide das Gefühl, daß das Schicksal und die schiere Freude über die unverdient gelungene Flucht eine starke Bindung zwischen uns bewirkt hatte. Schließlich fragte ich ihn, ob er wisse, wer es war. Er sah ihn nach wie vor am ehesten im Kreis der Panthers, war sich aber offenbar selbst nicht ganz sicher.

»Wer was war?« fragte er zurück.

»Wer Cleveland kaltgemacht hat?«

»Ich weiß nicht mehr als du. Die Sache ist wohl so gelaufen:

Cleveland verpfeift Michael, aber Eddgar holt ihn trotzdem raus. Und dafür gibt es nur einen Grund. Eddgar will ihn wieder draußen haben, um ihn benutzen zu können. Welcher weiße Kumpel steckte wohl dahinter und brachte Cleveland dazu, Michael den Bullen zu servieren? Glaubst du nicht, daß das Eddgar war? O Mann, als er rauskam, taten alle so, als wäre Cleveland der große Revolutionsheld. Und der arme Motherfucker glaubte das auch, solange sie nur rumstanden und ihm applaudierten. Aber ich schnappte mir Josita, Clevelands alte Dame. Sie sagte mir, nachdem Cleveland gefunden worden war, hätten Huey und die anderen auf sie eingeredet: ›Sag nichts.‹ Parteidisziplin und all der Scheiß. Sie ist ohnehin 'ne hundertprozentige Schwester. Aber jetzt kommt, was sie nicht rausgelassen hat: Eddgar war's, der Clevleand mitten in der Nacht anrief, Eddgar war's, der ihm zuletzt über den Weg gelaufen ist. Es war alles Eddgars Ding von A bis Z. Sollte aussehen wie ein Unfall, den einer beim Basteln im Labor hatte. Eddgar hat so was schon zehnmal zuvor gemacht, Mann, und das hier war seine Bestellung, klar?«

Zurück in Seattle rief ich die Eddgars an. Daran hatte ich schon früher hin und wieder gedacht, aber bis dahin hatte ich ihnen nichts zu sagen, außer Erklärungen zu verlangen, die ich nie bekommen würde. Doch diese Nachricht, die dunklen Schuldgefühle im Zusammenhang mit Clevelands Tod und meine Rolle dabei quälten mich. Ich wollte Eddgar etwas von dem heimzahlen, was er mir angetan hatte. Ich wollte sie anrufen, ohne meinen Namen zu nennen, und nur wenige Worte sagen: »Ich weiß über Cleveland Bescheid. Ich weiß, wofür du den Kautionsbetrag brauchtest.« Diese Erklärung würde ihn vor Angst lähmen.

Statt dessen nahm Nile den Hörer ab. Seine Kinderstimme weckte in mir sofort wieder das Gefühl, einen schweren Verlust erlitten zu haben. Als ich schließlich sprach, erkannte er mich bei den ersten Worten, noch bevor ich nach Eddgar gefragt hatte.

»Hi«, sagte er. Er schien überzeugt, daß ich mit ihm sprechen wollte. »Bist du irgendwo in der Nähe?« fragte er.

Ich versuchte, alles zu sagen, was ich an seiner Stelle wohl gern gehört hätte. Du fehlst mir, Nile. Sei ein guter Junge. Wir alle lieben dich. Ich bin weit weg, aber ich denke an dich und werde dir schreiben. In der Nähe hörte ich, wie June wiederholt fragte, wer am Apparat sei.

»Ist Michael da?« fragte Nile.

»Michael? Nein, im Augenblick nicht.«

»Ach.« Er dachte einen kurzen Augenblick nach und legte ohne ein weiteres Wort auf.

13. Dezember 1995

SONNY

Ungefähr einmal im Monat schwören sich Raymen und Marietta, von vorn anzufangen. Sie haben immer wieder neue Vorsätze. In diesem Sommer schüttete sie ihm ein Mittel in den Kaffee. Ihm sollte jedesmal übel werden, wenn er Alkohol trank. Letzte Woche schworen sie den Kreditkarten und den Zigaretten ab. Sie wollen ihre Schulden abbezahlen und aus dieser Misere heraus. Marietta ist wild entschlossen, wenn sie auch zugibt, daß es hart ist. Ohne Glimmstengel und ohne seinen zu großen Durst könnten die beiden es schaffen.

»Gehen Sie sich nicht gegenseitig auf die Nerven?«

»Aber nein«, beteuert sie. »Er sagt, so gut wie jetzt sind wir miteinander seit Jahren nicht ausgekommen. Gestern abend hat er eine ganze Stunde mit meiner Tochter telefoniert, und sie meint, er ist ein ganz neuer Mensch.«

Als ich gestern ging, hatte ich fest vor, Marietta heute früh die Leviten zu lesen. Ich wollte ihr sagen, sie sei eine aufdringliche Schnüfflerin und solle aufhören, sich in meine Angelegenheiten zu mischen. Doch nach einer guten Nacht hatte ich mich weitgehend wieder gefangen. Gestern hatte ich am späten Abend noch daran gedacht, Seth anzurufen, doch dann fiel mir ein, daß er mit Sarah ausgegangen war. Und als ich jetzt Mariettas Proklamationen über einen neuen Anfang höre, rührt mich das fast zu Tränen. Es gibt eine Hoffnung, denke ich. Hoffnung. Jeder braucht Hoffnung.

»Das ist wunderbar«, sage ich, als wir zur Sitzung aufbrechen. »Sie müssen mir sagen, wie es sich entwickelt.«

Vor der Tür lauert mir Fred Lubitsch auf. Er hat ein paar gelbe Zettel in der Hand und einen Durchsuchungsbefehl. »Es geht wirklich ganz schnell, Richterin, ich schwöre.« Ich bin froh, ihn zu sehen, und es freut mich besonders, weil ihm klar zu sein scheint, daß er durch seine ehrliche Zeugenaussage in meiner Achtung keineswegs gesunken ist. Wells und er wollen die Wohnung eines Straßenräubers durchsuchen, den sie vor einer Stunde unterwegs festgenommen haben. Sie vermuten, dort die Beute aus mehreren bewaffneten Raubüberfällen der letzten Zeit zu finden.

»›Der Verdächtige wurde in der G & G-Pizzeria, 4577 North Greenley, vorläufig festgenommen‹«, lese ich laut. »Warum treiben Sie immer Leute gerade in Pizzerien auf, Fred?«

»Vermutlich weil sie Hunger bekommen, Richterin.« Er sieht mich an, während ich weiterlese. »Der Prozeß ist noch nicht zu Ende, nicht?«

»Nein.«

»Und die Braven werden siegen?«

»Wer immer die Braven sind.«

Auf weitere Kommentare verzichte ich, sehe ihn kurz an, unterschreibe den Durchsuchungsbefehl und gehe weiter. Ich sollte Mariettas Beispiel folgen und aus meinen Fehlern lernen. Mariettas ›Das Hohe Gericht!‹ schallt aus dem Gerichtssaal.

Hobie hat sich heute besonders feingemacht. Unter dem offenen Jackett sieht man etwas von seinen seidenen Hosenträgern. Ein gelbes Einstecktuch setzt einen Akzent auf dem dunklen Anzug. Er hat sich für den Sieg ausstaffiert und wandelt schon als Triumphator. Als er sich dem Richtertisch nähert, kehrt er seine Haltung des gerichtserprobten und redegewandten Verteidigers heraus. Im hellen Licht leuchtet sein Taschentuch wie eine Blume.

»Wie dem Hohen Gericht aufgefallen sein wird, hat sich mein Mandant verspätet.« Er deutet mit dem Kinn auf den Tisch der

Verteidigung. Ich selbst hatte Niles Abwesenheit noch nicht bemerkt. »Ich habe gebeten, ihn rufen zu lassen. Mr. Molto hat mir inzwischen mitgeteilt, daß er beabsichtigt, seine Beweisaufnahme abzuschließen. Solange mein Mandant noch nicht hier ist, können wir vielleicht den Antrag auf Feststellung einer Straftat, begangen durch Unbekannt, behandeln. Nach seinem Eintreffen könnten wir dann zu den weiteren Einlassungen der Verteidigung übergehen. Wäre das möglich?« Mit dieser letzten Bemerkung richtet er seine großen, leicht geröteten Augen mit ihrem unergründlichen Blick auf den Richtertisch. Wir sehen uns für den Bruchteil einer Sekunde an. Hobie will mir nur signalisieren, daß er es seiner Meinung nach verdient, den Fall auf der Stelle zu gewinnen. Er möchte, daß ich gewissermaßen einen technischen K. o. verkünde, weil kein vernünftiger Mensch bei den Beweisen, die die Anklage vorgelegt habe, zu einer Verurteilung kommen könne.

Auch Molto sieht kaum einen Grund, gegen Hobies vorgeschlagene Tagesordnung Einspruch zu erheben. Er führt noch einmal seine Beweisstücke auf, erhebt sich dann umständlich und verkündet: »Das Volk schließt hiermit seine Beweisaufnahme ab.« Wie er da zwischen Montague und Rudy steht, muß ich für einen Augenblick an ein Bild aus der Französischen Revolution mit einem Trio aus Pfeifer, Trommler und Bannerträger denken, das, wie an der Schnur gezogen, nach dem eigenen Takt voranmarschiert.

»Das Volk schließt seine Beweisaufnahme ab«, wiederhole ich. »Haben Sie noch einen Antrag, Mr. Tuttle?«

Er nimmt sich vor dem Eichenholz-Podium Zeit, bis er soweit ist. Er hat eine kleine achteckige Lesebrille auf der Nase, die er im Prozeßverlauf immer wieder einmal aufgesetzt hat.

»Zunächst einmal, Euer Ehren, ist mir der Stand der Dinge am Ende der Beweisaufnahme durch die Anklage durchaus bewußt. Ich weiß, Sie werden uns Ihr Urteil nicht sofort verkünden. Sie werden erst einmal abwägen, ob die von der Anklage vorgebrachten Beweise, selbst bei der günstigsten Auslegung für die Anklage, in irgendeiner Form für eine Verurteilung ausreichen können. Also will ich im Moment gar nicht groß aufzeigen, was unseres Erachtens hier wirklich geschehen ist. Einen hinreichenden Vorgeschmack darauf haben Sie zwar gestern schon bekommen, aber mir ist bewußt, daß Sie darüber zu diesem Zeitpunkt keine Entscheidung treffen können.«

»Worüber Sie jedoch eine Entscheidung fällen können, Euer Ehren, und sollten«, fährt Hobie fort, »ist die Abweisung der Anklage. Und dafür gibt es einen Grund, einen äußerst schwerwiegenden sogar: Die Anklage hat sich auf einen Menschen gestützt, der sich als ungeheurer Lügner entpuppt hat, auf einen Mann, den wir alle hier erlebt haben: Ordell Hardcore Trent. Nun ist mir bekannt, daß die Glaubwürdigkeit eines Zeugen normalerweise bei einem Antrag auf Abweisung keine Rolle spielt. Doch uns allen sind Fälle bekannt, in denen Tatsachen, die außer Frage stehen – also die objektive Wahrheit –, uns zeigen, daß ein Zeuge unglaubwürdig ist, und genau das ist hier der Fall. Genau das.«

Hobie räuspert sich kurz. »Lassen Sie uns folgendes klarstellen: Die Beweisführung der Anklage stützte sich einzig und allein auf Hardcores Aussage. Diese Miss Bug oder Miss Lovinia hat dem Fall nichts hinzuzufügen gehabt, da sie, wie wir von Detective Lubitsch erfahren haben, Euer Ehren, nur das wiedergegeben hat, was die Polizei ihr vorgesagt hatte. Der Auftraggeber für den Mordanschlag sagte, tu das und das, und sie tut es. Die Polizei singt ihr etwas vor, und sie stimmt ein. So wie sie auch auf ihre subjektiv ehrliche Art aussagte, sie habe nie etwas gegen Nile gesagt.« Er spricht den Satz so, daß alle Anwesenden deutlich merken müssen, es könnten auch seine eigenen Worte gewesen sein.

»Am Ende bleibt uns also nur dieser Hardcore. Ich will Sie hier nicht mit einer Schilderung belästigen, was für ein grausamer und furchtbarer Mensch er ist. Nur soviel möchte ich Ihnen sagen: Er hat keinerlei Respekt vor der Wahrheit und auch kein *Bedürfnis* danach, und unser Rechtssystem ist ihm völlig gleichgültig. Aber, Euer Ehren, wir haben *bewiesen,* wirklich bewiesen, daß er die Unwahrheit gesagt hat.« Er blickt von seinem Pult auf. »Wir«, denke ich, ist ein reiner Euphemismus. »Ich« wäre das richtige Wort. Er allein hat Core entlarvt. Für einen Augenblick genießt er die Wirkung seiner Worte.

»Er hat ausgesagt, Euer Ehren, mein Mandant habe ihm 10 000 Dollar für die Ermordung seines Vaters gegeben. Nun, Euer Ehren, wir wissen jetzt, daß mein Mandant ihm tatsächlich 10 000 Dollar übergeben hat. Das haben wir gestern endlich herausgefunden. Aber es war nicht im August. Es war im Juli. Und nicht für die Ermordung seines Vaters, sondern auf dessen Anweisung. Und das sagte nicht ein Zeuge der Verteidigung aus, sondern ein Zeuge der Anklage. Ihr Star-Zeuge, kurz, Senator Eddgar. Der wichtigste Zeuge der Anklage entlarvte Hardcore als Lügner.« Hobie schwenkt den Scheck durch die Luft. Er zeichnet noch einmal den Weg des Geldes nach, von der Democratic Party über Senator Eddgars Kampagne-Fonds bis zur Einlösung und Barauszahlung an Nile Eddgar. »Woher sonst sollte ein Bewährungshelfer 10 000 Dollar haben, Euer Ehren? Sein Jahresgehalt beläuft sich auf 38 000 Dollar, und sein Bankkonto weist weniger als 3000 Dollar Haben auf.« Tommy wirft zu Recht ein, daß diese Unterlagen bisher nicht vorgelegt worden sind. »Sein Vater hat angegeben, daß er sich Geld für seine Mietkaution bei ihm leihen mußte. Mr. Trent hat also gelogen. Außerdem, Euer Ehren, es befinden sich Spuren von Rauschgift auf dem Geld.«

»Wie kommen die dorthin?« frage ich. »Diese Frage hat mich schon die ganze Zeit beschäftigt.«

»Er hat diesen Beutel aufbewahrt, das steht fest. Und er hat ein paar Scheine aufbewahrt. So hatte er Nile Eddgars Fingerabdrücke. Euer Ehren, für einen Drogenhändler wie Hardcore gehören eine Festnahme und die entsprechend geplanten Aussagen ebenso zum Beruf, wie für Sie ein Gespräch mit Ms. Raines darüber, welchen Fall Sie in der nächsten Woche verhandeln werden.« Als sie ihren Name hört, hebt Marietta ihren Wollkopf und richtet sich auf. »Core hat den Beutel und die Geldscheine aufbewahrt, damit er etwas anzubieten hatte für den Fall, daß er selbst wieder in Schwierigkeiten geriete. Und das passierte so selbstverständlich, wie die Nacht dem Tag folgt. Also hat er diesen Beutel gefüllt, Euer Ehren, und zwar mit Geld aus seinem Versteck. Euer Ehren, er ist ein verlogener Drogenhändler, und dieses Geld ist die Lüge eines Drogenhändlers. Das ist ganz offensichtlich.« Er widmet sich noch einigen anderen Punkten und wendet dann seine Aufmerksamkeit Molto zu.

Tommy und Rudy haben seinen Vortrag in gespannter Haltung verfolgt und sich eifrig Notizen gemacht. Wenn ich den Vorschriften folge und Cores Aussage für den Moment akzeptiere, müßte der Prozeß weitergehen. Aber viele Richter würden ihn einfach abschließen, besonders da eine Entscheidung gegen das Volk an dieser Stelle nicht revisionsfähig ist. Dementsprechend erörtert Molto erst einmal ausführlich die Rechtslage, auf die hier Bezug zu nehmen sei, bevor er auf die Beweise zu sprechen kommt.

»Euer Ehren, ich weiß, Sie haben den Beweisvortrag genau verfolgt, daher will ich nicht noch einmal *in extenso* darauf eingehen. Lassen Sie mich nur soviel dazu sagen: Ich bin der Meinung, wir haben unsere im Eröffnungsplädoyer gemachten Zusagen eingehalten. Es steht außer Frage, daß Mrs. Eddgar ermordet wurde, und ebenso steht außer Frage, daß Mr. Trent diesen Mord bestellt hat. Mr. Trent hat ausgesagt, er sei von Mr. Eddgar, seinem Bewährungshelfer, dafür bezahlt worden. Selbstverständlich ist der Anklagevertretung bewußt, daß Mr. Trent nicht gerade zu den ehrenwertesten Bürgern unseres Staates gehört. Mr. Trent ist ein Krimineller. Mr. Trent ist ein Mörder. Aber Sie kennen den Verlauf, Euer Ehren, nicht wir haben Mr. Trent benannt, sondern Nile Eddgar.«

Nach einem kurzen Blick in seine Notizen fährt Molto fort. »Und die Aussage von Mr. Trent wurde bestätigt, Euer Ehren. Mr. Trent ist zunächst von Bug, Lovinia Campbell, bestätigt worden. Nach ihrer Aussage hat Mr. Trent ihr gesagt, dieser Mord – der Niles Vater gelten sollte – dieser Mord solle ›für Nile‹ begangen werden. Mir ist klar, daß manche Aspekte dieser Zeugenaussage fragwürdig sind, aber im Interesse dieses Antrags, Euer Ehren, müssen Sie sie unbedingt zugunsten des Volkes in Betracht ziehen. Und das bedeutet, daß sie Cores Aussage bestätigt.«

Molto räuspert sich geräuschvoll. »Zweitens, Euer Ehren, untermauern die Umstände Mr. Trents Angaben. Er sagte aus, er habe keine andere Wahl gehabt, als der Forderung seines Bewährungshelfers nachzukommen, da dieser gewissermaßen die Schlüssel zum Gefängnis in der Hand hatte. Und das ergibt durchaus einen Sinn. Es ist verständlich, daß er Nile Eddgar zufriedenstellen wollte. Was aber von noch größerer Bedeutung ist, Euer Ehren, ist die Tatsache, daß Mr. Trent angibt, 10 000 Dollar von dem Angeklagten Eddgar erhalten zu haben. Und er hat tatsächlich Geldscheine vorgelegt, Euer Ehren, die Nile Eddgars Fingerabdrücke aufweisen. Drei Fingerabdrücke von Nile Eddgar. Und weiter, Euer Ehren, wissen wir, daß der Angeklagte Senator Eddgar mitgeteilt hatte, er solle zu dieser Verabredung kommen. Wir wissen, daß dem Angeklagten die Umstände bekannt waren. Und wir wissen von der Liste der Telefongespräche, daß der Angeklagte wenige Minuten vor dem Mord Mr. Trent angerufen hatte. Und schließlich wissen wir, Euer Ehren – und ich möchte darauf hinweisen, daß Mr. Tuttle dies nicht erwähnt hat –, von der Äußerung, die Nile Eddgar Al Kratzus gegenüber gemacht hat, als er von der Ermordung seiner Mutter erfuhr. Er sagte: ›Mein Vater sollte doch dorthin fahren.‹ Daraus muß geschlossen werden, daß – so wie Hardcore auch ausgesagt hat – Nile Eddgar schon vorher Kenntnis von diesem Plan hatte.

Und das führt uns nun zu Senator Eddgar, Euer Ehren...« Sicher, das ist schon eine ganze Menge. Molto macht erneut eine Pause und bedenkt die nächsten Schritte. Gerade will er die Hand mit den abgekauten Nägeln zum Mund führen, besinnt sich dann aber und läßt sie wieder fallen. »Euer Ehren, ich habe die ganze Nacht darüber nachgedacht, was ich hier sagen soll. Lassen Sie mich nur dies eine sagen: Ich war überrascht. Der Senator hat zugegeben, der Anklagevertretung gegenüber diesen 10 000-Dollar-Scheck zu keinem Zeitpunkt erwähnt zu haben. Und natürlich stellt sich mir dabei die Frage nach dem Grund. Ich sage es ungern, aber ich will ihn trotzdem nennen. Er ist ein geschickter und einflußreicher Politiker, und vielleicht, Euer Ehren, und dabei will ich nicht respektlos erscheinen, vielleicht wollte er dieses System auf eine Weise manipulieren, die einem Mann in seiner Position möglich ist.« Er wirft mir einen kurzen Blick absoluter Aufrichtigkeit zu. Tommy weiß, daß Ray Horgans Erscheinen gestern hier im Gerichtssaal keine Laune war. Er weiß auch, daß der Widerstand gegen diesen Fall, der nach Montagues Äußerung an höherer Stelle in der Staatsanwaltschaft herrscht, durchaus eine Ursache haben kann, die außerhalb des Gerichts liegt. Diese Vermutung hatte übrigens auch Dubinsky angestellt. Warum aber soll man nicht auch in Betracht ziehen, daß Eddgar sich selbst schützen wollte? Daß Hobie recht hat?

»Ich kann Ihnen nicht ganz folgen, Mr. Molto.«

»Euer Ehren, ich kenne Senator Eddgars Pläne nicht. Aber wir haben ihn in den Zeugenstand gerufen. Und, Euer Ehren, bei der ersten Vernehmung durch die Polizei hat er die Unwahrheit gesagt. Also sollten Sie nicht von vornherein das ganze Zeug für bare Münze nehmen, das er uns da gestern aufgetischt hat. Ich würde sagen, am 7. September hat er gelogen, um seinen Sohn zu schützen. Und vielleicht tut er das auch jetzt noch. Vielleicht, Euer Ehren, findet er die Rechtsauffassung der Anklage hart. Vielleicht, Euer Ehren, hat er auch als vorgesehenes Opfer das Gefühl, seinerseits vergeben und vergessen zu müssen. Ich weiß es nicht, Euer Ehren. Ich kenne die Einzelheiten nicht.«

Die Taktik, den eigenen Zeugen auf diese Weise anzugreifen, zeugt von verzweifelter Ausweglosigkeit. Dennoch hat Tommy in gewissem Rahmen meinen Respekt, weil er nicht aufgibt und seine persönliche Sicht der Wahrheit nicht verrät. Im gesamten Verlauf seiner Ausführungen war für mich sein dringender persönlicher Appell zu spüren: Stell mich nicht bloß! Sag nicht, der ganze Fall stinkt zum Himmel. Laß mich mit Anstand verlieren – sag, die Beweise hätten zu viele Fragen aufgeworfen, um dorthin zu kommen, wo berechtigte Zweifel ausgeschlossen sind. Aber sage nicht, die Anklage hätte niemals erhoben werden dürfen. Laß nicht zu, daß die von politischen Interessen gelenkten Leute in der Staatsanwaltschaft sich hinter einem ›Das-habe-ich-dir-doch-gleich-gesagt‹ verschanzen. Er fordert das aus Stolz, aber auch weil er weiß, daß er verfahrenstechnisch gesehen und unter rechtlichen Gesichtspunkten, die ihm so viel bedeuten und sein Rückgrat sind, recht hat. Tommy ist Anwalt mit Leib und Seele.

Es ist seine Stärke und Schwäche zugleich, daß er so uneingeschränkt an die Regeln glaubt. »Und da ist noch etwas, Euer Ehren, was diesen 10 000-Dollar-Partei-Scheck betrifft«, fährt Tommy fort. »Ich habe diesen Scheck gesehen. Ich habe gesehen, daß es ein echter Scheck ist. Aber ich habe bisher keinen Beweis dafür, daß Nile von dem eingelösten Scheck irgendeine Barsumme an Hardcore ausgehändigt hat. Davon haben wir nichts gehört.«

»Euer Ehren!« Hobie ist aufgesprungen. »Genau diese Frage habe ich zu stellen versucht.«

»Setzen Sie sich, Mr. Tuttle.« Wie gewöhnlich versucht Hobie ein Ablenkungsmanöver. Ihm wäre es lieber, ich würde nicht merken, was Tommy beabsichtigt, nämlich ihn dazu herauszufordern, Nile in den Zeugenstand zu rufen. Tommy würde seinen letzten Dollar dafür verwetten, daß er, mit Nile im Kreuzverhör, dem Fall eine neue Wende geben könnte. Ein guter Ansatz unter diesen Umständen. Aber ich erwarte nicht, daß Hobie diesen Köder schluckt. Ich unterbreche Tommy.

»Soweit es dieses Geld betrifft, Mr. Molto, habe ich Mr. Tuttles Theorie gehört. Warum aber legen Sie mir nicht die Ihre über die Kokainspuren auf den Scheinen dar?«

»Euer Ehren, auch das ist noch nicht als Beweismittel vorgelegt worden. Angesichts der Verletzung der Pflicht zur Beweisvorlage und der Art und Weise, wie Mr. Tuttle an diese Laborergebnisse gekommen ist, möchte ich dafür plädieren, sie nicht als Beweismittel zuzulassen. Aber da Sie nun danach fragen, lassen Sie mich folgendes sagen: Ich glaube, wenn jemand dafür bezahlt wird, einen anderen umzubringen, wird er das Geld an derselben Stelle und auf dieselbe Weise aufbewahren, wie Geld aus anderen schmutzigen Geschäften. Das möchte ich zu bedenken geben. Ich nehme nicht an, daß er es zur Bank trägt. Wenn er eine lose Bodendiele hat, ein Versteck unter der Matratze oder ein verstecktes, in die Wand eingelassenes Medizinschränkchen, um sein Rauschgift zu verbergen, dann glaube ich, Euer Ehren, daß er genau dort auch dieses Geld unterbringen wird.«

»Allerdings hat Ihr Zeuge Hardcore behauptet, er habe die Gelder sorgfältig auseinandergehalten.«

»Ich muß zugeben, daß er sich bei dieser Aussage wohl geirrt hat«, sagt Tommy und kann mich bei diesem tapferen Eingeständnis kaum ansehen. »Er ist schließlich nicht das FBI, Euer Ehren. Er führt nicht Buch über irgendwelche Beweismittel. Und ich möchte noch einmal wiederholen, Euer Ehren, bis zu diesem Stand der Verhandlung hat die Verteidigung noch nicht belegt, daß es tatsächlich Kokainspuren auf dem Geld gibt.«

In diesem Punkt hat er recht. Wenn ich den Fall jetzt abschließe, belohne ich Hobie für seine miese Taktik. Unter diesem Gesichtspunkt werde ich möglicherweise den Antrag zurückweisen und vorsichtigerweise anführen, daß mein Beschluß keine Bewertung der Glaubwürdigkeit einschließt und somit nicht als Prognose für mein endgültiges Urteil anzusehen ist. Die Anwälte sitzen an ihren Tischen, als ich meine Entscheidung verkünde. Ich sehe sie der Reihe nach an, um mich zu vergewissern, daß meine Botschaft klar ist. Ich habe Tommy den Spielraum gelassen, der ihm zukommt, aber nicht mehr. Singh ergreift, wenn auch nur halb erfreut, Tommys Arm.

»Mr. Tuttle, wo bleibt denn Ihr Mandant?«

Er bittet um eine Unterbrechung, um das nachzuprüfen. Als ich nach etwa einer Viertelstunde zurückkehre, sehe ich zu meinem großen Erstaunen Seth am Verteidigertisch sitzen und eindringlich mit Hobie flüstern. Ich nehme auf der Richterbank Platz, und mein Herz macht wieder einmal einen seiner gewagten Luftsprünge, landet dann aber höchst unsanft, als mir die Bedeutung dieser Verbrüderung bewußt wird. Bis jetzt hatte ich meine gestrigen Vermutungen beiseite geschoben und sie einer durch Schlafmangel verursachten Paranoia zugeschrieben.

Seth sieht mich und springt auf. Er droht Hobie mit ausgestrecktem Zeigefinger und geht mit gesenktem Kopf. Die beiden müssen gestritten haben. Seth geht zur Geschworenenbank, setzt sich aber nicht, sondern bleibt davor in seiner zerknitterten khakifarbenen Hose und dem Blazer stehen. Er hat den Krawattenknoten gelockert und den obersten Hemdenknopf geöffnet.

»Euer Ehren«, sagt Hobie. Er ist aufgestanden, spricht aber nicht gleich weiter. Das Licht wirft zwei reflektierende Kreise auf seinen

Schädel. »Wir müssen um eine Vertagung bitten, wenn das Hohe Gericht einverstanden ist. Mein Mandant ist nicht aufzufinden.«

Wir alle brauchen einen Moment, um das zu verdauen.

»Mr. Tuttle, ich habe ihn auf Kaution freigelassen. Meinen Sie nicht, Sie seien mir eine etwas genauere Erklärung schuldig?«

»Euer Ehren, ich habe ihn dreimal heute morgen angerufen. Nachdem er nicht erschienen war, bat ich einen Freund von ihm, zu seiner Wohnung zu fahren, aber dort war er nicht. Euer Ehren«, wiederholte er. »Ich könnte mir denken, wenn Sie erlauben, Richterin Klonsky, daß er möglicher- und völlig unangebrachterweise nach dem gestrigen Verlauf eine Art Vorfeier veranstaltet hat. Aber das ist nur eine Vermutung.«

»Ich verstehe.« Allerdings ist mir sofort klar, daß Hobie wieder einmal einen bestimmten Schachzug plant. Ich sehe kurz zu Seth hinüber. Er mustert Hobie und mich mit großer Aufmerksamkeit.

»Euer Ehren, ich werde einer Vertagung nicht zustimmen«, sagt Tommy. »Der Angeklagte kennt unseren Terminplan. Ich werde also ganz bestimmt nicht zustimmen. Er ist dem heutigen Termin absichtlich ferngeblieben. Wir sollten demnach fortfahren.«

»Euer Ehren, ich weiß nicht, wo sich Nile Eddgar aufhält. Und ebensowenig weiß es Mr. Molto. Er kann nicht einfach von einem bewußten Fernbleiben sprechen. Vielleicht hatte er einen Autounfall. Vielleicht ist er in eine Kneipenschlägerei geraten. Vielleicht befindet er sich in einem Krankenhaus oder auf einem Polizeirevier. Mein Gott, er könnte auch das Opfer irgendeines abgekarteten Spiels sein. Sein Gesicht ist über alle Fernsehsender gegangen. Wer von uns weiß denn, was passiert ist?«

Inzwischen betrachte ich aufmerksam Seth mit seinem angespannten Gesichtsausdruck. Mir fällt ein, was er gestern über seine immer noch bestehende Verbindung mit Nile gesagt hat, und endlich begreife ich.

»Mr. Tuttle, wen haben Sie auf die Suche nach Ihrem Mandanten geschickt?« Hobie fühlt sich ertappt und antwortet nicht. »Ich glaube, wir sollten ihn direkt anhören. Sind Sie nicht dieser Meinung, Mr. Tuttle?«

Hobie erinnert mich mit seiner massigen Statur und dem leeren Gesichtsausdruck plötzlich an eine Kesselpauke. Seine wohlmanikürte Hand ist irgendwo in der Luft hängengeblieben. »Nun«, ist alles, was er schließlich hervorbringt. Seth ist schon auf dem Weg nach vorn.

»Mr. Molto«, sage ich. »Mr. Weissman und ich waren vor fünfundzwanzig Jahren befreundet. Ich bin sicher, er kann zu einer Erklärung für das Gericht beitragen, allerdings nur, wenn Sie keine Einwände haben.«

Tommy zuckt mit den Schultern. »Tun Sie, was Sie für richtig halten, Euer Ehren.«

Und das ist wieder so ein Augenblick. Es ist wirklich verrückt! Ist das nicht der Traum einer jeden Frau, einen Mann schwören zu lassen, daß er die Wahrheit sagt und nichts als die Wahrheit? Weil sie wissen will, ob sie ihm mehr bedeutet als andere? Unbehaglich schlurft Seth zur Mitte des Gerichtssaals. Was hat er gesagt? Jeden zwei Meter unter dir sicher auf Abstand halten? Nicht auf Abstand. Mein Herz rast. Als er sich an mich wendet, ist sein Blick tief und gleichmütig. Schon beim ersten Wort weiß ich, daß er die Wahrheit sagt.

Er berichtet in groben Zügen, was geschehen ist. Der Hausmeister habe ihn in Niles Wohnung gelassen. In seinem Schlafzimmer habe das reinste Chaos geherrscht. Auf dem Bett hätten zwei Nylontaschen gelegen, und die Schubladen seien leer gewesen.

»Für mich sah es aus, als hätte er die Stadt verlassen«, fügt Seth hinzu. Hobie wollte gerade die Hand heben, um diese Bemerkung zu verhindern. Im Gerichtssaal herrscht absolute Stille.

»Er ist geflohen?« Diese Worte entschlüpfen mir wieder einmal völlig spontan. Sie segeln durch den Raum und rufen ein überraschtes Raunen unter den Zuschauern hinter der Glasscheibe hervor, die heute übrigens weniger zahlreich erschienen sind.

»Was heißt ›geflohen‹?« sagt Hobie. »Er hat wohl allzu emotional auf die Zeugenaussagen des gestrigen Tages reagiert. Vermutlich. So würde ich das sehen.«

»Ich dachte, Sie vermuteten, Ihr Mandant habe gefeiert?«

Nach dieser Schlappe verzieht Hobie den Mund, sieht aber

dann ohne eine Geste der Entschuldigung, aber auch ohne Groll zu mir auf. Wir beide wissen, wo wir stehen. Er betrachtet das ständige Auf und Ab als Teil seines Jobs und seiner Pflichten. Tommy hebt die Hand.

»Euer Ehren, ich möchte fortfahren«, sagt er.

»Na, kommen Sie schon«, antwortet Hobie.

»Euer Ehren, wir sollten wirklich fortfahren.« Molto hatte nicht viel Zeit nachzudenken. Er weiß nur, daß sich die Situation verändert hat, und beim derzeitigen Stand der Dinge kann das nicht ungünstig für ihn sein.

»Ich bin sicher, er taucht wieder auf«, sagt Hobie. »Bitte geben Sie ihm einen Tag, Euer Ehren.«

Im Moment hat Tommy die Oberhand. Die Verteidigung soll gezwungen werden, die Verhandlung fortzusetzen.

»Um Gottes willen, Euer Ehren«, sagt Hobie. »Er ist mein einziger Zeuge. Diese oder jene Absprache, einige wenige Beweisstücke und Nile, mehr habe ich nicht. Ich kann nicht fortfahren.«

»Zwei Uhr. Finden Sie Ihren Mandanten, Mr. Tuttle. Sonst machen wir ohne ihn weiter.«

Seth steht drüben mit hängenden Schultern an der Wand und wartet auf meine Reaktion, auf meine Entscheidung.

Während der Mittagspause unterschreibe ich in meinem Amtszimmer einige Anweisungen. Annie ordnet noch immer die Unterlagen der gestrigen Vorverhandlungen und Schnellverfahren. Im Vorzimmer hat Marietta sorgfältig eine Serviette zwischen sich und dem Fernsehgerät ausgebreitet, auf die sie eine mitgebrachte Pizzaschnitte drapiert. Ich bin hin und her gerissen.

»Er hat irgend etwas vor«, sage ich von meinem Schreibtisch aus zu Marietta.

Marietta zieht auf einer Seite den Kopfhörer ab. »Wer?«

»Hobie. Tuttle. Was will er nur, Marietta?«

Sie schüttelt mehrmals den Kopf. »Wissen Sie, Richterin, der Junge ist nicht ganz richtig. Der Angeklagte. Er hat irgendwo eine Schraube locker.« Das wissen wir alle. Wenn man Nile so tagein, tagaus beobachtet, kann man sich dieses Eindrucks nicht erwehren. Er funktioniert nur, ist aber nicht gerade eine überragende Persönlichkeit. Irgendwie ist er exzentrisch.

»Das ist wieder ein Trick. Wie der mit Dubinsky. Wie die chemische Analyse oder der Scheck. Hobie kann einfach nicht geradeaus gehen. Wenn Nile davongelaufen ist, wer, glauben Sie, hat es ihm geraten?«

Ich sehe Annie an, die wie immer aufmerksam zuhört, um aus unseren Gesprächen etwas zu lernen. Dabei packt sie weiter Ordner auf die metallenen Aktenwagen der Verteilungsstelle.

»Wahrscheinlich. Bleibt die Frage, was er davon hat, Richterin«, sagt Marietta. »Molto gibt ihm einen Tritt vors Schienbein und macht weiter. Das mußte er wissen.«

Das ist die Antwort: Hobie weiß, daß Tommy die Fortsetzung der Verhandlung beantragen wird.

»Verstehen Sie nicht, Marietta? Es ist seine Ausflucht dafür, daß er Nile nicht aufruft. Haben Sie nicht diesen Quatsch von Nile als seinem einzigen Zeugen gehört?«

»Er versucht einfach, Ihr Tempo zu drosseln, Richterin. Kein Zweifel, dieser junge Mann wird hier aufkreuzen, ganz bestimmt«, sagt Marietta und stellt sich Nile im Kreuzverhör vor.

Vielleicht ist das der springende Punkt. Nile ist durchaus nicht verpflichtet, in den Zeugenstand zu treten, und das Gesetz verbietet es mir, seine Aussageverweigerung in irgendeiner Weise zu werten. Aber Molto hat die Spießruten bereits gesteckt: Er wird jeden einzelnen Punkt anführen, den die Verteidigung nicht belegt hat. Auf diese Weise hat Hobie eine Entschuldigung. Aber was er auch vorhat, ich will verdammt sein, wenn ich Hobie mit weiteren Mätzchen davonkommen lasse.

Als ich in den Gerichtssaal zurückkomme, ist er brechend voll. Am Vormittag haben sich viele der Journalisten nicht einmal die Mühe gemacht, vom Gang hereinzukommen, solange der Angeklagte nicht da war. Inzwischen hat es sich allerdings herumgesprochen, daß etwas Bedeutendes in der Luft liegt. Jeder Platz der Geschworenenbank ist besetzt, und ich erkenne sämtliche bekannten Gesichter, außer das von Seth. Er ist wahrscheinlich in einer Ein-Mann-Suchaktion unterwegs. Die Gerichtszeichner haben ihre Blöcke aufgeschlagen. Hobie sitzt allein hinter den großen weißen Kartons mit den Beweismitteln am Tisch der Verteidigung.

»Mr. Tuttle?«

»Euer Ehren, ich muß um eine weitere Vertagung bitten.«

»Sie haben ihn nicht gefunden?«

»Noch nicht, Euer Ehren.« Er sieht sich in allen Ecken des Gerichtssaals um, als könnte er Nile dort finden. Er weicht meinem Blick aus.

»Und Sie, Mr. Molto, bestehen Sie noch immer auf der Fortführung der Verhandlung?«

Tommy tritt ans Podium. »Das Volk beantragt Wiedereintritt in die Beweisaufnahme«, sagt er. »Ich möchte Mr. Eddgars Nicht-Erscheinen als Beweis seiner Flucht vorbringen, als Schuldbekenntnis.« Das haben er und Rudy sich in der Pause ausgedacht, und es ist ein geschickter Schachzug. Die Rechtsprechung ist stets davon ausgegangen, daß ein Unschuldiger im Gericht bleibt, um sich zu verteidigen. Nur der Schuldige läuft davon. Mich persönlich überzeugt diese Logik nicht immer. Jemand, der zu Unrecht angeklagt ist, muß nicht unbedingt immer genügend Vertrauen in das Rechtssystem haben, um in aller Ruhe sein Urteil abzuwarten. Diese Logik stammt aus einer anders strukturierten Zeit, in der die Menschen nach Prinzipien wie Ehre und Gehorsam lebten. Aber es ist nun mal eine Regel, eine uralte.

Hobie explodiert. »Schuldbekenntnis! Jeder, der Augen im Kopf hat, konnte sehen, was gestern in diesem Gericht vorgegangen ist. Das ist lächerlich, Euer Ehren.«

»Mr. Tuttle, Sie kennen das Gesetz ebensogut wie ich. Können Sie mir also sagen, warum die Anklage nicht berechtigt sein sollte, die übliche Schlußfolgerung aus der Abwesenheit des Angeklagten zu ziehen?«

»Weil es keinen Sinn ergibt. Euer Ehren, aus der Sicht des Angeklagten läuft die Verhandlung gut. Daß wissen Sie. Er hat keinen Grund zur Flucht. Nicht einen einzigen.«

»Warum ist er dann nicht hier, Mr. Tuttle?«

Hobie schnappt nach Luft und plustert sich auf. Er wirkt in diesem Moment wie ein Fisch auf dem Trockenen. Zum ersten Mal im gesamten Verlauf des Prozesses scheint Tommy ihn eingekesselt zu haben. Nach allen Tricks, die Hobie bisher schon angewandt hat, fällt es schwer, keine Schadenfreude über seine wohlverdiente Strafe zu empfinden. Er versucht es noch einmal.

»Euer Ehren, bei allem Respekt, Sie dürfen die emotionalen Aspekte dieses Falls nicht außer acht lassen. Dies alles ist wirklich schwer für den Angeklagten. Seine Mutter ist tot. Und dann mußte er die gestrigen Ereignisse erleben. Das müssen entsetzliche Momente für ihn gewesen sein. Er wird emotional überreagiert haben. Aber das besagt nicht, daß er schuldig ist. Ich würde seine Reaktion eher so interpretieren: ›Ich halte das nicht länger aus, ich weiß nicht, wie ich damit umgehen soll.‹ Euer Ehren, ist dieses Gefühl denn so schwer für Sie zu verstehen, für jeden von uns?«

Sehr redegewandt – und es entspricht weitgehend der Annahme, zu der ich in meinem Arbeitszimmer gekommen bin. Hobie hätte Nile nicht in die Wüste geschickt, ohne sich zugleich eine einleuchtende Erklärung zurechtzulegen, eine Erklärung, die in mir die Bereitschaft weckt, den Verfall der Kaution auszusetzen, der in Kraft treten würde, wenn Nile erst etwa eine Stunde nach Abschluß der Beweisaufnahme auftaucht. Ich sage Hobie, er solle das alles am Ende der Beweisaufnahme vorbringen.

»Euer Ehren,« sagt Tommy, »lassen Sie uns von der Möglichkeit ausgehen, daß der Angeklagte nicht miterleben wollte, wie sein Vater ein Verbrechen auf sich nimmt, das er selbst begangen hat. Das ergibt für mich wesentlich mehr Sinn als das, was Mr. Tuttle sagt.«

»Mr. Tuttle, warum lassen Sie die Anklage nicht diesen Punkt machen? Sagen Sie mir, warum.« Ich mache eine Handbewegung in Tommys Richtung. Wieder sieht sich Hobie im Gerichtssaal um, als suche er Hilfe.

»Euer Ehren, das können Sie nicht«, sagt er schließlich. »Das können Sie nicht tun.«

»Mr. Tuttle, meine Referendarzeit habe ich bei Richter Ringler absolviert, und zu den Dingen, die er mich gelehrt hat, und die ich nie vergessen habe, gehört folgendes: Die gefährlichsten sechs

Worte in einem Gerichtssaal sind: ›Euer Ehren, das können Sie nicht‹. Ich kann, und ich werde es tun.«

»Euer Ehren, bitte!«

»Mr. Tuttle, ich gebe Ihnen bis morgen früh Zeit, Ihren Mandanten zu finden. Ist er bis dahin nicht erschienen, werden wir fortfahren. Und zu dem Zeitpunkt werde ich der Anklage erlauben, wieder in die Beweisaufnahme einzutreten. Ich werde dann die Abwesenheit des Angeklagten offiziell zur Kenntnis nehmen und den Parteien gestatten, die Beeinträchtigungen zu erörtern, die sein Nicht-Erscheinen mit sich bringt. Dazu gehört auch die übliche Wertung der Flucht als Schuldbekenntnis durch die Anklage. Das ist meine Entscheidung.« Ich senke entschlossen den Kopf. Nicht noch mehr dummes Gequatsche. Kein Katz-und-Maus-Spiel mehr.

Hobie ist wütend auf mich. Er hat sich wild gestikulierend vor dem Richtertisch aufgebaut. »Euer Ehren, wenn Sie der Gegenseite den Wiedereintritt erlauben ...«

»Mr. Tuttle, es gibt kein ›wenn‹. Ich habe meine Entscheidung getroffen.«

»Euer Ehren, dann bleibt mir nichts anderes übrig, als einen Antrag wegen Befangenheit zu stellen.«

Mir ist, als habe sich direkt vor mir die Welt in zwei Teile gespalten. Was hat Seth über Hobie gesagt? Er kann nicht über den eigenen Schatten springen? Er sieht nur den eigenen Weg vor sich und merkt gar nicht, wie verärgert ich bin. Und offensichtlich ist ihm in keiner Weise bewußt, wie willkommen mir sein Antrag wegen Befangenheit wäre. Ohne diesen Antrag müßte das Verfahren zum Abschluß gebracht werden. Aber Hobie behauptet nun, ich vorverurteile den Angeklagten dadurch, daß ich der Anklagevertretung gestatte, Kapital aus Niles Abwesenheit zu schlagen. So kann er eine Fehleinschätzung geltend machen und das Verfahren von vorne aufrollen, wann immer Nile wieder auftaucht. Ich fühle, daß die Anwesenden mein Verhalten inzwischen einzuschätzen gelernt haben und merken, daß ich ungewöhnlich schweigsam geworden bin.

»Mr. Tuttle, Ihrem Antrag ist stattgegeben«, sage ich einfach.

»Euer Ehren, ich sagte…, ich sagte, ich würde diesen Antrag stellen müssen. Ich habe ihn für morgen ins Auge gefaßt. Den Antrag selbst habe ich nicht gestellt.«

»Ihr Antrag wird als gestellt betrachtet, und ihm wird stattgegeben.«

»Dann bitte ich Sie, ihn noch einmal zu überdenken. Ich bitte Sie, ihn zu überdenken und sich einen Tag Zeit dafür zu nehmen. Ich sehe ein, daß ich Sie beleidigt habe, Euer Ehren. Ich bitte Sie dafür um Entschuldigung. In aller Form und in aller Bescheidenheit, Euer Ehren. Aber bitte überdenken Sie Ihre Entscheidung noch einmal.«

Und so überdenke ich sie – aber nur für einen Augenblick. Ein Teil von mir wird hier immer über mich selbst zu Gericht sitzen, für meine Überzeugungen sprechen, meine eigenen Schwächen fürchten und mit meiner Vergangenheit kämpfen. Objektivität bleibt auch im günstigsten Fall immer relativ. Nach allen äußeren Einflüssen, mit denen ich mich herumzuschlagen hatte – nach Brendan Tuohey und Seth, nach Hobie selbst und seinen Spielchen mit Dubinsky –, befinde ich mich nun nicht mehr in der bequemen Sphäre, die man Unparteilichkeit nennt. Wahrscheinlich hätte ich von Anfang an wissen müssen, daß es darauf hinauslaufen würde. Ich werde weitermachen, wenn es sein muß. Aber diese Gelegenheit will – und darf – ich nicht ungenutzt verstreichen lassen. Es gehört zu den traurigsten Dingen im Leben, denselben Fehler zweimal machen zu müssen.

»Mr. Tuttle, der Prozeß ist abgeschlossen. Und da ich den Vorsitz dieses Gerichts im Interesse der Wahrheitsfindung hatte, widerspräche es den Regeln, wenn ich den Fall erneut verhandeln würde. Ich werde ihn zur Neuzuweisung an den Gerichtspräsidenten, Richter Tuohey, zurückgeben. Das ist das ordnungsgemäße Verfahren.«

»Euer Ehren«, sagt Hobie in äußerster Verzweiflung, »bitte nicht so.«

Ich würdige ihn keiner Antwort. Molto wirkt wie betäubt. Als ich aufstehe, wacht er schließlich auf und kommt zum Podium, um einen Antrag zu stellen.

»Das Volk stellt Antrag auf Verfall der Kaution.«

Dieser blasse kleine Mann, der stets durchdrungen ist von einem abgrundtiefen Haß auf dies oder jenes, greift nun nach Loyell Eddgars Haus.

Ich ziehe mich in mein Amtszimmer zurück. In der nächsten Stunde klingelt das Telefon ununterbrochen und bewahrt mich so vor dem Schweigen meiner beiden Angestellten. Unverkennbar sind sie der Meinung, ich müsse meine Ausgeglichenheit oder gar meinen Verstand verloren haben. Marietta beantwortet jeden Anruf mit denselben Worten. »Die Richterin gibt keine Interviews.« Und jedesmal knallt sie den Hörer lautstark auf die Gabel. Jeden Augenblick wird jetzt Brendan Tuohey am Apparat sein. Und während mir alle möglichen Dinge durch den Kopf gehen, jubiliere ich innerlich. Ich bin frei! Nicht frei von Verantwortung, aber was kann uns Besseres passieren, als durch Zufall vor Fehlern bewahrt zu werden?

Gegen vier Uhr beschließe ich, Feierabend zu machen. Zu dieser Zeit haben die Gerichtsdeputies die Metalldetektoren bereits abgedeckt und ausgeschaltet. Als ich an ihnen vorbeigehe, fällt mir die hagere Gestalt von Tommy Molto ins Auge, der ebenfalls auf den einzigen noch offenen Ausgang zugeht. Wir erreichen ihn zur selben Zeit.

Er entschuldigt sich für seinen Antrag, die Kaution verfallen zu lassen. Ich habe zu dem Punkt nicht einmal eine Entscheidung getroffen, sondern Molto nur mit einem finsteren Blick bedacht, bevor ich den Richtertisch mit entschiedenen Schritten verlassen habe.

»Ich wollte Sie nicht in Verlegenheit bringen«, sagt er.

»Wir sind alle in keiner guten Verfassung.«

»Was glauben Sie, Euer Ehren? Glauben Sie, Tuttle hat ihn in die Wüste geschickt, um ihn nicht in den Zeugenstand rufen zu müssen? Das ist eine der Vermutungen, die hier unten so angestellt werden.«

Anstand und Vernunft werden den Fall überleben. Ich antworte mit einer vielsagenden Handbewegung, als wäre mir ein derartiger Gedanke nie in den Sinn gekommen.

»Rudy ist der Meinung, er hat es selbst inszeniert.«

»Ach ja?« Irgendwie läßt mich das aufmerken. »Und der Grund?«

»Der Junge ist mit allen Wassern gewaschen. ›Junge‹, verdammt noch mal«, schnaubt Tommy. »Er ist über dreißig. Er wird wieder auftauchen. Darauf wette ich.«

»Wir werden sehen, Tommy. Die Sache hat eine merkwürdige Wendung genommen.«

»Das will ich meinen.«

»Sie haben gute Arbeit geleistet mit dem, was Ihnen zur Verfügung stand.« Ich sage ihm, seine Vernehmung von Eddgar sei erstklassig gewesen. Bei diesem Kompliment strahlt er wie ein kleiner Junge. Armer Molto. Er wird so selten gelobt. »Der Fall ist von beiden Seiten gut verhandelt worden, das möchte ich auch Hobie sagen, allerdings bezweifle ich, daß er je wieder ein Wort mit mir spricht.«

Tommy sieht zur Seite, um sich nicht zu viel anmerken zu lassen. »Er ist mir auf die Nerven gegangen«, sagt er und schüttelt müde und abgespannt den Kopf. Als er mich wieder ansieht, kommt ihm ein anderer Gedanke in den Sinn. »Warum haben Sie das getan, Richterin?«

»Daß ich Voreingenommenheit gezeigt habe? Es entspricht den Tatsachen«, antworte ich. »Angesichts all der Umstände.«

»Sieht aus, als sei das heute mein Tag gewesen.« Er lacht bei seinem Versuch, damit mit Hobie gleichzuziehen. »Zu Beginn dachte ich, ich würde diesen Fall gewinnen.«

»Vielleicht beim nächsten Mal.«

Auch hier läßt er wieder sein kleines, verstimmtes Lachen voller Selbstverachtung hören.

»Da werde ich nicht dabeisein. Sie können dann jemand anderen zum Deppen machen«, sagt er und sieht wieder ins Weite. »Wahrscheinlich aber gar niemanden. Hardcore kann nicht wieder aufgerufen werden. Und der Vater auch nicht. Nicht, daß ich all das Zeug glaube, das Tuttle vorgebracht hat. Wirklich nicht. Ich meine, der Junge ist im Unrecht, Euer Ehren.«

»Das haben Sie nicht bewiesen, Tommy.« Wir haben den Punkt

der Aufrichtigkeit erreicht, den wir beide anstrebten. Er zieht eine Schulter hoch.

»Ich bin mit Anstand aus der Sache herausgekommen. Das schätze ich sehr.«

Ich war so sehr mit meinem eigenen Wohlergehen beschäftigt, daß ich das der anderen aus den Augen verloren habe. Alle sind sie Gewinner: Die Staatsanwaltschaft, sogar Nile, dessen Verfahren wahrscheinlich nicht wieder aufgenommen werden wird. Vielleicht auch Hobie. Aber eine Befürchtung steigt in mir auf: Brendan Tuohey wird sich über diesen Ausgang freuen und vielleicht sogar mein diplomatisches Geschick loben. Und dann ist da noch Eddgar. Er ist derselbe ruinierte Mann, der er schon zu Beginn dieses Tages war.

»Ich freue mich für Sie, Tommy. Es ist schön, daß einer der Held ist.«

Tommy schüttelt nur mit nachdenklicher Ironie den Kopf. Ich vermute, für ihn ist dieses System eine bittere Sache. Und ich verstehe ihn. In meiner Referendarzeit gab es Tage, an denen es überhaupt keine Regeln zu geben schien, sondern ausschließlich zufällige Ergebnisse und Überlegungen, die den Fakten entsprechend zusammengezimmert wurden.

»Held«, sagt er. »Wissen Sie, was ich bin? Ich bin der Dumme in dieser Angelegenheit. Ich bin nur ein kleiner Niemand, der seinen Job macht. Ich bin nicht anders als jemand, der tagaus, tagein in die Fabrik geht, sich den Arsch aufreißt, heimkommt, sich von den Kindern frech anreden läßt und an dem die Frau ewig rumnörgelt. Ich mache nur meinen Job. Das ist alles, was ich in meinem Leben gemacht habe. ›Übernimm diesen Fall, Tommy.‹ Okay, ich übernehme ihn. Ich lese Berichte und Protokolle und verhöre Zeugen. Ich gehe vor Gericht. Was man draußen denkt oder tut, darüber denke ich gar nicht erst nach. Ich war nie ein Politiker. Das ist mein Problem. Ich denke nicht in deren Kategorien. Da ist alles untereinander verzahnt. Die sitzen in der Staatsanwaltschaft in einem Hinterzimmer, spielen ihr Brainstorming durch, trinken puren Malt-Whiskey und sind nach ein paar Stunden ganz aufgeregt, wenn sie sich vorstellen, was die anderen alles aufs Tapet bringen wollen, und überlegen, wieviel sie von dem, was gesagt wird, wohl glauben sollen. Ich weiß nicht. Ich kenne mich bei solchen Sachen nicht aus. Ich bin einfach nur da, um einen Fall zu verhandeln. Die da oben glauben, ich wüßte nicht, daß ich das Brandopfer bin. Sie haben mich in den Prozeß geschickt, damit ich ihn verliere. Ich weiß das. Ich habe es die ganze Zeit gewußt. Und trotzdem habe ich den Fall übernommen. Und versucht, ihn zu gewinnen.« Er sieht mich noch einmal eindringlich an und geht vor mir her in die schneidend kalte Winterluft – ein Mensch, der weiß, daß ihn nichts vor sich selbst bewahren kann.

Dann geht mein eigenes Leben weiter. Ich hole Nikki ab, und wir fahren nach Hause. Gegen sechs läutet das Telefon. Es ist Seth. Es klingt, als sei er an einem Flughafen oder einem Bahnhof. Die Echos der Geräusche in einer großen Halle übertönen seine Stimme.

»Ich kann nicht zu unserer Verabredung kommen.«

»Ach?« Nein, laß solche Gedanken gar nicht erst aufkommen, sage ich mir. Mein Herz krampft sich zusammen.

»Ich bin im Krankenhaus.« Er holt tief Luft. Nile? Das ist mein erster Gedanke. »Mein Vater hatte einen Schlaganfall«, sagt er.

»O Gott!«

»Sarah war bei ihm. Sie hatten den Papierkram gerade erledigt. Sarah ging in die Küche, um ihm zum Mittagessen eine Suppe zu kochen, und als sie zurückkam, lag er am Boden. Als wir ihn hier hatten, war er schon richtig grau.«

»Wie geht es ihm?«

»Nicht gut. Er ist noch am Leben. Er ›schwebt‹ in Lebensgefahr, höre ich immer wieder.«

»Seth, es tut mir so leid.«

Als Nikki seinen Namen hört, kommt sie von oben heruntergelaufen. »Ich will mit ihm sprechen.« Ich will sie abweisen, aber Seth sagt, ich solle ihr den Hörer geben. Eine Minute lang plaudern sie über die Zähne, die er ihr geschickt hat.

»Der Prozeß ist vorbei«, sage ich, als sie mir den Hörer zurückgibt.

»Ich habe es in den Fernsehnachrichten gehört.«

Die automatische Roboterstimme der Telefongesellschaft unterbricht uns und verlangt weitere Münzen. Kleingeld klingelt im Apparat. Über den Prozeß verlieren wir kein Wort. Wir werden ihn nie mehr erwähnen, wird mir bewußt. Es gibt nur noch eine einzige wirklich wichtige Frage.

»Ist mit uns alles in Ordnung?« fragt er.

»Ich denke, ja.«

»Denn, schau, ich bin ein ehrlicher Mensch. Es gibt nicht viel über mich zu sagen, weißt du, aber das wenigstens kann ich sagen.«

»Es tut mir leid, Seth. Ich fühlte mich irgendwie überrumpelt. Ich weiß, du hattest das nicht verdient.«

»Ich möchte, daß du mir vertraust.«

»Ich will es versuchen, Seth.«

»In Ordnung. Ich muß jetzt zurück zu Sarah.«

Wir warten beide und überlegen, ob es noch etwas zu sagen gibt. Aber das ist nicht der Fall, nicht jetzt. Wir haben Zeit.

3. TEIL

Das Urteil

Oft werden die Sechziger mit einem Sturm verglichen, der aufzog und wieder vorüberging, mit einem Orkan, der gewütet hatte und dessen Folgen längst behoben sind. Zu den dauerhaftesten Vermächtnissen dieser Zeit jedoch gehört eine eigene Art von Jugend und Jungsein, die sich nun schon seit dreißig Jahren von einer Kindergeneration zur anderen vererbt hat. Nehmen wir ihre Sprache – locker ist sie geworden, offen und nicht mehr so förmlich – oder ihre abgewetzten Jeans, nehmen wir die längeren Haare oder den freieren Umgang mit Sex, Drogen und Rock 'n' Roll: Wir haben einen Lebensstil geschaffen, der überraschend viel Nachhall gefunden hat. Höre ich meine Tochter reden, fühle ich mich oft fast wie die amerikanischen Ureinwohner, die nicht schlecht staunten, als Kolumbus ihnen erzählte, er habe eine neue Welt entdeckt.
Und das macht das grundlegende Dilemma der Generation der Baby-Boomer nur noch größer. Unfähig, die Welt zu reformieren, haben sich viele von uns entschlossen, Familien zu gründen – in der Hoffnung, daheim eine bessere Welt zu schaffen. Wir wollten nicht in erster Linie Kinder haben, sondern Verbündete. So wurden aus den Sechzigern die Neunziger, beide geprägt von der Verehrung des Kindes. Und die Folge? Keine Generation konnte wohl weniger auf die unvermeidliche Entdeckung vorbereitet sein, daß wir zu unseren eigenen Eltern geworden sind.

Michael Frain
»The Survivor's Guide«, 16. Mai 1990

1. April 1996

SONNY

An einem schönen, duftenden Morgen im Frühling, der den harten Winter erst vor wenigen Tagen abgelöst und noch etwas ganz Unwirkliches an sich hatte, wurde Bernhard Weissman zu Grabe getragen. Nur wenige Menschen sind am offenen Grab versammelt, nicht mehr als dreißig oder fünfunddreißig. Sie haben auf den Klappstühlen Platz genommen, die in Reihen auf dem weichen Rasen stehen. Mr. Weissman hatte keine Geschwister, Cousins oder Cousinen. Von ihnen hatte keiner überlebt. Zudem war er älter geworden als die meisten seiner Zeitgenossen. Er war wie Ismael, der Sohn Abrahams. Doch Sonny weiß, daß die Menschen, die Seth und Sarah gern dabei haben wollten, da sind. Lucy ist von Seattle hergeflogen und Hobie von D. C.

Lucy und Sarah haben den gestrigen Abend im Haus des alten Mannes verbracht und die Schiwa vorbereitet, die nach der Begräbniszeremonie stattfindet. Seth war bis nach Mitternacht bei ihnen. Sie haben saubergemacht, die Möbel verrückt, die Papiere seines Vaters durchgesehen, an ihn gedacht und Erinnerungen ausgetauscht. Heute morgen hatte Sonny sie abgelöst, hatte die Kaffeemaschine eingeschaltet und einige angelieferte Tabletts entgegengenommen. Die drei sollten eine letzte Gelegenheit haben, ganz privat im Beerdigungsinstitut Abschied zu nehmen. Dann raste sie durch den dichten Verkehr zur Begräbnisfeier, die wenige Augenblicke vor ihrer Ankunft begonnen hatte.

Der Sarg mit dem Judenstern ist aus schlichtem Kiefernholz – Seth nannte ihn das ›Sparmodell‹, das sicher Zustimmung seines Vaters aus dem Jenseits finden würde. Er steht auf einem Metallgerüst über der dunklen Grube. Zu beiden Seiten vor der sorgfältig abgetragenen Grasnarbe überragt der Aushub die kleine Granitplatte mit Dena Weissmans Namen. Ein paar Erdklumpen sind den Trauergästen in der ersten Reihe vor die Füße gerollt. Seth und Hobie sitzen steif auf ihren Stühlen, daneben weinend Sarah. Ihre Mutter hat den Arm um sie gelegt. Aus der Entfernung sieht Lucy genauso aus, wie Seth sie ihr einmal beschrieben hatte. Klein und schlank, wirkt sie in ihrem schwarzen Shiftkleid und den flachen Schuhen noch wie ein junges Mädchen. Die Nase in ihrem winzigen sommersprossigen Gesicht ist gerötet, und die Augen sind verquollen.

Rabbi Herschel Yenker vom Temple Beth Shalom leitet die Zeremonie. Seth kannte ihn schon seit seiner Bar Mizwa und beschrieb ihn als reizbare Persönlichkeit mit eher abstoßenden Charakterzügen, doch auf Sonny wirken sein sanfter Tonfall und die mit geschlossenen Augen gesprochenen Gebete irgendwie tröstlich.

Seth und Hobie halten die Grabreden. Beide gehen zu Herzen, sind sehr gefühlvoll und von tiefer Wahrhaftigkeit. Keiner stellt den Verstorbenen plötzlich als einen netten und freundlichen Menschen dar. Er war zeit seines Lebens ein grimmiger Mann gewesen, brillant und unberechenbar, stets geprägt von unausgesprochener Angst und dem Grauen, den Martyrien, die er überlebt hatte, vom unbegreiflichen Zusammenspiel der Kräfte, die das alles hatten möglich werden lassen. Deutlicher als je zuvor wird Sonny bewußt, welche Qualen da von einer Generation auf die nächste übertragen worden sein mußten. Wie vielen der Anwesenden kommen bei den Reden auch ihr die Tränen. Sie denkt an ihre Mutter, dann wieder an Seth. Sie spürt, daß er ein guter Mensch ist, ein aufrichtiger und guter Mensch, und bisweilen zerrissen trotz all seiner Erfolge und seiner Berühmtheit. Nach dem Ende der Zeremonie geht er auf sie zu. Er fühlt sich sichtlich unwohl in seiner förmlichen Kleidung – dem dunkelblauen Anzug, dem weißen Hemd und der nach derzeitiger Mode etwas zu schmalen Krawatte. Er hat sich einen Bart wachsen lassen, was seiner Erscheinung etwas Würdiges verleiht. Überall ist er schon dicht geworden, nur nicht an den hohlen Wangen. Seth hält Sonny lange im Arm.

»Und nun suche ich eine Antwort auf die Frage, ob ich jetzt frei bin oder auf ewig verdammt?« flüstert er. Von beidem etwas, das weiß sie, aber er wird es selbst herausfinden müssen. Dann geht er zu der Limousine des Bestattungsunternehmens, die ihn mit Sarah und Lucy zum Haus seiner Eltern bringen wird. Am Bordstein steht Lucy und weint noch immer hefig. Sie umarmt Hobies Eltern, die sie seit vielen Jahren kennt. Seth stützt seine Frau am Ellbogen und hilft ihr in den Wagen.

Sonny muß noch mit Lucy reden, wenngleich sie sich nicht gerade darauf freut. So abgeklärt und lebenserfahren sie beide sich auch geben mögen, unangenehm wird es in jedem Fall. Sie weiß nicht genau, was Seth seiner Frau über ihre Beziehung gesagt hat. Wahrscheinlich: ›Wir haben uns ein paarmal getroffen‹, diese wunderbar ungenaue Redewendung der Neunziger. Aber sie wußte selbst nicht genau, was sie sagen würde. Oft hat Sonny das flüchtige Gefühl, als haben sie und Seth dieselben Ursprünge. Die fünfundzwanzig Jahre – ein ganzes Erwachsenenleben, in dem sie nicht wirklich füreinander existiert hatten – kommen ihr hin und wieder so vor, als hätten sie sie beide auf unerklärliche Weise in die gleiche Richtung geführt, in die gleichen Verhaltensweisen hinein. Beide haben sie *The Nation* und *Scientific American* abonniert, beide sind ganz wild auf gefrorenen Erdbeerjoghurt und Thai-Küche. Oft erinnern sie sich an bestimmte Trends oder Ereignisse vergangenener Jahrzehnte – die Manson Family, Schlaghosen, Deep Purple oder das Aufkommen der Stones, Natursteinplatten statt Fliesen –, und immer fällt ihnen das gleiche dazu ein. »Genau«, bestätigen sie einander dann jedesmal.

Dennoch bleibt eine Distanz zwischen ihnen. ›Zurückhaltend‹ würde sie die aktuelle Stimmungslage ihrer Beziehung nennen, zumindest aus ihrer Sicht. Entweder man wiederholt denselben Fehler sein Leben lang, oder man kämpft ununterbrochen gegen ihn an. Letzten Monat hat Seth eine Kolumne über zwei Seiltänzer geschrieben. Ihr Credo hörte sich an wie aus dem Zen-Buddhismus: Mein Blick ist geradeaus gerichtet. Ich glaube, daß das Seil dort ist, wohin ich meinen Fuß setze. Genauso sieht ihr gemeinsames Leben im Moment aus. Die Zeit des Prozesses eingerechnet, war Seth über sechzehn Wochen in Kindle County geblieben. Angesichts des über Monate dramatisch schwankenden Gesundheitszustands seines Vaters hatte sich für beide keine Gelegenheit und keine Notwendigkeit für konkrete Erklärungen ergeben. Normalerweise schläft er bei Sonny, und auch letzte Nacht wollte er es so. Doch seine Kleidung ist im Gresham, wo er auch jeden Tag seine Kolumne schreibt. Die Zeitung bezahle das Zimmer ohnehin, sagt er. Dennoch hat sie den Verdacht, er würde sofort mit Sack und Pack bei ihr einziehen, wenn sie ihm das vorschlüge. Aber das wird sie nicht tun, bevor sie wirklich sicher ist, daß er bleibt und daß sie das auch will.

Der schwarzglänzende Cadillac-Stretchcar fährt mit dampfendem Auspuff davon. Sonnys Absätze sinken im weichen Rasen ein, als sie allein zu ihrem Minivan geht. Vor dem Haus des alten Herrn steht auf der kleinen Veranda ein altmodisches Aluminium-Klapptischchen mit einem Krug und einer Waschschüssel. »Um die Friedhofserde abzuwaschen«, erklärt ihr Stew Dubinsky, als er die Stufen heraufkeucht. Sein Bauch, rund wie ein Globus, sprengt sowohl das Jackett als auch den Mantel.

Als Sonny ihren Mantel in Seths früheres Zimmer bringt, sieht sie Sarah. Sie sitzt im Arbeitszimmer ihres Großvaters, wo der alte Mr. Weissman immer seine Kontoauszüge und Maklerabschlüsse überprüft hatte, bei stets verschlossener Tür, auch wenn er allein im Haus war. Da Sonny heute noch kein Wort mit Sarah wechseln konnte, geht sie zu ihr. Sarah wendet sich ihr vom Schreibtisch des Großvaters aus zu, um sie zu umarmen, das Gesicht noch immer von Trauer gezeichnet. Sie ist ein großartiges Mädchen, vielseitig begabt, aufrichtig, geradlinig, wenn auch manchmal etwas hektisch wegen ihrer vielen Verpflichtungen, die vom Uni-

Volleyball bis zu Englisch-Privatstunden für russische Immigranten reichen. Oft gestand sie Sonny, wenn sie samstags nach dem Besuch bei ihrem Großvater auf einen Sprung bei ihr vorbeikam, daß sie überhaupt nicht geschlafen habe. Insgeheim fragt sich Sonny, ob sich Sarah wohl verpflichtet fühlte, die Aufgaben von zwei Kindern zu erfüllen.

Auf dem Schreibtisch vor Sarah steht eine Art unfertiges Spielzeug. Eine Burg?

»Es ist ein dreidimensionales Puzzle.« Sarah zeigt ihr den Deckel der Schachtel. »Gestern abend haben wir daran gearbeitet. Immer wenn wir Weissmans uns treffen, puzzeln wir miteinander«, eröffnet sie Sonny mit einem unbeholfenen Lächeln. »Isaac war unheimlich gut darin.« Sie wendet sich zum Spiel und steckt ein Teilchen an die passende Stelle am Burgwall. Sonny sieht die drei – Lucy, Sarah und Seth – deutlich vor sich, wie sie hier vor dem Rollpult sitzen und spielen. Die Schreibtischlampe aus Messing mit ihrem flexiblen Arm und dem altmodischen überhängenden Schirm brennt. Sie sprechen wenig, denn jeder weiß vom anderen, was er tut, und Worte sind dabei ohne Bedeutung – sie brauchen das Zusammensein, die Erinnerung, denn in dieser Gemeinsamkeit erwacht Isaac zum Leben für sie. Sarah reicht ihr eine Handvoll der Plastikteilchen, doch Sonny reagiert merkwürdig darauf. Sie kann sie nicht anrühren, es kommt ihr vor, als wären es die Gebeine des toten Jungen.

In der Küche hat Lucy jetzt das Regiment übernommen und gibt Seth, Hobie und Dubinsky ihre Anweisungen. Die drei haben die Jacken ausgezogen und die Ärmel aufgekrempelt. Sie nennt Seth ›Michael‹, was aus ihrer Zeit der Angst vor Verfolgung in den frühen Siebzigern herrührt, als Seths Freiheit davon abhing, daß ihnen keine Ausrutscher passierten. Seth hat unter diesem Namen geheiratet, und in Sarahs Geburtsurkunde steht noch immer ›Sarah Frain‹. Heute wirkt das etwas aufgesetzt, wie ein sich Brüsten mit der wilden Vergangenheit. Dennoch hat Sonny sich selbst hin und wieder dabei ertappt, wie sie Seth ›Baby‹ nannte. Was bedeutet ein Name? Die alte Frage. Heute wird sie ihn ganz sicher Seth nennen.

Sonny fragt, was sie tun könne, aber Lucy steht am Spülbecken und sagt, es sei alles erledigt. Erst im nachhinein dreht sie sich um, sieht Sonny und ruft: »Oh, du bist es!« Sie stellt sich auf die Zehenspitzen, legt ihr die Arme um den Hals und sagt ihr, wie wunderbar sie aussehe. Lucy riecht nach Kräuteressenzen und kommt Sonny viel kräftiger vor, als sie sie in Erinnerung hatte, vielleicht wegen ihrer Größe oder weil sie sie als junges Mädchen gekannt hatte.

Das Haus füllt sich. Ein paar Nachbarn und ältere Freunde von Seths Mutter treffen ein. Lucys Brüder mit ihren Familien kommen. Sarahs Freund kommt mit einer Gruppe Kommilitonen vom Easton-Campus. Aufgeweckte junge Leute, bei denen allerdings eines auffällt: Die Mädchen sind deutlich ordentlicher angezogen als die Jungen. Keiner von ihnen weiß so recht, wie er sich verhalten soll. Sonny unterhält sich eine Weile mit Hobies Eltern. Sie sind etwas Besonderes: warmherzig und freundlich. Sie sind eines dieser perfekten Paare, von denen jeder träumt. Beide hoch in den Siebzigern, sind sie ein wenig übergewichtig und von Arthritis geplagt, aber geistig durchaus wach. Ständig necken sie einander. Dann kommen Solomon Auguro und Marta Stern zur Tür herein, die immer viel für Seth übrig hatten, und Sonny unterhält sich lange mit ihnen. Auf der anderen Seite des Raums entdeckt Sonny Jackson Aires. Was hat denn der hier zu suchen? Es ergibt sich keine Gelegenheit mehr, ihm diese Frage zu stellen, denn im selben Augenblick kommt Mas Fortunato herein, der Verleger der *Tribune,* und gesellt sich zu Dubinsky und einer Gruppe seiner leitenden Angestellten, die schon eine Weile da sind. Seit Wochen hofieren sie Seth und hoffen, daß er die *Tribune* zu seinem Stammblatt macht, nachdem sein Vertrag mit dem *Post-Intelligencer* in Seattle ausläuft. In den letzten beiden Wochen hat Seth jeden Abend endlose Telefongespräche mit Mike Moritz, seinem Anwalt in Seattle, geführt.

Drüben steht auch Sarah, die Fortunatos Beileidsbezeugungen entgegennimmt, und wirft Sonny einen verzweifelten Blick zu, und Sonny macht sich sogleich im ganzen Haus auf die Suche nach Seth. Durch das Erkerfenster des Eßzimmers entdeckt sie ihn schließlich. Mit Lucy am Arm geht er in dem kleinen rückwärtigen Hof auf und ab. Seth und seine Frau erreichen in der hinteren Ecke den kleinen Holzschuppen seines Vaters. Von irgendwoher zieht Seth einen Schlüssel hervor, und die beiden verschwinden für einen Moment darin. Durch die Ritzen zwischen den Brettern erkennt Sonny Bewegungen. Es erinnert sie an Gestalten, die man von fern zwischen Bäumen sieht. Ihr kommen die wildesten Assoziationen. Vor langer Zeit waren sie in Kalifornien einmal an einem Sonntagnachmittag Aprikosen pflücken gegangen, und Seth wollte mit ihr unter den Bäumen Liebe machen. Aus dem Gehölz in hundert Metern Entfernung hörten sie Hobie, high wie immer. Er sang zur Begleitung eines Plattenspielers, der aus irgendeinem Fenster tönte, so laut er konnte ›Sunny Afternoon‹. Da entdeckte er sie plötzlich, nackt, wie Gott sie geschaffen hatte. »Nymphe und Satyr!« brüllte er, und sie riß ihre Kleider von den Büschen und Zweigen und rannte beschämt und wütend davon. Ob es die gleiche Wirkung hätte, wenn sie das jetzt auch riefe? Doch da kommt Seth schon wieder aus der Hütte, eine Plastik-Gießkanne auf dem Kopf, und Lucy lacht. Um ihr eine Freude zu machen, probiert er die Kanne noch einmal andersherum auf. Mit Sonny machte er solche Späße so gut wie nie, dafür aber mit Nikki ständig. Nie hätte sie gedacht, daß er so etwas mit Erwachsenen machen würde, und schon gar nicht mit einer Frau.

»Wie geht's?« Erfreut erkennt sie die Stimme hinter sich, bevor sie sich noch umgedreht hat. Es ist Hobie.

»Es ging mir schon besser. Wohl jedem von uns.« Er hat sich die Krawatte gelockert, und ohne Jacke wirkt er noch größer. Das weiße Hemd spannt sich über seinem Oberkörper wie das Fell über einer riesigen Trommel. Sie riecht sein Eau de Cologne. Der gleiche Duft umgab ihn, wenn er während der Verhandlung zu ihr an den Richtertisch trat. »Dürfen wir miteinander reden?«

»Aber ja. Ich bin nicht im Dienst. Du tust deinen Job, ich meinen, so sehe ich das.«

»Ich auch.«

»Hör zu«, sagt er im gleichen Ton, den sie vor einer halben Stunde von seinem Vater gehört hat, »ich habe nicht gesagt, daß es mir nichts ausmacht. Das tut es durchaus. Oder daß ich deiner Meinung bin. Das ist gewiß nicht der Fall.«

»Ich habe gehört, was du gesagt hast. Wenn ich will, kann ich auch Streit mit dir anfangen, weißt du? Ich hatte meine Gründe und ich entschuldige mich nicht dafür.« Sonny hat bisher nur wenig über den Prozeß nachgedacht. Die wichtigste Eigenschaft des Gedächtnisses ist, daß es einem gnädig Fluchtmöglichkeiten gewähren kann. Nile Eddgar gehört für sie inzwischen zu jenen Tausenden junger Leute, die mit dem Ziel moralischer Absolution an ihrer Richterbank vorüberziehen. Es ist ohnehin nicht festzustellen, was wirklich passiert ist. Niemand hat die ganze Wahrheit gesagt. So viel jedenfalls weiß sie. Und wenn die Lügen erst einmal angefangen haben, weiß man nie, wie es ausgeht. Für sie ist das Verfahren eher ein Stück wiedereroberte Vergangenheit. Sie hat das Gefühl, es sei in gewisser Weise nur das Vorspiel für andere Dinge gewesen: für ihre größere innere Festigkeit, für die Zeit mit Seth und natürlich auch für die mahnende Geschichte von den verrückten Ereignissen vor fünfundzwanzig Jahren, die er ihr jetzt niedergeschlagen erzählt hatte – von dem ›Kidnapping‹, Clevelands Tod, Michael Frains Verschwinden. Er sagt, er habe ab und zu versucht, das alles für Sarah aufzuschreiben, als könne das seinen Zorn über sich selbst und über Eddgar mindern. Dieser doppelte Zorn ist durch all die Jahre in ihm lebendig geblieben.

Sie schaut ihn an, um sicherzugehen, daß sie Hobie in seine Schranken gewiesen hat. Dann sagt sie ihm, wie sehr sie seine Grabrede berührt habe. Er zieht die breiten Schultern hoch und läßt sie wieder sinken.

»Nur eine Rede«, sagt er.

»Es war mehr als eine Rede.«

»Vielleicht. Weißt du, ich denke mir immer, wenn meine Momma so eine normale schwarze baptistische Lady gewesen wäre, dann wäre ich bestimmt Prediger geworden und vielleicht ein besserer, als ich jetzt als Anwalt bin. Aber nachdem ich nun einmal Katholik bin, ist mir doch aufgefallen, daß einem Leben als Kleriker einfach der gewisse fundamentale Zug fehlt.« Er räuspert sich, und sie lachen beide. Sonny hat keine Religion. Das war auch eines von Zoras Themen. »Den großen Schwindel« nannte sie es. »Menschen knien vor ein paar Holzbalken. Stecken eine Kerze in ihre letzte Kartoffel, selbst wenn sie dabei verhungern.« Inquisition, Kreuzzüge und ein Krieg nach dem anderen. Im Namen der Religion sei mehr Übel begangen worden, hatte Zora behauptet, als durch irgendeine andere Macht in der Geschichte. Doch heute war es anders gewesen. In dieser Trauerversammlung, als sie stehend oder sitzend zugehört hatten, als viele gemeinsam mit dem Rabbi in dieser alten Sprache gesungen hatten, einer Sprache, die in Sonnys Ohren schon immer geklungen hatte wie das Mysterium selbst, da hatte sie ein Gefühl überkommen für die Größe des Geistes, die diesem Ritual Sinn und Bedeutung gab. Nicht, daß sie sich ihm jemals unterwerfen könnte. Für sie waren es die Wälder und Berge, die Majestät und Erhabenheit ausstrahlen. Doch für Nikki würde sie diese andere Tür gern offenhalten. Bevor der Tod des alten Herrn alle Pläne durcheinandergeworfen hat, hatte Sonny mit Sarah darüber gesprochen, ob man in dieser Woche nicht in Sonnys Haus einen Seder-Abend feiern könne. Sie wollte, daß Nikki einmal eine religiöse Zeremonie erlebte. Und das Passah-Fest, das Fest der Befreiung, ist das einzige jüdische Fest, an dem Seth seine Freude zu haben scheint.

Jetzt brummt Hobie nachdenklich vor sich hin. Er hat inzwischen entdeckt, was Sonny nach draußen gezogen hatte.

»Was meinst du, Hobie?«

»Ich glaube, besondere Chancen für die Oster-Parade hätte er damit nicht.«

»Und was ist mit mir?« fragt sie plötzlich herausfordernd. »Welche Chancen hätte ich?« Sie staunt ein wenig über sich selbst, nicht über den schmerzlichen Ton in ihrer Stimme – der ist echt –, sondern weil sie weiß, daß in der Frage etwas Törichtes steckt. Seth würde ihr genau die gleiche Frage mit Blick auf sich selbst stellen: Welche Chance habe ich? Auch könnte sie als Ausspionieren verstanden werden. Seth und Hobie telefonieren einmal in der Woche, führen dabei mindestens eine halbe Stunde lang ihre seltsamen Männergespräche über Basketball und dann wie aus heiterem Himmel, fast als hofften sie, der andere merke es nicht, über die vertraulichsten und privatesten Dinge. Doch Hobie wendet den Blick vom Fenster und sieht sie mit der gleichen Verwirrung an, die sie empfindet. Feierlich legt er ihr seine große Hand auf die Schulter.

»Ich weiß nur«, sagt er, »es gibt im Leben nichts Zäheres als die Liebe.«

SETH

»Eddgar hat zwar unbestritten einigen Einfluß im Land, aber daß ihm so etwas gelungen wäre, kann ich mir nicht vorstellen.« Seth kommt durch den Flur und erkennt Dubinkys penetrant näselnde Stimme. »Eine gottverdammte Straßengang in eine politische Organisation umfunktionieren?« fragt Stew. »Solchen Mist hat spätestens Hobsbawm klargestellt.« Seth war nur eine Minute mit Sarah im Arbeitszimmer seines Vaters gewesen. Sie litt sehr bei dem Gedanken an alles, was sie in den letzten Jahren verloren hatte. Seine Tochter lernte die harte Lektion eines reichen Lebens, nämlich daß große Hingabe zugleich auch großen Schmerz bedeutet. Als Seth wieder den hellen Raum voller Stimmen betritt, sieht er verwundert Stew und Jackson Aires im Gespräch zusammenstehen.

»Mein Beileid, mein Beileid«, sagt Jackson und ergreift Seths Hand. »Ich bin nie auch nur auf den *Gedanken* gekommen, daß Bernhard Ihr Vater sein könnte. Da sehen Sie wieder einmal, wie verdammt komisch die Dinge laufen können.« Es stellt sich heraus, daß Hobies Vater Aires und Mr. Weissman vor Jahren miteinander bekannt gemacht hatte. Jackson holte sich dann über Jahrzehnte Anlagetips von Bernhard, und der freundliche Ton, in dem er von ihm spricht, sagt Seth, daß Jackson wohl nicht gerade schlecht mit diesen Tips gefahren ist. Die letzte Begegnung zwischen Aires und Seth, bei Niles Prozeß, war für beide beruflicher Natur gewesen. Seth hatte sich als Michael Frain vorgestellt und um ein Interview mit Hardcore gebeten. Aires hatte ihn mit unversöhnlicher Feindseligkeit angestarrt und war gegangen.

»Ich habe Ihnen gesagt, daß ich mich an Sie erinnere«, sagt Seth. »Sie haben auf der anderen Seite von U. Park gewohnt.«

»Ich habe auf der schwarzen Seite gelebt«, antwortet Aires mit einem spürbaren Anflug von Revisionismus, an den allerdings beide nicht so recht glauben. In U. Park haben die Schwarzen mit guter Berufsausbildung in den fünfziger Jahren nämlich geglaubt, sie hätten endlich die Ufer des wahren Amerikas erreicht. »Sie waren ständig in Gurney's guter Küche zu finden. Daran erinnere ich mich. Ich erinnere mich gut an Sie.« Geschmeidig trotz seines Alters tritt Aires mit seinem schneeweißen Fleck im Haar einen Schritt zurück, um Seth zu mustern und festzustellen, ob er mit dieser Demonstration eines guten Gedächtnisses einen Vorteil verbuchen konnte. Er trägt wieder seine burgunderrote Sportjacke, die an den Schultern schon glänzt, dazu eine altmodische Paisley-Krawatte. »Wissen Sie, der Name hatte mich verwirrt. Früher hießen Sie nicht Michael Frain. Sind wohl nicht allzu glücklich gewesen, der Sohn Ihres Daddys zu sein. Nicht, wenn Sie mit dem Namen eines anderen leben. Denke mir, Sie waren es einfach leid, ja es machte Sie krank, ein Jude zu sein. Stimmt's?«

Seth ist verblüfft und bricht in schallendes Gelächter aus. Dieses Motiv hat ihm in all den Jahren noch niemand unterstellt. In einer augenblicklichen melancholischen Stimmung der Selbstbeschuldigung ist er versucht zuzustimmen, doch dann sieht er auf und widerspricht ihm. In der Überzeugung, recht zu haben, fährt Aires fort.

»Im Laufe der Zeit habe ich einige jüdische Kumpel kennengelernt, die das so gemacht haben. Mit einem habe ich zusammen Jura studiert – wie hieß der Halunke noch? Abel Epstein. Nannte sich dann Archibald van Epps. Können Sie sich das vorstellen? Manchmal habe ich ihn auch beneidet, das muß ich zugeben. Nun sehen Sie mich nicht so an. Zum Teufel, ja, ich hätte meinen Namen auch geändert und alles wäre erledigt. Ganz richtig, ich hätte es getan und auch zugegeben. Der Haken bei der Sache ist nur, daß das bei Schwarzen nicht funktioniert. Verstehen Sie? Ob ich mich nun Tyrone nenne oder Malcolm X oder Steppin Fetchit, immer wenn mich aus drei Blocks Entfernung ein Weißer auf sich zukommen sieht, fürchtet er sich zur einen Hälfte vor mir selbst, zur anderen vor den Ganoven, die ich vertrete. Das wird sich auch in Hunderten von Jahren nicht ändern. Nicht in Hunderten von Jahren.« Seth weiß, daß es zwecklos ist, mit ihm zu streiten. Das Thema Rasse hat ihn sein Leben lang begleitet.

Schließlich rettet Dubinsky Seth. Immer auf der Suche nach Sensationen, möchte Stew das Gespräch auf den Prozeß bringen und hofft, Aires in einem Moment zu erwischen, in dem er nicht auf der Hut ist. Der Gedanke, daß dies hier nicht der passende Ort ist, würde ihm nie in den Sinn kommen. Die Normalität des Lebens, selbst in so traurigen Augenblicken wie diesem, ist stets zweitrangig für ihn und hat von vornherein einen niedrigeren Stellenwert als eine neue Nachricht.

»Es ergibt *politisch* keinen Sinn«, sagt er zu Aires und kommt damit auf ihr Streitgespräch über Eddgar zurück. »Soll der Gouverneur den einen Morgen Kan-el aus dem Kittchen entlassen und sich am nächsten zum Frühstück mit ihm treffen? Unmöglich. Das gibt es nicht.«

»Dazu kann ich nichts sagen. Sehen Sie mal. All ihr Journalisten« – Aires sagt das mit spöttischem Unterton – »hechelt doch nur immer den Ereignissen hinterher.« Humorlos und angriffslustig, wie er ist, stellt sich Jackson auf die Fußspitzen und schaut Dubinsky von oben herab an. Mit seinem abrupten und unbefriedigenden Ausgang ist der Prozeß noch immer Gegenstand von Klatsch und Tratsch. Und jeder hat seine eigenen Theorien – über Niles Aufenthaltsort, darüber ob er noch lebt oder nicht und wer ihn getötet haben könnte, über Eddgars Rolle bei dem Verbrechen und seine Zukunft als Politiker. In einem Blatt stand – Seth glaubt, in Dubinskys –, daß Eddgar nicht wieder kandidieren würde. Seltsam ist nur, daß Seth alles über den Fall fast nur in Form von Gerüchten und Hörensagen erfährt, genau wie dieses Gespräch, dessen Zeuge er nur zufällig ist. Keiner spricht direkt mit ihm über den Fall. Sonny, Hobie, Dubinsky – alle haben sie Geheimnisse, grübeln über Dinge nach, die sie nicht preisgeben wollen. Er selbst stellt sich manchmal vor, Eddgar in DuSable auf der Straße zu begegnen. Vielleicht würden sie einander nur feindselig anstarren, vielleicht würde Seth auch handgreiflich werden, oder sie hätten eine ebenso knappe wie gründliche Auseinandersetzung, in der nach all den Jahren schließlich die offene Rechnung beglichen würde. Über Nile denkt er nicht eingehender nach, dennoch fragt er sich immer wieder, ob er wohl in Sicherheit ist.

»Sie glauben also, was Eddgar vorhatte, war in Ordnung?« fragt Dubinsky. »Sehen Sie, für mich ist etwas faul an der ganzen Sache. Mein Verleger meint, ich solle die Sache auf sich beruhen lassen, aber, wissen Sie, die Geschichte hat von vorne bis hinten diesen typischen Kindle-County-Geruch.«

Ganz Dubinsky, denkt Seth. Kocht in dieser Stadt die besten Gerüchte. Du liest seine Geschichten und denkst: Lieber Himmel, vielleicht ist *wirklich* etwas daran. Aber das ist nicht der Fall. Seth würde gern in Dubinskys Welt leben und glauben, all die schlimmen Dinge würden nur von bösen alten Männern in Hinterzimmern und schäbigen Spelunken ausgebrütet. Es wäre wunderbar, wenn der Mensch tatsächlich so viel Macht besäße und nicht das Chaos die treibende Kraft im Universum wäre. Aber Seth hat andere Erfahrungen gemacht. Du hältst an einer Straßenecke an, und dreißig Sekunden später ist der kleine Junge neben dir tot. Während Jackson Aires Stew zuhört, läßt er ein ungläubiges Glucksen hören.

»Nicht?« fragt Stew. »Wie war es denn dann?« Er tritt einen Schritt näher. Doch Jackson kennt alle Tricks. Er hat schon zu viele Spielchen gespielt und schüttelt nur den Kopf.

»Ich will Ihnen sagen, wie es war. So wie immer. Mein Mandant brummt zwanzig Jahre im Knast, und der weiße Bruder rennt draußen frei herum. So läuft das.« Noch einmal stellt sich Jackson auf die Fußspitzen und fügt hinzu, um jeden Zweifel an der Ungerechtigkeit in diesem Fall zu zerstreuen: »Wenn dieser Junge nicht schuldig ist, dann sagen Sie mir mal, warum er weggelaufen ist.«

Damit dreht sich Jackson um, und auch Seth geht. Er schließt sich für einen Moment Sonny und ihren Freunden Solomon und Marta an. Marta ist hochschwanger und strahlt entsprechend. Doch schon jetzt im Frühling ist ihr die Hitze in dem überfüllten

Zimmer zuviel. Als Seth sie zur Begrüßung küßt, ist ihre Wange feucht. Seth nimmt ihre Beileidsbekundung entgegen. Dann geht er im Wohnzimmer umher und bedankt sich bei anderen für ihr Kommen. Dick Burr ist da, einer der führenden Leute bei der *Tribune,* ein angenehmer Mensch. Zwar ist er auch hier, um Seth zu hofieren, aber sein Mitgefühl ist aufrichtig. Er sagt, Dubinsky habe ihm Kopien der Grabreden gegeben. Er würde sie für Seth in die Zeitung setzen lassen. Burr und Fortune Reil, seine Assistentin, haben sich mit Lucys älteren Brüdern unterhalten, Douglas – Deek genannt –, einem Banker, und Gifford, dem Manager eines Pensionsfonds. Beide wohnen in Greenwood County und sind Mitglieder einer gefährdeten Spezies – der hochgeborenen ›Wasps‹, jener einflußreichen Schicht von Amerikanern, deren Vorfahren aus England oder Skandinavien stammen. Seth mag beide sehr. Sie waren all die Jahre immer unerschütterlich loyal gewesen und haben stets viel Humor bewiesen, wenn sie seine Kolumnen über ihre limonengrünen Freizeithosen, ihre Boote, ihre exklusiven Clubs lasen und über ihren sklavisch-wollüstigen Hang zum Alkohol, den jeder Mann als das Sesam-öffne-dich zum Reich der Emotionen ansah.

Als Hobies Eltern aufbrechen wollen, geht Seth durch den Raum zu ihnen und umarmt sie noch einmal. Draußen auf der Veranda winkt er ihnen nach. Dann steht er allein vor dem kleinen Backsteinhaus seines Vaters. Was für eine merkwürdige Situation, denkt er, hier plötzlich als Erbe gerade der Mauern zu stehen, denen man einst entfliehen wollte. Er schaut durch den gläsernen Windfang auf die kleine Eingangstür. Die dämmrige und modrige Diele dahinter, die sein Vater aus Pfennigfuchserei vierzig Jahre lang nicht neu gestrichen hatte, hat jetzt Museumswert für ihn, als habe ihr allein die Tatsache, daß sie heute noch wie damals war, eine besondere Bedeutung verliehen.

Er geht die Stufen der Veranda hinunter und hat plötzlich den Wunsch, sich einen Überblick über seinen Besitz zu verschaffen. Osterglocken sprießen zwischen Unkraut in einem Beet an der Südseite direkt vor den kleinen Kellerfenstern, die ihn als Kind immer an seinen eigenen Mund mit seinen Zahnlücken erinnert hatten. Es herrscht jetzt die sogenannte magische Jahreszeit im Mittelwesten. Aus der Ferne betrachtet, sind die Bäume noch nackt und kahl, kommt man jedoch näher, erkennt man, daß die Zweige schwer sind von schwellenden Knospen. Noch ein oder zwei warme Tage, und alles explodiert in Grün, und die Luft wird süß sein vom Duft der jungen Blätter.

Im kleinen Hinterhof entdeckt er Lucy. Sie hat den geraden Rock hochgezogen und sich auf die abgetretenen Stufen der grauen Holzveranda gesetzt. Mit geschlossenen Augen streckt sie ihr Gesicht hingebungsvoll der Sonne entgegen. Sie sieht aus wie ein junges Mädchen, das darauf wartet, geküßt zu werden.

»Ein Mädchen aus Seattle, stumm die Sonne genießend«, bemerkt Seth.

Sie blinzelt ihm zu, lächelt wortlos, hebt die Hand, und er entdeckt eine Zigarette zwischen ihren Fingern. Nach Isaacs Tod hat sie heimlich zu rauchen begonnen. Er hatte keinen Verdacht geschöpft, bis sie nach dem gemeinsamen abendlichen Joggen immer heftiger japste. Jetzt ist sie verlegen, weil er sie erwischt hat. Sie drückt die Glut sorgfältig mit dem Absatz aus und bewahrt den Rest in der hohlen Hand auf, um ihn später wegzuwerfen. Seth setzt sich auf die Stufe unter ihr. Sie freuen sich an dem schönen Tag und an der Verheißung des blauen Himmels.

»Ich habe dir noch gar nicht gesagt, wie wundervoll deine Rede war, Seth. Deine Grabrede.«

»Ja.« Worte. Das grundlegende Medium menschlicher Kommunikation. Sie sind etwas Großartiges. Aber dann? »Ich war unsicher wegen Sarah. Ich habe befürchtet, sie könnte meinen, ich wolle etwas entweihen, das ihr heilig ist.«

»Sarah versteht dich.«

»So wie ich sie.«

»Bist du wirklich einverstanden mit ihren Plänen?« fragt Lucy. »Es würde mich nicht wundern, wenn sie dabei bleibt.« Gestern abend hatte Sarah mit ihnen über die Diplomsemester ihres Studiums gesprochen und über die Möglichkeit eines Rabbinats. Sie und ihr Freund Phil hätten sich für ein Americorps-Programm für die Ausbildung von Lehrern eingeschrieben. Sie hätten vor, zu diesem Zweck hier oder irgendwo anders im Mittelwesten zu wohnen.

»Für mich ist das eine tolle Sache. Ich bin stolz auf sie. Daß sie so ein Mensch ist. Ich habe nie erwartet, daß sie Kolumnistin wird.«

»Der Gedanke, daß aus ihr einmal eine Professorin wird, schien dir schon immer gut zu gefallen.«

»Intellektuelle habe ich immer gemocht. Sie kamen mir immer etwas distanziert und bewundernswert vor.« Er denkt flüchtig an Sonny und ihr Studium vor fünfundzwanzig Jahren und wie gefesselt er von dieser Philosophie war, die er nie richtig verstanden hatte.

»Dein Vater war Professor«, sagt Lucy.

Typisch Lucy. Immer trifft sie genau den Nerv. Wie konnte ihm das je entgehen? Wie? Er steht auf, um seinen Rundgang durch den Hof fortzusetzen. Er bietet Lucy den Arm, und sie hängt sich ein und begleitet Seth. Ihre gegenseitige starke Zuneigung ist immer gegenwärtig. Auch nachdem ihr Zusammenleben in den letzten zwei Jahren nicht mehr tragbar, ja sogar unmöglich geworden war, ist sie doch für ihn noch immer das netteste menschliche Wesen, das er kennt.

In den Jahren, in denen sie die Kinder großgezogen hat, hatte Lucy ihn unablässig in größtes Staunen versetzt. Jede Schulaufgabe sah sie sich an und bohrte so lange nach, bis sie jede Frage kannte, die die Lehrer in der Schule gestellt hatten. Sie wußte genauestens über das Mittagessen in der Schule Bescheid, kannte die Namen aller Freunde und Freundinnen und wußte, ob sie einen guten Einfluß auf Sarah und Isaac hatten, selbst wenn so ein Kind nie den Fuß in ihr Haus gesetzt hatte. Sie hatte jede Trompetennote im Kopf und jeden Ballettschritt. Morgens um sechs stand sie im Waschkeller, weil sie wußte, welche Sachen ihre Kinder anziehen wollten, bis hin zur Unterwäsche. Sie wußte so genau, was ihre Kinder brauchten, was ihnen Freude machte, kannte ihre *Vorstellungen,* sie waren so sehr ein Teil von ihr, daß andere Mütter oft in Schuldgefühlen zu erstarren schienen.

All dies bewahrte Lucy davor, sich selbst zu hinterfragen. Er kam nach DuSable und sah Sonny oben auf ihrer Richterbank, die so sicher war, was recht ist, so sicher, was das Schicksal anderer betraf, und da wußte er wieder, daß dies zu den Dingen gehörte, die er sich wünschte. Da war eine Frau, die weniger Angst vor den eigenen Wünschen hatte als Lucy. Lucy steht immer unter dem Druck, anderen gefallen zu müssen. Selbst heute noch, mit über Vierzig, kann sie einen ganz verständnislos und gequält ansehen bei der Frage: Was will ich eigentlich noch? Irgendwie paßte Isaacs Tod in dieses Schema, und oft genug brachte es ihn in Rage. Wußte sie nicht, daß es da nichts zu akzeptieren gab, daß es nicht zum Plan einer universellen Harmonie gehörte? Es trieb ihn fast in den Wahnsinn, daß er dem nicht genügen konnte, daß er nicht stark genug und nicht positiv genug war, um ihr zu geben, was sie brauchte.

Oft hat er sich in einsamen Momenten, in denen er glaubte, aufgegeben zu haben, vorgestellt, Lucys nächster Mann müsse eine Art Orakel sein – ein Geistlicher, ein Visionär. Es war kein Zufall, daß der erste Mann, mit dem sie sich zusammengetan hatte, einer wie Hobie war.

»Bleibst du noch etwas?« fragt er sie, als sie am Ende des kleinen Hofs angekommen sind. Die alte Hecke hier ist dick und knorrig geworden, und er denkt an das Ende seines Vaters.

»Ich glaube ja. Ich finde den Tod immer noch sonderbar, du auch? Er steht so im Gegensatz zu all meinen Vorstellungen.«

Er lächelt mühsam. Für ihn ist er längst allgegenwärtig geworden. In der ersten Hälfte deines Lebens baust du dir eine sichere Basis in dieser Welt, und danach mußt du zusehen, wie sie dir entgleitet. Doch er wollte hier nicht philosphieren. Er wagte es, sie zu fragen, wie ihr Leben im Moment so lief. Kurz nachdem er Seattle verlassen hatte, hat Lucy eine Geschichte mit einem Sechsundzwanzigjährigen angefangen. Er war Leiter der Suppenküche, für die sie arbeitete. Doch die Sache verlief kurz darauf im Sande. Menschen – vor allem andere Frauen – können unerträglich grausam sein. Eine Nachbarin, die die beiden gesehen hatte, fragte Lucy einmal, ob sie vorhabe, für Moe eine Party zu seinem Studienabschluß zu geben. Sie fühle sich einsam, hatte Sarah gesagt.

Darauf hatte Seth nichts geantwortet, obwohl er immer das Bedürfnis hatte, Sarah zu sagen, es werde alles wieder gut werden. Er wollte mit Sicherheit nicht, daß seine Kinder in einer dieser überdrehten amerikanischen *Fin-de-siècle*-Familien aufwachsen, in der der Vater seine ehemalige, dazu auch noch transsexuelle Sekretärin heiratet, die Mama Dope nimmt und heimlich mit dem Bischof schläft und der Bruder gerade noch mit einem blauen Auge dafür davonkommt, daß er kleine Mädchen angefaßt hat und Lebensmittelläden ausraubt. Und an Thanksgiving fassen sie sich alle an den Händen und sagen: Gott, wir danken dir, daß wir unsere Familie haben! Er wollte seiner Tochter und seinem Sohn die Gewißheit der Wahrheit in uns geben, das Wissen darum, daß es Dinge gibt, die überdauern, und Dinge, die Schmerzen lindern. Und dann starb Isaac.

Während sie weitergehen und Seth über all dies nachdenkt, wandern seine Gedanken zu der Kolumne, die er morgen schreiben will. Seine Arbeit trägt er stets im Kopf mit sich herum. Sie ist ein Teil von ihm, während die Zentraleinheit für immer in Seattle beherbergt ist, wo ein Mann namens Michael Frain zu leben scheint, dessen Namen man aus einhundertundsiebenundsechzig Tageszeitungen kennt. Dieser Michael sieht vor Seths innerem Auge etwas anders aus, kleiner als Seth, nicht ganz so dünn, ewig jung, mit einem schiefen Lächeln und unerschütterlichem Gesichtsausdruck – wohl die physische Idealvorstellung seiner selbst, als er, sagen wir, in die High-School kam und noch glaubte, alles sei möglich für ihn.

Die Kolumne für morgen ist eine von einem halben Dutzend, die er sich in den Monaten ausgedacht hat, in denen er seinen Vater im Krankenhaus und Rehabilitationseinrichtungen besucht hatte. Sie handelt von der Ehe. In ihr kommt ein schlanker Mann mit Glatze aus Kewahnee vor, der seiner Frau eine Niere gespendet hat. Seth wußte nicht, daß so etwas möglich ist. Er dachte, dabei würden wie bei Knochenmarkstransplantationen Probleme auftreten, es sei denn, man sei als Zwilling geboren. Dieser Mann, ein Ingenieur bei Dunning, einer Rüstungsfirma, kann sich nicht besonders ausdrücken und gehört nicht zu denen, die sich ausführlich über ihre Motive verbreiten können. Doch jetzt liegt dieses Paar zusammen im selben Krankenzimmer im Sinai-Cedars Hospital. Beide werden zwar intravenös unterschiedlich versorgt, erhalten aber die gleichen Schmerzmittel. Beide haben jeweils linksseitig die gleichen über fünfunddreißig Zentimeter langen Operationsnarben. Es erinnert an ein Stück Mythologie, das in das Innere eines Menschen hineinreicht: ein Organ von ihm ist jetzt ein Teil von ihr, analog zu Adams Rippe, aus der einst Eva geschaffen wurde.

Das Wunderbare an Seths Arbeit sind die Interviews, in denen er die Menschen bittet, ihm von Dingen wie diesen zu erzählen. Dabei können eintausendfünfhundert Meilen zwischen ihm und seinem Gesprächspartner liegen, und er ist nur eine Stimme am Telefon, jemand, dessen Namen sie bestenfalls schon einmal gehört haben, aber normalerweise nicht einmal das, bloß jemand, der sich bei ihnen einschmeichelt. »Ich möchte Sie kennenlernen, ich würde gern Ihre Geschichte aufschreiben.« Und die Leute erzählen ihm fast alles aus dem Bedürfnis heraus, verstanden zu werden. Dieser Mann nun lag in seinem Krankenhausbett, und die spärlichen Haare standen ihm vom Kopf ab. Er trank erst einen Schluck Wasser, dann meinte er in seinem langsamen und schleppenden Mittelwest-Englisch: »Also, mir ist einfach nichts eingefallen, was ich sonst hätte tun können.« Was für ein Satz! Auch Lucy und er hatten einst diese selbstverständliche gegenseitige Verpflichtung gespürt, und daran dürfte sich seiner Meinung nach auch heute nichts geändert haben, sei es aus Gewohnheit, aus Dankbarkeit oder aus gegenseitiger Achtung. Als er nun diesem Mann zuhörte, stellte er sich plötzlich die Frage, ob das, was jetzt zwischen Sonny und ihm entstand, auch eine so volle Blüte erreichen würde. Zwischen ihnen gibt es Frieden, Humor, Sensibilität – und eine erstaunliche Sinnlichkeit. Aber er bezweifelt, daß ihn Sonny für den Fall, daß sie ein Opfer bringen müßte, wirklich davon überzeugen könnte, auch für sie sei es das Selbstverständlichste.

Vor Seth liegt das kleine Stück Erde, von dem seine Mutter vor Jahrzehnten einmal die Grasnarbe abgehoben hat, um einen

Gemüsegarten anzulegen. Unermüdlich hat sie diese fünf Quadratmeter bebaut und Bemerkenswertes geerntet: zuerst Kopfsalat, dann Tomaten, Erbsen, Stangenbohnen. Irgendwann war auch einmal ein riesiger Zucchino dabei. Als er entdeckt wurde, hielt ihn die ganze Familie irrtümlich für einen Waschbären, der im Liguster hockte. Er erinnert sich noch genau an die Szene, wie sein verschreckter Vater in der Ausfallstellung eines Fechters mit ausgestreckter Harke auf ihn losging. Viele Sonntage hatte Seth seiner Mutter hier draußen die männliche Hilfestellung gegeben, die sie brauchte, hatte gegraben, gehackt und gejätet. Er erfüllte ihr gern ihre kleinen Wünsche und verfolgte dabei in seinem Transistorradio die Reportagen von den Spielen der Trappers. Auch Lucy hatte immer einen wunderbaren Gemüsegarten; er war ihr sehr dankbar dafür.

Die Gartengeräte hatte seine Mutter in dem kleinen Schuppen untergebracht, den sein Vater hinten in die Hofecke gestellt hatte. Natürlich hatte Bernhard immer Angst vor Dieben. Also hängt an der Tür ein schweres rostiges Vorhängeschloß. Seth würde zu gern hineinschauen. Was mir mein Vater wohl hinterlassen hat? fragt er sich wieder. Er zieht an der alten Holztür und entsinnt sich, daß der Schlüssel immer unter einem lockeren Stein lag. Das tut er auch jetzt noch. Drinnen ist es dunkel. Es riecht nach verfaultem Holz, ranzigem Kunstdünger und Lehm. Die Geräte liegen unordentlich auf einem Haufen, ihre Metallteile verrostet. Spinnen haben einander mit ihren seidigen Netzwerken übertroffen.

»Himmel, Herrgott«, sagt er plötzlich, »was für ein furchtbarer Tag.« Hinter der nach innen aufgehenden Tür, vor Wind und neugierigen Blicken geschützt, ist er seit Monaten zum ersten Mal wieder allein mit Lucy, und wortlos nimmt er ihren Trost an. Er hält sie im Arm, diese Frau, dieses zarte weibliche Wesen. Er hat mehr Zeit seines Lebens mit ihr als ohne sie verbracht. Hier ist sie. Bei ihm.

»Du gehst doch noch nicht? Ich habe gehofft, wir könnten noch ein wenig reden«, sagt Lucy, als Sonny mit der Handtasche am Arm zur Haustür geht. Es ist kurz nach halb fünf, und die meisten Gäste sind gegangen. Sonny bemüht sich um einen beiläufigen Ton und sagt, sie müsse Nikki von der Tagesmutter abholen. Es sei nur wenige Minuten entfernt, und sie würde gern mit ihr wiederkommen. Dabei erwähnt sie nicht, daß jetzt Seth an vielen Nachmittagen diese Aufgabe übernimmt.

»Ich würde auch gern für ein paar Minuten von hier verschwinden«, sagt Lucy. »Kann ich nicht einfach mitkommen?« Als Lucy ihren Mantel holt, freut sich Sonny aufrichtig über den Vorschlag. Lucy gehört zu den Frauen, die genau in das richtige Zeitalter hineingeboren wurden. Zur Zeit eines Botticelli oder Rubens hätte man ihre Formen abgelehnt. Doch in das ausgehende zwanzigste Jahrhundert paßt ihre schlanke Zierlichkeit. Sie hat tiefschwarze Augen, dunkles volles Haar und ein schmales, zerbrechliches Gesicht. Neben ihrer zarten Figur und der offensichtlichen Verwundbarkeit kam sich Sonny selbst immer irgendwie wie eine Kuh vor, auch damals schon vor fünfundzwanzig Jahren. Und wie sie sie heute durch das Haus huschen sah, kann sie es kaum glauben, daß eine Frau nach zwei Kindern noch eine so schmale Taille hat. Andeutungsweise bezeichnet Seth Lucys Jugendlichkeit gern als Unfähigkeit, erwachsen zu werden. Allerdings hat er dabei nie erwähnt, daß sie sich so viel sinnliche Anziehungskraft bewahrt hat. Daß sie etwas mit einem Sechsundzwanzigjährigen hatte, kommt ihr jetzt überhaupt nicht mehr krankhaft vor. Lucy gehört noch immer zu den Frauen, nach denen sich Männer auf dem Gehsteig oder in der Drehtür so idiotisch umschauen, als bestünde auch nur ein Fünkchen Hoffnung, ihnen gleich hier auf der Straße unter die Röcke zu greifen. Ist Sonny neidisch? Nur ein bißchen. Es gibt andere Aspekte von Jugendlichkeit – sich ohne Rückenschmerzen bücken zu können oder sich siebenstellige Telefonnummern zu merken –, bei denen sie ohne weiteres würde mithalten können.

Als sie losfahren, plappert Lucy unentwegt. Das Wesen eines Menschen bleibt immer dasselbe und stets wiedererkennbar. Seth betont, wie brillant Lucy sei und wie gelähmt zugleich durch ihre Selbstzweifel. Sonny entnimmt das der Art, wie sie mit der Tatsache umgeht, daß sie Richterin ist. Wie aufregend! Wie schwierig! Bestätigung und Schmeichelei, die Rhetorik der Frauen unseres Alters untereinander, denkt Sonny, aber sie weiß, Lucy meint es aufrichtig. Sie antwortet, ihr Job sei weit weniger spektakulär, als es den Anschein habe.

»Aber er ist von entscheidender Bedeutung für das Leben vieler Menschen«, wendet Lucy ein. »Und du hast diesen Beruf ergriffen. Als Frau. Ich weiß, was das bedeutet und wie hart es war. Als Michael mir sagte, du seist Richterin, war ich richtig stolz. Klingt das lächerlich? Aber ich bin sehr stolz auf euch alle, auf jede Frau, die ich kenne, die Dinge getan hat, an die ihre Großmutter und nicht einmal ihre Mutter auch nur zu denken gewagt hätten. Denk einmal an unsere Collegezeit. Da waren wir noch so unentschlossen. Viele Frauen waren es. Auch ich. Wir hatten keine Ahnung, was wir anfangen sollten. Und was du und alle befreundeten Frauen taten, das tatet ihr für euch selbst. Gemeinsam, Hand in Hand. Ich glaube nicht, daß Sarah sich wirklich vorstellen kann, wieviel Vorstellungskraft man dazu brauchte.«

Die herabhängenden Zweige der Bäume spiegeln sich in der Windschutzscheibe. Sonny wiegt den Kopf.

»Ich kann mir das nicht als Verdienst anrechnen«, sagt sie. »Meine Mutter hat es mir mitgegeben.«

»Tatsächlich?«

»Ziemlich ungewöhnlich für jene Zeit, aber es ist ein wunderbares Geschenk. Ich schulde ihr so viel dafür.« »Du bist ganz großartig«, pflegte mir Zora ins Ohr zu flüstern. »Du bist der größte Schatz der Welt.« Tagein, tagaus wiederholte sie mir diese Botschaft, und zwar mit einer Inbrunst, die keinen Zweifel daran ließ, daß sie wahr war. Manchmal war ihr dieses uneingeschränkte Loblied auf ihre Fähigkeiten eher als Last denn als Wohltat erschienen, doch letztendlich hält es Sonny doch für ein großes Kapital, auf das sie zurückgreifen kann.

Sie parken vor dem Drees, einem kleinen Backsteinhaus, das schon drei- oder viermal für verschiedene Gemeindezwecke umgebaut worden ist. Auf der University Avenue ist die Rush-hour manchmal der reine Wahnsinn, aber heute ist der Verkehr dünn, und sie sind früh dran. Sonny schlägt ein Gourmet-Cafe vor. Es gehört zu einer Kette, die sich mit Koffeinhaltigem von Seattle aus über ganz Amerika ausgebreitet hat. Als quasi ›Eingeborene‹ kennt Lucy alle einschlägigen Bezeichnungen. ›Grande, macchiato, double shot.‹ Sie sitzen sich auf mattierten Edelstahlhockern an einem Tisch mit Granitplatte gegenüber. Draußen bevölkern Einkaufsbummler, zumeist Frauen, die Gehsteige. Eine Frau mit einer Baguette aus der gegenüberliegenden französischen Bäckerei unterm Arm ist so ins Gespräch vertieft, daß sie mit einer halben Drehung Lucy fast vom Hocker fegt. Eine kurze Szene mit viel Gelächter und tausend Entschuldigungen. Als sie wieder allein sind, beugt sich Lucy über ihre Kaffeetasse und leckt wie eine Katze die Schlagsahne herunter.

»Es ist also Liebe?« fragt sie. Mit solcher Direktheit hatte Sonny nicht gerechnet. Sie trifft sie wie ein Schlag, und sie muß tief Luft holen.

»Eines weiß ich, Seth ist verliebt in meine Tochter. Was mich angeht, bin ich nicht so sicher.«

»Oh, ich glaube, er hat immer an dir gehangen. Wie nennt man das? Glut unter der Asche? Ein Licht in der Ferne? Als Kind habe ich dabei immer an die Fackel der Freiheitsstatue gedacht, doch heute ist mir klar, es bedeutet daß Liebe nie zu Ende ist. Glaubst du nicht, daß es so ist? Ich glaube, eine Liebe geht nie zu Ende.«

Sonny ahnt, was jetzt kommt: eines dieser unaufrichtigen, neurotischen Gespräche, in denen man das eine sagt und eigentlich etwas ganz anderes meint. Wenn Liebe nie vergeht, wo bleiben dann Lucy und Seth? Lucy bemerkt Sonnys Zurückhaltung und entschuldigt sich. Sie wolle sich bestimmt nicht in anderer Leute Angelegenheiten einmischen.

»Ich verstehe das nicht als Einmischung«, sagt Sonny. »Es ist ganz natürlich. Du fragst dich, was mit Seth und mir ist, und ich frage mich, was mit dir und Seth ist.«

Lucy rührt in ihrem Kaffee und blickt ins Leere. »Das Leben ist eine vertrackte Sache«, sagt sie plötzlich. »Oder nicht? Jeder Mensch hat seine vertrackten kleinen Ecken und Winkel, und kein anderer dringt da hinein.« Meint sie jetzt Seth und sich selber? Oder meint sie damit, daß sie und Sonny sich auch vor Jahrzehnten nie besonders nahestanden?

»Du mußt mir nichts erklären«, sagt Sonny schließlich, denkt einen Augenblick nach und murmelt dann Isaacs Namen. Lucy kann nicht verhindern, daß sie kurz zusammenzuckt.

»Natürlich«, sagt sie. »Ich meine, das ist das größte Problem. Isaac. Michael kommt nicht davon los. Kann nicht loslassen. Mein Gott, ich weiß nicht, wie man das nennt. Er will es einfach nicht. Die Trauer verläßt ihn nicht. Dinge, die das Leben erträglich machen – Lachen, Tanzen – erreichen ihn nicht wirklich. Nicht mit mir zusammen. Und ich fühle mit ihm, ich glaube, ich weiß, was Mitleiden ist...«

»Natürlich tust du das«, möchte Sonny ihr zu Hilfe kommen und ist sich zugleich bewußt, wie dumm ein solcher Versuch bei jemandem ist, den man fünfundzwanzig Jahre lang nicht gesehen hat. Dennoch weiß sie, daß sie sich richtig verhält.

»Aber es geht auch um mich. Er war auch mein Kind. Ich kann nicht mit diesem stillen Vorwurf leben, ich hätte Isaac vergessen und er nicht, er leide und ich nicht. Das kann ich nicht *ertragen.*« Sie weint. Der Eyeliner verläuft und hinterläßt eine graue Spur auf ihren Wangen. Lucy zieht eine Papierserviette aus dem Edelstahlbehälter auf dem Tisch, tupft sich die Wangen ab und starrt auf die hinterlassenen Flecken. Sie schüttelt den Kopf. Wozu die ganze Mühe mit dem Make-up, fragt sie sich. Den ganzen Tag hat sie immer wieder geweint und sich immer wieder neu geschminkt.

Daß sie so plötzlich an diesen großen Schmerz gerührt hat, bereitet Sonny ein ungutes Gefühl. Es ist, als hätte man im Garten gegraben und versehentlich eine Wurzel freigelegt, weißlich schimmernd und nie dazu bestimmt, dem Licht ausgesetzt zu werden. Während sie Lucy beobachtet, wie sie sich wieder fängt, spürt sie die Last dieses Tages im Gewimmel des Cafes. Es wird immer voller. An der chrom- und messingglänzenden Bar stehen Reihen von Frauen und Männern, die sich auf dem Heimweg ein bißchen Entspannung gönnen. Ein paar Kleinkinder hängen an den Schenkeln ihrer Mütter. Aus den Kaffeemaschinen zischt der Dampf, verführerische Gerüche ziehen durch den Raum. Junge Bedienungen flitzen von Tisch zu Tisch und freuen sich über die Betriebsamkeit, die die Rush-hour mit sich bringt. Für einen Moment fühlt sich Sonny, wie aus einer Erinnerung heraus, irgendwie mit all den Menschen hier verwandt: Jung sind sie und kennen sich noch gar nicht selbst. Frei und ungebunden. Und dort die Mutter mit dem Baby auf dem Arm. All das hat sie auch einmal erlebt. Warum erkennt sie so deutlich den Bogen, der sich in die Vergangenheit spannt, und nichts, was in die Zukunft reicht?

»Ich meine, Isaac ist nicht das einzige zwischen uns«, sagt Lucy. »Uns geht es wie allen anderen Ehepaaren auch. Wir haben einander häufig verletzt in all den Jahren.«

»Ich war auch verheiratet«, sagt Sonny.

»Ich weiß«, sagt Lucy und versucht ein kleines Lächeln. Sie ist unsicher, ob ihre Reaktion nicht vielleicht als unhöflich aufgefaßt werden könnte. »Und weißt du, für Michael und mich erhebt sich nun die Frage, wieviel Enttäuschung kann man ertragen, bis man sich sagt: ›Ich muß noch einmal von vorn anfangen.‹ Ich meine, es stellt sich einfach heraus, daß es ein paar Dinge gibt, über die man nicht sprechen kann. Auch nicht in einer Ehe. Man kann eine Beziehung mit einem einzigen Satz zerstören, und merkt es erst zehn Jahre später. Aber so läuft es nun einmal.« Lucys Blick ist unstet und bleibt nie lange auf eine Stelle gerichtet, doch jetzt sieht sie Sonny direkt in die Augen. »Er hat es dir nie erzählt, oder?«

Sonny versucht, den Faden zu finden, und antwortet nicht. Lucy stützt die Stirn auf ihre kleine Hand mit den kurzen, aber sorgfältig rot lackierten Nägeln.

»Gott, ich brauche eine Zigarette«, verkündet sie. Lucy nimmt ihren Pappbecher und geht an einen Tisch in der Ecke. Bis Sonny ihr folgt, hat sie sich eine Zigarette angezündet und in eine Rauchwolke gehüllt. Und ihre Mutter ist an einem Lungenemphysem gestorben. Sonny denkt an das, was Seth ihr von dieser Frau erzählt hat. Mit einem zerstörten Gesicht wie das von Lillian

Hellman hatte sie noch hinter ihrer Sauerstoffmaske geraucht, während ihre Familie flehte und bettelte, sie solle wenigstens an die Brandgefahr denken. Aber vergebens.

»Weißt du, dieser Zeitabschnitt, oder wie immer man es nennen will«, sagt Lucy, »ist gewissermaßen unsere zweite große Krise. Wir hatten auch unsere erste große Krise. Vor etwa zehn Jahren. Hast du davon gewußt?«

»Ein bißchen«, sagt Sonny.

»Michaels Mutter lag im Sterben. Es war eine schlimme Zeit für ihn. Alzheimer. Der Mensch schwindet direkt vor deinen Augen dahin, die Krankheit frißt zuerst die Seele auf, dann den Körper. Zur gleichen Zeit begannen seine großen Erfolge. Auch das war eine schwierige Zeit für ihn, weißt du. Die Leute gingen plötzlich anders mit ihm um, und er war nicht mehr nur dieser sonderbare Bursche, der eine Menge verrückter privater und intimer Gedanken zur Sprache brachte. Es war wie bei den Werbespots, die jeder kannte. Plötzlich war das sein Leben. Er kam irgendwo zur Tür herein, und die Gespräche brachen ab. Alles hörte zu. Das ist ihm ganz schön zu Kopf gestiegen, und er fing ein Verhältnis mit einem Mädchen von seiner Zeitung an. Er reiste mit ihr durch die Gegend und sagte mir, da wäre nichts. Seine Assistentin. Aber es sprühten schon die Funken, wenn sie einander nur ›Hallo‹ sagten. Aber Männer werden nie begreifen, daß eine Frau es einfach *weiß,* stimmt's? Und ich bin der Typ, der erst einmal alles von sich wegschiebt, das ist eines meiner Probleme. Ich brauche immer sehr lange. Aber das? Schließlich bekam ich nach einer Party einen Wutanfall. Ich wußte, daß ich ein Recht darauf hatte. Ich war so verletzt, so furchtbar verletzt. Und er hat sich wie ein Stinktier benommen. Hat all das unglaublich dumme Zeug gefaselt wie: ›Du verstehst das nicht, das alles bedeutet überhaupt nichts‹, und ich sagte zu ihm: ›Nein, das verstehe ich nicht, aber sag bloß nicht, es hat nichts zu bedeuten‹, und dann, warum, weiß ich nicht, habe ich einfach gesagt: ›Verdammt noch mal, ich habe mit Hobie noch geschlafen, als wir schon ein Jahr verheiratet waren.‹ Einfach ins Gesicht habe ich ihm das gesagt.« Sie ist für einen Moment still und starrt auf die Glut ihrer Zigarette.

»Selbst als ich diese Geschichte mit Hobie hatte«, fährt Lucy fort, »habe ich das alles nicht recht verstanden. Ich habe zu mir gesagt: ›Wenn du das machst, tust du es nur für dich selbst, und er wird es nie erfahren.‹ Und das hat er auch nicht. Es waren zwei völlig verschiedene Welten, wie Schlafen und Wachen oder high und clean. Es schien völlig ausgeschlossen, daß es da jemals eine Verbindung geben könnte. Aber es hat sie gegeben. Plötzlich hatten sich die beiden Welten berührt. Ich meine, das Ganze war wie ein Griff in die Vergangenheit. Es war seit Jahren vorbei. Hobie und ich hatten eingesehen, daß es verrückt und absurd war. Und dann war da dieses Problem. Ich meine, ich war jetzt eine Mutter. Wir hatten unsere gemeinsame Welt, unsere Sachen, unsere Möbel, frühstückten zusammen, all das, und, ganz ehrlich, mein großes Problem war, daß ich es selbst nicht mehr verstehen konnte. Ich dachte zurück und kam mir vor wie in einer fremden Welt. Ich meine, ich kann ja nicht einmal mehr erklären, was ich damals mit einundzwanzig dachte. Wir vergessen, was wir waren und wie alles war. Es scheint, als wären es einfach andere *Kategorien,* verstehst du? Ich meine, alles war nicht so *geordnet.* Wer weiß denn, was für Erwachsene eine Beziehung bedeutet, wenn man selbst erst einundzwanzig ist? Ich habe geglaubt, ich könnte mit Hobie schlafen und Michaels Frau sein. Das ergab irgendwie einen Sinn und am Ende auch wieder nicht. Ich meine, so ist das Leben, so ist die Wirklichkeit, und ich kann mich dafür nicht entschuldigen.«

Sie sah zur Decke. »Und, weißt du, die Seelenklempner, die Anwälte, sie haben uns das alles auseinandergenommen und erkärt, wie kompliziert das ohnehin schon lief zwischen Michael und Hobie, und warum Michael – Seth – sich ausgerechnet mit Hobies Mädchen zusammentun mußte. Kurzum, wir spielten alle eine Rolle darin. Aber es blieb ein Chaos. Nicht, daß er mir jemals gedroht hätte. Dafür hat er selber zuviel Mist gebaut, und das weiß er auch. Aber er konnte mehrere Jahre lang nicht mit Hobie reden. Dabei hat Hobie sich wirklich Asche aufs Haupt gestreut und um Verzeihung gebeten. Offen gesagt, hatte ich gar nicht geglaubt, daß er überhaupt weiß, wie das geht. Jedenfalls verzieh ich Michael, und Michael verzieh uns. Er ist ein Mensch, der verzeihen kann. Nur seinem Vater nicht. Ich hatte Probleme, wieder schwanger zu werden, sekundäre Unfruchtbarkeit. Wir haben eine In-vitro-Fertilisation vornehmen lassen und so Isaac bekommen. Und es ging weiter mit uns. Aber es gibt doch diesen Spruch: ›Je trauriger, je weiser.‹ Eine schreckliche Weisheit, nicht, wenn man es genau bedenkt. Und er war trauriger, aber auch weiser danach. Das gilt auch für unsere Ehe. Und als das plötzlich mit Isaac passierte, da war vielleicht alles zu traurig und zu weise. Und wie findet man einen Ausweg? Weißt du das? Gibt es einen?«

Lucy glüht vor Scham, schließt die Augen und drückt ihre Zigarette aus. Das Cafe leert sich langsam. Als die Gäste hinausgehen, weht ein kühler Lufthauch herein, und die sanften Gerüche des Frühlings und des zu Ende gehenden Tages ziehen durch den Raum. Lucy wagt noch einmal einen verschwommenen Blick auf Sonny. »Jetzt weißt du Bescheid«, sagt sie.

SETH

Der Tag klingt aus wie eine sanfte Klage. Seth und Nikki sitzen auf den grauen Stufen der Hinterveranda und schauen auf die Reste des Staketenzauns, den sein Vater vor Jahren um dieses kleine Stadtgrundstück gezogen hatte. Die Vögel zwitschern laut, und einen Block oder zwei Blocks weiter brummt ein Rasenmäher. Manche Nachbarn halten sich gern das Wochenende frei, indem sie eine Stunde Arbeit zu Hause an die tägliche Berufstätigkeit anhängen. Heute ist der erste Rasenschnitt des Jahres fällig. Langsam verblaßt die wunderbare Farbe des Himmels über ihnen. Lucy und Sonny holen mit dem Wagen ein fertiges Abendessen ab. Sarah hat gerade ein Klagegebet gesungen und sitzt jetzt mit den noch anwesenden Freunden zusammen. Nikki hat Sarah ehrfürchtig zugehört und bittet nun Seth, sich mit ihr in einer fremden Sprache zu unterhalten, einer von ihr erfundenen, natürlich. Also quaken und gackern sich die beiden eine Weile an.

»Hast du verstanden, was ich gesagt habe?« fragt die Kleine. Sie trägt Jeans und einen getupften, mit Blümchen bestickten Rollkragenpulli, den zusätzlich zwei Schmierflecken von Fingerfarben zieren. »Ich habe gerade gesagt: ›Ja, ich möchte jetzt gerne einen Reitausflug machen.‹«

»Ach, das habe ich mißverstanden. Ich glaubte, du hättest gesagt: ›Danke, Seth, daß du hier mit mir hockst, du bist so ein toller Kumpel.‹ Ich könnte schwören, daß es das war.«

»Nei-ei-ei-n!« ruft sie und hört auf, ihm den neuen Bart zu kraulen. Mit tadelndem Blick kneift sie ihn in die Wangen. Sein Bart heißt übrigens bei allen drei – Seth, Sonny und Nikki – nur ›Nikkis Backenbart‹. Sie lacht übermütig, dann blicken ihre dunklen Augen wieder ernst. Ihr geht etwas anderes durch den Kopf. »Warum hat sie übrigens Spanisch gesprochen?«

»Spanisch? Wer?«

Nikki zeigt mit ihrer kleinen Hand verzweifelt in Richtung Wohnzimmer. Sarahs Namen vergißt sie immer wieder, und auch sonst kann sie sie nicht beschreiben. Er hat ihr tausendmal erklärt, Sarah sei seine Tochter, aber für Nikki scheint es unbegreiflich zu sein, daß eine Tochter nicht jemand in ihrem Alter ist.

»Du meinst, als Sarah betete?« fragt er. »Das war Hebräisch. *Spanisch«,* foppt er sie, schubst sie und greift ihr um die Taille. Sie wirft sich ihm fest in die Arme, und es berührt ihn zutiefst, das kleine Mädchen so nah zu spüren, ihren süßen, geheimnisvollen Duft in sich aufzunehmen, das Unschuldig-Verführerische an ihr. Auch Isaac war damals so ruhelos und überschwenglich gewesen, und Seth hatte seine unglaubliche Lebhaftigkeit und Intensität schon halb vergessen.

In Nikkis Gegenwart wurde ihm oft schlagartig die Zeit wieder bewußt, als er Ende zwanzig war und Sarah ein kleines Mädchen. Sie war in jeder Hinsicht ein Kind voller Überraschungen, angefangen schon mit den Umständen der Empfängnis. Als sie dann zur Welt gekommen war, beherrschten ihre Bedürfnisse voll und ganz Lucys und sein Leben. Zum Beispiel war jede Mahlzeit eine Herausforderung. Sie war allergisch gegen Milchprodukte und nahm, was noch schlimmer war, jahrelang ihr Essen nur zu sich, wenn es trickreich unter gebackene Bohnen gerührt war. Jeder einzelne Tag war ein Dickicht aus Planung, Vorbereitung und Programm für sie.

Lucy wollte damals gerade ihren Collegeabschluß machen. Er hatte einen Job an einer Tageszeitung in Pawtucket, und eines Tages wurde seine Kolumne von einem richtigen Pressesyndikat übernommen und an fünfzig weitere Zeitungen verkauft, die dann ständig nach mehr Stoff riefen. Er schrieb, recherchierte und führte Interviews.

Er notierte sich pausenlos neue Ideen und arbeitete sie ohne ein durchgehendes Konzept aus, frei und locker, ein Feind jeglicher Ordnung, soweit es seine Rolle als Schreiber betraf. Dennoch erkannte er plötzlich, daß all seinem Tun und Werken, zu Hause und im Büro, daß jeder Aktivität des Tages ein tiefer Sinn und Zweck innewohnte – und das bezog sich auf Lucy, Sarah und seine Artikel gleichermaßen. Wohin führte das alles? Wer wußte das schon? Er arbeitete auf ein Ziel hin, und sei es nur das Ziel, nach langem Fragen und Grübeln herauszufinden, wer er war. Schöne Jahre waren das, denkt er jetzt. Eine gute Zeit.

In dieser Stimmung hat er Nikki fest im Arm. Ihr langer dunkler Pferdeschwanz schwingt mit, als er sie vor- und zurückschaukelt. Er ist immer etwas befangen, wenn er mit ihr umgeht. Willkommen in unserem neuen Lebensabschnitt. Doch Sechsjährige wollen umarmt werden. Als seine Kinder klein waren, genoß er nichts mehr, als sich zu einem kleinen Nickerchen zu ihnen zu legen, ihre Händchen zu halten und im Schlaf nicht mehr zu wissen, wo genau ihre kleinen Körper und sein eigener begannen und endeten. Schließlich läßt er sie los und erklärt ihr nun, was Sarah da gemacht hatte.

»Manchmal möchte ein Mensch versuchen, mit Gott zu reden. Das nennt man Beten. Und Sarah hat für ihren Großvater gebetet. Erinnerst du dich an diesen ganz, ganz alten Mann? Ich habe dir ein Bild von ihm gezeigt. Ich habe ihn oft besucht. Wir denken an ihn.«

»Ist er gestorben?« Seth weiß, daß Sonny lange mit ihr darüber gesprochen hat. Aber sie werden das in den nächsten Tagen sicherlich immer wieder tun.

»Er war über neunzig. Er war fast neunzig Jahre älter als du.« Er war dieses Jahrhundert, er selbst verkörperte dieses überschattete, erstaunliche Jahrhundert, denkt Seth. Bis jetzt hat er noch nicht geweint, aber er war ein- oder zweimal den Tränen nahe gewesen. Bei diesem unerwarteten Gedanken unterdrückt er ein Schluchzen. Es würde Nikki beunruhigen. Bei seinem eigenen Kind wäre das etwas anderes. Es wäre nichts dabei, wenn es sie aufwühlte. Er würde einfach weinen. Er würde ihr erklären, daß auch das zum Leben gehöre. Es gäbe keinen Kniefall vor dem Altar der kleinen Empfindlichkeiten. Aber sie ist nicht sein Kind.

»Ist er schon unter der Erde?«

Er erklärt es ihr, so gut es geht. Daß es so in Ordnung ist, daß es so sein soll. Doch es ist kein Trost für ihn. Er vermutet, daß es daran liegt, daß weder Sonny noch er Nikki jemals von Seths kleinem Jungen erzählt haben, der schon tot ist und der nicht viel älter wurde, als Nikki jetzt ist. Selbst wenn Nikki nur ein Drittel von ihrer wirklichen Klugheit besäße und nur über einen Teil dieser erstaunlichen, einfühlsamen Intelligenz verfügte, mit der sie stets der Welt der Erwachsenen begegnet, wird sie es fühlen – und wissen. Wer um alles in der Welt, wird sie sich fragen, ist denn dieser Mensch, auf den Sonny und er ständig zurückkommen? Wenn es mit ihnen so weitergeht wie bisher, werden sie offen mit ihr darüber reden müssen. Er will ihr nicht das antun, was man ihm angetan hat, und sie in einem Haus aufwachsen lassen, das von geheimem unausgesprochenen Schrecken vergiftet ist.

»Das hat Sarah also gemacht. Sie hat gebetet. Und wenn jüdische Menschen beten, dann tun sie das auf hebräisch. Verstehst du? Sarah und ich sind Juden, und deswegen hat sie es auf hebräisch getan.«

»Bin ich auch jüdisch?«

Er denkt nach. Jack Klonsky, ihr Großvater, war nach der Familienüberlieferung Jude. Für reformierte Juden mochte das genügen.

»Ich glaube nicht, Nikki. Deine Mom ist keine Jüdin. Normalerweise ist ein Mensch das, was seine Mutter ist. Oder sein Vater. Und Charlie und deine Mom gehen eigentlich nicht gern in die Kirche. Manche Menschen beten auch nicht gern. Ehrlich gesagt, ich bin auch nicht gerade wild darauf.«

»Jennifer Zwo geht in die Church Of The Divine Child.« In Nikkis Kindergartengruppe gibt es drei Jennifers, deren Nachnamen allesamt mit G beginnen.

»Ja, dann betet sie sicher auch gern. Und Sarah auch.«

»Gut, und wie mache ich das?«

»Was?«

»Wenn *ich* es möchte. Auch«, fügt sie mit der hoheitsvollen Herablassung einer Sechsjährigen hinzu.

»Ich bin sicher, deine Mom wird dir dabei helfen. Vielleicht kannst du auch mal mit Jennifer Zwo in die Kirche gehen. Oder auch mit Sarah, weißt du? Dann könnte ihr, du, Charlie und deine Mom, darüber reden. Vielleicht willst du katholisch werden wie deine Tante Hen oder jüdisch wie ich. Wahrscheinlich entschließt du dich aber, so zu werden wie Charlie und deine Mom. Das tun die meisten Menschen. Aber was auch immer, jetzt mußt du dir noch keine Gedanken darüber machen.«

»Das tue ich aber.«

»Und mit welchem Ergebnis?«

»Ich möchte Jüdin werden.« Sie legt ihre Hände über seine. Und rückt auf der Stufe ein Stückchen näher.

SONNY

»Da wären wir also alle wieder vereint«, sagt Hobie mit ironisch blitzenden Augen und schaut in die Runde. Er sitzt mit Sonny und Nikki, Lucy, Seth und Sarah an dem alten Mahagoni-Eßtisch. Die Gäste sind fort. Vielleicht schauen später noch ein paar vorbei, doch angesichts des kleinen Bekanntenkreises von Mr. Weissman hat die Familie beschlossen, die Besuchszeit auf den Nachmittag und den frühen Abend zu beschränken. Lucy hat einen späten Flug nach Seattle gebucht. Aus den Kartons mit dem chinesischen Essen strömen die Gerüche von fremden Gewürzen und Frittieröl. Seth nennt chinesische Gerichte immer das Schreckensmahl der Juden, doch das gehört zu den Scherzen von ihm, die Sonny wohl nie wirklich begriffen hat. Wie kann man nur schon wieder hungrig sein, fragt sie sich. Juden sind wie Polen und kauen und knabbern sich ihren Weg durch jedes bedeutendere Ereignis. Doch starke Emotionen verbrauchen viel Energie, und die Menge der Besucher am Nachmittag scheint eine zusätzliche auszehrende Wirkung gehabt zu haben. Sie essen hastig von Papiertellern. Zwischen den Kartons stehen große Limoflaschen aus Kunststoff, in denen Hände beim Einschenken Dellen hinterlassen haben. Nikki nimmt eine Eierrolle, versteckt ihre Hände bis zur Fingerwurzel in den Ärmeln und zeigt allen am Tisch zwei Finger als ›Stäbchen‹.

Sonny und Sarah sitzen nebeneinander und sprechen über Sarahs Pläne für das nächste Jahr. Bevor sie zur Juristerei kam, war Sonny zuletzt Lehrerin gewesen, und sie erzählt von ihren Erfahrungen. Alles war wunderbar gewesen, bis zu dem Augenblick, in dem sie vor einer Klasse mit achtunddreißig Drittkläßlern stand, die ihren Liebesentzug wie offene Wunden zur Schau stellten und sie fix und fertig machten. Jetzt lacht sie bei der Erinnerung an ein achtjähriges Mädchen mit einem ganzen Sortiment von Verhaltensstörungen.

»Ich habe sie gehaßt, und das nicht etwa, weil sie nicht ›funktionierte‹, sondern weil sie Buntstifte aß, wenn sie aufgeregt war. Sie hat sie abgebissen *und* hinuntergeschluckt. Die Vorräte waren immer knapp, aber sie aß *alle* ›schönen‹ Farben auf. Am Jahresende waren nur noch schwarze und weiße Stifte übrig.«

Einen Augenblick lang findet Nikki den Gedanken, Buntstifte zu essen, lustig, doch bald wird sie quengelig und zerrt an Sonnys Ärmel. »Mir ist langweilig«, mault sie. Die Klage kommt häufiger, seit sie in Mr. Weissmans Arbeitszimmer den Schwarzweißfernseher entdeckt hat. Ihre Mutter weigert sich aber, sie ihn einschalten zu lassen. Im Wohnzimmer holt Sonny die Stifte und Bücher aus Nikkis Rucksack, die sie am Morgen hineingestopft hatte. Sie lesen zusammen *The Pain And The Great One.* Dann schlagen sie ein Malbuch auf, aber Nikki besteht mürrisch darauf, daß sie die Vorlagen auch selber ausmalen kann. Als Sonny an den Tisch zurückkehrt, sprechen Seth und Lucy gerade lobend über Sarahs Freunde – wie nett sie seien und wie reif.

»Mein Gott, tut doch nicht so erstaunt.« sagt Sarah. »Wir sind genauso alt wie ihr vier, als ihr euch zusammentatet.«

Ein kurzes Schweigen. »Würg«, sagt Seth, und alle lachen.

»So habt ihr also damals zusammengehockt?« fragt Sarah. »Bei chinesischem Essen und coolen Geschichten?«

»Bis zum Platzen, und dabei haben wir deinem Vater zugehört«, sagt Hobie.

Zugehört? Wobei? Sarah will es wissen. Lucy erzählt von Seths ›Filmen‹, den Science-fiction-Stories, die er damals erfand.

»Cool«, sagt sie. »Und warum hast du damit aufgehört, Dad?«

»Wer sagt denn, daß ich aufgehört habe? Mein Computer ist voll davon.«

»Das habe ich nicht gewußt«, sagt Lucy. Sonny ist sichtlich erleichtert, denn auch sie hatte keine Ahnung davon.

»Immer wenn ich mal beim Schreiben einer Kolumne eine Blockade habe, fummele ich an einer herum. Sie stammen aus den ruhigen Tagen der Science-fiction. Rekombinationstechnik. Computerwissenschaft. Meine Gedanken unternehmen da immer noch ihre seltsamen Spaziergänge.«

»Zum Beispiel? Na, los. Erzähl mir eine.« Sarah greift an Sonny vorbei nach der Hand ihres Vaters.

»Nur dummes Zeug, privater Kram. Eine Art zeitkritischer Parabeln oder so. Ich weiß nicht recht.«

»Fang schon an«, sagt Hobie. »Sarah soll mal erfahren, wie verschroben du wirklich bist. Ich wette, du hast dir da ganz schön was zusammengequirlt. Sag nicht nein, denn ich weiß, daß das stimmt. Hast du auch Geschichten über Schwarze?«

»Natürlich. Keiner wird verschont.«

»Okay.« Mit weit ausholender Bewegung verschränkt Hobie die Arme vor seiner Brust. Laß mal hören, heißt das. Der uralte Wettstreit zwischen den beiden. Hobie fängt an, indem er Seth ganze zehn Minuten lang einen Vortrag über die Unzulänglichkeiten seines jungen Bartes hielt. Jetzt bedarf es nur noch eines kleinen Anstoßes von Lucy und Sonny, und Seth rückt endlich seinen Stuhl vom Tisch ab und spreizt die Hände. Sogar Nikki kommt und klettert auf Sonnys Schoß, um zuzuhören.

»Bald«, sagt er, und so beginnen alle seine Geschichten, »bald wird es nach dem derzeitigem Stand des Wissens möglich sein, Lebewesen zu klonen. Aus einer einzigen Zelle – von einer Haarschuppe kann sie stammen oder einem Stück Fingernagel – kann ein vollständiges Wesen geschaffen werden. Wenn Schriftsteller über diese Möglichkeit spekulieren, drehen sich ihre Geschichten immer um geklonte Genies – eine ganze Liga Michael Jordans oder ein neuer de Kooning. Doch ich habe den Verdacht, die meisten Leute würden am liebsten sich selbst klonen. Wie die Pantoffeltierchen reproduzieren wir uns dann in einer endlosen Kette. Du bist buchstäblich dein eigener Erzeuger. Das Kind wird nicht die gleichen schlimmen Entwicklungen durchmachen wie die Eltern, ihre Alpträume nicht haben und auch nicht in dieselbe Tretmühle steigen. Aber ansonsten gleicht es ihnen aufs Haar, wächst so auf wie sie und hat dieselbe krankhafte Vorliebe für Pfirsicheiskrem und, bedauerlicherweise, dieselben genetischen Defekte.«

»Zum Beispiel die Glatzköpfigkeit?« fragt Sarah. Schallendes Gelächter ringsum. Auch Nikki auf Sonnys Schoß brüllt mit, allein schon weil sie sich freut, dabeisein zu dürfen. Seth droht Hobie mit dem Finger und erinnert ihn an die Geschichte von dem, der zuletzt lacht.

»Und wie geht es weiter?« fragt Sarah. »Die Geschichte ist cool. Ich möchte mehr hören.«

»Okay«, antwortet Seth. »Natürlich ist der nächste Schritt, daß die Menschen sich per Gentechnik *verbessern* wollen. Sie wollen nicht, daß ihr Kind dazu verurteilt ist, exakt so zu werden wie sie. Es soll mir schon ähnlich sein, aber mit dem musikalischen Talent meines Großvaters und dem mathematischen meiner Mutter. Andererseits können auch anomale Gene repariert werden. Niemand braucht mehr Angst vor einer Sichelzellanämie oder der Tay-Sachschen Krankheit zu haben. Gewiß gibt es auch ein Potential für entsetzlichen Mißbrauch, der damit getrieben werden kann, Experimente an Menschen oder die Schaffung von Ungeheuern oder neuen Hitlern aus deren DNS. Um das zu verhindern, werden alle genetischen Manipulationen und Reparaturen unter staatliche Aufsicht gestellt, durch die Biomedical Genetic Engeneering Administration, die alle Anträge für genetische Veränderungen prüft. Und hier fängt nun meine Geschichte an.«

Er sieht alle in der Runde an und holt tief Luft. »Es gehört zum Erbe der Sklaverei, daß praktisch jeder Afro-Amerikaner auch ein paar weiße Gene mit sich herumschleppt. Kurz nach Einrichtung der BGEA sickert durch, daß eine unbekannte Zahl schwarzer Eltern den Antrag gestellt hat, weiße Kinder zu bekommen. Das führt zu einem gewaltigen Aufruhr quer durch das Land. Weiße Rassisten wollen nicht, daß Schwarze mit so etwas ›durchkommen‹ – selbst wenn sie dann in jederlei Hinsicht ›weiß‹ wären –, während viele Afro-Amerikaner auf dem Standpunkt stehen, diese Eltern würden Verrat an ihrer Herkunft üben. Einige führende Vertreter der Weißen, unter ihnen ein paar, denen man im allgemeinen eine progressive Haltung nachsagt, fordern, daß *alle* Afro-Amerikaner diesen Schritt tun sollen, damit in einer einzigen Generation die Rassenprobleme in unserem Land gelöst wären. Die meisten Schwarzen und viele Weiße lehnen diesen Schritt ab. Einige Weiße stellen sogar trotzig Anträge auf schwarzhäutige Kinder. Der Kongreß wird unter Druck gesetzt, eine derartige Rassenkreuzung zu verhindern. Ein Gesetz wird beschlossen, das der Oberste Bundesgerichtshof jedoch wieder kassiert mit der Begründung, die Verfassung garantiere allen Amerikanern das Recht auf jegliche Hautfarbe. Nun herrscht großes Durcheinander im ganzen Land. In der Biochemical Genetic Engeneering Administration wird eingebrochen, und die Namen der schwarzen Eltern, die ihre Anträge eingereicht haben, werden bekannt. Vier von ihnen fallen der Lynchjustiz zum Opfer. Einrichtungen, die Genveränderungen vornehmen, werden sabotiert. Ein Bürgerkrieg bricht aus, in dem weiße Rassisten Seite an Seite mit schwarzen Islamisten kämpfen. Wieder brennen Städte.« Seth schüttelt die Finger und läßt es regnen. »Film blendet aus. Na?« fragt er. Rundum Schweigen.

»Deine Geschichten von früher gefielen mir weitaus besser«, sagt Sonny.

»Onkel Hobie hat recht«, sagt Sarah. »Du bist wirklich verschroben.«

»Mal langsam«, sagt Seth. »Ihr habt mich schließlich darum gebeten.«

»Die Vorstellung ist beängstigend, Seth«, sagt Sonny. »Sie ist eine Provokation.«

Hobie hat sich eine Zeitlang den Bart gekrault und sagt jetzt: »Ich glaube, die Geschichte hat ihre Berechtigung.«

»Da hört ihr meinen Kumpel«, sagt Seth.

»Mein Gott«, gibt Lucy zurück. »Daß ihr beiden nie wißt, wie ihr euch in den Ohren anderer anhört. Es ist eine furchtbare Geschichte.«

»Das ist sie tatsächlich«, sagt Hobie. »Aber sie ist wahr. Es stimmt doch, daß niemand in diesem Land, ob schwarz oder weiß, wirklich weiß, wie er auf diesen Unterschied reagieren soll. Es gibt viele Weiße in diesem Land, vielleicht ist es heutzutage sogar die Mehrheit, die sich selber sagen, daß sie doch gar nicht so darauf achten. Soll ruhig einer diesen netten Schwarzen, wie sie sie vom TV kennen – Bill Cosby oder Whoopi Goldberg oder Michael Jordan – in ihre Nachbarschaft ziehen, einer, wißt ihr, der so lebt und so redet wie sie selbst; dann finden sie das in Ordnung. Doch, wer immer es auch ist, er soll nie wagen, meine Tochter zu heiraten und mir ein dunkelhäutiges Enkelkind zu schenken. Und *wir* sind da keinen Deut besser. Wir sind *stolz* darauf, anders zu sein, wir wollen es sein. Nur wollen wir nicht von den Weißen darauf hingewiesen werden. Niemand soll die vielen schwarzen Spieler in der Nationalen Basketball-Liga aufzählen! Denn dann empfinden wir es als einen Fluch, der auf uns lastet und uns von unserer schwarzen Haut direkt in die Seele fährt. Wir haben alle diese verdammte Haltung, und daran ändert sich nicht das *Geringste.*«

Lucy sieht Sonny an. »Die beiden glauben, wir sind und bleiben Verdammte.«

»Nicht verdammt«, sagt Seth. »Nur tief, ganz tief im Schlamassel.« Seine Frau verzieht das Gesicht, und Seth wiederholt noch einmal »tief im Schlamassel«. Lucy trägt noch ihr schwarzes Kleid und zerrt jetzt aufgebracht an den Ärmeln. Sie beugt sich über den Tisch zu Seth.

»Das will ich mir nicht anhören. Nicht heute abend. Ich möchte nicht hören, wie schlimm und furchtbar alles ist, wie hoffnungslos, wie das Leben in der Stadt von Mörderbanden bestimmt wird, die mit der Miliz Krieg führen, während der Rest sich gegen beide schützen muß.«

»Vielleicht fährst du mal runter in die Grace Street, Luce. Oder setzt dich neben Sonny und schaust dir an, was da an einem ganz normalen Tag an ihr vorüberzieht.«

Sonny wirft ihm einen scharfen Blick zu und läßt ihn lautlos wissen: Laß mich da aus dem Spiel.

»Es mündet nicht alles in einer Einbahnstraße, Seth. Warum willst du das denn nie einsehen? Vor vielen Jahren hattest du den Vorsatz, die Dinge zu verbessern. Und sie sind besser geworden. Wir – und das sind alle in diesem Lande – haben enorme Fortschritte gemacht. Warum sagt das denn nie jemand? Warum gesteht sich niemand einen Augenblick der Freude darüber zu? Nennt mir ein anderes Jahrhundert, in dem so viele Menschen so viele Fortschritte im Kampf gegen jede Art von Tyrannei gemacht haben. Denn tyrannisiert haben die Menschen einander schon immer.«

Sie streckt ihm flehend die Hände entgegen, und Sonny sieht, daß sie den Tränen nahe ist. Lucy weiß, dies ist der Kern dessen, was sie ihm zu geben hat. Das, was er selber ist und denkt. Was er war und wonach er sich sehnt, wenn er nur seinen alten Mut wiederfindet und seinen Glauben. Sonny beunruhigt Lucys allzu privater Appell. Sie möchte nicht weiter zuhören. Nikki ist inzwischen auf Seths Knie hinübergerutscht, und so murmelt Sonny kurz eine Entschuldigung und geht in die Küche. Sie holt eine Flasche Wasser aus dem Kühlschrank, einem laut tuckernden Shelvador, der mindestens schon seine vierzig Jahre auf dem Buckel hat. Die ganze Küche ist ein Museum. Die Laufschienen der Schubladen in den weißen Metallschränken haben sich längst gelöst. Der Fußboden ist aus schwarz-weiß gemustertem Linoleum. Sonny findet ein Glas – es sind, behauptet Seth, ausnahmslos Werbegeschenke aus irgendwelchen Lebensmittelläden – und schüttet das Wasser hinunter.

Wer hat einmal behauptet, wir könnten unsere Gefühle wirklich beim Namen nennen? Es ist die alte Rätselfrage eines Philosophieprofessors aus den längst vergangenen Zeiten an der Miller Damon. Natürlich kann man heutzutage messen, wie der einzelne Mensch etwa die Farbe Grün sieht. Bei einer Untersuchung würde sich ergeben, daß der Sehnerv fast aller Menschen bei der Meldung einer optischen Wahrnehmung an das Sehzentrum die gleiche Reaktion in den Neuronen auslöst. Aber wie steht es mit dem aus jeder Kontrolle geratenen Aufruhr in ihrem Innern? Mit diesem Gefühl, als habe ihr jemand das Herz durchbohrt? Mit diesem Hin-und-hergerissen-Sein zwischen dem, was sich an einem Tag und in einem ganzen Leben in ihr auftürmt und einzigartig für sie ist? Wer nimmt sich das Recht, diese Gefühle mit einem der geläufigen Namen zu belegen wie ›Liebe‹ oder ›Trauer‹ oder ›Schmerz‹?

Aus dem Eßzimmer tönt Hobies Stimme. Er erzählt eine Geschichte vom Unabhängigkeitstag im Juli vor vier Jahren, als er noch mit seiner zweiten Frau verheiratet war. Kurz darauf wirft Seth einen Blick durch die Tür.

»Bring mich bitte nicht gleich um, ja? Ich habe für Nikki den Fernseher eingeschaltet. ›Meine Güte, Seth‹, hat sie gesagt, ›das ist ja unheimlich cool. Er hat *keine* Farbe.‹ Ist das vielleicht die neueste Mode?«

Sie lächelt matt zurück. Immer wieder muß sie ihm sagen, daß er lernen soll, Nikki auch einmal etwas abzuschlagen und nicht ständig die Verwöhntante zu spielen. Aber für diese Diskussion ist jetzt nicht der richtige Zeitpunkt.

»Was ist los?« Er kommt in die Küche. »Ist dir meine Geschichte auf den Magen geschlagen?«

»Ich glaube, schon. Darüber gäbe es viel zu sagen. Aber es war für uns alle ein schwerer Tag.«

Er sieht hinter sich, dann geht er auf sie zu und nimmt sie in die Arme. Er fragt, ob sie okay sei. Sie gibt keine Antwort, schmiegt sich aber an ihn. Das Fenster neben ihnen, das zum Lüften geöffnet worden war, als das Haus voll war, steht trotz der aufkommenden Nachtkälte noch immer offen. Der Wind frischt auf und trägt die Laute eines liebeshungrigen Katers vom Nachbarhaus herüber. Die Luft, die Laute, Seths Nähe, wecken in ihr ein leichten Anflug sexuellen Verlangens. Bei aller Unsicherheit, mit der sie einander begegnen, waren ihre Liebesnächte ein voller Erfolg. Auch mit ein paar Männern zuvor war es ihr schon so ergangen – Charlie gehörte dazu: Wenn man Sex hat, wirklich guten Sex, dann scheint das der Mittelpunkt der Welt zu sein. Alle sonstigen Bindungen treten ein Stück weit in den Hintergrund. Am Abend, wenn Nikki im Bett ist, wendet sich Sonny jetzt ihm zu, so, wie sie sich früher sich selbst gewidmet hatte. Er bringt ihr ein Glas Wein. Sie trinken. Sie lieben sich. Manchmal geht es weiter. Er bleibt aktiv. Kommt von hinten. Von der Seite. Zieht sich wieder zurück. Er liebkost ihre Knie, ihre Knöchel, ihre Vulva und dringt wieder in sie ein. Dann bringt er ihren starken weiblichen Duft mit. Und je mehr Zeit vergeht, desto näher scheinen sie einander zu kommen. Die ineinander verschlungenen Finger. Die empfindlichen Berührungen. Der Ausbruch in Schreie der Lust. Als wären sie zwei in einem auf dem Weg zurück in ein gemeinsam erinnertes Selbst. Daß sie gerade jetzt daran denken muß, wühlt sie auf. Sie will jetzt auf keinen Fall weinen.

»Und wie fühlst *du* dich?« fragt sie.

»Verwirrt«, sagt er. »Benommen.«

»Fast hätte ich dir gestern abend einen Brief geschrieben.«

»Wirklich? Sollte es ein Liebesbrief werden?« Mit spitzbübischem Lächeln tritt er einen Schritt zurück. Immer diese Scherze, diese mißglückten Schutzmaßnahmen.

»Es war ein Beileidsbrief, Seth.«

»Ach.«

»Ich habe das Blatt zerrissen, weil ich nicht genau wußte, was ich dir sagen sollte.«

»Das wäre mir wohl auch so gegangen.«

»Nein, ich meine, was uns beide betrifft. Ich wußte nicht genau, was ich über uns schreiben sollte. Ich wußte nicht, welches Recht, dich zu trösten, ich habe, morgen oder übermorgen. Welche Rolle ich da spiele.«

»Ach.« Er läßt sie los. »Ist es das, worüber wir reden müssen?« Er spielt so deutlich den Unschuldigen, daß sie den Impuls unterdrücken muß, ihn zu kneifen. In Wahrheit aber schwimmt in seinen Augen die Angst.

»Das dürfte jetzt der unpassende Zeitpunkt sein.« Er schaut zurück zum Eßzimmer. Hobie erzählt vom Feuerwerk und äfft Khaleeda, seine Frau, nach, wie sie ihn bittet, es nicht direkt neben den Mädchen zu zünden. Seine noch immer perfekte Imitationsgabe läßt Lucy und Sarah in helles Gelächter ausbrechen.

»Na, los schon«, sagt Seth. »Es arbeitet in dir. Raus damit.«

»Gut, Seth. Ich habe es schon gesagt. Was hast du nun vor? Sagen wir, morgen. Bleibst du? Gehst du?«

»Morgen? Sieh mal, du weißt, ich habe Moritz vor zwei Wochen versprochen, nach Seattle zu fliegen und mich dort mit den Leuten vom *Post-Intelligencer* direkt zusammenzusetzen. Ich habe gesagt, ich käme sofort nach der Beerdigung. Das weißt du. Außerdem ist Passah. Sarah möchte das Fest diesmal bei Lucy feiern. Sie hat gefragt, ob wir nicht alle zusammensein können. Also werde ich wahrscheinlich morgen fliegen.«

»Und dann? Wie lange bleibst du dort?«

Er will etwas sagen, schweigt dann aber. An die alte schwarze Küchenbar gelehnt, auf der die Linoleumbeschichtung mit einer Metalleiste umrahmt wird, sinkt er ein wenig in sich zusammen.

»Ich habe doch das Recht, dich das zu fragen, Seth, oder?«

»Natürlich«, sagt er, wendet sich aber etwas von ihr ab. »Sieh mal, ich muß das tun. Ich weiß, wir sind dort zusammen. Nur möchte ich sicher sein, daß du weißt, daß es nicht nur um mich geht. Weißt du das?«

In den zwei Jahren, die Charlie jetzt aus ihrem Leben verschwunden ist, hat sie anscheinend nie an das gedacht, was er am heftigsten vorwarf, nämlich daß sie im Grunde ihres Herzens kalt sei und schwer zu verstehen. Als er einmal besonders zornig war, schrieb er ein Gedicht: *Vier Kammern hat des Menschen Herz / Drei davon bewahrst du für dich selbst.* Diese Zeilen hatten sie niedergeschmettert, und sie hatte sie nur allzu gern vergessen. Bis Seth vorsichtig anfing, Andeutungen in dieselbe Richtung zu machen.

»Ich weiß es«, sagt sie.

»Weil da diese Grenze ist«, sagt er, »an der wir letzten Dezember standen und die wir seitdem nicht um einen Zentimeter überschritten haben – du nanntest es eine wiederaufgelegte Kinderromanze. Es gibt eine Ebene, auf der du mir nicht glaubst. Oder mich nicht ernst nimmst.«

»Ich nehme dich ernst, Seth. Aber ich habe Angst.«

»Wovor?«

»Ich weiß nicht. Es läßt sich so schwer sagen.«

Er zählt eine Reihe von Möglichkeiten auf, und sie sagt jedesmal nein. Sie fürchtet nicht, verletzt zu werden. Oder wieder verlassen zu werden. Oder die Folgen einer neuen Trennung.

»Was dann?« fragt er.

Sie schlingt in der kühlen Luft die Arme um sich. Das Licht in der Küche ist hell.

»Seth, ich weiß es nicht. Manchmal höre ich, wie Hobie dich ›Proust‹ nennt, und ich denke mir – nein, ich zittere. Es macht mir angst. Daß du dich bei deinen Freunden aus der College-Zeit noch an jede Einzelheit erinnerst. Daß es dir nach fünfundzwanzig Jahren immer noch nachhängt, was Loyell Eddgar dir angetan hat, dir noch so gegenwärtig ist, als wäre es erst gestern passiert. Und ich kann mir nicht helfen, ich glaube, daß du aus demselben Grund hier mit mir zusammen bist. Du willst da wieder anfangen, wo wir aufgehört haben.«

»Und worauf willst du hinaus? Ich kann dir nicht folgen.«

»Ich glaube, ich fürchte, Seth, daß der eigentliche Hintergrund von allem dein Versuch ist, herauszufinden, wie du glücklicher hättest sein können. Hätte sich dein Leben anders entwickelt, wenn du mit mir zusammengeblieben wärst, wenn du mit Eddgar abgerechnet hättest? Wäre es vollständiger, abgerundeter gewesen? Würde sich herausstellen, daß er nicht hätte sterben müssen, Seth, wenn du härter gewesen wärst oder glücklicher oder sonst etwas?«

Sie hält einen Augenblick inne. Ist sie zu weit gegangen? Er steht da, sieht sie ausdruckslos an, nur seine Kiefer mahlen ein wenig. Doch er scheint es anzunehmen.

»Deswegen habe ich Angst«, sagt sie. »Weil du früher oder später begreifen wirst, Seth, und erkennen wirst, was jeder Mensch erkennen muß. Du wirst dir sagen: ›Ich kann das Leben, das ich gelebt habe, nicht einfach ablehnen und negieren. Ich kann nicht vorgeben, mit alldem nichts zu tun gehabt zu haben.‹ Du wirst dir sagen: ›Mein Leben hätte anders verlaufen können, aber ich habe nichts dafür getan.‹ Wahrscheinlich denkst du gerade das in diesem Moment.«

»Sieh mal«, sagt er, doch dann steht er eine Zeitlang in seinem weißen Hemd schweigend da. Auch er hat jetzt die Arme gegen die Kühle verschränkt. »Das ist wirklich eine komplizierte Sache. Wir sollten es auf später verschieben. Bring doch Nikki nach Hause. Ich komme dann vorbei, sobald wir hier fertig sind.« Er geht auf sie zu und schirmt sie dabei gegen das Fenster ab. Unerwartet streift sie ein warmer Lufthauch aus dem Haus, der ihr seine Gegenwart bewußter macht. Sie spürt, er möchte mit ihr schlafen. Wenn all diese Ängste ausgesprochen sind, wenn sie sich mit all ihren Zweifeln und Emotionen auseinandergesetzt haben, wird alles Eifern dahinschmelzen und einer Flut von Bewegung, Berührung und Lust Platz machen, so daß schließlich eine Art von Verbundenheit übrigbleibt. Wenn er morgen geht, wird er eine Welle von Zärtlichkeit und zugleich Schmerz zurücklassen, etwas, für das es sich lohnt, zurückzukehren. »Dann sprechen wir darüber, ja?«

»Das müssen wir.«

Aus dem Eßzimmer dröhnt wieder Hobies Stimme. »Ich zünde das erste Feuerrad an, und es rotiert und sprüht Funken, und plötzlich rollt das verdammte Ding doch direkt unter meinen Wagen, meinen brandneuen Mercedes 560 SEL, und ich schwöre bei Gott, ich schwöre, die ganz Scheiß-Karre, Mann, fliegt mit einem Riesenknall in die Luft – ein Blitz zuckt hoch, daß du glaubst, Gottvater persönlich sitzt am Steuer.« Lucys und Sarahs gleich helles Lachen schallt aus dem Eßzimmer. Mutter und Tochter. Hobie keucht selber so, daß er nicht weiterreden kann.

»Komische Geschichte«, sagt Sonny.

»Übertrieben«, sagt Seth. »Wäre komischer, wenn sie wahr wäre.«

Sie betrachtet ihn nüchtern und denkt flüchtig über die deutlichen Unterschiede zwischen den beiden Männern nach. Weder Seth noch sie scheinen sich von der Stelle rühren zu wollen.

»Sieh mal«, sagt er wieder. »Ich möchte nicht mit dir darüber streiten, ob du recht hast oder nicht. Weil du in gewisser Weise schon recht hast, ganz sicher. Ich muß darüber sehr genau nachdenken. Aber in dem, was du sagst, steckt auch ein sich selbst erfüllendes Element. Du gebrauchst das, was du in mir zu sehen glaubst, als Vorwand dafür, dich nicht mit dir selbst auseinandersetzen zu müssen. Es ist nur verständlich, daß du dir Gedanken machst, ob meine Bindung an dich nicht vorübergehend ist. Das ist mir klar. Aber ich bin nicht sicher, ob ich das gleiche zurückbekomme. Wirklich, Sonny. Hör dir einmal selbst zu. All diese Sorgen und Fragen über das, was Seth tut oder nicht. Dabei hast du mich kein einziges Mal wirklich darum gebeten, nächste Woche zurückzukommen, oder irgendeine Aussicht darauf angedeutet, wie es sein würde, wenn ich komme. Monatelang habe ich nach dem Zauberwort gesucht, das dir das sichere Gefühl gibt, daß du dich mir öffnen kannst. Verdammt noch mal, ich habe alle Anstrengungen dieser Welt unternommen. Ich habe dir alles gegeben. Glaubst du wirklich, ich könnte dasselbe von dir sagen?«

»Seth, ich bin, wie ich bin. Das weißt du. Ich werde dir keine Liebesbriefe schreiben.«

»Das akzeptiere ich. Wenn auch widerstrebend. Ich weiß das schließlich. Aber ich habe ein Recht auf mehr. So einfach ist das. Angenommen, ich rufe dich von Seattle aus an und sage: ›Ich bleibe hier‹ oder ›Ich komme nicht zurück‹. Ich fürchte, ich weiß, wie du dich dann fühlst.«

»Mein Gott, Seth, wie möchtest du denn, daß ich mich fühle?«

»Was ich *möchte?* Ich möchte, daß du dich wie vernichtet fühlst. Ich möchte, daß du das Gefühl hast, du hast etwas Lebenswichtiges verloren.« Im Eßzimmer herrscht Aufbruchstimmung. Stühle werden gerückt, Kartons zusammengepackt. Stimmen nähern sich. Sie hält Seths eindringlichem Blick stand, seinen hellen Augen zwischen diesen komischen, schmalen Brauen. Sie fühlt sich wie überwältigt von dem, was sie heraufbeschworen hat. Sie muß es ertragen, daß jemand in dieses weite Terrain eindringt, in dem Zoras Tochter, dieses ausgesprochen normale Kind einer unkonventionellen und impulsiven Frau, sich ihr Leben lang aus

Angst abgeschottet hat, nicht aus der Angst, von anderen durchschaut zu werden, sondern aus Angst, sich selbst erkennen zu müssen. »Und am meisten fürchte ich, Sonny, daß insgeheim ein wesentlicher Teil von dir am glücklichsten ist, wenn du alldem entgehen und für dich bleiben könntest.« Er steht an der Tür und zeigt mit dem Finger auf sie. »Ich fürchte, du wärst erleichtert.«

SETH

Nach dem Dinner trifft Mrs. Beuttler ein. In den letzten zwanzig Jahren war diese vertrocknet wirkende Frau die Sekretärin von Mr. Weissman, die ihn stets mit einer gewissermaßen nachsichtigen Distanz begleitet hat. Ihr Mann Ike will der Familie sein Beileid aussprechen. Auch ein paar Nachbarn kommen noch vorbei. Es sind größtenteils alte Leute, die mit Seths Vater in oberflächlich-freundschaftlichem Einvernehmen in derselben Straße lebten. Man winkte einander zu und verlor hier und da mal ein Wort über die Heftigkeit der letzten Winterstürme oder den Irrsinn, daß das County ausgerechnet mitten in ihrem Block Parkverbotszonen eingerichtet hat. Auch ein jüngeres Paar, die Cotilles, die zwei Häuser weiter wohnen, sind dabei. Sie, eine gebieterische und sittenstrenge Blondine, betont immer wieder, Bernhard sei der liebenswerteste alte Herr überhaupt gewesen.

Um neun Uhr ist der zeremonielle Teil des Trauertags vorüber. Sonny ist abgefahren, um Nikki ins Bett zu bringen. Hobie lädt so viele der von den Tuttles ausgeliehenen Klappstühle in den Wagen seiner Eltern, wie hineinpassen, und fährt sie nach Hause, um den Rest des Abends mit ihnen zu verbringen. Lucy, Sarah und Seth räumen alles wieder an seinen gewohnten Platz, schieben den alten Diwan in die Mitte des Wohnzimmers zurück, trocknen das Geschirr ab und stapeln es in die Schränke. Und plötzlich erscheinen ihnen all die seltsamen Dinge in einem anderen Licht als vor dem Tod der beiden alten Leute. Seine Mutter hatte im Wohnzimmer unter der Glasscheibe eines Ecktischs im Laufe der Zeit ein Mosaik aus Fotos zusammengelegt, Schnappschüsse aus vielen

Jahren. Auf den ganz frühen Kodachromebildern ist inzwischen das Grün in die anderen Farbtöne verlaufen. Seth ist das Hauptobjekt. Fröhlich ist er mit Matrosenmütze und Schaufel am Strand zu sehen; dann als ernst dreinschauender Cowboy, dem es an seinem siebten Geburtstag an der rechten Freude fehlt, weil die Colts und der Gürtel leider den Grundsätzen des Vaters entsprachen, nämlich Plastikzeug aus zweiter Hand waren ohne das kleinste Stückchen Metall oder Leder, wie es nach Seths Vorstellung hätte sein sollen. Die Jahre vergehen. Seth mit dem Barett des Graduierten in Easton. Dann taucht Lucy immer öfter auf. Sarah plantscht als Kind in der Badewanne. Lucy, Seth, wieder Lucy, dann die siebenjährige Sarah mit beiden Eltern, alle mit Wanderstock und Rucksäcken im Regenwald des Olympic National Park. Es gibt auch ein paar Schnappschüsse von Isaac mit seinem Vater. Sie vervollständigen Denas kleinen Altar: Isaac als Baby in Windeln und dann als kleiner Mann von drei Jahren – Seths verlorenes Kind.

Sarah soll über die 843 nach Easton fahren, damit sie Lucy am Kindle International Airport absetzen kann. Sarahs Saturn steht draußen am Straßenrand. Durch die noch unbelaubten Zweige der Bäume fällt milchig das rötliche Licht der Quecksilberdampf-Lampen in den Laternen. Seth lädt Lucys kleinen Koffer in den Wagen. Zum Abschied umarmt Lucy ihn fest. Sie stellt sich auf die Zehenspitzen und schlingt ihre schlanken, festen Arme um ihn. Sie drückt sich an ihn und küßt ihn schnell auf die Lippen. Dann hält sie ihre Wange an seine und flüstert ihm ganz leise etwas ins Ohr, weil ihre Tochter irgendwo im Dunkeln steht. Seit Stunden war er darauf vorbereitet: »Komm nach Hause.« Sie löst sich von ihm, bevor er antworten kann. Sie legt die blasse Handfläche an die Fensterscheibe, auf die beim Anfahren ein schwaches Licht fällt. Dann verschwindet der Wagen in der Dunkelheit.

Er steht am Bordstein und sieht ihm nach, dann schließt er das Haus seines Vaters ab und lädt die restlichen Klappstühle von Hobies Eltern in seinen Camry. Am Bungalow der Tuttles, fast eine Doublette des väterlichen Hauses, arbeitet sich Loretta, Hobies Mutter, durch die vielen Riegel, und umarmt Seth wohl zum zehnten Mal an diesem Tag tröstend in ihrem gewohnten Überschwang. »Wie fühlst du dich denn jetzt, Baby?« will sie wissen. Er schwankt mit den Klappstühlen die Stufen zum Keller hinunter, wo Hobie sich für die Nacht eingerichtet hat.

Während des Prozesses hatte Hobie sich hier eingenistet, dem Reich ihrer Jugend mit der Wandverkleidung aus astigem Fichtenholz. Hier hatte Hobie mit vierzehn das eröffnet, was er sein ›Büro‹ nannte. Die Wände hatten sie mit Playmate-Pin-ups aus dem *Playboy* dekoriert. Eine Hi-Fi-Anlage mit ihren stoffbezogenen Boxen durfte nicht fehlen, und ein Aquarium mit Beleuchtung und blubberndem Sauerstoffrohr bereicherte die Kellerluft noch um eine kühle, feuchte Note. Zusammen mit anderen Freunden war Seth von hier mit dem Bus ins Zentrum von DuSable gefahren. Sie waren ins Kino gegangen, die Straßen hinauf und hinunter marschiert, und hatten sich im Schwarm in die kleinen Gassen verzogen, sobald sich auch nur einen Block entfernt ein Cop sehen ließ – als hätten sie etwas angestellt, das sie zur Flucht zwang. Hobie war selten mit dabeigewesen. Er sagte nie, warum, aber Seth wußte es. Immer gab es jemanden, der ihn anstarrte, ein bißchen abfällig die Zähne zeigte, ihn anrempelte oder auf eine Frage keine Antwort gab. Einmal nur mußte so etwas passieren, wenn sie unterwegs waren. Nur einen kurzen Augenblick lang. Es reichte, um Hobie daheim in U. Park festzuhalten. Hier in diesem Keller war er der alleinige Herrscher.

Seth kann sich noch heute deutlich daran erinnern, wie kalt sich der Fußboden anfühlte, sieht noch genau das Muster der unterschiedlich beschnittenen Asbestplatten vor sich, die an den Zementsockel des senkrechten Trägers in der Mitte des Raums angepaßt werden mußten. Er hörte Hobie dort unten seine endlosen Reden schwingen, ein auffallender, exotischer junger Mann, den Kopf voller Ideen, einer, der schnell nach oben kommen würde, eine vielversprechende Persönlichkeit mit unbegrenzten Möglichkeiten, bevor die Welt ihn dann auf ihr Maß zurückstutzen sollte.

Hobie war ruhelos und schlief nie durch. Dewegen hatte er es während des Prozesses vorgezogen, hier unten sein Bett aufzuschlagen, statt jede Nacht durch das Haus zu rumoren und seine Eltern zu wecken. Er schlief auf der Bettcouch mit den Polstern mit Schottenmuster, die schon seit seiner Kindheit hier stand. Er kam spät um elf oder sogar erst gegen Mitternacht nach Hause und traf sich oft mit Seth noch auf ein Bier oder, was Hobie vorzog, auf einen Joint. Über den Fall sprach Hobie nie. Die Abende verbrachte er in Niles Wohnung, wo er sich angeblich auf den nächsten Prozeßtag vorbereitete. Nile dagegen behauptete, er sitze die meiste Zeit am Telefon und halte sich über die Vorgänge in seiner Kanzlei in D. C. auf dem laufenden. Im Hinuntergehen fällt Seths Blick auf vier Aktenkoffer mit Unterlagen über den Fall – Protokolle, Beweisstücke. Sie liegen auf zwei Paletten neben dem Heizofen. Hobie stapelt sie lieber hier als drüben in D. C. für den Fall, daß Nile verhaftet wird. Aber Hobie hält die Aussicht auf eine Wiederaufnahme des Verfahrens für ziemlich gering.

Er steckt zur Begrüßung den Kopf durch die Tür seiner Enklave und brummt etwas. Er trägt ein altes Hemd mit Button-down-Kragen offen über einem olivgrünen T-Shirt. Beide Kleidungsstücke haben Kleckse von leuchtenden Acrylfarben. Das Hemd spannt sich über dem runden Bauch. In der Hand hält er einen Pinsel. Seit Jahren ist Malen sein Hobby. Zur Zeit steht eine kleine Leinwand auf der großen Staffelei. Er arbeitet an einem Bild in Pollock-Manier, mit dem er während des Prozesses begonnen hatte und das offensichtlich noch nicht fertig war. Auf einer Kiste flimmert ein winziger Fernseher inmitten verschmierter Farbtuben. Seth bewundert das Kunstwerk, doch Hobie ist unzufrieden.

»Manchmal denke ich, Mann, ich hätte wirklich früher anfangen sollen. Aber dafür kann ich mir jetzt auch nichts kaufen.« Er läßt den Kopf traurig sinken und schaut flüchtig auf den Bildschirm.

»Profi-Wrestling?«

»Die größte Schau auf Erden.«

»Hobe, das läuft doch nach derselben Masche wie vor weiß Gott wieviel Jahren, als aus Freistil Catchen wurde.«

»Ein Jahrhundertereignis wie der Rock 'n' Roll«, gibt Hobie zurück. »Das hier ist die Oper der arbeitenden Klasse. Die große

Ballade von Gut und Böse.« Neben ihm steht eine Schale mit gerösteten Nüssen, und er wirft eine Handvoll ein. In diesem niedrigen Raum stößt er mit seiner lockeren Frisur fast an die Decke. Seth schnuppert zweimal merklich in der Kellerluft, in der der vorherrschende Farbgeruch die anderen Gerüche nicht ganz überdecken kann.

»Zum Teufel, ja, ich bin high«, sagt Hobie. »Ist das ein Problem?« Das ist es tatsächlich. Die Menge von Giften im Körper dieses Mannes ist schon ungeheuer. Hobie ist sich klar, daß er etwas benommen aussieht. »He, Mann«, sagt er, »Drogenmißbrauch hat eine goldene Zukunft – ist eine Wachstumsindustrie. Solange das menschliche Unglück dauert, werden die Menschen dieses chemische Zeug zu sich nehmen, um sich besser zu fühlen. So ist das. Man muß sich den Tatsachen stellen. Wir wachsen alle so oder so als gottverdammte Junkies auf. Hast du schon mal ein Kind vorm Fernseher beobachtet?«

»Leider oft genug.«

»Sag nur nicht, daß es nicht aussieht, als wäre es auf 'nem Trip.« Seth lacht, aber Hobie hakt nach. »Habe ich recht? Ich weiß, ich habe recht. Ganz sicher«, sagt er, um sich selbst zu bestätigen. »Das hier wird die Freiheit des einundzwanzigten Jahrhunderts werden«, sagt er. »Die Menschen können sich auf die Reise nach innen begeben, finden Zugang zu ihrem uranfänglichen Geisteszustand, dem prärationalen Gehirn, das existiert und das der Welt der Ratio mit ihren Zeichen und Symbolen überlegen ist. Und dort werden sich die Menschen aufhalten. Es ist eine Welt jenseits von Herrschaft und Kontrolle. Das müssen die Menschen begreifen. Läuten wir die Freiheit ein, Baby.«

»Nun hör sich das einer an«, sagt Seth und lacht über die Begeisterung, mit der Hobie das vorträgt. Er faßt ihn an beiden Händen. »Hobie T. Tuttle«, sagt er, »du bist der wandelnde Trip.«

Hobie sieht ihn voll an, ein weiser und zugleich bedauernder Blick, in dem ein halbes Leben liegt. Er wiegt den Kopf ein wenig.

»Ich rede nicht nur dummes Zeug, weißt du?«

»Das hast du nie«, sagt Seth.

Hobie ist es zufrieden, grunzt und dreht sich um. »Dann hoffe ich mal, daß du nicht hier bist, um mir dumme Fragen zu stellen, wie die, ob ein Mann zwei Frauen lieben kann.«

»Kann er?«

»Es heißt immer nein. Meine Versuche in dieser Hinsicht kosten mich einen Kübel voll Alimente.« Seit Hobie erwachsen ist, gleicht sein Leben einer Art Variete-Veranstaltung im wahrsten Sinn des Wortes. Recht und Gesetz bilden darin ein eigenes Reich, und er dominiert in jedem Gerichtssaal. Aber was die Reihe von Schiffbrüchen in seinem Privatleben angeht, so hat Seth Hobie nie von einem Erfolg reden hören. Seth mochte Hobies zweite Frau Khaleeda sehr. Sie war eine Anhängerin von W. D. Muhhamad und ein ernster, vielschichtiger Mensch. Sie besaß im Gegensatz zu den meisten Frauen, die Hobie gekannt hatte, ein Gefühl für Hobies immenses geistiges und verstandesmäßiges Potential. Aber der Schürzenjäger in ihm trieb ihn aus dieser Ehe hinaus. Seitdem hat er es nicht leicht gehabt, und daran wird sich wohl auch nichts mehr ändern.

»Verletzt es ein biologisches Gesetz, wenn man zwei Frauen liebt«, fragt Seth, »oder ist es nur, psychologisch gesehen, nicht möglich? So, wie auch der eigene Tod nicht begreiflich ist?«

»In Ordnung, Mann«, sagt Hobie, »in Ordnung. Raus mit der ganzen verquirlten Scheiße. Deswegen bist du doch gekommen, stimmt's. Du willst mir erzählen, was für eine gequälte Kreatur du bist.«

»Ich bin zu ausgelaugt, um noch Qualen zu spüren. Aber morgen sind sie wieder da. Heute wollte ich nur die Stühle vorbeibringen und dir für deine Grabrede danken. Sie war großartig.«

Hobie nimmt es mit einem erneuten freundlichen Brummen zur Kenntnis und trocknet den Pinsel am Hemdzipfel ab. Für ihn ist es durchaus nicht neu, daß ihm jemand sagt, seine Selbstdarstellung sei höchst eindrucksvoll gewesen.

»Stimmt, ich war gut in Form heute. Vielleicht sollte ich Jude werden. Dabei bin ich ein trauriges katholisches Würstchen und ein noch schlechterer Muslim. Vielleicht bricht der dritte Versuch den Bann.« Die Faszination, die Religion auf Hobie ausübt, bleibt

Seth ein Rätsel. Er hat es ihm einmal in den Worten von Dostojewskis Großinquisitor erklärt. Wenn alles erlaubt sei, heißt es dort, sei auch das Glauben erlaubt. Warum es also nicht annehmen, da es, existentiell gesprochen, die gleiche Anstrengung kostet? Die Logik darin war Seth allerdings verborgen geblieben. Aber er lächelt bei dem Gedanken, Hobie könne ein weiteres Mal konvertieren.

»Das würde Jackson Aires dann endgültig auf die Palme bringen«, sagt Seth. »Hast du gehört, wie er allein schon über meinen Namen herzog?«

»Mann, was Jackson verzapft, höre ich schon mein ganzes Leben lang. Manchmal gleicht er dem verarmten jungen Schwarzen, dem nichts geblieben ist als seine Wut und der sich selbst die Schuld daran gibt, weil jedes Verbrechen, jeder Raub und jeder Überfall das Leben für die anderen Schwarzen nur noch härter macht. Als nächsten Leitsatz erzählt er dir dann, wie tief der schwarze Mann in Amerika in den Schlamassel geraten ist, als man dem ersten Sklaven auf dem Dock sagte, er solle die Hosen runterlassen, und jeder Weiße sah, daß er einen Kerl mit so einem Ding niemals frei herumlaufen lassen durfte. Mann, dieser Jackson hat sie nicht mehr alle, er ist genauso weggetreten wie alle anderen auch.« Hobie nimmt einen Lappen und hebt das Kinn, um sich einen grünen Farbspritzer aus dem Bart zu wischen. »Nimm diesen Jackson nicht weiter ernst. Er geht grundsätzlich auf jeden los. Auch mir ist er während des Prozesses verdammt auf die Nerven gegangen. Ständig hat er mich angemeckert, wie ich mit seinem Mandanten umging, diesem Scheißtypen von Gangster. Dabei wußte er besser als ich, daß der Typ da vorne nur Märchen erzählte.«

»Was für Märchen?« fragt Seth ganz ruhig.

»Fang bloß nicht damit an.« Hobie hält ihm den verschmierten Lappen vor das Gesicht. »Bloß das nicht.« Sie haben nie über den Prozeß gesprochen, auch nicht nach seinem Ende. Hobie brach jedes Gespräch ab, seit Seth ihm von Sonny und sich erzählt hatte.

»Aber es *war* doch gelogen, oder? Durch und durch. Nile wollte niemandem etwas antun.«

»Du warst dabei. Du hast alle Beweise mitbekommen.«

»In dem Gerichtssaal ist eine Menge Mist verzapft worden, Hobie.«

»Stimmt, aber du suchst nach den Ursachen.« Hobie blinzelt beim Gedanken an seine eigenen Winkelzüge.

»Die ganze Geschichte mit dem Geld, das Nile Hardcore gegeben haben soll. Das waren doch alles Märchen.«

»Musik in meinen Ohren.«

»Den einen Tag war es Geld aus der Dope-Kasse. Den anderen Tag aus dem Parteisäckel.«

»Stimmt.«

»Und? Woher kam es wirklich?«

»He.« Hobie dreht sich kurz zu ihm um. »Ich bin der Mann, der die Fragen stellt. Und dieser Moldo oder wie er heißt, der Ankläger, hatte die Antworten zu geben. Ich bin der Das-ergibt-keinen-Sinn-Typ.«

»Aber denk an die Bankunterlagen. Du hast Niles Finanzverhältnisse eingehend dargelegt, um nachzuweisen, daß Nile niemals 10 000 Dollar aus eigenen Mitteln an Core weitergeben konnte. Richtig?«

»Ganz schön raffiniert, nicht?«

»Aber Nile hat dir dein Honorar gezahlt. Das hast du mir erzählt. Woher kam dann das Geld?«

Jetzt bleibt Hobie stehen. Er sucht ein Blatt Zeitungspapier, legt es auf einen wackeligen Holzstuhl und setzt sich darauf.

»Und jetzt kommt es«, sagt Seth. »Nile hat mir geradeheraus gesagt, er habe Hardcore zu keiner Zeit irgendwelche verdammten 10 000 Dollar gegeben. Wahlkampagne hin oder her. Er hat gesagt, es sei eine glatte Lüge, ›absoluter Quatsch‹. Erinnerst du dich? An dem Tag da draußen im Gefängnis habe ich es dir gesagt.« Hobie hat ihn beobachtet, das bärtige Kinn in die Hand gestützt.

»Hör mir zu«, sagt er, »hör zu, ich will dir mal was sagen. ›Er hat gesagt.‹ *Der Beschuldigte hat gesagt*. Dummes Zeug. Hör mir zu. Als ich 1972 in D. C. als Pflichtverteidiger zugelassen wurde, kam ich als erstes in eine Vorverhandlung. Damals wollte man schwarze Brüder möglichst schnell nach oben kommen lassen. Und ich, Mann, ich wußte überhaupt nicht, was ich da verdammt noch mal sollte. Es war meine erste Vorverhandlung, und ich vertrat einen Typen namens Shorty Rojas. Du weißt, wie das läuft. Du kriegst vorher zwei Minuten, um dich mit deinem Mandanten abzusprechen, und dieser Kerl, das ist keine verdammte Lüge, konnte nicht mit mir reden. Stammte von irgend so einer Karibik-Insel, aber Genaueres kriegte ich nicht aus ihm heraus. Ich meine, er legt los, und ich frage mich, was für eine Scheißsprache hat der da drauf? Nie auf der Straße gehört, nichts Bekanntes, Puerto Rico oder so. Sondern irgendein Kauderwelsch. Es ging um eine Messerstecherei. Kurz gesagt, er hatte draußen auf der Straße jemandem die Milz durchbohrt. Gott sei Dank hat das Opfer überlebt, sitzt im Zeugenstand, und der Staatsanwalt sagt: ›Zeigen Sie dem Richter mal, was Shorty mit Ihnen gemacht hat‹, und läßt ihn vom Zeugenstand herunterkommen. Und da kommt dieser Motherfucker doch daher und fuchtelt mit dem richtigen Messer herum, direkt vor der Nase des Richters, und du meinst, du bist in einem Zorro-Film. Und Shorty, von dem ich vielleicht zwei Worte insgesamt verstanden habe, heult plötzlich los: ›Ist Lüge. Alles Lüge. Nicht recht. Nicht recht.‹«

Hobie holt tief Luft. »Ich höre das und denke: Großer Gott! Das darf nicht wahr sein! Ich habe einen unschuldigen Mandanten! Das hat mich verdammt aus der Fassung gebracht. Ich habe ein Kreuzverhör hingelegt wie so ein wild gewordener Motherfucker. Und natürlich verloren. Du gewinnst nie in einer Vorverhandlung, wenn das Opfer sagt, das ist der Kerl. Aber ich bin ganz weg und fertig. Also fahre ich am selben Abend ins Gefängnis, marschiere durch die Gänge und besuche meinen Mandanten. ›He, Mann, Shorty, tut mir leid, in der Hauptverhandlung biegen wir das hin.‹ Er legt wieder los: ›Nicht recht. Nicht recht. Nicht recht.‹ Gerade will ich gehen, da dämmert es mir. Er wedelt mir noch immer mit einer Hand hinterher. Und ich drehe mich wieder zu ihm um und sage: ›Du meinst, er lügt, weil du nicht mit der rechten Hand gestochen hast, sondern mit der linken, richtig?‹ Du wirst es nicht glauben, ich sehe, wie der Scheißkerl lächelt. ›Links, links, links. Nicht recht.‹ Jetzt sag mir nicht, daß der Beschuldigte gesagt hat, es war eine Lüge, okay?«

»Na gut, und was soll das alles heißen?«

»Es heißt, was es heißt.« Hobie steht wieder auf und betrachtet sein Gemälde.

»Hat Nile mich belogen? Hat er ihn wirklich bezahlt? Ist es das?«

»Schau mal, das ist der Grund, warum ich dich nicht hineinziehen wollte. Das ist der Grund, warum ich dir sagte, laß die Finger von ihm. Weil du damit nicht umgehen kannst. Mann, ich weiß noch, wie du anfingst zu heulen, als sich herausstellte, daß Mary Martin gar nicht wirklich fliegt, sondern als Marionette an Strippen hängt. Und du hast dich nicht geändert. Laß die Finger davon. Basta.«

»Hobie. Da draußen ist aber etwas passiert. Jemand ist ermordet worden. Ich kenne diesen Jungen von klein auf.«

»Hör mal, ich werde dir nicht erzählen, was er mir gesagt hat. Ich kann es nicht. Das Anwaltsgeheimnis gilt, bis zu seinem Tod. Und er ist nicht tot.«

»Bist du da sicher?«

»Ganz sicher.« Hobie klopft mit dem Pinsel gegen die Leinwand. »Meinst du etwa, Eddgar hat auch ihn umgebracht?«

»Der Gedanke ist mir gekommen.«

Hobie schnaubt verächtlich. »Du bist der einzige Scheißkerl in unserem ganzen schönen Coca-Cola-Land, der Eddgar noch mehr haßt als ich.«

»Vielleicht habe ich noch mehr Gründe dafür.«

»Du weißt, wie dein Problem mit ihm heißt?«

»Ich habe das Gefühl, du wirst es mir gleich erzählen. Raus damit, Bruder.«

»Du bist neidisch auf ihn.«

»Na, so was!«

»Ja, ich glaube, das ist es. Sieh mal, ich hasse ihn für den Mist, den er gebaut hat. Und du haßt ihn dafür *und* für das, was er jetzt ist. Du siehst dir an, was du vor fünfundzwanzig Jahren so durchgezogen hast, und sagst dir: ›Wow, war das aufregend, als ich damals so politisch war, so idealistisch und der Sache verpflichtet. Aber ich habe den Quatsch sausen lassen.‹ Und du gibst ihm die Schuld, weil du glaubst, im Grunde war er es, der dich gezwungen hat, das alles aufzugeben. Und nun steht er da, dieser Hundesohn, und quatscht all dieses Zeug, das du so gerne noch glauben und tun würdest, und das bringt dich in Rage.«

»Nein«, sagt Seth. »Ich meine doch, ich verstehe. Und ich weiß, ich glaube noch daran. Ich meine, nicht an alles. Das kann ich nicht. Es war gewissermaßen ein Kinderkreuzzug, und einiges daran war einfach kindisch. Aber ich bin bewußter geworden. Ich recycle meine Flaschen. Ich stimme für die Guten. Aber es ist dieses wilde Hoffen auf etwas, das mir wirklich fehlt. Die ganze Zeit damals schien es keinen Unterschied zu geben zwischen Liebe und Gerechtigkeit. Du konntest beides haben, ohne Konflikte. Wir waren dabei, das Leben zu revidieren, ihm auf den Grund zu gehen. Wir waren dabei, das Unglücklichsein zum Verschwinden zu bringen. Es war eine große Zeit.«

»Stimmt«, sagt Hobie. »Wir haben die wesentlichen Fragen gestellt: Wie oft muß ein Mann die Straße rauf- und runterrennen, bevor man ihn für ein Taxi hält?«

»Vielen Dank für deine Unterstützung.«

»Scheiß drauf«, sagt Hobie. Für einen Moment schweigen beide.

»Wie wäre es, wenn du mal zu einer Sache einfach nur ja oder nein sagen würdest, Hobie? Hat Eddgar Hardcore auf June angesetzt?«

Als einzige Antwort verzieht Hobie gelangweilt den Mund.

»Gottverdammt«, sagt Seth. »Spiel hier nicht den großen Unnahbaren.«

»Ach, leck mich doch, Motherfucker. Du interessierst dich doch nur für dich selbst. Das hier ist das einzige in meinem Leben, worin ich einigermaßen gut bin. Zumindest in den Augen anderer gilt das etwas. Und ich will verdammt sein, wenn ich das nicht respektiere, nur weil du da so einen kleinen Jungen ins Herz geschlossen hast, bei dem du mal Babysitter warst, als er noch in die Hosen machte, und weil du dir weiß Gott was geschworen hast. Es steht nun einmal fest, Mann: Ich kann es dir nicht sagen.«

Sie stehen sich gegenüber, nur wenige Schritte voneinander entfernt und in einer Haltung, die von außen kampfbereit wirkt.

Sie starren einander an. Seth wendet sich als erster ab, verläßt den Raum, setzt sich auf die Kellertreppe und klopft gegen das Geländer. Im Keller mischen sich abgestandene Gerüche. Hobie schaut ihm wütend über die Schulter nach, kommt auch heraus, geht aber in die entgegengesetzte Richtung. Hinter dem silberglänzenden Heizungsabzug wühlt Hobie im Dunkeln in den Aktenkoffern mit den Prozeßunterlagen. Er stößt sämtliche Flüche aus, die ihm einfallen, stellt die beiden oberen Koffer zur Seite und greift in den brüchigen Karton darunter. Mit einem Blatt Papier in der Hand kehrt er zu Seth zurück. »Nicht so eilig«, sagt er und hält es an die Brust. »Nicht so eilig.« Er setzt sich eine Stufe unterhalb von Seth. Sein massiger Körper nimmt die ganze Treppenbreite ein. »Nun sieh mal, du bist doch so ein oberschlauer Pressefuzzi«, sagt Hobie, »ob du dir darauf einen Reim machen kannst. Also, dieser Ankläger, wie hieß er noch? Moldo?«

»Molto.«

»Der ist mir von Anfang an auf den Keks gegangen. Wenn du dein Leben lang den Staatsanwalt markierst, wirst du einfach sauer auf alles. Du siehst, wie die richtigen Leute den falschen die Scheiße aus den Rippen leiern, kommst mit einem blauen Auge davon, tagaus, tagein. Also gehe ich voll rein, zwinge ihn zu neuen Manövern, und bald habe ich ihn dermaßen gereizt, daß er nicht einmal mehr *Nile* im Kopf hat, weil er merkt, ich bin der übelste, hinterlistigste Bastard, dem er je in einem Gerichtssaal begegnet ist. Was mir durchaus in den Kram paßt. Kapiert?«

»Willst du etwas Bestimmtes damit sagen?«

»Schau her«, sagt Hobie, »hör einfach nur zu. Jetzt sitze ich hier mit dir am Ende des Prozesses und zaubere das Kaninchen aus dem Hut. Die Anklage sagt, mein Mandant brachte diesem Gangster 10 000 Dollar, damit er einen Mord für ihn beging, und, siehe da, ich gehe hin und weise nach, daß ihm Nile zwar 10 000 Dollar in bar gegeben hat, das Geld aber von der DFU stammte. Erinnerst du dich soweit?«

»Erwartest du Beifall?«

»Jetzt werde nicht pampig. Ich kann auch an meinem Bild weitermalen.«

»Gut, tut mir leid. Und nun?«

»Also, ich weiß vom ersten Tag an, noch bevor der Prozeß losgeht, das dieses Stinktier von Hardcore alles verdreht und das Blaue vom Himmel herunterlügt, was diese 10 000 Dollar betrifft und woher sie kamen – ich weiß es mit Sicherheit. Doch warum sollte ich hingehen und sagen: ›Die Sache ist die, Herr Staatsanwalt, Sie haben einen Riesenfehler gemacht, hier ist der Scheck, kümmern Sie sich mal um die Leute von der DFU‹? Warum sollte ich das tun? Wie hätte Moldo darauf geantwortet?«

»Nachdem du der übelste und hinterlistigste Bastard bist, dem er je im Gerichtssaal begegnet ist?«

»Genau. Ich nehme ihn schlicht und ergreifend auf den Arm. Das ist es, was er denkt.«

»Und die Wahrheit?«

»Die solltest eigentlich du mir erzählen.«

Seth denkt nach. »Vernebelungstaktik, richtig? Ich würde sagen, du hast abgewartet, weil du nicht wolltest, daß er Zeit genug bekommt, um dem nachzugehen. Irgend etwas an dem Geld stinkt.«

»Bist auf dem richtigen Weg, Bruder. Und jetzt sage ich dir die Wahrheit, Mann: Bei dem Geld stinkt es ganz gewaltig, es stinkt zum Himmel, aber davon kann ich dir nur ein ganz kleines Bißchen erzählen.«

»Du wolltest nicht, daß Molto Hardcore danach fragt?«

»Nein. Hardcore mußte dieselben Lügen erzählen wie zuvor. Jackson hat ihm das eingetrichtert – das ist alles auf Jacksons Mist gewachsen, Mann –, und Core hat sich daran gehalten. Wegen Hardcore habe ich mir keine Sorgen gemacht. Weißt du, ich wollte auf gar keinen Fall, daß Moldo oder einer von seinen Leuten in die Bank marschiert und sich mit der Kassiererin unterhält, die den Scheck ausgezahlt hat. Weil sie denen dann wohl dasselbe erzählt hätte, was sie mir erzählt hat.«

»Und das wäre? Oder fällt das auch unter das Anwaltsgeheimnis?«

»Nicht direkt.«

»Was hat sie also gesagt?«

»Sie hat sich an Nile erinnert. Und zwar, weil er sich wie üblich wie ein Trottel benahm. Sie zahlte ihm die 10 000 Dollar bar aus – hundert Einhundert-Dollar-Noten übrigens, keine Fünfziger oder Zwanziger. Und er stopfte sie in einen Briefumschlag. Sie sagt: ›Das sollten Sie nicht tun. Sehen Sie, da steht es: Kein Bargeld verschicken.‹ Und er sagt: ›Ach, das haben wir sonst auch getan.‹ Und bevor er geht, fragt er sie, ob es in der Nähe eine FedEx-Niederlassung gibt, wo er ihn per Expreß aufgeben kann.«

»Also hat er das Geld nicht Core gegeben. Ist das der Punkt?«

»Nein.«

»Er hat es Hardcore gegeben?«

»Wie gesagt, das ist nicht der Punkt.«

»Also gut, wem hat er das Geld geschickt?«

»Das ist der Punkt.«

Das Blatt, das er in der Hand hält, ist ein Ausdruck von einem Mikrofiche, weiß auf schwarz mit viel Tonerfarbe, von dem ihm die Daten einer Eilzustellung vom vergangenen Juli entgegenspringen. Nile steht als Absender auf der einen Seite und auf der anderen Seite der Adressat:

Michael Frane
RR 24
Marston, Wisconsin

Seth schaut Hobie an. Hobie mustert ihn abwesend und wartet, wie lange Seth wohl braucht, bis er begreift.

»Ein Aprilscherz?« fragt Seth.

»Bitterer Ernst.«

»Er ist es, ja?«

»Wäre schon ein komischer Zufall, wenn nicht.«

Seth starrt noch einmal auf das Blatt. Er nimmt es in die Hand. Seine Arme sind schwer.

»Wie lange hättest du gewartet, bis du es mir erzählst?«

»Vielleicht ein Leben lang. Vielleicht tue ich jetzt etwas, das ich nicht tun sollte. Nur brichst du mir das Herz mit deiner Armesündermiene, mit diesem Scheiß-Oliver-Twist-Gehabe. Bitte, danke. Und das hier, mein Lieber, ist ein gottverdammtes Geheimnis. Der Richterin kommt davon kein Wort zu Ohren. Ich habe genügend Maßregelungen über die Zurückhaltung von Beweismitteln zu hören bekommen. Das reicht für den Rest meines Lebens.« Hobie nickt zur Bestätigung. »Du hast vergessen, mich zu fragen, wann ich mir das da von FedEx besorgt habe.«

»Wann?«

»Am Abend, bevor Nile abgehauen ist. Noch mal so eine verdammte Überraschung. Ich hatte sie Wochen vorher gebeten, es für mich herauszusuchen. Ich machte die Post auf. Mir fuhr direkt ein Schauer über den Rücken. »

»Er hatte dir nichts davon gesagt?«

Er schüttelt wieder den Kopf, nicht als Antwort, sondern zum Zeichen, daß er nicht antworten kann.

»Er kann es dir nicht gesagt haben«, sagt Seth. »Du sagtest, du warst überrascht.«

Hobie sieht ihn nur an: ein großes, versteinertes Gesicht im wahrsten Sinne des Wortes, ein Gesicht, das ein Bildhauer gemeißelt haben könnte.

»Was ist mir sonst noch entgangen?« fragt Seth.

»Ist dir der Name der Stadt ein Begriff?«

Marston. »Hat da nicht June gelebt?«

»Bingo.«

»Er hat dort mit ihr gelebt?«

»Nicht mit ihr. Soweit ich das sagen kann. Aber er hat sich fünfundzwanzig Jahre immer in der Gegend aufgehalten, wo sie war. Hat seit den achtziger Jahren einen kleinen TV/Radio/Stereo-Laden dort betrieben. Die großen Ketten mit ihren Discount-Preisen haben ihn aus dem Geschäft gedrängt. Blieb mit einer Menge Schulden auf der Strecke.«

»War das Geld dafür?«

Hobie zeigt wieder mit dem Finger auf ihn. Bingo. »Er stand offensichtlich vor dem Bankrott. Es gab Leute, denen der Gedanke an einen Barscheck von Michael oder etwas ähnliches überhaupt nicht gefallen hätte. Weißt du, er hat seinen Namen irgendwie behalten, falls er mal jemandem über den Weg laufen sollte, den er kannte. Aber er hat ihn anders buchstabiert, um dir nicht auf die

Zehen zu treten. Erinnere dich, du hattest seine Versicherungskarte. Also mußte seine eine Fälschung sein. Das hieß, sie wollten niemanden haben, der in seiner Vergangenheit herumstocherte. So sehe ich das. Jedenfalls scheint er ein bißchen sensibel zu sein. Nicht gerade gut bei dem Streß. Vor Jahren hatte er mal einen Zusammenbruch. Er hatte damals ursprünglich auf einer Farm gearbeitet, und eine Dreschmaschine hat ihm den halben Fuß abgesäbelt. Das war wohl 1971. Ich glaube, June kam dazu. June und mit ihr Nile. Haben ihn gesund gepflegt.«

»Woher, zum Teufel, weißt du das alles?« fragt er Hobie. »Doch nicht von Nile?«

»Bestimmt nicht, denn dann würde ich es dir nicht erzählen. Nein, ich habe ein Weilchen am Telefon gehangen,und zwar ab der Lunchpause am letzten Prozeßtag. Während du die Straßen unsicher machtest, habe ich mit der Bank, dem Grundstücksmakler, der Handelskammer geredet. Alle mochten Michael. Netter, friedlicher Kerl. Etwas eigen. Der Junge, wie wir ihn kannten. Ich glaube, er hatte die ganze Zeit ein enges Verhältnis zu meinem Mandanten. Etwa wie du und mein Mandant? Jedenfalls war es Michael, für den ich – beziehungsweise mein Mandant – Geld auftreiben mußte. Ich habe mir die ganze Zeit gedacht, daß er zu ihm ist, als er Reißaus nahm. Wollte Michael warnen, daß seine Tarnung dahin war.«

»*Deswegen* hat er sich davongemacht?«

»Zum Teil, nehme ich an. Zum Teil. Ich sage mal – das ist bloß eine Meinung, nichts Sicheres –, daß Nile von meiner Verteidigungstrategie nicht sehr erbaut war. Er war sauer auf mich, spätestens als ich ihm dieses Papier zeigte. Aber er wird wohl seiner Mom geschworen haben, es für immer geheim zu halten. Ich bin verdammt sicher, er wollte nicht, daß ich das alles vor Gericht ausbreite. Was ich ja eigentlich hätte tun müssen, wenn er mich gelassen hätte. Und außerdem glaube ich, er fürchtete auch, daß ich dir etwas verraten könnte.«

»Mir? Und was hätte ich dann getan?«

»He, Kumpel, wenn ich mich recht erinnere, hat Michael dir so einiges eingebrockt. Wäre nur logisch, wenn man glaubt, du machst ihn fertig, falls du jemals erfährst, wo er steckt.«

»Ich habe ihn nie für den Schuldigen gehalten. Das weißt du. Ich würde ihn sogar gern wiedersehen.«

»Proust«, sagt Hobie.

»Stimmt«, sagt Seth. Er kramt in der Erinnerung und stellt sich schon vor, wie Michael jetzt aussehen könnte. Seth kennt Städte wie Marston. Vor Jahren hat er mal ein paar Kolumnen über ein Mädchen aus Podunk, Minnesota, geschrieben, das in einer reinen Männer-Blaskapelle die Tuba spielen wollte. Eine Woche war er dort gewesen. Was die schon für Frisuren hatten: die Mädchen mit bunten Kreationen, die an Woody Woodpecker erinnerten, und Jungen, deren Väter sich noch über die Hippies lustig gemacht hatten, jetzt aber fettige Locken bis auf die Schultern trugen. Freitag abends betranken sich alle, rasten mit ihren Autos die Landstraßen rauf und runter und knickten mit ihren Stoßstangen die Briefkastenpfosten. Die Eltern, größtenteils Farmer, kamen mit dem massiven Einbruch des Stadtlebens in ihre Idylle überhaupt nicht zurecht. Die Kinder nahmen Drogen, trieben sich in den Malls unten an der Interstate herum, trugen die Baseball-Kappen verkehrt herum und nannten sich gegenseitig ›Motherfucker‹. ›Was, zum Teufel, hat das zu bedeuten?‹ schienen sich die Erwachsenen ständig zu fragen.

Und an solch einem Ort, von dem die Leute einmal glaubten, er sei das wahre Amerika, ist Michael Frain nun hängengeblieben. Seth stellt ihn sich vor, wie er auf der Hauptstraße steht und unzufrieden das Schaufenster seines Ladens begutachtet. Eine Neon-Leuchtschrift, die nicht brennt und zu klein ist für die Vorderfront, wirbt für eine bekannte Marke, Sony oder General Electric. Dahinter der Laden selbst, nur matt beleuchtet und total überholt. Ein paar defekte Geräte, zwei leere Pappkartons und wirre Drahtknäuel auf einer staubigen Ablage. Der Staub bildet schon kleine Nester. Abdeckplatten und Bedienungsleisten liegen abgeschraubt neben den Geräten. Der Ladenbesitzer ist ein schlanker, knochiger Mann und sieht aus wie früher. Nur der Bauch hat sich ein wenig gerundet. Das verwaschene Karohemd trägt er über der Hose und er sieht ein bißchen vernachlässigt aus – wie ein Bauer mit Arthrose an Ellbogen und Knien. Noch hat er etwas Haar, nicht allzu wild zerzaust und natürlich auch nicht mehr so hell. Wenn er jetzt die Straße hinuntergeht, sieht man ihm an, daß er Schmerzen hat. Er dreht den Oberkörper über die linke Seite und zieht auf der anderen das rechte Bein in einem steifen Bogen nach. Es muß eine anstrengende und schmerzhafte Bewegung sein, die er sich unbewußt zugelegt hat. Die Straße weiter hinunter stehen eine Kirche aus rohen Holzschindeln und ein Farm Bureau aus Backstein, daneben ein neues Restaurant, anscheinend ein Fertigbau, der so windig aussieht wie eine Corn-Flakes-Schachtel. Michael kommt vorbei. Sein Blick ist noch immer verschwommen und unsicher. Er sieht Seth und weicht ihm aus, wie man hier allen Fremden ausweicht. Er zeigt mit keiner Regung, daß er ihn erkennt. Das ist er also. Seth kehrt wieder in die Wirklichkeit zurück.

»Und? Hast du ihn gefunden?«

»Wen?«

»Einen von beiden. Nile.«

»Nein. Natürlich nicht.«

»Und Michael?«

»Nein. Mit allen in der Stadt habe ich geredet. Der Mann ist einfach weg. Niemand hat ihn an jenem Tag gefunden. Oder später.«

»Sind die beiden zusammen?«

»Zusammen auf der Flucht. Nehme ich an. Michael hat Erfahrung, wie man seinen Namen los wird, seine Vergangenheit. Er wird es Nile wohl zeigen.«

Der Schrei eines der Wrestler durchbricht die Stille des Kellers. Er röhrt wie ein Auspuff und knurrt einem Reporter böse ins Mikrofon: »Ich reiße Mighty Welder den Arsch auf.«

»Und den Rest willst du mir nicht erzählen? Wo wir doch schon bis hierher gekommen sind?«

»Ich kann nicht, Mann.«

»Wer sonst kann es?« fragt Seth. »Oder würde es?«

Hobie legt seine Hand auf Seths Knie. Er riecht nach Farbe. Sein Blick ist trübe. Er sieht Seth an, sie sehen einander an, und in ihrem Blick liegen die Empfindungen eines ganzen Lebens.

»Du findest es schon heraus«, sagt er.

Sommer 1995

NILE

Schwächlinge, dachte Nile jedesmal, wenn er das Gefängnis betrat. Die verdammten Wärter waren Schwächlinge und wirkten ständig wie im Dämmerschlaf. Alles, womit sie sich beschäftigten, waren Papierkram und Formulare. ›Der Captain will, daß die Formulare ordentlich ausgefüllt werden.‹ Da saßen sie also ein paar Meter entfernt von all diesen üblen Kerlen und harten Knastbrüdern, den Mördern und sonstigen Verbrechern, und das Wichtigste, was sie zu tun hatten, war die Kontrolle, ob jeder Besucher seine Ankunftszeit und die Nummer des Häftlings, zu dem er wollte, auch ordnungsgemäß eintrug. Das galt genauso für die Bewährungshelfer. Großer Gott. Nile seufzte und dachte an das Mädchen.

Nile war verliebt. Er war immer verliebt, aber diesmal war es anders, weil er nicht ein Mädchen liebte, das auch von anderen Männern geliebt wurde. Julia Roberts fand er gar nicht so schön. In der High-School gehörte er auch nicht zu den Leuten, die immer nur eines im Kopf hatten, nämlich allen Mädchen an die Wäsche zu gehen. Er mochte süße Mädchen, sanfte Mädchen, Mädchen, die etwas Besonderes an sich hatten – Mädchen, die ihn vielleicht in gewisser Weise an ihn selbst erinnerten. Und jetzt war er richtig verliebt. Es war schöner als je zuvor. Er liebte Lovinia.

»Nile, mein Lieber, mein Lieber«, sagte der Lieutenant. Jede Woche begrüßte er ihn so. Nile legte seine Besuche immer so, daß Eddie, dieses be-

schränkte Arschloch von Lieutenant, am Eingang saß, weil der ihn so gut wie nie richtig filzte. »Regnet's draußen?«

»Ein bißchen«, antwortete Nile. »So was wie Sprühregen.«

»Scheiße. Dann kommt dieser verdammte Pizza-Junge später. Jede beschissene Ausrede ist ihm recht. Komm in mein Büro«, sagte Eddie. »Also Sprühregen«, wiederholte er und wies mit seinem schon etwas arthritischen Finger auf den Durchsuchungsraum. »Scheiße, diesen Sprühregen haben wir schon den ganzen verdammten Monat. Diese Umweltverschmutzung. Was die uns alles eingebracht hat. Du denkst, ich mache Witze? Nein, ich mache keine Witze. Sprühregen. Scheiße, ich werd' diesen verdammten Husten das ganze Jahr nicht mehr los.« Er ließ die Hände an Niles Oberkörper hinuntergleiten und fuhr dann an den Innenseiten beider Beine bis zu den Oberschenkeln hinauf. »Okay, fertig. Zu wem willst du?«

»Sly Bolt.«

»Mr. Sly Bolt. Jawohl, Sir, wieder mal so ein Gangster, dem werden wir diese Woche noch beibringen, wie sich ein braver Junge benimmt, wenn er wieder rauskommt. Sag ihm, er soll gut aufpassen.« Eddie lachte und drückte Nile einen Stempel auf den Handrücken. Er sagte, Bolt würde geholt.

Nile ging weiter. Am Haupttor hielt er seine Hand unter die UV-Kontrollampe. Innen öffneten die Wärter den Riegel und ließen ihn herein. Nile spürte es: Sie war bei ihm. Er dacht an sie, an Bug. Bei jedem Schritt, jeder Drehung dachte er an sie. Auf magische Weise war sie immer bei ihm. Sah er auf der Straße ein mageres Mädchen, fiel sie ihm ein. Er sah sie in ihrer grauen Gefängnismontur. In seiner Gesäßfalte spürte er das Päckchen. Für ihn war sie wie eine Stadt, in der alle Straßen an einem Punkt zusammenlaufen. Lovinia. Sie war für ihn das Zentrum.

Mädchen haben immer schon so auf Nile gewirkt. Beim Aufwachen versuchte er, sich jedesmal an die zu erinnern, in die er sich zu allererst verliebt hatte. Sein Herz war immer auf Höhenflügen, und immer heimlich. Ständig war er verrückt nach irgendeinem Mädchen, das davon nicht einmal etwas wußte. Zum Beispiel Emme Perez, die bei der Bewährungshilfe in der Zentrale am Empfang saß und zwei kleine Kinder von zwei verschiedenen Männern hatte. Lange hatte er sie insgeheim geliebt, ihre ganze Art und auch ihre dünnen Beine. Dann war da Marjorie aus dem Wahlkampfbüro seines Vaters gewesen, die wegen irgendeiner Kinderkrankheit hinkte. Und ein anderes schwarzes Mädchen, Namba Gates, das er am College kennengelernt hatte, und das ihn ebenfalls zu mögen schien. Nile nahm an, daß sie wohl auf seine Frage wartete, ob sie mit ihm ausgehen wolle, und beinahe hätte er es auch getan. Dann aber wurde ihm klar, daß er das einfach nicht konnte. Im ersten High-School-Semester saß in seinem Geometriekurs Nancy Franz, ein reichlich pummeliges Mädchen, das irgendwie nett zu ihm war. Sie rempelte ihn immer im Flur an und schnappte sich dabei seine Bücher. Manchmal dachte er noch jetzt nach fünfzehn Jahren an sie. Es gab so viele Mädchen.

Bug war die liebste. Sie war so süß. Süß war genau das richtige Wort für sie. Und scheu. Sie war so scheu, daß sie einem kaum ins Gesicht sehen konnte mit ihren riesigen Augen. Deshalb wird sie wohl auch Bug, der Käfer, genannt. Wegen dieser Augen. Es machte Nile verrückt, wenn sie ihn so ansah und dabei eher wie sieben wirkte, nicht wie fünfzehn.

›Könntest du dir vorstellen, daß du zu jemandem sagst, du wärst mein Mädchen?‹ hatte er am Morgen gefragt, als sie das Päckchen fertigmachten.

›Zu niemandem hier. Würde ich nicht. Nein. Bestimmt nicht.‹

›Würdest du es zu mir sagen?‹

Und wieder hatte sie diesen Blick. Sie stieß ihn gegen den Arm.

›Spielst du Psychospielchen?‹ fragte sie.

›Nein, bestimmt nicht. Ich denke, du bist mein Mädchen, Mann. Genau das denke ich.‹

›Nun, dann denkst du eben, was du denkst. Nicht wahr? Ist doch egal, was ich sage.‹ Und sie wandte sich von ihm ab, wie sie es gewöhnlich tat. Nicht körperlich. Aber innerlich. Da war sie nicht zu fassen. Sie hatte etwas Scheues. Tief Verborgenes. Oder was immer. Er konnte es nicht in Worte fassen. Inzwischen hatte er die Abteilung 2 erreicht und seufzte laut bei dem Gedanken an sie.

»Warum siehst du so fertig aus, Mann?« fragte Runculez, der Wärter am Eingang.

»Ich bin nicht fertig«, sagte Nile. »Ich bin ganz obenauf. Ich bin glücklich.« Er breitete die Arme aus, um zu zeigen, wie frei er sich fühlte. Dann lächelte er schief. »Sly Bolt«, sagte er, und der Wärter rief nach oben: »Bolt.« Zwei Gänge höher konnte man sie noch »Bolt« rufen hören.

»Sly Bolt im Anmarsch«, sagte Runculez, und beide lachten, als wäre das ein Scherz.

»Befragungszimmer?« sagte Nile.

»Sind 'n paar Anwälte drin. Warum nicht die Cafeteria? Wir essen nicht vor elf.«

»Brauche ein Befragungszimmer, Mann. Ist Vorschrift. Muß ihm die Verhaltensmaßregeln für die Zeit, wenn er wieder draußen ist, unter vier Augen vorlesen.« Ordell hatte ihm aufgetragen, das zu sagen. Und er hatte Core gesagt, es wäre völlig verrückt. Wer sollte das denn glauben? Wer würde schon glauben, daß es eine so blöde Vorschrift gibt. ›Scheiße‹, hatte Ordell geantwortet. ›Kommst du vom Mond?‹

Der mexikanische Wärter schüttelte den Kopf, aber er lächelte. Sie alle mochten Nile. Mit ihm konnte man gut auskommen. Runculez wandte sich an einen Kollegen in Uniform, der ein paar Meter entfernt stand.

»Sag dem Pflichtverteidiger da vorne, wir brauchen das Zimmer. Er soll solange in die Cafeteria gehen.«

Der Anwalt kam eine Minute später mit seiner Aktentasche aus der Tür. Der Wärter wollte es ihm erklären, aber er war ohnehin schon fertig.

Es war ein kleiner Raum mit Wänden aus Schlackenstein, einem Klapptisch und altmodischen Schalensesseln aus Kunststoff. Auf den einen davon hatte jemand seine Gang-Zeichen geschmiert, die man mit Stahlwolle zu entfernen versucht hatte. Übriggeblieben war ein fast farbloser Fleck auf dem Plastik. Von der Decke hing eine grelle Leuchtstoffröhre, die im Kontrast zur sonst üblichen Gefängnisdämmerung stand. Das Licht fiel durch ein Sichtfenster in der Tür in den Flur. Die Wachbeamten sollten so die Kontrolle über das Geschehen in dem kleinen Raum behalten.

Zwei Gefängnisaufseher führten Bolt feierlich in Handschellen und Fußketten herein. Die meisten Wärter hier hatten mit der einen oder anderen Gang etwas laufen. Sie alberten häufig mit ihren Mitgliedern herum, besonders dann, wenn es sich um einen wichtigen Anführer der Saints handelte. Bolt gehörte zu ihnen. Also machten sie ein paar Scherze und mokierten sich über das Wetter. Aber Bolt stand über diesen Dingen. Er war ein harter Bursche. In Einzelhaft. Um die Taille trug er eine Kette, mit der die Hand- und Fußfesseln verbunden waren. Die Wärter gingen, schlossen die Tür hinter sich, und Bolt setzte sich. Nile ging sogleich in die Ecke, die vom Sichtfenster aus nicht einsehbar war, und fing an zu reden.

»Ich muß dir jetzt diese Unterweisung in Hinsicht auf deine Bewährung geben, Sly, okay? Ich will, daß du die Spielregeln für draußen ka-

piert hast, wenn du hier rauskommst. Du hast jetzt achtzehn Monate Knast abgesessen. Und du hast noch ein Jahr auf Bewährung. Ist dir das klar?«

Sly Bolt war Hardcores Vetter. Er trug einen Bart und war ein Schrank von einem Kerl mit breiten Schultern und rundlichem Bauch. Irgendwo hatte Nile gehört, er sei in der Schule ein guter Baseballspieler gewesen, doch wenn man ihn heute sah, konnte man sich das schwer vorstellen. Er war massig wie ein Felsklotz und hatte einen finsteren Gesichtsausdruck.

»Wir sind diese Dinge nun schon dreimal durchgegangen, aber heute mußt du das Formular unterschreiben. Das ist ein Vertrag, Mann, wenn du draußen bist. Wenn du ihn brichst, bist du nicht nur sofort wieder hier, sondern auch im Handumdrehen im Hof bei den anderen. Ist das klar? Hörst du mir überhaupt zu, Sly?«

Während er das sagte, hatte Nile seinen Gürtel geöffnet. Er griff unter dem Unterhosengummi nach hinten durch und lockerte ein Klebeband. Er hatte sich oben zwischen den Beinen rasiert. Das heißt, eigentlich war es Bug gewesen, an einem Morgen vor drei Wochen. Meine Güte, hatten sie beide das lustig gefunden. Wirklich lustig, dachte er und griff nach dem Päckchen. Es war ein über zehn Zentimeter langes Gummi, am Ende zugebunden. Core hatte hinterher über weiße Hinterteile Witze gerissen. Er zog das Kondom mit dem Stoff zwischen den Pobacken heraus, hielt es fest es gegen den Körper gedrückt, ging zu Bolt und legte es auf den Tisch.

»Also, ich gehe das Ganze noch mal Schritt für Schritt durch, okay? Keine Kanone, oder wie heißt das? ›Spritze‹, ›Knarre‹, ›Wumme‹ oder ›Tec-9er‹? Ist mir egal. Jede Art Feuerwaffe bringt dich wieder rein.«

Bolt brauchte eine kurze Bewegung und hatte das Gummi unter dem Tisch auf dem Schoß. Nur ganz leise hatte die Kette an seinem Handgelenk auf der Tischplatte gerasselt. Nile redete immer weiter. Nachdem er seine Hose wieder in Ordnung gebracht hatte, stellte er sich mit dem Rücken vor das Sichtfenster. Kein Verlassen des Staates ohne richterliche Genehmigung, belehrte er Bolt. Jede kriminelle Handlung, jedes noch so kleine Delikt, auch Drogenbesitz nur zum eigenen Konsum, werde ihn wieder ins Loch bringen.

»Und keine Kontakte zu deiner Gang«, ergänzte Nile. »Ich weiß, du hast da deine kleinen Wasserträger, aber wenn du die siehst, geh ihnen lieber aus dem Weg. Erwische ich dich mit einem von denen, bist du gleich

wieder drin. Daran führt kein Weg vorbei. Wenn du vernünftig bist, bin ich es auch. Ist das klar?«

Unter dem Tisch knetete Bolt das Kondom, um es dünner und länger zu machen. Dann warf er plötzlich den Kopf zurück, hob die Hände mit ihren Ketten, riß den Mund auf und ließ das Gummi direkt in seinen Rachen fallen. Weg war es. Genau wie in der Geschichte, die June aus der Collegzeit erzählt hatte, als ihre Kumpels Goldfische verschluckt hatten. Bolt setzte, was selten vorkam, ein Lächeln auf, während Nile weitersprach.

»Ist das klar, Sly?« wiederholte Nile. »Keine dummen Ausreden von wegen, du hättest dies oder das nicht mitbekommen. Dieser Scheiß hier ist mein verdammter Ernst.«

»Hm, hm«, sagte Bolt und hielt sich mit beiden Händen den Magen. Mit geschlossenen Augen konzentrierte er sich darauf, daß das Zeug unten blieb. Wenn dieser Ballon – so nannte Ordell die Gummis –, wenn also dieser Ballon, voll mit reinem, unverschnittenem Stoff, in Bolts Bauch platzte, würde man ihn nicht mehr schnell genug in die Notaufnahme schaffen können. Es würde ihn umbringen. Er würde nicht einmal mehr nach einem Arzt rufen können. Bolt war einer der obersten Anführer und wußte Bescheid. Er lächelte nur. Das taten alle bei dem Gedanken. ›Scheiß drauf, Mann, wäre ein verdammt guter Kick, Mann. Das wäre doch die Sache. Wow!‹

Wow, dachte Nile. Bolt zog ein Bündel Scheine aus seinem Overall, Geld, das er im Gefängnis für den Stoff gesammelt hatte. Nile konnte sich nicht vorstellen, daß es hier drinnen echten Bargeldverkehr gab. Aber alles, was klein genug war, um von Hand zu Hand gehen zu können, Pillen, Rasierklingen, Geld, fand seinen Weg herein, wenn es von Nutzen war. Auf einem der Stühle lag ein blauer Plastikbeutel, wie ihn die Zeitungszusteller benutzen. Ein Wärter mußte das Blatt wohl hier gelesen haben. Nile steckte die Scheine hinein und stopfte den Beutel in die Hose. Beim Hinausgehen würde man ihn nicht mehr durchsuchen.

Er redete noch zehn Minuten auf dieselbe Art weiter, ging dann hinaus und sagte den Gefängnisaufsehern, sie könnten Bolt zurückbringen. Als sie ihn wegführten, klirrten seine Fußfesseln. Er blickte sich nicht einmal mehr nach Nile um. In seiner Zelle würde er ein Abführmittel nehmen und warten.

Jede Woche brachte Nile jemand anderem Dope. Manche flüsterten ihm dann zu: ›Bist schwer in Ordnung, Mann.‹ Wenn ihn einer noch nicht kannte, stellte Nile sich mit einer Handbewegung vor. ›BSD – be for me.‹ Den Spruch kannte jeder. Er machte daraus eine Art Kurzcode in Fingersprache: B, S, D. Dann mit dem Zeigefinger auf den anderen zeigen und schließlich wie einen Dolch gegen die eigene Brust stoßen. Es verblüffte sie, daß ein Weißer sich zu so etwas herabließ. Was, verdammt, tust du da? Das war in Niles ganzem Leben stets die Frage. Die Leute taten immer, als hielten sie ihn für einen etwas sonderbaren Menschen. Er benutzte zum Beispiel seinen Wagen nie bei Regen. Das gehörte zu den Dingen, die die Leute seltsam fanden. Nicht daß er dann zu Hause blieb. Er dachte nur, der Regen schade dem Lack. Und es machte ihn nervös, wenn Menschen einander nicht in die Augen sahen, was oft vorkam. Auch bei Michael war das so. Aber mit Core, mit Bug war es anders. Das hat mich zu euch hingezogen, hätte er den Saints gern erklärt. Ich bin verliebt in die Liebe. Als er in den Gefängnisflur zurückkam, dachte er an Bug.

Angefangen hatte das ganz komisch mit dem Stoff, den er ins Gefängnis brachte – es war Eddgars Schuld, würde Nile sagen, aber wieviel konnte er so entschuldigen? Selber hatte er auch Mist gebaut. Er hatte sich gegenüber Hardcore auch ins Aus manövriert. Das wußte Nile. Ordell hatte Macht, strahlte Kraft aus. Nile hatte sie von Anfang an gespürt. Und Core gab sie an seine Umgebung weiter, eine natürliche Kraft wie bei einer Pflanze, in der sie von der Wurzel bis in jedes einzelne Blatt strömt. Oft genug war er versucht gewesen, zu Eddgar zu sagen: ›Dieser Ordell, Hardcore, erinnert mich an dich.‹

Jeden Monat schrieb er seine Berichte über Core, und nach und nach ließ er es zu, daß Hardcore ihm vorsagte, was er schreiben sollte. Mit Core saß er zum Beispiel mal in dem kleinen Verschlag in der Dienststelle der Bewährungshilfe am Gericht, und Core flüsterte, damit man seine rauhe Stimme nicht durch die dünnen Trennwände hörte: ›Was kritzelst du denn da alles über mich?‹ Core alberte mit ihm, lachte und griff nach dem Blatt. Schließlich ließ Nile es ihn umdrehen. Was hatte es schon zu bedeuten, es waren ja keine Geheimnisse. Hardcore las und kratzte sich mit seinen scheußlichen Fingernägeln den dünnen Kinnbart. »Sag das da aber nicht, Mann. Sag nicht, was für ’n verschissener Motherfucker ich bin und daß du dir Sorgen über Hardcore, den Gangster, machst.«

»Und was sollte ich sagen?«

»Weißt du, Bruder, sei einfach cool. Schreib, er hat 'nen guten Job und so 'n Scheiß.«

»Was für 'n Job soll das sein, Mann?«

»Leute organisieren.« Er lachte, weil Nile Eddgar erwähnt hatte. Eddgar war schon ganz aufgeregt. Nile, das ist die Gelegenheit, hatte er gesagt, eine enorme Gelegenheit. »Schreib irgendwas von ›Leute organisieren‹.«

Er hat es hingeschrieben. Na ja. Wenn Nile seine Hausbesuche im I. V. Tower machte, begrüßte ihn Ordell immer schon auf der Straße, wedelte mit den Armen und machte sich wohl über sie beide lustig.

»Kannst gleich hier parken. Voll guter Platz. Voll gut.« Er reservierte ihm stets den besten weit und breit. Hardcore zog eine gute Show ab. Seine Muskelprotze, seine Artillerie, hatten sich einen halben Block weiter zusammen in einen schwarzen Lincoln geklemmt. Keiner konnte Hardcore hier in der Gegend auflauern. Nur ein paar Kinder aus der Nachbarschaft – die ›Zwerge‹ – konnte er sich nicht vom Hals halten, und dann dieses magere kleine Mädchen mit der samtenen Haut, Lovinia, die Nachrichtenübermittlerin. »Sag Bolt, die Sache ist gelaufen, er kommt damit rüber«, hatte Core eines Tages zu ihr gesagt.

»Was soll das heißen?« fragte Nile.

»Genau das.« Hardcore lachte. In seinem breiten Mund waren auf der einen Seite ein paar goldüberkronte Zähne zu sehen. Er antwortete nie präzise. Immerhin war er so fair, nicht zu lügen. Natürlich fiel Nile bei jedem Besuch mehr auf. Sie hatten Kanonen – Tec-9er und AK-47er –, waren mit Piepsern ausgerüstet, und Kids schwirrten überall herum, wo Hardcore war. »Du hast hier das Sagen«, meinte Hardcore zu ihm. »Wenn ich was Krummes drehe, sag es mir. Sag ›Hör auf‹, und ich lass' es bleiben. Das hier soll nur 'ne kleine Gefälligkeit sein, Mann, man muß dem einen oder anderen mal 'ne Gefälligkeit tun.«

»Du solltest auf meinen Vater hören. Solltest mit ihm reden«, sagte Nile. Warum hatte er das gesagt? Zumal es meistens das Letzte war, was er selbst tun wollte, nämlich mit seinem Vater reden? Eine Art Tauschgeschäft, vermutete Nile. Wenn du mit ihm redest, muß ich es nicht tun.

Eddgar hatte immer irgendwelche Pläne für Nile. Im College nabelte er sich gewissermaßen ab, sah sich den ganzen Scheiß im MTV an, ließ erst einmal alles sausen und besorgte sich einen Job, den er sehr mochte. Er wurde Kurier. Das ganze Drum und Dran gefiel ihm. Er hatte ein Fahrrad, die engen Hosen, die Weste mit den Sicherheitsreflektoren, den leichten Styropor-Schutzhelm. Die meiste Zeit hatte er die Kopfhörer von seinem Walkman auf den Ohren. Am Gürtel hing ein Walkie-talkie, auf volle Lautstärke gedreht. Er hörte es nicht wirklich, sondern spürte die Vibration, wenn Jack im Büro hineinschrie. Der Job war Spitze. Nile gefiel am meisten die Tatsache, daß er überall dabei war und auch wieder nicht. Überall hörst du die Typen nach dir rufen: ›He, Mann, wo bleibt denn der Kurier?‹, ›Himmel noch einmal, wo steckt er?‹ Und dann stürzt du hinein und sagst: ›Okay, hier ist der Kurier. Immer mit der Ruhe.‹

Eddgar gefiel dieser Job ganz und gar nicht. Eddgar wartete nur darauf, daß Nile merkte, wie eiskalt es im Winter auf der Straße war und wie glühendheiß im Juli. Das wußte Nile. Eddgar störte weniger die Tatsache, daß Nile nur ein Botenjunge war. Ihn störte, daß es ihm Spaß machte. Wahrscheinlich war es zum Teil gerade deswegen ein toller Job für ihn. Im zweiten Sommer hatte er sich in der Hitze auf dem Fahrradsattel einen verdammten Wolf gesessen, und er meinte, irgendwie sollten sich alle Kuriere zusammenschließen, wie in einer Art Gewerkschaft. Das hatte Eddgar gleich ganz scharfgemacht. Tausendmal löcherte er Nile, ob er mit anderen gesprochen hätte, bis Nile sich selbst schließlich fragte, wie er nur auf die abwegige Idee hatte kommen können, mit seinem Vater darüber zu sprechen. Bald darauf hängte Nile diesen Job an den Nagel. Er ging wieder zurück auf das Kindle Community College und belegte Kurse in Sozialarbeit, wie Eddgar ihm immer geraten hatte. Es war einfach leichter so.

Ab und zu wollte Core seinen Geschäften nachgehen. Dann legte er Nile die Hand auf die Schulter. »Cool, Mann. Bist in Ordnung. Bin bald zurück.« Meistens ließ er Nile auf einer der kaputten Bänke hinter dem T-4, dem I. V. Tower, zurück und verzog sich in eine abgesperrte Zone, der The Chute oder The Shoot genannt wurde. Niemand wußte, wie man den Namen buchstabierte, weil ihn nie jemand geschrieben hatte. Auf der einen Seite war der Bereich eingezäunt, auf der anderen grenzte er an die Backsteinmauern des I. V. Towers. Es war das Reich der T-4-Rollers, Cores Gruppe bei den BSD. Hier kickten sie, spielten Ball gegen die Mauer, tranken Eight Ball und veranstalteten Würfelspiele. Mit Cores Einverständ-

nis durfte Nile draußen sitzen und zusehen, aber es war, als wäre er gar nicht da. Er fühlte sich wie ein weißes Nichts, das nicht mehr auffiel als ein Pappbecher im Müll, der sich am Fuß der Mauer angesammelt hatte. Dennoch sah er eine Menge Mist. Eines späten Nachmittags fuhr Gorgo, ein großer, grobschlächtiger Typ aus Cores Kavallerie, seinen '86er Blazer mit quietschenden Reifen direkt auf den Bürgersteig. Aus dem offenen Autofenster dröhnte das Radio. Gorgo sprang heraus, stand auf der Grace Street, Jacke, schwarzes T-Shirt, oversized Jeans. Nile verstand es nicht, aber alle Saints rundherum wußten, daß er gerade einen Raubüberfall hinter sich hatte.

»He, Saint, was war los?« wollten sie wissen.

Gorgo war einen Augenblick lang ganz herablassender Macho. »Gar nichts.« Doch bald hatten sie ihn überredet. »Hab' nur 'n paar Lahmärsche um zehn Riesen erleichtert.«

»Unterwegs? Mit dem Schlitten?«

Es waren eine Menge Kids da – noch gar nicht aufgenommene ›Unborns‹ und ›Tiny Gangsters‹ von der untersten Stufe. Sie lauschten, wollten mehr wissen. Sie wollten gar nicht glauben, daß Gorgo die Sache mit seinem eigenen Wagen durchgezogen hatte. Damit konnte er schließlich identifiziert werden, war frei zum Abschuß.

»Na und, ihr Blödmänner? Versteck' mich doch nicht vor den Goobers. Mein Name ist schließlich Gorgo.«

»Dickes Ding«, sagten die Kids. Aber im nächsten Augenblick waren sie alle auf und davon.

Die Goobers kamen mit zwei Wagen angerollt. Sie waren drüben auf der Avenue und schossen aus hundert Metern Entfernung zwischen den Häusern durch. Mit dem Geballer scheuchten sie die Vögel auf, die Kids schrien: »Sie kommen, verpißt euch« und gingen in Deckung, und Nile saß für einen Moment allein auf seiner Bank. Er war zu überrascht von dem Widerhall der Schüsse, die im Freien irgendwie weniger dramatisch klangen, als er sich vorgestellt hätte. Plötzlich hörte er Gorgo rufen: »Runter mit dir.« Krieg, dachte er und kauerte sich hinter der Bank auf den Boden. Völliger Irrsinn, dachte er. Die Schießerei dauerte nur wenige Minuten. Hoch oben vom T-4 kam Gegenfeuer, als die Wagen auf der Grace Street davonrasten.

»Aus der Entfernung trifft man nicht so schnell. Blöde Ärsche!« Gor-

go schickte den Wagen eine verächtliche Geste hinterher und stolzierte in seinen hohen weißen Stiefeln mit Stickmuster vor Niles Bank auf und ab. Als der Wind seine Satinjacke aufwehte, gab er den Blick auf eine massivgoldene .45er an seinem Hals frei: Im Lauf eingelassen war ein Brillant. Eine Ecke der Bank war von einem Einschuß abgesplittert. Gorgo sah auf Nile hinunter: »Die geilen sich nur auf. Erzählen jetzt überall rum, wie sie die Saints aufgemischt haben. Dabei habe ich die ganze Beute. Sieh her.« Gorgo griff in seine ausgebeulte Tasche und zog die Scheine heraus, die er den Gangster Outlaws mit vorgehaltener Kanone abgenommen hatte. Als er lächelte, sah man, daß ihm ein Frontzahn fehlte. »Jetzt geht's los«, sagte er und meinte damit, daß es wochenlang immer wieder Schießereien geben würde, was dann auch zutraf. Nile schätzte Gorgo auf sechzehn oder siebzehn. Und er war verrückt. Seine Tec-9 stammte von irgendwo. Sie hing ihm von der Schulter, den Lauf nach unten, fertig zum Ziehen. Es hieß, er würde jeden töten. Ein verrücktes Leben! So nannten es diese Typen hier. Ein verrücktes Leben. Nile gefiel das. Diese Leute waren extrem.

Krieg, dachte Nile noch nach Tagen. Als er ein kleiner Junge war, ein Winzling, der jede Nacht ins Bett machte, war Krieg eine entsetzliche Vorstellung für ihn gewesen. Was da draußen tobte, lief in seiner Phantasie so ab: Artilleriefeuer, der Rauch von Bombentreffern, überall Explosionsblitze, heller Magnesiumschein, ein übelkeiterregender Geruch in der Luft. Der Krieg würde ihn überrollen, seinen kleinen Körper zerfetzen. Er würde nicht an der Bay haltmachen und auch nicht vor seiner Haustür. Eddgar wollte Krieg. Und Nile hatte entsetzliche Angst. Aber jetzt, inmitten dieser mutigen Krieger mit ihren Kanonen, dachte Nile: Ja, das ist es. Er dachte, das ist cool. Irgendwie seltsam. Und dennoch. Für Gorgo war es so cool, daß er dastand und sich auf die Brust trommelte, als wollte er sagen: ›Mir ist es egal, ob ich lebe oder sterbe. Ist mir egal. Ich stehe hier und schreie.‹ Nichts ergab mehr Sinn als das. No future. Das war es, was Gorgo schrie. Nein zur Zukunft! Für ihn existierte sie gar nicht erst. Cool, dachte Nile tagelang. Cool.

Nachdem es Nile an jenem Tag beinahe erwischt hätte, paßte nun Lovinia in Hardcores Auftrag auf ihn auf, wenn Core unterwegs war, um seinen ›Geschäften‹ nachzugehen. Man könnte sagen, sie war so etwas wie Hard-

cores Sekretärin. Sie überbrachte ihm Mitteilungen und Anweisungen. Sie achtete darauf, daß alles glatt lief. Sie war so süß und scheu. Immer unterhielt Nile sich mit ihr oder versuchte es zumindest. Am Anfang konnte er sie kaum dazu bewegen, ihren Namen zu sagen. Sie hatte eine dieser Frisuren mit viel Gel im Haar, das glatt machte und vorn so anklatschte, daß es aussah wie glänzende Alufolie. Hinten war es zu einer Rolle aufgetürmt, die in einem kleinen Entenschwanz endete. Sie saßen vor dem I. V. Tower auf einer der kaputten Bänke wie zwei Frösche auf einem Stein. Sie sprachen diesmal kein Wort. Bloß Konversation zu machen, gehörte für Nile zu den schlimmsten Dingen im Leben überhaupt. Und bei Mädchen war er meistens vollends verloren. Selbst in seinem Beruf blieb ihm jedes Wort erst einmal im Hals stecken. Manche Bewährungshelfer kamen recht gut mit ihren Kunden zurecht. Neunundneunzig Prozent dieser Kids wollten einem gar nichts vormachen aus Angst, daß man sie später dafür in die Mangel nahm. Außerdem wußten sie, daß sie sich ohnehin nicht richtig ausdrücken konnten. Bei Nile saßen sie alle nur da, kauten Kaugummi, lümmelten sich und betrachteten ihre Fingernägel. Oder sie wippten mit ihren Nikes und hofften, die Sache ohne großes Getue hinter sich zu bringen. Nile ließ das Radio laufen, damit die Stille nicht gar so erdrückend war. Er las die Fragen von einem Formular ab. Gesundheitsvorsorge? Hast du dich um Arbeit bemüht? ›Rede mit ihnen über Sport. Frage sie nach den Traps, den Hands. Frag sie nach Songs aus dem Radio.‹ Immer wieder bekam er irgendwelche Ratschläge. Aber keiner half Nile so recht weiter. Bei Bug jedoch gelang es ihm, sein Schweigen zu brechen.

»Schule?« fragte er. »Gehst du zur Schule?«

»Nicht richtig. Nicht daß ich die Lehrer nicht leiden könnte. Irgendein Blödmann wollte mich mal anmachen, da hab' ich mich umgedreht und gesagt: ›Halt die Klappe, du Flasche. Wir alle wollen hier was lernen.‹ Aber weißt du, Mann, ich bin es leid geworden. Weil sie mich die ganze Zeit rausreißen wollen. Außerdem hängen da überall Goobers rum.« Er verstand nicht, was Bug meinte. »Weißt du, sie haben mich auf dem Kieker, aber Mann, ich kann doch kein Eisen mit in die Schule nehmen.« Sie meinte eine Kanone. »Ich kann nichts dagegen machen. Nur einen Block von der Schule weg kriege ich den Arsch voll. Die ganzen Goobers warten auf mich. Wegen Clyde. Das ist mein großer Bruder.«

»Ist Clyde hier in der Gegend? Ist er ein BSD?«

»Gehört zu den Anführern, hm, hm«, sagte sie. »Aber er sitzt.«

»Im Rudyard?«

»Hm, hm. Körperverletzung mit Todesfolge. 'n paar von diesen verdammten Goobers sind hier aufgekreuzt, machten sich wichtig, wollten ihn rausdrücken. Fünf Meter von da, wo du sitzt, haben sie gestanden. Scheiße. Clyde hat gleich geschossen. Als ich ihn mit der Knarre sah, habe ich gesagt: ›Was machst du da, du Blödmann?‹ Die Goobers haben sich verpißt, Mann, und er ballert hinterher. Sagt noch: ›Laß mich in Ruhe, Mädchen. Kann nicht zulassen, daß diese Ärsche so 'nen Scheiß direkt vor meiner Tür veranstalten. 'n echter Saint läßt hier keinen rein.‹ Was soll ich da sagen? Hab' ihn oft besucht da drinnen. Will ihm am Wochenende 'ne Freude machen. Alle Gang-Mädchen machen das. Scheint, es geht ihm ganz gut. Aber er fehlt mir sehr. Muß noch zwanzig Jahre und sieben Monate brummen, es ist zum Heulen. Er redet von den zwanzig und sieben als wär's morgen. Jedenfalls sind deswegen die Goobers hinter mir her.«

Er machte nicht einmal den Versuch, sie auf das Naheliegendste hinzuweisen: Mach bei den BSD nicht mehr mit. Sie sagten doch alle dasselbe: ›Die BSD, Mann, das bin ich, Mann.‹ Und Nile konnte das verstehen. Diese Sache mit den Gangs verstanden die Leute nicht, die Weißen, die Erwachsenen. Da konnte man ihnen erzählen, was man wollte. Aber bei Bug, Mann, da sah man, sie brauchte die BSD. Wie man Hungrigen etwas zu essen gibt. ›Alles ganz cool‹, sagen sie dauernd. ›Cool bleiben. Wir sind für dich da, Mädchen, du gehörst zu uns. Ob du beknackt bist oder verrückt, Mädchen, wir sind für dich da.‹ Das verstanden die Leute nicht. Sie sagten ›Gang‹ in einem Ton, als ob das alles Monster wären. Knarren und Blut. Drogen. Der ganze Scheiß. Aber drinnen war es süß wie Honig.

Nile wußte nicht, wann er angefangen hatte, an sie zu denken. Es war fast ein Zufall. Er hatte im Dienst über sie gesprochen. Sie war noch einmal um eine Strafe herumgekommen. Wurde aber unter Aufsicht gestellt. Nile kannte ihre Bewährungshelferin Mary Lehr. Bug war beim Dealen geschnappt worden. Ein Cop namens Lubitsch hatte sie hochgenommen, dann aber nicht angezeigt, weil es eigentlich eine harmlose Sache war. So bekam sie diese Bewährung als Auflage. Nicht der Rede wert.

Als sie eines Tages wieder zusammen auf der Bank saßen, erzählte ihm

Bug von ihrem Vater. Am Tag vorher hatte er sie zufällig auf der Lawrence getroffen und war mit ihr in Betty's Buy-Rite, einen Billigladen, gegangen. Er hatte ihr ein Band für ihre Haare gekauft. Sie nahm es und sagte, er müsse ihr dauernd etwas schenken.

»Wer ist überhaupt dieser Eddgar, Mann?« fragte sie dann. »Dein Daddy? Faselst dauernd von ihm.«

»Blödsinn. Ich rede nicht dauernd von ihm.«

»Hm, hm«, sagte sie.

Ja, wer war Eddgar? Ein Gott, ein Mann? Das war eine der Fragen, auf die Nile nie eine Antwort fand.

»Ja, er ist mein Vater«, sagte Nile beiläufig.

»Ist wohl 'n großes Tier?«

»Er ist ein großes Tier. 'ne Art Politiker kann man sagen. Früher war er Prediger.«

»Prediger?«

»Das war seine Ausbildung. Aber er hat nie gepredigt.«

»Meine Tante ist Predigerin.«

»Wirklich?«

»Hm, hm. Drüben bei den Evangelical Baptists. Schwester Serita. Hast du von ihr gehört?«

»Vielleicht.«

»Ja, 'ne Menge Leute hören ihr zu, Mann. Sie ist stark. Wirklich stark. Sie predigt mit einer Lautstärke… Wow!« sagte Lovinia und schüttelte den Kopf. »Weißt du, sie will immer, daß ich zu ihr in die Kirche komme. Will mich von der Straße wegholen, aus diesem ganzen Dreck und so. Als ich noch klein war, weißt du, da habe ich im Chor gesungen, Mann.« Sie schloß einen Moment die Augen und spürte die Macht des Gesangs.

Manchmal fragte sich Nile nach der Bedeutung von Religion. Er mochte Kirchen, besonders die katholischen mit ihrem dunklen, geheimnisvollen Gemäuer, der Jungfrau Maria mit dem demütigen unschuldigen Gesicht – ein wenig wie Lovinias –, zu scheu und zu heilig, als daß sie all diesen Menschen in ihrer Verworfenheit in die Augen sehen oder gar anschauen konnte, was sich da an den Wänden an unglaublichen, blutigen Szenen abspielte – Jesus, der ans Kreuz genagelt wird, oder der heilige Sebastian, der von mehr Pfeilen durchbohrt ist, als ein Stachelschwein Stacheln hat, oder die schrecklichen Bilder von Johannes dem Täufer, dessen Kopf mit heraushängender Zunge auf einem Tablett liegt. Das Unverständliche dabei war, daß die Leute diese Dinge anbeteten und sie sie innerlich erfüllten.

Nile wußte, daß all diese Sachen seinem Vater etwas bedeuteten. Aber June hatte nie etwas davon hören wollen. Für sie waren es nur Geschichten, bedeutsame Geschichten, denen sie gern zuhörte, aber eben nur Geschichten, die die Menschen gern als Wirklichkeit gesehen hätten. Aber sie waren keine Wirklichkeit. Religion gehörte großenteils zu den Dingen, über die Eddgar und June nie zu einer gemeinsamen Auffassung fanden. Als sie beschlossen, für die Befreiung zu kämpfen, war June der Überzeugung, Gott, der Glaube und die ganze Bibelleserei seien nichts weiter als ein Bestandteil einer verkleisterten Tradition, die nur auf eines abzielte: denen, die schon unten waren, noch den Fuß auf den Nacken zu stellen. Sie hatte das alles einfach abgeschrieben und Eddgar gewissermaßen gezwungen, sich zwischen Gott und ihr zu entscheiden. Nile fragte sich manchmal, ob sein Leben anders verlaufen wäre, wenn er der Sohn eines Predigers wäre anstatt eines Menschen wie Eddgar, wofür der sich auch immer halten mochte oder der er tatsächlich auch war.

Als Hardcore und Eddgar sich kennenlernten, gab Core sich ungezwungen. Er hatte gehört, daß er Senator war, und fragte ihn nach Washington.

»Sind Sie extra zu diesem Treffen hergeflogen? Wo sind Sie denn da überall in D. C., Mann? Hab' Kumpels dort.«

Als sie gerade in T-Rocs Limousine einsteigen wollten, erklärte Nile es ihm: »Weißt du, so eine Art Senator ist er nicht.«

»Du meinst, er ist nicht gewählt worden und so 'n Scheiß?«

»Gewählt worden ist er. Aber er ist Senator dieses Bundesstaates. Es gibt zwei verschiedene Arten von Senatoren, Mann.«

»Aha«, sagte Hardcore, und nach einem Augenblick fügte er hinzu: »Aber sag das nicht T-Roc.«

An jenem Tag redete nur Eddgar. Er stand richtig unter Strom. Er war so verdammt selbstverliebt und überzeugt von sich und fuchtelte so heftig mit seinen schmalen Händen herum, daß Nile schon dachte, gleicht haut er ein Fenster ein. Eddgar liebte diese Typen, Hardcore und T-Roc, und man sah, er wollte sich mit ihnen schmücken. Nile saß zusammengesunken in seinem Sitz und staunte über die Nußbaumverkleidung, die

Schnapsflakons aus Kristall und das samtige Leder, und er verstand wieder einmal Eddgars wütenden Elan, mit dem er sich hier engagierte. Er würde ihn verstehen. Die ganze Szene sah so aus: T-Roc, Core, Nile und Eddgar im Fond des Wagens und zwei Mann von ihrer Artillerie vorn. Einer von den beiden war fett. Er roch ungewaschen und nach altem Schweiß. Und Eddgar redete. Die Zukunft, sagte er immer wieder, die Zukunft. Die Zukunft ist hier, ich sehe die Zukunft. Sie wollten das gar nicht hören.

»Unser Bruder Kan-el, Mann«, sagte T-Roc mehrmals. »Sind hier, weil wir was arrangieren wollen. Vielleicht können wir was tun.«

Eddgar sagte: ›Glaubt ihr, ich will Geld? Keine Rede davon. Wenn überhaupt, dann bekommt ihr Geld.‹ An diesem Punkt richtete T-Roc sich auf. Er war voll durchgestylt. Er trug einen Vollbart, eine Melone, eine Seidenweste mit aufgedruckten Würfeln und Roulettescheiben und eine verspiegelte Sonnenbrille, die sie auch Mörderbrille nannten. Hinter seinem Rücken lachte Core über ihn, aber nie in seiner Gegenwart. T-Roc war mit allen Wassern gewaschen, ein Typ, der alles Schlechte in sich hatte, was es gab – wie ein verseuchter Tümpel, in den man nur hineingreifen mußte, um das Scheußlichste, das man gerade brauchte, herauszufischen. Und er war gerissen. Er sah einem ins Gesicht und saugte einem dabei das Hirn aus dem Schädel. Er war klein und hatte dicke Beine, über denen sich die schwarze Hose spannte. Und er näselte ein bißchen. Er beugte sich auf seinem gerippten schwarzen Ledersitz vor und fixierte Eddgar forschend.

»Geld? Wie können wir aus dieser Sache verdammtes Geld ziehen, Mann?«

Also erklärte es Eddgar ihnen. Das könne man arrangieren. Darum ginge es im eigentlichen bei der Politik.

»Du besorgst das beschissene Geld, und wir kümmern uns um das andere«, sagte T-Roc und ließ sie aussteigen.

Danach saß Core Nile ständig im Nacken. »Das war doch alles nur Hokuspokus. Dieser Motherfucker spielt doch nur Spielchen mit uns, Mann.« Nile konnte nur sagen, nein, das stimme nicht, das glaube er nicht. »Das lass' ich mir nicht bieten. Ich zeige es jedem Motherfucker, der mich so verarschen will, ob Daddy oder nicht. Ich nehme mir diesen Motherfucker vor, so schnell kann der gar nicht gucken. Und dann T-Roc, Mann. T-Roc reißt mir den Arsch auf: ›Laß mich doch nicht von so 'nem

Motherfucker auf den Arm nehmen.‹ Der macht mir die Hölle heiß.« Core war stocksauer.

Was sollte Nile dazu sagen? Eddgar würde dran bleiben. Das war Tatsache. Eddgar liebte solchen Scheiß. Er liebte es, ›die Verhältnisse zum Tanzen zu bringen‹, Mauern einzureißen. Und tatsächlich, auf den Tag genau zwei Wochen später sagte Eddgar ihm, er habe das Geld schon lockergemacht, und Nile sagte es Core weiter. Und dann rief June drei Abende hintereinander an. Nile konnte sich denken, daß es um Michael ging. Eddgar bekam dann immer einen rauhen Unterton in der Stimme. Als hätte er sich Eisspray in den Hals gesprüht. Es hörte sich an wie: ›Haltet durch, Leute, ich übernehme das Kommando. Ich, der Genosse General der Revolution, bin bereit, für die Sache zu sterben.‹ Nach dem dritten Abend übergab Eddgar auf dem Weg zum Kapitol Nile den Scheck der DFU. Er sollte ihn einlösen und das Geld per Nachtpost an Michael schicken.

»Michael?« fragte Nile. Waren andere Leute auch so aufgewachsen? Mit Geheimnissen? Nicht den Geheimnissen, wie Tante Nelly sie mit ihren heimlichen Schlückchen vom Erdbeerwein pflegte oder Onkel Hermann mit seinen lüsternen Blicken für die Bikini-Mädchen. Nein, wirkliche Geheimnisse nach dem Motto: ›Verrat das bloß nicht! Wenn du das verrätst, schmoren wir alle in der Hölle. Wir werden sterben, nein, verdammt, es ist schlimmer als Sterben.‹ So war Nile aufgewachsen. Als sie nach Wisconsin zogen, Nile war sieben oder acht, hatte June ihn in den Arm genommen, so fest, daß es ihm weh tat. ›Hör mir zu‹, hatte sie zum dritten oder vierten Mal gesagt. ›Hör mir zu. Du darfst nie mit jemandem über Michael sprechen, Nile. Verstanden? Niemals. Das ist ganz wichtig, Nile. Es ist gefährlich. Du darfst niemals sagen, daß du ihn kennst. Wenn einer von uns einen Fehler macht, du, ich, Eddgar oder Michael, werden wir für lange Zeit getrennt sein. Verstehst du das? Das ist ganz wichtig.‹ So ist er aufgewachsen. Großer Gott.

»Er steckt in Schwierigkeiten, Nile«, sagte Eddgar.

»Was soll ich Core sagen?«

»Wir werden uns um Core kümmern. Wir kümmern uns um jeden. Es ist nur eine Frage der Zeit.« Eddgar war in dieser besonderen Stimmung – ›demokratischen Umgang mit Problemen‹ nannte er das. Jedes wurde so gut gelöst, wie es in wenigen Minuten möglich ist, und dann auf die War-

teliste gesetzt. Die Legislaturperiode ging ihrem Ende entgegen, und Eddgar verbrachte ganze Nächte am Telefon. Das Faxgerät im ersten Stock spuckte endlose Papierfahnen aus, eine einzige Endlos-Nachricht sozusagen. Jedesmal, wenn Nile ans Telefon ging, fragte jemand anderer dringend nach Eddgar, Wähler, Mitglieder gesetzgebender Körperschaften aus dem ganzen Staat, Reporter und irgendwelche Stabsmitglieder aus den Counties. Eddgar nahm jedes Gespräch an, überlegte kurz und gab eine knappe Antwort. »Wir kümmern uns darum«, wiederholte er immer wieder und packte seine kleine Tasche für die Nacht und verschwand.

Eines Tages taten er und Bug wieder einmal das, was sie immer taten. Sie hingen auf einer Bank vor dem I. V. Tower herum.

»Hör nicht auf ihn, Mann«, sagte sie ruhig. »Er hängt dich hin.«

»Hardcore?«

»Der Typ hängt dich hin.«

Nile zuckte mit den Schultern. Er wußte das vermutlich bereits oder befürchtete es zumindest. Aber es störte ihn, daß so ein kleines Mädchen ihm das sagte.

»Glaub' ich nicht, Mann.«

»Hm, hm. Hab' ihn gesehen, Mann.«

»Er ist doch ganz cool.«

»Okay.« Sie machte eine wegwerfende Handbewegung, schürzte die Lippen und stand auf. Nile folgte ihr. »Gib einfach nichts drauf, Mann. Kein Mann hört 'ner Schlampe zu.«

»Das habe ich nicht gesagt, Mann. Oder habe ich?«

»Ein Mädchen erkennt ganz leicht, was du denkst, Mann.« Sie wandte sich ab, und in ihren großen Augen lag alles Wissen dieser Welt. »Ich versuche nur, dir zu helfen, Mann.«

»Ich weiß.«

Sie kam zu ihm zurück. »Sag ihm nichts, Mann. Er schlägt mich grün und blau.«

»Nein«, sagte er.

Damals war es ohnehin schon zu spät. Nile hatte sie sich bereits in den Kopf gesetzt. Sie war fünfzehn. Manchmal, wenn er die Zahl Fünfzehn irgendwo sah, dachte er, wow. Und er erhob mahnend den Zeigefinger, drohte sich selbst. Fünfzehn. Er könnte fast ihr Vater sein, dachte er. Ver-

führung Minderjähriger. Aber das zählte nicht wirklich. Er war hingerissen. Es war in seinem Kopf. Wie immer. Sex findet zuerst im Kopf statt. Selbst wenn er mit einem Mädchen zusammen war, war das in erster Linie so. Nicht daß er noch so etwas wie eine Jungfrau war. Er hatte mit vier Mädchen geschlafen. Er wußte ihre Namen noch und erinnerte sich an jede Einzelheit. Bevor er Bug kennenlernte, rief er sie sich jeden Tag in Erinnerung, als gäbe es vielleicht noch eine Überraschung. An jedes einzelne Mal dachte er mindestens einmal am Tag. Nur nicht an das mit Lana Ramirez. Bei ihr war für Nile alles zu einem Ganzen zusammengeschmolzen. Es ging über Monate, und er erinnerte sich nur daran, wie sehr er sich wünschte, mit ihr zusammenzusein. Sie war groß und rothaarig und arbeitete im Büro von Niles Kurierdienst. Ein paarmal hatten sie nach der Arbeit zusammen eine Limo getrunken. Sie hatte eine eigene Wohnung, also gingen sie dorthin und trieben es miteinander. Für Nile war das Liebe, eindeutig die totale Liebe. Dann zog sie nach Miami. Er schrieb ihr und versuchte ein- oder zweimal, sie anzurufen. Aber was soll's. Er fragte sich, wie sie von ihm losgekommen sein konnte. Es schien ihm unmöglich. Er war ihr Sklave gewesen. Ihr Sklave.

Manchmal mitten in der Nacht, wenn jeder die seltsamsten Gedanken hat, dachte Nile: Eddgar hat die nicht. Irgendwie ganz klar, Mann. Eddgar nicht. Wer hat Nile jemals so etwas gesagt? Das war gar nicht nötig. Er war nun seit fast zwanzig Jahren bei ihm, in seiner Nähe, und soweit Nile wußte, hatte er niemals irgendwelche Interessen in dieser Richtung gezeigt – nicht an Mädchen, nicht an Jungen, nicht an Bergziegen. Der Mann war irgendwie immun. Aber das war schließlich Eddgars Problem. Nicht seines.

Sein Problem war das mit dem Geld. Hardcore würde niemals lockerlassen. Es war wie ein Kreislauf. Nile erklärte ihm immer wieder, was Eddgar vorher Nile erkärt hatte. Zuerst würden die BSD eine politische Organisation auf die Beine stellen, ganz legal präsent sein. Dann hätten sie eine Stimme in der Gesellschaft, und Eddgar könnte ihnen Gehör verschaffen. Auch was Kan-el beträfe. Und dann kämen sie auch an das Geld.

»Und wo ist der verdammte Zaster, Mann?« Für Core war das wie ein Job, den er für zehn Riesen machte. Man konnte ihm nicht klarmachen, das Geld sei nicht für ihn, sondern für das Aufziehen der Organisation bestimmt. Schließlich habe er seine Organisation ja schon, meinte er.

Gleich morgen könne er hingehen, mit den Fingern schnippen und sagen: ›Macht erst mal diese Wahlsache, laßt euch ins Register eintragen.‹ Aber bevor sie kein Geld sähen, würden sie gar nicht erst anfangen. Core hielt immer dagegen, gab nie nach. Wenn Nile sagte, er wolle an seinem Bericht über Core oder einen anderen Saint etwas ändern oder mit den Behörden mal über eine anhängige Beschwerde reden, schnaubte Core nur verächtlich: ›So, wie ihr uns das Geld besorgt?‹

Also sagte Nile eines Tages – er mußte verrückt sein, und er wußte, daß er verrückt war –, jedenfalls sagte Nile eines Tages: »Es dauert noch etwas mit dem Geld, weil wir es für etwas anderes brauchten. Aber warum fangt ihr nicht schon mit dieser Sache an, du und T-Roc, mit dieser Wählersache? Im Herbst sind Wahlen, wenn ihr dann schon angefangen habt, seid ihr gut dran, und dann bin ich sicher, daß auch das Geld rüberkommt.« Core starrte ihn einfach nur an, mit diesem Blick für die Straße, der alle wissen ließ, was für ein knallharter Bursche er war.

»Nein«, sagte Hardcore. »Nein und noch mal nein. Es ist doch schon mein Geld. Ihr habt mein Geld ausgegeben. Hab' ich so was gemacht? Ihr habt mein Geld ausgegeben. Niemand gibt mein Geld aus, außer mir.«

Nile versuchte zu argumentieren. Es sei nicht sein Geld. Es sei Geld für politische Zwecke. Es sei Geld, das irgendwie allen gehöre. Es gehe um das Aufziehen der politischen Organisation, und das habe Core nicht getan, also habe er dafür von Eddgar auch kein Geld bekommen. Aber Core war wie ein Bluthund, der eine Spur aufgenommen hat. Wie ein Moskito oder ein Hai. Er hatte Blut gerochen. »Wo, zum Teufel, ist mein Geld?« Diese Frage stellte er unzählige Male.

»Ordell – du willst das Geld, also hole ich das Geld zurück.« Das war wahrscheinlich das Lächerlichste, was Nile Eddgar in seinem ganzen Leben gesagt hatte, und Hardcore wußte das, so, wie er alles wußte.

»Richtig, du verdammter Motherfucker, du bringst mir meinen Zaster zurück. Verpiß dich, Mann. Und komm nicht wieder hierher, bevor du die Moneten hast. Ich besorg' mir 'n anderen Bewährungshelfer. Ich fall' nicht mehr auf den netten Scheiß rein, wenn du so tust, als gehörst du zu uns. Du gehörst nicht zu unserer Gang. Heb deinen Arsch ganz weit weg, du Motherfucker, bevor ich was mache, was ich nicht sollte.«

Wie sollte das nun weitergehen? Als Nile nach ein paar Tagen zurückkam, knöpfte ihn sich Core gleich wieder vor.

»Was suchst du hier ohne das Geld? Hab' dir doch gesagt, du sollst abhauen.«

»Ich will nicht abhauen«, sagte Nile. Sie waren vor dem T-4, wo Core immer Hof hielt. All die kleinen Zwerge mit ihren Frisuren wie zerfleddertes Sandpapier verfolgten ihre Auseinandersetzung. Auch eine Gruppe Rollers, die Baseballmützen auf neun Uhr gedreht, sah aus der Ferne zu. Hardcore starrte Nile direkt an. Der Blick seiner braunen Augen war vielsagend. Hardcore hatte ein Gesicht, das man so schnell nicht vergaß. Es hatte Fältchen und kleine dunkle Flecken. Auf dem Nasensattel hatte er eine Narbe und unter dem Auge die tätowierte Träne. Sein Gesichtsausdruck sagte: Ich habe Zeit.

»Hm, hm«, brummte er, und Nile wußte, daß er wohl zuviel gesagt hatte.

»Übrigens«, sagte Hardcore ein paar Tage später, »hab' da 'ne kleine Sache, die du für mich erledigen mußt. Mußt was für mich mit ins Gefängnis nehmen.« Ordell hatte eine ganz bestimmte Art, wenn er etwas von einem wollte. Er senkte dann das Gesicht und schaute einen mit seinen dunklen Augen von unten an. Komischerweise machte Eddgar das genauso. Core war oben in der 17. Etage. In der Zentrale, wie er es nannte, als wäre es ein Militärkommando oder ein Polizeihauptquartier. Dabei war es nur die Wohnung einer alten Lady, die die BSD einfach besetzt hatten.

»Nur dieses eine Mal«, sagte Core. »Wir sind in der Klemme, weißt du? Und diese Sache mit dem Geld, das in ein paar Tagen zurück sein soll, weißt du, wir machen dann jedenfalls diesen Scheiß mit der Organisation und wählen deinen Daddy oder sonstwen. In Ordnung?«

Core hatte nicht gesagt, was genau er tun sollte. Aber Nile wußte, daß es nichts Gutes war. Soweit kannte er sich aus. Aber er nickte. Es war das erste Mal. Er machte nur ein Gesicht wie ›Geht in Ordnung‹ und ging hinaus. Natürlich kam Hardcore in der nächsten Woche wieder damit an.

»Bug wird es dir zeigen«, sagte Core, als Nile ihn diesmal doch fragte, was er eigentlich vorhabe. Hardcore kratzte sich das Gesicht und sah durch das Fenster, beobachtete seine Leute bei der Arbeit auf der Straße. Von dieser Wohnung in der 17. Etage aus hatte er den Überblick über die Kreuzung zwischen der Grace und der Lawrence, einer Einbahnstraße, und konnte so die Tic-Tacs aus jeder Richtung kommen sehen. Core war schon

genial, dachte Nile plötzlich, als ihm der Grund für gerade diesen Standort klar wurde.

Schließlich sagte Nile: »Zeig es mir.«

»Die Kleine zeigt's dir, hab' ich gesagt.«

»Ich habe nicht gesagt, daß ich es mache. Ich will es erst mal sehen, verstehst du?«

»Sehen, ob du übers Ohr gehauen wirst?«

»Die ganze Sache. Wie ich mich dabei fühle. Ich will wissen, worum es überhaupt geht.«

»Dir passiert nichts. Dir passiert nur was, wenn du den Mund aufmachst, Mann, wenn du nur einmal ›Hardcore‹ sagst. Richtig? So ist das doch, oder? Gib deine Lieferung ab, Mann. Dann sorge ich dafür, daß dir nichts passiert.«

»Ich will's aber sehen.«

»Lovinia zeigt's dir.«

Also ging er mit ihr die Straße hinunter bis zu einem verkommenen Gebäude in der Lawrence Street, verfallende Backsteinbauten mit drei Wohnungen auf jeder Etage, mit Brettern vernagelte Fenster und Rasenflächen davor, die jetzt nur noch nackte Erde waren. Hier war eines von Cores Geheimverstecken. Lovinia ging drei Schritte vor und zeigte ihm den Weg. Sie führte Selbstgespräche.

»Hab's dir doch gesagt«, sagte sie. »Hältst dich wohl für obercool, aber ich hab's dir gesagt.« Sie schüttelte besorgt den Kopf.

Das Gebäude war leer. Im Erdgeschoß hatte jemand eine Tür eingetreten, einfach in zwei Teile, von denen die Splitter bizarr abstanden. Das Gebäude war ein Crackhaus. Die Tic-Tacs schauten einmal im Monat kurz vorbei. Der scharfe Rauchgeruch hing noch in der Luft, obwohl diese Woche niemand hier gewesen war, da die letzte Razzia erst vor ein paar Tagen stattgefunden hatte. Es gab keinen Strom, und das einzige Licht auf der alten breiten Treppe kam durch ein nicht zugenageltes Fenster im dritten Stock herein. Sie gingen im Kegel des einfallenden Lichts nach oben. Die Geländer waren aus den Wänden gerissen, die leichteren Teile gestohlen, die Teppichläufer und sogar ein Teil der Bodendielen beim Trödler gelandet. Im dritten Stock blieb Bug stehen und legte den Zeigefinger auf die Lippen. Sie wollte horchen, ob ihnen jemand gefolgt war. Nach einer Weile führte sie Nile zurück in den ersten Stock. Die Eingangstüren der drei

Wohnungen waren alle mit schweren Vorhängeschlössern versperrt. Bug öffnete die mittlere mit einem Schlüssel.

Die Wohnung war kalt und leer. Der Linoleumboden war zum Teil herausgerissen und an Stellen, an denen Einbaumöbel gestanden hatten, dunkel verfärbt. Bug suchte in den Küchenschränken herum, bis sie den Ballon gefunden hatte. Jemand hatte ihn Stunden zuvor dort deponiert. Wahrscheinlich Hardcore. Beide standen da und betrachteten ihn in ihrer Hand. Etwa ein halbes Pfund reines Kokain in einem Kondom, vermutete Nile. Das brachte mit Sicherheit mindestens zehn Jahre.

»Wo soll ich das unterbringen?«

»Hat er dir das nicht gesagt? Du mußt es dorthin stecken, wo sie es nicht fühlen können. Die Ärsche filzen dich doch von oben bis unten.«

»Kaum.«

»Ja, Mann, darfst dich jedenfalls nicht schnappen lassen mit dem Stoff.«

»Weiß ich.« Und jetzt lachte er tatsächlich.

»Mußt es dorthin stecken, wo sie es nicht fühlen können.«

»Das wäre wo?«

Lovinia genierte sich. Sie sah so schnell zur Seite, wie ein Fisch durchs Wasser schießt.

»O Mann, warum muß immer ich alles machen?« Sie hatte Klebeband und ein paar Extrakondome in der Tasche. Beides legte sie neben das Päckchen auf einen kleinen Holztisch in der Küche. »Das hier muß in deine Arschritze. Okay?«

»Nein.«

»Hm, hm. Sag nicht nein. Hier.«

»Ich mach's. Ist okay.«

»Komm her, Mann. Ich mach' es. Dieser verdammte Hardcore hat es mich schon ein paarmal machen lassen. Okay, Junge. Komm her.«

»Was heißt, komm her?«

»Zieh deine verdammte Hose runter.«

»Großer Gott.«

Sie nahm den Ballon und strich ihn zurecht. Sie massierte ihn mit ihren langen dünnen Fingern und zog ihn in die Länge. Dann war es soweit.

»Komm, Junge. Laß uns anfangen.« Er öffnete den Gürtel und schob die Hose bis zu den Oberschenkeln nach unten. Sie stellte sich hinter ihn und zog seine Unterhose am Gummi selbst herunter.

Einen Moment, dachte er. Einen Moment. Er erinnerte sich daran, daß er Hardcore gesagt hatte, er wolle erst mal sehen. Aber jetzt war dazu nichts mehr zu sagen. Auf dem Weg hatte Bug gesagt, Core würde sie fertig machen, wenn Nile nicht spurte.

»Okay, jetzt beug dich vor. So ist's gut. Na los schon. Leg dir die Hände auf die Backen. In Ordnung.« Ihre Finger waren kalt. Es war ihm unangenehm, aber sie lachte. »Weißt du, ich hab' noch nie einen Weißen gesehen. Wirklich, noch nie in meinem Leben.«

»Wirklich?«

»Nee. Ist komisch. Mann, bist du bleich. Irgendwie erschreckend.«

»Das ist ja nett«, sagte er.

»Oh, du bist schon okay.« Sie berührte ihn besänftigend. »Ich bin's nur nicht gewöhnt, das ist alles. Hast du schon mal 'n schwarzes Mädchen gesehen?«

»Ja.« Und das war nicht gelogen. In der High-School war da mal ein Mädchen gewesen.

»Wie hieß sie? Jetzt zieh sie auseinander. Hier an dieser Stelle.« Sie fuhr mit dem Fingernagel darüber. »Ja, so geht's. Du kannst aber das Band nicht direkt drüberkleben, sonst reißt es auf, wenn du den Ballon abziehst. Und der Schnee verteilt sich im ganzen Befragungszimmer. Das wär 'n schöner Scheiß, Mann. Mußt 'n Stück Stoff drüberlegen und dann festkleben. Okay?« Sie sagte ihm, was er zu tun habe und wen er besuchen solle. Core hatte alles geplant. »Du hast es also schon mal mit 'ner schwarzen Puppe zu tun gehabt, wie? Fandest du's gut? Schwarz ist das Beste, nicht?«

So weit war es damals nicht gekommen. Aber das sagte er nicht. Ihre dünnen, kühlen Finger waren jetzt überall. Sie spielte mit ihm, das wußte er, und sie wußte es auch. Er wurde langsam steif. Scheiße, dachte er, Scheiße. Aber er wußte zugleich, daß er es nicht wirklich aufhalten wollte. Vorn war sein Slip noch oben, doch sie würde es sicher merken.

»Die schwarze Puppe hat dir also gefallen, wie?« Sie rieb seinen Hintern mit beiden Händen. Was machte sie nur?

»Es ist schon lange her.«

»Kannst dich wohl kaum noch daran erinnern, wie?«

»Mann, du spielst mit mir rum.«

»Scheint dich aber nicht besonders zu stören«, sagte sie, und er antwor-

tete nicht. »Ja, scheint dich nicht besonders zu stören.« Sie stellte sich neben ihn und sah hinunter. Dann wagte sie es, ihm scheu in die Augen zu sehen. »Was hast du denn da? Was versteckst du da?« Sie strich darüber, und ihn durchfuhr ein Schauer. Sie lachte. »Ich wußte, daß du mich magst.«

Er bewegte sich nicht. Und er sagte kein Wort.

»Glaubst du, ich habe das noch nie gesehen? Willst du nicht wissen, was ich gesehen habe? Das habe ich gesehen.« Sie ließ ihre Hand in seinen Slip gleiten. »Bekommst du jetzt Angst?« Sie lachte. Sie berührte ihn. Sie berührte ihn nur kurz und zog die Hand zurück. Und sie lachte wieder. »Hat es dir die Sprache verschlagen?«

Er stand ihm nun hoch aufgerichtet und hart wie Stahl.

»Ist das kein gutes Gefühl?« fragte sie.

»Doch.«

Sie sahen beide auf ihre Hand, die ihn nun fest umschlossen hielt.

Sie hatte ihn in den Mund genommen. Das hatte Nile noch nie erlebt. Noch nie. Sie war nach vorn gekommen in dieser kalten Wohnung, nahm ihn in den Mund, umfaßte seine Rückseite mit beiden Händen und bewegte ihn ein paarmal vor und zurück. Es dauerte nicht lange, bis er kam. Sie ging in das Nebenzimmer und spuckte aus.

»Manche Mädchen sagen, man wird davon krank. Glaubst du das?«

Natürlich war da das Virus, aber er war sauber. Alle Angestellten des County mußten sich einmal im Jahr untersuchen lassen.

»Ich glaube nicht. Ich habe etwas darüber gelernt. In einem Gesundheitskurs oder so. Ich glaube nicht, daß man davon krank wird.«

Gesundheitskurs, das gefiel ihr.

»Aber erzähl's keinem«, sagte sie, als sie zur Tür gingen.

»Großer Gott, nein.«

Dann lächelte sie. »Ich wußte, daß du mich magst.«

Danach passierte es jede Woche. Er schmuggelte Dope ins Gefängnis. Beim zweiten oder dritten Mal brachte er Geld mit heraus. Core gab ihm die Hälfte davon, aber Nile wollte es nicht annehmen. »O Mann!« sagte Core angewidert und stopfte es Nile in die Hosentasche. »Verdammt, Mann, du bist wirklich 'ne Nervensäge«, sagte er. Nile bewahrte das Geld in einer Schachtel in seinem Kleiderschrank auf. Er dachte, er würde es einmal Michael schicken. Oder etwas für Bug kaufen.

Manchmal vögelten Lovinia und er. Es gab da eine Matratze, und Bug ritt ihn. Sie hatte winzig kleine weiche Brüste, und ihre Rippen waren zu sehen. Sie war beängstigend dünn. Ihr schien es nie viel zu bedeuten. Es war Arbeit. Er war der Mann, und Männer wollten es so. Bug kannte die Welt. Sie mochte es, wenn er sagte, es sei ein gutes Gefühl. Es war schön für sie, wenn er hinterher so etwas sagte. Nile wollte sie viele hundert Dinge fragen. Ob Hardcore von ihnen wußte? Doch Nile war ziemlich sicher, daß er es nicht wußte. War es, weil er weiß war? Das wäre grausam. Weil er nett war? Das sagte sie ihm immer wieder. Hatte sie es jemals für Geld gemacht? Für Hardcore?

»Willst du mich gar nicht anfassen?« fragte sie, als sie das nächste Mal in der Wohnung waren.

Er wollte sie so vieles fragen, aber die wichtigste Frage war: Was bedeutet das hier für dich? Denkst du die ganze Zeit an mich, wie ich an dich denke? Fühlst du, wie sich deine Haut spannt, spürst diesen ziehenden Schmerz in deinem Schoß, in deinem Herzen? Was bedeutet es für dich?

Er hat es nie wirklich erfahren.

»Bums«, sagte Eddgar. Er stand am Kühlschrank und schlug sich die Hand vor die Stirn. Wenn Nile zu Hause war, sprach Eddgar in dieser Kindersprache mit ihm – als wäre Nile tatsächlich noch ein kleines Kind. Man mußte sich das einmal vorstellen: ›Bums‹ – wie in eeinem Comic für Achtjährige. Manchmal tat sein Vater Dinge – die Nase hochziehen, in den Zähnen stochern oder sich kratzen –, mit denen er zeigen wollte, daß er genauso primitiv und ungehobelt war wie alle anderen. Nile haßte ihn dafür mehr als alles andere auf der Welt. Weil er nicht von ihm loskam, ihm ausgeliefert war. Manchmal fühlte sich Nile wie ein armer kläffender Köter, ein Kettenhund, der im Hof hin- und herrannte, einen anbellte, einem nachrannte und nicht daran dachte, daß er angebunden war, bis ihn die Kette mit einem Ruck stoppte und er mit den Vorderpfoten in der Luft hing. Nie wurde so einem Tier wirklich klar, daß es an diesen gottverdammten Pfahl angebunden war. So ging es Nile. Und so ging es Eddgar.

»Das habe ich doch schon wieder vergessen«, sagte Eddgar. Er hatte einen Notizzettel in der Hand, den er aus seiner Hemdtasche gezogen hatte. Für Nile war es eine merkwürdige Erfahrung, wie aus seinem Vater ein alter Mann geworden war. Er gehörte nun zu diesen komischen alten

Vögeln, die sich alles auf einen Zettel schreiben müssen, um nichts zu vergessen.

»Was?«

»Das Geld. Sag Ordell auf jeden Fall, daß ich drankomme. Ich weiß nur noch nicht, wie.«

»Das geht für ihn in Ordnung.«

»Du hast es ihm nicht gesagt?«

»Nein. Du meinst, an wen es gegangen ist? Nein. Weißt du, ich habe nur gesagt, es dauert etwas länger, als wir dachten. Er ist aber ganz cool. Ich habe ihm ein bißchen geholfen, weiß du?«

»Geholfen?«

»Ja, du weißt doch.«

»Wie geholfen?«

»Eben geholfen. Ge-hol-fen.«

»Als sein Bewährungshelfer?«

»Gewissermaßen. Es ist unwichtig.«

»Warte mal. Warte. Nile, paß auf. Sieh mich an.« Sein Vater hatte sich an den Küchentisch gesetzt. »Was bedeutet das?«

»Eddgar...«

»Moment. Was bedeutet das, Nile?«

Scheiß auf ›Was bedeutet das?‹. Er stand auf glühenden Kohlen. Scheiß drauf. Das war schließlich die Frage seines Lebens. Was bedeutet das, was ich tue?

EDDGAR

Ohne dies hier erlebt zu haben, konnte man Eddgar nicht einschätzen. Das sagte er selbst. Die, die ihn verachteten – und das waren nicht wenige, nämlich Journalisten, Neider im Kapitol und miese Claqueure, für die Loyell Eddgar und sein Leben eine unerschöpfliche Quelle für Intrigen war –, sie alle konnten ihn nicht richtig einschätzen, ohne gesehen zu haben, wie er hier in einer Drei-Zimmer-Wohnung lebte, die er sich in dem großen Haus abgeteilt hatte. Er hatte dieses Haus vor fünfundzwanzig Jahren für June gekauft, eine in seinen Augen besonders große Geste, das Zeichen eines persönlichen Wandels. Ihr hatte es nie etwas bedeutet. Sie war dann ohnehin gegangen, und so hatte er den Raum aufgeteilt. Während des Semesters vermietete er an Studenten, und im Winter ließ er Obdachlose für ein paar Dollars im Keller wohnen. Seine Privatsphäre und das Alleinsein hatten nach wie vor eine große Bedeutung für ihn. Der Bereich, in dem Fremde lebten, war strikt von den Räumen getrennt, die er und Nile bewohnten.

Eddgars Zimmer waren spartanisch eingerichtet. Von Teppichen hatte er nie etwas gehalten. Die Hartholzmöbel verbreiteten eine kalte Atmosphäre. Aber von einem damals modernen dänischen Sofa hatte er sich seltsamerweise nicht trennen können. Es war von ihrer Wohnung in Damon mit hierher umgezogen und hatte noch immer die orangegrundigen Polster mit aufgedruckten guatemaltekischen Motiven. Die Wände waren nackt: Ein einziges gerahmtes Bild stand auf einem Kaffeetisch mit einer alten Ahornplatte. Es zeigte Nile, June und Eddgar gegen Ende der Sechziger. Der Junge mit seidigen Locken hielt in kindlicher Freude die Arme hochgestreckt. Säuberlich waren Bücher und Papiere zu Türmen gestapelt. Im Schlafzimmer war der Bettüberwurf akkurat unter die Unterkante des Kopfkissens gestopft. Nichts deutete mehr auf den Mann hin, der in der Nacht die Laken zerwühlt hatte.

Welche Gedanken hatte er da gehabt? War er mit einem Verlangen aufgewacht? Nach wem? Das hätten die Leute gern gewußt, wurde ihm klar. Aber er wußte es selbst nicht genau. Er dachte daran, wie er in diesen Staat gekommen war. Vom ersten Moment an fühlte er voll innerer Scham, daß er seine Ideen verraten, sich in kurzer Zeit von ihnen abgekehrt hatte. Er betete zu Gott, wie er es sein ganzes Leben lang in besonders privaten Momenten getan hatte. Über viele Jahre – für ihn schlimme Jahre, in denen ihm so viel aus der Hand geglitten war – hatte er verdrängt, daß er das tat. Und so überkam ihn die Erkenntnis, daß er insgeheim noch immer Zwiesprache mit IHM hielt, plötzlich wie ein unerklärliches Phänomen. Er fragte sich: Wie kann das sein? Aber er hatte nie aufgehört zu beten. Und dafür gab es einen Grund. Gott hörte zu. Im Alter von vier oder fünf Jahren, irgendwann also vor endlos langer Zeit, hatte Eddgar sie in einer schwülen Südstaatennacht beim verzehrenden Zirpen der Grillen erfahren – die allmächtige Gegenwart dessen, der voller Freude Eddgars innersten Gedanken zuhörte. Gott hörte zu. Nicht immer gedulig und wohlwollend. Manchmal rang Eddgar mit Gott, so wie Jakob mit dem Engel ge-

rungen hatte. Im Traum sah sich Eddgar manchmal mit Gott kämpfen, schweißgebadet im Dämmer mit ihm ringend. Er fühlte den heißen Atem Gottes, seine wilde, kraftvolle Umarmung, die ihm fast das Leben aus dem Leib preßte, und eine Art von Ekstase, die aus dem Schmerz zu erwachsen schien.

Im Wachwerden dachte er nun an die Dinge, die er heute anpacken mußte, und daran, wie er in der Welt bestehen würde. Ihm fielen die geplanten Sitzungen und das Mittagessen mit Mitarbeitern ein. Einige Ausschußmitglieder mußte er noch überzeugen, mit Mitgliedern der Farmers Alliance in den Counties telefonieren, in der Universität die Gründung eines Unterstützungsfonds diskutieren. Am Abend mußte er im South End von DuSable bei einem Dinner des Legal Aid Centers eine Ansprache halten. Eddgar besuchte es schon seit Jahren. Im Center waren ordentliche Bürger tätig, Iren, Italiener, Mexikaner, die sich um ihren Gemeindepfarrer geschart hatten. Father Halloran war auch mit vierundsechzig noch schlank und voller Energie. Seit dreißig Jahren führte er die Gemeinde, stets optimistisch, immer freundlich. Ohne ihn wären seine Gläubigen trostlos und verlassen. Halloran hatte veranlaßt, daß seine Gemeindemitglieder eine kleine Beratungsstelle unterstützten, in der sich die Armen kostenlos Rat holen konnten, wenn es um unangenehme Vermieter ging, um traurige Scheidungen oder um Kinder, die auf der Straße in Schwierigkeiten geraten waren. Eddgar liebte Veranstaltungen, auf denen er Menschen begegnete, einfachen Menschen, Sekretärinnen und Ladenangestellten, die sich darum kümmerten, daß die Welt ein wenig besser wurde, und über ihre eigenen Wünsche hinausdenken konnten. Auch ihre Kinder kamen zum Dinner. Die Hälfte von ihnen war schon erwachsen und in irgendeine entfernte Ecke in der Vorstadt gezogen, doch immer noch zog es sie hierher zurück. Hier brannte das Feuer ihres Glaubens.

Er würde über den reinen Nutzen dieser Beratungsstelle sprechen. Ganz unsentimental. Und er würde ihnen sagen, daß Vertrauen und Fürsorge nicht allein Aufgaben der Regierung sind. Und sie würden fragen: ›Senator Eddgar, was können wir noch tun? Was können wir tun?‹ Und einen Moment lang würde es still sein in diesem Saal im Keller des Gemeindehauses, einem Raum mit billiger Wandverkleidung und fleckigem rotem Teppichboden.

Was können wir tun? Diese verzweifelte Frage, die sich die Armen da stellten, würde hinter allem stehen. Er wußte nicht genau, was er antworten würde. Doch die Stimmung fühlte er im voraus. Sollten sie im Kapitol doch über ihn lachen, soviel sie wollten, diese selbstgefälligen Bürohengste und Mediengangster. Das hier war noch immer seine Arbeit. Hier wußte er, wer er wirklich war. Hier fühlte er beides, das Elend der Menschen, die ihr Leben lang gegen die Last der Armut und der Ächtung ankämpfen müssen, und die wilde Kraft, die ihm aus seiner inneren Verpflichtung wuchs.

Sie würden das nie verstehen, Männer wie Hardcore, Männer wie Huey. Niemals würden sie erkennen, was es für Eddgar bedeutete, ihnen gegenüberzustehen – Schwarze voller Kraft, unbeugsam in ihrem Zorn. Was für ein aufregender Gedanke, daß diese Männer das Erbe antreten könnten, die Nachfolge der Geschlagenen und Unterdrückten, dieser bejammernswerten Menschen, die er in seiner Kindheit gesehen hatte. Die Männer und Frauen, die sich geschunden hatten beim Tabakschneiden, die Wanderarbeiter, die teilnahmslos und ohne Hoffnung über die staubigen Straßen zogen, umgeben vom schweren aromatischen Duft des Tabaksafts. Er hatte diese Menschen geliebt, die so grausam von seinem Vater und seinesgleichen ausgebeutet wurden. Er hatte sie mit einer übermäßigen und grenzenlosen Liebe bewundert. Hardcore oder Huey liebte er nicht. Sie wollten seine Liebe nicht, und deshalb machten sie Eddgar angst, so wie sie auch allen anderen Angst einflößten. Dennoch versetzten sie ihn in aufgeregte Spannung, denn ihre Kraft und ihre Wut befähigten sie, in der Welt weiterzukommen. Aber es ist an der Zeit, die Grenzen der Wut zu überschreiten. Das würde er heute abend sagen. Wir müssen Dankbarkeit lernen, Teilnahme und gegenseitige Verantwortlichkeit. Er war jetzt hellwach. Die Nacht war zu Ende. Er sah zur Lampe an der Decke hoch. Ihr getöntes Glas dämpfte das blendende Licht der beiden Glühbirnen. So hell wie sie sah er seine eigene Verpflichtung.

Es war kurz nach fünf. Unten rumorte Nile, der sich zum Gehen fertigmachte. Er brach in den letzten Tagen früher auf, um dem dichten Verkehr zu entgehen. Manchmal brauchte er von Greenwood bis zu seiner Dienststelle in Kindle County anderthalb Stunden. Er entwickelt sich, dachte Eddgar und wußte zugleich, daß er sich das fast das ganze Leben lang immer wieder gesagt hatte. Doch jetzt schien es tatsächlich so zu sein. Er war weniger widerborstig, ansprechbarer, und er blieb bei seinem Job, einem richtigen Job, in dem er sich auch ordentlich einzusetzen schien. Gewiß, er wurde weiter von seinem Vater angeleitet und war manchmal noch so hilflos wie ein kleines Kind. Aber er arbeitete in einem Bereich, in dem er viel Gutes tun konnte. Unten fand Eddgar seinen Sohn vor dem Fernseher. Er hatte ein Jeanshemd mit Lederkrawatte an und aß seine Cornflakes.

»Hallo«, sagte Nile. Sein Sohn übernachtete in der Woche noch immer zwei- oder dreimal hier, wenn Eddgar nicht im Land unterwegs war. Niles Wohnung in der Stadt war winzig, und er fühlte sich dort allein. Auch die Wochenenden verbrachte er hier. Dann lümmelte sich der Junge, der nun zu einem über einen Meter achtzig großen Mann herangewachsen war, unrasiert und ungewaschen im Wohnzimmer auf dem Sofa, trank Bier und sah fern. Sie redeten nicht viel miteinander. Er war sich nicht sicher über Niles Beweggründe. Wollte er freies Essen? Suchte er einen Schlafplatz und jemanden, der sich um ihn kümmerte? Es gäbe viele sarkastische Antworten. Aber er freute sich über die Gegenwart des Jungen. Er hatte ihn gern hier, in Sichtweite. Sie fühlten sich beide wohler so.

Eddgar hatte das Hemd vom Vortag angezogen und fand seine Notizen in der Tasche.

»Bums«, sagte er und schlug sich die Hand vor die Stirn. »Das habe ich doch schon wieder vergessen. Das Geld. Sag Ordell auf jeden Fall, daß ich drankomme. Ich weiß nur noch nicht, wie.«

»Das geht für ihn in Ordnung«, antwortete Nile, den Blick auf den Fernseher gerichtet. Aber leise schrillten bereits seine Alarmglocken. Erfahrung, nichts weiter. Eddgar drang weiter in ihn, bis er sagte, er habe Hardcore gewissermaßen einen Gefallen getan.

»Warte mal. Warte. Nile, paß auf. Sieh mich an.« Eddgar Vater hatte sich an den Küchentisch gesetzt. »Was bedeutet das?« Nile verzog das Gesicht, ein wenig verschlagen, beschämt und wie ein ertappter Hund, als er der Tatsache ins Auge sehen mußte, daß das Reich, in dem er wirklich zu Hause war, also sein Inneres, nicht mehr zu dem paßte, was er darstellte. So etwas zu beobachten, war immer schlimm, und Eddgar erstarrte.

»Ich habe ihm nur geholfen.«

»Womit geholfen? Mit den Bewährungsprotokollen? Vernichtest du irgendwelche Akten?«

»Nichts dergleichen. Ich mache meinen Job.«

»Wo? Was tust du?«

»Es passiert im Gefängnis«, sagte Nile schließlich.

So war es Stück für Stück herausgekommen. Eddgar, der sich stets für einen Stoiker und für nervenstark hielt, hatte im Laufe des Gesprächs den Kopf auf den Tisch gelegt. Die Hände hatte er über dem Nacken verschränkt. Immer wieder bat er Nile, er solle ihm sagen, das sei nur ein schlechter Scherz. Als Junge und Heranwachsender hatte Eddgar jeden Tag an Jesus am Kreuz gedacht, wie die Nägel zuerst das Fleisch seiner Hände, dann das seiner Füße durchbohrten. Auch als die Nerven zerrissen und die Knochen zersplitterten, muß ER den Schmerz angenommen haben, wußte ER doch, daß die Errettung der Welt nahe war. Sein ganzes Leben lang hatte Eddgar versucht, auch den Schmerz anzunehmen, aber diesmal konnte er es nicht.

»Es ist ganz harmlos«, sagte Nile und hoffte doch tatsächlich, ihn beruhigen zu können.

»Nein, es ist nicht harmlos. Es ist das Blödeste, Dümmste und Gefährlichste, was du überhaupt tun konntest. Es ist der absolute Wahnsinn.«

»Glaubst du nicht, daß es sonst jemand anderer tut, Eddgar? Es gibt so viel Dreck da drinnen. Nimm nur mal das Geld. Sie dürften eigentlich keinen Pfennig haben, und doch komme ich jede Woche mit 5000 Dollar raus.«

»Ach, Nile.« Bitterkeit stieg in ihm hoch, ein Gefühl der Ohnmacht. Aber was ihn am meisten krank machte, war der Gedanke, June anrufen zu müssen. Er mußte ihr sagen, daß jetzt das Schlimmste passiert war. Er mußte ihr von etwas berichten, das sie nur noch weiter niederdrücken würde. Er würde ihr sagen müssen, was sie einander schon viele Jahre immer wieder sagten: ›Wir haben ein Problem. Wir sind in einer Krise. Du mußt herkommen. Wir müssen das glattbügeln.‹ Er würde sie wieder einmal bitten müssen, sich mit der Situation auseinanderzusetzen, ihr eigenes Leid zurückzustellen und sich der hoffnungslosen Aufgabe zu stellen, Nile zu retten.

»Mein Gott, Nile.« Ihm war übel.

Eddgar hatte eine Phantasievorstellung, eine grauenvolle Vision, die ihn seit ihrem ersten Auftreten immer wieder heimsuchte. Es war ein Trauerspiel, die schlimmste Art der Selbstbestrafung. Er war fünfundachtzig und lag im Sterben. Er versuchte, sich vorzustellen, was mit Nile passieren würde und wie er ihn vor den Übeln dieser Welt beschützen könnte. Es war so wie damals, als er Nile im Alter von zwölf oder dreizehn vor seinen unverschämten Schulkameraden schützen wollte, die ihn ohne die geringste Angst vor Strafe schlugen und bestahlen. Nile kauerte ängstlich in der Ecke und war verzweifelt auf die Hilfe seines Vaters angewiesen. Für Eddgar war es etwas sehr Kostbares gewesen. Aber in seiner Vision wurde Eddgar klar, daß es keine Rettung für Nile gab. Er würde niemals klüger und stärker werden. Aus Barmherzigkeit blieb Eddgar keine Wahl. Er würde ihn und sich selbst töten müssen. Es war anfangs nur ein Traum, doch deutlich genug, daß er darüber weinte. Er sah die Waffe in seinem Traum und wartete. Er hoffte, sein Sohn würde sich umdrehen, denn von Angesicht zu Angesicht konnte er es nicht tun. Drück schnell ab, dachte er immer, wenn er versuchte, dieser Vision zu entfliehen, aber er konnte es nicht. Drück schnell ab, damit du nicht weiter so unentschieden leben mußt.

»Wir müssen diese Sache in Ordnung bringen, Nile. Noch gibt es die Möglichkeit, bevor größerer Schaden angerichtet wird. Ich möchte wissen, wie ich mit Hardcore in Verbindung treten kann. Deine Karriere als Drogenkurier ist beendet. Damit ist es vorbei. Jetzt, in diesem Augenblick.«

»Nein«, sagte Nile und stand auf. Eddgars Erklärung schien ihn in Angst und Schrecken versetzt zu haben.

»In diesem Augenblick.«

»Ach, leck mich«, antwortete er. Wenige Minuten später verließ er das Haus und kehrte nie zurück.

HARDCORE

Es gab Motherfucker, verdammte weiße Motherfucker, die wußten, daß ihnen diese beschissene Welt gehört. Man konnte sich diese Scheißtypen vorknöpfen, sie in die Mangel nehmen, ihnen ihre verdammte Visage polieren, und es führte zu nichts, denn bis sie krepierten, dachten sie immer nur: Du verdammter Nigger, mir allein gehört diese beschissene Welt. Was soll man mit so einem Motherfucker machen?

Um eins, am hellichten Tag, kam Niles Daddy angerollt. Als sie ihn zu Gesicht kriegten, wollten sich Cores Leute aus dem Staub machen. Er ging auf sie zu und fragte: »Wo kann ich Hardcore finden, Mann? Verdammt, bin schließlich Senator. Will mit dem Arschloch reden.«

Core sagte zu Bug: »Bring den Irren rauf. Der Motherfucker bringt mich zum Lachen.«

Dann kam er in der Zentrale in der 17. zur Tür rein, kein ›Wie geht's?‹ oder so was. Belaberte Core pausenlos, wie er so 'n Scheiß machen konnte.

»Tut mir leid, wenn du denkst, ich wollte dich übers Ohr hauen oder irgendwie hintergehen. Aber was Nile für dich tut, muß aufhören. Das kann und darf nicht weitergehen, tut mir leid.«

Tat ihm leid. Core schüttelte nur den Kopf bei dem Gedanken.

»Verdammt, Mann. Ist meine Wohnung hier.« Er deutete auf den Zementboden, auf dem nichts war außer drei Telefonen und den Kabeln. »In meiner Wohnung sagst mir keiner, was ich zu tun und zu lassen habe. Weil es meine Wohnung ist. Nile ist doch erwachsen, oder?«

»Du kennst Nile.«

»Ja, ist mein Bewährungshelfer.« Hardcore konnte sich ein winziges Lächeln nicht verkneifen. So ein jämmerlicher Mißgriff. Vater Staat und die Bürokratie. »Kann für sich selbst entscheiden.«

»Ich habe entschieden. Es ist vorbei, Ordell. Ich stecke jetzt mit drin. Ich weiß davon, also bin ich in die Sache verwickelt. Das kann ich nicht riskieren. Und ganz bestimmt wird es auch Nile nicht mehr riskieren.«

»Verdammt, Mann. Was soll das? Soll ich einfach sagen: ›He Leute, diese Woche gibt's keinen Stoff, seht zu, wie ihr klarkommt. Weil Niles Daddy nein gesagt hat, weil er sonst mit drinsteckt?‹ Soll ich das meinen Leuten sagen? Nein, verdammt. Wenn ich ›In Ordnung‹ sage, dann geht das verdammt noch mal in Ordnung. Ist nun mal so.«

Niles Daddy stand einfach da und sah ihn an. Dieser Arsch. Nur ein kleiner lausiger Weißer, riß die Augen auf und wollte damit wohl sagen: ›Es geht los, Motherfucker: Mir kommt kein Nigger in die Quere.‹

»Ordell, wenn ich höre, daß du versuchst, ihn da weiter hineinzuziehen, werde ich mit Nile und dem besten Anwalt, den ich finden kann, direkt zum Staatsanwalt gehen.«

Core lachte ihm voll ins Gesicht.

»Und dem erzählen, daß er den Dopekurier gespielt hat? Das glaube ich nicht, alter Wichser. Das eigene Kind reinhängen? Das glaube ich nicht, Motherfucker. Dann kann er auch gleich sagen, er ist ein Mörder. Mann, wieviel Stoff der Junge da schon reingeschafft hat. Einige Kilo. Er

ist einsame Spitze als Drogenkurier. Geht für den Rest seines Lebens hinter Gitter, Mann.«

Niles Daddy schüttelte nur den Kopf, solange Core redete. »Nicht, wenn er auspackt, Ordell. Nicht wenn er dich reinhängt.«

Core war nah dran, Eddgar auf der Stelle einen zu verpassen. Hätte am liebsten seinen Bluthunden gesagt, sie sollten ihn totprügeln. Aber dafür brauchte er Zeit. Mußte nachdenken.

»Nein«, sagte Hardcore. »Könnte stimmen. Hängt mich rein und kriegt kein Lebenslänglich unbedingt. Nur fünfzehn. Ist die Mindeststrafe. Wenn er einen killt, kommt er schneller raus. Gehörst doch zu den Ärschen, die das ausgekocht haben? Und das soll 'n Gesetz sein, Mann.«

»Ordell, um Gottes willen, weißt du, wer ich bin? Wenn ich an das Telefon da gehe, habe ich gleich den Staatsanwalt persönlich am anderen Ende. Glaubst du wirklich, ich kriegte das nicht hin? Für mich ist das anders als für dich. Das weißt du, Ordell, und ich weiß es bestimmt. Also lassen wir die Spielchen. Dafür sind wir beide zu intelligent.«

Das war's. Das war zuviel. Er sagte Bug, sie solle ihn rausbringen. Er zeigte mit ausgestrecktem Zeigefinger auf Eddgar.

»Mach daß du rauskommst, du Wichser. Will deinen Arsch hier nicht mehr sehen. Du bist ein toter Mann. Kein Scheiß. Mein Wort drauf.« Kam hier rein in seine Wohnung und redete so mit ihm, dieser Motherfucker. War 'n toter Mann jetzt und wußte es noch nicht. So 'n Scheißtyp, und dem gehört diese beschissene Welt!

Core ließ Bug bei der Bewährungshilfe anrufen und nach Nile fragen. Es dauerte drei Tage, bis er kam, aber er kam. Hardcore wußte, daß er kommen würde. Er nahm ihn sich gleich vor, als Nile aus seiner Karre stieg. Knöpfte sich ihn gleich auf der Straße vor.

»Mann, was für 'n Scheiß hast du da verbockt?« fragte er. Und Nile, dieser dämliche Scheißbewährungstyp mit seinen schmierigen Haaren, dieser Hippie-Motherfucker stand da, als hätte er einen unter die Gürtellinie gekriegt und brachte kein Wort raus.

»Core«, sagte er, »ich hab's ihm nur erzählt, Mann. Ich mußte.«

»Mußtest was? Daß er dich gleich am Arsch hat? Auf so 'n Scheiß fall' ich nicht rein. Ich ver-ste-he das nicht, kapiert? Mein Daddy ist nur 'n Penner, der an der Ecke rumhängt, Mann. Wenn ich den sehe, verzieh' ich

mich. Was für 'n Scheiß willst du mir hier eigentlich vorsetzen? ›Mußte es ihm sagen.‹« Core sammelte Speichel im Mund. Dann spuckte er einen langen Strahl auf den schmutzigen, rissigen Gehweg. Das war einfach ein unglaublicher Scheiß mit Nile und seinem Daddy. Am liebsten würde er sie beide wegblasen. »Dein Daddy spielt den Gutmütigen. Verstehst du mich? Dabei ist er einer von diesen verklemmten Wichsern, die glauben, sie könnten mit einem umspringen, wie es ihnen in den Kram paßt. Kommt sich vor wie dieser beschissene Charlie Chan oder sonstwer, klar? Mit seinem Sohn, der großen Nummer eins, und all dem Scheiß. Stellt sich einfach vor mich hin und sagt, er hängt mich rein. Das traut sich nicht mal irgend'n Wichser auf der Straße. Der ist gleich 'n toter Mann.« Core war total außer sich, lief ein paar Schritte und ging wieder zu Nile. »Du willst mich also reinhängen?«

»Natürlich nicht.«

»Was ist denn dann los? Du haßt diesen Motherfucker, oder was?«

»Eddgar?«

»Verdammt, ja. Diesen Charlie Chan. Du haßt ihn? Und läßt dir das gefallen?«

»Nein«, sagte Nile leise. »Aber ich meine...« Er konnte nicht mehr denken und sich nicht von der Stelle rühren. »Ich meine, ich hatte doch keine andere Wahl.«

Auf der Straße, Mann, sagt jeder, der da zähneklappernd herumsteht, er ist 'n Mann. Jeder Bruder macht das so. Aber die reißen alle nur das Maul auf. Wenn sie zusammen sind, ist es auch nicht anders. All diese stolzen, harten Wichser, die sich Goobers nennen, hauen erst auf den Putz, und dann winseln sie: ›Tu mir nichts, bin in keiner Gang.‹ Aber Nile, Mann, das ist der größte Lahmarsch und Schwächling überhaupt. Hielte sich gern für 'ne große Nummer. Macht jetzt mit der kleinen Schlampe rum, der geile Motherfucker, und wenn sie ihm einen bläst, ist es für sie nichts anderes, als wenn sie ihm die Schuhe putzt, aber Nile würde auch das gefallen.

»Also, im Klartext, Mann. Du sagst deinem Daddy, du sagst ihm: ›Core sagt, du sollst morgen früh um 6.15 Uhr hier sein. Treffen uns auf der Straße, Mann.‹«

»Wozu? Was hast du vor?«

»Will ihm was sagen, Mann. Will ihm sagen, daß ich nicht blöd bin.

Der Wichser soll das nicht mal denken. Er glaubt, ihm gehört diese beschissene Welt, Mann, aber er weiß nicht, daß ich meine eigenen Pläne habe. Für was für einen dämlichen Motherfucker hält er mich eigentlich? Du bist jetzt meine Versicherung. Hab' deine Fingerabdrücke auf all dem Dopegeld, Mann. Ich hab' den Scheiß so sicher wie bei 'ner Bank aufgehoben. Ich hab' dich in der Hand. Der Staatsanwalt wird mich noch ›Sir‹ nennen. Also tu besser, was ich dir sage. Und dein Daddy hat gesagt, du reitest mich rein? Alles Mist. Was hat der denn für 'n Beweis?«

Nile verzog das Gesicht. »Sei kein Arsch, Mann. Ich bin cool geblieben. Du mußt mich nicht so runtermachen.«

»Ich mach' dich nicht runter. Und ich mach' keinen Scheiß. Ich sag' nur, wie's ist, Mann. Läuft beschissen so. Das will ich deinem Daddy sagen. Will ihm sagen: ›Daddy, Mann, es ist zu spät. Zu spät. Vertrau mir oder schick mich zum Teufel, Mann. Aber du schickst mich nicht zum Teufel, klar?‹«

Nile sah ihn mit leeren Augen an. Dann huschte sein Blick nervös hin und her. Hardcore hielt es kaum aus.

»Hör zu, Kumpel. Du haßt diesen Wichser mehr als ich. Und nichts geht hier ab, was du nicht auch machen würdest. Mach, was ich sage. Dann geht alles klar. Kapiert?«

Core packte Nile am Kinn. Er sollte ihn ansehen. Nile tat es widerwillig. »Hör zu«, sagte Core. »Ich bin jetzt dein Daddy.«

JUNE

Angst und Gefahr. Das kannte sie von früher. June saß am Steuer und spürte ihr Herz überall. Sie spürte den Puls in ihren Armen, am Hals, am Kinn. Angst und Gefahr hatten sie stets in zwei Personen gespalten. Die eine war die fette alte Frau, die fröhlich und sicher in Eddgars Nova dahinfuhr und genau aufpaßte, daß die Tachonadel nie über das Tempolimit ging. Und in dieser Frau steckte noch ein zweiter Mensch, der am liebsten vor Angst geschrien hätte. Sie hatte so etwas schon früher erlebt. Bis in die Haarwurzeln, die Fingerspitzen, die Brustwarzen brannte die Erregung. Für einen Augenblick suchte sie im Radio den Oldie-Sender, der immer so schöne alte Songs spielte. Doch das war ihr dann doch wieder zuviel.

Sie mußte über sich selbst lachen und fuhr weiter durch DuSable in Richtung Grace Street. Nach der flachen, sanften Prärie, durch sie hergekommen war, waren die hohen Häuser jetzt wie ein Schock für sie. Wie konnten Menschen nur so leben, in so engen Quartieren existieren, in einer Gegend, in der die heilige, die bewahrende und lebenspendende Erde unter ihren Füßen mit Beton und Asphalt versiegelt war? Ein übernächtigt aussehender Junge brauste in einem frisierten Wagen vorbei und spuckte spanische Flüche aus. Sein Heckfenster hatte er mit den Fransen eines alten Bettüberwurfs dekoriert.

Waren das vielleicht die besten Jahre gewesen, fragte sie sich plötzlich. Die Jahre, in denen sie der Gefahr ausgesetzt waren? Wie konnten sie das sein? Als sie vorbei waren, hatte sie sich so elend gefühlt, so voller Furcht vor allem und jedem, vor Eddgar, vor sich selbst und vor dem, was sie getan hatte. Sie war es gewesen, die dann darauf drang, daß sie sich um Michael kümmerten. Sie trennte sich dafür von Eddgar und bestand darauf, nicht einfach einen Trümmerhaufen hinter sich zu lassen. Wie ließe sich das nun im Rückblick so verklären? Vor ein paar Jahren, als sie einmal in der Stadt war, hatte sie plötzlich Eddgar ohne jeden Grund gefragt: ›Denkst du jemals an diese Zeit zurück?‹ Ohne einen Augenblick zu zögern, hatte er ›Nein‹ gesagt. Nein, das war vorbei. Unwiderruflich. Es war Vergangenheit wie seine Kindheit, wie ihre Ehe, wie so viele Ereignisse im Leben eines jeden Menschen, die für den Moment ihre Bedeutung hatten, jedoch nie wiederkehren würden.

Wenn sie auf diese Jahre zurückblickte, die Jahre mit Eddgar – vom ersten bis zum letzten –, dann spürte sie in sich eine Welt verborgener Gefühle. Hier in der Stadt gab es ein Planetarium. Dort konnte man sich hinsetzen und beobachten, wie sich die Sterne in einem bestimmten Zeitraum um die Erde und um einen selbst drehten. So war das Leben mit Eddgar gewesen. Immer hatte es ausgesehen, als sei er das Zentrum, um das sich das gesamte Firmament drehte – um ihn und natürlich um sie an seiner Seite. Sie hatte nie mit einem Menschen tief und ausführlich über Eddgar gesprochen. Kein Dritter hätte es je verstehen können. Heute nicht und damals nicht. Vielleicht verstand sie es ja selbst nicht. Vor Jahren hatte sie ein paarmal im Bett mit dem oder jenem Mann über seine Probleme gesprochen, als wolle sie die Meinung eines anderen hören. Es war immer nach demselben Schema abgelaufen: Sie lag da, rauchte eine Zigarette und sah an die Decke, weil sie nicht darüber nachdenken wollte, wer da gerade neben ihr lag. In solcher Stimmung ließ sie dann schon einmal eine Bemerkung über Eddgars mehr oder weniger ausgeprägte Impotenz seit Niles Geburt fallen. Wollte sie ihnen quasi damit sagen, daß sie weniger von ihnen erwartete, als sie vielleicht dachten? Natürlich hätte sie damals über das Wort ›Untreue‹ nur gelacht. Die Doktrin verbot jede Form von Versklavung in einer Beziehung. Sie war nicht Eddgars Eigentum. Es wäre in ihren Augen nur typisch für das repressive Patriarchat gewesen, zu behaupten, ihr Vergnügen sei nicht allein ihre eigene Angelegenheit. Aber sie hatte nichts vergessen. Sie erinnerte sich an das Gefühl von Scham, wenn sie mit seinen Kollegen schlief, wenn sie ihren Körper an die so vieler Männer preßte, die sie kaum kannte, wenn sie sie in sich duldete – denn Eddgar war trotzdem da, und sie beide wußten das.

Sie hatte nie wieder jemanden auf diese Weise geliebt. Nicht vorher und nicht danach. Danke, Gott. Danke, Gott. Am Anfang war er etwas Göttliches, Wunderbares für sie gewesen. Sie liebte ihn mit der Verklärtheit eines Teenagers, diesen schönen jungen Mann mit den unbeschreiblichen Augen, der mit entwaffnender Vertrautheit von Gott sprach. Sie war religiös erzogen worden. Ihre Mutter verbrachte viele Stunden auf der Veranda bei einem Eistee mit der Bibel auf dem Schoß. Sie starb in ihrem Schaukelstuhl, als sie die Verse zu entziffern versuchte, die sie ihr ganzes Leben lang immer wieder gelesen hatte. Insgeheim hatte June schon als Kind kein einziges Wort davon geglaubt. Und dennoch, wenn Eddgar sprach, glaubte sie, nun sei sie dem Mann begegnet – es konnte nur ein Mann sein –, der sie in dieses Universum führte. Vielleicht gab es, wenn man an den Himmel dachte, auch die Chance auf ein besseres Leben hier auf Erden. Eddgar war inspiriert und entflammt von der Idee, mit allen Mitteln dieses bessere Leben zu schaffen. Lehre es mich, hatte sie gedacht. Teile es mit mir! Sie war eifersüchtig auf seinen Glauben, um so mehr, als sie in den späteren Jahren feststellen mußte, daß Eddgars Leidenschaft nur den Menschen galt, die nicht in seiner Nähe waren. Er liebte die Armen wie Marionetten, wie Puppen. Es war eine Liebe, in der immer er selbst und er allein die Kontrolle hatte. Was Nile und sie selbst anging, war ›Impotenz‹ das richtige Wort. Aber seine Leidenschaft war wie die Glut der Sonne. Sie hatte immer gewußt, daß das die Liebe war, die er für die Menschen empfinden wollte. Und er war die Sonne, die sie beschien.

In den Jahren danach nahmen Eddgar und sie an, ohne je darüber gesprochen zu haben, daß am Scheitern ihrer Beziehung sie die Schuldige war. Sie hatte seinen Glauben haben wollen und ihn nicht gefunden. Sie konnte nicht an das glauben, woran er glaubte, also nahm sie es ihm. Glaube an etwas anderes, etwas, an dem ich teilhaben kann, hatte sie ihm gesagt. Re-vo-lu-tion! O ja, sie hatte daran geglaubt. Geheiligt durch die Revolution. Gebessert durch die Revolution. Alles Verfehlte in ihrem Leben würde korrigiert. Sie hatte den armen Eddgar herausgefordert, denn er war stets ein Vorbild für sie gewesen. Wieviel davon kannst du glauben? Wie groß ist dein Glaube? Bist du noch rein? Bin ich es, auch wenn ich andere Männer zu mir lasse? Das war ihre Herausforderung an ihn. Und er nahm sie auf seine Weise an und ließ zu, was sie da in den Betten trieb. Nicht in dem schmutzigen Sinn, daß er nun Einzelheiten erfahren wollte. Aber ihre Affären, ihre animalischen Bedürfnisse sollten in irgendeiner Weise der Revolution dienen. Auf diese Weise blieb dieser Eddgar mit seiner totgeborenen Liebe für sie das, was er immer sein sollte, nämlich der Höchste.

»Es könnte gefährlich werden«, sagte Eddgar, als er ihr an diesem Morgen die Wagenschlüssel gab.

»Er ist auch mein Sohn.«

»Ich will nicht deine Gefühle für ihn in Frage stellen, June. Ich glaube, es ist gefährlich. Ich weiß, es ist gefährlich. Ego und Selbstachtung sind die eigentlichen Triebkräfte der Leute dort. Ich finde, wir sollten das tun, was ich Ordell angedroht habe. Wir sollten Nile nehmen und mit ihm zum Staatsanwalt gehen. Ich kenne ihn.«

»Hör auf, Eddgar. Hör auf mit diesem Heldentum. Und den Ränkespielen. Das ist keine Lösung. Es ist eine Katastrophe. Für dich. Und besonders für Nile. Auch Michael gerät in Gefahr, wenn du nicht vorsichtig bist. Es würde bedeuten, daß du jeden von uns zerstörst. Bevor du irgend etwas tust, solltest du mit einem Rechtsanwalt reden, und auch das erst, wenn ich mit diesem Menschen gesprochen habe.«

»June, es ist gefährlich. Es würde mich nicht wundern, wenn er sogar mit dem Gedanken gespielt hat, mich umzubringen. Vielleicht nicht nur gespielt. Für jeden von uns ist es zu gefährlich.«

»Für mich weniger als für dich. Ich bin eine fette alte Frau. Ich bin für niemanden eine Bedrohung. Gib mir die Schlüssel. Ich rufe an, sobald wir das hinter uns haben.«

Und so war sie wieder einmal in einer Mission für Eddgar unterwegs. Wie viele Orte dieser Art hatte sie in ihrem Leben aufgesucht? Sie dachte an die Verstecke der Panthers, zu denen Eddgar sie immer geschickt hatte. Was für eine gespenstische Szenerie. Überall Waffen. Automatische Waffen, die geladen an den Wänden lehnten, so, wie ein Farmer seine Hacke an die Wand lehnen würde. Patronengurte mit Stahlmantelgeschossen hingen über den Gewehrläufen. Die Fenster waren mit Zeitungspapier verklebt, damit die Cops und das FBI nicht hineinsehen konnten. Gegen Ende, nach dem Überfall auf das Waffendepot von Oakland, bekam das Ganze einen militärischen Anstrich: M-16er und M-79er, stoßfest verpackte Sprengkapseln, Munitionskisten mit der Schablonenaufschrift COMPANY A, 92 D ENGINEER; *dazu M-18-Rauchgranaten und C-4-Plastiksprengstoff. Manchmal lag Kokain wie ein Mehlhaufen auf dem Tisch. Und immer dabei auch Frauen und Babies, die zwischen den Männern mit ihren Stiefeln und Baskenmützen auf dem Boden herumkrabbelten.*

Ein halbes dutzendmal wäre Eddgar in solchen Häusern beinahe erschossen worden. Irgendwer hatte ihn immer im Visier, nicht so sehr, weil ihm seine Meinungen nicht in den Kram paßten, sondern weil ihn sein Verhalten ärgerte. Doch so eine Waffe schreckte ihn nicht. Sie und auch alle anderen, außer Eddgar selbst natürlich, sahen in ihm den Jungen aus den Südstaaten, der sich weigerte, ihrer ungebremsten Wut Tribut zu zollen. Dabei kannte Eddgar keine Angst. Jeden Tag dachte er an seinen Tod, an die Notwendigkeit, für die Revolution zu sterben. Und er wich keiner Gelegenheit dazu aus. Er glaubte an die Disziplin. Als der arme Cleveland Michael verraten hatte und auf Kaution aus dem Gefängnis von Alameda County entlassen wurde, konnte Eddgar den unausweichlichen Ausgang kaum erwarten. Er machte gute Miene zum bösen Spiel. Doch an dem Morgen, an dem sie Cleveland vor seiner Hinrichtung zum letzten Mal sahen, nahm Eddgar eine .44er, schoß ein ganzes Magazin leer und hielt dann die glühendheiße Mündung direkt an Clevelands Schläfe. Sie hinterließ ein Mal. Eddgar sagte kein Wort. Auch nicht als Martin Kellett und zwei Panthers Cleveland packten. Das Kainsmal, dachte sie jetzt. Es war alles so irrsinnig.

Vieles, zum Beispiel auch Clevelands Tod, machte sie so traurig, daß sie seit damals kaum noch richtig lebte. Sie war hilflos in einen Abgrund ge-

stürzt. Sie hatte unsinnigerweise einen gutaussehenden, aber schlichten Mann geheiratet, der sogar zur Grausamkeit neigte. Er beschaffte ihr Drogen, und sie hielt das für Liebe. Sie brach mit ihm. Sie machte einen Entzug, fing aber vor sieben Jahren wieder mit dem Trinken an. Jetzt trank sie täglich so viel, daß sie nachts nicht schlafen konnte und tagsüber mit einer Literflasche billigem Bordeaux am Computer saß und Solitär spielte.

Sie bog jetzt rechts ab und näherte sich dem Wohnprojekt. Sie sah schon die gewaltigen Türme, die die Reihen von Industriebauten überragten. Es waren die letzten Gebäude vor dem Ödland, das die Grace Street umgab – alte Gießereien mit warnend in den Himmel ragenden Schornsteinen und Lagerhäuser mit riesigen Einfahrten. Alles war umzäunt und mit Stacheldraht gesichert. Was mochte es dort wohl zu stehlen geben? Die wenigen Menschen, die zu dieser frühen Stunde im Morgengrauen auf der Straße zu sehen waren, waren Schwarze. Weil sie ohnehin gerade in Erinnerungen grub, fiel ihr das alte Mississippi mit seinen gottesfürchtigen einfachen Leuten ein, denen sie so gern helfen wollten. Diese Menschen waren so gut, strahlten so viel Güte aus, daß sie ihr in ihrem mühseligen und entbehrungsreichen Leben fast engelsgleich erschienen. O Gott, wie hatte sie die Gottesdienste geliebt und die sonntäglichen Versammlungen an den Sommerabenden. Wie sog sie dann die feuchte Luft des Südens in sich auf, während das milchige Mondlicht die Blätter und Büsche der fruchtbaren Landschaft versilberte. Sie hatte die Kirchenlieder geliebt, die vielen Stimmen, die sich aufschwangen zu einem gemeinsam gehaltenen Ton, der sie an die Stimme der Geschichte erinnerte. Wie konnte es sein, fragte sie sich, daß wir von dort fortgegangen sind und so wenig mitgenommen haben? Wie konnte es sein, daß wir diese Kinder ohne Hoffnung haben groß werden lassen, diese Entrechteten, die von ihrem ersten Atemzug an spürten, daß es für sie keinen Platz auf der Welt gab? Daß es keine Rettung gab, weil die Menschenwürde hier noch keine Tradition hatte? Wie hatte das geschehen können? Wir hatten recht, dachte sie plötzlich verzweifelt. Wir hatten recht. Und genau das brachte sie jetzt erneut in Gefahr. Sie tat etwas, das sie schon hundertmal zuvor getan hatte. Sie rettete ihn. Sie rettete Eddgar, diesen wunderbaren leidenschaftlichen Jungen. Sie mußte all das retten, woran er glaubte, weil sie selbst keinen Glauben hatte. Und doch, sie hatte an ihn geglaubt, an die Revolution. Und sie forderte jetzt, als sie in die Straße einbog, ein Stück von diesem überwältigenden

Gefühl ein, das daraus entsprang. Sie kurbelte das Fenster herunter und lächelte grundlos.

»Lady«, sagte eine junge Frau, eine wunderschöne junge Frau mit makelloser schokoladenfarbener Haut. Der größte Teil ihres Gesichts war unter einer Strumpfmaske verborgen. »Lady«, sagte sie, »verdammt, Sie sind am falschen Platz.«

2. April 1996

SETH

So geht das also, dachte Seth. Fünfundzwanzig Jahre lang spukt dir dieser Kerl im Kopf herum, und an einem Dienstagmorgen klopfst du an seine Tür, und da steht er plötzlich vor dir, Eddgar, die Lesebrille auf der Nase und die Tageszeitung in der Hand. Stocksteif verharrt er hinter der Fliegentür.

»Kommst du wegen Nile?« fragt er schließlich. »Ist er noch mehr in Schwierigkeiten?«

»Ich hoffe, nicht.«

Man sieht, Eddgar überlegt. Im Schatten des frühen Morgens ist sein Gesicht kaum erkennbar. Seth wartet auf der Veranda, die die ganze Vorderfront des alten Holzhauses einnimmt.

»Ich wollte mir gerade ein Tasse Tee machen«, bittet Eddgar ihn endlich herein und öffnet die Tür ein paar Zentimeter weit. Drinnen herrscht eine seltsame Atmosphäre. In dem endlosen Flur hängt der Geruch von Bratfett und den verschiedensten menschlichen Ausdünstungen und erinnert fast an eine Kaserne. »Hast du von ihm gehört?« fragt Eddgar, als sie die kleine Küche betreten.

Seth legt das Blatt auf den Tisch, das Hobie ihm am Abend zuvor gegeben hat, den Ausdruck des Mikrofiches von der Zustellfirma mit Michaels Adresse. Eddgar stellt den Wasserkessel auf und greift wieder nach der Brille, um ihn zu lesen.

»Willst du mir drohen?« fragt er dann.

»Ich versuche nur, ein paar Dinge zusammenzubringen, Eddgar. Das ist keine Drohung.«

»Bestimmt nicht? Kein kleines Treffen mit dem FBI geplant? Keine Beichten und Bekenntnisse in deiner Kolumne? Weißt du, ich will nur sichergehen, daß wir hier keine neue Runde im Spiel um Anstand und Moral spielen, wie im Gerichtssaal. *The Revenger's Tragedy?* Gibt es nicht ein Drama mit dem Titel? Ich glaube, June hat es mal einstudiert.« Eddgar hustet. Es rasselt in seiner Lunge. Er preßt die geballte Faust gegen den Mund. »Aber ich nehme an, dein Wunsch nach Vergeltung ist mittlerweile befriedigt.« Eddgar lächelt zur eigenen Bestätigung. »Was willst du von mir wissen, Seth?«

»Die Wahrheit. Vor Gericht wurde so viel gelogen.«

»Von mir bestimmt nicht«, sagt Eddgar. »Dein Freund Tuttle war es, der die Tatsachen verdreht hat.« Er steht steif auf, wendet sich dann dem pfeifenden Kessel zu und hält Ausschau nach einer zweiten Tasse. Er öffnet den Kühlschrank und holt Milch heraus. Bis auf einen Karton Milchflaschen, einen 4-Liter-Kanister Wasser, eine einsame grüne Olive und eine rote Pfefferschote, die verlassen in einer grünlichen Flüssigkeit schwimmt, ist er leer. »Ist er verrückt, oder macht er auf melodramatisch?« fragt Eddgar.

»Hobie? Der ist eher ein Schauspieler. So schätze ich ihn ein. Das Wort als große Geste.«

»Er ist ein hinterhältiger Mensch.« Eddgar schüttelt beim Gedanken an ihn den Kopf und stellt die beiden Tassen auf den Tisch, über denen sich der Dampf kräuselt. »Ich bin sicher, dir hat es Spaß gemacht, zu erleben, wie Hobie mit meinem Leben spielte. Du hast das bestimmt für gerechtfertigt gehalten. Weil du glaubst, ich habe mit deinem gespielt.«

»Hast du das nicht?«

Eddgar überlegt eine Zeitlang. Er sitzt Seth gegenüber am Tisch und faltet sorgsam die Hände.

»Ich habe die Umstände genutzt, Seth. Wir haben genaue Pläne ausgearbeitet damals. Es ist schiefgegangen. Aus purem Zufall wurde jemand verhaftet. Er fing an zu plaudern. Also habe ich die

Gelegenheit beim Schopf ergriffen. Ja, das habe ich getan. Ein unfreundlicher Akt? Wahrscheinlich. Aber ich war zuversichtlich – und der weitere Verlauf hat mir recht gegeben –, daß wir alle gut aus der Sache herauskämen.«

»Nur großer Einsatz bringt auch großen Gewinn, nicht wahr? Galt das auch für dich, die Nummer 1?«

»Es ist so lange her, Seth.«

»Machst du Verjährung geltend? Ich dachte, bei Mord gibt es die nicht.« Eddgars Augen verengen sich zu Schlitzen, und Seth rutscht auf seinem alten wackeligen Küchenstuhl nach vorn auf die Kante. Die Ahorntischplatte zwischen ihnen ist schmal und an einer Stelle voller Marmeladenflecken. In Eddgars Haushalt gab es seit Jahrzehnten Brombeermarmelade. »Ich möchte, daß du eines zur Kenntnis nimmst, Eddgar. Ich bin jetzt älter, als du damals warst. Und ich erkläre mich für schuldig. In erster Linie schreibe ich mir selbst die größte Schuld zu. Was ich getan habe, habe *ich* getan. Nicht du. Aber wenn ich die Macht hätte oder Oberster Scharfrichter wäre, bekämst du deine Strafe. Du bist allem entkommen. Und das finde ich unerträglich. Es bringt mich um. Wie kommt es, daß alle unter der Geschichte leiden mußten, alle, außer dir, Eddgar? Fragst du dich das nicht selber? Denkst du nicht an sie? An die, deren Leben du zerstört hast? Die du ruiniert hast?« Seth klopft auf das Blatt, das er mitgebracht hat. »Wie, um Himmels willen, kannst du nachts überhaupt schlafen?«

Als Reaktion auf diese Frage macht Eddgar ein angespanntes, etwas schiefes Gesicht. Stimmt, er findet nachts keinen Schlaf. Seth hat den Gedanken lesen können. Hinter Eddgar ist ein kleines Fenster, und im fahlen Gegenlicht wirkt sein Gesicht hager und abgezehrt. Die unrasierten Wangen sind grau.

»Kennst du Leute, die im Krieg waren, Seth? Ich habe einen Krieg geführt. Ja, er hat Opfer gekostet, und ich beklage sie, ich traure um sie. Aber bestimmt habe ich Michael nicht den Rücken gekehrt. Das dürfte klar sein.« Er deutet mit dem Kinn zu dem Papier auf dem Tisch. »Ich habe ihm jede denkbare Hilfe zukommen lassen. Jahrelang. Meine Frau – und mein Sohn – haben mich hauptsächlich verlassen, um sich um ihn zu kümmern. Mit meinem Einverständnis. Aber nicht aus Reue. Weil ich nichts bereue.« Eddgar hat sein Gesicht gehoben. Er sieht mich jetzt so von oben herab an, wie er es gern tut, wenn er seine Unverletzbarkeit demonstrieren will. Das trifft zweifellos zu. Seth hat die ganze Nacht darüber nachgedacht, und ihm ist klargeworden, daß Mitleid oder Trauer gewiß nicht Eddgars Motive waren, sich während der ganzen Zeit aus der Ferne um Michael zu kümmern. Nein. Michael war nämlich der Mann, der Eddgar selbst nicht sein konnte: Er war für June der Liebhaber, für Nile die sanfte, leitende Hand. Er war das Fragment, das Eddgar verlorengegangen war. Er konnte Michael ebensowenig fallenlassen wie sich selbst.

Doch das erkennt Eddgar nicht. Seine Rechtfertigung liegt wieder einmal in der Geschichte.

»Ich hatte einen Kampf zu führen«, sagt Eddgar, »und ich habe ihn geführt. Und dieser Krieg war noch immer um einiges sinnvoller als viele Kriege, die dieses Land geführt hat: der Krieg gegen die Indianer, gegen Spanien, gegen Mexiko, gegen Nordvietnam. Ich glaube – ich glaubte es sogar damals schon und wagte nur nicht, es mir einzugestehen –, ich glaube, man wird eines Tages über mich zu Gericht sitzen. Und ich habe keine Angst davor. Aber wage nicht, mir zu unterstellen, ich hätte nicht gelitten. Damals wie heute. Ich habe wirklich gelitten. Ich habe in einem Ausmaß bezahlt, von dem du keine Vorstellung hast.« Eddgars Stirn rötet sich bis hinauf zu den Geheimratsecken und den schütteren, etwas vom Kopf abstehenden weißen Haaren. Er wendet sich mit einem Ruck ab, um sich seinen Schmerz nicht anmerken zu lassen. »Und ich meine damit gewiß nicht das, was du und dein Freund mir in diesem Gerichtssaal angetan haben. Meine Ruf ist mir viel weniger wichtig, als du vielleicht denkst.«

Doch daran dachte Seth gar nicht. June ist es, vermutet er. June war Eddgars Wunde. Um ihretwillen hat er bis zuletzt gelitten, bis zu ihrem schrecklichen Ende.

»Was haben wir dir dort im Gericht denn angetan?« fragt Seth.

»Ach, bitte, Seth. Ich bin alt, aber noch bei Sinnen. Du mußtest daran beteiligt sein.«

»Woran?«

»Du kennst die Geschichte. Du mußt sie kennen.« Und Eddgar beginnt, ihm die Einzelheiten darzulegen. Es ist eine Kampfansage. Du mußt sie kennen, sagt er. Die Sache mit dem Dope. Dem Gefängnis. Mit Nile und Hardcore. »Du mußt die Geschichte kennen«, wiederholt er.

»Nein«, sagt Seth. Seine Reaktion – sein blasses Gesicht, sein Zögern – macht Eddgar für einen Moment wütend, und er wird wortkarg, als Seth zurückfragt. Aber er antwortet und erzählt die Geschichte – von dem DFU-Geld, das Michael geschickt wurde, von diesem jungen Mädchen, Lovinia, und von dem, was ihn am meisten bedrückt, von Eddgars Begegnungen mit Hardcore. Erst am Ende schaut Eddgar Seth wieder voll an. Selbst im Alter ist es noch ein bemerkenswerter Blick. Seth weiß nicht, woher er die Vorstellung hat, daß Wölfe diese Augenfarbe haben, eisblau, deren Ausdruck nach außen Schönheit und Ruhe zeigt, hinter dem doch Wildheit und Unbezähmbarkeit lauern.

»Und von alldem hast du nichts gewußt?« fragt Eddgar.

»Nichts«, sagt Seth.

Noch immer voller Zweifel, steht Eddgar mühsam auf, um die nächste Tasse Tee zu holen. Er steht vor dem Herd und schildert das Dilemma, das ihm Core und seine Hintermänner vorgaukelten. Nile und Hardcore, einer war des anderen Geisel. Als June getötet wurde, wußte er gleich, es war kein Unfall. Doch was hätte er sagen sollen? Die Wahrheit würde Nile ins Gefängnis bringen. Er schwieg und war nie auf den Gedanken gekommen, daß es der Polizei gelingen könnte, Hardcore vor Gericht zu bringen, oder was Ordell in diesem Fall tun würde. Aber mit einem Anwalt hat Eddgar nicht geredet, nachdem Core Nile hereingezogen hatte. Nile sagte nicht aus. Dabei würde er für ein Verbrechen aus Leidenschaft gegen seine eigene Familie weniger bekommen als für das Dealen mit großen Mengen von Rauschgift unter Mißbrauch einer öffentlichen Vertrauensstellung. Kein Zweifel, daß Nile damit vor Gericht keine schlechten Aussichten gehabt hätte. Doch so saßen sie in der Falle.

»Natürlich habe ich lang und breit über das nachgedacht, was Hardcore da getan hat«, sagt Eddgar, »und ich glaube nicht, daß er

Nile bestrafen wollte – ich glaube, das ist ihm gar nicht in den Sinn gekommen – oder auch nur seine eigene Rolle in einer sehr üblen Situation herunterspielen wollte. Er hatte es vielmehr auf mich abgesehen. Ich sollte erfahren, daß ich nicht der einzige mit allen Wassern gewaschene Drahtzieher war und daß ich mit all den großen Tönen und unbedachten Drohungen Nile keineswegs schützen konnte.« Eddgar sieht Seth kurz niedergeschlagen an und starrt dann wieder in seine Teetasse, die das blaue Siegel irgendeiner staatlichen Dienststelle trägt.

»Irgendwie«, fährt er fort, »hatte ich mich so zu meinem eigenen erbitterten Feind gemacht. Darum habe ich Hobie von Anfang an gesagt: ›Gib mir die Schuld‹. Das habe ich wirklich so gesagt. ›Gib mir die Schuld.‹ Das war kein Anfall von falscher Tapferkeit. Weißt du, ich sehe es in deinem Blick – er ist mir auch vor Gericht schon aufgefallen –, du hältst mich seit Jahrzehnten für ein Ungeheuer. Die Menschen – damals in Kalifornien – hielten mich für nicht besonders selbstbewußt. Vielleicht war ich das auch nicht. Nicht ausreichend. Aber ich glaube schon, daß ich einiges an mir selbst erkenne. Und ich meine es ehrlich, wenn ich sage, ich bin schuldig. Ich bin es. Ich bin schuldig, geglaubt zu haben, ich hätte etwas unter Kontrolle, das ich nicht unter Kontrolle haben konnte; Hardcore herausgefordert zu haben; nicht die Grenzen meines Kindes akzeptiert zu haben; meine eigenen Wünsche auf ihn projiziert zu haben. Ich habe es gewußt. Gesehen. Es gibt Leute, die erkennen so etwas. Aber Einsicht ist nicht alles. Man macht dennoch Fehler.«

Eddgar senkte den Kopf. »Und solche Fehler habe ich gemacht, und ein Dutzend anderer. Ich war froh, daß Sonny die Richterin wurde. Da ging es wohl richtig los. Das paßt, dachte ich. Ich erkannte gleich die Chance und habe es Tuttle gesagt. Gleich beim ersten Mal, als wir miteinander sprachen. ›Sie hat mich nie gemocht. Gib mir die Schuld. Sie würde jeden beliebigen Grund glauben, aus dem Core mich aus eigenem Antrieb hätte töten wollen.‹ Ich habe das eingefädelt. Ich weiß. Und Hobie hat es natürlich auf den Kopf gestellt. Er hat mich benutzt, um Punkte zu machen. Er hat mich gefragt: ›Sagst du ja, wenn ich dir die richtigen Fragen stelle?‹ Ich antwortete ihm: ›Ich werde nicht lügen. Ich kann es einfach nicht. Ich kann keinen Eid bei Gott schwören und dann lügen.‹ Wenn er mir die richtigen Fragen auf die richtige Art und Weise stelle – dann könne ich auch ja sagen. Und bevor es dann losging, sprach er nur noch wenig mit mir, sagte nur: ›Hör ganz genau auf meine Fragen, weil ich auf etwas Bestimmtes hinaus will. Du mußt nicht lügen, mußt nur vorsichtig und ganz genau sein.‹ Ich war im voraus damit einverstanden. Ich wußte, er würde dieses Geld als Argument benutzen, die 10 000 Dollar von der DFU, und den Anschein erwecken, es sei das Geld, das Nile an Ordell weitergegeben habe. Schließlich war ja genau das der ursprüngliche Plan. Und Nile *hatte* ja tatsächlich den Scheck eingelöst. Und es mußte niemand wissen, wohin das Geld in Wirklichkeit gegangen war. Selbstverständlich, *selbstverständlich* hat Hardcore gelogen. Er hat niemals 10 000 Dollar erhalten. Hobie hat also eine Lüge gegen eine andere eingesetzt, und diese Lüge stammte nicht von mir. Natürlich war ich mit dieser Taktik einverstanden. Dein Freund Tuttle ist schon ein ganz gerissener Bursche, nicht wahr?«

»Äußerst gerissen.«

»Ja«, sagt Eddgar. Die Spitzen seiner billigen Slipper bearbeiten den Fußboden, doch sonst ist er ruhig. Er trägt ein modisch kariertes Hemd, dessen Kragen er ein wenig lockert. Seiner Ansicht nach sei er loyal gewesen, nicht nur Nile gegenüber, sondern auch Galiakos und den anderen Leuten seiner Partei gegenüber. Seit Niles Verhaftung seien sie hinter Eddgar her gewesen, und er habe ihnen zugesagt, alles Menschenmögliche zu tun, um die 10 000 Dollar aus dem Fall herauszuhalten und damit auch aus der Presse. Sie seien verständlicherweise äußerst besorgt gewesen. Man müsse sich schließlich einmal vorstellen, was es bedeute, die Leute um Parteispenden anzugehen, wenn sie dann auf der ersten Seite der *Tribune* lesen müßten, daß Gelder der Partei ausgerechnet in die Hände einer Straßen-Gang flössen. Er sei bereit gewesen, sämtliche Schuld auf sich zu nehmen. Was das Geld betraf. Und was Nile betraf.«

Eddgar hofft auf Seths Verständnis. »›Schieb mir die Schuld zu‹, habe ich ihm gesagt. Und Hobie hat hat alles auf den Kopf gestellt. Hat aus weiß schwarz gemacht und aus schwarz weiß. Jetzt war *ich* - der Mensch, der June Eddgar länger und mehr geliebt hat als sonst jemand auf dieser Welt – jetzt war ich ihr Mörder. Und an dieser Stelle bist du ins Spiel gekommen, Seth. Zumindest war das meine Vorstellung. Jetzt konntest du der sein, der zuletzt lacht. Ihr beide zusammen. Als ich im Zeugenstand saß, ist mir das bewußt geworden. Ich erkannte die Parallelen. Ich hatte mich auf etwas eingelassen, hatte mich benutzen lassen und etwas vorgetäuscht zugunsten eines Menschen, an dem ich hing – genau wie du vor vielen Jahren, Seth, und dann wurden die Dinge umgedreht und wir in die Irre geführt. Wie du mir, so ich dir. Das habe ich begriffen. Eine seltsam spektakuläre Rache. Wie du vorhin gesagt hast, hältst du mich für einen Mörder, der ungestraft davonkommt. Warum sollte ich mich dann nicht auch öffentlich eines Mordes schuldig bekennen, den ich *nicht* begangen habe? Ich war ganz sicher, daß ihr beide das für durchaus angemessen hieltet.«

»Das ist auch der Fall«, antwortet Seth. »Aber er hat mir das nie gesagt.«

»Nicht?« Eddgar sieht Seth wieder mißtrauisch an. »Er jedenfalls hat die Situation sehr genossen, aus reiner Schadenfreude. Das steht fest. Er hatte mich am Haken. Im Gerichtssaal hat Hobie sich auf tausenderlei Weise über mich lustig gemacht. Vor allem, als er mich fragte, wieviel mir mein Sohn wert sei. So viel? Mehr? Wie wär's mit dieser Summe, du Bastard? Wieviel? Und er hat es genossen. Es war der reine Sadismus.«

»Nein«, sagt Seth. »Er ist kein Sadist.«

»Es sah aber ganz danach aus.«

»Nein«, wiederholt Seth. Er läßt die Ereignisse noch einmal in seinen Gedanken ablaufen. Hobie T. Tuttle ist und bleibt einem ein Rätsel, undurchschaubar – vergleichbar einer Buddhastatue, fern und unnahbar. Impulsiv, sicher. Vielschichtig. Brillant. Doch nie hätte Hobie all dies aus persönlichem Interesse so hingebogen. Allein den Gedanken hätte er lächerlich gefunden und sich die halbe Nacht darüber amüsiert. Seine gesamte Taktik hatte nur einen einzigen Grund.

»Für mich hat er es getan, Eddgar«, sagt Seth, »nicht mit mir. Er hat es aus Freundschaft für mich getan. Und aus Freundschaft für Cleveland. Im Innersten hat er für uns Vergeltung geübt. Und zugleich hat er natürlich auch Nile geholfen. Ich bin sicher, das war Teil seines Plans.«

Eddgar denkt nach. Er erkennt die Möglichkeit, daß es so gewesen sein könnte, und senkt den Kopf. Seth hört auf der Auffahrt den Kies knirschen. Es ist Nile, denkt er. Und Michael. Das würde die Situation perfekt machen! Er sieht sie hereinwanken, unrasiert und müde von der langen Fahrt. Doch als Eddgar von der Haustür zurückkommt, hält er nur einen Umschlag in der Hand. Papiere aus dem Kapitol, die der Senator durchsehen soll.

»Hast du mit Nile gesprochen?« fragt Seth.

Eddgar macht eine traurige, verneinende Handbewegung. »Er ist nicht zu erreichen. Ich weiß, sie sind zusammen, Michael und er. Das ist dir doch längst klar, oder?« sagt er und wirft erneut einen kurzen Blick auf das Blatt, das Seth von Hobie hat. »Michael hat sich einmal gemeldet. Gleich danach. Einen oder zwei Tage später. Hörte sich an, als sei er am Highway an einem Münzfernsprecher. Ich war sehr erleichtert. Ganz bestimmt sorgt Michael dafür, daß Nile nichts passiert. Zusammen sind die beiden ziemlich stark. Es ist, wie sagt man, eine Art Symbiose. Die bestand wohl schon immer zwischen ihnen. Einer kümmert sich um den anderen. Und ich bin sicher, in einer wirklich ernsten Situation wird Michael sich bei mir melden.«

Eddgar nickt. »Du solltest wissen, ich könnte sie finden. Binnen eines Tages, weiter wären sie nicht entfernt. Michael wäre nicht scharf auf größere Veränderungen. Das liegt ihm nicht. Wahrscheinlich benutzt er auch jetzt noch den Namen und die Versicherungsnummer, die wir für ihn ausgesucht hatten, als er dir seine gab. Mit Sicherheit haben sie sich in einer anderen kleinen Stadt niedergelassen.«

Seth schlürft seinen Tee und stellt sich einen Augenblick lang Nile und Michael so vor, wie Eddgar sie beschrieben hat. Wahrscheinlich haben sie sich eine kleine Farm gepachtet und wohnen in einem winzigen Holzhaus, durch das im Winter der Wind pfeift. Tagsüber gehen sie einem Job in der Stadt nach, als Angestellte oder so ähnlich. An den Wochenenden und an den langen hellen Abenden bestellen sie das Feld. Sie reden wahrscheinlich wenig. Statt wie früher über Kurzwelle zu funken, wird Michael heute im Internet surfen. Und Nile sitzt vorm Fernseher. Aber sie lassen einander gewähren. Für die Außenwelt sind sie Vater und Sohn, eine dieser seltsamen Zweiergemeinschaften, die eine Familie häufig hervorbringt. Sie sind aufeinander eingestellt, haben aber kaum Kontakt nach außen. Nile ist zu dem Menschen geworden, der er immer hatte sein wollen. Und Michael auf der Flucht ist sein bestes Vorbild.

»Ich könnte sie finden«, sagt Edgar noch einmal. »Aber ich habe nicht vor, mich wie ein Kopfgeldjäger auf Niles Spur zu setzen. Wenn er mich sehen will, dann meldet er sich schon. Ich nehme es hin, wie es ist, und verstehe es. Wahrscheinlich würde er weiter davonrennen, wenn ich ihn verfolgte. Nicht wahr?«

»Ich glaube, ja.«

»Ich denke es ist Scham.« sagt Eddgar. »Ich meine der Grund für seine Flucht. Jedenfalls erkläre ich es mir im wesentlichen so.«

»Für mich sieht es eher nach Wut und Zorn aus.«

»Wut und Zorn?« fragt Eddgar. Zum ersten Mal seit Seth am Morgen vor ihm auf der Veranda stand, zeigt er Überraschung.

»Ich bin sicher, dich im Zeugenstand zu sehen und zu erleben, wie du dich fast um Kopf und Kragen gelogen hast, um ihn zu schützen, und Hobies Spiel – oder wie immer du es nennen willst – mitspieltest, war wohl mehr, als sein Magen vertragen konnte. Ich nehme an, keiner von euch hat sich die Mühe gemacht, Nile vorher einzuweihen.« Seth weiß, sie sind beide viel zu selbstherrlich, um sich darüber den Kopf zerbrochen zu haben. Eddgar hatte schon recht vorhin. Einsicht ist nicht alles. Denn sie ist selten umfangreich genug. Eddgar erkennt sich in selbstkritischen Momenten vielleicht als einen sich stets in die Belange anderer einmischenden, über fürsorglichen Menschen. Doch niemals wird er die Botschaft erkennen, die er Nile bei jeder Gelegenheit vermittelt hat: Sein Sohn war für ihn zu jeder Zeit unfähig und unvollkommen und daher auf ihn angewiesen.

»Aber ist das nicht erstaunlich?« fragt Eddgar. »Jeden Tag denke ich darüber nach. Stundenlang. Und jetzt bin ich verblüfft. Vielleicht war er am Ende des Prozesses in der Tat wütend, wie du vermutest. Ich habe es wirklich gut gemeint. Aber wir könnten einander mißverstanden haben. Das ist eine alte Geschichte. Doch wie hat er die Dinge am Anfang gesehen? Als er plötzlich mitten in der Geschichte drinsteckte? Durch Core. In dieser Art Geschäfte. Was wollte er da?«

Seth nimmt sich mit der Antwort Zeit, obwohl er sie kannte, seit Eddgar ihm die Geschichte erzählt hatte.

»Ich nehme an, er wollte zu denen gehören, um die du dich so sehr kümmertest, Eddgar.« Obwohl ihn diese Feststellung wie ein Hammerschlag treffen mußte, zeigt er zunächst kaum eine Reaktion. Er hebt nur kurz eine Hand zum Mund. An der Wand hängt fast unhörbar summend eine große weiße Küchenuhr, deren Zeiger mit leisem Klicken von Sekunde zu Sekunde rückt. Zehn nach acht. Seth wird sein Flugzeug verpassen. Aber er spürt keinen Wunsch zu gehen.

»Es ist so verwickelt«, sagt Eddgar schließlich und läßt den Finger in einer kleinen Pfütze kreisen, die aus seiner Tasse auf den Tisch geschwappt ist. »Ich gehöre nicht zu denen, die in der Vergangenheit leben, Seth. Aber immer wenn ich zurückdenke, sehe ich Nile stets als den unglücklichsten und hilflosesten Menschen überhaupt. Ich habe ihn so aufrichtig und tief geliebt. Noch heute kann ich das Wartezimmer im Krankenhaus beschreiben – zu jener Zeit konnten die Männer noch nicht bei der Geburt dabeisein.« Er setzt das winzige, nachdenkliche Lächeln auf, an das Seth sich noch gut erinnert. Es soll wohl sagen, viel Aufhebens sollten sie beide nicht darum machen, daß Eddgar, der große Unbekannte im Kampf gegen die Institutionen, in so einem wesentlichen Augenblick die Dinge nicht in der Hand hatte. »Ich weiß noch, wie die anderen Väter da herumsaßen. Einer von ihnen aß ein Sandwich mit Erdnußbutter und Speck, das er von zu Hause in einer schon benutzten Alufolie mitgebracht hatte. Ich erinnere mich an jede Einzelheit und habe noch den Geruch der Zigaretten in der Nase, die jeder einzelne geraucht hat.«

Eddgar sieht zur Decke. »Die Geburt eines Sohnes erschien mir als ein so wunderbarer Lohn dafür, daß ich selbst derart unter meinem Vater gelitten hatte. Ich rang noch immer mit ihm, so wie Jakob in dieser eindrucksvollen Passage in der Bibel, in der er mit dem Engel kämpfte, ›bis die Morgenröte anbrach‹. Ich glaubte…« Er tastet sich zurück in die Vergangenheit. »Es schien mir so wichtig«, sagt er.

»Das war es«, sagt Seth.

»Ja, das war es. Ganz bestimmt. Ich meine nur, daß der Weg vorgezeichnet schien. Alles schien sicher – was ich zu tun hatte und was nicht. Aber natürlich war es das nicht. Ich hatte Angst vor ihm, schreckliche Angst, fast vom ersten Augenblick an. Angst. Vor diesem winzig kleinen Kind. Selbstverständlich konnte ich mir nicht eingestehen, daß es Angst war, die ich empfand. Aber ich war wie erstarrt. Ich fühlte mich fremdbestimmt von angelernten Verhaltensweisen und konnte nicht auf meine innere Stimme hören. Mein Gott.« Und wieder ist dies einer der unglaublichen Momente, den Seth zum ersten Mal im Gerichtssaal erlebt hat. Loyell Eddgar weint. Dieser Trost wird ihm wohl zustehen, denkt Seth. Als Vater hätte er ihn auch zu spenden. Aber diesem Mann? Nein. Er bleibt schweigend am Tisch sitzen, während Eddgar einen kurzen Augenblick lang schluchzt und sich dann wieder fängt.

»Und ich habe ihn mit dir und Michael beobachtet. Weißt du noch, wieviel ihm Michael bedeutete? Ich sehe die beiden, wie sie da oben in dem Baum saßen und hämmerten und sägten. Wie sie miteinander lachten. Ich fühlte mich entsetzlich. Einfach entsetzlich. Ich liebte ihn doch trotzdem so sehr. So sehr. Ich floß über vor Gefühlen für ihn. Im Rückblick glaube ich, ich habe Nile mehr aufrichtige Gefühle entgegengebracht als jedem anderen Menschen in meinem Leben. Und die ganze Zeit hat mir eine einzige Frage immer und immer wieder Sorgen gemacht. Heute klingt es verrückt, aber die eine Frage ließ mich nicht los, sie machte mich wahnsinnig, ich war von ihr besessen: Wenn ich ihn aufgeben, auf ihn verzichten müßte, könnte ich das?«

»Ihn aufgeben?« fragt Seth.

»Ja. Für die Revolution. Wenn der Tag käme. Wenn ich ihn kämpfen lassen müßte. Dinge tun, die ihn in Gefahr brachten. Nimm es, wie du willst – ich weiß, du hast deine Zweifel, fragst nach Beweggründen, und ich würde es genauso tun. Aber glaube mir, ich habe nie etwas dabei gefunden, uns selbst in Gefahr zu bringen, June und mich. Das konnte ich mir vorstellen. Ich *hatte* es mit so vorgestellt. Du kennst all die Bücher, die inhaftierte Anführer geschrieben haben. Ich habe sie gelesen. Folter, Isolationshaft. Das alles konnte ich mir vorstellen.«

Und hast es entsprechend verklärt, denkt Seth. Eddgar sind die Haare in die Stirn gefallen. Er schaut auf seine verschränkten Hände.

»Aber ich war innerlich zerrissen«, sagt er, »gelähmt vom Gewicht der Aufgabe, Vater zu sein. Wie konnte ich Nile all das zeigen, was mir wichtig war, woran ich glaubte, was ich tun mußte? Wie konnte ich das tun und dann vielleicht viele Jahre später zusehen müssen, wie er diesen Idealen geopfert wird? Wäre ich fähig, diesen Preis zu zahlen, habe ich mich immer wieder gefragt. Könnte ich meinen Sohn ziehen lassen, meine Liebe, mein Leben, meine Zukunft? Monatelang habe ich diese Frage immer wieder verdrängt, doch dann traf sie mich erneut und mit größerer Wucht als jede Angst, die ich jemals für mich selbst gehabt habe. Zwar fand ich nie wirklichen Trost, doch wieder und wieder rief mir ein seltsamer Impuls die Worte aus der Bibel ins Gedächtnis, nach denen Gott uns seine größte Liebe darin zeigte, daß Er für uns Seinen einzigen Sohn opferte. Als ob dieser Gedanke jemals wirklich Hilfe sein konnte, als ob er nicht nur das Mysterium weiter vertiefte.«

Er steht auf und trinkt den Tee aus, klopft auf seine Hemdtaschen und findet nicht, was er sucht. Er nimmt die Brille ab und wischt sich die Augen am Ärmel ab. In seinen abgetragenen Slippern geht er am Fenster vorbei, durch das ein heller Lichtstreifen, unterbrochen von den Schatten der Sprossen hereinfällt. Von der Tür her nickt Eddgar Seth zu. Er ist älter und kleiner, als Seth ihn in Erinnerung hat. Mit einer Hand weist Eddgar ihn unwillig hinaus.

Seth geht. Er muß schon viel Glück haben, wenn er jetzt sein Flugzeug nach Seattle noch erreicht. Mit viel zu hoher Geschwindigkeit schlängelt er sich durch die morgendliche Rushhour auf dem Highway 843. Ist für dich nun alles erledigt? fragt er sich schließlich. Einerseits wehrt er sich tapfer gegen die Gedanken, die nach diesem Besuch auf ihn einstürzen. Es war nicht aufrichtig, glaubt Seth auch jetzt noch. Die Tränen. Die Qual. Wie alle großen Schauspieler wird Eddgar stets genau das zeigen, was sein Publikum von ihm erwartet. Doch andererseits bleiben die Verletzungen, die ihm Eddgar zugefügt hat, bestehen. Das war schon vor langer Zeit so festgelegt, in den Sternen, in den Genen, in der Natur. Worauf läuft es also hinaus? fragt Seth sich selbst. Jeder Mensch hat seine Geschichte. Seinen Kummer. Er wußte das. Wußte es immer schon. Vielleicht ist es so, wie er es gestern abend Hobie gegenüber ausgedrückt hat. Was die Liebe und die Gerechtigkeit angeht. Vielleicht gibt es da keinen Unterschied. Zumindest im Idealfall. Vielleicht sind Liebe und Gerechtigkeit eins.

Er fährt weiter.

Ist es nun für dich erledigt?

4. April 1996

Seth, wer schreibt heutzutage noch Briefe? Wahrscheinlich tue ich das hier in einem Anfall von Wahnsinn. Aber Dubinsky hat gerade die Kopien der Grabreden vorbeigebracht, die die Trib abgedruckt hatte. (Sie sind wunderbar, nicht wahr? Ich bin ein bißchen zu dickköpfig, um sie hierzubehalten und zu warten, ob du kommst und sie dir holst. Andererseits kann ich sie auch nicht einfach ohne ein persönliches Wort in einen Umschlag stecken. Es ist jetzt 21.30 Uhr. Die heißeste Tageszeit, wie Du es nennst. Es ist die Abendstunde, zu der wir meistens zusammen waren. Du fehlst mir. Das Lachen, die Vertrautheit. Ich habe unartige Gedanken. Mein Körper sehnt sich.

Und das bedeutet? In meinen Gedanken bin ich jedes einzelne Was-wäre-wenn durchgegangen, habe unseren Film mal so und mal so ausgehen lassen. Und kein Ende paßt wirklich. Aber ich denke, ich sollte Dich beim Wort nehmen und mein Herz sprechen lassen, zumindest den Teil, den ich kenne. Wir sind beide ziemlich aufrichtig gewesen, was ich als einen der Pluspunkte in unserer Beziehung ansehe.

Als ich mit dreiundvierzig Charlie verließ, mußte ich erkennen, daß ich wohl zu den Menschen gehöre, die nie zur Ruhe kommen. Daß ich wohl nie den Platz in der Welt finden werde, an den ich wirklich gehöre. Mein Leben wird noch eine Weile in seiner jetzigen Form dahinholpern. Doch dann werde ich, wie immer, das Gefühl bekommen, daß nicht alles in Ordnung ist, daß hinter dem nächsten Hügel vielleicht etwas Besseres auf mich wartet oder etwas nicht ganz so Schlechtes, und ich werde mich dorthin auf den Weg machen. Es gibt Zeiten, in denen ich fast abstrakt über mein Leben reflektiere, über die eine Obsession, die der anderen folgt, und mich schwemmt eine Woge der Scham davon. Vier verschiedene Studienrichtungen. All meine Jobs. Und meine Männer. Jeder erdenkliche Zeitvertreib, mit Inbrunst betrieben, um mich am Abend abzulenken und den Kopf klar zu behalten, während tagsüber mein Körper sich sklavisch der Zukunft unterwarf und dem, was sie forderte. Die Relikte davon könntest Du in einer Rumpelkammer im Keller finden, wenn ich Dich denn darin herumkramen ließe. Es ist ein wildes Durcheinander: Plastikkrüge und Weinbottiche (ich wollte einmal meinen eigenen Wein keltern). Zaumzeug, Kandare und Sattel aus einer Zeit, in der ich versucht habe, in der Kindheit Verpaßtes nachzuholen und zu reiten. Ganz zu schweigen von den Kisten mit Literatur zum Thema Selbstfindung und Büchern mit den wahnwitzigsten Diätprogrammen. Alle diese Phasen haben sich aufgelöst wie Nebelschwaden und überhaupt keine Spuren hinterlassen, abgesehen von eben diesen Gegenständen, die da im Keller vor sich hin modern, oder von der Decke, die ich einmal gewebt habe und die Nikki noch immer im Schlaf trostsuchend an sich preßt. In meinen schlimmsten Momenten fürchte ich sogar, Nikki nur auf die Welt gebracht zu haben, damit ich einen Rettungsanker habe.

Jetzt habe ich sie, aber richtige Ruhe habe ich nie ganz gefunden. Ich weiß, es könnte so ausgehen, daß ich auf mich zurückgeworfen bleibe und mich noch immer danach sehne, einen Platz auf der anderen Seite des Hügels zu finden. Darin steckt viel Schmerzliches. Nicht in der Erkenntnis, sondern in der Tatsache. Und dennoch gibt es Augenblicke wie jetzt, in denen ich mehr oder weniger im Einklang mit mir selbst bin und bereit zu sagen: Vielleicht bin das ich. Wenn diese Geschichte hier - die mit uns - nicht funktioniert, ist es für mich okay. Das weiß ich. Eine der besten Lektionen, die Zora mir mit auf den Weg gegeben hat, lautet: Ich weiß, wie ich die Arme um mich selbst schlinge. Und das soll keine Beruhigung sein. Vielleicht eher eine Warnung.

Damit will ich nicht leugnen, daß ich wütend bin. Ich bin es. Ich bin bedrückt, daß Du fort bist und es dazu hast kommen lassen, daß sich zwei Frauen nach dir sehnen. Ich stelle mir die Frage, die ich mir wieder und wieder in meiner Zeit mit Charlie gestellt habe: Warum scheinen immer die Frauen sich für alles einsetzen zu müssen, was in dieser Welt wirklich von Bedeutung ist? Allem voran für die Kinder, ihre Pflege und Erziehung. Das Heim. Ja, sogar für die Liebe. Ich finde das nicht ganz fair. Manchmal beobachte ich ein wenig verwundert, wie Du mit Nikki umgehst, wie Du ihren Rucksack auspackst und ihr eine Kleinigkeit zu essen machst. In diesen Dingen lasse ich Dir wesentlich mehr Spielraum, als Lucy Dir je erlaubt hat. Die Selbstverständlichkeit und Zufriedenheit, mit der Du ihn nutzt und unsere Gemeinsamkeit erlebst, ist beeindruckend. Wo wir drei zusammen sind, ist keine Kampfzone, kein Bereich, in dem um Kompetenzen gefochten werden muß. Keine Welt, in der die Partner wie verspätete Heranwachsende nebeneinander her leben. Nein, es ist eine Familie. Du demonstrierst mir, wie so etwas geht, und auf eine Weise, wie Charlie es nie getan hat. Und dennoch ist es schwierig für mich. Denn ich habe jetzt mit der wohl schwierigsten Frage zu kämpfen: Brauchst Du nun mich oder Nikki? Letztendlich müssen wir uns beide mit der Tatsache auseinandersetzen, daß ein Verlust Dich zu mir geführt hat.

Geschichte. Umstände und Ereignisse. Sie stehen noch immer zwischen uns. Ich hätte nie für möglich gehalten, in welchem Ausmaß uns unsere gemeinsame Vergangenheit noch immer verfolgt. Fünfundzwanzig Jahre, stell Dir das vor. Wir waren noch Kinder. Und dennoch scheint es schicksalhaft gewesen zu sein. Was ist jetzt anders? frage ich mich. Warum sollten wir nicht auf die gleiche Weise scheitern wie vor einem Vierteljahrhundert? Ich vermute, das dürfte die letzte Frage sein, die Du Dir stellst, Seth. Was sagt das Sprichwort? "Im Körper eines jeden Zynikers schlägt das gebrochene Herz eines Romantikers." Du glaubst noch immer an die verändernde Kraft des Willens und der Liebe. Das ist so liebenswert. Ich möchte Dich gewinnen lassen, ich möchte, daß Du diese Herausforderung im Triumph bestehst. Ich weiß, wie wichtig es für Dich ist.

Aber ich habe Angst, ich könnte Dich wie vor Jahrzehnten im Stich lassen. Damals hättest Du meine Treue und Loyalität gebraucht, um so die nötige Distanz zu Deinen Eltern zu gewinnen. Und die konnte ich Dir nicht geben. Nicht weil ich, wie Du befürchtest, nicht an Dich geglaubt oder Dich nicht bewundert hätte. Es gibt keine zehn Menschen, Seth, die überzeugter sind von Deinem Talent und weniger überrascht von dem Erfolg, den Du in der Welt gehabt hast. Nein. Was mich damals beunruhigte, war Deine fast abgöttische Hingabe an mich. An die kleine Philosophiestudentin, die einmal als Stern am Himmel über der Miller Damon aufgehen würde. Weil ich wußte, daß sie ein Trugbild war. Natürlich hatte ich auch meine Talente. Ich habe nie mein Licht unter den Scheffel gestellt. Ich habe schon auf der High-School Platon gelesen. Und ich glaubte an Sokrates' These vom Wissen als dem höchsten Trachten im Leben. Bei dem Gedanken, daß Leidenschaft durch Verstand ersetzt werden könne, schlug bei mir eine (leidenschaftliche?) Saite an. Im Laufe der Zeit habe ich allerdings gelernt, daß die unterschiedlichen Schlußfolgerungen der verschiedenen philosophischen Ansätze im wesentlichen von deren Ausgangspunkt bestimmt sind. Von ihrem Punkt Null. Von nicht weiter reduzierbaren Annahmen. Der Unterschied liegt darin, wer du zu Beginn bist. Und in diesem Licht erscheint Platons These, wenn auch nicht ganz falsch, so doch zumindest korrekturbedürftig. Alles Wissen leitet sich von der Leidenschaft her. Und meine Leidenschaften lagen eher unentdeckt im dunkeln. Jedenfalls war es nicht die Philosophie. Ich habe die Texte ohne innere Beteiligung gelesen, als wären sie Protokolle, die man auf den Schreibtisch bekommt. Plötzlich kam ich zu dem Schluß, daß ich das Leben eines anderen führte. Aber wessen Leben? Ich hatte damals nicht die geringste Ahnung. Doch meine Mutter kannte diese gewichtigen deutschen Philosophen so genau, wie man die Heilige Schrift kennt. Noch heute höre ich sie bei ihren Versammlungen laut rufen: 'So hat das Engels nicht gemeint! Niemals!' Also ergriff ich die Flucht, ohne meine wirklichen Motive zu erkennen.

Seit Beginn meines Lebens fürchte ich, daß mir der gesunde Menschenverstand fehlt. Meine Mutter besaß ihn nicht, so überdreht, wie sie war. Ich meine damit, daß sie nicht merkte, wie sehr sie Menschen verletzte, wenn sie mit Schimpfworten um sich warf. Sie merkte nicht, daß ein kleines Kind auch hin und wieder eine ordentliche Mahlzeit braucht. Daß sie nicht in South Carolina arbeiten und mir hier zu Hause eine Mutter sein konnte. Es lag nicht daran, daß ihre eigenen Bedürfnisse und Vorstellungen sie zeitweise zu überfordern schienen - wem von uns geht das eigentlich nicht so? -, sondern daran, daß es ihr nicht bewußt wurde. Sogar jetzt noch fürchte ich, daß sie mir genau dieselben Charakterzüge mitgegeben hat, so wie ein unglücklicher Geist dazu verdammt ist, immer im selben Schloß zu spuken. 'Du verhältst dich ja genau wie Zora', verfluche ich mich manchmal, wenn ich mir vorwerfen muß, unangemessen zu handeln, zu sprechen oder zu empfinden. Dabei wird deutlich, daß dieser Schwur, nicht so sein zu wollen wie sie, zu den prägenden Vorsätzen meines Erwachsenseins gehört, ein sehr heimlicher Schwur, den ich mir nicht einmal selbst laut und deutlich eingestanden habe.

Du darfst mich nicht mißverstehen. Ich liebe meine Mutter, ich liebe sie sehr. Dennoch hat es Jahre gedauert - praktisch bis zum Ende dieses Prozesses -, bevor ich mich frei genug fühlte, das Gute von ihr anzunehmen. Ich glaube, Zora wäre stolz auf mich. Und ich weiß, sie würde Nikki anbeten. Diese beiden Gedanken bedeuten mir viel. Aber in meinen jüngeren Jahren wollte ich viel mehr. Ich wollte, daß sie meine Retterin, mein Ideal ist. Mein Gott, wie sehr hätte ich das gebraucht. Tag für Tag spürte ich es mehr als einmal, wie sehr mir die Kraft geholfen hätte, die aus dem Wissen kommt, daß ich mich einfach an ihr Vorbild halten konnte. Und es ist meine Aufgabe - meine Sisyphusarbeit - zu erkennen, daß dies nie sein kann, und einzusehen - auch wenn ich mir das die meiste Zeit meines Lebens nicht eingestehen konnte -, daß sie Phasen hatte, in denen sie eine egoistische, unzurechnungsfähige Frau war, Phasen, in denen ihre leidenschaftlichen Ziele, ihre

Ängste, ihre maßlosen Vorhaben keinen Platz mehr für mich ließen. Heute, nicht weit entfernt vom Sprung in die Fünfziger, wache ich noch manchmal morgens aus einem glücklichen Traum auf, einem Traum von der totalen, hingebungsvollen und verzweifelten Liebe, die ich für sie empfand, als ich jung war. Wenn mir dann bewußt wird, daß es nicht wahr ist, nicht möglich und nicht real, bin ich am Boden zerstört. Stundenlang bin ich innerlich wie zerrissen.

Sie liebte mich. Leidenschaftlich. Wenn es ihr paßte. Ich lernte, es damit zu erwidern, daß ich einen gewissen Abstand hielt. (Welche Überraschung!) Und mit derselben Verzweiflung, die in meiner Liebe zu ihr lag, beschloß ich zu versuchen, nicht so unglücklich zu werden wie sie. Denn ich wußte mit Sicherheit, daß Zora mit ihren Wutausbrüchen, ihren Reden, ihren Zitatschnipseln, ihren so warmherzig in mein Ohr geflüsterten Worten, mit dem Duft ihrer Hautcreme, ihrem Glasauge, dem nächtlichen Wandern durch das Haus, ihren Versammlungen und dem ständigen Schimpfen über den Lauf der Welt - ich wußte, daß all das Ausdruck eines Schmerzes war, um den sich alles drehte.

Das Ziel meines Lebens ist es, alles von ihr hochzuhalten, was ich nur kann, und sie dabei dennoch weder blind zu imitieren noch ihr williges Opfer zu sein. Ich werde stets ihren unbändigen Unabhängigkeitsdrang bewundern: Doch ich will lieber in alle Ewigkeit verdammt sein, wenn ich mir die gleiche Isolation verordnete, wie sie es getan hat. Ich wünsche, daß du verstehst, wie schwer das alles für mich ist. Auch daß ich Dir diesen Brief schreibe. Daß ich als erste rede. Daß ich Fragen stelle. Es kommt mir grausam vor, Ja sagen zu müssen und dabei zu wissen, daß Du Nein sagen könntest. Aber ich habe verstanden, was Du neulich abends gesagt hast, und ich weiß, es gibt keine andere Möglichkeit. Du hast das Recht zu hören, daß Du gebraucht wirst. Daß Du unentbehrlich bist. Nicht nur für Nikki, auch für mich. Das ist wirklich so. Ich habe ein ganzes Leben lang gebraucht, um das sagen zu können, aber ich glaube auch, ich verdiene jemanden, auf den ich mich verlassen kann. Durch und durch. Ich weiß, Du kannst dieser Mensch sein, Seth. Wenn ich es zulasse. Ich will es versuchen.

Dies ist ein Liebesbrief.

Sonny

Nachruf auf Bernhard Weissman
von Seth Daniel Weissman
1. April 1996

Beim Gedanken an meinen Vater komme ich immer wieder zurück auf die Geschichte von Abraham und Isaak. Auch daß wir unseren Sohn Isaac genannt haben, hat damit zu tun. Aber natürlich steckt noch mehr dahinter. Uns allen ist die Geschichte von Abraham vertraut, dem ersten Juden und Stammvater der Israeliten, auf den sich viele Glaubensrichtungen der westlichen Welt gründen. Er war der erste, der den Gott kannte, zu dem die meisten Menschen in der Welt heute beten. Er war ein Seher, ein Prophet und einer, der dem Gebot gehorchte, man solle sich von Ihm kein Bildnis machen, einer, der seinem Glauben treu blieb, auch wenn er dafür geschmäht und verspottet wurde.

Und trotzdem beschloß Abrahams Gott, ihn zu prüfen. Abraham sollte sein und Saras einziges Kind, ihren Sohn Isaak, opfern, der ihnen durch ein Wunder noch geschenkt worden war, als Sara bereits neunzig Jahre alt war und Abraham hundert. Und Abraham tat, wie ihm geheißen. Er sagte nicht, was wir wohl heute von einem Vater erwarten würden: Ich habe schlimme Stimmen vernommen, helft mir! Er fragte nicht, was das denn für ein Gott sei, der so etwas von ihm verlange, und er zweifelte nicht, ob Er es wert sei, daß man Ihn anbete. Soweit die Bibel berichtet, hat er nicht einmal um Isaaks Leben gefleht, wie er das für die Leute zu Sodom getan hatte. Abraham ging mit seinem Kind einfach in das Land Morija – und ich kann mir vorstellen, daß er den Jungen sogar das Holz für den Scheiterhaufen tragen ließ. Und als Isaak ihn fragte, wo denn das Schaf sei, das sie zu opfern gedächten, da sagte Abraham, Gott werde sich ein Schaf zum Brandopfer ersehen.

Aufrichtig gesagt, habe ich dies, über manche Jahre als eine befremdliche Geschichte angesehen, eine grausame Mär von einem Vater, der den eigenen Sohn für seinen Glauben zu opfern bereit war, für seine Visionen. Was für einen Ausgangspunkt stellt sie dennoch für uns und all die Glaubensrichtungen des Abendlands dar? Was feiern wir an dieser verschlungenen Beziehung zwischen dem ersten jüdischen Vater und dem ersten jüdischen Sohn? Warum erzählen wir diese Geschichte immer wieder und immer weiter? Wollen wir uns damit vergewissern, daß alle Eltern danach es besser gemacht haben?

Anfangs habe ich mir diese Fragen voller Angst gestellt. Es war das letzte Mal, daß ich eine Synagoge betreten habe. Es war beim Neujahrsfest. Die anderen Synagogenbesucher waren da, um sich zu ihrem Gott zu bekennen, jetzt und immerdar, zu ihrem Glauben und zum Gesetz unserer Väter. Ich war da, um das Klagegebet zu sprechen, denn es war noch nicht lange her, daß mein eigener Sohn Isaac gestorben war. Für uns – für Lucy, Sarah und ganz bestimmt für mich – wird wahrscheinlich für den Rest unseres Lebens jede Totenfeier, die wir besuchen, die Totenfeier Isaacs sein. Ich bitte um Nachsicht, daß dies auch jetzt so gilt. Wenn ich über meinen Vater spreche, muß ich auch über meine Kinder sprechen – unsere wunderbare, außergewöhnliche Tochter, für deren Dasein ich Gott und allen auf der Welt täglich danke, und unseren Sohn, den wir verloren haben.

Ich weiß nicht, wie viele von Ihnen die Geschichte kennen, wie unser Isaac zu seinem Namen kam. Doch es ist passenderweise auch die Geschichte meines Vaters und zugleich die, an die wir uns nur mit Schaudern erinnern. Als im März 1938 die Deutschen nach Österreich einmarschierten, trugen sie auch ihren Krieg gegen die Juden mit in das Land. Jüdische Geschäfte wurden mit

Schildern gekennzeichnet, ›Kauft nicht bei Juden!‹, sie wurden geplündert oder konfisziert. 12000 jüdische Familien wurden aus ihren Häusern vertrieben. Die Nazis verwandelten Synagogen in Rauchsalons und schlugen wahllos Juden auf der Straße nieder. Am 23. April, einem Samstag, wurde in Wien, dieser feinen und feinsinnigen Stadt, die einen Sigmund Freud und einen Gustav Mahler hervorgebracht hat, eine Gruppe Juden in den Prater getrieben, Wiens Vergnügungspark, und dort, vor den Augen der Wochenendausflügler, von der SS gezwungen, sich auf den Boden zu knien und Gras zu essen. Bis zum Juni hatten sich schon 500 Wiener Juden das Leben genommen. Am 16. Juni kamen mein Vater, seine junge Frau und ihr vier Jahre alter Sohn von einem hastigen Einkauf zurück. Vor ihrem Haus erfuhren sie von deutschen Besatzungssoldaten, ihr Heim sei nun in Staatsbesitz übergegangen.

In den folgenden drei Jahren wurden immer mehr Wohnbezirke für Juden gesperrt. Also mußten meine Eltern in der Zeit mehr als ein halbes dutzendmal umziehen. Juden verloren ihre Arbeit und wurden gezwungen, auf der Straße den gelben Stern zu tragen. Doch mein Vater blieb. Seine Schwiegermutter hatte einen Schlaganfall erlitten und war nicht transportfähig. Eine Emigration wurde im Laufe der Zeit immer schwieriger. Die osteuropäischen Nachbarn schlossen ihre Grenzen, weil sie fürchteten, von Österreichs 180000 Juden überrannt zu werden. Darüber hinaus hätte eine Flucht die Vorstellung erschüttert, die mein Vater von sich selbst hatte. Er war ganz und gar der Mensch, der er hatte werden wollen, der Sohn eines Geschäftsinhabers, eines Silberschmieds, der sich, wie ich von ihm erfuhr, wiederum einen Sohn gewünscht hatte, und der sollte wieder, wie er selbst, Wissenschaftler werden. Einer, dem man an der Universität Respekt erwies.

Die Deportation der Wiener Juden in die Konzentrationslager begann zunächst langsam, doch bis zum Oktober 1941 war sie dann voll im Gange. Unterstützt von den Führern der jüdischen Gemeinde, an ihrer Spitze Rabbi Murmelstein, wurden sie in Schüben von je 1000 in geschlossenen Viehwaggons in den

›Osten‹ transportiert. Mein Vater, seine Frau und ihr Sohn gehörten zu den ersten, die fortgebracht wurden. Er freute sich, ins KZ Buchenwald zu kommen, weil dort schon viele bekannte Wiener Juden waren.

Während der Fahrt dorthin erkrankte der jetzt siebenjährige Junge an einer schmerzhaften Mittelohrentzündung. Als man sie in Buchenwald aus den Viehwaggons trieb, wimmerte und weinte der Junge fast ununterbrochen vor Schmerzen. Die Mutter bat die Wachen um ärztliche Behandlung. Nach drei Tagen ließ ein Wächter sich schließlich erweichen, nahm den Jungen an der Hand, führte ihn vor die Baracke und erschoß ihn direkt neben der Tür. So starb mein Bruder Isaac.

Diese Ereignisse, über die mein Vater zeit seines Lebens nie gesprochen hat, haben ihn geprägt. Jeden Tag hat er sie aufs neue erlebt. Sie haben ihn umgeformt, haben ihn – vergib mir! – deformiert wie einen Baum, den man noch als Schößling herunterbindet. Er bedurfte wahrlich keiner Aufforderung, niemals zu vergessen. Was ich weiß, erfuhr ich im Laufe der Jahre von meiner Mutter in kurzen, kaum zu ertragenden Gesprächen. Es gehörte zu den furchtbaren Begleiterscheinungen ihrer Alzheimer-Erkrankung, daß ihr die entsetzlichen Ereignisse an die KZs viel länger in Erinnerung blieben als alles andere. Abgesehen wahrscheinlich von den Erinnerungen an mich. In der Phase, als sie noch klar über alles sprechen konnte, wiederholte sie gern eine Redensart, die sie geprägt habe. »Es waren die Besten, die nicht überlebten«, sagte sie, und sie fügte hinzu: »Es waren die, die nicht schmeichelten und nicht schwindelten, sondern Opfer brachten für die Schwachen und Kranken. Und ich glaube, bis zu einem gewissen Grad hat man sie auch bewundert dafür. Doch Bewunderung ist unter solchen Umständen ein sehr flüchtiges Gefühl.« Dann richtete meine Mutter sich auf, zerbrechlich, schlaff und entkräftet, mit trüben Augen, doch ein mir immer noch so vertrauter und kostbarer Anblick, und es gelang ihr, mich voll anzusehen. »Ich habe den Rest meines Lebens in der Erinnerung an sie gelebt«, sagte sie und räusperte sich. »Sie sind meine Helden.«

Der Tod vertieft noch meine Fragen an sie. Sie hatte bestimmt nicht recht, denn in meinem Herzen besteht kein Zweifel daran, daß sie selbst zu den Besten gehörte. Heute ist mir klar, daß sie mir auf ihre leise, tiefsinnige Art Verständnisbereitschaft für meinen Vater nahebringen wollte, eine erklärende Entschuldigung. Denn wer immer sie waren, als man sie in diese furchtbaren Lager verschleppte, weder sie noch er noch sonst ein Mensch konnte solch einer Gefangenschaft lange ausgesetzt sein, solcher Erniedrigung, täglicher Brutalität, unaufhörlicher Herabsetzung, dieser Angst und diesen ständigen Entbehrungen, ohne daß ihre Menschlichkeit und ihr Menschsein nicht Schaden genommen hätten. Ich weiß und akzeptiere das. Es leuchtet mir ein, und dennoch muß man nur in bestimmte Gegenden dieser Stadt fahren – zu den Wohntürmen an der Grace Street oder in Fielder's Green –, um zu erfahren, daß diese Lektionen noch nicht gelernt wurden.

Eine der vielen Lehren, die man aus der Geschichte von Abraham und Isaak ziehen kann, lautet, daß die schweren Prüfungen, die den Eltern auferlegt wurden – und wir alle haben solche erlebt –, sich zwangsläufig auf die Kinder übertragen, so wie die meines Vaters und meiner Mutter auf mich und die meinen ohne Zweifel auf Sarah und Isaac. Aber dieselbe Geschichte handelt auch vom Überleben und vom Erbarmen. Am Ende läßt Gott Abraham wissen, er solle nicht Hand anlegen an seinen Sohn. Isaak wurde errettet. Er überlebte und überwand. Er wurde selber Vater, blind für die Schwächen seines Sohnes Jakob, aber einer, der eindeutig nicht versuchte, Opfer zu bringen.

Ich bringe meinem Vater die Dankbarkeit entgegen, die ich ihm schulde. Geschwächt und lahm, ging er weiter seinen Weg. Gewiß, wir hätten beide besser miteinander auskommen können. Hier jetzt, am Ende seines Weges, kann man die Dinge ganz einfach beim Namen nennen. Mein Vater und ich sind oft grausam zueinander gewesen. Beim Gedanken an meine schlimmsten Streiche überkommt mich tiefe Scham – und ich wäre versöhnlicher gewesen, wenn mein Vater selbst auch nur einen Ansatz von Bedauern gezeigt hätte. Ich wünschte, wir hätten miteinander einen Burgfrieden aushandeln können, eine Art Übereinkommen. Es wären harte Verhandlungen geworden. Kein Zweifel, er war mir überlegen, was das Leiden angeht, vor allem, weil ich mir meine Wunden oft selbst zugefügt habe. Und im allgemeinen lehnen es Leute seines Alters und mit seinen Erfahrungen ab, diese als Leid zu betrachten. Aber hätten wir einander nicht als gleichberechtigt erfahren können, wir beide mit unseren toten kleinen Jungen, den beiden Isaacs, die von ihren Vätern nicht gerettet werden konnten? Gibt es nicht eine vollkommene Gleichheit in der Sinnlosigkeit und Verzweiflung? Doch wir lernen, wachsen und entwickeln uns. Du, Sarah, und ich, wir beide sind schon um einiges weiter. Das ist ein großer Gewinn.

Und so denke ich an Isaac – meinen Sohn und meinen Bruder, meines Vaters Sohn, und an Isaak, den ersten Sohn unseres Glaubensvaters –, und ich denke an diese Geschichte, die man immer von neuem erzählt. Zuerst hören wir sie als Kinder und dann unser ganzes Leben lang. Wir erzählen sie zu unserer Rechtfertigung. Und zur Warnung. Wir erzählen sie mit einem Stück Hoffnung. Wir erzählen sie, weil wir alle dieses Kind gewesen sind, wir alle waren Isaak, und wir kennen den Teil der Geschichte, der nie zur Sprache kommt. Denn die Bibel sagt uns nichts über Isaaks Reaktion. Wir wissen nicht, ob er wie Jesus fragte: Mein Vater, warum hast du mich verlassen? Wir wissen nicht, ob er um sein Leben gefleht hat, wie es die meisten von uns tun würden. Wir wissen nur eines: daß er gehorchte. Daß er ein Kind war. Daß er, weil er es nicht anders wußte, tat, was sein Vater von ihm verlangte. Wir wissen, er ließ sich binden. Wir wissen, er ließ sich von seinem Vater auf den Scheiterhaufen legen, den sie gemeinsam für Gott aufgeschichtet hatten. Wir wissen, er sah, wie sein Vater die Hand mit dem glänzenden Messer gegen ihn reckte. Wir wissen, er war ein Kind, der Sohn eines Mannes mit einem großen Plan, und er konnte in seinem Verlangen und seiner Verwirrung, selbst in den letzten Momenten, seinen Vater nur anschauen in dieser ewigen, wenn auch scheiternden Hoffnung auf Liebe.

Nachruf auf Bernhard Weissman
von Hobart Tariq Tuttle
1. April 1996

Allah, Jahwe, lieber Jesus – wie immer wir dich nennen, Gott – nimm die Seele von Bernhard Weissman zu Dir auf. Dein Ratschluß war es, daß ihm in seinem Leben Furchtbares widerfahren sollte. Nun hat er Deinen ewigen Frieden verdient.

Wir alle hier haben unsere Erinnerungen an Bernhard Weissman, und Du wirst viele verschiedene Dinge über ihn zu hören bekommen. Es gibt viele Stimmen über ihn, und viel gibt es über ihn zu erzählen. Daß er große Gaben hatte als Wissenschaftler. Nobelpreisträger der Ökonomie luden ihn zu sich ein und behandelten ihn als Ihresgleichen. Seine Enkeltochter, unsere liebe Sarah, wird Dir versichern, daß er ein großer alter Mann war und ihre Zuneigung erwiderte. Du hast Seth sagen gehört, daß er ein schwieriger Vater war, und ich sage Dir: Ich habe es miterlebt. Es ist die Wahrheit.

Ich kann nur für mich selbst sprechen. Ich haben den Kerl einfach gemocht. Ich stehe hier als sein Freund. Ich weiß, es klingt komisch, wenn ich, halb so alt wie er, sage, daß ich sein Freund war. Aber wir waren Freunde. Als kleines Kind hatte ich höllische Angst vor ihm. Ich erinnere mich, daß er diese scheußliche Brille trug, die aussah, als zerquetsche sie ihm die Nase – Kneifer? –, und daß er diesen tollen Wiener Akzent hatte. Ich brauchte immer einige Zeit, bis ich wußte, ob er tatsächlich zu mir sprach oder sich nur räusperte.

Doch ab der High-School lief es dann mit ihm. Über Mr. Weissman weiß ich viel Gutes zu erzählen. Er war schon ein komischer Kauz. Hinterlistig komisch. Hat einen gerne bei etwas ertappt. Vor ein paar Jahren habe ich ihn mal besucht, und wir haben uns über Themen unterhalten, die immer wieder zwischen uns zur Sprache kamen, wie Politik, die Rassenfrage, Amerika, und ich merkte kritisch an, wie die Regierung am Ende weich geworden sei und eine Gruppe führender Schwarzer und Juden in verschiedene Hauptstädte des Mittleren Ostens schicken wolle in der Hoffnung, sie könnten für Frieden sorgen. »Keine Frage, Hopie, daß die Regierung sie dorthin schickt«, sagte er. »Und bestimmt wäre es ihr lieb, wenn sie nicht zurückkämen.«

Und noch etwas hat mir bei dem Mann immer sehr gefallen – er mochte mich. Zum Teil wegen Seth, das wußte ich wohl. Bernhard kam Seths bestem Freund so weit entgegen, wie er konnte, auch wenn ihm das bei Seth selbst nicht so recht gelang. Doch er mochte mich auch um meiner selbst willen. Daran hatte ich keinen Zweifel. Ich konnte ihn zum Lachen bringen. Und es war für ihn kein Problem, daß ich ein kleiner und schlauer Neger war. Er war nicht in Amerika geboren, und in ihm steckte nicht einmal der Anflug eines Rassenvorurteils. Mir hat das sehr gefallen, muß ich sagen. Und ich gebe meinerseits zu, daß ich ihn leichter akzeptieren konnte als viele andere Weiße, weil er diesen Preis bezahlt hatte. Zu ihm konnte ich nie sagen: ›Sie wissen nicht, was das heißt.‹ Er wußte es. Er wußte, was es bedeutete, sich in dieser Lage zu befinden, abgestempelt und verurteilt zu sein. Immer und dauernd von einem Gewicht erdrückt zu werden, das man sich nie wirklich ausgesucht hat.

Ihr wißt, ich bin wie jeder andere auf dieser Erde: Ich leide zutiefst an mir selbst. Es ist eine schreckliche Wahrheit, daß Identität nur unter Qualen zu gewinnen ist, durch ein Martyrium. Das kann man überall in der Welt beobachten, wo die Menschen ihre ethnischen Banner aufpflanzen, sich unter ihnen sammeln und laut beklagen, wie ihre Leute in der Vergangenheit behandelt wurden. Armenier und Kurden. Die amerikanischen Ureinwohner. Sinti und Roma. Es ist eine nahezu endlose Liste. Jeder erinnert sich an seine Unterdrücker. Selbst die Nachkommen der Pilgerväter, die Wasps, von denen ich als Heranwachsender glaubte, sie hätten doch alles, feierten den Thanksgiving Day im Gedenken daran, wie schlecht die Menschen damals in England zu ihnen gewesen waren. Und schließlich hat ja niemand diese ganzen Dinge erfunden. Wir können nicht denen, die uns gemacht haben, unsere Reverenz erweisen, ohne ihr Leid anzuerkennen. Dennoch ist es eine traurige Lektion: Oft genug bekennen wir uns nämlich aus Angst zu unserer Herkunft, aus Angst vor denen, die uns einst haßten und es wieder tun könnten.

Doch mir geht es wie den anderen. Ich habe immer von den Qualen gewußt, die die Schwarzen gelitten haben. Mein Leben lang. Ich habe sie am eigenen Leib gespürt. Zu Hause ist es mir gutgegangen, ich beklage mich nicht. Aber ich habe nicht sehr lange gebraucht, schon als kleines Kind zu erfahren, wie schlimm es für viele andere war. Und diese Leute hatten alle dieselbe Hautfarbe wie ich. Ich gebe unumwunden zu, daß ich nicht wußte, wie ich damit umgehen sollte. Als junger Mann wollte ich diese Bürde nicht tragen. Und dann entdeckte ich, daß ich mich nie selbst erkennen, mich nie akzeptieren würde, wenn ich sie nicht auf mich nahm. Und wenn ich jetzt zurückdenke, dann war das Erstaunlichste, daß mich dieser Bernhard Weissman lehrte, damit besser umzugehen – er war der entscheidende Mann in meinem Leben. Ich bin sicher, hätte es da einen weisen alten Ex-Sklaven in unserem Block gegeben, ich hätte statt dessen zu seinen Füßen gesessen. Doch den gab es nicht. So war wohl Bernhard für mich der wichtigste Zeuge, als Opfer der furchtbarsten Unterdrückung ein Zeuge aus erster Hand. Einer, den ich eines fragen konnte, was ich dann auch immer wieder getan habe, wenn auch nie direkt und offen: Wie wirst du damit fertig?

Als ich ihn zum letzten Mal sah, hatte ich die Frage wieder auf den Lippen. Ich war damals sehr in Rage. Ein Prozeß beschäftigte mich, ein sehr verwirrendes Verfahren. Es verwirrte mich, weil ich das, was ich jeden Tag erlebe, auf einmal in einem neuen Licht sah. Normalerweise beurteile ich das Leben im Ghetto aus einem professionellen Blickwinkel. Ich erlebe es als eine Aufeinanderfolge von Fällen: ein Verbrechen, ein Überfall, ein Diebstahl, ein hinterhältiger Cop. Ich sehe zu, wo ich helfen kann, in jedem einzelnem Fall. Doch zu Hause war dann irgendwie meine Perspektive, mein professioneller Zugriff, plötzlich nicht mehr da. Was ich jetzt wieder sah, war der größere Zusammenhang, in dem alles steht, und das zerriß mich innerlich. Etwas Schreckliches ging hier vor. Mitten unter uns. Und Haß und Verzweiflung würden uns noch alle verschlingen.

Ich habe mit Bernhard darüber gesprochen. Wir machten einen Spaziergang, dort drüben, nicht weit von hier. Wir gingen die Midway entlang, diese wunderbare baumgesäumte Esplanade mit ihren Bänken im Westen von U. Park. Es war einer dieser geheimnisvollen Spätherbsttage im Mittelwesten. Das Licht schwand, der Himmel wurde grau, die hohen Bäume reckten sich ihm dunkel entgegen, und die Gehwege waren glitschig vom nassen gelben Laub. Bernhard hörte sich meine Klage an und stellte mir eine seltsame Frage.

»Weißt du, Hobie, was diese Midway für eine Vergangenheit hat?« wollte er wissen.

Ich wußte es natürlich nicht. Also erzählte er mir die Geschichte. Als die Yankees im Bürgerkrieg Mississippi freigekämpft hatten, verfrachteteten sie gefangene Konföderierte hierher, weit weg von der Front. Auf dem Land dort neben der Midway wurden die 20000 Rebellen in ein Lager gesteckt. Die Stadt war damals ein einziges Trümmerfeld. Es gab keine Verpflegung. Alles wurde für die Front gebraucht. Es gab nichts zu essen, keine Mäntel, keine Decken. Im tiefen Winter lagen diese Gefangenen, Burschen aus dem Süden, die kaum wußten, was Frost war, hier draußen an der Midway und starben. Erfroren. Über 12000 tote Konföderierte waren es am Ende. Sie wurden auch an Ort und Stelle vergraben. Und nach dem endgültigen Sieg über die Südstaaten wollten die Stadtväter die Schrecken des Krieges so bald wie möglich vergessen und pflügten in ihrer Verbitterung den Boden einfach um, planierten ihn, pflanzten Gras und Bäume und dachten nicht einmal daran, Grabsteine aufzustellen.

Denken Sie einmal darüber nach. Diese schönen Steinhäuser oben am Grand Boulvard, sie standen dort schon seit den 1850ern. Es war eine elegante Straße. Feine Damen gingen dort Tag für Tag in ihren Reifröcken spazieren, schoben ihre Babies vor sich her. Und drüben standen hinter Drähten und Zäunen die Rebellen, drängten sich unter den Bäumen, suchten Schutz vor dem Schnee, froren, schrien und flehten um Erbarmen – und starben. Jeden Tag wurden ein paar beim Fluchtversuch erschossen.

Natürlich hat mich das sehr nachdenklich gemacht, weil es all die widersprüchlichen Gefühle in mir wach rief, die ein Afro-Amerikaner mit dem Bürgerkrieg verbindet. Für mich gelten noch immer die Erkenntnisse, die mir als Schuljungen über diese Ereignisse vermittelt wurden, weil ich glaube, daß sie im Grunde der Wahrheit entsprechen. Im Verständnis vieler, die dort kämpften – wahrscheinlich der meisten –, war es der Krieg der Sklavenbefreiung. Ja, sicher, es gab noch tausend andere Beweggründe, ich habe die Bücher alle gelesen. Doch größtenteils waren es einerseits Amerikaner, die das Ganze mit Redensarten über die Rechtshoheit der Bundesstaaten oder die Baumwollwirtschaft beschönigten, in Wahrheit aber bereit waren, auch zu sterben für das Recht, einen Nigger zu besitzen. Und dann wieder gab es andere Amerikaner, weiße Amerikaner, die zu Hunderttausenden ihr Leben einsetzten, weil Gott will, daß alle seine Kinder, auch die schwarzen, frei sind. Oft denke ich mir, daß wir in diesem Land gut daran täten, beides im Bewußtsein zu behalten. Ganz bestimmt ging mir das damals in dem Augenblick so. Wenn Bernhards Geschichte einerseits ein Schock für mich war – tausende Male war ich also über die unsichtbaren Gräber junger Soldaten gegangen, die so jämmerlich in ihrem eigenen Land hatten sterben müssen –, hörte ich sie doch, ich gebe zu, noch mehr mit den Ohren dessen, dessen Volk noch immer nicht volle Genugtuung erfahren hat. Denn mit einem Mal war mir auch klar, daß diese so grausam gefangen gehaltenen Männer Sklavenhalter und deren Parteigänger gewesen waren. Und ich dachte mir, Gott, das war gut so. So mußte es kommen. Da hatten Bernhard und ich nun die gleiche Sicht der Dinge, er, der Überlebende aus dem Konzentrationslager, und ich, der Urenkel ehemaliger Sklaven. Er las den Gedanken hinter meiner Stirn, als hätte ich ihn tatsächlich ausgesprochen, und ich glaube nicht, daß wir auf unserem langsamen Heimweg noch ein weiteres Wort gesprochen haben.

Bernhard hat seine Fehler gehabt. Doch wir können ihn nicht zur letzten Ruhe betten, ohne seiner Charakterstärke unsere Bewunderung zu zollen. Er hatte den Mut, mir damals auf der Midway zu sagen, was er dachte: daß dies niemals enden würde. Diese Ansicht kann man kaum falsch nennen, nicht nur, weil sie seine eigene Erfahrung wiedergab, sondern weil seitdem so vieles passiert ist. Abscheuliches ist in der Welt passiert, dutzende Male, und es scheint, als hätte die Menschheit überhaupt nichts aus all dem Leid gelernt. Pol Pot und die Roten Khmer. Idi Amin. Chinas Schlächtereien in Tibet. Die Vernichtungsfeldzüge der Ayatollahs gegen die Bahai-Anhänger. Das Gemetzel zwischen Hutus und Tutsi. Die Anschläge gegen jüdische Einrichtungen in Buenos Aires. Die Blutbäder in Bangladesch. In Biafra. In Bosnien. Wir können nur beten, daß so etwas hier bei uns nie geschehen möge.

Wir können Bernhard für seinen Pessimismus keinen Vorwurf machen. Es gibt Tage – und das sind nicht wenige –, an denen weiß ich in meinem Innersten, er hatte recht. Doch vielleicht gibt es einen anderen Weg, sich seines Vermächtnisses anzunehmen. Vielleicht steckt nämlich ein Sinn hinter diesem millionenfachen, so sinnlos erscheinenden Tod. Vielleicht demonstriert uns Darwin – oder Gott selbst – so deutlich, wozu die Menschheit fähig ist, daß wir das, was wir sehen, nicht mehr in den Wind schlagen können. Vielleicht hängt unser Überleben davon ab, daß wir erkennen, was für ein Ungeheuer der Mensch sein kann. Dann könnte unser Bewußtsein die Verpflichtung auf das Gute in uns selbst wieder stärken. Denn zu seinen Lebzeiten hat Bernhard gesehen, wie sich in Südafrika die Schwarzen befreien konnten, wie die Gleichberechtigung der Frau in der westlichen Welt Fortschritte machte, wie der Kolonialismus immer mehr vom Erdboden verschwand und in einem Land nach dem anderen die Demokratie aufblühte. Er konnte erleben, wie der Mensch durch seine Geschicklichkeit millionenfach für mehr Wissen und Wohlstand in aller Welt sorgte. Vielleicht war es überhaupt das, was Bernhard mir sagen wollte: Wir sind das eine und das andere zugleich. Wir sind Diktator *und* Demokrat, Gewalttäter *und* Überlebender, Sklavenhalter *und* Sklave. Beides steckt uns im Blut. Ich hoffe, daß Bernhard uns an dieses Wissen gemahnt – seines wie meines – und daran, daß wir alle es nie vergessen dürfen.

7. September 1996

SONNY

Sonny ist krank. Sie stellt sich Krebs wie ein Feuer vor, wie ein glimmendes Irrlicht, das nie ganz verlöscht. Ein Funken, nicht größer als ein Atom, der irgendwie aus eigener Kraft zum Leben erwacht und sich unter ekelerregendem Gestank und unerträglich heiß durch ihr Fleisch brennt. Dennoch spürt sie ihn nicht. Er wächst. Der Krebs brennt. In ihrem Traum wächst dieser Brandherd, bis ihre Brust glüht wie E.T.s Herz in dem Film, den sich Nikki so gern ansieht. Durch diese Glut sieht man kraftvoll ihr Herz schlagen. Leben und Tod treffen aufeinander, werden einander ähnlich. Und plötzlich schießt aus der Glut eine riesige Flamme, eine Explosion von Licht, gleich jenem gefürchteten Atomblitz aus ihrer Kindheit, die mit einem Schlag die Welt auslöscht.

»Nein!« schreit sie in die Dunkelheit, und Seth, der sich aus dem Schlaf kämpft, hält ihr die Hand vor den Mund. Dann umschlingt er ihren Körper von hinten. Für eine lange Weile atmen beide schwer. Das Grauen hat sie gepackt. Sie hatte ihn gewarnt. Die Träume überfallen sie etwa zweimal im Jahr. Es ist eine zermürbende Angst. Sie sitzt ihr in den Knochen, tut ihr weh wie eine echte Krankheit. Sie wird ihr bleiben, bis die Mammographie gemacht ist. In der Frühe wird sie Gwen anrufen. Vielleicht hat sie

Glück und bekommt noch heute einen Termin. Seth hält sie im Arm, küßt ihren Hals, dann ihre schlaftrunkenen Lippen.

»Oh, ich hasse diese Träume. Ich hasse sie«, sagt Sonny in die Dunkelheit. »Selbst wenn sie mich untersuchen und Gwendolyn ruft an und sagt, alles sei in Ordnung, werde ich noch immer unruhig sein. Denn was mache ich, wenn es eines Tages nicht in Ordnung ist?«

»Das wird nicht passieren.«

»Behandle mich nicht wie ein Kind, Seth. So etwas kannst du nicht versprechen.«

»Sonny, schau, wir machen weiter. Okay? Wie, das weißt du nicht, und das weiß ich nicht. Aber wir machen weiter. Es ist bisher nicht passiert, und ich vertraue darauf, daß es auch in Zukunft so ist.«

»Es ist wegen Nikki«, sagt sie. »Sie so im Stich lassen, so zu versagen. Das ist das Schlimmste dabei. Es ist die reinste Folter. Der Gedanke, daß sie trotz allem allein sein wird, trotz allem, was ich getan und versucht habe.«

»Nikki wird es gutgehen. Das kann ich dir versprechen.«

Sonny setzt sich auf. Sie ist schweißgebadet, und nun wird ihr kalt. Sie packt die Decke an der Satinkante und zieht sie hoch. Sie steckt nicht mehr unter der Matratze fest. Dafür hat Sonny im Traum zu heftig um sich geschlagen. Sie legt sie sich um.

»Sie bei *Charlie* zu lassen! O Gott«, sagt Sonny.

»Nur über meine verdammte Leiche wird sie zu Charlie gehen. Vergiß es.«

»Er ist ihr Vater.«

»Wann hat er sie das letzte Mal angerufen? Jeder Holzklotz hat mehr Gefühl als Charlie für seine Kinder.« Jetzt lacht Sonny. Es ist schrecklich. Bei kaum einer anderen Gelegenheit bereitet Seth ihr mehr Vergnügen, als wenn er über Charlie spricht, aufgebracht und voller Wut und Verachtung. »Wenn ich Charlie sage, daß ich mich um sie kümmere, sie adoptiere, wird er erleichtert sein. Das weißt du.«

Sie adoptieren. Das könnte Seth tun. Das Gesetz. Dem Himmel sei Dank für das Gesetz. Charlie kann zustimmen, und Seth kann sie adoptieren.

»Würdest du sie wirklich adoptieren?«

»Gleich heute.«

»Und das meinst du ehrlich?« Sie fühlt, wie er von ihr abrückt, dann wird sie vom Licht der Nachttischlampe geblendet. Als sie die Hand von den Augen nimmt, sieht Seth sie eindringlich an.

»Sieh mir in die Augen«, sagt er. »Ich meine es ehrlich. Wenn du es willst, und wenn sie es will, können wir es jederzeit in Angriff nehmen. Sie bedeutet mir sehr viel. Das weißt du.«

Sie denkt laut. »Was, wenn Charlie nicht mitmacht?«

»Du sagst Charlie, er muß nicht mehr für den Unterhalt des Kindes zahlen«, sagt Seth, »und er wird auf den Knien von Cincinnati bis hierher gerutscht kommen, um zu unterschreiben.«

Sonny lacht glucksend in die Stille. Er hat recht.

»Du meinst es wirklich ernst?«

»Natürlich meine ich es ernst.«

Seth kann sie adoptieren.

»Ich möchte, daß du weißt, wie wichtig mir das ist«, sagt Sonny. »Jetzt bin ich da, und was zwischen uns passiert, passiert eben. Wenn ich aber nicht mehr da bin... Versprich«, sagt sie. »Versprich mir, daß du es weißt und daß du es ernst meinst.«

»Dir wird es gutgehen.«

»Ich brauche dein Versprechen. Ich möchte nicht, daß sie in irgendeiner Familie aufwächst, zu der ich nicht gehöre. Ich möchte nicht, daß sie das Gefühl hat, immer irgendwie das fünfte Rad am Wagen zu sein, wie es mir bei meiner Tante und meinem Onkel ergangen ist. Ich war nie wirklich zu Hause dort. Ich war lieb und nett, aber ich hatte nie eine echte Beziehung zu ihnen. Das will ich nicht. Nimm sie mit in dein Leben. Voll und ganz. Kannst du mir das versprechen? Versprich es mir.«

»In Ordnung«, sagt er. »Okay.«

»Bitte jetzt keine Scherze, Seth. Es ist mir bitter ernst, und es ist das Wichtigste in meinem Leben.«

»Sonny, mir ist es genauso ernst wie dir.«

»Wenn du es mir nämlich versprichst und dann nicht hältst, werde ich dich quälen und verfolgen. Ich werde ein ganz gemeiner Geist sein. Ganz bestimmt. Du mußt sie zu dir nehmen. Laß sie spüren, daß sie zu dir gehört. So wie sie zu mir gehört. Ich möchte, daß du versprichst, ihr Vater zu sein. Nicht ein Fremder. Nicht jemand, der sie nur einfach nett findet, sondern jemand, der sich ihrem Leben verpflichtet fühlt wie einem Vermächtnis. Sei ihr einer, der ihr alles erklärt, was ganz tief in dir ist. Das mußt du mir versprechen. Gib ihr das, was du am genauesten kennst, nämlich dich selbst. Das meine ich ernst.«

»Natürlich. Ich verspreche es. Ich weiß, was es bedeutet, ein Vater zu sein, Sonny. Von diesem Augenblick an – hier und heute – ist sie meine Tochter.«

»Ich muß *wissen,* daß du es auch genauso meinst.«

Wie abwesend schaut er eine Zeitlang in die helle Nachttischlampe.

»Was würdest du sagen...« Das harte Licht zeigt seine Gefühlsregungen. Er setzt noch einmal an. »Wenn ihr beide damit einverstanden seid...« Er kommt nicht weiter.

»Sag es, Seth. Ich muß es hören.«

Als er sich zu ihr umdreht, haben seine Augen einen scheuen Ausdruck, und sein Gesichtsausdruck spiegelt die gewohnte Skepsis sich selbst gegenüber wider.

»Ich würde sie gern jüdisch erziehen«, sagt er.

RICHARD NORTH PATTERSON

»Es besteht kein Zweifel:
Richard North Patterson ist der bessere Grisham!«
Peter M. Hetzel, Sat 1

43387

42359

43956

43240

GOLDMANN